World's Greatest Books For

PERSONAL GROWTH & WEALTH

का हिंदी अनुवाद

SANAGE
PUBLISHING HOUSE

Hardback: 978-811909018-1

Printed by:

Sanage Publishing House LLP
Mumbai, India

sanagepublishing@gmail.com

अनुक्रम

आपके अवचेतन मन की शक्ति

हाऊ टू विन फ्रेंड्स एंड इन्फ्लुएंस पीपल

खण्ड-एक

खण्ड-दो

खण्ड-तीन

खण्ड-चार

बैबिलॉन का सबसे अमीर आदमी

सोचे और अमीर बने

डॉ. जोसेफ़ मर्फ़ी

आपके अवचेतन मन की शक्ति

हिंदी अनुवाद : साक्षी पटेल

डॉ. जोसेफ मर्फी का जन्म 20 मई, 1898 को आयरलैंड में हुआ था। डॉ.जोसेफ मर्फी अंतरराष्ट्रीय ख्याति प्राप्त लेखक, शिक्षक, वक्ता और नव विचारों के पादरी थे। संसार के धर्मों के शोध के बाद उन्हें विश्वास हो गया कि हममें से प्रत्येक के भीतर एक विराट् शक्ति - हमारे अवचेतन मन कि शक्ति है, जो हमारे जीवन का कायाकल्प कर सकती है I उन्होंने 30 से ज़्यादा बेहतरीन सेल्फ़-हेल्प पुस्तकें लिखी हैं, जिनमें टेलीसाकिक्स, टेकनीक्स इन प्रेयर थेरेपी और साइकिक परसेप्शन शामिल हैं।

यह किताब कैसे आपकी जिंदगी को बदल सकती है

मैंने दुनियाभर में महिलाओं और पुरुषों की जिंदगी के अलग-अलग पहलुओं में कई चमत्कार होते देखे हैं। आपके जीवन में भी ऐसे चमत्कार हो सकते हैं यदि आप भी अपने अवचेतन मन की जादुई शक्तियों का इस्तेमाल करना शुरू कर देते हैं। यही तो यह किताब आपको सिखाती है कि आपकी आदतन सोच और कल्पना आपकी किस्मत को बनाने, उसमें अनुकूल बदलाव करने और उसे सकारात्मक दिशा में ले जाने का कार्य करती है; क्योंकि एक व्यक्ति अवचेतन मन में जैसे विचार रखता है, वैसा ही वह बनते जाता है।

क्या आपको इन प्रश्नों के उत्तर पता है?

क्यों एक व्यक्ति उदास और दूसरा खुश होता है? क्यों एक व्यक्ति खुशहाल, समृद्ध और दूसरा गरीब, दुखी बना रहता है? क्यों एक व्यक्ति भयभीत,परेशान और दूसरा आशा, आत्मविश्वास से भरा होता है? क्यों एक व्यक्ति के पास सुंदर, शानदार घर है वहीं दूसरा झोपड़ी में मूलभूत जरूरतों को ही पूरा करते हुए जी पा रहा है? क्यों एक व्यक्ति बेहद सफल है और दूसरा पूरी तरह से विफल है? क्यों एक व्यक्ति शानदार, लोकप्रिय वक्ता है और दूसरा अलोकप्रिय, औसतदर्जे का है?

क्यों एक व्यक्ति अपने काम या व्यवसाय का विशेषज्ञ है और दूसरा दिन-रात के परिश्रम के बावजूद भी औसत दर्जे का है? क्यों एक व्यक्ति किसी लाइलाज बीमारी से भी ठीक हो जाता है, परंतु दूसरा नहीं? ऐसा क्यों है कि अच्छे, धार्मिक प्रवृत्ति के लोगों को कई शारीरिक तथा मानसिक परेशानियों का सामना करना पड़ता है?

ऐसा क्यों है कि अनैतिक और अधार्मिक लोग जीवन में सफल एवं समृद्ध होते हैं, साथ ही अच्छा स्वास्थ्य पाते हैं? ऐसा क्यों है कि एक महिला को तो खुशहाल वैवाहिक जीवन मिलता है, जबकि उसी की बहन को बहुत ही दुख और हताशा? क्या आपके चेतन और अवचेतन मन में इन प्रश्नों के उत्तर हैं?

हां, निश्चित रूप से है।

यह किताब लिखने का कारण

ऐसे प्रश्नों के उत्तर तलाशना और उन्हें सब तक पहुंचाने की अभिलाषा ही यह पुस्तक लेखन की मेरी अभिप्रेरणा बनी है। इस कार्य में मैंने मन की मूलभूत सच्चाईयों को बड़ी ही आसान भाषा में समझाने का प्रयास किया है। मेरा मानना है कि जीवन और मन के बुनियादी, मूलभूत और मौलिक नियमों को दैनिक रूप से प्रयोग होने वाली भाषा में समझा पाना पूरी तरह से संभव है।

आप पाएंगे कि इस किताब की भाषा वैसी ही है जैसी कि आप प्रतिदिन के अखबार, सम-सामायिक पत्रिकाओं, दफ्तर, घर और दैनिक जीवन में प्रयोग होते देखते हैं।

मैं आपसे आग्रह करता हूं कि आप इस किताब को गौर से पढ़ें और इसमें बताए गए तरीकों को स्वयं करके देखें; जैसे ही आप ये करेंगे, मुझे पूरा विश्वास है कि इससे आप अपने भीतर चमत्कारिक शक्ति का अनुभव करेंगे, जो आपको भ्रम, दुख, उदासी और असफलता के मायाजाल से ऊपर उठाएगी, आपको योग्य स्थान तक पहुंचाने में मार्गदर्शित करेगी, आपकी समस्याओं का समाधान देगी, आपको भावनात्मक और शारीरिक बंधनों से मुक्त करेगी, आपको स्वतंत्रता, खुशी, मन की शांति की ओर जाने वाले यशस्वी मार्ग की ओर ले जाएगी।

अवचेतन मन की यह चमत्कारिक शक्ति आपको रोगों से ठीक करेगी और आपके भीतर मजबूती लाएगी। इसलिये आपको अपनी अंदरूनी शक्तियों के इस्तेमाल को सीखने के लिए भय के जेलनुमा दरवाजे खोलने होंगे ताकि उस जीवन में प्रवेश कर सकें, जहां परमेश्वर के पुत्र पूरी तरह मंगलमय और स्वतंत्र हैं।

भीतरी जादुई शक्ति को इस तरह जगाएं

व्यक्तिगत उपचार हमारी अवचेतन शक्तियों पर भरोसा करने में सबसे ठोस सबूत का कार्य कर सकता है। करीब बयालिस वर्ष पूर्व मैंने अवचेतन मन की उपचारात्मक शक्ति की मदद से एक घातक बीमारी को ठीक किया था, जिसे चिकित्सकीय शब्दावली में 'सरकोमा' कहते हैं। यही वह शक्ति है जिसने मेरे शरीर को बनाने में महत्वपूर्ण भूमिका निभाई है और मेरे शरीर की सभी जरूरी प्रणालियों को स्वस्थ बनाए रखने और उनके सुचारू संचालन का विशेष कार्य करती है।

मैंने जिस तरीके को अपनाया था वह पुस्तक में विस्तार से समझाया गया है और मेरा मानना है कि इससे अन्य लोगों को भी अवचेतन मन की गहराईयों की अनंत उपचारात्मक शक्तियों को पहचानने में पर्याप्त मदद मिलेगी। मेरे एक चिकित्सक मित्र के माध्यम से मुझे समझ आया कि यह बहुत ही प्राकृतिक घटना है कि जिस रचनात्मक ज्ञान ने मेरे सभी अंगों को बनाया, शरीर का संचालन कर रही है, वह इसके ठीक से काम न करने पर इसका उपचार भी कर सकती है। एक प्राचीन कहावत है, "एक चिकित्सक घाव पर मरहम लगाता है और ईश्वर उस घाव को भरता है।"

सच्ची प्रार्थना चमत्कार करती है

वैज्ञानिक तरीके से की गई प्रार्थना मस्तिष्क के चेतन और अवचेतन स्तर को सामंजस्यपूर्ण तरीके से क्रियाशील करती है जिससे मस्तिष्क को कोई भी विशिष्ट कार्य करने में वैज्ञानिक रूप से मार्गदर्शन मिलता है। यह पुस्तक आपको वैज्ञानिक तरीके से अपने अंदर निहित शक्तियों के इस्तेमाल करने के उपाय सुझाती है जिससे आपको वह सब मिल जाए जिसकी इच्छा आपने की है जैसे खुशहाली, ऊर्जा से भरपूर और समृद्ध जीवन की चाहत। आप जैसे ही इस चमत्कार करने वाली शक्ति का प्रयोग करेंगे आप अपने दैनिक जीवन को सरल, कामकाजी समस्याओं को कम करते हुये अपने पारिवारिक रिश्तों को अधिक सुदृढ़ और प्रभावी बनाने लगेंगे।

इस पुस्तक को जितनी ज़्यादा बार पढ़ा जाए उतना बेहतर होगा। इसके अध्याय बताएंगे कि यह अद्भुत शक्ति किस तरह कार्य करती है और आप इससे किस तरह प्रेरणा व ज्ञान पा सकते हैं, जो वास्तव में आपके अंदर ही छिपा है। आपको सिर्फ अवचेतन मन को प्रभावित करने वाले कुछ जादुई उपाय जानने की आवश्यकता है। आप नए वैज्ञानिक मार्ग पर चलिए जिससे अनंत शक्ति के भंडार को खोल पाएं। इस पुस्तक को ध्यान लगाकर पूरे मन से पढ़ें। स्वयं को साबित करके बताएं कि यह किस तरह अद्भुत तरीके से आपकी सहायता कर सकती है। यह आपकी जिंदगी बदल सकती है, इसका मुझे पूरा यकीन है।

प्रार्थना सब करते हैं

क्या आपको पता है कि अच्छी तरह से प्रार्थना कैसे की जाती है? प्रतिदिन की गतिविधियों में आपने प्रार्थना कब की थी? आपात स्थितियों से लेकर मुश्किल समय में, बीमारी में, या जब मृत्यु सामने हो तो हम और हमारे आसपास के लोग प्रार्थना का सहारा जरूर लेते हैं।

जब भी आप अखबार देखेंगे तो ऐसी कई खबरे पाएंगे जिसमें लाइलाज बीमारी से जूझ रहे बच्चे के लिए पूरा देश प्रार्थना कर रहा हो, राष्ट्रों के मध्य शांति के लिए, खदानों में पानी भराव से फंसे मजदूरों के लिये। बाद में जब मजदूरों को बचा लिया गया तो उन्होंने बताया कि मदद के इंतजार के दौरान उन्होंने लगातार प्रार्थना की। एक बार एक पायलट ने बताया था कि आपात स्थितियों में हवाई जहाज को सफलतापूर्वक उतारने के दौरान उसने कई बार प्रार्थनायें की है।

इस तरह प्रार्थना हर मुश्किल समय में काम आती है, परंतु आपको प्रार्थना को अपने जीवन का अभिन्न और रचनात्मक अंग बनाने के लिए मुश्किल आने का इंतजार नहीं करना चाहिए। प्रार्थना से उत्पन्न हुये चमत्कार अक्सर अखबारों की सुर्खियां बनते हैं और यही बात प्रार्थना की प्रभावशीलता का प्रमाण है। इसके अलावा भी प्रार्थना के प्रकार हैं जैसे छोटे बच्चों द्वारा पूरे मन से की जाने वाली प्रार्थना, प्रतिदिन भोजन पर दिया जाने वाला धन्यवाद, आस्था का ऐसा भाव जो एक व्यक्ति को ईश्वर से जोड़े रखने का काम करता है। प्रार्थना की शक्तियों ने मुझे प्रेरित किया कि मैं विभिन्न तरह से की गई प्रार्थनाओं का अध्ययन करूं। मैंने भी प्रार्थना की ताकत को अपने जीवन में महसूस किया है।

मैंने बहुत सारे लोगों से बात की जिन्होंने प्रार्थना से होने वाले लाभों का फायदा उठाया है। समस्या यह है कि दूसरों को कैसे बताएं कि किस तरह प्रार्थना की जानी चाहिए। जो व्यक्ति मुश्किल में होता है उसे समझ पाना और उसके अनुसार कार्य कर पाना मुश्किल होता है। उसे एक आसान रास्ता चाहिए होता है जो उसका कार्य पूरा सके। ऐसा तरीका जो सरल भी हो और विशेष भी।

किताब की विशेषता

इस पुस्तक की खासियत यह है कि यह व्यावहारिकता के बेहद ही करीब है। यहां आपको आसान, उपयोग करने योग्य तरीके और फॉर्मूले बताए गए हैं, जो आप दैनिक जीवन में आसानी से प्रयोग में ला सकते हैं। मैंने इन तरीकों को पूरी दुनिया में महिलाओं एवं पुरुषों से साझा किया है। इतना ही नहीं, हाल ही में विभिन्न धर्मों को मानने वाले एक हजार से अधिक महिला एवं पुरूष लॉस एंजिल्स में हुए मेरे एक कार्यक्रम में शामिल हुए, जहां उन्हें इस पुस्तक में बताई गई मुख्य बातों से अवगत कराया गया। इनमें कई लोग तो करीब 300 किमी की दूरी से इस कार्यक्रम में मुख्य रूप से शामिल होने आए थे।

इस पुस्तक की एक और विशेषता यह भी है कि यह आपको प्रेरित करती है साथ ही इससे आपको यह भी पता चलता है कि आखिर ऐसा क्यों होता है जिस चीज के लिए आप प्रार्थना करते हैं उसके विपरीत वस्तु आपको मिलती है। पूरी दुनिया में लोगों ने मुझसे हजारो बार सवाल किया है – ऐसा क्यों होता है कि बहुत बार प्रार्थना करने पर भी हमें कुछ नहीं मिलता। यह पुस्तक आपको इसी सामान्य समस्या का उत्तर देती है। यह पुस्तक अवचेतन मन को सकारात्मक रूप से प्रभावित करने के कई तरीकों से अवगत कराती है जिससे मनचाहे परिणाम पाए जा सकते हैं। यही बात पुस्तक को असाधारण रूप से मूल्यवान बनाती है और मुश्किल समय में इसे मददगार साथी की तरह निरूपित करती है।

आपका भरोसा किस पर है?

ऐसा नहीं है कि आप जैसा विश्वास करते हैं उसी के चलते प्रार्थना करने के परिणाम मिलते हैं, बल्कि प्रार्थना के सकारात्मक परिणाम तब आते हैं जब व्यक्ति का अवचेतन मन, आंतरिक मन के विचारों पर प्रतिक्रिया देता है। विश्वास का यह नियम दुनिया के प्रत्येक धर्म में कार्य करता है और यही कारण है कि मनोवैज्ञानिक तौर पर भी इसे सत्य माना जाता है। व्यक्ति चाहे बौद्ध, ईसाई, ईस्लाम या हिब्रू धर्म से हो परंतु वह प्रार्थना का उत्तर जरूर पाता है।

यह किसी खास पंथ, धर्म, अनुष्ठान, समारोह, फॉर्मूला, पूर्व जन्म के फल का परिणाम, जादू, त्याग या यज्ञ के कारण नहीं बल्कि आपके विश्वास, मानसिक स्वीकृति और ग्रहणशीलता की वजह से होता है। जीवन का नियम ही विश्वास का नियम है। इस विश्वास को संक्षिप्त में आपके मन के विचार के रूप में समझ सकते हैं। व्यक्ति जिस तरह के विचार

रखता है, महसूस करता है, विश्वास करता है, उसी प्रकार से उसका मन, शरीर और उसकी परिस्थितियों का निर्माण होता जाता है।

चाहत ही प्रार्थना है

सेहत, खुशी, सुरक्षा, मानसिक शांति, ईमानदारी की चाहत हर व्यक्ति को होती है, परंतु कम ही लोगों को ये सभी सही अनुपात में मिल पाता है। हालही में विश्वविद्यालय के एक प्रोफेसर ने मुझे बताया, "मैं जानता हूं यदि मैं अपने मन के विचारों को बदल लूं और अपने सोचने के तरीके तथा भावनाओं का एहसास को नई दिशा दे दूं तो मुझे शारीरिक समस्यायें दोबारा नहीं होंगी, परंतु ऐसा कर पाने का कोई भी व्यवस्थित तरीका मेरी जानकारी में नहीं है। मेरा मन लगातार समस्याओं के इर्द-गिर्द घूमता रहता है, मैं परेशान, हारा हुआ और नाखुश महसूस करता हूं।"

उस प्रोफेसर को अच्छे स्वास्थ्य की चाहत है; उसे सिर्फ वह तरीका जानना है जिससे वह अपनी चाहत को पूरा करने के लिए अपने मन को सक्षम बना सके। आखिर इस पुस्तक में दी गईं तकनीकों को अपनाकर, वह पूरी तरह ठीक हो गया।

दिमाग सभी मनुष्यों में समान है

अवचेतन मन की चमत्कार करने वाली शक्ति इस दुनिया में तब से है जब आपने और मैंने जन्म भी नहीं लिया था। ये पहले मंदिर या दुनिया की शुरूआत से भी पहले से है। जीवन के महान सनातन सत्य एवं विचार, धर्म के भी पहले से चले आ रहे हैं। इन्हीं विचारों को ध्यान में रखते हुए मैं आपसे अगले कुछ अध्यायों में आग्रह करूंगा कि इस अद्भुत, जादुई, पूरी तरह बदल देने वाली शक्ति को अच्छी तरह जान लें। यह सभी मानसिक और शारीरिक घावों को भर देगी, मन को भय से आजाद करेगी और आपको गरीबी, असफलता, दुख, कुंठा की सीमाओं से उभार देगी।

आपको बस यही करना है कि मानसिक और भावनात्मक रूप से उस अच्छी चीज के साथ खुद को जोड़ना है, जिसे आप साकार करना चाहते हैं। आप देखेंगे कि आपके अवचेतन मन की रचनात्मक शक्तियां इसी के अनुसार प्रतिक्रिया करने लगी हैं। आज और अभी शुरुआत करें, अपने जीवन में चमत्कार होने दें। यह प्रयास तब तक करते रहें, जब तक कि आपके जीवन से अंधकार पूरी तरह ना छट जाए और चमत्कार होना प्रारंभ ना हो जाए।

1

हमारे भीतर छिपा है अद्भुत खजाना

आपके भीतर खजाने के असीमित भंडार छिपे हैं, यदि आप इस पर थोड़ा-सा ही ध्यान देंगे तो आप इसे पा लेंगे और अपने आसपास की दुनिया को खूबसूरत बना लेंगे। यह एक तरह की सोने की खान है, जहां से आप अपने जीवन को हर तरह से समृद्ध और आनंदमयी बनाने के लिए आवश्यक वस्तुओं को निकाल सकते हैं।

अधिकतर लोग जीवनभर अज्ञानता में ही रह जाते हैं, क्योंकि वे अपने भीतर छिपे ज्ञान और प्रेम के असीमित भंडार के बारे में जान ही नहीं पाते। यहां से आप वह सब पा सकते हैं जिसकी आप चाहत करते हैं। यह ठीक वैसे ही कार्य करता है जैसे एक चुम्बकीय स्टील का टुकड़ा, जो अपने भार से करीब 12 गुना तक भार उठाने की क्षमता रखता है, वहीं अगर इसकी चुम्बकीय शक्ति न रहे तो यह एक तिनके का भार भी नहीं उठा पाएगा। इसी तरह मनुष्य भी दो प्रकार के होते हैं। एक होते हैं चुम्बकीय, आस्था और विश्वास से भरपूर। वे अपने प्रत्येक कार्य में सफल होते हैं।

वहीं दूसरे प्रकार के मनुष्य वे होते हैं जिनका जीवन डर एवं शंकाओं से घिरा रहता है। इनके जीवन में कई अच्छे अवसर आते भी हैं तब भी ये लोग हमेशा इसी गफलत में रहते हैं कि "अगर सफल न हो पाया तो क्या होगा?, कहीं पैसा डूब गया तो क्या होगा?, लोग मेरी खिल्ली उड़ाएंगे।" ऐसे लोग जीवन में बहुत आगे नहीं बढ़ पाते क्योंकि वे अपने डर के कारण प्रयास करने से भी कतराते हैं। वे जहां होते हैं जीवन भर वहीं रह जाते हैं। ऐसे में सफल लोगों की श्रेणी में आने के लिए आपको भी एक प्राचीन रहस्य को जानना होगा।

अद्भुत रहस्य

आपकी नजर में वह प्राचीन अद्भुत रहस्य क्या हो सकता है? क्या वह परमाणु ऊर्जा का रहस्य है? या मनुष्य का अंतरिक्ष में अन्य ग्रहों की यात्रा करने का रहस्य? या फिर दुनिया

के विध्वंसक बम बनाने की कला का रहस्य है? नहीं, यह इनमें से कोई भी नहीं है। तो फिर वह सबसे बड़ा, सबसे प्राचीन अद्भुत रहस्य क्या है?

आखिर व्यक्ति उसे कहां खोजे, उसे कैसे पाया जाए और कैसे उसे इस्तेमाल किया जाए? इसका उत्तर बहुत ही सरल है। यह रहस्य है आपके अवचेतन मन की अद्भुत और चमत्कारी शक्ति, जिस पर अक्सर मनुष्य सबसे कम ध्यान देता है।

मनुष्य के अवचेतन मन की प्रभावशाली शक्ति

आप अपने अवचेतन मन की शक्ति के प्रयोग से जीवन में बहुत सारी ऊर्जा, पैसा, स्वास्थ्य और खुशहाली पा सकते हैं, बशर्ते आप इस छिपी शक्ति का इस्तेमाल करना जानते हों। यह शक्ति आपको कहीं खोजने जाने की जरूरत नहीं है, क्योंकि यह आपके भीतर ही विद्यमान है। आप इसे एक बार अच्छी तरह समझ जाएंगे और इस्तेमाल करना सीख लेंगे तो फिर जीवन के किसी भी पहलू पर इसका प्रयोग करना आपके लिए बेहद आसान हो जाएगा।

जब इस पुस्तक में दी गईं सरल तकनीक और प्रक्रिया पर आप अमल करने लगेंगे तो अवचेतन मन के प्रयोग और ज्ञान को स्वत: ही पा लेंगे। आपको एक नई राह दिखाई देगी, नई शक्ति का अहसास होगा जो आपके सपनों को सच करने में मददगार बनेगी। तो अभी फैसला करें कि आप अपने जीवन को व्यापक, महान, समृद्ध और शानदार बनाएंगे।

आपके अवचेतन मन की गहराई में असीमित ज्ञान, असीमित शक्ति और वह सबकुछ विद्यमान है जिसकी आपको आवश्यकता है। जरूरत है तो बस अवचेतन मन को समझने और विकसित करने की। इसके बाद आप देखिएगा, आप मन में जो चाहेंगे वह बाहरी जगत में भी साकार होने लगेगा।

आपके अवचेतन मन का असीमित ज्ञान आपको वह सब बताएगा जिसकी आपको कहीं भी और कभी भी आवश्यकता होगी, बशर्ते आप खुले दिमाग वाले और ग्रहणशील व्यक्तित्व के हों। आपको लगातार नए-नए विचार आएंगे, जो नए आविष्कार, नई खोज करने में मददगार सिद्ध होंगे। नए विचार आपको नई किताबें और नाटक लिखने की भी प्रेरणा देंगे। इसके अलावा आपके अवचेतन मन के असीमित ज्ञान का भंडार आपको अद्भुत तरह की नई-नई जानकारियां भी देगा। यह आपके जीवन में आदर्श अभिव्यक्ति और सकारात्मक दिशा का रास्ता खोल देगा।

अपने अवचेतन मन की शक्ति से आप जीवन में आदर्श जीवनसाथी और व्यवसाय में सच्चे एवं ईमानदार साथी पा सकते हैं। इसी शक्ति की सहायता से आप अपने मकान के लिए अच्छा खरीदार खोज सकते हैं, अपनी जरूरत के अनुसार धन कमा सकते है। सिर्फ इतना ही नहीं, इसी की सहायता से आप वित्तीय रूप से स्वतंत्र बन पाएंगे जिससे आप वह सब कर सकेंगे जिसकी इच्छा आप दिल से रखते हैं।

आंतरिक मन की दुनिया के विचार, भावना, शक्ति, प्रकाश, प्रेम और सुंदरता को जानना आपका मूलभूत अधिकार है। हालांकि ये शक्तियां अदृश्य हैं, परंतु बहुत शक्तिशाली

हैं। साथ ही आप पाएंगे कि अवचेतन मन में हर समस्या का समाधान मौजूद होता है। जब आप इन छिपी हुई शक्तियों का प्रयोग करना सीख लेते हैं तो आप जीवन में खुशहाली, सुरक्षा और प्रभुत्व पाने के लिए आवश्यक शक्ति, ज्ञान पर भी अधिकार कर लेते हैं।

मैंने देखा है कि किस तरह अवचेतन मन की शक्ति ने व्यक्तियों को अपंगता से उबारकर स्वस्थ और ताकतवर बनाया। वे लोग स्वतंत्र होकर स्वास्थ्य, खुशहाली और समृद्धि का अनुभव करने लगे। आपके अवचेतन मन में एक अद्भुत उपचारक शक्ति है जो इक परेशान दिमाग के साथ ही टूटे दिल का भी इलाज कर सकती है। यह आपके मन की जेल का दरवाजा खोलकर आपको स्वतंत्र कर सकती है। यह आपको सभी तरह के भौतिक एवं शारीरिक बंधनों से मुक्त कर सकती है।

कार्य करने के लिये आवश्यक आधार की खोज

किसी भी क्षेत्र में सफलता तब तक सुनिश्चित नहीं है जब तक उसके कार्य करने का आधार न हो। यह एक शाश्वत सत्य है। आप अवचेतन मन के संचालन में विशेषज्ञता पा सकते हैं। यदि एक बार आप इसके सिद्धांतों को जान गए तो इसकी शक्ति का आवश्यक परिणाम के अनुरूप प्रयोग करना बहुत आसान हो जाता है। इसकी मदद से आप अपने विशिष्ट लक्ष्यों को बड़ी आसानी से हासिल कर पाते हैं।

बतौर पूर्व रसायनशास्त्री, मैं यह जानता हूं कि हाइड्रोजन के दो और ऑक्सीजन का एक अणु मिलने का परिणाम पानी ही होता है। इसके अलावा हम यह भी जानते हैं कि ऑक्सीजन के एक अणु को कार्बन के एक अणु से मिलाने पर कार्बन-मोनो-ऑक्साइड की जहरीली गैस उत्पन्न होती है। इसी में यदि आप एक अतिरिक्त ऑक्सीजन का अणु जोड़ देते हैं तो हानि रहित गैस कार्बन- डाय-ऑक्साइड उत्पन्न होती है। इसी तरह विभिन्न सिद्धांतों के आधार पर रसायनशास्त्र की अन्य क्रियाएं होती हैं।

अवचेतन मन के सिद्धांत भी रसायन, भौतिकी और गणित के सिद्धांत की तरह ही कार्य करते हैं। ये उनसे अलग बिल्कुल नहीं है। हम इसे एक उदाहरण से समझ सकते हैं जैसे – "पानी अपना स्तर हर जगह खुद निर्धारित कर लेता है" यह एक मूलभूत सिद्धांत है जो प्रत्येक उस जगह पर कार्य करता है जहां पानी मौजूद होता है।

अब एक अन्य सिद्धांत को समझते हैं — गर्म होने पर पदार्थ फैलता है। यह प्रत्येक परिस्थिति, समय एवं स्थान के लिए सत्य है। आप किसी भी स्टील के टुकड़े को लें और गर्म करके देखें, वह अवश्य ही फैलेगा, फिर भले वह चीन, इंग्लैंड या भारत की खदानों से ही क्यों न आया हो। इस तरह यह एक शाश्वत सत्य है कि गर्म करने पर पदार्थ फैलेगा। इसी प्रकार यह भी एक शाश्वत सत्य है कि आप अवचेतन मन पर जो भी छाप छोड़ते हैं, वह परिस्थिति, अनुभव और घटना के अनुरूप व्यक्त होना प्रारंभ कर देती है।

आपकी प्रार्थना का उत्तर मिलता है क्योंकि आपका अवचेतन मन भी एक सिद्धांत है। सिद्धांत अर्थात् वह तरीका जिससे कोई भी चीज काम करती है जैसे बिजली का ही

सिद्धांत लें, जो कि उच्च क्षमता से निम्न क्षमता की ओर कार्य करती है। ऐसे में आप बिजली के सिद्धांत को कभी बदलने का प्रयास नहीं करते बल्कि उसका इस्तेमाल इस तरह करते हैं जिससे आप नए अविष्कार कर सकें और दुनिया उनका अधिक से अधिक लाभ ले सके।

विश्वास के नियम के अनुसार ही अवचेतन मन का सिद्धांत भी कार्य करता है। आपको जानना होगा कि विश्वास क्या होता है?, यह क्यों कार्य करता है?, और यह कैसे कार्य करता है? बाइबल आसान, स्पष्ट और सुंदर तरीके से बताती है :

> जो भी इस पहाड़ से कहेगा, तुम हट जाओ और समुद्र में चले जाओ। यदि वह अपने दिल पर शंका नहीं करेगा बल्कि यह विश्वास करेगा कि जो उसने कहा है, वह अवश्य होगा, तो वह जो कहेगा, वह अवश्य होगा।
>
> *मार्क 11:23*

आपके मन का नियम ही विश्वास का नियम है। इसका तात्पर्य है अपने मन के कार्य करने के तरीके पर विश्वास करना। आपके मन का विचार ही आपका विश्वास हैं।

आपके सभी अनुभव, आयोजन, परिस्थितियां एवं कार्य इत्यादि सभी आपके अवचेतन मन द्वारा विचारों को लेकर दी गई प्रतिक्रियाए हैं। ध्यान रखिए, अच्छे परिणाम किसी वस्तु या चीज में विश्वास करने से नहीं बल्कि स्वयं के मन पर विश्वास करने के कारण प्राप्त होते हैं। इसीलिए आपको झूठे विश्वासों, विचारों, अधंविश्वासों और डरों पर विश्वास करना बंद करके जीवन के उन शाश्वत सत्यों पर विश्वास करना चाहिए जो कभी नहीं बदलते। इसके बाद आप जीवन में आगे और ईश्वर की तरफ ही अग्रसर होते जाएंगे।

जो भी इस पुस्तक को पढ़ेगा और इसमें बताए गए अवचेतन मन के सिद्धांतों को अमल में लाएगा वह स्वयं एवं दूसरों के लिए वैज्ञानिक और प्रभावी तरीके से प्रार्थना कर पाएगा। आपकी प्रार्थना का जवाब भी क्रिया और प्रतिक्रिया के शाश्वत नियम के अनुरूप ही प्राप्त होगा। विचार ही सबसे शुरुआती कार्य होता है। प्रतिक्रिया आपके अवचेतन मन का वह जवाब है जो आपके विचार से मेल खाती है। इसलिए अपने मन को सद्भाव, स्वास्थ्य, शान्ति और खुशहाली के विचार से समृद्ध रखें, यह आपके जीवन को चमत्कारिक रूप से बदल देगा।

मन के दो पहलू

आपका मन एक होता है, परंतु यह दो तरह से कार्य करता है। इन दोनों में अंतर करने वाली रेखा को मनोविज्ञान के क्षेत्र के सभी स्त्री एवं पुरुष अच्छी तरह जानते हैं। मन की यह दोनों प्रक्रियाएं मूलभूत रूप से एक दूसरे से भिन्न हैं। प्रत्येक में विशिष्ट शक्तियां एवं खासियतें विद्यमान हैं।

आमतौर पर हम इन दोनों प्रक्रियाओं को कुछ विशेष नामों जैसे वस्तुनिष्ठ (objective) मन और व्यक्तिनिष्ठ (subjective) मन, चेतन और अवचेतन मन, बाह्य और भीतरी मन,

स्वैच्छिक मन और अनैच्छिक मन, पुरुष एवं स्त्री मन इत्यादि के रूप में जानते हैं। इस पुस्तक में आपको मन के इस द्विप्रकृति वाले पहलू का प्रतिनिधित्व चेतन और अवचेतन मन जैसे शब्द करते नजर आएंगे।

अवचेतन और चेतन मन

अपने मन की दोनों कार्यविधियों को अच्छी तरह समझने के लिए आपको इसे एक बाग की तरह देखना होगा। आप पाएंगे कि आप, अपने अवचेतन मन के बाग में एक माली की तरह पूरे दिन आदतन विचारों का रोपण करते रहते हैं। यही कारण है आप पाएंगे कि आपके आसपास की दुनिया वैसे ही होते जा रही है जैसे विचार आपके मन में घुमड़ रहे थे।

आप अपने मन में शांति, खुशी, अच्छे कार्य, सद्भावना और समृद्धि के गुणों के बीज बोना शुरू कर दें। इन गुणों पर शांति से विचार करें और फिर पूरे मन से इन्हें तार्किक अवचेतन मन तक पहुंचाने का प्रयास करें। ऐसे अच्छे विचारों को लगातार अपने अवचेतन मन के बागीचे में रोपने से आपको अच्छी फसल के रूप में सकारात्मक परिणाम अवश्य देखने को मिलेंगे। आपका अवचेतन मन उस मिट्टी की तरह है जिस पर अच्छे और बुरे सभी तरह के बीजों को रोपा जा सकता है। हर विचार एक कारण है। हर परिस्थिति एक परिणाम है। इस कारण यह आवश्यक है कि आप अपने विचारों को इसी प्रकार नियंत्रित करें कि आपको मनचाहे परिणाम ही प्राप्त हो।

आपका मस्तिष्क सही दिशा में तभी कार्य करता है जब आपको सच्चाई का ज्ञान होता है, जब आपके अवचेतन मन में जमा विचार रचनात्मकता, सद्भाव और शांति से परिपूर्ण हो। इसके बाद ही आपके अवचेतन मन की चमत्कार करने वाली शक्ति आपके लिए श्रेष्ठ एवं अनुकूल परिस्थितियों का निर्माण करती है। जब आप अपनी विचार प्रक्रिया को नियंत्रित करना शुरू कर देते हैं, तो आप अपने अवचेतन मन की शक्तियों को अपनी किसी भी समस्या या परेशानी से लड़ने के लिए इस्तेमाल करना शुरू कर देते हैं। सरल शब्दों में कहा जाए तो आप पूरी जागरूकता में अनंत सर्व-शक्तिमान नियम के साथ सहयोग करते हुए आगे बढ़ते हैं, जो सभी चीजों का संचालन करता है।

जहां भी रहें अपने आसपास होने वाली चीजों के प्रति जागरूक रहें, क्योंकि अधिकांश मनुष्य बाह्य जीवन को ही जी रहे हैं, वे अपने भीतर की शक्ति की प्रति जागरूक ही नहीं है। जबकि जागरूक मनुष्य अपने भीतर की दुनिया पर अधिक ध्यान केंद्रित करते हैं। हमें यह भी नहीं भूलना चाहिए कि बाहरी दुनिया का निर्माण भी हमारे भीतर के विचार, भावना और मन की सोच ही करती हैं। इस तरह यह एकमात्र रचनात्मक शक्ति है जो आपके लिए उन सभी चीजों को साकार कर देती है जिसकी आप भीतरी मन में चेतन और अवचेतन रूप में चाह करते रहे हैं।

अवचेतन और चेतन मन की परस्पर कार्य प्रक्रिया का ज्ञान आपके जीवन को बदलने में सक्षम बनाता है। अपने आसपास की परिस्थितियों को बदलने के लिए आवश्यक है कि उसके कारण में बदलाव लाया जाए। अधिकतर मनुष्य परिस्थितियों को बदलने के लिए

परिस्थितियों में ही बदलाव का तरीका अपनाते हैं, परंतु यदि आप समस्याएं, भ्रम, कमी, सीमाओं को खत्म करना चाहते हैं तो उसके कारण को बदलना ही उपाय है। सरल शब्दों में कहें तो आपको अपने मन की सोच और विचार प्रक्रिया में मूलभूत रूप से बदलाव लाने की महत्वपूर्ण आवश्यकता है।

आप विपुल धन के गहरे समुद्र में जी रहे हैं। आपका अवचेतन मन आपके विचारों के प्रति बहुत संवेदनशील है। आपके विचार मन में एक ऐसे ढांचे का निर्माण करते हैं जिसके जरिए अवचेतन मन के अनंत ज्ञान, समझदारी, ऊर्जा इत्यादि को बाहर निकलने का रास्ता मिलता है। पुस्तक के अगले अध्यायों में आप आपने मन के नियम के व्यवहारिक उदाहरणों को पढ़ेंगे। ये उदाहरण आपको अनुभव कराएंगे कि किस तरह व्यक्ति गरीबी से अमीरी, अंधविश्वास और अज्ञानता से ज्ञान, अशांति से शांति, दुख से सुख, अंधकार से प्रकाश, संघर्ष से सद्भावना, डर से आस्था और विश्वास, असफलता से सफलता को पा सकता है। मानसिक, भावनात्मक और भौतिक दृष्टिकोण से देखा जाए तो इससे ज्यादा सुखकर कुछ भी नहीं हो सकता। दुनिया के अधिकांश वैज्ञानिक, कलाकार, कवि, गायक, लेखक और आविष्कारक चेतन और अवचेतन मन की इस कार्यविधि को गहराई से समझते हैं।

दुनिया के बेहतरीन ओपेरा गायकों में शुमार किए जाने वाले केरूसो अपना एक वाक्या साझा करते हुए बताते हैं कि एक बार उन्हें मंच पर प्रस्तुति देने से डर लग रहा था। यह डर इतना हावी था कि वे एक बार जब मंच पर पहुंचे तो उनके गले से आवाज तक नहीं निकल पा रही थी। वे मंच पर ही पसीने से तर-बतर हो गए। शर्म के चलते उन्हें उसी पल स्टेज छोड़ना पड़ा। उस पल उनका शरीर कांपने लगा था। वे बार-बार कह रहे थे, "वे सभी मुझ पर हंसेंगे, मैं नहीं गा सकता।" परंतु फिर वे जोर से चीख कर बोले, "मेरे भीतर का छोटा अस्तित्व, मेरे बड़े अस्तित्व को भीतर से दबाने का प्रयास कर रहा है।"

उन्होंने अपने भीतर के छोटे अस्तित्व से कहा, "निकल जाओ मेरे अंदर से, मेरा बड़ा अस्तित्व गाना चाहता है।"

अपने बड़े अस्तित्व से उनका तात्पर्य उनके अवचेतन मन की असीमित शक्ति और ज्ञान से था। वे फिर चीख कर कहने लगे, "निकल जाओ, निकल जाओ, मेरा बड़ा अस्तित्व अब गाने जा रहा है।"

अगले पल ही अवचेतन मन ने जवाब दिया और केरूसो का शरीर ऊर्जा से भर गया। इसके बाद वे स्टेज पर पहुंचे और उन्होंने भव्यता के साथ शानदार ढंग से गाते हुए श्रोताओं का मन मोह लिया।

अब आप समझ ही गए होंगे कि केरूसो अपने मन के दो स्तरों चेतन या तार्किक और अवचेतन या अतार्किक को जान चुके थे। आपका अवचेतन मन आपके विचारों की प्रकृति के अनुरूप ही प्रतिक्रिया व्यक्त करता है। जब आपका चेतन मन (छोटा 'मैं') डर, परेशानी और शंकाओं से भरा होता है तब अवचेतन मन (बड़े 'मैं') की नकारात्मक भावनाएं बाहर आती हैं और अवचेतन मन को घबड़ाहट, भविष्य की चिंता और निराशा से भर देती हैं। जब ऐसा आपके साथ हो, आप भी केरूसो की तरह पूरे अधिकार के साथ मन की गहराईयों

में उत्पन्न हो रहीं अतार्किक भावनाओं को कहें, "शांत रहो, चुप रहो, मैं नियंत्रण में हूं। तुम्हें मेरे निर्देश मानने होंगे, तुम वहां प्रवेश नहीं कर सकते जहां तुम्हें कोई अधिकार नहीं है।"

यह जानना दिलचस्प है कि आप किस तरह पूरे अधिकार पूर्वक अपने भीतर के अतार्किक भावों के साथ सामंजस्य बैठाते हैं और मन को शांति, सद्भाव और सुख की ओर ले जाते हैं। अवचेतन मन आपके चेतन मन के अधीन होता है इसीलिए इसे अवचेतन या व्यक्तिनिष्ठ कहा जाता है।

कार्य के तरीके और अंतर

निम्न उदाहरणों के जरिए आप मुख्य अंतर जान जाएंगे। आपका चेतन मन जहाज के उस कप्तान की तरह है जो उसे ठीक तरह से चलाने के लिए इंजन रूम में कार्यरत व्यक्तियों को लगातार आदेश दे रहा होता है। इंजन रूम में कार्यरत व्यक्ति नहीं जानते कि वे किस ओर जा रहे हैं, वे बस आदेशों का पालन करते हैं। यदि कप्तान के अनुमान गलत हो जाएं या उसके उपकरण गलत रास्ता दिखा दें तो वह उन्हें गलत आदेश देने लग जाता है और वे जहाज को किसी चट्टान की ओर ले जाकर टक्कर भी करवा सकते हैं। इंजन रूम में बैठा व्यक्ति सिर्फ आदेशों का पालन करता है क्योंकि कप्तान के पास ही सारे अधिकार होते हैं। वह बस निर्देश देता है जिन्हें सभी के द्वारा स्वतः ही अनुपालन किया जाना होता है। कार्य करने वाले लोग कप्तान से सवाल नहीं करते, वे बस आदेशों को मानते हैं।

जहाज में कप्तान ही सर्वोपरि होता है। उसके सभी निर्णयों को माना जाता है। इसी तरह आपका चेतन मन भी जहाज के कप्तान की तरह ही कार्य करता है। वह आपके शरीर, आसपास के वातावरण और सभी गतिविधियों का सर्वेसर्वा होता है। आपका चेतन मन भी अपनी समझ और उसे जो सही लगता है उसी के अनुसार अवचेतन मन को आदेश देता है।

जब आप बार-बार लोगों से कहते हैं, "मैं इसे नहीं खरीद सकता हूं।" तब आपका अवचेतन मन इसे सच मान कर यह सुनिश्चित करता है कि आप जो पाना चाहते हैं उसे खरीदने की स्थिति में आप कभी न पहुंच पाएं। जितने समय तक आप ऐसा कहते रहेंगे, "मेरे पास कार खरीदने के पैसे नहीं हैं, मेरे पास यूरोप यात्रा के लिए पैसे नहीं हैं, घर खरीदने के पैसे नहीं हैं।", तब तक आप निश्चिंत रहें क्योंकि आपका अवचेतन मन आपके आदेशों का पालन करेगा और आपको अपनी जिंदगी इन वस्तुओं के बिना ही बितानी पड़ेगी।

पिछले साल क्रिसमस की पूर्व संध्या पर विश्वविद्यालय की एक सुंदर छात्रा ने दुकान में एक शानदार और महंगा यात्रा बैग देखा। वह उस दौरान छुट्टियां मनाने न्यूयॉर्क स्थित बफैलो अपने परिवार वालों के साथ जाने वाली थी। जब वह बेवली हिल्स स्थित एक शॉपिंग इलाके से गुजर रही थी तभी उसकी नजर एक सुन्दर बैग पर पड़ी लेकिन एकाएक उसके मुंह से निकला, "मैं यह बैग नहीं खरीद सकती...", परंतु वह वाक्य पूरा करने से पहले रूक गई क्योंकि उसे मेरे व्याख्यान में सुनी हुई बातें याद आईं, "नकारात्मक वाक्य को पूरा मत करो, बल्कि तुरंत उसे बदल दो, फिर आपका जीवन चमत्कारिक रूप से बदल जाएगा।"

फिर उसने कहा," यह बैग मेरा ही है। मैं इसे बेचना चाहती हूं। मैंने मानसिक तौर पर अपना मान लिया और मेरे अवचेतन ने पाया कि मैंने उसे प्राप्त कर लिया है।"

उसी दिन शाम को आठ बजे उस छात्रा के मंगेतर ने उसे ठीक वैसा ही बैग तोहफे में दिया जैसा कि उसने सुबह दुकान में देखा था और अपना मान लिया था। उस छात्रा ने अपने मन को बैग की चाहत से इस तरह भर लिया कि यह बात मन के उस हिस्से तक पहुंच गई जो आपकी प्रत्येक चाहत को साकार करने का तरीका जानता है।

सदर्न कैलिफोर्निया विश्वविद्यालय की इस युवती ने मुझे बताया, "मेरे पास उस बैग को खरीदने के पैसे नहीं थे, परंतु मुझे पता था कि मेरी आवश्यकता की प्रत्येक वस्तु और पैसे मुझे कहां खोजने हैं। इसका अनंत खजाना मेरे भीतर ही है।"

एक अन्य उदाहरण इस प्रकार है – जब आप कहते हैं, "मुझे मशरूम नहीं पसंद है। इसके बाद जब भी कभी आपके भोजन में मशरूम शामिल होगी तो आपका शरीर इसे ठीक तरह से नहीं पचाएगा क्योंकि मालिक यानी चेतन मन को यह बिल्कुल पसंद नहीं है। यह एक बेहतरीन उदाहरण है जो आसानी से समझाता है कि चेतन और अवचेतन मन आपकी पसंद और नापसंद पर किस प्रकार से प्रतिक्रिया करते हैं।"

यदि एक महिला आदतन यह बात कहती है, "अगर मैं रात में कॉफी का सेवन कर लूं, तो रात 3 बजे तक भी आसानी से जाग सकती हूं" ऐसे में वह जब भी रात में कॉफी पीएगी, उसका अवचेतन मन उसके पूरे शरीर में स्वतः ही संदेश पहुंचा देगा, "मालिक आपको रातभर जागने को कह रही हैं।"

आपका अवचेतन मन आपके हित में दिन के चौबीस घंटे कार्य करता है ताकि आपकी चाहत के अनुसार आपको परिणाम उपलब्ध करा सके।

अवचेतन ने किस तरह प्रतिक्रिया दी

कुछ महिनों पहले एक महिला ने मुझे पत्र लिखा –

> "मैं 75 वर्ष की एक विधवा हूं। मेरा एक भरा पूरा परिवार रहा है। परंतु कुछ समय पहले तक मैं पेंशन की बदौलत अकेली जीवन जी रही थी। उसी दौरान मैंने अवचेतन मन की शक्तियों पर आपके कई लेक्चर्स सुने, जिसमें आपने कहा था कि किसी भी विचार को अवचेतन तक बार-बार बोलकर, विश्वास करके या उसकी चाह करके पहुंचाया जा सकता है।"
>
> मैंने पूरे मन से इस बात को दोहराना शुरू किया – कोई मुझे चाहता है। मेरी शादी दयालु, प्यार करने वाले, ईमानदार एवं आध्यात्मिक मानसिकता वाले व्यक्ति से हो। मैं हमेशा सुरक्षित रहूं।
>
> "करीब दो हफ्तों तक मैंने इन बातों को बार-बार दोहराया। तभी एक दिन दवा की दुकान पर मेरी मुलाकात रिटायर्ड फार्मासिस्ट से हुई। वे एक दयालु, समझदार और

आध्यात्मिक प्रवृत्ति के व्यक्ति थे। मेरी प्रार्थना के वे एक आदर्श उत्तर थे। एक सप्ताह बाद ही उन्होंने मेरे सामने शादी का प्रस्ताव रखा। अब हम यूरोप में हनीमून मना रहे हैं। मैं जानती हूं कि मेरे अवचेतन मन की बुद्धिमता ने ही हम दोनों को मिलाया था।"

उस महिला ने जान लिया था कि खजाने का भंडार उसके भीतर ही है। उसकी प्रार्थना उसके दिल को सच लगी और उसके अवचेतन मन तक पहुंची, जो कि एक रचनात्मक तरीका है। जिस पल महिला ने अपने सपने की छाप पूरी दृढ़ता से मन पर छोड़ी, उसके अवचेतन ने आकर्षण के नियम के द्वारा जवाब खोज लिया। जल्दी ही ज्ञान और बुद्धिमत्ता से भरे उसके अवचेतन मन ने दोनों को मिला भी दिया।

सुनिश्चित करें कि इन बातों पर विचार करेंगे :

> जो भी चीजें सच्ची हैं, जो भी चीजें ईमानदार हैं, जो भी चीजें सही हैं, जो भी चीजें शुद्ध या पवित्र हैं, जो भी चीजें प्यारी हैं, जो भी चीजें अच्छी हैं, अगर कोई पुण्य का कार्य है, अगर किसी में भी कुछ प्रशंसा के योग्य है तो उन बातों पर विचार करें।
>
> *फिल. 4:8*

याद रखने योग्य विचार :

1. खजाने का भंडार आपके भीतर ही मौजूद है। अपनी प्रत्येक चाह को पूरा करने के लिए एक बार भीतर झांक कर देखें।
2. अवचेतन मन की शक्तियों को जानना और उसका उपयोग कर पाना ही वह प्राचीन रहस्य है जिसने इतिहास में सभी महान लोगों के लिए सफलता के द्वार खोले। इसका प्रयोग आप भी कर सकते हैं।
3. आपके अवचेतन मन के पास आपकी सभी समस्याओं के समाधान हैं। यदि आप अपने मन को रात में सोने से पहले अच्छी तरह समझा दें, मैं सुबह 6 बजे उठना चाहता हूं। तो वह आपको ठीक आपके मन चाहे समय पर उठा देगा।
4. आपका अवचेतन मन आपके शरीर का निर्माता है और यह इसकी प्रत्येक बीमारी के उपचार की क्षमता रखता है। यदि आप प्रत्येक रात सोने से पहले मन को आदर्श स्वास्थ्य का विचार देते हैं तो आप देखेंगे कि आपका यह वफादार सेवक यानी अवचेतन मन आपके आदेश विचार का पालन करने लगेगा।
5. प्रत्येक विचार एक कारण है और प्रत्येक परिस्थिति एक परिणाम है।
6. यदि आप एक पुस्तक लिखना चाहते हैं या नाटक लिखना चाहते हैं या फिर अपने श्रोताओं को एक बेहतरीन भाषण देना चाहते हैं तो यह विचार भावना और प्रेम के साथ अपने अवचेतन मन तक पहुंचाएं। वह उसी के अनुसार कार्य करने लगेगा।

7. आप एक जहाज के नाविक की तरह होते हैं जिसे सिर्फ सही निर्देश देने होते हैं। इसी तरह आप भी अपने अवचेतन मन को विचारों के रूप में सही निर्देश दें जो आपके सभी अनुभवों का संचालन और नियंत्रण कर रहा है।

8. मेरे पास इसके लिए पैसे नहीं हैं या मैं यह कार्य नहीं कर सकता जैसे शब्दों का प्रयोग कभी न करें। आपका अवचेतन मन आपके विचारों और शब्दों को सच मानना शुरू कर देता है। फिर वह यह सुनिश्चित करता है कि आपके पास कभी पैसे न रहें या कभी भी कार्य करने की क्षमता न आए, जबकि आप ऐसा नहीं चाहते। इसलिए हमेशा मन में यह विचार रखें – मैं अपने अवचेतन मन की शक्ति से दुनिया का प्रत्येक कार्य करने में सक्षम हूं।

9. जीवन का नियम ही विश्वास का नियम है। आपके मन का विचार ही आपका विश्वास है। ऐसे विश्वास या विचार मन में ना रखें जो आपको नुकसान पहुंचा सकते हो बल्कि विश्वास करें कि आपका अवचेतन मन आपको स्वस्थ बना सकता है, प्रेरणा दे सकता है, मजबूत बना सकता है और आपके लिए समृद्धि के द्वार खोल सकता है। ऐसा करने से आप आपके विश्वास के अनुरूप बदलाव होते हुये बहुत जल्द देखेंगे।

10. आप अपने विचारों को बदलकर देखिए, आप अपने जीवन को सकारात्मक रूप से बदलते हुए महसूस करने लगेंगे।

2

दिमाग किस तरह कार्य करता है

आपके पास एक मन है और आपको जानना चाहिए कि यह किस प्रकार कार्य करता है। मन के दो स्तर होते हैं – चेतन मन या तार्किक मन और अवचेतन मन या अतार्किक मन। विचार से संबंधित सभी गतिविधियां आप अपने चेतन मन में करते हैं। इसके बाद जो भी आप आदतन सोचते हैं वह फिर अवचेतन मन तक पहुंचता है। अवचेतन मन आपके विचारों की प्रकृति के अनुरूप ही कार्य करना शुरू कर देता है। आपका अवचेतन मन भावनाओं का भंडार गृह और एक रचनात्मक केन्द्र है। अगर आप अच्छा सोचेंगे तो वह वैसा करने लगेगा और यदि आप बुरा सोचेंगे तो वह वैसा करने लगेगा। यह इसी तरह से कार्य करता है।

यहां जो सबसे जरूरी बात ध्यान देने योग्य है वह यह है कि एक बार अवचेतन मन ने किसी विचार को ग्रहण कर लिया तो वह उसे साकार करने की शुरुआत कर देता है। यह एक अजीब मगर रोचक सत्य है कि अवचेतन मन का नियम अच्छे और बुरे दोनों विचारों में समान रूप से कार्य करता है। इस नियम का यदि नकारात्मक तरीके से प्रयोग किया जाए तो यह जीवन में हार, हताशा और दुख लाने का काम करता है। वहीं अगर आपकी आदतन सोच में सद्भाव और रचनात्मकता होगी तो यह आपको अच्छे स्वास्थ्य, सफलता और समृद्धि का अनुभव देगा।

जब आप विचारों को सही दिशा प्रदान करते हैं तो आपको स्वत: ही मनसिक शांति और स्वस्थ काया परिणाम स्वरूप मिलते हैं। मन में आप जिस भी बात को सच मानने का दावा करते हैं, अवचेतन मन उसे स्वीकार कर उसे आपके अनुभव में लाने के प्रयास शुरू कर देता है। इसके लिए बस आपको अपने अवचेतन मन को वह बात मनवानी होती है। फिर आपका अवचेतन मन आपको स्वास्थ्य और शांति देने के साथ ही आपकी प्रत्येक चाहत को पूरा करने लग जाता है। आप आदेश करिए और आपका अवचेतन मन पूरी वफादारी से उस कार्य को करने में लग जाएगा। आपके मन का नियम कुछ ऐसे कार्य करता है - आपके अवचेतन मन से प्राप्त होने वाली प्रतिक्रिया चेतन मन के विचारों पर ही निर्भर करती है।

मनोवैज्ञानिक एवं मनोचिकित्सक भी इस बात को रेखांकित करते हैं कि जब आपके अवचेतन मन में विचार पहुंचते हैं, तब उसकी छाप दिमाग की कोशिकाओं पर भी पड़ती है। जितनी जल्द आपका अवचेतन किसी विचार को स्वीकार करता है, उतने ही जल्द वह उस पर कार्य शुरू कर देता है। यह आपके विचारों को एकीकृत करता है और इसके लिए वह आपके द्वारा उस प्रयोजन से संग्रहित की गई प्रत्येक जानकारी का इस्तेमाल करता है। यह आपके भीतर की असीमित शक्ति, ऊर्जा और ज्ञान का इस्तेमाल करता है। परिणाम के लिए यह प्रकृति के सभी नियमों का प्रयोग करता है। कई बार यह आपकी समस्याओं का तुरंत समाधान दे देता है, परंतु कई बार इसे कुछ दिन, हफ्ते और अधिक समय भी लग जाता है... इसके तरीके समझ से परे होते हैं।

चेतन और अवचेतन में अंतर

आपको इस बात का ध्यान रखना होगा कि ये दोनों दो अलग मस्तिष्क नहीं हैं। ये एक मस्तिष्क के भीतर ही कार्य करने वाले दो क्षेत्र हैं। आपका चेतन मन तार्किक मन है। यह वह हिस्सा है जिसके पास चुनाव की शक्ति है। उदाहरण के तौर पर आप जीवन में अपनी किताबों, अपने घर, अपने साथी को चुनते हैं। आपके सभी निर्णय चेतन मन के द्वारा लिए जाते हैं। जबकि दूसरी ओर आपके बिना चाहे कई कार्य शरीर खुद ही कर रहा होता है जैसे, दिल का धड़कना, पाचन एवं श्वसन प्रक्रिया। ये सभी अवचेतन मन द्वारा स्वतंत्र रूप से संचालित किए जाते हैं। इन पर चेतन मन का नियंत्रण नहीं होता है।

आपका अवचेतन मन वही बात स्वीकार करता है जिसकी छाप उस पर पड़ती है या जिस बात पर आप स्वयं विश्वास करते हैं। यह आपके चेतन मन की तरह आपसे कारण नहीं मांगता और ना ही किसी प्रकार का तर्क करता है। अवचेतन मन वह मिट्टी है जिसमें किसी भी पौधे का बीज लगाया जा सकता है, इससे फर्क नहीं पड़ता कि वह अच्छा है या बुरा। आपके विचार हमेशा सक्रिय रहते हैं और एक बीज की तरह कार्य करते हैं। नकारात्मक और हानिकारक विचार का अवचेतन मन पर भी प्रभाव नकारात्मक ही होता है और एक समय के बाद यह व्यक्ति के व्यवहार में भी प्रकट होने लग जाता है।

ध्यान रहे, आपका अवचेतन मन आपको गलत या सही, अच्छा या बुरा सिद्ध करने का प्रयास नहीं करता, बल्कि आपके विचारों और सुझावों की प्रकृति के अनुरूप प्रतिक्रिया करता है। उदाहरण के तौर पर, यदि आप किसी गलत बात को भी चेतन रूप में सच मान लेते हैं तो अवचेतन मन भी उसे सच मान लेता है, उसी के अनुसार परिणाम देता है *क्योंकि* आपने चेतन रूप में उसे सच माना है।

मनोवैज्ञानिकों के प्रयोग

व्यक्तियों पर सम्मोहन के दौरान किए गए अनगिनत प्रयोगों के जरिए विभिन्न मनोवैज्ञानिकों और अन्य विद्वानों ने बताया कि अवचेतन मन के पास चुनाव और तुलना करने की क्षमता

नहीं होती जो कि एक तर्क करने के लिए आवश्यक होती है। उन्होंने यह भी बार-बार बताया कि अवचेतन मन आपके प्रत्येक सुझाव को स्वीकार करता है, भले ही फिर वह झूठा ही क्यों ना हो। एक बार सुझाव स्वीकार कर लेने के बाद वह उस सुझाव की प्रकृति के अनुसार जवाब देना शुरू कर देता है।

सुझावों के प्रति आपका अवचेतन मन कितना वफादार है, यह इस उदाहरण से समझें। यदि कोई सम्मोहन विशेषज्ञ किसी को यह सुझाव दे कि वह नेपोलियन बोनापार्ट है या बिल्ली है या कुत्ता है, तो वह व्यक्ति पूरी सटीकता से उस किरदार को निभाने लगेगा। उस समय के लिए उसका व्यक्तित्व पूरी तरह बदल जाएगा। वह स्वयं को वही मान लेगा जो सम्मोहन विशेषज्ञ उससे कहेगा।

सम्मोहन विशेषज्ञ अपने एक छात्र को सम्मोहन के दौरान कहे कि उसकी पीठ में खुजली है, दूसरे को कहे कि उसकी नाक से खून आ रहा है, तीसरे को कहे कि वह मार्बल की मूर्ति है, चौथे को कहे कि तुम शून्य तापमान में ठंड से कंपकंपा रहे हो तो आप पाएंगे कि सभी छात्र अपने लिए कहे गए उस विशेष सुझाव पर अमल करना शुरू कर देंगे; बिना इस बात की ओर ध्यान दिए कि वहां आसपास क्या हो रहा है।

ये उदाहरण, चेतन तार्किक मन और अवचेतन मन के बीच के अंतर को दर्शाते हैं। यह पूरी तरह से अवैयक्तिक, गैर चयनात्मक है और हर उस बात को स्वीकार करता है जिसे चेतन मन सच मानता है। इसलिए यह महत्वपूर्ण है कि आप ऐसे विचार, सुझाव और आधार चुनें जो आपको सुख दें, स्वस्थ बनाएं, प्रेरणा दें और आपकी आत्मा को खुशियों से भर दें।

हकीकत और *कल्पना* को जानें

आपके चेतन मन को कई बार वस्तुनिष्ठ मन भी कहा जाता है क्योंकि यह बाह्य वस्तुओं एवं परिस्थितयों से व्यवहार बनाने का कार्य करता है। वस्तुनिष्ठ मन बाहरी दुनिया की वस्तुओं का संज्ञान लेता है। यह कार्य ये पांच भौतिक इंद्रियों के माध्यम से करता है। बाहरी वातावरण से संबंध स्थापित करने में आपका वस्तुनिष्ठ मन आपके लिए एक मार्गदर्शक का कार्य करता है। सभी जानकारियां पांच इंद्रियों के माध्यम से ही प्राप्त होती हैं। आपका वस्तुनिष्ठ मन प्रयोग, अनुभव और शिक्षा से सीखता है जैसा पहले बताया गया कि वस्तुनिष्ठ मन का सबसे महत्वपूर्ण कार्य तर्क करना होता है।

मान लीजिए आप उन हजारों पर्यटकों में से हैं जो प्रतिवर्ष लॉस एंजिल्स आते हैं। यहां के पार्क, सुंदर बगीचे, ऊंची इमारतें और शानदार घरों को देखने के बाद आप इस निष्कर्ष पर पहुंचते हैं कि यह एक सुंदर शहर है। आपका वस्तुनिष्ठ मन इसी प्रकार कार्य करता है।

आपके अवचेतन मन को अक्सर व्यक्तिनिष्ठ मन कहा जाता है। आपका व्यक्तिनिष्ठ मन आपके आसपास के वातावरण का संज्ञान स्वतंत्र रूप से लेता है, बिना पांचों इंद्रियों की सहायता से। आपका व्यक्तिनिष्ठ मन अंतर्ज्ञान की मदद से चीजों को ग्रहण करता है। यह आपकी भावनाओं का स्थान और यादों का भंडार है। आपका व्यक्तिनिष्ठ मन सबसे

महत्वपूर्ण कार्य तब करता है जब आपका वस्तुनिष्ठ मन आराम कर रहा होता है। दूसरे शब्दों में, जब वस्तुनिष्ठ मन आराम की अवस्था में होता है तब व्यक्तिनिष्ठ मन पूर्ण क्षमता से कार्य करता है।

आपका व्यक्तिनिष्ठ मन बिना अंगों के भी देख सकता है। इसके पास परोक्ष दर्शन और परोक्ष श्रवण की क्षमता होती है। आपका व्यक्तिनिष्ठ मन आपका शरीर छोड़ कर बहुत दूर के स्थान की यात्रा कर सकता है और ऐसी जानकारियां एकत्रित कर ला सकता है जो आश्चर्यजनक रूप से सत्य हो सकती हैं। अपने व्यक्तिनिष्ठ मन की मदद से आप दूसरों के मन में चल रही बातों, बंद लिफाफे के संदेश को भी जान सकते हैं। आपके व्यक्तिनिष्ठ मन में दूसरों के मन की बातों को जानने की क्षमता होती है वह भी बिना किसी सामान्य संचार माध्यम के इस्तेमाल किए। यह हमारे लिए बहुत महत्वपूर्ण है कि हम वस्तुनिष्ठ और व्यक्तिनिष्ठ मन की परस्पर कार्यविधि को जानें जिससे हम जान सकें कि प्रार्थना कैसे कार्य करती है।

अवचेतन मन प्रश्न नहीं करता

आपका अवचेतन मन कभी भी तर्क नहीं करता है। इसलिए यदि आप इसे गलत सुझाव देंगे तो यह उसे ही स्वीकार करेगा और उसी के अनुरूप परिस्थिति, अनुभव और परिणाम देता रहेगा। आपके साथ जो भी घटित होता है वह आपके अवचेतन मन पर विश्वास के माध्यम से आपके विचारों की छाप का ही परिणाम होता है। अगर आपने किसी गलत विचार को अवचेतन मन तक पहुंचा दिया है तो इसे आप रचनात्मक और अच्छे विचारों का दोहराव करके इसमें सुधार कर सकते हैं जो कि आपके अवचेतन मन द्वारा स्वीकार कर लिए जाएंगे। इस प्रकार आप विचार और जीवन की अच्छी आदतें अपना सकते हैं क्योंकि आपका अवचेतन मन आदत का स्थान है।

आपके चेतन मन के आदतन विचार अवचेतन मन की गहराई में अपना स्थान बना लेते हैं। इसलिये यह आपके लिए बहुत लाभदायक हो सकता है यदि आपके आदतन विचारों में सद्भाव, शांति और रचनात्मकता शामिल हो जाए।

अगर आप डर, आशंका और अन्य हानिकारक विचारों से घिरे रहते हैं तो इनसे बचने का उपाय अवचेतन मन की शक्तियों को स्वीकार करना है। आपको ऐसा करना ही होगा। आप स्वयं को स्वतंत्र, स्वस्थ और खुशहाल घोषित करें। आपका अवचेतन मन रचनात्मक रूप में और दैवीय स्रोत के साथ आपके लिए स्वतंत्रता और खुशहाली को कायम करने का कार्य शुरू कर देगा।

सलाह की जादुई शक्ति

आप अब तक समझ गए होंगे कि आपका चेतन मन "द्वार के चौकीदार" की तरह है और इसका मुख्य कार्य अवचेतन को नकारात्मक प्रभावों से बचाना है। आप अब तक मन

के नियम के मूलभूत सिद्धांत से वाकिफ हो चुके हैं। आपका अवचेतन मन आपका एक आज्ञाकारी सेवक है जो प्रत्येक सुझाव को आज्ञा मानकर पूरा करता है। जैसा कि आप जानते हैं, आपका अवचेतन मन कभी भी तुलना नहीं करता, भेदभाव या तर्क भी नहीं करता। ना ही स्वयं से कोई विचार करता है, क्योंकि यह कार्य आपका चेतन मन करता है। यह सिर्फ चेतन मन के विचारों के प्रभाव में प्रतिक्रिया देता है। यह किसी विचार या सुझाव को अन्य की अपेक्षा तरजीह भी नहीं देता है।

सुझाव की असीमित शक्ति का एक उदाहरण हम यहां देखते हैं। मान लीजिए आप जहाज में एक भयभीत दिख रहे यात्री के पास जाते हैं और उससे कहते हैं, "आपका स्वास्थ्य ठीक नहीं लग रहा है, आप काफी कमजोर लग रहे हैं, मुझे लगता है आपको समुद्री यात्रा की मतली आ सकती है, चलिए मैं आपको केबिन तक पहुंचने में मदद कर देता हूं।" यात्री का चेहरा पीला पड़ जाता है। समुद्री यात्रा में मतली आने के सुझाव को उसने अपने डर के साथ जोड़ लिया। वह केबिन तक पहुंचने में आपका सहयोग और नकारात्मक विचार को स्वीकार कर लेता है और आप पाते हैं कि केबिन में पहुंचने तक वह सच में बीमार होने लगता है।

समान सुझाव पर प्रतिक्रियाओं में भिन्नता

यह सत्य है कि हर व्यक्ति समान विचार पर भी अलग-अलग तरह से प्रतिक्रियाएं देते हैं क्योंकि सभी का अवचेतन मन अलग परिस्थितियों में तैयार होता है और अलग चीजों में विश्वास करता है। उदाहरण के लिए, अगर आप जहाज के चालक के पास जाएं और पूरी सहानुभूति के साथ उससे कहें, "मित्र, आप काफी बीमार लग रहे हैं। क्या आपको ऐसा महसूस नहीं हो रहा? मुझे ऐसा लग रहा है समुद्री यात्रा की मतली आपको आने वाली है।"

वह व्यक्ति अपने मिजाज के मुताबिक या तो आपके "मजाक" पर मुस्करा देगा या आप पर गुस्सा भी हो सकता है। इस उदाहरण में आपके सुझाव का असर चालक पर नहीं हुआ क्योंकि वह आश्वस्त था कि समुद्री यात्रा में उसे मतली नहीं आ सकती। उसके आत्मविश्वास ने डर और शंका को उस पर हावी नहीं होने दिया।

शब्दकोश के अनुसार सुझाव एक ऐसा कार्य है जिसके जरिए कोई चीज किसी के मस्तिष्क में पहुंचाई जाती है। यह एक ऐसी प्रक्रिया भी है जिसके जरिए विचार को स्वीकार किया जाता है और उसे साकार करने की शुरुआत भी होती है। आप ध्यान रखें, सुझाव कभी भी चेतन मन की इच्छा के विरूद्ध अवचेतन मन पर कभी भी प्रभावित नहीं कर सकता है। दूसरे शब्दों में, आपके चेतन मन के पास सुझाव को अस्वीकार करने की पूरी ताकत होती है। चालक के उदाहरण में, उसे बीमार होने का कोई डर नहीं था। उसे अपनी क्षमता पर पूर्ण विश्वास था। नकारात्मक सुझाव में चालक के मन में डर उत्पन्न करने की कोई शक्ति नहीं थी।

इससे पहले के उदाहरण में समुद्री यात्रा की मतली के सुझाव ने उस यात्री की शंका को डर में बदल दिया था, इसलिए आपके कहे अनुसार परिस्थितियों का निर्माण हुआ

था। हम सभी के भीतर हमारे खुद के कई डर, विश्वास और मत होते हैं। यही आंतरिक पूर्वधारणाएं ही होती हैं जो हमारे जीवन पर शासन करती हैं और इसे संचालित करती हैं। एक सुझाव में स्वयं की कोई शक्ति नहीं होती जो आपको प्रभावित कर सके। यह आपकी मानसिक स्वीकार्यता पर निर्भर करता है कि आप उससे प्रभावित होते हैं या नहीं। इसी कारण से आपके अवचेतन मन की शक्ति, सुझाव की प्रकृति के अनुसार या तो सीमित रूप में कार्य करती है या तो आपके पूरे नियंत्रण में आपके लिए कार्य करती है।

कैसे उसने अपना हाथ गंवाया

हर दो से तीन वर्ष में एक बार कैक्सटन हॉल में लंदन ट्रुथ फोरम में मेरे व्याख्यान की श्रंखला का आयोजन किया जाता है। इस फोरम की मैंने कुछ वर्ष पहले स्थापना की थी। इसकी निदेशक डॉ. ईवलिन फ्लीट ने मुझे अंग्रेजी समाचार पत्र में प्रकाशित एक लेख के बारे में बताया जो अवचेतन मन की शक्तियों के संबंध में था। इस लेख में एक आदमी के बारे में बताया गया था जो अपने अवचेतन मन को दो साल तक एक सुझाव देता है-

"मैं अपनी बेटी को स्वस्थ देखने के लिए अपना एक हाथ भी दे सकता हूं।" उसकी बेटी अपंगता के एक प्रकार की आर्थ्राइटिस और लाइलाज चर्मरोग की बीमारी से पीड़ित थी। चिकित्सकीय उपचार उसकी हालत को ठीक कर पाने में नाकाम थे, पर पिता अपनी बेटी से बहुत प्रेम करता था इसलिए अपनी चाहत को उपरोक्त शब्दों में बयां करने लगा था।

डॉ. ईवलिन फ्लीट ने समाचार पत्र के लेख के संबंध में बताया कि एक दिन परिवार कहीं घूमने गया था तभी वहां कार की टक्कर किसी वाहन से हो गई। उस हादसे में पिता ने हांथ गंवा दिया था, परंतु उसके बाद बेटी की आर्थ्राइटिस और चर्मरोग जैसी बीमारी में अभूतपूर्व रूप से सुधार हुआ। इसलिए आपको अपने अवचेतन मन को केवल ऐसे विचारों से पोषित करना चाहिए जो आपके जीवन को बेहतर बना सकें और विभिन्न तरीकों से प्रेरित कर सकें। याद रखें, आपका अवचेतन मन किसी भी बात को मजाक नही मानता। यह प्रत्येक बात को सच मानता है।

स्वतः सुझाव ने डर को खत्म किया

स्वतः सुझाव के उदाहरण : स्वतः सुझाव का अर्थ है खुद को किसी निश्चित और विशिष्ट बात का सुझाव देना। स्वतः सुझाव का प्रयोग डर और नकारात्मक परिस्थितियों से निपटने के लिए किया जा सकता है। एक युवा गायिका को ऑडिशन देने के लिए आमंत्रित किया जाता है। वह बेहद उम्मीद से साक्षात्कार देने जाती थी परंतु इससे पहले के तीन साक्षात्कार में भी अपने डर के कारण वह असफल रही थी। गायिका की आवाज बहुत मधुर थी, पर वह खुद से कहती थी, "शायद जब मेरी गाने की बारी आएगी तो उन्हें मेरी आवाज पसंद ना आए। मैं प्रयास करूंगी पर मुझे बहुत डर सता रहा है।"

उसके अवचेतन मन ने खुद के उन नकारात्मक सुझावों को निवेदन के रूप में स्वीकार कर लिया था और अब उन्हें अनुभव में साकार करने लगा था। इसका कारण स्वयं का अनचाहा सुझाव था जिससे मन का छिपा डर विचारों में बदला और फिर वह सच हो गया।

वह समस्या से इस तरह उबर पाई: वह दिन में तीन बार अकेली अलग कमरे में जाती। वहां वह आराम से कुर्सी पर बैठ जाती, आंखों को बंद कर लेती। वह अपने मन और शरीर को स्थिर रखती। जब शरीर स्थिर होता है तब वह मानसिक रूप से अधिक सक्रिय होकर ग्रहणशील बन जाता है। वह अपने मन के डर के विचारों से यह कहकर लड़ने का प्रयास करती, "मैं बहुत सुंदर गाती हूं, मैं संतुलित, शांत, आत्मविश्वासी और स्थिर हूं।" यह शब्द वह आराम से, धीमे और मन की भावनाओं के साथ पांच से दस बार बोलती थी। खासतौर पर रात को सोने से पहले वह जरूर यह कार्य करती थी। करीब एक हफ्ते के भीतर ही वह शांत और आत्मविश्वास से भरपूर दिखने लगी थी। अगली बार जब उसे ऑडिशन के लिए आमंत्रण आया तो उसने एक अद्भुत और शानदार तरीके से ऑडिशन को पूरा किया।

उसने अपनी याद्दाश्त कैसे पाई

75 वर्षीय महिला आदतन स्वयं से कहा करती थी, "मेरी याद्दाश्त जा रही है।" इसके बाद उसने याद्दाश्त जाने की समस्या से निजात पाने के लिए आत्म सुझाव की प्रक्रिया का इस प्रकार अभ्यास किया —

> "आज से मेरी याद्दाश्त बेहतर होने लगी है। मैं अपनी जरूरत की प्रत्येक वस्तु को हर पल, हर जगह, हमेशा याद रखूंगी। मैं यह आसानी से और अपने आप कर सकती हूं। मैं जो भी याद करना चाहूंगी, वह मुझे तत्काल याद आ जाएगा। मेरी याद्दाश्त में बहुत तेजी से सुधार हो रहा है और जल्द ही यह पहले से भी बेहतर हो जाएगी।"

तीन हफ्ते बाद उसकी याद्दाश्त फिर से सामान्य हो गई। वह अब बहुत खुश थी।

उसने बुरे स्वभाव को कैसे नियंत्रित किया

ऐसा देखा गया है जो लोग अपने गुस्सैल स्वभाव से परेशान रहते हैं वे अक्सर आत्म सुझावों के प्रति संवेदनशील होते हैं। ऐसे लोगों ने एक माह तक जब दिन में तीन से चार बार यानी सुबह, दोपहर, शाम और रात को सोने से पहले खुद से यह बात कही तो उन्हें बहुत ही शानदार परिणाम मिले —

> "अब से मैं ज्यादा बेहतर स्वभाव का बनूंगा। मेरा मन सामान्य रूप से प्रसन्न, सुखी और खुशमिजाज बन रहा है। मैं अधिक प्रेम करने के साथ समझदार भी बन रहा हूं। मैं अपने सभी साथियों के लिए ऊर्जा और खुशी का केंद्र बन रहा हूं। मैं उनके भीतर भी इस आदत का प्रवेश करूंगा। खुश और ऊर्जामय रहना अब मेरा सहज स्वभाव बन रहा है। मैं हमेशा आभारी रहूंगा।"

सुझाव की सृजनात्मक और विध्वंसात्मक शक्ति

बाहरी सुझाव का अर्थ है किसी दूसरे व्यक्ति के सुझाव। सभी युगों और दुनिया के सभी देशों में सुझावों की शक्ति ने मनुष्य के विचारों और जीवन में अहम भूमिका निभाई है। दुनिया के बहुत से हिस्सों में यही वह शक्ति है, जो धर्मों को संचालित करती है।

सुझाव का प्रयोग स्वयं को अनुशासित और नियंत्रित करने के लिए किया जा सकता है, परंतु इसका प्रयोग ऐसे लोगों को नियंत्रित करने और उन्हें अपने अनुसार चलाने के लिए भी किया जा सकता है, जिन्हें मस्तिष्क के नियमों की जानकारी नहीं है। सृजनात्मक रूप से यह अद्भुत और शानदार है। अगर इसका नकारात्मक पहलू देखें तो यह मस्तिष्क की प्रतिक्रिया के सभी प्रतिमानों में बहुत ही विध्वंसात्मक है जिससे परिणाम दुख, असफलता, परेशानी, बीमारी और तबाही हो सकते हैं।

क्या आपने ये स्वीकार किया है?

पैदा होने के समय से ही हमें कई प्रकार के नकारात्मक सुझाव दिए जाते हैं। हम नहीं जानते कि उनसे कैसे बचना है, इसलिए अवचेतन रूप से हम उन्हें स्वीकार कर लेते हैं।

नकारात्मक सुझावों के कुछ उदाहरण देखें —

- "तुम नहीं कर सकते।"
- "तुम कभी कुछ नहीं बन पाओगे।"
- "तुम्हें ऐसा नहीं करना चाहिए।"
- "तुम असफल हो जाओगे।"
- "तुम्हें कोई मौका नहीं मिलेगा।"
- "तुम बिल्कुल गलत हो।"
- "यह किसी काम का नहीं।"
- "महत्वपूर्ण यह नहीं कि तुम क्या जानते हो, महत्वपूर्ण यह है कि तुम किसे जानते हो।"
- "दुनिया में सबकुछ बुरा हो रहा है।"
- "क्या फायदा, किसी को कोई फर्क नहीं पड़ता।"
- "मेहनत करने का कोई लाभ नहीं।"
- "तुम अब बूढ़े हो चुके हो।"
- "चीजें अब बिगड़ती ही जा रही हैं।"

- “प्रेम सिर्फ पक्षियों के लिए है।”
- “तुम कभी नहीं जीत सकते।”
- “बहुत जल्द तुम बर्बाद होने वाले हो।”
- “देखना तुम बीमार हो जाओगे।”
- “किसी पर भी भरोसा नहीं किया जा सकता” इत्यादि।

जब आप समझदार होते हैं तब आप सृजनात्मक आत्म सुझाव का इस्तेमाल कर पाते हैं, जो कि मन की सकारात्मक कंडीशनिंग का तरीका है। परंतु अतीत के विचारों की छाप के कारण ऐसे व्यवहार का निर्माण होता है जिसे सामाजिक एवं निजी जीवन में कई बार असफलता का सामना करना पड़ता है। सृजनात्मक आत्म सुझाव आपको नकारात्मक कंडीशनिंग से मुक्त कर सकता है। यदि यह कार्य जल्द ही नहीं किया गया तो नकारात्मक कंडीशनिंग जीवन को तबाह करने के साथ ही अच्छी आदतों के विकास को मुश्किल या असंभव बना देगी।

नकारात्मक सुझावों से ऐसे बचें

किसी भी दिन का समाचार पत्र देखें, आप इसमें दर्जनों ऐसी खबरें पाएंगे जो निरर्थकता, डर, चिंता, तनाव और भविष्य की समस्याओं के बीज बो सकती हैं। अगर आप उन्हें स्वीकार कर लें, तो डर के ये विचार आपकी जीवन जीने की इच्छा ही खत्म कर देंगे। हालांकि आप इन नकारात्मक सुझावों को अस्वीकार कर सकते हैं। इसके लिए अवचेतन मन तक ऐसे सृजनात्मक आत्म सुझाव पहुंचाने होंगे जो इन नकारात्मक विचारों का विरोध करते हों।

अन्य लोगों द्वारा आपको दिए जाने वाले नकारात्मक सुझावों की जांच करते रहें। आपको इन बाहरी सुझावों से किसी भी प्रकार से प्रभावित नहीं होना है। हम सभी को बचपन और युवावस्था में इनसे परेशानी का सामना करना पड़ा है। आप अतीत को याद करेंगे तो पाएंगे कि कैसे आपके पिता, दोस्त, संबंधी, शिक्षक और अन्य साथियों ने आप तक नकारात्मक सुझाव पहुंचाए हैं। आप उनकी बातों का विश्लेषण करेंगे तो पाएंगे कि उनमें से ज्यादातर बातें झूठी थीं। उनका उद्देश्य आपके मन में डर पैदा करके आपको नियंत्रित करना था। बाहरी सुझाव की यह प्रक्रिया हर घर, दफ्तर, फैक्ट्री और क्लब में चलती है। आप पाएंगे कि ज्यादातर सुझावों काउद्देश्य यह होता है कि आप वैसा ही सोचें, महसूस करें और काम करें, जैसा वे चाहते हैं और जिससे उनका लाभ हो सके।

कैसे एक सुझाव एक व्यक्ति की मृत्यु का कारण बना

मेरे एक रिश्तेदार ने भारत की एक भविष्यवक्ता के पास जाकर अपना भविष्य पूछा। उसने उन्हें बताया कि उसका दिल बहुत कमजोर है और वह अगली अमावस्या को मर जाएगा।

उसने परिवार के सभी लोगों को इस भविष्यवाणी के बारे में बताया। तब उन्होंने अपनी वसीयत भी तैयार करवा ली।

यह शक्तिशाली सुझाव उनके अवचेतन मन में घर कर गया था, क्योंकि उसने उसे पूरी तरह स्वीकार कर लिया था। मेरे रिश्तेदार ने मुझे बताया कि उस भविष्यवक्ता में अद्भुत पारलौकिक शक्तियां हैं। वह किसी का भी अच्छा या बुरा कर सकता है। भविष्यवाणी के अनुसार उनकी मृत्यु हो गई, पर उसे पता ही नहीं था कि अपनी मौत का कारण वह स्वयं था।

आइए अवचेतन मन की कार्यविधि की जानकारी के आधार पर देखें कि आखिर हुआ क्या था। व्यक्ति का चेतन या तार्किक मन जो भी विश्वास करता है, अवचेतन मन उसे स्वीकार कर लेता है और उसके अनुरूप ही कार्य करता है। मेरा रिश्तेदार जब उस भविष्यवक्ता के पास गया तब वह खुश और स्वस्थ था। भविष्यवक्ता ने उसे बहुत ही नकारात्मक सुझाव दिया जिसे उसने सच मान लिया। वह बहुत डर गया और वह हमेशा यही विचार करने लगा कि वह अगली अमावस्या को मरने वाला है। उसने इसके बारे में सभी को बता दिया और अपनी मौत की तैयारी करने लगा। उसके मन में हुई एक गतिविधि और एक विचार उसकी मृत्यु का कारण बन गया। उसने डर और मृत्यु की उम्मीद से स्वयं की जान ले ली।

जिस महिला भविष्यवक्ता ने उसकी मौत की भविष्यवाणी की थी, उसकी शक्ति मैदान के पत्थरों और लकड़ियों से अधिक नहीं थी। उसके सुझाव में जान लेने की शक्ति नहीं थी। अगर वह आदमी मन के नियमों को जानता, तो वह उस नकारात्मक सुझाव को बिना किसी प्रकार का ध्यान दिए पूरी तरह से अस्वीकार कर देता क्योंकि ये विचार और भावनाएं ही उसे और उसके जीवन को नियंत्रित करती हैं। यह वैसा ही होता जैसे किसी युद्धपोत को नुकसान पहुंचाने के लिए तीर से वार करना। इस प्रकार वह उस भविष्यवाणी के प्रभाव को खत्म कर सकता था।

दूसरों के सुझावों में कोई शक्ति नहीं होती है। ये आपके विचार ही होते हैं जो उसे स्वीकार करने के बाद उसे शक्ति देते हैं। आपको अपनी मानसिक सहमति देनी होती है। तब वह आपका विचार बनता है और आप उसे साकार करने की शुरुआत करते हैं। याद रखें, आपके पास चुनने की क्षमता है। जिंदगी चुनें, प्रेम चुने, सेहत चुनें।

प्रमुख आधार वाक्यों की शक्ति

आपका मन सिलोजिज्म की तरह कार्य करता है। सिलोजिज्म एक प्रकार का तर्क-वितर्क का तरीका है जिसमें दो कथनों का प्रयोग तीसरे कथन की सत्यता को प्रमाणित करने के लिए किया जाता है। इसका मतलब यह है कि आपका चेतन मन जिस प्रमुख आधार वाक्य को सच मानता है, उसी से वह निष्कर्ष तय होता है, जिस पर आपका अवचेतन मन किसी भी सवाल अथवा समस्या के परिप्रेक्ष्य में उस तक पहुंचता है। अगर आधार वाक्य सही है, तो निष्कर्ष भी सही होगा। यह इस प्रकार है :

उदाहरण देखें :

- प्रत्येक गुण प्रशंसनीय है।
- दयालुता एक गुण है।
- इसलिए दयालुता प्रशंसनीय है।

अन्य उदाहरण भी देखें :

- सभी निर्मित वस्तुएं बदलती और खत्म होती हैं।
- मिस्र के पिरामिड निर्मित वस्तुएं हैं।
- इसलिए, किसी दिन पिरामिड भी नहीं होंगे।

पहले कथन को प्रमुख आधार कहा जाता है और सही निष्कर्ष के लिए सही आधार का होना आवश्यक है।

कॉलेज के एक प्रोफेसर ने मेरे द्वारा न्यूयॉर्क के टाउन हॉल में मई 1962 में दिए गए "मस्तिष्क का विज्ञान" लेक्चर को सुना। इसके बाद उन्होंने मुझे कहा, "मेरे जीवन में सब कुछ गड़बड़ है और मैं अपनी सेहत, दौलत और दोस्त गवां चुका हूं। मैं जिस भी चीज को छूता हूं, वह मेरे लिए बुरी बन जाती है।"

मैंने उन्हें समझाया कि उन्हें अपने विचारों में एक आधार वाक्य की कल्पना करनी चाहिए जिसमें उन्हें इस विश्वास को सही मानना होगा कि उनके अवचेतन मन की असीमित बुद्धिमत्ता उन्हें आध्यात्मिक, मानसिक और भौतिक मार्गदर्शन दे रही है, निर्देशित कर रही है और समृद्ध बना रही है। इसके बाद उनका अवचेतन मन स्वतः ही समझदारी से निर्णय लेने, शरीर का उपचार करने में मदद करने लगेगा। साथ ही यह मानसिक शांति को भी लौटा देगा।

इसके बाद प्रोफेसर ने मनचाहे जीवन की एक कल्पना की, जिसका आधार वाक्य इस प्रकार था —

> "असीमित बुद्धिमत्ता मेरे सभी कार्यों में मेरा मार्गदर्शन कर रही है। मैं सेहतमंद हूं और सामंजस्य का नियम मेरे शरीर एवं मन में कार्य कर रहा है। मेरे पास बहुत सारा सौंदर्य, प्रेम और शांति है। अच्छे कर्म का सिद्धांत और दैवीय विधान मेरे जीवन को चला रहे हैं। मैं जानता हूं कि मेरा प्रमुख आधार जीवन के शाश्वत नियमों पर आधारित है और मैं जानता हूं, महसूस करता हूं और विश्वास करता हूं कि मेरा अवचेतन मन मेरे चेतन मन के विचारों की प्रकृति के अनुरूप ही प्रतिक्रिया करेगा।"

एक पत्र के जरिए उन्होंने मुझे बताया — "मैंने उपरोक्त कथन को धीरे-धीरे, शांति से और पूरे मन से दिन में कई बार दोहराया। मैं जानता था कि ये मेरे अवचेतन मन की गहराई में उतर रहे थे और इनके परिणाम भी मिलेंगे। मैं आपसे हुई उस मुलाकात के लिए हृदय से

धन्यवाद देता हूं। साथ ही बताना चाहता हूं कि मेरे जीवन के सभी पहलुओं में सकारात्मक बदलाव हो रहा है। यह कार्य कर रहा है।"

अवचेतन मन कभी तर्क नहीं करता

आपका अवचेतन मन बहुत समझदार है और सभी सवालों के जवाब जानता है। यह ना आपसे तर्क करता है और ना ही पटलकर जवाब देता है। यह कभी नहीं कहेगा, "आप मुझे इस प्रकार से प्रभावित ना करें।" उदाहरण के तौर पर अगर आप कहें, "मैं यह नहीं कर सकता।", "अब मैं बहुत बूढ़ा हो गया हूं।", "मैं इस जिम्मेदारी को नहीं निभा सकता।", "मैं गलत जगह पैदा हो गया।", "मैं सही नेताओं को नहीं जानता हूं।" अगर आप अवचेतन मन तक ऐसे नकारात्मक विचारों को पहुंचा रहे हैं तो मन आपको कभी इसके लिए रोकेगा नहीं। परंतु इस प्रकार जीवन में कमी लाकर, स्वयं के लिए सीमाएं बनाकर और मन को परेशान करके आप स्वयं के लिए भलाई का रास्ता रोक रहे हैं।

जब आप चेतन मन में बाधा, अवरोध और विलंब के विचार लाते हैं, तो आप अपने अवचेतन मन के ज्ञान और बुद्धिमत्ता को नकार रहे होते हैं। एक प्रकार से आप कह रहे होते हैं कि आपका अवचेतन मन इस कार्य को नहीं कर सकता है। इससे मानसिक और भावनात्मक संतुलन होता है जिसके बाद बीमारी और मानसिक परेशानियां आती हैं।

अपनी इच्छाओं को साकार करने और कुंठा से उबरने के लिए दिन में कई बार स्वयं से कहें —

> "असीमित बुद्धिमत्ता जिसने मुझे यह चाहत दी, वही इस तक पहुंचाने के लिए मुझे निर्देशित करेगी और मार्गदर्शन देगी। यह मेरी चाहत को साकार करने के लिए पूरी योजना तैयार करेगी। मैं जानता हूं कि मेरे अवचेतन मन का गहरा ज्ञान प्रतिक्रिया कर रहा है और जो मैं महसूस करता हूं, जो मानता हूं, वह बाहर जरूर साकार होगा। यहां संतुलन और समबुद्धि है।"

यदि आप कहते हैं, "मेरे पास अब कोई रास्ता नहीं है, मैं हार गया हूं। इस परेशानी से निकलने का कोई तरीका नहीं है; मैं बाधित और अवरुद्ध हूं" तो आपको आपके अवचेतन मन से कोई प्रतिक्रिया नहीं मिलेगी। अगर आप चाहते हैं कि अवचेतन मन आपके लिए कार्य करे तो उसे सही निवेदन करें। फिर वह आपका पूरा सहयोग करेगा। वह इस समय भी आपके हृदय की धड़कन को संभाल रहा है और आपकी सांसों को चला रहा है। आपको अंगुली में चोट आ जाए तो यह उसे ठीक करने में जुट जाएगा। इसकी प्रकृति जीवन की ओर है। यह हमेशा आपकी देखभाल करता है और सुरक्षित रखना चाहता है। आपके अवचेतन के पास स्वयं की बुद्धि है, लेकिन यह आपके विचारों और छवियों के पैटर्न को स्वीकार कर लेता है।

जब आप किसी समस्या का समाधान खोज रहे होते हैं, तब अवचेतन मन प्रतिक्रिया जरूर करता है, परंतु पहले वह चाहता है कि आप अपने चेतन मन में किसी सही नतीजे

पर पहुंचे। आपको यह मानना होगा कि आपके अवचेतन मन के पास जवाब है। और यदि आप कहते हैं, "मेरे पास अब कोई रास्ता नहीं है; मैं अभी भी परेशानी में हूं; मुझे जवाब क्यों नहीं मिल रहा?" तब आप अपनी प्रार्थना की शक्ति को कमजोर कर रहे होंगे, ठीक उसी प्रकार जैसे समय काटता सैनिक ऊर्जा का प्रयोग तो करता है, लेकिन आगे नहीं बढ़ता है।

अपने मस्तिष्क को आराम दें और शांति से कहें —

"मेरा अवचेतन मन जवाब जानता है। यह अभी भी प्रतिक्रिया कर रहा है। मैं धन्यवाद देता हूं क्योंकि मेरे अवचेतन मन की असीमित बुद्धिमत्ता सब कुछ जानती है। यह मुझे इस वक्त भी आदर्श जवाब दे रही है। मेरा विश्वास मेरे अवचेतन मन की ताकत और महानता को मुक्त कर रहा है। मुझे खुशी है कि ऐसा हो रहा है। "

स्मरण योग्य विचार :

1. अच्छे विचार रखेंगे तो आपके साथ अच्छा ही होगा। बुरे विचार रखेंगे तो आपके साथ बुरा होने लगेगा। हमेशा आप जैसे होंगे वैसा ही आपके साथ होने लगेगा।
2. आपका अवचेतन मन आपसे तर्क नहीं करता है। आपका चेतन मन जैसा कहता है यह सिर्फ वैसा ही करना शुरू कर देता है। यदि आप कहो, "मैं इसे नहीं खरीद सकता", भले यह बात सच हो पर आप उसे कभी न कहें। इसकी बजाए ऐसे विचार रख सकते हैं, "मैं उसे जरूर खरीद लूंगा। मैं उसे आज से अपना मानता हूं।"
3. आपके पास चुनाव करने की शक्ति है। आप स्वास्थ्य और खुशहाली को चुनिए। आप स्नेहशीलता भी चुन सकते हैं और अस्नेहशील होना भी आप चुन सकते हैं। आप सहयोगी, आनंदमय, स्नेहशील, प्रेम करने योग्य बनना चुनें, आप देखेंगे दुनिया आपको वैसी ही प्रतिक्रिया देगी। एक बेहतरीन व्यक्तित्व के निर्माण का यह शानदार तरीका है।
4. आपका चेतन मन एक द्वार पर खड़े चौकीदार की तरह होता है। इसका मुख्य कार्य गलत विचारों को आपके अवचेतन मन तक पहुंचने से रोकना है। इसलिए आप यह विश्वास करना चुनें कि आपके साथ अभी सब अच्छा हो रहा है और भविष्य में भी अच्छा ही होगा। आपका चुनाव कर पाना आपकी सबसे बड़ी ताकत है। आप खुशियों से भरपूर जीवन को चुनें।
5. दूसरे लोगों के सुझाव या कथनों में आपको नुकसान पहुंचाने की ताकत नहीं होती है। सिर्फ आपके विचारों में ताकत होती है। आप दूसरों के विचारों और कथनों को अस्वीकार कर सिर्फ अपने अच्छे विचारों को मन तक पहुंचने दें। आपकी क्या प्रतिक्रिया हो इसके चुनाव की आपके पास पूरी ताकत है।
6. इसका पूरा ध्यान रखें कि आप क्या कह रहे हैं। आपके द्वारा कहे गए प्रत्येक शब्द पर ध्यान देना चाहिए। कभी मत कहें, "मैं हार जाऊंगा; मेरी नौकरी चली

जाएगी; मैं किराया भी नहीं दे पाऊंगा।" आपका अवचेतन मन आपके मजाक को नहीं समझ पाता है। वह सभी बातों को साकार करने की प्रक्रिया की शुरूआत कर देता है।

7. आपका मन बुरा नहीं है। कोई भी प्राकृतिक ताकत बुरी नहीं होती है। यह तो आप पर निर्भर करता है कि आप प्रकृति की ताकतों का किस प्रकार से इस्तेमाल करते हैं। अपने मन को भी इसी तरह लोगों की भलाई, उपचार और प्रेरित करने के लिए इस्तेमाल करें।

8. कभी ना कहें, "मैं नहीं कर सकता।" अपने इस डर को कुछ इस प्रकार से भगाएं, "मैं अपने अवचेतन मन की शक्ति के माध्यम से किसी भी कार्य को कर सकता हूं।"

9. जीवन के नियम और अनंत सत्य के सिद्धांत के दृष्टिकोण से विचार करना शुरू करें ना कि डर, अज्ञानता और अंधविश्वास के दृष्टिकोण से। दूसरों के विचारों को अपने मन में जगह ना दें। अपने लिए अच्छे विचारों का चुनाव करें और अपने निर्णय स्वयं लें।

10. आप अपनी आत्मा (अवचेतन मन) के कप्तान और अपने भविष्य के निर्माता हैं। हमेशा याद रखें कि आपके पास चुनाव करने की ताकत है इसलिए आप जीवंतता चुनें, प्रेम चुनें, स्वास्थ्य चुने, खुशहाली चुनें।

11. आपका चेतन मन जिस भी चीज को सच मानकर विश्वास करेगा, आपका अवचेतन मन उसे स्वीकार कर उसे साकार करने का प्रयास शुरू कर देगा। आप इसलिए सौभाग्य, ईश्वरीय मार्गदर्शन, अच्छे कार्य के साथ-साथ जीवन के वरदान में विश्वास करें।

3

अवचेतन मन की जादुई शक्ति

आपके अवचेतन मन में असीमित शक्ति का भंडार है। यह आपको प्रेरित करती है और मन के भंडार गृह से नाम, तथ्य और दृश्यों को निकालने में मदद करती है। आपका अवचेतन मन हृदय की धड़कन को चलाता है और रक्त संचार को नियंत्रित करता है। यह पाचन और उत्सर्जन को संचालित करता है। जब आप रोटी खाते हैं तो आपका अवचेतन मन उसे ऊतक, मांसपेशी, हड्डी और खून में रूपांतरित कर देता है। ये प्रक्रियाएं दुनिया के सबसे विद्वान व्यक्तियों की समझ से भी परे होती हैं। आपका अवचेतन मन शरीर की महत्वपूर्ण प्रक्रियाओं और कार्यविधियों को नियंत्रित करता है और इससे संबंधित सभी समस्याओं का समाधान भी जानता है।

आपका अवचेतन मन कभी थकता नहीं है और ना ही कभी आराम करता है। यह हमेशा काम करता रहता है। आप अपने अवचेतन मन की शक्ति को जान सकते हैं, इसके लिए आपको बस प्रत्येक रात सोने से पहले अपने अवचेतन मन को बताना होगा कि आप उससे क्या विशेष कार्य करवाना चाहते हैं। आपको यह जानकर आश्चर्य होगा कि इसके बाद आपके भीतर ऐसी शक्तियां सक्रिय हो जाएंगी जो आपकी मनचाहे परिणाम को साकार कर देंगी। यही वह ऊर्जा और ज्ञान का स्रोत है जो आपको उस सर्वशक्तिमान के संपर्क में लाता है, जो इस दुनिया को चला रहा है, ग्रहों को उनकी कक्षा में रखता है और सूर्य के चमकने का कारण है।

आपका अवचेतन मन आपके आदर्शों, महत्वकांक्षाओं और इच्छाओं का स्रोत है। वह अवचेतन मन ही था जिसने शेक्सपियर को उस महान सत्य से अवगत कराया जिससे उनके समय के अन्य लोग अनभिज्ञ रहे। बेशक, यह अवचेतन मन की प्रतिक्रिया ही थी जिसने यूनानी मूर्तिकार फिडियस को मार्बल और कांसे की सुंदर, व्यवस्थित, समरूप और अनुपातिक मुर्तियां बनाने के लिए प्रेरित किया था। इसने इतालवी चित्रकार रेफेल को उनकी कलाकृति मैडोना और जर्मन संगीतकार बीथोवन को उनकी सिम्फनी की रचना करने में समर्थ बनाया था।

वर्ष 1955 में भारत के ऋषिकेश स्थित योग फॉरेस्ट यूनिवर्सिटी में, मैं व्याख्यान देने गया था। वहां मेरी मुलाकात बॉम्बे के एक सर्जन से हुई। उन्होंने मुझे स्कॉटिश सर्जन डॉ. जेम्स एस्डेल के बारे में बताया। उन्होंने बंगाल में उस समय कार्य किया था जब ईथर या एनेस्थेशिया के आधुनिक तरीकों की खोज नहीं की गई थी। वर्ष 1843 से 1846 तक डॉ. एस्डेल ने सभी तरह के कुल 400 से अधिक ऑपरेशन किए जिनमें आंख, कान और गले के ऑपरेशन के अलावा अंग काटने, ट्यूमर हटाने और कैंसर की गांठ के ऑपरेशन शामिल थे। सभी ऑपरेशन मानसिक एनेस्थेशिया के जरिए किए गए थे। उस भारतीय डॉक्टर ने बताया कि इस प्रकार से किए गए ऑपरेशन में मरीजों की मृत्यु दर आश्चर्यजनक रूप से दो से तीन प्रतिशत कम हो गई थी। मरीजों का कहना था कि इस प्रक्रिया में उन्हें दर्द भी बहुत कम महसूस हुआ और ऑपरेशन के दौरान उनमें से कोई नहीं मरा।

डॉ. एस्डेल ने अपने सभी मरीजों को सम्मोहित कर उनके अवचेतन मन को सुझाव दिया था कि उन्हें किसी भी प्रकार का संक्रमण या सेप्टिक नहीं होगा। आपको याद रखना चाहिए कि यह उस समय की बात है जब लुई पाश्चर और जोसेफ लिस्टर ने यह साबित नहीं किया था कि बैक्टिरिया से उपजने वाली बीमारी और संक्रमण के कारण दूषित औजार और हानिकारक विषाणु होते हैं।

उस भारतीय चिकित्सक ने मृत्यु दर में कमी का श्रेय डॉ. एस्डेल के उस विशिष्ट सुझाव को दिया जो उन्होंने मरीजों के अवचेतन मन में पहुंचाया था। उन मरीजों ने उनके सुझाव की प्रकृति के अनुरूप ही प्रतिक्रिया दी थी।

यह बात आपको आश्चर्य से भर देती है कि आज से करीब 150 वर्ष पूर्व एक सर्जन ने अवचेतन मन की चमत्कारी शक्तियों को खोजा और उनका इस्तेमाल भी किया। क्या यह आपको किसी दैवीय शक्ति जैसा नहीं लगता कि आपके अवचेतन मन के पास कितनी अद्भुत शक्तियां हैं। अतिरिक्त संवेदना की यह शक्ति वह सब सुन और देख सकती है जो सामान्य अवस्थाओं में देखना संभव नहीं है, यह समय और स्थान से परे है, यह आपको हर दर्द और कष्ट से मुक्त करा सकती है। इसके पास आपकी सभी समस्याओं के समाधान हैं, चाहें वे जो भी हों। ये सभी उदाहरण दर्शाते हैं कि आपके भीतर ऐसी शक्ति और ज्ञान है, जो आपकी दिमाग से परे है और इसके चमत्कार आपको हैरान कर सकते हैं। सभी अनुभव आपका अवचेतन मन की शक्तियों पर विश्वास स्थापित करेंगे और जीवन को खुशी से भर देंगे।

आपके जीवन की पुस्तक है अवचेतन मन

आप आपने अवचेतन मन पर जिस भी विचार, विश्वास, मत, सिद्धांत की छाप छोड़ते हैं, वे परिस्थितियों, स्थितियों और घटनाओं के रूप में अनुभव में आने लगते हैं। आप भीतर जो लिखेंगे बाहर वही अनुभव करेंगे। जीवन के दो पहलू होते हैं – वस्तुनिष्ठ और व्यक्तिनिष्ठ, दृश्य और अदृश्य, विचार और उनका अनुभव।

पहले आपका विचार आपके मस्तिष्क में पहुंचता है जो आपके चेतन मन का एक अंग है। आपका चेतन मन जिस विचार को पूरी तरह स्वीकार कर लेता है, उसे वह सोलर प्लेक्स में भेज देता है जिसे असल मायने में मस्तिष्क कहा जाता है। यहां यह साकार होता है और आपके अनुभव में आता है।

आपका अवचेतन मन कभी तर्क नहीं करता है। वह सिर्फ आपके सुझावों पर प्रतिक्रिया करता है। वह आपकी कही गई प्रत्येक बात को सच मानकर उसे स्वीकार कर लेता है। इसलिए कहा जाता है आपके जीवन की किताब के लेखक आप स्वयं हैं, क्योंकि आपके विचार ही आपके अनुभव बनते हैं। अमेरिकी दार्शनिक और लेखक राल्फ वाल्डो एमर्सन ने कहा था, "मनुष्य जो हमेशा सोचता है वही बन जाता है।"

अवचेतन मन पर जैसी छाप छोड़ेंगे वैसी ही वह व्यक्त होगी

अमेरिकी मनोविज्ञान के पितामाह विलियम जेम्स कहते हैं कि आपके अवचेतन मन में दुनिया को बदलने की शक्ति है। इसमें असीमित शक्ति और बुद्धिमत्ता है। इसे छिपे स्रोतो से पोषण मिलता है और इसे ही जीवन का नियम कहा जाता है। आप अवचेतन मन से जिस भी चीज की छाप छोड़ते हैं, वह उसे साकार करने के लिए जमीन-आसमान एक कर देगा। इसलिए आपको उस पर सही और सृजनात्मक विचारों की छाप छोड़ने की आवश्यकता है।

दुनिया में ढेर सारी समस्याओं और दुखों के पीछे एक बड़ा कारण यह है कि लोग नहीं जानते कि उनका चेतन और अवचेतन मन किस प्रकार कार्य करते हैं। जब ये दो सिद्धांत एक साथ तालमेल, सामंजस्य, शांति के साथ कार्य करते हैं, तब आपको सेहत, खुशी, शांति और सुख मिलता है। अवचेतन और चेतन मन जब सामंजस्य और शांति से मिलकर कार्य करते हैं तो कोई बीमारी या समस्या नहीं होती है।

प्राचीन समय के महान जादूगर हर्मीस की मृत्यु के सदियों बाद जब उनकी कब्र खोली गई तो लोगों को उत्सुकता थी कि यहां दुनिया का सबसे बड़ा रहस्य मिलेगा। यह रहस्य था –

जैसा भीतर, वैसा बाहर;

जैसा नीचे वैसा ही ऊपर।

दूसरे शब्दों में, आप अवचेतन मन पर जो भी छाप छोड़ेंगे, वही आपको जीवन में अभिव्यक्त होते दिखेगी। इसी सत्य को मूसा, ईसा, बुद्ध, जरथुस्ट्र और लाओत्से जैसे सभी महान आत्मज्ञानी गुरुओं ने भी सभी को बताया था। आप जो भी सच मानकर विश्वास करते हैं, वही आपकी परिस्थितियों, अनुभवों और घटनाओं में व्यक्त होता है। गति और भावना में संतुलन आवश्यक है। जीवन का महान सत्य बताता है —

जैसा स्वर्ग (आपके मन) में है, वैसा ही पृथ्वी पर (आपके शरीर और जीवन) होगा।

क्रिया और प्रतिक्रिया, गति और स्थिरता के नियम आपको प्रकृति में सभी जगह समान रूप से मिलेंगे। इन दोनो में तालमेल आवश्यक है, तभी सामंजस्य और संतुलन बनता है। आप यहां पर इसलिए हैं ताकि जीवन का सिद्धांत लयबद्ध और सामंजस्य के साथ आपके भीतर प्रवाहित हो सके। अंदर आने और बाहर निकलने वाली चीजें बराबर होनी चाहिए। भीतर और बाहर की अभिव्यक्ति बराबर होनी चाहिए। आपकी सभी निराशाओं का मुख्य कारण आपकी अधूरी इच्छाएं हैं।

अगर आप नकारात्मक, विनाशक और बुरे विचार रखते हैं, तो ये विचार विनाश के भाव उत्पन्न करते हैं। ये भाव बाहर जरूर निकलते हैं और किसी ना किसी रूप में अभिव्यक्त होते हैं। नकारात्मक प्रकृति के ये भाव आमतौर पर अल्सर, हृदय रोग, तनाव और चिंता के रूप में व्यक्त होते हैं।

वर्तमान में स्वयं को लेकर आपकी भावना या विचार क्या हैं? आपके अस्तित्व का हर हिस्सा उसी सोच की अभिव्यक्ति है। आपका जीवन, शरीर, वित्तीय स्थिति, मित्र और सामाजिक प्रतिष्ठा उन विचारों का प्रतिबिंब हैं जो आपके अपने बारे में हैं। इस बात का सही अर्थ यह है कि आप अपने अवचेतन मन पर जो छाप छोड़ते हैं, उसी की अभिव्यक्ति आपके जीवन के विभिन्न पहलुओं में होती है।

जिन नकारात्मक विचारों को हम मन में फलने-फूलने देते हैं, वे ही हमें नुकसान पहुंचाते हैं। आप पाएंगे कि आपने कितनी ही बार गुस्सा, डर, जलन और बदला लेने के भाव के कारण स्वयं को हानि पहुंचाई है। ये वे जहर हैं जो आपके अवचेतन मन में दाखिल हो जाते हैं। आपने इन नकारात्मक नजरियों के साथ जन्म नहीं लिया था। इसलिए अपने अवचेतन मन को जीवनदायी विचारों से पोषित करें। इससे आपके भीतर के सभी नकारात्मक विचार खत्म होने लगेंगे। आप लगातार इसके लिए प्रयास करेंगे तो पूर्व के सभी बुरे विचार खत्म हो जाएंगे और अवचेतन मन उन्हें भुला देगा।

अवचेतन मन से होता है त्वचारोग का इलाज

अवचेतन मन की उपचार करने की शक्ति का सबसे बड़ा प्रमाण व्यक्तिगत उपचार है। करीब 40 साल पहले मैंने प्रार्थना के माध्यम से अपने त्वचा के एक रोग का इलाज किया था। आधुनिक चिकित्सकीय उपचार का उस बीमारी पर कोई असर नहीं हुआ और वह लगातार बढ़ती रही।

फिर एक दिन वृहद मनोवैज्ञानिक ज्ञान वाले धर्मगुरु ने 139वीं साल्म (पद्य) का मुझे अर्थ समझाया, जिसमें कहा गया था...

आपकी पुस्तक में मेरे शरीर के सभी अंगों की पूरी जानकारी है, उनका लगातार निर्माण हुआ है। पहले उनमें से कोई भी ना था।

उन्होंने मुझे समझाते हुए कहा कि पुस्तक का तात्पर्य आपके अवचेतन मन से है जिसने एक कोशिका से मेरे शरीर के सभी अंगों का निर्माण कर दिया। साथ ही उन्होंने बताया कि जिस तरह अवचेतन मन इस शरीर के सभी अंगों का निर्माण कर सकता है, उसी प्रकार से वह इसका उपचार या पुनर्निर्माण भी कर सकता है। वह इसकी मूलभूत संरचना से पूरी तरह वाकिफ है।

उस धर्मगुरु ने अपनी घड़ी की तरफ इशारा करते हुए कहा, "इसका एक निर्माता है। घड़ी बनाने वाले के दिमाग में भी पहले एक विचार आता है जिसके बाद वह उसे मूर्तरूप देता है। फिर अगर घड़ी किसी वजह से कार्य करना बंद कर दे तो वह घड़ी बनाने वाला उसे आसानी से ठीक कर देता है।" उन्होंने आगे बताया कि अवचेतन बुद्धि जिसने मेरे शरीर को बनाया एक घड़ी बनाने वाले की तरह ही है और वह अच्छी तरह जानती है मेरे शरीर की सभी महत्वपूर्ण क्रियाओं और प्रक्रियाओं का उपचार कैसे किया जाए, शरीर को दोबारा कैसे बनाया जाए। इसके लिए आपको अपने अवचेतन मन को आदर्श सेहत का विचार देना होगा। यह एक कारण की तरह कार्य करेगा, जिसके परिणाम में उपचार होगा।

मैं प्रार्थना के लिए बहुत सरल तरीका अपनाता हूं जो कि इस प्रकार है —

"मेरा शरीर और इसके सभी अंग मेरे अवचेतन मन की असीमित बुद्धिमत्ता से बने हैं। यह जानता है कि मेरा उपचार कैसे किया जाए। इसके ज्ञान से मेरे सभी अंग, ऊतक, मांसपेशियां और हड्डियां बने हैं। मेरे भीतर की यह असीमित उपचारक शक्ति मेरे शरीर की हर कोशिका को रूपांतरित कर रही है और मुझे संपूर्ण बना रही है। मैं उस उपचार के लिए धन्यवाद देता हूं, जो मैं जानता हूं कि इस समय हो रहा है। मेरे भीतर की रचनात्मक बुद्धि में अद्भुत कार्य करने वाली चमत्कारिक शक्तियां हैं।"

मैंने इस प्रार्थना को दिन में दो-तीन बार पांच मिनट तक तेज आवाज में रोज दोहराया। लगभग तीन महीने बाद मेरी त्वचा पूरी तरह ठीक हो गई।

आप देख सकते हैं, मैंने अपने अवचेतन मन को संपूर्णता, सुंदरता और पूर्णता की जीवनदायी रूपरेखा दे दी थी जिससे मेरे अवचेतन मन से उन नकारात्मक विचारों और छवियों को बाहर निकाल दिया, जो मेरी समस्या का कारण थे। आपके शरीर पर कोई चीज तब तक प्रकट नहीं होती है, जब तक यह पहले आपके मस्तिष्क में ना आए, परंतु जब आप लगातार सकारात्मक बातों से अपने मस्तिष्क को बदलते हैं, तो आप अपने शरीर को भी बदल लेते हैं।

यही समस्त उपचार का आधार है।

उसके कार्य अद्भुत हैं और मेरी आत्मा (अवचेतन मन) उसे अच्छी तरह जानती है।

(पद्य 139:14)

अवचेतन मन कैसे शारीरिक कार्यों को नियंत्रित करता है

चाहे आप बिस्तर पर जागे हों या सोए, आपके अवचेतन मन की अथक शक्ति आपके शरीर के सभी महत्वपूर्ण कार्यों को नियंत्रित करने का कार्य करती रहती है, वह भी आपके चेतन मन की सहायता के बिना। उदाहरण से समझें; जब आप सो जाते हैं, तब भी आपका हृदय धड़कता रहता है, आपके फेफड़े आराम नहीं करते, बल्कि सांस लेने और छोड़ने की प्रक्रिया जारी रहती हैं, वहीं आपके शरीर की रक्त कोशिकाएं ताजी ऑक्सीजन को सोखती हैं। सोते समय भी यह प्रक्रिया ठीक उसी प्रकार चलती है जैसे यह जागते हुए कार्य करती है।

आपका अवचेतन मन आपकी पाचक प्रक्रियाओं और ग्रंथियों के स्राव के अलावा आपके शरीर के अन्य सभी अद्भुत जटिल कार्यों को नियंत्रित करता है। आपके बालों का बढ़ना हर पल जारी रहता है, भले आप पूरे समय सो रहे हों या जाग रहे हों। वैज्ञानिक बताते हैं कि जागते समय की तुलना में सोते समय व्यक्ति का शरीर अधिक पसीना छोड़ता है। सोते समय भी आंख, कान एवं अन्य इंद्रियां भी सक्रिय रूप से कार्य करती रहती हैं। ऐसा देखा गया है, कई वैज्ञानिकों को उनकी सबसे जटिल समस्याओं के समाधान तब प्राप्त हुए जब वे नींद में थे। उन्हें सपने में उनके समाधान मिले थे।

अक्सर आपका चेतन मन हृदय और फेफड़ों की गति और पेट के अंदर की प्रक्रियाओं को डर, तनाव, चिंता और अवसाद के जरिए प्रभावित करता है। विचारों का यह स्वरूप अवचेतन मन की प्रक्रिया के सामंजस्य को बिगाड़ देता है। इसलिए जब मानसिक रूप से परेशान हों तो आराम करें और विचारों की प्रक्रिया को कुछ समय के लिए विराम दें। अपने अवचेतन मन से शांति, सामंजस्य और दैवीय विधान के अनुरूप कार्य करने को कहें। आप पाएंगे कि आपके शरीर के सभी अंग सामान्य रूप से कार्य कर रहे हैं। अपने अवचेतन मन से अधिकार और विश्वास के साथ बोलें। यह आपके आदेश का पालन करके प्रतिक्रिया करेगा।

आपका अवचेतन मन आपके जीवन को हमेशा और हर कीमत पर सुरक्षित और स्वस्थ्य रखने का प्रयास करता है। आपका बच्चों के प्रति प्रेम का कारण भी अवचेतन मन है जो इस प्रकार से प्रत्येक जीवन को सुरक्षित रखने की चाह को दर्शाता है। मान लीजिए कि आपने गलती से खाने में खराब वस्तु खा ली। आपका अवचेतन मन उसे कुछ ही पल में उगलवा देता है। यदि आप गलती से किसी प्रकार का जहर खा लेते हैं तो आपकी अवचेतन की शक्ति उसे बेअसर करने के प्रयास शुरू कर देती है। यदि आप इसकी चमत्कारिक शक्तियों पर पूरा भरोसा करते हैं तो यह आपको पूरी तरह स्वस्थ बना सकता है।

अवचेतन मन से कैसे काम करवाएं

पहली बात तो यह अहसास करना है कि आपका अवचेतन मन हमेशा कार्य कर रहा है। यह रात-दिन सक्रिय है, चाहे आप इससे काम लें या नहीं। आपका अवचेतन मन आपके शरीर

का निर्माता है, लेकिन आप इस खामोश प्रक्रिया को चेतन रूप से देख या सुन नहीं सकते। आपको हर बार कार्य के लिए अपने अवचेतन मन के बजाय चेतन मन के पास जाना पड़ता है। अपने चेतन मन को लगातार सर्वश्रेष्ठ की आशा में व्यस्त रखें और यह सुनिश्चित करें कि आपके आदतन विचार अच्छी, सुंदर, सच्ची, न्यायपूर्ण और सद्भावनापूर्ण चीजों पर केंद्रित हों। अपने चेतन मन का ध्यान रखना शुरू करें और यह बात समझ लें कि आपका अवचेतन मन हमेशा आदतन विचारों के अनुरूप अभिव्यक्त हो रहा है, परिणाम दे रहा है और परिस्थितियों का निर्माण कर रहा है।

याद रखें, जिस तरह पानी उसी पाइप का आकार ले लेता है जिसमें से वह बहता है, उसी तरह आपके भीतर जीवन-सिद्धांत आपके विचारों की प्रकृति के अनुरूप प्रवाहित होता है। दावा करें कि आपके अवचेतन की उपचारक शक्ति आपके भीतर सामंजस्य, सेहत, शांति, सुख और प्रचुरता के रूप में प्रवाहित हो रही है। इसका जीवित ज्ञानी व्यक्ति या अच्छे मित्र के रूप में कल्पना करें। यकीन करें कि यह आपके भीतर लगातार प्रवाहित होते हुए जीवंतता ला रहा है, प्रेरित कर रहा है और समृद्ध बना रहा है। यह इसी प्रकार से प्रतिक्रिया करेगा। आज जैसा विश्वास करेंगे वैसा ही आपको मिलेगा।

अवचेतन के उपचारक सिद्धांत से आंखों की रोशनी का इलाज

एक प्रसिद्ध और प्रमाणित उदाहरण फ्रांस की मैडम बायर का है। इसकी जानकारी फ्रांस की लूर्डेस के मेडिकल डिपार्टमेंट के अभिलेखागार में सहेजी गई है। मैडम बायर नेत्रहीन थीं। उनकी चक्षु तंत्रिकाएं अब कार्य नहीं कर रही थीं। वे लूर्डेस गईं और वहां उन्हें चमत्कारिक उपचार मिला। इसके बारे में रूथ क्रेंटसन, जो कि लूर्डेस में उपचार की जांच और उस पर मैककॉल मैग्जीन में रिपोर्ट लिखने का कार्य करती थीं, इस प्रकार लिखती हैं — "लूर्डेस में उन्होंने अविश्वसनीय तरीके से अपनी आंखों की रोशनी वापस पा ली। हालांकि चक्षु तंत्रिका अब भी कार्य नहीं कर रही है और इसे लेकर डॉक्टर्स द्वारा कई जांचें भी की जा चुकी हैं। करीब एक माह बाद दोबारा जांच करने पर यह सामने आया कि उनकी आंखों के सभी हिस्से अब सामान्य रूप से कार्य करने लगे। शुरुआत में विभिन्न चिकित्सकीय जांचों में देखा गया कि वे लगभग मृत आंखों से देख पा रही थीं।"

मैं लूर्डेस कई बार गया और वहां मैंने भी कई उपचार होते हुए देखे जिनका अगले अध्यायों में विस्तृत वर्णन किया गया है। दुनिया के विभिन्न धार्मिक स्थलों पर भी ऐसा उपचार देखा गया है, भले वे ईसाई हों या गैर-ईसाई।

मैडम बायर का उपाचर किसी धर्मस्थल के पवित्र जल के कारण नहीं हुआ था बल्कि यह स्वयं उनके अवचेतन मन की प्रतिक्रिया का परिणाम था। अवचेतन मन की उपचारक शक्ति विचारों की प्रकृति के अनुरूप ही प्रतिक्रिया करती है। अवचेतन मन के लिए विश्वास एक विचार है। इसका कार्य है सत्य मानकर किसी बात को स्वीकार करना। जो भी विचार स्वीकार किया जाता है वह स्वतः ही साकार होने लगता है। मैडम बायर धर्म स्थल पर

स्वस्थ होने की चाहत और भरोसा लेकर गई थीं। उन्हें यकीन था कि वे ठीक हो जाएंगी। उनके अवचेतन मन ने भी उसके अनुरूप ही प्रतिक्रिया की और उपचारक शक्तियों को खोल दिया। इसी कारण आंखों को बनाने वाले अवचेतन मन ने इसकी मृत तंत्रिका को भी जीवित कर दिया। रचनात्मक सिद्धांत ने जिस अंग की रचना की थी, वह उसकी दोबारा रचना कर सकता था। इसलिये कहा जा रहा है कि आपके विश्वास के अनुरूप ही आपको जीवन में मिलेगा।

स्वस्थ शरीर के लिए अवचेतन को कैसे प्रशिक्षित करें

मैं जोहांसबर्ग, दक्षिण अफ्रीका में एक प्रोटेस्टेंट मिनिस्टर से मिला जिन्होंने मुझे वह तरीका बताया जिससे उन्होंने अपने अवचेतन मन तक आदर्श स्वास्थ्य का विचार पहुंचाया था। उन्हें फेफड़ों में कैंसर था। उन्होंने अपनी वह तकनीक मेरे साथ एक पत्र के जरिए साझा की जो कि इस प्रकार है —

> "मैं दिन में कई बार यह सुनिश्चित करता था कि मैं मानसिक और शारीरिक रूप से आरामदेह स्थिति में रहूं। इस दौरान शरीर को आराम की अवस्था में लाने के लिए मैं स्वयं से कहता था, 'मेरे तलवे आराम से हैं।"
>
> मेरी एड़ियां आराम से हैं, मेरे पैर आराम से हैं, मेरे अमाशय की मांसपेशियां भी आराम से हैं, मेरे दिल और फेफड़े आराम से हैं, मेरा सिर आराम से है, मेरा पूरा अस्तित्व आराम में है।' करीब पांच मिनट बाद जब मुझे नींद आने लगती थी, फिर मैं इस सत्य की घोषणा करता था
>
> "ईश्वर की आदर्श अभिव्यक्ति मुझमें व्यक्त हो रही है। आदर्श स्वास्थ्य का विचार मेरे अवचेतन मन में पहुंच रहा है। मेरी जो छवि ईश्वर ने बनाई है वह आदर्श छवि है और मेरा अवचेतन मन उसी के अनुरूप मेरे शरीर को आदर्श रूप में परिवर्तित कर रहा है।" उस मिनिस्टर का चमत्कारिक रूप से उपचार हुआ। यह अवचेतन मन तक आदर्श स्वास्थ्य का विचार पहुंचाने का एक सबसे आसान उपाय था।

आदर्श स्वास्थ्य का विचार अवचेतन मन तक पहुंचाने के लिए एक अन्य अच्छा तरीका अनुशासित या वैज्ञानिक कल्पना है। मेरी पहचान में एक व्यक्ति थे, जिन्हें पैरालिसिस था। उन्हें मैंने कल्पनाओं के जरिए उपचार का तरीका बताया जिसमें वे स्वयं की दफ्तर में चलते हुए, डेस्क को छूते हुए, टेलीफोन पर जवाब देते हुए और उन सभी कार्यों को करने की कल्पना करें जो पूरी तरह स्वस्थ रहने पर वे करते। मैंने उन्हें समझाया कि वे आदर्श स्वास्थ्य से संबंधित जो भी विचार करेंगे या कल्पनाएं करेंगे, उन्हें उनका अवचेतन मन स्वीकार कर लेगा।

उन्होंने उसी प्रकार कल्पनाएं की और दफ्तर के जीवन को महसूस किया। वे जानते थे कि वे अवचेतन मन को एक निश्चित कार्य दे रहे हैं। उनका अवचेतन मन उस फिल्म की

भांति था जिस पर छाप छोड़ी जा रही थी। यह अभ्यास उन्होंने कई हफ्तों तक जारी रखा। फिर एक दिन फोन की घंटी बजी, उस दिन घर में कोई नहीं था। फोन उनसे करीब 12 फीट दूर रखा था, परंतु इसके बावजूद उस तक पहुंचकर उन्होंने फोन उठा लिया। उसी पल वे ठीक हो गए। अवचेतन मन की उपचारक शक्ति ने मन की छवि पर प्रतिक्रिया दी और उपचार संभव हो सका।

उस व्यक्ति के अंदर एक मानसिक अवरोध था जो मस्तिष्क में उपजे आवेगों को पैरों तक पहुंचने से रोक रहा था, जिसके कारण वह कहता था कि वह चल नहीं सकता। जब उसने अपने भीतर की उपचारक शक्ति पर ध्यान केंद्रित किया, तो उसके एकाग्र ध्यान से शक्ति प्रवाहित होने लगी और वह चलने में सक्षम बन पाया।

> जो भी आप प्रार्थना में मांगेंगे, जिस पर विश्वास करेंगे,
> वह आपको मिल जाएगा।
>
> *मैथ्यू 21:22*

स्मरण योग्य विचार :

1. आपका अवचेतन मन शरीर की सभी आवश्यक प्रक्रियाओं को नियंत्रित करता है और सभी समस्याओं के हल भी जानता है।
2. सोने जाने से पहले अपने अवचेतन मन से कोई भी आग्रह करें और उसकी चमत्कार करने की शक्ति का अहसास स्वयं करें।
3. अवचेतन मन पर आप जो भी छाप छोड़ेंगे, वह परिस्थितियों, अनुभवों और घटनाओं के रूप में व्यक्त होती है। इसलिए चेतन मन में आने वाले सुझावों और विचारों पर विशेष ध्यान दें।
4. क्रिया और प्रतिक्रिया का नियम शाश्वत है। आपका विचार क्रिया है और अवचेतन मन उस विचार पर प्रतिक्रिया करता है। इसलिए अपने विचारों पर ध्यान दें।
5. कुंठा, अधूरी इच्छाओं की वजह से होती है। यदि आप बाधाओं, विलंब और परेशानियों के बारे में विचार करेंगे तो आपका अवचेतन मन उसी के अनुरूप प्रतिक्रिया करेगा और अच्छाइयों को रोकेगा।
6. जीवन का सिद्धांत आपके भीतर लयबद्ध और सामंजस्यपूर्ण तरीके से प्रवाहित हो सकता है, अगर आप जागरूक रहकर कहते हैं, "मैं विश्वास करता हूं कि जिस अवचेतन की शक्ति ने मुझे यह इच्छा दी है, वही इसे मेरे द्वारा पूरा कर रही है।" यह सभी समस्याओं का समाधान है।
7. आप डर, घबराहट और चिंता के जरिए अपने हृदय, फेफड़ों की गतिविधियों को प्रभावित कर सकते हैं। अपने अवचेतन मन को सद्भाव, स्वास्थ्य और शांति जैसे विचार दें, आप देखेंगे आपके सभी अंग सामान्य रूप से कार्य करना शुरू कर देंगे।

8. अपने चेतन मन को सबसे अच्छा पाने की चाहत में व्यस्त रखें, आप पाएंगे कि आपका अवचेतन मन आदतन विचार को पूरी ईमानदारी से साकार करने लगा है।

9. सुखद अंत और समस्याओं के समाधान की कल्पना करें। उपलब्धियों की खुशी को महसूस करें। आप देखेंगे आपका अवचेतन मन इसे स्वीकार करके उसे साकार करने लगेगा।

4

पुरातन समय में मानसिक उपचार

प्राचीन समय से लगभग सभी देशों के लोग ऐसा मानते थे कि कहीं न कहीं पर एक उपचारक शक्ति है, जो व्यक्ति की सभी शारीरिक बीमारियों और अंदरूनी प्रक्रियाओं को ठीक कर सकती है। वे मानते थे कि इस शक्ति को कुछ विशेष स्थितियों में जाग्रत कर मानव के कष्टों को कम किया जा सकता है। सभी देशों का इतिहास इस विश्वास की पुष्टि करता है।

प्राचीन समय में लगभग सभी देशों में ऐसे पुजारियों और धर्मगुरुओं की जानकारी मिलती है जिनके पास ऐसी शक्तियां थीं, जो मनुष्य को गोपनीय तरीके से प्रभावित कर सकती थीं। इनके जरिए वे कई बार मनुष्य का भला और बुरा दोनों कर सकते थे। वे इससे उनका उपचार करने की भी क्षमता रखते थे।

ऐसा माना जाता था कि रोगी को ठीक करने की शक्ति उन्हें ईश्वर ने प्रदान की है, हालांकि दुनिया भर में इलाज के लिए अपनाए जाने वाले तरीके अलग-अलग होते थे। उपचार की प्रक्रिया के साथ विभिन्न धार्मिक अनुष्ठान भी किए जाते थे, जैसे हाथ पर हाथ रखना और मंत्रों का प्रयोग। तावीजों, जन्तर, अंगूठियों, स्मृति चिह्नों और तस्वीरों का प्रयोग भी किया जाता था।

उदाहरण के लिए, सनातन धर्मों में पुजारी रोगियों को नशीले पदार्थ खिलाते थे और फिर बेहोशी की अवस्था में सम्मोहन के सुझाव देते थे। रोगियों के अन्दर यह भावना भरी जाती थी कि उन्हें नींद में ईश्वर मिलेंगे और उनका उपचार करेंगे। इस तरह बहुत से लोगों का उपचार हुआ। दरअसल, यह अवचेतन मन को दिए गए सुझाव की शक्ति द्वारा किया गया कार्य था।

हीकेट के भक्तों से कहा गया कि अगर वे देवी के दर्शन करना चाहते हैं तो सोने से पहले एक खास प्रकार से प्रार्थना करें। उन्हें राल, लोबान और गंधरस को छिपकलियों के साथ मिलाकर नए चांद की रोशनी में खुली हवा में कूटें। यह अनुष्ठान भले अजीब है, परंतु बहुत से मामलों में उपचार होता देखा गया था।

यह सत्य है कि ये अजीब अनुष्ठान लोगों से एक विशेष प्रकार से ताकतवर कल्पनाएं करवाकर सकारात्मक सुझाव अवचेतन मन तक पहुंचाते एवं स्वीकार करवाते हैं। असल में, इन सभी उपचारों में मरीज के लिए अवचेतन मन ही उपचार कर रहा था।

सभी युगों में ऐसा देखा गया है कि जहां अनाधिकृत चिकित्सकीय तरीकों ने बहुत सकारात्मक परिणाम दिए हैं, वहीं उस समय के मान्य चिकित्सकीय तरीके उतने कारगर सिद्ध नहीं हो पाए। यह सोचने पर मजबूर करता है। दुनिया के सभी हिस्सों में इन उपचारकों ने ये इलाज कैसे किए? ये उपचार इसलिए संभव हुए क्योंकि रोगी के अंधविश्वास ने उसके अवचेतन मन में निहित उपचारक शक्ति को मुक्त कर दिया। इसमें उपचार के तरीके अजीब और अलग होते थे, परंतु वे व्यक्ति की कल्पनाशक्ति को चमत्कारिक तरीके से खोलकर उन्हें भावनात्मक रूप से शक्तिशाली बना देते थे। मन की यह भावनात्मक अवस्था उनके चेतन और अवचेतन मन को स्वास्थ्य के सुझाव को आसानी से स्वीकार करने में सक्षम बनाती थी। इस विषय पर हम अगले अध्याय में और विस्तार से बात करेंगे।

बाइबल में अवचेतन मन की शक्तियों के उदाहरण

> जिन भी चीजों की आप इच्छा करते हैं, प्रार्थना करते समय यह विश्वास करें कि आपको वे मिल रही हैं और वे आपको मिल जाएंगी।
>
> *मार्क 11:24*

यहां काल के फर्क पर अवश्य गौर करें। यहां प्रेरित लेखक हमसे इस तथ्य को सच मानने और स्वीकार करने को कह रहा है कि अगर हम यह मान लें कि हमारी इच्छा वर्तमान में ही पूरी हो चुकी है, तो यह भविष्य में अवश्य पूरी होगी।

इस तकनीक की सफलता इस विश्वास पर निर्भर करती है कि विचार या तस्वीर मन में किस हद तक वास्तविकता का रूप ले चुकी है। मस्तिष्क के क्षेत्र में किसी चीज को साकार करने के लिए इसे सचमुच मौजूद मानना होगा।

ये कुछ खास शब्द विचार की रचनात्मक शक्ति के प्रयोग द्वारा अवचेतन पर अपनी मनचाही चीज की छाप छोड़ने का संक्षिप्त और विशिष्ट तरीका सुझाते हैं। *आपका विचार, योजना या उद्देश्य अपने स्तर पर उतना ही वास्तविक है,* जितना कि आपका हाथ या हृदय। बाइबल की इस तकनीक का पालन करने पर आप अपने मन से परिस्थितियों, स्थितियों या किसी ऐसी चीज के सारे विचार बिलकुल खत्म कर देते हैं, जिससे नकारात्मक परिणाम मिल सकता हो। आप अपने मन में एक बीज (अवधारणा) बो रहे हैं, जिसे अगर आप कुछ समय के लिए छोड़ दें, तो यह हमेशा बाहरी फल में अंकुरित होगा।

ईसा मसीह जिस महत्वपूर्ण बात पर जोर देते थे, वह थी आस्था। बाइबल में आप बार-बार पढ़ते हैं, आपकी आस्था के अनुसार आपको दिया जाएगा। अगर आप जमीन में खास प्रकार के बीज बोते हैं, तो आप आस्था रखते हैं कि आपको उसी चीज का फल मिलेगा। यह

बीजों का तरीका है। विकास तथा कृषि के नियमों के कारण पर आप जानते हैं कि आपको बीज का वही फल मिलेगा।

> बाइबल में जिस आस्था का वर्णन है, वह सोचने का एक तरीका है, मानसिक नजरिया है, आंतरिक प्रतिबद्धता है कि जिस विचार को आप चेतन मन में पूरी तरह स्वीकार कर लेते हैं, वह आपके अवचेतन मन में साकार और प्रकट होगा। आस्था एक तरह से उसे सच मानना है, जिसे आपकी तर्कशक्ति और इंद्रियां अस्वीकार करती हैं। यह अपने छोटे, तार्किक, विश्लेषणात्मक, चेतन मन की बात सुनने से इनकार करना है और अपने अवचेतन मन की आंतरिक शक्ति पर पूरा विश्वास रखना है।

यहां बाइबल में उपचार तकनीक का एक खास उदाहरण मैथ्यू 9.28:30 मे मिलता है :

और जब वे घर में आए, तो उनके पास अंधे आदमी आए: और ईसा मसीह ने उनसे कहा, तुम्हें विश्वास है कि मैं यह करने में सक्षम हूं? उन्होंने कहा, हां, प्रभु। फिर उन्होंने उन अंधों की आंखें छूकर कहा, तुम्हारी आस्था के अनुसार तुम्हें मिले। और उनकी आंखें खुल गई और ईसा मसीह ने उन्हें सख्त हिदायत दी कि यह बात किसी को पता नहीं चलनी चाहिए।

इन शब्दों, तुम्हारी आस्था के अनुसार तुम्हें मिले, में ईसा मसीह अंधे व्यक्तियों के अवचेतन मन से सहयोग मांग रहे थे। उनकी आस्था उनकी सबसे बड़ी आशा थी, उनकी आंतरिक भावना थी, उनका आंतरिक विश्वास था कि कोई चमत्कार होगा और उनकी प्रार्थना का उत्तर दिया जाएगा, और ऐसा ही हुआ। यह उपचार की पुरातन तकनीक है, जिसका प्रयोग दुनिया भर में सभी उपचारक समूह करते हैं, चाहें वे किसी भी धार्मिक पंथ के हों।

इन शब्दों, यह बात किसी को पता नहीं चलनी चाहिए, में ईसा मसीह ठीक हुए रोगियों को प्रेरित कर रहे थे कि वे अपने उपचार के बारे में किसी को नहीं बताएं। अगर रोगी लोगों को बताते, तो अविश्वास करने वाले लोग संदेह करते और आलोचना करते। इससे वे लाभ कम भी हो सकते थे, जो ईसा मसीह के हाथ से उन्हें मिले थे, क्योंकि इससे उनके अवचेतन मन में डर, शंका और तनाव के विचार आ सकते थे।

> ... पूरे अधिकार और शक्ति के साथ उन्होंने गंदी आत्माओं को आदेश दिया और वे बाहर आ गईं।
>
> *ल्यूक 4:36*

जब रोगी ईसा मसीह के पास ठीक होने आए, उनका उपचार उनकी आस्था और ईसा मसीह की अवचेतन मन की उपचारक शक्ति की समझ से संभव हुआ। ईसा मसीह ने जो भी आदेश दिया, उन्होंने अंदर से उसे सच माना। वे और मदद मांग रहे लोग एक ही शाश्वत व्यक्तिनिष्ठ मस्तिष्क में थे। ईसा मसीह के अंदरूनी ज्ञान और उपचारक शक्ति के विश्वास ने

रोगियों के अवचेतन के नकारात्मक विनाशक स्वरूप को बदल दिया। परिणाम में उपचार आंतरिक मानसिक बदलाव के कारण हुआ। उनका आदेश मरीजों के अवचेतन मन से किया गया आग्रह था, साथ ही उसमें उनकी जागरुकता, भावनाएं और पूर्ण विश्वास था कि अवचेतन मन के द्वारा इसके लिए प्रतिक्रिया दी जाएगी।

संसार के धार्मिक केन्द्रों में चमत्कार

यह एक मान्य तथ्य है कि दुनिया के विभिन्न धर्मस्थलों पर उपचार किए जाते हैं जिनमें जापान, भारत, यूरोप, अमेरिका जैसे सभी देश शामिल हैं। मैंने जापान में कई प्रसिद्ध धर्मस्थलों की यात्रा की है। डायबुत्सू का धर्मस्थल दुनिया भर में मशहूर है। इसका मुख्य आकर्षण बुद्ध की कांसे की विशाल प्रतिमा है जहां वे हाथ बांध कर बैठे हुए हैं और उनका सिर गहन चिंतन के आनंद की मुद्रा में झुका है। यह प्रतिमा 42 फीट ऊंची है और इसे "ग्रेट बुद्धा" के नाम से जाना जाता है। यहां मैंने युवा और बुजुर्गों को मूर्ति के पैरों पर चढ़ावा चढ़ाते हुए देखा है। इसमें वे पैसे, फल, चावल और संतरे चढ़ा रहे थे। मोमबत्तियां और अगरबत्तियां जलाई जा रही थी और लोग मन्नतों के लिए प्रार्थना कर रहे थे।

वहां मेरे गाइड ने मुझे एक युवा लड़की की प्रार्थना सुनकर समझाई। उसने झुककर दो संतरे भी चढ़ाए। उसने एक मोमबत्ती भी जलाई। गाइड ने बताया कि उस युवती की आवाज चली गई थी, परंतु इस स्थान पर आने से उसकी आवाज लौट आई थी। वह बुद्ध को अपनी आवाज लौटाने के लिए धन्यवाद दे रही थी। उसके मन में आस्था थी कि बुद्ध उसकी आवाज लौटा देंगे, बशर्ते वह निश्चित अनुष्ठान करे, उपवास करे और चढ़ावा चढ़ाए। उसकी उम्मीद और विश्वास प्रबल थे जिसका परिणाम यह हुआ कि उसका मस्तिष्क आस्था के बिंदु तक पहुंच गया। उसके अवचेतन मन ने उसके विश्वास पर प्रतिक्रिया करते हुए उसकी आवाज लौटा दी।

कल्पनाओं और अंधविश्वास की शक्ति को नजरअंदाज नहीं किया जा सकता है। इसका एक अद्भुत उदाहरण मेरे एक रिश्तेदार का है, जिन्हें टी.बी. की बीमारी हो गई थी। उनके फेफड़े बुरी तरह खराब हो गए थे। उनके बेटे ने अपने पिता की मदद करने का फैसला किया। उसने पर्थ, ऑस्ट्रेलिया में अपने पिता के घर जाकर बताया कि वह हाल ही में एक ऐसे सन्यासी से मिला था जो यूरोप के प्रसिद्ध उपचारक धर्मस्थल से लौटा था। वहां से वह ट्रू क्रॉस के एक छोटे टुकड़े को लाया था। उसने उस सन्यासी से 500 डॉलर मूल्य का सामान भेंट कर उसे लिया है।

असल में युवक ने फुटपाथ से लकड़ी का एक सामान्य टुकड़ा उठा लिया था और सुनार के यहां जाकर पुराने जमाने की डिजाइन वाली एक सोने की अंगूठी में जड़वा लिया था, ताकि वह असल लगे। उसने पिता को बताया कि इस अंगूठी को छूने भर से कई लोगों की बीमारियां ठीक हो गई हैं। उसने पिता की कल्पनाओं को इस कदर उत्तेजित कर दिया कि उन्होंने तुरंत ही उससे वह अंगूठी ले ली और अपने सीने से चिपका ली। वे मन ही मन प्रार्थना करते रहे और सो गए। सुबह तक वे ठीक हो चुके थे। क्लिनिक के सभी परीक्षणों की रिपोर्ट थी कि उन्हें टी.बी. नहीं है।

जाहिर है, आप समझ गए होंगे कि फुटपाथ से उठाए उस लकड़ी के टुकड़े से पिता का उपचार नहीं हुआ था। नहीं, उपचार तो पिता की कल्पनाशक्ति के कारण हुआ था, जो प्रबलता से बढ़ गई थी। उसके साथ ही पूर्ण उपचार की विश्वास भरी उम्मीद भी थी। कल्पनाशक्ति आस्था या व्यक्तिपरक भावना के साथ मिल गई और इन दोनों के मेल से उसके अवचेतन मन की शक्ति ने उपचार कर दिया। पिता को कभी पता नहीं चल पाया कि उनके साथ यह चाल चली गई थी। अगर उन्हें यह बात पता चल जाती, तो हो सकता है कि उन्हें बीमारी दोबारा हो जाती। परंतु, उनकी टी.बी. कभी नहीं लौटी और पंद्रह साल बाद 89 साल की उम्र में अन्य कारणों से मृत्यु हुई।

मूलभूत उपचारक सिद्धांत

यह एक मान्य तथ्य है कि उपचार की सभी पद्धतियां बहुत आश्चर्यजनक रूप से उपचार कर सकती हैं। सभी बातें जानने के बात इस निष्कर्ष पर पहुंचेंगे कि यह किसी सिद्धांत के कारण हो रहा है जो सभी में समान है। दरअसल, यह सच भी है। अवचेतन मन ही वह सिद्धांत है और आस्था ही उपचार की प्रक्रिया है।

अब आप इन निम्नलिखित आधारभूत सच्चाइयों के बारे में गहराई से विचार करें :

- पहली, आपके मानसिक कार्यों का विभाजन चेतन मन और अवचेतन मन के तौर पर किया गया है।
- दूसरा, आपका अवचेतन मन सुझाव की शक्ति का हमेशा पालन करता है। साथ ही, आपके शरीर के सभी कार्यों, स्थितियों और अनुभूतियों पर आपके अवचेतन मन का पूरा नियंत्रण होता है।

मैं मानता हूं कि इस पुस्तक के पाठक अब इस बात से वाकिफ हैं कि सुझाव से सम्मोहित व्यक्तियों में किसी भी बीमारी के लक्षण पैदा किए जा सकते हैं। उदाहरण के लिए, सम्मोहित अवस्था मे दिए गए सुझाव की प्रकृति के अनुसार व्यक्ति को बुखार हो सकता है, उसका चेहरा लाल हो सकता है या उसे सर्दी हो सकती है। यदि आप प्रयोग करते हुए व्यक्ति से कहेंगे कि उसे लकवा मार गया है और वह चल नहीं सकता, तो ऐसा जरूर होगा। आप सम्मोहित व्यक्ति की नाक के नीचे ठंडे पानी का एक कप रखकर उसे बता सकते हैं, "इसमें मिर्च भरी है; इसे सूंघो।" वह छींकना शुरू कर देगा। आपको क्या लगता है, छींक किस कारण आई, पानी के कारण या सुझाव के कारण?

अगर कोई आपसे कहता है कि उसे घास से एलर्जी है, तो आप सम्मोहित अवस्था में उसकी नाक के सामने कोई नकली फूल या खाली गिलास रखकर उससे कह सकते हैं कि यह घास है। आपको उसमें एलर्जी के सामान्य लक्षण दिखाई देने लगेंगे। इससे हमें पता चलता है कि बीमारी का कारण मस्तिष्क में होता है। इसलिए बीमारी का इलाज भी मस्तिष्क में ही हो सकता है।

आपको यह अहसास होगा कि विभिन्न चिकित्सा-पद्धतियां, जैसे कि ऑस्टियोपैथी, कायरोप्रैक्टिस और नैचुरोपैथी एवं दुनियाभर के विभिन्न धार्मिक संस्थान अद्भुत तरीके से उपचार करते हैं। पर यह स्पष्ट है कि ये सभी उपचार अवचेतन मन द्वारा किए जाते हैं, जो कि एकमात्र उपचारक है।

ध्यान दें कि दाढ़ी बनाने के दौरान चेहरे पर लगा घाव कैसे अवचेतन मन द्वारा ठीक कर दिया जाता है। यह जानता है कि इसे कैसे करना है। डॉक्टर घाव पर पट्टी बांधता है और कहता है, "प्रकृति इसे ठीक कर देगी" लेकिन "प्रकृति" और कुछ नहीं, बल्कि प्राकृतिक नियम का दूसरा नाम है, जो अवचेतन मन का नियम है। खुद की रक्षा की भावना प्रकृति का पहला नियम है। आपकी सबसे प्रबल सहज भावना सबसे सशक्त आत्म-सुझाव है।

सिद्धांतों में भिन्नता

यहां विभिन्न धार्मिक पंथों और प्रार्थना उपचार-समूहों के उपचार के अलग-अलग सिद्धांत पर विस्तार से चर्चा करना उबाऊ हो सकता है। परंतु ऐसा दावा करने वाले बड़ी संख्या में हैं जिनके सिद्धांतों ने अच्छे परिणाम दिए हैं। जैसा हम इस अध्याय में पढ़ चुके हैं, यह सही नहीं हो सकता।

जैसा आप जानते हैं, उपचार के बहुत से तरीके हैं। फ्रैंज एंटन मेस्मर (1734-1815) एक ऑस्ट्रियन चिकित्सक थे, जो पेरिस में इलाज करते थे। उन्होंने पाया कि वे मरीज के शरीर पर चुंबक का प्रयोग कर चमत्कारी तरीके से ठीक कर पा रहे हैं। उन्होंने कांच और कई धातुओं के टुकड़ों से भी उपचार का प्रयोग किया। बाद में उन्होंने उपचार का यह तरीका छोड़ दिया और दावा किया कि असल में वे "प्राणी चुंबकत्व" के कारण उपचार कर पा रहे थे। उनका सिद्धांत था कि उपचारक के जरिए चुंबकीय ऊर्जा रोगी के शरीर में पहुंच जाती है।

मेस्मर उस समय जो उपचार सम्मोहन के जरिए कर रहे थे, उसे उन्होंने 'मेस्मेरिज्म' का नाम दिया था। दूसरे डॉक्टरों का दावा था कि ये सभी उपचार सिर्फ सुझाव से किए गए हैं, उससे अधिक कुछ नहीं हैं।

मनोविश्लेषक, मनोवैज्ञानिक, ऑस्टियोपैथ्स, कायरोप्रैक्टर्स, चिकित्सक और हर तरह के धार्मिक समूह अवचेतन मन में मौजूद एक ही शाश्वत सिद्धांत का प्रयोग कर रहे हैं। हर व्यक्ति यह दावा कर सकता है कि उपचार उनके सिद्धांत के कारण हुआ है। सभी प्रकार की उपचार की प्रक्रिया एक निश्चित, सकारात्मक, मानसिक नजरिया है, एक अंदरूनी नजरिया या सोचने का तरीका है, जिसे आस्था कहा जाता है। उपचार विश्वासपूर्ण उम्मीद के कारण होता है, जो अवचेतन मन के लिए एक शक्तिशाली सुझाव का कार्य करती है और जिसके कारण उपचार करने वाली शक्ति मुक्त होती है।

व्यक्ति का उपचार अवचेतन मन के सिवाए कोई अन्य शक्ति नहीं करती है। हां, संभव है कि व्यक्ति कोई भिन्न तरीका अपनाकर उपचार की प्रक्रिया को जाग्रत करे। उपचारक

शक्ति सिर्फ एक ही है — आपका अवचेतन मन। आप अपना मनपसंद सिद्धांत, विश्वास और तरीका चुन लें। बाकि सब आप छोड़ दें, अगर आपको विश्वास है, तो आपको परिणाम अवश्य मिलेंगे।

फिलिप्पस पैरासेल्सस के विचार

फिलिप्पस पैरासेल्सस (1493-1541) एक मशहूर स्विस अलकेमिस्ट और चिकित्सक थे जो कि अपने समय में प्रसिद्ध उपचारक थे। उन्होंने एक बात कही थी, जो आज वैज्ञानिक रूप से प्रमाणित तथ्य है :

> आपकी आस्था की वस्तु सच्ची हो या झूठी, आपको परिणाम समान ही मिलेंगे। अगर मैं सेंट पीटर की प्रतिमा पर उतना ही विश्वास करता हूं, जितना कि स्वयं सेंट पीटर में करता, तो मुझे वही परिणाम मिलेंगे, जो मुझे सेंट पीटर में मिलते। परंतु यह अंधविश्वास है। बहरहाल, आस्था चमत्कार करती है और भले आस्था सच्ची हो या झूठी, यह हमेशा वही अद्भुत परिणाम देगी।

पैरासेल्सस के विचारों को सोहलवीं सदी में इतालवी दार्शनिक पियेत्रो पॉम्पोनैजी ने दोहराया, जो कहते हैं,

> "हम आत्मविश्वास और कल्पना से उत्पन्न होने वाले अद्भुत प्रभावों को आसानी से स्वीकार कर पाते हैं। खासकर जब ये दोनों ही चीजें रोगी और उसे प्रभावित करने वाले के बीच प्रवाहित हों। निश्चित वस्तुओं या निशानियों के प्रभाव से होने वाले उपचार उनकी कल्पना और आत्मविश्वास के कारण संभव होते हैं। नीम हकीम और दार्शनिक जानते हैं कि अगर किसी संत की अस्थियों की जगह किसी सामान्य इंसान की अस्थियों को भी रख दिया जाए, तब भी रोगी को वही लाभ प्राप्त होगा। बस, उन्हें यह यकीन हो कि यही सच्ची अस्थियां हैं।"

आप यदि किसी संत की अस्थियों में उपचार कर पाने का विश्वास रखते हैं या फिर आप किसी जगह के पानी में उपचारक गुणों को मानते हैं, तो आपको परिणाम जरूर प्राप्त होंगे, क्योंकि आपके अवचेतन मन को सुझाव दिया गया है। आखिर उपचार तो अवचेतन मन ही करता है।

हिप्पोलाइट बर्नहीम के प्रयोग

हिप्पोलाइट बर्नहीम बीसवीं सदी की शुरुआत (1910-1919) में फ्रांस के नैन्सी में प्रोफेसर ऑफ मेडिसिन थे और वे उन शुरुआती लोगों में थे, जिन्होंने यह स्पष्ट किया कि चिकित्सक द्वारा रोगी को दिए गए सुझाव अवचेतन मन के जरिए कार्य करते हैं।

बर्नहीम अपनी पुस्तक "सजेस्टिव थेरापेटिक्स" के पृष्ठ 197 पर एक आदमी की कहानी बताते हैं, जिसकी जीभ को लकवा मार गया था और उस पर किसी प्रकार का इलाज कारगर नहीं हो रहा था। फिर उस डॉक्टर ने आदमी को बताया कि उसे एक नया यंत्र मिला है, जो उसकी समस्या को बिलकुल ठीक कर देगा। तब डॉक्टर ने उसके मुंह में एक पॉकेट थर्मामीटर रखा। रोगी को लगा कि यही वह यंत्र है, जो उसे ठीक कर देगा। कुछ ही पलों में वह खुशी से चिल्लाने लगा कि अब वह फिर से अपनी जीभ घुमा सकता है।

बर्नहीम कहते हैं :

"हमारे सभी मामलों में इसी प्रकार के कुछ समान तथ्य मिलेंगे। एक युवती मेरे ऑफिस में आई, जिसकी आवाज करीब चार हफ्तों में पूरी तरह चली गई थी। जांच के बाद मैंने अपने विद्यार्थियों को बताया कि कई बार बोलने की क्षमता बिजली के प्रयोग से तत्काल लौट आती है, यह सुझाव के प्रभाव से कार्य कर सकती है।" मैंने अपना इंडक्शन एपरेटस बुलाया। मैंने उसके स्वरयंत्र को थोड़ा हिलाया और कहा, "अब तुम बोल सकती हो।" कुछ ही देर में मैंने उससे "ए" बुलवा लिया, फिर "बी" और फिर "मारिया।" वह लगातार स्पष्टता से बोल पा रही थी और उसकी समस्या खत्म हो गई।

यहां बर्नहीम आस्था की शक्ति और रोगी की आशा के बारे में बता रहे हैं, जिसने अवचेतन मन के लिए शक्तिशाली सुझाव का काम किया।

सुझाव के जरिये छाले लाना

बर्नहीम बताते हैं कि उन्होंने एक मरीज की पीठ पर डाक टिकट चिपकाकर उससे कह दिया कि उसकी पीठ पर एक कीट बैठा था जिसने उसे काट लिया। इसके बाद उस व्यक्ति को सच में फोड़ा निकल भी आया। इस तरह के प्रदर्शनों की पुष्टि दुनिया के कई हिस्सों में कई डॉक्टरों के प्रयोगों और अनुभवों में हुई है, जिन्हें देखते हुए शंका की कोई गुंजाइश नही है कि मौखिक सुझाव देकर रोगियों के शरीर में संरचनात्मक परिवर्तन किए जा सकते हैं।

घाव का कारण

हडसन की पुस्तक "द लॉ ऑफ साइकिक फिनोमेना" के पृष्ठ 153 में बताया गया है, "सुझाव की प्रक्रिया से किसी खास व्यक्ति को चोट पहुंचाई जा सकती है और उसका खून भी निकलवाया जा सकता है।"

एक बार डॉ. एम. बूरू ने एक व्यक्ति पर सम्मोहन करके उसे यह सुझाव दिया :

आज दोपहर चार बजे तुम मेरे ऑफिस में आओगे, कुर्सी पर बैठोगे और सीने पर हाथ बांध लोगे। इसके बाद तुम्हारी नाक से खून बहने लगेगा।

दोपहर को उस युवक ने ठीक वही किया, जैसा उसे निर्देश दिया गया था। अंत में उसके बाएं नथुने से खून की कुछ बूंदें टपक गईं।

एक अन्य मौके पर बूरू ने एक रोगी को सम्मोहित करके उसका नाम उसकी बांह पर एक औजार की नोक से लिख दिया। फिर बूरू ने कहा :

> आज दोपहर चार बजे तुम सो जाओगे। मेरी खींची लाइनों पर तुम्हारे हाथ से खून निकलेगा, जिससे तुम्हारा नाम हाथ पर उभर आएगा।

उस दोपहर रोगी पर नजर रखी गई और चार बजे वह सो गया। उसकी बायीं बांह पर अक्षर चमकने लगे और कई जगहों पर खून की बूंदें भी दिखने लगीं। तीन महिने बाद भी वे शब्द देखे जा सकते थे, हालांकि अक्षर धुंधले पड़ गए थे।

ये तथ्य दो आधारभूत मान्यताओं की सत्यता को दर्शाते हैं जिनके नाम हैं; अवचेतन मन हमेशा सुझाव की शक्ति का पालन करता है और शरीर के कार्यों, अनुभूतियों और स्थितियों पर पूर्ण नियंत्रण रखता है।

पूर्व में बताए गए सभी उदाहरण दर्शाते हैं कि सुझाव असाधारण रूप से परिस्थितियों में बदलाव कर सकते हैं और यह इस बात का सबूत है कि *व्यक्ति दिल (अवचेतन मन) में जैसा सोचता है, वह वैसा ही बन जाता है।*

स्मरण योग्य विचार :

1. स्वयं को बार-बार याद दिलाएं कि उपचारक शक्ति आपके अवचेतन मन में ही छिपी हुई है।
2. इस बात को जानें कि आस्था जमीन में बोए गए बीज के समान है; यह अपनी तरह से विकसित होती है। अपने मन में विचार का बीज बोएं, इसे उम्मीद का पानी और खाद दें, यह साकार जरूर होगा।
3. किसी पुस्तक, नए आविष्कार या नाटक का विचार आपके मस्तिष्क में हकीकत की तरह हो तो आप आसानी से इस बात पर यकीन कर सकते हैं कि यह इस समय आपके पास है। अपने विचार, योजना या आविष्कार की वास्तविकता पर यकीन करें और जब आप ऐसा करेंगे, तो यह साकार हो जाएगी।
4. किसी और के लिए प्रार्थना करते समय यह जान लें कि आपके भीतर की पूर्णता, सुंदरता और आदर्श किसी दूसरे के अवचेतन मन के नकारात्मक स्वरूप को भी बदल सकता है तथा अद्भुत परिणाम दे सकता है।
5. विभिन्न धर्मस्थलों पर आप जिन चमत्कारिक उपचारों के बारे में सुनते हैं, वे कल्पनाशक्ति और अंधविश्वास के कारण संभव होते हैं, जो अवचेतन मन को प्रभावित करके उपचारक शक्ति को मुक्त करते हैं।

6. सभी रोग मस्तिष्क में पैदा होते हैं। कोई भी चीज शरीर पर तब तक प्रकट नहीं होती है, जब तक कि मस्तिष्क में उससे संबंधित विचार न हो।

7. सम्मोहन में सुझाव की प्रक्रिया से लगभग हर रोग के लक्षण आपके भीतर उत्पन्न किए जा सकते हैं। इससे आप अपने विचारों की शक्ति का अंदाजा लगा सकते हैं।

8. उपचार की सिर्फ एक ही प्रक्रिया है और वह है आस्था। सिर्फ एक ही उपचारक शक्ति है और वह है आपका अवचेतन मन।

9. आपकी आस्था की वस्तु वास्तविक हो या झूठी, परंतु आपको परिणाम मिलेंगे। आपका अवचेतन मन आपके मस्तिष्क के विचार पर प्रतिक्रिया करता है। आस्था को अपने मस्तिष्क के विचार के रूप में देखें; इतना ही इसके लिए काफी है।

5

आधुनिक समय में दिमागी इलाज

शरीर का उपचार और मानव संबंध दुनिया में दो ऐसी चीजें हैं जिनसे हर मनुष्य ताल्लुक रखता है। इसलिए यह समझना आवश्यक है कि वह कौन सी चीज है जो उपचार करती है? यह उपचारक शक्ति कहां है? ये सवाल हम सभी के मन में कभी न कभी जरूर आते हैं। इसका जवाब है कि उपचारक शक्ति हर व्यक्ति के अवचेतन मन में है और रोगी के बदले हुए मानसिक नजरिए से यह सक्रिय होती है।

किसी भी मानसिक या धार्मिक-वैज्ञानिक उपचारक, मनोवैज्ञानिक, मनोविश्लेषक अथवा डॉक्टर ने कभी किसी मरीज को ठीक नहीं किया है। एक पुरानी कहावत है, "डॉक्टर घाव पर पट्टी बांधता है, ईश्वर उसका उपचार करता है।"

मनोवैज्ञानिक अथवा मनोविश्लेषक मरीज के मानसिक अवरोध हटाते हैं, जिससे उपचारक सिद्धांत सक्रिय हो सके और मरीज वापस स्वस्थ हो सके। इसी प्रकार, सर्जन शारीरिक अवरोध हटाता है, ताकि उपचारक प्रवाह सामान्य रूप से काम कर सके। कोई भी डॉक्टर, सर्जन या मानसिक-वैज्ञानिक उपचारक पूरी तरह से यह दावा नहीं कर सकता कि उसने "मरीज का उपचार कर दिया।" इस एकमात्र उपचारक शक्ति को कई नामों से पुकारा जाता है – प्रकृति, जीवन, ईश्वर, रचनात्मक ज्ञान और अवचेतन मन।

जैसा हम देख चुके हैं, ऐसे बहुत सारे तरीके हैं जिनके जरिए मानसिक, भावनात्मक और शारीरिक अवरोधों को हम हटा सकते हैं। ये अवरोध हमारे भीतर प्रवाहित होने वाले उपचारक जीवन सिद्धांत को बांधने का प्रयास करते हैं। आपके अवचेतन मन का यह उपचारक सिद्धांत आपको सभी मानसिक तथा शारीरिक रोगों से मुक्त कर सकता है और बिल्कुल करेगा, बशर्ते आप या कोई व्यक्ति इसे सही दिशा दे। यह उपचारक सिद्धांत सभी लोगों में समान रूप से काम करता है। आपके धर्म, रंग या जाति का इस पर कोई प्रभाव नहीं पड़ता है। इसका प्रयोग करने और इस उपचारक प्रक्रिया का लाभ लेने के लिए आपको किसी विशेष चर्च का सदस्य बनने की आवश्यकता नहीं है। यदि आप नास्तिक या संशयवादी भी हों तो आपका अवचेतन मन आपके शरीर की चोटों को ठीक कर देगा।

आधुनिक मानसिक चिकित्सा इस तथ्य पर आधारित है कि आपके अवचेतन मन की असीमित बुद्धिमत्ता और शक्ति आपकी आस्था के अनुरूप ही प्रतिक्रिया देगी। मानसिक विज्ञान का प्रयोग करने वाले और धर्म उपदेशक बाइबिल की बात का पालन करते हैं यानी वे अपने कमरे में जाकर दरवाजा बंद कर देते हैं, जिसका मतलब है कि वे अपने मस्तिष्क को स्थिर कर लेते हैं, शिथिल कर लेते हैं और सिर्फ असीमित उपचारक शक्ति के बारे में विचार करते हैं। वे अपने मस्तिष्क का द्वार सभी बाहरी व्यवधानों तथा वस्तुओं के लिए बंद कर लेते हैं और फिर वे शांतिपूर्वक, पूरे विश्वास के साथ अपना आग्रह या इच्छा अपने अवचेतन मन को बताते हैं। वे यह जानते हैं कि उनके मस्तिष्क का ज्ञान उन्हें इच्छा के अनुरूप सही जवाब देगा।

सबसे महत्वपूर्ण बात जानने की यह है: चाहे गए परिणाम की कल्पना करें और इसकी वास्तविकता को महसूस करें; फिर असीमित जीवन-सिद्धांत आपके चेतन चुनाव और चेतन आग्रह पर प्रतिक्रिया करेगा। यही इस वाक्य का अर्थ है कि *विश्वास करें कि आपको मिल गया है और वह आपको मिल जाएगा।* आधुनिक मानसिक वैज्ञानिक यही काम करते हैं, जब वे प्रार्थना चिकित्सा का प्रयोग कर रहे होते हैं।

इलाज की विधि

दुनिया का हर जीव चाहे वह बिल्ली, कुत्ता, पेड़, घास, हवा, धरती हो, में एकमात्र शाश्वत उपचारक सिद्धांत ही काम कर रहा है। यह जीवन-सिद्धांत प्राणी, वनस्पति और खनिजों की दुनिया में सहज-बोध और विकास के नियम के रूप में कार्य करता है। मनुष्य इस जीवन सिद्धांत के बारे में चेतन रूप से जागरुक होता है, इसलिए इसका सचेतन प्रयोग कर हम खुद को अनगिनत लाभ पहुंचा सकते हैं।

इस शाश्वत सिद्धांत का प्रयोग करने के कई अलग-अलग तरीके, तकनीकें और विधियां हैं, परंतु उपचार की सिर्फ एक ही प्रक्रिया है, वह है आस्था, क्योंकि आपकी आस्था के अनुरूप ही आपको परिणाम मिलेगा।

विश्वास का नियम

दुनिया के सभी धर्म विश्वास के अलग-अलग रूपों को दर्शाते हैं और इन विश्वासों की अलग-अलग व्याख्या की जा सकती है। जीवन का नियम विश्वास है। आप अपने, जीवन और ब्रह्मांड के बारे में क्या विश्वास रखते हैं? जैसा आपका विश्वास होगा, वैसा ही आपको मिलेगा।

विश्वास आपके मस्तिष्क का एक विचार है, जो आपके अवचेतन की शक्ति को आदतन सोच के अनुसार जीवन के सभी पहलुओं में उतारता है। आप ध्यान दें कि बाइबिल किसी भी अनुष्ठान, समारोह, रूप, संस्था, मनुष्य या फॉर्मूले में आपके विश्वास का जिक्र नहीं करती है। यह तो स्वयं विश्वास के बारे में बोल रही है। आपके मस्तिष्क का विश्वास ही आपके मस्तिष्क का विचार है।

> अगर आप विश्वास कर सकें, तो उसके लिए हर चीज संभव है, जो विश्वास करता है।
>
> *मार्क 9:23*

किसी ऐसी चीज में विश्वास करना मूर्खता है, जो आपको चोट या नुकसान पहुंचाए। याद रखें, जिस चीज में आप विश्वास करते हैं, वह आपको नुकसान या चोट नहीं पहुंचाती है, बल्कि यह तो आपके मस्तिष्क का विश्वास या विचार है, जो परिणाम उत्पन्न करता है। आपके सभी अनुभव, सभी कार्य तथा जीवन की सभी घटनाएं व परिस्थितियां आपके ही विचार की प्रतिक्रियाएं और प्रतिबिंब हैं।

चेतन और अवचेतन मन द्वारा वैज्ञानिक तरीके से किया गया कार्य ही प्रार्थना उपचार है

प्रार्थना चिकित्सा मस्तिष्क के चेतन और अवचेतन मन के स्तरों का क्रमबद्ध, सामंजस्यपूर्ण और बुद्धिमत्तापूर्ण कार्य है, जिसे किसी निश्चित उद्देश्य के लिए विशेष रूप से निर्देशित किया जाता है। वैज्ञानिक प्रार्थना या प्रार्थना चिकित्सा के लिए आपको पता होना चाहिए कि आप क्या कर रहे हैं और क्यों कर रहे हैं। आप उपचार के नियम में विश्वास करते हैं। प्रार्थना चिकित्सा को कई बार मानसिक उपचार भी कहा जाता है, वैज्ञानिक प्रार्थना भी इसका एक नाम है।

प्रार्थना चिकित्सा के लिए आप किसी एक विचार, मानसिक तसवीर या योजना को चुनते हैं, जिसके अनुभव की आप चाह करते हैं। आप इस विचार या मानसिक छवि को वास्तविकता में अनुभव करके अपने अवचेतन तक पहुंचा देते हैं। जब आप अपने मानसिक नजरिए में आस्थावान रहते हैं, तो आपको प्रार्थना का जवाब मिल जाता है। प्रार्थना चिकित्सा एक विशिष्ट मानसिक गतिविधि है जो किसी खास उद्देश्य के लिए होती है।

मान लें, आप प्रार्थना चिकित्सा के जरिए किसी समस्या के उपचार का फैसला करते हैं। आप जानते हैं कि आपकी समस्या या बीमारी चाहे वह जो भी हो, आपके अवचेतन मन में भय से उपजे नकारात्मक विचारों के कारण है और अगर आप अपने मस्तिष्क से इन विचारों की सफाई कर दें, तो आप ठीक हो जाएंगे।

इसलिए आप अपने अवचेतन मन की उपचारक शक्ति की ओर देखते हैं और खुद को इसकी असीमित शक्ति और बुद्धिमत्ता की याद दिलाते हैं कि यह हर बीमारी का उपचार करने में सक्षम है। जब आप इन सच्चाईयों पर लगातार विचार करते हैं, तो आपका डर कम होने लगता है और आपके गलत विश्वासों का प्रभाव खत्म हो जाता है।

आप उपचार के लिए धन्यवाद देते हैं, जो आप जानते हैं कि अवश्य होगा और आप उस समस्या पर तब तक विचार नहीं करते जब तक कि कुछ समय बाद आपके मन में दोबारा प्रार्थना करने की इच्छा प्रबलता से महसूस नहीं होती है। प्रार्थना करते समय आप नकारात्मक परिस्थितियों को ताकतवर नहीं बनने देते हैं और एक बार भी मन में यह

विचार नहीं लाते कि उपचार नहीं होगा। यह मानसिक नजरिया चेतन और अवचेतन मन का सामंजस्यपूर्ण मेल बनाता है, जो उपचारक शक्ति को सक्रिय कर देता है।

आस्था-उपचार क्या है और अति-आस्था कैसे कार्य करती है

लोग जिसे आस्था-उपचार के नाम से जानते हैं, वह असल में बाइबिल में बताई गई आस्था नहीं है, जिसका मतलब चेतन और अवचेतन मन के पारस्परिक संबंधो का ज्ञान होता है। आस्था-उपचारक वह होता है, जो उपचार में शामिल शक्तियों की वैज्ञानिक समझ के बिना उपचार करता है। ऐसा हो सकता है कि वह उपचार की विशेष क्षमता का दावा करे और उसमें या उसकी शक्तियों में रोगी की अंधी आस्था उसे ठीक कर दे।

दक्षिण अफ्रीका और दुनियाभर के देशों के तांत्रिक उपचारक अपने रोगियों को जादू-टोना के जरिए ठीक करते हैं। कई बार मरीज किसी प्रसिद्ध संत की अस्थियों या अन्य किसी खास वस्तु को छूकर भी ठीक हो जाते हैं। असल में रोगी को इस प्रक्रिया में उस वस्तु के जरिए सच्चा विश्वास दिलाया जाता है जिससे उपचार संभव हो जाता है।

जो भी प्रक्रिया आपको डर और चिंता से हटाकर आस्था और आशा की ओर ले जाएगी, वह आपका उपचार कर देगी। ऐसे कई लोग होते हैं, जो दावा करते हैं कि उनके सिद्धांत परिणाम देते हैं, इसलिए वे सही हैं। जैसा हम पहले देख चुके हैं, यह सच नहीं है।

देखें अंधी आस्था किस तरह काम करती है : आपको याद होगा हमने स्विस उपचारक फ्रैंज एंटन मेस्मर के बारे में पिछले एक अध्याय में बात की थी। 1776 में उन्होंने अपने मरीजों के शरीर से चुंबक के स्पर्श से इलाज करने का दावा किया था। बाद में उन्होंने चुंबक की बजाए "प्राणी चुम्बकीयता" के जरिए इलाज किया। उनका मानना था कि एक प्रकार का द्रव पूरे ब्रह्मांड में फैला हुआ है, लेकिन इंसान के शरीर में सबसे सक्रिय है।

उनका दावा था कि यह चुंबकीय द्रव उनसे रोगी के शरीर की ओर जाता है और उपचार कर देता है। कई लोग उनके पास आने लगे थे और कई अद्भुत उपचार उनके द्वारा किए गए। मेस्मर पेरिस रहने आ गए थे। वहां की सरकार ने उनके इलाजों की जांच के लिए एक आयोग गठित किया जिसमें कई प्रख्यात चिकित्सक और अकेडमी ऑफ साइंस के सदस्य भी शामिल थे। इन प्रमुख नामों में एक नाम बेंजामिन फ्रैंकलिन का भी शामिल था। जांच-पड़ताल के बाद आयोग ने माना कि रोगियों को ठीक करने के मेस्मर के दावे वास्तव में ठीक हैं, परंतु ऐसा कोई प्रमाण नहीं मिला जो "प्राणी चुंबकीयता" के सिद्धांत को सिद्ध करता हो। आयोग का अनुमान था कि इलाज मरीजों की क72ल्पना की वजह से हुआ था।

इसके ठीक बाद मेस्मर को निर्वासित कर दिया गया। 1815 में उनकी मृत्यु हो गई। कुछ समय बाद, मैनचेस्टर के डॉ. जेम्स ब्रैड ने यह साबित करने का बीड़ा उठाया कि चुंबकीय द्रव का डॉ. मेस्मर के उपचारों से कोई संबंध नहीं था। डॉ. ब्रैड ने पाया कि रोगी को सुझाव देकर सम्मोहित निद्रा में भेजा जा सकता था। रोगियों के सम्मोहित तंद्रा में रहते

समय वे कई अद्भुत परिणाम उत्पन्न करने में सफल हुए, जिनका श्रेय मेस्मर ने "प्राणी चुंबकीयता" को दिया था।

आप आसानी से देख सकते हैं कि ये सभी उपचार निस्संदेह रोगियों की सक्रिय कल्पना और अवचेतन मन को दिए गए स्वास्थ्य के शक्तिशाली सुझाव के कारण संभव हुए। इन सभी को हम अंधी आस्था का नाम दे सकते हैं क्योंकि उस समय किसी को यह समझ नहीं थी कि ये उपचार कैसे हुए।

व्यक्तिपरक आस्था का अर्थ

आपको याद होगा हम पहले बात कर चुके हैं कि किसी व्यक्ति का अवचेतन मन उसके चेतन या यथार्थवादी मन के नियंत्रण के अधीन होता है। यह दूसरों के सुझावों के प्रति भी अति संवेदनशील होता है। आपका चेतन मन, जो भी विश्वास करता है यह उसका पालन करता है। अगर आप उसमें सक्रियता या निष्क्रियता से आस्था रखेंगे, तो आपका अवचेतन मन उस सुझाव द्वारा नियंत्रित होगा और आपकी इच्छा पूरी हो जाएगी।

मानसिक उपचारों के लिए शुद्ध कल्पनावादी आस्था की आवश्यकता होती है। इसे हासिल करने का तरीका यथार्थवादी या चेतन मन के सक्रिय विरोध का अंत करना है। शरीर के प्रभावी उपचार के लिए सबसे अच्छा तो यह है कि चेतन और अवचेतन देनों ही मन आस्था को पूरी तरह स्वीकार करने की स्थिति में हों। हालांकि, यह हमेशा जरूरी नहीं है कि आप अपने मन और शरीर को शिथिल करके उनींदी में दाखिल हो सकते हैं। इस उनींदी अवस्था में आपकी निष्क्रियता कल्पनावादी छाप के प्रति ग्रहणशील बन जाती है।

हाल ही में एक व्यक्ति ने मुझसे पूछा, "ऐसा कैसे हो गया कि उस पादरी ने मुझे ठीक कर दिया? मैंने उसकी बात पर यकीन नहीं किया क्योंकि उसने मुझे बताया कि रोग जैसी कोई चीज नहीं होती है और इसका कोई अस्तित्व ही नहीं होता है।"

उस पादरी को लगा कि वह उसके ज्ञान का अपमान कर रहा है, उसकी मूर्खता पर पादरी नाराज भी हुआ। परंतु उपचार वास्तव मैं हुआ था। इसका जवाब आसान है। वह पादरी के शांतिदायक शब्दों से शांत हो गया। फिर पादरी ने उसे कुछ समय के लिए पूर्णतः निष्क्रिय अवस्था में जाने, कुछ नहीं बोलने या सोचने के लिए पूर्णतः निष्क्रिय बना दिया। फिर पादरी ने निष्क्रिय होकर आधे घंटे तक शांति से, धीरे-धीरे तथा दृढ़ता से लगातार कहा कि इस व्यक्ति को संपूर्ण स्वास्थ्य, शांति, सद्भाव और पूर्णता मिल जाए। उस व्यक्ति को असीम राहत महसूस हुई और वह दोबारा स्वस्थ हो गया।

यह आसानी से देखा जा सकता है कि इलाज के दौरान निष्क्रियता के कारण उसकी कल्पनावादी आस्था प्रकट हो गई थी और पादरी द्वारा दिए गए संपूर्ण स्वास्थ्य के सुझाव उसके अवचेतन मन तक पहुंच गए थे। दोनों कल्पनावादी मन तालमेल में थे।

वह पादरी मरीज के आत्म सुझाव की प्रक्रिया के दौरान भी कमजोर नहीं हुआ था। अगर वह मरीज की शंकाओं को उस वक्त उभरने देता, तो यह विरोधी आत्म-सुझाव के

रूप में काम करता है। उनींदी, निष्क्रिय अवस्था में चेतन मन का विरोध न्यूनतम हो जाता है जिससे परिणाम आसानी से मिल पाते हैं। रोगी का अवचेतन मन ऐसे सुझावों के प्रति ग्रहणशील था इसलिए इसने उन सुझावों के अनुरूप कार्य किया और अंततः उपचार हो गया।

अनुपस्थित उपचार का अर्थ

मान लें, आपको खबर मिलती है कि आपकी मां न्यूयॉर्क सिटी में बहुत बीमार हैं और आप उस समय लॉस एंजेलिस में हैं। भले ही आप शारीरिक रूप से मां के पास मौजूद नहीं हों, लेकिन आपकी प्रार्थनाएं उन तक अवश्य पहुंच सकती हैं। वह परम—पिता आपके भीतर ही हैं, जो उन्हें ठीक कर देंगे।

मस्तिष्क का रचनात्मक नियम (अवचेतन मन) आपके लिए कार्य करता है। इसकी प्रतिक्रिया स्वतः होती है। आपका उपचार आपकी मानसिकता में सेहत और सामंजस्य का आंतरिक अहसास भरना है। आपके अवचेतन मन का यह आंतरिक अहसास आपकी मां के अवचेतन मन से काम करने को कहता है क्योंकि रचनात्मक मन एकमात्र ही है। सेहत, स्फूर्ति और पूर्णता के आपके विचार एक ही शाश्वत कल्पनावादी मन में काम करते हैं और वे जीवन के कल्पनावादी पहलू के नियम को सक्रिय कर देते हैं, जो उनके शरीर में उपचार के रूप में प्रकट होता है।

मस्तिष्क सिद्धांत में समय या स्थान का महत्व नहीं होता है। वह समान मस्तिष्क आपकी मां और आपमें काम करता है – भले वे कहीं भी रहें। वास्तव में उपस्थित उपचार या उसका उलटा अनुपस्थित उपचार जैसा कुछ नहीं होता है, क्योंकि शाश्वत मस्तिष्क हर जगह है। आप विचारों को भेजने या रोकने का प्रयास नहीं करते हैं। आपका उपचार विचारों की चेतन गतिशीलता है और जब आप सेहत, खुशहाली और आराम के गुणों को लेकर जागरूक बन जाते हैं, तो ये आपकी मां के अनुभव में भी प्रकट होंगे और परिणाम अवश्य देंगे।

यहां अनुपस्थित उपचार का एक आदर्श उदाहरण दिया जा रहा है। हालही में लॉस एंजेलिस में रहने वाली रेडियो की हमारी एक श्रोता ने न्यूयॉर्क में रहने वाली अपनी मां के लिए प्रार्थना की। वे कोरोनरी थ्रॉम्बोसिस नामक बीमारी से पीड़ित थीं। उसकी प्रार्थना इस प्रकार थी :

> उपचारक शक्ति मेरी मां के पास है। उनके शरीर की स्थिति, उनके विचार और जीवन का प्रतिबिंब है, ठीक वैसे ही जिस तरह छायाएं पर्दे पर पड़ती हैं। मैं जानती हूं कि उस पर्दे की छवियों को बदलने के लिए मुझे उन चीजों को बदलना होगा। मेरा मस्तिष्क वह पर्दा है और अब मैं अपने मस्तिष्क में अपनी मां के लिए पूर्णता, सामंजस्य और आदर्श स्वास्थ्य की छवि बना रही हूं। जिस असीमित उपचारक शक्ति ने मेरी मां का शरीर और उनके सभी अंग बनाए हैं, वह उनके अस्तित्व के हर परमाणु में भर रही है और उनके शरीर की हर कोशिका से शांति की धारा प्रवाहित हो रही

है। डॉक्टरों को दैवीय मार्गदर्शन मिल रहा है और इस प्रकार वे मां को स्पर्श करके उन्हें अच्छे स्वास्थ्य की ओर ले जा रहे हैं। मैं जानती हूं कि रोग वास्तविकता में नहीं होते है; अगर ऐसा होता, तो किसी का उपचार नहीं हो पाता। मैं प्रेम और जीवन के असीमित सिद्धांत की ओर स्वयं को मोड़ रही हूं और मैं जानती हूं और यह घोषणा करती हूं कि मेरी मां के शरीर में सामंजस्य, सेहत और शांति व्यक्त हो रही है।

उसने दिन में कई बार यह प्रार्थना दोहराई और कुछ दिन बाद उसकी मां की हालत में उल्लेखनीय सुधार हुआ। उनका चिकित्सक भी इससे हैरान था। उसने ईश्वर की शक्ति में इतनी आस्था के लिए बधाई दी।

बेटी के मस्तिष्क में स्वीकार किए गए निष्कर्ष ने शाश्वत अवचेतन मन में व्याप्त रचनात्मक ऊर्जा को सक्रिय कर दिया जिसने जीवन के कल्पनावादी पहलू के नियम को गतिशील करते हुए मां के शरीर में आदर्श स्वास्थ्य और सामंजस्य को प्रकट कर दिया। बेटी ने अपनी मां के बारे में सच मानकर जो सोचा, वह उसकी मां के अनुभव में व्यक्त हुआ।

अवचेतन मन को ऐसे गतिशील बनाएं

मेरी एक मनोवैज्ञानिक मित्र ने मुझे बताया कि उसके एक फेफड़े में संक्रमण हो गया था। एक्स-रे एवं अन्य जांचों में ट्यूबरक्लोसिस पाया गया था। तब हर रात में सोने से पहले वह शांति से यह बात कहती थी, "मेरे फेफड़ों की हर कोशिका, तंत्रिका, ऊतक और मांसपेशियां, पूर्ण, दोषरहित और आदर्श रूप में हैं। फिर मेरा पूरा शरीर स्वस्थ बनने लगा और पहले की तरह कार्य करने लगा।"

ऊपर बताई गई बात पूर्णतः इन्हीं शब्दों में नहीं कही गई थी, परंतु उसकी बात का अर्थ यही था। इसके बाद लगभग एक महीने में वह पूरी तरह ठीक हो गई। एक्स-रे जांच में भी उसे पूरी तरह स्वस्थ बताया गया था।

मैं उसका तरीका जानना चाहता था, इसलिए मैंने उससे पूछा कि आखिर क्यों वो रात में सोने से पहले शब्दों को दोहराती थी। उसने कहा, "सक्रिय अवचेतन मन नींद के दौरान भी आपके विचारों पर कार्य करता रहता है। इसीलिए यह बहुत जरूरी है कि आप सोने से पहले अवचेतन मन को कोई अच्छा काम सौंप दें।" यह बहुत समझदारी भरा जवाब था। उसने सामंजस्य और पूर्ण स्वास्थ्य के बारे में बात करते हुए एक बार भी अपनी बीमारी का नाम नहीं लिया।

मेरा यह सुझाव है कि आप अपनी बीमारियों के बारे में बात करना या उनका नाम लेना बंद कर दें। आपके डर के विचार ही इनके जन्मदाता होते हैं, इसलिए सोने जाने से पहले खासतौर पर इन पर विचार न करें। ऊपर जिस मनोवैज्ञानिक का जिक्र किया गया है, उसकी तरह मानसिक सर्जन बनें। फिर आपकी मुश्किलें भी उसी तरह दूर हो जाएंगी, जिस तरह निर्जीव शाखाएं किसी पेड़ से टूट जाती हैं।

यदि आप लगातार अपने दर्द और लक्षणों को याद करते रहेंगे, तो आप उस गतिशील क्रम को रोकते हैं, जो आपके अवचेतन मन की उपचारक शक्ति और ऊर्जा को सक्रिय करता है। यही नहीं, आपके ही मस्तिष्क के नियम द्वारा ये कल्पनाएं आकार लेने लगती हैं, वही हुआ जिसका मुझे बड़ा डर था। अपने मस्तिष्क को जीवन की महान सच्चाईयों का पोषण दें और प्रेम की रोशनी की ओर आगे बढ़ें।

स्मरण योग्य विचार :

1. पता लगाएं कि वह क्या वस्तु है, जो आपका उपचार करती है। भरोसा करें कि अवचेतन मन को दिए गए सही निर्देश, आपके मस्तिष्क और शरीर का उपचार कर देंगे।
2. एक निश्चित योजना बनाएं, जिसके जरिए अपने आग्रह और इच्छाएं अवचेतन मन तक पहुंचा सकें।
3. चाहे गए परिणाम की कल्पना करें और वास्तविकता महसूस करें। इसे लगातार करें, आपको परिणाम अवश्य ही मिलेंगे।
4. यह तय करें कि विश्वास क्या है। जानें कि विश्वास आपके मन का एक विचार है और आप जो सोचते हैं, आप उसकी रचना भी करते हैं।
5. बीमारी या नुकसान अथवा चोट पहुंचाने वाली किसी चीज में विश्वास करना मूर्खता है। पूर्ण स्वास्थ्य, समृद्धि, शांति, संपत्ति और दैवीय मार्गदर्शन में विश्वास करें।
6. आप जिन महान विचारों के बारे में आदतन सोचते हैं, वे ही महान कर्म बन जाते हैं।
7. अपने जीवन में प्रार्थना उपचार की शक्ति प्रयोग करें। निश्चित योजना, विचार अथवा कल्पना चुन लें। उस विचार के साथ मानसिक और भावनात्मक तालमेल बनाएं और जब आप अपने मानसिक नजरिए के प्रति आस्थावान रहेंगे, तो आपकी प्रार्थना का जवाब जरूर मिलेगा।
8. हमेशा याद रखें, अगर आप सच में उपचार की शक्ति पाना चाहते हैं, तो आप इसे आस्था के जरिए पा सकते हैं, जिसका अर्थ अपने चेतन और अवचेतन मन की कार्यविधि का ज्ञान होने से होता है। यह भी याद रखें कि समझदारी के साथ ही आस्था भी आती है।
9. अंधी आस्था का एक अर्थ यह भी है कि व्यक्ति को उपचार शक्ति की वैज्ञानिक समझ न होने पर भी अच्छे उपचार के परिणाम प्राप्त हो सकते हैं।
10. अपने बीमार प्रियजनों के लिए प्रार्थना करना सीखें। अपने मन को शांत करें और आप पाएंगे कि सेहत, जीवन, संपूर्णता के विचार आपके शाश्वत व्यक्तिनिष्ठ मन के जरिए कार्य कर रहे हैं और यह आपके प्रियजनों के मस्तिष्क में प्रकट होंगे।

6

दिमागी इलाज की कारगर तरकीबें

इंजीनियर हमेशा किसी खास तकनीक और प्रक्रिया की मदद से पुल या वाहन के इंजन का निर्माण करता है। इंजीनियर की तरह ही आपके जीवन को नियंत्रित और निर्देशित करने की भी तकनीकें हैं। आपको यह अहसास होना चाहिए कि ये तरीके और तकनीकें मूलभूत और महत्वपूर्ण हैं।

गोल्डन गेट ब्रिज बनाने से पहले मुख्य इंजीनियर ने गणित के सिद्धांत, दबाव और तनाव को समझा था। दूसरे, उसने अपने मस्तिष्क में खाड़ी पर एक आदर्श पुल की कल्पना की थी। तीसरा कदम उस कल्पना को साकार करने के लिए आजमाए हुए और सफल तरीकों का इस्तेमाल करना था, जिससे वह ब्रिज आकार ले ले और हम उस पर गाड़ियां चला पाएं। ऐसी कई तकनीकें और तरीके हैं जिनसे प्रार्थना का जवाब पाया जा सकता है।

यदि आपको प्रार्थना का जवाब मिला है, तो इसके खास तरीके के कारण ही जवाब मिला है और वह तरीका एक वैज्ञानिक तरीका है। कुछ भी संयोग से नहीं होता है। यह व्यवस्था और नियम-कायदे की दुनिया है। इस अध्याय में आप अपने आध्यात्मिक जीवन के प्रकटीकरण और पोषण की व्यावहारिक तकनीक पाएंगे। आपकी प्रार्थनाओं को अब गुब्बारे की तरह हवा में लटके रहने की आवश्यकता नहीं है। उन्हें कहीं पहुंचना चाहिए और आपके जीवन को कुछ उपलब्धि दिलानी चाहिए।

जब हम प्रार्थना का विश्लेषण करते हैं तो पता चलता है कि इसकी कई अलग-अलग विधियां और तरीके हैं। हम इस पुस्तक में धार्मिक पूजा-पाठ की औपचारिक प्रार्थनाओं को शामिल नहीं करेंगे। समूह आराधना में इनका अपना महत्व है। परंतु हमारा मूल ध्यान व्यक्तिगत प्रार्थना के उन तरीकों पर है, जो आपकी रोजमर्रा की जिंदगी में इस्तेमाल किए जा सकते हों, ताकि आपकी उसी प्रकार मदद हो सके जैसी अन्य लोगों को हुई है।

प्रार्थना किसी मनचाही चीज से जुड़े विचार का सूत्रीकरण है। प्रार्थना आत्मा की सच्ची मनोकामना है। आपकी मनोकामना ही आपकी प्रार्थना है। यह आपकी सबसे बड़ी जरूरतों से निकलती है और उन चीजों को साकार करती है, जिन्हें आप अपने जीवन में पाना चाहते

हैं। *वे लोग धन्य हैं, जो धर्मपरायणता के भूखे और प्यासे हैं : उन्हें भरपेट मिलेगा। यही सच्ची प्रार्थना है,* जीवन की भूख और शांति, सद्भाव, स्वास्थ्य, खुशी और जीवन की बाकी अन्य नियामतों को पाने की कारगर अभिव्यक्ति है।

अवचेतन तक विचार पहुंचाने का तरीका

अवचेतन तक विचार पहुंचाने का आसान तरीका है कि चेतन से अवचेतन मन को प्रेरित किया जाए, जिससे वह चेतन मन के आग्रह को उसी रूप में ग्रहण कर ले। यह तकनीक सपने जैसी स्थिति में सबसे अच्छी तरह काम करती है।

जान लें कि आपके मन की गहराई में असीमित बुद्धिमत्ता और असीम शक्ति है। बस शांति से अपनी चाहत के बारे में सोचें और इसी पल से इसके फलित होने की कल्पना शुरू कर दें। उस छोटी लड़की की तरह बनें, जिसे बहुत अधिक खांसी थी और गला खराब था। उसने दृढ़ता से बार-बार घोषणा की, "खांसी अब जा रही है। यह अब जा रही है।" खांसी एक घंटे में वास्तव में गायब हो गई। इस तकनीक का इस्तेमाल पूरी ईमानदारी और सहजता से करें।

अवचेतन मन आपके ब्लूप्रिंट को स्वीकार करेगा

यदि आप अपने और परिवार के लिए नया घर बनवा रहे हैं, तो आप उसके ब्लूप्रिंट में गहरी रुचि लेंगे। आप यह सुनिश्चित करना चाहेंगे कि भवन निर्माता आपके ब्लूप्रिंट का पूर्णतः पालन करे। आप उसके द्वारा लगाई जाने वाली निर्माण सामग्री पर भी नजर रखेंगे और आप कोशिश करेंगे कि सर्वश्रेष्ठ सीमेंट, बिजली के तार, छत की सामग्री आदि चुनें। अब अगर बात की जाए आपके मानसिक घर की और मानसिक खुशहाली तथा समृद्धि के लिए ब्लूप्रिंट की, तो उस पर भी क्या इतना ही ध्यान दिए जाने की आवश्यकता नहीं है? आपके सभी अनुभव और जीवन में आने वाली हर चीज उन मानसिक ईंटों की प्रकृति पर निर्भर करती है, जिनका प्रयोग आप अपने मानसिक घर को बनाने में करते हैं।

अगर आपका मानसिक ब्लूप्रिंट डर, चिंता, तनाव या कमी से बना हो। अगर आप निराश, शंकालु और दोषदर्शी हों, तो आपकी इस मानसिक सामग्री के कारण आपके जीवन में अधिक थकान, शंका, तनाव, चिंता और सभी तरह की सीमाएं प्रकट हो जाएंगी। जीवन में सबसे मूलभूत और दूरगामी चीज वह है, जो आप जागते हुए हर घंटे अपनी मानसिकता में बनाते हैं। आपके शब्द खामोश और अदृश्य हैं, लेकिन वे वास्तव में होते हैं।

आप हर समय अपना मानसिक घर बना रहे हैं और आपके विचार तथा मन की कल्पनाएं आपके ब्लूप्रिंट को दर्शाती हैं। हर घंटे, हर पल आप बेहतरीन सेहत, सफलता और खुशी का निर्माण कर सकते हैं, उन विचारों से जो आप सोचते या रखते हैं, उन विश्वासों से जिन्हें आप स्वीकार करते हैं और उन दृश्यों से, जिनका आप अपने मस्तिष्क के छिपे हुए भाग में अभ्यास करते हैं। इस राजसी महल जिसके निर्माण में आप लगातार जुटे

रहते हैं, वह आपका व्यक्तित्व है, इस धरती पर आपकी पहचान है, इस दुनिया में आपके जीवन की पूरी कहानी है।

एक नया ब्लूप्रिंट बनाएं; इसी समय शांति, खुशी और सद्भावना के अहसास द्वारा इसे खामोशी से बनाएं। इन चीजों का दावा करने पर आपका अवचेतन आपके ब्लूप्रिंट को स्वीकार कर लेगा और इन सभी चीजों को साकार कर देगा। उनके परिणामों से आप उन्हें जान जाएंगे।

निर्दोष प्रार्थना की कला और इसका विज्ञान

"विज्ञान" का संबंध उस ज्ञान से है जो संयोजित, व्यवस्थित और क्रमबद्ध है। आइए, सच्ची या निर्दोष प्रार्थना के विज्ञान और कला के बारे में गौर से सोचें। यह ज्ञान जीवन के बुनियादी सिद्धांतों के बारे में है और इसमें उन तकनीकों और प्रक्रियाओं का वर्णन है, जो आपके या अन्य किसी व्यक्ति के जीवन में प्रदर्शित की जा सकती हैं, जो पूरे विश्वास से उन्हें लागू करता है। इसमें आपकी तकनीक या प्रक्रिया कला है और आपकी कल्पना या विचार पर आपके रचनात्मक मन की निश्चित प्रतिक्रिया ही विज्ञान है।

> मांगो और तुम्हें मिल जाएगा; खोजो और तुम पा लोगे; खटखटाओ और तुम्हारे लिए दरवाजा खुल जाएगा।
>
> *मैथ्यू 7:7*

यहां हमे बताया गया है आप जो चीज मांगोगे, वह आपको मिल जाएगी। जब आप खटखटाएंगे, तो दरवाजे खुलेंगे और जो खोजेंगे उसे पा लेंगे। इससे सीख मिलती है कि मानसिक और आध्यात्मिक नियम हमेशा प्रतिक्रिया करेंगे। अवचेतन मन की असीमित बुद्धिमत्ता चेतन मन के प्रति निश्चित तौर पर सीधे प्रतिक्रिया करता है। अगर आप रोटी मांगेंगे, तो आपको पत्थर नहीं मिलेगा।

आपको *पूरे विश्वास* से मांगना होगा, तभी आपको मिलेगा। आपका मन विचार से वस्तु की ओर चलता है। जब तक मन में तसवीर नहीं होगी, तब तक मन नहीं चल सकता, क्योंकि आगे बढ़ने के लिए कुछ नहीं होगा। आपकी प्रार्थना, जो आपका मानसिक कर्म है, को पहले आपकी कल्पना को स्वीकार करना होगा। तभी आपके अवचेतन की शक्ति इस पर काम कर सकती है और इसे साकार कर सकती है। आपको अपने मस्तिष्क में स्वीकृति के बिंदु पर पहुंचना होगा, वह भी अविवादित और पूर्ण स्वीकृति के साथ।

कल्पना को मानसिक स्वीकृति देने के साथ ही आप उस कल्पना को साकार होते देखें और खुशी और सुख की भावना महसूस करें। सच्ची प्रार्थना की कला और विज्ञान का आधार आपका यह ज्ञान तथा पूर्ण विश्वास है कि आपके चेतन मन की गतिविधि पर आपका अवचेतन मन निश्चित प्रतिक्रिया करेगा, जिसमें असीमित ज्ञान और असीम शक्ति है। इस तरीके से आपको अपनी प्रार्थनाओं का जवाब मिल जाएगा।

मानसिक तस्वीर की तकनीक

किसी विचार के सूत्रीकरण का सबसे सरल और स्पष्ट तरीका है इसकी तस्वीर देखना; अपने मन की आंख से इसे उतनी ही स्पष्टता से देखना जैसे यह साकार हो। आप खुली आंख से सिर्फ वही देख सकते हैं, जो बाहरी जगत में पहले से मौजूद है। इसी तरह, आप मन की आंख से जो तस्वीर देखते हैं, वह पहले ही आपके मन के अदृश्य क्षेत्रों में मौजूद होती है। जो भी तस्वीर आपके मन में है, वह चाही गई अदृश्य चीज का प्रमाण है। आप अपनी कल्पना में जो गढ़ते हैं, वह आपके शरीर के किसी अंग जितना ही वास्तविक होता है। विचार वास्तविक होते हैं और वे एक दिन आपकी यथार्थवादी दुनिया में अवश्य साकार होंगे, बशर्ते आप अपनी मानसिक तस्वीर के प्रति निष्ठावान रहें।

चिंतन की यह प्रक्रिया आपके दिमाग पर छाप छोड़ देती है। यह छाप बाद में आपके जीवन में तथ्य और अनुभव के रूप में सामने आती है। भवन निर्माता जिस तरह की इमारत बनाना चाहता है, पहले उसकी तस्वीर देखता है। वे उसे उस तरह देखते हैं, जिस तरह वे उसे पूरा देखना चाहते हैं। उनकी कल्पना और विचार-प्रक्रिया एक प्लास्टिक का सांचा बन जाती है, जिससे इमारत उभरेगी- यह सुंदर या बदसूरत हो सकती है, गगनचुंबी अट्टालिका या एक मंजिला मकान हो सकती है। उसकी मानसिक तस्वीर ठीक वैसी उभरती है जैसी उसने पेपर पर बनाई होती है। भवन-निर्माता और कारीगर आवश्यक सामग्री इकट्ठी करते हैं और आर्किटेक्ट के मानसिक ढांचे के अनुरूप इमारत बनने लगती है।

मैं श्रोताओं के सामने भाषण देने से पहले हमेशा तस्वीर की तकनीक आजमाता हूं। मैं मस्तिष्क को शांत कर लेता हूं, ताकि विचार की तस्वीर अवचेतन मन तक पहुंचा सकूं। फिर मैं पूरे सभागृह की तस्वीर देखता हूं। इसकी कुर्सियां पुरुषों और महिलाओं से भरी है और वे सभी अपने भीतर की असीमित उपचार शक्ति से उत्साहित हैं। मैं उन्हें स्वस्थ, खुश और स्वतंत्र देखता हूं।

अपनी कल्पना में यह विचार लाने के बाद मैं इस मानसिक तस्वीर को बनाए रखता हूं और कल्पना करता हूं कि लोग कह रहे हैं, "मैं ठीक हो गया," "मुझे बहुत अच्छा लग रहा है," "मेरा तुरंत उपचार हो गया है," "मेरी कायापलट हो गई।" मैं लगभग दस मिनट या उससे अधिक समय तक ऐसा करता हूं और खुद को यह अहसास दिलाता हूं कि हर व्यक्ति का मन और शरीर प्रेम, पूर्णता, सुंदरता से भरा है। मेरा अहसास उस बिंदु पर पहुंच जाता है, जहां मैं मन में जनता की आवाजें सुन सकता हूं, जो उनकी सेहत और खुशी की घोषणा करती हैं। फिर मैं पूरी तस्वीर को मुक्त कर देता हूं और मंच पर पहुंच जाता हूं। लगभग प्रत्येक सप्ताह कोई न कोई मिलता है जो बताता है कि उसकी प्रार्थनाओं को सुना गया है।

बौद्धिक फिल्म प्रक्रिया

एक कहावत है, "एक तस्वीर हजार शब्दों के बराबर है।" अमेरिकी मनोविज्ञान के पितामह विलियम जोन्स इस तथ्य पर जोर देते हैं कि अवचेतन मन किसी भी तस्वीर को साकार

कर देगा, बशर्ते उसके पीछे आस्था हो। *इस तरह काम करो, जैसे मैं हूं और मैं सचमुच मौजूद रहूंगा।*

कुछ साल पहले मैं मिडिल वेस्ट के कुछ राज्यों में एक लेक्चर टूर पर था। मैं उस इलाके में एक स्थायी जगह चाहता था, ताकि मैं जरूरतमंद लोगों की सेवा कर सकूं। मैंने काफी दूर-दूर तक यात्रा की, लेकिन स्थायी जगह के विचार को नहीं भूला। एक रात को स्पोकेन, वाशिंगटन में, मैं अपने होटल के कमरे में पलंग पर आराम कर रहा था। मैंने अपने ध्यान को स्थिर कर लिया। शांत और निष्क्रिय तरीके से मैंने कल्पना की कि मैं बहुत बड़े जनसमुदाय के सामने भाषण दे रहा था। मैंने सुनने वाले लोगों से कहा, "मुझे यहां आकर खुशी हुई; मैंने इस आदर्श अवसर के लिए प्रार्थना की है।"

मैंने अपने मन की आंख से काल्पनिक भीड़ को देखा और मुझे यह वास्तविक लगी। मैंने किसी अभिनेता की तरह इस मानसिक फिल्म का नाट्कीयकरण किया और संतुष्टि महसूस की कि यह तस्वीर मेरे अवचेतन मन तक पहुंच रही है, जो अपने तरीके से इसे वास्तविकता में बदल देगा। अगली सुबह जागने पर मुझे काफी शांति और संतुष्टि का अहसास हुआ। कुछ दिन बाद मेरे पास टेलीग्राम आया जिसमें मुझे मिडवेस्ट के एक संस्थान का डायरेक्टर बनाने का प्रस्ताव था। मैंने प्रस्ताव स्वीकार कर लिया और कई साल तक वहां पर बहुत ही संतुष्टिदायक काम करने का आनंद लिया।

जिस तरीके का वर्णन मैंने किया है, उसे लोग पसंद करते हैं और अक्सर "मानसिक फिल्म विधि" कहते हैं। मुझे बहुत से लोगों के पत्र मिलते है, जिन्होंने मेरे भाषण या रेडियो टॉक सुने हैं। वे मुझे इस तकनीक से हासिल हुए आश्चर्यजनक परिणामों के बारे में बताते हैं।

इस मानसिक फिल्म विधि का सुझाव मैं उन लोगों को विशेष रूप से देना चाहता हूं जो कोई मकान या जायदाद बेचना चाहते हैं। इसके लिए आप पहले तो अपने में यह संतुष्टि कर लें कि आपके द्वारा तय कीमत सही है। मेरा दावा है कि असीमित बुद्धिमत्ता उस खरीदार को आकर्षित कर आपके पास ले आएगी जो सच में इस संपत्ति को खरीदना चाहता है और वहां रहना चाहता है। इसके बाद अपने मस्तिष्क को शांत कर लें, शिथिल हो जाएं, विश्राम करें और उनींदी, निष्क्रिय अवस्था में चले जाएं, ताकि समस्त मानसिक प्रयास न्यूनतम हो जाएं। अब अपने हाथों में चेक की तस्वीर देखें, चेक पाने पर खुशी मनाएं, चेक के लिए धन्यवाद दें और अपने मस्तिष्क में बनी पूरी मानसिक फिल्म की सहजता अनुभव करते हुए सो जाएं। आपको इस तरह काम करना है, जैसे यह सच हो चुका हो। ऐसा करने से अवचेतन मन पर इसकी छाप बन जाएगी। फिर असीमित बुद्धिमत्ता उस खरीदार को आपकी ओर आकर्षित करेगा। आस्था होने पर मन में रखी मानसिक तस्वीर हकीकत बन जाएगी।

एक विशेष बॉडोइन तकनीक

चार्ल्स बॉडोइन फ्रांस के रूसो इंस्टीट्यूट में प्रोफेसर थे। वे न्यू नैन्सी स्कूल ऑफ हीलिंग के कुशल साइकोथेरेपिस्ट और शोध निदेशक थे। उन्होंने 1910 में पाया कि अवचेतन मन को

प्रभावित करने का सबसे अच्छा तरीका उनींदी, निष्क्रिय या नींद जैसी अवस्था में पहुंचना है, जहां सारे प्रयास कम से कम हो जाएं। फिर चिंतन द्वारा यह विचार शांत, निष्क्रिय, ग्रहणशील तरीके से अवचेतन तक पहुंचाया जाता है।

उनका एक फॉर्मूला है :

> ऐसा करने (अवचेतन मन को भरने) का एक आसान तरीका सुझाई वस्तु के विचार को सघन करना है, इसे तत्काल याद होने वाले संक्षिप्त वाक्यांश में व्यक्त करना है और लोरी की तरह बार-बार दोहराना है।

कुछ साल पहले लॉस एंजेलिस की एक महिला लंबे और कटु पारिवारिक विवाद में उलझ गई थी। उसके स्वर्गीय पति ने पूरी जायदाद उसके नाम पर कर दी थी, लेकिन पहली शादी से उसके बेटे-बेटियों ने वसीयत को गैर-कानूनी ठहराने के लिए मुकदमा दायर कर दिया था। जब इस महिला ने मेरी मदद मांगी, तो मैंने उसे बॉडोइन तकनीक बताई। वह उसने इस प्रकार अपनाई:

वह कुर्सी पर आराम से बैठ गई और उनींदी अवस्था में पहुंच गई तथा सुझाए गए तरीके के अनुसार अपनी चाहत को छह शब्दों पर पिरोकर अवचेतन मन तक पहुंचाने का प्रयास करते हुए बोली, "यह दैवीय इच्छा के अनुरूप पूर्ण हुआ।" इन शब्दों से उसका मतलब था कि असीमित बुद्धि, जो उसके अवचेतन मन के नियमों द्वारा काम कर रही थी, सामंजस्य के सिद्धांत द्वारा निष्कर्ष निकालेगी। दस रातों तक हर रात वह उनींदी अवस्था में पहुंची, फिर उसने धीरे-धीरे, शांति और भाव से यह वाक्य बार-बार दृढ़ता से कहा, "यह दैवीय इच्छा के अनुरूप पूर्ण हुआ।"

उसे आंतिरिक शांति का अहसास हुआ; फिर वह गहरी, सामान्य नींद में सो गई। ग्यारहवें दिन सुबह जागने पर उसे सुखद अहसास हुआ। उसे विश्वास था कि यह सचमुच पूर्ण हो गया था। उसी दिन उसके वकील ने उसे फोन किया। विपक्षी वकील और उसके मुवक्किल समझौते के लिए तैयार हो गए थे। सामंजस्यपूर्ण समझौता हो गया और मुकदमा वापल ले लिया गया।

उनींदी नींद की तकनीक

उनींदी, निष्क्रिय अवस्था में प्रयास न्यूनतम हो जाते हैं। उनींदी अवस्था में चेतन मन काफी हद तक निष्क्रिय हो जाता है। इसका कारण यह है कि अवचेतन सोने से ठीक पहले और जागने के ठीक बाद ही सबसे शक्तिशाली होता है। इस अवस्था में आपकी इच्छा को अवचेतन मन तक पहुंचने से रोकने वाले नकारात्मक विचार मौजूद नहीं होते हैं।

मान लें, आप किसी विनाशक आदत से छुटकारा पाना चाहते हैं। इसके लिए आरामदेह मुद्रा अपना लें, अपने शरीर को शिथिल कर दें और स्थिर हो जाएं। उनींदी अवस्था में जाएं और बार-बार किसी लोरी की तरह दोहराते रहें, "मैं इस आदत से पूरी तरह आजाद

हूं; मैं सद्भाव और पूर्ण मानसिक शांति अनुभव कर रहा हूं।" इन शब्दों को रात और सुबह पांच-दस मिनट तक धीरे-धीरे, शांति और प्रेम से दोहराएं। बार-बार दोहराने से शब्दों का भावनात्मक महत्व बढ़ जाता है। जब नकारात्मक आदत हावी होने लगे, तो इस फॉर्मूले को तेज आवाज में दोहरा लें। इस तकनीक से आप अवचेतन को विचार स्वीकार करने के लिए प्रेरित करते हैं और उपचार हो जाता है।

"आभार" की तकनीक

बाइबल में पॉल यह सुझाव प्रकट करते हैं कि जब हम अपने आग्रहों के साथ प्रशंसा और धन्यवाद करेंगे तो प्रार्थना के इस आसान तरीके से असाधारण परिणाम मिलते हैं। कृतज्ञ हृदय ब्रह्मांड की रचनात्मक शक्तियों के हमेशा करीब रहता है, जिससे साझे संबंध के नियम तथा क्रिया और प्रतिक्रिया के ब्रह्मांडीय नियम के आधार पर इसकी ओर असंख्य नियामतें प्रवाहित होती हैं।

एक पिता ने बेटे को कॉलेज खत्म होने पर कार देने का वादा किया था। परंतु कॉलेज के बाद काफी समय तक उसे कार नहीं मिली थी। इसके बावजूद वह कृतज्ञ और खुश था। वह इस प्रकार खुश था जैसे उसे कार मिल ही चुकी हो। उसे पता था कि पिता अपना वादा जरूर पूरा करेंगे, भले उन्होंने अब तक न किया हो। परंतु इस विश्वास को उसने पूरी खुशी से मन में स्वीकार कर लिया था। फिर कुछ दिन बाद उसका विश्वास सत्य हो गया।

इस तकनीक का एक उदाहरण मिस्टर ब्रोक का है जिन्होंने इसे आजमाकर बेहतरीन परिणाम हासिल किए। वे बताते हैं, "मेरी नौकरी छूट गई थी और मैं दिवालिया था। मेरे तीन बच्चे थे, जिनका मुझे पेट पालना था। मैं नहीं जानता था कि मदद के लिए किधर जाऊं।" फिर मैंने करीब तीन सप्ताह तक इन शब्दों को दोहराया, "परम—पिता, मेरी दौलत के लिए धन्यवाद।" उसने यह काम शिथिल, शांत अवस्था में किया और तब तक करता रहा, जब तक कि कृतज्ञता की भावना उसके दिमाग पर हावी नहीं हो गई। उसने कल्पना की कि वह अपने भीतर की असीमित शक्ति और बुद्धिमत्ता का आह्वान कर रहा है, हालांकि जाहिर है, वह रचनात्मक बुद्धिमत्ता या असीमित मस्तिष्क को देख नहीं सकता था। वह आध्यात्मिक अनुभूति की अंदरूनी आंख से देख रहा था और उसे यह अहसास था कि धन ही उसकी विचार-छवि में पहला कारण था, जिससे उसे धन, प्रतिष्ठा और भोजन मिलेगा। उसकी विचार-भावना धन के विचार से ओत-प्रोत थी, जिस पर किसी तरह की परिस्थिति का प्रभाव नहीं पड़ा था। बार-बार "धन्यवाद, परम—पिता" दोहराकर उसका दिलो—दिमाग स्वीकृति के बिंदु तक पहुंच गया और अब उसके मन में कमी, गरीबी और रोग के विचार आते थे, तो वह कहता था, "धन्यवाद, परमपिता।" वह जानता था कि अगर वह कृतज्ञ नजरिया रखेगा, तो उसका दिमाग धन संपदा के विचार को ग्रहण कर लेगा। वही हुआ भी।

उस व्यक्ति की प्रार्थना का एक रोचक परिणाम मिला। प्रार्थना शुरू करने के कुछ समय बाद उसे रास्ते में उसकी पिछली कंपनी का मालिक मिला, जिससे वह 20 साल से नहीं मिला था। पूर्व नियोक्ता ने उसके सामने अच्छी तनख्वाह वाली नौकरी देने का प्रस्ताव

रखा। उसने उसे 500 डॉलर का कर्ज भी दिया, ताकि वह पहली तनख्वाह मिलने तक काम चला सके। अब मिस्टर ब्रोक उस कंपनी के वाइस प्रेसिडेंट हैं। उन्होंने हाल ही मुझसे कहा, "मैं 'धन्यवाद, परम—पिता' की अद्भुत शक्ति को कभी नहीं भूल पाऊंगा। इसने मेरे लिए चमत्कार किया है।"

सकारात्मकता की विधि

सकारात्मक घोषणा का प्रभाव काफी हद तक इसके शब्दों में निहित सत्य और अर्थ की आपकी समझ से तय होता है। प्रार्थना में निरर्थक दोहराव नहीं करें। सकारात्मक घोषणा की शक्ति निश्चित और स्पष्ट सकारात्मक बातों के बुद्धिमत्तापूर्ण अमल में है। एक उदाहरण देखें: स्कूल का कोई बच्चा तीन और तीन को जोड़कर ब्लैकबोर्ड पर सात लिख देता है। टीचर गणित की निश्चितता से घोषणा करता है कि तीन और तीन छह होते हैं; इसके बाद बच्चा उसी अनुरूप अंकों को बदल देता है। टीचर की घोषणा से तीन और तीन छह नहीं हुए। यह तो पहले से ही गणित की सच्चाई थी। इसी सच्चाई के कारण बच्चे ने ब्लैकबोर्ड के अंक बदल दिए।

बीमार होना असामान्य है और स्वस्थ होना सामान्य है। स्वास्थ्य आपके अस्तित्व की सच्चाई है। जब आप स्वास्थ्य, सामंजस्य और खुद के लिए या किसी दूसरे के लिए शांति की सकारात्मक घोषणा करते हैं तथा जब आपको यह अहसास होता है कि आपके अस्तित्व में शाश्वत सिद्धांत हैं, तो आप अवचेतन मन के नकारात्मक स्वरूप को अपनी आस्था और घोषणा के अनुसार दोबारा व्यवस्थित कर लेते हैं।

प्रार्थना की सकारात्मक घोषणा का परिणाम जीवन के सिद्धांतों पर बल देने पर निर्भर करता है, चाहे स्थिति कैसी भी दिखाई पड़ती हो। एक पल के लिए विचार करें कि गणित का एक सिद्धांत होता है, लेकिन गलती का कोई सिद्धांत नहीं होता। सच्चाई का एक सिद्धांत होता है, लेकिन बेईमानी का नहीं होता। बुद्धिमत्ता का एक सिद्धांत होता है, लेकिन अज्ञानता का नहीं होता। सामंजस्य का एक सिद्धांत होता है, लेकिन मनमुटाव का नहीं होता। स्वास्थ्य का एक सिद्धांत होता है, लेकिन बीमारी का नहीं होता और समृद्धि का एक सिद्धांत होता है, लेकिन गरीबी का नहीं।

इंग्लैंड के एक अस्पताल में गॉलस्टोन्स हटाने के लिये मेरी बहन का ऑपरेशन होने वाला था। तब मैंने सकारात्मक घोषणा के तरीके का प्रयोग करने का निश्चय किया। अस्पताल की जांचों और एक्स-रे में उसके रोग की पुष्टि हो चुकी थी। उसने मुझसे अपनी सेहत के लिए प्रार्थना करने को कहा। मैं करीब साढ़े छह हजार मील दूर था, लेकिन मैं जानता था कि मस्तिष्क-सिद्धांत में समय और दूरी का कोई महत्व नहीं होता है। असीमित मन या बुद्धिमत्ता एक ही समय में हर बिंदु पर पूरी तरह मौजूद रहती है। मैंने अपने मन से बहन के रोग के लक्षणों और उसके शारीरिक व्यक्तित्व के विचार को दूर किया। फिर मैंने इस तरह सकारात्मक घोषणा की :

> यह प्रार्थना मैं अपनी बहन कैथरीन के लिए कर रहा हूं। वह आराम और चैन से है, संतुलित और पूरी तरह शांत। अवचेतन मन की जिस उपचारक बुद्धि ने उसके शरीर को बनाया है, वह अब उसके अस्तित्व की हर कोशिका, स्नायु, ऊतक, मांसपेशी और हड्डी को आदर्श स्वरूप के अनुरूप बदल रही है। खामोशी से उसके अवचेतन मन के सभी विकृत विचार हट रहे हैं और घुल रहे हैं। उसके अस्तित्व के हर अणु में जीवन सिद्धांत की जीवंतता, पूर्णता और सुंदरता प्रकट हो रही है। वह अब उन उपचारक तरंगों को ग्रहण कर रही है, जो उसमें नदी की तरह प्रवाहित हो रही हैं तथा उसे पूर्ण स्वास्थ्य, सामंजस्य और शांति दे रही हैं। सारी नकारात्मकता और कुरूप छवियां अब उसमें प्रवाहित हो रहे प्रेम तथा शांति के असीमित समुद्र में धुल रही हैं और यह ऐसा ही है।

उपरोक्त घोषणा मैंने दिन में कई बार की। दो सप्ताह बाद मेरी बहन की एक बार फिर जांच हुई जिसमें आश्चर्यजनक बात यह थी कि उसकी हालत में उल्लेखनीय सुधार हुआ था और उसके एक्स—रे में कोई गड़बड़ नहीं निकली।

सकारात्मक घोषणा का मतलब यह कहना है कि ऐसा ही है। जब आप सारे विपरीत प्रमाणों के बावजूद इस मानसिक नजरिए को सच मानते हैं, तो आपको अपनी प्रार्थना का जवाब जरूर मिलता है। आपका विचार सिर्फ सकारात्मक घोषणा करता है, यदि आप किसी चीज से इनकार करते हैं, तब भी आप दरअसल उस चीज की उपस्थिति को स्वीकार कर रहे होते हैं। सकारात्मक घोषणा को दोहराना, यह जानना कि आप क्या कह रहे हैं और क्यों कह रहे हैं, मस्तिष्क को चेतन की उस अवस्था की ओर ले जाता है, जहां यह आपकी कही बात को सच मान लेता है। जीवन की सच्चाईयों की तब तक सकारात्मक घोषणा करते रहें, जब तक कि आपको मनचाही अवचेतन प्रतिक्रिया ना मिल जाए।

तर्क-वितर्क तकनीक

यह तकनीक इसके नाम के अनुरूप है। यह मैन निवासी डॉ. फिनीज पार्कहर्स्ट क्विम्बी के कार्य से विकसित हुई है। डॉ. क्विम्बी मानसिक और आध्यात्मिक उपचार के क्षेत्र में अग्रणी थे और एक सदी पहले बेलफास्ट, मैन में इलाज करते थे। डॉ. क्विम्बी के बारे में पुस्तक "द क्विम्बी मनुस्क्रिप्ट" से जानकारी मिलती है जो 1921 में थॉमस क्रोवेल कंपनी, न्यूयॉर्क द्वारा प्रकाशित की गई थी। इसका संपादन होरेटियो ड्रेसर ने किया था। इसमें अखबार की खबरों के संकलन से पता चलता है कि उन्होंने रोगियों को किस प्रकार प्रार्थना उपचार से अद्भुत परिणाम दिए। क्विम्बी ने बाइबल के कई उपचारों को दोहराकर दिखाया था। संक्षेप में कहा जाए तो तर्कपूर्ण विधि, जिसका प्रयोग क्विम्बी ने इतनी सफलता से किया था, आध्यात्मिक तर्क पर आधारित है। इसमें आप मरीज और खुद को यह विश्वास दिला देते हैं कि रोग आपके अवचेतन मन के झूठे विश्वासों, निराधार डरों और नकारात्मक स्वरूपों के कारण है। आप अपने मस्तिष्क में स्पष्टता से इस पर तर्क करते हैं और रोगी को विश्वास दिला देते हैं

कि बीमारी, विचार के एक विकृत, ऐंठन भरे ढांचे, गलत विश्वास, अब रोग के रूप में बाहर आ गया है, लेकिन विचारों को बदलकर रोग का उपचार किया जा सकता है।

आप रोगी के सामने स्पष्ट करते हैं कि विश्वास का परिवर्तन ही हर उपचार का आधार है। आप यह भी बताते हैं कि अवचेतन मन ने शरीर और इसके सभी अंगों को बनाया है, इसलिए यह जानता है कि इसका कैसे उपचार होता है, इसीलिए यह इसका उपचार कर सकता है और यह आपके बोलते समय भी ऐसा ही कर रहा है। अपने मन की अदालत में आप बहस करते हैं कि रोग मस्तिष्क के विकृत विचार की छाया है। आप अंदरूनी उपचारक शक्ति के समर्थन में जितने भी तर्क और प्रमाण जुटा सकते हैं, उतने जुटाते हैं, क्योंकि इसी शक्ति ने सभी अंगो की रचना की है और इसमें ही हर कोशिका, स्नायु और ऊतक के आदर्श स्वरूप का ज्ञान संग्रहित है। फिर आप अपने मस्तिष्क की अदालत में अपने या अपने रोगी के पक्ष में फैसला सुनाते हैं। आप आस्था और आध्यात्मिक समझ द्वारा रोगी को मुक्त करते हैं। आपका मानसिक और आध्यात्मिक प्रमाण अजेय है। चूंकि सिर्फ एक ही मस्तिष्क है, इसलिए आप जिसे सच मानते हैं, वह रोगी के अनुभव में प्रकट हो जाता है। यह प्रक्रिया असल में तर्क-वितर्क विधि है जिसे डॉ. क्विम्बी ने मैन में रहने के दौरान 1849 से 1869 के बीच कई बार प्रयोग की थी।

आधुनिक ध्वनि तरंग के इलाज की तरह है परम विधि

दुनिया भर में कई लोग इस विधि से प्रार्थना उपचार करते हैं और उन्हें अद्भुत परिणाम मिले हैं। परम विधि का प्रयोग करने वाला व्यक्ति रोगी का नाम लेता है जैसे – "जॉन जोन्स", फिर वह शांति से ईश्वर और उसके गुणों के बारे में विचार करता है, जैसे - ईश्वर परम आनंद है, असीमित प्रेम है, असीमित बुद्धिमत्ता है, सर्वशक्तिमान है, असीमित ज्ञान है, पूर्ण सद्भाव है, अवर्णनीय सौंदर्य और पूर्णता है। जब वह इस तरह सोचता है, तो उसकी चेतना ऊपर उठकर एक नए आध्यात्मिक धरातल पर पहुंच जाती है जहां वह महसूस करता है कि ईश्वरीय प्रेम का महासागर रोगी के मन और शरीर में मौजूद हर चीज को डुबा रहा है, जिसे दूर करने के लिए वह प्रार्थना कर रहा है। वह महसूस करता है कि ईश्वर की सारी शक्ति और प्रेम अब जॉन पर केंद्रित हो रही है और जो भी कष्टकारी या परेशानी भरा है, वह जीवन और प्रेम के असीम महासागर की मौजूदगी में अब पूरी तरह गायब हो चुका है।

प्रार्थना की परम विधि, चिकित्सा में इस्तेमाल होने वाली ध्वनि तरंग के उपचार की तरह हैं। लॉस एंजेलिस की एक विख्यात डॉक्टर ने मुझे हालही में इसके बारे में बताया। उसके पास एक अल्ट्रा साउंड वेव मशीन थी, जो शरीर के असामान्य ऊतक वाले हिस्सो पर केंद्रित करने पर हाई-फ्रिक्वेंशी की सशक्त ध्वनि तरंगें उत्पन्न करती हैं। इन ध्वनि तरंगों को नियंत्रित किया जा सकता है। इस प्रक्रिया के जरिए उन्हें हड्डियों में जमे कैल्शियम को हटाने और अन्य परेशानियों को ठीक करने में सफलता मिली थी।

ईश्वर के गुणों पर विचार करके हम चेतना में जितना ऊपर उठते हैं, सद्भाव, सेहत और शांति की उतनी ही आध्यात्मिक लहरें उत्पन्न करते हैं। प्रार्थना की इस तकनीक से कई अद्भुत उपचार हुए हैं।

जब अपंग चलने लगा

डॉ. फिनीज पार्कहर्स्ट क्विम्बी, जिनके बारे में पहले भी हम इस अध्याय में चर्चा कर चुके हैं, अपने उपचारक कॅरियर में परम विधि का अक्सर प्रयोग करते थे। वे मनोदैहिक चिकित्सा के जनक थे और पहले मनोविश्लेषक थे। उनमें मरीजों के कष्ट और दर्द के कारण को अतींद्रिय तरीके से भापने की अद्भुत क्षमता थी।

क्विम्बी की मैनुस्क्रिप्ट से उनके द्वारा एक अपंग के उपचार का रोचक उदाहरण मिलता है जो इस प्रकार है:

क्विम्बी को उस महिला को देखने के लिए बुलाया गया, जो अपाहिज थी, बूढ़ी थी और बिस्तर पर पड़ी थी। वे बताते हैं कि उसकी बीमारी का कारण छोटे धर्ममत में कैद होना था जिससे वह खड़ी भी नहीं हो सकती थी और चल भी नहीं सकती थी। वह डर और अज्ञान की कब्र में रह रही थी। चूंकि उसने बाइबल को शब्दशः लिया, इसलिए इससे डर गई। क्विम्बी ने कहा, "इस कब्र में वह ईश्वर की मौजूदगी और शक्ति बंधनों को तोड़ने तथा मृत्यु से लौटने की कोशिश कर रही थी।"

जब महिला ने दूसरों से बाइबल के एक प्रसंग का अर्थ पूछा, तो जवाब बेहद सख्त मिला। तभी से महिला जीवन में फिर से रूचि लेने लगी। डॉ. क्विम्बी ने उसके मामले का निदान करते हुए कहा कि उसका दिमाग रोमांच और डर के कारण अवरुद्ध हो गया है, इसलिए वह बाइबल के उस प्रसंग का अर्थ स्पष्ट नहीं समझ पाई। इससे उसके शरीर में भारी और मंद भाव आ गया, जो लकवे में बदल गया।

फिर क्विम्बी ने उससे पूछा कि बाइबल की इन पंक्तियों का क्या मतलब है:

> थोड़े समय के लिए मैं तुम्हारे साथ हूं और फिर मैं उस परम—पिता के पास चला जाऊंगा, जिसने मुझे भेजा है। तुम मुझे खोजोगे, लेकिन मैं तुम्हें नहीं मिलूंगा : और जहां मैं हूं, वहां तुम आ नहीं सकते।
>
> *जॉन 7:33-34*

उसने जवाब दिया कि इसका मतलब यह है कि ईसा मसीह स्वर्ग चले गए। क्विम्बी ने उसे इसका वास्तविक अर्थ समझाया। उन्होंने बताया कि *उसके साथ थोड़े समय रहने* का मतलब उसके लक्षणों, भावनाओं और कारणों का स्पष्ट रूप से जानना था। उसे उस महिला की हालत पर करूणा और सहानुभूति होती है, लेकिन वह इस मानसिक अवस्था में नहीं रह सकता। अगला कदम उसके पास जाना है, *जिसने हमें भेजा है।* क्विम्बी ने बताया कि इसका इशारा हम सभी में मौजूद ईश्वर की रचनात्मक शक्ति की ओर है।

क्विम्बी ने तत्काल अपने मन की यात्रा की और दैवीय संपूर्णता पर मनन किया : यानी, ईश्वर की जीवंतता, बुद्धिमत्ता, सद्भाव और शक्ति बीमार व्यक्ति में काम कर रही है। इसलिए उन्होंने महिला से कहा, "जहां मैं हूं, वहां तुम नहीं आ सकतीं, क्योंकि तुम अपने संकरे, संकुचित विश्वास में रोगग्रस्त मौजूद हो, जबकि मैं स्वस्थ हूं।"

इस प्रार्थना और स्पष्टीकरण का तत्काल परिणाम मिला और उस महिला के दिमाग में परिवर्तन महसूस हुआ। वह बिना बैसाखियों के चलने लगी। क्विम्बी ने कहा कि यह उनके सभी उपचारों में सबसे अनूठा था। वह बिलकुल गलत थी और उसे सजीव करना या सत्य समझाना मुर्दे को जीवित करने जैसे था। क्विम्बी ने ईसा मसीह के पुनर्जीवन को उस महिला के खुद के स्वास्थ्य पर लागू किया। इसका उस महिला पर सशक्त प्रभाव पड़ा। क्विम्बी ने यह भी स्पष्ट किया कि उसने जो सच स्वीकार किया था, वह ऐसा देवदूत या विचार था, जो डर, अज्ञान और अंधविश्वास के पत्थर को लुढ़का देता था। इससे ईश्वर की उपचारक शक्ति मुक्त हुई, जिसने उसे स्वस्थ कर दिया।

आदेशात्मक तकनीक

हमारे शब्दों में शक्ति, उनके पीछे की भावना और विश्वास के अनुरूप आती है। जब हमें यह अहसास होता है कि दुनिया को चलाने वाली शक्ति हमारे पक्ष में कार्य कर रही है और हमारे शब्दों को साकार कर रही है, तो हमारा आत्मविश्वास बढ़ जाता है। आप इसमें और ज्यादा शक्ति जोड़ने की कोशिश नहीं करते हैं। इसलिए इसमें किसी तरह का मानसिक दबाव, बल प्रयोग या मानसिक कुश्ती नहीं होनी चाहिए।

एक युवती ने आदेश विधि का इस्तेमाल एक युवक पर किया, जो लगातार उसे फोन करके तंग कर रहा था, डेट पर चलने के लिए दबाव डाल रहा था और युवती के दफ्तर आकर मिलने का प्रयास करने लगा। उससे छुटकारा पाना युवती को बहुत मुश्किल लग रहा था। फिर उसने इस प्रकार आदेश दिया,

> "मैं... को ईश्वर के हवाले करती हूं। वह हर समय अपनी सही जगह पर है। मैं स्वतंत्र हूं और वह स्वतंत्र है। मैं अब आदेश देती हूं कि मेरे शब्द असीमित मस्तिष्क में पहुंचकर इसे वास्तविक बना दें। ऐसा ही हो।"

उसने बताया कि युवक उसकी जिंदगी से तत्काल गायब हो गया। वह उस युवती को दोबारा नहीं दिखा। वह आगे कहती है, "ऐसा लगा, जैसे उसे जमीन निगल गई हो।"

> तुम किसी चीज का आदेश दोगे, तो यह तुम्हारे सामने रख दी जाएगी और रोशनी के माध्यम से तुम्हारे लिए रास्ते खुल जाएंगे।
>
> *जॉब 22:28*

विज्ञान सम्मत तथ्यों से लाभ लें :

1. मानसिक इंजीनियर बनें और अधिक व्यापक तथा महान जीवन के लिए आजमाई हुई सफल तकनीकों का प्रयोग करें।
2. आपकी इच्छा आपकी प्रार्थना है। इसी समय अपनी चाह पूरी होने की कल्पना करें और उसकी वास्तविकता महसूस करें। आपको वही खुशी प्राप्त होगी जो प्रार्थना के जवाब मिलने पर होती।
3. चीजों को मानसिक विज्ञान की मदद से, आसान तरीके से हासिल करने की इच्छा करें।
4. आप अपने मन में सोचे गए विचारों से अच्छी सेहत, सफलता और खुशी को हकीकत में साकार कर सकते हैं।
5. वैज्ञानिक रूप से प्रयोग करते रहें, जब तक कि आप खुद को यह साबित नहीं कर देते कि आपकी चेतन सोच पर आपके अवचेतन मन की असीमित बुद्धिमत्ता की हमेशा सीधी प्रतिक्रिया होती है।
6. अपनी इच्छा की निश्चित सफलता के पूर्वानुमान में खुशी और आराम अनुभव करें। आप अपने मस्तिष्क में जो कल्पना कर रहें हैं, वह उन चीजों की होनी चाहिए, जिनकी उम्मीद तो हो, लेकिन प्रमाण नहीं हो।
7. एक कल्पना हजार शब्दों के बराबर है। आप आस्था से अपने मन में जिस कल्पना को करेंगे, आपका अवचेतन मन उसे हकीकत में बदल देगा।
8. प्रार्थना में किसी तरह की जबरन कोशिश या मानसिक दबाव का प्रयोग नहीं करें। इस विचार के साथ सोने जाएं कि आपकी प्रार्थना का जवाब मिलेगा। इस पर विचार करते हुए उनींदी, निष्क्रिय अवस्था में पहुंच जाएं।
9. याद रखें, कृतज्ञ हृदय हमेशा ब्रह्मांड की समृद्धि के करीब होता है।
10. सकारात्मक घोषणा करने का मतलब यह कहना है कि ऐसा ही है और विपरीत प्रमाणों के बावजूद जब आप इस मानसिक नजरिए को सच मानते हैं। तब आपको प्रार्थना का जवाब मिलेगा।
11. ईश्वर के प्रेम और महिमा के बारे में सोचकर सद्भाव, सेहत और शांति की लहरें उत्पन्न करें।
12. आप जो आदेश करते हैं और जिसे सच महसूस करते हैं, वह सच हो जाएगा। सद्भाव, सेहत, शांति और समृद्धि का आदेश दें।

7

जीवन की ओर रुचिमय है अवचेतन मन

आपके मानसिक जीवन का 90 प्रतिशत से अधिक अवचेतनमय है। अगर आप इस अद्भुत शक्ति का प्रयोग नहीं कर पाते हैं, तो आपको संकीर्ण सीमाओं में ही जीवन गुजारना होता है।

आपकी अवचेतन प्रक्रियाएं हमेशा जीवन और सृजनात्मकता की तरफ होती हैं। आपका अवचेतन आपके शरीर का निर्माता है और इसके सभी महत्वपूर्ण कार्य करता है। यह हर दिन 24 घंटे काम करता है और कभी नहीं सोता है। यह हमेशा आपकी मदद करने और आपको नुकसान से बचाने की कोशिश करता है।

आपका अवचेतन मन असीम जीवन और असीम बुद्धिमत्ता के संपर्क में रहता है। इसके आवेग और विचार हमेशा जीवन की ओर होते हैं। अधिक व्यापक व उदात्त जीवन की महत्वकांक्षाएं, प्रेरणाएं और सपने अवचेतन से ही उत्पन्न होते हैं।

आपके सबसे गहन विश्वास वे होते हैं, जिनके बारे में आप तर्क-वितर्क नहीं करते, क्योंकि वे आपके चेतन मन से नहीं, बल्कि आपके अवचेतन मन से आते हैं। आपका अवचेतन आपसे अंतर्ज्ञान, आवेगों, अनुभूतियों, संकेतों, मनोकामनाओं और विचारों के जरिए बात करता है और यह हमेशा आपको प्रेरित करता है कि उठो, बाधाएं पार करो, विकास करो, आगे बढ़ो, रोमांच हासिल करो और ज्यादा से ज्यादा ऊंचाई तक पहुंचो। प्रेम करने या दूसरों का जीवन बचाने की चाहत आपके अवचेतन की गहराइयों से आती है। उदाहरण के लिए, 18 अप्रैल 1906 को सेन फ्रांसिस्को के भीषण भूकंप तथा अग्निकांड के दौरान ऐसे बहुत से लोग जो सालों से बीमार होकर बिस्तर पर थे, वे भी संकट की इस घड़ी में उठ बैठे और उन्होंने बहादुरी तथा शक्ति के कई आश्चर्यजनक काम कर दिखाए। उनमें दूसरो को हर कीमत पर बचाने की प्रबल इच्छा जाग्रत हुई और उनके अवचेतन ने उसके अनुरूप प्रतिक्रिया की।

महान कलाकार, संगीतकार, कवि, वक्ता और लेखक अपनी अवचेतन शक्तियों के साथ सामंजस्य बना लेते हैं और कल्पनाओं की सहायता से प्रेरित होते हैं। उदाहरण के

लिए रॉबर्ट लुई स्टीवेंसन का उदाहरण देखते हैं। वे सोने से पहले अपने अवचेतन को प्रेरित करते थे कि नींद के दौरान वह उनके लिए कहानियां खोजें। जब भी उनके बैंक खाते से पैसे कम हो जाते थे, तो वे हमेशा अपने अवचेतन को एक अच्छा, बिकने वाला उपन्यास देने को कहते थे। स्टीवेंसन ने बताया है कि उनके अवचेतन मन की बुद्धिमत्ता ने उन्हें कहानी का हर एक हिस्सा उपलब्ध कराया है। इससे पता चलता है कि आपका अवचेतन आपके माध्यम से कितनी महान और समझदारी भरी बातें व्यक्त करता है, जिनके बारे में आपका चेतन मन जरा भी नहीं जानता है।

मार्क ट्वेन ने कई बार दुनिया को बताया था कि उन्होंने जीवन में कभी काम नहीं किया। उनका सारा हास्य और महान लेखन अवचेतन मन के अथाह भंडार का लाभ उठाने की योग्यता का परिणाम था।

मस्तिष्क के कार्यों को शरीर किस तरह दर्शाता है

आपके चेतन और अवचेतन मन की अंतर्क्रिया के लिए तंत्रिकाओं के सामंजस्यपूर्ण प्रबंधन के बीच भी उसी तरह की अंतर्क्रिया की जरूरत होती है। सेरिब्रोस्पाइनल तंत्र या स्वैच्छिक तंत्र चेतन मन का अंग है और संवेदी सिस्टम अवचेतन मन का अंग है। सेरिब्रोस्पाइनल तंत्र द्वारा आप अपनी शारीरिक इंद्रियों से अनुभूति पाते हैं और शरीर की गतिविधियों पर संवेदी नियंत्रण करते हैं। इस सिस्टम की तंत्रिकाएं मस्तिष्क में होती हैं जो एक प्रकार के नियंत्रण केंद्र के रूप में कार्य करती हैं।

संवेदी तंत्र को कई बार अनैच्छिक तंत्रिका तंत्र भी कहा जाता है। इसकी गतिविधि का केंद्र पेट के पिछले हिस्से में स्थित गैंगलियोनिक मास में होता है जिसे हम आमतौर पर सोलर प्लेक्सस कहते हैं। इसे एब्डोमिनल ब्रेन भी कहते हैं। यह मानसिक रूप से होने वाले उन कार्यों का एक जरिया है जो कि शरीर की महत्वपूर्ण प्रक्रिया के संचालन में मददगार होता है।

ये तंत्र अलग-अलग या एक साथ काम कर सकते हैं। जज थॉमस ट्रोवार्ड कहते हैं, "वेगस तंत्रिका सेरेब्रेल क्षेत्र से गुजरती है जो कि सेरेब्रोस्पिनल सिस्टम का हिस्सा है। इसके जरिए हम बोलने में मददगार अंगों को नियंत्रित कर पाते हैं। इसके बाद यह थोरेक्स के करीब से गुजरती है जिसके बाद हृदय और फेफड़ों की ओर यह बंट जाती है। अंत में डायफ्राम तक पहुंचती है जहां इसकी ऊपरी सतह में बदलाव देखने को मिलता है और उसे स्वैच्छिक तंत्रिका के रूप में पहचान पाना मुश्किल होता है। यह संवेदी तंत्र का हिस्सा प्रतीत होती है, परंतु यह दोनों सिस्टम के बीच एक महत्वपूर्ण कड़ी है जो इंसान को शारीरिक रूप से एक यूनिट के रूप में दर्शाती है।"

इसी प्रकार मस्तिष्क के अलग-अलग क्षेत्र मन के यथार्थवादी और कल्पनावादी कार्यों से जुड़े हैं। हम कह सकते हैं कि मस्तिष्क का सामने का हिस्सा यथार्थवादी गतिविधियों से

और पीछे का हिस्सा कल्पनावादी गतिविधियों के कार्य संचालित होता है। इनके बीच का स्थान दोनों प्रकार की गतिविधियों को कर पाने में सक्षम रहता है।

मानसिक और शारीरिक अंतर्संबंध को देखने का एक आसान तरीका यह अहसास करना है कि आपका चेतन मन किसी विचार को पकड़ लेता है, जो आपकी तंत्रिकाओं के स्वैच्छिक तंत्र में सिग्नल पहुंचाकर अपना कार्य शुरू कर देता है। आपकी तंत्रिका के अनैच्छिक तंत्र में भी इसी प्रकार का एक प्रवाह उत्पन्न होता है, जिससे विचार आपके अवचेतन मन तक पहुंचा दिया जाता है, जो एक रचनात्मक साधन है। इस तरह आपके विचार वस्तुओं में बदल जाते हैं।

आपके चेतन मन द्वारा सोचा और स्वीकार किया गया हर विचार आपके मस्तिष्क से सोलर प्लेक्स तक भेजा जाता है जो कि आपके अवचेतन मन के मस्तिष्क के रूप में कार्य करता है। फिर अवचेतन मन इसे आपके शरीर में बनाता है और वास्तविकता के रूप में आपके संसार में लाता है।

शरीर की देखभाल बुद्धि करती है

जब आप कोशिकाओं और अंगों की संरचना का अध्ययन करते हैं, जैसे आंखें, कान, दिल, लिवर, ब्लैडर आदि, तो आप पाते हैं कि उनमें कोशिकाओं का समूह सामूहिक बुद्धि का निर्माण करता है, ताकि सामंजस्य में काम हो सके। वे आदेश लेने और मास्टर माइंड (चेतन मस्तिष्क) के सुझावों का पालन करने में सक्षम होते हैं।

एक कोशीय जीव के अध्ययन से यह पता चलता है कि आपके जटिल शरीर में क्या चलता रहता है। हालांकि एक कोशीय जीव में कोई अंग नहीं होते, लेकिन इसके बावजूद यह गति, पाचन, पोषण, उत्सर्जन के मूलभूत कार्यों के द्वारा मस्तिष्क की क्रिया और प्रतिक्रिया के प्रमाण देता है।

कई लोग कहते हैं कि एक बुद्धि आपके शरीर की देखभाल करती है, बशर्ते आप इसे काम करने दें। यह एक तरह से सच है, परंतु मुश्किल यह है कि चेतन मन हमेशा बाहरी अनुभूति और इंद्रियगत प्रमाण के कारण इसमें हस्तक्षेप करता है। इससे झूठे विश्वास, भय और विचार बलवान हो जाते हैं। जब आपके अवचेतन मन में मनोवैज्ञानिक, भावनात्मक कंडीशनिंग द्वारा भय, झूठे विश्वास और नकारात्मक ढांचे दर्ज होते हैं, तो अवचेतन मन के पास इसे दिए जा रहे ब्लूप्रिंट पर काम करने के अलावा कोई रास्ता नहीं बचता है।

अवचेतन मन भले के लिए ही कार्य करता है

आपके भीतर का कल्पनावादी मन निरंतर सामान्य हित में काम करता है और सभी चीजों के पीछे सामंजस्य के निहित सिद्धांत को प्रदर्शित करता है। आपके अवचेतन मन की अपनी खुद की इच्छा है और यह अपने आप में बहुत वास्तविक है। यह दिन-रात काम करता है,

आप चाहें या नहीं चाहें। यह आपके शरीर का निर्माता है, लेकिन आप इसके निर्माण को देख, सुन या महसूस नही कर सकते है। यह एक खामोश प्रक्रिया है। आपके अवचेतन का अपना खुद का जीवन है, जो हमेशा सामंजस्य, सेहत और शांति की ओर होता है। इसके भीतर दैवीय मानदंड है, जो आपके माध्यम से हर समय अभिव्यक्ति चाहता है।

सद्भाव के सहज सिद्धांत में इंसान का हस्तक्षेप

सही या वैज्ञानिक तरीके से सोचने के लिए हमें "सत्य" मालूम होना आवश्यक है। सच्चाई का ज्ञान होना अवचेतन मन की असीमित बुद्धि और शक्ति के सामंजस्य में रहना है, क्योंकि अवचेतन का झुकाव हमेशा जीवन की दिशा की ओर रहता है। असमंजस में किया गया कोई भी विचार या कर्म विभिन्न प्रकार के विवाद और सीमाएं पैदा कर देता है।

वैज्ञानिक बताते हैं कि हर 11 महीनों में आपका शरीर नया बन जाता है, जिसका अर्थ है कि शारीरिक दृष्टि से आप सिर्फ 11 महीने बूढ़े हैं। अगर आप शरीर में डर, क्रोध, ईर्ष्या और दुर्भावना के विचारों से दोबारा दोष आने देते हैं, तो इसमें आपके सिवा और कोई दोषी नहीं है।

एक प्रकार से आप अपने विचारों से ही बने हैं। आप नकारात्मक विचारों और कल्पनाओं को रखने से इनकार कर सकते हैं। अंधेरे से छुटकारा पाने का तरीका रोशनी है। ठंड से उबरने का तरीका गर्मी है। नकारात्मक सोच से उबरने का तरीका सकारात्मक विचार रखना है। अच्छाई की घोषणा करें, बुराई अपने आप गायब हो जाएगी।

स्वस्थ, जीवंत और शक्तिशाली रहना सामान्य क्यों है

आमतौर पर हर बच्चा जन्म के समय बिलकुल स्वस्थ होता है और इसके सभी अंग अच्छी तरह से काम करते हैं। यही सामान्य अवस्था है और हमें स्वस्थ, जीवंत और शक्तिशाली ही रहना चाहिए। आत्म-रक्षा की अनुभूति मानव प्रकृति की सबसे प्रबल अनुभूति है और यह आपके स्वभाव में निहित सबसे शक्तिशाली, हमेशा मौजूद और लगातार काम करने वाली सच्चाई है। जब आपके विचार और विश्वास हमेशा आपकी रक्षा करने वाले जीवन-सिद्धांत के सामंजस्य में होंगे, तो वे अधिक क्षमता से कार्य करेंगे। इससे यह निष्कर्ष निकलता है कि असामान्य परिस्थितियों के बजाय सामान्य परिस्थितियां ज्यादा आसानी और निश्चितता से वापस पाई जा सकती है।

बीमार होना असामान्य है

बीमार होना असामान्य है। बीमारी का यह अर्थ है कि आप जीवन की धारा के विपरीत जा रहे हैं और नकारात्मक सोच रहे हैं। जीवन का नियम विकास का नियम है। पूरी प्रकृति खामोशी से लगातार धीरे-धीरे विकास करके इस नियम को अभिव्यक्त करती है। जहां

भी विकास और अभिव्यक्ति है, वहां जीवन है। जहां जीवन है, वहां सामंजस्य है और जहां सामंजस्य है, वहां आदर्श स्वास्थ्य है।

अगर आपकी सोच आपके अवचेतन मन के रचनात्मक सिद्धांत के सामंजस्य में है, तो आप सामंजस्य के निहित सिद्धांत का लाभ उठा रहे हैं। अगर आपके विचार सामंजस्य के सिद्धांत के अनुरूप नहीं हैं तो यह आपसे चिपक जाएंगे, आपको सताएंगे, आपको चिंतित करेंगे और अंततः बीमारी उत्पन्न कर देंगे। इसके बाद भी इन विचारों को ना छोड़ा जाए, तो शायद मृत्यु भी हो जाएगी।

बीमारी के उपचार में आपको अपने पूरे तंत्र में अवचेतन मन की महत्वपूर्ण शक्तियों का प्रवाह और फैलाव बढ़ाना होगा। इसके लिए डर, चिंता, तनाव, ईर्ष्या, नफरत और अन्य हर विनाशक विचार को हटा दें, क्योंकि ये विचार आपकी तंत्रिकाओं और ग्रंथियों को कमजोर तथा नष्ट कर देते हैं, जो सारे अवशिष्ट पदार्थों के उत्सर्जन को नियंत्रित करता है और शरीर को साफ रखता है।

पॉट्स की बीमारी ठीक हुई

नॉटिलस पत्रिका द्वारा मार्च 1917 में एक लेख प्रकाशित किया गया, जिसमें पॉट्स डिसीज या रीढ़ की टी.बी. से पीड़ित बच्चे और उसके चमत्कारिक उपचार के बारे में विस्तार से बताया गया था। उस बच्चे का नाम फ्रेडरिक एलियास एंड्रूज था जो इंडियाना के इंडियानापोलिस में रहता था। डॉक्टर ने इस बीमारी को लाइलाज घोषित कर दिया। एंड्रूज प्रार्थना करने लगा और जल्द ही वह अपंग और विकृत व्यक्ति जिसे हाथों और घुटने के बल चलना पड़ता था वह अब ताकतवर और पूरी तरह स्वस्थ काया वाले इंसान में तब्दील हो गया था। उसने अपनी सकारात्मक घोषणा तैयार की और मानसिक रूप से आवश्यक गुणों को ग्रहण किया।

वह दिन में कई बार सकारात्मक सुझाव खुद को देता था,

"मैं पूर्ण, आदर्श, सशक्त, प्रेमपूर्ण, सामंजस्यपूर्ण और खुश हूं।"

रात में सोने से पहले और दिन में जागने के बाद सबसे पहले वह यही प्रार्थना दोहराता था। वह दूसरों के लिए भी प्रार्थना करता था और प्रेम तथा सेहत के विचार भेजता था। मानसिक नजरिया और प्रार्थना का यह तरीका कई गुना होकर उसके पास लौटा। आस्था और लगन ने उसे बहुत अधिक लाभ दिया। मन में जब डर, क्रोध, ईर्ष्या या जलन के विचार आते तो वह तत्काल सकारात्मक घोषणा करने लगता था। उसके अवचेतन मन ने उसकी आदतन सोच की प्रकृति के अनुरूप प्रतिक्रिया की।

बाइबिल के इस कथन का यह अर्थ है :

अपने रास्ते जाओ, तुम्हारी आस्था ने तुम्हें पूर्ण बना दिया है।

मार्क 10:52

आस्था आपको स्वस्थ बनाती है

एक युवक अवचेतन मन की उपचारक शक्ति पर मेरे लेक्चर्स सुनने आता था। उसकी आंखों में एक गंभीर समस्या थी, जिसे ठीक करने के लिए नेत्र विशेषज्ञ ने उससे ऑपरेशन कराने को कहा। परंतु इस युवक ने खुद से कहा, "मेरे अवचेतन ने मेरी आंखें बनाई हैं, यह मेरा उपचार कर सकता है।"

हर रात सोने से पहले वह निष्क्रिय, ध्यान की अवस्था में जाता था, जो कि उनींदी जैसी अवस्था थी। उसने कल्पना में डॉक्टर को देखा और यह कहते सुना, "चमत्कार हो गया है।" उसने हर रात सोने से पहले पांच मिनट तक यह बार-बार सुना। तीन सप्ताह बाद वह एक बार फिर नेत्र विशेषज्ञ के पास गया, जिसने उसकी आंखों की जांच की। डॉक्टर को जब यकीन नहीं हुआ, तो उसने उसकी दोबारा जांच की और हैरानी से बोला, "चमत्कार हो गया।"

आप आश्चर्य में शायद पूछें यह क्या हुआ? इस व्यक्ति ने कल्पना में नेत्र विशेषज्ञ के माध्यम से अपने अवचेतन मन पर छाप छोड़ी थी, ताकि इसे विश्वास दिलाया जा सके और विचार पहुंचाया जा सके। दोहराव, आस्था और उम्मीद से उसने अपने अवचेतन मन में यह विचार भरा। अवचेतन मन ने आंख बनाई थी, वह अंदरूनी स्वरूप से वाकिफ था, इसलिए आसानी से उसकी आंखों का उपचार कर दिया। यह उदाहरण इस बात का प्रमाण है कि अवचेतन की उपचारक शक्ति आपका इलाज कर सकती है।

समीक्षात्मक विचार :

1. आपका अवचेतन आपके शरीर का निर्माता है और यह हर दिन 24 घंटे कार्य करता है। आप नकारात्मक विचारों द्वारा इसके जीवनदायी ब्लूप्रिंट में हस्तक्षेप करते हैं।
2. सोने जाने से पहले अपने अवचेतन को किसी समस्या का जवाब खोजने का काम सौंपे। यह उसे कर देगा।
3. अपने विचारों पर नजर रखें। जिस विचार को सच मान लिया जाता है, उसे आपका मस्तिष्क सोलर कॉर्टेक्स यानि एब्डोमिनल ब्रेन तक भेजता है और फिर यह वास्तविकता में साकार होकर एक सच्चाई बन जाता है।
4. जान लें कि आप अपने अवचेतन मन को नया ब्लूप्रिंट देकर खुद को दोबारा बना सकते हैं।
5. आपके अवचेतन का झुकाव हमेशा जीवन की तरफ होता है। ऐसे में चेतन मन के साथ आपका काम बढ़ जाता है। अपने अवचेतन मन तक वे बातें पहुंचाएं जिसे आप सच करना चाहते हों। आपका अवचेतन हमेशा आपके आदतन मानसिक विचारों के अनुरूप परिणाम देगा।

6. आपका शरीर हर ग्यारह महीने में नया बन जाता है। अपने विचार बदलकर अपने शरीर बदल दें। इस प्रकार आगे भी बदलाव को जारी रख सकते हैं।

7. स्वस्थ होना सामान्य है। बीमार होना असामान्य है। यही सामंजस्य का निहित सिद्धांत है।

8. ईर्ष्या, डर, चिंता, और तनाव के विचार आपकी तंत्रिकाओं तथा ग्रंथियों को कमजोर या नष्ट कर देते हैं, जिससे सभी तरह की मानसिक और शारीरिक बीमारियां उत्पन्न होती हैं।

9. आप चेतन रूप से जिसमें विश्वास करेंगे और जिसे सच मानेंगे, वह आपके मस्तिष्क, शरीर और परिस्थितियों में प्रकट हो जाएगा। अच्छाई की घोषणा करें और जीवन में खुशहाली पाएं।

8

मनचाहे नतीजे पाएं

प्रार्थनाएं कई बार मनचाहे परिणाम नहीं देती हैं। इसके पीछे प्रमुख कारण विश्वास की कमी और अत्यधिक प्रयास करना होता है। बहुत से लोग प्रार्थना के जवाब को अनजाने में भी कार्य करने से रोक देते हैं, क्योंकि वे अवचेतन मन की कार्यविधि को ठीक से समझ ही नहीं पाते हैं। जब आपको मस्तिष्क के कार्य करने के तरीके की जानकारी होती है तो आपमें विश्वास का स्तर ऊंचा होता है।

हमेशा याद रखें, जब भी आपका अवचेतन मन किसी विचार का सुझाव स्वीकार करता है, वह उसे तुरंत साकार करने की प्रक्रिया की शुरुआत कर देता है। यह उस लक्ष्य को पाने में पूरा जोर लगा देता है। यह आपके अधिक गहरे मन के सभी मानसिक और आध्यात्मिक नियमों को सक्रिय कर देता है। यह नियम अच्छे विचारों के साथ-साथ बुरे विचारों पर भी लागू होता है। अगर आप अपने अवचेतन मन का नकारात्मक प्रयोग करते हैं, तो यह मुश्किल, असफलता और दुविधा पैदा करता है। जब आप इसका सृजनात्मक प्रयोग करते हैं, तो यह मार्गदर्शन, स्वतंत्रता और मानसिक शांति प्रदान करता है।

अगर आपके विचार सकारात्मक, सृजनात्मक और प्रेमपूर्ण हैं, तो सही जवाब जरूर मिलेगा। इससे यह स्पष्ट हो जाता है कि आपको असफलता से उबरने के लिए बस एक ही काम करना है और यह काम है अपने विचार या आग्रह को अपने अवचेतन से स्वीकृत करवाना। इसकी वास्तविकता को महसूस करें, बाकि का काम आपके मस्तिष्क का नियम कर देगा। अपने आग्रह को आस्था और विश्वास से आगे बढ़ाएं, तभी आपका अवचेतन उस पर काम करेगा और सकारात्मक प्रतिक्रिया देगा।

जब भी आप अपने अवचेतन मन पर किसी काम को करने का दबाव डालेंगे, तो आप असफल हो जाएंगे। आपका अवचेतन मन मानसिक दबाव पर प्रतिक्रिया नहीं करता है। यह तो आपकी आस्था या चेतन मन की स्वीकृति पर प्रतिक्रिया करता है।

परिणाम पाने में असफल होने का कारण यह भी हो सकता है कि आप मानसिक रूप से ऐसी बातें कह रहे हों :

- "चीजें बिगड़ती जा रही हैं।"

- "मेरी इच्छा कभी पूरी नहीं होगी।"
- "मुझे कोई रास्ता नहीं दिख रहा है।"
- "कोई उम्मीद नहीं है।"
- "मुझे नहीं पता कि क्या करना है।"
- "मैं पूरी तरह फंस चुका हूं।"

जब आप इस तरह की बातें सोचते हैं, तो आपको अवचेतन मन की ओर से कोई प्रतिक्रिया या सहयोग नहीं मिलता है। समय काटते सैनिक की तरह ना तो आप आगे बढ़ते हैं, ना ही पीछे हटते हैं। दूसरे शब्दों में, आप कहीं नहीं पहुंच पाते हैं।

मान लीजिए, यदि आप किसी टैक्सी में बैठें और चलने के लिए पांच मिनट में ड्राइवर को आधा दर्जन अलग-अलग जगहें बता दें तो वह बौखला जाएगा और हो सकता है, वह आपको कहीं भी ले जाने से इन्कार कर दे। अवचेतन मन इसी प्रकार कार्य करता है। आपके मन में एक स्पष्ट विचार होना चाहिए। आपके मन में यह बात पूरी तरह साफ होनी चाहिए कि क्या समस्या है और इसका समाधान भी है। आपके अवचेतन की असीमित बुद्धिमत्ता ही सिर्फ इसका सही जवाब जानती है। जब आप अपने चेतन मन में इस स्पष्ट निष्कर्ष पर पहुंचते हैं, तो आपका मस्तिष्क फैसला कर लेता है और आपको अपने विश्वास के अनुरूप फल मिलता है।

यह बहुत आसान है

एक बार एक व्यक्ति एक मैकेनिक पर नाराज हो रहा था, क्योंकि मैकेनिक ने खराब अंगीठी को ठीक तो किया परंतु उसके बदले मालिक को 200 डॉलर का बिल थमा दिया था।

इस पर मैकेनिक बोला, "मैंने उस गायब पुर्जे के तो आपसे सिर्फ 5 सेंट्स ही लिए हैं। बाकि 199 डॉलर और 95 सेंट्स तो यह जानने के हैं कि गड़बड़ी क्या थी और उसे कैसे ठीक किया जाए।"

इसी प्रकार, आपका अवचेतन मन मास्टर मैकेनिक है। वह सबसे समझदार है। वह आपके शरीर के किसी भी अंग को ठीक करने के रास्ते और तरीके जानता है। सेहत का आदेश दें -

आपका अवचेतन सेहत का निर्माण कर देगा, लेकिन इस काम को आराम से करना जरूरी है। "आराम से काम अच्छी तरह होता है।"

विस्तृत विवरण और साधनों के बारे में सोच-सोचकर हताश होने की जरूरत नहीं है, बस अंतिम परिणाम को मन में रखें। अपनी समस्या के सुखद समाधान को महसूस करें, चाहे यह सेहत, पैसे या लोक-व्यवहार से संबंधित हो। याद रखें कि गंभीर बीमारी से ठीक होने पर आपको कैसा महसूस हुआ था। यह कभी नहीं भूलें कि आपकी भावना अवचेतन

प्रदर्शन का पैमाना है। आपको नए विचार को साकार रूप में पूरी निष्ठा से महसूस करना चाहिए, भविष्य में होने वाली घटना की तरह नहीं, बल्कि इस तरह जैसे यह दरअसल, इसी समय हो रही हो।

कल्पनाशक्ति का अधिक प्रयोग करें

अवचेतन मन की शक्ति का उपयोग किसी बाधा के खिलाफ संघर्ष करने की तरह नहीं है। आप अंत की और स्वतंत्रता की कल्पना करें। आप पाएंगे कि आपकी बुद्धि राह तलाशना शुरू कर देगी, परंतु आपको एक बच्चे की भांति अपने चमत्कारिक विश्वास पर टिके रहना होगा। यह कल्पना करें कि आपको कोई रोग या समस्या नही है। अपनी मनचाही स्थिति की, भावनात्मक संतुष्टि की कल्पना करें। इस प्रक्रिया की सारी जटिलताएं हटा दें। सरल तरीका सबसे अच्छा होता है।

अनुशासित कल्पनाशीलता के चमत्कार

अपने अवचेतन मन से प्रतिक्रिया पाने का एक अद्भुत तरीका अनुशासित या वैज्ञानिक कल्पनाशक्ति का प्रयोग करना है। जैसा कि हम पहले देख चुके हैं, आपका अवचेतन मन शरीर का निर्माता है और यह आपकी सभी महत्वपूर्ण कार्यप्रणालियों को नियंत्रित करता है।

बाइबल कहती है, *आप प्रार्थना में जो भी मांगेंगे, विश्वास करने पर आपको मिलेगा।* विश्वास करना किसी चीज को सच स्वीकार करना है, इसके होने की उम्मीद मे जीना है। जब आप इस अवस्था में रहते हैं, तो आपकी प्रार्थना पूरी हो जाती है।

प्रार्थना की सफलता में तीन कदम

ये तीन मूलभूत कदम हैं :

1. समस्या का सामना कर स्वीकार करें।
2. समाधान की ओर देखें जो कि केवल आपका अवचेतन मन ही जानता है।
3. गहन विश्वास की शांत अनुभूति रखें कि यह काम हो चुका है।

अपनी प्रार्थना को यह कहकर कमजोर न करें, “काश! मैं ठीक हो जाता”, “मुझे उम्मीद तो है,” जो काम होना है, उसके बारे में आपकी भावना से ही परिणाम तय होता है। विश्वास करें कि आपको सामंजस्य अवश्य मिलेगा। आपको सेहत अवश्य मिलेगी।

अवचेतन मन की असीमित उपचारक शक्ति का जरिया बनकर आप बुद्धिमान बनें। सेहत के विचार को अवचेतन मन तक पूरे विश्वास के साथ पहुंचाएं; फिर आराम से बैठ जाएं। खुद को इसकी शक्ति के भरोसे छोड़ दें। हर स्थिति और परिस्थिति में कहें, “यह भी

गुजर जाएगा।" आराम और विश्वास के साथ आप अवचेतन मन में विचार भरते हैं जिससे विचार के पीछे की गतिमान ऊर्जा को क्रियाशील होने और विचार को साकार करने का सामर्थ्य मिलता है।

जो चाहते हैं वो क्यों नहीं मिलता

कूए एक मशहूर फ्रांसीसी मनोवैज्ञानिक हैं, जो करीब चालीस वर्ष पहले अमेरिका गए तो वहां विपरीत प्रयास का नियम लोगों के सामने इस तरह रखा :

> "जब आपकी इच्छाओं और कल्पना में संघर्ष होगा, तो हर बार आपकी कल्पना की जीत होगी।"

उदाहरण के तौर पर मान लें,

आपसे जमीन पर रखे एक पतले पटिए पर चलने को कहा जाए तो आप बिना कोई सवाल किए ऐसा आसानी से कर लेंगे। लेकिन मान लें, वही पटिया बीस फुट ऊंची दो दीवारों के बीच रखा हो तो क्या आप उस पर *चलेंगे?*

क्या आप ऐसा कर पाएंगे? तब शायद आपकी पटिए को पार करने की इच्छा, आपकी गिर जाने की कल्पना से संघर्ष करेगी। गिरने का विचार आपके मन पर विजय प्राप्त कर लेगा। हो सकता है पटिए पर चलने का आपका बहुत मन हो, लेकिन गिरने का डर आपको रोक देगा। आप अपनी कल्पना पर विजय हासिल करने या इसे दबाने की जितनी कोशिश करेंगे, गिरने का डर का उतना ही मजबूत होगा।

मानसिक प्रयास अक्सर आत्म-पराजय की ओर ले जाता है और चाहे गए परिणाम का विपरीत परिणाम उत्पन्न कर देता है। "मैं अपनी *असफलता* से उबरने के लिए इच्छा शक्ति का प्रयोग करूंगा" का विचार असफलता के विचार को प्रबल बनाता है। इच्छाशक्ति लगाने पर ध्यान केंद्रित करना इस बात पर जोर देना है कि आपमें शक्ति की कमी है। आपका अवचेतन मन दो विपरीत विचारों में से अधिक शक्तिशाली विचार को स्वीकार करता है। इसलिए प्रयासहीन तरीका अधिक उपयोगी है।

यदि आप कहें,

- "मैं सेहत चाहता हूं; पर मुझे यह नहीं मिलती है,"
- "मैं बहुत कोशिश कर रहा हूं,"
- "स्वयं को प्रार्थना के लिए विवश कर रहा हूं,"
- "मुझे अपनी सारी इच्छा शक्ति का प्रयोग करना होगा"

आपको यह अहसास करना होगा कि आपके प्रयास में ही कमी है। कभी भी अपने अवचेतन को किसी विचार को स्वीकार करने के लिए मजबूर करने की कोशिश नहीं करें। इस तरह की कोशिशों का नाकामयाब होना तय है। इस तरह अक्सर आपको उस चीज की विपरीत चीज मिलती है, जिसके लिए अपने प्रार्थना की है।

इसे सामान्य उदाहरण से समझें। छात्र जब किसी परीक्षा में बैठते हैं और पेपर पढ़ते हैं, तो एका—एक सब कुछ भूला हुआ महसूस करते हैं। विषय का सारा ज्ञान अचानक आपका साथ छोड़ जाता है। आपको एक भी बात याद नहीं आती है। आप अपने दांत भींचते हैं और अपनी सारी इच्छाशक्ति का आह्वान करते हैं, लेकिन आप जितनी ज्यादा कोशिश करते हैं, ज्ञान उतना ही ज्यादा दूर पहुंच जाता है। परंतु जब आप परीक्षा कक्ष से बाहर निकलते हैं तो जिन जवाबों की आप कुछ मिनट पहले तक इतनी बेताबी से तलाश कर रहे थे, अचानक वे अपने आप आपके दिमाग में प्रवाहित होने लगते हैं। आपकी गलती यह थी कि आपने याद रखने के लिए खुद को मजबूर करने की कोशिश की। विपरीत प्रयास के नियम के अनुसार इससे सफलता नहीं, बल्कि असफलता मिली। आपको उसका ठीक विपरीत परिणाम मिला, जो आपको चाहिए था या जिसके लिए आपने प्रार्थना की थी।

इच्छाओं और कल्पनाओं का संघर्ष खत्म करें

मानसिक शक्ति या इच्छा शक्ति का प्रयोग करना यह मान लेना है कि कहीं न कहीं विरोध है। जब आपका मन समस्या के समाधान को खोजने पर ध्यान केंद्रित करता है, तो यह अवरोध के बारे में विचार करना बंद कर देता है।

मैथ्यू 18:19 में लिखा है :

> अगर आपमें से दो लोग दुनिया में किसी भी बात पर सहमत हो जाएं और मांगे,
> तो *स्वर्ग में बैठे* मेरे पिता *उन्हें दे देंगे।*
>
> *मैथू 18:19*

ये दो कौन हैं? ये किसी विचार, इच्छा या मानसिक छवि पर आपके चेतन और अवचेतन के बीच के सामंजस्यपूर्ण मेल या सहमति के प्रतीक हैं। जब आपके मस्तिष्क के अलग-अलग हिस्सों में कोई संघर्ष नहीं होगा, तो आपकी प्रार्थना का परिणाम मिलेगा। जो दो लोग सहमत हैं, वे हो सकता हैं आप और आपकी इच्छा हों, आपका विचार और भावना या भाव हों, आपकी इच्छा और कल्पना हों।

अपनी इच्छाओं और कल्पनाओं के सारे संघर्ष से बचने का तरीका निष्क्रिय उनींदी अवस्था में पहुंचना है, जो सारे प्रयास को न्यूनतम कर देती है। चेतन मन उनींदी अवस्था में काफी हद तक डूब जाता है। आपके अवचेतन मन तक विचारों को पहुंचाने का सबसे अच्छा समय सोने से ठीक पहले का है। ऐसा इस कारण है, क्योंकि अवचेतन सोने से ठीक पहले और जागने के ठीक बाद सबसे ज्यादा सशक्त होता है। इस अवस्था में वे नकारात्मक

विचार और तस्वीरें नहीं रहती हैं, जो आपकी इच्छा को नकारती हैं और आपके अवचेतन मन द्वारा स्वीकृति को रोकती हैं। जब आप मनोकामना पूरी होने की वास्तविकता की कल्पना करते हैं और उपलब्धि का रोमांच महसूस करते हैं, तो आपका अवचेतन आपकी मनोकामना पूरी कर देता है।

बहुत से लोग अपनी सारी दुविधाओं और समस्याओं को अपनी नियंत्रित, निर्देशित तथा अनुशासित कल्पना से सुलझा लेते हैं। वे जानते हैं कि वे जो कल्पना करते हैं और जिसे सच महसूस करते हैं, वह होगा और अवश्य होगा।

यह उदाहरण बताता है किस प्रकार एक युवा महिला इच्छा और कल्पना के बीच संघर्ष से उबर पाई। उसकी सबसे गहन इच्छा मुकदमें का समंजस्यपूर्ण समाधान थी, जबकि उसकी मानसिक तस्वीरें असफलता, हानि, दिवालियापन और गरीबी से भरी थीं। इस तरह मुकदमा और पेचीदा हो गया और एक के बाद एक तारीख आगे बढ़ती रही।

मेरे सुझाव पर वह हर रात सोते समय खुद को उनींदी, निष्क्रिय अवस्था में ले आती थी और अपनी समस्या के सबसे अच्छे संभावित अंत की कल्पना करने लगती थी। वह जानती थी कि इससे दिमाग की छवि आखिरकार उसके दिल की इच्छा के अनुरूप बन जाएगी। निष्क्रिय होने पर वह बहुत चित्रात्मक तरीके से यह कल्पना करने लगी कि मुकदमा खत्म होने के बाद वह अपने वकील से मिल रही है, परिणाम के बारे में सवाल पूछ रही थी और उसके स्पष्टीकरण सुन रही थी। उसने सुना कि वकील उससे बार-बार कह रहा था, "मुकदमें का कोर्ट से बाहर समझौता हो गया है। यह बिलकुल उचित समाधान है।" दिन में जब डर के विचार उसके दिमाग में आते थे, तो वह मानसिक वीडियोटेप चला देती थी, जिसमें शब्द और हाव-भाव भी थे। उसने वकील की मुस्कुराहट, उसके अंदाज, उसकी आवाज, उसके विशिष्ट शब्दों की कल्पना की। उसने यह इतनी ज्यादा बार और इतनी निष्ठा से किया कि डर दिमाग में घुसने से पहले ही खत्म हो गया। कुछ सप्ताह बाद उसके वकील ने उसे फोन किया। उसने वही कहा जिसकी वह कल्पना कर रही थी और सच मान रही थी।

लेखक का यही अर्थ था, जब उसने लिखा था :

> मेरे शब्द (आपके विचार और मानसिक छवियों) और मेरे हृदय का मनन (आपकी भावना, प्रकृति, भाव) आप स्वीकार करें, हे ईश्वर (आपके अवचेतन मन का नियम), मेरी शक्ति और मेरे उद्धारक (आपके अवचेतन मन की शक्ति और बुद्धिमत्ता, जो बीमारी, बंधन तथा दुख से आपका उद्धार कर सकती है)।
>
> *पद्य 19:14*

स्मरणीय विचार :

1. मानसिक दबाव या बहुत ज्यादा प्रयास तनाव और डर को दर्शाते हैं जो आपकी प्रार्थना के जवाब को अवरूद्ध करते हैं, क्योंकि आराम से ही काम बेहतर होता है।

2. जब आपका मन निष्क्रिय अवस्था में हो और आप किसी विचार को स्वीकार करते हैं, तो आपका अवचेतन उस विचार को साकार करने में जुट जाता है।

3. पारंपरिक तरीकों से मुक्त होकर सोचें और योजना बनाएं। याद रखें, हमेशा हर सवाल का जवाब होता है और हर समस्या का समाधान होता है।

4. अपने दिल की धड़कनों, फेफड़ों के सांस लेने या शरीर के किसी अंग के कार्य को लेकर ज्यादा चिंतित नहीं हों। अपने अवचेतन पर पूरा भरोसा करें और घोषणा करें कि दैवीय विधान के अनुरूप सही काम हो रहा है।

5. सेहत की भावना से सेहत उत्पन्न होती है, धन-संपदा की भावना से धन-दौलत उत्पन्न होती है। आपकी भावना क्या है?

6. कल्पना आपकी सबसे बड़ी आंतरिक शक्ति है। अच्छी और सुंदर चीजों की कल्पना करें। आप वैसे ही हैं, जैसी आप खुद के बारे में कल्पना करते हैं। उनींदी अवस्था में चेतन और अवचेतन मन के बीच संघर्ष नहीं होता हैं। सोने से पहले अपनी इच्छा के पूर्ण होने की बार-बार कल्पना करें। शांति से सोएं और खुशी से जागें।

9

कैसे अवचेतन मन की शक्ति से अमीर बनें

अगर आप किसी आर्थिक संकट में हैं, छोटी-मोटी जरूरतों के लिए भी संघर्ष कर रहे हैं, तो इसका मतलब यह है कि आपने अपने अवचेतन मन को यह विश्वास नहीं दिलाया है कि आप हमेशा समृद्धि में रहेंगे और बचत भी करेंगे। आपने ऐसे कई लोग देखे होंगे, जो हफ्ते में कुछ घंटे काम करते हैं, लेकिन बहुत अच्छा कमाते हैं। वे ज्यादा मेहनत नहीं करते हैं। यह विश्वास करना बंद करें कि अमीर बनने का इकलौता तरीका खून-पसीना बहाना और कड़ी मेहनत करना है। ऐसा नहीं है; जीवन का प्रयासरहित तरीका सबसे अच्छा है। वह काम करें, जो आपको करना अच्छा लगता है। इसे अपनी खुशी और रोमांच के लिए करें।

मैं लॉस एंजेलिस के एक एक्जीक्यूटिव को जानता हूं, जिसकी तनख्वाह 75 हजार डॉलर है। पिछली साल उसने क्रूज से नौ महीने तक दुनिया की सैर की। उसने मुझे बताया कि उसने अपने अवचेतन मन को विश्वास दिला दिया था कि वह इतनी ज्यादा तनख्वाह का हकदार है। उसने बताया कि उसकी कंपनी में ऐसे लोग भी हैं, जिनकी तनख्वाह उसकी तुलना में पांच प्रतिशत है, जबकि वे बिजनेस के बारे में उससे ज्यादा जानते हैं और शायद बेहतर प्रबंधन भी कर सकते हैं। परंतु उनमें न तो महत्वाकांक्षा है, न ही रचनात्मक विचार और अपने अवचेतन मन के आश्चर्यों में तो उनकी रुचि बिलकुल भी नहीं है।

दिमाग की दौलत

दौलत मनुष्य के अवचेतन के विश्वास से ज्यादा और कुछ नहीं होती है। आप यह कहकर लखपति नहीं बन सकते, “मैं लखपति हूं, मैं लखपति हूं।” असल में अपनी मानसिकता में दौलत और समृद्धि के विचार रखकर आप दौलत की चेतना विकसित करते हैं।

आपका एक अदृश्य सहयोगी

अधिकतर लोगों के साथ दिक्कत यह है कि उनके पास कोई अदृश्य सहारा नहीं होता है। जब बिजनेस कमजोर हो जाता है, स्टॉक मार्केट गिरने लगता है और उनके निवेशों में नुकसान होने लगता है, तो वे बेबस नजर आते हैं। इस असुरक्षा का कारण यह है कि वे अवचेतन मन का इस्तेमाल करना नहीं जानते हैं। वे अपने भीतर कभी न खत्म होने वाले भंडार से बिलकुल ही अंजान हैं।

गरीबी की मानसिकता वाला व्यक्ति खुद को गरीब परिस्थितियों में पाता है। वहीं, जिसका मस्तिष्क दौलत के विचारों से भरा होता है, वह तमाम सुख—सुविधाओं में जीता है। ईश्वर कभी नहीं चाहता कि हम गरीबी में दिन काटें। आप दौलत और अपनी जरूरत की हर चीज पा सकते हैं। आप बहुत सारी दौलत पा सकते हैं। आपके शब्दों में इतनी शक्ति है कि वे आपके मस्तिष्क से गलत विचार साफ करके सही विचार भर दे।

खुद में अमीर बनने की चेतना विकसित करें

यह अध्याय पढ़ते समय आप सोच रहे होंगे, "मुझे दौलत और सफलता चाहिए।" आप यह काम करें : रोजाना तीन—चार बार पांच मिनट तक यह दो शब्द दोहराएं, "दौलत, सफलता।" इन शब्दों में जबर्दस्त शक्ति है। ये अवचेतन मन की आंतरिक शक्ति को दर्शाते हैं। अपने मस्तिष्क को अपने भीतर की इस प्रबल शक्ति पर स्थिर कर लें। इसके बाद उनकी प्रकृति और गुण से मेल खाती परिस्थितियां आपके जीवन में प्रकट हो जाएंगी। आप यह नहीं कह रहे हैं, "मैं दौलतमंद हूं," आप सिर्फ अपने अंदर की वास्तविक शक्तियों पर भरोसा कर रहे हैं। दौलत" कहने पर आपके मस्तिष्क में कोई दुविधा नहीं होती है। यही नहीं, जब आप दौलत के बारे में विचार करेंगे, तो आपके भीतर इसकी भावना प्रबल हो जाएगी।

दौलत की भावना ही दौलत उत्पन्न होती है। इस बात को हमेशा ध्यान रखें। आपका अवचेतन मन एक बैंक की तरह है – एक तरह का शाश्वत वित्तीय संस्थान। यह हर उस चीज को बढ़ा देता है, जो भी आप इसमें जमा करते हैं या जिसकी भी आप इस पर छाप छोड़ते हैं, भले ही यह दौलत का विचार हो या गरीबी का। तो आप दौलत को ही चुनें।

अमीर बनने की कोशिशें कामयाब क्यों नहीं होती

मैंने पिछले 35 वर्षों में कई लोगों से बात की, जिनकी आम शिकायत यह होती है, "मैं कई हफ्तों और महीनों से कह रहा हूं, 'मैं दौलतमंद हूं, मैं समृद्ध हूं।' लेकिन कुछ नहीं हुआ। मैंने पाया कि जब वे कहते थे, 'मैं दौलतमंद हूं, मैं समृद्ध हूं,' तो उन्हें मन ही मन लगता था कि वे खुद से झूठ बोल रहे थे।"

एक व्यक्ति ने मुझे बताया, "मैंने घोषणा की कि मैं अमीर हूं। यह मैंने तब तक दोहराई जब तक कि मैं थक नहीं गया। चीजें अब पहले से ज्यादा खराब हैं। जब मैं यह घोषणा कर

रहा था तब मैं जानता था कि मैं स्वयं से झूठ बोल रहा हूं।" इस तरह के कथनों को चेतन मन स्वीकार नहीं करता है। इसी कारण उसने बाहर से जो घोषणा की और जिसका दावा किया, उसे उसका विपरीत परिणाम मिला।

आपकी सकारात्मक घोषणा तब सबसे अच्छी तरह सफल होती है, जब यह विशिष्ट हो और मानसिक संघर्ष या विवाद ना हो। इस व्यक्ति के कथन से स्थिति और बिगड़ गई, क्योंकि उसमें वित्तीय तंगी की भावना थी। आपका अवचेतन सिर्फ वह स्वीकार करता है, जिसे आप सचमुच सच मानते हैं, न कि निरर्थक शब्दों या वाक्यों को। अवचेतन मन हमेशा प्रबल विचार या विश्वास को स्वीकार करता है।

दिमाग के संघर्ष से कैसे बचा जाये

मानसिक संघर्ष से उबरने का आदर्श तरीका यहां दिया गया है। यह व्यावहारिक कथन बार-बार दोहराएं, खास तौर पर सोने से ठीक पहले, "दिन-रात में अपनी सभी रुचियों में समृद्ध हो रहा हूं।" इस सकारात्मक घोषणा से कोई बहस नहीं होगी, क्योंकि यह आपके अवचेतन मन की वित्तीय कमी की छाप का विरोध नहीं करती है।

मैंने एक बिजनेसमैन को सुझाव दिया जिसकी बिक्री व आर्थिक स्थिति बहुत खराब थी और वह बहुत चिंतित था। मैंने उससे कहा कि वह अपने ऑफिस में शांत होकर बैठ जाए और बार-बार दोहराए: "मेरी बिक्री हर दिन बढ़ रही है।" इस कथन के कारण उसके चेतन और अवचेतन मन मिलकर काम करने लगे। बाद में अच्छे परिणाम मिले।

बिना जानें चेक पर हस्ताक्षर न करें

यह एक तरह से कोरे चेक पर साइन करने जैसा है, जब आप कहते हैं, "काम चलाने के लिए पर्याप्त पैसे नहीं हैं", "काफी तंगी है", "कर्ज की किश्त नहीं चुकाने के कारण मैं अपना घर गंवा दूंगा" आदि। यदि आप भविष्य के बारे में डरते हैं, तो आप एक कोरा चेक लिख रहे होते हैं और नकारात्मक परिस्थितियों को अपनी ओर आकर्षित कर रहे हैं। आपका अवचेतन मन आपके डर तथा नकारात्मक कथन को आपके आग्रह के रूप में स्वीकार करता है। फिर यह अपने तरीके से काम शुरू कर देता है, जिससे आपके जीवन में बाधाएं, विलंब, कमी और सीमाएं पैदा हो जाती हैं।

अवचेतन मन चौगुना लाभ देगा

जिसमें दौलत की भावना है, उसे अधिक दौलत दी जाएगी; जिसमें कमी की भावना है, उसे और कम दिया जाएगा। आप जिस चीज को अपने अवचेतन मन में जमा करते हैं, यह उस चीज को कई गुना बढ़ा देता है। आप प्रत्येक सुबह समृद्धि, सफलता, दौलत और शांति के विचार जमा करेंगे और इन अवधारणाओं पर सोचेंगे तो आपका मस्तिष्क अधिकतम व्यस्त

रहेगा। ये सृजनात्मक विचार जमा राशि की तरह आपके अवचेतन मन में पहुंच जाएंगे और प्रचुरता तथा समृद्धि ले आएंगे।

कुछ भी नहीं हुआ

आप कहते होंगे, "ओह, मैंने यह किया था, लेकिन कुछ नहीं हुआ।" आपको परिणाम इसलिए नहीं मिले, क्योंकि शायद दस मिनट बाद ही आप डर के विचार में डूब गए थे और आपने उस अच्छे विचार को नकार दिया था, जिसकी आपने घोषणा की थी। जब आप जमीन में कोई बीज बोते हैं, तो आप उसे तुरंत खोदकर वापस नहीं निकालते हैं। आप उसे जडें जमाने और बढ़ने का मौका देते हैं।

उदाहरण के लिए, मान लें कि आप कहने वाले हैं, "मैं उस चीज के पैसे अदा नहीं कर पाऊंगा।" इससे पहले कि आप "मैं-मैं" से आगे बढ़ें, वहीं रूक जाएं। इसे बदलकर सृजनात्मक कर दें, जैसे मैं सभी तरीकों से समृद्ध बनूंगा।"

अमीर बनने का जरिया

आपके अवचेतन मन में विचारों की कभी कमी नहीं होती है। इसके भीतर असंख्य विचार हैं, जो आपके चेतन मन में प्रवाहित होने और असंख्य तरीकों से आपकी जेब में पैसे भरने के लिए तैयार हैं। यह प्रक्रिया आपके दिमाग में चलती रहेगी, भले ही शेयर बाजार ऊपर जाए या नीचे, भले ही पौंड, स्टर्लिंग या डॉलर का भाव मूल्य ज्यादा गिर जाए। दरअसल, आपकी दौलत कभी बॉण्ड, स्टॉक या बैंक के पैसे पर निर्भर नहीं रहती है; ये तो सिर्फ प्रतीक है – आवश्यक और उपयोगी, लेकिन सिर्फ प्रतीक हैं।

मैं जिस बात पर जोर देना चाहता हूं, वह यह है कि अगर आप अपने अवचेतन मन को विश्वास दिला दें कि दौलत आपकी है और यह आपके जीवन में हमेशा प्रवाहित हो रही है, तो हमेशा और अपने आप यह आपको मिल जाएगी, चाहे यह कैसा ही रूप ले।

तंगी का असल कारण

कई लोग यह दावा करते हैं कि वे तंगी में दिन गुजार रहे हैं। उन्हें अपने खर्च पूरे करने के लिए बहुत संघर्ष करना पड़ता है। क्या आपने कभी उनकी बातचीत सुनी? वे उन लोगों की बुराई करते हैं, जो जीवन में सफल हुए हैं और जिन्होंने अपने आप को ऊंचा उठा लिया है। वे इस तरह कहते हैं, "ओह! वह आदमी बदमाश है; वह क्रूर है; वह तो धूर्त है।"

इसीलिए उनके पास कमी बनी रहती है। वे लगातार उसी चीज की निंदा कर रहे हैं, जिसे वे चाहते हैं। वे अपने अधिक दौलतमंद सहयोगियों की आलोचना इसलिए करते हैं, क्योंकि वे उनकी समृद्धि से जलते हैं। दौलत को दूर भगाने का सबसे तीव्र तरीका अपने से ज्यादा दौलतमंद लोगों की आलोचना और निंदा करना है।

पैसा कमाने में असल रुकावट

एक भावना है जो बहुत से लोगों के जीवन में दौलत की कमी का मुख्य कारण है। अधिकतर लोग इसे मुश्किल तरीके से सीख पाते हैं। यह ईर्ष्या है। उदाहरण के लिए अगर आप अपने किसी प्रतिस्पर्धी को बैंक में बहुत सारे पैसे जमा करते देखते हैं, जबकि आपके पास जमा करने के लिए छोटी राशि है, तो क्या इससे आपको जलन होती है? इस भाव से उबरने के लिए खुद से कहें, "यह कितनी अच्छी बात है। मुझे उस व्यक्ति की समृद्धि पर खुशी होती है। मैं चाहता हूं कि वह और अधिक कमाए।"

ईर्ष्या के विचारों को रखना विनाशक होता है क्योंकि वे आपको नकारात्मक स्थिति में रखते हैं। इसलिए दौलत आपके पास आने के बजाय आपसे दूर भाग चली जाती है। यदि आपको किसी की दौलत या समृद्धि से चिढ़ महसूस हो, तो तत्काल दावा करें कि आप सचमुच उसे हर संभव तरीके से ज्यादा दौलतमंद देखना चाहते हैं। यह आपके मस्तिष्क के नकारात्मक विचारों को हटा देगा और अवचेतन मन के नियम द्वारा आपको अधिक दौलत प्रदान कर देगा।

दौलत के मानसिक अवरोध को करें दूर

अगर आप इस बारे में चिंतित हैं या किसी की आलोचना कर रहे हैं कि कोई अपना पैसा बेईमानी से कमा रहा है, तो उसके बारे में चिंता करना छोड़ दें। आप जानते हैं कि इस तरह का व्यक्ति मस्तिष्क के नियम का नकारात्मक प्रयोग कर रहा है। मस्तिष्क का नियम उसे सबक सिखा ही देगा। सावधान रहें, उसकी आलोचना नहीं करें। याद रखे, दौलत की राह में अवरोध आपके अपने मस्तिष्क में है। आप हर एक के साथ अच्छे मानसिक संबंध बनाकर उस मानसिक अवरोध को नष्ट कर सकते हैं।

आराम करें और अमीर बनें

रात को सोने के लिए जाते समय इस तकनीक का अभ्यास करें। "दौलत" शब्द को शांति, सरलता और पूरी भावना से दोहराएं। ऐसा बार-बार करें, किसी लोरी की तरह। "दौलत" शब्द बोलते हुए सोएं। आप परिणाम देखकर हैरान रह जाएंगे। दौलत आपकी ओर प्रवाहित होगी। यह आपके अवचेतन मन की जादुई शक्ति का एक उदाहरण है।

अपनी मानसिक शक्तियों का लाभ लें :

1. सरलता से दौलतमंद बनने का फैसला करें। इसमें आपका अवचेतन मन सहायता करेगा।
2. खून पसीने और कड़ी मेहनत से दौलत इकट्ठी करने की कोशिश करेंगे तो बुढ़ापे में ही अमीर बन पाएंगे।
3. दौलत अवचेतन मन का विश्वास है। अपनी मानसिकता में दौलत का विचार बनाएं।
4. अधिकतर लोगों के साथ समस्या यह है कि उनके पास अदृश्य सहारा नहीं है।
5. सोने से पहले पांच मिनट तक "दौलत" शब्द धीरे-धीरे और शांति से दोहराएं और आपका अवचेतन मन आपके जीवन में दौलत ले आएगा।
6. दौलत की भावना से दौलत पैदा होती है। इसे हमेशा याद रखें।
7. आपके चेतन और अवचेतन दोनों मन सहमत होने चाहिए। आपका अवचेतन उस चीज को स्वीकार करता है, जिसे आप सच मानते हैं। आपका अवचेतन मन हमेशा प्रबल विचार स्वीकारता है। आपका प्रबल विचार अमीरी होना चाहिए, न कि गरीबी।
8. आप यह घोषणा करके दौलत के बारे में किसी भी मानसिक संघर्ष से उबर सकते हैं, "दिन और रात, मैं अपनी सभी रूचियों में अमीर बन रहा हूं।"
9. इस वाक्य को बार-बार दोहराकर अपनी बिक्री बढ़ाएं, "मेरी बिक्री हर दिन बढ़ रही है; मैं हर दिन तरक्की कर रहा हूं, मैं आगे बढ़ रहा हूं और हर दिन ज्यादा दौलतमंद बन रहा हूं।"
10. इस तरह के कोरे चेक लिखना बंद कर दें, जैसे "काम चलाने के लिए पर्याप्त पैसे नहीं है" या "बड़ी तंगी है" आदि। इस तरह के वाक्य आपकी तंगी को और बढ़ाते हैं।
11. अपने अवचेतन मन में समृद्धि, दौलत और सफलता के विचार जमा करें। यह आपको चक्रवृद्धि ब्याज के साथ लौटाएगा।
12. आप चेतन रूप से जो सकारात्मक घोषणा करते हैं, उसे कुछ पल के बाद ही मानसिक रूप से ना नकारें। वरना वह अच्छाई खत्म हो जाएगी, जिसकी आपने घोषणा की है।
13. दौलत का सच्चा स्रोत आपके मन के विचार हैं। आपके एक विचार का मूल्य लाखों डॉलर भी हो सकता है। आपका अवचेतन मन आपको आपका चाहा गया विचार ही देता है।
14. ईर्ष्या और जलन दौलत के प्रवाह में अवरोध हैं। दूसरों की समृद्धि पर भी खुश हों।
15. दौलत का अवरोध आपके मस्तिष्क में है। सभी के साथ अच्छे मानसिक संबंध बनाकर उस अवरोध को तुरंत नष्ट करें।

10

अमीर बनना आपका मुकद्दर है

अमीर बनना आपका अधिकार है। आप इस दुनिया में समृद्ध जीवन जीने और खुश, स्वस्थ तथा स्वतंत्र रहने के लिए आए हैं। इसलिए आपके पास उतना पैसा होना चाहिए, जितने से आप पूर्ण, सुखी और समृद्ध जीवन जी सकें।

आप इस दुनिया में विकास करने, व्यापक बनने और स्वयं को आध्यात्मिक, मानसिक तथा भौतिक रूप से प्रकट करने के लिए आए हैं। आपको अपनी सभी संभावनाओं का पूरा विकास करने और आत्म अभिव्यक्ति का पूर्ण अधिकार है। आपको सुंदरता और विलासिता के बीच होना चाहिए।

जब आप अपने अवचेतन मन की मदद से अमीरी का आनंद ले सकते हैं, तो फिर कम से क्यों संतुष्ट हों? इस अध्याय में आप पैसे से दोस्ती करना सीखेंगे। तब आपके पास अपनी जरूरत का सारा पैसा होगा, बल्कि ज्यादा होगा। अमीर बनने की अपनी इच्छा पूर्ण, खुश और अद्भुत जीवन जीने की इच्छा है। यह पूरे ब्रह्मांड की इच्छा है। यह न सिर्फ अच्छी है, बल्कि बहुत अच्छी है।

पैसा, सिर्फ एक जरिया है

धन, सिर्फ विनिमय का जरिया है। आपके लिए यह न सिर्फ कमी से आजादी का प्रतीक है, बल्कि सुंदरता, विलासिता, समृद्धि और सभ्यता का भी प्रतीक है। यह किसी राष्ट्र की आर्थिक सेहत का प्रतीक है। जब रक्त आपके शरीर में मुक्त रूप से प्रवाहित होता है, तो आप शारीरिक दृष्टि से स्वस्थ हैं। जब धन आपके जीवन में मुक्त रूप से प्रवाहित हो रहा हो, तो आप आर्थिक दृष्टि से स्वस्थ हैं। जब लोग धन संचय करने लगते हैं, इसे डिब्बों में बंद करने लगते हैं और इसके जाने से डरते या आशंकित होते हैं, तो वे आर्थिक दृष्टि से बीमार बन जाते हैं। धन के प्रतीक सदियों से रूप बदलते रहे हैं। आपके विचार में आने वाली लगभग हर चीज ने इतिहास में किसी न किसी समय और किसी न किसी जगह धन का

काम किया है। इनमें नमक, मनके और कई सस्ती चीजें भी शामिल रही हैं। प्राचीन काल में लोगों की दौलत अक्सर उनकी भेड़ों और बैलों से आंकी जाती थी। अब हम मुद्रा और अन्य आसान साधनों का प्रयोग करते हैं जैसे - बिल चुकाने के लिए अपने साथ कुछ भेड़ों को लेकर चलने के बजाए चेक लिखना ज्यादा सुविधाजनक है।

अमीर बनने की राह पर आगे बढ़ने का तरीका

जब आपको अपने अवचेतन मन की शक्तियों का ज्ञान हो जाता है, तो आपके लिए आध्यात्मिक, मानसिक और वित्तीय – सभी तरह की अमीरी का शाही रास्ता खुल जाता है। जो भी मस्तिष्क के नियमों को सीख लेता है, वह निश्चित रूप से जानता और मानता है कि उसे कभी किसी चीज की कमी नहीं पड़ेगी। आर्थिक संकटों, स्टॉक मार्केट के उतार-चढ़ावों, मंदियों, हड़तालों या यहां तक कि युद्ध के दौरान भी उसे चिंतित नहीं कर पाएंगे।

इसका कारण यह है कि उसने दौलत का विचार अपने अवचेतन मन तक पहुंचा दिया है, इसीलिए उसका मन उसे दौलत देता रहता है, चाहे वह जहां भी रहे। उस व्यक्ति ने अपने मस्तिष्क को विश्वास दिला दिया है कि धन उसके जीवन में मुक्तता से प्रवाहित हो रहा है और उसके पास हमेशा जरूरत से बहुत ज्यादा पैसे रहेंगे। अगर कल उसके आसपास वित्तीय रूप से तबाही हो जाए और उसके आसपास की हर चीज मूल्यहीन हो जाए, तब भी वह दौलत को आकर्षित करेगा, फिर दौलत किसी भी रूप में हो सकती है।

क्यों आपके पास पैसा नहीं है?

यह अध्याय पढ़ते समय शायद आप सोच रहे हों, “जो मुझे मिल रहा है, मैं उससे ज्यादा आय का हकदार हूं।” मेरी राय में अधिकांश लोग सचमुच ज्यादा आमदनी के हकदार होते हैं। इन लोगों के पास अधिक पैसे नहीं होने का एक बहुत महत्वपूर्ण कारण यह है कि वे मन ही मन या खुलकर इसकी निंदा करते हैं। वे धन को “गंदा” कहते या मानते हैं कि “धन ही सारी बुराइयों की जड़ है।” उनके दौलतमंद न बन पाने का एक कारण यह भी है कि उनके अवचेतन में कहीं न कहीं यह भाव छिपा होता है कि गरीबी में कोई खास गुण हैं। यह अवचेतन भाव बचपन की नसीहत या फिर धर्मग्रंथों के गलत विश्लेषण के चलते बन जाता है।

पैसा और आरामदायक जिंदगी

एक बार एक आदमी ने मुझसे कहा, “मैं टूट चुका हूं। मुझे पैसा पसंद नहीं है। यह सारी बुराइयों की जड़ है।” ये कथन दुविधाग्रस्त, न्यूरोटिक मानसिकता को दर्शाते हैं। धन का प्रेम अगर बाकी हर चीज से ज्यादा हो जाए, तो इससे आप एकतरफा और असंतुलित हो सकते हैं। यहां पर आपको अपनी शक्ति का समझदारी से प्रयोग करना चाहिए। कुछ लोग शक्ति

के भूखे होते हैं, कुछ लोग धन के भूखे होते हैं। अगर आप सिर्फ धन पर पूरा ध्यान लगाते हैं और कहते हैं, "मैं सिर्फ धन चाहता हूं। मैं अपना पूरा ध्यान धन संग्रह पर केंद्रित करूंगा। बाकि कोई चीज मेरे लिए महत्वपूर्ण नहीं है," तो आप धन कमा लेंगे और ढेर सारा जमा भी कर लेंगे। लेकिन आप शायद भूल चुके हैं कि आप दुनिया में संतुलित जीवन जीने के लिए आए हैं। आपको मानसिक शांति, सद्भाव, प्रेम, खुशी और संपूर्ण स्वास्थ्य की भूख को भी संतुष्ट करना चाहिए।

धन-संग्रह का एकमात्र लक्ष्य बनाकर आप गलत चुनाव करते हैं। हो सकता है, आप सोचते हों कि आप सिर्फ धन ही चाहते हैं, लेकिन तमाम कोशिशों के बाद आप पाते हैं कि आपको सिर्फ धन की ही जरूरत नहीं है। आप अपनी छिपी हुई प्रतिभाओं की सच्ची अभिव्यक्ति, जीवन में सच्ची जगह पाने, सुंदरता और दूसरों की सफलता तथा कल्याण में योगदान देने की खुशी की इच्छा भी करते हैं। अपने अवचेतन मन के नियम सीखकर आप करोड़ो डॉलर कमा सकते हैं, और साथ ही मानसिक शांति, सद्भाव, संपूर्ण स्वास्थ्य और आदर्श अभिव्यक्ति भी पा सकते हैं।

मानसिक रोग है गरीबी

गरीबी में कोई खास गुण नहीं है। यह किसी अन्य मानसिक रोग की तरह है। अगर आप शारीरिक रूप से बीमार हैं, तो आपको यह अहसास होगा कि आपके साथ कुछ न कुछ गड़बड़ है। आप मदद लेना चाहेंगे और एक बार स्थिति को ठीक करने की कोशिश करेंगे। इसी तरह, अगर आपके जीवन में धन का पर्याप्त प्रवाह नहीं हो रहा है, तो आपके साथ कोई न कोई मूलभूत गड़बड़ है।

जीवन-सिद्धांत की दिशा आपके भीतर विकास, विस्तार और जीवन को अधिक समृद्ध बनाने की ओर है। आप यहां पर किसी दड़बे में रहने, फटे कपड़े पहनने और भूखों मरने के लिए नहीं आए हैं। आपको खुश, समृद्ध और सफल रहना चाहिए।

कभी धन की आलोचना न करें

धन के बारे में सारे अजीब विश्वास और अंधविश्वास अपने दिमाग से निकाल दें। कभी भी धन को बुरा या गंदा नहीं मानें। ऐसा करने पर यह पंख लगाकर आपसे दूर उड़ जाएगा। याद रखें, आप जिसकी बुराई करते हैं, उसे खो देते हैं। जिसकी आलोचना करते हैं, उसे आप अपनी ओर आकर्षित नहीं कर सकते हैं।

धन को लेकर सही दृष्टिकोण रखें

यहां एक आसान तरीका बताया जा रहा है, जिसके प्रयोग से आप अपने जीवन में धन को कई गुना कर सकते हैं। दिन में कई बार इस कथन को दोहराएं :

"मुझे धन पसंद है। मैं इससे प्रेम करता हूं। मैं इसका समझदारी से, सृजनात्मक तरीके से न्यायपूर्ण प्रयोग करता हूं। मेरे जीवन में धन का लगातार प्रवाह हो रहा है। मैं खुशी से इसे जाने देता हूं और यह अद्भुत तरीके से कई गुना होकर वापस आता है। यह अच्छा है, बहुत अच्छा है। धन बहुत बड़ी मात्रा में मेरी तरफ प्रवाहित हो रहा है। मैं इसका प्रयोग सिर्फ भलाई के लिए करता हूं। मैं अपनी आर्थिक समृद्धि तथा मानसिक दौलत के लिए कृतज्ञ हूं।"

वैज्ञानिक चिंतकों की धन को लेकर राय

उदाहरण के लिए मान लें कि आप सोने, चांदी, जस्ते, तांबे या लोहे की समृद्ध खदान खोज लेते हैं। क्या आप यह कहेंगे कि ये चीजें बुरी हैं? सारी बुराई इंसानों की अंधकारमय समझ, अज्ञानता, जीवन के झूठे विश्लेषण और अवचेतन मन के दुरुपयोग के कारण पैदा होती है।

लेनदेन में यूरेनियम, सीसा या कोई अन्य धातु का भी इस्तेमाल किया जा सकता है। परंतु हम पेपर बिल, जस्ता या चांदी का इस्तेमाल करते हैं। इनमें से कोई भी बुरा नहीं है। कोई भी भौतिक विज्ञान शास्त्री या रसायनशास्त्री बता देगा कि इनमें केवल नम्बर और केंद्र के ईर्द-गिर्द घूमते अणुओं की संख्या का अंतर है। किसी धातु के टुकड़े पर कणों की धारा छोड़कर आप इसे दूसरी धातु में बदल सकते हैं। सोने को आप विशेष प्रक्रिया के जरिए पारे में बदल सकते हैं। मुझे उम्मीद है भविष्य में वैज्ञानिक लैब में इन धातुओं के निर्माण में सफलता पा लेंगे। वर्तमान में शायद इसे बनाने का खर्च अधिक हो, परंतु भविष्य में यह जरूर संभव हो जाएगा। मुझे नहीं लगता कि किसी समझदार व्यक्ति को अणुओं में बुराई दिखाई देगी।

आपकी जेब में रखा कागज का टुकड़ा परमाणु और अणु से बना है जिसके इलेक्ट्रान और प्रोटोन अलग तरह से व्यवस्थित हैं। उनकी संख्या और गति का तरीका भिन्न है। आपकी जेब का कागज बस इसी तरह किसी अन्य धातु से भिन्न है।

जरूरी पैसा कैसे कमायें

कई साल पहले मैं ऑस्ट्रेलिया में एक युवक से मिला जो डॉक्टर बनना चाहता था, परंतु उसके पास पर्याप्त पैसे नहीं थे। मैंने उसे बताया कि जमीन में बोया गया बीज हर उस चीज को आकर्षित करता है, जिसकी इसे सही तरीक से उगने में जरूरत होती है। उसे बस बीज से सबक लेना चाहिए और अपने अवचेतन मन में अपेक्षित विचार का बीज बोना चाहिए। उस समय तक वह युवा आय के लिये डॉक्टर के दफ्तर की सफाई, खिड़की-दरवाजे पोछने और अन्य छोटे-मोटे कार्य करता था।

उसने मुझे बताया कि हर रात सोने से पहले यह युवक एक मेडिकल डिप्लोमा सर्टिफिकेट की तस्वीर देखता था, जिसमें उसका नाम बड़े-बड़े अक्षरों में लिखा रहता था। उसने डिप्लोमा की वह तस्वीर मन में बसा ली और उसे विकसित करने लगा। चार महिनों

तक वह प्रत्येक रात डिप्लोमा की तस्वीर देखता रहा और अंत में उसे उसका परिणाम भी मिल गया।

इस कहानी का आगे का हिस्सा और भी रोचक है। एक डॉक्टर उससे कुछ प्रभावित हुआ और उसने उस लड़के को एक प्रशिक्षण कार्यक्रम में भेजने का खर्च उठाया, जहां उसने बहुत सी चिकित्सा - संबंधी योग्यताएं सीखीं। इसके बाद डॉक्टर ने उसे अपना सहयोगी बना लिया। वह इस युवक की प्रतिभा और संकल्प से इतना प्रभावित हुआ कि उसने उसे बाद में मेडिकल कॉलेज भेजने में भी मदद की। आज वह युवक मॉन्ट्रियल, कनाडा में एक शीर्षस्थ डॉक्टर है। इस युवक ने आकर्षण का नियम सीख लिया था। उसने यह जान लिया था कि अपने अवचेतन मन का सही तरीके से प्रयोग कैसे करना है। उसने युगों पुराना वह नियम अपनाया, जो कहता है, "अंत की कल्पना के साथ ही उसकी प्राप्ति के साधन की भी आप इच्छा कर लेते हैं।" इस मामले में अंत डॉक्टर बनना था।

वह युवक डॉक्टर बनने की कल्पना कर पा रहा था, इसकी तस्वीर देख रहा था और इसकी वास्तविकता महसूस कर रहा था। वह इस विचार के साथ जिया और उसने इसे बनाए रखा, पोषण दिया और प्रेम किया। यह विचार उसके अवचेतन मन की परतों को भेदकर पहुंच गया और विश्वास बन गया। इस विश्वास ने उसकी ओर हर उस चीज को आकर्षित किया, जो उसके सपने को साकार करने के लिए जरूरी थी।

आखिर कई लोगों का वेतन क्यों नहीं बढ़ता

अगर आप किसी बड़ी कंपनी में काम करते हैं। आपको लगता है कि आपको कम तनख्वाह मिलती है। आप इस बात से नाराज होते हैं कि आपके कार्य को सराहा नहीं जाता है। आप लगातार सोचते हैं कि आप ज्यादा तनख्वाह और महत्व के हकदार हैं। इस तरह आप मानसिक विरोध रखकर आप अवचेतन रूप से उस कंपनी से अपने बंधन तोड़ रहे हैं। आप एक प्रक्रिया शुरू कर रहे हैं जिसके अंत में एक दिन आपका मैनेजर आपसे कहेगा, "अब आपको जाना पड़ेगा।" यहां दरअसल आपने ही खुद को निकलवाया है। आपका मैनेजर तो सिर्फ एक साधन के रूप में काम कर रहा है, जिससे आपकी ही नकारात्मक मानसिक अवस्था की पुष्टि हुई है। यह क्रिया और प्रतिक्रिया के नियम का एक उदाहरण है। क्रिया आपका विचार है और प्रतिक्रिया आपके अवचेतन मन का जवाब है।

धनी बनने में आने वाले अवरोध

आपने शायद कई बार किसी को यह कहते सुना होगा, "वह बदमाश है।" "वह गलत तरीकों से पैसे कमाता है।" "वह झूठा है।" "मैं उसे तब से जानता हूं जब उसके पास कुछ नहीं था।" "वह चोर, अपराधी, धोखेबाज है।" अगर आप इस तरह से बोलने और सोचने वाले का विश्लेषण करें तो पाएंगे कि वह आमतौर पर भूखा, वित्तीय बदहाली का शिकार और बीमार होगा। वह अपने दोस्तों के प्रति ईर्ष्यालु होगा, जो ज्यादा सफल तथा दौलतमंद

बन गए हैं। उसकी गरीबी का यही एक कारण है। उन दोस्तों के बारे में नकारात्मक विचार रखकर और उनकी दौलत की निंदा करके वह दौलत और समृद्धि को खुद से दूर कर रहा है। वह व्यक्ति उसी चीज को दूर भगा रहा है, जिसके लिए वह प्रार्थना कर रहा है।

वह दो प्रार्थनाएं कर रहा है। एक तरफ तो वह कह रहा है, "मैं चाहता हूं कि अब दौलत मेरी ओर प्रवाहित हो।" लेकिन अगली ही सांस में वह कह रहा है, "उस आदमी की दौलत बुरी है।" इस बात का खास ध्यान रखें कि आप दूसरे व्यक्ति की दौलत पर हमेशा खुश हों।

खुद का निवेश सुरक्षित करें

अगर आप निवेश संबंधी मार्गदर्शन चाहते हों या अपने शेयरों या बॉण्ड्स के बारे में चिंतित हो, तो धीरे से दावा करें, "असीमित बुद्धि मेरे सभी वित्तीय मामलों का नियंत्रण और निगरानी करती है। हर हाल मे, मैं समृद्ध रहूंगा।" अगर आप इसे बार-बार पूरी आस्था और विश्वास से करेंगे, तो आप पाएंगे कि आपका अवचतेन मन समझदारी भरे निवेशों की ओर आपको ले जाएगा। यही नहीं, आपको नुकसान भी नहीं होगा, क्योंकि नुकसान होने से पहले ही आपको जोखिम भरे शेयरों को बेचने का संदेश मिल जाएगा।

बिना दिए कुछ नहीं मिलता

बड़ी दुकानों में जासूसों को रखा जाता है, ताकि वे सामान चुराने वालों को रोक सकें। हर दिन वे कुछ लोगों को चोरी करते हुए पकड़ते हैं, जो बिना पैसे के सामान ले जाना चाहते हैं। इस तरह की चोरी करने वाले कमी और सीमा के मानसिक माहौल में रहते हैं। असल में वे अपनी ही शांति, सद्भाव, आस्था, ईमानदारी, सत्यनिष्ठा, सद्भावना और विश्वास को चुरा रहे होते हैं। यही नहीं, वे अपनी ओर हर प्रकार के नुकसान को आकर्षित कर रहे होते हैं जैसे : चरित्र, छवि, सामाजिक प्रतिष्ठा और मानसिक शांति का नुकसान। ये लोग यह नहीं समझते हैं कि उनका दिमाग कैसे काम करता हैं और उन्हें आपूर्ति के स्रोत में आस्था नहीं होती है। अगर वे मानसिक रूप से अपने अवचेतन मन की शक्तियों का आह्वान करे और यह दावा करे कि उनकी सच्ची अभिव्यक्ति हो रही है, तो उन्हें सफलता और समृद्धि मिलेगी। फिर ईमानदारी, सत्यनिष्ठा और लगन से वे खुद को और समाज को आसानी से लाभ पहुंचा पाएंगे।

पैसों की क्रमिक आपूर्ति

आप जान गए होंगे कि स्वतंत्रता, आराम और आवश्यक दौलत की सतत् आपूर्ति आपके अवचेतन मन की शक्तियों और आपके विचार या मानसिक छवि की रचनात्मक शक्ति को पहचानने में है। अपने मस्तिष्क में समृद्धि से भरे जीवन को स्वीकार करें। दौलत की

मानसिक स्वीकृति और आशा का अपना गणित तथा अभिव्यक्ति का तंत्र होता है। जब आप समृद्धि की मानसिकता में कदम रखते हैं तो उस समृद्ध जीवन को संभव बनाने वाली चीजें होने लगती हैं।

> इसकी प्रतिदिन घोषणा करें और इसे अपने दिल पर लिख लें : मैं अपने अवचेतन मन की असीमित समृद्धि के साथ एकाकार हूं। अमीर, खुश और सफल बनना मेरा अधिकार है। धन मेरी ओर मुक्तता से, प्रचुरता से और अनंत रूप से प्रवाहित हो रहा है। मैं हमेशा अपने सच्चे मूल्य के प्रति सचेत हूं। मैं अपनी प्रतिभाओं को मुक्तता से देता हूं और मुझे अत्यधिक वित्तीय वरदान मिलते हैं। यह अद्भुत है।

इन बिंदुओं पर चलकर अमीर बनें :

1. यह दावा करने का साहस जुटाएं कि आपको अमीर बनने का अधिकार है। आप पाएंगे कि आपका अवचेतन मन इस दावे को साकार कर देगा।
2. आप जैसे-तैसे गुजारा नहीं करना चाहते हैं। आप इतना पैसा चाहते हैं जिससे आप जब चाहें अपनी मनचाही चीजें कर सकें। अपने अवचेतन मन की दौलत को पहचानें।
3. अगर धन आपके जीवन में मुक्तता से प्रवाहित हो रहा है, तो आप आर्थिक दृष्टि से स्वस्थ हैं। धन को ज्वार की तरह देखेंगे, तो यह आपके पास हमेशा बहुत सारा रहेगा। ज्वार का आना और जाना लगातार होता है। जब ज्वार चला भी जाए, तो भी आपको पूरा विश्वास होता है कि यह जरूर लौटेगा।
4. अवचेतन मन के नियम जानने के बाद आपको हमेशा धन मिलता रहेगा, भले यह किसी भी रूप में मिले।
5. कई मनुष्य तंगी में जीते हैं और उनके पास पर्याप्त पैसे नहीं होते हैं क्योंकि वे धन की निंदा करते हैं। आप जिसकी निंदा करते हैं, वह पंख लगाकर दूर उड़ जाता है।
6. धन को भगवान मत बनाएं। यह सिर्फ एक प्रतीक है। याद रखें, सच्ची दौलत आपके दिमाग में हैं। आप यहां संतुलित जीवन जीने के लिए आए हैं – इसमें आपकी जरूरत का सारा धन हासिल करना शामिल हैं।
7. धन को एकमात्र लक्ष्य न बनाएं। दौलत, खुशी, शांति, सच्ची अभिव्यक्ति और प्रेम का दावा करें और सबके प्रति प्रेम और सद्भाव रखें। फिर आपका अवचेतन मन इन सभी क्षेत्रों में आपको चक्रवृद्धि ब्याज देगा।
8. गरीबी में कोई खास गुण नहीं है। यह एक मानसिक रोग है। आपको इस मानसिक संघर्ष या बीमारी से तुरंत उबरना चाहिए।

9. आप यहां पर किसी दड़बे में रहने, फटे कपड़े पहनने या भूखों मरने के लिए नहीं आए हैं। आप यहां समृद्ध जीवन जीने के लिए आए हैं।

10. कभी भी "गंदा पैसा" जैसे शब्दों का प्रयोग नहीं करें या ना ही यह कहें, "मैं धन से नफरत करता हूं।" आप जिसकी आलोचना करते हैं, उसे खो देते हैं। धन अपने आप में बुरा या अच्छा नहीं है, इसके बारे में जैसा सोचेंगे यह वैसा बन जाएगा।

11. बार-बार दोहराएं, "मैं धन को पसंद करता हूं। मैं इसका प्रयोग समझदारी, सृजनात्मक और न्यायपूर्ण तरीके से करूंगा। मैं इसे खुशी के साथ जाने देता हूं और यह हजार गुना होकर वापस लौट आता है।"

12. धन तांबे, जस्ते, टिन या लोहे से ज्यादा बुरा नहीं है, जिसे आप जमीन के भीतर से निकालते हैं। सभी बुराइयां मस्तिष्क की शक्तियों के अज्ञान और दुरुपयोग के कारण आती हैं।

13. अपने मस्तिष्क में अंतिम परिणाम की तस्वीर बनाने से आपका अवचेतन आपकी मानसिक तस्वीर पर प्रतिक्रिया करता है और उसे वास्तविकता में ला देता है।

14. बिना कुछ दिए कुछ पाने की कोशिश छोड़ दें। मुफ्त लंच जैसी कोई चीज नहीं होती है। आपको कुछ पाने के लिए कुछ देना होगा। आप अपने लक्ष्यों, आदर्शों और कामों पर मानसिक ध्यान देंगे, तो आपका अवचेतन मन हमेशा आपका साथ देगा। दौलत की कुंजी अवचेतन मन के नियमों को लागू करना और इसमें दौलत के विचार के बीज बोने में है।

11

आपका अवचेतन मन आपकी सफलता का सहयोगी

सफलता अर्थ अच्छा जीवन जीना है। इस धरती पर दीर्घकालीन शांति, खुशी और सुख पाने को सफलता कहा जा सकता है। इनका अनुभव ही वह अनंत जीवन है, जिसके बारे में ईसा मसीह ने कहा है। जीवन की सच्ची चीजें जैसे शांति, सद्भाव, सत्यनिष्ठा, सुरक्षा और खुशी अमूर्त हैं। वे इंसान के गहरे स्वरूप से उत्पन्न होती हैं। इन गुणों पर ध्यान केंद्रित करने से स्वर्ग के ये खजाने हमारे अवचेतन में उतर आते हैं। यही वह जगह है, जहां

> ...घुन या जंग कमजोर नहीं करती है और जहां चोर धावा बोलकर चुराते नहीं हैं।
>
> *मैथ्यू 6:20*

सफलता तीन कदम दूर

चलिए सफलता के तीन महत्वपूर्ण कदमों की चर्चा करते हैं। पहला कदम उस काम का पता लगाना है, जिससे आप प्रेम करते हैं, फिर उसे करना है। काम से प्रेम में सफलता छिपी है। अगर कोई मनोचिकित्सक हो, तो डिप्लोमा लेकर उसे दीवार पर टांग लेना ही काफी नहीं है। वह उस क्षेत्र में आगे काम करे, सम्मेलनों में भाग ले और मस्तिष्क तथा इसकी कार्यविधि का अध्ययन करे। एक सफल मनोचिकित्सक दूसरे क्लिनिकों में जाता है और नवीनतम वैज्ञानिक जर्नल पढ़ता है। दूसरे शब्दों में, वह इंसानी कष्ट को कम करने के नवीनतम तरीकों के बारे में ज्ञान हासिल करता है, क्योंकि वह अपने रोगियों के हितों को सर्वोच्च प्राथमिकता देता है।

यह पढ़कर शायद आप सोचें, "मैं पहला कदम कैसे आगे बढ़ाऊं? मुझे पता ही नहीं है कि मुझे क्या काम करना चाहिए?" अगर आपकी स्थिति यह है, तो मार्गदर्शन के लिए इस तरह प्रार्थना करें :

"मेरे अवचेतन मन की असीमित बुद्धिमत्ता जीवन में मेरी सच्ची जगह मेरे सामने प्रकट कर रही है।"

इस प्रार्थना को धीरे-धीरे, सकारात्मक तरीके और प्रेम से अपने अवचेतन मन के सामने दोहराएं। जब आप आस्था और विश्वास के साथ प्रयास जारी रखेंगे, तो आपको भावना, संकेत या किसी निश्चित दिशा में प्रवृत्ति के रूप में जवाब मिलेगा। यह स्पष्टता और शांति से तथा आंतरिक मौन जागरुकता से आपके सामने प्रकट हो जाएगा।

सफलता की दूसरा कदम काम की किसी विशिष्ट शाखा में विशेषज्ञता प्राप्त करना और उसमें उत्कृष्ट बनने की चाह रखना है। उदाहरण के लिए मान लें, कोई विद्यार्थी केमिस्ट्री के क्षेत्र को प्रोफेशन के तौर पर चुनता है तो उसे इस क्षेत्र की किसी एक शाखा पर अपना ध्यान केंद्रित करना चाहिए और ताकि वह उसका विशेषज्ञ बन जाए। उसे इतना उत्साही होना चाहिए कि वह अपने क्षेत्र में ज्यादा से ज्यादा जानकारी करे। अगर संभव हो, तो वह बाकी सबसे ज्यादा जानकार बने। उसे अपने काम में बहुत उत्साहपूर्ण तरीके से दिलचस्पी लेना चाहिए और उसके मन में दुनिया की सेवा करने की इच्छा होनी चाहिए।

जो आप सबमें सबसे महान है, उसे सेवक बनना होगा। इस मानसिक नजरिए और उस व्यक्ति के नजरिए में बहुत बड़ा अंतर है, जो जैसे-तैसे आजीविका कमाना चाहता है। "जैसे-तैसे जीवन चलाना सच्ची सफलता नहीं है। मनुष्य का उद्देश्य ज्यादा महान, उदात्त और परोपकारी होना चाहिए। उन्हें दूसरों की सेवा करनी चाहिए और उसका ढिंढोरा नहीं पीटना चाहिए।

तीसरा कदम सबसे महत्वपूर्ण है। आपको यह सुनिश्चित करना चाहिए कि आप जो करना चाहते हैं, वह सिर्फ आपको ही सफल नहीं बनाए। आपकी इच्छाएं सिर्फ स्वयं के लिए नहीं होनी चाहिए। इससे मानवता को लाभ होना चाहिए। सर्किट पूरा होना चाहिए। दूसरे शब्दों में, आपका उद्देश्य दुनिया की सेवा करना या लाभ पहुंचाना होना चाहिए। यह फिर आपके पास वापस आता है। अगर आप सिर्फ अपने ही लाभ के लिए काम करते हैं, तो आप इस अनिवार्य सर्किट को पूरा नहीं करते हैं। बल्कि आप जीवन में शॉर्ट सर्किट को महसूस कर पाएंगे जिससे आपकी कमी और बीमारी मिलेगी।

सच्ची सफलता का पैमाना

एक उदाहरण है, जिसके बारे में लोग कह सकते हैं, "मिस्टर जेम्स ने धोखेबाजी करके तेल के शेयर बेचे और बहुत सारा धन कमाया, उसका क्या।" उस व्यक्ति को देखकर लग सकता है कि उसने सफलता पाई है, लेकिन धोखे से हासिल धन अक्सर पंख लगाकर उड़ जाता है। इसके अलावा जब हम किसी दूसरे को लूटते हैं, तो हम खुद को लूटते हैं क्योंकि हम कमी और सीमा की मानसिकता से व्यवहार कर रहे है और वह हमारे शरीर, पारिवारिक जीवन और लोगों के साथ हमारे संबंधों में भी खुद को प्रकट करती है। जो भी हम सोचते और महसूस करते हैं, वही होता है।

हम जो विश्वास करते हैं, वही होता है। धोखे से दौलत इकट्ठी करने वाले व्यक्ति को सफल नहीं माना जा सकता। मानसिक शांति के बिना कोई सफलता नहीं होती है। व्यक्ति की दौलत किस काम की अगर वह रात को चैन से सोने ना दे, बीमार कर दे या अपराधबोध ला दे।

मैं एक बार लंदन में एक व्यक्ति से मिला जिसने मुझे अपने कुछ कारनामें बताए। वह एक पेशेवर चोर हुआ करता था और उसने बहुत सारी दौलत इकट्ठी कर ली थी। गर्मियों में वह फ्रांस के घर में विलासिता का जीवन गुजारता था, वहीं बाकि समय अपने लंदन के घर में गुजारता था। लेकिन उसे हमेशा डर लगा रहता था कि स्कॉटलैंड यार्ड उसे कभी भी गिरफ्तार कर लेगी। उसे कई आंतरिक बीमारियां थीं, जो निश्चित रूप से उसके सतत डर और मन की गहराई में जमे अपराधबोध से उत्पन्न हुई थीं। वह जानता था कि उसने गलत काम किए हैं। अपराध के इस गहरे अहसास ने उसके लिए बहुत सी मुश्किलों को आकर्षित किया। बाद में उसने खुद को पुलिस के हवाले कर दिया और जेल की सजा काटी। जेल से छूटने के बाद उसने मनोवैज्ञानिक और आध्यात्मिक सलाह ली, जिससे उसका कायापलट हो गई। वह नौकरी करने लगा और कानून का पालन करने वाला ईमानदार नागरिक बन गया। उसे वह मिल गया जो उसे अच्छा लगता था, अब वह खुश था।

सफल व्यक्ति अपने काम से प्रेम करता है और खुद को पूरी तरह अभिव्यक्त करता है। सफलता सिर्फ दौलत इकट्ठी करना नहीं है, बल्कि जीवन को उच्च आदर्शों के साथ व्यतीत करना है। सफल वह है जिसने गहन मनोवैज्ञानिक और आध्यात्मिक समझ हासिल कर ली है। आज के कई महान बिजनेसमैन सफलता के लिए अपने अवचेतन मन के सही उपयोग पर बल देते हैं।

कुछ समय पहले फ्लेगलर के बारे में एक लेख प्रकाशित हुआ था। फ्लेगलर ऑइल इंडस्ट्री के सबसे प्रभावी बिजनेसमैन थे। उन्होंने बताया कि उनकी सफलता का रहस्य यह है कि वे प्रोजेक्ट को पहले ही पूरा होते हुए देखते हैं। वे अपने बारे में बताते हैं कि वे आंख बंद करके, बड़ी ऑइल फैक्टरी की कल्पना करते हैं जिसमें ट्रेनों में तेल लाया और ले जाया जा रहा है, हॉर्न की आवाज गूंज रही है और धुंआ उठ रहा है। उसकी साकार तसवीर देखने और अपनी प्रार्थनाओं के परिणाम को महसूस करने के बाद उनका अवचेतन मन उस प्रोजेक्ट को पूरा कर देता है। अगर आप किसी लक्ष्य की स्पष्टता से कल्पना कर सकें, तो आपको आवश्यक चीजें मिल जाएंगी। ये चीजें अवचेतन मन की चमत्कारी शक्ति द्वारा ऐसे तरीकों से मिलेंगी, जिनके बारे में आप कुछ नहीं जानते हैं।

सफलता के तीन कदमों पर विचार करते समय आपको अपने अवचेतन मन की रचनात्मक शक्तियों को कभी नहीं भूलना चाहिए क्योंकि वही सफल योजना के पीछे की शक्ति है। आपका विचार रचनात्मक है। विचार भावना के साथ मिलकर कल्पनावादी आस्था या विश्वास बन जाता है।

...और तुम्हारे विश्वास के अनुरूप तुम्हें दिया जाएगा।

मैथ्यू 9:29

जब आप समझ लेते हैं कि आपके भीतर एक प्रबल शक्ति है, जो आपकी सारी इच्छाओं को साकार करने में सक्षम है, तो आपको आत्मविश्वास और शांति का अहसास होता है। आप चाहें जो काम करते हों, आपको अपने अवचेतन मन के नियम अवश्य सीखने चाहिए। जब आप जानते हैं कि अपने मन की शक्तियों का कैसे प्रयोग करना है, जब आप खुद को पूरी तरह अभिव्यक्त कर रहे हों और अपनी प्रतिभा से दूसरों को लाभ पहुंचा रहे हों, तो सफलता के सही मार्ग पर चल रहे हैं। अगर आप ईश्वर के काम या इसके किसी हिस्से में जुटे हैं, तो ईश्वर आपके साथ है। ऐसे में कौन आपके सामने आ सकता है? इस समझदारी के साथ धरती या आसमान में ऐसी कोई शक्ति नहीं, जो आपको सफलता तक पहुंचने से रोक सके।

उसने सपना कैसे सच किया

एक फिल्म अभिनेता ने मुझे बताया कि वह बहुत कम पढ़ा लिखा था, पर इसके बावजूद उसने अभिनेता बनने का सपना देखा। उसने बताया कि जब मैं बाहर खेतों में काम करता था या खलिहान में गायों को वापस लाता था, तब भी मैं सारे समय कल्पना करता था, "मेरा नाम एक बड़े थिएटर के बाहर बड़े-बड़े अक्षरों में लिखा है।

मैंने हर चीज स्पष्टता से देखी – प्रशंसकों की भीड़ शोर मचा रही है, इंटरव्यू लेने वाले मुझे घेरे हुए हैं। मैं यह तसवीर बरसों तक देखता रहा। आखिरकार, मैंने घर छोड़ दिया। मैं मुझे फिल्मों तथा टीवी कार्यक्रमों में एक्स्ट्रा का काम मिल गया। आखिरकार, एक दिन मैंने अपना नाम बड़े-बड़े अक्षरों में रोशनी से चमकता देखा जैसी मैंने बचपन में कल्पना की थी।" उसने आगे कहा, "मैं जानता हूं कि लगातार की गई कल्पना की शक्ति सफलता दिला सकती है।"

फार्मेसी का सपना सच हुआ

करीब तीस साल पहले मैं एक युवा फार्मासिस्ट से मिला था, जिसकी आय प्रति सप्ताह 40 डॉलर थी। उसने मुझे बताया, "25 साल बाद मैं रिटायर लूंगा और पेंशन भी मिलेगी।"

मैंने उससे पूछा, "तुम खुद का मेडिकल स्टोर क्यों नहीं खोल लेते। इसे छोड़कर कुछ बड़ा प्रयास करो। अपने बच्चों के बेहतर भविष्य का सपना देखो। शायद तुम्हारा बेटा डॉक्टर बनना चाहे या बेटी गायिका बनना चाहे।"

उसने जवाब दिया कि उसके पास इसके लिए पैसे नहीं हैं। परंतु तभी उसे अहसास हुआ कि जो वह सच मानकर विश्वास करेगा चीजे वैसी ही होने लगेंगी।

इसमें अपना लक्ष्य पाने के लिए पहला कदम अपनी अवचेतन की शक्तियों को पहचानना है। मैंने उसे इसके बारे में विस्तार से जानकारी दी। फिर मैंने उसे बताया कि सफलता का विचार उसे अपने अवचेतन मन तक पहुंचाना होगा जिसके बाद यह स्वयं उसे साकार कर देगा।

वह कल्पना करने लगा कि वह अपने खुद के स्टोर में था। उसने मानसिक रूप से बोतलें जमाईं, पर्चों पर दवाईं लिखी और कर्मचारी ग्राहकों का इंतजार कर रहे हैं, इस दृश्य की कल्पना की। उसने बड़े बैंक बैलेंस की तसवीर भी देखी। मानसिक रूप वह अपने काल्पनिक स्टोर में काम करने लगा। अच्छे अभिनेता की तरह उसने अपनी भूमिका अच्छी तरह निभाई। *मैं जैसा अभिनय करूंगा, वैसा ही बन जाऊंगा। वह अभिनय में पूरे दिल से जुट गया।* वह इस तरह जी रहा था, चलता था और काम करता था, जैसे वह स्टोर का मालिक हो।

कहानी में असल रोचकता कुछ समय बाद आई। उसने वह नौकरी छोड़ दी। इसके बाद वह एक बड़े शोरूम में काम करने लगा जहां पहले वह मैनेजर बना, फिर एरिया मैनेजर। करीब चार साल में उसने इतना पैसा बचा लिया जिससे वह खुद का ड्रग स्टोर खोल सकता था। उसने इसे "ड्रीम फार्मेसी" नाम दिया। आखिरकार उसका ड्रग स्टोर खुल गया।

वह बताती है, "यह ड्रग स्टोर वैसा ही था जैसा उसने कल्पना में देखा था।" उसने अपने पसंद के कार्यक्षेत्र में सफलता पाई और खुशी से उस कार्य को करने लगी।

व्यापार में अवचेतन मन का इस्तेमाल

कुछ साल पहले मैंने बिजनेसमैन के एक समूह के सामने कल्पना और अवचेतन मन की शक्तियों पर भाषण दिया। इस भाषण में मैंने यह बताया कि जर्मन कवि गेटे मुश्किलें और समस्याएं आने पर अपनी कल्पना का किस तरह प्रयोग करते थे।

गेटे की जीवनी के लेखक बताते हैं कि वे घंटों तक अकेले काल्पनिक बातचीत किया करते ते। वे कल्पना करते थे कि उनका कोई दोस्त उनके सामने बैठा है और उन्हें सही जवाब दे रहा है। दूसरे शब्दों में, वे जब भी किसी समस्या में होते तो वे यह कल्पना करते थे कि उनका दोस्त इस बारे में उन्हें सही या उचित सलाह दे रहा है। वे दोस्त की सामान्य हाव भाव और बोलने के खास अंदाज की कल्पना भी करते थे। वे इस पूरे काल्पनिक दृश्य को जितना वास्तविक और स्पष्ट बना सकते थे, बना लेते थे।

इस भाषण में एक युवा स्टॉक ब्रोकर भी मौजूद था। उसने गेटे की तकनीक अपना ली। वह कल्पना करने लगा कि उसे एक करोड़पति निवेशक उसके बेहतरीन सुझावों के लिए बधाई दे रहा है। उसने इस बातचीत का तब तक अभिनय किया, जब तक कि उसके मन में यह मनोवैज्ञानिक विश्वास के रूप में अंकित नहीं हो गया।

इस ब्रोकर की आंतरिक बातचीत और नियंत्रित कल्पना उसके लक्ष्य के अनुरूप भी थी क्योंकि उसका काम अपने क्लाएंट्स को अच्छे निवेश का सुझाव देना था। जीवन में उसका लक्ष्य था कि वह अपने क्लाइंट्स को ज्यादा से ज्यादा लाभ पहुंचाए और अपनी समझदारी भरी सलाह से उन्हें आर्थिक रूप से समृद्ध बनाए। वह अब भी अपने बिजनेस में अवचेतन मन का उपयोग कर रहा है और अपने क्षेत्र में बहुत सफल है।

बच्चे ने असफलता को सफलता में बदला

स्कूल में पढ़ने वाले एक बच्चे ने एक बार मुझे बताया, "परीक्षा में मेरे बहुत कम नंबर आ रहे हैं। मैं भूलने लगा हूं। मैं नहीं जानता कि ऐसा क्यों हो रहा है।" बातचीत में मुझे पता चला कि उस बच्चे का नजरिया ही गड़बड़ था क्योंकि वह अपनी पढ़ाई के बारे में उदासीन था और अपने कुछ टीचर्स तथा सहपाठियों के प्रति द्वेष भी पाले था। मैंने उसे सिखाया कि पढ़ाई में सफल होने के लिए वह अपने अवचेतन मन का इस्तेमाल कैसे कर सकता है।

वह दिन में कई बार कुछ बातों की घोषणा करने लगा, विशेष तौर पर सोने से ठीक पहले और सुबह जागने से ठीक बाद। अवचेतन मन तक विचार पहुंचाने के लिए ये सबसे अच्छे समय होते हैं।

उसने इस प्रकार सकारात्मक घोषणा की :

> "मुझे अहसास है कि मेरा अवचेतन मन यादों का भंडार है। यह हर उस चीज को याद रखता है, जो मैंने पढ़ी है या शिक्षकों से सुनी है। मेरी याद्दाश्त आदर्श है। मेरे अवचेतन मन की असीमित बुद्धिमत्ता मुझे वह हर चीज लगातार बताती है, जो मुझे परीक्षा में जानने की जरूरत है, चाहे वह लिखित हो या मौखिक। मैं अपने सभी शिक्षकों और सहपाठियों के प्रति प्रेम और सद्भाव दर्शाता हूं। मैं सचमुच चाहता हूं कि वे सफल हों और उन्हें सभी अच्छी चीजें मिलें।"

वह अब पहले से बहुत ज्यादा स्वतंत्रता का आनंद ले रहा है। उसे अब हर विषय में "ए" ग्रेड मिल रहा है। वह लगातार कल्पना करता है कि उसके शिक्षक और माता-पिता पढ़ाई में उसकी सफलता पर उसे बधाई दे रहे हैं।

खरीदने और बेचने में सफल कैसे बनें

खरीदते या बेचते समय याद रखें कि आपका चेतन मन एक स्टार्टर है और आपका अवचेतन मन मोटर है। स्टार्टर से काम लेने के लिए आपको मोटर चालू करनी पड़ेगी। इसी प्रकार आपका चेतन मन आपके अवचेतन मन की शक्ति को जगाता है।

अपनी स्पष्ट इच्छा, विचार या छवि को अपने गहरे मन तक पहुंचाने का पहला कदम उसे शांत करना है, ध्यान को स्थिर करना है और शांत बनना है। यह शिथिल, निष्क्रिय और शांत मानसिक नजरिया बाहरी मामलों तथा गलत विचारों को अवचेतन मन तक पहुंचने और लक्ष्य में हस्तक्षेप करने से रोकता है। सिर्फ इतना ही नहीं, मस्तिष्क के शांत, निष्क्रिय और ग्रहणशील नजरिए में न्यूनतम प्रयास की जरूरत होती है।

दूसरा कदम, मनचाहे परिणाम की वास्तविकता के लिए कल्पना की शुरुआत करना है। उदाहरण के लिए, हो सकता है आप कोई मकान खरीदना चाहते हो। अपनी शिथिल अवस्था में आप इस तरह घोषणा करें:

"मेरे अवचेतन मन की असीम बुद्धिमत्ता परम बुद्धिमान है। यह मेरे लिए एक आदर्श मकान सुझा रही है जो मेरी जरूरतों के अनुरूप है और जिसे मैं खरीद सकता हूं। मैं अब इस आग्रह को अपने अवचेतन मन को सौंप रहा हूं। मैं जानता हूं कि यह मेरे आग्रह की प्रकृति के अनुरूप प्रतिक्रिया करेगा। मैं इस आग्रह को पूर्ण आस्था और विश्वास के साथ उसी तरह मुक्त कर रहा हूं, जिस तरह किसान जमीन में बीज बोता है, इस विश्वास के साथ कि विकास का नियम कार्य करेगा और यह विकसित होगा।

आपकी प्रार्थना का जवाब अखबार के किसी विज्ञापन या दोस्त से मिल सकता है या हो सकता है कि आप किसी खास मकान की तरफ अपने आप ही खिंचे चले जाएं, जो ठीक वैसा ही होगा, जैसा आप चाहते हों। प्रार्थना का जवाब कई तरीकों से मिल सकता है। यहां मुख्य बात यह है कि जवाब हमेशा मिलता है, इसके लिए आपको अपने गहरे मन के काम करने पर पूरा विश्वास रखना होगा।

हो सकता है, खरीदने के बजाय आप कोई मकान, जमीन या जायदाद बेचना चाहते हों। एक रियल स्टेट ब्रोकर से बात करते हुए मैंने उसे एक तरीका बताया जिससे मैंने अपना मकान बेचा था। फिर वे भी इस तकनीक का इस्तेमाल करने लगे और इससे उन्हें शानदार परिणाम मिले। वह तकनीक इस प्रकार थी : मैंने अपने मकान के सामने घास पर एक साइनबोर्ड लगाया, जिस पर लिखा था, "बेचना है।" उस रात सोने से ठीक पहले मैंने खुद से पूछा, "मान लो तुम्हें घर के लिए खरीदार मिल गया, तो फिर तुम क्या करोगे? जवाब था, 'मैं बेचना है' के साइनबोर्ड को कचरे में फेंक दूंगा।"

मैंने कल्पना में देखा कि मैंने साइनबोर्ड पकड़ा, उसे जमीन से उखाड़ा, अपने कंधे पर रखा और गैराज में गया और वहां पटक दिया और साइनबोर्ड का मजाक उड़ाते हुए बोला, "अब मुझे तुम्हारी जरूरत नहीं है।" इससे मुझे गहरी संतुष्टि हुई कि काम पूरा हो गया था।

अगले दिन एक आदमी ने मुझे उस मकान के लिए एक हजार डॉलर का बयाना दे दिया और कहा, "अब आप उस साइनबोर्ड को हटा दें क्योंकि हमारे बीच एग्रीमेंट हो गया है।" मैंने तुरंत साइनबोर्ड उखाड़ा और उसे गैराज में रख दिया। इस प्रकार आंतरिक क्रिया साकार हो गई। इसके बारे में नया कुछ नहीं है। जैसा भीतर, वैसा बाहर जिसका अर्थ है आपके अवचेतन मन पर छपी तसवीर जैसी होगी, वैसा ही दृश्य आपके जीवन के पर्दे पर उभरेगा। बाहरी स्वरूप आंतरिक स्वरूप का प्रतिबिंब है। बाहरी कर्म आंतरिक कर्म का अनुसरण करते हैं।

यहां घर, जमीन या जायदाद बेचने के लिए एक और प्रभावी तरीका बताया जा रहा है। धीरे-धीरे, शांति से और भावना के साथ यह सकारात्मक घोषणा करें : "असीमित बुद्धिमत्ता इस मकान के लिए उस खरीदार को मेरी ओर आकर्षित कर रही है, जो इसे चाहता है और इसमें समृद्ध बनेगा। इस खरीदार को मेरे पास मेरे अवचेतन मन के रचनात्मक ज्ञान द्वारा भेजा जा रहा है, जो कभी गलतियां नहीं करता है। वह खरीदार शायद कई और मकान भी देखे, लेकिन मेरा मकान ही उसे पसंद आएगा और वह इसे ही खरीदेगा क्योंकि उसका मार्गदर्शन मेरी असीमित बुद्धिमत्ता कर रही है। मैं जानता हूं कि खरीदार सही है, समय सही

है और कीमत भी सही है। इसके बारे में हर चीज सही है। मेरे अवचेतन मन की अधिक गहरी धारा कार्य कर रही है और अब हम दोनों को दैवी विधान में एक साथ ला रही है। मैं जानता हूं कि यह ऐसा ही है।"

हमेशा याद रखें, आप जिसे खोज रहे हैं, वह भी आपको खोज रहा है। कोई न कोई हमेशा रहता है, जो उसी मकान या जायदाद को खरीदना चाहता है, जिसे आप बेचना चाहते हैं। अपने अवचेतन मन की शक्तियों का सही इस्तेमाल करके आप मस्तिष्क से प्रतिस्पर्धा का अहसास और खरीदने-बेचने की सभी चिंताओं को खत्म कर देते हैं।

वह जो चाहती थी, उसे पाने में सफल कैसे बनी

एक युवा महिला नियमित रूप से मेरे भाषणों और क्लासों में आती थी। अपने घर से यहां तक आने के लिए उसे तीन बार बस बदलनी पड़ती थी। उसे करीब डेढ़ घंटा लग जाता था। एक दिन अपने भाषण में मैंने बताया कि किस प्रकार एक युवक जिसे नौकरी के लिए कार की जरूरत थी और उसे वह मिल गई।

वह घर गई और भाषण में सुनी तकनीक आजमाने लगी। फिर उसने मुझे चिट्ठी लिखकर बताया कि उसने मेरे तरीकों को कैसे लागू किया और उसके बाद क्या हुआ। वह चिट्ठी मैं उसकी अनुमति से यहां प्रस्तुत कर रहा हूं :

> प्रिय डॉ. मर्फी,
>
> इस प्रकार मुझे मेरी पसंद की कैडिलेक कार मिली जिसकी मैंने चाहत की थी ताकि मैं आपके भाषण सुनने नियमित रूप से आ सकूं। अपनी कल्पना में मैंने वे सारे कदम उठाए, जो मैं करती, अगर मैं सचमुच कार खरीदती और चलाती। मैंने खुद को शोरूम में जाते देखा और सेल्समैन ने मुझे उस गाड़ी का टेस्ट ड्राइव कराया। मैंने बार-बार दोहराया किया कि कैडिलेक कार ही मेरी कार है। मैंने कार में बैठने, उसे चलाने, उसके डैशबोर्ड को छूने की मानसिक तसवीर दो सप्ताह तक देखी। पिछले सप्ताह में कैडिलेक चलाकर आपका भाषण सुनने आई थी। इंगलवुड में रहने वाले मेरे अंकल की मृत्यु हो गई थी और वे अपनी कैडिलेक तथा सारी संपत्ति मेरे नाम कर गए थे।

व्यापारी एवं उच्च पदाधिकारियों द्वारा अपनाई गई सफलता की तकनीक

कई प्रतिष्ठित बिजनेसमैन दिन में कई बार "सफलता" शब्द का तब तक इस्तेमाल करते हैं, जब तक कि उन्हें यह विश्वास नहीं हो जाता कि उन्हें सफलता मिल गई है। वे जानते हैं कि सफलता के विचार में सफलता के सभी अनिवार्य तत्व शामिल हैं। इसी तरह, आप भी

"सफलता" शब्द को आस्था और विश्वास के साथ दोहराना शुरू करें। आपका अवचेतन मन इसे आपके बारे में स्वीकार कर लेगा और आपको सफलता के लिए प्रेरित करेगा।

आप अपने कल्पनावादी विश्वासों, छापों और विश्वासों को व्यक्त करने के लिए मजबूर हैं। सफलता से आप क्या अर्थ समझते हैं? बेशक आप अपने घरेलू जीवन और दूसरों के साथ संबंधों में सफल बनना चाहते हैं। आप अपने काम या व्यवसाय में सर्वश्रेष्ठ बनना चाहते हैं। आप एक शानदार घर और खूब सारी दौलत चाहते हैं, ताकि आप आराम और सुख से रह सकें। आप अपने प्रार्थना-जीवन और अपने अवचेतन मन की शक्तियों के संपर्क में सफल बनना चाहते हैं।

आप एक बिजनेसमैन भी है, क्योंकि आप जीने के व्यवसाय में हैं। आप जो करना चाहते हैं और जो पाना चाहते हैं, उसकी कल्पना करके सफल बिजनेसमैन बनें। कल्पनाशील बनें; सफलता की वास्तविक तसवीर में मानसिक रूप से हिस्सा लें। इसकी आदत डालें। हर रात को सफल और पूर्ण संतुष्टि के अहसास के साथ सोने जाएं और अंततः आप अपने अवचेतन में सफलता का विचार बोने में कामयाब हो जाएंगे। विश्वास रखें कि सफल होने के लिए आपका जन्म हुआ है और प्रार्थना करने से चमत्कार जरूर होंगे।

लाभदायक बिंदु :

1. सफलता का मतलब सफल जीवन है। जब आप शांत, खुश, सुखी होते हैं और अपनी पसंद का काम कर रहे हों, तो आप सफल हैं।
2. पता लगाएं कि आपको कौन सा काम पसंद है, फिर उसे करें। अगर आप अपनी सच्ची अभिरुचि नहीं जानते हैं, तो मार्गदर्शन के लिए प्रार्थना करें और आपको जवाब मिल जाएगा।
3. अपने विशिष्ठ क्षेत्र के विशेषज्ञ बनें और इसके बारे में किसी अन्य व्यक्ति से ज्यादा जानने की कोशिश करें।
4. सफल व्यक्ति स्वार्थी नहीं होते हैं। उनके जीवन का मुख्य उद्देश्य मानवता की सेवा होता है।
5. बिना मानसिक शांति के कोई सच्ची सफलता नहीं मिलती है।
6. एक सफल व्यक्ति के पास गहरी मनोवैज्ञानिक और आध्यात्मिक समझ होती है।
7. अगर आप किसी उद्देश्य की स्पष्ट कल्पना करते हैं, तो अवचेतन मन की चमत्कारी शक्ति आपको सारी आवश्यक वस्तुएं प्रदान कर देगी।
8. आपका विचार भावना के साथ जुड़कर कल्पनावादी विश्वास बन जाता है और आपके विश्वास के अनुसार वह आपको मिलेगा।
9. लगातार कल्पना करने से आपके अवचेतन मन की चमत्कारी शक्तियां प्रेरित होती हैं।

10. आप नौकरी में पदोन्नति चाहते हैं, तो कल्पना करें कि आपका मालिक, सुपरवाइजर या कोई प्रियजन पदोन्नति पर आपको बधाई दे रहा है। इस तसवीर को स्पष्ट और वास्तविक बनाएं। आवाज सुनें, हाव भाव देखें और वास्तविकता को महसूस करें। ऐसा लगातार करते रहें। बार-बार दोहराने से आपकी मनोकामना सुखद रूप से पूरी हो जाएगी।

11. आपका अवचेतन मन यादों का भंडार है। आदर्श याद्दाश्त के लिए सकारात्मक घोषणा दोहराएं : " मेरे अवचेतन मन की असीमित बुद्धिमत्ता मुझे वह हर चीज याद दिलाती है, जिसे मेरे लिए कभी भी, कहीं भी, जानने की जरूरत है।"

12. अगर आप मकान या जायदाद बेचना चाहते हैं, तो धीरे-धीरे, शांति से और भावना से यह सकारात्मक घोषणा करें : "असीमित बुद्धिमत्ता इस मकान के खरीदार को मेरी ओर आकर्षित कर रही है, जो इसे चाहता है और इसमें समृद्ध बनेगा। "इस जागरुकता को कायम रखें और आपके अवचेतन मन का अधिक गहरा प्रवाह इसे हकीकत में बदल देगा।

13. सफलता के विचार में सफलता के सभी तत्व निहित हैं। आप "सफलता" शब्द बार-बार आस्था और विश्वास के साथ दोहराएंगे, तो अवचेतन मन आप पर सफल होने के लिए दबाव डालने लगेगा।

12

वैज्ञानिकों द्वारा अवचेतन मन का इस्तेमाल

बहुत से वैज्ञानिक अवचेतन मन के सच्चे महत्व को जानते थे। एडिसन, मार्कोनी, कैटरिंग, पोइनकेरे, आइंस्टीन और कई अन्य वैज्ञानिक अवचेतन मन का प्रयोग कर चुके थे। इन प्रयोगों के द्वारा उन्होंने ऐसा ज्ञान और "जानकारी" प्राप्त की, जिससे वे आधुनिक विज्ञान और औद्योगिक जगत के लिए महान उपलब्धियां पा सके। शोध बताते हैं कि अवचेतन मन की शक्ति को कर्म में बदलने की योग्यता महान वैज्ञानिकों और शोधकर्ताओं की सफलता का राज है।

एक उदाहरण मशहूर केमिस्ट फ्रेडरिक वॉन स्ट्रैडोनिट्ज के जीवन का है। उन्होंने अवचेतन मन के इस्तेमाल से अपनी के बड़ी समस्या हल की थी जो कि इस प्रकार है: वे काफी समय से बेंजीन नामक हाइड्रोकार्बन के छह कार्बन और छह हाइड्रोजन को व्यवस्थित करने के लिए कड़ी मेहनत कर रहे थे, परंतु वे उसका उपाय नहीं खोज पा रहे थे। आखिरकार थक हारकर उन्होंने मामले को अपने अवचेतन मन को सौंप दिया। कुछ ही समय बाद जब वे लंदन की बस में चढ़ने वाले थे, तो उनके अवचेतन ने उनके दिमाग में छवि प्रस्तुत की। इसमें उन्होंने सांप की छवि देखी, जो अपनी ही पूंछ को काट रहा था और चक्के की तरह गोल-गोल घूम रहा था। अवचेतन मन के इस जवाब के जरिए उन्हें हल मिल गया और उन्होंने परमाणुओं का गोलाकार संयोजन किया, जिसे अब बेंजीन रिंग नाम से जाना जाता है।

कैसे एक प्रसिद्ध वैज्ञानिक ने अपने आविष्कार किए

निकोला टेस्ला विद्युत के क्षेत्र में बहुत प्रतिभाशाली इलेक्ट्रिकल साइंटिस्ट थे जिन्होंने अद्भुत आविष्कार किए। उनके मन में जब नए आविष्कार के लिए विचार आता तो वे उस पर अपनी कल्पनाएं गढ़ने लगते क्योंकि वे जानते थे कि अवचेतन मन उसे पूरी तरह तैयार कर चेतन मन तक पहुंचा देगा जिससे वास्तविक रूप से बनाना संभव हो जाएगा। हर संभावित सुधार पर शांति से मनन करने की वजह से गलतियां सुधारने में उनका बिलकुल भी समय

नहीं लगा और अपने साथ काम करने वाले तकनीशियों को वे अपने मस्तिष्क से निकला आदर्श पूर्ण प्रॉडक्ट दे पाए।

वे बताते हैं, "मेरा यंत्र हमेशा मेरी कल्पना के अनुरूप ही काम करता है। पिछले बीस सालों में इसका एक भी अपवाद नहीं है।"

कैसे एक प्रसिद्ध प्रकृति वैज्ञानिक ने अपनी समस्या सुलझाई

प्रसिद्ध अमेरिकी प्रकृति वैज्ञानों में से एक प्रोफेसर एगैसिज ने अवचेतन मन की लगातार कार्य करने की क्षमता को नींद में महसूस किया। निम्नलिखित उदाहरण एगैसिज की जीवनी से लिया गया है, जिसे उनकी विधवा पत्नी ने लिखा है।

> वे दो सप्ताह से एक पत्थर के टुकड़े पर संरक्षित फॉसिल फिश की धुंधली छाप को समझने का प्रयत्न कर रहे थे। थकने और परेशान होने के बाद उन्होंने आखिरकार अपना काम एक तरफ रख दिय और उसे अपने दिमाग से निकालने की कोशिश की। कुछ दिन बाद, आधी रात को जब उनकी नींद खुली, तो उन्होंने पाया कि सपने में उन्होंने उसी मछली को देखा था, जिसमें सभी खोए हुए अंग पूरी तरह से दिख रहे थे। लेकिन जब उन्होंने उस छवि को याद करने की कोशिश की, तो वह उन्हें पूरी तरह याद नहीं आई। फिर वे यह सोचकर जार्डिन डेस प्लांटेस के पास एक बार फिर उस छाप को देखने गए, ताकि हो सकता है कि उससे उन्हें सपना याद आ जाए। यह प्रयास काम नहीं आया क्योंकि धुंधला रिकॉर्ड पहले जितना ही अस्पष्ट था। अगली रात को मछली उन्हें दोबारा दिखी, लेकिन परिणाम पहले से ज्यादा संतोषजनक नहीं थे। पहले की तरह ही जागने पर छवि गायब हो गई। इस उम्मीद में कि शायद वह छवि तीसरी बार भी दिखाई दे, तो उन्होंने सोने से पहले अपने पलंग के पास एक पेंसिल और कागज रख लिया, जिससे वे तुरंत उस तसवीर को उकेर सकें।
>
> "उनके विचार के अनुरूप ही मछली एक फिर उनके सपने में आई, पहले तो अस्पष्टता से, लेकिन बाद में इतनी स्पष्टता से कि उन्हें इसके जैविक अंगों के बारे में जरा भी शंका नहीं रह गई थी। आधे सपने और पूरे अंधेरे में उन्होंने बिस्तर के पास रखे कागज पर मछली की आकृति बना ली। सुबह जब वे जागे, तो रात वाली स्कैच में ऐसे अंग देखकर हैरान रह गए, जिनके बारे में उन्हें लगता था कि फॉसिल में इनका मिलना असंभव था। वे जल्दी से जार्डिन डेस प्लांटेस के पास गए। स्केच के मार्गदर्शन से उन्होंने पत्थर की सतह को छेनी से छीला, जिसके नीचे मछली के बाकी अंग छिपे हुए थे। जब मछली पूरी तरह से बाहर आ गई, तो यह उनके सपने और स्केच के अनुरूप निकली तथा वे आसानी से इसका वर्गीकरण कर पाए।"

डॉक्टर ने डायबिटीज की समस्या सुलझाई

कुछ वर्ष पूर्व मुझे एक पत्रिका का लेख दिखाया गया जिसमें इंसुलिन के आविष्कार की जानकारी दी गई थी। लेख का सारांश कुछ इस प्रकार था।

करीब 40 वर्ष पूर्व मशहूर कनाडाई डॉक्टर और शोधकर्ता डॉ. फ्रेडरिक बैंटिंग अपना पूरा ध्यान डायबिटीज की समस्या का हल ढूंढने में लगा रहे थे। उस वक्त तक चिकित्सा विज्ञान इस बीमारी की रोकथाम का कोई प्रभावी उपाय नहीं सुझा पाया था। डॉ. बैंटिंग ने इस विषय पर प्रयोग करने और इस पर उपलब्ध अंतरराष्ट्रीय साहित्य के अध्ययन में काफी समय लगाया। एक रात को वे थककर सो गए थे। नींद में अवचेतन मन में उन्हें निर्देश दिया कि वे कुत्तों की खराब हो चुकी पैनक्रिएटिक डक्ट से अवशेष निकाल लें। इसी से प्रेरित होकर उन्होंने इन्सुलिन को खोज लिया, जो आज लाखों लोगों की मदद कर रही है ।

आप ध्यान दें, डॉ. बैंटिंग काफी समय से चेतन मन से इस समस्या को सुलझाने का प्रयास कर रहे थे। आखिरकार, उनके अवचेतन ने इसके अनुरूप प्रतिक्रिया कर दी।

हालांकि इससे यह तात्पर्य नहीं है कि आपको हमेशा रातोंरात जवाब मिल जाएगा। हो सकता है, जवाब कुछ समय तक नहीं मिले। लेकिन आप हताश नहीं हों। हर रात सोने से ठीक पहले समस्या अपने अवचेतन मन के हवाले इस तरह करते रहें, जैसे आपने यह काम पहले कभी नहीं किया हो।

समाधान में देर होने का एक कारण यह हो सकता है कि आप इसे बहुत बड़ी समस्या मान रहे हों। आपका शायद यह विश्वास हो कि इसका समाधान मिलने में बहुत समय लगेगा।

आपका अवचेतन मन समय और स्थान के बंधन से परे है। यह यकीन करते हुए सोने जाएं कि आपको जवाब अभी मिल गया है। यह घोषणा नहीं करे कि जवाब का भविष्य में इंतजार करना पड़ेगा। परिणाम में आस्था रखें। इस पुस्तक को पढ़ते समय अभी विश्वास करें कि आपकी समस्या का जवाब है, एक आदर्श समाधान है।

कैसे एक प्रसिद्ध वैज्ञानिक और भौतिकविद् रूस के कॉन्सनट्रेशन कैंप से बचकर निकले

डॉ. लोथार वॉन ब्लेंक-श्मिट प्रतिभाशाली इलेक्ट्रॉनिक्स इंजीनियर थे और प्रतिष्ठित रॉकेट सोसायटी के सदस्य थे। उन्होंने बताया कि किस प्रकार वे अवचेतन मन के प्रयोग से रशियन कैंप से आजाद हुए और मृत्यु से बचे। वे लिखते हैं :

> "मैं रूस की एक कोयला खदान में युद्धबंदी था और मैंने जेल में अपने चारो तरफ लोगों को मरते देख रहा था। क्रूर पहरेदार, दंभी अफसर और चालाक कम्युनिस्ट अफसर हम पर नजर रखते थे। कुछ मेडिकल जांचों के बाद हर व्यक्ति के लिए कोयले का कोटा तय कर दिया जाता था। मेरा कोटा तीन सौ पौंड प्रतिदिन था। अगर

कोई कैदी अपना कोटा पूरा नहीं करता था, तो उसे मिलने वाले थोड़े से राशन में भी कटौती कर दी जाती थी और कुछ समय में वह कब्र में पहुंच जाता था।"

"मैं वहां से भागने पर ध्यान केंद्रित कर रहा था। मैं जानता था कि मेरा अवचेतन मन किसी न किसी तरह कोई रास्ता खोज लेगा। जर्मनी में मेरा घर तबाह हो गया था। मेरा परिवार खत्म हो गया था। मेरे सभी मित्र और साथी या तो युद्ध में मर चुके थे या फिर कॉन्सेंट्रेशन कैंपों में थे।"

"मैंने अपने अवचेतन मन से कहा, 'मैं लॉस एंजेलिस जाना चाहता हूं और तुम्हें रास्ता खोजना होगा।' मैंने लॉस एंजेलिस की कल्पना की और मुझे कुछ सड़के और इमारतें बहुत अच्छी तरह याद थीं। मैं उन्हें याद करने लगा।"

"हर दिन, हर रात मैं कल्पना करता था कि मैं विलशायर रोड़ पर एक अमेरिकी लड़की के साथ टहल रहा हूं, जिससे मैं युद्ध से पहले बर्लिन में मिला था (अब वह मेरी पत्नी है)। मेरी कल्पना में हम स्टोर्स में गए, बसों में यात्रा की और रेस्त्रां में भोजन किया। हर रात मैं खास तौर पर अपनी काल्पनिक अमेरिकी कार में लॉस एंजेलिस की सड़कों पर इधर से उधर घूमता था। मैंने यह सब बहुत स्पष्ट और वास्तविक बना लिया। मेरे मस्तिष्क में ये तसवीरें उतनी ही वास्तविक थीं, जितना कि कॉन्सेंट्रेशन कैंप के बाहर लगा पेड़।"

हर सुबह प्रमुख पहरेदार लाइन में खड़े सभी कैदियों को गिनता था। एक दिन जब वह गिनती कर रहा था, "एक, दो, तीन..." आदि। जब सत्रह नंबर पुकारा गया, जो मेरा क्रम था, तो मैं अलग खड़ा हो गया। इस बीच पहरेदार को किसी ने एकाध मिनट के लिए बुलवा लिया और वापस लौटने पर उसने गलती से अगले आदमी को सत्रह नंबर के रूप में गिन लिया। जब शाम को कैदी लौटे, तो उनकी संख्या पूरी निकली। किसी को पता नहीं चला कि मैं गायब हूं और मैं जानता था कि यह पता चलने में उन्हें काफी समय लगेगा

इससे पहले कि किसी को पता चले मैं कैंप से बाहर निकल गया और चौबिस घंटे तक पैदल चलता रहा और अगले दिन मैंने एक खाली गांव में आराम किया। मैं मछली पकड़कर और कुछ जंगली पक्षियों का शिकार करके जिंदा रहा। मैंने पोलेंड जाने वाली कोयले की ट्रेनें देखीं और रात को उनमें चढ़ गया। आखिरकार, मैं पोलेंड पहुंच गया। कुछ दोस्तों की मदद से स्विट्जलैंड के लूसर्न पहुंचा।

"एक शाम लूसर्न के पैलेस होटल में मैंने एक अमेरिकी व्यक्ति और उसकी पत्नी से बात की। उस आदमी ने मुझसे पूछा कि क्या मैं सेंट, मोनिका, कैलिफोर्निया में उनके घर अतिथि के तौर पर आ सकता हूं। मैंने स्वीकार कर लिया। फिर लॉस एंजेलिस पहुंचने पर मैंने पाया कि उनका ड्राइवर मुझे विलशायर रोड़ तथा कई अन्य सड़कों से ले जा रह था, जिनकी स्पष्ट कल्पना मैंने रूसी कोयला खदान में महीनों तक की थी। मैंने उन इमारतों को पहचान लिया, जिन्हें मैंने अपने मन में इतनी बार देखा था। ऐसा लग रहा था, जैसे मैं पहले भी लॉस एंजेलिस आ चुका हूं। मैं अपनी मंजिल तक पहुंच गया था।"

"मैं कभी भी अवचेतन मन के चमत्कारों पर हैरान होना बंद नहीं करूंगा। सचमुच, इसके पास ऐसे तरीके हैं, जिनके बारे में हम कुछ नहीं जानते हैं।"

कैसे पुरातत्वविद् और जीवाश्म विज्ञानियों ने प्राचीन दृश्यों को बनाया

वैज्ञानिक जानते हैं कि आपके अवचेतन मन में इतिहास में हुई हर चीज की स्मृति है। जब वे प्राचीन खंडहरों और पूर्व संस्कृतियों के लोगों द्वारा छोड़ी गई असंख्य वस्तुओं का अध्ययन करते हैं तो काल्पनिक अनुभूति और अवचेतन मन प्राचीन दृश्यों के पुनर्निर्माण में उनकी सहायता करते हैं। मृत अतीत दोबारा सजीव बन जाता है। वैज्ञानिक इन प्राचीन इमारतों के टुकड़ों को देखकर और पूर्व सभ्यताओं के बर्तनों, मूर्तियों, औजारों तथा घरेलू सामानों का अध्ययन कर उस समय के बारे में बताते हैं जब भाषा भी नहीं हुआ करती थी। तब बातचीत के लिए प्रतीकों का इस्तेमाल होता था।

वैज्ञानिक की पैनी एकाग्रता और अनुशासित कल्पना अवचेतन मन की शक्तियों को जगा देती है और उसे प्राचीन स्तंभों पर छतों और इमारत के चारों तरफ बगीचों, तालाबों तथा फव्वारों की कल्पना करने में समर्थ बनाती है। कंकाल पर आंखे, नसों और मांसपेशियों का लबादा डाल दिया जाता है और वे एक बार फिर बोल तथा चल सकते हैं। मृत अतीत जीवंत वर्तमान बन जाता है और हम पाते हैं कि मस्तिष्क मे समय या स्थान की कोई दूरी नहीं होती है। अनुशासित, नियंत्रित और निर्देशित कल्पना से आप हर युग के सबसे महान वैज्ञानिकों और प्रेरित चिंतकों के साथी बन सकते हैं।

अपने अवचेतन मन से मार्गदर्शन कैसे पाएं

जब आपको कोई "मुश्किल निर्णय" लेना हो या जब आप अपनी समस्या का समाधान नहीं देख पा रहे हों, तो एक बार इसके बारे में सृजनात्मक तरीके से सोचने का प्रयास करें। अगर आप भयभीत और चिंतित रहेंगे, तो आप सचमुच नहीं सोच पाएंगे। सच्ची सोच डर से मुक्त होती है।

यहां पर एक आसान तकनीक दी जा रही है, जिसके द्वारा आप किसी भी विषय पर मार्गदर्शन पा सकते हैं :

- मस्तिष्क को शांत कर लें और शरीर को स्थिर कर लें। शरीर को आराम से रहने को कहें। इसे आपका आदेश मानना ही पड़ेगा क्योंकि इसकी कोई इच्छा, पहल या आत्म चेतना नहीं होती है। आपका शरीर सिर्फ एक भावनात्मक डिस्क है, जो आपके विश्वासों और प्रभावों का रिकॉर्ड रखती है।
- फिर अपने ध्यान को थोड़ा गतिशील करते हुए अपने विचार समस्या से समाधान की ओर ले जाएं।

- इसे अपने चेतन मन से सुलझाने की कोशिश करें।
- सोचें कि आप आदर्श समाधान पर किस तरह खुशी जाहिर करेंगे। अगर आपको आदर्श जवाब इसी समय मिल जाए, तो कल्पना करें कि आपको कैसा लगेगा।
- अपने मस्तिष्क को खुशी और संतुष्टि के इस मूड़ से शिथिल तरीके से खेलने दें; फिर सो जाएं।
- जागने पर अगर आपको जवाब नहीं मिले, तो किसी दूसरे काम में जुट जाएं। संभव है, किसी दूसरे काम में व्यस्त रहने पर जवाब खुद-ब-खुद आपके मस्तिष्क में आ जाए।

अवचेतन मन से मार्गदर्शन पाने के लिए इसे सरल तरीका से ही करना सबसे अच्छा है। इसका एक उदाहरण देखें : एक बार मेरी एक कीमती अंगूठी खो गई, जो पारिवारिक निशानी थी। मैंने हर जगह उसकी तलाश की, लेकिन वह कहीं नहीं मिली। उस रात मैंने अपने अवचेतन मन से उसी तरह बात की, जिस तरह मैं किसी और से बात करता हूं। सोने से पहले मैंने इससे कहा, "तुम सब कुछ जानते हो। तुम जानते हो कि वह अंगूठी कहां हैं और तुम मुझे बताओगे कि वह कहां है।"

सुबह मैं अचानक इन शब्दों की गूंज के साथ जागा, "रॉबर्ट से पूछो।"

यह मुझे बहुत अजीब लगा कि मैं रॉबर्ट जो नौ साल का बच्चा है उससे अंगूठी के बारे में पूछूं। लेकिन मैंने अपने अवचेतन की आंतरिक आवाज का पालन किया और रॉबर्ट से अंगूठी के बारे में पूछ लिया।

रॉबर्ट ने कहां, "हां, वह मुझे कल खेलते समय झाड़ियों में मिली तो मैंने इसे बस रख दिया। मुझे लगा यह किसी काम की नहीं है।"

अवचेतन मन आपको हमेशा जवाब दे देगा, बशर्ते आप इस पर भरोसा करें।

अवचेतन ने उसे पिता की वसीयत तक पहुंचाया

एक युवक जो मेरे भाषण सुनता था, उसने मुझे अवचेतन मन की शक्ति के बारे में अपना अनुभव बताया। उसके पिता का अचानक देहांत हो गया था और ऐसा लग रहा था कि उन्होंने कोई वसीयत नहीं छोड़ी थी। हालांकि उसकी बहन ने उसे बताया कि उनके पिता ने एक बार अपनी वसीयत बनाने का जिक्र किया था और उसे बताया था कि उन्होंने उसमें सभी के लिए न्यायपूर्ण बंटवारा किया था। युवक ने वसीयत को सभी जगहों पर हर तरीके से खोजा परंतु उसे वह नहीं मिली।

तब उसने सोने से पहले अपने अवचेतन मन से इस प्रकार बात की: "मैं अब इस आग्रह को अपने अवचेतन मन के हवाले करता हूं। मेरा अवचेतन मन जानता है कि मेरे पिता की वसीयत कहां है और यह मुझे वह जगह बता रहा है।" फिर उसने अपने आग्रह को

सारांश में कहा, "जवाब" उसने इसे बार-बार लोरी की तरह दोहराया। वह "जवाब" शब्दों के साथ सोने गया।

अगली सुबह जब वह जागा, तो उसके मन में प्रबल इच्छा जागी कि वह लॉस एंजेलिस के एक बैंक में जाए। वहां उसे उसके पिता के नाम का एक लॉकर मिला जिसमें रखे सामान को देख उसकी समस्या का समाधान हो गया था।

जब आप सोने जाते हैं, तो आपका विचार आपके भीतर की निहित शक्तियों को जगा देता है। मान लें, आप सोच रहे हों कि क्या आपको अपना मकान बेच देना चाहिए, कोई शेयर खरीद लेना चाहिए, किसी पार्टनरशिप को तोड़ देना चाहिए, न्यूयॉर्क जाकर बसना चाहिए या फिर लॉस एंजेलिस में ही रहना चाहिए, वर्तमान अनुबंध को खत्म कर देना चाहिए या नया अनुबंध कर लेना चाहिए। ऐसी उलझन हो, तो यह करें : शांति से अपनी कुर्सी या अपनी ऑफिस की डेस्क पर बैठ जाएं। याद रखें, यह क्रिया और प्रतिक्रिया का शाश्वत नियम है। क्रिया आपका विचार है। प्रतिक्रिया आपके अवचेतन मन का जवाब है। अवचेतन मन प्रतिक्रियाशील है; यह इसकी प्रकृति है। यह जवाब देता है, पुरस्कार देता है, लौटाता है। यह अनुरूपता के नियम का पालन करता है। यह विचार के अनुरूप प्रतिक्रिया करता है। जब आप सही कर्म पर मनन करते हैं, तो आपको अपने भीतर ऐसी प्रतिक्रिया महसूस होगी जो आपके अवचेतन मन का मार्गदर्शन या जवाब होगी।

जब आप मार्गदर्शन चाहते हैं तो उस समय आप शांति से सिर्फ सही कर्म के बारे में सोचें। इसका मतलब है कि आप अपने अवचेतन मन में रहने वाली असीमित बुद्धिमत्ता का उस बिंदु तक प्रयोग कर रहे हैं यहां यह आपका प्रयोग शुरू कर दे। उसके बाद आपके कार्य की दिशा आपके कल्पनावादी ज्ञान द्वारा निर्देशित और नियंत्रित होती है, जो सब कुछ जनता है और सर्वशक्तिमान है। आपका निर्णय सही होगा। आपका हर कार्य सही ही होगा, क्योंकि सही काम करने के लिए आप पर अवचेतन का दबाव है। मैं दबाव शब्द का विशेष रूप से प्रयोग कर रहा हूं, क्योंकि दबाव ही अवचेतन का नियम है।

मार्गदर्शन का रहस्य

मार्गदर्शन या सही कर्म का रहस्य का अर्थ मानसिक रूप से खुद को सही जवाब के प्रति निष्ठावान बनाना है, जब तक कि आपको अपने भीतर इसकी प्रतिक्रिया नहीं मिल जाए। प्रतिक्रिया एक भावना है, एक आंतरिक अहसास है, एक शक्तिशाली संकेत है जिससे आप जान जाते हैं कि आप जान चुके हैं। आपने इस शक्ति का उस बिंदु तक प्रयोग कर लिया है कि अब यह आपका प्रयोग करने लगी है।

अपने भीतर की कल्पनावादी बुद्धिमत्ता के मार्गदर्शन में काम करते समय आप असफल नहीं हो सकते या एक भी गलत कदम नहीं उठा सकते हैं। आप पाएंगे कि आपके सभी रास्ते खुशी से भरे हैं और ये शांति से भरे भी हैं।

याद रखने योग्य विचार :

1. याद रखें कि वह अवचेतन मन ही है जिसने सभी महान वैज्ञानिकों को अद्भुत सफलता और उपलब्धियां प्रदान की हैं।

2. किसी जटिल समस्या के समाधान की ओर ध्यान देकर आपका अवचेतन मन सभी आवश्यक जानकारी इकट्ठा करता है और फिर समस्या को सुलझाकर चेतन मन को सौंप देता है।

3. अगर आप किसी समस्या के जवाब के बारे में परेशान हों, तो इसे वस्तुनिष्ठ तरीके से सुलझाने की कोशिश करें। शोध और दूसरों से जितनी जानकारी हासिल कर सकते हों, हासिल करें। अगर कोई जवाब नहीं मिलता है, तो सोने से पहले इसे अवचेतन मन के हवाले कर दें। फिर आपको जवाब मिल जाएगा। यह कभी असफल नहीं होता है।

4. आपको हमेशा रातोंरात जवाब नहीं मिलेगा। इसलिए अपने अवचेतन से तब तक आग्रह करते रहें, जब तक कि सूरज नहीं निकल आए और छायाएं गायब नहीं हो जाएं।

5. जवाब में देरी आपके कारण होती है क्योंकि कई बार आप यह सोचते हैं कि इसमें बहुत समय लग जाएगा या यह बहुत बड़ी समस्या है। आपके अवचेतन के लिए कोई समस्या बड़ी नहीं है। यह हर समस्या का जवाब जानता है।

6. विश्वास करें कि जवाब आपके पास अभी है। जवाब की खुशी उसी तरह महसूस करें, जैसा आप वास्तव में जवाब मिलने पर करते। आपका अवचेतन आपकी भावना पर प्रतिक्रिया करेगा।

7. आस्था और लगन से देखी जाने वाली मानसिक तसवीर आपके अवचेतन की चमत्कार करने वाली शक्तियों के माध्यम से साकार होगी। भरोसा करें और इसकी शक्ति पर विश्वास करें और जब आप प्रार्थना करेंगे, तो चमत्कार होंगे।

8. आपका अवचेतन यादों का भंडार है और आपके अवचेतन में बचपन से लेकर आज तक के सभी अनुभव हैं।

9. प्राचीन लिपियों, मंदिरों, अवशेषों और अन्य प्रतिमाओं पर मनन करने वाले वैज्ञानिक अतीत के दृश्यों को दोबारा जीवंत बनाने में समर्थ इसलिए होते हैं, क्योंकि उनका अवचेतन मन उनकी सहायता करता है।

10. समाधान के अपने आग्रह को सोने से ठीक पहले अवचेतन मन को सौंपे। इस पर भरोसा करें, विश्वास करें, तो आपको जवाब जरूर मिलेगा। यह सब कुछ जानता है और सब कुछ देखता है। आप इसकी शक्तियों पर शंका या सवाल नहीं करें।

11. आपका कर्म विचार है, जिस पर आपका अवचेतन मन प्रतिक्रिया करता है। अगर आपके विचार समझदारी भरे हैं तो आपके काम और निर्णय भी समझदारी भरे होंगे।

12. मार्गदर्शन हमेशा भावना, आंतरिक जागरुकता, शक्तिशाली संकेत के रूप में आता है, जिससे आप जान जाते हैं कि आप जान चुके हैं। यह स्पर्श का एक आंतरिक अहसास है। इसका पालन करें।

13

आपका अवचेतन मन और नींद के चमत्कार

आप प्रतिदिन चौबीस घंटे में से आठ घंटे सोते हैं। इस तरह आप अपनी एक तिहाई जिंदगी सोने मे बिताते हैं। यह जीवन का अटूट नियम है। यह नियम सृष्टि में प्रत्येक जीव पर लागू होता है। यह एक दैवी नियम है और हमारी कई समस्याओं के जवाब हमें गहरी नींद में देता है।

कई लोग इस सिद्धांत का समर्थन करते हैं कि आप दिन में थक जाते हैं, इसलिए आप शरीर को आराम देने के लिए सोते हैं और सोते समय शरीर में मरम्मत की प्रक्रिया चलती है। परंतु नींद में शरीर कभी आराम नहीं करता है। सोते समय भी आपका हृदय, फेफड़े और सभी महत्वपूर्ण अंग लगातार काम करते हैं। अगर आप सोने से पहले खाते हैं, तो खाना पच जाता है और सभी अंगों तक पहुंच जाता है। आपकी त्वचासे पसीना आता है और नाखून तथा बाल बढ़ते रहते हैं।

इस प्रकार आपका अवचेतन मन न कभी सोता है न ही आराम करता है। यह हमेशा सक्रिय रहता है और जीवन के लिए महत्वपूर्ण शक्तियों को नियंत्रित करता है। नींद में उपचारक प्रक्रिया ज्यादा तेजी से काम करती है, क्योंकि तब आपका चेतन मनकोई व्यवधान नहीं डालता है। सबसे अच्छे समाधान या जवाब आपको नींद में ही मिलते हैं।

हम क्यों सोते हैं

नींद के बारे में शोध करने वाले प्रसिद्ध वैज्ञानिक डॉ. जॉन बिजेलो यह दर्शाने में सफल हुए कि रात को सोते समय आंख, कान, नाक और त्वचा की तंत्रिकाओं से आपको लगातार संवेग (संकेत) मिलते रहते हैं। मस्तिष्क का तंत्रिका संचार तंत्र भी सक्रिय रहता है। वे कहते हैं कि हमारे सोने का प्रमुख कारण है "आत्मा का बड़ा हिस्सा अमूर्तता के जरिए हमारी उच्च प्रकृति से एकाकार हो जाता है और ईश्वर के पूर्व ज्ञान का हिस्सेदार बनता है।"

डॉ. बिजेलो साथ ही बताते हैं, "मेरे अध्ययनों के परिणामों से मेरी इस सोच को बल मिला कि नींद का कार्य सिर्फ शरीर को सामान्य कार्यों से मुक्त रखना नहीं है, बल्कि आदर्श स्वरूप में आध्यात्मिक विकास करना है, जो जीवन का सबसे महत्वपूर्ण पहलू है। यही नींद के दौरान शरीर करता है।"

प्रार्थना एक प्रकार की नींद है

आपका चेतन मन पूरे समय चिंताओं, संघर्ष और विवादों में उलझा रहता है। इसे समय-समय पर इंद्रियों के प्रमाण और यथार्थवादी जगत से दूर हटने तथा अवचेतन मन की आंतरिक बुद्धिमत्ता से मौन संप्रेषण करने की जरूरत होती है। मार्गदर्शन, शक्ति और अधिक ज्ञान का दावा करके आप जीवन के हर क्षेत्र की हर मुश्किल से उबरने में कामयाब होंगे और अपनी दैनिक समस्याओं को सुलझा पाएंगे।

इंद्रिय प्रमाण और रोजमर्रा के शोर-शराबे व दुविधा से नियमित रूप से दूर होना भी नींद का एक प्रकार है यानी आप इंद्रियों की दुनिया के लिए सोए होते हैं और अपने अवचेतन मन की बुद्धिमत्ता तथा शक्ति के लिए जागे होते हैं।

नींद की कमी के बुरे प्रभाव

नींद की कमी आपको चिड़चिड़ा, तुनकमिजाज और निराशावादी बना सकती है। नेशनल हेल्थ फॉर मेंटल हेल्थ के डॉ. जॉर्ज स्टीवेंसन कहते हैं, "मेरा मानना है कि सभी इंसानों को स्वस्थ रहने के लिए कम से कम छह घंटे नींद की जरूरत होती है। अधिकतर लोगों को इससे ज्यादा की जरूरत होती है। जो लोग सोचते हैं कि वे इससे कम में काम चला सकते हैं, खुद को मूर्ख बना रहे हैं।"

मेडिकल शोधकर्ताओं ने नींद की प्रक्रियाओं और नींद की कमी पर शोध किया है, वे बताते हैं कि कुछ मामलों में नर्वस ब्रेकडाउन से पहले गंभीर अनिद्रा रोग प्रकट होता है। याद रखें, नींद के दौरान आप आध्यात्मिक रूप से ऊर्जा से भरे होते हैं। जीवन में खुशी और स्फूर्ति लाने के लिए पर्याप्त नींद अनिवार्य है।

आपको अधिक नींद की आवश्यकता है

रॉबर्ट ओ ब्रायन का लेख "शायद आपको अधिक नींद की जरूरत है।" में नींद से जुड़े इस प्रयोग के बारे में बताते हैं : "वाशिंगटन के वाल्टर रीड आर्मी इंस्टीट्यूट में तीन साल से किए जा रहे शोध में सैकड़ों आर्मी के जवान और आम लोग शामिल हुए हैं जिन्हें चार दिन तक जागे रखा गया। इसका उनके व्यक्तित्व और व्यवहार पर किस प्रकार असर पड़ा इसे लेकर कई जांचें की गईं जिनमें कई अद्भुत बातें निकलकर आईं।"

"वे जानते थे कि थका हुआ मस्तिष्क नींद पाने के लिए इतना बेताब रहता है कि वह किसी भी प्रकार की चीज त्याग सकता है। सामान्य से कुछ ही घंटे ज्यादा जागने पर अक्सर हम झपकियां लेना शुरू कर देते हैं। नींद की तरह ही झपकियों में हमारी आंखें बंद होने लगती हैं, हृदय गति मंद हो जाती है। ये झपकियां अक्सर कुछ सेकंड की होती हैं। कई बार ये झपकियां विचारशून्य होती हैं तो कई बार इसमें आप कुछ छवियों का सपनों को देखते हैं। आप जितना अधिक लम्बे समय तक जागते हैं आपकी झपकियां की लम्बाई और संख्या बढ़ती जाती है। तूफान के बीच चलते हवाई जहाज का चालक भी इन झपकियों को रोक नहीं पाता है।"

"नींद की कमी का सबसे बुरा प्रभाव याद्दाश्त पर पड़ता है। प्रयोग में कई लोगों में पाया गया कि नींद की कमी के चलते वे कुछ कार्यों को करना भूल गए थे जो उनसे करने को कहे गए थे। वे मस्तिष्क में कई चीजों के बारे में एक साथ विचार नहीं कर पा रहे थे जो वे सामान्यतः नींद पूरी होने पर आसानी से कर पाते थे"

नींद से सुझाव मिलते हैं

लॉस एंजेलिस की एक युवा महिला है, जो अक्सर रेडियो पर मेरे भाषण सुना करती है। उसने मुझे बताया कि उसे न्यूयॉर्क सिटी में एक नौकरी का प्रस्ताव मिला, जहां उसे वर्तमान नौकरी से दोगुनी तनख्वाह देने का प्रस्ताव रखा गया। वह फैसला नहीं कर पा रही थी कि नई नौकरी स्वीकार करे या नहीं। तब सोने जाने से पहले उसने इन शब्दों में प्रार्थना की :

> "मेरे अवचेतन मन का रचनात्मक बुद्धिमत्ता जानती है कि मेरे लिए क्या सबसे अच्छा है। इसकी प्रवृत्ति हमेशा जीवन की ओर है और यह मुझे सही निर्णय बताती है, जिससे मुझे और सभी संबंधित लोगों को लाभ पहुंचेगा। मैं उस जवाब के लिए धन्यवाद देती हूं, जो मैं जानती हूं कि मुझे मिलेगा।"

उसने सोने से पहले इस आसान प्रार्थना को लोरी की तरह बार-बार दोहराया। सुबह उसे अहसास हुआ कि उसे नई नौकरी के प्रस्ताव को स्वीकार नहीं करना चाहिए। उसने इसे ठुकरा दिया। बाद की घटनाओं ने उसके अंदरूनी अहसास को सही साबित कर दिया, क्योंकि कुछ महीनों बाद ही वह कंपनी दिवालिया हो गई।

चेतन मन यथार्थवादी तथ्यों के मामले में सही हो सकता है, परंतु अवचेतन मन की सहज बोध की क्षमता को कंपनी की समस्याओं का अहसास था, इसलिए उसने उसे सही चेतावनी दी।

आपदा से बचा

मैं यहां आपको दिखाऊंगा कि अगर आप सोने जाते समय सही कर्मों के लिए प्रार्थना करते हैं, तो अवचेतन मन की बुद्धिमत्ता आपको निर्देश दे सकती है और आपकी रक्षा कर सकती है।

कई साल पहले, द्वितीय विश्व युद्ध से कुछ पहले मुझे सुदूर पूर्व में बहुत अच्छी नौकरी का काफी आकर्षक प्रस्ताव मिला था। मैंने मार्गदर्शन और सही निर्णय के लिए इस प्रकार से प्रार्थना की :

> मेरे भीतर की असीमित बुद्धिमत्ता सब कुछ जानती है और दैवी विधान से सही निर्णय मुझे बताया जाता है। जब जवाब मिलेगा, तो मैं उसे पहचान लूंगा।

मैंने सोने से पहले इस आसानी सी प्रार्थना को बार-बार लोरी की तरह दोहराया। उस रात मैंने एक सपना देखा, जिसमें वे चीजें दिखाई दीं जो तीन साल बाद वास्तविकता में हुईं। मेरे सपने में एक पुराना दोस्त मेरे पास आयाऔर वह बोला, "इन हेडलाइन्स को पढ़ो-मत जाओ।" सपने में अखबार की हेडलाइन्स हिंसा, उपद्रव, युद्ध और पर्ल हर्बर पर हमले की खबरों से संबंधित थीं।

उपरोक्त सपना पूरी तरह से मेरे अवचेतन का नाटकीयकरण था, जिससे एक व्यक्ति जिसका मैं सम्मान करता था, उसके जरिए मुझे संदेश दिया गया। कुछ लोगों को ऐसी चेतावनी सपने में मां दे सकती है। वह व्यक्ति से यहां या वहां नहीं जाने को कहती है और चेतावनी का कारण भी बताती है। आपका अवचेतन मन सब कुछ समझता है। यह सारी बातें जानता है। अक्सर यह आपसे ऐसी आवाज मेंबोलेगा, जिसे आपका चेतन मन तत्काल मान लेगा। इसके बाद अक्सर आपको बाद में अहसास भी होता है कि सच मैं आप किसी संभावित नुकसान से बच गए हैं।

मेरा अवचेतन मन एक शाश्वत अवचेतना से जुड़ा हुआ है जो यह जानता था कि जापानी युद्ध की तैयारी कर रहे हैं और वह जानता था कि युद्ध कब शुरू होने वाला है।

ड्यूक यूनिवर्सिटी में मनोविज्ञान विभाग के निदेशक डॉ. राइन ने कई प्रमाण एकत्रित किए हैं जो दर्शाते हैं कि दुनिया में ऐसे बहुत से लोग हैं जिन्होंने कई बड़ी घटनाओं को पहले ही सपने में देख लिया था। कई मौकों पर वे इसी कारण स्वयं को बचा भी पाए थे।

मेरे सपने में मैं अखबार की हेडलाइन्स को स्पष्ट रूप से देख पाया था, जबकि वह हेडलाइन्स वास्तविकता में तीन साल बाद प्रकाशित हुईं। इसमें पर्ल हर्बर की घटना भी शामिल थी। इसी सपने के कारण मैंने तुरंत अपनी यात्रा को स्थगित कर दिया था। तीन साल बाद दूसरा विश्वयुद्ध हुआ और मुझे मिला संकेत सच हो गया।

आपके अवचेतन मन में आपका भविष्य है

याद रखें, आपका भविष्य जो कि आपकी आदतन सोच का परिणाम है, यह पहले से ही आपके मन में हैं, बशर्ते आप इसे प्रार्थना द्वारा बदल ना लें। इसी प्रकार देश का भविष्य भी देशवासियों की सामूहिक अवचेतना में है। उस सपने में कुछ भी अजीब नहीं है जिसमें मैंने अखबारों की हेडलाइंस देखी थीं, जबकि वे घटनाएं उस समय तक वास्तविकता में नहीं घटी थी। परंतुलोगों की सामूहिक अवचेतना में युद्ध घटित हो चुका था। आने वाले कल की सभी घटनाएं आपके अवचेतन मन में है। इसी प्रकार अगले सप्ताह और अगले महीने की भी हैं। उन्हें बहुत अतींद्रिय या पराभौतिक व्यक्ति द्वारा ग्रहण किया जा सकता है।

अगर आप प्रार्थना करने का फैसला करें, तो आपके साथ कोई दुर्घटना नहीं हो सकती। कोई भी चीज पहले से तय नहीं है। आपका मानसिक नजरिया यानि जिस तरह से आप सोचते, महसूस करते और यकीन करते हैं – ही आपका भाग्य निर्धारित करता है। वैज्ञानिक प्रार्थना द्वारा आप अपने भविष्य में बदलाव भी कर सकते हैं, आकार दे सकते हैं और बना सकते हैं। इंसान जो बोएगा, वही उसे काटना पड़ेगा।

एक छोटी झपकी से 15 हजार डॉलर कमाए

कुछ वर्ष पहले मेरे एक विद्यार्थी ने मुझे अखबार की कटिंग भेजी, जिसमें रे हैमरस्ट्रॉम नामक व्यक्ति के बारे में लेख था। वह जोन्स और लाफलिन स्टील कॉर्पोरेशन द्वारा पिट्सबर्ग में संचालित स्टील मिल में काम करता था। उसे उसके सपने के जरिए 15 हजार डॉलर का फायदा हुआ था।

लेख के अनुसार, कई इंजीनियर एक नई मशीन में आई समस्या को ठीक नहीं कर पा रहे थे। दरअसल, मिल के विभाग में हाल ही में एक नई मशीन लगाई गई थी, जो बनकर निकलने वाली गर्म स्टील की छड़ों की डिलिवरी नियंत्रित करती थी। इंजीनियरों ने इस दिशा में कई दिनों तक मेहनत की, लेकिन कोई फायदा नहीं हुआ।

तब हैमरस्ट्रॉम ने समस्या के बारे में बहुत सोचा और एक नई डिजाइन तैयार करने की कोशिश की, जो काम कर सके। परंतु कुछ भी काम नहीं कर रहा था। एक दोपहर वह झपकी लेने के लिए लेटा, उस दौरान भी वह दोषपूर्ण स्विच की समस्या के बारे में सोच रहा था। झपकी के दौरान उसने एक सपना देखा, जिसमें उसे स्विच की आदर्श डिजाइन दिख गई। जागने पर उसने सपने की आकृति के अनुसार डिजाइन का स्केच बनाया।

इस छोटी सी झपकी ने हैमरस्ट्रॉम को 15000 डॉलर का चेक दिलवा दिया, जो उस फर्म द्वारा किसी कर्मचारी को नवाचार के लिए दिया गया सबसे बड़ा पुरस्कार था।

कैसे एक प्रसिद्ध प्राध्यापक ने नींद में समस्या सुलझाई

डॉ. एच.वी. हेल्परेक्ट पेनसिल्वेनिया यूनिवर्सिटी में प्रोफेसर ऑफ एसिरियन थे। वे एक अनुभव बताते हैं :

> शनिवार कि एक शाम... मैं कई कोशिशों के बाद भी गोमेद रत्न के दो छोटे टुकड़ों का रहस्य नहीं सुलझा पा रहा था, जिन्हें देखकर लगता था कि वे किसी बैबिलॉनवासी की अंगुली की अंगूठी के होंगे।
>
> "थककर आधी रात के करीब मैं सोने चला गया और मुझे एक अद्भुत सपना दिखा : निप्पुर नामक जगह का एक लंबा, दुबला और लंबी काया वाला पुजारी, जिसकी उम्र लगभग चालीस वर्ष होगी, मुझे मंदिर के कोष-कक्ष तक ले गया... एक छोटा, नीची छत वाला कमरा, जिसमें खिड़कियां नहीं लगी थीं, जहां गोमेद और लेपिस लजूली के टुकड़े जमीन पर बिखरे हुए थे। वहां उसने मुझसे कहा : 'जिन दो टुकड़ों को तुमने पेज 22 और 26 पर प्रकाशित किया है, वे अंगुली की अलग-अलग अंगूठियां नहीं है, वे इकट्ठी हैं। पहली दो अंगूठियां देवता की मूर्ति की कान की बालियां हैं; जो दो टुकड़े तुम्हारे पास हैं, वे उनके हिस्से हैं। अगर तुम उन्हें इकट्ठे जोड़कर देखोगे, तो मेरी बात की पुष्टि हो जाएगी'। मैं तत्काल जाग गया... मैंने टुकड़ों की जांच की... और मुझे हैरानी हुई कि मेरा सपना सच था। समस्या आखिर सुलझ गई।"

यह उदाहरण अवचेतन मन के रचनात्मक ज्ञान को प्रदर्शित करता है, जो उनकी सभी समस्याओं के जवाब जानता था।

कैसे अवचेतन ने नींद में प्रसिद्ध लेखक की सहायता की

रॉबर्ट लुई स्टीवेन्सन ने अपनी एक पुस्तक एक्रॉस द प्लेन्स में सपनों के विषय पर एक पूरा अध्याय लिखा है। वे प्रबल स्वप्नदर्शी थे और उनकी आदत थी कि वे हर रात सोने से पहले अपने अवचेतन को स्पष्ट निर्देश देते थे। वे अपने अवचेतन से आग्रह करते थे कि सोने से पहले वह उनके लिए कहानियां गढ़े। उदाहरण के लिए, जब उनके बैंक खाते में पैसे कम हो जाते थे, तो वे अपने अवचेतन को कुछ इस तरह का आदेश देते थे : "मुझे एक बेहतरीन रोमांचक उपन्यास की कहानी दो, जो लोगों को पसंद आए और लाभदायक हो।" उनका अवचेतन बहुत अच्छी तरह से प्रतिक्रिया करता था।

स्टीवेन्सन कहते हैं,

> "ये छोटे बौने (उनके अवचेतन की बुद्धि और शक्तियां) मुझे टुकड़े-टुकड़े में, किसी धारावाहिक की तरह कहानी बता सकते हैं,वह भी मुझे यानी रचयिता को बताए बिना की वे किस ओर जा रही हैं।" आगे वे कहते हैं:

"जागते हुएभी मैं जो काम करता हूं (जिसके बारे में मैं चेतन रूप से जागरुक रहता हूं), वह भी आवश्यक रूप से मेरा नहीं है, क्योंकि इसमें भी बौनों का हाथ साफ नजर आता है।"

शांति से सोएं और खुशी के साथ जागें

जो कोई भीअनिद्रा से पीड़ित हो, तो नीचे दी गई प्रार्थना से लाभ पा सकता है। इसे सोने से पहले धीरे-धीरे, शांति से और प्यार से दोहराएं : "मेरे पैरों के अंगूठे शिथिल हैं, मेरे टखने शिथिल हैं, मेरे पेट की मांसपेशियां शिथिल हैं, मेरा हृदय और फेफड़े शिथिल हैं, मेरे हाथ शिथिल हैं, मेरी गर्दन शिथिल है, मेरा मस्तिष्क शिथिल है, मेरा चेहरा शिथिल है, मेरी आंखें शिथिल है, मेरी आंखें शिथिल हैं, मेरा पूरा मन और शरीर शिथिल है।

मैं पूरी तरह से हर एक को क्षमा करता हूं और मैं सबके लिए सद्भाव, सेहत, शांति और जीवन के सभी वरदानों की सच्ची इच्छा करता हूं। मैं शांति से हूं, मैं संतुलित और स्थिर हूं। मैं सुरक्षा और शांति से विश्राम करता हूं। एक गहरी शांति मेरे पूरे अस्तित्व को शांत करती है, जब मैं अपने भीतर दैवी उपस्थिति का अहसास करता हूं। मैं जानता हूं कि जीवन और प्रेम का अहसास मेरा उपचार करता है।

मैं खुद को प्रेम की चादर में लपेटता हूं और सबके प्रति सद्भावना का भाव हूं। रात भर शांति मेरे साथ रहती है और सुबह मैं जीवन तथा प्रेम से भरा रहूंगा। मेरे चारों तरफ प्रेम का एक घेरा है। मुझे किसी बुराई से डर नहीं होगा, *क्योंकि आप मेरे साथ होगे। मैं शांति से सोऊंगा, खुशी से जागूंगा और उनमें मैं जिऊंगा, चलूंगा और मेरा अस्तित्व होगा।"*

नींद के चमत्कारों का सारांश :

1. अगर आप चिंतित हैं कि आप समय पर नहीं उठ पाएंगे, तो सोने से पहले अपने अवचेतन मन को वह सटीक समय बता दें, जब आप उठना चाहते हैं। यह आपको उठा देगा। इसे किसी घड़ी की जरूरत नहीं है। सभी समस्याओं के लिए यही प्रयोग करें। आपके अवचेतन के लिए कोई भी काम मुश्किल नहीं है।
2. आपका अवचेतन कभी नहीं सोता है। यह हमेशा काम करता रहता है। यह आपकी सभी महत्वपूर्ण कार्यप्रणालियों को नियंत्रित करता है। सोने जाने से पहले खुद को और बाकि सबको माफ कर दें, इससे उपचार की प्रक्रिया और भी तीव्र गति से कार्य करेगी।
3. मार्गदर्शन आपको सोते समय दिया जाता है, जो कई बार सपने में मिलता है। उपचारक प्रवाह भी मुक्त होते हैं, जिससे आप सुबह स्फूर्ति तथा ताजगी महसूस करते हैं।

4. जब आप दिन भर की चिंताओं और परेशानियों के कारण कष्ट में हो, तो अपने दिमाग को शांत करें और अपने अवचेतन मन की बुद्धिमत्ता तथा ज्ञान के बारे में सोचें, जो आपको जवाब देने के लिए तैयार है। यह आपको शांति, शक्ति और आत्मविश्वास देगी।

5. मानसिक शांति और शारीरिक सेहत के लिए नींद बेहद आवश्यकत है। नींद की कमी से चिड़चिड़ापन, अवसाद और मानसिक विकृतियां हो सकती हैं। आपको आठ घंटे नींद की आवश्यकता होती है।

6. चिकित्सा शोधकर्ताओं ने बताया है कि अनिद्रा कई बार नर्वस ब्रेकडाउन से ठीक पहले आती है।

7. नींद के दौरान आप आध्यात्मिक रूप से ऊर्जा से भर जाते हैं। जीवन में खुशी और स्फूर्ती के लिए पर्याप्त नींद अनिवार्य है।

8. आपका थका हुआ मस्तिष्क नींद के लिए इतना बेताब रहता है कि इसे पाने के लिए यह कुछ भी त्याग करने को तैयार रहता है। कार चलाते समय सो जाने वाले लोग इस बात की गवाही दे सकते हैं।

9. नींद की कमी के शिकार कई लोगों की याददाश्त कमजोर होती है और उनमें संतुलन का अभाव होता है। वे चकराए हुए, दुविधाग्रस्त और एकाग्रतारहित होते हैं।

10. नींद से सलाह मिलती है। सोने से पहले कहें कि आपके अवचेतन मन की असीमित बुद्धिमत्ता आपको मार्गदर्शन दे रही है और निर्देशित कर रही है। फिर उस संकेत पर नजर रखें, जो शायद जागने पर आपको मिलेगा।

11. अपने अवचेतन पर पूरा भरोसा रखें। ध्यान रखें कि इसकी प्रवृत्ति हमेशा जीवन की ओर है। कई बार आपका अवचेतन मन रात को किसी स्पष्ट सपने में आपको जवाब दे देता है। आपको सपने में उसी तरह की पूर्व चेतावनी मिल सकती है, जैसी इस पुस्तक के लेखक को मिली थी।

12. आपका भाग्य आपके मस्तिष्क में बनता है, जिसका आधार आपकी आदतन सोच और विश्वास है। खुद से कहें कि असीमित बुद्धिमत्ता आपका नेतृत्व कर रही है, मार्गदर्शन दे रही है और यह भी कि आपको अच्छा ही मिलेगा तथा आपका भविष्य शानदार होगा। इस पर विश्वास रखें और इसे स्वीकार करें। सर्वश्रेष्ठ की उम्मीद करेंगे, तो निश्चित रूप से आपको सर्वश्रेष्ठ मिलेगा ।

13. अगर आप कोई उपन्यास, नाटक या किताब लिख रहे हों या किसी आविष्कार पर काम कर रहे हों, तो अपने अवचेतन मन से रात में बात करें। साहस के साथ दावा करें कि इसकी बुद्धिमत्ता, ज्ञान और शक्ति आपका मार्गदर्शन व निर्देशन कर रहे हैं तथा आदर्श नाटक, उपन्यास, पुस्तक या आदर्श समाधान को प्रकट कर रहे हैं। जब आप इस प्रकार से प्रार्थना करेंगे, तो चमत्कार जरूर होंगे।

14

आपका अवचेतन मन और वैवाहिक समस्याएं

सभी वैवाहिक समस्याएं मस्तिष्क की कार्यविधि और शक्तियों को पूरी तरह से नहीं समझ पाने का परिणाम होती हैं। मस्तिष्क के नियम का सही प्रयोग करें पति और पत्नी दोनों के बीच के विवाद को आसानी से खत्म किया जा सकता है। एक साथ प्रार्थना करके वे एक साथ बने रह सकते हैं। दैवी आदर्शों का मनन, जीवन के नियमों का अध्ययन, साझे उद्देश्य व योजना पर आपसी सहमति और व्यक्तिगत स्वतंत्रता का आनंद सामंजस्पूर्ण वैवाहिक जीवन प्रदान करता है जिससे खुशी का संचार होता है और दो व्यक्तियों को एक कर देता है।

तलाक को रोकने का सबसे अच्छा समय शादी से पहले है। किसी बुरी परिस्थिति से बाहर निकलने के फैसले में कुछ भी गलत नहीं है। लेकिन पहली बात तो यह है कि बुरी स्थिति में फंसना ही क्यों? क्या यह बेहतर नहीं होगा कि वैवाहिक समस्याओं के असली कारण पर ध्यान दिया जाए यानि मामले की जड़ तक पहुंचा जाएं?

महिला एवं पुरुषों की अन्य समस्याओं की तरह तलाक की समस्याएं, अलगाव, वैवाहिक दुख इत्यादि सीधे तौर पर ये समस्याएं उनके चेतन और अवचेतन मन की कार्यविधि तथा आपसी संबंध की नासमझी से पैदा होती है।

विवाह का अर्थ

वास्तविक बनाने के लिए विवाह की आध्यात्मिक नींव ठोस होना चाहिए। यह दिल से होना चाहिए, क्योंकि दिल में प्रेम भरा होता है। ईमानदारी, सच्चाई, दयालुता और सत्यनिष्ठा सभी प्रेम के स्वरूप हैं। दोनों ही जीवनसाथियों को एक-दूसरे के प्रति पूरी तरह ईमानदार और सच्चा रहना चाहिए। अगर कोई व्यक्ति अपने गौरव को बढ़ाने या किसी महिला की दौलत या सामाजिक प्रतिष्ठा में हिस्सा पाने के लिए शादी करें, तो यह सच्चा विवाह नहीं होगा क्योंकि यह ईमानदारी और सच्चे प्रेम की कमी को दर्शाता है। इस तरह का विवाह मजाक, धोखा और नाटक है।

जब कोई महिला कहती है, "मैं काम करते-करते थक चुकी हूं। मैं सुरक्षा की खातिर शादी करना चाहती हूं।" तो उसका शादी का कारण ही गलत है। वह मस्तिष्क के नियमों का ठीक तरह से प्रयोग नहीं कर रही है। जबकि उसकी सुरक्षा चेतन और अवचेतन मन के आपसी संबंध के ज्ञान तथा इसके प्रयोग पर निर्भर करती है।

अगर कोई महिला (या पुरुष) इस पुस्तक के अध्यायों में बताई गई तकनीकों पर अमल करें, तो उसे दौलत या सेहत की कभी कमी नहीं होगी। उसकी दौलत उसके पति, माता-पिता या किसी अन्य स्रोत के बजाय अपने आप आएगी। महिला सेहत, शांति, खुशी, प्रेरणा, मार्गदर्शन, प्रेम, दौलत, सुरक्षा, सुख या दुनिया की किसी अन्य चीज के लिए अपने पति पर निर्भर नहीं है। उसे सुरक्षा और मानसिक शांति अपने भीतर की शक्तियों के ज्ञान और अपने मस्तिष्क के नियमों के सतत सृजनात्मक प्रयोग से मिलती है।

आदर्श व्यक्ति को कैसे आकर्षित करें

अब तक आप जान चुकें हैं कि आपका अवचेतन मन कैसे काम करता है। आप जानते हैं कि आप इस पर जो भी छाप छोड़ेंगे, वह बाहरी जगत में साकार हो जाएगी। अभी से अपने अवचेतन मन पर उन गुणों और लक्षणों की छाप छोड़ें, जो आप आपने पसंद के स्त्री या पुरुष में चाहते हैं।

यहां एक उत्कृष्ट तकनीक दी जा रही है : रात को अपनी कुर्सी पर बैठ जाएं, आंखें बंद कर लें और शिथिल, शांत और ग्रहणशील हो जाएं। फिर अवचेतन मन से बात करें और कहें,

> "मैं अब अपने अनुभव में एक ऐसे स्त्री या पुरुष को आकर्षित कर रहा/रही हूं, जो ईमानदार, सच्चा, वफादार, निष्ठावान, शांत, खुश और समृद्ध है। जिन गुणों की मैं प्रशंसा करता/करती हूं, वे मेरे अवचेतन मन में इसी समय उतर रहा है। इन गुणों पर विचार करते समय वे मेरा हिस्सा बन जाते हैं और अवचेतन समा जाते हैं।
>
> "मैं जनता/जानती हूं कि आकर्षण का नियम अचूक होता है और मैं अपने अवचेतन विश्वास के अनुसार अपनी ओर आदर्श स्त्री/पुरुष को आकर्षित करता हूं। मैं उसे आकर्षित करता/करती हूं, जिसे मैं अपने अवचेतन मन में सच्चा महसूस करता/करती हूं।
>
> "मैं जनता/जनती हूं कि मैं उसके जीवन में शांति और सुख को बढ़ा सकता/सकती हूं। वह मेरे आदर्शों से प्रेम करता/करती है और मैं उसके आदर्शों से प्रेम करता/करती हूं। वह मुझे बदलकर नया नहीं बनाना चाहता/चाहती है ; ना ही मैं उसे बदलकर नया बनाना चाहती/चाहती हूं। हमारे बीच आपसी प्रेम, स्वतंत्रता और सम्मान है।"

इस प्रक्रिया का अभ्यास करके अपने अवचेतन मन में इन विचारों को पहुंचाएं। फिर आपको खुशी होगी कि बिलकुल वैसे ही पुरुष से आपकी मुलाकात होगी, जिसमें वही गुण

और लक्षण होंगे, जिनकी आपने मानसिक रूप से कल्पना की थी। इस तरह से आपकी अवचेतन बुद्धिमत्ता आपके लिए एक ऐसा रास्ता खोल देगी, जिसके द्वारा आप दोनों मिल सकेंगे। ऐसा आपके अवचेतन मन के अचूक और अपरिवर्तनीय प्रवाह के अनुरूप होगा। अपने भीतर सर्वश्रेष्ठ प्रेम, निष्ठा और सहयोग देने की तीव्र इच्छा रखें। प्रेम के इस उपहार के प्रति ग्रहणशील रहें, जो आपने अपने अवचेतन मन को दिया है।

आदर्श पत्नी को कैसे आकर्षित करें

आदर्श जीवनसाथी को पाने के लिए इस प्रकार सकारात्मक घोषणा करें :

> "मैं अब उपयुक्त महिला को आकर्षित कर रहा हूं, जिसके साथ मेरा पूरा तालमेल होगा।यह एक आध्यात्मिक मेल है, क्योंकि यह दैवी प्रेम है जो ऐसी महिला के व्यक्तित्व द्वारा काम कर रहा है, जिसके साथ मैं बहुत खुश रहूंगा। मैं जानता हं, कि मैं इस महिला को प्रेम, प्रकाश, शांति और खुशी दे सकता हूं। मैं महसूस करता हूं और विश्वास करता हूं कि मैं इस महिला के जीवन को पूर्ण व अद्भुत बना सकता हूं।"
>
> "मैं अब आदेश देता हूं कि उसमें ये गुण और आदतें हैं : वह आध्यात्मिक, निष्ठावान, वफादार और ईमानदार है। वह सामंजस्यपूर्ण, शांत और खुशमिजाज है। हम एक-दूसरे के प्रति प्रबलता से आकर्षित हैं। जो प्रेम सत्य और सुंदरता से संबंध रखता है, वह मेरे अनुभव में आ सकता है। मैं अब अपने आदर्श जीवनसाथी को स्वीकार करता हूं।"

जब आप शांति और रूचि से उन गुणों और आदतों के बारे में विचार करेंगे, जिन्हें आप अपने चाहे गए साथी में पसंद करते हैं, तो आप अपनी मानसिकता में उसका मानसिक समतुल्य बना लेंगे। फिर आपके अवचेतन मन के गहराई की तरंगे आप दोनों को दैवी विधान के तहत एक साथ ले आएंगी।

तीसरी गलती की आवश्यकता नहीं

हाल ही में एक शिक्षक ने मुझसे कहा, "मैं तीन लोगों से शादी कर चुकी हूं और तीनों ही निष्क्रिय, दब्बू और अपनी हर जरूरत के लिए मेरे ऊपर निर्भर थे। ना जाने मैं ऐसे लोगों को ही क्यों आकर्षित कर पाती हूं?"

मैंने उससे पूछा कि क्या दूसरी शादी करने से पहले वह जानती थी कि उसके होने वाले पति में पहले पति जैसा ही चरित्र था। उसने कहा, "बिलकुल नहीं। अगर मुझे पता होता, तो मैं उससे शादी ही नहीं करती। यही मेरे तीसरे पति के साथ हुआ।" असल में उससे जब पहली बार गलती हुई तो उसने उससे कोई सीख नहीं ली। इसलिए दिक्कत उन आदमियों में नहीं थी, बल्कि उसके अपने व्यक्तित्व की बनावट में थी। वह बहुत हठीली थी

और हर स्थिति में नियंत्रण करना चाहती थी। एक स्तर पर वह ऐसा जीवनसाथी चाहती थी, जो दब्बू और निष्क्रिय हो, ताकि वह स्वयं निर्णायक भूमिका निभा सके। उसकी अवचेतन तसवीर ऐसे व्यक्ति को आकर्षित कर रही थी, जिसे वह चाहती तो थी, लेकिन शादी के बाद उसे पता चलता था कि वह उसकी वास्तविक आवश्यकता पूरी नहीं करता था। इस कारण उसे प्रार्थना की सही प्रक्रिया सीखनी पड़ी जिससे इस दुष्चक्र को तोड़ सके।

नकारात्मकता के चक्र को कैसे तोड़ें

ऊपर दिए गए महिला के उदाहरण ने आखिरकार एक सरल सच्चाई जान ली थी। जब आप यकीन करते हैं कि आप आदर्श पार्टनर पा सकते हैं, तो आपको अपने विश्वास के अनुरूप ही मिलेगा।

पुराने अवचेतन स्वरूप को तोड़ने और अपनी तरफ आदर्श जीवनसाथी को आकर्षित करने के लिए उसने इस प्रार्थना का प्रयोग किया :

> "मैं अपनी मानसिकता में उस तरह का व्यक्ति बना रही हूं, जिसकी मैं गहराई से इच्छा करती हूं। मैं जिस पुरुष को पति के रूप में आकर्षित करती हूं, वह प्रभावी, सशक्त, प्रेमपूर्ण, बलिष्ठ, सफल, ईमानदार, वफादार और निष्ठावान है। उसे मुझसे प्रेम और खुशी मिलती है। मैं उसकी बताई राह पर चलना पसंद करती हूं।"
>
> "मैं जानती हूं कि वह भी मुझे चाहता है और मैं उसे चाहती हूं। मैं ईमानदार, सच्ची, प्रेमपूर्ण और दयालु हूं। मेरे पास उसे देने के लिए सद्भावना, खुशनुमा दिल और स्वस्थ शरीर जैसे अद्भुत तोहफे हैं। वह भी मुझे यही तोहफे देता है। यह साझा है। मैं देती और पाती हूं।"
>
> "दैवी ज्ञान जानता है कि वह पुरुष कहां है और मेरे अवचेतन मन की अधिक गहरी बुद्धिमत्ता अब हम दोनों को अपने तरीके से करीब ला रही है। हम एक दूसरे को देखते ही तत्काल पहचान लेंगे। मैं यह आग्रह अपने अवचेतन मन को सौंप रही हूं, जो जानता है कि इस आग्रह को कैसे पूरा करना है। मैं आदर्श जवाब के लिए धन्यवाद देती हूं।"

उसने इस तरीके से हर दिन सुबह और रात प्रार्थना की। उसने इस विश्वास के साथ इन सच्चाइयों की सकारात्मक घोषणा की कि मस्तिष्क में बार-बार दोहराने से वह उस मानसिक समतुल्य तक पहुंच जाएगी, जिसे वह चाहती थी।

उसकी प्रार्थना का जवाब

कई महीने गुजर गए। उसने बहुत सारे लोगों के साथ डेटिंग की और सामाजिक उत्सवों में भी गई, लेकिन वह जिन व्यक्तियों से मिली, उनमें से कोई भीउसके चाहे गए अनुसार

नहीं था। जब उसके मन में सवाल उठने लगते, मन डावांडोल होनेलगता, शंकाओं के बादल घिरने लगते तो वह खुद को याद दिलाती कि असीमित बुद्धिमत्ता इस काम को अपने तरीके से कर रही है। इसके बारे में चिंता करने की कोई जरूरत नहीं है। जब उसे कोर्ट से तलाक का आखिरी आदेश मिल गया, तो उसे मुक्ति और मानसिक स्वतंत्रता का गहरा अहसास हुआ।

इसके बाद जल्दी ही उसे एक मेडिकल कंपनी में नौकरीमिल गई। उसने मुझे बताया कि वहां उसने एक डॉक्टर को देखा। उसे डॉक्टर को देखते ही महिला को अहसास हुआ कि यही वह व्यक्ति है जिसकी मुझे तलाश थी। शायद डॉक्टर को भी इसका अंदाजा हो गया था। एक सप्ताह के भीतर ही डॉक्टर ने उसके सामने शादी का प्रस्ताव रख दिया। बाद में उनका वैवाहिक जीवन सुखद रहा। यह डॉक्टर निष्क्रिय या दब्बू किस्म के नहीं थे। वे सशक्त, आत्मविश्वासी और निर्णायक थे। अपने क्षेत्र में वे बहुत सम्मानित थे और कॉलेज के दिनों में बहुत अच्छे खिलाड़ी भी रह चुके थे। वे गहरे आध्यात्मिक व्यक्ति भी थे।

आखिरकार उस महिला को वह मिल गया, जिसके लिए उसने प्रार्थना की थी क्योंकि उसने इसका मानसिक रूप से तब तक दावा किया, जब तक कि वह संतृप्ति के बिंदु तक नहीं पहुंच गई। दूसरे शब्दों में, वह मानसिक और भावनात्मक रूप से अपने विचार के साथ एकाकार हो गई तथा यह उसका हिस्सा बन गया। यह ठीक वैसे ही जैसे आप एक फल खाते हैं और फिर वह आपका ही हिस्सा बन जाता है।

क्या मुझे तलाक लेना चाहिए

तलाक एक व्यक्तिगत सवाल है। इसका कोई एक सामान्य हल नहीं हो सकता। जाहिर है, कुछ मामलों में तो शादी ही नहीं होनी चाहिए थी। दूसरे मामलों में तलाक समस्या का समाधान नहीं है। यह ठीक वैसे ही है जिस प्रकार अकेले व्यक्ति के लिए शादी ही एकमात्र समाधान नहीं हो सकता है। तलाक एक व्यक्ति के लिए सही और दूसरे के लिए गलत हो सकता है।जिस व्यक्ति को तलाक दिया जा रहा है, वह झूठी जिंदगी जी रहे कई विवाहित लोगों से ज्यादा सच्चा और बेहतर हो सकता है।

उदाहरण के लिए, एक बार मुझसे एक महिला ने परामर्श लिया, उसका पति उसे मारता-पीटता था और नशे की लत के लिए उसके पैसे चुरा लेता था। उस महिला को सिखाया गया था कि शादी पवित्र और तलाक अनैतिक है। मैंने उसे बताया कि सच्चा विवाह दो दिलों का मेल होता है। अगर दो दिल सामंजस्य, प्रेम और ईमानदारी से एक होते हैं, तो यह आदर्श विवाह है। प्रेम करना दिल का पवित्र कर्म है।

"मेरी बात सुनने के बाद वह समझ गई कि उसे क्या करना चाहिए। वह अपने मन में जानती थी कि ऐसा कोई दैवी नियम नहीं है, जो उसे मजबूर करता हो कि वह धौंस में रहे, डांट खाती रहे और पिटती रहे, सिर्फ इसलिए क्योंकि किसी ने एक बार कहा था, "अब से तुम दोनों पति-पत्नी हो।"

अगर आप असमंजस में हैं कि क्या करना है, तो मार्गदर्शन मांगें। जान लें कि हर सवाल का हमेशा कोई न कोई जवाब होता है और यह आपको मिलेगा। आपकी आत्मा की खामोशी में आपको जो जवाब मिले, उस पर अमल करें। यह आपसे शांति में बोलती है।

तलाक तक पहुंचना

हालही में एक युवा दंपति तलाक ले रहे थे, जिनकी शादी कुछ महीने पहले ही हुई थी। उनसे बात करने पर मैंने पाया कि युवक को लगातार डर सताता रहता था कि उसकी पत्नी उसे छोड़कर चली जाएगी। उसे लगता था पत्नी उसे पसंद नहीं करती है और वह मानता था कि उसकी पत्नी उसके प्रति वफादार नहीं थी। ये विचार उसे बुरी तरह सताने लगे और उस पर हावी हो गए।

उसका मानसिक नजरिया अलगाव और शंका से भर गया था। महिला उसके प्रति उदासीन महसूस करने लगी, लेकिन यह उस पुरुष की भावना का ही परिणाम था और इसने उसके पीछे के मानसिक पैटर्न के अनुरूप स्थिति या कर्म उत्पन्न कर दिया। यह क्रिया और प्रतिक्रिया या कारण और परिणाम का नियम है। विचार क्रिया है, जिस पर अवचेतन मन प्रतिक्रिया करता है।

उसकी पत्नी घर छोड़कर चली गई और उसने तलाक का आवेदन दे दिया। वही हुआ, जिसका उस पति को डर और विश्वास था।

तलाक की शुरुआत मन से होती है

तलाक सबसे पहले मन में होता है; कानूनी कार्यवाही बाद में होती है। ये युवा पति-पत्नी द्वेष, डर, शंका और क्रोध से भरे थे। इस तरह का नजरिया पूरे अस्तित्व को कमजोर करता है, थका देता है और पस्त कर देता है। उन्होंने यह जाना कि नफरत अलग करती है और प्रेम मिलाता है। उन्हें अहसास होने लगा कि वे अपने मस्तिष्क के साथ क्या कर रहे थे। उनमें से कोई भी मानसिक कर्म के नियम को नहीं जानता था। वे अपने दिमाग का दुरूपयोग कर रहे थे और परेशानी तथा दुख को आमंत्रित कर रहे थे। मेरे सुझाव पर यह दंपति एक साथ रहने आया और प्रार्थना चिकित्सा का प्रयोग करने लगा।

वे एक दूसरे के प्रति प्रेम, शांति और सद्भावना प्रसारित करने लगे। वे एक-दूसरे के प्रति सामंजस्य, सेहत, शांति और प्रेम प्रकट करते थे तथा हर रात को बारी-बारी से धार्मिक किताबे पढ़ते थे जिसमें प्रेम और सामंजस्य को सिखाया गया था। उनकी इस कोशिश की बदौलत उनके वैवाहिक जीवन का हर दिन पहले से ज्यादा सुंदर होता जा रहा है।

लड़ाकू बीबी

कई बार पत्नी इसलिए चिड़चिड़ाती है, क्योंकि उस पर ध्यान नहीं दिया जाता है। यह उसकी

प्रेम और स्नेह की नैसर्गिक इच्छा को व्यक्त करने का तरीका होता है। अपनी पत्नी का ख्याल रखें और उसकी सराहना करें। उसके कई अच्छे गुणों या बातों की प्रशंसा करें और उसे ऊपर उठाएं। कुछ ऐसी लड़ाकू पत्नियां भी होती हैं जो पति को अपनी इच्छानुसार चलाने का प्रयास करती हैं। यह जीवनसाथी को दूर भगाने का बहुत ही कारगर उपाय है।

पति-पत्नियों को ध्यान रखना होगा कि वे आक्रामक नहीं बनें, ना ही एक-दूसरे के छोटे-मोटे दोषों या गलतियों की तलाश में जुटे रहें। दोनों को ही अपने जीवनसाथी के सृजनात्मक और अद्भुत गुणों पर ध्यान देना चाहिए तथा उनकी प्रशंसा करनी चाहिए।

विचारों में खोया पति

अगर कोई पति अपनी पत्नी की किसी बात या काम पर नाराज होकर पूरे समय बदला लेने का तरीका खोजता रहे और उसके प्रति बुरे विचार मन में लाए तो समझ लीजिए कि मनोवैज्ञानिक रूप से वह व्यभिचार कर रहा है। एडल्टरी का एक अर्थ आइडोलेटरी है यानी नकारात्मक और विध्वंसात्मक चीजों पर ध्यान देना। जब कोई व्यक्ति खामोशी से अपनी पत्नी के प्रति द्वेषपूर्ण या शत्रुता पूर्ण होता है, तो वह बेवफाई कर रहा होता है। वह अपनी शादी की कसमों के प्रति वफादार नहीं है, जिनमें उसने उसे जिंदगी भर प्रेम करने, चाहने और सम्मान करने का वादा किया था।

कटु और द्वेषपूर्ण विचार रखने वाला पुरुष अगर चाहे तो अपने नकारात्मक कथनों को निगल सकता है, अपने गुस्से को दबा सकता है और परवाह करने वाला, दयालु या शिष्ट बन सकता है। वह मतभेदों को कुशलता से मोड़ सकता है। तारीफ और मानसिक प्रयासों से वह विरोध की आदत से बाहर निकल सकता है। जब वह अपने अवचेतन मन से शांति, सामंजस्य और प्रेम के विचार रखेगा, तो वह पाएगा कि उसके ना सिर्फ पत्नी, बल्कि जीवन में सभी के साथ ज्यादा अच्छे और मधुर संबंध बन रहे हैं। सद्भावनापूर्ण अवस्था अपनाएं और अंततः आपको शांति तथा सद्भावना मिल जाएगी।

बड़ी गलती

अक्सर लोगों की बड़ी गलती यह होती है कि वे अपनी वैवाहिक समस्याओं एवं मुश्किलों के लिए पड़ोसियों और रिश्तेदारों की मदद लेते हैं। मान लें, एक पत्नी अपनी पड़ोसन से कहती है, "जॉन मुझे खर्चे के लिए बिलकुल पैसे नहीं देता। वह मेरी मां को अपमानित करता है। वह बहुत ज्यादा शराब पीता है। मुझे अपशब्द भी कहता रहता है।"

यहां पत्नी अपने पति को सबकी निगाह में गिरा रही है और अपमानित कर रहीहै। अब उन लोगों की नजर में वह एक अच्छा पति नहीं रह गया है। इसलिए अपनी वैवाहिक समस्याओं के बारे में प्रशिक्षित मनोविश्लेषक के सिवा किसी अन्य से सलाह ना लें। आखिर क्यों दूसरों को आपकी शादी को लेकर नकारात्मक विचार रखने का मौका दिया जाए?यही नहीं, अपने पति की कमियां गिनाते समय दरअसल वह अपने भीतर इन अवस्थाओं को

पनपने का मौका दे रही है। ये सारी बातें कौन सोच रहा है और महसूस कर रहा है? वह खुद, और जैसा आप सोचते तथा महसूस करते हैं, वैसे ही आप होते हैं।

रिश्तेदार आमतौर पर आपको गलत सलाह देते हैं। यह आमतौर पर पक्षपातपूर्ण और पूर्वाग्रह से ग्रस्त होती है, क्योंकि यह निष्पक्षता से नहीं दी जाती है। आपको मिलने वाली सलाह अगर स्वर्णिम नियम की अवहेलना करती है, जो ब्रह्मांड का नियम है, तो वह ना तो अच्छी है, ना ही दमदार है।

यह याद रखना आवश्यक है कि दो इंसान स्वभाव के टकराव, दर्द और तनाव के पलों के बिना एक छत के नीचे नहीं रह सकते। अपने विवाह के दुखद पहलू का प्रदर्शन अपने मित्रों के सामने कभी नहीं करें। अपनेविवादको अपने तक ही सीमित रखें। अपने जीवनसाथी की आलोचना या निंदा से बचें।

अपने साथी को अपनी तरह ना बनाएं

एक पति को यह प्रयास कभी नहीं करना चाहिए कि उसकी पत्नी स्वभाव से बिलकुल उसकी तरह बन जाए। उन्हें बदलने की कोशिश उनका अपमान करना है और यह बताना है कि वे खुद महत्वपूर्ण नहीं हैं। ये कोशिशें हमेशा मूर्खतापूर्ण होती हैं और कई बार तो वैवाहिक जीवन को तबाह भी कर देती हैं। किसी को बदलने की कोशिश उसके गर्व और आत्मसम्मान को नष्ट कर देती है औरआपके प्रति विरोध और द्वेष की भावना जगाती है, जो अंत में वैवाहिक संबंध के लिए घातक साबित होती है।

आपसी तालमेल की जरूरत हर जगह होती है। अगर आप अपने दिमाग के भीतर अच्छी तरह देखें और अपने चरित्र तथा व्यवहार का अध्ययन करें, तो आपको इतनी कमियां मिल जाएंगी कि उन्हें दूर करने में आप जिंदगी भर व्यस्त रह सकते हैं। अगर आप कहते हैं, “मैं उसे मनचाहे अनुसार बदल लूंगा,” तो आप समस्या को आमंत्रण दे रहे हैं और तलाक के रास्ते पर जा रहे हैं। आप दुख को खोज रहे हैं। आपको यह मुश्किल सच स्वीकार करना ही होगा कि अगर बदलना है तो खुद को बदलें।

इन तरीकों से प्रार्थना करके एक साथ रहें

पहला कदम : कभी भी छोटी-छोटी निराशाओं से होने वाली चिढ़ को अगले दिन तक ना ले जाएं। रात को सोने से पहले एक दूसरे को हर कड़वी बात के लिए माफ कर दें। आप सुबह जिस पल जागें, यह दावा करें कि असीमित बुद्धिमत्ता आपको सभी तरीकों से मार्गदर्शन दे रही है। शांति, सामंजस्य और प्रेम के विचार अपने जीवनसाथी, परिवार के सभी सदस्यों और पूरी दुनिया की तरफ प्रेषित करें।

दूसरा कदम : नाश्ते के समय ईश्वर को धन्यवाद दें। स्वादिष्ट भोजन, समृद्धि और सभी नियामतों के लिए शुक्रिया अदा करें। यह सुनिश्चित करें कि टेबल पर समस्या, चिंता या बहस वाली बातचीत नहीं हो। यही बात डिनर पर भी लागू करें। अपने पति या पत्नी से

कहें, "मैं आपके सभी कामों की प्रशंसा करता हूं और दिन भर आपकी ओर प्रेम तथा सद्भाव प्रकट करता हूं।"

तीसरा कदम : पति-पत्नी को हर रात बारी-बारी से प्रार्थना करनी चाहिए। अपने जीवनसाथी को अनदेखा नहीं करें। अपना प्रेम दिखाएं और सराहना भी करें। निंदा, आलोचना और चिढ़ के बजाय सराहना और सद्भाव के विचार रखें। शांत घर और सुखद वैवाहिक जीवन बनाने का तरीका प्रेम, सुंदरता, सद्भाव, आपसी सम्मान, ईश्वर में आस्था और सभी अच्छी चीजों की नींव रखना है। सोने जाने से पहले धार्मिक ग्रंथों के अच्छे प्रसंग पढ़ें। जब आप इन सच्चाइयों का अपनाएंगे, तो आपका वैवाहिक जीवन दिनोंदिन बेहतर होता जाएगा।

अपने काम की समीक्षा करें :

1. मानसिक और आध्यात्मिक नियमों की अज्ञानता ही सारे वैवाहिक दुखों का कारण है। एक साथ बने रहने के लिए एक साथ वैज्ञानिक प्रार्थना करें।
2. तलाक को रोकने का सबसे अच्छा समय विवाह से पहले का है। अगर आप सीख लेते हैं कि सही तरीके से प्रार्थना कैसे करना है, तो आप अपनी ओर सही जीवनसाथी को आकर्षित कर पाएंगे।
3. विवाह पुरुष और स्त्री का मेल है, जो प्रेम की डोर से आपस में बंधते हैं। उनके दिल एक होकर धड़कते हैं और वे आगे, ऊपर तथा ईश्वर की ओर बढ़ते हैं।
4. यह जरूरी नहीं कि हर विवाह करने वाला खुश ही रहे। लोग ईश्वर के शाश्वत सत्यों और जीवन के आध्यात्मिक मूल्यों के जरिए खुशी पाते हैं। पुरुष और महिला एक-दूसरे की खुशी और सुख में योगदान दे सकते हैं।
5. आप उन गुणों और विशेषताओं पर विचार करके सही जीवनासाथी को आकर्षित करते हैं, जिनकी आप किसी पुरुष या महिला में प्रशंसा करते हैं। फिर आपका आवचेतन मन आपको दैवी विधान के जरिए मिला देगा।
6. आप जीवनसाथी में जो चाहते हैं, उसके मानसिक समतुल्य को अपनी मानसिकता में बना लें। अगर आप जीवन में सच्चे, ईमानदार और प्रेमपूर्ण जीवनसाथी को आकर्षित करना चाहते हैं तो पहले आपको खुद ईमानदार, सच्चा और प्रेमपूर्ण बनना होगा।
7. आपको शादी में गलतियां दोहराने की जरूरत नहीं है। जब आप सचमुच यकीन करते हैं कि आपको आदर्श जीवनसाथी मिल सकता है, तो आपको अपने विश्वास के अनुरूप ही मिलेगा। विश्वास करना किसी चीज को सच मानना है। अपने आदर्श साथी को मानसिक रूप से इसी समय स्वीकार करें।

8. इस बात को लेकर परेशान नहीं हों कि जिस जीवनसाथी के लिए आप प्रार्थना कर रहे हैं, वह कैसे, क्यों और कहां मिलेगा। अपने अवचेतन मन की बुद्धिमत्ता पर पूरा भरोसा रखें। इसके पास अपने लक्ष्य को पाने की शक्ति है। आपको इसमें कोई हस्तक्षेप नहीं करना चाहिए।

9. अगर आप अपने जीवनसाथी के प्रति दुर्भावना, दुश्मनीऔर चिढ़ रखते हैं, तो आप मानसिक रूप से तलाकशुदा हैं। आप मानसिक रूप से अपने मस्तिष्क में उसकी गलतियों पर ध्यान केंद्रित कर रहे हैं। अपनी वैवाहिक कसमों को याद करें और उन्हें मानें, "मैं जीवनभर उसे प्रेम और सम्मान देने का वादा करता हूं।"

10. जीवनसाथी के प्रति भय के विचार रखना बंद कर दें। प्रेम, शांति, सद्भाव जैसे अच्छे विचार रखें; आपका वैवाहिक जीवन अधिक सुंदर और अद्भुत होता जाएगा।

11. एक-दूसरे के प्रति प्रेम, शांति और सद्भाव प्रसारित करें। आपका अवचेतन मन इन कंपनों को पकड़ लेता है, जिससे आपसी विश्वास, प्रेम और सम्मान बढ़ता है।

12. चिड़चिड़ा जीवनसाथी आमतौर पर आपसे ध्यान और सम्मान चाहता है। सामान्यता वह प्रेम और स्नेह का भूखा होता है। उसके अच्छे गुणों की तारीफ करें और उसे ऊपर उठाएं। उसे अहसास कराएं कि आप उससे प्रेम करते हैं और उसकी सराहना करते हैं।

13. जो पति अपने पत्नी से प्रेम करता है, वह शब्द, कर्म या मन से कोई प्रेमविरोधी या दयारहित काम नहीं करता हा। प्रेम वही करता है, जो प्रेम रूप होता है।

14. वैवाहिक समस्याओं के लिए हमेशा विशेषज्ञ से परामर्श लें। आप दांत ठीक करवाने के लिए कारपेंटर के पास नहीं जाते हैं। इसी तरह आपको अपनी वैवाहिक समस्याओं के बारे में रिश्तेदारों या दोस्तों से बात नहीं करनी चाहिए। अगर आपको सलाह की जरूरत हो, तो किसी प्रशिक्षित सलाहकार के पास जाएं।

15. कभी भी अपने पति या पत्नी को बदलने या अपने मन के अनुसार बनाने की कोशिश नहीं करें। ये प्रयास हमेशा मूर्खतापूर्ण होते हैं और सामने वाले के गर्व तथा आत्मसम्मान को खत्म कर देते हैं। यही नहीं, इससे द्वेष की भावना भी उत्पन्न होती है, जो वैवाहिक संबंध के लिए घातक साबित हो सकती है। जीवनसाथी को अपने जैसा बनाने के प्रयास से बचें।

16. हमेशा एक साथ रहने के लिए एक साथ प्रार्थना करें। वैज्ञानिक प्रार्थना सभी समस्याएं सुलझा देती है। मानसिक रूप से अपनी पत्नी की वैसी तसवीर बनाएं, जैसी उसे होना चाहिए : खुश, सुखी, स्वस्थ और सुंदर। अपने पति को उस तरह देखें, जैसा उसे होना चाहिए : सशक्त, शक्तिशाली, प्रेमपूर्ण, सद्भावनापूर्ण और दयालु। मानसिक तसवीर देखते रहेंगे, तो आप अनुभव करेंगे कि आपका वैवाहिक जीवन स्वर्ग बन चुका है, जो सद्भाव और शांति से भरा है।

15

आपका अवचेतन मन और आपकी खुशी

अमेरिकी मनोविज्ञान के पितामह विलियम जेम्स ने कहा था कि उन्नीसवीं सदी की सबसे महान खोज भौतिक शास्त्र के क्षेत्र में नहीं थी। सबसे बड़ी खोज आस्था से प्रेरित अवचेतन की शक्ति थी। प्रत्येक मनुष्य में इस शक्ति का भंडार है, जो दुनिया की किसी भी समस्या का समाधान दे सकती है।

सच्ची और स्थायी खुशी आपके जीवन में उस दिन आएगी, जब आपको स्पष्ट अहसास हो जाएगा कि आप किसी भी कमजोरी से उबर सकते हैं, जब आपको यह अहसास हो जाएगा कि आपका अवचेतन आपकी समस्याओं को सुलझा सकता है, आपके शरीर का उपचार कर सकता है और आपके सपनों से भी ज्यादा समृद्धि दिला सकता है।

आप बहुत खुश होते हैं, जब आपके बच्चे का जन्म होता है, जब आपकी शादी होती है, जब आप कॉलेज से पास होकर निकलते हैं, जब आप कोई बड़ा पुरस्कार जीतते हैं। आप तब भी बहुत खुश होते हैं जब मनपसंद लड़की या लड़के से आपकी सगाई होती है। आप इसी तरह के दूसरे अनुभवों की सूची भी बना सकते हैं, जब आप खुश हुए हों। बहरहाल, चाहे ये अनुभव कितने ही अद्भुत हों, ये सच्ची स्थायी खुशी नहीं देते हैं। ये सारे अनुभव अस्थायी हैं।

बुक ऑफ प्रोवर्ब जवाब देती है : *जो भी ईश्वर में भरोसा करता है, वह सुखी है।* जब आप ईश्वर (अपने अवचेतन मन की शक्ति और बुद्धिमत्ता) पर विश्वास करते हैं कि वे सभी क्षेत्रों में आपका नेतृत्व, नियंत्रण और निर्देशन करेंगे, तो आप संतुलित, शांत और आरामदेह हो जाएंगे। जब आप सबके प्रति प्रेम, शांति और सद्भावना प्रसारित करते हैं, तो आप अपने जीवन में खुशी की बहुत बड़ी इमारत का निर्माण कर रहे होते हैं।

खुशी का चुनाव करें

खुशी एक मानसिक अवस्था है। एक बाइबिल कहती है, इस दिन आप चुनें कि आप किसकी सेवा करेंगे। आपको पास खुशी चुनने की स्वतंत्रता है। यह बहुत आसान लगता है और यह है भी। शायद इसीलिए लोग खुशी की राह पर लड़खड़ा जाते हैं। वे खुशी की सादगी की कुंजी को नहीं देख पाते हैं। जीवन की महान चीजें आसान, गतिशील और रचनात्मक हैं। वे कल्याण और खुशी देती हैं।

सेंट पॉल आपको बताते हैं कि आप किस तरह विचारों के जरिए प्रबल शक्ति और खुशी का जीवन पा सकते हैं :

> आखिरकार, भाइयों, जो भी चीजें सच्ची हैं, जो भी चीजें ईमानदार हैं, जो भी चीजें न्यायपूर्ण हैं, जो भी चीजें शुद्ध हैं, जो भी चीजें प्यारी हैं, जो भी चीजें अच्छी प्रतिष्ठा की हैं ; अगर कोई गुण है, और अगर कोई प्रशंसा है, तो इनके बारे में विचार करें।
>
> *फिलिपियन्स 4:8*

खुशी कैसे चुनें

इसी समय खुशी चुनने से शुरुआत करें। यह इस प्रकार करें : सुबह आंखें खोलते ही खुद से कहें,

> "दैवी विधान आज और हर दिन मेरे जीवन का नियंत्रण करता है। सारी चीजें आज मेरे भले के लिए काम कर रही हैं। यह मेरे लिए एक नया और अद्भुत दिन है। इस दिन जैसा कोई दूसरा दिन कभी नहीं होगा। मुझे पूरे दिन दैवी मार्गदर्शन मिलता है और मैं जो भी करूंगा उसमें मुझे समृद्धि मिलेगी। दैवी प्रेम मेरे चारो ओर हैऔर मैं शांति से हूं।
>
> जब भी मेरा ध्यान अच्छाई और सृजनात्मकता से भटकता है, तो मैं उस चीज के बारे में तत्काल सोचने लगता हूं जो सुंदर और अच्छी है। मैं अपने लिए एक आध्यात्मिक और मानसिक चुंबक हूं और अपनी ओर उन सभी चीजों को आकर्षित करता हूं, जो मुझे नियामतें देती हैं और समृद्ध करती हैं। आज मैं अपने सभी कामों में सफलता पाऊंगा। निश्चित रूप से आज मैं दिन भर खुश रहूंगा।"

हर दिन की शुरुआत इसी प्रकार करें, फिर आप खुशी का चुनाव कर रहे होंगे और खुश तथा प्रफुल्लित रहेंगे।

खुश रहने को उसने आदत बनाया

कुछ वर्ष पहले मैं एक किसान के घर लगभग एक हफ्ते ठहरा। वह किसान आयरलैंड के पश्चिमी किनारे पर कॉनेमारा में रहता था। वह किसानहमेशा गुनगुनाता, सीटी बजाता और हसता-मुस्कुराता रहता था।

इसी कारण मैंने उससे उसकी खुशी का राज पूछ लिया तो उसने जवाब दिया, "खुशी रहना मेरी आदत है। प्रतिदिन जब मैं सुबह जागता हूं और जब मैं रात को सोने जाता हूं, तो अपने परिवार, फसल, जानवरों को दुआएं देता हूं और अद्भुत फसल के लिए ईश्वर को धन्यवाद देता हूं।"

इस किसान ने चालीस वर्ष पहले इसे आदत डाल ली थी। जैसा कि आप जानते हैं, नियमित रूप से दोहराए जाने वाले विचार अवचेतन मन में पहुंच जाते हैं और आदत बन जाते हैं। उसने समझ लिया था कि खुशी एक आदत है।

आप खुश रहने की इच्छा करें

खुश रहने के बारे में एक महत्वपूर्ण बात है कि आपके मन में खुश होने की सच्ची इच्छा होनी चाहिए। कई लोग इतने लंबे समय से तनावग्रस्त, दुखी और निराश होते हैं कि अगर उन्हें कोई अद्भुत, अच्छी, सुखद खबर भी मिल जाए तो वे उस महिला की तरह प्रतिक्रिया करेंगे, जिसने मुझसे एक बार कहा था, "इतना खुश होना ठीक नहीं है।" वे अपनी पुराने मानसिक स्वरूप के इतने आदी हो चुके हैं कि उन्हें खुशी आसानी से महसूस नहीं होती है। वे अपनी तनावग्रस्त, दुखी अवस्था में लौटने के लिए बेताब रहते हैं।

मैं इंग्लैंड की एक बूढी महिला को जानता हूं, जिसे कई सालों से रूमेटिज्म यानी एक प्रकार का आर्थ्राइटिस था। वह अपने घुटने थपथपाकर कहती थी, "मेरा रूमेटिज्म आज बुरी हालत में है। मैं बाहर नहीं जा सकती। मेरा रूमेटिज्म मुझे दुखी कर रहा है।"

महिला की अपनी इस स्थिति के कारण अपने बच्चों और पड़ोसी से बहुत प्रेम पाते थे। इसी कारण वह अपने रूमेटिज्म को पसंद करती थी। वह अपने "दुख" को पसंद करती थी। असल में वह खुश नहीं होना चाहती थी।

मैंने उसे उपचार का एक तरीका सुझाया। मैंने उसे बाइबिल की कुछ पंक्तियां लिखकर दीं और कहा कि अगर वह उन सच्चाइयों पर ध्यान केंद्रित करेगी, तो उसका मानसिक नजरिया बेशक बदल जाएगा। इससे उसकी आस्था और विश्वास उसे स्वस्थ कर देंगे। लेकिन इसमें उसकी रूचि नहीं थी। कई लोगों की तरह वह भी अजीब मानसिक चिंता का शिकार थी, जिसे वह छोड़ना नहीं चाहती थी। उसे दुखी और परेशान रहना पसंद था।

दुख क्यों चुनना

बहुत से लोग कुछ खास प्रकार के विचारों पर ध्यान देकर अपने जीवन में दुख को चुन लेते हैं। ये विचार हैं :

- "आज का दिन बुरा है। हर चीज गड़बड़ होने वाली है।"
- "मैं सफल नहीं हो पाऊंगा।"
- "हर व्यक्ति मेरे खिलाफ है।"
- "धंधा बुरा है और यह पहले से ज्यादा बुरा होने वाला है।"
- "मैं हमेशा देर करता हूं।"
- "मुझे कभी सुनहरे मौके नहीं मिलते हैं।"
- "वह कर सकता है, लेकिन मैं नहीं कर सकता।"

अगर सुबह-सुबह आपका यह मानसिक नजरिया रहता है, तो आप अपनी ओर इन सभी दुखद घटनाओं को आकर्षित करेंगे और बहुत दुखी रहेंगे।

यह अहसास करना शुरू करें कि जिस दुनिया में आप रहते हैं, वह काफी हद तक आपके मस्तिष्क की उपज है। आपके विचारों के अनुरूप ही वह आपकी परिस्थितियों का निर्माण करता है। महान रोमन दार्शनिक मार्कस ऑरेलियस ने कहा था, "इंसान का जीवन उसके विचारों से बनता है।" अग्रणी अमेरिकी दार्शनिक राल्फ वाल्डो एमर्सन ने कहा था, "इंसान वैसा ही होता है, जैसा वह सारे दिन सोचता है।" जो विचार आप आदतन अपने मस्तिष्क में रखते हैं, वे शारीरिक व भौतिक रूप से प्रकट हो जाते हैं।

यह तय करें कि आप नकारात्मक, पराजयवादी, बुरे या निराशाजनक विचार नहीं रखेंगे। अपने मस्तिष्क को बार-बार याद दिलाएं कि आप अपनी मानसिकता के बाहर कुछ अनुभव नहीं कर सकते।

मेरे पास दस लाख डॉलर होते तो मैं खुश होता

मैं कई मानसिक चिकित्सा के संस्थानों में गया हूं जहां मैंने करोड़ों की संपत्ति रखने वालों को भी देखा है। परंतु समस्या यह थी कि वे हमेशा से स्वयं को गरीब और अभागा ही मानते आए थे। दरअसल वे मानसिक रूग्णता, संविभ्रम रोग, निराशा में जकड़े हुए थे। दौलत अपने आप में आपको सुखी नहीं बना सकती। दूसरी ओर यह सुख में बाधक भी नहीं होती है। आज कई लोग चीजें खरीदकर सुख पाने की कोशिश करते हैं – बेहतरीन टेलीविजन, नवीनतम कार, महंगे डिजाइनर कपड़े, फार्म हाउस। लेकिन सुख इस तरह से खरीदा या पाया नहीं जा सकता।

सुख का साम्राज्य आपके विचार और भावना में है। बहुत सारे लोग सोचते हैं कि सुख उत्पन्न करने के लिए किसी घटना की जरूरत होती है। कुछ कहते हैं, "अगर मैं मेयर बन जाऊं, किसी कंपनी का प्रेसिडेंट बन जाऊं तो मैं सुखी हो जाऊंगा।"

सच तो यह है कि खुशी एक मानसिक और आध्यात्मिक अवस्था है। प्रमोशन या बाहरी सम्मान खुशी नहीं दे सकते हैं। आपकी शक्ति, खुशी और सुख तो इस बात में निहित है कि आप अवचेतन मन में निवास करने वाले दैवी विधान तथा सही कर्म के विषय का पता लगा ले और इन सिद्धांतों को अपने जीवन के सभी क्षेत्रों में लागू करें।

शांत मन के परिणाम में उसने खुशी पाई

कुछ साल पहले जब मैं सैन फ्रांसिस्को में भाषण दे रहा था, तो मैंने एक व्यक्ति से बात की। वे बहुत दुखी और निराश थे, क्योंकि उसका बिजनेस ठीक नहीं चल रहा था। वह एक कंपनी में जनरल मैनेजर थे। उसके दिल में कंपनी के प्रेसिडेंट और वाइस प्रेसिडेंट के प्रति द्वेष भरा था। उसे महसूस हो रहा था कि वे उसके विरोध हैं। इसी आपसी मनमुटाव से कंपनी का काम भी प्रभावित हो रहा था। अब कंपनी ना डिवीडेंट दे रही थी ना ही बोनस शेयर।

फिर उसने अपनी बिजनेस समस्या इस प्रकार से सुलझाई :

> वह सुबहसबसे पहले शांति से यह सकारात्मक घोषणा करने लगा, "हमारी कंपनी में काम करने वाले सभी कर्मचारी ईमानदार, सच्चे, सहयोगी, वफादार और सबके प्रति सद्भावना से भरे हैं। वे इस कंपनी के कल्याण और समृद्धि की जंजीर में मानसिक तथा आध्यात्मिक कड़ियां हैं।
>
> मैं अपने दो सहयोगियों और कंपनी के बाकी सभी लोगों के लिए अपने विचारों, शब्दों और कार्यों में प्रेम, शांति तथा सद्भावना प्रसारित करता हूं।हमारी कंपनी के प्रेसिडेंट और वाइस प्रेसिडेंट को सभी कामों में दैवी मार्गदर्शन मिल रहा है। मेरे अवचेतन मन की असीमित बुद्धिमत्ता मेरे द्वारा सारे निर्णय लेती है। हमारे सभी बिजनेस सौदों और पारस्परिक संबंधों में सद्भाव निहित है।
>
> मैं ऑफिस में जाने से पहले शांति, प्रेम और सद्भावना के संदेशवाहक भेजता हूं। कंपनी में काम करने वाले सभी लोगों के दिलोदिमाग में शांति और सद्भाव कायम रहे, जिनमें मैं भी शामिल हूं। मैं अब आस्था, विश्वास और भरोसे के साथ एक नए दिन की शुरुआत करने जा रहा हूं।"

इस बिजनेस एक्जीक्यूटिव ने ये विचार सच मानते हुए सुबह तीन बार धीरे-धीरे भावना के साथ दोहराए। दिन में जब भी उसके मन में डर या गुस्से के विचार आते थे, वह खुद से कहता था, "शांति, सद्भाव और संतुलन हर समय मेरे मस्तिष्क पर शासन करते हैं।"

जब वह इस तरीके से अपने मस्तिष्क को अनुशासित कर रहा था, तो धीरे-धीरे हानिकारक विचार आना बंद हो गए और उसके मन में शांति आ गई। उनसे शांति की फसल काटी।

कुछ समय बाद, उसने मुझे लिखा कि मस्तिष्क को व्यवस्थित करने के लगभग दो सप्ताह बाद प्रेसिडेंट और वाइस प्रेसिडेंट ने उसे अपने ऑफिस में बुलाकर उसके काम तथा नए सृजनात्मक विचारों की प्रशंसा की। उन्होंने यह टिप्पणी भी की कि वे कितने सौभाग्यशाली है, जो उन्हें ऐसा जनरल मैनेजर मिला है। उसे यह जानकार बहुत खुशी हुई कि व्यक्ति खुद में खुशी पा सकता है।

वहां कोई बाधा नहीं है

कुछ साल पहले अखबार में मैंने एक लेख पढ़ा था जिसमें एक घोड़े से संबंधित वाकया था। इसमें वह घोड़ा सड़क के किनारे के एक ठूंठ से घबराता था। दरअसल, एक बार यह घोड़ा सड़क किनारे के ठूंठ के पास बैठे सांप से डर गया। उसके बाद से उस ठूंठ के पास आते ही घोड़ा बिदक जाता था। किसान ने ठूंठ को खोद कर उसे जला दिया और उस जगह को समतल कर दिया। लेकिन इससे मदद नहीं मिली। बरसों बाद तक घोड़ा ठूंठ वाली जगह के पास पहुंचकर बिदक जाता था। घोड़ा ठूंठ की याद में बिदक रहा था।

आपकी खुशी में आपके अपने विचार जीवन और मानसिक छवि के सिवा कोई बाधा नहीं है। क्या डर या चिंता आपको पीछे रोक रहे हैं? डर आपके मन का एक विचार है। आप इसी समय इसे निकालकर फेंक सकते हैं और इसकी जगह सभी समस्याओँ पर विजय, सफलता और उपलब्धि में आस्था रख सकते हैं।

मैं एक व्यक्ति को जानता था, जोधंधे में बर्बाद हो गया था। उसने मुझसे कहा, "मैंने गलतियां की थीं, लेकिन मैंने उनसे काफी कुछ सीख लिया है। मैं दोबारा बिजनेस शुरू कर रहा हूं और मुझे इसमें अच्छी सफलता मिलेगी।" उसने अपने मन के उस ठूंठ का सामना किया। उसने शिकायत नहीं की, वह रोया नहीं। इसके बजाय उसने सफलता के ठूंठ को उखाड़ फेंका और अपनी आंतरिक शक्तियों पर भरोसा करके उसने डर के सभी विचारों और पुरानी निराशाओं को दूर कर दिया। खुद पर यकीन करें; आप सफल व सुखी बन जाएंगे।

सबसे सुखी लोग

सबसे सुखी व्यक्ति वह है, जो लगातार अपने भीतर के सर्वश्रेष्ठ स्वरूप को सामने लाता है और उसका अभ्यास करता है। सुख और सद्गुण एक-दूसरे के पूरक हैं। सबसे अच्छे लोग ना सिर्फ सबसे सुखी होते हैं, बल्कि आमतौर पर सफलता से जीने की कला में भी सबसे माहिर होते हैं। ईश्वर आपके भीतर सबसे ऊंचा और सबसे अच्छा है। ईश्वर के प्रेम, प्रकाश,

सत्य और सुंदरता को अधिक व्यक्त करेंगे, तो आप दुनिया के सबसे सुखी व्यक्तियों में से एक बन जाएंगे।

ग्रीक दार्शनिक एपिक्टेटस ने कहा था,

"मानसिक शांति और सुख का बस यही एक रास्ता है; इसलिए इसे अपने साथ हमेशा रखें, तब भी जब आप सुबह जागें और पूरे दिन तथा जब आप सोने जाएं। बाहरी चीजों से प्रभावित नहीं हों, बल्कि इन सभी को ईश्वर को समर्पित कर दें।"

सुख की सीढ़ियों का सारांश :

1. विलियम जेम्स ने कहा था कि उन्नीसवीं सदी की सबसे बड़ी खोज आस्था से प्रेरित अवचेतन मन की शक्ति है।
2. आपके भीतर जबरदस्त शक्ति है। खुशहाली आपके जीवन में खुद आएगी, जब आप इस शक्ति में परम विश्वास करने लगेंगे। तब आप अपने सपनों को हकीकत में बदल पाएंग।
3. जो व्यक्ति ईश्वर (अवचेतन मन के आध्यात्मिक नियमों) में भरोसा करता है, वह सुखी होता है। इसका अर्थ है कि आप *अपने अवचेतन मन की अद्भुत शक्ति द्वारा किसी भी पराजय पर विजय पा सकते हैं, और किसी भी मनोकामना को पूरा कर सकते हैं।*
4. आप खुशी का चुनाव करें। खुशी एक आदत है। यह एक अच्छी आदत है, जिस पर अक्सर विचार करना चाहिए।

जो भी चीजें सच्ची हैं, जो भी चीजें ईमानदार हैं, जो भी चीजें न्यायपूर्ण हैं, जो भी चीजें शुद्ध हैं, जो भी चीजें प्यारी हैं, जो भी चीजें अच्छी प्रतिष्ठा की हैं; अगर कोई गुण है, और अगर कोई प्रशंसा है, तो इनके बारे में सोचें।

फिलिपियन 4:8

5. जब आप सुबह अपनी आंखें खोलें, तो खुद से कहें, "मैं आज खुशी का चुनाव करता हूं। मैं आज सफलता का चुनाव करता हूं। मैं आज सही काम करने का चुनाव करता हूं। मैं आज सभी के लिए प्रेम और सद्भावना का चुनाव करता हूं। मैं आज शांति का चुनाव करता हूं।" इस सकारात्मक घोषणा में जीवंतता, प्रेम और दिलचस्पी भरेंगे, तो आपको खुशी मिल जाएगी।
6. दिन में कई बार अपनी सभी नियामतों के लिए शुक्रिया करें। अपने परिवार के सदस्यों, सहयोगियों और सारी दुनिया की शांति, खुशी तथा समृद्धि के लिए प्रार्थना करें।

7. आपके मन में खुश रहने की सच्ची इच्छा होनी चाहिए। बिना इच्छा के कुछ हासिल नहीं होता है। इच्छा, कल्पना और आस्था के पंखों के साथ की गई कामना है। इच्छा के साकार होने की कल्पना करें, इसकी वास्तविकता महसूस करें और यह साकार हो जाएगी। खुशी प्रार्थना के जवाब के साथ आती है।

8. लगातार डर, चिंता, गुस्से, नफरत और असफलता के विचारों को सोचकर आप निराश और दुखी बन जाएंगे। याद रखें, आपकी जिंदगी वैसी ही है, जैसा आपके विचार इसे बनाते हैं।

9. आप दुनिया की सारी दौलत से भी खुशी नहीं खरीद सकते हैं। कई करोड़पति खुश होते हैं तो कुछ दुखी भी होते हैं। जिनके पास दौलत नहीं होती उनमें भी कुछ बहुत खुश होते हैं तो कुछ बहुत दुखी होते हैं। इसी प्रकार कुछ विवाहित लोग खुश हैं तो कुछ दुखी हैं। कुछ अविवाहित लोग खुश हैं और कुछ दुखी हैं। खुशी का साम्राज्य आपके विचार और भावना में है।

10. खुशी शांत मस्तिष्क की फसल है। अपने विचारों को शांति, संतुलन, सुरक्षा और दैवी मार्गदर्शन पर स्थिर करें। आपका मस्तिष्क खुशी उत्पन्न कर देगा।

11. आपकी खुशी में कोई अवरोध नहीं है। बाहरी चीजें कारण नहीं हैं। वे परिणाम हैं। अपने भीतर के एकमात्र रचनात्मक सिद्धांत से प्रेरणा लें। आपका विचार कारण है और नया कारण एक नया परिणाम उत्पन्न करता है। खुशी का चुनाव करें।

12. सबसे सुखी व्यक्ति वह है, जो अपने भीतर के सबसे ऊंचे और अच्छे व्यक्तित्व को बाहर लाता है। ईश्वर सबसे ऊंचा तथा सबसे अच्छा है और आपके भीतर ईश्वर का साम्राज्य है।

16

आपका अवचेतन मन और सद्भावपूर्ण मानव संबंध

आपने इस पुस्तक के अध्ययन से यह तो जान लिया है कि आपका अवचेतन मन एक रिकॉर्डिंग मशीन की तरह है, जो पूरी इमानदारी से इस पर छोड़ी हर छाप को दोबारा उत्पन्न कर देता है। मानव संबंधों पर स्वर्णिम नियम के लागू होने के पीछे यह भी एक कारण है।

आप दूसरों से अपने लिए जैसा चाहते हों, उनके साथ वैसा ही करें।

मैथ्यू 7:12

इस कथन के बाहरी और आंतरिक दो अर्थ हैं। आंतरिक अर्थ आपके अवचेतन मन से संबंधित है जो कि इस प्रकार है :

- जैसा आप चाहते हों कि लोग आपके बारे में सोचें, वैसा ही आप उनके बारे में सोचें।
- जैसा आप चाहते हों कि लोग आपके बारे में महसूस करें, वैसा ही आप उनके बारे में महसूस करें।
- जैसा आप चाहते हों कि लोग आपके प्रति व्यवहार करें, वैसा ही आप उनके प्रति व्यवहार करें।

उदाहरण के लिए, आप हो सकता है दफ्तर में किसी के प्रति नम्र और शालीन हों, लेकिन उसकी पीठ पीछे उसकी बुराई करते हों या मन में द्वेषपूर्ण विचार रखते हों। इस तरह के नकारात्मक विचार आपके लिए बहुत विनाशकारी होते हैं। यह एक प्रकार से जहर खाने जैसा है। दरअसल आप मानसिक जहर ले रहे हैं जो आपकी स्फूर्ति, उत्साह, शक्ति, मार्गदर्शन और सद्भावना को कम कर देता है। जब ये नकारात्मक विचार और भाव आपके अवचेतन में उतर जाते हैं, तो वे आपके जीवन में कई प्रकार की मुश्किलें और रोग उत्पन्न कर देते हैं।

खुशहाल रिश्तों की चाबी

> मूल्यांकन न करें, ताकि आपका मूल्यांकन भी न किया जाए। जैसा मूल्यांकन आप करते हैं, वैसा ही आपका मूल्याकंन किया जाता है; और जिस पैमाने पर आप मूल्यांकन करते हैं, उसी पैमाने पर आपका भी मूल्यांकन किया जाएगा।
>
> *मैथ्यू 7:1-2*

सद्भावनापूर्ण संबंधों की चाबी इन पंक्तियों के करीबी अध्ययन और उनमें छिपी सच्चाई पर अमल करने में है। मूल्यांकन का अर्थ मन में विचार करना और किसी फैसले या निष्कर्ष पर पहुंचना है। दूसरे व्यक्ति के बारे में आपके मन में जो विचार हैं वह आपके हैं, क्योंकि आप ही उसे सोच रहे हैं। आपके विचार रचनात्मक हैं इसलिए आप सामने वाले के बारे में जो सोचते और महसूस करते हैं, उसे असल में अपने अनुभव में उतार रहे होते हैं। यह भी सच है कि जो सुझाव आप किसी दूसरे को देते हैं, वह आप खुद को भी देते हैं, क्योंकि आपका मस्तिष्क एक रचनात्मक साधन है।

इसीलिए यह कहा गया है, *जैसा मूल्यांकन करते हैं, वैसा ही आपका मूल्यांकन किया जाएगा।* जब आप इस नियम को जान जाते हैं और यह समझ लेते हैं कि आपका अवचेतन मन किस तरह काम करता है, तो फिर आप दूसरों के प्रति सोचने, महसूस करने, काम करने में हमेशा सावधान रहेंगे। ये पंक्तियां व्यक्ति को मुक्ति का मार्ग दर्शाती हैं और जीवन की प्रत्येक समस्या का समाधान देती हैं।

आप जैसा करेंगे, वैसा ही वापस पाएंगे आप दूसरों के साथ जो भलाई करते हैं, *वह उसी पैमाने में आपको वापस मिलती है, और आप जो बुराई करते हैं, वह भी आपके मस्तिष्क के नियम के अनुरूप आपको वापस मिलेगी।* अगर कोई किसी को धोखा देता है, तो वह दरअसल खुद को धोखा दे रहा है। अपराधबोध और नुकसान का भाव अंततः किसी न किसी समय या रूप में नुकसान को उसकी ओर आकर्षित कर लेता है। उसका अवचेतन उसके मानसिक काम का रिकॉर्ड रखता है और मानसिक इरादे या प्रेरणा के अनुरूप प्रतिक्रिया करता है।

आपका अवचेतन मन निष्पक्ष और अपरिवर्तनीय है। यह न तो व्यक्तियों में भेद करता है, न ही किसी तरह के धार्मिक पंथ या संस्था में। यह न तो दयालु है, न ही प्रतिशोधात्मक। आप दूसरों के बारे में जिस तरीके से सोचते, महसूस करते और काम करते हैं, वही आपकी ओर लौटकर वापस आता है।

प्रतिदिन की खबरों ने बनाया बीमार

अब खुद पर गौर करें। उन प्रतिक्रियाओं पर भी गौर करें जो आप अन्य लोगों, स्थितियों और परिस्थितियों पर देते हैं। आप दिन की घटनाओं और खबरों पर कैसी प्रतिक्रिया करते हैं? इससे कोई फर्क नहीं पड़ता है कि बाकी सभी लोग गलत हैं और सिर्फ आप ही सही

है। अगर खबर आपको विचलित करती है, तो यह आपकी समस्या है, क्योंकि आपके नकारात्मक भावों ने ही आपसे शांति और सद्भाव छीन लिए हैं।

एक महिला ने मुझे अपने पति को लेकर पत्र लिखा। उसने बताया कि अखबार में कुछ लेख पढ़ने पर वह बहुत गुस्सा हो जाता है। महिला ने कहा कि गुस्से की प्रतिक्रिया के कारण उन्हें अल्सर की समस्या हो गई और डॉक्टर ने भावनात्मक परिवर्तन के लिए सुझाव दिया है।

मैंने उस व्यक्ति को बुलाकर समझाया कि उसका मस्तिष्क किस तरह काम करता है। उसे यह अहसास भी कराया कि अखबार में छपे लेख पर गुस्सा होना भावनात्मक अपरिपक्वता का सूचक है, वह भी तब जब किसी अन्य व्यक्ति ने लेख लिखे और आप उससे सहमत न हों।

उसे यह अहसास होने लगा कि उसे लेखक को अपनी बात कहने की स्वतंत्रता देना चाहिए, भले ही वह उससे राजनीतिक, धार्मिक या किसी अन्य तरीके से असहमत हो। इसी तरह से समाचार पत्र भी उसे यह स्वतंत्रता देंगे कि वह अखबार को पत्र लिखकर उसकी प्रकाशित टिप्पणियों से असहमति व्यक्त कर दे। उसने सीखा कि वह नाराज हुए बिना असहमत हो सकता है। उसे यह सरल सच्चाई पता चल गई कि दूसरों के कुछ कहने या करने का उस पर कोई नहीं प्रभाव पड़ता है। सिर्फ उसकी स्वयं की प्रतिक्रिया महत्वपूर्ण होती है।

इस समझाइश ने उस आदमी के इलाज में बहुत मदद की और वह समझ गया कि थोड़े अभ्यास से वह सुबह के गुस्से पर काबू पा लेगा। उसकी पत्नी ने बाद में मुझे बताया कि आखिरकर उसने लेखकों की बातों पर हंसना सीख लिया। उसने अपनी प्रबल प्रतिक्रिया पर हंसना भी सीख लिया। अब अखबार के लेखों में उसे विचलित करने, चिढ़ाने या परेशान करने की शक्ति नहीं रही। अब उसके बढ़े हुए भावनात्मक संतुलन और शांति के कारण उसके अल्सर भी खत्म होने लगे हैं।

मैं महिलाओं से नफरत करती हूं, परंतु पुरुषों को पसंद करती हूं

एक कंपनी में बतौर सेक्रेटरी काम कर रही युवती के मन में अपने ऑफिस की कुछ महिलाओं के प्रति बहुत कड़वाहट भरी थी क्यूंकि उसे यकीन था कि वे उसके बारे में गपशप करती थीं और झूठी अफवाहें फैलाती थीं। उसने बताया कि उसे औरतें नहीं पसंद हैं। साथ ही कहा, "मुझे महिलाओं से नफरत है, पर पुरुष पसंद हैं।" जब मैंने उससे आगे बातचीत की, तो मुझे पता चला कि वह अपने अधीनस्थ कर्मचारियों से बहुत दंभी, अक्खड़ और चिड़चिड़ी आवाज में बोलती थी। उसे लगता था कि उसके साथ काम करने वाली औरतों को उसकी समस्याएं बढ़ाने में मजा आता था। उसके बोलने के लहजे में घमंड झलकता था और मैं देख पा रहा था कि उसके अंदाज से कुछ लोग क्यों चिढ़ते थे।

अगर आपके ऑफिस या फैक्ट्री के सभी लोगों से आपको चिढ़ होती है, तो क्या यह संभव नहीं है कि यह चिढ़ और परेशानी आपके ही किसी अवचेतन पैटर्न या मानसिक विचार से उत्पन्न हो रही है? हम सभी जानते हैं कि अगर आप कुत्ते से नफरत करते हों या डरते हों, तो वह खूंखार प्रतिक्रिया करेगा। दरअसल जानवर आपके अवचेतन कंपनों को भांप लेते हैं और उसी के अनुसार प्रतिक्रिया करते हैं। इसी प्रकार इंसान भी कुत्तों, बिल्लियों और अन्य प्राणियों जितने संवेदनशील होते हैं?

औरतों से नफरत करने वाली इस सेक्रेटरी को मैंने प्रार्थना की एक प्रक्रिया सुझाई। मैंने उसे बताया कि जब वह खुद को आध्यात्मिक मूल्यों से भर लेगी और जीवन की सच्चइयों की सकारात्मक घोषणा करने लगेगी, तो उसकी आवाज का घमंड और औरतों के प्रति उसकी नफरत पूरी तरह गायब हो जाएगी। वो यह जानकर हैरान थी कि नफरत की भावना बोलने, कामों, लिखने और जीवन के बाकि पहलुओं में दिख जाती हैं। तब उसने अपने द्वेषपूर्ण और गुस्सैल व्यवहार को खत्म कर दिया। उसने प्रार्थना की आदत डाल ली जिसका वह हर दिन, सुनियोजित तरीके से और लगातार अपने ऑफिस में अभ्यास करने लगी।

प्रार्थना इस प्रकार थी :

"मैं प्रेम, शांति और आराम से सोचती हूं, बोलती हूं और काम करती हूं। मैं अब उन सभी के प्रति प्रेम, शांति, सहिष्णुता और दयालुता प्रसारित करती हूं जो मेरी आलोचना करते हैं और मेरे बारे में बात करते हैं। मैंने अपने विचारों का लंगर सबके प्रति सद्भावना, शांति और सद्भाव पर डाल लिया है।

जब भी मैं नकारात्मक प्रतिक्रिया करने वाली होती हूं, तो खुद से दृढ़ता से कहती हूं, 'मैं अपने भीतर के सद्भाव, सेहत और शांति के सिद्धांत के दृष्टिकोण से सोचती हूं, बोलती हूं और काम करती हूं।' रचनात्मक ज्ञान सभी चीजों में मेरा नेतृत्व, नियंत्रण और मार्गदर्शन करता है।

प्रार्थना के इस अभ्यास ने उसकी जिंदगी बदल दी और उसने पाया कि उसके ऑफिस में आलोचना और चिढ़ का माहौल धीरे-धरे गायब हो गया। वे महिलाएं जीवन की यात्रा में उसकी साथी और सहेलियां बन गईं। उसने यह सच्चाई जान ली कि आवश्यकता किसी और को बदलने की नही बल्कि खुद को बदलने की है।

उसकी अंतरआत्मा ने उसकी पदोन्नति रोक दी

एक दिन एक सेल्समैन मुझसे मिलने आया और उसने अपने सेल्स मैनेजर के साथ काम करने में आ रही परेशानियां बताई। वह दस साल से कंपनी में था, लेकिन उसे कभी प्रमोशन या किसी प्रकार की प्रशंसा नहीं मिली थी। उसने मुझे अपनी बिक्री के आंकड़े दिखाए जो कि उस इलाके के अन्य सेल्समैनों के आंकड़ों से अच्छे थे। उसका कहना था कि सेल्स

मैनेजर उसे पसंद नहीं करता था, उसके साथ भेदभाव करता था, कांफ्रेंस में अपमानजनक व्यवहार करता था, कई बार मैनेजर उसके सुझावों की खिल्ली भी उड़ाता था।

मैंने उसे सुझाव दिया कि मैनेजर के इस व्यवहार का कारण काफी हद तक उसके भीतर ही था। मैनेजर के प्रति उसके विचार और विश्वास के कारण ही वह इस तरह प्रतिक्रिया कर रहा था। हम दूसरों के लिए जिस पैमाने का प्रयोग करेंगे, हम पर भी उसी पैमाने का प्रयोग किया जाएगा। सेल्स मैनेजर के प्रति उसका मानसिक पैमाना या अवधारणा यह थी कि वह पूर्वाग्रह से ग्रस्त और मतलबी था। उसके मन में मैनेजर के प्रति कटुता और शत्रुता भरी थी। ऑफिस जाते समय जब वह खुद से बात करते हुए जाता था, तो उनमें सेल्स मैनेजर की आलोचना, मानसिक बहस, आरोप और निंदा भरी रहती थी।

वह मानसिक रूप से जो देता था, अनिवार्य रूप से उसे भी वही वापस मिलता था। हमारी बातचीत के के बात उसे अहसास हो गया कि उसकी अंदरूनी भाषा विनाशकारी थी क्यूंकि उसके खामोश विचारों और भावों की शक्ति तथा गंभीरता, जिनसे वह सेल्स मैनेजर की मानसिक निंदा और बुराई करता था, उसके अवचेतन मन तक पहुंच गई थी। इसी कारण उसे अपने बॉस से नकारात्मक प्रतिक्रिया मिलती थी और अन्य व्यक्तिगत, शारीरिक और भावनात्मक विकृतियां भी उत्पन्न होती थीं।

फिर उसने इस प्रकार प्रार्थना को बार-बार दोहराना शुरू किया :

> "मैं अपने ब्राह्मांड का एकमात्र चिंतक हूं। मैं इस बात के लिए जिम्मेदार हूं कि मैं अपने बॉस के बारे में क्या सोचता हूं। मेरे सेल्स मैनेजर उस तरीके के लिए जिम्मेदार नहीं है, जिससे मैं उनके बारे में सोचता हूं। किसी भी व्यक्ति, स्थान या चीज को मुझे चिढ़ाने या विचलित करने की शक्ति नहीं है। मैं अपने बॉस के लिए सेहत, सफलता, मानसिक शांति और खुशी की कामना करता हूं। मैं सच्चे दिल से उनका भला चाहता हूं और मैं जानता हूं कि सभी मामलों में उन्हें दैवी मार्गदर्शन मिलेगा।"

उसने यह प्रार्थना धीरे से, शांति से और भावना से दोहराई। वह जानता था कि उसका मस्तिष्क एक बगीचे की तरह है। वह उस बगीचे मे जो बीज बोएगा उसी के अनुरूप फल मिलेंगे।

मैंने उसे सोने से पहले इस प्रकार मानसिक तसवीरें बनाना भी सिखाया : उसने कल्पना की कि बॉस उसके अच्छे काम पर उसे बधाई दे रहे थे, उसके उत्साह की प्रशंसा कर रहे थे और यह बता रहे थे कि ग्राहक उसकी कितनी तारीफ करते हैं। उसने इस कल्पना को वास्तविकता की तरह महसूस करते हुए बॉस के हाथ की पकड़ महसूस की, उनकी आवाज का विशेष अंदाज सुना और उनकी मुस्कुराहट देखी। उसने बेहतरीन नाटकीयकरण करके एक सच्ची मानसिक फिल्म बना ली। हर रात को वह इस मानसिक फिल्म को देखता था और जानता था कि उसका अवचेतन मन ही वह ग्रहणशील माध्यम है, जिस पर उसकी चेतन कल्पना प्रभाव छोड़ेगी।

इस प्रक्रिया से, जिसे हम मानसिक और आध्यात्मिक ओस्मोसिस मान सकते हैं, उसके अवचेतन मन पर धीरे-धीरे असर हुआ। इसकी अभिव्यक्ति अपने आप सामने आई। उसके सेल्स मैनेजर ने उसे सैन फ्रांसिस्को फोन करके बधाई दी और डिवीजन सेल्स मैनेजर पद पर प्रमोशन कर दिया। इससे उसकी जिम्मेदारियों और तनख्वाह भी काफी बढ़ गई। उसने बॉस के बारे में अपनी अवधारणा और आकलन को बदल लिया, तो उसके बॉस के तरफ से भी उसी के अनुरूप प्रतिक्रिया आई।

भावनात्मक रूप से परिपक्व होना

कोई दूसरा चाहे जो कहे, वह आपको तब तक सचमुच नहीं परेशान कर सकता, जब तक कि आप उसे विचलित करने की अनुमति न दें। दूसरा व्यक्ति आपको सिर्फ आपके विचारों के जरिए ही परेशान कर सकता है। मान लें, अगर आप गुस्सा होते हैं, तो आपको मन में चार स्तरों से गुजरना होता है। आप सोचने लगते हैं कि क्या कहा गया। आप गुस्सा होने और गुस्से का भाव पैदा करने का फैसला करते हैं। फिर आप प्रतिक्रिया का फैसला करते हैं। हो सकता है आप पलटकर जवाब दें या प्यार से बात करे। आप देख सकते हैं की विचार, भावना, प्रतिक्रिया और क्रिया आपके अपने मस्तिष्क में होती है।

जब आप भावनात्मक रूप से परिपक्व बनते हैं तो आप अन्य लोगों द्वारा की गई आलोचना या द्वेष पर नकारात्मक प्रतिक्रिया नहीं करते हैं। अगर आप नकारात्मक प्रतिक्रिया करते हैं तो इसका मतलब घटिया आलोचना के स्तर तक उतरना और सामने वाले के नकारात्मक माहौल में पहुंचना है। जीवन में अपने लक्ष्य याद रखें। किसी भी व्यक्ति, स्थान या वस्तु को यह अनुमति न दें कि वह आपको शांति और सेहत के आंतरिक अहसास से दूर कर दे।

सामंजस्यपूर्ण मानवीय रिश्तों में प्रेम का महत्व

मनोविश्लेषण के संस्थापक सिगमंड फ्रॉयड ने कहा था कि अगर व्यक्तित्व के पास प्रेम न हो, तो वह बीमार हो जाता है और मर जाता है। प्रेम के भीतर समझ, सद्भावना और सम्मान का भाव होता है जो हम दूसरे व्यक्ति में मौजूद दैवी अंश के प्रति समर्पित करते हैं। आप जितना ज्यादा प्रेम और सद्भावना प्रवाहित करेंगे, उतना ही ज्यादा आपके पास लौटकर आएगा।

अगर आप किसी के अहम् को तोड़ देते हैं और उसके स्वाभिमान को ठेस पहुंचाते हैं, तो आप उसकी सद्भावना नहीं पा सकते। यह जान लें, हर व्यक्ति चाहता है कि उससे प्रेम किया जाए, उसकी प्रशंसा की जाए, उसे दुनिया में महत्वपूर्ण समझा जाए। समझें कि सामने वाला व्यक्ति अपने सच्चे महत्व के बारे में सजग है। आपकी ही तरह वह भी महसूस करता है कि सभी लोगों में मौजूद जीवन-सिद्धांत की अभिव्यक्ति के कारण उसकी गरिमा है। जब आप इसे सचेतन रूप से करते हैं, तो आप सामने वाले को सशक्त करते हैं और वह आपके प्रेम तथा सद्भावना को लौटाता है।

वह दर्शकों से नफरत करता था

एक अभिनेता ने बताया कि पहली बार उसने जब नाटक में अभिनय किया, तो दर्शकों ने उसकी खिल्ली उड़ाई। उस नाटक की पटकथा अच्छी नहीं लिखी गई थी और उस दिन उसका अभिनय उच्च दर्जे का नहीं था। परंतु वह उसका पहला नाटक था और दर्शकों की उस प्रतिक्रिया ने उसे निराश कर दिया। महिनों तक उसके मन में उस शहर के लोगों के प्रति गुस्सा का भाव रहा। वह उन्हें मूर्ख, अज्ञानी और पिछड़ा मानता था। कुछ समय बाद उसने थिएटर छोड़ दिया और एक ड्रगस्टोर में नौकरी करने लगा।

एक दिन एक मित्र उसे न्यूयॉर्क सिटी के टाउन हॉल में एक लेक्चर सुनवाने ले गया। विषय था, "अपने साथ अच्छे से कैसे रहें।" इस भाषण ने उसकी जिंदगी बदल दी। वह थिएटर में वापस आ गया और उसने खुद के और दर्शकों के लिए ईमानदारी से प्रार्थना करनी शुरू कर दी। उसने हर रात मंच पर जाने से पहले प्रेम और सद्भावना उडेली। उसने यह दावा करने की आदत डाली कि ईश्वर की शांति सभी मौजूद लोगों के हृदय में प्रवाहित हो रही है और उन्हें ऊंचा उठा कर प्रेरित कर रही है। अपनी प्रत्येक प्रस्तुति के बाद वह दर्शकों के प्रति प्रेम प्रदर्शित करता था। आज थिएटर में वह एक महत्वपूर्ण मुकाम पर पहुंच चुका है। वह अपनी सद्भावना और आत्म सम्मान दूसरों की ओर संप्रेषित कर रहा है और उसे भी वैसा ही वापस मिल रहा है।

मुश्किल लोगों को संभालना

दुनिया में कुछ लोग मुश्किल होते हैं। वे ऐंठे हुए और मानसिक रूप से विकृत होते हैं। वे गलत तरीके से कंडीशंड होते हैं। कई मानसिक अपराधी हैं, जो विवादशील, असहयोगी, झगडालू, दोष देने वाले और जीवन पर दाग बन चुके हैं। वे मनोवैज्ञानिक रूप से बीमार हैं। कई लोगों के मस्तिष्क विकृत और बेडौल हो गए हैं, शायद अतीत में मिले अनुभवों के कारण। कुछ लोग मानसिक रूप से अपंग होते हैं। आप उन लोगों की निंदा नहीं करते हैं जिन्हें ट्यूबरक्लोसिस हुआ हो या वे मानसिक रूप से बीमार हों। उदाहरण के लिए, कूबड़ शरीर वाले व्यक्ति को कई भी बुरा नहीं कहेगा। इसी प्रकार कुछ लोग मानसिक रूप से कूबड़ होते हैं। आपको ऐसे व्यक्ति के प्रति मन में दया और समझ का भाव रखना चाहिए। सभी को समझने का अर्थ है सभी को श्रमा करना।

दुख अपना साथी खोजता है

नफरत, कुंठा और विकृति से भरा असामान्य व्यक्ति असीमित बुद्धिमत्ता के तालमेल में नहीं होता है। यह व्यक्ति शांत, खुश और सुखी लोगों से द्वेष करता है। आमतौर पर वह उनकी आलोचना, निंदा और बुराई करता है, जो उसके प्रति बहुत अच्छे और दयालू होते हैं। उसका नजरिया यह होता है :

जब मैं इतना दुखी हूं, तो वे इतने खुश क्यों हैं? वह उन्हें नीचे घसीटकर अपने स्तर तक लाना चाहता है। पुरानी कहावत अब भी सच है । "दुख अपना साथी खोजता है।" जब आप यह समझ लते हैं, तो आप दुख से अविचलित, दूर और उदासीन रह पाते हैं।

मानवीय रिश्तों में समानुभूति का प्रयोग

एक युवती हाल ही में मुझसे मिली। उसने बताया कि काफी लंबे समय से ऑफिस की एक युवती से उसे नफरत थी। इसका कारण यह था कि दूसरी युवती उससे ज्यादा सुंदर, खुश और समृद्ध थी। अब उसकी शादी भी कंपनी के ही सीईओ से हो गई थी। शादी के एक दिन बाद उसकी बेटी ऑफिस आई, जो उसकी पिछली शादी से थी। उसकी बेटी अपंग थी। बेटी दौड़कर आई और मां को गले लगाते हुए बोली, " मम्मी देखो, मेरे नए डैडी ने मुझे क्या दिया है।" वह अपनी मां को नया खिलौना दिखा रही थी।

उसने आगे मुझे बताया, "मेरा दिल अचानक उस छोटी लड़की पर आ गया और मैं समझ पा रही थी कि वह कितनी खुशी महसूस कर रही होगी। मुझे अहसास हुआ कि आखिर क्यों वह इतनी खुश है। अचनाक मैंने उसके प्रति प्रेम महसूस किया। मैं उसके ऑफिस में गई और उसे बधाई देते हुए उसकी खुशी की कामना की। और मैंने यह दिल से किया।"

मनोवैज्ञानिक इसे समानुभूति कहते हैं जिसका मतलब है काल्पनिक रूप से खुद को दूसरे व्यक्ति के मानसिक नजरियों और अवस्थाओं में रखना। जब उसने अपने मन तथा दिल को उस दूसरी युवती की जगह रखा, तो ऐसा लगा, जैसे वह दूसरी औरत की तरह सोचने लगी। वह दूसरी औरत की तरह महसूस कर रही थी और उस बच्ची की तरह भी, क्योंकि उसने खुद को बच्ची की जगह भी रख लिया था। यह चीजों को देखने का एक अनोखा तरीका था।

जब भी आपके मन में किसी को चोट पहुंचाने या बुरा करने का ख्याल आए, तो खुद को मानसिक रूप से मूसा के मस्तिष्क में रखें और टेन कमांडमेंट्स के दृष्टिकोण से सोचें। अगर आपके ईर्ष्यालु, जलनखोर या गुस्सा होने की संभावना, तो खुद को ईसा मसीह के मस्तिष्क में रखें और उस दृष्टिकोण से सोचें। तब आप इन शब्दों की सच्चाई महसूस करेंगे, एक दूसरे से प्रेम करो।

तुष्टीकरण की कभी विजय नहीं होती

कभी भी लोगों को इतनी स्वतंत्रता ना दें कि वे आपका फायदा उठाएं या अपने व्यवहार के तमाशे, रोने के नाटक या भावनात्मक ब्लैकमेल के अन्य रूपों से अपनी बात मनवाएं। ये लोग तानाशाह हैं, जो आपको गुलाम बनाने और आपसे अपनी बात मनवाने की कोशिश करते हैं। दृढ़ लेकिन दयालु रहें और झुकने से इंकार कर दें। तुष्टिकरण कभी नहीं जीतता

है उनके अपराध, स्वार्थ और अधिकारवादिता में योगदान देने से इंकार कर दें। याद रखें, सिर्फ सही काम करें। आप यहां अपने आदर्श पूरे करने और शाश्वत सच्चाइयों तथा जीवन के आध्यात्मिक मूल्यों के प्रति ईमानदार रहने के लिए आए हैं।

दुनिया में किसी को भी अपने जीवन के लक्ष्य या उद्देश्य से भटकाने की शक्ति न दें। आपका लक्ष्य आपकी छिपी हुई प्रतिभाओं को दुनिया के सामने व्यक्त करना है, मानवता की सेवा करना है और ईश्वर की बुद्धिमानी, सत्य और सुंदरता को दुनिया के सारे लोगों के साने प्रकट करना है। अपने आदर्श के प्रति ईमानदार रहें। निश्चित रूप से और पूरी तरह से जान लें कि जिस भी चीज से आपकी शांति, खुशी और संतुष्टि बढ़ती है, वह दुनिया के सभी लोगों के लिए वरदान साबित हो सकती है। अंश की खुशी संपूर्ण की खुशी है, क्योंकि संपूर्ण अंश में है और अंश संपूर्ण में है। पॉल कहते हैं, सबसे प्रेम करें। सेहत, खुशी और मानसिक शांति का नियम ही प्रेम को पूर्ण बनाता है।

मानवीय रिश्तों को मजबूत करने वाले बिंदु :

1. आपका अवचेतन मन एक रिकॉर्डिंग मशीन की तरह है, जिससे आपकी आदतन सोच उत्पन्न होती है। किसी दूसरे का भला सोचकर आप असल में खुद का भला सोच रहे होते हैं।

2. नफरत या द्वेष का विचार मानसिक जहर का काम करता है। किसी दूसरे का बुरा न सोचें, क्योंकि ऐसा करना खुद का बुरा सोचने के जैसा है। आप अपने ब्रह्मांड में इकलौते चिंतक हैं और आपके विचार रचनात्मक हैं।

3. आपका मस्तिष्क रचनात्मक माध्यम है; इसलिए आप दूसरे के बारे में जैसा सोचते और महसूस करते हैं, वही अपने खुद के अनुभव में भी ला रहे होते हैं। यही स्वर्णिम नियम का मनोवैज्ञानिक अर्थ है। जैसा आप चाहते हैं कि दूसरे आपके बारे में सोचें, उसी तरह से आप भी उनके बारे में सोचें।

4. किसी दूसरे को धोखा देना या छल करना अपने लिए कमी, नुकसना और सीमा उत्पन्न करना है। आपका अवचेतन मन आपकी आंतरिक प्रेरणाओं, विचारों और भावनाओं का रिकॉर्ड रखता है। जब ये नकारात्मक होते हैं, तो आपको असंख्य तरीकों से नुकसान, सीमा और कष्ट होते हैं। असल में जैसा आप दूसरों के साथ करते हैं, वही आप खुद के साथ कर रहे होते हैं।

5. आप जो भलाई करते हैं, दयालुता दिखाते हैं, प्रेम करते हैं और सद्भाव दिखाते हैं, वह कई गुना होकर विभिन्न तरीकों से आपके पास वापस आते हैं।

6. आप अपनी दुनिया के अकेले विचारक हैं। आप जो भी सोच रहे हैं, उसके लिए आप ही जिम्मेदार होते हैं। याद रखें, किसी व्यक्ति के बारे में जैसा आप सोच रहे हैं उसके लिए आप जिम्मेदार हैं ना की वह व्यक्ति। विचारों के अनुरूप ही परिणाम मिलता है। इसलिए यह महत्वपूर्ण है कि आप अभी दूसरे व्यक्ति के बारे में क्या सोच रहे हैं?

7. भावनात्मक रूप से परिपक्व बनें और दूसरे लोगों को असहमति के विचार रखने की स्वतंत्रता दें। उन्हें आपसे असहमत होने का पूरा अधिकार है और आपको भी उनके साथ असहमत होने की पूरी स्वतंत्रता है। आप बिना मतभेद के भी असहमत हो सकते हैं।

8. पशु इंसान के डर के कंपन को भांप लेते हैं और फिर उसी के अनुरूप प्रतिक्रिया करते हैं। अगर आपके मन में प्रेम के भाव होंगे तो वे कभी आप पर हमला नहीं करेंगे। कई बार कुछ मनुष्य भी इन क्षमताओं को हासिल कर लेते हैं।

9. आपके मौन विचार और भावनाओं को दर्शाने वाली आंतरिक भाषा दूसरों की प्रतिक्रियाओं में अनुभव की जाती है।

10. दूसरों के लिए वही कामना करें, जो आप खुद के लिए करते हैं। यह सद्भावपूर्ण मानवीय संबंधों की चाबी है।

11. अपने बॉस के प्रति अपनी अवधारणा और राय बदल दें। महसूस करें कि वह स्वर्णिम नियम और प्रेम के नियम का अभ्यास कर रहा है। वह उसी अनुरूप प्रतिक्रिया करेगा।

12. दूसरा व्यक्ति आपको तब तक परेशान नहीं कर सकता, जब तक कि आप उसे ऐसा करने की अनुमति न दें। आपका विचार रचनात्मक है; आप दूसरे व्यक्ति को आशीर्वाद दे सकते हैं। अगर कोई आपको अपमानजनक नाम से बुलाता है, तो आपको यह जवाब देने की स्वतंत्रता है, "ईश्वर की शांति आपकी आत्मा को मिले।"

13. प्रेम दूसरों के साथ तालमेल बैठाने का जवाब है। प्रेम समझ, सद्भावना और इंसान में निहित दैवी अंश के प्रति सम्मान है।

14. अपंग या विकृत शरीर के लोगों से नफरत ना करें। उनके प्रति करूणा का भाव रखें। उन लोगों के साथ करूणा रखें और समझदारी भरा बर्ताव करें जिनकी मानसिक विकृति ने उनकी नकारात्मक कंडीशनिंग की है। सबको समझना सबको माफ करना है।

15. दूसरों की सफलता, प्रमोशन और खुशकिस्मती पर खुश हों। ऐसा करके आप अच्छी किस्मत को अपनी ओर आकर्षित करते हैं।

16. कभी भी किसी के भावनात्मक चोंचलों और नाटक के सामने न झुकें। तुष्टिकरण की कभी विजय नहीं होती है। चापलूस ना बनें। सच के साथ रहें। अपने आदर्श पर टिके रहें और यह न भूलें कि जो मानसिक नजरिया आपको शांति, खुशी और सुख देता है, वही शुभ, सही और सच है। जो आपको आशीष देता है, वहीं सबको आशीष देता है।

17. आपको इस दुनिया में हर व्यक्ति को सिर्फ प्रेम देना है। प्रेम का मतलब हर एक के लिए वही कामना करना है, जो आप खुद के लिए करते हैं – सेहत, खुशी और जीवन की सारी नियामतें।

17

क्षमा के लिए अपने अवचेतन मन का कैसे प्रयोग करें

जीवन किसी के साथ भेदभाव नहीं करता है। ईश्वर ही जीवन है और यह जीवन-सिद्धांत इस पल भी आपके भीतर प्रवाहित हो रहा है। ईश्वर आपके द्वारा सद्भाव, शांति, सुंदरता, खुशी और प्रचुरता में व्यक्त होना पसंद करता है। इसे ईश्वर की इच्छा या जीवन की प्रवृत्ति कहा जाता है।

अगर आप इस आंतरिक जीवन-प्रवाह के खिलाफ अपने मस्तिष्क में अवरोध खड़ा कर लेते हैं, तो यह भावनात्मक बाधा आपके अवचेतन मन को बहुत दुविधा में डाल देगी और हर तरह की नकारात्मक स्थितियां उत्पन्न कर देगी। ईश्वर का दुनिया की दुखी या अराजक परिस्थितियों से कोई लेना-देना नहीं है। ये सभी स्थितियां तो हमारी ही नकारात्मक और विध्वांसात्मक सोच का नतीजा है। इसलिए यह हास्यास्पद होगा कि हम अपनी मुश्किलों या बीमारियों के लिए दोष ईश्वर पर मढ़ दें।

कई लोग आदतन जीवन के प्रवाह के प्रति मानसिक अवरोध उत्पन्न कर लेते हैं। यह कार्य वे मानव जाति के पाप, बीमारी और कष्ट के लिए ईश्वर की आलोचना करके करते हैं। बाकि लोग अपने दुख-दर्द, प्रियजनों की मृत्यु, व्यक्तिगत दुखों और दुर्घटनाओं के लिए ईश्वर पर दोष मढ़ते हैं। वे ईश्वर पर गुस्सा होते हैं और उसे ही अपने दुख के लिए जिम्मेदार मानते हैं।

जब तक लोग ईश्वर के बारे में इस तरह की नकारात्मक अवधारणाएं रखेंगे, तब तक उनका अवचेतन मन इन नकारात्मक चीजों को साकार करता रहेगा। दरअसल, वे यह नहीं समझ पाते हैं कि वे ही खुद को सजा दे रहे हैं। उन्हें सत्य को देखना होगा, आत्मनिर्भर बनना होगा और किसी भी बाहरी व्यक्ति या शक्ति के प्रति निंदा, द्वेष और क्रोध को त्यागना होगा। वरना वे सेहतमंद, खुश या रचनात्मक गतिविधि में अग्रणी नहीं बन सकते। जिस पल ये लोग अपने दिलोंदिमाग में प्रेमपूर्ण ईश्वर की कल्पना करने लगते हैं, जब वे यकीन करने लगते हैं कि ईश्वर प्रेमपूर्ण पिता है जो उनकी देखभाल करता है, उनका मार्गदर्शन करता है, उन्हें शक्ति देता है, तो ईश्वर या जीवन-सिद्धांत के बारे में यह विश्वास तथा अवधारणा उनके अवचेतन मन में उतर जाएगी और वे असंख्य तरीकों से धन्य हो जाएंगे।

जीवन आपको हमेशा क्षमा करता है

जब आप अपनी उंगली काट लेते हैं, तो जीवन आपको क्षमा कर देता है। आपके भीतर की अवचेतन बुद्धिमत्ता तत्काल इसके उपचार में सक्रिय हो जाती है। नई कोशिकाएं घाव के ऊपर पुल बना लेती हैं। अगर आप विषैला खाना खा लेते हैं, तो जीवन आपको क्षमा कर देता है और आपको उल्टी करवाकर बचाने का प्रयास करता है। अगर आप अपना हाथ जला लेते हैं, तो जीवन-सिद्धांत फफोलों और जलन को कम करता है तथा आपको नई त्वचा, ऊतक और कोशिकाएं देता है।

जीवन आपके प्रति कोई बैर नहीं रखता है, बल्कि यह हमेशा आपको क्षमा करता रहता है। जीवन आपको सेहत, स्फूर्ति, सद्भाव और शांति देता रहता है, बशर्ते आप प्रकृति के साथ समंजस्य में सोचकर सहयोग करें। नकारात्मक, आहत करने वाली यादें, कटुता और दुर्भावना आपके भीतर के जीवन-सिद्धांत के मुक्त प्रवाह को रोक देती हैं।

आत्मग्लानि की भावना से उसे कैसे मुक्ति मिली

मैं एक आदमी को जनता हूं जो रोज देर रात 1 बजे तक काम करता था। वह काम में इस कदर व्यस्त रहता था की अपनी बीवी और दो बच्चों पर भी ध्यान नहीं दे पाता था। उसे लगता था कि इस कड़ी मेहनत के लिए लोग उसकी प्रशंसा करेंगे। थोड़े समय में जब उसके अनुरूप चीजें नहीं हुईं तो उसे उच्च रक्तचाप की समस्या हो गई। उसके मन में अपराधबोध समा गया था। अचेतन रूप से वह कड़ी मेहनत करके स्वयं को सजा दे रहा था। इस दौरान उसने बच्चों पर भी ध्यान देना बंद कर दिया था। एक सामान्य व्यक्ति आमतौर पर इस तरह का व्यवहार नहीं करता है क्योंकि वह बच्चों की परवरिश में रुचि लेता है और बीवी उसके जीवन का एक अहम हिस्सा होती है।

जब उसकी आदत से पारिवारिक समस्याएं बढ़ने लगीं तो वह मेरे पास आया। तब मैंने उससे पूछा कि वह इतनी मेहनत से काम क्यों कर रहा था, "क्या तुम्हारे मन में कोई चीज तुम्हें खाए जा रही है, अगर ऐसा नहीं होता, तो तुम इस तरह से काम नहीं करते। तुम खुद को किसी चीज की सजा दे रहे हो। अब तुम्हे खुद को माफ करना सीखना होगा।।" असल में उसके मन में एक गहरा अपराधबोध था। यह उसके भाई के प्रति था।

मैंने उसे समझाया की ईश्वर उसे सजा नहीं दे रहा बल्कि वह खुद को सजा दे रही थी। मान लें, अगर आप जीवन के सिद्धांत का दुरुपयोग करते हैं, तो आपको उसी के अनुरूप परिणाम मिलते हैं। अगर आप खुले बिजली के तार को छुएंगे तो यह आपको जला भी सकती है। प्रकृति की शक्तियां बुरी नहीं होती हैं। ये आप ही होते हैं जो तय करते हैं कि प्रकृति की शक्तियां से आप लाभ लेंगे या हानि। बिजली बुरी नही होती है। यह आप पर निर्भर करता है कि आप उसका किस प्रकार इस्तेमाल करते हैं। आप उसे घर को रोशन भी कर सकते हैं और उससे घर में आग भी लगा सकते हैं। सबसे बड़ी गलती जीवन के सिद्धांत को न समझना है। इसी कारण इसके दुरुपयोग पर प्रतिक्रिया के रूप में मानव को सजा मिलती है।

अगर आप रसायन शास्त्र के सिद्धांतों का दुरुपयोग करते हैं तो शायद आप अपने दफ्तर में आग लगा दें। अगर आप दीवार पर हांथ मरेंगे तो खून निकलेगा ही। दीवार इस काम के लिए नहीं होती है।

उस व्यक्ति को अहसास हुआ कि ईश्वर किसी की निंदा नही करता और ना ही किसी को सजा देता है। उसकी भी सारी समस्याएं अवचेतन मन की नकारात्मक सोच का परिणाम थीं। उसने एक बार अपने भाई को धोखा दिया था। उसके कुछ समय बाद भाई की मृत्यु हो गई थी। उससे संबंधित अपराधबोध अब भी उसके मन में था।

मैंने उससे कहा, "आज तुम्हारा भाई होता तो उसे धोखा देते?"

उसने कहा, "बिल्कुल नहीं।"

फिर मैंने कहा, "क्या तुम्हे लगता है कि तुमने उस समय जो अपने भाई के साथ किया, वह ठीक था?"

उसने कहा, "हां, क्यूंकि उस समय परिस्थितियां भिन्न थीं।"

मैंने कहा, "पर अब तुम उस गलती को कभी नहीं दोहराओगे?"

उसने कहा, "नहीं, बल्कि अब मैं लोगो को जीवन जीना सिखा रहा हूं।"

मैंने आगे कहा, "अब तुम्हारे पास बेहतर कारण है और अधिक समझदारी है। क्षमा का अर्थ खुद को क्षमा करना ही है। क्षमा अपने विचारों को सामंजस्य के दैवी नियम के तारतम्य में लाना है। आत्म-निंदा को नरक (बंधन और सीमाएं) कहा जाता है; क्षमा को स्वर्ग (सामंजस्य और शांति) कहा जाता है।"

अपराधबोध और आत्म निंदा का बोझ उसके दिमाग से उतर गया और वह पूरी तरह ठीक हो गया। अगली बार जब उसने जांच करवाई, तो उसका ब्लड प्रेशर सामान्य निकला। समझाने भर से ही इलाज हो गया था।

एक हत्यारे ने स्वयं को कैसे माफ करना सीखा

कुछ समय पहले एक व्यक्ति मुझसे मिला, जिसने कई साल पहले यूरोप में अपने भाई की हत्या कर दी थी। जब वह मेरे पास आया, तो बहुत मानसिक कष्ट और यातना से गुजर रहा था। उसे यकीन था कि ईश्वर उसके इस पाप कर्म की सजा देगा। उसने बताया कि उसके भाई का उसकी बीवी के साथ संबंध था। एक दिन जब उसने उन्हें रंगे हाथों पकड़ लिया तो गुस्से में आकर उसने अपने भाई की गोली मारकर हत्या कर दी थी। यह सब करीब 15 वर्ष पहले हुआ था, मुझसे मुलाकात से भी पहले। उसकी बात सुनकर मैंने उसे सलाह दी जिसके बाद उसकी जिंदगी में कई सकारात्मक बदलाव हुए। उसकी एक अमेरिकी लड़की से शादी हो गई जिससे तीन बच्चे भी हुए। अब वह एक बेहतर इंसान है और बहुत से लोगों की मदद कर रहा है।

मैंने उसे समझाया कि वैज्ञानिकों के अनुसार हमारे शरीर की सभी कोशिकाएं हर ग्यारस महीने बाद बदल जाती है। इसलिए, शारीरिक और मनोवैज्ञानिक रूप से अब वह वही व्यक्ति नहीं था जिसने हत्या की थी। उसे तो बदले हुए कई साल हो चुके थे। यही नहीं, उसने खुद को मानसिक और आध्यात्मिक रूप से भी बदल लिया था। अब वह मानवता के प्रति प्रेम और सद्भाव से भरा था। जिस व्यक्ति ने बरसों पहले वह अपराध किया था, वह तो मानसिक और आध्यात्मिक रूप से कभी का मर चुका है। वह एक निरपराध व्यक्ति को सजा दे रहा था।

इस समझाइश का उस पर गहरा प्रभाव पड़ा। उसे ऐसा लगा, जैसे उसके दिमाग से बहुत भारी बोझ हट गया हो। उसे बाइबिल की इस सच्चाई के आंतरिक महत्व का पहली बार अहसास हुआ। :

> अब आओ, हम तर्क करते हैं, ईश्वर ने कहा : हालांकि तुम्हारे पाप खून से रंगे होंगे, लेकिन वे बर्फ जैसे सफेद हो जाएंगे; हालांकि वे खून की तरह लाल होंगे, लेकिन वे ऊन जैसे बन जाएंगे।
>
> *ईसाइया 1:18*

आलोचना आपकी सहमति के बिना आपको नुकसान नहीं पहुंचाती

एक स्कूल टीचर मेरे पास आई। उसने बताया कि हाल ही में उसे एक भाषण देना पड़ा जहां भाषण के बाद उसकी साथी स्कूल टीचर ने चिट्ठी लिखकर उसकी आलोचना करते हुए कहा कि तुम बहुत जल्दबाजी में बोली थी, कुछ शब्द खा गई थी और उसकी आवाज सुनाई नहीं दे रही थी, उसका वाक्य – गठन कमजोर था तथा उसकी बात सारगर्भित नहीं थी। इससे वह आलोचक के प्रति आहत और नाराज हो गई।

बाद में उसने यह स्वीकार किया कि आलोचना दरअसल सही भी थी। उसकी शुरुआती प्रतिक्रिया बचकानी थी परंतु बाद में इस आलोचना के कारण ही वह खुद में कई सुधार कर पाई थी और बेहतर बन पाई थी। उसने भाषण कला को निखारने के लिए पास के एक कॉलेज में पब्लिक स्पीकिंग कोर्स करने का फैसला किया। इस बीच उसने चिट्ठी लिख कर आलोचना करने वाली टीचर को उसकी दिलचस्पी और जानकारी के लिए धन्यवाद दिया।

करूणामय कैसे बनें

क्या होता, अगर उसे मिली चिट्ठी पूरी तरह गलत होती? उस मामले में उसे यह अहसास होता कि उसके भाषण के शब्दों या अंदाज में ऐसा कुछ था, जिससे उस चिट्ठी लिखने वाली

के पूर्वाग्रहों, अंधविश्वासों या संकीर्ण विश्वासों को झटका लगा होगा। समस्या उसके साथ नहीं, बल्कि लेखिका के साथ होती ।

इसे समझना करूणामय बनना ही है। अगला कदम सामने वाले की शांति, सद्भाव और समझ के लिए प्रार्थना करना है। आपको कोई आहत नहीं कर सकता अगर आप यह जानते हैं कि आप अपने विचारों, प्रतिक्रियाओं और भावनाओं के मालिक हैं। भावनाएं विचारों का अनुसरण करती हैं और आपमें उन सभी विचारों को अस्वीकृत करने की शक्ति है, जो आपको विचलित या परेशान कर सकते हैं।

विवाह के दिन अकेलापन

कुछ साल पहले मैं एक चर्च में शादी कराने गया। दूल्हा बनने वाला युवक काफी समय बीतने के बाद भी नहीं आया। अंततः दुल्हन रोने लगी और कहने लगी, "मैंने दैवी मार्गदर्शन के लिए प्रार्थना की थी। युवक का न आना शायद मेरी प्रार्थना का जवाब है, क्योंकि ईश्वर कभी गलत मार्गदर्शन नहीं देता है।"

उसकी प्रतिक्रिया थी, और क्योंकि वह जानती थी कि ईश्वर और सभी अच्छी चीजों में आस्था जीवन में बेहतरी देते हैं। उसके दिल में कोई कटुता नहीं थी, क्योंकि जैसे उसने कहा, "मुझे लगता है कि यह विवाह सही कर्म नहीं होता, क्योंकि मेरी प्रार्थना हम दोनों के सही कर्म के लिए थी।" यह युवती एक ऐसे अनुभव से आसानी से बाहर निकल आई, जिस पर कोई और व्यक्ति भावनात्मक हंगामा मचा देता या पागल हो जाता।

अपनी अवचेतन गहराइयों में मौजूद असीमित बुद्धिमत्ता के अनुकूल बनें। इसके जवाब पर बिना किसी शंका के उसी तरह भरोसा करें, जिस तरह आपको अपनी मां पर भरोसा होता है। इसी प्रकार आप जीवन में संतुलन के साथ मानसिक और भावनात्मक स्वास्थ्य पा सकते हैं।

विवाह करना गलत है, सेक्स बुरा है और मैं बुरा हूं

कुछ समय पहले मेरी मुलाकात 22 वर्ष की एक युवती से हुई। उसे बचपन से बताया गया था कि नाचना, ताश खेलना, तैरना, लड़कों के साथ बाहर घूमना जैसी सभी चीजें पाप होती हैं। उसकी मां के अनुसार, सभी मर्द बुरे होते हैं और सेक्स पाप है, जिसे शैतान प्रेरित करता है। अगर वह इन दैवी आदेशों का पालन नहीं करेगी, तो वह अनंत काल तक नरक की आग में जलती रहेगी। वह बहुत सादी काली पोशाक और काले मोजे पहने थी। उसने लिपस्टिक या कोई मेकअप नहीं किया था क्योंकि उसकी मां ने उसे बताया था कि ये सभी चीजें बुरी होती हैं। उसकी मां ने बताया था कि सभी पुरुष बुरे हैं, सेक्स पाप है और व्यभिचार पैशाचिक है।

युवती को यह सीखने की आवश्यकता थी कि किस प्रकार स्वयं को क्षमा किया जाता है। उसके भीतर अपराधबोध भर गया था। देने का अर्थ है पाना है। उसे अपने ये सभी झूठे विश्वासों को छोड़ देने की आवश्यकता थी, अगर वह जीवन की सच्चाई को पाना चाहती है। वह जब अपने ऑफिस के युवकों के साथ घूमने जाती थी, तो उसे गहरा अपराधबोध होता था। उसे लगता था कि ईश्वर उसे सजा देंगे। उसे कई युवकों द्वारा विवाह का प्रस्ताव दिया गया था परंतु उसने मुझे बताया, "शादी करना गलत है। सेक्स बुरा है और मैं बुरी हूं।" ये बातें वह नहीं, बल्कि उसकी मां की कंडीशनिंग बोल रही थी।

वह सप्ताह में एक दिन मुझसे मिलने आया करती थी। यह सिलसिला करीब 10 सप्ताह तक चला। इस दौरान मैंने उसे चेतन और अवचेतन मन की कार्यविधि के बारे में वह सब सिखाया, जो मैंने इस पुस्तक में बताया है। जब वह धीरे-धीरे यह समझ गई कि अज्ञानी, अंधविश्वासी और कुंठित मां ने उसे गलत विचार दिए हैं, सम्मोहित किया है और कंडीशन किया है, तो वह उन विचारों से दूर हो गई और अद्भुत जीवन जीने लगी।

मेरे सुझाव पर उसने आकर्षक कपड़े पहनने और मेकअप करना शुरू कर दिया। इसके बाद उसने नाचना और कार चलाना सीखा। फिर उसने तैरना, ताश खेलना और युवकों के साथ बातचीत करना सीखा। अब वह जीवन से प्रेम करने लगी थी। वह आदर्श जीवनसाथी के लिए प्रार्थना करने लगी। वह यह दावा करने लगी कि असीमित बुद्धिमत्ता उसकी ओर ऐसे व्यक्ति को आकर्षित करेगी, जो पूरी तरह उसके साथ सामंजस्य में होगा। एक दिन यह साकार भी हुआ। एक शाम जब वह मेरे ऑफिस से निकल रही थी, तो एक व्यक्ति मुझसे मिलने का इंतजार कर रहा था। मैंने उन दोनों का परिचय करा दिया। फिर उन दोनों ने शादी कर ली और एक-दूसरे के साथ बहुत खुश हैं।

उपचार के लिए क्षमा आवश्यक है

> तुम खड़े होकर प्रार्थना करो, क्षमा करो, अगर तुम्हारे मन में किसी के खिलाफ कुछ है तो...
>
> *मार्क 11:25*

दूसरों को क्षमा करना मानसिक शांति और अच्छी सेहत के लिए आनिवार्य है। अगर आप अच्छी सेहत और खुशी चाहते हैं, तो आपको हर उस व्यक्ति को क्षमा करना चाहिए, जिसने आपको चोट पहुंचाई है। अपने विचारों को दैवी नियमों और व्यवस्था के सामंजस्य में लाकर खुद को क्षमा करें। आप खुद को तब तक पूरी तरह क्षमा नहीं कर सकते, जब तक कि दूसरों को क्षमा न कर दें। खुद को क्षमा न करना आध्यात्मिक अहंकार या अज्ञानता से अधिक कुछ नहीं है।

वर्तमान समय में मनोदैहिक चिकित्सा में इस बात पर लगातार जोर दिया जा रहा है कि द्वेष, दूसरों की आलोचना, पश्चाताप और शत्रुता कई रोगों के कारण हैं, जिनमें

आर्थ्राइटिस से लेकर हृदय रोग तक शामिल है। विशेषज्ञ बताते हैं कि दुर्व्यवहार के शिकार, धोखा खा चुके या आहत लोग अक्सर प्रतिक्रिया करते हुए द्वेष और नफरत पाल लेते हैं। यह प्रतिक्रिया उनके अवचेतन मन में गहरा घाव उत्पन्न कर देती है, जो लगातार टीस मारता रहता है। सिर्फ एक ही इलाज है। उन्हें अपनी चोट को काटकर हटाना होगा और इसका एकमात्र अचूक तरीका है : क्षमा।

क्षमा एक प्रकार का सक्रीय प्रेम है

क्षमा की कला में अनिवार्य तत्व क्षमा करने की इच्छा होना है। अगर आप सच्चे दिल से किसी को क्षमा करने की इच्छा करते हैं, तो आपने आधी से अधिक बाधा पार कर ली है। आप जानते हैं कि किसी को क्षमा करने का यह मतलब नहीं है कि आप उसे पसंद करने या उसके साथ काम करने के लिए बाध्य नहीं है। किसी को पसंद करने के लिए आप बाध्य नही हैं, यह ठीक उसी प्रकार है जैसे सरकार के लिए यह आवश्यक नही कि उसे सद्भाव, प्रेम, शांति या सहिष्णुता पर कानून बनाने ही चाहिए। आप किसी व्यक्ति को सिर्फ इसलिए पसंद नहीं कर सकते, क्योंकि किसी के द्वारा आपको ऐसा करने का आदेश दिया गया है। हालांकि यह महत्वपूर्ण बात है कि हम लोगों को पसंद किए बिना भी उनसे प्रेम कर सकते हैं।

बाइबिल कहती है, एक दूसरे से प्रेम करो। यह काम कोई भी कर सकता है, बशर्ते वह इसे सचमुच करना चाहे। प्रेम का मतलब यह है कि आप सामने वाले के लिए सेहत, खुशी, सुख और जीवन की सभी नियामतों की कामना करें। इसके लिए सिर्फ एक ही चीज की आवश्यकता होती है और वह है ईमानदारी। क्षमा करते समय आप उदार नहीं होते हैं, बल्कि स्वार्थी होते हैं, क्योंकि आप दूसरों के लिए जो कामना करते हैं, वास्तव में वह अपने लिए कर रहे होते हैं। इसका कारण यह है कि आप ही इसे सोचते और महसूस करते हैं। जैसा आप सोचते और महसूस करते हैं, वैसे ही आप बन जाते हैं। क्या इससे सरल कुछ हो सकता है?

क्षमा की तकनीक

क्षमा करने की एक आसान और कारगर विधि है जिसका अभ्यास करने पर यह आपके जीवन में चमत्कार कर देगी : अपने दिमाग को शांत कर लें, शिथिल हो जाएं। ईश्वर के बारे में, अपने प्रति उसके प्रेम के बारे में सोचें और फिर सकारात्मक घोषणा करें :

> "मैं स्वतंत्र रूप से और पूरी तरह से ... (आहत करने वाले का नाम सोचें) को क्षमा करता हूं। मैं उसे मानसिक और आध्यात्मिक रूप से मुक्त करता हूं। मैं उसे इस मुद्दे से संबंधित हर चीज के लिए पूरी तरह माफ करता हूं। मैं मुक्त हूं और वह मुक्त है। यह अद्भुत भावना है। मेरे लिए यह आम क्षमादान का दिन है।

> मैं हर उस व्यक्ति को मुक्त करता हूं, जिसने मुझे कभी आहत किया है और मैं हर एक के लिए सेहत, खुशी, शांति तथा जीवन की सभी नियामतों की कामना करता हूं। मैं यह काम मुक्तता, खुशी और प्रेम से करता हूं और जब भी मेरे मन में अपने को आहत करने वालों के बारे में विचार आता है, तो मैं कहता हूं, मैंने तुम्हें मुक्त कर दिया है और जीवन की सभी नियामतें तुम्हें मिलें। मैं आजाद हूं और तुम भी आजाद हो। यह अद्भुत है।"

सच्ची क्षमा का महान रहस्य यह है कि जब आप एक बार व्यक्ति को क्षमा कर दें, तो प्रार्थना को दोहराना अनावश्यक है। जब भी वह व्यक्ति आपके मन में आए या वह खास चोट आपके दिमाग में उभरे, तो उसके प्रति अच्छे विचार व्यक्त करें और कहें, "तुम्हें शांति मिले।" जितनी बार विचार मन में आए, उतनी ही बार यह काम करें। आप पाएंगे कि कुछ दिनों के बाद उस व्यक्ति या अनुभव का विचार बहुत कम आ रहा है और इसकी यादें भी धुंधली हो गई हैं।

क्षमा और एसिड टेस्ट

असली सोने की परख के लिए एसिड टेस्ट किया जाता है। इसी प्रकार क्षमा के लिए भी एक एसिड टेस्ट होता है। मान लीजिए कि मैं आपको किसी के बारे में कोई बहुत अच्छी खबर सुनाने जा रहा हूं, जिसने आपको चूना लगाया है, धोखा दिया है या छल किया है तो संभव है कि आप यह अच्छी खबर सुनकर कुढ़ जाएंगे। इसका अर्थ है कि नफरत की जड़ें अब भी आपके अवचेतन मन में है और नुकसान पहुंचा रही हैं।

मान लें कि पिछले साल आपके दांत में बहुत दर्द था और आपने इसके बारे में मुझे बताया था। तो हो सकता है कि मैं पूछूं कि क्या इस समय दर्द हो रहा है, तो आप मुझे हैरानी से देखकर कहें, "जाहिर है नहीं। मुझे दर्द याद है, लेकिन अब मे यह महसूस नहीं होता है।"

यह पूरी कहानी है। यदि आपने वास्तव में किसी को क्षमा किया है, तो आपको वह अनुभव तो याद रहेगा, लेकिन उसे लेकर मन में कोई कसक या चोट नहीं होगा। यही एसिड टेस्ट है और इसे आध्यात्मिक और मानसिक रूप से प्रयोग करके देखना चाहिए वरना आप खुद को धोखा दे रहे हैं और आप क्षमा की सच्ची कला का अभ्यास नहीं कर रहे हैं।

सबको समझना ही सबको माफ करना है

जब व्यक्ति अपने मस्तिष्क के रचनात्मक नियम को समझ लेता है, तो वह दूसरे लोगों और परिस्थितयों को दोष देना बंद कर देता है कि वे आपके जीवन को बना या बिगाड़ रही हैं। वह जान जाता है कि खुद के विचार भावनाएं ही उसकी किस्मत बनाते हैं। इससे भी बढ़कर वह जान जाता है कि बाहरी चीजें जीवन तथा अनुभवों के कारण या निर्माता नहीं है। यह सोचना गलत है कि दूसरे आपकी खुशी में बाधा डाल सकते हैं, कि आप बेरहम किस्मत

की फुटबॉल हैं कि आपको जीने के लिए दूसरों का विरोध करना पड़ेगा और उनसे लड़ना पडा – इन सभी विचारों से आप आसानी से बच पाते हैं, जब आप यह समझ लेते हैं कि विचार ही वस्तु है। बाइबिल भी यही कहती है :

> जैसा व्यक्ति अपने दिल में सोचता है, वैसा ही वह होता है।
>
> *प्रोवर्ब्स 23:7*

क्षमा के लिए विचारों का सारांश :

1. ईश्वर या जीवन मनुष्यों में भेदभाव नहीं करता है। जब आप सद्भाव, सेहत, खुशी और शांति के सिद्धांतों के अनुरूप खुद को ढालते हैं, तो जीवन या ईश्वर आपके पक्ष में काम करने लगता है।

2. ईश्वर या जीवन बीमारी, रोग, दुर्घटना या कष्ट नहीं देते हैं। हम ये चीजें अपने पास खुद की नकारात्मक और विनाशकारी सोच के जरिए लाते हैं। नियम कहता है, *जैसा बोओगे, वैसा काटोगे।*

3. ईश्वर के बारे में आपकी अवधारणा आपके जीवन की सबसे महत्वपूर्ण चीज है। अगर आप वास्तव में प्रेमपूर्ण ईश्वर में विश्वास करते हैं, तो आपका अवचेतन मन प्रतिक्रिया करके आपको असंख्य नियामतें प्रदान करेगा। प्रेमपूर्ण ईश्वर में यकीन करें।

4. जीवन या ईश्वर आपके खिलाफ कोई बैर नहीं रखता है। जीवन कभी आपकी निंदा नहीं करता है। जीवन आपके हाथ के गंभीर घाव को ठीक कर देता है। अगर आप अपनी उंगली जला लेते हैं, तो जीवन आपको क्षमा करता है, घाव को भरता है, फफोलों को मिटाता है और उस हिस्से को पहले की तरह पूर्ण बना देता है।

5. आपका अपराधबोध ईश्वर और जीवन की गलत अवधारणा है।

6. ईश्वर या जीवन आपको सजा नहीं देता है या मूल्यांकन नहीं करता है। आप खुद अपने झूठे विश्वासों, नकारात्मक चिंतन और आत्म निंदा के अवचेतन प्रभावों द्वारा अपने साथ ऐसा करते हैं। ईश्वर या जीवन आपको सजा नहीं देते हैं या निंदा नहीं करते हैं। प्रकृति की शक्तियां बुरी नहीं हैं। उनका प्रभाव तो इस बात पर निर्भर करता है कि आप अपने भीतर की शक्ति का कैसा प्रयोग करते हैं। आप बिजली का प्रयोग किसी को मारने या घर को रोशन करने के लिए कर सकते हैं। आप पानी का प्रयोग किसी बच्चे को डुबाने या उसकी प्यास बुझाने के लिए कर सकते हैं। अच्छाई और बुराई व्यक्ति के मस्तिष्क के विचार और उद्देश्य पर निर्भर करती है।

7. ईश्वर या जीवन कभी सजा नहीं देता है। व्यक्ति ईश्वर, जीवन और ब्रह्मांड की गलत अवधारणाओं के कारण खुद को सजा देता है। उसके विचार रचनात्मक होते हैं, इसलिए वह अपने दुख की रचना खुद कर लेता है।

8. अगर कोई आपकी आलोचना करे और आपके भीतर वे कमियों हों, तो खुश होकर उसे धन्यवाद दें और उसकी टिप्पणियों की प्रशंसा करें। इससे आपको उस खास दोष को सुधारने का अवसर मिलता है।

9. जब आप जानते हैं कि आप अपने विचारों, प्रतिक्रियाओं और भावनाओं के स्वामी हैं, तो आप आलोचना से आहत नहीं होते हैं। इससे आपको सामने वाले के लिए प्रार्थना करने और उसे दुआएं देने का अवसर मिलता है, जिसके द्वारा आप स्वयं को दुआ देते हैं।

10. जब आप मार्गदर्शन और सही कर्म के लिए प्रार्थना करें, तो जो जवाब मिले उसे मान लें। अहसास करें कि यह अच्छा है, बहुत अच्छा है। फिर आत्म-करूणा, आलोचना या नफरत का कोई कारण नहीं रहेगा।

11. कोई भी चीज अच्छी या बुरी नहीं होती है, इंसान की सोच उसे ऐसा बना देती है। भोजन, सेक्स, दौलत या सच्ची अभिव्यक्ति की इच्छा में कोई बुराई नहीं है। यह इस पर निर्भर करता है कि आप इन इच्छाओं, आकांक्षाओं और हसरतों का प्रयोग कैसे करते हैं। आपकी भोजन की इच्छा किसी की जान लिए बिना भी पूरी हो सकती है।

12. द्वेष, नफरत, दुर्भावना और शत्रुता बहुत से रोगों का कारण होते हैं। प्रेम, जीवन, खुशी और सद्भावना के जरिए अपने को आहत करने वालों तथा खुद को क्षमा करें। ऐसा तब तक करें, जब तक कि आप उनसे अपने मन में न मिल लें और यह न जान लें कि आप उनके साथ शांति से हैं।

13. दरअसल, क्षमा करना किसी चीज के लिए कुछ देना है। प्रेम, शांति, खुशी, बुद्धि और जीवन की सारी नियामतें तब तक दूसरों को दें, जब तक कि आपके दिमाग में कोई दोष हो। यह क्षमा का असल एसिड टेस्ट है।

14. मान लें साल भर पहले आपको मुंह में छाला हुआ था जिसका दर्द असहनीय था। अब स्वयं से सवाल करें क्या आज भी वह उनता ही दर्द दे रहा है। आपका जवाब नहीं में होगा। इसी प्रकार अगर किसी ने आपको चोट पहुंचाई है, आपके बारे में झूठ बोला है, निंदा की है और आपकी बुराई की है। क्या उस व्यक्ति के बारे में आपका विचार नकारात्मक है? अगर ऐसा है, नफरत की जड़ें अब भी आपके अवचेतन मन में हैं और आपको नुकसान पहुंचा रही हैं। उन जड़ों को उखाड़ने का एकमात्र तरीका प्रेम है। उस व्यक्ति के लिए जीवन की सभी नियामतों की कामना करें। उससे मन में मुलाकात करें और शांति और सद्भावपूर्वक प्रतिक्रिया करें। यही सत्तर गुना सात बार क्षमा करने का मतलब है।

18

दिमागी मुश्किलें कैसे हटाता है अवचेतन

याद रखें, समस्या के भीतर ही समाधान होता है। ठीक उसी प्रकार जैसे हर सवाल में ही उसका जवाब निहित होता है। अगर आपके सामने कोई मुश्किल स्थिति आ जाए और आपको रास्ता स्पष्ट नहीं दिख रहा हो, तो आप यह मानें कि आपके अवचेतन मन की असीमित बुद्धिमत्ता सब कुछ जानती है और सब कुछ देखती है, इसके पास उत्तर है और यह आपको वह जवाब अभी बता रही है। जब आप इस नए मानसिक नजरिए को हासिल कर लेते हैं कि आपके भीतर का रचनात्मक ज्ञान सुखद समाधान सुझा रहा है, तो फिर आपको वह जवाब मिल जाएगा, जिसे आप खोज रहे है। आश्वस्त रहें कि इस तरह का मानसिक नजरिया आपके सभी कामों में व्यवस्था, शांति और अर्थ लाएगा।

कोई भी आदत कैसे बनाएं या छोड़ें

हम आदतों के हिसाब से जीने वाले प्राणी हैं। आदत हमारे अवचेतन मन का एक विशिष्ट कार्य है। हमने तैरना, साइकिल चलाना, नाचना और कार चलाना सीखा। इन कार्यों को हमने चेतन रूप से बार-बार करके सीखा था, जब तक कि ये हमारे अवचेतन मन में स्थापित नहीं हो गए। फिर अवचेतन मन की आदत ने उस काम को अपने जिम्मे ले लिया। इसे कई बार “दूसरी प्रकृति” भी कहा जाता है, यानी हमारी “पहली प्रकृति” के चिंतन और क्रिया पर अवचेतन मन की प्रतिक्रिया।

हम अच्छी या बुरी आदतें चुनने के लिए स्वतंत्र होते हैं। अगर आप कोई नकारात्मक विचार या कार्य कुछ समय तक दोहराते हैं, तो आप खुद को एक आदत के दबाव में ले आते हैं। आपके अवचेतन मन का नियम दबाव है।

उसकी बुरी आदत कैसे छूटी

मि. जोन्स ने मुझसे कहा, “शराब की आदत ने मुझे जकड़ लिया था, कई बार मैं लगातार दो हफ्तों तक भी नशे में रहा। मैं इसे नहीं छोड़ पा रहा था।”

इस दुर्भाग्यशाली व्यक्ति के साथ ऐसा बार-बार हुआ। अत्यधिक शराब पीना उसकी आदत बन चुकी थी। पर वह जानता था कि उसे इस आदत को बदलकर एक नई आदत डालनी थी। उसने बताया कि मन पर काबू कर वह कुछ समय तक तो इस आदत को रोक पाया, परंतु इच्छाओं को दबाने की कोशिश से हालत सुधरने के बजाय बिगड़ती जा रही थी। उसकी लगातार असफलताओं ने उसे विश्वास दिला दिया कि अब कोई उपाय नहीं है और उसके पास अपनी इच्छा को नियंत्रित करने की शक्ति भी नहीं है। शक्तिहीनता के इस विचार ने उसके अवचेतन मन पर जबर्दस्त सुझाव के रूप में काम किया। इस कारण उसकी कमजोरी बढ़ गई और उसके जीवन में असफलताओं का सिलसिला चल पड़ा।

मैंने उसे चेतन और अवचेतन मन के कार्यों में सामंजस्य बैठाना सिखाया। जब इन दोनों में परस्पर तालमेल होता है तो अवचेतन मन में बोई गई इच्छा या विचार साकार हो जाता है। उसका तार्किक मन सहमत था कि अगर उसकी आदत के पुराने मार्ग ने उसे मुश्किल में डाल दिया है, तो वह चेतन रूप से स्वतंत्रता, संयम और मानसिक शांति का नया मार्ग बना सकता है।

वह जानता था कि उसकी विनाशक आदत अब स्वचालित बन गई है, परंतु चूंकि उसने इसे सचेतन विकल्प चुनकर खुद बनाया था। उसे अहसास था कि अगर उसने अपनी कंडीशनिंग नकारात्मक कर ली है, तो वह इस कंडीशनिंग को सकारात्मक भी कर सकता है। परिणामस्वरूप, उसने शक्तिहीन होने के विचार को छोड़ दिया ताकि वह आदत को छोड़ सके। उसने एक स्पष्ट समझ हासिल की कि उसके अपने विचार के अलावा उसके उपचार में कोई बाधा नहीं है। इसलिए बहुत ज्यादा मानसिक कोशिश या मानसिक दबाव की कोई जरूरत नहीं है।

मानसिक तस्वीर की ताकत

उस व्यक्ति ने अपने शरीर को शिथिल करने का अभ्यास किया और मन को आराम, उनींदी और ध्यान की अवस्था में पहुंचाया। फिर उसने यह जानते हुए मस्तिष्क में इच्छित परिणाम की तस्वीर भरी कि उसका अवचेतन मन सबसे आसान तरीके से इसे साकार कर सकता है। उसने कल्पना की उसकी बेटी उसकी स्वतंत्रता पर बधाई देते हुए कह रही है, “ओह डैडी, कितना अच्छा हुआ कि आप दोबारा घर लौट आए।” उसके पीने की आदत ने उसे परिवार से दूर कर दिया था। वह अपने बच्चों से मिल नहीं पाता था और पत्नी ने भी बात करना बंद कर दिया था।

नियमित रूप से, सुनियोजित तरीके से वह इस तरह ध्यान करने लगा। ध्यान भटकने पर उसने तत्काल अपनी बेटी की मानसिक तस्वीर याद करने की आदत डाल ली, उसकी

मुस्कान के साथ और उसके घर का दृश्य, जो बेटी की चहकती आवाज से जीवंत था। इस तरह उसके दिमाग की दोबारा कंडीशनिंग हो गई। यह क्रमिक प्रक्रिया थी। उसने इसे जारी रखा। वह लगा रहा। वह जानता था कि देर-सबेर वह अपने अवचेतन मन में आदत की एक नई प्रक्रिया बना लेगा। मैंने उसे बताया कि चेतन मन एक कैमरे की भांति कार्य करता है और अवचेतन मन उस कैमरे की वह प्लेट है जिस पर फोटो की छाप पड़ती है। इस सुझाव का उस पर गहरा प्रभाव पड़ा और उसने यह लक्ष्य बना लिया कि वह अपने मन पर तस्वीर की दृढ़ छाप छोड़े और उसे विकसित करे। फिल्म अंधेरे में बनाई जाती हैं, उसी प्रकार मानसिक तस्वीरें भी अवचेतन मन के डार्क रूम में बनाई जाती हैं।

ध्यान का केन्द्रीकरण

उसे अच्छी तरह से समझ आ गया था कि उसका चेतन मन कैमरे की तरह है, इसलिए उसने कोई कोशिश नहीं की, न ही कोई मानसिक संघर्ष किया। उसने शांति से अपने विचारों को संतुलित किया और अपना ध्यान अपने सामने के दृश्य पर केंद्रित किया, जब तक कि वह तस्वीर के साथ एकाकार नहीं हो गया। वह मानसिक माहौल में डूब गया और मानसिक फिल्म को दोहराने लगा।

उसके मन में उपचार के बारे में कोई शंका नहीं थी। जब भी उसे पीने की तलब लगती थी, तो वह अपनी कल्पना को शराब के विचार से दूर अपने परिवार के साथ घर पर रहने की भावना की ओर मोड़ देता था। वह सफल भी रहा क्योंकि उसने पूरे विश्वास से चाहत की थी कि जो चित्र वह मस्तिष्क में तैयार कर रहा है, वह जरूर साकार होगा। आज वह एक करोड़पति व्यक्ति की जिंदगी जी रहा है और बहुत खुश है।

वो सोचता था कि वो बदकिस्मत है

मिस्टर ब्लॉक ने मुझे बताया कि वे सालाना करीब 20 हजार डॉलर कमाते थे, परंतु पिछले तीन माह से किस्मत उनका साथ नहीं दे रही है।

वे अपने क्लाइंट्स के साथ डील करने ही वाले होते हैं कि कुछ ऐसा हो जाता है जिससे डील रद्द हो जाती है। वे बताते हैं कि शायद बदकिस्मती उनका पीछा कर रही है।

उनसे बात करते हुए मैंने मामले को गहराई से समझने की कोशिश की तो पाया कि तीन माह पहले जब एक डॉक्टर ने आखिरी समय पर कॉन्ट्रेक्ट को रद्द कर दिया तो वे उस पर बहुत गुस्सा हुए और तब से चिढ़चिढ़े रहने लगे थे। फिर वे इस डर में जीने लगे कि अन्य क्लाइंट भी

इसी प्रकार कॉन्ट्रेक्ट रद्द कर सकते हैं और इस प्रकार उन्होंने अपने मन में कुंठा, शत्रुता और बाधाओं का पैटर्न बना लिया। उनके मन में हमेशा आखिरी मिनट में अनुबंध रद्द होने की आशंका ने घर कर लिया और फिर उसी प्रकार की परिस्थितियां उत्पन्न होने लगीं। जिससे वे डरते थे वह सच होने लगा था। जल्द ही मिस्टर ब्लॉक को यह अहसास हुआ कि

समस्या स्वयं उनके मस्तिष्क में है और इसके लिए उन्हें मानसिक नजरिए में बदलाव की आवश्यकता है।

अपनी बदकिस्मती का सिलसिला उन्होंने इस प्रकार रोका :

> "मुझे अहसास है कि मैं अपने अवचेतन मन की असीमित बुद्धिमत्ता के साथ एकाकार हूं, जो किसी बाधा, मुश्किल या विलंब को नहीं जानती है। मैं सर्वश्रेष्ठ की सुखद उम्मीद में जीता हूं। मेरा गहरा मन मेरे विचारों पर प्रतिक्रिया करता है। मैं जानता हूं कि मेरे अवचेतन की असीमित शक्ति का काम रोका नहीं जा सकता। असीमित बुद्धिमत्ता जो भी कार्य शुरू करती है, उसे हमेशा सफलतापूर्वक पूरा करती है।
>
> रचनात्मक ज्ञान मेरे माध्यम से काम करके मेरी सारी योजनाओं और उद्देश्यों को पूरा करता है। मैं जो भी शुरू करता हूं, उसे सफलता से पूरा करता हूं। जीवन में मेरा लक्ष्य अद्भुत सेवा देना है और मैं जिनके भी संपर्क में आता हूं, वे मेरी सेवाओं से धन्य हो जाते हैं। मेरे सभी काम दैवीय विधान के अनुरूप फलदायी होते हैं।"

इस प्रकार की प्रार्थना वे ग्राहकों से मिलने जाने से पहले दोहराने लगे और उन्होंने सोने से पहले भी यह प्रार्थना दोहराई। कुछ ही समय में उन्होंने अवचेतन मन में एक नई आदत का पैटर्न बना लिया और जल्दी ही एक बार फिर से सफल सेल्समैन बन गए।

किस हद तक आप कुछ चाहते हैं

एक बार एक युवक ने सुकरात से पूछा कि उसे बुद्धि कैसे मिल सकती है। सुकरात ने कहा,

"मेरे साथ आओ।" वे उस लड़के को नदी तक ले गए और उसका सिर पानी में डूबो दिया। उन्होंने उसे तब तक डुबोए रखा, जब तक कि लड़का सांस लेने के लिए बुरी तरह छटपटाने नहीं लगा। फिर उन्होंने उसे छोड़ दिया। जब लड़के की हालत ठीक हो गई, तो उन्होंने ने उससे कहा, "जब तुम्हारा सिर पानी में था, तो तुम्हें किस चीज की सबसे ज्यादा चाहत थी?"

लड़के ने उत्तर दिया, "हवा की।"

सुकरात ने उससे कहा,

"जब तुम बुद्धिमानी को उतना चाहने लगोगे, जितना कि पानी में डूबते समय हवा को चाहते थे, तो यह तुम्हें मिल जाएगी।"

इसी प्रकार, जब आपके मन में जीवन के किसी अवरोध को पार करने की गहन इच्छा होगी और आप इस निर्णय पर पहुंच जाएंगे कि इससे पार पाने का मार्ग है और इसे ही आप पाना चाहते हैं

तो आपकी सफलता सुनिश्चत हो जाएगी।

यदि आप सचमुच मानसिक और आंतरिक शांति प्राप्त करना चाहते हैं, तो आपको यह मिल जाएगी। इससे कोई फर्क नहीं पड़ता है कि आपके साथ कितना भेदभावपूर्ण व्यवहार हुआ है, आपके बॉस ने क्या गलत किया है या अन्य किसी ने आपको कितना भी नुकसान पहुंचाया हो। जब आप अपनी मानसिक और आध्यात्मिक शक्तियों के बारे में जाग्रत हो जाते हैं, तो आपको इससे कोई फर्क नहीं पड़ता है। आप जानते हैं कि आप क्या चाहते हैं और आप निश्चित रूप से नफरत, गुस्से, शत्रुता तथा दुर्भावना के चोरों (विचारों) को अपनी शांति, सद्भाव, सेहत और खुशी नहीं लूटने देंगे।

अपने विचारों को जीवन के लक्ष्य के साथ एकाकार करने की आदत सीखने पर आप परिस्थितियों, खबरों और घटनाओं पर विचलित होना छोड़ देंगे। आपका लक्ष्य शांति, सेहत, प्रेरणा, सद्भाव और समृद्धि हो जायेगा। महसूस करें कि शांति की नदी आपके भीतर इस समय प्रवाहित हो रही है। आपका विचार अमूर्त और अदृश्य शक्ति है तथा आप इसका चुनाव खुद को दुआ देने, प्रेरित करने और शांति पाने के लिए करते हैं।

क्यों उसका उपचार न हुआ

यह उदाहरण एक शादी-शुदा व्यक्ति का है जिसके चार बच्चे थे, परंतु वह एक अन्य महिला के साथ भी रहने लगा था और उसके सभी खर्च उठाता था। वह महिला उसकी सभी व्यापरिक यात्राओं में साथ रहती थी। वह बहुत निराश और चिड़चिड़ा हो गया था और बिना दवाइयों के उसे नींद नहीं आती थी। डॉक्टर की दवाइयां भी उसके हाई ब्लड प्रेशर को नियंत्रित नहीं कर पा रही थीं। उसके अन्य अंगों में भी तकलीफ थी, जिन्हें उसका डॉक्टर न तो पकड़ पा रहा था, न ही इलाज कर पा रहा था। स्थिति तब और बिगड़ गई, जब वह बहुत शराब पीने लगा।

इसका कारण अपराध को लेकर उसका गहरा अचेतन बोध था। उसने विवाह की कसमों को तोड़ा था, इसी कारण वह समस्या में पड़ गया। वह जिस धार्मिक विश्वास में पला-बढ़ा था, वह उसके अवचेतन मन की गहराई में विद्यमान था। वह अपराधबोध के घाव को भरने की निरर्थक कोशिश में ज्यादा पीने लगा था। जिस तरह कोई रोगी अपने भयंकर दर्द के लिए मॉर्फीन और कोकीन लेता है, उसी तरह वह अपने मानसिक तनाव या घाव के लिए शराब पीने लगा। यह आग में घी डालने वाली पुरानी कहानी की तरह है।

स्पष्टीकरण तथा उपचार

उसने मेरी बात को सुना और जाना कि मस्तिष्क कैसे काम करता है। उसने अपनी समस्या का सामना किया और अंततः अवैध संबंध छोड़ने का फैसला कर लिया। उसको यह समझ में आ गया था कि उसका पीना समस्या से भागने की अचेतन कोशिश थी। छिपा हुआ

कारण उसके अवचेतन मन में निहित था और उसका सफाया किया जाना था। इसके बाद ही उपचार हो सकता था।

वह अपने अवचेतन मन पर छाप छोड़ने के लिए दिन में तीन-चार बार इस प्रकार प्रार्थना करने लगा :

> मेरा मस्तिष्क शांति, संतुलन और सद्भाव से भरा हुआ है। असीमित शक्ति मेरे अंदर मुस्कराते हुए विश्राम कर रही है। मैं अतीत, वर्तमान या भविष्य की किसी चीज से नहीं डरता हूं। मेरे अवचेतन मन की असीमित बुद्धिमत्ता सभी तरीकों से मेरा नेतृत्व, निर्देशन और मार्गदर्शन कर रही है।
>
> मैं अब प्रत्येक स्थिति का सामना विश्वास, संतुलन, शांति से करता हूं। मैं अब इस आदत से पूरी तरह आजाद हूं। मेरा मस्तिष्क आंतरिक शांति, स्वतंत्रता और खुशी से भरा है। मैं खुद को क्षमा करता हूँ; फिर मुझे भी क्षमा किया जाता है। शांति, संयम और विश्वास मेरे मस्तिष्क पर शासन करते हैं।

उसने यह प्रार्थना कई बार दोहराई, तो वह पूरी तरह से जानता था कि वह क्या कर रहा था और क्यों कर रहा था। इस कारण उसके मन में विश्वास और भी दृढ़ होता गया। मैंने उसे समझाया कि जब वह इन वाक्यों को जोर से, धीरे-धीरे, प्रेमपूर्वक और अर्थपूर्ण ढंग से दोहराएगा, तो वे धीरे-धीरे उसके अवचेतन मन में उतर जाएंगे। बीजों की तरह वे भी बड़े होकर फल देंगे। इन शब्दों का कंपन, जिन पर वह ध्यान केंद्रित कर रहा था, उसके अवचेतन मन तक पहुंचकर उन सभी नकारात्मक मानसिक पैटर्न को मिटा रहे थे, जिन्होंने उसकी समस्याओं को पैदा किया था। प्रकाश ने अंधकार को दूर कर दिया। सृजनात्मक विचारों ने नकारात्मक विचारों को नष्ट कर दिया। वह महीने भर में बदल गया।

स्वीकारने से मना करना

यदि आप शराबी या मादक पदार्थ के आदी हो गये हैं, तो आप उसे स्वीकार करें। अपने को बचाने की कोशिश न करें। बहुत से लोग शराबी इसलिए बन जाते हैं, क्योंकि उन्होंने इसे कभी भी स्वीकार नहीं किया।

आपकी बीमारी आपके अन्दर का आंतरिक भय है। चूंकि आप जीवन का सामना करने से इंकार कर रहे हैं, इसलिए आप शराब के माध्यम से अपनी जिम्मेदारियों से भागने की कोशिश कर रहे हैं।

बतौर शराबी आपकी कोई स्वतंत्र इच्छा नहीं है, हालांकि आप सोच सकते हैं कि ऐसा नहीं है और आप अपनी इच्छाशक्ति के बारे में डींगें हांकते हों। यदि आप आदतन शराबी हैं और साहस के साथ यह घोषणा करते हैं, "अब मैं इसे कभी हाथ नहीं लगाऊंगा," तो आपमें इस घोषणा को सही साबित करने की शक्ति नहीं होगी क्योंकि आप यह नहीं जानते हैं कि शक्ति को कहां खोजना है।

आप खुद की बनाई मनोवैज्ञानिक जेल में रह रहे हैं और आप अपने विश्वासों, मशविरों, प्रशिक्षण और माहौल के प्रभावों की बेड़ियों में जकड़े हुए हैं। अधिकांश मनुष्यों की तरह आप भी आदतों वाले जीव ही हैं। आप जिस तरह से प्रतिक्रिया करते हैं, उसके लिए कंडीशंड हो गये हैं।

स्वतंत्रता के विचार बुनना

मन में स्वतंत्रता और मानसिक शांति के विचार बुने जायें तो ये आपकी अवचेतन गहराइयों तक पहुंच जाएंगे। आपका अवचेतन मन सर्वशक्तिमान है, इसलिए यह आपको शराब पीने की इच्छा से स्वतंत्र कर देगा। फिर आपको एक नई समझ मिलेगी कि आपका दिमाग कैसे काम करता है। इसके द्वारा आप अपनी बात को सच साबित कर सकते हैं।

51 प्रतिशत उपचार

यदि आपमें एक बार किसी विनाशक आदत से छुटकारा पाने की प्रबल इच्छा जाग जाती है, तो आपका 51 प्रतिशत इलाज पहले ही हो जाता है। जब आपकी बुरी आदत को छोड़ने की इच्छा इसे जारी रखने की इच्छा से अधिक बड़ी हो जाती है, तो आपको पूरी स्वतंत्रता पाने के लिए बहुत अधिक मशक्कत नहीं करनी पड़ेगी।

एक बार जिस भी विचार ने आपके दिमाग में लंगर डाल दिया तो आपका मस्तिष्क उसका विस्तार जरूर करेगा। अगर आप मस्तिष्क को स्वतंत्रता की अवधारणा और मानसिक शांति पर केंद्रित करें और लगातार इसे ध्यान की इस नई दिशा पर केंद्रित कर पाएं तो आप ऐसी भावनाएं उत्पन्न करते हैं, जो स्वतंत्रता और शांति की अवधारणा को धीरे-धीरे ग्रहण कर लेती हैं। आप जिस भी विचार को इस तरीके से भावनात्मक बनाते हैं, उसे आपका अवचेतन मन स्वीकार कर लेता है और साकार कर देता है।

अदला-बदली का नियम

इस बात को मानें कि आपके कष्ट से कोई अच्छी चीज उत्पन्न हो सकती है। कष्ट उठाने वाले आप अकेले नहीं हैं। परंतु हमें कष्ट मंह रहना मूर्खता के अलावा कुछ नहीं है।

यदि आप शराबी ही बने रहेंगे तो इससे आपको मानसिक और शारीरिक कष्ट होता रहेगा। इस बात का अहसास करें कि आपकी अवचेतन की शक्ति आपका साथ दे रही है। भले ही मन के भीतर उदासी हो, आप स्वतंत्रता की सुखद कल्पना करें, जो आपके भीतर है।

यही प्रतिस्थापन या अदला—बदली का नियम है। आपकी कल्पना आपको शराब की बोतल तक ले गई थी। इसे अब खुद को स्वतंत्रता और मानसिक शांति तक ले जाने दें। आपको थोड़ा कष्ट होगा, लेकिन यह सृजनात्मक उद्देश्य के लिए होगा। आप इसे उसी तरह

सहन करें, जिस तरह मां प्रसव पीड़ा को करती है और आप मस्तिष्क में एक बच्चे को जन्म देंगे। आपका अवचेतन संयम को जन्म देगा।

शराबी बनने का कारण

शराबखोरी का असली कारण नकारात्मक और विनाशक सोच है; जैसा इंसान सोचता है वैसा ही वह होता है। शराबी में हीन भावना, अक्षमता, कुंठा और पराजय का गहरा अहसास होता है। अक्सर इनके साथ गहरी आंतरिक शत्रुता भी होती है। मनुष्य के पास अनंत बहाने होते हैं, जिनसे वह अपने शराबीपन का बचाव कर सकता है, लेकिन असली कारण मनुष्य का वैचारिक जीवन होता है।

तीन चमत्कारिक बिंदु

पहला : स्थिर हो जाएं, मस्तिष्क को शांत कर लें। उनींदी, निष्क्रिय अवस्था में पहुंच जाएं। इस शिथिल, शांत, ग्रहणशील अवस्था में आप दूसरे कदम की तैयारी कर रहे हैं।

दूसरा : एक संक्षिप्त वाक्य लें, जिसे आसानी से याद्दाश्त पर उकेरा जा सके और लोरी की तरह बार-बार दोहराएं। इस वाक्य का प्रयोग करें, "अब मुझमें संयम और मानसिक शांति है और मैं धन्यवाद देता हूं।" मस्तिष्क को भटकने से रोकने के लिए इसे जोर से दोहराएं और मन में बोलते समय इसके उच्चारण में होंठों और जीभ को चलाएं। इससे अवचेतन मन तक पहुंचने में मदद मिलती है। इसे पांच मिनट या इससे ज्यादा समय तक करते रहें। आप एक गहरी भावनात्मक प्रतिक्रिया पाएंगे।

तीसरा : सोने से ठीक पहले वह करें, जो महान जर्मन कवि जोहानन वॉन गेटे करते थे। कल्पना करें कि कोई मित्र या प्रियजन आपके साथ है। आपकी आंखें बंद हैं, आप शिथिल और शांत हैं। यह प्रियजन या मित्र कल्पना में आपसे कह रहा है, "बधाइयां।" आप उसकी मुस्कराहट देखते हैं; आप उसकी आवाज सुनते हैं। आप मानसिक रूप से उसका हाथ छूते हैं। सब कुछ वास्तविक और चित्रात्मक है। बधाइयां शब्द पूर्ण स्वतंत्रता का द्योतक है। इसे बार-बार सुनें, जब तक कि आपको संतोषजनक अवचेतन प्रतिक्रिया न मिल जाए।

निरंतर प्रयासरत् रहें

जब डर आपके मन का दरवाजा खटखटाए या चिंता, तनाव या शंका दिमाग में आए, तो अपने सपने, अपने लक्ष्य को देखते रहें। अपने अवचेतन मन के भीतर की असीमित शक्ति के बारे में सोचें, जो आपके चिंतन और कल्पना को पैदा कर सकती है। इससे आपको विश्वास, शक्ति और साहस मिलेगा। लगातार करते रहें, जुटे रहें, जब तक कि दिन नहीं निकल आए और अंधेरा दूर नहीं भाग जाए।

अपनी शोचनीय ताकत की समीक्षा करें :

1. समस्या के भीतर ही समाधान भी छिपा होता है। यह ठीक वैसे ही है जैसे जवाब के भीतर ही उत्तर होता है। जब आप पूरी आस्था और विश्वास से प्रार्थना करते हैं, तब असीमित बुद्धिमत्ता प्रतिक्रिया जरूर करती है।

2. आदत आपके अवचेतन मन का एक विशिष्ट कार्य है। आपके अवचेतन की अद्भुत शक्ति का इससे बड़ा सबूत नहीं है कि आपके जीवन पर आदत की कितनी शक्ति और नियंत्रण है। आप आदतों वाले जीव ही हैं।

3. आप अवचेतन मन में आदत के स्वरूप को विचारों और कार्यों के माध्यम से बार-बार दोहराकर बनाते हैं। एक समय के बाद इसका मस्तिष्क में स्थिर खाका बन जाता है और यह स्वतः कार्य करने लग जाती है जैसे तैराकी, नृत्य, टायपिंग, पैदल चलना, कार चलाना इत्यादि।

4. आपके पास चुनने की स्वतंत्रता है। आप अच्छी या बुरी आदतें चुन सकते हैं। प्रार्थना एक अच्छी आदत है।

5. चेतन मन में जिस भी विचार पर आप पूरी आस्था रखते हैं और उसकी कल्पना करते हैं, आपका अवचेतन मन उसे साकार कर देता है।

6. आपकी सफलता और उपलब्धियों के बीच सबसे बड़ा अवरोध आपके विचार और कल्पनाएं ही होती हैं।

7. अपने लक्ष्यों अथवा अच्छी आदतों पर ही ध्यान केंद्रित करें। यहां से ध्यान भटकने न दें। इसे आदत बना लें। इसे मस्तिष्क को अनुशासित करना कहा जाता है।

8. आपका चेतन मन एक कैमरे की भांति कार्य करता है और अवचेतन मन उस कैमरे की वह प्लेट है जिस पर फोटो की छाप पड़ती है।

9. इंसान के पीछे जो एकमात्र बदकिस्मती पड़ी रहती है, वह डर का विचार है, जिसे बार-बार दिमाग में दोहराया जाता है। इस ज्ञान के साथ बदकिस्मती से पीछा छुड़ाएं कि आप जो भी काम शुरू करते हैं, उसे आप दैवीय विधान में सुखद परिणाम तक पहुंचाओगे। सुखद अंत की तस्वीर बनाएं और इसे विश्वास के साथ बनाए रखें।

10. नई आदत बनाने के लिए यह विश्वास होना आवश्यक है कि यह आपकी चाहत है। जब बुरी आदत को छोड़ने की आपकी इच्छा इसे जारी रखने की इच्छा से ज्यादा बड़ी हो, तो समझ लीजिए, आपका इक्यावन प्रतिशत उपचार हो चुका है।

11. दूसरों की बातें आपको तब तक चोट नहीं पहुंचा सकती, जब तक कि आपकी खुद की वैचारिक और मानसिक सहमति नहीं हो। खुद को अपने लक्ष्य के साथ एकाकार करें, जो शांति, सद्भाव और खुशी है। आप अपने ब्रह्मांड के इकलौते विचारक हैं।

12. अधिक शराब पीना पलायन की एक अचेतन इच्छा है। इसका कारण नकारात्मक और विध्वंसात्मक चितंन है। परंतु स्वतंत्रता, संयम, पूर्णता के बारे में विचार करने तथा उपलब्धि के रोमांच को महसूस करने से इसका उपचार किया जा सकता है।

13. कई लोग शराबी इसलिए बने रहते हैं, क्योंकि वे समस्या को स्वीकार करने से इनकार कर देते हैं।

14. आपके अवचेतन मन का नियम, जिसने आपको बंधन में रखा और आपके कार्य की स्वतंत्रता को सीमित किया, आपको स्वतंत्रता और खुशी देगा। यह इस बात पर निर्भर करता है कि आप इसका किस प्रकार प्रयोग करते हैं।

15. आपकी कल्पना आपको शराब की बोतल तक ले गई थी; अब स्वतंत्र होने की कल्पना करके इसे स्वतंत्रता की ओर ले जाएं।

16. अल्कोहॉलिज्म का असली कारण नकारात्मक और विध्वंसात्मक चिंतन है। जैसा व्यक्ति अपने दिल (अवचेतन मन) में सोचता है, वैसा ही वह होता है।

17. जब भय आपके मन के दरवाजे पर खटखटाए, तो ईश्वर में आस्था और सभी अच्छी चीजों को दरवाजा खोलने दें।

19

अवचेतन मन की सहायता से डर को भगायें

मेरे एक विद्यार्थी ने बताया कि उसे एक सम्मेलन में वक्तव्य देने के लिए आमंत्रित किया गया था। वह इस विचार से बहुत डरा हुआ था कि उसे करीब 1000 लोगों के सामने अपना वक्तव्य देना है। उसने अपने डर को इस प्रकार भगाया: कई रातों तक वह करीब पांच मिनट कुर्सी पर शांति से बैठा और उसने स्वयं से धीरे, शांतिपूर्वक और सकारात्मक तरीके से कहा,

> "मैं इस डर पर विजय पाने जा रहा हूं। मैं अभी इस पर विजय पा रहा हूं। मैं संतुलन और विश्वास से बोलता हूं। मैं निश्चिंत और आराम से हूं।"

इस प्रकार उसने मस्तिष्क के एक खास नियम का उपयोग किया और अपने डर पर विजय पाई।

अवचेतन मन सुझाव के प्रति बहुत ग्रहणशील होता है और यह सुझाव द्वारा नियंत्रित होता है। जब आप मन को स्थिर करके आरामदेह स्थिति में लाते हैं तब आपके चेतन मन के विचार अवचेतन मन तक पहुंचते हैं। यह प्रक्रिया परासरण जैसी होती है, जिसमें छिद्र वाली झिल्लियों द्वारा विभाजित द्रव आपस में मिल जाते हैं। जब ये सकारात्मक बीज या विचार अवचेतन मन में उतरते हैं तो वे अपनी तरह के फल देते हैं तथा आप संतुलित, स्थिर और शांत बन जाते हैं।

आदमी का असल शत्रु

ऐसा कहा जाता है कि डर, मनुष्य का सबसे बड़ा शत्रु है। असफलता, बीमारी, कमजोर मानवीय संबंधों का कारण, डर ही होता है। करोड़ो लोग अपने अतीत, भविष्य, बुढ़ापे, पागलपन और मौत से डरते हैं। डर सिर्फ आपके मन का एक विचार है और इस प्रकार आप अपने मन के विचार से ही डरे हुए हैं।

एक छोटा बच्चा डर से कांप जाता है जब उसे बताया जाता है कि उसके बिस्तर के नीचे एक बाबा छिपा बैठा है जो उसे पकड़ कर ले जाएगा। उसका डर तब तक रहता है जब तक कि पिता कमरे में आकर लाइट जलाकर दिखा नहीं देते कि कोई बाबा नहीं है। बच्चे के मन का डर उतना ही असल था जितना कि असली बाबा होने पर होता। उसके मन के झूठे विचार का उपचार हो गया। उस जिस चीज का डर था अब वह नहीं थी। इसी प्रकार, आपके अधिकांश डर असल नहीं होते हैं। वे महज दुष्ट छायाओं का समूह होते हैं और छायाएं असली नहीं होती हैं।

वह करके देखें, जिससे डर लगता है

दार्शनिक और कवि राल्फ वाल्डो इमर्सन ने कहा था, "वह कार्य करें जिससे आप डरते हों, तब डर की मृत्यु तय है।"

एक समय था जब इस पुस्तक का लेखक श्रोताओं के सामने जाने से इस कदर डरता था कि वह बयान भी नहीं किया जा सकता है। इस डर को दूर भगाने के लिए मैं मंच पर श्रोताओं के सामने गया और वह किया जो मेरे लिए बहुत मुश्किल था। इसके बाद वह डर मेरे अंदर से पूरी तरह समाप्त हो गया।

जब आप पूरे विश्वास से स्वयं से कहते हैं कि आप अपने डर पर विजय पाने वाले हैं और चेतन मन में एक निश्चित निर्णय पर पहुंचते हैं, तो आप अवचेतन की शक्ति को स्वतंत्र कर देते हैं, जो आपके विचार की प्रकृति की प्रतिक्रिया में प्रवाहित होती है।

दूर भगाएं मंच का डर

एक युवा महिला को ऑडिशन के लिए आमंत्रित किया गया था। उसे उस नौकरी की बहुत आवश्यकता थी। हालांकि इससे पहले तीन जगह साक्षात्कार में वह अच्छा प्रदर्शन नहीं कर पाई क्योंकि उसे मंच का अत्यधिक डर था।

उसकी आवाज बहुत अच्छी थी, परंतु उसके मन में एक विचार आ गया था कि समय आने पर वह मंच के डर के कारण अच्छा प्रदर्शन नहीं कर पाएगी। अवचेतन मन आपके डर को आपका निवेदन मानकर साकार करने और अनुभव में लाने के प्रयास करना शुरू कर देता है। पिछले तीन ऑडिशन में उसने गलत नोट्स गा दिए और इसके बाद वह परेशान होकर रोने लगी थी। इसका कारण सिर्फ उसका स्वयं को दिया गया सुझाव था।

उसने इस प्रकार अपने मन के डर को दूर किया: दिन में तीन बार वह स्वयं को एक कमरे में बंद कर लेती थी। फिर आराम से कुर्सी पर बैठकर, शरीर को आरमदेह स्थिति में लाकर, आंखों को बंद कर लेती। फिर वह पूरी क्षमता से अपने मन और शरीर को स्थिर करने का प्रयास करती। शारीरिक स्थिरता ग्रहणशीलता को बढ़ाती है। उसने अपने मन में आने वाले डर के सुझावों का यह कहकर सामना किया, "मैं बहुत सुंदर गाती हूं। मैं संतुलित, स्थिर, आत्मविश्वासी और शांत हूं।"

वह जब भी अकेले में बैठती तो इन शब्दों को आराम से, शांतिपूर्वक और पूरे मन से पांच से दस बार दोहराती। वह दिन में कुल तीन बार ऐसा करती थी। रात में सोने से तुरंत पहले तो वह जरूर करती थी। लगभग एक सप्ताह में वह पूरी तरह संतुलित और आत्मविश्वास से भरपूर हो गई। इसके बाद उसने शानदार ऑडिशन दिया। आप भी इस तरीके को अपनाकर अपने डर पर विजय पा सकते हैं।

नाकामयाबी का भय

मुझसे मिलने अक्सर करीब की एक यूनिवर्सिटी के कुछ विद्यार्थी और स्कूल शिक्षक आते हैं, जो आमतौर पर परीक्षा में भूल जाने की आदत से परेशान हैं। उनकी हमेशा एक ही शिकायत रहती है, "मुझे परीक्षा होने के बाद उत्तर याद आ जाते हैं, परंतु वे परीक्षा देते समय याद नहीं आते हैं।"

हम जिस भी विचार पर अधिक ध्यान देते हैं वह साकार होने लगता है। आमतौर पर हम में से अधिकांश लोगों के मन में असफलता का विचार घर कर लेता है। डर ही हमारी अस्थायी भूलने की आदत का कारण होता है और हमारे पूरे अनुभव को बुरा बना देता है।

एक युवा मेडिकल छात्र अपनी कक्षा में सबसे होनहार था। फिर भी वह मौखिक और लिखित परीक्षा के समय सामान्य से सवालों के जवाब भी भूल जाता था। मैंने उसे समझाया कि पिछली परीक्षाओं के दौरान का डर और घबड़ाहट ही इसका कारण है। इन्हीं नकारात्मक विचारों ने डर का रूप ले लिया है।

डर के भाव में लिपटे विचार अवचेतन मन में साकार होते हैं। दूसरे शब्दों में, वह व्यक्ति अवचेतन मन से आग्रह कर रहा था कि वह उसे फेल करवा दे और उसने यही कार्य किया। परीक्षा के दिन उसने पाया कि वह सब कुछ भूल गया है।

डर से निजात

उसे समझ आया कि उसका अवचेतन मन याद्दाश्त का भंडार है और वह मेडिकल प्रशिक्षण के दौरान देखी और सुनी गई प्रत्येक बात को हमेशा याद रखता है। साथ ही उसने जाना कि अवचेतन मन प्रतिक्रियाशील और पारस्परिक है। इसके साथ तालमेल बनाने का तरीका शांत, आरामदेह और आत्मविश्वास से पूर्ण बनना है।

प्रत्येक दिन और रात को वह यह कल्पना करने लगा कि उसके माता—पिता उसके शानदार रिकॉर्ड पर उसे बधाई दे रहे हैं। वह कल्पनाओं में उनसे एक बधाई पत्र लेते हुए महसूस करता था। जब वह इस सुखद परिणाम पर विचार करने लगा, तो उसे अपने भीतर उसी के अनुरूप प्रतिक्रिया मिलनी शुरू हो गई।

इस परिस्थिति में अवचेतन मन की सर्वज्ञानी और सर्वशक्तिमान शक्ति ने कमान अपने हाथ में ले ली और चेतन मन को उसी के अनुसार निर्देशित किया। उसने अंतिम परिणाम

की कल्पना कर ली थी, बस इसे साकार करने के लिए माध्यम की आवश्यकता थी। इस प्रक्रिया को अपनाने के बाद उसे परीक्षाएं पास करने में कोई दिक्कत नहीं हुई। दूसरे शब्दों में, उसकी व्यक्तिनिष्ठ बुद्धि ने कमान हाथ में ले ली और उस पर दबाव डाला कि वह उत्कृष्ठ परिणाम दे।

पानी, पर्वत और बंद जगहों का भय

बहुत से लोग होते हैं जिन्हें लिफ्ट में, पहाड़ पर चढ़ने और पानी में तैरने से डर लगता है। इसका कारण आमतौर पर उससे जुड़े उनके बुरे अनुभव होते हैं जैसे किसी व्यक्ति को तैरना ना आता हो और बचपन में कोई उसे जबरदस्ती पानी में धक्का दे दे या फिर लिफ्ट में चलते हुए कभी अचानक दुर्घटना हो जाए और वह देर तक बंद रह जाए। ऐसे में उस वस्तु के प्रति व्यक्ति के मन में डर पैठ बना लेता है।

जब मैं दस साल का था तब पानी से जुड़ा मुझे एक खराब अनुभव हुआ। मैं स्वीमिंग पूल में गिर गया और डूबने लगा। मैंने तीन बार बाहर आने का प्रयास किया परंतु सफल न हो सका। मुझे आज भी उस भयावह घटना के दृश्य याद हैं जब स्याह पानी में, मैं जाता जा रहा था और मेरे लिए सांस ले पाना भी मुश्किल होता जा रहा था। फिर एकाएक एक युवक ने कूदकर मुझे बाहर निकाला। परंतु इस अनुभव ने मेरे अवचेतन मन को सालों के लिए पानी के डर से भर दिया था।

फिर एक बुजुर्ग मनोवैज्ञानिक ने कहा, “स्वीमिंग पूल के पास जाओ, पानी को ध्यान से देखो और चिल्लाकर कहो कि मैं तुमसे जीतने आया हूं। मैं तुम्हे हराकर मानूंगा। इसके बाद पानी में उतरो और तैरने का अभ्यास करना शुरू करो।” मैंने वैसा ही किया और मैं जल्द ही तैरना सीख गया और पानी से डर भी समाप्त हो गया। आप भी पानी को स्वयं पर हावी ना होने दें बल्कि ध्यान रखें कि आप ज्यादा ताकतवर हैं।

जब मैंने मन में इस नजरिए को स्वीकार किया तो अवचेतन मन की सर्वशक्तिमान शक्ति ने प्रतिक्रिया की और मुझे शक्ति, आस्था तथा आत्मविश्वास दिया जिसने मुझे इस डर से उबरने में समर्थ बनाया।

किसी विशेष डर से उबरने का मंत्र

यहां डर से उबरने की एक प्रक्रिया और तकनीक बताई गई है जो मैं मंच से लोगों को सिखाया करता हूं। यह जादू की तरह कार्य करती है। आजमाकर देख लें।

मान लें, आप पानी, पहाड़, साक्षात्कार या बंद जगह पर रहने से डरते हैं। यदि आप तैरने से डरते हैं तो पांच-दस मिनट के लिए दिन में तीन चार बार स्थिर बैठें। अब कल्पना करें कि आप तैर रहे हैं। असल में, आप मन में तैर रहे होते हैं। यह व्यक्तिनिष्ठ अनुभव है। मानसिक रूप से खुद को आपने पानी में डाल लिया है। आप पानी की ठंडक और हाथ-पैरों

का हिलना-डुलना महसूस करते हैं। यह सब वास्तविक, सजीव और मन को प्रसन्न करने वाली गतिविधि है। यह दिन में बेकार सपने देखना नहीं है बल्कि आपको यह समझना चाहिए कि कल्पनाओं में आप जो अनुभव करते हैं वही आपके अवचेतन मन में विकसित होता है। इसके बाद आप वही अनुभव कर पाएंगे जो छाप आपने मन की गहराई पर छोड़ी थी। यह अवचेतन का नियम है।

यदि आप अन्य प्रकार के डरों से ग्रसित हैं जैसे ऊंची जगह या पहाड़ पर चढ़ने से तो आप इस तरकीब को अपना सकते हैं। कल्पना करें कि आप ऊंचे पहाड़ पर चढ़ रहे हैं, उसका असल अनुभव लें, उसकी खूबसूरती का आनंद लें। मानसिक रूप से आप लगातार इस गतिविधि को करेंगे तो शारीरिक रूप से भी करना आसान बन जाएगा।

उसने लिफ्ट को दी शुभकामनाएं

मैं एक बड़े कॉर्पोरेशन के उच्च अधिकारी को जानता हूं, जो एलिवेटर में जाने से बहुत डरते थे। वे रोज सुबह पांचवी मंजिल तक दफ्तर में पहुंचने के लिए हमेशा सीढ़ियों का इस्तेमाल करते थे। इसके बाद उन्होंने एलिवेटर को प्रत्येक रात और दिन में कई बार आशीष देना शुरू किया। आखिरकार उनका डर खत्म हो गया। उन्होंने एलिवेटर को इस प्रकार आशीष दिया...

> “दफ्तर में एलिवेटर होना एक महत्वपूर्ण विचार है। यह हमारे सभी कर्मचारियों के लिए उपयोगी और महत्वपूर्ण है। इसने अब तक शानदार कार्य किया है। यह दैवीय विधान में कार्य करती है। मैं इसमें शांति और खुशी से यात्रा करता हूं। मैं अब शांत बैठा हूं, जबकि जीवन, प्रेम और समझ मेरे विचार तंत्र में प्रवाहित हो रहे हैं।
>
> मेरी कल्पना में, मैं अब एलिवेटर में हूं और अपने दफ्तर के बाहर कदम रख रहा हूं। एलिवेटर हमारे कर्मचारियों से भरी है। मैंने उनसे बात की और वे दोस्ताना, खुश तथा आजाद हैं। यह स्वतंत्रता, आस्था और विश्वास का अद्भुत अनुभव है। मैं धन्यवाद करता हूं।”

वह दस दिनों तक यह प्रार्थना करता रहा और ग्यारहवें दिन अन्य साथियों के साथ एलिवेटर में दफ्तर तक गया। अब वह स्वयं को पूरी तरह मुक्त महसूस कर रहा था।

स्वभाविक और अस्वभाविक डर

मनुष्य मूलतः दो प्रकार के डरों के साथ जन्म लेता है - गिरने का डर और तेज आवाज का डर। ये एक प्रकार का प्रकृति का चेतावनी का तरीका हैं, जो हमें आत्मरक्षा के लिए प्राप्त हुए हैं। स्वाभाविक डर अच्छा है। आप रोड़ पर गाड़ी के करीब आने की आवाज सुनते हैं और बचने के लिए एक तरफ हट जाते हैं। दुर्घटना का डर आपकी प्रतिक्रिया द्वारा टल जाता है।

अन्य सभी डर आपको माता-पिता, संबंधियों, शिक्षकों और उन अन्य लोगों से आपके पास आते हैं, जिन्होंने आपको शुरुआती वर्षों में प्रभावित किया है।

अस्वभाविक डर

अस्वाभाविक डर तब उत्पन्न होता है, जब लोग अपनी कल्पनाओं पर नियंत्रण खो देते हैं। मैं एक महिला को जानता हूं, जिसे हवाई जहाज से दुनिया की सैर पर जाने का अवसर मिला था। वह अखबारों से हवाई जहाज दुर्घटनाओं की सभी खबरें एकत्रित करने लगी। वह हवाई जहाज से गिरकर समुद्र मे डूबने जैसी कल्पनाएं करने लगी। यह अस्वाभाविक डर है। अगर वह ऐसा ही सोचती रहती, तो इस बात की प्रबल संभावना है कि उसके साथ वही हो जाता, जिसका उसे सबसे ज्यादा डर था।

अस्वभाविक डर के शिकार एक अन्य उदाहरण न्यूयॉर्क के एक बिजनेसमैन का है, जो बहुत समृद्ध और सफल था। उसने स्वयं को लेकर मन में एक काल्पनिक फिल्म बनाई जिसका निर्माता खुद था। इसमें वह स्वयं के असफलता, दिवालिया, कंगाल, बैंक बैलेंस खत्म होने और अवसाद में चले जाने की कल्पनाएं करता था। उसने यह भयंकर तस्वीर देखना नहीं छोड़ा। वह अपनी पत्नी से कहता था, “यह सब हमेशा नहीं रहेगा,” “एक दिन सब खत्म हो जाएगा,” “मुझे लगता है हम बर्बाद हो जाएंगे" इत्यादि।

उसकी पत्नी ने मुझे बताया कि आखिरकर वह सचमुच ही दिवालिया हो गया और जिन चीजों की उसने कल्पना की थी या जिनसे वह डरता था, वे हकीकत में बदल गई। वह जिन चीजों से डर रह था, वे अस्तित्व में नहीं थी, लेकिन उसने लगातार डरकर, विश्वास करके और वित्तीय बर्बादी की आशंका करके उन्हें साकार कर दिया। जॉब ने कहा, जिस चीज का मुझे बहुत डर था, वह हो गई है।

कुछ लोग हमेशा इस बात से डरते हैं कि उनके बच्चों के साथ कोई भयंकर घटना हो जाएगी या उनके साथ कुछ बहुत बुरा हो जाएगा। वे लोग जब किसी दुर्लभ बीमारी या महामारी फैलने के बारे में पढ़ते हैं, तो डर जाते हैं कि कहीं यह उन्हें नहीं हो जाए। कुछ लोग तो इन बीमारियों के लक्षण भी महसूस करने लगते हैं। यह एक प्रकार का अस्वभाविक डर है।

अस्वभाविक डर का उपाय

मानसिक रूप से विचारों को विपरीत दिशा में मोड़ दें। यही डर को खत्म करने का उपाय है। अगर आप डर की अति पर बने रहते हैं, तो आप ठहराव के शिकार रहेंगे और आपका मानसिक एवं शारीरिक क्षरण भी होगा। जब डर बढ़ने लगता है, तो इसके साथ ही विपरीत चाह भी उत्पन्न होती है। अपना ध्यान तत्काल चाही गई वस्तु पर केंद्रित करें। अपनी इच्छा में डूब जाएं। जान लें कि अवचेतन जगत हमेशा चेतन जगत को बदल देता है। यह नजरिया आपको आत्मविश्वास देगा और आपका मनोबल बढ़ाएगा। आपके अवचेतन मन की

असीमित शक्ति आपके पक्ष में कार्य कर रही है और यह असफल नहीं हो सकती। आपको शांति और आत्मविश्वास की प्राप्ति निश्चित ही प्राप्त होगी।

अपने डर को परखें

एक बड़े मल्टीनेशनल कॉर्पोरेशन के अध्यक्ष ने मुझे बताया कि जब उसने सेल्समैन के रूप में काम करना शुरू किया था, तो वह इमारत के पांच-छह चक्कर लगाता था, तब कहीं जाकर उसमें ग्राहक के घर की घंटी बजाने की हिम्मत आ पाती थी। एक दिन उसका सेल्स मैनेजर उसके पास आया और बोला, "दरवाजे के पीछे के हौए से मत डरो। ऐसा कोई हौआ नहीं है। यह एक झूठा विश्वास है।"

मैनेजर ने उसे आगे बताया कि डर का आभास होने पर खुद को तैयार करने लगता और डर से आंख मिलाता। इससे कब उसका डर गायब और उड़न छू हो गया। उसे पता ही नहीं चला।

देखिये, कैसे वह जंगल पहुंच गया

एक पादरी ने मुझे द्वितीय विश्व युद्ध के दौरान का एक वाक्या बताया। उनका प्लेन एक बार खराब हो गया जिसके चलते उन्हें पैराशूट से जंगल में उतरना था। उन्होंने बताया वे डरे हुए थे, परंतु वे जानते थे कि डर दो प्रकार के होते हैं- स्वभाविक और अस्वभाविक, जिनके बारे में यहां पहले बताया जा चुका है।

उन्होंने अपने डर के बारे में तत्काल कुछ करने का फैसला किया और वे खुद से बोलने लगे, "जॉन, तुम अपने डर के सामने घुटने नहीं टेक सकते। सुरक्षा की चाह ही तुम्हारा डर है, यही बाहर निकलने का रास्ता है।"

फिर वे कहने लगे, "जो असीम बुद्धिमत्ता ग्रहों को उनकी कक्षा में मार्गदर्शन देती है, वही अब मुझे इस जंगल से बाहर निकलने की राह दिखाकर सुरक्षा की ओर ले जा रही है।"

वे स्वयं से दस मिनट तक ऐसा जोर-जोर से कहते रहे। फिर वे बोले, "अचानक मुझे अपने भीतर कोई चीज हिलती महसूस हुई। मैं आत्मविश्वास से भरने लगा और मैंने चलना शुरू कर दिया। कुछ दिन बाद मैं चमत्कारिक रूप से जंगल से बाहर आ गया और रेस्क्यू टीम द्वारा ढूंढ लिया गया।

उसके बदले हुए मानसिक नजरिए ने उन्हें बचा लिया। अपने भीतर की अवचेतन शक्ति में उनका विश्वास ही समस्या का समाधान बना था।

उन्होंने आगे कहा, "अगर मैं अपनी किस्मत पर आंसू बहाता और अपने डरों का शिकार होता, तो डर का राक्षस मुझसे जीत जाता और शायद मैं डर के कारण भूखा से ही मर गया होता।"

...और वह नौकरी से निकल गया

एक संस्थान के जनरल मैनेजर ने मुझे बताया कि तीन साल से वह इस दहशत में थे कि उनकी नौकरी जाने वाली है। वे लगातार असफलता की कल्पना कर रहे थे। वे जिस चीज का विचार कर रहे थे, असल में उसका कोई अस्तित्व नहीं था। यह उनके दिमाग का एक तनावपूर्ण विचार भर था। उनकी कल्पनाओं ने विचारों को नाटकीय रूप देकर उनके मन में चित्रित कर दिया था और वे अधिक तनाव और परेशान रहने लगे। आखिरकार एक दिन उनसे नौकरी छोड़ने के लिए कह दिया गया।

असल में, उन्होंने स्वयं को नौकरी से निकलवा दिया था। उनकी लगातार नकारात्मक कल्पनाओं और डर के सुझावों ने अवचेतन मन को विचारों के अनुरूप ही प्रतिक्रिया करने पर मजबूर कर दिया था। इसी कारण उनसे कई गलतियां और भूलें हुई जिनके परिणाम में उन्हें अपने पद से इस्तीफा देना पड़ा। परंतु यदि वे अपने विचारों को तुरंत विपरीत दिशा में मोड़ देते तो उनकी नौकरी कभी भी ना जाती।

उन्होंने उसके विरुद्ध षड्यंत्र रचा

कुछ समय पहले विश्वभर में व्याख्यान के दौरान मेरी बातचीत एक महत्वपूर्ण शासकीय अधिकारी से हुई। इस आदमी में आंतरिक शांति का गहरा अहसास था। उसने बताया समाचार पत्रों और विपक्षी दलों द्वारा जो भी आलोचना की जाती है उसका उस पर कोई प्रभाव नहीं पड़ता। इसके लिए वह प्रतिदिन सुबह 15 मिनट अभ्यास करता है और स्वयं को अहसास कराता है कि उसके भीतर शांति का एक गहरा सागर है। इस तरह से ध्यान करके वह अपने भीतर जबर्दस्त शक्ति पैदा करता है, जो सभी तरह की मुश्किलों और डरों पर विजय पा लेती है।

कुछ समय पहले, एक साथी ने उसे रात में बुलाया और कहा कि कुछ लोग उसके खिलाफ षड्यंत्र कर रहे हैं। तब उसने अपने साथी से यह कहा, "अब मैं सुकून से सोने जा रहा हूं। हम इसके बारे में सुबह 10 बजे बात करेंगे।"

उसने मुझे बताया, "मैं जानता हूं कि कोई भी नकारात्मक विचार मेरा अनुभव नहीं बन सकता जब तक कि मैं उस विचार को मानसिक और भावनात्मक रूप से ना स्वीकार कर लूं। इसी कारण मैं उनके डर के सुझावों को मानने से इंकार कर देता हूं। इस प्रकार मुझे कोई हानि नहीं पहुंचा पाता।

ध्यान दें, वह कितना शांत, स्थिर और धैर्यवान है। वह ज्यादा उत्साही नहीं बना, न ही अपने बाल नोचे और न ही हाथ मलने लगा। उसने अपने भीतर शांत महासागर को खोज लिया था, जिसे हम आंतरिक शांति कहते हैं। यहां पर गहरी शांति थी।

स्वयं को भय से मुक्त करें

इस आदर्श फॉर्मूला से डर को दूर करें।

"मैंने ईश्वर को चाहा और उन्होंने मेरी बात सुनी तथा मेरे सभी डरों से मुझे मुक्ति दे दी।"

पद्य 34:4

ईश्वर एक प्राचीन शब्द है जिसका अर्थ है *कानून*- आपके अवचेतन मन की शक्ति।

अपने अवचेतन के आश्चर्यों को जाने और समझें कि यह कैसे कार्य करता है। इस अध्याय में बताई गई तकनीकों को अच्छी तरह सीखें। आज, अभी से उनका अभ्यास करें। आपका अवचेतन प्रतिक्रिया करेगा और आप हर डर से आजाद हो जाएंगे। *मैंने ईश्वर को चाहा और उन्होंने मेरी बात सुनी तथा सभी डरों से आजाद कर दिया।*

भय से आजादी का तरीका :

1. वह कार्य करें जिसे करने से आप डरते हैं। इससे डर की मृत्यु तय है। खुद से कहें और विश्वास करें, "मैं इस डर पर जीत पाने वाला हूं," तो आप इसे जरूर कर देंगे।
2. डर आपके मन का एक नकारात्मक विचार है। इसकी जगह मन में सृजनात्मक विचारों को जगह दें। डर ने लाखों लोगों को मारा है। विश्वास, डर से ज्यादा बड़ा है। ईश्वर और अच्छाई पर विश्वास से ज्यादा ताकतवर कुछ भी नहीं है।
3. डर मनुष्य का सबसे बड़ा शत्रु है। यह हार, बीमारी और बिगड़ते मानवीय रिश्तों का कारण है। प्रेम में डर को समाप्त करने की शक्ति है। जीवन की अच्छी चीजों से भावनात्मक लगाव ही प्रेम है। ईमानदारी, सत्यनिष्ठा, न्याय, सद्भावना और सफलता से प्रेम करें। सर्वश्रेष्ठ की सुखद उम्मीद में जिएं, आपको हमेशा सर्वश्रेष्ठ ही मिलेगा।
4. डर के सुझाव का सामना उसके विरोधी विचारों से करें, जैसे, "मैं बहुत अच्छा गाती हूं, मैं बहुत संतुलित, स्थिर और शांत हूं। इससे बहुत अच्छा लाभ मिलेगा।
5. मौखिक और लिखित परीक्षा के समय भूलने का सबसे बड़ा कारण डर ही होता है। आप इससे निजात पाने के लिए बार-बार कहें, "मुझे वह हर चीज याद है जो मुझे याद रखने की आवश्यकता है" या आप कल्पना करें कि कोई मित्र आपको परीक्षा में बेहतरीन सफलता पर बधाई दे रहा है। लगातार प्रयास करें आप जरूर जीतेंगे।
6. अगर आप पानी में जाने से डरते हैं तो तैरना सीखें। कल्पना में खुलकर और खुशी से तैरें। स्वयं को मानसिक रूप से पानी में उतारें। पानी की ठंडक और तालाब में तैरने के रोमांच का आनंद महसूस करें। जब आप इस अनुभव को जीवंत मानने लगेंगे तो स्वतः ही पानी में जाने और डर से जीतने के लिए मजबूर हो जाएंगे। यही आपके मस्तिष्क का नियम है।

7. अगर आप लिफ्ट या क्लासरूम जैसे बंद स्थानों से डरते हैं तो मानसिक रूप से इन सभी स्थानों पर जरूर जाएं और इसके सभी हिस्सों तथा कार्यों की ईमानदारी से प्रशंसा करें। आप आश्चर्यचकित रह जाएंगे कि आपका डर कितनी जल्दी दूर हो गया है।

8. आप सिर्फ दो डरों के साथ जन्म लेते हैं, गिरने का डर और शोर का डर। अन्य सभी डर बाद में आपके द्वारा ग्रहण किए गए होते हैं। इनसे मुक्ति पाएं।

9. सामान्य डर अच्छा है। असामान्य डर, बहुत बुरा और विध्वंसात्मक होता है। लगातार डर पर विचार करने से असामान्य डर और मनोविकार उत्पन्न हो जाते हैं। किसी चीज से लगातार डरने से दहशत और आतंक का अहसास उत्पन्न हो जाता है।

10. जब आप जान जाते हैं कि अवचेतन मन की शक्ति परिस्थितियों को बदल सकती है और आपकी इच्छाओं को साकार कर सकती है तो आप अपने असामान्य डर से आसानी से उबर जाते हैं। इसलिए अपनी उस ख्वाहिश को ढूंढें जो डर का सामना कर सकती हो। प्यार में डर को खत्म करने की शक्ति होती है।

11. यदि आपको असफल होने का डर सता रहा है, तो अपना ध्यान सफलता पर केंद्रित करें। यदि आपको बीमार होने का डर है, तो मन में अच्छी सेहत का विचार लाएं। यदि आपको दुर्घटना का डर सता रहा है, तो ईश्वर के मार्गदर्शन और संरक्षण पर ध्यान दें। यदि आप मृत्यु से डरते हैं, तो शाश्वत जीवन के बारे में विचार करें। ईश्वर जीवन है और अब यही आपका जीवन है।

12. प्रतिस्थापन का महान नियम डर का जवाब है। आप जिससे भी डरते हैं उसका समाधान आपकी चाहत में निहित है। यदि आप बीमार हैं, तो अच्छी सेहत की चाह करें। यदि आप डर की कैद मे हैं, तो आजादी की चाह करें। अच्छे की आशा करें। मानसिक रूप से अच्छाईयों पर ध्यान केंद्रित करें और इस बात को जानें कि आपका अवचेतन मन हमेशा जवाब देता है। वह कभी चूकता नहीं है।

13. आप जिससे डरते हैं उसका आपके विचार के अतिरिक्त कहीं कोई अस्तित्व नहीं है। विचार रचनात्मक होते हैं। इसी कारण जॉब कहते हैं, *मैं जिस बात से डरता था, वह हो गई।* इसलिए अच्छा सोचो, अच्छा होगा।

14. अपने डर को देखें, उनके कारणों का विश्लेषण करें। अपने डरों पर हंसना सीखें। यही सबसे अच्छी दवा है। आपको आपके विचारों के सिवा कोई और परेशान नहीं कर सकता। अन्य व्यक्तियों के सुझावों, कथनों और धमकियों में कोई शक्ति नहीं है। शक्ति आपके भीतर है और जब आप इसके जरिए अच्छे विचारों पर ध्यान केंद्रित करते हैं, तो ईश्वर की शक्ति आपके अच्छे विचारों के साथ होती है।

15. सिर्फ एक ही रचनात्मक शक्ति है और यह सद्भाव के रूप में चलित है। इसमें कोई आपसी संघर्ष नहीं है। इसका स्रोत प्रेम है। इसलिए ईश्वर की शक्ति, अच्छाई के आपके विचारों के साथ है।

20

मन को कैसे युवा रखें

अवचेतन मन कभी बूढ़ा नहीं होता है। यह अजर, अमर और अनंत है। यह ईश्वर के शाश्वत मन का एक हिस्सा है जो अजन्मा है। यह कभी नहीं मरेगा। थकान या बुढ़ापे का आपके आध्यात्मिक गुण और शक्ति पर कोई असर नहीं होता। धैर्य, दयालुता, सत्यता, विनम्रता, सद्भावना, शांति, सामंजस्य और बन्धुत्व प्रेम वे गुण हैं जो कभी बूढ़े नहीं होते हैं। यदि आप इन गुणों को अपने जीवन मं फिलने—फूलने देते हो तो आप हमेशा मन से युवा रहते हो।

कुछ वर्ष पूर्व मैंने एक लेख पढ़ा था, जिसमें ओहियो के सिनसिनाटी की डी. कोरसी क्लीनिक के कुछ विशेषज्ञ चिकित्सक समूह ने बताया कि शरीर की बीमारियों के लिए सिर्फ वर्ष या उम्र ही जिम्मेदार नहीं होती है। उन्होंने बताया कि यह समय नहीं, बल्कि समय का डर है, जिसका असर हमारे शरीर और मन पर पड़ता है और वह हमें बुढ़ापे की ओर ले जाता है। असल में समय के प्रभाव के कारण उपजने वाला मानसिक डर व्यक्ति को असमय बुढ़ापे की ओर ले जाता है।

इतने वर्षों के सार्वजनिक जीवन के दौरान मुझे कई बार प्रसिद्ध पुरुषों एवं महिलाओं की जीवनी पढ़ने का अवसर मिला, जिन्होंने जीवन की उत्पादक गतिविधियों को सामान्य उम्र से अधिक समय तक जारी रखा था। उनमें से कई ने तो महानता बुढ़ापे में हासिल की थी। इसी दौरान मुझे ऐसे लोगों से मिलने और उन्हें जानने का सौभाग्य मिला जो बहुत बड़े तो नहीं थे, पर वे उन लोगों में से थे, जिन्होंने यह साबित कर दिखाया कि बुढ़ापा मस्तिष्क और शरीर की रचनात्मक शक्तियों को नष्ट नहीं करता है।

वह सोच में बूढ़ा हो गया

कुछ वर्ष पूर्व मैंने लंदन में अपने एक मित्र से मुलाकात की। उसकी उम्र 80 वर्ष से अधिक थी। वह बहुत बीमार था और अंत समय का इंतजार कर रहा था। उसके साथ बातचीत से मुझे समझ आया कि उसकी शारीरिक कमजोरी, निराशा के भाव और लगातार बिगड़ती स्थिति ने उसकी जीवंतता को खत्म कर ठहराव-सा ला दिया था। वह स्वयं को बेकाम समझता था और उसे लगता था कि अब कोई उसे पसंद नहीं करता है। बेउम्मीदी के साथ

वह मानने लगा, "हम पैदा होते हैं, बड़े होते हैं, बूढ़े होते हैं और फिर मर जाते हैं। बस यही अंत है।"

यह बेकार मानसिक सोच ही बीमारियों का मुख्य कारण होती है। उसे सिर्फ बुढ़ापा ही नजर आ रहा था और कुछ भी नहीं। असल में वह अपने विचारों में बूढ़ा हो चुका था और उसके अवचेतन मन ने उसके इस आदतन विचार को इसके साक्ष्य उपलब्ध करा दिए थे।

ज्यादा उम्र में होता है बुद्धि का उदय

दुर्भाग्य से बहुत से लोगों का नजरिया इस नाखुश व्यक्ति के जैसा ही होता है। उन्हें उस चीज से डर होता है, जिसे वे बुढ़ापा, अंत या समाप्ति कहते हैं, जिसका मतलब है कि वे जीवन से डर रहे हैं। इसके बावजूद, जीवन अनंत है। बुढ़ापा सिर्फ गुजरते साल नहीं हैं, बल्कि बुद्धिमत्ता का उदय भी है।

बुद्धिमत्ता आपके अवचेतन मन की आध्यात्मिक शक्ति के प्रति वह जागरुकता और ज्ञान है जो पूर्ण और सुखी जीवन जीने का तरीका बताता है। अपने मन से हमेशा के लिए निकाल दें कि 65, 75 या 85 साल की उम्र आपकी या किसी और के लिए अंत का दूसरा नाम है। यह शानदार, लाभकारी, सक्रिय और सबसे उपयोगी जीवन की शुरुआत हो सकती है, जो पहले कभी आपने अनुभव न की हो। इस पर विश्वास करें, इसकी उम्मीद करें, फिर पाएंगे कि आपका अवचेतन इसे साकार करने लगा है।

बदलाव का स्वागत करें

बुढ़ापा दुखद घटना नहीं है। हम जिसे बुढ़ापे की प्रक्रिया कहते हैं वह सिर्फ एक बदलाव है। इसका पूरी खुशी और हर्षोल्लास के साथ स्वागत किया जाना चाहिए, क्योंकि मानव जीवन का हर चरण अनंत पथ पर आगे की ओर बढ़ने वाला एक कदम भर होता है। इंसान के पास ऐसी शक्ति है, जो उसकी शारीरिक शक्ति की सीमाओं को भी लांघने की क्षमता रखती है। ऐसी इंद्रियां भी हैं जो पांच भौतिक इंद्रियों से भी बड़ी हैं।

वैज्ञानिक आज ऐसे साक्ष्यों की तलाश कर रहे हैं, जो यह साबित कर सकें कि चेतन मनुष्य में ऐसा कुछ है जो शरीर को छोड़कर हजारों मील दूर देख सकता है, सुन सकता है, बात कर सकता है जबकि उसी समय उसका शरीर कंपनी भी नहीं करता।

मनुष्य का जीवन आध्यात्मिक और शाश्वत है। उसे कभी बूढ़ा होने की आवश्यकता नहीं है, क्योंकि जीवन या ईश्वर कभी बूढ़े नहीं हो सकते हैं। बाइबल कहती है कि ईश्वर ही जीवन है। जीवन नया होना, शाश्वत और अविनाशी है। यह सभी मनुष्यों के लिए सत्य है।

जीवन के साक्ष्य

ब्रिटेन और अमेरिकी में मनोविज्ञान के क्षेत्र में कार्य कर रहे संस्थानों ने बहुत से उपरोक्त साक्ष्यों को एकत्रित किया है। आप किसी भी अच्छे पुस्तकालय में जाकर "द प्रोसीडिंग्स ऑफ द साइकिकल रिसर्च सोसाइटी" के खंडों को देखें, इसमें जाने—माने वैज्ञानिकों द्वारा तथाकथित मृत्यु के, बाद के जीवन साक्ष्यों के निष्कर्श को प्रस्तुत किया गया है। आप अमेरिका के साइकिकल इंस्टीट्यूट के निदेशक हेरेवर्ड कैरिंगटन की "द केस फॉर साइकिक सर्वाइवल" में एक आश्चर्यचकित करने वाली रिपोर्ट भी पाएंगे, जो विभिन्न वैज्ञानिक प्रयोगों के माध्यम से मृत्यु के बाद के जीवन की सच्चाई को दर्शाती है।

जिंदगी

बिजली के अविष्कारक थॉमस एडिसन से एक महिला पूछती है, "मि. एडिसन, बिजली क्या है?"

उन्होंने कहा, "मैडम, बिजली है। इसका इस्तेमाल करें।"

बिजली एक अदृश्य शक्ति का नाम है, जिसे हम भी पूरी तरह समझ नहीं पाए हैं, परंतु हमने बिजली के सिद्धांतों और उसके उपयोग को जान लिया है। आज हम इसे अनगिनत तरीकों से इस्तेमाल कर रहे हैं।

वैज्ञानिक अपनी आंखों से इलेक्ट्रॉन को नहीं देख सकते, फिर भी वे इसे एक वैज्ञानिक तथ्य के रूप में स्वीकार करते हैं, क्योंकि यह अन्य प्रयोगात्मक प्रमाणों के साथ मेल खाने वाला एकमात्र वैध निष्कर्ष है। हम जीवन को नहीं देख सकते। बावजूद इसके हम जानते हैं कि हम जीवित हैं। जीवन है, हम यहां इसे पूरी खूबसूरती और गौरव के साथ अभिव्यक्त करने के लिए हैं।

मन और आत्मा उम्रदराज नहीं होते

बाइबल कहती है,

"और यह जीवन शाश्वत है, ताकि वे एकमात्र सच्चे ईश्वर को जान सकें।"

जॉन 17:3

जो भी यह सोचता है कि जन्म लेना, बाल्यकाल, जवानी, परिपक्वता और बुढ़ापे का चक्र ही केवल जीवन है तो वह सच में दया का पात्र है। ऐसे विचार वाले व्यक्ति का न कोई सहारा, न कोई उम्मीद, न ही कोई सपना होता है। ऐसे व्यक्ति के लिए जीवन के कोई मायने नहीं हैं।

ऐसे विचार निराशा, विकासहीनता, दोषदर्शिता और ना-उम्मीदी को जन्म देते हैं जिसके परिणाम स्वरूप सभी प्रकार के मानसिक विकार उत्पन्न होते हैं। अगर आप अपने पुत्र के समान टेनिस नहीं खेल पाते और तैर नहीं पाते, या आपका शरीर कुछ धीमा हो गया है और अब आप छोटे कदमों से चलने लगे हैं, तो याद रखें जीवन नित् नया चोला बदलता है। मनुष्य जिसे मृत्यु कहता है वह तो बस एक अन्य आयाम में नए शहर की एक नई यात्रा भर है।

मैं अपने व्याख्यान में लोगों से कहता हूं कि अपने बुढ़ापे को पूरे सम्मान और खुशी के साथ स्वीकार करें। उम्र की अपनी महिमा, सुंदरता और बुद्धिमत्ता होती है। शांति, प्रेम, खुशी, सुंदरता, सुख, ज्ञान, सद्भावना और समझ वे गुण हैं जो कभी बूढ़े नहीं होते हैं या मरते नहीं हैं।

कवि और दार्शनिक राल्फ वाल्डो इमर्सन ने कहा, "हम इंसान की उम्र के साल तब तक नहीं गिनते जब तक कि उसके पास कुछ और गिनने को ना बचे।"

आपका आचरण, आपके मस्तिष्क की गुणवत्ता, आपकी आस्था और आपके विश्वास कभी नहीं मरते हैं।

खुद को हमेशा युवा ही समझें

मैं कुछ सालों में लंदन के कैक्सटन हॉल में भाषण देने आता हूं। ऐसे ही एक भाषण के दौरान एक सर्जन ने मुझसे कहा,

"मेरी उम्र 84 साल है। मैं प्रतिदिन सुबह सर्जरी करता हूं। दोपहर में मरीजों से मिलता हूं और शाम को मैं विभिन्न जर्नल्स के लिए लेख लिखता हूं।"

उसका नजरिया था कि वह उतना ही उपयोगी है, जितना वह खुद को मानता है और उतना ही युवा है, जितने उसके विचार हैं।

उसने मुझसे कहा, "आपने बिल्कुल सत्य बात कही है, क्योंकि मनुष्य उतना ही शक्तिशाली होता है जितना कि वह सोचता है और उतना ही मूल्यवान होता है जितना वह खुद को मानता है।"

इस सर्जन ने बुढ़ापे के सामने घुटने नहीं टेके थे। वह जानता था कि वह अमर है। उसने आखिरी बात मुझसे कही थी, "यदि कल मेरी मृत्यु भी हो जाए, तब भी मैं एक अन्य आयाम में लोगों का इलाज कर रहा होऊंगा, शायद सर्जन के औजारों से नहीं बल्कि मानसिक और आध्यात्मिक सर्जरी से।"

बालों की सफेदी आपकी असल संपत्ति है

किसी कार्य को यह कहकर मना न करें, "मेरी कार्य करने की उम्र नहीं रही; मैं बूढ़ा हो गया हूं; अब मुझमे शक्ति नहीं रही।" यह विकासहीनता है, मृत्यु है, इससे आप खत्म होने लगते

हैं। कुछ लोग 30 की उम्र में ही बूढ़े हो जाते हैं, वहीं अन्य 80 की उम्र में भी युवा होते हैं। मस्तिष्क ही सबसे बड़ा बुनकर, आर्किटेक्ट, डिजाइनर और मूर्तिकार है। जॉर्ज बर्नार्ड शॉ 90 वर्ष की आयु में भी सक्रिय थे और उनके मस्तिष्क के कलात्मक गुण कभी शिथिल नहीं पड़े थे।

मैं ऐसे पुरुषों और महिलाओं से मिलता हूं जो बताते हैं कि कई नौकरी प्रदाता सिर्फ यह जानकर कि वे चालीस से अधिक आयु के हैं तो उनके लिए नौकरी के दरवाजे बंद कर देते हैं। नियोक्ताओं का यह व्यवहार भावहीन, निष्ठुर, करूणा और समझ से विहीन है।

पूरा ध्यान 35 से कम आयु के युवाओं पर दिया जाता है इसलिए नौकरी के लिए उनका ध्यान आकर्षण करने के लिए आपको भी 35 से कम आयु का होना होगा। इसके पीछे का तर्क बेहद सतही है। अगर कंपनी का मालिक विचार करे, तो उसे समझ आएगा कि वह व्यक्ति अपनी उम्र या सफेद बाल नहीं बेच रहा है, बल्कि वह इतने वर्षों में जीवन के बाजार में कमाई गई अपनी प्रतिभा, अपने अनुभव और अपनी समझ को देना चाहता है।

उम्र, दौलत है

आपकी उम्र किसी भी संस्थान के लिए एक विशिष्ट संपत्ति होनी चाहिए, क्योंकि आपने इतने वर्षों तक स्वर्णिम नियम के सिद्धांतों और प्रेम तथा सद्भाव के नियम का अभ्यास एवं इस्तेमाल किया है। आपके सफेद बाल आपके ज्ञान, कौशल और समझ को दर्शाते हैं। आपकी भावनात्मक और आध्यात्मिक परिपक्वता किसी भी संस्थान के लिए बड़ा वरदान होनी चाहिए।

इंसान से 65 साल की उम्र होने पर नौकरी छोड़ने की बात नहीं कही जानी चाहिए। ये जीवन का ऐसा समय होता है जब वह अपनी समस्याओं को सबसे अच्छी तरह से सम्भाल सकता है, भविष्य के लिए योजना बना सकता है, निर्णय ले सकता है और अन्य लोगों को अपने अनुभवों से प्रेरित करके रचनात्मक तरीके से जीवन जीने के गुर सिखा सकता है।

खुद की उम्र के बनें

हॉलीवुड फिल्म के एक अनुभवी पटकथा लेखक ने मुझे बताया कि उसे सिर्फ ऐसी फिल्म लिखने के लिये कहा जा रहा है जो 12 से 18 साल के बच्चों को पसंद आए। ऐसी परिस्थिति में अधिकांश लोगों से भावनात्मक और आध्यात्मिक रूप से परिपक्व होने की उम्मीद रखी जाती है, किन्तु यह गलत है।

इसका अर्थ है कि अब भी सिर्फ युवाओं पर ही ध्यान केंद्रित किया जा रहा है, बावजूद इसके कि वे अनुभवहीनता, ज्ञान की कमी और जल्दबाजी में लिये निर्णय के प्रतीक हैं।

मैं सर्वश्रेष्ठ बन सकता हूं

मैं 65 वर्ष से अधिक उम्र के ऐसे व्यक्ति के बारे में विचार कर रहा हूं जो युवा बने रहने के लिए कुछ भी करने को तैयार है। वह युवाओं के साथ प्रत्येक रविवार को तैराकी करता है, ऊंची पहाड़ियां चढ़ता है, टेनिस खेलता है और अपनी शारीरिक शक्ति का प्रदर्शन करते हुए कहता है, "मैं सर्वश्रेष्ठ लोगों की बराबरी कर सकता हूं।"

> उसे इस महान सत्य को कभी नहीं भूलना चाहिए, "व्यक्ति जैसे विचार रखता है, वैसा ही होता है।"
>
> *प्रोवर्ब (कहावत) 23:7*

संतुलित खान—पान, व्यायाम और खेलकूद जैसी चीजें एक व्यक्ति को युवा नहीं बनाए रख सकती हैं। उन्हें यह अनुभव होना आवश्यक है कि यह विचारों की प्रकृति पर निर्भर करता है कि वे बूढ़े होंगे या युवा बने रहेंगे। आपका अवचेतन मन आपके विचारों के अनुरूप बनता है। अगर आपके विचार सुंदर, महान और अच्छाई से परिपूर्ण हैं तो आप पर उम्र का प्रभाव नहीं पड़ता है, आप हमेशा युवा बने रहते हैं।

उम्रदराज होने का डर

जॉब ने कहा था, *"जिस चीज का मुझे इतना डर था, वह आखिर सत्य हो गई।"* बहुत से लोग बुढ़ापे से डरते हैं और भविष्य को लेकर चिंतित होते हैं, क्योंकि वे बुढ़ापे का अर्थ शरीर और मस्तिष्क का कमजोर होना समझते हैं। वे जैसा सोचते हैं, वैसा ही उनके साथ घटित भी होता है।

आप तब बूढ़े होते हैं जब आपकी जीवन में रूचि समाप्त हो जाती है, जब आप सपने देखना, नए सत्य की खोज करना और नई चीजों की खोज करना बंद कर देते हैं। जब आपका मस्तिष्क नए विचारों, नई रुचियों के प्रति ग्रहणशील होता है और जब आप मन की खिड़की खोलते हैं और जीवन के ब्रह्मांड में ज्ञानमय प्रकाश और प्रेरणा को आने देते हैं तब तक आप युवा और जीवंत बने रहते हैं।

आप बहुत कुछ दे सकते हैं

चाहें आप 65 वर्ष के हों या 95 वर्ष के, आपको यह अहसास होना चाहिए कि आपके पास देने को बहुत कुछ है। आप युवा पीढ़ी को स्थिर करने, सलाह देने और मार्गदर्शन देने में मदद कर सकते हैं। आप अपने ज्ञान और अनुभवों का लाभ उन्हें दे सकते हैं। आप बहुत दूर तक दे सकने में सक्षम होते हैं, क्योंकि आप असीम जीवन में देख रहे हैं। आप पाएंगे कि जीवन असीमित चमत्कारों और आश्चर्यों से भरा है। हर दिन और हर पल नया सीखने का प्रयत्न करें और आप पाएंगे कि आपका मन हमेशा युवा की भांति कार्य करेगा।

शतकीय जीवन जीने वाला बुजुर्ग

कुछ वर्ष पूर्व बॉम्बे में, मैं व्याख्यान देते हुए एक व्यक्ति से मिला, जिसने बताया कि वह 110 वर्ष का है। उसका चेहरा बहुत खूबसूरत था। वह आंतरिक प्रकाश से दमक रहा था। उसकी आंखों में दुर्लभ सुंदरता थी, जो दर्शा रही थी कि वह खुशी-खुशी बूढ़ा हुआ था और ऐसा कोई चिह्न नहीं था कि उसके मस्तिष्क ने इसकी रोशनी को धुंधला किया हो।

सेवानिवृत्ति - एक नई शुरुआत

आपका दिमाग कभी सेवानिवृत्त नहीं होता। आपका मस्तिष्क पैराशूट की तरह होना चाहिए। इसका तब तक कोई उपयोग नहीं जब तक कि यह खुला नहीं हो। नए विचारों के प्रति मन के दरवाजे खुले रखें और ग्रहणशील बनें। मैंने 65 और 70 साल के व्यक्तियों को रिटायर होते देखा है। वे धीरे-धीरे खत्म होने लगते हैं और जल्द ही उनकी मृत्यु हो जाती है। उन्होंने स्वीकार कर लिया था कि उनका जीवन अब खत्म होने लगा है।

परंतु सेवानिवृत्ति आपके लिए एक नई शुरुआत, नया अवसर, नई राह और पुराने सपनों को पूरा करने की नई शुरुआत बन सकती है। किसी को यह कहते हुए सुनना निराशाजनक होता है, अब मैं क्या कर पाऊंगा, अब मैं सेवानिवृत्त हो गया हूं। वह असल में कह रहा है, "मैं शारीरिक और मानसिक रूप से मान चुका हूं। मेरा मस्तिष्क विचारों से दिवालिया हो गया है।"

यह एक झूठा नजरिया है। वास्तविकता यह है कि 90 वर्ष की आयु में आप उससे अधिक पा सकते हैं जो आपने 60 की उम्र में पाया क्योंकि आपके नए अध्ययन और रुचियों के कारण जीवन के प्रति आपका ज्ञान और समझदारी प्रतिदिन बढ़ रही है।

उसे एक बेहतर कार्य मिल गया

एक अधिकारी जो मेरे पड़ोसी भी हैं, उन्हें कुछ महिनों पहले जबरन नौकरी से सेवानिवृत्ति सिर्फ इसलिए दे दी गई, क्योंकि वे 65 वर्ष के हो गए थे। वे दार्शनिक की तरह मुझसे बोले, "मैं अपनी सेवानिवृत्ति को पदोन्नति की तरह देखता हूं। मुझे लग रहा है मैं एक कक्षा पास करके बड़ी कक्षा में प्रवेश कर रहा हूं।" उन्होंने बताया कि यह वैसा ही है जब हम स्कूल की पढ़ाई पूरी करके कॉलेज में प्रवेश में लेते हैं। वे इसे ज्ञान और समझदारी के स्तर पर अपने आप को बढ़ता हुआ मान रहे थे। आगे उन्होंने कहा कि अब वे वह सब कर सकेंगे जिसके लिए पहले उनके पास समय नहीं होता था।

साथ ही वे इस समझदारी भरे निष्कर्ष पर पहुंचे कि वे अब पैसा कमाने पर ध्यान केंद्रित नहीं करेंगे बल्कि पूरा ध्यान जीवन को जीने पर देंगे। वे एक शौकिया फोटोग्राफर थे, इसलिए उन्होंने इससे सम्बंधित एक कोर्स कर लिया। इसके बाद वे दुनिया की सैर पर निकल पड़े, जहां उन्होंने कई सारी महत्वपूर्ण जगहों की तस्वीरें ली और उन जगहों की

फिल्में भी बना लीं। वे अब विभिन्न क्लबों, समूहों में व्याख्यान देते हैं और उनकी लोकप्रियता बढ़ती जा रही है।

अपने आसपास की किसी महत्वपूर्ण चीज में दिलचस्पी लेने के ढेरो तरीके हैं जैसे कि नए रचनात्मक विचारों के प्रति उत्साही बनें, आध्यात्मिक प्रगति करें, लगातार सीखते और विकास करते रहें। इस प्रकार आप हमेशा हृदय से युवा बने रहेंगे, क्योंकि नई सच्चाईयों को जानने की आपकी भूख कायम है और आपका शरीर आपकी सोच को प्रतिबिंबित भी करेगा।

आप समाज के निर्माता बनें

कैलिफोर्निया के चुनावों में कई समाचार पत्र इस तथ्य को रेखांकित कर रहे थे कि वोट करने वाले बुजुर्गों की आबादी कई गुना बढ़ रही है। इसका तात्पर्य है कि अब राज्यों और संघ के सदनों में उनकी आवाज को सुना जाएगा। मेरा विश्वास है कि ऐसा कानून जल्द ही लाया जाएगा, जो नियोक्ताओं को उम्र के आधार पर पुरुष एवं महिलाओं को नौकरी से निकालने से रोकेगा।

65 साल का कोई व्यक्ति मानसिक, शारीरिक और मनोवैज्ञानिक रूप से 30 साल के लोगों से ज्यादा युवा हो सकता है। यह मूर्खतापूर्ण और हास्यास्पद है कि एक व्यक्ति को कह दिया जाए कि अब उसे नौकरी पर सिर्फ इसलिए नहीं रखा जा सकता, क्योंकि वह 40 वर्ष का हो गया है। यह एक प्रकार से उस व्यक्ति को अहसास दिलाने जैसा है कि अब वह पुराना हो चुका है और किसी कार्य का नहीं है।

फिर 40 वर्ष और उससे अधिक उम्र के व्यक्ति क्या करेंगे? इस प्रकार उनकी प्रतिभा स्वयं ही दफन हो जाएगी। ऐसे में जिन व्यक्तियों को उम्र के चलते नौकरी से निकाला गया है, उनका खर्च राज्य और संघ सरकार द्वारा अपने खजाने से देना चाहिए। उन संस्थानों पर अधिक टैक्स लगाया जाना चाहिए जो अधिक उम्र के व्यक्तियों को नौकरी न देते हों। हालांकि यह एक प्रकार की वित्तीय आत्महत्या जैसी बात होगी।

मनुष्य यहां मेहनत के फलों का आनंद लेने आया है। वह यहां समाज का निर्माता बनने आया है, न कि कैदी बनने, जो उसे उम्र के कारण बेकार बनाकर बैठा देता है। उम्र बढ़ने के साथ व्यक्ति का शरीर धीरे-धीरे शिथिल होता जाता है, परंतु व्यक्ति चाहे तो अवचेतन मन की प्रेरणा से अपने चेतन मन को अधिक सक्रिय, सतर्क, जीवंत और तीव्र बना सकता है। दरअसल मस्तिष्क कभी भी बूढ़ा नहीं होता है। जॉब ने कहा था,

> "अगर मैं वैसा होता जैसा महिनों पहले था, जिन दिनों में ईश्वर ने मेरी रक्षा की थी; जब उनके प्रकाश से मेरा माथा चमक रहा था और उनकी दिखाई रोशनी से अंधकार में भी आगे बढ़ पाया था; जब मैं अपनी जवानी के दिनों में था, जब ईश्वर का रहस्य मेरे मंदिर मे था।"
>
> *जॉब 29:2-4*

युवा रहने का मंत्र

जवानी के दिनों को दोबारा पाने के लिए अपने भीतर के अवेचतन मन की चमत्कारी, उपचारक और स्वयं को नई ऊर्जा देने वाली नई शक्ति को महसूस करें। जानें और महसूस करें कि आप प्रेरणा से भरे हुए है, ऊपर उठे हुए हैं, युवा बन चुके हैं, अधिक जीवंत हैं और आध्यात्मिक रूप से ऊर्जावान हो गए हैं। आप उत्साह और प्रसन्नता से भरपूर हैं, जैसे कि आप अपनी युवावस्था में थे, सिर्फ इस कारण से क्योंकि आप मानसिक और भावनात्मक रूप से आनंद के उस पल को वापस पा सकते हैं, जो रोशनी आपके सिर के ऊपर चमकती है, वह दैवीय ज्ञान है और यह आपको वह सब बता सकती है जिसकी आपको जानने की आवश्यकता है। यह आपकी भीतर की अच्छाईयों को प्रकट करने के लिए सक्षम बनाता है, इससे फर्क नहीं पड़ता कि आप बाहर से कैसे दिखते हैं। आप अवचेतन मन के मार्गदर्शन में आगे बढ़ते हैं, क्योंकि आप यह जानते हैं कि सुबह होती है और छायाएं चली जाती हैं।

बड़ा ख्बाव देखें

यह कहने के बजाए, "मैं बूढ़ा हूं" कहें "दैवीय जीवन के दृष्टिकोण से देखें तो मैं समझदार हूं।" संस्था, अखबार, आंकड़ों को आपकी बढ़ती आयु, जर्जरता, बुढ़ापा और अनुपयोगिता की तस्वीर रखने की इजाजत न दें। इसे एक झूठ मानकर अस्वीकार कर दें। इस मिथ्या प्रचार के सम्मोहन को अस्वीकार कर दें। जीवन को अपनाएं, मृत्यु को नहीं। बड़ा सपना देखें जिसमें आपके पास खुशी, चमक, सफलता, स्थिरता और ताकत हो।

मन कभी बूढ़ा नहीं होता

पूर्व राष्ट्रपति हर्बर्ट हूवर वर्तमान में 88 वर्ष की आयु में भी पूरी तरह सक्रिय हैं और कई विशिष्ट कार्यों को अंजाम दे रहे हैं। कुछ समय पहले मैंने उनका साक्षात्कार उनके न्यूयॉर्क में वैल्डोर्फ – एस्टोरिया स्थित निवास पर किया था। मैंने पाया कि वे स्वस्थ, प्रसन्न, फुर्तीले, जीवन से भरपूर और उत्साही थे। उन्होंने अपने कई सहयोगियों को उनके पत्राचार के कार्य में लगा रखा था और वे स्वयं राजनीति एवं ऐतिहासिक विषयों पर पुस्तकों के लेखन कार्य में व्यस्त थे। दुनिया के महान लोगों में पाए जाने वाले गुण मैंने उनमें भी पाए जैसे कि मधुर भाषी, दयालु, स्नेही, सभी के प्रिय और समझदार होना।

उनकी मानसिक क्षमता और दूरदर्शिता ने मेरे अंदर एक नई ऊर्जा का संचार कर दिया। वे बेहद धार्मिक प्रवृत्ति के साथ-साथ ईश्वर और जीवन के अनंत सत्य में विश्वास करने वाले व्यक्ति हैं। ग्रेट डिप्रेशन यानी महामंदी के दौर में उन्हें ढेर सारी आलोचना और निंदा का सामना करना पड़ा, परंतु वे इस तूफान के सामने झुके। ये आलोचनाएं उन्हें कमजोर नहीं कर पाईं, न ही उन्होंने घृणा, गुस्सा, बुरे विचार और कड़वाहट को करीब आने दिया। बल्कि इसके उलट उन्होंने अपने भीतर की दैवीय शक्ति से जुड़ने के प्रयास किए। इससे उन्हें अत्याधिक शांति की अनुभूति हुई। यही ईश्वरीय शक्ति का केंद्र है।

निन्यानवे की उम्र में भी उनका मस्तिष्क सक्रिय है

मेरे पिता ने 65 वर्ष की आयु में फ्रेंच भाषा सीखी थी और 70 वर्ष की आयु में वे इसके विशेषज्ञ बन गए। जब वे 60 साल से अधिक के हो चुके थे तब उन्होंने गैलिक का अध्ययन किया था और वे जल्द ही उसके प्रसिद्ध एवं जाने-माने शिक्षक बन गए थे। उन्होंने मेरी बहन को उच्च शिक्षा के दौरान काफी सहयोग किया था और वे यह कार्य अपनी मृत्यु से पहले 99 साल की उम्र तक करते रहे। उनका मस्तिष्क 99 वर्ष की आयु में भी वैसा ही था जैसा कि 20 साल की उम्र में था। सिर्फ इतना ही नहीं, उम्र के साथ उनकी लेखन कला और तार्किक शक्ति और बेहतर होती गई। यह सत्य है कि आप उतने ही बूढ़े होते हैं, जितना की आप सोचते हैं और स्वयं को मानते हैं।

हमें वरिष्ठों की आवश्यकता है

रोमन देशभक्त मार्कस पोर्सियस केटो ने 80 वर्ष की आयु में ग्रीक भाषा सीखी। महान जर्मन-अमेरिकी गायक मैडम अर्नेस्टाइन शूमैन-हैंक को संगीत के क्षेत्र में सफलता तब मिली जब वे दादी बनीं। बूढ़े लोगों की उपलब्धियों को जानना आद्भुत है। इनमें जनरल डगलस मैक आर्थर, हैरी एस. ट्रूमैन, जनरल ड्वाइट डेविड आइजनहावर और अमेरिकी वित्त विशेषज्ञ बर्नर्ड बारूच वे सक्रिय एवं महत्वपूर्ण व्यक्तित्व हैं, जो अपनी प्रतिभा और ज्ञान से दुनिया में योगदान दे रहे हैं।

ग्रीक दार्शनिक सुकरात ने संगीत वाद्य तब सीखा जब वे 80 वर्ष के थे। माइकल एंजेलो ने अपनी सबसे अच्छी पेंटिंग 80 वर्ष की आयु में बनाई थी। 80 वर्ष की आयु मे ही सियोस सिमोनिडस ने कविताओं के लिए पुरस्कार जीता, जॉन वॉन गोथे ने अपनी पुस्तक "फॉस्ट" पूरी की और लियोपॉल्ड वॉन रेंके ने पुस्तक "हिस्ट्री ऑफ द वर्ल्ड" लिखनी शुरू की, जो कि उन्होंने 92 वर्ष की आयु में पूरी की।

एल्फ्रेड टेनिसन ने 83 वर्ष की आयु में अपनी शानदार कविता "क्रॉसिंग द बार" की रचना की। न्यूटन 85 वर्ष की आयु में बहुत मेहनत से कार्य कर रहे थे। जॉन वेजली 88 वर्ष की आयु में मेथडिज्म का प्रचार और लोगों का मार्गदर्शन कर रहे थे। मेरे व्याख्यानों में 95 वर्ष की आयु के कई ऐसे वृद्ध आए, जिन्होंने बताया कि अब उनका स्वास्थ्य जवानी के दिनों से भी बेहतर रहता है।

हमें अपने वरिष्ठ नागरिकों को ऊंचे पदों पर रखना चाहिए और हर वह अवसर देना चाहिए जिससे वे स्वर्ग के फूलों को धरती पर ला सकें।

अगर आप सेवानिवृत्त हो चुके हैं, तो जीवन के नियमों और अवचेतन मन के आश्चर्यों में रुचि लें। वह कार्य करें जो आप हमेशा से करना चाहते थे। नए विषयों को पढ़ें और नए विचारों की जांच करें।

इस प्रकार प्रार्थना करें:

हे ईश्वर! जिस प्रकार हिरन जलधारा की ओर भागता है, उसी तरह मेरी आत्मा भी आपके लिए व्याकुल होती है।

साल्म (पद्य) 42:1

बुढ़ापे के फायदे

उसका मांस किसी बच्चे से भी ताजा बन जाएगा; वह अपने जवानी के दिनों में वापस पहुंच जाएगा।

जॉब 33:25

बुढ़ापे का असल मतलब है - ईश्वर की सच्चाईयों का उच्चतम दृष्टिकोण से मनन करना। यह अहसास करें कि आप एक अनंत यात्रा पर हैं, जो कि अविराम, अथक, अनंत महासागर में महत्वपूर्ण सीढ़ियों की एक श्रृंखला है। फिर सालमिस्ट के साथ आप भी कहेंगे,

"वे बुढ़ापे में भी फल देंगे; वे मोटे और समृद्ध होंगे।"

सालम्स (पद्य) 92:14

परंतु आत्मा के फल प्रेम, खुशी, शांति, धैर्य, नरमी, अच्छाई, आस्था, विनम्रता, सहिष्णुता हैं: इनके खिलाफ कोई कानून नहीं है।

गैलेशियन्स 5:22-23

आप अनंत जीवन के पुत्र हैं, जिसका कोई अंत नहीं है और आप अनंतता के उत्तराधिकारी भी हैं।

जीवन को दिशा देने वाले विचार :

1. धैर्य, दयालुता, प्रेम, सद्भावना, खुशी, आनंद, ज्ञान और समझ जैसे गुण कभी बूढ़े नहीं होते। उन्हें विकसित और व्यक्त करेंगे तो हमेशा मानसिक और शारीरिक रूप से युवा बने रहेंगे।
2. कई शोधार्थी दावा करते हैं कि समय के प्रभावों का डर असमय बुढ़ापे का कारण हो सकता है।
3. बुढ़ापे का उम्र से कोई वास्ता नहीं होता, यह तो मनुष्य के मस्तिष्क में ज्ञान का उदय है।

4. आप यह मानें कि आपके जीवन के सबसे उत्पादक वर्ष पैंसठ से पिन्चानवे तक के हो सकते हैं।

5. उम्र के बढ़ते वर्षों का स्वागत करें। इसका तात्पर्य यह है कि जीवन के पथ पर आगे बढ़ रहे हैं जो अनंत दूरी तक जाता है।

6. ईश्वर जीवन है और यह अब आपका जीवन है। जीवन स्वयं नवीनीकरण करने वाला, शाश्वत और अविनाशी है तथा सभी मनुष्यों की वास्तविकता है। आप हमेशा जीते हैं, क्योंकि आपका जीवन ईश्वर का जीवन है।

7. मृत्यु के बाद भी जीवन रहता है इसके कई साक्ष्य हैं। इसके लिए अपने पुस्तकालय में प्रोसिडिंग्स ऑफ फिजिल रिसर्च सोसाइटी ऑफ ग्रेट ब्रिटेन एंड अमेरिका को पढ़ें। यह जाने-माने वैज्ञानिकों द्वारा 75 वर्षों तक किए गए वैज्ञानिक शोध पर आधारित है।

8. आप अपने मस्तिष्क को नहीं देख सकते, लेकिन आप जानते हैं कि आपके पास एक मस्तिष्क है। आप भावना को नहीं देख सकते, लेकिन आप जानते हैं कि खेल भावना, कला की भावना, संगीत की भावना, वक्ता की भावना वास्तविक होती है। इसी तरह आपके दिल और दिमाग में चलने वाली अच्छाई, सत्य और सुंदरता की भावनाएं वास्तविक हैं। आप जिंदगी को नहीं देख सकते, परंतु आप जानते हैं कि आप जीवित हैं।

9. बुढ़ापे को उच्चतम दृष्टिकोण से ईश्वर की सच्चाई का, मनन का समय कहा जा सकता है। बुढ़ापे की खुशियां जवानी की खुशियों से भी बड़ी हैं। आपका मस्तिष्क मानसिक और आध्यात्मिक गतिविधियों में व्यस्त रहता है। प्रकृति, शरीर की गति को धीमा कर देती है ताकि आपको अधिक आध्यात्मिक चीजों पर विचार करने का समय मिल सके।

10. हम किसी व्यक्ति की उम्र के वर्ष तब तक नहीं गिनते जब तक कि उसके पास गिनने लायक कुछ नहीं हो। आपकी आस्था और विश्वास का कभी क्षय नहीं हो सकता।

11. आप उतने ही युवा हैं जितना कि आप स्वयं को मानते हैं। आप उतने ही ताकतवर हैं जितना कि आप स्वयं को मानते हैं। आप उतने ही उपयोगी हैं जितना कि आप स्वयं को मानते हैं। आप भी उतने ही युवा हैं जितने कि आपके विचार हैं।

12. आपके सफेद बाल संपत्ति हैं। आप अपने सफेद बाल नहीं बेच रहे हैं। आप अपनी प्रतिभा, काबिलियत और योग्यता को बेच रहे हैं जो आपने सालों के अनुभव से एकत्रित की है।

13. महंगा खाना या कसरत आपको युवा नहीं बनाए रख पाएंगी। व्यक्ति जैसे विचार रखता है, वैसा ही होता है।

14. बुढ़ापे का डर शारीरिक और मानसिक कमजोरी लाता है। मुझे जिस बात का डर था वह हो गई है।

15. आप असल में तब बूढ़े होते हैं जब सपने देखना और जीवन में दिलचस्पी लेना छोड़ देते हैं। आप तब बूढ़े होते हैं जब आप चिड़चिड़े, सनकी, बदमिजाज और झगड़ा करने वाले हो जाते हैं। अपने मन को ईश्वर की सच्चाईयों से भरें और उसके प्रेम के प्रकाश को हर ओर फैलाएं।

16. आगे की ओर देखें, क्योंकि हर समय आप असीमित जीवन को निहार रहे हैं।

17. रिटायरमेंट आपके नए कार्य की शुरुआत है। नए अध्ययन और रुचियों में ध्यान लगाएं। आप उन कार्यों को करें जो आप हमेशा से करना चाहते थे परंतु जीवन की भागदौड़ में नहीं कर पाए। जीवन जीने पर ध्यान दें।

18. समाज के कैदी नहीं, निर्माता बनें। अपनी प्रतिभा को लोगों से न छिपाएं।

19. जवानी का रहस्य प्रेम, खुशी, शांति और हंसी है। उसमें असीम खुशी है। उसमें बिल्कुल भी अंधकार नहीं है।

20. आप हमेशा उपयोगी हैं। कई महान दार्शनिकों, कलाकारों, वैज्ञानिकों, लेखकों और अन्य मशहूर लोगों द्वारा महानतम कार्य अस्सी साल की उम्र के बाद ही किया गया है।

21. प्रेम, खुशी, शांति, धैर्य, शिष्टता, अच्छाई, आस्था, विनम्रता और संयम बुढ़ापे के फल हैं।

22. आप असीमित जीवन के पुत्र हैं, जिसका कोई अंत नहीं है। आप अमरता के पुत्र हैं। आप अद्भुत हैं।

हाऊ टू विन फ्रेंड्स एंड इन्फ्लुएंस पीपल

Hindi translation of the International bestseller How to Win Friends & Influence People

हिन्दी अनुवाद : साक्षी पटेल

डेल कार्नेगी

डेल कार्नेगी एक अमेरिकी लेखक, लेक्चरर तथा सेल्फ़ इम्प्रूवमेंट, सेल्समैनशिप, कारपोरेट ट्रेनिंग, सार्वजनिक भाषण और अंत:व्यक्तिगत कौशल कोर्सों के विकासकर्ता हैं। बिज़नेस तथा निजी जीवन में सफलता के लिए व्यवहारिक सलाह देने वाली चार खंड की यह पुस्तक एक साधन की तरह डेल कारनेगी ट्रेनिंग में इस्तेमाल की जाती है।.

खण्ड-एक

लोगों के साथ व्यवहार करने के अनोखे तरीके

1

'अगर शहद चाहते हैं तो छत्ते पर हमला न करें'

7 मई, साल 1931 को न्यूयॉर्क शहर की सबसे सनसनीखेज वारदात अपने शीर्ष पर पहुंच चुकी थी। हफ्तों की खोज के बाद सिगरेट और शराब को हाथ न लगाने वाला कातिल क्रॉले, जो 'टू गन' के नाम से मशहूर था, को पुलिस ने घेर लिया था। वो वेस्ट एंड एवेन्यू में अपनी प्रेमिका के अपार्टमेंट में छुपा था।

एक सौ पचास पुलिस के जवान और जासूसों ने उसे जमीन से लेकर टॉप फ्लोर तक उसे घेर लिया था। उन्होंने छत पर छेद कर दिए थे ताकि धुएं से क्रॉले, 'द कॉप किलर' को बाहर निकाल सकें। फिर उन्होंने आस-पास की बिल्डिंगों पर मशीनगनें तैनात कर दी थीं और लगभग एक घंटे तक न्यूयॉर्क का यह रिहायशी इलाका पिस्टल के धमाकों और मशीनगनों की आवाज से गूंजता रहा था। क्रॉले, एक भारी कुर्सी के पीछे से पुलिस पर गोलियां चलाए जा रहा था। करीब दस हजार लोग आंखें फाड़-फाड़कर इस लड़ाई को रोचकता से देख रहे थे। न्यूयॉर्क की सड़कों पर ऐसा पहले कभी नहीं देखा गया था।

जब क्रॉले पकड़ाया तब पुलिस कमिश्नर ई.पी.मलुनी ने कहा कि 'टू गन' के नाम से मशहूर यह जुनूनी कातिल न्यूयॉर्क के इतिहास में अब तक के सबसे खतरनाक अपराधियों में से एक था। कमिश्नर ने कहा - 'वह पलक झपकते ही किसी की भी हत्या कर सकता था।'

लेकिन क्रॉले अपने बारे में क्या सोचता था? हमें इसका जवाब पता है, क्योंकि पुलिस की गोलियों का सामना करते वक्त उसने एक पत्र लिखा था। उस पत्र को लिखते समय उसके घावों से गिरे खून के छीटों ने कागज पर लाल निशां छोड़ दिये थे। अपने पत्र में क्रॉले ने लिखा था - "मेरे कोट के नीचे दर्द से भरा हुआ लेकिन उदार दिल है, जो किसी को कभी नुकसान नहीं पहुंचाना चाहता।"

इसके कुछ वक्त पहले ही क्रॉले लॉन्ग आइलैंड के सुनसान रास्ते पर अपनी प्रेयसी के साथ पार्टी कर रहा था। तभी एक पुलिसवाला उसकी कार के पास आया और क्रॉले से बोला- "अपना लाइसेंस दिखाना।"

अगले ही पल क्रॉले ने अपनी गन निकाली और पुलिसवाले का सीना गोलियां से छलनी कर दिया। पुलिसवाला जैसे ही जमीन पर गिरा, क्रॉले कार से उत्तेजित होकर निकला और उसने पुलिस वाले की गन निकालकर फिर से उसके अचल शरीर पर एक

के बाद एक गोलियां चलानी शुरू कर दी। कमाल की बात यह है कि यही आदमी अब कह रहा था कि - 'मेरे कोट के नीचे एक उदार दिल भी है, जो किसी को नुकसान नहीं पहुंचाना चाहता।'

क्रॉले को जब अपने किये की सजा के रूप में सजा-ए-मौत मिली और जब इसके लिये उसे सिंग सिंग जेल में सजा के लिये ले जाया गया तो उसने कहा - क्या मुझे यह सजा लोगों का कत्ल करने के कारण मिली है? नहीं, "यह तो मुझे बचाने वाला दंड है।"

क्या यह अपराधियों के बीच दुर्लभ नजरिया है? अगर आपको ऐसा लगता है, तो यह सुनिए -

"मैंने अपनी जिंदगी के सबसे अच्छे दिन लोगों की सेवा में तथा उन्हें समृद्ध करने के प्रयासों में गुजारे पर बदले में मुझे मिली गालियां। एक बंजारे सी जिंदगी मिली।"

यह अल केपोन का कहना है। वह अमेरिका का सबसे कुख्यात, सबसे क्रूर और अपराधियों का मुखिया था। जो शिकागो में रह रहा था। कपोन ने कभी खुद को बुरा आदमी नहीं समझा बल्कि उसने तो अपने आपको हमेशा जनता का हितैषी माना। एक ऐसा हितैषी जिसे समझने में भूल की गई और जिसे कभी तारीफ नहीं मिली।

ठीक यही काम डच शुल्ट्ज ने किया, जब वह नेवार्क में अपराधियों की गोलियों से मारा गया। डच शुल्ट्ज (न्यूयॉर्क के सबसे कुख्यात अपराधियों में से एक) ने एक अखबार को दिये इंटरव्यू में कहा था कि वह तो लोगों का परम हितैषी है और इसे लोग नहीं समझते हैं पर उसे अपनी बात पर पूरा विश्वास था।

मेरा न्यूयॉर्क के सिंग सिंग जेल के वार्डन लुइस लावेस से इस विषय पर कई सालों तक पत्राचार हुआ था और उन्होंने बतलाया था कि 'सिंग सिंग के बहुत कम अपराधी अपने आपको गलत मानते हैं। वे हमारी और आपकी तरह ही मनुष्य हैं। वे तर्क देते हैं, खुद को निर्दोष साबित करने के लिये कई वजह बतलाते हैं। वे आपको बता सकते हैं कि उन्होंने तिजोरियां क्यों तोड़ी या उन्हें बंदूकें क्यों चलानी पड़ी। इनमें अधिकतर लोग तर्कों से (भले वे सही हों या गलत) अपने असामाजिक कामों को जायज ठहराते हैं और बार-बार कहते हैं कि उन्हें जेल नहीं होनी चाहिए थी।'

अगर अल केपोन, क्रोले, डच शुल्ट्ज और जेल के अंदर बंद जुनूनी मर्द और औरत अपने आपको जिम्मेवार नहीं ठहराते, तो उन लोगों का क्या जिनके संपर्क में हम रोज आते हैं?

जॉन वानामेकर (अमेरिकी स्टोर्स का संस्थापक) ने कहा था - "मैंने तीस साल पहले ही सीख लिया था कि किसी अपराधी घोषित करने का कोई फायदा नहीं है। मेरे लिये अपनी सीमाओं को लांघना ही बेहद परिश्रम भरा कार्य है और इसके बावजूद मैंने इस बात पर कभी असंतोष नहीं जताया कि ईश्वर ने सभी को एक जैसी बुद्धि क्यों नहीं दी।"

वानामेकर ने यह रहस्य जल्दी जान लिया, पर मुझे शताब्दी का एक तिहाई हिस्सा यह समझने में लग गया कि सौ में से निन्यानवे मामलों में लोग अपनी आलोचना नहीं करते, भले ही वे कितने भी गलत हों।

आलोचना बेकार है, क्योंकि यह इंसान को रक्षात्मक बना देता है और वह अपने आपको सही ठहराने की कोशिश करने लगता है। आलोचना की प्रकृति बेहद ही खतरनाक होती है, क्योंकि यह इंसान के स्वाभिमान, उसके गर्व को चोट पहुंचाती है और उसमें प्रतिरोध की भावना पैदा करती है।

बी.एफ. स्किनर (विश्व-प्रसिद्ध मनोवैज्ञानिक) ने अपने प्रयोगों से सिद्ध किया कि जिस जानवर को अपने अच्छे बर्ताव के लिए इनाम दिया जाता है वह उस जानवर से जल्दी सीखता है जिसे अपने बुरे व्यवहार के कारण सजा दी जाती है। बाद में गहन अध्ययनों से यही तथ्य इंसानों पर भी सटीक बैठे। क्योंकि आलोचना करने से कोई स्थायी बदलाव नहीं आता, बल्कि इससे आपसी संबंध खराब होते हैं तथा आपसी बैर की भावना बढ़ जाती है।

हैंस सेल्ये (महान मनोवैज्ञानिक) ने भी यही धारणा दी है कि "मनुष्य को जितनीं प्रशंसा की चाह होती है, निंदा का उतना ही डर बना रहता है।"

आलोचना के कारण पैदा होने वाले प्रतिरोध से कर्मचारियों, परिवार के लोगों और दोस्तों का उत्साह कम होता जाता है और उनकी स्थिति में कोई सुधार नहीं आता।

एनिड, ओक्लहामा के जॉर्ज बी. जॉन्स्टन एक इंजीनियरिंग कंपनी के सुरक्षा अधिकारी थे। उनकी काम के दौरान एक महत्वपूर्ण जिम्मेदारी यह थी कि उनके मार्फत काम करने वाले कर्मचारी फील्ड में कार्य करते समय सिर पर सुरक्षा कवच जरूर पहनें रखें। उन्होंने बताया कि जब भी वे किसी को सुरक्षा कवच न पहने देखते तो कभी कर्मियों को रौब से समझाते तो कभी उन्हें नियमों का हवाला देते हुये सुरक्षा कवच पहनने के लिये मजबूर करते। इस कारण उनके अधीनस्थ कर्मचारी नाखुशी से उनकी बात मानते। पर जैसे ही वे जाते उनके कर्मचारी फिर से अपनी पुरानी स्थिति में आ जाते और अपना सुरक्षा कवच उतार देते।

तब उन्होंने दूसरा तरीका निकाला। अगली बार जब वे कर्मचारियों को बिना सुरक्षा कवच के देखते थे, तो उनसे पूछते थे क्या सुरक्षा कवच को पहनने में परेशानी है? तब वे बड़े सहज अंदाज में उन्हें कहते थे कि ये सुरक्षा कवच उनकी सुरक्षा के लिए हैं और यह पहनने से उनका ही भला है। उनके इसी व्यवहार से लोग उनकी बात बिना बुरा माने मानने लगे।

हम इतिहास के हजारों पन्नों में आलोचना की निरर्थकता के उदाहरण देख सकते हैं जैसे- थियोडोर रुजवेल्ट और प्रेसिडेंट टैफ्ट के प्रसिद्ध झगड़े का उदाहरण ही ले लीजिए। एक ऐसा झगड़ा, जिसने रिपब्लिकन पार्टी को तोड़ डाला, जिसने वुडरो विल्सन को व्हाइट हाउस पहुंचा दिया, जिसने पहले विश्वयुद्ध में अपना प्रभावशाली नेतृत्व दिखाते हुये इतिहास को एक नया मोड़ दिया।

सन् 1908 में जब थियोडोर रुजवेल्ट व्हाइट हाउस से अलग हो गये, तो उन्होंने टैफ्ट को सपोर्ट किया और वे प्रेसिडेंट चुन लिये गये। इसके बाद थियोडोर रुजवेल्ट शिकार करने अफ्रीका चले गए। जब वे वहां से लौटे तो उबल पड़े। उन्होंने टैफ्ट की रुढ़िवादिता के लिए उनकी घोर आलोचना की। तीसरे बार उन्होंने खुद को प्रेसिडेंट पद के लिये नामांकित

किया। इसके लिये बुल मूस नाम से एक पार्टी बनाई और जी.ओ.पी को अपने भरसक प्रयासों से खत्म कर दिया। इस कारण विलियम हॉवर्ड टैफ्ट और उनकी रिपब्लिकन पार्टी सिर्फ दो राज्यों में चुनाव जीती, जो थे वरमॉन्ट और ऊटा। यह ऐसी करारी हार थी जिसे पार्टी ने कभी नहीं देखा था।

थियोडोर रुजवेल्ट ने रिपब्लिकन पार्टी के ऐसे प्रदर्शन के लिये टैफ्ट को दोष दिया, लेकिन क्या प्रेसिडेंट टैफ्ट ने खुद को दोष दिया? अपनी आंखों में आंसू भरे टैफ्ट ने बस इतना ही कहा- "मुझे नहीं पता कि मैं किसी और तरीके से अपने काम को कैसे कर सकता था।"

अब सवाल यह है कि इस पूरे परिदृश्य में आखिर किसका दोष था?

थियोडोर रुजवेल्ट या टैफ्ट? मैं यहां सिर्फ ये बताना चाहता हूं कि थियोडोर रुजवेल्ट की आलोचना कभी भी टैफ्ट को यह नहीं समझा पाई कि गलती उनकी ही थी। इस पूरे घटनाक्रम में टैफ्ट अपना बचाव करते रहे और नम आंखों से इतना ही बोले- "मुझे नहीं पता, मैं किसी और तरीके से अपने काम को कैसे कर सकता था।"

यदि हम एक और घोटाले टीपॉट डोम ऑइल की बात करें - सन् 1920 के दशक में इससे अखबार रंगे रहते थे। इसने पूरे देश में सुर्खियां बटोरी थी। अमेरिका के सामाजिक जीवन में ऐसा पहले कभी नहीं घटा था। इसे घोटाले के इन तथ्यों से जाना जा सकता है- अल्बर्ट बी. फॉल (हार्डिंग की कैबिनेट के आंतरिक सचिव) को यह काम दिया गया कि वे सरकार के ऑइल रिजर्व क्षेत्र एल्क हिल और टीपॉट डोम को लीज पर देने का काम करें। ऐसे ऑइल रिजर्व, जो नेवी के इस्तेमाल के लिए सुरक्षित रखे गए थे। पर क्या सचिव ने लीज पर देने के लिए कोई प्रतियोगिता कराई? नहीं। उन्होंने यह मालदार कॉन्ट्रैक्ट अपने दोस्त एडवर्ड डी. डोहेनी को दे डाला और उसके बाद डोहेनी ने क्या किया?

उन्होंने सचिव फॉल को कुल दस लाख डॉलर देते हुये इसे एक कर्ज का नाम दे दिया। इसके बाद ही सचिव फॉल ने रोबीले अंदाज में युनाइटेड स्टेट्स मरीन्स को यह आदेश दे दिया कि वे एल्क हिल रिजर्व के आस-पास वाले क्षेत्र से तेल निकालने वालों को वहां से भगा दें। यह प्रतिस्पर्धी, बंदूक की नोक पर भगाए जाने के बाद कोर्ट पहुंचे और उन्होंने टीपॉट डोम घोटाले का पर्दाफाश कर दिया। इसके जो परिणाम हुये, उसने हार्डिंग प्रशासन को बर्बाद कर दिया, पूरा देश सन्न रह गया, रिपब्लिकन पार्टी को इससे काफी नुकसान हुआ और अल्बर्ट बी. फॉल को इस पूरे घटनाक्रम ने जेल में पहुंचा दिया।

फॉल की इतनी तीखी आलोचना हुई कि सार्वजनिक जीवन में शायद ही ऐसा किसी के साथ हुआ हो। पर इससे क्या उसे अफसोस हुआ? नहीं! सालों बाद हरबर्ट हूवर ने एक भाषण में बताया कि प्रेसिडेंट हार्डिंग की मृत्यु एक दोस्त के द्वारा दिये धोखे से उत्पन्न हुई मानसिक चिंता और परेशानी के कारण हुई। जब श्रीमती फॉल ने यह सुना तो वह कुर्सी से उछल पड़ी, उन्होंने मुट्ठी तानकर चिल्लाया, 'क्या! हार्डिंग को फॉल ने धोखा दिया? नहीं! मेरे पति ने किसी को धोखा नहीं दिया। सोने से भरे घर को देखकर भी मेरे पति को कभी लालच नहीं हो सकता था। अगर किसी के साथ धोखा हुआ है और किसी को षडयंत्रपूर्वक सूली पर चढ़ाया गया है तो वो मेरे पति हैं।

तो इन उदाहरणों से समझ लीजिए। यही इंसानी स्वभाव की हकीकत है। गलती करने वाले अपने अलावा हर किसी को दोष देते हैं। हम सभी ऐसे ही हैं। इसलिए अगर आपका और मेरा कल किसी की भी निंदा करने का दिल करे, तो अल केपोन, क्रौले और अल्बर्ट फॉल को याद करे लें। याद रखें कि आलोचना हमेशा करने वाले के पास लौटकर आती है। इन उदाहरणों से यह स्पष्ट हो जाता है कि जिस इंसान को हम सुधारना चाहते हैं अगर उसकी आलोचना करते हैं तो वह अपना बचाव जरूर करेगा और बदले में पलटकर हमारी भी आलोचना करेगा या फिर टैफ्ट की तरह कहेगा- 'मुझे नहीं पता मैं किसी और तरीके से अपने काम को कैसे कर सकता था।'

15 अप्रैल, सन् 1865 की सुबह अब्राहम लिंकन, फोर्ड थिएटर (जहां जॉन विल्कीस बूथ ने उन्हें गोली मारी थी) वाली सड़क के उस पार एक सस्ते लॉजिंग हाउस के हाल में मृत पार्थिव शरीर के रूप में रखे हुये थे। वहां लिंकन का लंबा शरीर बिस्तर पर तिरछा पड़ा हुआ था, क्योंकि उनके लिये वह बिस्तर बेहद छोटा था। रोजा बॉन्हर की प्रसिद्ध पेंटिंग *'द हॉर्स फेयर'* की एक सस्ती नकल बिस्तर के ऊपर टंगी थी और एक गैस लाइट से पीली रोशनी निकल रही थी।

उस समय रक्षा मंत्री स्टैंटन ने कहा था कि- "यहां पार्थिव शरीर के रूप में दुनिया के इतिहास का सबसे अच्छा शासक मृत पड़ा है।"

लोगों के दिलो-दिमाग पर राज करने वाले लिंकन की सफलता का राज क्या था? मैंने लिंकन के बारे में दस साल तक पढ़ा है और उनकी जिंदगी पर *'लिंकन द अननोन'* किताब लिखने में पूरे तीन साल लगाए हैं। मुझे लगता है मैंने उनके व्यक्तित्व और उनकी घरेलू जिंदगी पर पूरी गहराई से अध्ययन किया है। मैंने लिंकन द्वारा लोगों के साथ किये जाने वाले बर्ताव के तरीकों पर विशेष अध्ययन किया है। पर क्या वे आलोचना करते थे? इसका जबाव है, हां। इंडियाना की पिजन क्रीक वैली में अपनी युवा अवस्था में वे न सिर्फ आलोचना करते थे बल्कि लोगों का उपहास करते हुए पत्र-पत्रिकाओं में उसे छपवाते भी थे। उनमें से एक पत्र ने गुस्से की वो आग भड़काई जो जिंदगी भर जलती रही।

इलिनॉय में वकील के रूप में काम करने वाले लिंकन प्रतिद्वंद्वियों पर खुलेआम पत्रों के द्वारा हमला किया करते थे, वे उसे अखबारों में भी छपवाया करते थे। इस पूरे घटनाक्रम में एक बार तो उन्होंने अति ही कर दी थी। सन् 1842 के साल में उन्होंने एक अभिमानी और लड़ाकू राजनेता जेम्स शील्ड्स पर पत्र के माध्यम से हमला कर दिया। लिंकन ने 'स्प्रिंगफील्ड जर्नल' में प्रकाशित एक अज्ञात पत्र के द्वारा उसकी ऐसी फजीहत की कि पूरा शहर ठहाकों से गूंज पड़ा। इससे अभिमानी शील्ड्स को गहरी ठेस पहुंची और वह गुस्से से उबल पड़ा।

उसने पत्र लिखने वाले के बारे में पता लगाया। वह घोड़े पर चढ़ा, लिंकन के पास पहुंचा और द्वंद्व युद्ध के लिए चुनौती दे डाली। लिंकन अपनी ओर से लड़ना नहीं चाहते थे। वे सदा युद्ध के खिलाफ थे, पर अपनी इज्जत बचाने के लिए वे इस बार इससे बच नहीं सके। उन्हें अपना हथियार चुनने का विकल्प दिया गया। चूंकि उनकी बांहें काफी लंबी थीं,

उन्होंने तलवारें चुनीं और एक वेस्ट पॉइंट ग्रेजुएट से तलवारबाजी में शिक्षा ली। इस तरह पूरी तैयारी के साथ लिंकन और शील्ड्स मिसीसिपी नदी के पास मिले।

दोनों किसी एक की मृत्यु होने तक युद्ध के लिए तैयार थे। पर अंतिम पल में उनके शुभचिंतकों ने आकर युद्ध रोक दिया।

लिंकन की जिंदगी में यह सबसे भयंकर निजी हमला था। इसने लोगों के साथ व्यवहार करने के बारे में उन्हें सबसे मूल्यवान पाठ पढ़ाया। इसके बाद उन्होंने कभी भी किसी के लिये अपमानजनक पत्र नहीं लिखे। फिर कभी उन्होंने किसी का मजाक नहीं उड़ाया। उसके बाद उन्होंने कभी भी किसी की आलोचना नहीं की।

बार-बार, गृहयुद्ध के समय, लिंकन ने नये-नये जनरल पोटोमैक की सेना के मुखिया के रूप में नियुक्त किये पर सारे के सारे बारी-बारी से मैक्लेनन, पोप, बर्नसाइड, हुकर, मीड लगातार असफल साबित हुए। इन परिणामों ने लिंकन को चिंता करने पर मजबूर कर दिया। देश के आधे लोगों ने इन अक्षम जनरलों की बुरी तरह निंदा की, लेकिन लिंकन ने 'न किसी के लिए दुर्भावना, सबके लिए करुणा' के साथ शांति बनाए रखी। उनकी सबसे पसंदीदा कहावतों में से एक थी, "आलोचना न करो, ताकि आलोचना के शिकार न बनो।"

जब श्रीमती लिंकन और अन्य लोगों ने दक्षिणी लोगों के बारे में कटुता से बात की तो लिंकन ने जवाब दिया- "उनकी निंदा न करो, हम उनके जैसी परिस्थितियों में होते, तो उनके जैसे ही होते, लेकिन अगर किसी इंसान को आलोचना करने का अवसर था, तो वे थे लिंकन। यह उदाहरण लीजिए -

जुलाई, सन् 1863 में गेटिसबर्ग का युद्ध पहले तीन दिनों में ही लड़ा गया। 4 जुलाई की रात से जनरल ली ने दक्षिण से पीछे हटना शुरू किया, तब देश भयंकर बारिश की चपेट में था। जब जनरल ली अपनी हारी हुई सेना के साथ पोटोमैक पहुंचे, उनके सामने एक उफनती नदी थी, जिसे पार करना असंभव था। उनके पीछे विजयी यूनियन आर्मी थी। अब जनरल ली पूरी तरह फंस चुके थे। उनके पास खुद को और अपनी सेना को बचाने का कोई रास्ता नहीं था।

लिंकन ने जब यह देखा। उन्हें एहसासा हो गया कि ये तो किस्मत से मिला एक सुनहरा मौका है, जनरल ली को पकड़ने और युद्ध को खत्म करने का। भरपूर आशा के साथ लिंकन ने मीड को आदेश दिया कि वे युद्ध की बैठक न बुलाएं और ली पर तुरंत हमला कर दें। लिंकन ने अपने आदेश तार से भेजे और एक विशेष संदेशवाहक के द्वारा भी मीड को तुरंत हमला करने का संदेश भेजा।

पर जनरल मीड ने इन परिस्थितियों में भी क्या किया? उसने दिए गए आदेश के ठीक उलट काम किया। उसने लिंकन के आदेश की अवहेलना करके युद्ध की बैठक बुलाई। वह हिचका। उसने विलंब किया। उसने ढेर सारे बहाने बनाकर तार से भेजे। उसने ली पर हमला करने से सीधे इंकार कर दिया। जब नदी का पानी कम हुआ, तो ली पोटोमैक में अपनी सेना के साथ बच निकले।

लिंकन आगबबूला हो उठे "इसका क्या मतलब है?" लिंकन अपने बेटे रॉबर्ट के सामने चिल्ला पड़े। 'हे भगवान! वे हमारी पकड़ में थे, हमें सिर्फ हाथ बढ़ाना था और वे हमारे चंगुल में होते, फिर भी मैं ऐसा कुछ भी नहीं कर पाया जिससे आर्मी आगे बढ़ सके। इन स्थितियों में कोई भी जनरल ली को हरा देता, 'अगर मैं वहां होता तो मैं भी उसे मजा चखाता।'

दुख से भरे लिंकन बैठे और उन्होंने मीड को यह पत्र लिखा। याद रखिए, इस समय भी लिंकन अपनी भाषा को काफी नपा-तुला और काबू में रखते थे। इसलिए सन् 1863 में लिंकन का लिखा यह पत्र सबसे ज्यादा कटु और फटकार के बराबर था।

"मेरे प्रिय जनरल,

मुझे नहीं लगता तुम जनरल ली के बच जाने में छुपे नुकसान को समझ सकते हो। वह हमारी पकड़ में था और उस पर हमला करने से हम युद्ध को खत्म कर सकते थे। अब तो अनुमान लगाना ही मुश्किल है कि, युद्ध कितना लंबा चलेगा। अगर बीते सोमवार को तुम ली पर हमला नहीं कर सके, तो तुम नदी के उस पार कैसे हमला कर सकोगे। जबकि तुम सिर्फ दो-तिहाई सेना के साथ ही उस पार जा सकोगे? तुमसे आशा करना बेमानी होगा और अब मैं तुमसे ज्यादा आशा नहीं रखता। तुम्हारा सुनहरा मौका जा चुका है और मैं इस वजह से काफी दुखी हूं।"

आपको क्या लगता है?, मीड ने यह पत्र पढ़ने के बाद क्या किया होगा?

असल में मीड ने कभी भी यह पत्र पढ़ा ही नहीं। लिंकन ने कभी इसे भेजा ही नहीं। यह पत्र उनकी मृत्यु के बाद उनके विशेष दस्तावेजों में पाया गया।

मेरा अनुमान है और यह सिर्फ एक अनुमान ही है कि पत्र लिखने के बाद लिंकन ने खिड़की के बाहर देखा हो और खुद से कहा हो- "सिर्फ एक मिनट के लिए। शायद मुझे इतनी जल्दबाजी नहीं करनी चाहिए। मेरे लिए व्हाइट हाउस की शांति में बैठकर मीड को हमला करने का आदेश देना बहुत आसान काम है, पर अगर मैं गेटिसबर्ग में होता और मैंने उतना खून-खराबा देखा होता जितना मीड ने पिछले सप्ताह देखा है, मेरे कान के पर्दे घायल और मौत के आगोश में जाते लोगों की चीख-पुकार से फट गए होते, तब शायद मैं हमले के लिए उतना उत्सुक नहीं होता। अगर मेरे पास मीड की तरह सुरक्षात्मक दृष्टि से सोचता तो मैं भी शायद वही करता, जो उसने किया। खैर, अब बाढ़ का पानी पूरी तरह नीचे उतर चुका है। अगर मैं अब यह पत्र भेजता भी हूं, तो शायद मुझे अच्छा महसूस हो, पर मीड को यह अच्छा न लगेगा और वह अपने बचाव करने में लग जाएगा। वह मेरी निंदा भी कर सकता है। उसमें कटु भावनाएं जागेंगी, वह सेनापति के रूप में अपनी सारी काबिलियत बर्बाद कर लेगा और ये भी संभव है कि सेना छोड़ दे।"

इसलिए, जैसा मैंने कहा- लिंकन ने पत्र अलग रख दिया, क्योंकि उन्होंने अपने कड़वे अनुभव से सीखा था कि तीखी आलोचना और निंदा से कोई लाभ नहीं होता।

थियोडोर रुजवेल्ट ने कहा था कि प्रेसिडेंट होने के दौरान जब भी वे किसी समस्या से उलझते थे, तो वे आराम से बैठ जाते थे। व्हाइट हाउस में अपनी डेस्क के पास लिंकन की टंगी बड़ी-सी तस्वीर को देखते थे और खुद से पूछते थे- "अगर लिंकन मेरी जगह होते तो क्या करते? वे इस समस्या का हल कैसे निकालते?"

मार्क ट्रेन भी विशेष परिस्थितियों में अपना आपा खो बैठते थे और वैसी चिट्ठियां लिखते थे, जो अंगारों की तरह होती थीं। उदाहरण के तौर पर, एक बार उन्होंने एक ऐसे आदमी को लिखा, जिसने उन्हें गुस्सा दिलाया था- "तुम्हें तो कब्र में चला जाना चाहिए। तुम बस बोलो और मैं इसका इंतजाम करता हूं।" दूसरे मौके पर उन्होंने एक संपादक को एक प्रूफ़रीडर द्वारा उनके "हिज्ज और उच्चारण को बेहतर बनाने की कोशिश पर लिखा। उन्होंने आदेश दिया- "मेरे द्वारा लिखी चीजों को वैसा ही रहने दें और ध्यान रहे कि प्रूफ़रीडर की सलाहें उसके सड़े दिमाग में ही रहें।"

इन चुभते पत्रों की भाषा ने मार्क ट्रेन को काफी सुकून पहुंचाया। इससे उनके अंदर का गुस्सा निकल गया और इन चिट्ठियों ने कभी कोई नुकसान भी नहीं पहुंचाया, क्योंकि मार्क की पत्नी उन्हें चुपके से भेजे जाने वाले पत्रों से निकाल लेती थी। इस तरह वे पत्र कभी भेजे ही नहीं गए।

क्या आप किसी ऐसे इंसान को जानते हैं जिसे खुद में बदलाव और सुधार लाना चाहिए? यदि हां तो बढ़िया, अच्छी बात है। मैं भी इसके पक्ष में हूं, लेकिन इसकी शुरुआत खुद से क्यों न की जाए? एक स्वार्थी नजरिए से, किसी और में सुधार लाने से यह ज्यादा फायदेमंद होगा और हां, कम खतरनाक भी।

'अपने पड़ोसी की छत पर पड़ी बर्फ के बारे में शिकायत न करें, जब आपके घर में ही अस्वच्छता भरी पड़ी हो।' यह कन्फ्यूशियस के विचार है।

जब मैं कम उम्र का था और लोगों को प्रभावित करने की भरपूर कोशिश में लगा रहता था, तब मैंने रिचर्ड हार्डिंग डेविस (जो अमेरिका के प्रसिद्ध लेखक थे) को एक मूर्खतापूर्ण पत्र लिखा था। मैं एक पत्रिका के लिये लेखकों के बारे में लेख तैयार कर रहा था और मैंने डेविस को अपने काम करने के तरीके के बारे में लिखने के लिये कहा था। कुछ सप्ताह बाद, मुझे किसी का एक पत्र मिला जिसके नीचे लिखा था- "बोलकर लिखवाया गया, पर नहीं पढ़ा गया।" मैं बहुत प्रभावित हुआ। मुझे लगा कि लेखक बहुत विशेष और व्यस्त आदमी होंगे। हालांकि मैं बिलकुल भी व्यस्त नहीं था, पर मैं रिचर्ड हार्डिंग डेविस पर प्रभाव जमाना चाहता था, इसलिए मैंने भी अपना छोटा-सा नोट यह लिखकर खत्म किया- "बोलकर लिखवाया गया, पर नहीं पढ़ा गया।"

उन्होंने कभी जवाब देने की जरूरत नहीं समझी। उन्होंने इसे लौटा दिया और उसके नीचे लिखा था-"तुम्हारी बुरी आदतों का मेरे पास कोई उत्तर नहीं है।" सचमुच मुझसे गलती हुई थी और शायद मैं इस उलाहना का अधिकारी भी था, पर इंसान होने के कारण मुझे बुरा भी लगा। मुझे इतना बुरा लगा कि जब दस वर्षों के बाद मैंने रिचर्ड हार्डिंग डेविस के निधन के बारे में पढ़ा, तब भी मेरे मन में सिर्फ एक ही विचार आया- (मुझे यह बताते

शर्म आती है) वह विचार उस चोट के बारे में था, जो मुझे लगी थी। अगर मैं और आप कल ऐसी कटुता पैदा करना चाहें, जो दशकों तक हमारी मृत्यु के बाद भी जिंदा रहे, तो बस थोड़ी चुभने वाली आलोचना कर दें। इससे फर्क नहीं पड़ता कि वह कितनी सही है।

लोगों के साथ बर्ताव करते समय, याद रहे कि हम तर्क से भरे लोगों से व्यवहार नहीं कर रहे। हम भावनाओं से भरे लोगों से व्यवहार कर रहे हैं, वैसे लोग जो पूर्वाग्रह, गर्व और अभिमान से भरे हुये हैं।

आलोचना के कारण संवेदनशील थॉमस हार्डी, अंग्रेजी साहित्य को समृद्ध करने वाले सबसे महान उपन्यासकारों में से एक ने गल्पकथा लिखना हमेशा के लिए बंद कर दिया था। आलोचना के ही कारण अंग्रेजी कवि थॉमस चैटरटन ने आत्महत्या कर ली थी।

बेंजामिन फ्रैंकलिन युवावस्था में समझदार नहीं थे, लेकिन आगे चलकर लोगों से बर्ताव में इतने चतुर हो गए कि उन्हें फ्रांस में अमेरिका का राजदूत बनाया गया। क्या है उनकी सफलता का राज? "मैं किसी के बारे में बुरा नहीं बोलूंगा।" उन्होंने कहा- "और हर इंसान के बारे में जो भी अच्छा जानता हूं, बोलूंगा।"

कोई भी मूर्ख आलोचना, निंदा और शिकायत कर सकता है और सभी मूर्ख ऐसा करते हैं।

पर इंसान को समझने और माफ करने के लिए सुदृढ़ चरित्र और आत्म-नियंत्रण की जरूरत होती है।

कार्लायल ने कहा था कि- "महान इंसान अपनी महानता, खुद से छोटों लोगों से सयंत बर्ताव करने में दिखाते हैं।"

एक प्रसिद्ध पायलट और एयर शो में अक्सर प्रदर्शन दिखाने वाले बॉब हूवर, सैन डिएगो में एक एयर शो से वापस लॉस एंजेलिस अपने घर लौट रहे थे। 'फ्लाइट ऑपेरेशन्स' नाम की पत्रिका में दी जानकारी के अनुसार, अचानक तीन सौ फीट ऊंचाई पर हवा में उनके दोनों इंजिनों ने काम करना बंद कर दिया। किसी तरह अपनी कुशलता दिखाते हुए उन्होंने अपना प्लेन जमीन पर उतारा, जो कि बुरी तरह बर्बाद हो गया था, पर किसी की भी मृत्यु नहीं हुई थी।

आपातकालीन उतार के बाद हूवर ने सबसे पहले अपने एयरप्लेन का इंजिन चेक किया। जैसा कि उनका अनुमान था, उनके द्वारा उड़ाया जाने वाला विश्वयुद्ध 2 के प्रोपेलर प्लेन में गैसोलिन के बदले जेट ईंधन भरा गया था। एयरपोर्ट पहुंचने के बाद उन्होंने अपने एयरप्लेन की सर्विसिंग करने वाले मैकेनिक के बारे में पूछताछ की। वह अपनी गलती के दुख से परेशान था। हूवर के पहुंचते ही उसकी आंखों से आंसू टपक पड़े। उसकी गलती के कारण एक काफी महंगा प्लेन बर्बाद हो गया था और तीन लोगों की जान भी जा सकती थी।

हम अंदाजा लगा सकते हैं कि हूवर उस समय कितना नाराज होंगे। इस असावधानी के कारण उस स्वाभिमानी और निपुण पायलट ने कितनी आग उगली होती, आप सोच सकते हैं, लेकिन हूवर ने मैकेनिक को नहीं डांटा। उन्होंने उसकी आलोचना नहीं की, उन्होंने

अपनी बड़ी बांह को उसके कंधे पर रखा और कहा- "मैं यह दिखाना चाहता हूं कि तुम यह गलती दुबारा नहीं करोगे, मैं चाहता हूं कि तुम मेरे एफ-51 की कल सर्विसिंग करोगे।"

अक्सर माता-पिता अपने बच्चों की आलोचना करना चाहते हैं। आप मुझसे आशा करेंगे कि मैं आपको यह करने से मना करूं, पर मैं ऐसा नहीं करूंगा, बल्कि बस इतना कहूंगा- "उनकी आलोचना करने से पहले, अमेरिकी पत्रकारिता की एक क्लासिक लेख को जरूर पढ़ें- 'पिता भूल जाते हैं' यह लेख *पीपल्स होम जर्नल* के संपादकीय में छपा था। हम इसे यहां लेखक की अनुमति से दुबारा छाप रहे हैं, जैसा इसे *'रीडर्स डाइजेस्ट'* में संक्षिप्त किया गया था -

"पिता भूल जाते हैं" उन लघु लेखों मे से एक है, जो जीवन के सच्चे पल में लिखे जाते हैं और कई पाठकों के दिलों को छू जाते हैं जिससे ये हर साल छपते हैं। इसके लेखक डब्ल्यू. लिविंगस्टन लारनेड कहते हैं "सैकड़ों पत्रिकाओं में, घरेलू प्रकाशन में और देश भर के अखबारों में यह छप चुका है। यह इसी तरह कई विदेशी भाषाओं में भी कई बार छप चुका है। मैंने ऐसे हजारों लोगों को अनुमति दी है, जो इसे स्कूल, चर्च और लेक्चर प्लेटफार्म में पढ़ना चाहते थे। यह अनगिनत मौकों और कार्यक्रमों में 'ऑन एयर' हो चुका है। इसे कॉलेज पीरियडिकलों ने इस्तेमाल किया है। कई हाईस्कूल पत्रिकाओं ने इस्तेमाल किया है। कभी-कभी एक छोटी-सी चीज भी रहस्यमय ढंग से लोगों को 'क्लिक' कर जाती है। इसने ऐसा ही किया।"

"पिता भूल जाते हैं"

डब्ल्यू. लिविंगस्टन लारनेड

बेटे, सुनो- मैं जब तुमसे यह कह रहा हूं, तुम सोए हो। तुम्हारा एक हाथ तुम्हारे गाल के नीचे दबा है और तुम्हारे घुंघराले बाल तुम्हारे नम ललाट पर चिपके हैं। मैं तुम्हारे कमरे में चुपचाप आया हूं। कुछ मिनट पहले, मैं लाइब्रेरी में बैठा पेपर पढ़ रहा था, तब ग्लानि की तरंग मेरे मन की में जागी। गलती महसूस करते हुए मैं तुम्हारे बिस्तर के पास आया हूं।

बेटे! मैं कई चीजें सोच रहा था- मेरा तुमसे व्यवहार गलत रहा है। जब तुम स्कूल जाने के लिए कपड़े पहन रहे थे, तब मैंने तुम्हें डांटा। तुमने अपने चेहरे को तौलिए से सिर्फ हल्का पौंछा था। मैंने तुम्हें जूते साफ नहीं करने के लिए डांटा। मैं गुस्से में चिल्लाया, जब तुमने कुछ चीजें फर्श पर फेंकी थीं।

नाश्ते के समय भी मैंने गलती निकाली। तुमने चीजें बिखेर दी थीं। तुमने भोजन को निगल लिया था। तुमने टेबल पर कुहनियां रख दी थीं। तुमने ब्रेड पर ज्यादा बटर लगा लिया था और जब तुम खेलने के लिए निकले और तुमने कहा- "गुड बाय डैडी!" तब मैंने मुंह बनाया और जवाब में कहा- "अपनी शर्ट सलीके से पहनो।"

मैंने तुम्हारी जासूसी की, जब तुम घुटनों के बल कंचे खेल रहे थे। तुम्हारे मोजों में छेद थे। मैंने तुम्हें तुम्हारे दोस्तों के सामने शर्मिंदा किया। जब तुम घर जाते समय मुझसे आगे चल रहे थे। मैं कहना चाहता था कि मोजे महंगे होते हैं और अगर तुम्हें उन्हें खरीदना पड़े तो ज्यादा सावधान रहोगे। एक पिता की नजर से सोचो, बेटे!

बाद में, क्या तुम्हें याद है- जब मैं लाइब्ररी में पढ़ रहा था, तब तुम दबे पांवों से आए और तुम्हारी आंखों में पीड़ा थी? जब मैंने पेपर से नजरें ऊपर उठाईं, मैं खीजा हुआ था, तुम दरवाजे पर ठिठक गए थे। मैंने गुस्से में कहा-"क्या चाहते हो?"

तुमने कुछ नहीं कहा, तुम दौड़ते हुए आए और मेरे गले के चारों ओर अपनी बांहें लपेट दीं और तुम्हारी नन्ही बांहों ने उस स्नेह के साथ मुझे जकड़ लिया, जिसे भगवान ने तुम्हारे दिल में खिलाया था और जिसे मेरी अनदेखी भी खत्म नहीं कर सकती थी। फिर तुम चले गए, सीढ़ियों पर चढ़ते हुए। बेटे, ठीक उसके बाद पेपर मेरे हाथों से फिसल गया और एक अजीब-सा डर मेरे मन में घर कर गया। यह आदत मेरे साथ क्या कर रही है? गलतियां खोजने की आदत, डांटने की आदत, मेरा बेटा होने का, यही तुम्हारे लिए पुरस्कार था। ऐसा नहीं कि मैं तुमसे प्यार नहीं करता, बस यही है कि मैं युवावस्था से ज्यादा अपेक्षाएं कर रहा था। मैं तुम्हें अपनी उम्र के पैमाने से माप रहा था।

और तुम में कितना कुछ अच्छा है, प्यारा है, सच्चा है। तुम्हारा छोटा-सा दिल उतना ही बड़ा है, जितनी उन पहाड़ों पर छाई लालिमा। तुम जब दौड़ते हुए अंदर आए और तुमने मुझे प्यार से चूम लिया, तब वह दिल दिखा। मैं तुम्हारे बिस्तर के पास आया हूं और शर्म से घुटनों के बल बैठा हूं।

यह एक कमजोर प्रायश्चित्त है। मुझे पता है, तुम ये चीजें नहीं समझोगे, अगर मैंने तुम्हें जागी अवस्था में बताया, लेकिन कल मैं एक सच्चा पिता बनूंगा। मैं तुम्हारे साथ खेलूंगा, तुम्हारे दुख बांटूंगा, तुम्हारी हंसी में अपनी हंसी मिलाऊंगा। अपनी जबान दबा लूंगा जब तीखे शब्द निकलने वाले होंगे। खुद से कहता रहूंगा "वह एक बच्चा है - सिर्फ बच्चा!"

मुझे डर है कि मैंने तुम्हें एक वयस्क के रूप में देखा और बेटे, जब मैं तुम्हें, तुम्हारे कोट में सिकुड़े हुए देखता हूं, तो दिखता है कि तुम सिर्फ एक बच्चे हो। कल तुम अपनी मां की बांहों में थे, तुम्हारा सिर उसके कंधों पर था। मैंने तुमसे ज्यादा मांग लिया, कुछ ज्यादा ही मांग लिया।

लोगों की आलोचना करने से ज्यादा जरूरी है उनको समझने की कोशिश करें। यह पता करना बेहद जरूरी है कि लोग जैसा कर रहे हैं उसके पीछे क्या कारण है। देखना, यह उनकी आलोचना से ज्यादा फायदेमंद साबित होगा। इन सब कारणों से ही संसार में सहानुभूति, सहनशीलता और उदारता फैलती है।

"सबको समझ लेने का असल अर्थ है, सबको निःस्वार्थ भाव से माफ करना।" जैसा डॉक्टर जॉनसन ने कहा- "महोदय, भगवान भी इंसान पर फैसला तभी सुनाता है, जब उसके दिन पूरे हो जाते हैं।"

फिर मैं और आप ऐसा क्यों करें?

सिद्धांत-1

जिंदगी में आलोचना, निंदा और शिकायत न करें

2

लोगों से व्यवहार करने का रहस्य

इस धरती पर किसी से कोई भी काम कराने का एक ही तरीका है। क्या आपने कभी इस बारे में सोचा है? हां, सिर्फ एक तरीका और वह है, उस इंसान में उस काम को करने की इच्छा जगाना।

याद रखिए और कोई तरीका नहीं है।

हां, वैसे आप किसी पर रिवॉल्वर तानकर भी उसे उसकी घड़ी देने पर मजबूर कर सकते हैं। आप अपने कर्मचारियों को सहायता करने पर मजबूर कर सकते हैं, उनको नौकरी से निकालने की धमकी देकर। आप किसी बच्चे को डांटकर या थप्पड़ मारकर, जो भी कराना चाहें, करा सकते हैं, पर इन तरीकों के ऐसे भी परिणाम आ सकते हैं, जो आपको कतई पसंद न आएं।

मैं आपसे कोई काम तभी करा सकता हूं, जब मैं आपको वह दूं, जो आप चाहते हैं।

और आप चाहते क्या हैं?

सिगमंड फ्रायड ने कहा कि जो भी हम चाहते हैं, उसके पीछे सिर्फ दो प्रयोजन होते हैं- सेक्स की या महान बनने की इच्छा।

जॉन ड्यूई (अमेरिका के सबसे महान दार्शनिकों में से एक) ने इसे कुछ अलग शब्दों में स्पष्ट किया है। डॉक्टर जॉन ड्यूई ने कहा है कि इंसानी स्वभाव की सबसे गहरी इच्छा है- 'महत्त्वपूर्ण होने की इच्छा।' इस मुहावरे को याद रखें- 'महत्त्वपूर्ण होने की इच्छा।' इसे आप इस किताब में कई बार पढ़ेंगे।

लोग क्या चाहते हैं? बहुत सारी इच्छायें नहीं, बल्कि ऐसी कि जो आप सोचते हो, ये आपको जरूर ही मिलें। अधिकतर लोगों द्वारा चाही जाने वाली कुछ चीजें हैं -

1. सेहत और जीवन की सुरक्षा।
2. भोजन।
3. नींद।
4. पैसा और पैसे से खरीदी जाने वाली चीजें।
5. मौत के बाद का जीवन सुधारना।
6. सेक्स की इच्छा पूर्ति।

7. अपने बच्चों का भला।

8. महत्त्वपूर्ण होने का अहसास।

इनमें लगभग सारी इच्छाएं पूरी हो जाती हैं सिर्फ एक के अलावा। सिर्फ एक अभिलाषा है, जो भोजन या नींद की इच्छा जितनी गहरी और असीमित है, वो शायद ही पूरी होती है। इसे फ्रायड 'महान होने की इच्छा' कहते हैं। इसे जॉन ड्यूई 'महत्त्वपूर्ण होने की इच्छा' कहते हैं।

लिंकन ने एक पत्र को शुरु करते हुए कहा था- "तारीफ सभी को पसंद है।" विलियम जेम्स ने कहा था- "इंसानी स्वभाव में सबसे गहरा सिद्धांत प्रशंसा की तड़प है।" उन्होंने ध्यान रहे, प्रशंसा की 'इच्छा' या 'अभिलाषा' या 'कामना' के बारे में नहीं कहा। उन्होंने प्रशंसा की तड़प कहा।

यह एक कभी न कम होने वाली इंसानी भूख है और जो भी विरला इंसानी दिल की इस भूख को ईमानदारी से संतुष्ट करेगा, वह लोगों को मुट्ठी में रखेगा और 'उसकी मृत्यु पर तो यमराज को भी दुख होगा।'

महत्त्वपूर्ण होने की इच्छा इंसानों और जानवरों के बीच का एक मुख्य अंतर है। विस्तार से बताऊं तो जब मैं मिसूरी में खेत में काम करने वाला लड़का था, मेरे पिता ड्यूरोक-जर्सी सुअर और अच्छे मवेशी पालते थे। हम मध्य-पश्चिम में अपने सुअर और अच्छे मवेशी गांव के मेलों में ले जाते थे। हमने कई बार पहला पुरस्कार जीता था। मेरे पिता नीले रिबन पर एक सफेद चमकदार कपड़ा लगाते थे और जब दोस्त या अन्य लोग हमारे घर आते थे, वे उस सफेद चमकदार कपड़े को निकालते थे। वे दोनों छोरों को पकड़कर उन सारे नीले रिबनों को गर्व से दिखाते थे।

उन रिबनों से सुअरों को कोई फर्क नहीं पड़ता था, लेकिन मेरे पिता को पड़ता था। ये पुरस्कार उन्हें महत्त्वपूर्ण होने का एहसास कराते थे। अगर हमारे पूर्वजों में महत्त्वपूर्ण दिखने की ललक न होती, तो सभ्यताएं कभी नहीं बन पातीं। उसके बिना हम जानवर सरीखे होते।

यह महत्त्वपूर्ण दिखने का एहसास ही था, जिसने एक अशिक्षित, गरीब किराने के क्लर्क को कानून की उन किताबों को पढ़ने पर बाध्य किया, जो उसे एक बैरेल के नीचे मिली थीं और जिन्हें उसने पचास सेंट में खरीदा था। आपने भी शायद उस किराने के क्लर्क का नाम सुना होगा। उसका नाम लिंकन था।

महत्त्वपूर्ण होने के एहसास ने ही डिकेंस को अमर उपन्यास लिखने के लिए प्रेरित किया। इसी इच्छा ने सर क्रिस्टोफर रेन को पत्थर में अपनी सिंफनियों को डिज़ाइन करने की प्रेरणा दी। इसी इच्छा ने रॉकफेलर को करोड़ों की संपत्ति अर्जित करने की वजह दी, भले ही वे उसे कभी खर्च नहीं कर पाए और यही वह इच्छा है जो आपके शहर के सबसे अमीर इंसान को अपनी जरूरत से कहीं ज्यादा बड़ा घर बनाने के लिए बाध्य करती है।

यही इच्छा आपको लेटेस्ट स्टाइल पहनने, लेटेस्ट कारें चलाने, अपने प्रतिभाशाली बच्चों के बारे में बात करने के लिए बाध्य करती है।

यही इच्छा कई लड़कों और लड़कियों को अपराधियों के संगठन में जाने और अपराध करने पर मजबूर करती है। न्यूयॉर्क के भूतपूर्व पुलिस कमिश्नर, ई.पी. मलुनी के अनुसार, एक औसत युवा अपराधी अहम से भरा होता है और गिरफ्तार होने के बाद उसका पहला निवेदन होता है कि अखबार उसे नायक के रूप में प्रस्तुत करे। जेल में बिताए जाने वाले समय की परेशानी उसे नहीं दिखती, क्योंकि वह प्रसिद्ध खिलाड़ियों, फिल्मी सितारों, टी.व्ही. सितारों और नेताओं तथा तथाकथित प्रसिद्ध लोगों के साथ अखबार में अपनी फोटो छपने की खुशी में डूबा हुआ होता है।

अगर आप मुझे यह बताएं कि किस चीज से आपको महत्त्वपूर्ण होने का एहसास मिलता है, तो मैं बता दूंगा कि आप कैसे इंसान हैं। यही आपका चरित्र निर्धारित करता है। यह आपके बारे में सबसे जरूरी चीज है। उदाहरण के लिये, जॉन डी. रॉकफेलर को यह एहसास चीन के पीकिंग में उन लाखों गरीब लोगों के लिए हॉस्पिटल बनाने के लिए पैसे देने से मिलता था, जिनसे वे कभी मिले भी नहीं थे। डिलिंजर, यह एहसास एक डाकू, बैंक डकैत और हत्यारा बनने में पाता था। जब एफ.बी.आई. के एजेंट उसका पीछा कर रहे थे, वह मिनेसोटा के एक फार्महाउस में घुस गया और चिल्लाया- "मैं डिलिंजर हूं!" उसे इस बात पर गर्व था कि उसकी गिनती देश के कुख्यात अपराधियों में होती है। "मैं तुम्हें कोई नुकसान नहीं पहुंचाऊंगा।", "पर मैं डिलिंजर हूं।", उसने कहा।

हां, रॉकफेलर और डिलिंजर में महत्वपूर्ण होने का एहसास अलग-अलग तरह से होता था। उन्होंने अलग-अलग तरीकों से खुद को प्रसिद्ध करने का रास्ता अपनाया था।

इतिहास ऐसे शानदार उदाहरणों से भरा पड़ा है, जब प्रसिद्ध लोग महत्त्वपूर्ण होने के एहसास के लिए संघर्ष कर रहे थे। जॉर्ज वाशिंगटन "माननीय, यूनाइटेड स्टेट्स के राष्ट्रपति" कहलाना पसंद करते थे, कोलंबस की इच्छा थी कि उसे "महासागर का एड्मिरल और इंडिया का वाइसरॉय" कहा जाए। कैथरीन द ग्रेट उन चिट्ठियों को नहीं पढ़ती थी, जिनमें उन्हें 'माननीय महारानी' कहकर नहीं संबोधित किया गया हो और श्रीमती लिंकन व्हाइट हाउस में श्रीमती ग्रांट पर भड़क उठी थीं और जोर से चिल्लाते हुये कहा था कि - "मेरी बिना अनुमति के तुम्हें मेरे सामने बैठने की हिम्मत कैसे हुई?"

कई करोड़पतियों ने एडमिरल बर्ड के अंटार्कटिक मिशन में यह सोचकर पैसा लगाया कि बर्फीली पहाड़ियों का नाम उनके नामों पर रखा जाएगा और विक्टर हयुगो की दिली इच्छा थी कि 'पेरिस' का नया नाम उनके सम्मान में रखा जाए। शेक्सपियर ने भी, जिनकी शक्ति बेपनाह थी, अपने परिवार के लिए एक शाही कोट मंगाकर अपने नाम में चमक लाने की कोशिश की थी।

कई बार लोग सहानुभूति और ध्यान पाने की खातिर बेतुकी चीजें कर बैठते हैं। श्रीमती मैकिन्ले का ही उदाहरण ले लें। महत्त्वपूर्ण होने के एहसास के लिए उन्होंने अपने पति (अमेरिका के राष्ट्रपति) को शासन के सभी जरूरी काम छोड़ने को कहा, ताकि वे उनके बिस्तर के पास बैठे रहें और अपनी बांहों में उन्हें सुलाने की कोशिश करते रहें। उन्होंने अपने दांत का इलाज कराते समय पति को पास बैठाकर ध्यान देने की इच्छा पूरी की और एक बार वे गुस्से से उबल पड़ीं, जब उनके पति को गृहमंत्री जॉन हे से मिलने कारण उन्हें डेंटिस्ट के पास अकेले छोड़कर जाना पड़ा।

एक बार एक ऐसी तेज-तर्रार, जीवंत युवती के बारे में लेखिका मैरी रॉबर्ट्स राइनहार्ट ने मुझे बताया था, जो महत्त्वपूर्ण होने के एहसास के लिए अशक्त हो गई। एक दिन श्रीमती राइनहार्ट ने कहा- "इस युवती को किसी चीज से नजर मिलानी पड़ी, वह थी उसकी उम्र। जिंदगी के अकेलेपन से भरे दिन उसके इंतजार में थे और उसके पास कुछ भी अपेक्षा करने लायक नहीं था।"

"उसने बिस्तर पकड़ लिया और अगले दस सालों तक उसकी बूढ़ी मां तीसरी मंजिल पर जा-जाकर उसकी देखभाल करती रही, फिर एक दिन सेवा से थककर बूढ़ी मां स्वर्ग

सिधार गई। कुछ हफ्तों तक वह अशक्त युवती दिन काटती रही, फिर वह उठी, उसने कपड़े पहने और वापस जीने लगी।"

कुछ विशेषज्ञों का कहना है कि जब वास्तविकता की कठोर दुनिया में महत्त्वपूर्ण होने का एहसास नहीं मिलता, तो कई लोग इसकी तलाश में पागलपन के ख्याली एहसासों में चले जाते हैं और बौरा जाते हैं। यूनाइटेड स्टेट्स में मानसिक बीमारी से परेशान लोगों की संख्या बाकी सारी बीमारियों से परेशान लोगों की संख्या से बहुत ज्यादा है।

इस पागलपन का कारण क्या है?

कोई भी इंसान ऐसे सवाल का जवाब नहीं दे सकता, लेकिन हम जानते हैं कि सिफिलिस जैसी कुछ बीमारियां दिमाग की कोशिकाओं को बर्बाद कर डालती हैं और इंसान पागल हो उठता है। दरअसल आधी मानसिक बीमारियों की वजह दिमागी आघात, शराब, नशा और चोट जैसे भौतिक कारण हैं, लेकिन बाकी आधी बीमारियों में, यह सुनकर अजीब लगता है, दिमाग की कोशिकाओं को कोई चोट नहीं पहुंची होती है। इनके पोस्टमार्टम टेस्ट में अतिशक्तिशाली सूक्ष्मदर्शियों से देखने पर यह पाया गया कि उनकी कोशिकाएं उतनी ही स्वस्थ थीं, जितनी आपकी और हमारी हैं।

फिर क्या कारण है कि ऐसे लोग पागल हो जाते हैं?

यह प्रश्न मैंने एक सबसे महत्त्वपूर्ण मानसिक चिकित्सालय के प्रमुख डॉक्टर से पूछा। अपने विषय पर काफी अधिक सम्मान और पुरस्कार पाने वाले इस डॉक्टर ने ईमानदारी से कहा कि उन्हें भी इसका कारण नहीं पता। कोई भी निश्चित तौर पर नहीं जानता, पर उनका कहना था कि कई लोग पागल हो जाते हैं, क्योंकि वास्तविक दुनिया में उन्हें महत्त्वपूर्ण होने का एहसास नहीं मिल पाता, जो वे खोज रहे हैं- फिर उन्होंने मुझे एक कहानी बताई -

"मेरे पास एक मरीज है जिसकी शादी एक ट्रैजिडी बन गई। वह प्यार, सेक्स का सुख, बच्चे, सामाजिक प्रतिष्ठा चाहती थी, पर जिंदगी ने इसकी सारी आशाओं पर पानी फेर दिया। उसका पति उससे प्यार नहीं करता था। उसने उसके साथ खाने से इंकार कर दिया और उससे अपना भोजन ऊपर अपने कमरे में मंगवाता था। उसके पास बच्चे नहीं थे, सामाजिक सम्मान नहीं था। वह पागल हो गई और अपनी कल्पना में उसने अपने पति को तलाक दे दिया और अपना पुराना नाम वापस रख लिया। वह विश्वास करती है कि अब उसकी शादी इंग्लिश आभिजात्य वर्ग में हुई है और अब वह लेडी स्मिथ कहलाना पसंद करती है। रही बात बच्चों की तो वह कल्पना करती है कि उसे हर रोज एक नया बच्चा

पैदा होता है। जब भी मैं उसे फोन करता हूं, वह बोलती है कि डॉक्टर कल मुझे एक नया बच्चा हुआ।"

जिंदगी ने उसके सपनों के सारे जहाज वास्तविकता की चट्टानों से तोड़ दिए, लेकिन पागलपन के सुनहरे द्वीपों पर वह सूरज की नर्म गर्मी और बालू पर लेटने का सुखद अहसास ले रही है।

दुखद! उसके डॉक्टर ने मुझसे कहा कि "अगर उसके हाथ में उस औरत का पागलपन छीनना मुमकिन होता, तो भी वह वैसा नहीं करता। वह स्त्री अभी की हालत में ज्यादा खुश है।"

कुछ लोग महत्त्वपूर्ण होने के एहसास के लिए इतने भूखे होते हैं कि वे इसके लिए पागल हो उठते हैं। अब सोचिए कि हम और आप लोगों को सच्ची तारीफ देकर कितना कुछ पा सकते हैं। अमेरिकी बिजनेस में हर साल एक मिलियन डॉलर की सैलरी पाने वालों में से एक थे चार्ल्स श्वाब (उस समय कोई इन्कम टैक्स नहीं था और हफ्ते में पचास डॉलर कमाने वाला इंसान अमीर समझा जाता था)। जब उनकी उम्र सिर्फ अड़तीस साल थी, उन्हें नई-नई बनी यूनाइटेड स्टेट्स स्टील कंपनी का पहला प्रेसिडेंट बनने के लिए एंड्रयू कारनेगी ने चुना था। (श्वाब ने बाद में यू.एस. स्टील छोड़ दिया और उन्होंने दिक्कत में पड़ी बेथेलहम स्टील कंपनी की बागडोर संभाली और उसे अमेरिका की सबसे सफल कंपनियों में से एक बना दिया।)

एंड्रयू कारनेगी ने हर साल एक मिलियन डॉलर या हर दिन तीन हजार से ज्यादा डॉलर चार्ल्स श्वाब को क्यों दिया? आखिर क्यों? क्योंकि श्वाब एक जीनियस थे? नहीं, क्योंकि वे स्टील के निर्माण के बारे में बाकी लोगों से ज्यादा जानते थे? यह भी नहीं। चार्ल्स श्वाब ने खुद ही कहा था कि उनके नीचे काम करने वाले लोग स्टील के बारे में उनसे कहीं ज्यादा जानते थे।

श्वाब का कहना था कि उन्हें यह मेहनताना उनकी लोगों के साथ सही व्यवहार करने की क्षमता के कारण मिलता आया है। मैंने उनसे पूछा कि उनका व्यवहार करने का तरीका कैसा था? उन्होंने जो रहस्य बताया वह उनके ही शब्दों में यहां है- ऐसे शब्द जिन्हें तांबे की तख्ती पर खुदवाकर हर घर, स्कूल, दुकान और ऑफिस में टांगा जाना चाहिए- ऐसे शब्द जिन्हें बच्चों को लैटिन शब्दों की संधि या ब्राजील की वार्षिक वर्षा के बारे में जानने के बजाय याद करना चाहिए वे शब्द जिन्हें अपनाने पर आप और हम अपनी जिंदगी बदल सकते हैं। वे हैं -

"मेरी क्षमता है कि मैं अपने लोगों में उत्साह पैदा कर सकता हूं।"

श्वाब ने कहा- "मेरी सबसे बड़ी प्रतिभा है कि मैं तारीफ और प्रोत्साहन से लोगों को उनका बेस्ट बनने में मदद करता हूं।"

"सीनियर लोगों की आलोचना किसी भी इंसान की महत्त्वाकांक्षा को मार डालती है। मैं किसी की आलोचना नहीं करता। मैं लोगों में काम करने का उत्साह पैदा करता हूं।

इसलिए मैं प्रशंसा करने के लिए उत्सुक और दोष निकालने से दूर रहता हूं। अगर मुझे कुछ पसंद आया, तो मैं दिल से उसकी तारीफ करता हूं।

श्वाब यही करते थे। औसत लोग क्या करते हैं? ठीक उल्टा। उन्हें कुछ पसंद न आए, तो वे अपने जूनियर पर बरस पड़ते हैं, उन्हें कुछ पसंद आए तो चुप रह जाते हैं। इससे एक पुरानी कहावत याद आती है- "मैंने एक बार गलती की और बार-बार सुनना पड़ा, मैंने दो बार सही काम किया, पर उस बारे में कभी नहीं सुना।"

अपनी इतनी लंबी जिंदगी में, दुनिया के हिस्सों में तरह-तरह के लोगों से मिलने के बाद, श्वाब ने कहा- "मुझे एक भी ऐसा इंसान नहीं मिला, भले ही वह कितना बड़ा हो, जिसने आलोचना की तुलना में तारीफ पाने पर ज्यादा अच्छा काम किया हो।"

फिर उन्होंने बताया कि यही एंड्रयू कारनेगी की बेमिसाल सफलता की एक वजह है। कारनेगी अपने लोगों की तारीफ सबके सामने और अकेले दोनों ही तरीके से करते थे।

कारनेगी अपने लोगों की तारीफ उनकी कब्र पर भी करते थे। उन्होंने अपनी मृत्यु के बाद का संदेश लिखा था, जो इस प्रकार था- "यहां एक ऐसा इंसान लेटा है, जो अपने से ज्यादा बुद्धिमान लोगों से बर्ताव करने का तरीका जानता था।" जॉन डी. रॉकफेलर की सफलता का एक रहस्य उनका लोगों से बर्ताव करने का तरीका था। उदाहरण के तौर पर, जब उनके एक पार्टनर एडवर्ड टी. बेडफोर्ड ने दक्षिण अमेरिका में एक बुरे आदमी के कारण एक मिलियन डॉलर का नुकसान कर डाला, तो जॉन डी. इनकी निंदा कर सकते थे, पर उन्हें पता था कि बेडफोर्ड ने अपनी भरपूर कोशिश की थी और अब यह मामला खत्म हो गया था। इसलिए रॉकफेलर ने प्रशंसा के लिए कुछ खोज निकाला। उन्होंने बेडफोर्ड की तारीफ की, क्योंकि उन्होंने निवेश किए पैसों का साठ प्रतिशत बचा लिया था। "यह कमाल है" रॉकफेलर ने कहा। "हम हर बार इतना बढ़िया काम नहीं कर पाते।"

मेरे संग्रह में एक ऐसी कहानी है, जो यथार्थ से जुड़ी हुई नहीं है पर इसमें कई सच्ची बातें जुड़ी हुई हैं -

इस मजाकिया कहानी के अनुसार, एक बार एक ग्रामीण औरत ने दिनभर के भारी काम के बाद अपने घर के मर्दों के सामने पुआल का गट्ठर परोस दिया और जब उन्होंने गुस्से में पूछा कि क्या वह पागल हो गई है?, तो उसने जवाब दिया- "क्यों, मुझे तो पता ही नहीं कि तुम लोग इस पर ध्यान

भी देते हो? मैं तुम लोगों के लिए बीस वर्षों से खाना बना रही हूं और आज तक कभी तुम लोगों ने मुझे यह नहीं बताया कि तुम पुआल खा रहे हो या कुछ और?"

कुछ वर्ष पहले जब घर से भाग जाने वाली पत्नियों पर एक अध्ययन किया गया, तो आपके हिसाब से उनके भाग जाने का सबसे जरूरी कारण क्या पता लगा होगा? वह था 'तारीफ का अभाव' और मेरा विश्वास है कि घर से भागने वाले पतियों पर, अगर कोई अध्ययन हो, तो भी यही निष्कर्ष निकलेगा। हम अपने जीवनसाथियों को इतना सामान्य मान लेते हैं कि उन्हें कभी नहीं बताते कि हम उनकी कितनी तारीफ करते हैं।

हमारी क्लास के एक सदस्य ने अपनी पत्नी द्वारा किए गए एक निवेदन के बारे में बताया। वह और उसके चर्च की कुछ औरतें आत्म-सुधार के एक कार्यक्रम का हिस्सा थे। उसने अपने पति से उन छः चीजों के बारे में पूछा जिनमें सुधार करके वह बेहतर पत्नी बन सकती है। पति ने क्लास में कहा- "मैं इस तरह के निवेदन से चकित रह गया। सच में, मेरे लिए उन छः चीजों को बताना बड़ा आसान था, जो मैं उसमें बदलना चाहूंगा- हे भगवान, वह हजार चीजें बता सकती थी, जो मुझमें बदलना चाहेगी, पर मैंने ऐसा नहीं किया। मैंने उससे कहा- 'मुझे सोचने दो, मैं सुबह जवाब दूंगा।'

"अगले दिन मैंने एक फूल बेचने वाले को बुलाया और उसे मेरी पत्नी को छः गुलाब भेजने को कहा जिसके साथ एक नोट पर लिखा था- 'मैं तुम में बदलाव लाने वाली छः चीजें नहीं सोच सका। तुम जैसी हो, मुझे अच्छी लगती हो।"

"जब मैं शाम को घर पहुंचा तो आपको क्या लगता है, दरवाजे पर मेरा किसने स्वागत किया? सही समझे। मेरी पत्नी ने। उसकी आंखें नम थीं। कहने की जरूरत नहीं है कि मुझे अच्छा लगा कि मैंने वे छः चीजें नहीं गिनाई थीं।"

"अगले रविवार को चर्च में जब उसने अपने साथ कार्यक्रम में शामिल औरतों को यह बात बताई, तो वे मेरे पास आईं और उन्होंने कहा कि उन्होंने आज तक ऐसी समझदारी भरी बात नहीं सुनी थी। तब मुझे तारीफ की ताकत के बारे में पता चला।"

लॉरेंज जिग्फेल्ड, ब्रॉडवे से प्रसिद्धी पाने वाले सबसे बड़े प्रोड्यूसर ने अपनी प्रतिष्ठा 'अमेरिकन लड़की को महिमामंडित करने की' सूक्ष्म क्षमता से बनाई। बार-बार उन्होंने साधारण शक्ल-सूरत वाली लड़कियों को रहस्य और मादकता की रहस्यमय मूर्तियों में बदल लिया। तारीफ और आत्मविश्वास की ताकत को जानते हुए उन्होंने महिलाओं के प्रति शिष्टता और विचारशीलता से स्त्रियों को खूबसूरत बना दिया। वे व्यावहारिक थे- उन्होंने अपनी कोरस लड़कियों की सैलरी तीस डॉलर प्रति सप्ताह से बढ़ाकर एक सौ पचहत्तर तक कर दी और वे शिष्ट भी थे, फॉलीज की ओपेनिंग नाइट में वे अपने शो के सितारों को टेलीग्राम भेजते थे और कोरस की हर लड़की को अमेरिकन ब्यूटी गुलाब से नवाजते थे।

एक बार मुझे संतुलित आहार लेने का शौक चढ़ा और मैं छः दिन और छः रात बिना खाये-पिए रहा। यह मुश्किल नहीं था। मैं दूसरे दिन ज्यादा भूखा था। उससे कम भूखा छठी रात को था। तब भी हम और आप जानते हैं कि कई लोग अगर अपने परिवार और कर्मचारियों को बिना भोजन के छः दिन, छः रात रहने दें, तो उन्हें लगेगा कि उन्होंने अपराध किया है, पर वही लोग बड़े आराम से अपने-अपने को छः दिन, छः सप्ताह, छः सालों तक बिना तारीफ के रहने देंगे, जिसकी उन्हें भोजन जितनी ही जरूरत है।

जब अल्फ्रेड लुंट, अपने समय के बेहतरीन अदाकार ने 'विएना में पुनर्मिलन' में मुख्य भूमिका निभाई तो उन्होंने कहा- "मेरे लिए सबसे ज्यादा कुछ जरूरी है, तो वह है आत्मसम्मान के लिए खुराक।"

हम अपने बच्चों, दोस्तों और कर्मचारियों के शरीर को पोषण देते हैं, पर उनके आत्मसम्मान को कभी पोषण नहीं देते। हम उन्हें एनर्जी देने के लिए गोश्त और आलू

खिलाते हैं, पर उन्हें तारीफ के वे शब्द नहीं सुनाते, जो उनके मन में सालों तक सुंदर गीतों की तरह गूंजते रहेंगे।

पॉल हार्वे ने अपने एक रेडियो ब्रॉडकास्ट "कहानी का बाकी हिस्सा" में बताया था कि सच्ची तारीफ कैसे लोगों के जीवन में बदलाव ला सकती है। उन्होंने बताया कि कई साल पहले डेट्राइट के एक शिक्षक ने स्टीवी मोरिस को क्लास में खोए एक चूहे को खोजने में मदद की थी।

आइए देखिए, उसने इस बात की तारीफ की कि प्रकृति ने स्टीवी को कुछ ऐसा दिया था, जो क्लास में किसी और के पास नहीं था। प्रकृति ने स्टीवी को अंधी आंखों के बदले कमाल के कान दिए थे, लेकिन यह पहली बार हुआ था कि किसी ने स्टीवी के उन कानों के बारे में तारीफ की थी। अब, सालों बाद, उसका कहना है कि इस तारीफ ने उसकी जिंदगी की नई शुरुआत कर दी। उसके बाद उन्होंने अपनी सुनने की क्षमता का विकास किया और वे 'स्टेवी वंडर' के नाम से सत्तर के दशक के महान गायकों और गीतकारों में से एक बने।

यह बातें पढ़ते समय कुछ लोग मन-ही-मन कह रहे होंगे- रहने दो! मक्खन लगाना! मैं इसे आजमा चुका हूं। यह काम नहीं करता। समझदार लोगों के साथ तो बिलकुल भी नहीं होता।

मक्खन लगाने से समझदार लोगों पर कोई असर नहीं होता। यह सतही है, स्वार्थी और झूठा है। यह काम नहीं करता और इसे करना भी नहीं चाहिए। सच में, कुछ लोग तारीफ के लिए इतने भूखे और प्यासे हैं कि कुछ भी पचा लेंगे, ठीक उसी तरह जैसे भूख से मर रहा आदमी घास और मछली के कीड़े तक खा लेगा।

रानी विक्टोरिया भी थोड़ी-बहुत चापलूसी चाहती थीं। प्रधानमंत्री बेंजामिन डिजरायली ने स्वीकार किया था कि वे रानी से बात करते समय जमकर अतिप्रशंसा किया करते थे। उनके शब्दों में वे 'इसकी मोटी परत लगाते थे।' लेकिन डिजरायली ब्रिटिश साम्राज्य पर राज करने वाले सबसे सुलझे, निपुण और सक्षम लोगों में से एक थे। वे अपने क्षेत्र में जीनियस थे। जो चीज उनके काम आई, कोई जरूरी नहीं कि हमारे और आपके काम आए। लंबे समय में मक्खन लगाने से लाभ से ज्यादा नुकसान होगा। मक्खनबाजी नकली होती है, नकली सिक्कों की तरह, यह देर-सबेर आपको परेशानी में डाल देती है।

तारीफ और मक्खनबाजी के बीच क्या फर्क होता है? बहुत ही सामान्य-सा फर्क है। पहली सच्ची होती है और दूसरी सच्ची नहीं होती। एक दिल से आती है, दूसरी दांतों से। एक निःस्वार्थ है, तो दूसरी स्वार्थी। एक की हर जगह इज्जत है, दूसरे की निंदा ही होती है।

मैंने हाल ही में मैक्सिको सिटी के चापुल्टेपेक पैलेस में मैक्सिकन हीरो जनरल अलवारो ऑब्रेगॉन की एक मूर्ति देखी। मूर्ति के नीचे जनरल ऑब्रेगॉन की फिलॉस्फी के ये समझदारी भरे शब्द लिखे हैं - 'उन दुश्मनों से मत डरो, जो हमला करते हैं। उन दोस्तों से डरो जो चाटुकारी करते हैं।'

मैं आपको चाटुकारिता की हिमायत नहीं कर रहा हूं, बल्कि उससे बिलकुल अलग,

मैं जीने के नए तरीके की बात कर रहा हूं। मुझे दुहराने दें। मैं जीने के नए तरीके की बात कर रहा हूं।

किंग जॉर्ज पंचम ने बकिंघम पैलेस में दीवार पर छः सिद्धांत लगाये हुए थे। उनमें से एक सिद्धांत कहता था- "मुझे सिखाओ कि न मैं झूठी तारीफ करूं और न सुनूं।" यही चाटुकारिता है- झूठी प्रशंसा। मैंने एक बार चाटुकारिता की एक परिभाषा पढ़ी, जो दुहराने लायक है- "चाटुकारिता का मतलब किसी इंसान को वह बतलाना है, जो वह सोचता है।"

"जो भी भाषा इस्तेमाल करें, राल्फ वॉल्डो इमर्सन ने कहा था- "आप वही कहेंगे, जो आप वास्तव में खुद हैं।" अगर सिर्फ चाटुकारिता से बात बनती तो हम सभी मानवीय संबंधों के विशेषज्ञ होते।

जब हम किसी समस्या के बारे में नहीं सोच रहे होते हैं, तो हम 95 प्रतिशत समय अपने बारे में सोचने में लगा देते हैं। अब, अगर हम कुछ समय के लिए अपने बारे में सोचना बंद करके दूसरे इंसान की अच्छी बातों के बारे में सोचने लगें, तो हमें उस चाटुकारिता का सहारा नहीं लेना होगा, जो मुंह से निकलते ही पकड़ी जाए।

हमारे जीवन का सबसे ज्यादा अनदेखा पहलू तारीफ है। हम अपने बच्चों की तारीफ नहीं कर पाते, जब वे अच्छा रिपोर्ट कार्ड घर लाते हैं और हम उन्हें प्रोत्साहित नहीं करते, जब वे पहली बार केक या चिड़िया का घर बनाते हैं। बच्चों को माता-पिता के प्रोत्साहन से ज्यादा कोई चीज खुश नहीं करती।

अगली बार जब किसी क्लब में आप कोई डिश खाएं तो, शेफ को यह संदेश भिजवाएं कि उसने कमाल की कुकिंग की है और जब एक थका हुआ सेल्समैन आपसे शिष्टाचार निभाए, तो तारीफ के दो शब्द कह दें।

हर मंत्री, लेक्चरर और पब्लिक स्पीकर जानता है कि लोगों के सामने दिल खोलकर बोलने के बाद तारीफ न मिलने का दर्द क्या होता है, जो चीज प्रोफेशनल लोगों पर लागू होती है, वही चीज ऑफिस, दुकानों और फैक्टरियों में काम करने वाले लोगों, दोस्तों और परिवारवालों पर दोगुनी लागू होती है। हमें अपने संबंधों में यह नहीं भूलना चाहिए कि हमारे सहकर्मी इंसान हैं और उनमें भी तारीफ की भूख है। यह वह अघोषित प्रक्रिया है जिसका सभी आनंद उठाते हैं।

अपनी रोज की यात्राओं में कृतज्ञता की छोटी-छोटी चीजें रखना न भूलें। आप विश्वास नहीं करेंगे, कैसे उनसे दोस्ती की नन्ही लौ निकलेंगी, जो आपकी दूसरी यात्रा में मशाल का रूप ले लेंगी।

न्यू फेयरफील्ड, कनेक्टिकट की पामेला डन्हैम की यह जिम्मेदारी थी कि वे एक जेनिटर पर ध्यान दें, जो काफी खराब काम कर रहा था। बाकी सारे कर्मचारी उसका मजाक उड़ा रहे थे और ये बताने का कोई मौका नहीं छोड़ रहे थे कि वह कितना घटिया काम कर रहा है। यह इतना बुरा था कि शॉप का समय पूरी तरह बर्बाद हो रहा था।

इस इंसान में उत्साह जगाने की पैम ने बहुत कोशिश की। एक बार उसने देखा कि उसने एक काम काफी अच्छी तरह से किया है। पैम ने सबके सामने उसकी तारीफ कर

दी। हर दिन वह अपना काम और भी बेहतर तरीके से करने लगा और बहुत जल्द ही वह सारे काम अच्छी तरह से करने लगा। अब वह सारे कम अच्छे से करता है जिसके लिए उसे काफी तारीफ और प्रशंसा मिलती है। ईमानदारी भरी प्रशंसा ने वह कर दिखाया, जो आलोचना और निंदा नहीं कर पाए।

लोगों को चोट पहुंचाने से उनमें कभी अच्छा बदलाव नहीं आ सकता। एक पुरानी कहावत है जिसे मैंने अपने आईने पर चिपका रखा है और जिसे मैं रोज देखने से नहीं चूकता -

मैं इस रास्ते से सिर्फ एक बार गुजरुंगा, इसलिए अगर किसी इंसान को कोई भी उदारता मैं दिखा सकूं तो उसे आज ही दिखाऊंगा। इस काम से मैं नहीं चुकूंगा, क्योंकि इस रास्ते से मेरा फिर कभी गुजरना नहीं होगा।

इमर्सन ने कहा- "जिस भी इंसान से मैं मिलता हूं, वह मुझसे किसी-न-किसी मामले में बेहतर होता ही है।"

जब यह इमर्सन के बारे में सही था, तो क्या मेरे और आपके बारे में हजार गुना सही नहीं होगा? अपनी सफलताओं और इच्छाओं के बारे में सोचना बंद करें। चलिए, यह पता लगाएं कि दूसरे इंसान में क्या अच्छा है। चाटुकारिता भूल जाइए। सच्ची और ईमानदार तारीफ कीजिए। "दिल खोलकर तारीफ और उदारता से प्रशंसा कीजिए" और लोग आपके शब्दों को दिल में बसा लेंगे और उन्हें जिंदगी भर दुहराते रहेंगे, भले ही आप खुद उन्हें भूल जाएं।

सिद्धांत-2

जिंदगी में ईमानदार तारीफ करने की आदत डालें

3

"जो यह करेगा पूरी दुनिया उसके साथ होगी, जो नहीं करेगा वह अकेला ही रह जायेगा"

मैं अक्सर गर्मियों के दौरान मैन नदी में मछलियां पकड़ने चले जाता था। मुझे निजी तौर पर स्ट्रॉबेरी और क्रीम खाने का शौक था, लेकिन मैंने देखा कि मछलियों को कीड़े ज्यादा पसंद हैं। इसलिए मछलियां पकड़ने जाते समय मैंने यह नहीं सोचा कि मुझे क्या पसंद है। मैंने सोचा कि उन्हें क्या पसंद है। मैंने मछली पकड़ने के हुक में स्ट्रॉबेरी और क्रीम नहीं लगाई। इसके बजाय मैंने मछली के सामने हुक में कीड़ा या टिड्डा लगाया और कहा- "क्या, तुम्हें यह नहीं चाहिए?"

लोगों से दोस्ती करने जाते समय भी यही विचार क्यों न साथ रखा जाये?

यही काम ग्रेट ब्रिटेन के प्रधानमंत्री, लॉयड जॉर्ज ने पहले विश्वयुद्ध के दौरान किया। जब उनसे पूछा गया कि युद्ध के बाद बाकी नेता- विल्सन, ऑरलैंडो और क्लीमेन्च्यू तो भुला दिये गये फिर वे कैसे सत्ता में बने रहे तो उन्होंने जवाब दिया कि शीर्ष पर बने रहने का एक ही तरीका था, वह था उनकी जानकारी कि मछली के हिसाब से चारा डाला जाए।

अपनी पसंद के बारे में क्यों बात की जाए? यह बचपना है। बेवकूफी है। सही है कि आपकी रुचि इसमें है कि आप क्या चाहते हैं, लेकिन इसमें और किसी की रुचि नहीं है। हम सभी आपके जैसे ही हैं, हमारी रुचि इसमें है कि हम क्या चाहते हैं, इसलिए धरती पर लोगों को प्रभावित करने का एक ही तरीका है। वह है उनकी चाहत के बारे में बात की जाए और उसे पाने का तरीका दिखाया जाए।

इस बात को याद रखें कि कल जब आप किसी से कुछ चाह रहे हों- जैसे कि आप चाहते हैं कि आपके बच्चे सिगरेट न पियें, तो उन्हें उपदेश न दें और उन्हें यह न बताएं कि वे क्या चाहते हैं, बल्कि यह बताएं कि सिगरेट उन्हें क्रिकेट टीम में जगह बनाने से या सौ मीटर की दौड़ जीतने से रोक सकती है।

यह एक याद रखने वाली चीज है, भले ही आप बच्चों, बछड़ों या बंदरों से व्यवहार कर रहे हों। उदाहरण के लिए- एक दिन राल्फ वाल्डो इमर्सन और उनका बेटा एक बछड़े को चारगाह में लाने कि कोशिश कर रहे थे, पर सिर्फ अपनी इच्छा के बारे में सोचने की गलती कर रहे थे- इमर्सन ने धक्का दिया, उनके बेटे ने खींचा, लेकिन बछड़ा भी वही कर रहा था, जो वे कर रहे थे; वह सिर्फ वह सोच रहा था जो वह चाहता था इसलिए उसने

अपने पैर जमा लिए और निकलने से इंकार कर दिया। तभी एक आइरिश नौकरानी ने यह देखा। उसे निबंध और किताबें लिखना तो नहीं आता था। पर कम-से-कम इस मामले में उसे घोड़े और बछड़े की ज्यादा समझ थी। उसने सोचा कि बछड़ा क्या चाहता है, इसलिए उसने अपनी उंगली बछड़े के मुंह में डाली और उसे चूसने दिया, फिर वह धीमे से बछड़े को चारगाह में ले आई।

जन्म से लेकर आज तक आपने हर काम किया है, क्योंकि आप कुछ चाहते थे। उस समय को याद कीजिए जब आपने रेड क्रॉस को दान दिया था। हां, वह भी इस नियम का अपवाद नहीं है। आपने रेड क्रॉस को दान दिया, क्योंकि आप मदद भरा हाथ बढ़ाना चाहते थे। आप एक सुंदर और निःस्वार्थ काम करना चाहते थे। "मेरे भाइयों, आपने जो भी काम किया है, मेरे लिए किया है।"

अगर आप सुखद एहसास को पैसे से ज्यादा नहीं चाहते, तो आप कभी दान नहीं दे पाते। हां, हो सकता है- आपने दान इसलिए दिया हो, क्योंकि आपको इंकार करने में शर्म आती थी या किसी ग्राहक ने यह करने के लिए कहा हो। पर एक बात तय है। आपने दान दिया, क्योंकि आप बदले में कुछ चाहते थे।

हैरी ए. ओवरस्ट्रीट ने मानवीय व्यवहार को प्रभावित करने वाली बेजोड़ किताब 'मानव व्यवहार को प्रभावित करना" में कहा था- "हम गहराई में जो चाहते हैं, उसी से हम कार्य करते हैं और चाहे बिजनेस हो या घर, स्कूल हो या राजनीति, किसी भी प्रभाव डालने वाले इंसान को सबसे अच्छी यही सलाह दी जा सकती है- पहले, उस इंसान में एक गहरी इच्छा जगाओ, जो यह कर सकता है, उसके साथ सारी दुनिया है और जो यह नहीं कर सकता वह अकेला रह जाता है।

एंड्रयू कारनेगी, स्कॉटलैंड के एक गरीब लड़के (जिसने दो सेंट प्रति घंटे से काम शुरु किया था और बाद में 365 मिलियन डॉलर दान दे दिए) ने जीवन की शुरुआत में ही सीख लिया था कि लोगों को प्रभावित करने का एक ही तरीका है, वह है लोगों की इच्छाओं को ध्यान में रखकर बातें करना। वे सिर्फ चार साल के लिए स्कूल गए, लेकिन उन्होंने लोगों से बर्ताव करने का तरीका सीख लिया।

विस्तार से समझें- उनकी साली अपने दो बच्चों को लेकर चिंता से परेशान थी। वे येल में थे और वे अपने काम में इतने व्यस्त थे कि मां की परेशानी भरी चिट्ठियों का जवाब नहीं दे रहे थे।

तब कारनेगी ने सौ डॉलर की बाजी लगाई कि वे बिना कहे उनसे जवाबी चिट्ठी से उत्तर पाएंगे। किसी ने यह चुनौती स्वीकार कर ली, इसलिए उन्होंने अपने भतीजों को एक गप्प भरी चिट्ठी लिखी और अंत में लिखा कि वे दोनों को पांच-पांच डॉलर भेज रहे हैं।

लेकिन वे डॉलर डालना भूल गए। तुरंत वापस जवाब आया जिसमें "प्यारे अंकल एंड्रयू" को धन्यवाद दिया गया था और अब आप इतने समझदार हैं कि समझ सकें आगे चिट्ठी में क्या लिखा था। अपनी बात मनवाने का दूसरा उदाहरण क्लीवलैंड, ओहियो के

स्टैन नोवाक से मिलता है, जो हमारा कोर्स कर रहे थे। एक दिन काम से घर आने पर नोवाक ने पाया कि उनका छोटा बेटा, टिम बैठक वाले कमरे में चीख रहा था।

उसे अगले दिन से किंडरगार्टन जाना शुरु करना था, पर वह जिद कर रहा था कि नहीं जाएगा। स्टैन की सामान्य प्रतिक्रिया होती कि वह बच्चे को उसके कमरे में भेज देता और बोलता कि उसके लिए बात मानना बेहतर होगा। तब बच्चे के पास कोई उपाय नहीं होता, पर उस रात, यह जानते हुए कि इस तरह से टिम का किंडरगार्टन जाना अच्छा नहीं होगा, वह बैठा और सोचने लगा "अगर मैं टिम होता तो किंडरगार्टन जाने के लिए क्यों आतुर होता?" उसने और उसकी पत्नी ने बैठकर उन मजेदार चीजों की लिस्ट बनाई जो, टिम वहां कर पाएगा, जैसे फिंगर-पेंटिंग, गाने गाना, नए दोस्त बनाना। तब उन्होंने इस पर काम करना शुरु किया।

"हम सभी ने मेरी पत्नी लिल, मेरे बेटे बॉब और मैंने किचन टेबल पर फिंगर-पेंटिंग मजे से करना शुरु कर दिया। जल्द ही टिम ने हमारी ओर झांकना शुरु कर दिया। अब वो भी भाग लेना चाहता था।

'अरे नहीं, पहले तुम्हें किंडरगार्टन जाकर फिंगरप्रिंट सीखना होगा।' पूरे उत्साह के साथ मैंने पूरी लिस्ट के बारे में उसे समझाया। यह बताया कि उसे किंडरगार्टन में कितना मजा आएगा। अगली सुबह मुझे लगा कि मैं सबसे पहले जगा था। मैं नीचे गया तो मैंने देखा कि टिम बैठक में कुर्सी पर सोया हुआ है।"

'तुम यहां क्या कर रहे हो?' मैंने पूछा। 'मैं किंडरगार्टन जाने का इंतजार कर रहा हूं। मैं लेट नहीं होना चाहता।' हमारे परिवार के उत्साह ने टिम में एक गहरी इच्छा जगा दी थी, जो बातचीत या धमकी कभी नहीं जगा पाती।

कल जब आप किसी से कोई काम करना चाहें, तो बोलने से पहले रुकें और खुद से पूछे- "मैं कैसे इस इंसान में इच्छा जगा सकता हूं। - यह सवाल हमें किसी भी स्थिति में बिना सोचे जाने से रोकेगा और अपनी इच्छा के बारे में फालतू बातें करने से रोकेगा।"

पहले मैं लेक्चर देने के लिए न्यूयॉर्क के होटल में बीस रात के लिए एक बॉलरूम किराए पर लेता था।

एक मौसम की शुरुआत में, मुझे अचानक सूचित किया गया कि मुझे तीन गुना ज्यादा किराया देना होगा। जब तक यह सूचना पहुंची, तब तक सारी घोषणाएं हो चुकी थीं और सारे टिकट बिक चुके थे।

जाहिर है, मैं बढ़े दाम नहीं देना चाहता था, लेकिन होटल से वह बात करने से क्या फायदा, जो मैं चाहता था? उन्हें सिर्फ इस बात से मतलब था कि वे क्या चाहते थे। इसलिए कुछ दिनों बाद मैं मैनेजर से मिलने गया।

"मैं आपका पत्र पाकर चैंक गया," मैंने कहा - "पर मैं आपको दोष नहीं देता, अगर मैं आपकी जगह होता तो मैं भी ऐसा ही पत्र लिखता। इस होटल के मैनेजर के रूप में आपको अधिक-से-अधिक लाभ कमाना है। अगर आप यह काम नहीं करेंगे, तो आपको नौकरी से निकाल दिया जाएगा और निकालना भी चाहिए। अब एक कागज पर लिख डालिए कि

दाम बढ़ाने से आपको क्या-क्या फायदे और नुकसान होंगे।"

फिर मैंने एक कागज लिया और बीच में एक रेखा खींची, फिर एक हिस्से के ऊपर फायदे और दूसरे हिस्से के ऊपर 'नुकसान' लिखा।

मैंने 'फायदे' के नीचे ये शब्द लिखे - "फ्री बॉलरूम।" फिर मैंने कहा, "आपके पास डांस और सभाओं को किराए पर देने के लिए बॉलरूम फ्री होगा। यह एक बड़ा फायदा है, क्योंकि इन चीजों से आपको लेक्चर से ज्यादा पैसे मिलेंगे, अगर मैंने अपने कोर्स के दौरान बॉलरूम को अपने अधिकार में रखा, तो आपके फायदे का बिजनेस छूट जाएगा।"

"अब, नुकसानों के बारे में सोचिए। पहला तो यह कि मुझसे अपनी कमाई बढ़ाने के चक्कर में आपकी कमाई घट जाएगी। दरअसल, आपकी कमाई पूरी तरह खत्म हो जाएगी, क्योंकि बढ़ा किराया मैं दे नहीं सकता। मुझे ये लेक्चर कहीं और आयोजित करने होंगे।

"आपको कुछ और नुकसान भी होंगे। इस तरह के लेक्चर शिक्षित और सुसंस्कृत लोगों को आपके होटल लेकर आएंगे। यह आपके लिए विज्ञापन का काम करेगा, है न? अगर आप अखबारों में विज्ञापन छपवाने में पांच हजार डॉलर खर्च करेंगे, तो भी उतने लोगों को होटल नहीं ला पाएंगे, जितने लोग मेरे लेक्चर सुनने आएंगे। इससे होटल पर बेहद फर्क पड़ेगा, हां या नहीं?

बात करते वक्त मैंने ये दोनों 'नुकसान' शीर्षक के नीचे लिख डाले और वह कागज मैनेजर को दे दिया, साथ में कहा - "आप फायदों और नुकसान के बारे में अच्छी तरह सोचकर मुझे अपना जवाब सुना दें।"

मुझे अगले दिन एक पत्र मिला, जिसमें यह कहा गया था कि किराया 300 प्रतिशत के बदले सिर्फ 50 प्रतिशत बढ़ाया जाएगा। ध्यान दीजिए, मैंने यह काम अपने फायदे के बारे में बिना कुछ बोले कराया। मैं ये बातें करता रहा कि दूसरे इंसान को क्या चाहिए और उसे यह कैसे मिल सकता है।

मान लीजिए अगर मैंने स्वाभाविक चीज की होती, मान लीजिए मैं ऑफिस में चिल्लाते हुए घुस जाता और कहता- "घोषणा होने और टिकट बिकने के बाद किराया तीन सौ प्रतिशत बढ़ाने का क्या मतलब है? तीन सौ प्रतिशत! बिलकुल बकवास! नहीं दूंगा।"

तब क्या होता? जमकर झगड़ा और बहस होती और आपको पता है बहस का कैसे अंत होता है। अगर मैंने उसे यह समझा भी दिया होता कि वह गलत है, उसका अभिमान उसको झुकने से रोक देता। हेनरी फोर्ड ने मानवीय संबंधों पर सबसे अच्छी सलाह देते हुये कहा है कि- "अगर सफलता का कोई रहस्य है, तो वह है अपनी नजरों के साथ-साथ दूसरे इंसान की नजरों से चीजों को देखना।"

यह इतनी सही बात है कि मैं इसे दुहराना चाहूंगा - *"अगर सफलता का कोई रहस्य है, तो वह है अपनी नजरों के साथ-साथ दूसरे इंसान की नजरों से चीजों को देखना।"*

यह इतना सीधा और सरल है, कि कोई भी इंसान इसकी सच्चाई को देख सकता है, लेकिन 90 प्रतिशत लोग, 90 प्रतिशत समय इसे अनदेखा कर देते हैं।

उदाहरण - कल सुबह अपने डेस्क पर आने वाले पत्रों को देखिए, आप पाएंगे कि अधिकतर पत्र इस सिद्धांत की अनदेखी करते हैं। अब इसे ही लीजिए, यह आदेश पूरे महाद्वीप में फैले ऑफिस से जुड़ी एक ऐड एजेंसी के रेडियो डिपार्टमेंट के हेड द्वारा लिखा गया है। यह पत्र पूरे देश के लोकल रेडियो स्टेशनों के मैनेजरों को लिखा गया था। (मैंने ब्रैकेट में हर परिच्छेद पर अपनी ओर से दी गई प्रतिक्रियाओं को लिखा है)

मिस्टर जॉन ब्लैंक

ब्लैंकविले,

इंडियाना

प्रिय श्री ब्लैंक,

यह कंपनी रेडियो फील्ड में एडवरटाइजिंग एजेंसी नेतृत्व का स्थान बनाए रखना चाहती है।

(तुम्हारी कंपनी की इच्छाओं से हमें क्या मतलब है? मुझे अपनी दिक्कतों की चिंता है। बैंक मेरे घर के लोन पर ब्याज बढ़ा रहा है, दीमक मेरे दरवाजों को खा रहे हैं, स्टॉक मार्केट दिक्कत दे रहा है। सुबह की ट्रेन छूट गई। कल दोस्त की पार्टी में मुझे नहीं बुलाया गया और डॉक्टर कह रहा है कि मेरी ब्लड प्रेशर की प्रॉब्लम बढ़ सकती है और बताऊं, क्या हो सकता है? आज सुबह चिंताओं से भरा मैं ऑफिस आता हूं तो देखता हूं कि किसी बेवकूफ ने एक चिट्ठी भेजी है जिसमें वह बता रहा है कि उसकी कंपनी क्या चाहती है। वाह! अगर उसे पता चल जाए कि उसकी चिट्ठियों का क्या असर पड़ रहा है, तो वे एडवरटाइजिंग एजेंसी का काम छोड़कर सड़क पर पत्थर बिछाने का काम शुरु कर दे।)

एजेंसी के नेशनल एडवरटाइजिंग अकाउंट इस नेटवर्क की जान थे। हमारे स्टेशन टाइम के प्रदर्शन ने हमें साल-दर-साल टॉप एजेंसी बना रखा है।

(तुम विशाल, अमीर और टॉप पर हो, है ना? तो क्या? अगर तुम टाटा, बिरला और अंबानी जितने भी बड़े हो, तो मुझे फर्क नहीं पड़ता। अगर तुम में एक गौरैया जितनी भी समझ होती, तो यह जानते कि मुझे तुम्हारे बड़े होने से कोई अंतर नहीं पड़ता - मुझे मतलब है कि मैं कितना बड़ा हूं। तुम्हारी सफलता की ये लंबी-लंबी कहानियां मुझे छोटा और गैरजरूरी महसूस कराती हैं।)

हम चाहते हैं कि ग्राहकों को सबसे अच्छी सेवा रेडियो स्टेशन द्वारा दी जाये।

(तुम चाहते हो! तुम चाहते हो। गधे कहीं के। मुझे नहीं जानना कि तुम क्या चाहते हो या अमेरिका के प्रेसिडेंट क्या चाहते हैं। एक बार कहे देता हूं कि मुझे सिर्फ इससे मतलब है कि मैं क्या चाहता हूं और इस बारे में तुमने अपने पत्र में एक शब्द भी नहीं लिखा।)

इसलिए क्या आप हमारी कंपनी को अपने साप्ताहिक स्टेशन सूचना की महत्त्वपूर्ण सूची में डाल देंगे। हर वह जानकारी जो एजेंसी को टाइम बुक करने में सहायक हो?

("महत्त्वपूर्ण लिस्ट।" कमाल की हिम्मत है भाई! पहले अपनी कंपनी की बड़ी-बड़ी बातें करके मुझे छोटा महसूस कराया, फिर तुम मुझसे चाहते हो कि मैं तुम्हें 'महत्त्वपूर्ण' लिस्ट में डाल दूं और तुम निवेदन करते समय 'कृपया' भी नहीं लगाते।)

आपने क्या "किया", हमें इसके बारे में तुरंत जवाब देंगे, तो हम दोनों के लिए काफी मददगार होगा।

(बेवकूफ! पहले तो मुझे एक सस्ती चिट्ठी लिखते हो। एक चिट्ठी जो पतझड़ के पत्तों की तरह बिखरी पड़ी है, फिर मुझसे पूछने की हिम्मत करते हो, जबकि मैं होम लोन और ब्लड प्रेशर की समस्या से परेशान हूं कि मैं तुम्हें चिट्ठी का जवाब लिखू और वह भी तुरंत लिखू। "तुरंत" कहने से तुम्हारा मतलब क्या है? तुम्हें नहीं पता कि मैं भी तुम्हारी तरह व्यस्त हूं- या कम-से-कम मुझे ऐसा लगता है और वैसे यह बताओ कि मुझे आदेश देने का अधिकार तुम्हें दिया किसने? तुम कहते हो, यह हम दोनों के लिए मददगार होगा। अंत में ही सही, तुमने मेरी नजर से देखा तो सही, पर तुमने यह नहीं बताया कि यह मेरे लिए कैसे मददगार होगा?)

आपका अपना,
जॉन डी.
मैनेजर रेडियो विभाग

पोस्टस्क्रिप्ट- ब्लैंकविले जर्नल का रिप्रिंट आपके काम आएगा, आप इसे अपने स्टेशन से प्रसारित करना चाहेंगे।

(अंत में, तुम पोस्ट स्क्रिप्ट में कुछ लिखते हो जिससे मेरी कोई समस्या हल हो सकता है। तुमने इसी से अपने पत्र की शुरुआत क्यों नहीं की थी? पर अब क्या फायदा? एडवरटाइजिंग का कोई भी आदमी, जो ऐसी बकवास भेज सकता है, उसके दिमाग में सख्त प्रॉब्लम है। तुम्हें अपने कामों की लिस्ट वाले पत्र भेजने की जरूरत नहीं है। तुम्हें अपने थायराइड ग्लैंड के लिए आयोडीन की जरूरत है।)

अब अगर एडवरटाइजिंग में काम करने वाले और खुद को प्रभाव डालने की कला में एक्सपर्ट कहने वाले लोग ही ऐसी चिट्ठियां लिखेंगे तो बेकर, ऑटो मैकेनिक और कसाई से आप क्या आशा रखेंगे?

यहां एक दूसरी चिट्ठी है, जो एक बड़ी माल भाड़े के टर्मिनल के सुपरिटेंडेंट द्वारा कोर्स के एक स्टूडेंट, एडवर्ड वर्मिलन को लिखी गई है। इस चिट्ठी का पढ़ने वाले पर क्या असर पड़ा होगा, पढ़कर देखते हैं और तब मैं आपको बताऊंगा।

ए. झेरेगाज संस, इंक

28 फ्रंट स्टेशन

ब्रुकलिन, न्यूयॉर्क 11201

ध्यान दें - श्री एडवर्ड वर्मिलन

सज्जनो,

हमारे आउटबाउंड-रेल-रिसीविंग स्टेशन के ऑपरेशन बाधित हैं, क्योंकि पूरे बिजनेस का एक मैटेरियल प्रतिशत हमें दोपहर के काफी बाद मिलता है। इस कारण से हमें भीड़-भाड़, हमारे कर्मचारियों पर ओवर-टाइम, ट्रकों की देरी और कुछ मामलों में माल आने में देरी का सामना करना पड़ता है। 10 नवंबर को हमारी कंपनी को आपकी कंपनी से 510 सामान मिले, जो यहां 4:20 शाम में पहुंचे।

माल के देर से मिलने से होने वाली परेशानियों से बचने के लिए हमें आपकी मदद की जरूरत है। क्या आपके लिए संभव है कि आप उस तिथि पर भेजे गए सामान को ट्रक द्वारा पहले भेज सकें या फिर कुछ सामान को सुबह में डिलीवर करा सकें?

इससे आपको यह फायदा होगा कि आपके ट्रक जल्दी छूट सकेंगे और आपका बिजनेस सामान मिलने के दिन ही आगे बढ़ सकेगा।

आपका अपना,

जे.बी. सुपरिटेंडेंट

यह पत्र पढ़ने के बाद, मिस्टर वरर्मिलन, ए. झेरेगाज इंक के सेल्स मैनेजर ने इस टिप्पणी के साथ यह पत्र मुझे भेजा।

इस पत्र से हम पर ठीक उल्टा प्रभाव पड़ा। यह पत्र टर्मिनल की परेशानियों से शुरु होता है, जिसमें हमारी कोई रुचि नहीं है।

फिर हमारी सहायता का निवेदन किया गया है बिना यह सोचे कि इससे हमें असुविधा होगी या नहीं। अंतिम परिच्छेद में यह बताया गया है कि हमारे ट्रक आसानी से छूट सकेंगे और हमारा सामान उसी दिन आगे जा सकेगा।

दूसरे शब्दों में, सबसे जरूरी बात सबसे बाद में कही गई है और इस कारण से हम में सहायता के बजाय गुस्से की भावना जगी है।

देखते हैं कि हम यह पत्र दोबारा लिख सकते हैं या नहीं। अपनी समस्या के बारे में बातें करके समय नहीं बर्बाद करते हैं। जैसा हेनरी फोर्ड कहते हैं- 'अपनी नजर के साथ-साथ दूसरे की नजर से भी चीजों को देखते हैं।' यहां पत्र को दुबारा लिखने का एक तरीका है। हो सकता है, यह सबसे अच्छा तरीका न हो, पर इससे सुधार तो हो रहा है न?

श्री एडवर्ड वर्मिलन

ए. झेरेगाज संस, इंक

28 फ्रंट स्टेशन

ब्रुकलिन, न्यूयॉर्क 11201

प्रिय मिस्टर वर्मिलेन,

आपकी कंपनी हमारी चैदह साल से काफी अच्छी ग्राहक रही है। हम आपके संरक्षण के आभारी हैं और आपको ज्यादा रफ्तार और गुणवत्ता वाली सेवा देना चाहते हैं, लेकिन हमें खेद के साथ कहना पड़ रहा है कि जिस तरह से आपके ट्रकों ने 10 नवंबर को देर से सामान पहुंचाया, उस कारण से हम ऐसी सेवा नहीं दे पा रहे हैं।

चूंकि कई और ग्राहक दोपहर के काफी बाद डिलीवरी करते हैं, इसलिए भीड़-भाड़ काफी बढ़ जाती है। इस कारण हमें आपके ट्रकों को देर तक रोकना पड़ता है और आपके सामान के आगे बढ़ने में देरी हो जाती है।

यह बुरा है, पर इसे दूर किया जा सकता है, अगर आप अपनी डिलीवरी सुबह करा सकें, तो आपके ट्रक आगे बढ़ते रहेंगे और आपके सामान पर तुरंत ध्यान दिया जा सकेगा और हमारे कर्मचारी घर जल्दी जाकर आपके द्वारा बनाई गई मेक्रोनी और नूडल्स का आनंद ले सकेंगे।

आपकी शिपमेंट जब भी पहुंचे, हम अपनी पूरी सामथ्र्य के साथ आपकी सेवा करेंगे।

आप व्यस्त हैं। इसका जवाब देने का वक्त न मिले तो कोई बात नहीं।

आपका अपना,

जे.बी.- सुपरिटेंडेंट

बारबरा एंडरसन, जो न्यूयॉर्क के एक बैंक में काम करती थीं, अपने बेटे की सेहत के कारण फीनिक्स, एरिजोना में तबादला चाहती थीं।

हमारे कोर्स में सीखे गए सिद्धांतों के बल पर उन्होंने फीनिक्स के बारह बैंकों को यह पत्र लिखा -

प्रिय महोदय,

आपके जैसे तेजी से फैलते बैंक के लिए मेरा दस सालो का बैंक का अनुभव काम का साबित हो सकता है।

न्यूयॉर्क के बैंकर्स ट्रस्ट कंपनी में बैंक की कार्यविधियों में कई तरह के काम करने के बाद, मैं ब्रांच मैनेजर बनी और मैंने बैंकिंग के सारे क्षेत्रों में जैसे- डिपॉजिटर रिलेशन, क्रेडिट, लोन और एडमिनिस्ट्रेशन में दक्षता हासिल की है।

मैं मई में फीनिक्स में स्थानांतरित हो रही हूं और मुझे विश्वास है कि आपकी वृद्धि और फायदे में सहायक हो सकती हूं। मैं 3 अप्रैल के सप्ताह में फीनिक्स में रहूंगी और

अवसर मिलने पर आपको दिखाना चाहूंगी कि आपके बैंक को लक्ष्य प्राप्त करने में कैसे मदद कर सकती हूं।

सविनय,
बारबारा एल. एंडरसन

क्या आपको लगता है कि मिसेज एंडरसन को इस चिट्ठी का कोई जवाब मिला होगा? बारह में से ग्यारह बैंकों ने उन्हें इंटरव्यू के लिए बुलाया और उन्हें चुनना पड़ा कि किस बैंक का ऑफर स्वीकार करें। क्यों? मिसेज एंडरसन ने यह नहीं बताया कि वे क्या चाहती थीं, उन्होंने पत्र में लिखा कि वे कैसे मदद कर सकती थीं और उन्होंने उनकी जरूरतों पर फोकस किया, अपनी जरूरतों पर नहीं।

हजारों सेल्समैन रोज फुटपाथ पर थके, हतोत्साहित और कम कमाई के शिकार होकर घूम रहे हैं। क्यों? क्योंकि वे हरदम सोच रहे हैं कि उन्हें क्या चाहिए? उन्हें यह नहीं पता कि मैं और आप कुछ भी खरीदना नहीं चाहते। अगर हमें कुछ खरीदना हो, तो हम जाकर खरीद सकते हैं। हम सभी अपनी समस्याएं हल करने में व्यस्त हैं और अगर सेल्समैन हमें यह दिखा सकें कि उनकी सेवाएं और प्रॉडक्ट हमारी समस्या हल करने में कैसे मदद कर सकते हैं, तो उन्हें कुछ बेचना नहीं पड़ेगा। हम खुद खरीद लेंगे।

कस्टमर यह महसूस करना चाहते हैं तो वे खरीद रहे हैं उन्हें कुछ बेचा नहीं जा रहा, लेकिन अधिकतर सेल्समैन अपनी जिंदगी ग्राहकों के नजरिये से चीजों को बिना देखे गुजार देते हैं। उदाहरण के लिए, मैं सालों तक फॉरेस्ट हिल्स में रहा हूं, जो ग्रेटर न्यूयॉर्क में प्राइवेट घरों की एक एक छोटी-सी कम्यूनिटी है। एक दिन मैं स्टेशन जा रहा था, जब एक रियल एस्टेट ऑपरेटर से मिलने का मौका मिला, जिसने उस जगह में कई साल तक प्रॉपर्टी खरीदी और बेची थी। वह फॉरेस्ट हिल्स को अच्छी तरह जानता था, इसलिए मैंने उससे पूछा कि मेरा स्टको हाउस मेटल लाथ या खोखले टाइल से बना है या नहीं। उसने बताया कि उसे नहीं पता और उसने जो बताया, वह मुझे पहले से पता था। वह यह कि मैं फॉरेस्ट हिल्स गार्डन एसोसिएशन से पूछकर पता लगा सकता था। अगले दिन सुबह मुझे उसका एक पत्र मिला। क्या उसने वह सूचना दी, जिसकी मुझे जरूरत थी? वह एक टेलीफोन कॉल करके वह जानकारी एक मिनट में दे सकता था, पर उसने ऐसा नहीं किया। उसने फिर से बताया कि मैं वह जानकारी फोन करके पा सकता था, फिर उसने कहा कि वह मेरे इंश्योरेंस का ख्याल रखना चाहता है।

वह मेरी मदद करने में उत्सुक नहीं था। वह सिर्फ अपनी मदद करने में उत्सुक था।

बर्मिंघम, अलाबामा के.जे. हॉवर्ड ल्युकास बताते हैं कि एक ही कंपनी के दो सेल्समैन ने एक ही स्थिति को कैसे संभाला। उनकी रिपोर्ट थी-

"कई साल पहले मैं एक छोटी-सी कंपनी की मैनेजमेंट टीम में था। हमारे नजदीक एक बड़ी इंश्योरेंस कंपनी के जिला ऑफिस का मुख्यालय था। उनके एजेंटों को क्षेत्र बांटे गए थे और हमारी कंपनी को उनके दो एजेंट मिले थे, जिन्हें मैं कार्ल और जॉन कहूंगा।

"एक सुबह कार्ल हमारे ऑफिस आया और उसने बताया कि उसकी कंपनी एग्जीक्यूटिव लोगों के लिए एक नई इंश्योरेंस पॉलिसी लेकर आई है और उसने सोचा कि हमारी आगे चलकर उसमें रुचि हो सकती है और ज्यादा सूचना पाने पर वह हमारे पास आएगा।

"उसी दिन जॉन ने हमें कॉफी ब्रेक से वापस आते देखा और वह चिल्लाया। "हे ल्यूक, रुकना जरा। मेरे पास तुम लोगों के लिए जरूरी सूचना है।" वह हमारे पास बड़े उत्साह से आया और उसने बड़े जोश में हमें एग्जीक्यूटिव लाइफ पॉलिसी के बारे में बताया, जो उसकी कंपनी ने उसी दिन शुरु की थी। (यह वही पॉलिसी थी जिसके बारे में कार्ल ने बताया था।) वह हमें तुरंत पॉलिसी देना चाहता था। उसने हमें कवरेज के बारे में कुछ जरूरी बातें बताईं और कहा- यह पॉलिसी इतनी नई है कि मैं कल ऑफिस से कल किसी को भेजूंगा, जो आप लोगों को विस्तार से बताएगा। फिलहाल आप यह एप्लीकेशन साइन कर दो, ताकि रास्ते में मेरे पास काम करने के लिए और भी जानकारी हो। उसके जोश ने हम में भी पॉलिसी के लिए गहरी इच्छा पैदा कर दी, हालांकि हमारे पास ज्यादा जानकारी नहीं थी। जब वह पॉलिसी हमारे पास आई तो हमने देखा कि जॉन की शुरुआती जानकारी सही थी और उसने न सिर्फ हमें पॉलिसी बेची, बल्कि हमारा कवरेज भी दोगुना कर दिया।

'कार्ल को वह सेल मिल सकती थी, पर उसने हममें कोई इच्छा नहीं पैदा की।"

ये दुनिया वैसे लोगों से भरी हुई है, जो अपने फायदे के बारे में सोचे जा रहे हैं। इसलिए अगर कोई इंसान बिना स्वार्थ के दूसरों की मदद करता है, तो उसके पास एक ताकत होती है। उसे कम प्रतियोगिता का सामना करना पड़ता है। ओवेन डी. यंग, अमेरिका के बड़े वकील और बिजनेस लीडर ने कहा था - "जो लोग दूसरों के स्थान में खुद को रखकर उनकी सोच को समझ सकते हैं, उन्हें भविष्य के बारे में डरने की कोई जरूरत नहीं है।"

अगर इस किताब से आपको सिर्फ एक चीज मिल सके - हमेशा दूसरों के नजरिये से चीजों को देखने की प्रबल इच्छा, अगर इस किताब से आप सिर्फ एक चीज पा सकें तो यह आपके कॅरियर का एक बड़ा स्तम्भ साबित होगा।

दूसरे के नजरिये से चीजों को देखना और उसमें किसी चीज को करने के लिए तीव्र इच्छा जगाना ऐसी चालाकी न हो जाए जिससे सिर्फ आपका फायदा हो। दोनों पक्षों को लाभ मिलना चाहिए। मिस्टर वरर्मिलन को भेजी गई चिट्ठियों में भेजने वाले और पाने वाले दोनों को सलाह दी गई चीजें करने से फायदा मिला। बैंक और मिसेज एंडर्सन दोनों उस चिट्ठी से फायदे में रहे, क्योंकि बैंक को एक अच्छा कर्मचारी मिला और मिसेज एंडर्सन को एक अच्छी नौकरी मिली और मिस्टर ल्यूकास को जॉन के इंश्योरेंस बेचने वाले उदाहरण में दोनों को इस सौदे से फायदा हुआ।

एक और उदाहरण जिसमें तीव्र इच्छा जगाने वाले सिद्धांत से सभी को लाभ मिलता है, वह है शेल ऑइल कंपनी के क्षेत्रीय सेल्समैन माइकल ई. विडेन का, जो वारविक रोड, आइलैंड से आते हैं। माइकल अपने जिले में नंबर वन सेल्समैन बनना चाहता था, लेकिन

एक सर्विस स्टेशन उसे आगे बढ़ने से रोक रहा था। उस स्टेशन को एक बूढ़ा आदमी चलाता था, जिसमें स्टेशन को साफ रखने की इच्छा नहीं होती थी। यह इतनी बुरी हालत में था कि सेल्स घटती ही जा रही थी।

यह मैनेजर स्टेशन को अपग्रेड करने की माइकल की बात नहीं मान रहा था। काफी मिन्नत और बातों- (जिनका कोई प्रभाव नहीं पड़ा) के बाद माइकल ने उस मैनेजर को अपने क्षेत्र के सबसे नए शेल स्टेशन में घूमने के लिए आमंत्रित किया।

वह मैनेजर नए स्टेशन की सुविधाओं से इतना प्रभावित हुआ कि जब माइकल उससे दुबारा मिलने गया, तो उसने अपने स्टेशन को साफ कर लिया था और सेल्स में रिकॉर्ड वृद्धि हुई थी। इस कारण से माइकल अपने जिले में नंबर वन की पोजीशन पर पहुंच गया। सारी बातों और बहसों से कोई असर नहीं हुआ, लेकिन मैनेजर में तीव्र इच्छा जगाने और, उसे नया मॉडर्न स्टेशन दिखाने से, उसने अपना लक्ष्य प्राप्त कर लिया, जिससे मैनेजर और माइकल दोनों को फायदा हुआ।

अधिकतर लोग कॉलेज जाते हैं और वर्जिल और कैल्कुलस के रहस्यों को सीखते हैं, पर यह नहीं सीखते कि हमारा दिमाग कैसे काम करता है। उदाहरण के तौर पर, एक बार मैंने उन कॉलेज ग्रेजुएट युवाओं को प्रभावशाली बोलने की कला पर एक कोर्स कराया, जो एक विशाल एयरकंडीशनर, करियर कॉर्पोरेशन, के लिए काम कर रहे थे। एक युवा को बाकी लोगों को फ्री टाइम में बास्केटबॉल खेलने के लिए मनाना था और उसने ऐसा कुछ कहा- "मैं चाहता हूं कि तुम लोग बाहर आओ और बास्केटबॉल खेलो। मुझे बास्केटबॉल खेलना अच्छा लगता है, पर जब भी मैं जिमनेजियम गया हूं, मुझे वहां बहुत कम लोग मिलते हैं। हम में से दो-तीन लोग रात-भर बॉल फेंकते रहे और मेरी आंख काली पड़ गई। मैं चाहता हूं कल तुम सारे लोग रात में आओ। मैं बास्केटबॉल खेलना चाहता हूं।"

क्या उसने इस बारे में बात की कि आप क्या चाहते हैं? क्या आप एक ऐसे जिमनेजियम में जाना चाहते हैं, जहां कोई और नहीं जाना चाहता? आपको इस बात से मतलब नहीं कि वह क्या चाहता है। आप आंखें काली नहीं कराना चाहते। क्या वह आपको जिमनेजियम के द्वारा वे चीजें दिखा सकता था, जो आप चाहते हैं? बिलकुल- ज्यादा आनंद, ज्यादा अच्छी भूख, साफ दिमाग, मजा, खेल, बास्केटबॉल!

मेरे एक ट्रेनिंग कोर्स में एक सदस्य अपने बच्चे को लेकर चिंता में था। बच्चे का वजन कम था और अच्छी तरह से खाना नहीं चाहता था। उसके माता-पिता ने पुराना तरीका अपनाया। उन्होंने उसको डांटा और उसके पीछे पड़ गए। "मां चाहती है कि तुम यह खाओ, वह खाओ।" पिता चाहते हैं कि तुम खाकर बड़े हो जाओ।

क्या बच्चे ने इन बातों पर ध्यान दिया? उसने उतना ही ध्यान दिया, जितना आप समुद्र किनारे रेत के कण को देते हैं। जिसमें थोड़ी-सी भी बुद्धि होगी, वह तीन साल के बच्चे से तीस साल के पिता के नजरिये से काम करने की आशा नहीं रखेगा, लेकिन ठीक यही काम पिता ने किया था। यह अजीब था। उसे यह दिख गया, इसलिए उसने खुद से कहा -"बच्चा क्या चाहता है? मैं ऐसा क्या करूं, जिससे उसकी इच्छा और मेरी इच्छा जुड़ जाएं?"

जब पिता ने इस बारे में सोचना शुरु किया, तो उनके लिए मामला आसान हो गया। बच्चे के पास एक तीन पहिये वाली साइकिल थी, जिससे वह ब्रुकलिन में अपने घर के पास साइडवॉक पर ऊपर-नीचे जाता था। कुछ दूरी पर एक बदमाश और बड़ा लड़का रहता था, जो उससे साइकिल छीनकर उस पर खुद चढ़ जाता था।

तब वह छोटा बच्चा रोता हुआ अपनी मां के पास आता और मां उस लड़के से साइकिल छीनकर वापस अपने बच्चे को दे देती। यह लगभग रोज होता।

वह छोटा बच्चा क्या चाहता था? इसका जवाब देने के लिए शेरलॉक होम्स की जरूरत नहीं है। उसका अभिमान, गुस्सा, महत्त्वपूर्ण बनने की इच्छा - यह सारी भावनाएं उसे बदला लेने के लिए और उस लड़के की नाक तोड़ने के लिए उकसाते थे और जब उसके पिता ने उसे बताया कि वह उस लड़के को मजा तभी चखा पाएगा, जब वह मां की दी हुई चीजें खाएगा, जब उसके पिता ने यह वादा किया, फिर कभी खाने के मामले में दिक्कत नहीं हुई। बच्चा पालक, सोयाबीन, करेला, जो भी खाना पड़े, खाने को तैयार था, जो उसे उस लड़के से लड़ने में मदद करे।

उस समस्या को सुलझाने के बाद उसके माता-पिता ने दूसरी समस्या पर ध्यान दिया। बच्चे को बिस्तर गीला करने की आदत थी। वह अपनी दादी के साथ सोता था। सुबह में उसकी दादी बिस्तर को छूकर बोलती थी - 'देखो जॉनी, कल रात फिर तुमने यह कर डाला।'

वह कहता था- नहीं, मैंने नहीं किया। आपने किया।

डांटना, पीटना, शर्मिंदा करना, यह बताना कि उसके माता-पिता क्या चाहते थे। किसी भी चीज से उसकी आदत नहीं छूटी, इसलिए उसके माता-पिता ने पूछा - "हम कैसे बच्चे में बिस्तर गीला न करने की इच्छा पैदा कर सकते हैं?"

उसकी इच्छा क्या थी? पहली, वह दादी की तरह नाइटगाउन के बजाय अपने डैडी की तरह पाजामा पहनना चाहता था। दादी उसकी रात की हरकतों से तंग आ गई थी, इसलिए उसने खुशी-खुशी उसे पाजामा पहनने दिया, अगर वह सुधारने को तैयार हो।

दूसरी, वह अपना बिस्तर चाहता था। उसकी दादी ने नहीं रोका। उसकी मां उसे ब्रुकलिन के एक डिपार्टमेंटल स्टोर में ले गई, एक सेल्सगर्ल को इशारा किया और कहा- "यह नन्हे सज्जन कुछ खरीदना चाहते हैं।"

सेल्सगर्ल ने उसे यह कहकर महत्त्वपूर्ण महसूस कराया - "महोदय, मैं आपको क्या दिखाऊं?"

वह दो इंच ऊंचा तनकर बोला - "मैं अपने लिए एक बेड खरीदना चाहता हूं।"

जब उसे मां की पसंद का बेड दिखाया गया, तब मां ने सेल्सगर्ल को इशारा किया और बच्चे को वह खरीदने के लिए मना लिया गया। बेड अगले दिन घर आ गया और उस रात, जब पिता घर आए, वह बच्चा दौड़कर दरवाजे पर पहुंचा और चिल्लाया - "डैडी, डैडी, ऊपर आइए और मेरा बेड देखिए।"

बेड को देखते हुए पिता ने चाल्र्स श्वाब का कहना माना, उन्होंने दिल खोलकर तारीफ की।

"तुम अपने इस बिस्तर को तो गीला नहीं करोगे न?" पिता ने पूछा।

"ओह, नहीं, नहीं! मैं इस बिस्तर को गीला नहीं करूंगा।" और उसने अपना वादा निभाया भी। यह उसका बेड था। इसे उसने और सिर्फ उसने खरीदा था। और अब वह एक नन्हें मर्द की तरह पाजामा पहन रहा था। वह मर्द की तरह बर्ताव करना चाहता था और उसने वैसा ही किया।

एक और पिता, के.टी. डचमैन, एक टेलीफोन इंजीनियर कोर्स के एक छात्र, अपनी तीन साल की बच्ची से नाश्ता नहीं करा पा रहे थे। डांटना, समझाना, मनाना कुछ भी काम नहीं आ रहा था। तब माता-पिता ने खुद से पूछा - "हम उसमें इच्छा कैसे पैदा कर सकते हैं?"

उस बच्ची को मां की नकल उतारने में मजा आता था। इससे उसे बड़े होने का एहसास मिलता था, इसलिए एक सुबह उन्होंने उसे चेयर पर बिठाया और नाश्ता बनाने दिया। इस मनोवैज्ञानिक पल में, जब वह ब्रेड सेंक रही थी, उसके पिता किचन में आए और तब उसने कहा - "ओह डैडी, देखिए, मैं नाश्ता बना रही हूं।"

उसने बिना मनाए नाश्ता अच्छी तरह से किया, क्योंकि अब उसकी इसमें रुचि थी। उसे महत्त्वपूर्ण होने का एहसास मिल गया था। उसे नाश्ता बनाने में अपने आपको व्यक्त करने का अवसर मिल गया था।

विलियम विंटर ने कहा है - "आत्म-अभिव्यक्ति मानव स्वभाव की बड़ी जरूरत है। हम इस मनोविज्ञान को अपने कामों में इस्तेमाल क्यों नहीं करते? जब हमें एक ब्रिलियंट आइडिया आए, तो दूसरों को यह एहसास कराने के बजाए कि यह हमारा आइडिया है। उन्हें यह महसूस करने दें कि यह आइडिया उनका है, तब वे इसे अपना मानेंगे, उसे पसंद करेंगे और इसे आजमाने में जुट जाएंगे।"

याद रखिए - "पहले तो दूसरे इंसान में तीव्र इच्छा जगाएं, जो यह कर सकता है, उसके साथ पूरी दुनिया चलती है, जो यह नहीं कर सकता, वह अकेला रह जाता है।"

सिद्धांत-3

दूसरे इंसान में तीव्र रुचि जगाइए

संक्षेप में

लोगों के साथ व्यवहार करने के अनोखे तरीके

सिद्धांत-1

जिंदगी में आलोचना, निंदा और शिकायत न करें

सिद्धांत-2

जिंदगी में ईमानदार तारीफ करने की आदत डालें

सिद्धांत-3

दूसरे इंसान में तीव्र रुचि जगाइए

खण्ड-दो

इन छः तरीकों से लोग हो जाएंगे आपके मुरीद

1

कैसे हर कहीं आपका स्वागत होगा?

दोस्तों का दिल जीतने का तरीका सीखने के लिए इस किताब को पढ़ने की जरूरत क्या है? इससे अच्छा दोस्तों का दिल जीतने की कला जानने वाले सबसे बड़े महारथी से उसकी तकनीक को क्यों न सीखा जाये? कौन है वह? आप उसे कल रास्ते पर मिल सकते हैं। आपके नजदीक आते ही वह अपनी पूंछ हिलाने लगता है। अगर आप रुककर उसे सहलाएंगे, तो यह दिखाने के लिए उछल पड़ेगा कि वह आपको कितना पसंद करता है और आप जानते हैं कि उसके प्यार के पीछे कोई दूसरी नीयत नहीं है। वह आपको रियल एस्टेट नहीं बेचना चाहता और वह आपसे शादी भी नहीं करना चाहता।

क्या अपने कभी सोचा है कि कुत्ता दुनिया का एकमात्र ऐसा जानवर है जिसे आजीविका के लिए काम नहीं करना पड़ता? मुर्गी को अंडे देने पड़ते हैं, गाय को दूध देना पड़ता है और तोते को बोलना पड़ता है।

लेकिन एक कुत्ता अपनी आजीविका कमाने के लिए आपको सिर्फ प्यार देता है। जब मैं पांच साल का था, मेरे पिता मेरे लिए पचास सेंट में पीले बालों वाला एक पिल्ला लेकर आए थे। वह मेरे बचपन की खुशी था। हर शाम साढ़े चार बजे वह हमारे घर के सामने अपनी प्यारी आंखों से रास्ते को एकटक देखता रहता था और जैसे ही वह मेरी आवाज सुनता या मुझे देखता, वह अपनी पूंछ हिलाते हुए सरपट से आगे बढ़ता और दौड़ते हुए पूरी खुशी के साथ आगे आता और मेरे पैरों से लिपट जाता। टिपी मेरा पांच साल तक दोस्त रहा, फिर एक दुखद रात को (वह रात मैं कभी नहीं भूलूंगा) वह आकाश की बिजली से मुझसे दस कदम दूरी पर मारा गया। मेरे बचपन की सबसे बड़ी दुर्घटनाओं में टिपी की मृत्यु थी।

टिपी, तुमने कभी मनोविज्ञान पर कोई किताब नहीं पढ़ी। तुम्हें जरूरत ही नहीं थी। तुम किसी दैवीय प्रेरणा से जानते थे कि तुम दो साल में लोगों की दिलचस्पी अपनी तरफ जगाने की कोशिश करके उतने दोस्त नहीं बना सकते, जितना लोगों में दिल से दिलचस्पी दिखाकर दो महीनों में बना सकते हो। मुझे फिर से दुहराने दो। तुम दो साल में लोगों की दिलचस्पी अपनी तरफ जगाने की कोशिश करके उतने दोस्त नहीं बना सकते, जितना लोगों में दिल से दिलचस्पी दिखाकर दो महीनों में बना सकते हो।

इसके बावजूद मैं और आप ऐसे लोगों को जानते हैं, जो पूरी जिंदगी दूसरों की अपनी तरफ दिलचस्पी जगाने की कोशिश में लगा देते हैं, पर यह काम नहीं करता। लोगों की

आपमें रुचि नहीं है। उनकी मुझमें रुचि नहीं है। उनकी खुद में रुचि है - सुबह, दोपहर और रात।

न्यूयॉर्क टेलीफोन कंपनी ने टेलीफोन पर हुई बातों पर लंबी रिसर्च की, यह जानने के लिए कि किस शब्द का सबसे ज्यादा इस्तेमाल होता है। आपने सही अनुमान लगाया - "मैं", "मैं", "मैं"। पांच सौ फोन वार्तालापों में यह तीन हजार नौ सौ बार इस्तेमाल हुआ - मैं, मैं और सिर्फ मैं।

किसी ऐसे ग्रुप फोटोग्राफ में जिसमें आप भी हैं, सबसे पहले आप किसकी फोटो देखते हैं?

अगर हम सिर्फ लोगों पर प्रभाव जमाने में रहें और उनकी दिलचस्पी पाने में लगे रहें, तब हमें अच्छे और सच्चे दोस्त कभी नहीं मिलेंगे। सच्चे दोस्त ऐसे नहीं मिलते।

नेपोलियन ने कोशिश की और जोसेफिन से अंतिम मुलाकात में उसने कहा- "जोसेफिन, मैं धरती के किसी भी इंसान से ज्यादा भाग्यशाली रहा हूं और इसके बावजूद तुम दुनिया में अकेली हो जिस पर मैं भरोसा कर सकता हूं।" इतिहासकारों को शक है कि वह जोसेफिन पर भी विश्वास कर सकता था।

अल्फ्रेड एडलर (वियना के मशहूर मनोवैज्ञानिक) *'जिंदगी का आपके लिए क्या मतलब होना चाहिए'* नाम की किताब लिखी। इन्होंने किताब में लिखा - "जो इंसान दूसरों में दिलचस्पी नहीं रखता, उसे सबसे ज्यादा दिक्कतों का सामना करना पड़ता है और वह दूसरों को सबसे ज्यादा नुकसान पहुंचाता है।" आप मनोविज्ञान पर भारी-भरकम किताबों के पढ़ने के बाद भी इससे ज्यादा जरूरी बात नहीं खोज सकते।

> एडलर की बात इतनी अर्थ भरी है कि मैं इसे यहां फिर दुहराना चाहूंगा - जो इंसान दूसरों में दिलचस्पी नहीं रखता, उसे सबसे ज्यादा दिक्कतों का सामना करना पड़ता है और वह दूसरों को सबसे ज्यादा नुकसान पहुंचाता है। ऐसे ही इंसानों से मनुष्य की असफलताएं निकलती हैं।

एक बार मैंने न्यूयॉर्क विश्वविद्यालय से लघुकथा लिखने का कोर्स किया और उस कोर्स के दौरान एक मशहूर पत्रिका के संपादक ने हमारी क्लास से बात की। उन्होंने कहा कि वह उनके डेस्क से गुजरने वाली दर्जनों कहानियों में से कोई भी कहानी उठाकर कुछ परिच्छेद पढ़कर बता सकते थे कि लेखक लोगों को पसंद करता है या नहीं। "अगर लेखक लोगों को पसंद नहीं करेगा तो लोग भी उसकी कहानियां पसंद नहीं करेंगे।"- उन्होंने कहा।

वह सधा हुआ संपादक पढ़ने के दौरान दो बार रुका और उसने उपदेश देने के लिए माफी मांगी और कहा - "मैं आप लोगों को वही बातें बता रहा हूं जो एक उपदेशक आपको बताएगा, पर याद रहे - अगर आप सफल कहानी लेखक बनना चाहते हैं, तो आपको लोगों को पसंद करना होगा।"

अगर यह कहानी लिखने के बारे में सच है तो निश्चय ही लोगों के साथ व्यवहार करने के मामले में भी शत-प्रतिशत सही ही है।

मैंने हावर्ड थर्स्टन के ड्रेसिंग रूम में एक शाम बिताई, जब वे ब्रोडवे पर अंतिम बार प्रदर्शन कर रहे थे - थर्स्टन उस समय जादूगरों के बादशाह थे। चालीस साल तक वे पूरी दुनिया घूमते रहे, जादू दिखाते रहे, दर्शकों को मंत्रमुग्ध करते रहे और लोगों को चकित करते रहे। सात मिलियन से ज्यादा लोगों ने उनके शो को देखा था और उन्होंने दो मिलियन डॉलर से ज्यादा लाभ कमाया था। मैंने मिस्टर थर्स्टन से अपनी सफलता का राज बताने को कहा। उनकी स्कूली शिक्षा का इससे कोई लेना-देना नहीं था, इसलिए कि वे घर से छोटी उम्र में भाग गए थे। उन्होंने बॉक्स-कारों में सवारी की, पुआल में सोए, दरवाजे पर भीख मांगी और रेलवे के साइनबोर्ड को देखकर पढ़ना सीखा। क्या उनको मैजिक की ज्यादा जानकारी थी? नहीं, उन्होंने कहा कि इस विषय पर सैकड़ों किताबें लिखी गई हैं और कई लोगों को उतना ही पता है, जितना उन्हें पता है, पर उनके पास दो चीजें थीं, जो दूसरों के पास नहीं थीं। पहली, वे लाइट में अपनी पर्सनालिटी को अच्छे से बाहर ले आते थे और वे एक मास्टर शोमैन थे।

वे मानव का स्वभाव जानते थे। वे जो भी करते थे, हरेक हाव-भाव, आवाज की ऊंचाई और गहराई, भौंहों को उठाना, हर चीज का वे पहले से ही रिहर्सल कर लेते थे और उनकी हर हरकत सेकंडों के हिस्सों में बंधी हुई थी। इसके अलावा, थर्स्टन को लोगों में सच्ची रुचि थी। उन्होंने बताया कि कई जादूगर लोगों को देखते थे और बोलते थे- "इन गधों की जमात को देखो, मैं आज उन्हें बेवकूफ बनाकर रहूंगा।" लेकिन थर्स्टन का तरीका दूसरा था। उन्होंने बताया कि स्टेज पर जाते वक्त वे खुद से कहते थे- "मैं धन्यवाद देता हूं कि यह लोग मेरे स्टेज पर आए। इन्हीं लोगों के कारण मेरे लिए आजीविका कमाना संभव हो पाया है। मैं उन्हें अपना बेस्ट देकर रहूंगा।"

उन्होंने कहा कि वे बिना अपने आप से यह कहे लाइट के सामने नहीं आते थे कि "मुझे अपने श्रोताओं से प्यार है। मुझे अपने श्रोताओं से प्यार है।" बकवास? फालतू? आप जो सोचना चाहें, सोचें। मैं आपको एक प्रसिद्ध जादूगर द्वारा बताई गई सफलता की रेसिपी बिना किसी टिप्पणी के बता रहा हूं।

नॉर्थ वारेन (पेंसिलवेनिया का रहने वाला) के जॉर्ज डाइक को अपने सर्विस स्टेशन बिजनेस के तीस साल बाद रिटायर होना पड़ा, जब उनके स्टेशन की जगह पर एक नया हाइवे बना। जब रिटायरमेंट के खाली दिन उनको बोर करने लगे। तो वे अपनी सारंगी पर संगीत बजाने लगे। जल्दी ही वे उस क्षेत्र में संगीत सुनने और दूसरे सारंगी वादकों से मिलने निकल पड़े। अपने विनम्र अंदाज में वे हर संगीतकार की पृष्ठभूमि के बारे में जानने को उत्सुक हो गए। हालांकि वे खुद बहुत अच्छी सारंगी नहीं बजाते थे, पर उन्होंने इस दौरान कई दोस्त बनाए। उन्होंने कई प्रतियोगिताओं में हिस्सा लिया और यूनाइटेड स्टेट्स के पूर्वी हिस्से में कंट्री म्यूजिक के प्रशंसकों के बीच में 'किंजुआ काउंटी के सारंगी वाले अंकल जॉर्ज' के रूप में लोकप्रिय हो गए। जब हमने अंकल जॉर्ज के बारे में जाना, तब वे बहत्तर साल के हो गए थे और जिंदगी के हर पल का आनंद ले रहे थे। लोगों में दिलचस्पी रखने के कारण उन्होंने वैसे समय में एक नई जिंदगी की शुरुआत की, जब लोग थक-हारकर बैठ जाते हैं।

यह थियोडोर रुजवेल्ट की लोकप्रियता का भी रहस्य था। उनके वैलट जेम्स ई. एमॉस ने एक किताब लिखी जिसका नाम उसने 'थियोडोर रुजवेल्ट- अपने वैलट का नायक' रखा। इस किताब में एमॉस एक घटना के बारे में बताता है -

> मेरी पत्नी ने एक बार प्रेसिडेंट से बॉब व्हाइट के बारे में पूछा। उसने उसे कभी नहीं देखा था, पर प्रेसिडेंट ने उसके बारे में पूरे विस्तार से बताया। कुछ समय बाद हमारे घर का फोन बजा। (एमॉस और उसकी पत्नी ओयस्टर बे.के. रुजवेल्ट एस्टेट में एक छोटे घर में रहते थे।) मेरी पत्नी ने फोन उठाया और फोन पर मिस्टर रुजवेल्ट खुद थे। उन्होंने कहा कि उन्होंने मेरी पत्नी को यह बताने के लिए कॉल किया था कि खिड़की के सामने एक बॉब व्हाइट है और उसे वे चाहे तो देख सकती हैं। यह नन्ही बातें उनकी खासियत थी। जब भी वे हमारे घर के पास से गुजरते, अगर हम नजरों से दूर भी होते, तो हम उन्हें यह बोलते हुए सुन सकते थे- "ओ ऐनी?" या ओ जेम्स!" यह उनका मित्रतापूर्ण व्यवहार था। कर्मचारी ऐसे इंसान को पसंद किए बिना कैसे रह सकते थे? कोई इंसान उन्हें कैसे पसंद नहीं कर सकता था?

रुजवेल्ट एक रात व्हाइट हाउस आये, जब प्रेसिडेंट और मिसेज टैफ्ट वहां नहीं थे। सभी लोगों के लिए उनकी विनम्रता इस बात से दिखती थी कि वे व्हाइट हाउस के सभी काम करने वालों को उनके नाम से पुकारते थे, भले ही वह नौकरानी क्यों न हो।

जब उन्होंने किचन में काम करने वाली एलिस को देखा, आर्की बट लिखती हैं- "उन्होंने उससे पूछा कि क्या वह अभी भी कॉर्न ब्रेड बनाती है। एलिस ने कहा कि वह कभी-कभी नौकरों के लिए बनाती है, पर इसे ऊपर कोई नहीं खाता।"

"उनकी पसंद बुरी है," रुजवेल्ट ने कहा- "मैं प्रेसिडेंट से मिलने पर बताऊंगा।"

"एलिस उनके लिए प्लेट पर एक पीस लेकर आई और वे ऑफिस जाते हुए समय, मालियों और मजदूरों से बात करते हुए उसे खाते गए...।"

उन्होंने हर इंसान का वैसे ही अभिवादन किया, जैसे वे पहले करते थे। आइक हूवर, जो व्हाइट हाउस में चालीस साल से काम कर रहा था, ने नम आंखों से कहा- "यह पिछले सालों में मेरे जीवन का एकमात्र खुशनुमा दिन था और जिसे हम कभी सौ डॉलर से भी नहीं बदलना चाहेंगे।"

कम दर्जे वाले लोगों के लिए इसी सोच ने चैटहेम के एडवर्ड एम. साइक्स जो कि सेल्स प्रतिनिधि थे, को बहुत लाभ पहुंचाया। "कई साल पहले," उन्होंने बताया, मैं मैसेश्यूट्स एरिया के जॉनसन एंड जॉनसन कंपनी प्रतिनिधि के रूप में ग्राहकों से मिलने जाया करता था। वहां हमारा एक अकाउंट हिंगहैम के ड्रग स्टोर में था। किसी स्टोर में जाने पर मैं हमेशा स्टोर के मालिक से ऑर्डर लेने से पहले सोडा क्लर्क या सेल्स क्लर्क से बातें करता था। एक बार मैं स्टोर मालिक के पास गया, तो उसने मुझे चले जाने को कहा, क्योंकि वह जॉनसन के सामान खरीदने में दिलचस्पी नहीं रखता था, क्योंकि उसे लगता था कि वे लोग छोटे ड्रगस्टोर को अनदेखा करके फूड और डिस्काउंट स्टोर पर ध्यान दे रहे थे। मैं दुम दबाकर भागा और शहर में घंटों चक्कर लगाता रहा।।

अंत में मैंने वापस जाने का निश्चय किया और अपनी बात स्टोर के मालिक के सामने रखने की कोशिश की।

"जब मैं वापस आया तो मैंने हमेशा की तरह सोडा क्लर्क और सेल्स क्लर्क को हेलो कहा। जब मैं मालिक के पास पहुंचा, तो वह मुस्कराया और उसने मेरा स्वागत किया, फिर उसने डबल ऑर्डर दिया और मुझे आश्चर्य हुआ और मैंने उससे पूछा कि पिछले कुछ घंटों में ऐसा क्या हुआ। तब उसने सोडा फाउंटेन के पास खड़े युवक की ओर इशारा किया और कहा कि मेरे जाने के बाद वह उसके पास आया और उसने कहा कि मैं स्टोर में आने वाले कुछेक ऐसे लोगों में से था, जो उसे और अन्य लोगों को हेलो कहते थे। उसने मालिक को बताया कि अगर किसी सेल्समैन को यह बिजनेस मिलना चाहिए, तो वह मैं हूं।

मालिक मान गया और एक वफादार ग्राहक बना रहा। मैं कभी नहीं भूलूंगा कि किसी सेल्समैन के लिए या किसी और इंसान के लिए दूसरों में दिलचस्पी रखना सबसे जरूरी चीज है।

मैंने अपने अनुभव से पाया है कि कोई इंसान बहुत व्यस्त लोगों का ध्यान और समय खींच सकता है, अगर वह उनमें सच्ची दिलचस्पी दिखाए। इसके लिये मुझे विस्तार से बताने दें।

कई साल पहले मैंने ब्रुकलिन इंस्टीट्यूट ऑफ आर्ट्स एंड साइंसेज में साहित्य का एक कोर्स कराया था और हम कैथलीन नॉरिस, फैनी हर्स्ट, इडा टारबेल, अल्बर्ट पेसन टरह्यून और रुपर्ट ह्यूज जैसे बड़े और व्यस्त लेखकों से चाहते थे कि वे ब्रुकलिन आकर अपने अनुभवों से हमें कुछ सिखाएं। इसलिए हमने उन्हें लिखा और उन्हें बताया कि हमने उनके काम की तारीफ की और हमारी इच्छा है कि वे यहां आएं और अपनी सफलता के रहस्य हमें सिखाएं।

हर पत्र एक सौ पचास छात्रों द्वारा साइन किया गया था। हमने कहा कि हम जानते हैं कि यह लेखक बहुत व्यस्त हैं। इतने व्यस्त कि अपना लेक्चर तैयार नहीं कर सकते। इसलिए हमने उनके लिए प्रश्नों की एक लिस्ट भेजी, जो उनकी जिंदगी और काम करने के तरीके से संबधित थी। उन्हें वह पसंद आया। किसे पसंद नहीं आएगा? इसलिए वे अपने घरों से निकले, ब्रुकलिन तक आए और उन्होंने हमारी मदद की।

इसी तरीके का इस्तेमाल करके मैंने लेस्ली एम. शॉ, थियोडोर रुजवेल्ट के कैबिनेट में ट्रेजरी की सचिव और टैट कैबिनेट के अटॉर्नी जनरल जॉर्ज डब्ल्यू. विकरशैम, फ्रैंकलिन डी. रुजवेल्ट और अन्य कई हस्तियों को अपने पब्लिक स्पीकिंग के कोर्सों में छात्रों से बोलने के लिए मनाया।

हम सारे लोग, चाहे हम फैक्ट्री में काम करने वाले हों, ऑफिस में क्लर्क हों या राजगद्दी पर बैठे राजा हों- हम सभी उन्हें पसंद करते हैं, जो हमारी प्रशंसा करते हैं। उदाहरण के तौर पर - जर्मन कैसर को लें। पहले विश्वयुद्ध के अंत में वह दुनिया में सबसे ज्यादा नफरत और आलोचना का शिकार इंसान था। जब वह जान बचाने के लिए हॉलैंड भागा, तो खुद उसका देश उसके खिलाफ हो गया था। उसके खिलाफ नफरत इतनी गहरी

थी कि लाखों लोग उसकी बोटी-बोटी करने और जलाने के लिए तैयार थे। गुस्से की इस आग के बीच एक छोटे बच्चे ने उसे प्यार और प्रशंसा से भरा एक सच्चा पत्र लिखा। उस बच्चे ने लिखा कि भले ही दुनिया जो सोचे, पर वह विल्हेम को हमेशा अपने राजा के रूप में देखना चाहेगा। कैसर इस पत्र से इतना द्रवित हुआ कि उसने उस छोटे बच्चे को मिलने के लिए बुलाया। बच्चा आया, साथ में उसकी मां आई और कैसर ने उससे शादी कर ली। उस छोटे बच्चे को दोस्त बनाने की कला पर किताब पढ़ने की जरूरत नहीं थी। वह इस कला को प्राकृतिक रूप से जानता था।

अगर हम दोस्त बनाना चाहते हैं, तो हमें दूसरों के लिए कई चीजें करनी चाहिए। वे चीजें जो समय, ऊर्जा, निःस्वार्थ भाव और विचारशीलता खोजती हैं। जब ड्यूक ऑफ विंडसर प्रिंस ऑफ वेल्स थे, उन्हें साउथ अमेरिका टूर पर जाना था और उस टूर पर जाने से पहले उन्होंने महीनों स्पेनिश सीखने में लगाए, ताकि वे वहां पर उनकी भाषा में जनता के बीच बोल सकें। साउथ अमेरिका के लोगों ने उन्हें इस कारण से काफी पसंद किया।

कई साल तक मैंने अपने दोस्तों के जन्मदिन की जानकारी रखने की पूरी कोशिश की। कैसे? हालांकि मुझे ज्योतिष विज्ञान में बिलकुल भी भरोसा नहीं था, पर मैंने लोगों से पूछना शुरु किया कि क्या वे इस बात पर विश्वास करते हैं कि इंसान के जन्म का उसके चरित्र और स्वभाव से कोई लेना-देना होता है। फिर मैंने उनसे अपना जन्मदिन बताने को कहा। अगर सामने वाले इंसान ने 24 नवंबर कहा तो, उदाहरण के तौर पर, मैं अपने मन में "24 नवंबर, 24 नवंबर" दुहराता रहा। उनके पीठ घुमाते ही मैं जन्मदिन नोट कर लेता था और बाद में उसे अपनी बर्थडे डायरी में लिख लेता था। हर साल की शुरुआत में मैं जन्मदिनों को अपने कैलेंडर पैड में नियोजित कर लेता था, ताकि वे मेरे ध्यान में आसानी से आ जाएं। उस दिन के आते ही मैं पत्र या टेलीग्राम से उन्हें शुभकामनाएं भेज देता था। क्या हिट आइडिया था यह! कई बार धरती का मैं एकमात्र इंसान होता था, जो उनका जन्मदिन याद रखता था।

अगर हम दोस्त बनाना चाहते हैं तो लोगों का उत्साह और प्रेम से अभिवादन करें। किसी से फोन पर बात करते समय यही मनोविज्ञान इस्तेमाल करें। इतने प्यार से हेलो बोलें, ताकि फोन पर बात कर रहे इंसान को लगे कि आप उससे बात करके कितना खुश हैं। कॉल करने वाले को महसूस होगा कि आप उसकी कितनी कद्र करते हैं। अगली बार फोन पर जवाब देते समय इस बात को जरूर याद रखें।

दूसरों में सच्ची दिलचस्पी दिखाने से न सिर्फ दोस्त बनते हैं, बल्कि आपकी कंपनी के प्रति ग्राहकों में वफादारी भी आती है। नेशनल बैंक ऑफ नॉर्थ अमेरिका ऑफ न्यूयॉर्क के प्रकाशन के एक इश्यू में एक जमाकर्ता, मैडलीन रोजडेल का यह पत्र प्रकाशित हुआ था-

"मैं यह बताना चाहती हूं कि मैं आपके स्टाफ को कितना पसंद करती हूं। सभी काफी विनम्र, शिष्ट और मददगार हैं। कतार में लंबे समय तक इंतजार करने के बाद कितना अच्छा लगता है, जब आपका टेलर बड़े प्रेम से बात करता।"

"पिछले साल मेरी मां पांच महीनों के लिए अस्पताल में पड़ी थीं। मैं अक्सर पैसे निकलवाने के लिये एक टेलर, मैरी पेट्रूसेलो के पास जाती थी। वह मेरी मां के बारे में चिंतित थी और हालचाल के बारे में पूछा करती थी।"

इस बारे में कोई शंका है कि मिसेज रोजडेल इस बैंक की सेवा लेगी या नहीं?

चाल्र्स आर. वाल्टर्स, जो न्यूयॉर्क के एक बड़े बैंक में काम करते थे, को एक कॉर्पोरेशन के बारे में गुप्त रिपोर्ट तैयार करने का काम दिया गया था। वे सिर्फ एक इंसान को जानते थे जिसे जरूरी तथ्य मालूम थे। जब मिस्टर वाल्टर्स को प्रेसिडेंट के ऑफिस में ले जाया गया, तो एक युवा महिला ने दरवाजे से झांककर प्रेसिडेंट को बताया कि उसके पास उस दिन के लिए स्टैम्प नहीं थे।

"मैं अपने बारह साल के बच्चे के लिए स्टैम्प जमा कर रहा हूं। प्रेसिडेंट ने मिस्टर वाल्टर्स को बताया।"

मिस्टर वाल्टर्स ने अपने आने का प्रयोजन बताया और वे सवाल पूछने लगे। प्रेसिडेंट

इधर-उधर की बातें करते रहे। वे बात नहीं करना चाहते थे और कोई भी चीज उनका मुंह खुलवाने में सफल नहीं हो रही थी। इंटरव्यू छोटा और बिना काम का रहा।

"सच में, मुझे नहीं पता था कि क्या करूं," मिस्टर वाल्टर्स ने यह कहानी बताते समय कहा- तब मुझे याद आया कि उनके सेक्रेटरी ने उनसे क्या कहा था- स्टैम्प, बारह साल का बच्चा...और तभी मुझे याद आया कि हमारे बैंक का विदेशी विभाग स्टैम्प जमा करता था। हर देश से आने वाले पत्रों का स्टैम्प।

"अगले दिन दोपहर में मैंने इस आदमी को फोन पर कहा कि मेरे पास उस बच्चे के लिए स्टैम्प हैं। क्या मुझे उत्साह से अंदर ले जाया गया?"

जी हां। उसने मुझसे इतनी गरमजोशी से हाथ मिलाया जैसे वह कांग्रेस के लिए चुनाव लड़ रहा हो। उसके चेहरे पर मुस्कान और भलमनसाहत थी। मेरे जॉर्ज को यह पसंद आएगा, वह स्टैम्प को देखते हुए कहने लगा। "इसे देखिए। यह तो खजाना है।"

"हमने आधा घंटा स्टैम्प के बारे में बात करते और उस बच्चे की तस्वीर देखते हुए बिताया और उसके बाद उसने एक घंटे मेरे काम की सारी जानकारी दी, वह भी बिना मांगे। उसने अपनी सारी जानकारी दी, फिर अपने जूनियर कर्मचारियों को बुलाकर उनसे भी पूछा। उसने अपने एक सहयोगी को फोन किया। उसने मेरी झोली तथ्यों, आंकड़ों, रिपोर्ट और पत्राचार से भर दिया। अखबार के रिपोर्टरों के हिसाब से मैंने झण्डा गाड़ दिया।"

एक और कहानी सुनिए -

"सी.एम. नाफ्ले, फिलाडेल्फिया के वर्षों तक एक बड़े चेन-स्टोर संगठन को

ईंधन बेचने की कोशिश की थी, लेकिन वह चेन-स्टोर कंपनी अपना ईंधन शहर के बाहर के एक डीलर से खरीदती रही, जो नाफ्ले के ऑफिस को अनदेखा करती रही। मेरी क्लास में एक रात मिस्टर नाफ्ले ने भाषण देते समय चेन-स्टोरों पर गुस्सा निकाला और बताया कि वे कैसे देश के लिए भार हैं, पर वे यह नहीं जान पाए कि वे उन्हें ईंधन क्यों नहीं

बेच पा रहे थे कि जो मैंने उन्हें दूसरी तरकीब आजमाने की सलाह दी। संक्षेप में बताता हूं कि क्या हुआ? हमने कोर्स के सदस्यों में वाद-विवाद कराया कि चेन-स्टोर से देश को लाभ हो रहा था या नुकसान।

नाफ्ले ने मेरी सलाह के अनुसार, विरोधी पक्ष लिया और उन्होंने चेन-स्टोर की वकालत करने का फैसला किया और उसके बाद वे उस चेन-स्टोर संगठन के एक एग्जीक्यूटिव के पास गए और बोले- "मैं यहां ईंधन बेचने नहीं आया हूं। मैं आपसे एक सहायता मांगने आया हूं।" फिर उन्होंने उस वाद-विवाद के बारे में बताया और कहा- "मैं आपके पास मदद के लिए आया हूं, क्योंकि मेरी नजर में और कोई भी इंसान उन तथ्यों को नहीं दे सकता है, जो मैं खोज रहा हूं। मुझे यह वाद-विवाद जीतना है और मुझे अच्छा लगेगा, अगर आप मदद कर सकें।"

यहां मिस्टर नाफ्ले के शब्दों में पूरी कहानी है -

> मैंने इस इंसान से सिर्फ एक मिनट का समय मांगा था। इसी बात पर उसने मुझसे मिलना स्वीकार किया था। अपना केस बताने के बाद उसने मुझे एक कुर्सी पर बिठाया और ठीक एक घंटे सैंतालीस मिनट तक बात करता रहा। उसने एक दूसरे एग्जीक्यूटिव को बुलाया जिसने चैन-स्टोर पर एक किताब लिखी थी। इसने नेशनल चैन-स्टोर एसोसिएशन को लिखा और मेरे लिए इस विषय पर वाद-विवाद की एक कॉपी सुनिश्चित कराई। उसका मानना है कि चैन-स्टोर मानवता की सेवा कर रहे हैं। उसे इस बात पर गर्व है कि वह सैकड़ों समुदायों के लिए काम कर रहा है। बोलते समय उसकी आंखें चमक रही थीं और मैं बताना चाहता हूं कि उसकी बातों से मेरी आंखें काफी खुल गईं। उसने मेरा पूरा नजरिया बदल दिया। मेरे निकलते समय वह मुझे दरवाजे तक छोड़ने आया। उसने मेरे कंधे पर हाथ रखा और वाद-विवाद के लिए उसने मुझे शुभकामनाएं दी और मुझे दुबारा आकर बताने को कहा कि वाद-विवाद में क्या हुआ। उसके अंतिम शब्द थे-"मुझसे बसंत में फिर से मिलने आइए। मैं ईंधन के लिए ऑर्डर देना चाहूंगा।"
>
> मेरे लिए तो वह एक चमत्कार था। वह बिना कहे मुझसे ईंधन खरीदने की बातें कर रहा था। मैंने दो घंटे के लिए उसमें सच्ची दिलचस्पी दिखाकर वह पा लिया, जो मैं दस साल तक उसे अपने प्रॉडक्ट में दिलचस्पी पैदा करने की कोशिश के बाद भी नहीं पा सका था।

मिस्टर नाफ्ले, आपने कोई नया सत्य नहीं खोजा। क्राइस्ट के जन्म के सौ साल पहले जन्मे एक प्रसिद्ध रोमन कवि पब्लिलियस सायरस ने कहा था- "हम दूसरों में रुचि दिखाते हैं, जब वह हम में रुचि दिखाते हैं।"

मानवीय संबंधों के अन्य सिद्धांतों की तरह दिखाई गई दिलचस्पी सच्ची होनी चाहिए। इसका फायदा सिर्फ दिखाने वाले इंसान को नहीं, बल्कि दिलचस्पी पाने वाले इंसान को भी होना चाहिए। यह दो दिशाओं वाली सड़क है, जिससे दोनों पार्टियों को लाभ होता है।

मार्टिन गिन्सबर्ग, जिन्होंने हमारा कोर्स लॉन्ग आइलैंड न्यूयॉर्क में किया था, ने बताया कि एक नर्स में सच्ची दिलचस्पी दिखाने से उनकी जिंदगी पर क्या प्रभाव पड़ा-

"यह थैंक्सगिविंग का दिन था। तब मेरी आयु दस साल रही होगी। मैं एक सिटी हॉस्पिटल के वेलफेयर वार्ड में था। अगले दिन मुझे एक बड़े ऑपरेशन से होकर गुजरना था। मुझे पता था कि मैं महीनों तक बिस्तर पर कमजोरी और दर्द में पड़ा रहूंगा। मेरे पिता मर चुके थे। मेरी मां और मैं एक छोटे फ्लैट में रहते थे और हम वेलफेयर पर थे। उस दिन मेरी मां मुझसे मिलने नहीं आ सकीं।

'जैसे दिन गुजरता गया, मैं अकेलेपन, दुख और डर से भर गया। मुझे पता था कि मेरी मां अकेले घर पर मेरे बारे में चिंता कर रही होंगी। उनके साथ कोई नहीं होगा, उनके साथ कोई खाना खाने वाला भी नहीं होगा और उनके पास थैंक्सगिविंग डिनर के लिए पैसे भी नहीं होंगे।"

"मेरी आंखों में आंसू भर गए और मैंने तकिये में अपना सर छुपा लिया। मैं चुपचाप रोता रहा और इतनी बुरी तरह से रोया कि मेरा शरीर दर्द से भर गया।"

"एक युवा नर्स ने मेरा रोना सुन लिया और वह मेरे पास आई। उसने तकिया हटाया और वह मेरे आंसू पोंछने लगी। उसने बताया कि वह कितना अकेला महसूस कर रही थी और इस दिन काम के कारण अपने परिवार के साथ वक्त नहीं बिता पा रही थी। उसने मुझसे पूछा कि क्या मैं उसके साथ डिनर करना चाहूंगा? वह भोजन से भरी दो ट्रे लेकर आई- चिकन की डिश, चटपटे उबले आलू, टोमेटो सौस और आइसक्रीम। उसने मुझसे बात की और मेरे डर को शांत करने की कोशिश की। हालांकि उसे चार बजे शाम को निकलना था, पर वह मेरे साथ ग्यारह बजे रात तक रुकी रही। उसने मेरे साथ गेम खेले, मुझसे बातें कीं और वह मेरे साथ तब तक रही, जब तक मैं सो नहीं गया।"

"उस समय से अब तक कितने ही थैंक्सगिविंग आए और गए, पर हर बार मुझे वही पुराना दिन याद आता है, जब मैं हताशा, डर और अकेलेपन से भरा था और कैसे उस अजनबी ने अपने प्यार और स्नेह से मुझमें सहनशक्ति दी।"

अगर आप चाहते हैं कि दूसरे आपको पसंद करें और आप असली दोस्ती बनाना चाहते हैं, अगर आप दूसरों की मदद के साथ-साथ अपनी मदद भी करना चाहते हैं, तो यह

सिद्धांत याद रखिए-

सिद्धांत-1

लोगों से दिलचस्पी के साथ जुड़िये

2

पलभर में प्रभावित करने का तरीका

न्यूयॉर्क की एक डिनर पार्टी में एक मेहमान, एक स्त्री जिसे विरासत में ढेर सारी संपत्ति मिली थी- सभी लोगों पर एक अच्छा इंप्रेशन बनाने के लिए उत्सुक थी। उसने हीरे, मोतियों और आभूषणों पर ढेर सारे पैसे खर्च किए थे, पर उसने अपने चेहरे के लिए कुछ नहीं किया था। उससे कड़वापन और स्वार्थ झलकता था। उसे वह बात पता नहीं थी, जो सभी जानते हैं। चेहरे पर आने वाला भाव शरीर के कपड़ों से ज्यादा महत्त्व रखता है।

एक बार चार्ल्स श्वाब ने बताया था कि उनकी मुस्कान की कीमत एक मिलियन डॉलर है और वे शायद सच समझते थे, क्योंकि श्वाब का व्यक्तित्व, उनका आकर्षक लहजा और लोगों को पसंद आने की उनकी क्षमता ही उनकी असाधारण सफलता का रहस्य थे और उनके व्यक्तित्व का सबसे अनोखा पहलू था उनकी मुस्कान।

दुनिया में किए गए काम शब्दों से ज्यादा ऊंचा बोलते हैं और एक मुस्कान कहती है- "मैं तुम्हें पसंद करती हूं। तुम मुझे खुशी देते हो। तुम्हें देखकर अच्छा लगा।"

इसीलिए कुत्ते सबको प्यारे होते हैं। वे हमें देखकर इतने खुश होते हैं कि उछल पड़ते हैं। इसीलिए, हमें उन्हें देखकर खुशी होती है।

एक बच्चे की मुस्कान का यही प्रभाव होता है।

आप कभी किसी डॉक्टर के वेटिंग रूम में बैठे हैं और क्या आपने वहां परेशानी से भरे चेहरों को देखा है, जो अपनी बारी के इंतजार में हैं? रेटाउन, मिसूरी के एक पशु चिकित्सक, डॉक्टर स्टीफन के स्प्रॉल ने मुझे बसंत के एक दिन के बारे में बताया, जब उनका वेटिंग रूम वैसे लोगों से भरा था, जो अपने पालतू पशुओं को टीका लगवाने आए हुए थे। कोई किसी से बात नहीं कर रहा था और सभी उन कामों के बारे में सोच रहे थे, जो वे करते अगर उन्हें यहां अपना "वक्त बर्बाद" करना नहीं पड़ता। उन्होंने हमारी क्लास में बताया- "तकरीबन छः या सात लोग इंतजार कर रहे थे, जब एक युवा स्त्री नौ महीने के बच्चे और एक बिल्ली के बच्चे को लेकर आई।"

किस्मत की बात थी कि वह एक ऐसे सज्जन के पास बैठी, जो इंतजार करते-करते काफी थके हुए लग रहे थे। तभी उस बच्चे ने उनके चेहरे पर एक गहरी मुस्कान से देखा जैसी मुस्कान बच्चों के चेहरे पर पाई जाती है। उस सज्जन ने क्या किया? वही जो हम या आप करेंगे, वापस मुस्कराए। तुरंत उन्होंने उस स्त्री से उसके बच्चे और अपने पोते-पोतियों

के बारे में बात शुरू कर दी और तुरंत पूरा स्वागत कक्ष इस बातचीत में शामिल हो गया। कमरे का सारा तनाव और बोरियत एक मजेदार अनुभव में बदल गए।

पर यहां यह याद रखने वाली बात है कि मुस्कान झूठी नहीं होना चाहिये? इससे कोई मूर्ख नहीं बनता। हमें पता है कि यह बनावटी है और हम इसे पसंद नहीं करते। मैं असली मुस्कान के बारे में बात कर रहा हूं, दिल से निकली मुस्कान, जो अंदर से आती है और वह मुस्कान जिसकी बाजार में अच्छी कीमत है।

यूनिवर्सिटी ऑफ मिशिगन के मनोवैज्ञानिक, प्रोफेसर जेम्स वी. मैकॉनल ने मुस्कान के बारे में अपने विचार रखे - "जो लोग मुसकराते हैं," उन्होंने कहा- "वे चीजों को बेहतर ढंग से प्रबंधित करते हैं, पढ़ाते हैं, बेचते हैं और ज्यादा खुश बच्चों का पालन-पोषण करते हैं। मुस्कान में रुखेपन से ज्यादा सूचना होती है। इसलिए सजा से ज्यादा प्रोत्साहन से सिखाया जा सकता है।

न्यूयॉर्क के एक बड़े डिपार्टमेंटल स्टोर के मैनेजर ने मुझे बताया कि वह रुखे चेहरे वाले फिलोस्फी के डॉक्टर के बजाय मुसकराते चेहरे वाले ग्रेड स्कूल न पास किए हुए सेल्स क्लर्क को नौकरी देना पसंद करेगा। मुस्कान का प्रभाव काफी ज्यादा होता है, तब भी जब यह दिख न रही हो। यूनाइटेड स्टेट्स की टेलीफोन कंपनियां "फोन पावर" नाम का एक प्रोग्राम चलाती हैं, जो वैसे कर्मचारियों के लिए है, जिनका काम टेलीफोन के द्वारा सेवाएं और सामान बेचना है। इस प्रोग्राम में सलाह दी जाती है कि आप फोन पर बात करते समय मुस्कराएं। आपकी "मुस्कान" आपकी आवाज से झलकती है।

सिनसिनाटी, ओहियो की एक कंपनी के कंप्यूटर विभाग के मैनेजर, रॉबर्ट क्रायर ने बताया कि उन्होंने कैसे एक मुश्किल पद के लिए योग्य आदमी पाया-

"मैं बड़ी बेसब्री से अपने विभाग में कंप्यूटर साइंस पीएच.डी. किया हुआ व्यक्ति खोज रहा था। उसी समय मुझे सही योग्यता वाला एक युवक मिला, जो परड्यू यूनिवर्सिटी से ग्रेजुएट होकर निकला था। फोन पर बातें करके पता चला कि उसके पास मुझसे ज्यादा बड़ी और अच्छी कंपनियों से ऑफर थे। मुझे अच्छा लगा, जब उसने हमारा ऑफर स्वीकार कर लिया। जब उसने काम करना शुरू किया, तो मैंने उससे पूछा कि उसने दूसरों के बजाय हमें क्यों चुना। वह एक पल के लिए रुका, फिर उसने कहा - 'मुझे लगता है कि दूसरी कंपनियों के मैनेजर काफी ठंडे और रुखे अंदाज में बात कर रह थे, जो एक बिजनेस सौदे जैसा लग रहा था। आपकी आवाज से लगा कि आप मुझसे बात करके खुश हैं...और आप वाकई चाहते थे कि मैं इस कंपनी का हिस्सा बनूं।"

यूनाइटेड स्टेट्स की एक सबसे बड़ी रबर कंपनी के बोर्ड ऑफ डायरेक्टर्स के चेयरमैन ने मुझे बताया कि उनके अनुभव के अनुसार लोग किसी चीज में तभी सफल होते हैं, जब उस काम को करके खुश होते हैं। इंडस्ट्री के इस दिग्गज का इस पुरानी कहावत में बिलकुल विश्वास नहीं है कि कड़ी मेहनत वह जादुई चाबी है, जिससे सफलता के सारे दरवाजे खुल जाते हैं। "मैं ऐसे लोगों को जानता हूं," उन्होंने कहा- "जो सफल हुए, क्योंकि वे बिजनेस करते समय काफी आनंदित थे। मैंने लोगों को बदलते देखा, जब वह आनंद

काम में बदल गया, फिर बिजनेस बेकार हो गया। उन्हें उसमें मजा आना बंद हो गया और वे असफल हो गए।"

अगर चाहते हैं कि लोग आपसे मिलते समय खुश हों, तो आपको लोगों से मिलते समय खुश होना चाहिए।

मैंने हजारों बिजनेस के लोगों को कहा है कि वे एक हफ्ते तक हर घंटे किसी को देखकर मुस्कराएं और क्लास में आकर अपने परिणामों को बताएं। इससे क्या नतीजा निकला? यहां देखते हैं...यह एक न्यूयॉर्क स्टॉक ब्रोकर विलियम बी. स्टीनहार्ड की चिट्ठी है। उनका मामला अकेला नहीं है। असल में यह सैकड़ों अन्य मामलों जैसा है।

मुझे शादी किए अट्ठारह साल बीत चुके हैं, मिस्टर स्टीनहार्ड ने लिखा- और इस दौरान मैं शायद ही कभी सुबह उठने और ऑफिस जाने तक के दौरान अपनी पत्नी को देख मुस्कराया और उससे दो दर्जन शब्द कहे। मैं ब्रॉडवे से गुजरने वाले सबसे खडूस लोगों में से एक था।

जब आपने मुझे मुस्कराहट के साथ हुए अनुभवों के बारे में बताया, तो मैंने सोचा एक हफ्ते के लिए कोशिश करूं। इसलिए अगली सुबह, बाल झाड़ते समय, मैंने दर्पण में देखकर खुद को कहा - बिल, तुम अपने चेहरे से यह भद्दा रुखापन हटाओ। तुम मुस्कराने जा रहे हो और ऐसा तुम अभी करोगे। 'नाश्ता करते समय मैंने अपनी पत्नी को 'गुड मॉर्निंग डियर' कहा और कहते समय मुस्कराया।

"आपने मुझे चेताया था कि वह आश्चर्य करेगी। आपने उसकी प्रतिक्रिया का सही अनुमान नहीं लगाया था। वह भौंचक रह गई। वह चकरा गई। मैंने उससे कहा कि वह आगे भी मेरे बर्ताव में ऐसे परिवर्तन देखेगी और मैंने अपना वादा हर सुबह निभाया।"

मेरे बर्ताव में आया यह परिवर्तन पिछले पूरे साल से ज्यादा बीते दो महीनों में आया।

ऑफिस जाते समय मैं अपने अपार्टमेंट हाउस में एलिवेटर ऑपरेटर को मुस्कान के साथ 'गुड मॉर्निंग' बोलता हूं, द्वारपाल को देखकर मुस्कराता हूं। मैं सबवे बूथ पर कैशियर से खुदरा मांगते समय मुस्कराता हूं। जब मैं स्टॉक एक्स्चेंज में खड़ा होता हूं तो उन लोगों को देख मुस्कराता हूं, जिन्होंने आज तक मेरी मुस्कान कभी नहीं देखी।"

"मैंने ध्यान दिया कि सारे लोग मुझे देख मुस्कराने लगे। जो भी लोग शिकायत और दिक्कतें लेकर आते हैं, मैं उनसे मुस्कराकर बातें करता हूं। मैं उनकी बातें सुनते समय मुस्कराता हूं और पाता हूं कि समस्याएं जल्दी सुलझ जाती हैं। मैंने देखा है कि मेरी मुस्कान से डॉलर आ रहे हैं, हर दिन ढेर सारे डॉलर आ रहे हैं।"

"मैं एक दूसरे ब्रोकर से ऑफिस शेयर करता हूं। उसका एक क्लर्क एक खुशनुमा आदमी है और मैं अपने परिणामों से इतना खुश था कि मैंने उसे मानवीय संबंधों की नई फिलॉस्फी के बारे में बताया। उसने स्वीकार किया कि जब वह पहली बार ऑफिस आया तो उसे मैं काफी खूसट लगा था, पर हाल में उसने अपने विचार बदल लिए। उसने कहा कि मुस्कराते समय मैं काफी मानवीय दिखता हूं।

"मैंने अपने सिस्टम से आलोचना को हटा दिया है। अब निंदा के बजाय मैं तारीफ करता हूं। मैंने इस बारे में बात करना बंद कर दिया है कि मैं क्या चाहता हूं। मैं अब दूसरे इंसान का नजरिया देखना चाहता हूं और इन चीजों ने मेरी जिंदगी में क्रांति ला दी है। मैं एक बदला हुआ इंसान हूं, जो ज्यादा खुश है, अमीर है, दोस्ती और खुशी से ज्यादा समृद्ध है, वे चीजें जो वास्तव में मायने रखती हैं।"

आपका मुस्कराने का दिल नहीं करता तो क्या करें? दो चीजें- पहली, जबरदस्ती मुस्कराएं। अकेले में सीटी बजाने की, गुनगुनाने की या गाने की कोशिश करें। ऐसा अभिनय करें जैसे कि आप वास्तव में खुश हैं और आप खुश होने लगेंगे। सुनिए, मनोवैज्ञानिक और दार्शनिक विलियम जेम्स क्या कहते हैं -

"भावना से अपने आप एक्शन आता है, लेकिन वास्तव में एक्शन और भावना साथ-साथ रहते हैं और एक्शन को बदलकर, जो आपके ज्यादा नियंत्रण में है। आप अपनी भावना को बदल सकते हैं, जो आपके नियंत्रण में नहीं है। इसलिए अगर खुशी चली जाए तो खुश होने का शक्तिशाली रास्ता है खुशी से बैठना और ऐसे बोलना मानो खुशी आपके पास पहले से है...।

इस दुनिया में हर आदमी खुशी खोज रहा है और इसे पाने का एक ही तरीका है - अपनी विचारों को नियंत्रित करना। खुशी बाहरी परिस्थितियों पर निर्भर नहीं करती। यह आंतरिक परिस्थितियों पर निर्भर करती है।

आपके पास क्या है या आप कौन हैं या आप कहां हैं या आप क्या कर रहे हैं? ये चीजें आपको खुश या दुखी नहीं बनातीं। फर्क इससे पड़ता है कि आप क्या सोच रहे हैं? उदाहरण के तौर पर - दो लोग एक ही जगह में हो सकते हैं, एक ही काम कर रहे हैं। दोनों के पास बराबर पैसे और प्रतिष्ठा हैं, फिर भी हो सकता है कि उनमें से एक दुखी हो एक खुश हो। क्यों? अलग-अलग सोच के कारण। मैंने गर्मी से सुलगते खेतों में पुराने जमाने के औजारों से काम करते गरीब किसानों को उतना ही खुश देखा है, जितना न्यूयॉर्क, शिकागो या लॉस एंजेल्स के एयर कंडीशंड ऑफिस में लोगों को। "दुनिया में कुछ भी अच्छा या बुरा नहीं है" शेक्सपियर ने कहा - "हमारे विचार उन्हें ऐसा बनाते हैं।"

अब्राहम लिंकन ने एक बार कहा था - "अधिकतर लोग उतने ही खुश होते हैं जितना खुश होना चाहते हैं।" वे सही थे। न्यूयॉर्क के लॉन्ग आइलैंड रेलरोड स्टेशन की सीढ़ियों पर चढ़ते समय मुझे इस सच का जीता-जागता उदाहरण मिला। मेरे सामने तीस या चालीस दिव्यांग बच्चे डंडे और बैसाखियों के सहारे ऊपर चढ़ने की कोशिश कर रहे थे। एक लड़के को उठाकर ऊपर ले जाना पड़ा। मैं उनकी खुशी देख कर चकित था। मैंने लड़कों के एक अभिभावक से इस बारे में बात की। उसने बताया, "ओह हां!

जब एक बच्चे को पता चलता है कि वह जिंदगी भर अपंग रहेगा, तो पहले उसे झटका लगता है, फिर जब वह इस झटके से उबरता है, तो किस्मत के आगे समर्पित हो जाता है और फिर सामान्य बच्चों की तरह खुश हो जाता है।"

मेरा दिल किया कि उन बच्चों को झुककर सलाम करूं। उन्होंने मुझे वह पाठ पढ़ाया, जो शायद मैं कभी नहीं भूलूंगा।

दिन-रात एक छोटे रूम में काम करते-करते न सिर्फ अकेलापन महसूस होता है, बल्कि कंपनी के अन्य लोगों से दोस्ती करने का अवसर भी नहीं मिलता। मैक्सिको की सीनोरा मारिया गॉनजालेज का ऐसा ही काम था। वह कंपनी के बाकी लोगों की हंसी सुनकर मन-मसोसकर रह जाती थी। जब नौकरी के शुरुआती दिनों में वह हाल से गुजरती, तो झिझक से अपनी आंखें झुका लेती थी।

कुछ हफ्तों बाद उसने खुद से कहा - “मारिया, तुम इन औरतों से उम्मीद नहीं कर सकती कि वह तुम्हारे पास आएं। तुम्हें जाकर उनसे मिलना होगा।” अगली बार जब वह वाटर कूलर के पास गई, तो उसने चेहरे पर चमकती मुस्कान डाली और मिलने वाले हर इंसान से कहा - “हाय, कैसे हैं आप?” इसका तुरंत प्रभाव पड़ा। बदले में मुस्कान और हैलो मिलने शुरु हो गए, वातावरण ज्यादा खुशनुमा हो गया, जॉब ज्यादा दोस्ताना लगने लगी। जान-पहचान बढ़ी और उनमें से कुछ दोस्तियों में बदल गईं। उसका काम और जिंदगी ज्यादा खुशियों से भर गए।

निबंधकार-लेखक और प्रकाशक अल्बर्ट हबार्ड की यह सलाह मानें, पर याद रहे कि यह तभी काम करेगी, जब आप इसे वास्तव में आजमाएंगे दरवाजे से बाहर निकलते समय सिर उठाएं, चेहरा ऊंचा करें और सीने में हवा भर लें। सूरज की रोशनी लें, दोस्तों का मुस्कराकर अभिवादन करें और हाथ मिलाते समय पूरे उत्साही लगें। गलत समझे जाने से न डरें और अपने दुश्मनों के बारे में कभी बात न करें।

अपने दिमाग में बैठा लें कि क्या करना चाहते हैं और तब, बिना दिशा खोए, अपने लक्ष्य की ओर निकल पड़ें। अपनी सोच उन बड़ी चीजों पर रखें, जो आप करना चाहते हैं और फिर जैसे-जैसे दिन गुजरेंगे, आप अपने-आप वैसे अवसर पाने लगेंगे, जो आपकी इच्छाओं को पूरा करेंगे, ठीक उसी तरह जैसे मूंगे का जीव समुद्र की लहरों से अपने काम की चीज खोज लेता है। अपने दिमाग में सबसे ज्यादा सक्षम, सच्चे और उपयोगी इंसान की तस्वीर बनाएं और आपके मन का यह विचार आपको उस इंसान में बदल देगा। विचार सबसे बड़ी चीज है। हमेशा सही सोच रखें - साहस, आत्मविश्वास और खुशी से भरी सोच। सही सोच से सही रचना निकलती है।

सारी चीजें इच्छा से आती हैं और हर सही प्रार्थना पूरी होती है। दिल में रखी चीजों के अनुसार हम बन जाते हैं। सिर उठाएं और गर्दन ऊंची रखें। हम देवता बनने की प्रक्रिया में हैं।

प्राचीन चीन के लोग बुद्धिमान थे, दुनियादारी में बुद्धिमान थे। उनकी एक कहावत थी, जो हमें लिखकर हर दिन देखने वाली जगह पर चिपका लेनी चाहिए। यह कुछ इस तरह से है कि - “जिसके चेहरे पर मुस्कान न हो, उसे दुकान नहीं खोलनी चाहिए।”

आपकी मुस्कान आपके भले दिल का संदेश लाती है। आपकी मुस्कान इसे देखने वालों की जिंदगी में चमक लाती है। जिस इंसान ने दर्जन रुखे चेहरे देखे हों, उसके लिए

आपकी मुस्कान बादलों के बीच सूर्य जैसी है। खासकर जब वह बॉस, ग्राहकों, शिक्षकों, माता-पिता या बच्चों के दबाव में हो। एक मुस्कान उसके मन में आशा भर सकती है और उसे बता सकती है कि धरती पर सुख है।

कुछ साल पहले, न्यूयॉर्क सिटी के एक डिपार्टमेंटल स्टोर में जब क्रिसमस के कारण सेल्स क्लर्क काफी प्रेशर से गुजर रहे थे, तब इस स्टोर ने अपने विज्ञापनों के पढ़ने वालों के लिए यह प्यारी-सी फिलॉस्फी छपवाई -

क्रिसमस पर मुस्कान कीमती है

सचमुच यह बहुत कुछ देती है और बदले में आपसे कुछ नहीं लेती है।

यह लेने वालों को अमीर करती है और देने वालों को गरीब नहीं करती। यह एक पल में घटती है और इसकी याद कभी-कभी जिंदगी भर रहती है। कोई इतना अमीर नहीं कि इसके बिना उसका काम चल जाए और कोई इतना गरीब नहीं कि इसके फायदों से थोड़ा अमीर न हो जाए।

यह घरों में खुशियां लाती है, बिजनेस में अच्छी नीयत लाती है और दोस्ती की निशानी है।

यह थके हुए के लिए आराम है, हतोत्साहित के लिए रोशनी है, उदास के लिए सूरज की किरण है और संकट में प्रकृति की सबसे बड़ी दवा है।

इसे फिर भी खरीदा नहीं जा सकता है, न मांगा जा सकता है, न उधार में दिया जा सकता है और न चुराया जा सकता है और यह तब तक काम नहीं आती, जब तक किसी को दी न जाए।

अगर क्रिसमस की भीड़ में कोई सेल्सपर्सन आपको अपनी मुस्कान न दे पाए, तो क्या आप अपनी मुस्कान वहां छोड़ सकते हैं? आखिर में मुस्कान की सबसे ज्यादा जरूरत उसे होती है, जिसके पास यह देने के लिए नहीं होती।

सिद्धांत-2

मुस्कराएं

3

यह नहीं करने के कारण आप मुश्किल में हैं

सन् 1898 में न्यूयॉर्क के रॉकलैंड काउंटी में एक दुखद घटना घटी। एक बच्चे की मृत्यु हो गई थी और उस दिन उसके पड़ोसी अंतिम संस्कार में जाने की तैयारी कर रहे थे। जिम फार्ले बाड़े में गया और घोड़े को तैयार करने लगा। पूरी धरती बर्फ से ढकी थी, हवा ठंडी और कंपकंपाने वाली थी। घोड़े ने कई दिनों से कसरत नहीं की थी और उसे पानी की धारा से गुजरना था, वह पानी से खेलने लगा। उसने हवा में दोनों पैर उछाले और जिम फार्ले को मार डाला। स्टोनी पॉइंट के उस छोटे गांव में उस दिन दो अंतिम संस्कार हुए।

जिम फार्ले अपने पीछे एक विधवा और तीन बच्चे और इंश्योरेंस में कुछ सौ डॉलर छोड़ गया। उसका सबसे बड़ा लड़का, जिम दस साल का था और वह ईंट की भट्टी में काम करने गया। वह बालू को गीला करके सांचे में ढालने लगा और उसे धूप में सूखने के लिए छोड़ने लगा। इस बच्चे जिम के पास कोई शिक्षा नहीं थी, पर अपनी सहज जिंदादिली के कारण, वह लोगों का दिल जीत लेता था, इसलिए वह राजनीति में चला गया और जैसे वक्त गुजरता गया, उसने लोगों के नाम याद करने की विलक्षण क्षमता हासिल कर ली।

उसने कभी हाईस्कूल को अंदर से नहीं देखा, लेकिन छियालीस साल का होने से पहले उसे चार कॉलेजों ने डिग्री से सम्मानित किया और वह डेमोक्रेटिक नेशनल कमेटी एंड पोस्टमास्टर जनरल ऑफ द यूनाइटेड स्टेट्स का चेयरमैन बन गया।

मैंने एक बार जिम फार्ले का इंटरव्यू लिया और उनसे उनकी सफलता का राज पूछा। उन्होंने कहा - "कड़ी मेहनत" और मैंने कहा- "आप मजाक मत कीजिए।"

तब उन्होंने मुझसे पूछा कि मेरे हिसाब से उनकी सफलता का राज क्या है। मैंने कहा- "मुझे लगता है आप दस हजार लोगों को उनके नाम से पुकार सकते हैं।"

"नहीं, आप गलत हैं," उन्होंने कहा - "मैं पचास हजार लोगों को उनके नाम से बुला सकता हूं।"

इस बारे में कोई गलती मत कीजिए। अपनी इसी काबिलियत के कारण मिस्टर फार्ले ने फ्रैंकलिन डी. रुजवेल्ट को व्हाइट हाउस पहुंचने में मदद की, जब वे सन् 1932 में रुजवेल्ट की कैम्पेन कर रहे थे।

जब जिम फार्ले जिप्सम कंसर्न के लिए सेल्समैन का काम कर रह थे और जब वे स्टोनी पॉइंट में टाउन क्लर्क का काम कर रहे थे, तब उन्होंने नाम याद करने का एक सिस्टम विकसित किया।

शुरुआत में, यह बहुत सरल था। जब भी वे किसी नए इंसान से मिलते, उसका पूरा नाम और उसके परिवार, बिजनेस और राजनीतिक विचारधारा के बारे में कुछ सूचनाएं एकत्र करते थे। वे उन सारे तथ्यों को दिमाग में तस्वीर की तरह बैठा लेते और जब भी दुबारा उस इंसान से मिलते, भले ही कई साल बीत चुके हों, वे उससे हाथ मिलाते, उसके परिवार के बारे में पूछते और उसके घर के गार्डन के बारे में सवाल पूछते। कोई आश्चर्य नहीं कि उनके चाहने वालों की संख्या बढ़ती गई।

रुजवेल्ट के प्रेसिडेंट कैम्पेन शुरु होने के महीनों पहले जिम फार्ले ने रोज पश्चिमी और उत्तर-पश्चिमी प्रदेश के लोगों को हजारों चिट्ठियां लिखीं, फिर वे ट्रेन में चढ़े और उन्नीस दिन में उन्होंने बीस राज्य और बारह हजार मीलों का सफर बग्गी, ट्रेन, ऑटोमोबाइल और नाव से तय किया। वे शहर में जाते, लोगों से लंच और ब्रेकफास्ट पर मिलते और उनसे आत्मीयता भारी बातें करते, फिर वे अपनी यात्रा आगे बढ़ाते।

जैसे ही वे पूर्व से वापस आए, उन्होंने शहर के एक आदमी को पत्र लिखा और उन सारे मेहमानों की लिस्ट मांगी जिनसे वे मिले थे। फाइनल लिस्ट में हजारों लोगों के नाम थे, फिर भी हर इंसान को जेम्स फार्ले से निजी पत्र मिलने का सौभाग्य मिला। यह पत्र "डियर बिल' या 'डियर जेन' से शुरु होते और हमेशा इनके नीचे 'जिम' के हस्ताक्षर होते।

जिम फार्ले ने जिंदगी की शुरुआत में ही जान लिया था कि एक सामान्य इंसान पूरी दुनिया के सभी लोगों के नामों से ज्यादा अपने नाम में रुचि रखता है। आप उस नाम को याद रखकर और उससे उसे बुलाकर उस इंसान को बड़ी बारीकी से इज्जत दे सकते हैं और अगर आप इसे भूल गए या आपने इसे गलत बोला, तो आपने अपने आपको परेशानी में डाल लिया।

उदाहरण के तौर पर, मैंने एक बार पेरिस में एक पब्लिक स्पीकिंग कोर्स आयोजित किया और उस शहर में रहने वाले सभी अमेरिकनों को पत्र लिखे। फ्रेंच टाइपिस्टों ने अंग्रेजी की अधूरी जानकारी के कारण नामों को गलत लिख दिया। पेरिस के एक बड़े अमेरिकन बैंक के मैनेजर ने मुझे निंदा करते हुए पत्र लिखा, क्योंकि उसका नाम गलत लिखा हुआ था।

कभी-कभी किसी नाम को याद करना मुश्किल होता है, खासकर जब इसका उच्चारण करना मुश्किल हो। कई लोग इसे सीखने की जहमत उठाने के बजाय इसे अनदेखा करते हैं या फिर कोई आसान सा नाम दे देते हैं। सिड लेवी ने एक ग्राहक को कॉल किया जिसका नाम निकोडेमस पैपेडुलॉस था। अधिकतर लोग उसे सिर्फ 'निक' कहकर बुलाते थे। लेवी ने हमें बताया - "मैंने उसे कॉल करने से पहले उसका नाम कई बार बोलने का अभ्यास किया। जब मैंने उसे उसके पूरे नाम से बुलाया- 'गुड आफ्टरनून, मिस्टर निकोडेमस पैपेडुलॉस' तो वह चैंक गया। कई मिनटों तक उससे कोई जवाब नहीं

आया। आखिरकार, उसने आंसू भरे आंखों से कहा- 'मिस्टर लेवी, पिछले पंद्रह साल से मैं इस देश में हूं, पर कभी किसी ने मुझे मेरे पूरे नाम से बुलाने की जहमत नहीं उठाई।'

आखिर एंड्रयू कारनेगी की सफलता का क्या राज था? उन्हें स्टील किंग कहा जाता था, लेकिन वे खुद स्टील के निर्माण के बारे में ज्यादा नहीं जानते थे। उनके नीचे सैकड़ों लोग काम करते थे, जो स्टील के बारे में ज्यादा जानते थे।

उन्हें लोगों के साथ बर्ताव करने का तरीका मालूम था और इसी बात ने उन्हें अमीर बनाया था। जीवन की शुरुआत में, उन्होंने संगठन बनाने की प्रतिभा और नेतृत्व क्षमता में हुनर दिखाया। जब तक वे दस साल के हुए, तो जान गए थे कि लोग अपने नाम को कितना महत्त्व देते थे। उन्होंने इस जानकारी का इस्तेमाल लोगों का सहयोग जीतने में किया। इसे समझने के लिए देखें, जब वे स्कॉटलैंड में एक छोटे बच्चे थे, उन्हें एक मादा खरगोश मिली।

जल्द ही उनके पास नन्हें खरगोशों की भीड़ हो गई, लेकिन उनके पास खिलाने के लिए कुछ नहीं था, पर उनके पास एक ब्रिलियंट आइडिया था। उन्होंने पड़ोस के बच्चों को कहा कि अगर वे खरगोशों को खिलाने के लिए घास और पत्ते लेकर आएंगे, तो उन खरगोशों का नाम उन बच्चों के सम्मान में रखा जाएगा। इस योजना ने जादू की तरह काम किया और कारनेगी इसे कभी नहीं भूले। सालों बाद, उन्होंने इसी मनोविज्ञान का इस्तेमाल करके लाखों डॉलर कमाए। उदाहरण के तौर पर, वे पेंसिल्वेनिया रेलरोड को स्टील रेल बेचना चाहते थे। उस समय पेंसिल्वेनिया रेलरोड के प्रेसिडेंट जे. एडगर थॉमसन थे। इसलिए एंड्रयू कारनेगी ने पिट्सबर्ग में एक बड़ी स्टील मिल बनवाई और इसका नाम रखा "एडगर थॉमसन स्टील वर्क्स।"

यहां एक पहेली है- देखिए आप इसे सुलझा पाते हैं या नहीं। जब पेंसिल्वेनिया रेलरोड को स्टील रेल की जरूरत होती थी, तो उसे जे. एडगर थॉमसन कहां से खरीदते थे? सियर्स से या रोबक से? नहीं, नहीं। आप गलत हैं, फिर से अनुमान लगाइए।

जब कारनेगी और जॉर्ज पुलमैन रेलरोड स्लीपिंग-कार बिजनेस में प्रभुत्व के लिए एक दूसरे से झगड़ रहे थे, स्टील किंग ने खरगोशों से सीखा अपना पाठ फिर दुहराया।

द सेंट्रल ट्रांसपोर्टेशन कंपनी, जिसे एंड्रयू कारनेगी नियंत्रित करते थे, उस कंपनी से लड़ रही थी, जिसके मालिक पुलमैन थे। दोनों ही एक दूसरे से यूनियन पेसिफिक रोड की स्लीपिंग-कार बिजनेस लेने के लिए झगड़ रहे थे, कीमतें घटा रहे थे और लाभ के लिए एक-दूसरे को नुकसान पहुंचा रहे थे। कारनेगी और पुलमैन यूनियन पेसिफिक के बोर्ड ऑफ डायरेक्टर्स से मिलने न्यूयॉर्क गए। सेंट निकोलस होटल में एक शाम मिलने पर कारनेगी ने कहा, "गुड ईवनिंग, मिस्टर पुलमैन, आपको नहीं लगता, हम खुद को बेवकूफ बना रहे हैं।"

"क्या मतलब?" पुलमैन ने पूछा।

तब कारनेगी ने वह बताया, जो उनके दिमाग में था- दोनों के फायदों का मिलना। उन्होंने एक-दूसरे से लड़ने के बजाय एक दूसरे के साथ काम करने के फायदे बताए।

पुलमैन ने ध्यान से सुना, पर वे पूरी तरह से सहमत नहीं थे। तब उन्होंने पूछा, "आप नई कंपनी का नाम क्या रखेंगे?" तब कारनेगी ने तुरंत जवाब दिया- "पुलमैन पैलेस कार कंपनी, बेशक!"

पुलमैन का चेहरा चमक उठा। "मेरे कमरे में आइए," उन्होंने कहा- "इस बारे में बात करते हैं।" इस बातचीत ने इतिहास बना दिया।

दोस्तों और बिजनेस सहयोगियों के नामों को याद रखना और उनका सम्मान करना एंड्रयू कारनेगी की सफलता के रहस्यों में से एक था। उन्हें इस बात का फख्र था कि वे अपनी फैक्ट्री के कई कर्मचारियों को उनके पहले नाम से बुला सकते थे और वे इस बात को गर्व से बताते थे कि उनकी फैक्ट्री में कभी कोई हड़ताल नहीं हुई।

टेक्सास कॉमर्स बैंकशेयर्स के चेयरमैन, बेंटन लव का मानना है कि जो संगठन जितना बड़ा होता जाता है, वह उतना ही अंदर से ठंडा होता जाता है। "इसमें गर्माहट लाने का एक तरीका है, उन्होंने कहा- "कि हम लोगों के नाम याद रखें। जो एक्जीक्यूटिव मुझे यह बताता है कि वह लोगों के नाम नहीं याद रख सकता, वह मुझे यह बता रहा है कि वह अपने बिजनेस का एक जरूरी हिस्सा नहीं जानता और रेत के टीले पर काम कर रहा है।"

रांचो पैलोस वर्डीस, कैलिफोर्निया के कारेन कर्श, जो टी.डबल्यू.ए. की फ्लाइट अटेंडेंट थीं, ने अपने केबिन के यात्रियों के नाम याद रखने का अभ्यास किया और उनकी सेवा करते समय वे नाम बोल कर पुकारती थीं। इस कारण से उन्हें उनकी सेवा के लिए काफी तारीफें मिलीं, जो उन्हें और उनकी एयरलाइन को दी गई। एक यात्री ने लिखा- "मैंने टी.डबल्यू.ए. से बहुत दिनों से यात्रा नहीं की है, पर मैं अब से सिर्फ टी.डबल्यू.ए. से ही यात्रा करूंगा। आपके कारण मुझे महसूस होता है कि आपकी एयरलाइन काफी आत्मीयता बरतती है, जो मेरे लिए बहुत जरूरी है।"

लोगों को अपने नाम से इतना प्यार होता है कि वे इसे फैलाने में कोई कसर नहीं छोड़ते। पी.टी. बारनम जैसा कड़क आदमी, जो अपने समय का सबसे बड़ा शोमैन था, उन्हें भी इस बात का दुख था कि उनके नाम को आगे ले जाने के लिए उनका कोई बेटा नहीं था, इसलिए उन्होंने अपनी पुत्री के बेटे सी.एच. सीले को पच्चीस हजार डॉलर ऑफर किए ताकि वह अपना नाम 'बारनम' सीले रख ले।

कई शताब्दियों तक सामंत और राजे-महाराजे कलाकार, संगीतज्ञों और लेखकों की आर्थिक सहायता करते थे, ताकि वे अपनी रचनाओं का नाम उन सामंतों और राजाओं के नाम पर रखें।

पुस्तकालय और संग्रहालयों के सबसे समृद्ध संकलन उन लोगों के पैसों से आते हैं जिन्हें यह बात सहन नहीं होती कि उनके नाम आगे चलकर खो जाएंगे। न्यूयॉर्क पब्लिक लाइब्रेरी के पास ऐस्टर और लेनॉक्स कलेक्शन हैं।

मेट्रोपॉलिटन म्यूजियम बेंजामिन आल्टमैन और जे.पी. मॉर्गन के नामों को आगे बढ़ाता है और लगभग सभी चर्च में सजे हुए रंगीन कांचों की खिड़कियां उन नामों को प्रदर्शित

करती हैं जिनके दान से वे बनी हैं। ज्यादातर विश्वविद्यालयों की इमारतें उन दान देने वालों के नाम पर बनी हैं, जिन्होने उनके सम्मान में अपनी पोटली खोल दी।

अधिकतर लोग नाम याद नहीं रखते, क्योंकि वे नामों को अपने दिमाग में बिठाने के लिए जरूरी मेहनत नहीं करते। वे बहाने बनाते हैं कि वे बहुत व्यस्त हैं पर वे शायद फ्रैंकलिन डी. रुजवेल्ट से ज्यादा व्यस्त नहीं होते होंगे, जिन्होंने उन मैकेनिकों के नाम याद रखने में भी मेहनत की जिनके संपर्क में वे आएं।

इसे समझने के लिए देखें- क्राइस्लर ऑर्गनाइजेशन ने मिस्टर रुजवेल्ट के लिए एक विशेष कार बनाई, क्योंकि वे अपने अपंग पैरों के कारण सामान्य कार इस्तेमाल नहीं कर पाते थे। डबल्यू.एफ. चैम्बरलेन और एक मैकेनिक यह कार लेकर व्हाइट हाउस गए। मेरे पास मिस्टर चैम्बरलेन का एक पत्र है, जिसमें वे अपना अनुभव बताते हैं। "मैंने रुजवेल्ट को यह सिखाया कि कार के अलग प्रकार के सिस्टम कैसे इस्तेमाल किये जाए और उन्होंने मुझे सिखाया कि लोगों के साथ कैसे बेहतरीन व्यवहार किया जाए।"

"जब मैंने व्हाइट हाउस फोन किया," मिस्टर चैम्बरलेन लिखते हैं- "प्रेसिडेंट काफी खुशमिजाजी से मिले। उन्होंने मुझे मेरे नाम से पुकारा और मुझे काफी सहज महसूस कराया और मुझे जोर देकर बताया कि वे मेरे द्वारा दिखाई जाने वाली चीजों में बहुत उत्सुक हैं। कार इस तरह से बनाई गई थी कि इसे सिर्फ हाथों से चलाया जा सकता था। उस कार को देखने भीड़-सी लग गई और उन्होंने कहा- "मुझे लगता है यह कमाल की चीज है। आपके सिर्फ बटन छूने से यह चलने लगती है और आप इसे बिना किसी कोशिश के चला सकते हैं। मेरे हिसाब से यह बेहतरीन है। पता नहीं यह कैसे काम करती है? मेरा मन कर रहा है कि इसके पार्ट-पुर्जे को खोलकर देखू कि यह कैसे काम करती है?"

जब रुजवेल्ट के दोस्त और सहकर्मी मशीन की तारीफ कर रहे थे, उन्होंने मेरी उपस्थिति में कहा- 'मिस्टर चैम्बरलेन, आपने जो समय और ऊर्जा इस कार को बनाने में लगाई, उसके लिए मैं आपकी तारीफ करता हूं। यह एक बड़ा मुश्किल काम था। उन्होंने रेडिएटर, स्पेशल रियर-विजन मिरर और क्लॉक, स्पेशल स्पॉटलाइट, ड्राइवर की सीट की बनावट और मोनोग्राम वाले स्पेशल सूटकेस की तारीफ की। दूसरे शब्दों में, उन्होंने हर उस छोटी-छोटी बात पर ध्यान दिया जिसे बनाने में मैंने मेहनत की थी। उन्होंने हर पार्ट-पुर्जे पर मिसेज रुजवेल्ट, मिस पर्किन्स, लेबर के सेक्रेटरी और उनकी सेक्रेटरी का ध्यान आकर्षित किया। फिर वे व्हाइट हाउस के पुराने पोर्टर को लेकर आए और उससे कहा, 'जॉर्ज, तुम्हें इन सूटकेसों का ज्यादा ध्यान रखना होगा।"

ड्राइविंग लेसन के खत्म होने के बाद प्रेसिडेंट मेरी ओर मुड़े और बोले-"अच्छा, मिस्टर चैम्बरलेन, मैं फेडरल रिजर्व बोर्ड को तीस मिनटों से इंतजार करा रहा हूं। मुझे अब वापस काम पर जाना चाहिए।"

"मैं अपने साथ एक मैकेनिक व्हाइट हाउस ले गया। उसे रुजवेल्ट से मिलाया गया, जब वे पहुंचे। उसने प्रेसिडेंट से बात नहीं की और उन्होंने उसका नाम सिर्फ एक बार सुना। वह शर्मीला था और पीछे खड़ा था। हमारे जाते समय, प्रेसिडेंट ने मैकेनिक को खोजा, उससे

हाथ मिलाया और उसे उसके नाम से पुकारा और उसे हमारे साथ वाशिंगटन आने के लिए

धन्यवाद दिया। उनके धन्यवाद में कोई बनावट नहीं थी। उनकी बातों में सच्चाई थी। मैंने यह महसूस किया।

"जब मैं न्यूयॉर्क से लौटा तो मुझे प्रेसिडेंट रुजवेल्ट का ऑटोग्राफ वाला फोटो मिला और इसमें मेरे काम के लिए धन्यवाद वाला एक नोट भी था। उन्हें इन चीजों के लिए वक्त कैसे मिला, मेरी समझ में नहीं आता?"

फ्रैंकलिन डी. रुजवेल्ट जानते थे कि लोगों की अच्छी भावनाएं पाने के लिए एक सबसे सरल, अच्छा और जरूरी तरीका है - उनके नामों को याद रखना और उन्होंने महत्त्वपूर्ण महसूस कराना, फिर भी हममें से कितने इसका इस्तेमाल करते हैं।

आधे समय हम किसी अजनबी से परिचय होने के बाद उससे कुछ मिनटों के लिए बातें करते हैं और विदा लेते समय तक उसका नाम भूल जाते हैं। कोई भी राजनेता सबसे पहली चीज जो सीखता है, वे यह है - "किसी वोटर का नाम याद रखना शासन-कला है। उसे भूल जाना बहुत बड़ी गलती है।"

नेपोलियन तृतीय, फ्रांस का बादशाह और ग्रेट नेपोलियन का भतीजा अक्सर यह कहा करता था कि अपने शाही कामों के बावजूद वह हर इंसान का नाम याद रखता था जिससे वह मिला हो।

उसका तरीका सरल है। अगर वह नाम ठीक से नहीं सुन पाता था तो बोलता था, "माफ करना, मैंने नाम ठीक से सुना नहीं।" तब अगर वह अनोखा नाम होता तो, वह कहता, "इसकी स्पेलिंग क्या है?"

बातचीत के दौरान, वह नाम को कई बार मन-ही-मन दुहराता और उस नाम को उस इंसान के चेहरे, भाव और दिखने के तरीके से जोड़ता।

अगर वह इंसान बहुत महत्त्वपूर्ण होता, तो नेपोलियन और भी मेहनत करता। जैसे ही वह अकेला होता, उस नाम को कागज पर लिख लेता, उसे देखता, उस पर मन-ही-मन फोकस करता और फिर उस कागज को फाड़ डालता। इस तरह से वह उस नाम को कान के साथ-साथ आंखों में भी बैठा लेता।

इन सभी चीजों में वक्त लगता है, पर "शिष्टाचार छोटे-मोटे त्यागों से ही बनता है" ऐसा इमर्सन ने कहा था।

नामों को याद रखना और इस्तेमाल करना सिर्फ राजाओं और कॉर्पोरेट एक्जीक्यूटिव की ही जरूरत नहीं है। यह हम सबके लिए फायदेमंद है। केन नॉटिंघम, इंडियाना के जनरल मोटर्स का एक कर्मचारी, अक्सर कंपनी कैफेटिरिया में लंच किया करते थे। उन्होंने देखा कि काउंटर के पीछे खड़ी रहने वाली महिला के चेहरे पर त्यौरियां चढ़ी रहती थीं। "वह दो घंटे से सैंडविच बना रही थी और मैं भी उसके लिए सैंडविच ही था। मैंने उसे बताया कि मैं क्या चाहता हूं।

उसने छोटे तराजू पर मीट तौला, फिर मुझे लट्यूस की एक पत्ती दी, उस पर आलू के थोड़े चिप्स डाले और मुझे दे दिए।

अगले दिन मैं उसी लाइन में गया। वही औरत, वही त्यौरियां। फर्क सिर्फ इतना था कि मैंने इस बार उसका नाम नोटिस किया। मैंने मुस्कराकर कहा, हैलो युनिस, फिर उसे बताया कि मुझे क्या चाहिए। इस बार वह तराजू को भूल गई, ढेर सारा मीट डाला, लेटयूस के तीन पत्ते डाले और तब तक आलू के चिप्स डालती रही, जब तक वे गिरने न लगें।

हमें नाम में रखे जादू को जानना चाहिए और यह समझना चाहिए कि इस चीज का पूरी तरह से मालिक वह इंसान है, जिससे हम बातें कर रहे हैं।

वह नाम उस इंसान को भीड़ से अलग करता है, वह उसे अनोखा बनाता है। हमारे द्वारा किया गया निवेदन या दी गई जानकारी बहुत ज्यादा जरूरी बन जाती है, जब हम उस इंसान से उसके नाम के साथ बात करते हैं। चाहे वैट्रेस हो या सीनियर एक्जीक्यूटिव, उनके साथ बर्ताव करते समय नाम जादुई प्रभाव दिखाता है।

सिद्धांत-3

किसी भी इंसान के लिये उसका नाम सबसे महत्वपूर्ण
और जरूरी होता है

4

वाक् कला में ऐसे बनें निपुण

कुछ समय पहले मैं एक ताश के खेल की पार्टी में गया था। मैं ताश नहीं खेलता और वहां एक महिला थी, जो ताश नहीं खेलती थी। उन्हें पता लगा कि मैं एक बार लॉवेल थॉमस का मैनेजर था, जब उन्होंने रेडियो का काम नहीं शुरू किया था और मैंने थॉमस को यात्रा के दौरान बातचीत की सामग्री तैयार करने में मदद करते समय यूरोप की काफी यात्राएं की थीं। इसलिए उस महिला ने कहा - "ओह! मिस्टर कारनेगी, मैं चाहती हूं कि आप उन खूबसूरत जगहों के बारे में बताएं, जहां आप गए हैं।"

हम जैसे ही सोफा पर बैठे, उन्होंने बताया कि वे और उनके पति तुरंत अफ्रीका की ट्रिप से लौटे हैं।

"अफ्रीका! मैंने खुशी से कहा - "दिलचस्प! मैं हमेशा अफ्रीका जाना चाहता था, पर मैंने सिर्फ एक बार चैबीस घंटों की ट्रिप के लिए अल्जियर्स की यात्रा की है। आप बताइए, क्या आप बिग-गेम कंट्री गई हैं? हां? कितनी खुशकिस्मत हैं आप? मुझे आपसे जलन हो रही है। मुझे अफ्रीका के बारे में बताइए।

वे लगातार पैंतालीस मिनटों तक बोलती रहीं। उन्होंने एक बार भी नहीं पूछा कि मैं कहां गया था या मैंने क्या देखा था? वे मेरी यात्राओं के बारे में सुनना नहीं चाहती थीं। उन्हें बस एक दिलचस्पी रखने वाला श्रोता चाहिए था, ताकि वे अपने अहम की तृप्ति कर सकें और बता सकें कि वे कहां गई थीं।

क्या यह अजूबा था? नहीं। कई लोग ऐसे होते हैं।

उदाहरण के तौर पर - मैं न्यूयॉर्क के एक प्रकाशक द्वारा दी गई डिनर पार्टी में एक सफल वनस्पति वैज्ञानिक से मिला। इससे पहले मैं कभी भी वनस्पति वैज्ञानिक से नहीं मिला था और मुझे यह काफी मजेदार लगा। मैं कुर्सी के छोर पर बैठा रहा और उनकी बातें सुनता रहा, जब तक वे आकर्षक पौधों, इंडोर गार्डन और पौधों के नए प्रकारों को विकसित करने के लिए हो रहे प्रयोगों के बारे में बताते रहे (उन्होंने आलू के बारे में भी कई दिलचस्प चीजें बताई)। मेरे घर पर भी एक छोटा-सा इंडोर गार्डन था और उन्होंने मेरी कई समस्याओं का हल निकालने के तरीके बताए।

जैसा मैंने कहा, हम एक डिनर पार्टी में थे, वहां तकरीबन दर्जन भर मेहमान रहे होंगे, पर मैंने सबको अनदेखा कर दिया और उस वनस्पति वैज्ञानिक से घंटों बातें करता रहा। आधी रात हुई, मैंने सभी को गुड नाइट कहा और चला गया।

तब वह वनस्पति वैज्ञानिक हमारे मेजबान की ओर मुड़े और उन्होंने मेरी तारीफ में कई शब्द कहे। मैं 'सबसे दिलचस्प' था। मैं यह था और मैं वह था और उन्होंने कहा कि मैं 'बातचीत की कला में सबसे ज्यादा निपुण' था।

बातचीत की कला में माहिर? क्यों, मैंने तो कुछ कहा ही नहीं था। मैं बिना विषय बदले कुछ कह भी नहीं सकता था, क्योंकि मैं वनस्पति विज्ञान के बारे में उतना ही जानता था, जितनी जानकारी मुझे पैंग्विन के शरीर के बारे में थी, पर मैंने यह काम किया था, मैंने ध्यान से सुना था। मैंने सुना था क्योंकि मेरी सच्ची रुचि थी और उन्होंने यह महसूस किया। इससे वे खुश हुए।

किसी को इस तरह से सुनना उसकी सबसे बड़ी तारीफ होती है। "बहुत कम इंसान" जैक वुडफोर्ड ने अपनी पुस्तक स्ट्रेन्जर्स इन लव में लिखा था, "बहुत कम इंसान जबरदस्त ध्यान दिए जाने के प्रभाव से बच पाते हैं।" मैं उनकी बातों पर जबरदस्त ध्यान देता रहा। मैंने 'दिल खोलकर तारीफ और अच्छी तरह से प्रशंसा' की।

मैंने उन्हें बताया कि मुझे काफी अच्छा मनोरंजन और निर्देशन मिला और ऐसा था भी। मैंने बताया कि शायद मेरे पास ऐसी जानकारी होती और ऐसा था भी। मैंने बताया कि काश मैं भी उनके साथ खेत-खलिहानों की यात्रा कर पाता और ऐसा मैं कर भी चुका था। मैंने उन्हें बताया कि मैं उनसे दुबारा मिलूंगा और एक दिन उनसे पुनः मिला भी।

इसलिए उन्हें लगा कि मैं बातचीत की कला में माहिर हूं, जबकि वास्तव में मैंने उनकी बातों को ध्यान से सुना और उन्हें बोलने के लिए प्रोत्साहित किया।

किसी भी सफल बिजनेस इंटरव्यू का रहस्य क्या है? हार्वर्ड के भूतपूर्व प्रेसिडेंट चार्ल्स डब्ल्यू. इलियट के अनुसार, "किसी भी सफल बिजनेस इंटरव्यू का कोई रहस्य नहीं होता। बोलने वाले इंसान पर भरपूर ध्यान देना बहुत जरूरी है। इससे ज्यादा कोई भी चीज खुश नहीं करती।"

इलियट खुद भी सुनने की कला में माहिर थे। अमेरिका के प्रथम उपन्यासकारों में से एक हेनरी जेम्स याद करते हैं- "डॉक्टर हेनरी का सुनना सिर्फ मौन नहीं, एक तरह की गतिविधि था। वे अपने मेरुदंड के निचले छोर पर सीधा तनकर बैठते थे और उनके हाथ उनकी गोद में जुड़े रहते थे। अंगूठों के एक-दूसरे पर गोल-गोल तेज या धीमे घूमने के अलावा कोई हरकत नहीं होती थी और वे बोलने वाले से रूबरू होते थे और अपने कानों के अलावा अपनी आंखों से भी सुन रहे होते थे। वे अपने दिमाग से सुनते थे और बड़े ध्यान से सोचते थे कि आप क्या कह रहे हैं। बातचीत के अंत में बोलने वाले को लगता था कि उसने अपना काम निकाल लिया है।

बात बहुत सरल है। आपको यह सीखने के लिए हार्वर्ड में चार साल पढ़ने की जरूरत नहीं है, फिर भी हम और आप डिपार्टमेंट स्टोर के ऐसे मालिकों को जानते हैं, जो महंगी जगह किराए पर लेंगे, अपना सामान सस्ते दामों पर खरीदेंगे, अपनी दुकान को अच्छे से सजाएंगे, विज्ञापन पर हजारों डॉलर खर्च करेंगे और फिर ऐसे क्लर्क को नौकरी पर रखेंगे, जो ग्राहकों को बोलने नहीं देते, उनसे जुबान लड़ाते हैं, उन्हें गुस्सा दिलाते हैं और उन्हें

अपने स्टोर से बाहर निकाल देते हैं।

शिकागो के एक डिपार्टमेंट स्टोर ने न सुनने वाले क्लर्क के कारण एक ऐसा ग्राहक खो दिया, जो वहां हर साल हजारों डॉलर खर्च करता था। मिसेज हेनेरीटा डगलस, जिन्होंने शिकागो में हमारा एक कोर्स किया, उन्होंने स्पेशल सेल में एक कोट खरीदा था। जब वे उसे घर लेकर आयीं तो उन्होंने देखा कि कोट में एक खरोंच है। वे अगले दिन वापस आई और उन्होंने सेल्स क्लर्क से इसे बदलने को कहा। क्लर्क ने उनकी बात सुनने से भी इंकार कर दिया। "आपने इसे एक स्पेशल सेल में खरीदा था" उस क्लर्क ने कहा। फिर उसने एक साइनबोर्ड की तरफ इशारा किया। "उसे पढ़िए," उसने कहा- "सारे सेल फाइनल हैं। आपने एक बार खरीद लिया, तो आपको इसे रखना होगा। इस खरोंच को खुद ही सी लीजिए।"

"लेकिन यह खराब सामान था," मिसेज डगलस ने कहा।

"कोई फर्क नहीं पड़ता," क्लर्क ने कहा-"फाइनल तो फाइनल है।"

मिसेज शिकागो गुस्से में निकलने ही वाली थीं, यह सोचते हुए कि अब वे दुबारा नहीं लौटेंगी, जब उनसे डिपार्टमेंटल मैनेजर मिले, जो उन्हें कई सालों की खरीदारी से जानते थे। मिसेज डगलस ने उन्हें बताया कि क्या हुआ।

मैनेजर ने पूरी बात को ध्यान से सुना, कोट को देखा और कहा "स्पेशल सेल फाइनल होते हैं, ताकि हम सीजन के अंत में बचे सामान को हटा सकें, पर 'नो रिटर्न' की पॉलिसी खराब सामानों पर नहीं काम करती। हम या तो खरोंच की मरम्मत कर देंगे या फिर अगर आप चाहें तो आपके पैसे वापस कर देंगे।

व्यवहार में कितना बदलाव था! अगर उस मैनेजर ने आकर ग्राहक की बात नहीं सुनी होती, तो स्टोर को एक पुराना ग्राहक खोना पड़ जाता।

सुनना घर के जीवन में भी उतना ही जरूरी है, जितना बिजनेस की दुनिया में। न्यूयॉर्क की मिली एस्पोसिटी ने यह प्रण कर रखा था कि जब भी उनका कोई बच्चा बात करेगा तो वे ध्यान से सुनेंगी। एक शाम वे अपने बेटे रॉबर्ट के साथ बैठी थीं, जब एक छोटी बातचीत के बाद रॉबर्ट ने कहा "मॉम, मुझे पता है कि आप मुझे बहुत चाहती हैं।"

इस बात ने मिसेज एस्पोसिटी का दिल छू लिया और वे बोलीं- "हां, मैं तुमसे बहुत प्यार करती हूं। क्या तुम्हें कभी शंका थी?"

रॉबर्ट ने कहा- "नहीं, मुझे सच में पता है कि आप मुझसे प्यार करती हो, क्योंकि जब भी मैं बात करना चाहता हूं, आप अपना काम रोककर मुझे सुनती हो।"

सबसे ज्यादा हिंसक आलोचक भी शांत हो जाता है। जब अक्सर एक धैर्य और सहानुभूति वाले श्रोता के पास हो एक ऐसा श्रोता, जो शांत हो, भले ही दोष निकालने वाला इंसान किंग कोबरा की तरह फुफकार मार रहा हो और जहर उगल रहा हो।

समझने के लिए देखें- न्यूयॉर्क टेलीफोन कंपनी ने पाया कि कुछ साल पहले उसे एक ऐसे बदतमीज ग्राहक से निबटना था, वैसा बदतमीज इंसान, कस्टमर केयर प्रतिनिधि ने पहले कभी नहीं देखा था। वह चीखता था। गालियां देता था और फोन के तार को उखाड़ने की धमकी देता था।

उसने कुछ ऐसे शुल्कों को देने से मना कर दिया, जो उसकी नजर में गलत थे। उसने अखबारों को पत्र लिखे। उसने पब्लिक सर्विस कमीशन में शिकायतें कीं और उस टेलीफोन कंपनी के खिलाफ कानूनी कार्यवाही शुरु की।

अंत में, कंपनी के सबसे निपुण 'ट्रबलशूटर' को इस आदमी से बात करने भेजा गया। इस 'ट्रबलशूटर' ने उसकी बातें सुनीं और उसे गुस्सा निकालने का आनंद लेने दिया। उस टेलीफोन प्रतिनिधि ने ध्यान से सुना और "हां" कहा और उसकी शिकायत से सहानुभूति दिखाई।

"वह चिल्लाता रहा और मैं उसकी बात तीन घंटे तक सुनता रहा।" - 'ट्रबलशूटर' ने बताया, जब वह लेखक की क्लास में था- "तब मैं वापस गया और मैंने उसकी बातों को और ध्यान से सुना। मैंने उसका चार बार इंटरव्यू लिया और चैथे इंटरव्यू के खत्म होने से पहले मैं उसके द्वारा शुरु किए गए संगठन का चार्टर्ड मेम्बर बन चुका था। उसने इसे 'टेलीफोन सब्सक्राइबर्स प्रोटेक्टिव एसोसिएशन' नाम दिया था। मैं अभी भी इस संगठन का सदस्य हूं और जहां तक मैं जानता हूं, मैं मिस्टर के अलावा इसका एकमात्र सदस्य हूं।"

मैंने इन इंटरव्यू के दौरान उसकी हर बात को सुना और उसकी हर बात से सहानुभूति दिखाई। इससे पहले किसी भी टेलीफोन प्रतिनिधि ने उससे बात नहीं की थी और वह काफी दोस्ताना हो गया। जिस बात के लिए मैं उससे मिलने गया था। उसका जिक्र पहली मुलाकात में हुआ भी नहीं, फिर उसका जिक्र दूसरे या तीसरे इंटरव्यू में भी नहीं हुआ और चैथे इंटरव्यू के होने तक वह केस खत्म हो चुका था। उसने अपना बिल चुका दिया था और टेलीफोन कंपनी के इतिहास में पहली बार किसी ने अपने मन से पब्लिक सर्विस कमीशन से शिकायतें वापस ले ली थीं।

निःसंदेह मिस्टर ने अपने आपको धर्मयोद्धा समझा था, जो शोषण के खिलाफ लोगों के अधिकार के लिए लड़ रहा था, पर वास्तव में वह महत्त्वपूर्ण होने का एहसास चाहता था। उसे पहले यह एहसास चीखने और शिकायत करने से मिला, पर जैसे ही कंपनी के प्रतिनिधि से उसे महत्त्वपूर्ण होने का एहसास मिल गया, उसकी शिकायतें हवा में गायब हो गईं।

सालों पहले, एक सुबह एक गुस्सैल ग्राहक जूलियन एफ. डेटमर के ऑफिस में घुसा, जो डेटमर वूलेन कंपनी के संस्थापक थे और वह कंपनी बाद में वूलेन और टेलरिंग के काम में दुनिया की सबसे बड़ी डिस्ट्रीब्यूटर बन गई।

"इस आदमी के पास हमारा थोड़ा पैसा बकाया था" मिस्टर डेटमर ने बताया। "ग्राहक ने इंकार किया, हालांकि वह जानता था कि गलती उसी की है। इसलिए हमारे क्रेडिट विभाग ने जोर डाला कि वह पैसे चुकाए। हमारे क्रेडिट विभाग से कई चिट्ठियां पाने के बाद उसने सामान बांधा और शिकागो आकर मेरे ऑफिस में घुसा और बताने लगा कि वह पैसे नहीं चुकाने वाला और साथ ही आगे से वह हमारी कंपनी से एक भी सामान नहीं खरीदने वाला।"

"मैंने उसकी बातों को ध्यान से सुना। मैंने टोकना चाहा, पर मुझे लगा कि यह गलत नीति होगी। इसलिए मैंने उसे अपनी बात कहने दिया। जब वह थोड़ा शांत हुआ और सुनने

के मूड में आया, तो मैंने शांत मन से कहा - "आप शिकागो आए और आपने अपनी बात कही, इसके लिए मैं आपको धन्यवाद देता हूं। यह आपने हम पर एक उपकार किया है, पर अगर हमारे क्रेडिट विभाग ने आपको किसी भी प्रकार से तंग किया है तो यह दूसरे ग्राहकों को भी तंग कर सकता है। और हम जानते हैं कि यह अच्छी बात नहीं होगी। विश्वास मानिए, आप जितना बताने में उत्सुक हैं, उससे ज्यादा मैं सुनने में उत्सुक हूं।"

"उसने मुझसे कभी भी यह सुनने की उम्मीद नहीं की थी। वह थोड़ा निराश लगा, क्योंकि वह शिकागो मुझे बातें सुनाने आया था और मैं बहस करने के बजाय उसे धन्यवाद दे रहा था। मैंने उसे विश्वास दिलाया कि हम सारे शुल्क हटा देंगे और भूल जाएंगे, क्योंकि उसे सिर्फ एक अकाउंट की सावधानी से देखभाल करनी थी, जबकि हमारे क्लर्क को हजारों अकाउंट देखने थे। इसलिए हमारे गलत होने की संभावना ज्यादा थी।"

"मैंने उसे बताया कि मैं समझता हूं, वह कैसा महसूस कर रहा है और अगर मैं उसकी जगह होता, तो वही करता जो उसने किया। चूंकि वह आगे से हमसे नहीं खरीदेगा, मैंने उसे दूसरे वूलेन हाउस के नाम बताए।"

"पहले ही जब वह शिकागो आया था तो हमने साथ लंच किया था, इसलिए मैंने उसे साथ लंच करने के लिए आमंत्रित किया। वह थोड़ा झिझकते हुए माना, पर वापस ऑफिस आकर उसने पहले से बड़ा ऑर्डर दे डाला। वह थोड़ा शांत होकर घर लौटा और हमारे जितना ही न्यायपूर्ण होने की कोशिश में सारे बिलों को उसने देखा और जिसमें उससे गलती हुई थी, उसे माफी के साथ चुकता कर दिया।

"बाद में जब उसकी पत्नी को पुत्र हुआ, उसने बच्चे का मध्य नाम डेटमर रखा और वह बाईस साल बाद मृत्यु तक हमारा मित्र और ग्राहक बना रहा।

सालों पहले एक गरीब डच लड़का अपने परिवार को सपोर्ट करने के लिए स्कूल के बाद एक बेकरी शॉप की खिड़कियां साफ करता था। उसके घरवाले इतने गरीब थे कि वह सड़कों पर एक डलिया के साथ निकलता था और कोयले की गाड़ियों से निकालकर गटर में गिरे कोयले को चुनता था। उस लड़के, एडवर्ड बॉक ने कभी छः साल से ज्यादा स्कूल में पढ़ाई नहीं की, फिर भी वह अमेरिकी पत्रकारिता में सबसे ज्यादा सफल पत्रिका संपादकों में से एक बना। उसने ऐसा कैसे किया? यह एक लंबी कहानी है, पर उनकी शुरुआत को थोड़े शब्दों में बताया जा सकता है। उन्होंने इस अध्याय में बताए गए

सिद्धांतों का इस्तेमाल करके शुरुआत की।

उन्होंने तेरह साल की उम्र में स्कूल छोड़ा और वेस्टर्न यूनियन में ऑफिस बॉय बन गए, पर उन्होंने शिक्षा पाने का ख्याल एक पल के लिए भी नहीं छोड़ा, इसलिए उन्होंने खुद को शिक्षित करना शुरु किया। वे किराए का पैसा बचाते थे और कई बार लंच नहीं करते थे, ताकि अमेरिकन बायोग्राफी की एनसाइक्लोपेडिया खरीद सकें और उसके बाद उन्होंने एक अनोखी चीज की। उन्होंने प्रसिद्ध लोगों की जीवनी पढ़ी और उनके बचपन के बारे में ज्यादा जानकारी मांगी। वे एक अच्छे श्रोता थे। उन्होंने जनरल जेम्स ए. गारफील्ड को लिखा, जो प्रेसिडेंट का चुनाव लड़ रहे थे और पूछा कि क्या यह बात सही है कि वे एक

नहर में काम करते थे और गारफील्ड ने जवाब दिया। उन्होंने जनरल ग्रांट से एक युद्ध के बारे में पूछा और ग्रांट ने उनके लिए एक नक्शा बनाया और उस चैदह साल के बच्चे को डिनर पर बुलाया और पूरी शाम उससे बात करते रहे।

जल्द ही हमारा वेस्टर्न यूनियन मैसेंजर बॉय देश के सबसे प्रसिद्ध लोगों से वार्तालाप कर रहा था- राल्फ वाल्डो इमर्सन, ओलिवर वेंडेल होम्स, लॉन्ग फेलो, मिसेज अब्राहम लिंकन, लुइसा में एल्कॉट, जनरल शैरमैन और जैफरसन डेविस।

उन्होंने सिर्फ प्रसिद्ध लोगों से बात ही नहीं की, जैसे ही उन्हें छुट्टी मिलती थी, वे उनके घरों में मेहमान के रूप में बुलाए भी जाते थे। इस अनुभव ने उनमें एक आत्मविश्वास भर दिया, जो बेशकीमती था। इन लोगों ने उन्हें एक दृष्टि और महत्त्वाकांक्षा दी, जिसने उनकी जिंदगी को नया स्वरूप दिया और यह सब, मुझे दुहराने दें, तभी संभव हुआ, जब उन्होंने यहां बताए गए सिद्धांतों को आजमाया।

आइजैक एफ. मार्कोसन, एक पत्रकार जिन्होंने सैकड़ों सेलिब्रेटिज का इंटरव्यू लिया, बताते हैं कि कई लोग अच्छा प्रभाव नहीं जमा पाते, क्योंकि वे अच्छी तरह सुनते नहीं हैं। उन्हें आगे क्या बोलना है, इस बात की इतनी चिंता रहती है कि वे अपने कान खुले नहीं रख पाते... कई महत्त्वपूर्ण लोगों ने मुझे बताया है कि वे अच्छे वक्ताओं की तुलना में अच्छे श्रोता ज्यादा पसंद करते हैं, लेकिन अच्छी तरह सुनने की कला बहुत दुर्लभ है।

सिर्फ महत्त्वपूर्ण लोग ही नहीं, बल्कि साधारण लोग भी अच्छे श्रोता खोजते हैं। जैसा कि रीडर्स डाइजेस्ट ने एक बार कहा- "कई लोग डॉक्टर को बुलाते हैं, जब उन्हें कोई सुनने वाले की जरूरत होती है।"

सिविल वार के सबसे अंधेरे पलों में लिंकन ने स्प्रिंगफील्ड के एक पुराने दोस्त को वाशिंगटन आने के लिए पत्र लिखा। लिंकन ने कहा कि उनकी कुछ दिक्कतें हैं, जिन पर वे बातें करना चाहते हैं। उनका पुराना पड़ोसी व्हाइट हाउस आया और लिंकन ने उससे गुलामों को मुक्ति देने के एक नियम पर घंटों बातें की। लिंकन इस नियम के पक्ष और विपक्ष के सारे पहलुओं पर गए, फिर उन पत्रों और अखबारों के लेखों को पढ़ा, जिनमें कुछ उनकी गुलामों को मुक्त न करने के लिए निंदा कर रहे थे और कुछ गुलामों की मुक्ति के भय के कारण उनकी निंदा कर रहे थे। घंटों बातें करने के बाद, लिंकन ने अपने दोस्त से हाथ मिलाया, उसे गुड नाइट कहा और बिना उसका नजरिया जाने उसे वापस इलिनॉय भेज दिया। लिंकन ने सारी बातें खुद की। इससे उनके दिमाग में चीजें स्पष्ट हो गईं। लिंकन को सलाह की जरूरत नहीं थी। उन्हें सिर्फ एक दोस्त, एक सहानुभूति भरे श्रोता की जरूरत थी, जिसके सामने वे अपने दिमाग को हल्का कर सकें।

हम सभी यही करते हैं, जब संकट में होते हैं। यह सभी खीजे हुए ग्राहक चाहते हैं, असंतुष्ट कर्मचारी चाहते हैं और चोट खाए दोस्त चाहते हैं।

आधुनिक युग के सबसे अच्छे श्रोताओं में एक थे, सिगमंड फ्रायड। फ्रायड से मिलने वाले एक व्यक्ति ने उनके सुनने के तरीके पर कहा- "इसने मुझ पर इतना प्रभाव डाला कि मैं कभी नहीं भूल पाऊंगा। उनमें जो गुण थे, मैंने कभी किसी में नहीं देखे थे। कभी मैंने

किसी को इतने फोकस से ध्यान देते हुए नहीं देखा था। यह 'आत्मा को चीरने वाली नजर' नहीं थी। उनकी आंखें मद्धिम और दोस्ताना थीं। उनकी आवाज धीमी और उदार थी। उनके हाव-भाव कम थे, पर उन्होंने जैसे ध्यान दिया, मेरी कही बातों की जैसे तारीफ की, भले ही मेरे कहने का तरीका सही नहीं था, वह असाधारण था। आपको बिलकुल नहीं पता कि कई ऐसे आपकी बातों को सुने तो कितना फर्क पड़ता है।"

अगर आप यह जानना चाहते हैं कि कैसे लोग आपको ठुकराएं, आपकी पीठ पीछे हंसें और आपकी निंदा करें, तो इसका आसान-सा तरीका है। किसी को भी देर तक ना सुनें। सिर्फ अपनी बातें करें। अगर किसी के बात करते समय आपको कोई आइडिया आए, तो उसे अपनी बात पूरी मत करने दें, उसे बातों के बीच में ही रोक दें।

आप ऐसे लोगों को जानते हैं? दुर्भाग्य से, मैं जानता हूं और आश्चर्य की बात है कि उनमें से कई लोग प्रसिद्ध हैं। यह सभी उबाऊ हैं - अपने अहंकार और महत्त्वपूर्ण होने के नशे में डूबे हुए उबाऊ लोग हैं।

जो लोग सिर्फ अपनी बात करते हैं, वे सिर्फ अपने बारे में सोचते हैं। "और जो लोग सिर्फ अपने बारे में सोचते हैं," उनके लिये डॉक्टर निकोलस मरे बटले, कोलम्बिया यूनिवर्सिटी के प्रेसिडेंट, ने कहा था - "वे बहुत ही अशिक्षित हैं। उन्हें बिल्कुल शिक्षा नहीं मिली।" डॉक्टर बटलर ने कहा- "भले ही उन्हें कितने भी निर्देश मिले हों।"

अगर आप बातचीत की कला में माहिर होना चाहते हैं, तो एक अच्छा श्रोता बनें। दिलचस्प बनने के लिए खुद में दूसरों के लिए दिलचस्पी जगाएं। वैसे सवाल पूछे, जिनका जवाब देना दूसरों को पसंद आए। लोगों को अपने बारे मे और अपनी उपलब्धियों के बारे में बात करने के लिए प्रोत्साहित करें।

याद रखें कि जिनसे आप बात कर रहे हैं, वे आपसे और आपकी समस्याओं से ज्यादा अपने आपमें और अपनी समस्याओं में दिलचस्पी रखते हैं। इंसान को चीन में अकाल से दस लाख लोगों के मरने से ज्यादा चिंता अपने दांतों के दर्द की होती है। अपनी गर्दन पर लगी चोट अफ्रीका के चालीस भूकंपों से ज्यादा ध्यान खींचती है। अब भविष्य में जब भी आप कोई बात करें तो समय पर इस चीज को जरूर याद रखें।

सिद्धांत-4

लोगों को उनके बारे में बताने के लिये प्रोत्साहित करें और
खुद एक अच्छे श्रोता बनें

5

हमारे लिये लोगों में रुचि कैसे जगाएं?

हर इंसान जो थियोडोर रुजवेल्ट का मेहमान बनता था, वह उनके विभिन्न विषयों पर जानकारी से प्रभावित हुए बिना नहीं रहता था। भले ही वह इंसान काऊबॉय हो या रफ राइडर, न्यूयॉर्क का राजनेता हो या कूटनीतिज्ञ। रुजवेल्ट को पता रहता था क्या बोलना है। वे यह कैसे करते थे? इसका साधारण-सा जवाब है।

जब भी रुजवेल्ट से मिलने कोई आने वाला होता, वे रात देर जागकर उस विषय पर पढ़ते थे, जिसमें आने वाले इंसान की भी अभिरुचि होती थी।

अन्य नेताओं की तरह रुजवेल्ट जानते थे कि किसी भी इंसान के दिल का रास्ता उन चीजों पर बातें करने से खुलता है, जो चीजें उसके लिए बहुत महत्त्वपूर्ण हैं।

जिंदादिल विलियम ल्यॉन फेल्प्स, निबंधकार और येल यूनिवर्सिटी में साहित्य के प्रोफेसर ने यह पाठ जीवन के शुरु में ही सीख लिया था।

"जब मैं आठ साल का था और अपनी आंटी लिब्बी लिंसले के साथ उनके स्ट्रैटफोर्ड के घर में हफ्ते की छुट्टियां मना रहा था," उन्होंने मनुष्य की प्रकृति पर निबंध में लिखा- "एक प्रौढ़ उम्र के आदमी का आगमन हुआ और आंटी से थोड़ी औपचारिक बात के बाद उसने मुझ पर ध्यान देना शुरु किया। उस समय मैं नावों में काफी रुचि रखता था और उस इंसान ने उस विषय पर जैसे बात की, वह मुझे काफी दिलचस्प लगी। उसके जाने के बाद मैं उसके बारे में काफी उत्साहित था। क्या आदमी था वह!"

मेरी आंटी ने बताया कि वह न्यूयॉर्क का वकील था और उसे नावों से बिल्कुल भी मतलब नहीं था और वह उस विषय में बिलकुल भी रुचि नहीं रखता था। "तब उसने मुझसे नावों के बारे में क्यों बातें कीं?"

"क्योंकि वह एक सज्जन आदमी है। उसने तुम्हारी दिलचस्पी नावों में देखी और उसने उन चीजों के बारे में बात की, जो तुम्हें दिलचस्प और अच्छी लगेंगी। उसने अपने आपको पसंदीदा बनाया।"

विलियम ल्यॉन फेल्प्स ने कहा- "मैं अपनी आंटी की बात कभी नहीं भूला।"

जैसे मैं यह अध्याय लिख रहा हूं, मेरे सामने एडवर्ड एल. कैलीफ का एक पत्र है, जो बॉय स्काउट वर्क में शामिल रहते थे।

"एक दिन मुझे लगा मुझे एक सहायता चाहिए," मिस्टर कैलीफ ने लिखा। "एक बड़ा स्काउट उत्सव यूरोप में होने वाला था और मैं अमेरिका के एक सबसे बड़े कॉर्पोरेशन के प्रेसिडेंट से उम्मीद रखता था कि वे मेरे एक स्काउट लड़के की ट्रिप को आर्थिक सहायता दें।"

"सौभाग्य से, इस इंसान से मिलने जाने से ठीक पहले, मैंने सुना था कि इसने एक मिलियन का चेक बनवाया था और इसके कैन्सल हो जाने के बाद उसने इसे फ्रेम करा लिया था।"

"इसलिए ऑफिस में घुसने से पहले मैंने उससे चेक देखने का निवेदन किया। मिलियन डॉलर का चेक! मैंने उसे बताया कि मैं किसी भी इंसान को नहीं जानता था जिसने इतना बड़ा चेक लिखा हो और मैं अपने स्काउट लड़कों को बताना चाहता था कि मैंने दरअसल एक मिलियन डॉलर का चेक देखा था। उसने मुझे खुशी-खुशी दिखाया। मैंने उसकी तारीफ की और उससे पूछा कि चेक बनवाते समय क्या-क्या हुआ था।"

आपने नोटिस किया न कि मिस्टर कैलीफ ने बॉय स्काउट्स के बारे में या उत्सव के बारे में या अपनी इच्छाओं के बारे में बातें करके शुरुआत नहीं की? उन्होंने उन चीजों से बात शुरु की, जिनमें दूसरे इंसान की रुचि थी।

फिर यह परिणाम आया -

"इंटरव्यू देते समय उस आदमी ने कहा - 'ओह! वैसे आप मुझसे किस काम से मिलने आए थे?' तो मैंने उसे बता दिया।

"मुझे यह देखकर आश्चर्य हुआ कि" मिस्टर कैलीफ ने कहा - "उसने न सिर्फ मेरी मांगी आर्थिक सहायता दी, बल्कि और भी ज्यादा सहायता की। मैंने उससे सिर्फ एक लड़के को यूरोप भेजने की बात की थी, पर उसने पांच लड़कों और मुझे भेजने के साथ-साथ एक हजार डॉलर का क्रेडिट दिया और हमें यूरोप में सात दिनों तक रहने के लिए भी कहा। उसने मुझे अपने ब्रांच प्रेसिडेंटों से मिलने के लिए इंट्रोडक्शन लेटर भी दिया, ताकि वे मेरी सहायता कर सकें और वह हमसे पेरिस में मिला और उसने हमें पूरा शहर दिखाया। तब से उसने हमारे कई जरूरतमंद लड़कों को नौकरियां भी दी और वह अब भी हमारे ग्रुप में है।

"फिर भी मैं जानता हूं कि अगर मुझे यह पता नहीं होता कि उसकी रुचि किस चीज में है और अगर मैंने उसे पहले थोड़ा दोस्ताना व्यवहार नहीं किया होता, तो उसके दिल में दस प्रतिशत भी जगह नहीं बना पाता।"

बिजनेस में इस्तेमाल करने के लिए क्या एक अच्छा तरीका होता है? देखते हैं।

न्यूयॉर्क के एक होलसेल बैंकिंग फार्म के डुवरनॉय एंड संस के हेनरी जी डुवरनॉय को ही लीजिए।

मिस्टर डुवरनॉय न्यूयॉर्क के एक होटल को ब्रेड बेचने की कोशिश कर रहे थे। उन्होंने मैनेजर को चार साल तक हर हफ्ते कॉल किया था। वे उन सामाजिक सम्मेलनों में गए,

जहां वह मैनेजर जाता था। उन्होंने कई बार उस होटल में कमरा लिया, ताकि कुछ बिजनेस मिल सके, पर वे असफल हुए।

"तब" मिस्टर डुवरनॉय ने कहा- "मानवीय संबंधों का अध्ययन करने के बाद मैंने अपने तरीकों में बदलाव लाने का फैसला किया। मैंने यह जानने का फैसला किया कि उसकी किस चीज में रुचि है, उसे किस चीज से उत्साह आता है।"

"मैंने पाया कि वह होटल ग्रीटर्स ऑफ अमेरिका नाम से होटल एक्जीक्यूटिव की एक सोसाइटी का सदस्य है। वह सिर्फ सदस्य ही नहीं है, बल्कि उसके उत्साह के कारण उस संगठन का प्रेसिडेंट भी है और साथ ही इंटरनेशनल ग्रीटर्स का भी प्रेसिडेंट है। कहीं भी उसके सम्मेलन हों, वह जरूर जाता था।"

"इसलिए जब मैं अगले दिन उससे मिलने गया, मैं ग्रीटर्स के बारे में बातें करने लगा। मुझे बहुत अच्छी प्रतिक्रिया मिली। उसने मुझसे ग्रीटर्स के बारे में आधे घंटे तक बात की, उसकी आवाज में उत्साह झलक रहा था। मुझे साफ दिखा कि यह सोसाइटी सिर्फ उसका शौक नहीं बल्कि जुनून भी था। मेरे ऑफिस छोड़ने से पहले उसने मुझे उस संगठन की सदस्यता 'बेच' दी थी।"

"उस दौरान मैंने ब्रेड के बारे में कुछ भी नहीं कहा था, लेकिन कुछ दिनों बाद होटल के स्टेवार्ड ने मुझे नमूने और कीमत के साथ आने के लिए कहा।"

"मुझे पता नहीं आपने उस सज्जन के साथ क्या किया,' स्टेवार्ड ने कहा, "पर वे आपसे पूरी तरह प्रभावित हैं।"

"इस बारे में सोचिए। मैं उस इंसान को चार साल से मना रहा था। उसका बिजनेस पाने के लिए और मैं ऐसा करता रह जाता, अगर मैंने यह खोजने की जहमत नहीं उठाई होती कि उसे क्या पसंद है और किस बारे में बातें करना अच्छा लगता है।"

मैरीलैंड के हैजर्सटाउन के एडवर्ड ई. हैरीमेन ने मिलिटरी सर्विस पूरी करने के बाद मैरीलैंड के सुंदर कंबरलैंड वैली में रहने का फैसला किया। दुर्भाग्य से, उस समय उस क्षेत्र में सिर्फ कुछ नौकरियां उपलब्ध थीं। थोड़ी खोज से पता चला कि उस क्षेत्र में अधिकतर कंपनियों का मालिक एक अनोखा बिजनेसमैन आर.जे. फंकहाउजर था, जिसकी गरीबी से अमीरी तक की यात्रा मिस्टर हैरीमेन को प्रभावित करती थी, लेकिन वह नौकरी खोजने वालों की पहुंच से बाहर था। मिस्टर हैरीमेन ने लिखा -

"मैंने कई लोगों का इंटरव्यू लिया जिससे पता चला कि उसकी मुख्य दिलचस्पी पैसे और सत्ता पाने में है। चूंकि वह मेरे जैसे लोगों से अपनी हिफाजत एक समर्पित और कड़क सेक्रेटरी से करता था, इसलिए मैंने उस सेक्रेटरी की दिलचस्पियों और लक्ष्यों के बारे में पढ़ा और एक बार बिन बुलाए उसके ऑफिस पहुंच गया। वह मिस्टर फंकहाउजर की पंद्रह सालों से चारों ओर चक्कर लगाने वाली उपग्रह थी। जब मैंने उसे बताया कि मेरे पास मिस्टर फंकहाउजर की आर्थिक और राजनीतिक सफलता बढ़ाने के लिए एक प्लान है तो वह उत्साह में आ गई। मैंने उससे अपने बॉस की सफलता में उसके योगदान के बारे में भी बात की। इस बातचीत के बाद उसने मिस्टर फंकहाउजर से मेरी मुलाकात तय कराई।"

"मैं उनके बड़े और प्रभावशाली ऑफिस में यह सोचकर घुसा कि उनसे नौकरी नहीं मागूंगा। वे एक बड़े डेस्क के पीछे बैठे थे और वे दहाड़ उठे- "किस बारे में बात करनी है जवान लड़के?"

मैंने कहा, "मिस्टर फंकहाउजर, मुझे लगता है कि मैं आपके लिए पैसे बना सकता हूं।"

वे तुरंत उठे और उन्होंने मुझे एक बड़ी चेयर पर बैठने के लिए इशारा किया। मैंने अपने आइडिया और काबिलियत के बारे में बताया और यह भी बताया कि वह उनकी निजी और बिजनेस की सफलता में कैसे मदद करेंगे। आर.जे. (इस नाम से मैं उन्हें जानने लगा था) ने मुझे तुरंत नियुक्त कर लिया और पिछले बीस साल में, मैं उनके काम में बढ़ता गया हूं जिससे दोनों को लाभ मिला है। कि दूसरे इंसान की दिलचस्पी के बारे में बात करने से दोनों पक्षों को फायदा होता है। एम्प्लोयी कम्यूनिकेशन के क्षेत्र के नायक हावर्ड जेड. हर्जिंग ने हमेशा इस सिद्धांत का पालन किया है। जब उनसे पूछा गया कि उनको क्या पुरस्कार मिला, मिस्टर हर्जिंग ने कहा कि उन्हें हर इंसान से अलग पुरस्कार मिला है, पर सामान्यतः सबसे बड़ा पुरस्कार यह है कि हर इंसान से बात करने के बाद उनकी जिंदगी और भी ज्यादा बड़ी हुई है।

सिद्धांत-5

हमेशा दूसरों की रूचि के अनुसार ही बातें करें

6

किस तरह लोगों की पसंद बनें?

मैंने न्यूयॉर्क के थर्टी थ्री स्ट्रीट के पोस्ट ऑफिस में एक पत्र रजिस्टर करने की लाइन में खड़े हुये देखा कि क्लर्क अपने काम से बोर हो चुका था। लिफाफों का वजन करना, स्टैम्प देना, बदलाव करना, रसीद देना, वही काम जो साल-दर-साल वह करता आ रहा था। इसलिए मैंने अपने आप से कहा- "मैं कुछ ऐसा करूंगा, जिससे यह क्लर्क मुझे पसंद करेगा। जाहिर बात है, उसे पसंद आने के लिए मुझे अपने बारे में नहीं, उसके बारे में कुछ अच्छा कहना चाहिए।" इसलिए मैंने अपने आप से पूछा, "इस इंसान में ऐसा क्या है जिसकी मैं सच्चाई से तारीफ कर सकता हूँ?" कई बार इस सवाल का जवाब खोजना मुश्किल होता है, खासकर अजनबियों के मामले में, पर इस मामले में यह आसान था। मैंने ऐसा कुछ देखा जिसकी मैं दिल खोलकर तारीफ कर सकता था। इसलिए जब वह लिफाफे का वजन ले रहा था, मैंने उत्साह से कहा - "मेरी इच्छा होती है कि मेरे आपके जैसे बाल होते।"

उसने ऊपर देखा, उसकी आंखों में आश्चर्य और होंठों पर मुस्कान थी। "अब तो ये पहले जैसे नहीं रहे," उसने विनम्रता से कहा। मैंने उसे विश्वास दिलाया कि भले ही इनमें पहले वाली बात न हो, पर ये भी बेहतरीन हैं। उसे काफी खुशी हुई। हमने थोड़ी देर तक बातचीत की, फिर उसने अंतिम बात कही - "कई लोगों ने मेरे बालों की तारीफ की है।"

मैं शर्त लगा सकता हूं, उस दिन वह आदमी लंच पर जाते समय हवा में उड़ रहा होगा। मैं शर्त लगा सकता हूं कि उस रात घर जाकर उस आदमी ने अपनी पत्नी को यह बात बताई होगी। उसने आईने में खुद को देखा होगा और कहा होगा - "क्या खूबसूरत बाल हैं!"

मैंने यह कहानी एक बार पब्लिक में बताई और एक सज्जन ने पूछा - "इससे आपको क्या मिला?"

मैं उससे क्या पाने की कोशिश कर रहा था?

अगर हम इतने स्वार्थी हैं कि हम थोड़ी खुशी नहीं बांट सकते और कुछ पाने की चाहत के बिना लोगों की थोड़ी-सी सच्ची प्रशंसा भी नहीं कर सकते तो समझें कि हमारी आत्माएं ही सड़ चुकी है। ऐसे में तो हमें कभी वह सफलता नहीं मिलेगी जिसके हम हकदार हैं।

ओह! हां, मुझे उस इंसान से कुछ पाने की चाहत थी। मैं कुछ बेशकीमती चाहता था

और मुझे वह मिल भी गया। मुझे यह एहसास मिला कि मैं उसके लिए कुछ कर पाया, भले ही बदले में वह मेरे लिए कुछ भी कर पाने में सक्षम नहीं था। यह एहसास आपकी स्मृति में सुखद तरंग पैदा करता रहता है, भले ही वह घटना काफी पहले बीत चुकी हो।

मानवीय व्यवहार का एक सबसे महत्त्वपूर्ण नियम है। अगर हम उस नियम का पालन करें, तो शायद हम कभी मुसीबत में न पड़ें। दरअसल, यह नियम हमें अनगिनत दोस्त और खुशियों से मिलाएगा, लेकिन जैसे हम यह नियम तोड़ते हैं, हम अनंत मुसीबत में पड़ते हैं।

वह नियम इस तरह है - हमेशा दूसरे इंसान को महत्त्वपूर्ण महसूस कराएं। जॉन ड्यूई जैसा कि हमने पहले नोट किया है, का कहना था कि महत्त्वपूर्ण होने की इच्छा इंसान की प्रकृति में सबसे गहरी है और विलियम जेम्स ने कहा था - "इंसानी स्वभाव का सबसे गहरा सिद्धांत प्रशंसा पाने की इच्छा है।"

जैसा कि मैंने पहले कहा है, यही इच्छा हमें जानवरों से अलग करती है। यही इच्छा सभ्यता के लिए जिम्मेवार रही है।

दार्शनिकों ने मानवीय संबंधों के नियमों पर हजारों वर्षों से चिंतन किया है और उस सबसे एक ही बात उभरकर सामने आई है। यह नई नहीं है। यह इतिहास जितनी पुरानी है। जोरास्टर ने इसे पर्शिया में पच्चीस सौ साल पहले अपने अनुयायियों को सिखाया। कन्फ्यूशियस ने इसे चीन में चैबीस सौ साल पहले सिखाया। ताओ के संस्थापक लाओत्से ने होन की घाटी में इसे अपने शिष्यों को सिखाया। बुद्ध ने इसे क्राइस्ट से पांच सौ साल पहले पवित्र गंगा के किनारे सिखाया। हिंदू धर्म की पवित्र किताबें इसे उससे भी हजार साल पहले से सिखाती आ रही हैं। जीसस ने इसे एक विचार में बताया, जो शायद दुनिया का सबसे महत्त्वपूर्ण नियम है - "दूसरों के साथ वही करो, जो तुम दूसरों से खुद के लिए अपेक्षा करते हो।"

आप जिनके संपर्क में आते हैं, उनकी प्रशंसा चाहते हैं। आप अपनी काबिलियत की सही पहचान चाहते हैं। आप यह एहसास चाहते हैं कि इस छोटी-सी दुनिया में आपका महत्त्व है। आप सस्ती और झूठी चाटुकारिता नहीं चाहते हैं, आप सच्ची तारीफ चाहते हैं। आप चाहते हैं कि आपके दोस्त, चार्ल्स श्वाब की भाषा में "दिल खोलकर तारीफ और जी भरकर प्रशंसा करें।" हम सभी यही चाहते हैं।

इसलिए इस सुनहरे नियम का पालन करें। दूसरों के साथ वही करें, जो आप दूसरों से खुद के लिए अपेक्षा करते हैं।

कैसे? कब? कहां? .

जवाब है- हमेशा, हर जगह।

विस्कॉन्सिन में डेविड जी. स्मिथ ने हमें एक क्लास में बताया कि जब उन्हें एक चैरिटी कंसर्ट में रिफ्रेशमेंट बूथ का चार्ज दिया गया, तो उन्होंने कैसे एक नाजुक स्थिति को संभाला। 'कंसर्ट की रात मैं पार्क में पहुंचा और रिफ्रेशमेंट स्टैंड के पास मैंने दो बुजुर्ग औरतों को गुस्से में पाया। हर एक को लग रहा था वह इस प्रोजेक्ट को चला रही है। मैं यह सोच रहा था कि क्या करूं, तभी स्पोंसरिंग कमेटी के एक सदस्य ने आकर मुझे कैश

बॉक्स थमा दिया और प्रोजेक्ट की जिम्मेवारी लेने के लिए उसने मुझे धन्यवाद दिया। उसने रोज और जेन का मेरे मददगार के रूप में परिचय दिया और चला गया।

"गहरा मौन छा गया। यह जानते हुए कि कैश बॉक्स अधिकार का प्रतीक है, मैंने इसे रोज को दे दिया और बताया कि मैं इसकी जिम्मेवारी नहीं संभाल पाऊंगा और वह इसे ज्यादा अच्छे से रख पाएगी, फिर मैंने जेन को कहा कि वह रिफ्रेशमेंट के जिम्मेवार दो किशोरों को यह बताए कि सोडा मशीन कैसे चलाई जाए और उसे प्रोजेक्ट के इस हिस्से की जिम्मेदारी दे दी।

"रोज पैसे गिनती रही, जेन किशोरों का नेतृत्व करती रही और मैं कंसर्ट का आनंद लेता रहा। इस तरह वह शाम बहुत खुशगवार गुजरी।"

प्रशंसा के इस सिद्धांत का पालन करने के लिए आपको फ्रांस का एंबेसडर या अपने लौज के क्लांबेक कमेटी के चेयरमैन बनने का इंतजार नहीं करना पड़ेगा। आप इसका जादुई लाभ हर रोज उठा सकते हैं।

उदाहरण के तौर पर, अगर आपने फ्रेंच फ्राई ऑर्डर किया हो और वेट्रेस आलू के पकौड़े ले आती है तो हमें कहना चाहिए- "आपको दिक्कत दे रहा हूं, पर मुझे फ्रेंच फ्राई पसंद है।" तब वह शायद जवाब देगी, "कोई दिक्कत नहीं है" और वह खुशी-खुशी पकौड़े बदल देगी, क्योंकि हमने उसे इज्जत दी है।

"आपको दिक्कत दे रहा हूं", "क्या आप कर सकेंगे", "अगर आपको परेशानी न हो तो..." "शुक्रिया" - इस तरह की छोटी-छोटी बातें कहने से रोजमर्रा की परेशानी भरी जिंदगी थोड़ी आसान हो जाती है और यह संयोग से, यह भी दिखाती हैं कि हमारी अच्छी परवरिश हुई है।

अब दूसरा उदाहरण लेते हैं। हॉल कैन के उपन्यास- द क्रिश्चियन, द डीम्स्टर, द मैंक्समैन, सारे-के-सारे शताब्दी की शुरुआत में बेस्टसेलर थे। लाखों लोगों ने उनके उपन्यास पढ़े, अनगिनत लोगों ने। वे एक बढ़ई के बेटे थे। उन्होंने स्कूल में आठ साल से ज्यादा पढ़ाई नहीं की, लेकिन मरते वक्त वे सबसे अमीर साहित्यकार थे।

उनकी कहानी कुछ इस तरह से है- हॉल कैन को सोनेट और बैलेड पसंद थे, इसलिए उन्होंने दांते गैब्रील रॉसैटी की सारी कविताएं पढ़ डालीं। उन्होंने रॉसैटी की सृजनात्मक उपलब्धियों की तारीफ करते हुए एक लेक्चर भी लिख डाला और उसकी एक प्रति रॉसैटी को भेज डाली। रॉसैटी बहुत खुश हुए। "जो युवक मेरी क्षमता के बारे में इतना अच्छा सोचता है," रॉसैटी ने खुद से कहा - "वह खुद भी ब्रिलियंट होगा।" इसलिए रॉसैटी ने बढ़ई के इस बेटे को लंदन अपना सेक्रेटरी बनने के लिए बुलाया। वह हॉल कैन की जिंदगी का जबरदस्त मोड़ था, क्योंकि इस नई जगह पर वह उस समय के श्रेष्ठ साहित्यकारों से मिले। उन लोगों की सलाहों से लाभ उठाकर और उनके प्रोत्साहन से प्रेरित होकर उन्होंने अपना करियर शुरु किया, जो आकाश में धूमकेतु की तरह चमका।

आइल ऑफ मैन पर उनका घर, ग्रीबा कैसल, दुनिया भर के साहित्यकारों के लिए मक्का बन गया और वे अपने पीछे कई मिलियन डॉलर का एस्टेट छोड़ गए। फिर भी किसे

पता, शायद वे गरीब और अज्ञात जिंदगी जीते हुए मर जाते, अगर उन्होंने एक प्रसिद्ध इंसान की तारीफ में यह पत्र नहीं लिखा होता।

सच्चे और दिल से निकले तारीफ के शब्दों की यह ताकत होती है।

रॉसैटी अपने आपको महत्त्वपूर्ण समझते थे। यह अजीब नहीं है। हर इंसान अपने आपको महत्त्वपूर्ण समझता है, बहुत महत्त्वपूर्ण। कई लोगों की जिंदगी बदल जाती अगर उन्हें किसी ने महत्त्वपूर्ण महसूस कराया होता। रोनाल्ड जे रौलंड, जो हमारे कैलिफोर्निया में कोर्स के निर्देशक हैं, आर्ट और क्राफ्ट के भी टीचर हैं। उन्होंने अपने शुरुआती क्रॉफ्ट क्लासेज के एक स्टूडेंट क्रिस के बारे में लिखा,

> क्रिस बहुत शांत था, बहुत शर्मीला था और उसमें आत्मविश्वास नहीं था, वह वैसा विद्यार्थी था जिसे कभी वह ध्यान नहीं मिलता, जो मिलना चाहिए। मैं भी एक एडवांस क्लास सिखाता हूं, जो एक स्टेटस सिंबल बन गया है और उसमें अपनी प्रतिभा से दाखिला पाना किसी स्टूडेंट के लिए बड़ी बात है।
>
> बुधवार को क्रिस अपनी डेस्क पर काम कर रहा था। मुझे ऐसा महसूस हुआ कि उसमें एक गहरी आग है। मैंने उससे पूछा कि क्या वह एडवांस क्लास में आना चाहेगा। उसके चेहरे के भाव को बताना मुश्किल है, उस चैदह साल के संकोची लड़के की आंखों से आंसू गिरने ही वाले थे।
>
> "कौन? मैं, मिस्टर रोलैंड? क्या मैं इस काबिल हूं?"
>
> "हां, क्रिस, तुम इस लायक हो।"
>
> मुझे वहां से जाना पड़ा, क्योंकि मेरी आंखों में भी आंसू आने वाले थे। उस दिन जब क्रिस क्लास से निकला, तो वह अपने कद से थोड़ा लंबा दिख रहा था, उसने मुझे अपनी नीली चमकीली आंखों से देखा और अच्छी आवाज में कहा, "शुक्रिया मिस्टर रोलैंड।"
>
> क्रिस ने मुझे एक पाठ सिखाया, जो मैं कभी नहीं भूलूंगा- हमारी महत्त्वपूर्ण महसूस करने की इच्छा। मैं इस नियम को भूल न जाऊं इसलिए मैंने एक साइन लिखा- "आप महत्त्वपूर्ण हैं।" यह साइन क्लास में मेरे सामने टंगा रहता है, ताकि मैं यह न भूल जाऊं कि मेरे सामने हर विद्यार्थी महत्त्वपूर्ण है।"

सच्ची बात तो यह हैं कि जितने लोगों से आप मिलते हैं वे अपने आपको आपसे किसी-न-किसी मामले में बेहतर समझते हैं और उनका दिल जीतने का तरीका है कि किसी-न-किसी सूक्ष्म तरीके से आप उन्हें उनका महत्त्व महसूस कराएं और इसे सच्चाई से स्वीकार करें।

याद रहे, इमर्सन ने क्या कहा था - "मुझसे मिलने वाला हर इंसान मुझसे किसी-न-किसी मामले में बेहतर है। मैं उससे उस मामले में सीखता हूं।"

सबसे घटिया बात यह है कि जिनके पास जितनी कम उपलब्धियां होती हैं, वे बहुत ही बेकार ढंग से अपना घमंड और अहंकार दिखाते हैं।

जैसा कि शेक्सपियर ने लिखा - "इंसान, अभिमानी इंसान थोड़ी-सी ताकत पाकर दिखाता है शान... ऊंचे स्वर्ग के सामने करता ऐसी हरकतें... देवदूत भी देखकर हैं रोते।"

अब मैं आपको बताने जा रहा हूं कि मेरे कोर्स करने के बाद बिजनेस करने वाले छात्रों ने कैसे इन सिद्धांतों को अपनाया और अच्छे परिणाम लेकर आए। एक कनैक्टिकट एटॉर्नी का केस लेते हैं (उनके रिश्तेदार चाहते हैं कि उनका नाम न लिया जाए।)

कोर्स लेने के तुरंत बाद मिस्टर आर. अपने रिश्तेदारों से मिलने अपनी पत्नी के साथ लॉन्ग आइलैंड गए। उनकी पत्नी ने उन्हें एक बूढ़ी आंटी से बात करने के लिए छोड़ा और अपने कुछ युवा रिश्तेदारों से मिलने हॉस्पिटल चली गई। चूंकि उन्हें इस बात पर भाषण देना था कि उन्होंने कैसे इन सिद्धांतों को आजमाया, उन्होंने सोचा कि आंटी से बात करके कुछ अच्छे अनुभव मिल जाएंगे, इसलिए उन्होंने घर में चारों ओर देखा कि किस चीज की तारीफ की जा सकती है।

"यह घर सन् 1890 के आस-पास बना था न?" उन्होंने पूछा।

"हां," आंटी ने जवाब दिया, "यह ठीक उसी साल बना था।"

"इससे मुझे उस घर की याद आती है, जहां मेरा जन्म हुआ था" उन्होंने कहा। "यह सुंदर है। काफी सुंदर है। काफी जगह है। अब इस तरह के घर नहीं बनाए जाते।"

"सही कहते हो" आंटी ने बात स्वीकार की। "आजकल के युवा ऐसे सुंदर घर नहीं बनाते। वे छोटे अपार्टमेंट चाहते हैं और फिर वे अपनी कारों में सैर करने निकल जाते हैं।"

"यह तो सपनों का घर है" वे पुरानी यादों को ताजा करते हुए भर्राती हुई आवाज में बोलीं- "यह घर प्यार से बनाया गया था। मेरे पति और मैंने सालों इसे बनाने के सपने देखे थे। हमारे पास कोई आर्किटेक्ट नहीं था। हमने इसे खुद प्लान किया।"

उन्होंने मिस्टर आर. को घर दिखाया और उन्होंने उन सुंदर चीजों को दिखाया, जो उन्होंने यात्रा के दौरान अर्जित की थीं और सहेजकर रखा था- पेसली शौल, पुराना इंग्लिश टी-सेट, वेजवूड चाइना, फ्रेंच बेड और चेयर, इटालियन पेंटिंग और रेशम के पर्दे, जो कभी एक फ्रेयांच शाइटू में टंगे रहते थे।

मिस्टर आर. को घर दिखाने के बाद वे मिस्टर आर. को गैराज ले गईं। वहां, ब्लौक्स पर एक पेकार्ड कार थी।

"मेरे पति ने दुनिया छोड़ने से कुछ ही दिनों पहले यह कार खरीदी थी" आंटी ने कहा- "उनके जाने के बाद मैं कभी भी उसमें नहीं चढ़ी। तुम्हें अच्छी चीजों की परख है, इसलिए यह कार मैं तुम्हें दूंगी।"

"क्यों आंटी?" उन्होंने कहा- "आपने मुझे गद्गद् कर दिया। मैं आपकी उदारता की कद्र करता हूं, पर मैं इसे नहीं ले सकता। मैं आपका रिश्तेदार भी नहीं हूं। मेरे पास एक नई कार है और आपके कई रिश्तेदार यह पेकार्ड कार लेना चाहेंगे।"

"रिश्तेदार!" उन्होंने कहा- "हां, मेरे कई रिश्तेदार हैं, जो मेरे मरने का इंतजार कर रहे हैं ताकि वे यह कार ले सकें, पर उन्हें यह कार नहीं मिलेगी।"

"अगर आप उन्हें यह नहीं देना चाहतीं, तो किसी सेकंड हैंड डीलर को बेच सकती हैं।" उन्होंने आंटी से कहा।

"बेच दूं!" आंटी रो पड़ी। "तुम्हें लगता है, मैं यह कार बेचूंगी? तुम्हें लगता है कि जो कार मेरे पति ने मुझे दी, उसे मैं अजनबियों को चलाते देख पाऊंगी? मैं इसे सपने में भी नहीं बेच सकती। मैं इसे तुम्हें दूंगी। तुम्हें सुंदर चीजों की कदर है।"

उन्होंने कार को लेने से बचने की कोशिश की, पर वे आंटी की भावनाएं आहत किए बिना ऐसा नहीं कर सकते थे।

पैसली शौल, फ्रेंच एंटीक और अपनी यादों से भरे इस बड़े बंगले में यह अकेली आंटी थोड़ी पहचान के लिए तरस रही थीं। किसी समय वे सुंदर, युवा और आकर्षक रही थीं। उन्होंने बड़े प्रेम से एक घर बनाया था और उसे यूरोप से खरीदी चीजों से सजाया था। अब, बुढ़ापे के अकेले दिनों में, उन्हें स्नेह की गर्माहट की जरूरत थी, थोड़ी तारीफ की जरूरत थी, जो उन्हें किसी से भी नहीं मिल रही थी और जब उन्हें यह मिली, उन्हें मानो रेगिस्तान में पानी का झरना मिल गया हो। उनके अंदर की कृतज्ञता ने उन्हें अपनी पैकार्ड कार तोहफे में देने के लिए मजबूर कर दिया।

दूसरा मामला लेते हैं- डोनाल्ड एम. मैक्मैहन (लैंडस्केप कंपनी ल्युइस एंड वैलेंटाइन कंपनी का सुपरिंटेंडेंट) ने एक घटना सुनाई- "जब मैंने 'हाऊ टू विन फ्रेंड्स एंड इन्फ्लुएंस पीपल' पर क्लास में भाग लेने के बाद एक दिन मैं एक प्रसिद्ध एटॉर्नी की एस्टेट का लैंडस्केप कर रहा था। एटॉर्नी ने आकर मुझे निर्देश दिया कि वे कहां पौधे लगाना चाहते थे।

मैंने कहा- "जज साहब, आपका शौक बहुत बेहतरीन है। मैं आपके सुंदर कुत्तों को देख रहा हूं। मुझे लगता है कि आप हर साल मेडिसन स्क्वायर गार्डन के शो में ढेर सारे ब्लू रिबन जीतते हैं।"

"इस छोटी-सी प्रशंसा का प्रभाव आश्चर्यजनक था।"

"हां" जज ने जवाब दिया- 'मुझे अपने कुत्तों के साथ काफी मजा आता है। आप मेरे कुत्तों का घर देखना चाहेंगे?"

उन्होंने लगभग एक घंटे तक मुझे कुत्ते और जीते हुए पुरस्कार दिखाए। वे उनके खाने का सामान भी लेकर आए और उन कुत्तों की सुंदरता और बुद्धि के पीछे ब्लडलाइन का महत्त्व भी समझाया।

अंत में, मेरी ओर मुड़कर उन्होंने कहा- "क्या आपके छोटे बच्चे हैं?"

"हां, हैं," मैंने जवाब दिया- "मेरा एक बेटा है।"

"क्या उनको एक पिल्ला पसंद आएगा?" जज ने पूछा।

"ओह हां, बिल्कुल, उसे बहुत पसंद आएगा।"

"ठीक है, मैं उसके लिए एक पिल्ला दे रहा हूं," जज ने घोषणा की।

वे मुझे बताने लगे कि पिल्ले को कैसे खिलाया जाए, फिर वे रुके।

"अगर मैं बताऊं तो आप भूल जाएंगे, इसलिए मैं लिख देता हूं।" जज अपने घर में गए, उन्होंने पेडिग्री और उसे खिलाने के निर्देश को टाइप किया और मुझे सैकड़ों डॉलर की कीमत वाला एक पिल्ला तोहफे में दिया, सिर्फ इसलिए क्योंकि मैंने उनके शौक और उपलब्धियों पर सच्ची प्रशंसा की थी।"

कोडेक की प्रसिद्धि वाले जॉर्ज ईस्टमैन ने वह पारदर्शी फिल्म बनाई, जिससे मोशन पिक्चर्स का बनना संभव हुआ, सौ मिलियन डॉलर का साम्राज्य बनाया और दुनिया के एक सबसे सफल बिजनेसमैन बने। इन विशाल सफलताओं के बावजूद वे हमारी और आपकी तरह प्रशंसा के भूखे थे।

अच्छी तरह समझने के लिए जब ईस्टमैन रोचेस्टर में ईस्टमैन स्कूल ऑफ म्यूजिक और किलबोर्न हॉल बनवा रहे थे, तब सुपीरियर सीटिंग कंपनी ऑफ न्यूयॉर्क के प्रेसिडेंट जेम्स एडमसन इन भवनों के लिए थिएटर की कुर्सियों का ऑर्डर चाहते थे। आर्किटेक्ट को फोन करके मिस्टर एडमसन ने मिस्टर ईस्टमैन से रोचेस्टर में मिलने का एपॉइंटमेंट लिया।

जब एडमसन पहुंचे तो आर्किटेक्ट ने कहा- "मुझे पता है कि आपको यह ऑर्डर चाहिए, लेकिन अगर आपने जॉर्ज ईस्टमैन का पांच मिनट से भी ज्यादा वक्त लिया, तो आप अपने पैरों पर कुल्हाड़ी मार लेंगे। वे बहुत ज्यादा अनुशासनप्रिय हैं और बहुत व्यस्त हैं, इसलिए अपनी बात जल्दी कह लेना और निकल जाना।"

एडमसन यही करने के लिए तैयार थे। जब वे कमरे में गए, तब उन्होंने मिस्टर ईस्टमैन को डेस्क पर कागजों के पुलिंदे पर नजरें गड़ाए बैठे देखा। तब मिस्टर ईस्टमैन ने ऊपर देखा, अपना चश्मा हटाया, आर्किटेक्ट और मिस्टर एडमसन के पास आते हुए बोले- "गुड मॉर्निंग सज्जनो! मैं आपके लिए क्या कर सकता हूं?"

आर्किटेक्ट ने उनका परिचय कराया और तब मिस्टर एडमसन ने कहा- "मिस्टर ईस्टमैन, जब मैं आपकी प्रतीक्षा कर रहा था, तब मुझसे आपके ऑफिस की तारीफ किए बिना नहीं रहा गया। मुझे किसी ऐसे कमरे में काम करने का मौका मिला, तो मुझसे रहा नहीं जाएगा। मैं इंटीरियर-वुडवर्किंग के बिजनेस में हूं और मैंने आज तक इतना सुंदर ऑफिस पहले नहीं देखा।"

जॉर्ज ईस्टमैन ने जवाब दिया- "आपने मुझे ऐसी चीज की याद दिला दी, जो मैं लगभग भूल गया था। यह सुंदर है ना? जब यह पहली बार बना था, तब मैंने इसका काफी आनंद लिया था, पर अब मैं जब यहां आता हूं तो मेरे दिमाग में बहुत सारी चीजें चल रही होती हैं और कई बार मैं हफ्तों तक इस कमरे को देख नहीं पाता।"

एडमसन आगे गए और उन्होंने एक पैनल पर अपना हाथ रगड़ा।

"यह इंग्लिश ओक है न? इटालियन ओक से इसका टेक्सचर थोड़ा अलग है।

"हां," ईस्टमैन ने जवाब दिया। "इंपोर्टेड इंग्लिश ओक । यह मेरे एक ऐसे दोस्त ने चुना था जिसे लकड़ियों की काफी जानकारी है।"

फिर ईस्टमैन ने उन्हें अपना कमरा दिखाया, उसके अनुपात, रंगों, हैंड कारविंग

और अन्य चीजों के बारे में जानकारी दी और यह बताया कि उन्होंने कैसे इनको चुनने और बनाने में मदद की थी। कमरे में घूमते समय, वुडवर्क की तारीफ करते समय वे एक खिड़की के पास रुके और जॉर्ज ईस्टमैन ने अपने विनम्र और मृदु स्वर में उन संगठनों के बारे में बताया जिनके द्वारा वे मानवता की सेवा कर रहे थे - द यूनिवर्सिटी ऑफ रोशेस्टर, जनरल हॉस्पिटल, होम्योपैथिक हॉस्पिटल, फ्रैंडली हॉस्पिटल, चिल्ड्रेन्स हॉस्पिटल आदि।

मिस्टर एडमसन ने उन्हें बधाई दी, क्योंकि वे अपनी संपत्ति का इस्तेमाल लोगों की परेशानी दूर करने के लिए एक आदर्श तरीके से कर रहे थे। फिर जॉर्ज ईस्टमैन ने शीशे का एक संदूक खोला और उन्होंने वह कैमरा निकाला, जो उन्होंने सबसे पहले लिया था- एक ऐसा आविष्कार, जो उन्होंने एक इंग्लिशमैन से खरीदा था।

एडमसन ने उनके शुरुआती संघर्ष के बारे में पूछा जब वे अपना बिजनेस शुरु कर रहे थे और तब मिस्टर ईस्टमैन ने अपने बचपन की गरीबी के बारे में बताया और यह भी बताया कि कैसे उनकी विधवा मां एक बोर्डिंग हाउस में रही थी, जब वे एक इंश्योरेंस ऑफिस में क्लर्क थे।

गरीबी के आतंक ने उन्हें दिन-रात परेशान कर रखा था और उन्हें प्रण लिया था कि वे इतने पैसे कमाएंगे, ताकि उनकी मां को काम न करना पड़े। मिस्टर एडमसन ने और भी सवाल पूछे और उनकी बातों को ध्यान से सुना जब वे ड्राई फोटोग्राफिक प्लेट्स के साथ अपने प्रयोगों के बारे में बता रहे थे। उन्होंने बताया कि कैसे वे ऑफिस में सारा दिन काम करते और कभी-कभी पूरी रात प्रयोग करते, बीच-बीच में हल्की नींद लेते, जब कैमिकल अपना काम कर रहे होते और कभी-कभार बहत्तर घंटों तक एक ही कपड़ों में काम करते और सोते थे।

जेम्स एडमसन को सवा दस बजे ईस्टमैन के ऑफिस में ले जाया गया था और उन्हें चेतावनी दी गई थी कि वे उनका पांच मिनट से ज्यादा समय न लें, लेकिन एक घंटा गुजर गया, दो घंटे गुजर गए और तब भी वे बातें किए जा रहे थे।

जो अंत में जॉर्ज ईस्टमैन एडमसन की ओर मुड़े और उन्होंने कहा- "जब मैं पिछली बार जापान गया था, तब मैंने कुछ कुर्सियां खरीदी थीं, उन्हें घर लेकर आया और उन्हें सन पोर्च में डाल दिया, लेकिन सूरज की रोशनी के कारण उसका पेंट निकल गया, इसलिए मैं अगले दिन बाजार गया। मैंने कुछ पेंट खरीदे और उन्हें खुद पेंट किया। आप देखना चाहेंगे कि मैं कुर्सियों को पेंट करने का काम कैसा करता हूँ? ठीक है। आप मेरे घर आइए, मेरे साथ लंच कीजिए और मैं आपको दिखाऊंगा।

लंच के बाद मिस्टर ईस्टमैन ने एडमसन को वे कुर्सियां दिखाईं, जो वे जापान से लेकर आए थे। वे कुछ डॉलर से ज्यादा कीमती नहीं थीं, लेकिन जॉर्ज ईस्टमैन जैसे अरबपति को उन पर गर्व था, क्योंकि उन्होंने खुद उन्हें पेंट किया था।

सीटों का ऑर्डर नब्बे हजार डॉलर का था। आपको क्या लगता है किसे वह ऑर्डर मिला? जेम्स एडमसन को या उनके प्रतियोगी को? इस कहानी के समय से लेकर मिस्टर ईस्टमैन की मृत्यु तक दोनों दोस्त बने रहे।

फ्रांस के एक रेस्टोरेंट के मालिक क्लाउड मारिस ने यही सिद्धांत अपनाया और अपने रेस्टोरेंट के एक मुख्य कर्मचारी को खोने से खुद को बचाया। यह महिला पांच सालों से काम कर रही थी और मारिस और उनके अन्य कर्मचारियों के बीच संपर्क सूत्र थी। उनको उस महिला से इस्तीफे का पत्र पाकर बड़ा आश्चर्य हुआ।

एम. मारिस ने रिपोर्ट किया- "मुझे बड़ा आश्चर्य हुआ और उससे भी ज्यादा दुख हुआ, क्योंकि मैं इस सोच में था कि मैंने उसकी सुविधा और जरूरतों का ख्याल रखा है। वह कर्मचारी के साथ-साथ एक दोस्त भी थी और शायद मैंने उसे उतना महत्त्व नहीं दिया और बाकी कर्मचारियों से ज्यादा उससे काम लिया।"

"मैं बिना वजह जाने उसका इस्तीफा नहीं ले सकता था। मैं उसे अलग ले गया और मैंने उससे कहा- "पौलेट, तुम्हें समझना चाहिए कि मैं तुम्हारा इस्तीफा नहीं ले सकता। तुम मेरे लिए और इस कंपनी के लिए बहुत मायने रखती हो और तुम इस रेस्टोरेंट की सफलता के लिए मेरे जितने ही जिम्मेवार हो। यह बात मैंने पूरे स्टाफ के सामने कही और फिर मैंने उसे अपने घर बुलाया और अपने पूरे परिवार के सामने उसमें अपना विश्वास जताया।"

"पौलेट ने अपना इस्तीफा वापस ले लिया और आज मैं उस पर पहले से भी ज्यादा विश्वास करता हूं। मैं बार-बार उसके काम की तारीफ करता हूं और यह बताता हूं कि वह मेरे और मेरे रेस्टोरेंट के लिए कितनी जरूरी है।"

"लोगों से उनके बारे में बातें करो" ब्रिटिश साम्राज्य पर राज करने वाले सबसे चतुर लोगों में से एक डिजरायली ने कहा था- "लोगों से उनके बारे में बातें करो और वे घंटों तक सुनते रहेंगे।"

सिद्धांत-6

पूरी ईमानदारी से सामने वाले को महत्वपूर्ण महसूस करायें

संक्षेप में

खंड 2

इन छः तरीकों से लोग हो जाएंगे आपके मुरीद

सिद्धांत-1

लोगों से दिलचस्पी के साथ जुड़िये

सिद्धांत-2

मुस्कराएं

सिद्धांत-3

किसी भी इंसान के लिये उसका नाम सबसे महत्वपूर्ण और जरूरी होता है

सिद्धांत-4

लोगों को उनके बारे में बताने के लिये प्रोत्साहित करें और खुद एक अच्छे श्रोता बनें

सिद्धांत-5

हमेशा दूसरों की रूचि के अनुसार ही बातें करें।

सिद्धांत-6

पूरी ईमानदारी से सामने वाले को महत्वपूर्ण महसूस करायें

खण्ड-तीन

इस तरह लोगों से अपनी बात मनवायें

1

बहस से नतीजे नहीं मिलते

पहले विश्वयुद्ध के खत्म होने के बाद लंदन में एक रात मैंने एक बहुत जरूरी बात सीखी। मैं उस समय सर रॉस स्मिथ के लिए मैनेजर था। युद्ध के समय सर रॉस स्मिथ फिलिस्तीन में ऑस्ट्रेलिया के कमांडर थे और युद्ध के खत्म होते ही उन्होंने तीस दिनों में आधी दुनिया में उड़कर सबको चकित कर दिया था। इससे पहले ऐसी कोई चीज नहीं की गई थी। इसने कमाल की सनसनी फैला दी थी।

ऑस्ट्रेलिया की सरकार ने उन्हें पचास हजार डॉलर का इनाम दिया। इंग्लैंड के किंग ने उन्हें नाइट बना दिया और कुछ समय तक ब्रिटिश शासन में सबसे प्रसिद्ध व्यक्तियों में गिने जाने लगे थे। मैंने एक बार सर रॉस के सम्मान में दिए जाने वाले प्रीतिभोज में हिस्सा लिया और भोजन के समय, मेरे पास बैठे एक इंसान ने एक हंसाने वाली कहानी सुनाई, जो इस कहावत पर आधारित थी - "एक दैवीय शक्ति है, जो हमारी जिंदगी को स्वरूप देती है, भले ही हम इसे कितना भी बदलने की कोशिश करें।"

कहानी सुनाने वाले ने बताया कि यह पंक्ति बाइबिल से है। वह गलत था। मैं जानता था, अच्छी तरह से जानता था। इस बारे में मुझे थोड़ा भी संदेह नहीं था। इसलिए मैंने थोड़ा महत्त्व पाने के लिए और अपनी जानकारी दिखाने के लिए खुद को उसे सुधारने वाला एक अनचाहा सदस्य बना लिया, पर वह अपनी बात पर अड़ा रहा। क्या? शेक्सपियर से? असंभव? बकवास! वह पंक्ति बाइबिल से थी और वह जानता था।

कहानी बताने वाला मेरे दाईं ओर बैठा था और फ्रैंक गैमंड (एक पुराना दोस्त) मेरे बाईं ओर बैठा था। मिस्टर गैमंड ने सालों तक शेक्सपियर को पढ़ा था, इसलिए मैंने और कहानी सुनाने वाले ने यह सवाल मिस्टर गैमंड को दे दिया। मिस्टर गैमंड ने सुना, मुझे टेबल के नीचे ठोकर मारी और कहा - "डेल, तुम गलत हो। वे सज्जन सही हैं। यह बाइबिल से है।"

उस रात घर जाते समय मैंने मिस्टर गैमंड से कहा - "फ्रैंक, तुम्हें पता था कि वह पंक्ति शेक्सपियर से है।"

"हां, बिलकुल," उसने कहा - "हेमलेट, ऐक्ट पांच, दृश्य दो, पर हम वहां मेहमान थे, प्रिय डेल! किसी इंसान को गलत क्यों सिद्ध किया जाए? क्या इससे वह इंसान तुम्हें पसंद करेगा? उसे अपनी प्रतिष्ठा बचाने का मौका क्यों नहीं दिया जाये? उसने तुम्हारा नजरिया नहीं मांगा। उसे इसकी जरूरत नहीं थी। उससे बहस क्यों की जाए? हमेशा तीखी बातों

से दूर रहो।" उस आदमी ने जो बात मुझे सिखाई, वह मैं कभी नहीं भूलूंगा। मैंने न सिर्फ कहानी सुनाने वाले को परेशानी में डाला था, बल्कि अपने दोस्त के लिए भी मुसीबत पैदा की थी। कितना अच्छा होता, अगर मैंने बहस न की होती।

मेरे लिए यह काफी जरूरी पाठ था, क्योंकि मैं बहुत बड़ा बहसखोर था। जवानी के दिनों में मैंने अपने भाई से ब्रह्मांड की हर बात पर बहस की थी। जब मैं कॉलेज गया, तो मैंने तर्क और विवाद की पढ़ाई की और वाद-विवाद प्रतियोगिताओं में गया। मैं मिसूरी से था और मुझे यह दिखाना था।

बाद में मैंने न्यूयॉर्क में बहस और विवाद करना भी सिखाया और एक बार मुझे बताते हुए शर्म आ रही है, मैं इस विषय पर एक किताब लिखने की भी सोच रहा था। तब से, मैंने हजारों बहसों को सुना है, उनमें हिस्सा लिया है और उनका प्रभाव देखा है। इसके परिणाम में मैं इस निष्कर्ष पर पहुंचा हूं कि इस धरती पर बहस का सबसे अच्छा फायदा उठाने का एक ही तरीका है- इससे दूर रहें। इससे वैसे ही दूर रहें, जैसे आप सांप और भूकंप से दूर रहते हैं।

दस में से नौ मामलों में हर बहस के अंत में हर प्रतिभागी का यह विश्वास और गहरा हो जाता है कि वह ही सही है।

आप एक बहस नहीं जीत सकते, क्योंकि अगर आप हार गए तो आप हार गए और अगर आप जीत गए तो भी हार गए। क्यों? मान लिया कि आपने दूसरे इंसान पर जीत दर्ज कर ली और उसकी बातों में गलतियां निकाल दी और उसे बेवकूफ सिद्ध कर दिया, तब क्या? आपको तो अच्छा लगेगा।

लेकिन उस इंसान का क्या? आपने उसे छोटा महसूस करा दिया। आपने उसके स्वाभिमान को चोट पहुंचाई और-

अपनी इच्छा के विरुद्ध भले ही कोई मान जाए,
लेकिन असल में वह अपने नजरिए पर ही टिका रहेगा।

कई साल पहले पैट्रिक जे.ओ. हैयर ने मेरी क्लास जॉइन की। उसके पास काफी कम शिक्षा थी और उसे झगड़े से बड़ा प्रेम था। वह कभी ड्राइवर रह चुका था। वह मेरे पास आया, क्योंकि वह काफी समय से बिना सफलता के ट्रक बेचने की कोशिश कर रहा था। थोड़ी पूछताछ से पता चला कि वह उन्हीं लोगों से झगड़ा कर रहा था, जिनके साथ बिजनेस करने की कोशिश कर रहा था। अगर किसी भावी विक्रेता ने ट्रक के बारे में कुछ आलोचना की, तो वह गुस्से में उस आदमी की गर्दन पकड़ लेता था। पैट उन दिनों काफी बहसें जीत जाता था। उसने मुझसे बाद में कहा - "मैं अक्सर ऑफिस से यह कहते हुए निकलता था कि 'मैंने उसे अच्छा पाठ पढ़ाया। निश्चय ही मैंने उसे कुछ सिखाया था, पर मैं उसे कुछ बेच नहीं पाया था।"

मेरी पहली समस्या यह नहीं थी कि पैट्रिक को बोलना सिखाऊं। मेरा पहला काम था कि उसे बोलने और झगड़े करने से रोकूं।

कुछ समय के बाद मिस्टर पैट्रिक ओ हेयर न्यूयॉर्क में व्हाइट मोटर कंपनी का स्टार सेल्समैन बन गया था। उसने ऐसा कैसे कर दिखाया? यहां उसकी कहानी उसकी ही जुबानी है- "अगर अब मैं किसी खरीदने वाले के ऑफिस जाता हूं और वह कहता है।" 'क्या! सफेद ट्रक? वे किसी काम के नहीं होते। अगर तुम मुझे दोगे तो भी मैं नहीं लूंगा। मैं हूजइट संस्था का ही ट्रक खरीदूंगा, तो मैं कहता हूं, "हूजइट संस्था का ट्रक एक अच्छा ट्रक है। अगर आप इसे खरीदेंगे तो कभी गलती नहीं करेंगे। हूजइट ट्रक एक अच्छी कंपनी से बनाए गए हैं और अच्छे लोगों द्वारा बेचे जाते हैं।"

"तब वह निःशब्द हो जाता है। अब किसी बहस की कोई गुंजाइश ही नहीं रही। अगर वह कहता है कि हूजइट ट्रक सबसे अच्छे हैं तो मैं मान जाता हूं, फिर उसे रुक जाना पड़ता है। वह सारी दोपहर यह नहीं कह सकता कि यह सबसे अच्छा है। जब मैं उसकी बात स्वीकार कर रहा हूं। तब हम हूजइट के टॉपिक से हट जाते हैं और व्हाइट ट्रक की खासियत के बारे में बातें करने लगते हैं।"

"एक समय ऐसा था जब उसके द्वारा कही गई पहली बात मुझे लाल-पीला कर देती थी। मैं हूजइट के खिलाफ बातें करने लगता और मैं जितनी बहस करता, वह उतना ही हूजइट ट्रक के पक्ष में चला जाता और मैं जितनी बहस करता, अपने प्रतियोगी के ट्रक उतने ही ज्यादा बेच डालता।"

"अब जब मैं अतीत की ओर देखता हूं तो समझ में नहीं आता कि मुझसे कोई सामान बिक भी कैसे सकता था। मैंने जिंदगी के बेहतरीन पल लड़ने और बहस करने में बिताए। अब मैं चुप रहता हूं। इससे मुझे ही फायदा होता है।"

जैसा कि समझदार बेन फ्रैंकलिन कहा करते थे -

> "अगर आप बहस करते हैं या विरोध करते हैं तो आप कभी-कभी जीत सकते हैं, पर यह जीत खोखली होगी, क्योंकि आपने कभी सामने वाले का समर्थन नहीं जीता।"

तो खुद ही पता लगाइए। आप क्या चाहेंगे, एक बौद्धिक और नाटकीय जीत या फिर सामने वाले का समर्थन? आप दोनों एक साथ नहीं पा सकते।

बोस्टन ट्रांस्क्रिप्ट ने एक बार यह कविता छापी थी -

> यहां लेटा है विलियम जे. का शरीर,
> मन खुद को हमेशा सही कहता रहा यह शूरवीर,
> वह हमेशा सही था, जब तक रहा वह जिंदा,
> अब वह गलत है जैसे पड़ा है यह मुर्दा।

हो सकता है जैसे आप तर्क देते हैं, आप बिलकुल सही हों, लेकिन जहां दूसरे इंसान की सोच बदलने की बात हो, आप वैसे ही बेकार साबित होंगे मानो आप गलत हों।

फ्रेडरिक एस. पारसंस (इन्कम टैक्स कंसल्टेंट) एक बार एक सरकारी टैक्स इंस्पेक्टर से एक घंटे से झगड़े जा रहे थे। नौ हजार डॉलर का एक सामान बहस का कारण था। मिस्टर पारसंस का कहना था कि नौ हजार डॉलर बुरा कर्ज के रूप में घोषित हो चुका है और अब इसके वापस आने की कोई संभावना नहीं है। इसलिए इन पर टैक्स नहीं लगना चाहिए।

"बुरा कर्ज, बिल्कुल नहीं!" इंस्पेक्टर ने जवाब दिया। "इस पर टैक्स लगना चाहिए।"

"यह इंस्पेक्टर बदतमीज, अड़ियल और जिद्दी था।" मिस्टर पारसंस ने यह कहानी हमारी क्लास में बताई- "न तर्क की गुंजाइश थी और न तथ्यों की। जितनी ज्यादा हम बहस करते, वह उतना ही जिद्दी होता गया, इसलिए मैंने बहस करनी छोड़ी, विषय को बदल दिया और उसकी तारीफ शुरु कर दी।"

"मैंने कहा, जितने बड़े-बड़े निर्णय आप लेते हैं, उनकी तुलना में यह तो काफी छोटा मामला है। मैंने भी टैक्स की पढ़ाई की है, लेकिन मेरी जानकारी तो सिर्फ किताबों से आई है, लेकिन आपकी जानकारी तो अनुभव से आई होगी। काश! मेरे पास आपके जैसी नौकरी होती, तब मैं बहुत कुछ सीखा पाता। मैंने एक-एक शब्द सच्चाई से कहा।"

"अच्छा।" इंस्पेक्टर अपनी चेयर पर सीधा हुआ, पीछे झुका और अपने काम के बारे में घंटों बात करता रहा और उसने धोखाधड़ी के मामलों के बारे में बताया, जो उसने पकड़े हैं। उसका लहजा दोस्ताना होता गया, फिर वह अपने बच्चों के बारे में बताने लगा। जाते समय उसने कहा कि वह मेरी समस्या पर विचार करेगा और कुछ दिनों में अपना निर्णय सुनाएगा।"

'उसने तीन दिन बाद मेरे ऑफिस फोन किया और कहा कि मेरा टैक्स रिटर्न वैसे ही लेगा जैसे मैंने भेजा है।" वह टैक्स इंस्पेक्टर इंसानी स्वभाव की सबसे ज्यादा पाई जाने वाली कमी दिखा रहा था। वह महत्त्वपूर्ण होने का एहसास चाहता था और जब तक मिस्टर पारसंस ने उससे बहस की, उसे यह एहसास अपनी ताकत दिखाकर मिला, पर जैसे ही उसके महत्त्व को स्वीकार कर लिया गया और उसके अहंकार की तृप्ति हो गई, वह एक अच्छा और उदार इंसान बन गया।

बुद्ध ने कहा था - "नफरत कभी नफरत से नहीं, प्यार से खत्म होती है और आपसी गलतफहमी कभी बहस से नहीं, बल्कि समझदारी, थोड़ा झुकने और दूसरे का नजरिया समझने की सहानुभूति भरी इच्छा से खत्म होती है।"

लिंकन ने एक बार एक युवा आर्मी ऑफिसर को एक एसोसिएट के साथ झगड़ा करने के लिए बुलाया। "जो भी इंसान अपनी काबिलियत का पूरा लाभ उठाना चाहता है," लिंकन ने कहा- "उसे आपसी झगड़े के लिए वक्त नहीं होता। साथ ही वह अपना नियंत्रण खोने और गुस्सा करने के परिणाम नहीं झेल सकता। सही दिखने के चक्कर में एक कुत्ते द्वारा काटे जाने से अच्छा है कि उसके लिए रास्ता छोड़ दिया जाए। कुत्ते को मारने से भी उसके काटे जाने का इलाज नहीं हो सकता।"

बिट्स एंड पीसेज के एक लेख में बताया गया है कि किसी छोटे विवाद को बहस बनने से कैसे रोका जाए -

> विवाद का स्वागत करें। यह नारा याद रखें- "जब दो पार्टनर हमेशा एक जैसा सोचते हैं तो उनमें एक की जरूरत नहीं होती।" अगर कोई बात आपके ध्यान में न आ पाई हो, तो शुक्रिया अदा करें कि उसे आपके सामने लाया गया। शायद यह छोटा विवाद आपको बड़ी गलती करने से बचा सकता है। तुरंत उठने वाली प्रतिक्रिया से सावधान रहें। किसी भी विवाद में हमारी पहली प्रतिक्रिया होती है कि हम अपना बचाव करते हैं। सावधान रहें। शांत रहकर अपनी पहली प्रतिक्रिया देखें। यह आपका सर्वश्रेष्ठ नहीं, आपकी सबसे खराब प्रतिक्रिया हो सकती है।
>
> अपने आपे पर नियंत्रण रखें। याद रखें, किसी इंसान की गहराई इस बात से नापी जा सकती है कि उसे किस बात पर गुस्सा आता है।
>
> पहले सुनें। अपने सामने वाले को बात करने का मौका दें। उन्हें अपनी बात खत्म करने दें। बचाव न करें, बहस न करें और प्रतिक्रिया न करें। इससे सिर्फ दीवारें खड़ी होती हैं। समझदारी के पल बनाने की कोशिश करें। नासमझी की बाधाएं न पैदा करें। उन चीजों को खोजिए जिन पर आप सहमत हैं। अपने सामने वाली की बातें सुनकर पहले उन बिंदुओं पर चर्चा कीजिए, जिस पर आप दोनों की सहमति है।
>
> ईमानदार रहिए। जिन चीजों पर अपनी गलती स्वीकार कर सकते हैं, स्वीकार कीजिए। अपनी गलतियों के लिए खेद व्यक्त कीजिए। इससे आपसे झगड़ने वाले का प्रतिरोध कम होगा।
>
> अपने विपक्षी के आइडिया पर सोचिए और उनका बारीकी से अध्ययन कीजिए। ऐसा सच्चाई से कीजिए। हो सकता है, वह सही हो। इस चरण पर उनके बारे में सोच-विचारकर उनसे सहमति बनाना अच्छा है, नहीं तो जल्दी से आगे बढ़ जाएंगे और ऐसी स्थिति में पहुंच जाएंगे, जहां आपका विपक्षी कह सके "हमने बताने की कोशिश की थी, पर तुम सुनते कहां हो!"
>
> अपने विपक्षियों को दिलचस्पी दिखाने के लिए धन्यवाद कीजिए। जो भी आपसे असहमति बनाने के लिए वक्त निकालता है, वह उन्हीं चीजों को चाहता है, जिन्हें आप चाहते हैं। उन्हें वैसे लोगों की तरह सोचिए, जो आपकी मदद करना चाहते हैं और फिर आपके विपक्षी आपके दोस्त बन जाएंगे।
>
> दोनों पक्ष अच्छी तरह से समस्या पर सोच सकें, इसलिए कुछ समय के लिए कोई कदम न उठाएं। सलाह दीजिए कि अगली मीटिंग उस दिन बाद में या अगले दिन रखी जाए, ताकि सारे तथ्यों को सामने लाया जा सके। इस मीटिंग की तैयारी में खुद से कुछ कठिन सवाल पूछे -

क्या मेरे विपक्षी सही हो सकते हैं? थोड़ा-बहुत? क्या उनकी बातों और तर्क में मतलब है? क्या मेरी प्रतिक्रिया समस्या का हल निकालेगी या फिर सिर्फ मेरी हताशा निकालेगी? क्या मेरी प्रतिक्रिया मेरे विपक्षियों को मुझसे दूर ले जाएगी या मेरे करीब ले आएगी? क्या मेरी प्रतिक्रिया मुझे लोगों की नजरों में ऊपर ले जाएगी? क्या मैं जीतूंगा या हारुंगा? जीतने पर मुझे क्या कीमत चुकानी होगी? अगर मैं चुप रह जाऊं तो क्या यह विवाद समाप्त हो जाएगा? क्या यह कठिन परिस्थिति मेरे लिए एक अवसर है?

ओपेरा के स्टार जैन पियर्स, शादी के करीब पचास साल बाद एक दिन मुझसे बोले - "मैं और मेरी पत्नी ने एक समझौता किया है और हमने इसका पालन किया है, भले ही हम एक-दूसरे पर कितना भी गुस्सा हो जाएं। जब एक चिल्लाता है, तब दूसरा सुनता है क्योंकि जब दो लोग चिल्लाते हैं तो कोई संवाद नहीं होता, सिर्फ शोरगुल होता है।"

सिद्धांत-1

बहस न करें। इसके नतीजे शून्य ही होते हैं

2

किसी को दुश्मन बनाने से कैसे बचें?

जब थियोडोर रुजवेल्ट व्हाइट हाउस में थे, तो उन्होंने स्वीकारा था कि अगर वे सिर्फ 75 प्रतिशत मामलों में सही रहें, तो अपनी आशाओं पर सबसे ज्यादा खरे उतरेंगे। अगर बीसवीं शताब्दी के एक सबसे ज्यादा सफल इंसान की यह सबसे ऊंची रेटिंग की अपेक्षा थी, तो आपका और मेरा क्या हाल होगा?

अगर आप सिर्फ 55 प्रतिशत मामलों में सही हों, तो आप वाल स्ट्रीट जाकर हर रोज एक मिलियन डॉलर कमा सकते हैं और अगर आप खुद 55 प्रतिशत समय भी सही नहीं होते, तो आपको दूसरों को गलत कहने का क्या अधिकार है?

आप लोगों को अपनी नजर से, बोलने के अंदाज से उतनी ही जोर से गलत बता सकते हैं जितना अपने शब्दों से और अगर आपने उन्हें गलत बताया, तो क्या आप उनसे उम्मीद कर सकते हैं कि वे आपसे सहमति रखें? कभी नहीं! क्योंकि आपने उनकी बुद्धि, उनके निर्णय, अभिमान और आत्मसम्मान पर गहरा प्रहार किया है। इस कारण से वे भी आपको कड़ा जवाब देंगे।

इस प्रकार कभी भी वे अपनी सोच बदलने पर मजबूर नहीं होंगे। आप उन पर प्लेटो और इमेनुअल कान्ट के तर्कों की बौछार कर सकते हैं, पर आप कभी भी उनका नजरिया नहीं बदल पाएंगे, क्योंकि आपने उनकी भावनाएं आहत की हैं।

कभी भी यह घोषणा करके शुरुआत न करें, "मैं तुम्हें यह सिद्ध करके दिखाउंगा।" यह सही नहीं है। यह कुछ इस तरह कहने जैसा होगा - "मैं तुमसे ज्यादा स्मार्ट हूं। मैं तुम्हें एक या दो चीजें बताऊंगा, जिससे तुम्हारी सोच बदल जाएगी।"

यह एक चुनौती है। इससे विरोध जगता है और आपको सुनने वाला आपकी शुरुआत से पहले ही आपसे झगड़ने को तैयार हो जाता है।

अच्छे माहौल में भी लोगों की सोच को बदलना मुश्किल होता है, तो इसे और मुश्किल क्यों बनाया जाए? अपने आपको और लाचार क्यों किया जाए? अगर आप कुछ सिद्ध करने जा रहे हैं, तो किसी को पता न चलने दें।

इसे इतने सूक्ष्म तरीके से, इतनी कुशलता से करें कि किसी को यह न लगे कि आप क्या कर रहे हैं। इस बात को अलैक्जेंडर पोप ने बेहद अच्छे ढंग से व्यक्त करते हुये कहा था कि -

इंसानों को ऐसे सिखाएं जैसे सिखाया न जा रहा हो, अनजान चीजें ऐसे बताएं जैसे उन्हें वह भूल गया हो।

लगभग तीन सौ साल पहले गैलीलियो ने कहा था -

आप किसी आदमी को कुछ सिखा नहीं सकते, आप बस उसे वह चीज खुद पाने में मदद कर सकते हैं।

जैसे लॉर्ड चेस्टरफील्ड ने अपने बेटे से कहा था।

दूसरे लोगों से ज्यादा समझदार बनो, अगर बन सको, पर उन्हें कभी बताओ मत।

सुकरात ने एथेंस में अपने अनुयायियों से बारंबार कहा था मैं बस एक चीज जानता हूं, वह यह कि मैं कुछ नहीं जानता।

अच्छा, मैं खुद को सुकरात से ज्यादा बुद्धिमान नहीं मानता, इसलिए मैंने लोगों को यह बताना बंद कर दिया है कि वे गलत हैं और मैंने देखा कि इससे लाभ होता है। अगर कोई इंसान कोई ऐसी बात कहता है, जो आपकी नजरों में गलत है- हां, यह जानते हुए कि वह गलत है। क्या कुछ इस तरह से कहना सही नहीं होगा- "अच्छा, अब देखो, मैंने कुछ दूसरा सोचा था, पर शायद मैं गलत हो सकता हूं। अक्सर मैं गलत होता हूं और अगर मैं गलत हूं तो मैं इसे सही करना चाहता हूं। चलो, तथ्यों की जांच करते हैं।"

इस तरह की बातों में जादू है, जादू जैसा प्रभाव है- "मैं गलत हो सकता हूं। मैं अक्सर गलत होता हूं। तथ्यों की जांच कर लेते हैं।"

न धरती पर और न स्वर्ग में कोई भी इंसान इस तरह की बात पर असहमति जाहिर करेगा, "मैं गलत हो सकता हूं। तथ्यों की जांच कर लेते हैं।"

मेरी एक क्लास में एक सदस्य था, जो ग्राहकों से बात करते समय यह तरीका अपनाता था। वह मोन्टाना का कार डीलर था और उसका नाम था हैरोल्ड रेंके। उसने बताया कि ऑटोमोबाइल बिजनेस के दबाव के कारण वह ग्राहकों की शिकायत सुनते समय अक्सर उबल पड़ता था। इससे उसे बदले में गुस्से का सामना, बिजनेस का नुकसान और झगड़े का सामना करना पड़ता था।

उसने अपनी क्लास को बताया- यह समझने के बाद कि इस कारण से मैं तरक्की नहीं कर पा रहा था, मैंने एक नया तरीका अपनाया। मैं कुछ तरह से कहने लगा- "हमारी डीलरशिप ने इतनी गलतियां की हैं कि मुझे शर्मिंदगी होती है। हमने आपके मामले में भी गलती की हो। इस बारे में बताइए।"

"इस तरीके से मामला हल्का हो जाता और जब तक ग्राहक अपना गुस्सा निकालता, तब तक वह मामला सुलझाने के लिए ज्यादा झुकने को तैयार हो जाता। दरअसल, कई ग्राहकों ने मुझे ऐसा व्यवहार करने के लिए शुक्रिया अदा किया है। उनमें से

दो लोग तो अपने दोस्त को भी कारें खरीदने के लिए लेकर आए। इस प्रतियोगी माहौल में हमें इस तरह के ग्राहक और ज्यादा चाहिए और मुझे लगता है कि ग्राहकों के नजरिए के प्रति सम्मान दिखाने से और उनसे समझदारी से बर्ताव करने से हम प्रतियोगिता में आगे रहेंगे।"

अगर आप स्वीकार करते हैं कि आपसे गलती हो सकती है तो आप कभी मुसीबत में नहीं पड़ेंगे। इससे सारी बहस रुक जाएगी और आपके विपक्षी को भी न्यायपूर्ण, खुले दिमाग वाला और सुलझे होने की प्रेरणा मिलेगी। इससे वह स्वीकार कर पाएगा कि वह भी गलत हो सकता है।

अगर आप अच्छी तरह जानते हैं कि कोई इंसान गलत है और आप उसे मुंह पर यह बात बता देते हैं तो क्या होता है? मुझे समझाने दें। एक युवा, न्यूयॉर्क के एटॉर्नी, मिस्टर एस. ने एक बार यूनाइटेड स्टेट्स सुप्रीम कोर्ट में एक काफी महत्त्वपूर्ण केस लड़ा था (लस्टगार्टन और लीट कॉर्पोरेशन 280 यू.एस. 320)।

बहस के दौरान सुप्रीम कोर्ट के एक न्यायाधीश ने कहा - "नौसेना नियम में परिसीमा का अधिनियम छः साल है न?"

मिस्टर एस. रुके, उन्होंने न्यायाधीश को एक पल के लिए देखा और तपाक से बोले- "युअर ऑनर, नौसेना में परिसीमा का कोई अधिनियम नहीं है।"

"पूरे कोर्ट में सन्नाटा छा गया," मिस्टर एस. ने यह अनुभव बताते समय क्लास में कहा, "और कमरे का तापमान जीरो डिग्री पहुंच गया। मैं सही था। जज साहब गलत थे और मैंने उन्हें यह बता दिया, पर क्या इससे उनके मन में मेरे लिए मित्रता का भाव आया? नहीं। मुझे अभी भी लगता है कि कानून मेरी तरफ था और मैं जानता हूं कि मैं पहले से ज्यादा अच्छे तरीके से बोला, पर मैं उनको मना नहीं पाया। मैंने एक विद्वान और प्रसिद्ध इंसान को गलत बताने की बड़ी भूल कर दी थी।"

बहुत कम लोग तार्किक होते हैं। हममें से अधिकतर लोग पूर्वाग्रह और पक्षपात से भरे होते हैं। हममें से ज्यादा लोग पहले से बनाई सोच, ईर्ष्या, संदेह, डर, जलन और अहंकार से छलकते रहते हैं और अधिकतर नागरिक अपने धर्म, बालों का स्टाइल, कम्यूनिज्म और फेवरिट मूवी स्टार के बारे में अपने विचार बदलना नहीं चाहते। इसलिए अगर आपमें लोगों को गलत बताने की प्रवृत्ति है। तो इस परिच्छेद को हर सुबह ब्रेकफास्ट से पहले पढ़ें। यह जेम्स हार्वे रॉबिन्सन की अर्थपूर्ण किताब 'द माइंड इन द मेकिंग' से लिया गया है-

> 'हम कई बार बिना किसी प्रतिरोध या कड़वी भावना के अपनी सोच बदल लेते हैं, पर अगर हमें गलत बताया जाता है, तो हमें यह बात पसंद नहीं आती और हम अड़ जाते हैं। हम अपनी धारणा बनाते समय भले ही कितने असावधान रहे हों, पर अगर कोई हमें उनसे अलग करना चाहे, तो हम उनके लिए अजीबोगरीब जोश से भर जाते हैं। ऐसा नहीं है कि हमें उस आइडिया से बेहद प्यार है, हमें प्यार है आत्मसम्मान से, जो खतरे में पड़ जाता है... मानवीय मामलों में 'मेरा' शब्द सबसे जरूरी होता है और इससे ठीक बर्ताव करना

> समझदारी की शुरुआत है। इसमें वही ताकत है भले ही 'मेरे' डिनर, 'मेरे' कुत्ते, 'मेरे' घर, 'मेरे' पिता, 'मेरे' देश या 'मेरे' भगवान की बात हो रही हो। हम सिर्फ यह आरोप पसंद नहीं करते कि हमारी घड़ी गलत है, हमारी कार खराब है, पर हमें यह भी पसंद नहीं आता कि मार्स की नहरों के बारे में हमारी सोच, 'एपिटेक्टस' का हमारा उच्चारण, हमारे हिसाब से सेलिसिन का चिकित्सीय महत्त्व गलत हो सकता है। पर जिस चीज को हमने सही माना है, हम उस पर विश्वास करते रहना चाहते हैं और उस पर किसी के शंका करने से हममें प्रतिरोध पैदा होता है जिस कारण से हम उस पर टिके रहने का हर बहाना ढूंढते हैं। इसका परिणाम यह होता है कि हमारी तथाकथित तर्क क्षमता हमेशा तर्क खोजने में लगी रहती है, ताकि हम पुराने विश्वास पर कायम रहें।

एक प्रसिद्ध मनोवैज्ञानिक कार्ल रॉजर्स ने अपनी किताब 'एक व्यक्ति बनने पर' में लिखा है -

> मुझे इस बात से काफी लाभ मिलता है, जब मैं खुद को दूसरे इंसान को समझने की अनुमति देता हूं। मैंने जिस तरह से बात लिखी है, वह आपको अजीब लग सकती है। क्या खुद को दूसरे को समझने की अनुमति देना जरूरी है? मुझे लगता है, यह है। दूसरों की बातें सुनकर हमारी पहली प्रतिक्रिया होती है कि हम उसे समझने के बदले सही या गलत ठहराने लगते हैं। जब कोई अपनी भावना, धारणा या बात व्यक्त करता है, हमारी प्रवृत्ति उसे तुरंत 'सही', 'मूर्खतापूर्ण', 'असामान्य', 'अतार्किक' या 'गलत' ठहराने लगती है। शायद ही हम कभी खुद को यह समझने की अनुमति देते हैं कि उस बात का उस इंसान के लिए क्या मतलब है।

एक बार मैंने घर में पर्दे लगवाने के लिए एक इंटीरियर डेकोरेटर की सेवा ली। जब बिल आया, तो मैं चकरा गया।

कुछ दिनों बाद, मेरे घर एक दोस्त आई और उसने पर्दे देखे। जब मैंने पर्दों की कीमत बताई तो उसने जीत के स्वर में कहा - "क्या? बहुत बेकार। मुझे लगता है उसने तुम्हें ठग लिया।"

सही? हां, उसने सही कहा था, पर बहुत कम लोग वह सच सुनना चाहते हैं, जो उनके निर्णयों पर सवाल उठाते हैं। इसलिए इंसान होने के नाते, मैंने अपना बचाव किया। मैंने कहा कि सबसे अच्छा सामान ही आखिरकार महंगा पड़ता है और मोलभाव के दाम पर कोई इंसान क्वालिटी और ऊंचा टेस्ट नहीं पा सकता।

अगले दिन एक दूसरा दोस्त आया, उसने पर्दों की तारीफ की और उत्साह से पूछा कि क्या वह ऐसे पर्दे अपने घर में लगा सकता है? मेरी प्रतिक्रिया बिल्कुल अलग थी। "सच कहूं तो," मैंने कहा - "यह मेरी जेब से भी बाहर हैं। मैंने बहुत ज्यादा पैसे दिए। मुझे दुख है कि मैंने उन्हें खरीदा।"

जब हम गलत हैं तो हम उन्हें खुद स्वीकार कर सकते हैं। अगर हमारे साथ प्यार से पेश आ जाए तो हम यह दूसरों के सामने भी स्वीकार कर सकते हैं और खुद के साहसी

और खुले दिमाग के होने पर गर्व भी कर सकते हैं, पर हम ऐसा नहीं करते, अगर कोई हमारे गले से तथ्य घोंटने की कोशिश कर रहा हो।

होरेस ग्रीली, सिविल वार के समय अमेरिका के सबसे प्रसिद्ध एडिटर, लिंकन की नीतियों से सहमति नहीं रखते थे। उन्हें लगा कि बहस, मजाक और निंदा की कैम्पेन चलाकर वे लिंकन को अपनी सोच में ढाल सकते थे। वे महीनों और सालों तक अपनी कैम्पेन चलाते रहे। दरअसल जिस रात लिंकन पर बूथ ने गोली चलाई, उसी रात उन्होंने लिंकन पर एक क्रूर, कड़वा, व्यंग्य से भरा और निजी हमला किया था।

पर क्या इस कड़वेपन ने लिंकन को ग्रीली से सहमति रखने की तरफ सफलता दिलाई? बिलकुल नहीं। मजाक उड़ाने और निंदा करने से यह कभी हासिल नहीं होता।

अगर आप लोगों से बर्ताव करने, अपना प्रबंधन करने और अपना व्यक्तित्व निखारने के लिए कुछ अच्छी सलाहें चाहते हैं, तो बेंजामिन फ्रैंकलिन की आत्मकथा पढ़ें। यह अमेरिकी साहित्य का क्लासिक है और अब तक की एक सबसे अच्छी जीवन की कहानी है। बेन फ्रैंकलिन बताते हैं कि कैसे उन्होंने बहस करने की बेकार आदत से छुटकारा पाया और अपने आपको अमेरिका के इतिहास में सबसे ज्यादा सक्षम, समझदार और कूटनीतिक आदमी बनाया।

एक बार जब बेन फ्रैंकलिन युवा थे, एक पुराना क्वेकर दोस्त उन्हें अलग ले गया और उसने उन्हें कुछ कड़वे सच बोले, जो कुछ इस तरह थे -

> 'बेन, ऐसे तुम कुछ नहीं कर पाओगे। जो भी इंसान तुमसे असहमत होता है, उसके लिए तुम्हारे विचार थप्पड़ की तरह होते हैं। वे इतने आक्रामक हो गए हैं कि कोई उनकी परवाह नहीं करता। तुम्हारे दोस्त ज्यादा खुश होते हैं, जब तुम आस-पास नहीं होते हो। तुम इतना अधिक जानते हो कि कोई तुम्हें कुछ नहीं बता सकता। सच में, कोई इंसान कोशिश भी नहीं करेगा, क्योंकि इससे सिर्फ परेशानी और दिक्कत पैदा होगी। इसलिए तुम्हारे कुछ और सीखने की उम्मीद खत्म हो गई है।

बेन फ्रैंकलिन की एक सबसे अच्छी बात यह थी कि वे आलोचना को समझदारी से ग्रहण करते थे। वे इतने बड़े और समझदार थे कि इस आलोचना में सच देख सकते थे और महसूस कर सकते थे कि इससे वे असफल और सामाजिक रूप से असफल हो जाएंगे। इसलिए उन्होंने निर्णय लिया, उन्होंने अपने तरीकों में बदलाव लाना शुरु कर दिया।

"मैंने इसे एक नियम बना लिया," फ्रैंकलिन ने कहा - "कि मैं कभी भी दूसरों की भावनाओं के खिलाफ कुछ नहीं बोलूंगा और अपनी सोच दूसरों पर नहीं थोपूंगा। मैंने अपनी भाषा से हर उस शब्द को हटा दिया, जो कठोर विचार का संकेत करते थे, जैसे 'निश्चित ही', 'बेशक' आदि और उनके बदले 'मैं मानता हूं', 'मैं सोचता हूं' या 'मुझे लगता है' या फिर 'फिलहाल मेरी यह सोच है' जैसे शब्दों को मैंने अपना लिया।"

जब कोई और इंसान ऐसी बात बताता था, जो मेरी नजर में गलत थी, मैं उसको गलत कहने का या उसके तर्क में कमी दिखाने का आनंद नहीं उठाता था और मेरा जवाब

होता था कि कुछ मामलों में या परिस्थितियों में उसकी बात सही हो सकती है, पर इस मामले में इस पर फिर से सोचने की जरूरत है। इसका फायदा यह हुआ कि मेरी लोगों से बातचीत ज्यादा आनंददायक हो गई। जिस विनम्रता से मैं अपनी बात रखता था, उससे बहसें कम हो गईं और सहमति बढ़ गई। गलत सिद्ध होने पर मुझे कम बुरा लगता था और मैं दूसरों के गलत और अपने सही होने पर उन्हें ज्यादा आसानी से अपनी तरफ ले आता था।

"इस तरीके से अपनी बात रखते समय मेरा आक्रामक रुख कम होता गया और मेरा नया तरीका इतना स्वाभाविक हो गया कि पिछले पचास सालों में आज तक किसी ने मेरे मुंह से कोई भारी बात नहीं सुनी होगी और इस आदत (मेरे चरित्र की अखंडता के अलावा) को श्रेय जाता है कि जब भी मैं नए संगठनों का प्रस्ताव रखता हूं या पुरानों में बदलाव चाहता हूं तो मेरी बात का मेरे अपने साथी नागरिकों पर इतना प्रभाव पड़ता है और एक अच्छा वक्ता न होने और अपनी भाषा पर अधिकार न होने के बावजूद मैं पब्लिक काउंसिलों में अपनी बात रख पाता हूं।

बेन फ्रैंकलिन के तरीके बिजनेस में कैसे काम करते हैं? दो उदाहरण लेते हैं-

नॉर्थ कैरोलिना के किंग्स माउंटेन की कैथेरीन ए. अल्फ्रेड एक कपड़े प्रोसेस करने वाले प्लांट की इंडस्ट्रियल इंजीनियरिंग सुपरवाइजर हैं। उन्होंने हमारी क्लास में बताया कि यहां ट्रेनिंग लेने के बाद कैसे उन्होंने एक संवेदनशील समस्या को सुलझाया-

उन्होंने बताया, "मेरी जिम्मेदारी का एक हिस्सा यह है कि मैं अपने ऑपरेटरों के लिए सिस्टम और स्टैंडर्ड का ख्याल रखती हूं, ताकि वे ज्यादा कपड़े बनाकर उनके लिए ज्यादा पैसे ला सकें। जब हमारे पास सिर्फ दो या तीन तरह के कपड़े थे, तब यह सिस्टम अच्छा काम कर रहा था, पर हाल में हमने बारह तरह के कपड़ों के लिए क्षमता विकसित कर ली थी। हमारा वर्तमान सिस्टम ऑपरेटर को अच्छे पैसे देने के लिए और ज्यादा निर्माण के लिए भत्ता देने के लिए पर्याप्त नहीं था।

मैंने एक नया सिस्टम बनाया, जो हमें ऑपरेटर को उसके द्वारा बनाए गए कपड़े की गुणवत्ता के हिसाब से पैसे देता है। इस सिस्टम के साथ मैं एक मीटिंग में पूरे विश्वास के साथ पहुंची कि मेरा तरीका सही है। मैंने उन्हें बताया कि वे कैसे गलत थे? और वे कैसे न्यायपूर्ण नहीं हो रहे थे? और कैसे मेरे पास सही जवाब हैं? मैं बुरी तरह से असफल रही। मैं अपने सिस्टम के बचाव में इतनी व्यस्त हो गई कि मैंने उनके पास अपनी गलती मानने के लिए कोई रास्ता नहीं छोड़ा। वह मामला वहीं रह गया।

"इस कोर्स की कई क्लासें करने के बाद मैंने महसूस किया कि मुझसे कहां गलतियां हुई हैं। मैंने दूसरी मीटिंग बुलाई और इस बार उनसे पूछा कि उन्हें कहां गलतियां महसूस होती हैं। हमने हर बिंदु पर बात की और मैंने उनसे उनका नजरिया मांगा कि आगे बढ़ने का सबसे अच्छा तरीका क्या है। मीटिंग के अंत में मैंने अपना सिस्टम प्रस्तुत किया जिसे उन्होंने उत्साह से मान लिया।"

"मुझे पूरा विश्वास हो गया है कि दूसरे इंसान को मुंह पर गलत बताने से कुछ भी अच्छा नहीं होता और काफी नुकसान होता है। आप ऐसा करके सिर्फ उस इंसान के आत्मसम्मान को चोट पहुंचाते हैं और उस बातचीत में अनचाहा मेहमान बनते हैं।"

अब दूसरा उदाहरण लेते हैं - याद रखिए कि यह उदाहरण मैं हजारों लोगों के अनुभवों से ला रहा हूं। आर.वी. क्राउले न्यूयॉर्क की एक लंबर कंपनी में सेल्समैन थे। क्रौली ने स्वीकार किया कि वे सालों से लंबर इंस्पेक्टरों को बताते आ रहे थे कि वे गलत हैं और उन्होंने बहस जीती भी थी, पर इससे कोई फायदा नहीं हुआ। मिस्टर क्राउले ने कहा- "वे लंबर इंस्पेक्टर बेसबॉल एंपायर की तरह होते हैं। एक बार फैसला लेने के बाद वे उन्हें कभी नहीं बदलते।"

मिस्टर क्राउले ने देखा कि उनकी जीती गई बहसों के कारण उनकी फर्म हजारों डॉलर का नुकसान उठा रही थी। इसलिए मेरा कोर्स लेने के दौरान, उन्होंने बहस न करने और अपने तरीके बदलने का फैसला किया। क्या परिणाम आए? यहां वह कहानी है, जो उन्होंने क्लास के सदस्यों को बताई-

"एक दिन मेरे ऑफिस में फोन बजा। एक आदमी ने गुस्से में बताया कि हमने उसके प्लांट में लंबर भरी एक कार भेजी थी, जो बिलकुल बेकार है। उसकी फर्म ने लंबर उतारना बंद कर दिया था और उसका निवेदन था कि उनके यार्ड से स्टॉक को तुरंत हटा लिया जाए। जब लगभग एक चैथाई लंबर उतर चुका था, उनके लंबर इंस्पेक्टर ने कहा कि लंबर ग्रेड से 55 प्रतिशत कम था। इन परिस्थितियों में उन्होंने इसे लेने से इंकार कर दिया।"

"मैं तुरंत इस प्लांट के लिए निकल पड़ा और मन में सोचने लगा कि इस स्थिति से सबसे अच्छे तरीके से कैसे निबटा जाए। साधारणतः, ऐसी परिस्थितियों में, लंबर इंस्पेक्टर के साथ अपने अनुभव और जानकारी के अनुसार, मुझे लंबर इंस्पेक्टर को यह समझाने के लिए कि लंबर ग्रेड के अनुसार था और वह इंस्पैक्शन में नियमों को पलट रहा था, मुझे ग्रेडिंग नियम बताने चाहिए थे, पर मैंने सोचा कि मैं ट्रेनिंग में सीखे नियमों का इस्तेमाल करूंगा।"

"जब मैं प्लांट पर पहुंचा, मुझे पर्चेजिंग एजेंट और लंबर इंस्पेक्टर, झगड़े और बहस करने के अंदाज में मिले। हम उस कार के पास गए जिससे सामान उतर रहा था और मैंने उनसे निवेदन किया कि वे सामान को वैसे ही उतारने दें, ताकि मैं स्थिति समझ सकूं। मैंने इंस्पेक्टर से कहा कि वह रिजेक्ट वाले समान को अलग हटाएं, जैसे वह करता आ रहा था और अच्छे टुकड़ों को अलग जगह डालें।"

"उसको थोड़ी देर देखने के बाद मैं समझा कि वह कुछ ज्यादा ही कड़ाई से नियमों का पालन कर रहा था और नियमों को गलत ढंग से अपना रहा था। एक लंबर व्हाइट पाइन था और मैं जानता था कि इंस्पेक्टर को हार्ड वुड की जानकारी थी, पर वह व्हाइट पाइन के बारे में उतना सक्षम नहीं था। व्हाइट पाइन के बारे में मैं विशेषज्ञ था, पर क्या मैंने उसके निर्णय लेने के तरीके पर सवाल उठाया? बिल्कुल भी नहीं। मैं देखता रहा और धीरे-धीरे पूछने लगा कि कुछ टुकड़े संतोषजनक क्यों नहीं थे? मैंने एक भी बार ऐसा इशारा

नहीं किया कि इंस्पेक्टर गलत था। मैंने इस बात पर जोर दिया कि मैं सिर्फ इसलिए ये चीजें जानना चाह रहा था ताकि उसकी फर्म को वह सामान दे सकूं, जो वह चाहता है।"

"एक दोस्ताना तरीके से सवाल पूछने और उसे यह बताने से कि वह असंतोषजनक टुकड़ों को निकालकर अच्छा कर रहा था, उसका स्वभाव थोड़ा बदला और हम दोनों के बीच कड़वापन थोड़ा कम हो गया। सावधानी से कही गई मेरी एक बात ने उसके दिमाग में यह संभावना पैदा की कि उसको दिया जाने वाला लंबर अच्छी क्वालिटी का था और उसके द्वारा मांगी गई क्वालिटी ज्यादा दामों पर ही मिल सकती थी। मैंने इस बात का ख्याल रखा कि उसे यह न लगे कि मैं मामले को बिगाड़ रहा हूं।"

"धीर-धीरे उसका नजरिया बदल गया। उसने अंत में स्वीकार किया कि उसे व्हाइट पाइन में ज्यादा अनुभव नहीं था और हर टुकड़े के कार से निकालने पर मुझसे सवाल करने लगा और मैं बताने लगा कि कैसे हर टुकड़ा बताए गए ग्रेड के हिसाब से था, पर साथ ही मैंने यह कहा कि अगर उसे यह अयोग्य लगे तो उसे यह नहीं लेना चाहिए। अंत में उसने देखा कि गलती उससे हो रही है, क्योंकि उसने जरूरत के हिसाब से ग्रेड नहीं बताया था।

"अंतिम परिणाम यह रहा कि उसने पूरे कार लोड को फिर से परखा और मेरे जाने के बाद, उसने पूरा सामान स्वीकार किया और मुझे पूरा दाम दिया। सिर्फ उस एक घटना में थोड़ी समझदारी, थोड़ी सूझ-बूझ और दूसरे इंसान को गलत बताने की आदत से दूर रहने के कारण मैंने अपनी कंपनी के लिए ढेर सारे पैसे बचाए और उस इंसान की दोस्ती पाने की जो कीमत लगाई जाए, वह कम ही है।"

मार्टिन लूथर किंग से पूछा गया कि शांतिप्रिय होने के बावजूद वे देश के सबसे बड़े ब्लैक ऑफिसर, एयर फोर्स जनरल डेनियल "चैपी" जेम्स के प्रशंसक कैसे हो सकते हैं। उन्होंने जवाब दिया - "मैं लोगों को उनके सिद्धांतों से मापता हूं, अपने सिद्धांतों से नहीं।"

ठीक इसी तरह से जनरल रॉबर्ट ई.ली. ने एक बार कॉन्फेडरेसी के प्रेसिडेंट जैफरसन डेविस से अपने कमांड के एक ऑफिसर के बारे में बड़ी गर्मजोशी से बात की। वहां उपस्थित दूसरा ऑफिसर चकित रह गया। उसने कहा- "जनरल, क्या आप नहीं जानते कि जिस आदमी की आपने तारीफ की, वह आपकी बहुत ज्यादा निंदा करता है?"

"हां," जनरल ली ने कहा - " हां, पर प्रेसिडेंट मेरा उसके बारे में नजरिया पूछ रहे थे, उसका मेरे बारे में नजरिया नहीं पूछ रहे थे।"

वैसे मैं इस चैप्टर में कुछ नया नहीं बता रहा हूं। दो हजार साल पहले जीसस ने कहा था- "अपने विपक्षी से तुरंत सहमति बना लो।" क्राइस्ट के जन्म के 2200 साल पहले इजिप्ट के किंग अख्तोई ने अपने बेटे को एक समझदार सलाह दी, एक ऐसी सलाह जिसकी आज जरूरत है। "व्यवहारकुशल बनो," किंग ने सलाह दी - "इससे तुम्हें अपनी बात समझाने में मदद मिलेगी।"

दूसरे शब्दों में, अपने कस्टमर या पत्नी या प्रतियोगी से बहस न करें। उन्हें ये न बताएं कि वे गलत हैं, उन्हें गुस्सा न दिलाएं। बस थोड़े व्यवहारकुशल बनें।

सिद्धांत-2

कभी औरों को गलत साबित न करें
दूसरों के नजरिये को लेकर सम्मान दिखाएं

3

अगर आप गलत हैं तो स्वीकार लें

मेरे घर से सिर्फ एक मिनट की दूरी पर जंगल थे, जहां ब्लैकबेरी की झाड़ियां बसंत ऋतु में सफेद हो जाती थीं, गौरैया घोंसला बनाती थीं और अपने बच्चे पालती थीं और हॉर्सवीड घोड़ों के सिर जितने लंबे हो जाते थे। जंगल के इस सुंदर टुकड़े का नाम था फॉरेस्ट पार्क और यह जंगल ही था। इसका रूप कोलंबस के आने के बाद से बदला नहीं था। मैं इसमें अपने बोस्टन बुलडॉग रैक्स के साथ टहलने आता था। वह एक दोस्ताना और निर्दोष कुत्ता था और चूंकि हम शायद ही कभी पार्क में किसी से मिलते थे, मैं रैक्स को वहां बिना उसका मुंह बांधे ले जाता था।

एक दिन हमारा पाला एक पुलिसवाले से पड़ा, एक ऐसा पुलिसवाला, जो अपनी ताकत दिखाने के मूड में था।

"बिना मुंह बांधे इस कुत्ते को पार्क में खुला छोड़ने के पीछे तुम्हारा क्या मतलब है?" उसने मुझे डांटा - "तुम्हें पता नहीं कि यह गैर-कानूनी है?"

"हां, मुझे पता है," मैंने नरमी से जवाब दिया - "पर मुझे नहीं लगा वह किसी का नुकसान करेगा।"

"तुम्हें नहीं लगा! तुम्हें नहीं लगा! कानून को इस बात से कोई फर्क नहीं पड़ता कि तुम्हें क्या लगता है। यह कुत्ता किसी गिलहरी को मार सकता है या बच्चे को काट सकता है। अभी तो मैं तुम्हें छोड़ रहा हूं, पर आगे से यह कुत्ता बिना मुंह बांधे दिख गया तो, तुम्हें जज को जवाब देना होगा।"

मैंने चुपचाप उसकी बात मानने का वादा किया।

मैंने उसकी बात मानी, कुछ समय तक, पर रैक्स को मुंह बांधना पसंद नहीं था और मुझे भी नहीं, इसलिए हमने मौके का फायदा उठाने का फैसला किया। सारी चीजें कुछ समय तक ठीक थीं, पर फिर मुसीबत आ खड़ी हुई। रैक्स और मैं एक पहाड़ी पर दौड़ रहे थे, तभी मुझे कानून के रक्षक दिख गए, वे एक घोड़े पर सवार थे। रैक्स मेरे सामने था, ऑफिसर की तरफ दौड़ा जा रहा था।

मैं फंस गया था। मैं जानता था, इसलिए मैंने पुलिसवाले के मुंह खोलने का इंतजार नहीं किया। मैं उससे पहले ही शुरु हो गया। मैंने कहा - "ऑफिसर, आपने मुझे रंगे हाथ पकड़ लिया। मैं दोषी हूं। मेरे पास कोई बहाना नहीं है, कोई बचाव नहीं है। आपने मुझे

पहले ही चेतावनी दी थी कि अगर मैं कुत्ते को बिना मुंह बांधे लाया, तो आप मुझ पर जुर्माना करेंगे।"

"अच्छा! अब "पुलिसवाले ने नरमी से बात की" मैं समझता हूं कि जब कोई आस-पास न हो, तब इतने छोटे कुत्ते को खुला छोड़ने का दिल करता है।"

"जरूर, दिल तो करता हैं" मैंने जवाब दिया, "पर यह कानून के खिलाफ है।"

"हां, लेकिन इतना छोटा कुत्ता किसी का नुकसान नहीं पहुंचा सकता।" पुलिसवाले ने जवाब दिया।

"नहीं, पर यह गिलहरियां मार सकता है।" मैंने कहा।

"अच्छा, अब मुझे लगता है तुम इसे कुछ ज्यादा ही गंभीरता से ले रहे हो" उसने मुझसे कहा - 'मैं बताता हूं क्या करना चाहिए। तुम उसे पहाड़ी के पीछे वहां दौड़ने दो, जहां मुझे यह नहीं दिख सकता, फिर हम इसके बारे में भूल जाएंगे।"

इंसान होने के कारण पुलिसवाला थोड़ा महत्त्वपूर्ण महसूस करना चाहता था, इसलिए जब मैंने अपनी निंदा शुरु कर दी, वह मुझ पर दया दिखाकर अपने बड़प्पन का परिचय देकर अपना आत्मसम्मान बढ़ा सकता था।

अगर मैंने अपना बचाव करने की कोशिश की होती तो कोई भी समझदार आदमी अंदाजा लगा सकता है इसके आगे क्या हुआ होता।

लेकिन उससे पंगा लेने के बजाय मैंने स्वीकार किया कि वह बिल्कुल सही था और मैं बिलकुल गलत था। मैंने इसे तुरंत स्वीकार कर लिया, वह भी उत्साह के साथ। यह मामला बड़ी शालीनता से खत्म हुआ, उसने मेरा पक्ष लिया और मैंने उसका पक्ष लिया। खुद लॉर्ड चेस्टरफील्ड भी उस पुलिसवाले से ज्यादा शालीन नहीं हो सकते थे जिसने मुझे सिर्फ एक हफ्ते पहले कानून की धमकी दी थी।

अगर हमें पता है कि हमें डांट पड़ने वाली है तो क्या यह बेहतर नहीं है कि हम दूसरे इंसान से यह मौका छीनकर खुद ही यह काम कर लें? दूसरे के होंठों से आलोचना सुनने से अच्छा नहीं है कि हम खुद ही अपनी आलोचना करके सुन लें? कि अपने बारे में वे सारी बुरी बातें कह दें, जो आपको लगता है अगला इंसान सोचता है या कहना चाहता है या कहने वाला है और उन्हें उस इंसान के कहने से पहले बोल डालें। इस बात के ज्यादा अवसर हैं कि आपकी तरफ एक उदार और माफ करने वाला नजरिया दिखाया जाए और आपकी गलतियों को कम कर दिया जाए जैसे उस पुलिसवाले ने मेरे और रैक्स के साथ किया।

फर्डिनन्ड ई. वॉरेन नाम के कॉमर्शियल आर्टिस्ट ने यह तरीका आर्ट खरीदने वाले एक बदमिजाज और झगड़ालू इंसान के साथ अपनाया, ताकि उसकी दोस्ती पा सके।

"एडवरटाइजिंग और पब्लिशिंग वालों के लिए चित्र बनाते समय बहुत ज्यादा सटीक और स्पष्ट होना जरूरी है।" मिस्टर वॉरेन ने यह कहानी बताते समय कहा।

"कुछ आर्ट एडिटर चाहते हैं कि उनका कमीशन उन्हें तुरंत मिल जाए और ऐसे मामलों में कुछ गलतियां हो जाती हैं। मैं एक आर्ट डीलर को जानता था, जो हर छोटी चीज में गलतियां निकालने में माहिर था। मैंने अक्सर उसका ऑफिस गुस्से में छोड़ा है, क्योंकि उसकी आलोचना नहीं, उसका हमला करने का तरीका ऐसा था। हाल में मैंने एडिटर को एक काम तुरंत करके दिया और उसने तुरंत मेरे ऑफिस फोन किया। उसने कहा कुछ गलत था।"

जब मैं पहुंचा तो मैंने वही पाया जिसका मुझको अंदेशा और डर था। वह गुस्से में था और आलोचना करने के मौके में था। अपनी आलोचना खुद करने का मेरा मौका सामने था, जिसके बारे में मैं पढ़ रहा था। इसलिए मैंने कहा - 'मिस्टर अमुक, अगर आप जो कह रहे हैं, वह सही है तो मेरी गलती है और मेरे पास अपनी गलती छुपाने का कोई बहाना नहीं है। मैं आपके साथ काफी समय से काम कर रहा हूं, इसलिए मुझे गलतियां मालूम होनी चाहिए थी। मुझे खुद पर शर्म आ रही है।'

"तुरंत उसने मेरा बचाव करना शुरू कर दिया - हां, तुम सही हो, पर यह उतनी भी बड़ी गलती नहीं है। यह तो सिर्फ...।"

"मैंने बीच में कहा - 'कोई भी गलती' मैंने कहा- 'काफी नुकसान करा सकती है और वह परेशान करती है।'

"उसने बीच में घुसने की कोशिश की, पर मैंने उसे मौका नहीं दिया। मुझे मजा आ रहा था। जिंदगी में पहली बार मैं अपनी आलोचना खुद कर रहा था और मुझे यह अच्छा लग रहा था।"

"मुझे ज्यादा सावधान रहना चाहिए था" मैं बोलता गया - "आप मुझे इतना काम देते हैं और आपको बेस्ट मिलना चाहिए इसलिए मैं यह पूरा चित्र फिर से बनाऊंगा।"

"नहीं, नहीं! उसने कहा - 'मैं तुम्हें इतनी मुसीबत में नहीं डालूंगा।' उसने मेरे काम की तारीफ की और वह बस एक छोटा-सा बदलाव चाहता था और मेरी छोटी गलती से उसकी फर्म को पैसे का नुकसान नहीं होगा और वास्तव में यह बस एक हल्की-सी बात थी। इस पर चिंता करने की जरूरत नहीं थी।"

"अपनी आलोचना खुद करने की मेरी उत्सुकता ने उसके अंदर की दुश्मनी निकाल दी। वह मुझे लंच पर ले गया और हमारे जाने से पहले, उसने एक चेक और दूसरा कमीशन दिया।"

अपनी गलतियां स्वीकार करने के साहस में एक अलग तरह का संतोष होता है। यह न सिर्फ दोष और बचाव की भावना दूर करता है, बल्कि उस गलती से होने वाली समस्या भी हल करता है।

न्यू मेक्सिको, अल्बकर्की के ब्रूस हार्वे ने छुट्टी पर गए एक कर्मचारी को पूरी सैलरी दे दी थी। जब उन्हें इस गलती का एहसास हुआ तो उन्होंने इसे उस कर्मचारी को दिखाया और कहा कि गलती सुधारने के लिए उसकी अगली सैलरी से ज्यादा दिए गए पैसे काटने होंगे। उस कर्मचारी ने कहा कि इससे उसे पैसों की दिक्कत हो जाएगी और उसने पूछा

कि क्या वह पैसे थोड़े ज्यादा समय में लौटाने से बात बनेगी? हार्वे ने कहा कि उन्हें अपने सुपरवाइजर से अनुमति लेनी होगी। "और मैं जानता था" हार्वे ने रिपोर्ट किया, "कि इससे बॉस-टाइप का विस्फोट होगा। स्थिति को कैसे संभाला जाए, यह सोचते समय मैंने महसूस किया कि सारी गलती मेरी थी और मुझे यह बॉस के सामने स्वीकारना होगा।"

"मैं उनके ऑफिस गया और उन्हें अपनी गलती के बारे में बताया और सारी जानकारी दी। उन्होंने विस्फोटक अंदाज में कहा कि यह पर्सनल डिपार्टमेंट की गलती है। मैंने दुहराकर कहा कि यह मेरी गलती है। वे फिर अकाउंट डिपार्टमेंट की असावधानी पर उबल पड़े। मैंने फिर अपनी गलती बताई। उन्होंने ऑफिस के दो और लोगों पर दोष मढ़ दिया, लेकिन हर बार मैंने कहा कि मेरी ही गलती है। अंत में उन्होंने मेरी ओर देखा और कहा - 'ओके, यह तुम्हारी गलती थी। अब इसे सुधारो।' वह गलती सुधार ली गई और किसी को दिक्कत नहीं हुई। मुझे अच्छा लगा कि मैं एक तनावपूर्ण स्थिति को सुलझा पाया और मैंने बचाव करने का साहस दिखाया। मेरे बॉस में मेरे लिए तब से और भी ज्यादा सम्मान है।"

कोई भी मूर्ख अपनी गलती का बचाव कर सकता है और अधिकतर बेवकूफ करते हैं, लेकिन अपनी गलती स्वीकारने से इंसान भीड़ से अलग दिखता है और शराफत का एहसास देता है। उदाहरण के तौर पर, इतिहास में सबसे खूबसूरत बातों में से एक वह वाकिया है, जब रॉबर्ट ई. ली ने गेटिसबर्ग में पिकेट के हमले की विफलता के लिए खुद को और सिर्फ खुद को दोषी ठहराया था।

पिकेट का हमला बेशक पश्चिमी दुनिया में होने वाला सबसे अच्छा और सुंदर हमला था। जनरल जॉर्ज ई. पिकेट खुद भी दिखने में बहुत बड़े रंगीन मिजाज थे। उनके बाल इतने लंबे थे कि वे कंधों को छूते थे और इटालियन हमलों में नेपोलियन की तरह वे युद्धभूमि से जोश भरे प्रेम-पत्र रोज लिखा करते थे। उनकी समर्पित सेना ने जोर से चियर किया, जब वे जुलाई की दोपहर में यूनियन लाइंस की ओर निकले और उनकी कैप बड़े अनोखे अंदाज में दाएं कान की ओर झुकी हुई थी। उन्होंने खुशी मनाई और उनका अनुकरण किया। निष्ठावान सेना उनसे कदमताल कर रही थी। यह एक वीरतापूर्ण दृश्य था- साहसी, भव्य, आखों को अच्छा लगने वाला। यूनियन लाइंस में प्रशंसा की लहर दौड़ गई, जब उन्होंने ये सब देखा।

पिकेट की सेना बड़ी आसानी से बगीचों और खेतों से होते हुए, चारागाह से गुजरते हुए और आगे बढ़ी। हर वक्त दुश्मन की निगाह उन पर और उनकी सेना पर थी। पर वे बिना डरे आगे बढ़ते रहे, बिना रुके।

तभी सीमेट्री रिज की पत्थर की दीवाल के पीछे से यूनियन इन्फैन्ट्री उठी और उसने पिकेट की सेना पर गोलियों की बरसात कर दी। पहाड़ी की चोटी ज्वाला से भर उठी, वह कसाईखाने और ज्वालामुखी में तब्दील हो गई। कुछ ही मिनटों में एक को छोड़कर पिकेट के सारे कमांडर ढेर हो गए और उनके पांच हजार में से चार हजार लोग शहीद हो गए।

जनरल ल्यूइस ए. आर्मिस्टीड ने आखिरी हमले में आगे बढ़ते हुए पत्थर की दीवार पर धावा बोला और तलवार की नोंक पर अपनी कैप लहराते हुए चिल्लाए- "लड़को, उनकी हस्ती मिटा दो।"

उन्होंने वैसा ही किया। वे दीवार के पार हुए और उन्होंने शत्रुओं पर बेनट से हमला कर दिया, उनकी खोपड़ियां तोड़ डालीं और सीमेट्री रिज पर साउथ के युद्ध के झंडे गाड़ दिए।

वे बैनर वहां सिर्फ पल भर के लिए लहरा पाए, पर उस छोटे पल में कॉन्फेडेरेसी ने हाई वाटर मार्क रिकॉर्ड किया। पिकेट का हमला - श्रेष्ठ और बहादुर होने के बावजूद ज्यादा टिक नहीं पाया। ली असफल हुए। वे नॉर्थ में घुस नहीं पाए और वे जानते थे साउथ खत्म हो गया था।

ली इतने दुखी और चकित हुए कि उन्होंने जैफरसन डेविस, कॉन्फेडेरेसी के प्रेसिडेंट को अपना इस्तीफा भेजा ताकि एक 'जवान और काबिल' आदमी तैनात किया जा सके। अगर ली, पिकेट के हमले की असफलता की जिम्मेवारी किसी पर डालना चाहते, तो उन्हें कई लोग मिल जाते। उनके कुछ डिवीजन कमांडरों ने नाकामी दिखाई थी। उनके इन्फैन्ट्री अटैक को सहारा देने कैवेलरी नहीं आई थी। यह गलत हुआ और वे असफल हुए, पर ली में इतनी शराफत थी कि वे किसी को दोष नहीं दे पाए। जब पिकेट की बुरी तरह से पिटी और हारी हुई सेना वापस कॉन्फेडेरेट लाइंस में वापस आई तो रॉबर्ट ई. ली उनसे मिलने अकेले आए और अपनी आलोचना करके उनका अभिवादन किया।

"यह सारी मेरी गलती थी" उन्होंने स्वीकार किया - "यह मैं और सिर्फ मैं हारा हूं।"

इतिहास में बहुत कम जनरलों ने इतना साहस और चरित्र दिखाया है।

माइकल च्यांग, जो हांगकांग में हमारा कोर्स सिखाते हैं, ने बताया कि चीन की संस्कृति कैसे कुछ विशेष समस्याएं पैदा करती है और कैसे कई बार यह जरूरी होता है कि पुरानी परंपरा को बरकरार रखने से अच्छा है कि इस सिद्धांत का पालन करके लाभ उठाया जाए। उनके यहां एक अधेड़ उम्र का सदस्य था, जो कई साल से अपने बेटे से दूर था। पिता को अफीम की लत थी, पर अब वे ठीक हो चुके थे। चीन की परंपरा में एक बुजुर्ग इंसान कभी पहल नहीं करता, पर पिता को लगा कि यह उनके बेटे की जिम्मेवारी थी कि वे समझौते की पहल करे। एक सेशन में उन्होंने बताया कि उन्होंने अपने पोतों को नहीं देखा था और वे कैसे अपने बेटे से वापस मिलना चाहते थे। उनके चीन के सहपाठियों ने समझा कि इच्छा और पुरानी परंपरा के बीच यह कैसा संघर्ष था। पिता ने महसूस किया कि कम उम्र के लोगों को अपने बुजुर्गों के प्रति सम्मान होना चाहिए और वे अपनी इच्छा पूरी न करके अच्छा कर रहे थे और उन्हें अपने बेटे के आगे आने का इंतजार करना चाहिए।

कोर्स के अंत में पिता ने कोर्स में फिर अपनी बात कही। "मैंने इस समस्या पर सोचा है।" उन्होंने कहा। "डेल कारनेगी कहते हैं - 'अगर आपकी गलती है तो तुरंत स्वीकार कर लें।' इसे तुरंत स्वीकार करने में तो देर हो चुकी है, पर इसे मैं अच्छी तरह से स्वीकार कर

सकता हूं। मैंने अपने बेटे के साथ गलत किया। मुझे नहीं देखने की इच्छा व्यक्त करते समय और घर से निकालते समय उसका निर्णय सही था। मैं अपने से छोटे इंसान को माफी मांगते समय बुरा दिख सकता हूं, पर गलती मेरी थी और इसे स्वीकार करने की जिम्मेवारी भी मेरी है।" क्लास ने उनकी तारीफ की और उन्हें पूरा समर्थन दिया। अगली क्लास में उन्होंने बताया कि वे कैसे अपने बेटे के घर गए और उन्होंने माफी मांगी और उन्हें माफी मिली और अब वे अपने बेटे, बहू और पोतों के साथ रिश्ते की नई शुरुआत कर रहे हैं।

अल्बर्ट हबार्ड उन सबसे मौलिक लेखकों में से थे, जिन्होंने एक देश को जगाया और जिनके तीखे शब्दों ने प्रतिरोध पैदा किया, लेकिन हबार्ड की लोगों से कुशल बर्ताव की दक्षता ने उनके दुश्मनों को दोस्तों में बदल दिया।

उदाहरण के तौर पर, जब कोई गुस्सैल पाठक उन्हें यह लिखता था कि वह उनकी इस और उस बात से सहमत नहीं है और उसने हबार्ड को यह और वह कहा, तो एडवर्ड हबार्ड कुछ इस तरह जवाब देते थे -

> इस बारे में सोचिए, मैं खुद भी कई बार अपनी बातों से सहमत नहीं होता। कल जो मैंने लिखा, मुझे वह चीज आज सही नहीं लगती। मुझे जानकर अच्छा लगा कि आप उस विषय पर क्या सोचते हैं। अगर आप कभी हमारे पड़ोस में आएं तो जरूर मिलिए और हम इस विषय पर जरूर चर्चा करेंगे। मीलों दूर से मैं हाथ मिलाने को तैयार हूं।
>
> आपका शुभचिंतक

कोई इंसान इस तरह का व्यवहार करे, उसे आप क्या कहेंगे?

जब हम सही होते हैं, तब हम लोगों को समझदारी से अपनी सोच की ओर लाने की कोशिश करते हैं और जब हम गलत होते हैं - तब यह और भी आश्चर्यजनक होगा, अगर हम खुद से ईमानदार हैं, तो अपनी गलती तुरंत स्वीकार कर लेते हैं। इस तरकीब से न सिर्फ अच्छे परिणाम आएंगे, बल्कि, विश्वास करें या न करें, यह अपना बचाव करने से ज्यादा खुशी देता है।

यह पुरानी कहावत याद रखिए - "लड़कर आप कभी पर्याप्त नहीं पाते, लेकिन झुककर आप आशा से ज्यादा पा जाते हैं।"

सिद्धांत-3

गलती को सरलता से स्वीकार करना चाहिये

4

एक बूंद शहद की

अगर आपको गुस्सा आ जाए और आपने एक-दो बातें सुना दी, तो आपको भड़ास निकालने का आनंद तो आएगा, पर दूसरे इंसान का क्या? क्या वह आपका आनंद बांटेगा? क्या आपकी अपमानजनक टोन और दुश्मनी भरा रूप उसे आपसे सहमति रखने में सहयोग देगा?

"अगर आप मेरे पास मुक्का ताने आते हैं" वुडरो विल्सन ने कहा था - "तो मैं वादा करता हूं कि मेरे मुक्के ज्यादा जोर से तने होंगे" पर अगर आप मेरे पास आकर कहते हैं 'आइए बैठकर सलाह-मशविरा करते हैं और अगर आप और मैं एक दूसरे से असहमत हैं तथा समझते हैं कि यह असहमति क्यों है और बहस का मुद्दा क्या है?' तो हम पाएंगे कि हम दोनों की सोच उतनी भी अलग नहीं है और असहमति के मुद्दे कम हैं एवं सहमति के मुद्दे ज्यादा। अगर सिर्फ धैर्य, सच्चापन और साथ बैठने की इच्छा दिखाएं तो हम साथ होंगे।"

किसी ने भी वुडरो विल्सन की बात जॉन डी. रॉकफेलर जूनियर से ज्यादा अच्छी तरह से नहीं समझी। अमेरिकन इंडस्ट्री में सबसे ज्यादा खून खराबे वाली एक हड़ताल देश को दो सालों से तंग कर रही थी। परेशान और आक्रामक खान-मजदूर कॉलोरेडो फ्यूल एंड आइरन कंपनी से ज्यादा वेतन की मांग कर रहे थे। रॉकफेलर उस कंपनी के मालिक थे। प्रॉपर्टी को नुकसान पहुंचा था, सेना बुलाई गई थी। खून बहा था। हड़तालियों को गोलियां मारी गई थीं, उनके शरीर खून से लथपथ थे।

ऐसे समय में, जब हवा में नफरत भरी थी, रॉकफेलर हड़तालियों को अपनी सोच की तरफ लाना चाहते थे और उन्होंने ऐसा किया भी। कैसे?

यह कहानी ऐसी है। दोस्त बनाने में हफ्तों बिताने के बाद रॉकफेलर ने हड़तालियों का अभिवादन किया। यह भाषण अपने आप में एक उत्तम कृति है। इसने कमाल के

परिणाम दिखाए। इसने नफरत की आंधियों को शांत किया, जिन्होंने रॉकफेलर को घेर रखा था। इसने उनके कई प्रशंसक पैदा किए। इसने तथ्यों को इतने दोस्ताना अंदाज में पेश किया कि हड़ताली अपने काम पर वापस चले गए। वेतन बढ़ाने के बारे में बिना एक बात बोले हुए जिसके लिए उन्होंने इतनी लड़ाई की थी।

इस भाषण का प्रारंभ कुछ इस तरह से है। ध्यान दीजिए कि यह कैसे दोस्ताना अंदाज से भरा है। याद रखिए, रॉकफेलर उन लोगों से बात कर रहे थे, जो कुछ दिन पहले

उनकी गर्दन को पेड़ से बांधकर टांग देना चाहते थे, लेकिन फिर भी वे उनसे उतना ही मित्रवत् थे, जैसे वे मेडिकल मिशनरी को संबोधित कर रहे हों। उनका भाषण 'मुझे यहां आने पर गर्व है', 'मैं आपके घर गया', 'आपकी पत्नियों और बच्चों से मिला', "हम यहां अजनबियों की तरह नहीं, दोस्तों की तरह मिल रहे हैं, 'दोस्ती की भावना', 'हमारे समान हित हैं' 'आप लोगों के कारण ही मैं यहां हूं जैसी बातों से भरा हुआ था।'

यह मेरी जिंदगी के लाल अक्षरों वाला दिन है, रॉकफेलर ने शुरु किया - "यह पहली बार हुआ है कि मुझे इस महान कंपनी के कर्मचारियों के प्रतिनिधियों, ऑफिसर, सुपरिटेंडेंट के साथ एक साथ मिलने का सौभाग्य मिला है और मैं आपको विश्वास दिलाता हूं कि मैं अंतिम दिन तक इस सम्मेलन को याद रखूगा।"

अगर यह मीटिंग दो हफ्ते पहले हुई होती तो मैं यहां अजनबी की तरह खड़ा होता और सिर्फ कुछ चेहरे पहचान पाता। साउथ कोल फील्ड में सारे कैंपों में जाने, सारे प्रतिनिधियों से निजी तौर पर मिलने, सिवा उनके जो बाहर गए हुए थे और आपके घरों में जाने और आप लोगों की पत्नियों और बच्चों से मिलने के बाद हम यहां अजनबियों की तरह नहीं, दोस्तों की तरह मिल रहे हैं और इस दोस्ती की भावना में मुझे यह अवसर मिला है कि मैं आप लोगों से समान हितों की बातें कर पा रहा हूं।

चूंकि यह कंपनी के ऑफिसर और प्रतिनिधियों की मीटिंग है, इसलिए सिर्फ आपकी विनम्रता के कारण मैं यहां हूं और मुझे इन दोनों में से कोई भी होने का सौभाग्य नहीं है, तब भी मुझे लगता है कि मैं आप लोगों से काफी जुड़ा हुआ हूं, क्योंकि मैं स्टॉकहोल्डर और डायरेक्टर, दोनों का प्रतिनिधित्व कर रहा हूं।"

यह दोस्त बनाने का एक अच्छा तरीका है ना?

मान लीजिए, रॉकफेलर ने दूसरा रास्ता अपनाया होता। मान लीजिए उन्होंने खान-मजदूरों से बहस की होती और उनके मुंह पर तथ्य दे मारे होते। मान लीजिए अपने बात करने के ढंग से उन्होंने उन लोगों को बताया होता कि वे गलत हैं। मान लीजिए, तर्क के नियमों से उन्होंने उन लोगों को गलत सिद्ध कर दिया होता, तब क्या हुआ होता? ज्यादा गुस्सा, ज्यादा नफरत, ज्यादा बगावत फैली होती।

> अगर एक इंसान का दिल आपकी ओर गुस्से और बुरी भावनाओं से भरा हो, तो आप उससे पूरी ईसाइयत के तर्कों से अपनी सोच की तरफ नहीं ला सकते। डांटने वाले माता-पिता, रौब दिखाने वाले बॉस, पति और उलाहना देने वाली पत्नियों को यह समझना चाहिए कि लोग अपना मन नहीं बदलना चाहते। उनको आपसे सहमति रखने के लिए मजबूर नहीं किया जा सकता, पर हां, उनको अपनी सोच की तरफ लाया जा सकता है - अगर हम उदार और दोस्ताना हों, बहुत उदार और बहुत दोस्ताना।

दरअसल सौ साल पहले, लिंकन ने यही कहा था -

> यह एक पुरानी और सही कहावत है कि "शहद की एक बूंद, सिरके से भरे गैलन से ज्यादा मक्खियां आकर्षित करती है।" इसी तरह इंसानों से बर्ताव करते समय, अगर आप उन्हें अपनी सोच की तरफ लाना चाहते हैं तो पहले उन्हें विश्वास दिलाएं कि आप उनके सच्चे दोस्त हैं। यही वे शहद की बूंद है, जो मक्खियां आकर्षित करती है, जो भले ही आप जैसा कहें, समझदारी का राजमार्ग है।

कई बिजनेस एक्जीक्यूटिवों ने सीखा है कि हड़तालियों से दोस्ताना होना लाभकारी होता है। उदाहरण के तौर पर, जब व्हाइट मोटर कंपनी के प्लांट के 2500 कर्मचारियों ने ज्यादा वेतन और यूनियन शॉप के लिए हड़ताल की, तो कंपनी के प्रेसिडेंट, रॉबर्ट एफ. ब्लैक ने आपा नहीं खोया और निंदा नहीं की। तानाशाही और कम्युनिज्म का इल्जाम नहीं लगाया। उन्होंने हड़तालियों की तारीफ की। उन्होंने क्लीवलैंड पेपर्स में एक इश्तिहार छपवाया, जिसमें उनकी "शांतिपूर्ण ढंग से औजार डालने की तारीफ की गई थी। हड़ताल के पैकेट को खाली पाकर उन्होंने दर्जन भर बेसबॉल बैट और दस्ताने खरीदे तथा उन्हें खाली जगहों पर खेलने के लिए आमंत्रित किया। जिन्हें बॉलिंग पसंद थी, उनके लिए बॉलिंग एली किराए पर ले लिया।

मिस्टर ब्लैक के दोस्ताना व्यवहार ने वही किया, जो दोस्ताना व्यवहार करता है- इसने दोस्ती बढ़ाई। इसलिए हड़तालियों ने झाडू, फावड़े और कूड़े के ठेले उधार पर लिये और उन्होंने मैचबॉक्स, पेपर, सिगरेट के टुकड़े और सिगार के टुकड़े फैक्ट्री में से उठाने शुरु किए। कल्पना कीजिए! ज्यादा वेतन और यूनियन की पहचान के लिए लड़ने वाले हड़तालियों को फैक्ट्री की जमीन साफ करने की कल्पना कीजिए। अमेरिका के मजदूरों के युद्ध के लंबे और तूफान भरे इतिहास में पहले कभी ऐसी घटना नहीं देखी गई थी। यह हड़ताल एक हफ्ते के अंदर एक समझौते के साथ खत्म हुई - बिना किसी दुश्मनी की भावना के।

डेनियल वेस्टर, जो देवता की तरह दिखते थे और फरिश्ते की तरह बातें करते थे, सबसे सफल वकीलों में से थे। वे अपने सबसे ज्यादा मजबूत तर्कों को इन मित्रवत् बातों के साथ कहते थे - "जूरी ही इस बात पर सोचेंगी', "यह शायद विचार करने लायक है" "यहां कुछ तथ्य हैं जिन पर मुझे विश्वास है कि आप ध्यान देंगे" या "आप, इंसानी स्वभाव की जानकारी होने के कारण, इन तथ्यों के महत्त्व को जरूर देखेंगे।" कोई जबरदस्ती नहीं। कोई दबाव डालने वाले तरीके नहीं। अपने विचार थोपने की कोशिश नहीं। वेब्स्टर ने नरम, शांत, मित्रवत् तरीका अपनाया और इसने उन्हें प्रसिद्ध बना दिया।

आपको कभी भी किसी हड़ताल को खत्म करवाने या जूरी को संबोधित करने न बुलाया जाए, पर आप अपना किराया कम करवाना जरूर चाहेंगे। तब क्या दोस्ताना तरीका आपकी मदद करेगा? देखते हैं।

एक इंजीनियर ओ.एल. स्ट्रॉब अपना किराया कम कराना चाहता था और उसे पता था उसका मकान मालिक गुस्से वाला है। "मैंने उसे लिखा" मिस्टर स्ट्रॉब ने क्लास में बताते हुए कहा - "और सूचना दी कि लीज खत्म होते ही मैं घर खाली कर रहा हूं। सच बात तो यह थी कि मैं घर छोड़ना नहीं चाहता था। अगर किराया कम हो जाता, तो मैं रुक जाता, पर स्थिति आशाजनक नहीं थी। दूसरे किराएदारों ने कोशिश की थी और असफल रहे थे। सबने बताया कि मकान मालिक से सही बर्ताव करना बहुत मुश्किल था, पर मैंने खुद से कहा- "मैं लोगों से सही बर्ताव करने पर कोर्स कर रहा हूं, इसलिए मैं उस पर एक कोशिश करूंगा और देखता हूं, यह कैसे काम करता है?"

"मेरा पत्र पाते ही वह और उसके सेक्रेटरी मुझसे मिलने आए। मैं दरवाजे पर उनसे दोस्ती के अंदाज में मिला। मैं उत्साह और अच्छी नीयत से भरपूर था। मैंने इस बात से शुरुआत नहीं की कि किराया बहुत ज्यादा था। मैंने बताया कि अपार्टमेंट कितना अच्छा था। विश्वास कीजिए, मैं प्रशंसा से भरपूर और तारीफ से सराबोर था। मैंने उसकी इस बात पर प्रशंसा की कि वह बिल्डिंग कितने अच्छे से चला रहा था और मैं एक साल और रुकना चाहता था, पर मेरे पास पर्याप्त पैसे नहीं हैं। "उसे कभी किसी किराएदार से ऐसा स्वागत नहीं मिला था। उसे समझ नहीं आ रहा था कि क्या करे।"

"तब उसने अपनी परेशानियां बतानी शुरु कर दी। शिकायत करने वाले किराएदार। एक ने उसे चैदह पत्र लिखे थे, कुछ में अपमान भरा था। दूसरे ने उसे लीज तोड़ने की धमकी दी, अगर उसने ऊपर के तल्ले में खर्राटे भरने वाले किराएदार की छुट्टी नहीं की। 'आपके जैसा संतुष्ट किराएदार मिलना' उसने कहा 'कितनी खुशी की बात है। और तब, बिना मेरे कहे, उसने किराए को थोड़ा घटाने की बात की। मुझे थोड़ा और कम चाहिए था, इसलिए मैंने संख्या बताई और उसने तुरंत स्वीकार कर लिया।"

"जब वह जा रहा था, उसने मुड़कर कहा" मैं तुम्हारे लिए क्या सजावट कर सकता हूँ?"

"अगर मैंने दूसरे किराएदारों वाला तरीका अपनाया होता, तो मुझे विश्वास है कि मुझे असफलता मिली होती। मैं दोस्ताना, सहानुभूति और प्रशंसा से भरा था, इसीलिए कामयाब हुआ।"

पेंसिलवेनिया के पिट्सबर्ग में डीन वुडकॉक लोकल इलेक्ट्रिक कंपनी के एक विभाग के प्रबंधक थे। उनके स्टाफ को एक पोल के किसी उपकरण को ठीक करने के लिए बुलाया गया। इस तरह का काम पहले किसी और विभाग द्वारा किया गया था और अब उसे वुडकॉक के विभाग में भेजा गया था। हालांकि उनके लोग इस तरह का काम करने के लिए दक्ष थे, पर उन्हें पहली बार ऐसा काम करने के लिए बुलाया गया था। संगठन में हर इंसान देखना चाहता था कि वे कैसे इस काम को कर पाते हैं। मिस्टर वुडकॉक, उनके कई मैनेजर और अन्य विभागों के सदस्य इस ऑपरेशन को देखने गए। कई कारें और ट्रक वहां थे और वहां कई लोग दो अकेले इंसानों को पोल पर चढ़कर काम करते हुए देख रहे थे।

आस-पास देखते हुए, वुडकॉक ने एक आदमी को सड़क पर हाथ में कैमरा लिये हुए कार से निकलते देखा। उसने उस जगह की तस्वीरें लेनी शुरू कर दी। यूटिलिटी के लोग पब्लिक रिलेशन के मामले में काफी सावधान होते हैं और तभी वुडकॉक को कैमरे वाले इंसान के कारण यह स्थिति बहुत ज्यादा अजीब लगी। दो इंसानों के काम के लिए दर्जन भर लोग बुलाए गए थे। वे सड़क पर जाकर फोटोग्राफर से मिले।

"मुझे लगता है, आपकी ऑपरेशन में काफी रुचि है।"

"हां और मेरी मां भी काफी दिलचस्पी लेगी। उनके आपकी कंपनी में स्टॉक हैं। इससे उनकी आंखें खुल जाएंगी। उन्हें यह भी लग सकता है कि यह निवेश अच्छा नहीं है। मैं उन्हें सालों से बताता आ रहा हूं कि आपके जैसी कंपनियों में काफी वेस्ट मोशन है। इससे यह सिद्ध होता है। अखबारों को भी ये तस्वीरें पसंद आएंगी।"

"यह ऐसा लगता है ना? मैं आपकी जगह रहता तो यही सोचता, पर यह थोड़ा अनोखा मामला है।" और तब डीन वुडकॉक ने उसे बताया कि उनके विभाग के लिए यह पहला काम था और एक्जीक्यूटिव तक सभी इस काम में दिलचस्पी ले रहे थे। उन्होंने बताया कि सामान्य परिस्थिति में सिर्फ दो आदमी यह काम कर रहे होते। फोटोग्राफर ने अपना कैमरा वापस रखा, वुडकॉक से हाथ मिलाया और उन्हें यह परिस्थिति समझाने के लिए धन्यवाद दिया।

डीन वुडकॉक के दोस्ताना व्यवहार ने उनकी कंपनी को परेशानी और बुरे प्रचार से बचा लिया।

हमारी क्लास के अन्य सदस्य, न्यू हैम्पशायर के जेराल्ड एच. विन ने बताया कि दोस्ताना व्यवहार करके उन्होंने नुकसान के दावे के मामले में कैसे संतोषजनक समझौता कराया।

"बसंत की शुरुआत में" उन्होंने बताया- "जाड़े में बर्फ जमने से जमीन के ढीले पड़ने से पहले एक अजीबोगरीब वर्षा भरा तूफान आया, जो सामान्यतः नए गड्ढों और सड़क किनारे नालियों में चला जाता, पर उसने उस जगह की ओर दिशा ले ली, जहां मैंने अपना नया घर बनाया था।"

"निकासी न होने के कारण, पानी ने घर की नींव के चारों ओर दबाव बनाना शुरू किया। पानी ने कंक्रीट के बेसमेंट में फर्श के नीचे दबाव बनाया। इससे बेसमेंट पानी से भर गया। इसने भट्टी और गरम पानी के हीटर को बर्बाद कर दिया। इसे मरम्मत कराने का खर्च दो हजार डॉलर से ज्यादा आ रहा था। इस बर्बादी को कवर करने के लिए मेरे पास कोई इंश्योरेंस नहीं था।

"लेकिन मैंने यह तुरंत पाया कि सब-डिवीजन के मालिक ने घर के पास स्टोर्म ड्रेन नहीं डाला था, जिसके रहने से यह समस्या नहीं आती। मैं उससे मिलने गया। ऑफिस जाने के पच्चीस मील के रास्ते के दौरान मैंने ध्यान से स्थिति को समझा और कोर्स में सिखाए गए सिद्धांतों को याद करते हुए तय किया कि गुस्सा दिखाने से बात नहीं बनेगी। जब मैं पहुंचा, तो मैं बहुत शांत था और उसकी वेस्टइंडीज ट्रिप के बारे में बात करने लगा, जब

मुझे लगा कि समय सही है, मैंने पानी की दिक्कत की 'छोटी' समस्या के बारे में बात की। वह समस्या सुलझाने में अपने हिस्से के काम करने के लिए तुरंत मान गया।

"कुछ दिनों बाद उसने कहा कि वह नुकसान के पैसे भरेगा और उसने स्टोर्म ड्रेन भी डाल दिया, ताकि आगे से समस्या पैदा न हो।"

"हालांकि यह सब-डिवीजन के मालिक की गलती थी, अगर मैंने दोस्ताना अंदाज में शुरुआत न की होती, तो उसे अपनी गलती मनवाने में बड़ी दिक्कत होती।"

सालों पहले, जब मैं लड़कपन में नॉर्थवेस्ट मिसूरी के जंगलों से होकर एक कंट्री स्कूल जा रहा था, मैंने सूर्य और वायु के बारे में एक कहानी पढ़ी थी। वे झगड़ा कर रहे थे कि कौन ज्यादा मजबूत है और हवा ने कहा, "मैं सिद्ध करूंगा कि मैं ज्यादा मजबूत हूं। उस बूढ़े आदमी को कोट पहने देख रहे हो? मैं शर्त लगाता हूं कि मैं उसका कोट तुमसे पहले उतार सकता हूं।"

इसलिए सूर्य बादल के पीछे चला गया और वायु इतनी तेजी से बहने लगी कि तूफान-सा आ गया, पर जितनी तेजी से वह बहती, उतनी ही जोर से वह बूढ़ा आदमी अपने कोट को पकड़ लेता। अंत में, वायु शांत हुई और उसने हार मान ली, तब सूर्य बादलों के पीछे से आया और उस बूढ़े इंसान पर मुस्कराने लगा। उस आदमी ने अपनी भौहें सिकोड़ी और कोट उतार दिया। सूर्य ने बताया कि सज्जनता और दोस्ताना हमेशा गुस्से और ताकत से ज्यादा मजबूत होते हैं।

सज्जनता और दोस्ताना बर्ताव का इस्तेमाल हर रोज वे लोग दिखाते हैं, जिन्होने सीखा है कि "शहद की एक बूंद, सिरके से भरे गैलन से ज्यादा मक्खियां आकर्षित करती है।" लूथरविले, मैरीलैंड, के.एफ.गेल कॉनर ने यह सिद्ध किया जब उन्हें अपनी चार महीने पुरानी कार को कार डीलर के पास तीसरी बार सर्विस डिपार्टमेंट ले जाना पड़ा।

उन्होंने हमारी क्लास को बताया- "यह साफ था कि सर्विस मैनेजर से बात करना, उससे बहस करना या उस पर चिल्लाना मेरी समस्या का हल नहीं निकाल सकता था।"

मैं शोरूम गया और मैंने एजेंसी के मालिक मिस्टर व्हाइट से मिलने की इच्छा जाहिर की। थोड़े इंतजार के बाद मुझे मिस्टर व्हाइट के ऑफिस में ले जाया गया। मैंने अपना परिचय दिया और उन्हें बताया कि मैंने अपनी कार उनकी डीलरशिप से खरीदी थी, क्योंकि मेरे कई दोस्तों ने उनसे काम कराया था और वे खुश थे। मैंने बताया कि उनकी कीमतें काफी सही हैं और सर्विस बहुत अच्छी है। मुझे सुनते वक्त वे संतुष्टि से मुस्कराते रहे, फिर मैंने समस्या बताई, जो मुझे सर्विस डिपार्टमेंट से हो रही थी। 'मुझे लगा आप शायद वैसी स्थिति के बारे में जानना चाहेंगे, जो आपकी प्रतिष्ठा को खराब कर सकती है' मैंने कहा। उन्होंने मुझे इस बारे में बताने के लिए धन्यवाद दिया और विश्वास दिलाया कि मेरी समस्या सुलझा दी जाएगी। उन्होंने निजी तौर पर इस मामले में सक्रियता दिखाने के साथ-साथ मुझे अपनी कार भी दी, ताकि मैं अपनी कार के रिपेयर होने तक अपना काम चला सकूं।"

ईसप एक ग्रीक गुलाम था, जो क्रॉसियस के दरबार में रहता था और क्राइस्ट के छः सौ साल पहले अमर कथाएं बुनता था। इसके बावजूद उसने मानवीय स्वभाव के बारे

में, जो सत्य सिखाए, वे बोस्टन और बर्मिंघम में आज भी उतने ही सही हैं, जितने एथेंस में छब्बीस सौ साल पहले सही थे। सूर्य आपका कोट वायु से ज्यादा आसानी से उतार सकता है और उदारता, दोस्ताना व्यवहार और प्रशंसा लोगों के दिमाग को हल्ला-गुल्ला मचाने से ज्यादा तेजी से बदल सकता है।

याद रहे लिंकन ने क्या कहा - "शहद की एक बूंद, सिरके से भरे गैलन से ज्यादा मक्खियां आकर्षित करती है।"

सिद्धांत-4

शुरुआत हमेशा दोस्ताना तरीके से करनी चाहिये

5

भेद सुकरात का

लोगों से बात करते समय उन चीजों से शुरुआत न करें, जिनसे आप असहमत हैं। उन चीजों पर जोर डालें और जोर डालते रहें, जिन पर आप दोनों सहमत हैं।

अगर संभव हो तो, इस बात पर जोर डालते रहें कि आप दोनों एक ही परिणाम खोज रहे हैं और फर्क सिर्फ आपके तरीकों का है, लक्ष्य का नहीं।

शुरुआत में उस इंसान से "हां! हां!" कहलवाते रहें। अगर संभव हो तो अपने विपक्षी को "नहीं" कहने से रोके रखें।

नहीं, वाली प्रतिक्रिया प्रोफेसर ओवरस्ट्रीट के अनुसार, सबसे बड़ी बाधा बन जाती है। जब आपने एक बार "नहीं" कह दिया तो आपकी सारी पर्सनॉलिटी आपको मजबूर करती है कि आप अपनी बात पर टिके रहें। आपको बाद में लग सकता है कि आपका "नहीं" एकदम गलत निर्णय था, पर आपका अभिमान ताक पर था। एक बार जो चीज आपने कह दी, आपको लगता है उस पर टिके रहना चाहिए। इसलिए यह बहुत जरूरी है कि इंसान स्वीकारात्मक दिशा में शुरुआत करे।

बोलने में कुशलता रखने वाला शुरुआत से ही "हां" की प्रतिक्रिया पाने लगता है। इससे श्रोताओं के स्वीकारात्मक दिशा में जाने की मनोवैज्ञानिक प्रक्रिया शुरु हो जाती है। यह एक बिलियर्ड बॉल की गतिविधि जैसा है। इसे एक दिशा में ढकेलिए और उसे दूसरी दिशा में ले जाने के लिए बल लगाना पड़ता है। विपरीत दिशा में ले जाने के लिए तो बहुत ज्यादा बल लगाना पड़ता है।

मनोवैज्ञानिक पैटर्न यहां बहुत स्पष्ट हैं। जब एक इंसान "नहीं" कहता है और मन से कहता है, तब वह एक छोटे शब्द को कहने से कहीं ज्यादा कुछ कर रहा है। उसका पूरा शरीर, उसकी नसें, उसकी ग्रंथियां, उसकी मांसपेशियां, उस चीज को अस्वीकार करने में जुट जाता है। एक मिनट या कभी थोड़े ज्यादा समय में शरीर पीछे हटने लगता है या हटने की तैयारी में लग जाता है। उसका पूरा तंत्रिका तंत्र स्वीकृति के विरोध में चला जाता है। इसके विपरीत जब कोई इंसान "हां" कहता है तो ऐसी कोई घटना नहीं घटती। वह मनुष्य एक आगे जाने वाली, स्वीकारात्मक और खुली दिशा में रहता है। इसलिए शुरुआत में आप जितने ज्यादा "हां" सुनेंगे, आगे चलकर अपने लक्ष्य को पाने के लिए उस इंसान का ध्यान उतना ज्यादा पा सकेंगे।

यह बहुत सरल तरीका है, हां की प्रतिक्रिया पाने वाला। इसके बावजूद इसे कितना अनदेखा किया जाता है। ऐसा लगता है कि लोगों को शुरुआत में दूसरों का विरोध करने में

महत्त्वपूर्ण होने का एहसास मिलता है।

हां-हां कहलवाने की टेक्निक ने जेम्स एबरसन, जो न्यूयॉर्क सिटी के ग्रीनविच सेविंग्स बैंक में टेलर थे, को एक भावी कस्टमर को लाने में मदद की, जो छूट सकता था। यह इंसान अपना अकाउंट खुलवाने आया था, मिस्टर एबरसन ने कहा- "और मैंने उसे एक फॉर्म भरने दिया। उसने कुछ सवाल के जवाब आसानी से दिए, पर कुछ सवालों के जवाब देने से मुकर गया।" "मानवीय रिश्तों के बारे में पढ़ाई शुरु करने से पहले मैंने इस भावी ग्राहक को बताया होता कि अगर वह बैंक को ये सूचनाएं नहीं देगा तो हम उसका अकाउंट खोलने से इंकार कर देंगे।"

मुझे शर्म आती है कि मैं इस चीज को पहले करने की भी गलती कर चुका हूं। स्वभावतः इस तरह का अल्टिमेटम मुझे अच्छा महसूस कराता था। मैंने यह दिखा दिया था कि यहां बॉस कौन है और बैंक के नियमों को तोड़ा नहीं जा सकता, पर इस तरह का बर्ताव उस इंसान को स्वागत और महत्त्वपूर्ण होने का अहसास नहीं देता, जो यहां अपना प्रश्रय देने आया था।

"लेकिन मैंने इस सुबह अपनी बुद्धि का इस्तेमाल करने का फैसला किया। मैंने प्रण किया कि इस बारे में बात करूंगा कि ग्राहक क्या चाहता है?, न कि वह चीज जो बैंक चाहता है। सबसे जरूरी बात यह कि मन शुरुआत से ही उससे "हां-हां सुनना चाहता था, इसलिए मैंने उसकी बात को स्वीकार कर लिया। मैंने उसे बताया कि जो सूचना वह नहीं देना चाहता था, वह देना जरूरी नहीं है।"

लेकिन, "मैंने कहा, मान लीजिए, आपकी मृत्यु के समय आपके पैसे इस बैंक में हैं। क्या आप नहीं चाहेंगे कि बैंक नियम के अनुसार ये पैसे आपके निकट के रिश्तेदार को दे दे?"

"हां बिलकुल।" उसने जवाब दिया।

"आपको नहीं लगता, मैंने कहना जारी रखा, कि अगर आप हमें उस रिश्तेदार का नाम दे दें, तो हमें आपके देहांत के बाद बिना दिक्कत के उसे पैसे देने में आसानी होगी?"

उसने फिर कहा, "हां।"

"उस युवा आदमी का बर्ताव बदल गया, जब उसने महसूस किया कि हम उसकी जानकारी बिना मतलब के नहीं मांग रहे थे। बैंक छोड़ने से पहले इस आदमी ने अपने बारे में पूरी जानकारी दी और साथ ही, मेरी सलाह पर उसने एक ट्रस्ट अकाउंट भी खोला, जिसकी लाभार्थी उसकी मां होगी और उसने खुशी-खुशी अपनी मां के बारे में भी सारी जानकारी दी।"

"मैंने पाया कि शुरुआत से ही उससे "हां-हां" कहलवाने के कारण वह बहस का मुद्दा भूल गया और मेरी सलाह के मुताबिक उसने सारी चीजें कर दीं।"

जोसफ एलिसन, वेस्टिंगहाउस इलेक्ट्रिक कंपनी के सेल्स रिप्रेजेंटेटिव, ने यह कहानी बताई- "मेरे क्षेत्र में एक इंसान था जिसे हमारी कंपनी ग्राहक बनाना चाहती थी। मेरे पुराने साथी ने उसे दस दिन तक लगातार कॉल किया था, पर असफल रहा। जब मैंने यह क्षेत्र लिया, मैं उसे तीन साल तक कॉल करता रहा, पर असफल रहा। अंत में, तेरह साल के कॉल और सेल्स की बातों के बाद, हमने उसे कुछ मोटरें बेच दीं। अगर यह मोटर सही रहे तो कई सौ और मोटरों का ऑर्डर आएगा। ऐसा मैंने सोचा था।

"सही? मुझे लगा था वे सारे सही होंगे। इसलिए जब मैंने तीन सप्ताह बाद कॉल किया, मैं उत्साह में था।"

"चीफ इंजीनियर ने मुझे चकित करते हुए घोषणा की कि एलिसन, मैं आपकी बाकी मोटरें नहीं खरीद सकता।" "क्यों?" मैंने आश्चर्य से पूछा?

क्योंकि तुम्हारी मोटरें बहुत गरम हैं। मैं उन पर अपने हाथ नहीं रख सकता।

मुझे पता था, बहस करने का कोई लाभ नहीं है। मैंने यह चीज पहले कई बार करके देख ली थी। इसलिए मैंने उससे हां, हां, कहलवाना शुरु कर दिया।

अच्छा, मिस्टर स्मिथ, आप देखिए, मैंने कहा। मैं आपसे शत-प्रतिशत सहमत हूं, अगर ये मोटरें वास्तव में गरम हैं तो आपको उन्हें आगे से बिल्कुल नहीं खरीदना चाहिए। आपके पास ऐसी मोटरें नहीं होनी चाहिए, जो नेशनल इलेक्ट्रिकल मैनुफैक्चरर्स एसोसिएशन द्वारा बनाए गए मानकों से ज्यादा गरम होती हों। ऐसा ही है ना?

उसने स्वीकार किया कि ऐसा ही है। मुझे अपना पहला हां मिल गया था।

"नेशनल इलेक्ट्रिकल मैनुफैक्चरर्स एसोसिएशन के नियम कहते हैं कि एक अच्छी तरह से बनाए गए मोटर का तापमान कमरे के तापमान से सिर्फ 72 डिग्री फारेनहाइट तक ऊपर जा सकता है। क्या यह सही है?"

हां, उसने स्वीकार किया- "यह बिलकुल सही है। पर तुम्हारे मोटर उससे ज्यादा गरम हैं"

मैंने उससे बहस नहीं की। मैंने सिर्फ पूछा- "मील रुम कितना गरम है? ओह, उसने कहा, 75 डिग्री फारेनहाइट के आस-पास।"

"अच्छा," मैंने जवाब दिया, "अगर मील रूम का तापमान 75 डिग्री है और आप उसमें 72 जोड़ दें, तो कुल मिलाकर 147 डिग्री हो जाते हैं। अगर आप अपना हाथ 147 डिग्री गरम पानी में डालेंगे, तो आपके हाथ जल नहीं जाएंगे?"

उसे फिर "हां" कहना पड़ा।

अच्छा, मैंने सलाह दी, "क्या यह समझदारी की बात नहीं होगी कि आप अपने हाथ ऐसे मोटरों से दूर रखें।"

"हां, सही कहते हो," उसने स्वीकार किया। हम कुछ देर और बात करते रहे। उसके बाद उसने अपने सेक्रेटरी को बुलाया और मुझे अगले महीने के लिए 35,000 डॉलर का बिजनेस दे दिया।"

कई साल और हजारों डॉलर के नुकसान के बाद मैंने यह सीखा कि बहस करने से कोई फायदा नहीं होता और दूसरे इंसान के नजरिए से चीजों को देखने से और उससे "हां, हां, कहलवाने से ज्यादा लाभ होता है।"

एड्डी स्नो ऑकलैंड, जो कैलिफोर्निया में हमारे कोर्स स्पांसर करते हैं, बताते हैं कि कैसे वे एक शॉप के अच्छे ग्राहक बन गए, जब उसके मालिक ने उनसे "हां-हां" कहलवाया। एड्डी धनुष से शिकार में दिलचस्पी रखने लगे थे और उन्होंने एक लोकल धनुष के स्टोर से शिकार के औजार खरीदने में काफी पैसे खर्च किए थे। जब उनका भाई उनसे मिलने आया वे इस स्टोर से एक धनुष उसके लिए किराए पर लेना चाहते थे।

सेल्स क्लर्क ने उन्हें बताया कि वे धनुष किराए पर नहीं देते थे, इसलिए एड्डी ने दूसरे धनुष के स्टोर को फोन किया। एड्डी ने बताया कि क्या हुआ- "एक बहुत जिंदादिल सज्जन ने फोन पर जवाब दिया। किराए के बारे में उनका जवाब दूसरे स्टोर से बिल्कुल अलग था। उन्होंने बताया कि उन्हें खेद है कि वे किराए पर धनुष नहीं देते, क्योंकि वे इसका खर्च नहीं उठा सकते थे। उन्होंने मुझसे पूछा कि क्या मैंने पहले किराए पर लिया है। मैंने जवाब दिया- हां, कई साल पहले। उन्होंने याद दिलाया कि मैंने शायद 25 या 30 डॉलर किराए के लिए दिए होंगे। मैंने फिर हां कहा। उन्होंने तब पूछा कि क्या मैं वैसा इंसान हूं, जो पैसे बचाना चाहता है। मैंने कहा, हां। उन्होंने बताया कि उनके पास जरूरी औजारों के साथ धनुष का सेट 34.95 डॉलर में उपलब्ध है। मैं किराए के पैसे से सिर्फ 4.95 डॉलर ज्यादा देकर पूरा सेट खरीद सकता था। उन्होंने बताया कि इसी कारण से उन्होंने किराए पर धनुष देना बंद कर दिया था। क्या मुझे लगता है कि उन्होंने सही किया? मेरे 'हा' के जवाब से सेट की खरीदारी हुई और उसके बाद मैंने कई और चीजें खरीदी और उनका नियमित ग्राहक बन गया।"

एथेंस के सुकरात दुनिया के सबसे अच्छे दार्शनिकों में से एक थे। उन्होंने वह किया, जो काफी कम लोग कर पाए हैं। उन्होंने मनुष्य की सोच की दिशा बदल दी और अब उनकी मृत्यु के चैबीस सौ साल बाद, उन्हें दुनिया के सबसे ज्यादा प्रभावशाली प्रोत्साहकों में से एक माना जाता है, जिन्होंने दुनिया को बदला।

उनका तरीका? क्या उन्होंने लोगों को बताया कि वे गलत थे? बिल्कुल नहीं। सुकरात की कुशलता उन्हें ऐसा करने भी नहीं देती। उनका तरीका, जिसे अब "सुकराती तरीका" के नाम से जाना जाता है, "हां-हां" की प्रतिक्रिया लाने पर आधारित था। वे ऐसे सवाल पूछते थे जिन पर उनके विपक्षी सहमति रखते थे। वे एक के बाद एक सहमतियां लेते रहते थे, जब तक उनके पास कई "हां" न हो जाएं। वे तब तक सवाल पूछते रहते थे, जब तक उनके विरोधी, बिना महसूस किए, उस निष्कर्ष को स्वीकार कर लेते थे जिसका वे कुछ मिनट पहले विरोध कर रहे थे।

अगली बार जब हम में किसी को गलत बताने की इच्छा जागे, तो सुकरात को याद करें और एक सामान्य सवाल पूछे। वे सवाल जो "हां-हां की प्रतिक्रिया लेकर आए।

चीन में एक कहावत है जिसमें पूर्व की समझदारी भरी हुई है। जो मृदु है, वह दूर

तक जाता है।"

उन्होंने मानवीय स्वभाव को पांच हजार सालों तक पढ़ा है और उन सुसंस्कृत चीनियों ने काफी सूक्ष्म दृष्टि विकसित की है-"जो मृदु है, वह दूर तक जाता है।"

सिद्धांत-5

सामने वाले से 'हां' कहलवाने की आदत डालें

6

समस्या के समाधान का सरल तरीका

अधिकतर लोग दूसरों को अपनी सोच में ढालने के लिए खुद ही बहुत ज्यादा बातचीत करते हैं। दूसरे लोगों को दिल खोलकर बातें करने दें। वे अपने बिजनेस और समस्याओं के बारे में आपसे ज्यादा जानते हैं, इसलिए सवाल पूछिए। उन्हें आपको कुछ चीजें बताने दें।

अगर आप उनसे असहमत रहेंगे, तो आप उनकी बात में बीच-बीच में दखल देंगे, पर ऐसा मत करें। यह खतरनाक है। जब उनके अपने विचार बाहर निकलने को आतुर हों तो, आपकी नहीं सुनेंगे। इसलिए खुले दिमाग से उनकी बात ध्यान से सुनें। ऐसा सच्चाई से करें। उन्हें अपनी बात कहने के लिए प्रोत्साहित करें। क्या यह नीति बिजनेस में काम आती है? देखते हैं। यहां एक सेल्स प्रतिनिधि की कहानी है जिसे यह प्रयोग करने पर मजबूर किया गया।

यूनाइटेड स्टेट्स का एक सबसे बड़ा ऑटोमोबाइल निर्माता अपनी अपहोल्स्ट्री फैब्रिक्स की एक साल की जरूरत के लिए सौदा कर रहा था। तीन महत्त्वपूर्ण निर्माता ने फैब्रिक्स के नमूने तैयार किए थे। वे सारे के सारे मोटर कंपनी के एक्जीक्यूटिव द्वारा जांच किए जा चुके थे और हर निर्माता के पास नोटिस भेजी जा चुकी थी, ताकि वे हर सप्लायर के प्रतिनिधि अपने कॉन्ट्रैक्ट के लिए फाइनल आवेदन एक निश्चित तारीख को कर सकें।

जी.बी.आर., एक निर्माता का प्रतिनिधि, जब शहर में पहुंचा तो लैरिंगीटिस से ग्रस्त था। जब कॉन्फ्रेंस में एक्जीक्यूटिव से मिलने का मेरा मौका आया, मिस्टर आर. ने क्लास में कहानी बताते समय कहा- "मेरी आवाज जा चुकी थी। मैं फुसफुसा भी नहीं सकता था। मुझे एक कमरे में ले जाया गया, जहां मेरे सामने टेक्सटाइल इंजीनियर, पर्चेजिंग एजेंट, सेल्स के डायरेक्टर और कंपनी के प्रेसिडेंट खड़े थे। मैं खड़ा हुआ और मैंने बोलने की पुरजोर कोशिश की, पर मैं नहीं बोल पाया।"

"वे सभी एक टेबल के चारों ओर बैठे थे, इसलिए मैंने एक कागज पर लिखा - 'सज्जनों, मेरी आवाज खो गई है। मैं बोल नहीं सकता।"

"मैं आपके बदले बात करूंगा," प्रेसिडेंट ने कहा। उन्होंने किया। उन्होंने मेरे नमूने दिखाए और उनकी अच्छी बातों की तारीफ की। मेरे सामान की गुणवत्ता पर अच्छी खासी बातचीत होने लगी और प्रेसिडेंट, चूंकि वे मेरी तरफ से बात कर रहे थे, ने वे पोजीशन ली,

जो मैंने बातचीत के दौरान ली होती। मेरा काम सिर्फ मुस्कराना, हामी भरना और कुछ संकेत करना था।

इस अनोखे कॉन्फ्रेंस के कारण, मुझे कॉन्ट्रैक्ट मिल गया, जिसका मूल्य तकरीबन 1,600,000 डॉलर था और जिसमें आधे मिलियन यार्ड अपहोल्स्ट्री फैब्रिक्स की डिमांड थी। यह मेरा अब तक का सबसे बड़ा ऑर्डर था।

"मुझे पता है कि अगर मैंने आवाज न खोई होती, तो मैं कॉन्ट्रैक्ट खो चुका होता, क्योंकि मुझे इस मामले की गलत जानकारी थी।

मैंने संयोग से यह सीखा कि दूसरे इंसान को बात करने देने से कितना लाभ होता है।"

दूसरे इंसान को बात करने देने से बिजनेस के साथ पारिवारिक मामलों में भी लाभ होता है। बारबारा विल्सन का अपनी बेटी, लॉरी से रिश्ता खराब होता जा रहा था। लॉरी, जो एक शांत और संतुष्ट बच्ची थी, अब एक विद्रोही और बदतमीज किशोरी बनती जा रही थी। मिसेज विल्सन उसे उपदेश देती थीं, धमकाती थीं और सजा देती थीं, पर कोई लाभ नहीं हुआ।

"एक दिन, मिसेज विल्सन ने हमारी क्लास में बताया - 'मैंने हार मान ली। लॉरी ने मेरी बात नहीं मानी और अपना काम अधूरा छोड़कर वह घर से बाहर अपनी दोस्त से मिलने चली गई। जब वह लौटी तो मैं उस पर दस हजारवी बार चिल्लाने वाली थी, पर मुझमें शक्ति नहीं थी। मैंने उसकी ओर देखा और दुख से कहा - क्यों लॉरी, क्यों?"

"लॉरी ने मेरी हालत देखी और शांति से कहा - "आप सच में जानना चाहती हो?" मैंने हामी भारी और लॉरी ने शुरु में धीरे-धीरे बताया, फिर वह खुल गई। मैंने कभी उसे सुना नहीं था। मैं हमेशा उसे बता रही थी कि यह करो और वह करो। जब वह अपनी बातें, भावनाएं और आइडिया बताना चाहती थी तो मैं ऑर्डर देने लगती थी। मुझे महसूस होने लगा कि उसे मेरी जरूरत थी - एक दबंग मां के रूप में नहीं, बल्कि एक विश्वस्त के रूप में, बड़ी होते समय पैदा होने वाली परेशानियों के श्रोता के रूप में और अब तक मैं हमेशा बोलती आ रही थी, अब मुझे सुनना चाहिए था। मैंने आज तक उसे कभी नहीं सुना था।"

"उस समय से मैंने उसे हर बार बातें करने दी, जब वह बोलना चाहती थी। वह बताती है कि उसके दिमाग में क्या चल रहा है और हमारे रिश्ते काफी अच्छे हो गए। अब वह मददगार इंसान है।"

न्यूयॉर्क के एक अख़बार के फाइनेंस के पेज पर एक बड़ा इश्तिहार निकला जिसमें एक अनोखे क्षमता और अनुभव के इंसान की जरूरत थी। चाल्र्स टी. क्यूबेलिस ने उस इश्तिहार का जवाब दिया और एक बॉक्स नंबर को अपना पत्र भेजा। कुछ दिनों बाद उन्हें पत्र द्वारा एक इंटरव्यू में बुलाया गया। कॉल करने से पहले उसने वॉल स्ट्रीट में घंटों उस आदमी के बारे में जानकारी खोजने में बिताए, जिसने यह बिजनेस शुरु किया था। इस इंटरव्यू के दौरान उसने कहा - "मुझे आपके जैसा रिकॉर्ड पसंद है। आपने अट्ठाईस साल पहले सिर्फ एक डेस्क रूम और स्टेनोग्राफर के साथ शुरुआत की थी। क्या यह सही है?"

लगभग हर सफल इंसान अपने शुरुआती संघर्षों को याद करना चाहता है। यह इंसान कोई अपवाद नहीं था। उसने लंबे समय तक बताया कि कैसे उसने सिर्फ 450 डॉलर और एक मौलिक आइडिया के साथ शुरुआत की थी। उसने बताया कि उसने कैसे दूसरों के हतोत्साहन और परिहास का सामना किया, रविवार और छुट्टियों में भी काम किया। रोज बारह से सोलह घंटे काम किया और अब उसने सारी बाधाओं पर विजय पा ली है, जब वॉल स्ट्रीट के सबसे महत्त्वपूर्ण एक्जीक्यूटिव उसके पास सूचना और मार्गदर्शन के लिए आ रहे हैं। उसे ऐसे रिकॉर्ड पर गर्व था। उसे ऐसा करने का अधिकार था और उसे इस बारे में बात करना अच्छा लगता था। अंत में, उसने मिस्टर क्यूबेलिस से उनके अनुभव के बारे में सवाल पूछे और कहा - "मुझे लगता है कि हम ऐसा ही आदमी खोज रहे हैं।"

मिस्टर क्यूबेलिस ने अपने होने वाले बॉस की उपलब्धियां खोजने के लिए कोशिश की थी। वह दूसरे इंसान और उसकी समस्याओं में रुचि दिखाते थे।

उन्होंने दूसरे इंसान को बात करने के लिए प्रोत्साहित किया और काफी अच्छा प्रभाव छोड़ा।

कैलिफोर्निया के सैक्रेमेंटो के रॉयजी ब्रैडले को दूसरी समस्या थी। एक सेल्स पोजीशन के भावी कर्मचारी के रूप में उन्होंने सुना और ब्रैडले के फर्म में उन्हें नौकरी मिल गई। रॉय ने बताया -

"एक छोटी ब्रोकेरेज फर्म होने के कारण हमारे पास हॉस्पिटल, मेडिकल इंश्योरेंस और पेंशन जैसी सुविधाएं नहीं थीं। हर प्रतिनिधि एक स्वतंत्र एजेंट होता है। हम अपने प्रोस्पेक्ट के बारे में लीड भी नहीं देते, क्योंकि हम उनके बारे में विज्ञापन नहीं निकाल सकते, जब तक हमारे बड़े प्रतियोगी निकाल रहे हों।"

रिचर्ड प्रायर के पास वे अनुभव थे, जो हम इस पोजीशन के लिए चाहते थे और उनका इंटरव्यू हमारे असिस्टेंट ने लिया, जिसने इस जॉब की सारी निगेटिव चीजों के बारे में बताया। हमारे ऑफिस आते समय वे हतोत्साहित लग रहे थे। मैंने बताया कि हमारी फर्म से जुड़ने का एक फायदा है कि आप स्वतंत्र कॉन्ट्रैक्टर हो जाते हैं और आप एक तरह से स्व-रोजगार में रहते हैं।

जैसे-जैसे उन्होंने इन फायदों के बारे में मुझसे बात की, वे खुद ही उन नेगेटिव चीजों को अपनी बातों से हटाते रहे, जो इंटरव्य में आते समय उनके दिमाग में थीं। कई बार ऐसा लगा मानो वे खुद से बातें कर रहे हों, जब वे हर बात पर विचार कर रहे थे। कई बार मेरी इच्छा हुई कि मैं उनकी बातों में खुद से कुछ जोड़ूं, लेकिन जैसे इंटरव्यू खत्म होने को आया, उन्होंने खुद को ही अपनी ओर से मना लिया था और वे हमारी फर्म में काम करने को तैयार हो गए थे।

चूंकि मैं एक अच्छा श्रोता था और मैंने डिक को बातें करनी दी थीं, वे अपने दिमाग में दोनों पक्षों का मूल्यांकन कर पा रहे थे और वे एक पॉजिटिव निष्कर्ष पर आ गए, जो उनके लिए खुद की तैयार की हुई चुनौती थी। हमने उन्हें नौकरी दे दी और वे विलक्षण प्रतिनिधि साबित हुए।

हमारे दोस्त भी चाहेंगे कि हम अपनी सफलताओं के बारे में उन्हें बताने के बजाय उनकी सफलताओं के बारे में खुद सुनें।

ला रोशफूको, फ्रांस के दार्शनिक ने कहा था - “अगर आप दुश्मन चाहते हैं, तो अपने दोस्तों से अच्छा कीजिए। अगर आप दोस्त चाहते हैं, तो अपने दोस्तों को अच्छा करने दीजिए।”

यह सही क्यों है? क्योंकि जब हमारे दोस्त अच्छा करते हैं, तो वे महत्त्वपूर्ण महसूस करते हैं, लेकिन जब हम अच्छा करते हैं तो उनमें से कुछ लोग छोटा और ईर्ष्या महसूस करते हैं।

न्यूयॉर्क सिटी के मिड-टाउन पर्सनल एजेंसी में सबसे ज्यादा पसंद की जाने वाली प्लेसमेंट काउंसलर हेनरिटा थी। यह हमेशा से ऐसी नहीं था। इस एजेंसी में काम शुरूआत करने के कुछ महीनों तक हेनरिटा का एक भी दोस्त नहीं था। क्यों? क्योंकि हर दिन वह खुद द्वारा किए गए प्लेसमेंट, खोले गए नए एकाउंट और अपनी उपलब्धियों के बारे में डींगें हांका करती थी।

मैं अपने काम में अच्छी थी और मुझे इस पर गर्व था, हेनरिटा ने हमारी क्लास में बताया- लेकिन मेरी उपलब्धियों पर खुश होने के बजाए मेरे साथी खीज जाते थे। मैं उन लोगों द्वारा पसंद किया जाना चाहती थी। ।

मैं उन्हें सच में अपना दोस्त बनाना चाहती थी। इस कोर्स में दी गई सलाहों को सुनने के बाद, मैंने अपने बारे में बातें बंद कर दी और अपने साथियों को सुनना ज्यादा कर दिया। उनके पास भी गर्व से बात करने के लिए चीजें थीं और वे मेरी डींगें सनने के बजाय अपनी उपलब्धियों के बारे में बातें करना ज्यादा पसंद करते थे अब, जब भी हमारे पास बात करने के लिए समय होता है, उन्हें अपनी खुशियां बांटने को कहती हूं और अपनी उपलब्धियों के बारे में तभी बताती हूं जब वे पूछते हैं।

सिद्धांत-6

सामने वाले को खुद के बारे में ज्यादा से ज्यादा कहने दो

7

सहयोग कैसे पाएं?

क्या आपको नहीं लगता कि आपका उस आइडिया में ज्यादा विश्वास होता है, जिसे आपने खुद खोजा हो, बशर्ते उस आइडिया के जो आपको चांदी की तश्तरी में पेश किया गया हो। अगर ऐसा है, तो क्या दूसरों के मुंह में अपने आइडिया ठूंसना गलत निर्णय नहीं है? क्या यह ज्यादा समझदारीपूर्ण नहीं है कि आप सलाह दें और दूसरे इंसान को निष्कर्ष निकालने दें?

फिलाडेल्फिया के एडॉल्फ सेल्ट्ज, जो एक ऑटोमोबाइल शोरूम में सेल्स मैनेजर हैं और मेरे कोर्स के छात्र हैं, ने अपने आपको एक ऐसी परिस्थिति में पाया, जहां उन्हें ऑटोमोबाइल सेल्समैन के एक हतोत्साहित और बिखरे ग्रुप में उत्साह पैदा करना था। एक सेल्स मीटिंग बुलाकर उन्होंने लोगों से पूछा कि वे बताएं कि उनसे उन लोगों की क्या अपेक्षाएं हैं। वे लोग जैसे-जैसे बात करते रहे, एडॉल्फ बोर्ड पर उनके आइडिया लिखते रहे, तब उन्होंने उन लोगों से कहा - "मैं आप सभी को वे सारे गुण दूंगा जिनकी आपको मुझसे अपेक्षा है। अब मैं आपसे सुनना चाहता हूं कि मुझे भी आपसे अपेक्षा रखने का अधिकार है।" जवाब तुरंत और तेजी से आने लगे- वफादारी, ईमानदारी, नेतृत्व, आशार्वाद, टीम वर्क, दिन-भर में आठ घंटे का जोशीला काम। वह मीटिंग एक नए साहस, एक नई प्रेरणा के साथ खत्म हुई। एक सेल्सपर्सन ने दिन में चैदह घंटे काम करने का प्रण लिया। मिस्टर सेल्ट्ज ने मुझे बताया कि सेल्स में जबरदस्त बढ़ोतरी हुई।

लोगों ने मेरे साथ एक नैतिक समझौता किया। मिस्टर सेल्ट्ज ने कहा- और जब मैं उसमें अपना हिस्सा निभा रहा था, वे अपना हिस्सा निभाने को तैयार थे। उनकी इच्छाओं और अरमानों के बारे में उनसे बातें करना एक सही खुराक थी।

किसी को अच्छा नहीं लगता कि उसे कुछ बेचा जा रहा हो या उसे कुछ करने को कहा जा रहा हो। हम यह महसूस करना चाहते हैं कि हम अपनी मर्जी से खरीद रहे हैं और अपने आइडिया पर खुद से काम कर रहे हैं। हमें अच्छा लगता है कि हमसे हमारी इच्छाओं, अरमानों और विचारों के बारे में बातें की जाए।

यूजीन वेसन का मामला लीजिए। इस सच को सीखने से पहले वे हजारों डॉलर का बिजनेस में नुकसान उठा चुके थे। मिस्टर वेसन एक स्टुडियो के लिए स्केच बनाते थे, जो स्टाइलिस्ट और टेक्सटाइल निर्माताओं के लिए डिजाइन बनाता था। मिस्टर वेसन ने न्यूयॉर्क के एक शीर्ष के स्टाइलिस्ट को तीन साल तक हर हफ्ते कॉल किया था। 'उसने

मुझसे मिलने से कभी इंकार नहीं किया, मिस्टर वेसन ने कहा - पर उसने कभी नहीं खरीदा। उसने मेरे स्केचों को हमेशा ध्यान से देखा और कहा - 'नहीं वेसन, मुझे नहीं लगता हमारी सोच आज मिलती है।'

150 असफलताओं के बाद वेसन ने महसूस किया कि वे पागल होने के कगार पर हैं, इसलिए उन्होंने एक शाम मानवीय व्यवहार के बारे में एक हफ्ते तक पढ़ने का फैसला किया, ताकि नए आइडिया और नए उत्साह को पैदा किया जा सके।

उन्होंने नया तरीका अपनाने का फैसला किया। आर्टिस्ट के आधे बने कई स्केचों को अपनी बांह में दबाकर वे खरीदने वाले के ऑफिस पहुंच गए।

मैं आपसे एक छोटी-सी मदद चाहता हूं, अगर आप करना चाहें तो, उन्होंने कहा- "यहां कुछ आधे बने स्केच हैं। क्या आप बता सकते हैं कि मैं उन्हें किस तरह से पूरा करूं कि आप उनका इस्तेमाल कर सके?" खरीदने वाले ने बिना कुछ बोले उन स्केचों को काफी देर तक देखा। अंत में उन्होंने कहा- वेसन आप उन्हें कुछ दिनों तक मेरे पास छोड़ दीजिए, उसके बाद आकर देखिए। वेसन तीन दिन बाद लौटे और उसकी सलाहें लीं, स्केचों को वापस स्टुडियो ले गए और उन्हें खरीदने वाले के आइडिये के हिसाब से पूरा किया। परिणाम? वे सारे-के-सारे स्वीकार कर लिए गए।

उसके बाद, उस खरीदने वाले ने वेसन को दर्जनों और स्केच के ऑर्डर दिए, जो खरीदने वाले के आइडिया पर आधारित थे। "मुझे पता चला अब तक मैं क्यों असफल रहा था, मिस्टर वेसन ने कहा - "मैंने उससे वह खरीदवाना चाहा था, जो मेरे हिसाब से उसकी जरूरत थी, फिर मैंने अपना तरीका बदल लिया। मैंने उससे अपने आइडिया देने को कहा। इससे उसे लगा कि वह डिजाइन बना रहा था और वह ऐसा कर भी रहा था। मुझे उसे कुछ बेचना नहीं पड़ा। उसने खुद खरीद लिया।"

दूसरे इंसान को यह महसूस कराना कि आइडिया उसका है, सिर्फ बिजनेस और राजनीति में कारगर सिद्ध नहीं होता, बल्कि पारिवारिक जीवन में भी कारगर सिद्ध होता है। ओक्लाहामा के पॉल एम. डेविस ने अपनी क्लास में बताया कि उन्होंने कैसे यह सिद्धांत आजमाया।

मेरे परिवार और मैंने अब तक के सबसे अच्छे साइटसीइंग वेकेशन ट्रिप का आनंद लिया। मेरा काफी समय से गेटिसबर्ग में सिविल वार की युद्धभूमि, फिलाडेल्फिया में इंडिपेंडेंस हॉल और अपने देश की राजधानी जैसे ऐतिहासिक जगहों को देखने का सपना था। वैली फोर्ज, जेम्सटाउन और विलियम्सबर्ग के पूनस्र्थापित कोलोनियल विलेज भी मेरी लिस्ट में काफी ऊपर थे।

"मार्च में मेरी पत्नी ने कहा कि गर्मी की छुट्टियों में उसका प्लान पश्चिमी राज्यों, न्यू मैक्सिको के दर्शनीय स्थान, एरिजोना, कैलिफोर्निया और नेवादा घूमने का है। उसे इस यात्रा की इच्छा सालों से थी, पर हम दोनों यात्राएं नहीं कर पाए थे।

मेरी बेटी एन ने जूनियर हाईस्कूल में यू.एस. के इतिहास में एक कोर्स पूरा किया था और वह उन घटनाओं में काफी दिलचस्पी रखने लगी थी, जिन्होंने हमारे देश का विकास

किया था। मैंने उससे पूछा कि क्या वह अगली छुट्टियों में उन जगहों में घूमना चाहेगी जिनके बारे में उसने सीखा था। उसने कहा कि वह जरूर घूमना चाहेगी।

दो दिनों बाद हम डिनर टेबल के चारों ओर बैठे। नैन्सी ने घोषणा की कि अगर हम सभी राजी हो जाएं तो हम गर्मी की छुट्टियां पूर्वी राज्यों में मनाएंगे और यह ट्रिप एन को पसंद आएगी और हम सभी के लिए काफी रोमांचक होगी। इसी मनोविज्ञान का इस्तेमाल एक एक्स-रे निर्माता ने अपने उपकरण ब्रुकलिन के एक सबसे बड़े अस्पताल को बेचने में किया था। यह अस्पताल अपना निर्माण बढ़ा रहा था और इसमें अमेरिका के सबसे अच्छे एक्स-रे उपकरण लगाना चाहता था। डॉक्टर एल, जो एक्स-रे विभाग के इंचार्ज थे, के पास सेल्स प्रतिनिधियों की बाढ़ आ गई थी, जो अपनी कंपनी के उपकरणों की तारीफ के पुल बांध रहे थे। एक निर्माता थोड़ा ज्यादा समझदार था। वह मनुष्य के स्वभाव के बारे में बाकी लोगों से ज्यादा जानता था। उसने कुछ इस तरह का पत्र लिखा

> हमारी फैक्ट्री ने हाल में एक्स-रे उपकरणों की एक नई लाइन पूरी की है। इन मशीनों की पहली शिपमेंट हमारे ऑफिस अभी-अभी पहुंची है, वह संपूर्ण नहीं है। हम यह जानते हैं और हम उन्हें बेहतर बनाना चाहते हैं, इसलिए हमें बहुत खुशी होगी अगर आप उन्हें देख सकें और हमें वे आइडिया दे सकें, जिनसे हम उन्हें आपके काम के ज्यादा लायक बना सकें। यह जानते हए कि आप कितने व्यस्त हैं, मुझे आपकी सुविधा के हिसाब से अपनी कार भेजने में खुशी होगी।

मुझे यह पत्र पाकर खुशी हुई, डॉक्टर एल ने कहा, जब वे इस घटना के बारे में क्लास में बता रहे थे- मुझे आश्चर्य और खुशी दोनों हुई। इससे पहले किसी एक्स-रे निर्माता ने मुझसे सलाह नहीं मांगी थी। इससे मुझे महत्त्वपूर्ण होने का एहसास हुआ। उसके बाद के सप्ताह में हर रात मैं व्यस्त था, पर मैंने अपना डिनर स्थगित किया, ताकि उस उपकरण को देख सकूँ। उस पर मैंने जितना अध्ययन किया, मुझे वह उतना ही पसंद आया।

किसी ने भी मुझे यह बेचने की कोशिश नहीं की थी। मुझे लगा कि इस उपकरण को खरीदने का आइडिया मेरा था। मैं इसकी बेहतरीन क्वालिटी पर फिदा हो गया और मैंने इसे इंस्टॉल करने का आदेश दे दिया। रॉल्फ वाल्डो इमर्सन ने अपने लेख 'आत्मविश्वास' में कहा है- 'हर जीनियस काम में हम अपने ठुकराए आइडिया देखते हैं। वे एक अलग की गई विशालता के साथ हम तक वापस आते हैं।'

कर्नल एडवर्ड एम. हाउस राष्ट्रीय और अंतर्राष्ट्रीय मामलों में काफी प्रभाव रखते थे, जबकि वुडरो विल्सन का अधिकार व्हाइट हाउस में था। विल्सन गुप्त सलाहों के लिए कर्नल हाउस पर अपने कैबिनेट के सदस्यों से भी ज्यादा निर्भर रहते थे।

प्रेसिडेंट पर प्रभाव डालने में कर्नल ने कौन-सा तरीका इस्तेमाल किया? सौभाग्य से हम जानते हैं, क्योंकि आर्थर डी. हाउडन स्मिथ ने यह तरीका हाउस को खुद बताया था और स्मिथ ने द सैटरडे ईवनिंग पोस्ट के एक लेख में हाउस का उल्लेख किया था। प्रेसिडेंट से परिचय होने के बाद, हाउस ने कहा- "मैंने सीखा कि उनसे किसी आइडिया को मनवाने

का तरीका यह है कि उनके दिमाग में आइडिये का बीज बो दिया जाए, ताकि वे खुद इसमें रुचि लेने लगें और इसके बारे में खुद सोचने लगें। पहली बार जब इसने काम किया तो यह मात्र संयोग था। मैं उनसे मिलने व्हाइट हाउस गया था और उनके सामने एक नीति रखी थी, जो उन्हें पसंद नहीं आ रही थी, लेकिन कई दिनों बाद, डिनर टेबल पर मुझे उन्हें सुनते हुए खुशी हुई।" क्या हाउस ने हस्तक्षेप करके कहा, "यह आपका आइडिया नहीं है। यह मेरा है? ओह, नहीं। हाउस ने ऐसा नहीं किया। उनके जैसा कुशल आदमी ऐसा नहीं कर सकता था। उन्हें परिणाम चाहिए थे। इसलिए उन्होंने विल्सन को महसूस करने दिया कि यह आइडिया उन्हीं का है। हाउस उससे भी एक कदम आगे गए। उन्होंने उस आइडिया के लिए विल्सन को सार्वजनिक रूप से श्रेय दिया।"

याद रखिए कि हम जिस भी इंसान के संपर्क में आते हैं, वह वुडरो विल्सन की तरह ही इंसान है, इसलिए कर्नल हाउस का तरीका अपनाते हैं।

न्यू ब्रन्सस्विक के सुंदर कनाडियन राज्य में एक इंसान ने यह तरीका मुझ पर आजमाया और मेरा संरक्षण पा लिया। मैं उस समय न्यू ब्रन्सविक में मछली मारने और नौका विहार का प्लान कर रहा था, इसलिए मैंने टूरिस्ट कैंप से सूचना के लिए लिखा।

मेरा नाम और पता मेलिंग लिस्ट में डाल दिया गया और जल्द ही मुझ पर कैंपों और गाइड से पत्रों और बुकलेट और प्रिंटेड टेस्टीमोनियल की बौछार हो गई। मैं घबरा-सा गया।

मुझे पता नहीं था किसे पसंद करूं, तब एक कैंप के मालिक ने एक बुद्धिमानी भरी चीज की। उसने मुझे न्यूयॉर्क के उन लोगों के नाम और टेलीफोन नंबर दिए, जो उसके कैंप में रुके थे और उसने मुझे आमंत्रित किया कि मैं उन्हें फोन करूं और खुद जान लूं कि उसके कैंप में क्या सुविधाएं हैं? मुझे जानकर आश्चर्य हुआ कि उनमें से एक इंसान को मैं जानता था। मैंने उसे फोन किया, उसके अनुभव के बारे में जानकारी प्राप्त की और कैंप को अपने आने की तारीख भेज दी। बाकी सारे लोग मुझे अपनी सर्विस बेचने की कोशिश पर अड़े थे, पर एक ने मुझे यह अपने आपको बेचने दिया। वह संगठन जीत गया।

पच्चीस सौ साल पहले, चीन के संत लाओ-त्से ने जो कहा, वह आज के पाठकों के काम आ सकता है

नदियां और समुद्र हजारों पहाड़ों की जलधाराओं को आत्मसात् करते हैं, क्योंकि वे उनसे नीचे होते हैं। इसलिए वे सारी धाराओं पर राज कर पाते हैं। इसलिए एक संत, दूसरों के ऊपर होने की इच्छा से, अपने आपको उनके नीचे डाल देता है। हालांकि उसका स्थान लोगों से ऊपर होता है, पर वे लोग उसका वजन महसूस नहीं कर पाते। हालांकि उसका स्थान उनसे पहले आता है, पर वे इसका बुरा नहीं मानते।।

सिद्धांत-7

आइडिये की खोज करने वाला सामने वाला है। उसे यही एहसास कराइये

8

चमत्कार करने वाला सूत्र

न्यूयॉर्क के हैम्प्स्टेड के सैम डगलस अक्सर अपनी पत्नी से कहते थे कि वह अपने बगीचे में घास-फूंस साफ करते, खाद डालते और हफ्ते में दो बार घास काटते हुए काफी समय लगाती थी, पर फिर भी वह बगीचा चार साल पहले जैसा ही लगता था, मतलब जब वे दोनों उस घर में रहने आये थे। जाहिर है, उनकी पत्नी इस टीका-टिप्पणियों से काफी नाराज हो जाती थी और उनकी शाम बर्बाद हो जाती थी। हमारा कोर्स करने के बाद मिस्टर डगलस को महसूस हुआ कि वे इन सालों में कितनी बड़ी मूर्खता कर रहे थे। उन्हें कभी यह ख्याल नहीं आया कि उनकी पत्नी को अपने काम में मजा आता था और अपने समर्पण भाव पर तारीफ उसे काफी पसंद आएगी। जब डिनर के बाद एक शाम उनकी पत्नी ने कहा कि वह कुछ खरपतवार साफ करना चाहती है और उसने उन्हें आमंत्रित किया। उन्होंने पहले इंकार कर दिया, पर उन्होंने इस पर फिर से सोचा और कि बाहर गए और अपनी पत्नी की मदद करने लगे। उसे यह देखकर अच्छा लगा और दोनों मिलकर एक घंटे तक मीठी बातें करते हुए काम करते रहे।

उसके बाद उन्होंने अपनी पत्नी की बगीचे में काम करने में काफी मदद की और उसे बगीचे की सुंदरता का श्रेय दिया और बताया कि वह कंक्रीट जैसी दिखने वाली जमीन पर कितना बेहतरीन काम कर रही थी।

परिणाम- दोनों के लिए एक खुशहाल जीवन क्योंकि उन्होंने अपनी पत्नी के नजरिए से चीजों को देखना सीख लिया था - भले ही विषय खरपतवार का था। अपनी किताब "गेटिंग थ्रू द पीपुल" में डॉक्टर जेराल्ड एस. निरेनबर्ग ने लिखा- बातचीत में आपसी सहयोग मिलता है, जब आप सोचते हैं कि दूसरे इंसान के आइडिया और भावनाएं आपके जितने ही जरूरी हैं। अगर आप बातचीत की शुरुआत दूसरे इंसान को बातचीत का लक्ष्य और दिशा देकर करें, आपको क्या कहना चाहिए, वह इस बात से तय करें कि श्रोता के रूप में आप क्या सुनना चाहते हैं और उसे अपनी बात कहने के लिए प्रोत्साहित करें, तो उसे आपके आइडिया के लिए खुला दिमाग रखने में आसानी होगी।

मैंने अपने घर के पास पार्क में टहलने और घुड़सवारी का अक्सर आनंद लिया है। मैं ओक के पेड़ को बहुत पसंद करता हूं, इसलिए मुझे यह देखकर काफी तकलीफ होती थी कि आग के कारण छोटे पेड़ और झाड़ियां तबाह हो जाते थे। यह आग असावधान सिगरेट पीने वालों के कारण नहीं लगती थी। यह आग उन युवाओं द्वारा लगाई जाती थी, जो पार्क

में जाकर पेड़ के नीचे अंडे पकाने की कोशिश करते थे। कई बार यह आग इतनी भयानक होती थी कि अग्निशमन विभाग को बुलाना पड़ता था। पार्क के किनारे एक साइनबोर्ड लगा था, जिसमें लिखा गया था कि आग लगाने वाले को जुर्माना और जेल हो सकती है, पर वह बोर्ड एक दूर स्थान में लगा था, जहां उसे अपराधी कम ही देख पाते थे। एक पुलिसवाले पर पार्क को देखने की जिम्मेवारी थी, पर वह अपने काम को गंभीरता से नहीं लेता था और आग हर मौसम में लगती जाती थी। एक बार मैं एक पुलिसवाले के पास गया और मैंने उसे बताया कि पार्क में आग फैल रही है और उसे अग्निशमन विभाग को खबर कर देनी चाहिए, पर उसने बेकार-सा जवाब दिया कि यह उसका काम नहीं है क्योंकि यह उसके क्षेत्र की बात नहीं है। मैं घबराया था और मैं घुड़सवारी करते हुए गया और उस जगह की रक्षा के लिए मैंने खुद को एक कमेटी के रूप में नियुक्त कर लिया।

शुरुआत में मैंने दूसरे इंसान के नजरिए से चीजों को देखने की कोशिश नहीं की। जब मैं पेड़ के नीचे आग लगते देखता था, मैं इतना दुखी हो जाता था कि सही चीज करने के बजाय गलत कर बैठता था। मैं लड़कों के पास जाता था, उन्हें चेतावनी देता था कि आग लगाने के लिए उन्हें जेल हो सकती है, उनसे आदेश देने के अंदाज में बात करता था और अगर वे इंकार करते थे, मैं उन्हें गिरफ्तार करवाने की धमकी देता था। मैं दूसरे का नजरिए देखे बिना अपनी भड़ास निकालता था।

परिणाम? वे बात मानते थे, वे खीज के साथ बात मानते थे। जब मैं पहाड़ के पार चला जाता था, वे वापस आग लगाते थे और पूरे पार्क को जलाने की इच्छा रखते थे।

जैसे साल बीतते गए, मैं मानवीय संबंधों के बारे में सीखता गया, थोड़ी कुशलता सीखी और दूसरे इंसान के नजरिए से चीजों को देखने का ढंग सीखा। तब आदेश देने के बजाय मैं आग के पास जाता था और कुछ इस तरह अपनी बातें कहता था

लड़कों, मजा आ रहा है? आज शाम क्या पकाने वाले हो? जब मैं छोटा था मुझे भी आग लगाना अच्छा लगता था। मुझे अभी भी अच्छा लगता है, पर तुम जानते हो कि यह यहां बहुत खतरनाक है। मुझे पता है, तुम किसी का नुकसान नहीं करना चाहते, पर दूसरे लड़के इतने सावधान नहीं हैं। जब वे आएंगे और देखेंगे कि तुम लोगों ने आग लगाई है, तो वे भी आग लगाएंगे और घर जाते समय उसे नहीं बुझाएंगे और यह आग सूखे पत्तों में फैलकर पेड़ जला देगी। अगर हम सावधान नहीं रहे तो यहां पेड़ नहीं बचेंगे। इस आग लगाने के कारण तुम जेल भी जा सकते हो। मैं दबाव नहीं बनाना चाहता और तुम्हारा मजा किरकिरा नहीं करना चाहता। मुझे अच्छा लगेगा, अगर तुम मजे उठाओ, पर क्या तुम लोग इन सूखे पत्तों को आग से दूर रख सकते हो और जाते समय उसे मिट्टी से ढक दोगे? जब अगली बार आनंद उठाना हो तो उस पहाड़ी पर बालू के गड्ढे में आग लगा सकते हो। इससे कोई नुकसान नहीं होगा। धन्यवाद लड़को! आनंद उठाओ।

इस तरह की बात ने कितना बदलाव ला दिया। इससे लड़कों को सहयोग करने की इच्छा हुई। कोई खीज नहीं, कोई गुस्सा नहीं। उन्हें बात मानने के लिए आदेश नहीं दिया गया था। उन्हें अपनी प्रतिष्ठा बचाने की मौका मिला था। उन्हें अच्छा महसूस हुआ था,

क्योंकि मैंने इस स्थिति को उनके नजरिए का ख्याल रखते हुए संभाला था।

जब निजी समस्याएं खड़ी हो रही हों तो दूसरों के नजरिए से चीजों को देखने से तनाव कम हो जाता है। ऑस्ट्रेलिया के न्यू साउथ वेल्स के एलिजाबेथ नोवाको अपनी कार की पेमेंट में छः महीने देर हो चुकी थीं। एक शुक्रवार, उन्होंने कहा - 'मुझे एक बदतमीज आदमी का फोन आया, जो मेरा अकाउंट संभाल रहा था और उसने कहा कि अगर मैं सोमवार सुबह तक 122 डॉलर नहीं लेकर आई तो कंपनी मेरे खिलाफ कदम उठाएगी। मेरे पास सप्ताह के अंत में पैसे लाने का कोई तरीका नहीं था, इसलिए जब सोमवार की सुबह मेरे पास फोन आया तो मुझे सबसे बुरे की आशा थी। परेशान होने के बजाय मैंने उसके नजरिए से चीजें देखने की कोशिश की। मैंने उसे असुविधा देने के लिए माफी मांगी और मैं सबसे ज्यादा परेशान करने वाली ग्राहक रही होंगी, क्योंकि मैं पहले भी पेमेंट में देर कर चुकी हूं।'

तुरंत उसके बात करने का तरीका बदल गया और उसने विश्वास दिलाया कि मैं सबसे ज्यादा परेशान करने वाली ग्राहक नहीं थी। उसने मुझे ऐसे कई उदाहरण बताए, जब ग्राहकों ने उससे बदतमीजी से बात की थी और उससे झूठ बोला था और उससे बात करने से इंकार कर दिया था। मैंने कुछ नहीं कहा।

मैंने उसकी बात सुनी और उसे अपनी भड़ास निकालने दी। तब, बिना मेरी सलाह के, उसने कहा कि अगर मैं पूरे पैसे न दे पाऊं तो कोई बात नहीं है। यह काफी होगा अगर मैंने उसे महीने के अंत तक बीस डॉलर दिए और बाकी पैसे अपनी सुविधा के हिसाब से दे पाऊं।

कल, किसी को आग बुझाने या आपका प्रॉडक्ट खरीदने और आपके पसंदीदा चैरिटी में पैसे देने के लिए कहने से पहले, क्यों न आप थोड़ी देर के लिए रुक जाएं और पूरी चीज को उसकी नजरों से देखें? खुद से पूछें- "वह ऐसा क्यों करना चाहेगा?" माना कि यह समय लेगा, पर इससे आपके दुश्मन नहीं बनेंगे और आपको अच्छे परिणाम मिलेंगे और इससे कम झगड़े होंगे।

मैं किसी इंसान से साक्षात्कार करने से पहले उसके ऑफिस के सामने दो घंटे टहलना ज्यादा पसंद करूंगा, हारवर्ड बिजनेस स्कूल के डीन डॉनहैम ने कहा - 'तब उसके ऑफिस में प्रवेश करूंगा, इस आइडिया के साथ कि मैं उसे क्या कहने जा रहा हूं और उसके बारे में मेरी जानकारी के हिसाब से उसका क्या उत्तर होगा। यह इतना जरूरी है कि मैं इस पर जोर डालने के लिए इसे दुहराने जा रहा हूं।

मैं किसी इंसान से साक्षात्कार करने से पहले उसके ऑफिस के सामने दो घंटे टहलना ज्यादा पसंद करूंगा, तब उसके ऑफिस में प्रवेश करूंगा - इस आइडिया के साथ कि मैं उसे क्या कहने जा रहा हूं और उसके बारे में मेरी जानकारी के हिसाब से उसका

क्या उत्तर होगा।

अगर इस किताब को पढ़ने के बाद आप सिर्फ एक चीज सीख लें, वह यह कि दूसरे इंसान के नजरिए से कैसे चीजों पर सोचा जाए और अपने साथ-साथ दूसरे की आंखों से कैसे चीजों को देखा जाए। अगर आप सिर्फ यह एक चीज सीखते हैं, तो यह आपके कॅरियर का मील का पत्थर साबित होगा।

सिद्धांत-8

दूसरों के नजरिये को जरूर महत्व दें

9

सबकी क्या चाहत है?

क्या आप ऐसा जादुई शब्द चाहेंगे, जो बहस रोक दे। आपसी वैमनस्य खत्म कर दे, आपसी मित्रता बढ़ाए और दूसरे इंसान को ध्यान से सुनने के लिए प्रेरित करें?

"हां, बिलकुल! वह यह है - आप जैसा महसूस कर रहे हैं, उसके लिए मैं आपको दोषी नहीं मानता। अगर आपकी जगह मैं होता तो मैं भी ऐसा ही महसूस करता।"

इस तरह का जवाब हद से भी ज्यादा गुस्सैल इंसान को भी शांत कर देगा और आप इस बात को पूरी सच्चाई से कह सकते हैं, क्योंकि अगर आप दूसरे इंसान की जगह होते तो वैसा ही महसूस करते। अल केपोन का उदाहरण लीजिए- मान लीजिए कि आपको भी अल केपोन जैसा शरीर और दिमाग मिला होता। मान लीजिए, आपको भी उसके जैसा वातावरण और अनुभव मिले होते, तब आप भी वही और वहां होते जहां वह था, क्योंकि ये वही चीजें थीं जिन्होंने उसे वैसा बनाया। आप एक सांप नहीं हैं, इसका कारण सिर्फ यही है कि आपके मां-बाप सांप नहीं थे।

आप जो भी हैं, उसके लिए आपको काफी कम श्रेय मिलता है और याद रखिए, जो गुस्सैल, कट्टर, बदमिजाज लोग आपके पास आते हैं, उन्हें भी अपने जैसा होने के लिए बहुत कम श्रेय मिलता है। उन बेचारों के लिए खेद महसूस कीजिए। उन पर दया कीजिए। उनके साथ सहानुभूति रखिए। अपने-आप से कहिए - "वहां मैं ईश्वर की दया के कारण जाता हूं।"

खुद से मिलने वाले तीन-चैथाई लोग सहानुभूति के लिए तरस रहे हैं। उन्हें वह दीजिए और बदले में प्यार पाइए।

मैंने एक बार लिटिल विमेन की लेखिका लुइसा मे अलकोट के बारे में एक ब्रॉडकास्ट दिया था। स्वभावतः मैं जानता था कि वह मैसेश्यूट्स के कॉन्कॉर्ड में रही थीं और वहां अपनी किताबें लिखी थीं। पर बिना सोचे कि मैं क्या कह रहा हूं, मैंने उनके न्यू हैम्पशायर के कॉन्कॉर्ड के पुराने घर जाने की बात कह दी। अगर मैंने न्यू हैम्पशायर सिर्फ एक बार कहा होता तो मुझे माफ कर दिया जाता, पर अफसोस! मैंने इसे दो बार कह दिया। मुझ पर निंदा और चुभने वाले संदेश पत्रों और टेलीग्राम की बौछार हो गई और मेरा निर्दोष सिर घूमने लगा। कई लोग काफी नाराज थे।

कुछ अपमानजनक बातें इस तरह थीं। मैसेश्यूट्स के कॉन्कॉर्ड की एक कोलोनियल महिला, जो उस समय फिलाडेल्फिया में रह रही थीं, उन्होंने मुझ पर आग ही बरसा दी।

अगर मैंने मिस अल्कॉट को न्यू गिनिया का नरभक्षी बताया होता, तो भी वे उतना नाराज नहीं होतीं। पत्र पढ़ते समय मैंने खुद से कहा - "भगवान का शुक्र है, मेरी इससे शादी नहीं हुई। मेरा दिल किया कि मैं उसे लिखू कि भले ही मुझसे भूगोल में गलती हुई है, पर उससे शिष्टाचार में ज्यादा भारी गलती हुई है। वह तो मेरा शुरुआती वाक्य था, तब मैं अपनी आस्तीन चढ़ाकर उसे यह बताने वाला था कि मैं क्या महसूस करता हूं, पर मैंने ऐसा नहीं किया। मैंने खुद पर नियंत्रण किया। मैंने महसूस किया कि कोई भी बेवकूफ ऐसा कर सकता है और कई बेवकूफ ऐसा करते भी हैं।

मैं मूर्खों से बेहतर होना चाहता था, इसलिए मैंने उसकी दुश्मनी को दोस्ती में बदलने का फैसला किया। यह एक तरह की चुनौती होगी, एक तरह का खेल होगा, जिसे मैं खेलना चाहूंगा। मैंने खुद से कहा - 'अगर मैं उसकी जगह होता तो मैं भी उसके जैसा ही महसूस करता।' इसलिए मैंने उसके दृष्टिकोण से सहानुभूति रखने का फैसला किया। अगली बार जब मैं फिलाडेल्फिया गया, मैंने उसे फोन किया। हमारी बातचीत कुछ इस तरह हुई।

मैं मिसेज अमुक, आपने मुझे कुछ सप्ताह पहले पत्र लिखा था, उसके लिए मैं धन्यवाद देना चाहता हूं।

वह (सभ्य और सुसंस्कृत अंदाज में) किनके साथ बात करने का मेरा सौभाग्य है? 8 मैं आपके लिए अजनबी हूं। मेरा नाम डेल कारनेगी है। मैंने कुछ हफ्ते पहले लुईसा मे अल्कॉट पर एक ब्रॉडकास्ट दिया था, जो आपने सुना था, मैंने माफी के अयोग्य एक गलती करते हुए कहा था कि वह न्यू हैम्पशायर के कॉन्कॉर्ड में रहती थी। यह एक बेवकूफी भरी गलती थी और मैं उसके लिए क्षमा मांगता हूं। आपने मुझे लिखने के लिए वक्त निकाला, उसके लिए मैं आपकी प्रशंसा करता हूं।

वह मुझे खेद है, मिस्टर कारनेगी कि मैंने ऐसा लिखा। मैंने आपा खो दिया था। मैं माफी मांगती हूं।

मैं-नहीं-नहीं, आपको माफी नहीं मांगनी चाहिए, मुझे मांगनी चाहिए। स्कूल का बच्चा भी वह गलती नहीं करता, जो मैंने की थी। मैंने अगले रविवार को रेडियो पर माफी मांगी और अब मैं आपसे निजी तौर पर माफी मांगना चाहता हूं। कि वह मैं मैसेश्यूट्स के कॉन्कॉर्ड में पैदा हुई थी। मेरा परिवार मैसेश्यूट्स में दो सौ सालों तक प्रसिद्ध रहा है और मैं अपनी जमीन पर बहुत गर्व करती हूं। मुझे काफी बुरा लगा, जब आपने कहा कि मिस अल्कोट न्यू हैम्पशायर में रहती हैं, पर मुझे अपने पत्र पर बहुत शर्मिंदगी है।

मैं-मैं आपको विश्वास दिलाता हूं कि जितना आपको बुरा लगा, उससे दस गुना ज्यादा मुझे बुरा लगा। मेरी गलती से मैसेश्यूट्स को चोट नहीं पहुंची, मुझे पहुंची। यह कभी-कभार होता है कि आपके जैसे रुतबे और संस्कृति वाले लोग रेडियो पर बात करने वाले लोगों को लिखते हैं और मैं आशा करता हूं कि जब भी मैं दुबारा गलती करूं, आप मुझे फिर से लिखें।

वह आपको पता है मुझे बहुत अच्छा लगा जिस तरह आपने अपनी आलोचना को

स्वीकार किया। आप एक काफी अच्छे इंसान होंगे। मैं आपको और भी जानना चाहूंगी। इसलिए, क्योंकि मैंने माफी मांगी और उसके नजरिए के प्रति सहानुभूति दिखाई उसने भी माफी मांगी और मेरे नजरिए के प्रति सहानुभूति दिखानी शुरु कर दी। मुझे उसका गुस्सा नियंत्रण करने का संतोष मिला। उसके अपमान के बदले उदारता दिखाने का संतोष मिला। उसे किसी नाली में कूद जाने के लिए बोलने से ज्यादा मुझे इस बात से आनंद आया कि मैंने उसको मित्र बना लिया।

जो भी इंसान व्हाइट हाउस जाता है, उसे मानवीय संबंधों में रोज कांटों का सामना करना पड़ता है। प्रेसिडेंट टैफ्ट भी इसके अपवाद नहीं थे और उन्होंने अपने अनुभव से तेजाब भरी दुश्मनी को शांत करने का रासायनिक फायदा देखा। अपनी किताब 'एथिक्स इन सर्विस' में टैफ्ट बताते हैं कि कैसे उन्होंने एक हताश और महत्त्वाकांक्षी मां का गुस्सा शांत किया।

टैफ्ट ने लिखा- एक महिला जो वाशिंगटन में रहती थी और जिनके पति का राजनीतिक प्रभाव था, मेरे पास आई और अपने बेटे को एक पोजीशन दिलाने के लिए उसने छः हफ्तों तक मेहनत की। उसने कई सीनेटर और कांग्रेस के लोगों का साथ लिया और उनके साथ आई, ताकि वे प्रभाव के साथ बोल सकें। उस जगह के लिए किसी टेक्निकल योग्यता वाले व्यक्ति की जरूरत थी और मैंने ब्यूरो की सलाह पर किसी और को नियुक्त कर दिया। मुझे उस महिला से एक पत्र मिला, जिसमें उसने कहा कि मैं एक अहसानफरामोश इंसान हूं, जिसने उसे एक खुश महिला नहीं बनने दिया, जो मेरे बाएं हाथ का खेल था। वह शिकायत करती गई कि उसने स्टेट डेलीगेशन के साथ मेहनत की थी और वह एक एडमिनिस्ट्रेशन बिल में सारे वोट लेकर आई थी, जिसमें मैं काफी रुचि रखता था और यह मेरा पुरस्कार देने का ढंग था।

जब आपको इस तरह का पत्र मिलता है, तो सबसे पहले आप यह सोचते हैं कि इस बदतमीज इंसान को कैसे करारा जवाब दिया जाए, तब आप एक जवाब लिख सकते हैं। अगर आप समझदार हैं, तो उस पत्र को एक दराज में डालकर उस पर ताला लगा सकते हैं। दो दिन बाद उसे निकाल सकते हैं। इस तरह का जवाब देने में दो दिन की देरी लगनी भी चाहिए और जब इस अंतराल के बाद उसे निकालते हैं, तो आप इसे नहीं भेजेंगे। यही काम मैंने किया। उसके बाद, मैं बैठा और मैंने उसे एक विनम्रता भरा पत्र लिखा, यह बताते हुए कि मैं इन परिस्थितियों में एक मां की हताशा को समझ सकता हूं, पर यह नियुक्ति मेरी पसंद के हिसाब से नहीं हो सकती थी और मुझे किसी टेक्निकल योग्यता वाले इंसान को चुनना था, इसीलिए मुझे ब्यूरो की सलाह माननी पड़ी। मैंने आशा व्यक्त की कि उसका बेटा जिस पोजीशन में है, उसमें वह अपनी मां की आशा से ज्यादा सफलता पाएगा। इसने उसे थोड़ा नरम किया और उसने मुझे पत्र लिखा कि उसे अपने शब्दों के लिए खेद है।

लेकिन जिस नियुक्ति का मैंने निर्णय लिया था वह तुरंत नहीं हो सकी और कुछ समय बाद मुझे एक पत्र मिला, जो उसके पति की ओर से आया था, पर इसकी हैंडराइटिंग बाकी पत्रों जैसी थी। मुझे यह सलाह दी गई थी कि इस मामले में हताशा के कारण उसे बिस्तर पर जाना पड़ा था और उसे बहुत गंभीर किस्म का कैंसर हो गया था। क्या मैं पहली

नियुक्ति को हटाकर उसके बेटे को डालकर उसे खुश नहीं करना चाहूंगा? मुझे दूसरा पत्र लिखना पड़ा, इस बार उसके पति को, यह कहते हुए कि मेडिकल जांच गलत सिद्ध होगी और मैंने उसकी पत्नी की गंभीर बीमारी में उसके साथ सहानुभूति व्यक्त की, लेकिन मेरे लिए पहली नियुक्ति को खारिज करना असंभव होगा। जिस इंसान को मैंने नियुक्त किया था वह नियुक्ति पक्की हो गई और उस पत्र के मिलने के दो दिनों के अंदर हमने व्हाइट हाउस में एक संगीत कार्यक्रम आयोजित किया। जिन दो लोगों ने मिसेज टैफ्ट का स्वागत किया, वे थे वह पति और पत्नी, हालांकि पत्नी कुछ दिन पहले तक मरने के नजदीक वाली अवस्था में थी।

जिम मैग्नम, ओक्लाहामा में टुलसा के एक एलिवेटर-एस्कलेटर मैंटिनेंस कंपनी के प्रतिनिधि थे, जिसका टुलसा के बड़े होटलों के एस्केलेटर्स के साथ मैंटिनेंस का कॉन्ट्रैक्ट था। होटल मैनेजर एस्कलेटर को दो घंटों से ज्यादा समय के लिए बंद नहीं करना चाहता था, क्योंकि वह होटल के मेहमानों के लिए परेशानी नहीं पैदा करना चाहता था। मरम्मत में आठ घंटे से ज्यादा समय लगने वाला था और उनकी कंपनी के पास होटल की सुविधा के लिए एक विशेष रूप से प्रशिक्षित मैकेनिक नहीं था। जब मिस्टर मैग्नम इस काम के लिए एक टॉप-फ्लाइट मैकेनिक का इंतजाम कर पाए, उन्होंने होटल मैनेजर को फोन किया और उससे जरूरी समय देने के लिए बहस करने के बजाए यह कहा कि, मुझे पता है कि आपका होटल काफी व्यस्त है और आप एस्कलेटर को कम-से-कम समय के लिए बंद रखना चाहोगे। मैं आपकी दिक्कत समझता हूं और हम आपकी सुविधा के लिए ज्यादा-से-ज्यादा चीजें करना चाहते हैं, लेकिन स्थिति का आकलन करने से पता चलता है कि अगर हम अभी काम पूरा नहीं करेंगे तो ज्यादा नुकसान होगा, जिससे लंबे समय तक उसे बंद रखना पड़ेगा। मैं जानता हूं कि आप अपने मेहमानों के लिए कई दिन तक दिक्कत नहीं पैदा करना चाहोगे।

मैनेजर को मानना पड़ा कि आठ घंटे के लिए एस्कलेटर का बंद होना कई दिन के लिए बंद होने से ज्यादा अच्छा विकल्प था। अपने अतिथियों को खुश रखने की मैनेजर की इच्छा से सहानुभूति रखकर मिस्टर मैग्नम ने काफी आसानी से मैनेजर की सोच को अपने अनुसार बिना झगड़े के ढाल लिया।

जॉयस नॉरिस, जो मिसूरी के सेंट लुई में एक पियानो टीचर हैं, ने हमें बताया कि उन्होंने एक ऐसी समस्या का कैसे समाधान निकाला, जो पियानो टीचर को अक्सर किशोरी लड़कियों के साथ होती है। बैबेट की उंगलियों के नाखून बहुत ज्यादा लंबे थे, जिसे पियानो सीखना हो, उसके लिए यह एक बहुत बड़ी बाधा हो सकती है।

मिसेज नॉरिस ने बताया - मुझे पता था कि उसके नाखून उसकी पियानो अच्छी तरह से बजाने की इच्छा में बाधक होंगे। उसकी पढ़ाई शुरु होने से पहले होने वाली बातचीत में मैंने नाखूनों के बारे में कुछ नहीं कहा। मैं उसे सीखने से हतोत्साहित नहीं करना चाहती थी और मुझे यह भी लगता था कि वह उन चीजों को खोना नहीं चाहेगी जिस पर उसे गर्व है और जिसे आकर्षक बनाने के लिए उसने इतनी मेहनत की है।

उसके पहले पाठ के बाद जब मुझे लगा कि समय सही है, मैंने कहा बैबेट, तुम्हारे

हाथ और नाखून काफी आकर्षक हैं। अगर तुम अपनी क्षमता और इच्छा जितना अच्छा पियानो बजाना चाहती हो, तो तुम्हें इन नाखूनों को थोड़ा छोटा करने से कितनी आसानी होगी, तुम सोच भी नहीं सकती। इसके बारे में सोचना, ठीक है? उसने ऐसा चेहरा बनाया, जो नेगेटिव था। मैंने उसकी मां से भी इस बारे में बात की और बताया कि उसके नाखून कितने सुंदर हैं, फिर से नेगेटिव प्रतिक्रिया आई। यह स्पष्ट था कि बैबेट के सुंदर नाखून उसके लिए काफी महत्त्वपूर्ण थे।

अगले सप्ताह बैबेट अपने दूसरे पाठ के लिए लौटी। मुझे देखकर आश्चर्य हुआ कि उसके नाखून कटे हुए थे। मैंने उसकी तारीफ की और इस त्याग के लिए उसकी पीठ थपथपाई। मैंने उसकी मां को भी बैबेट के नाखून कटवाने के लिए प्रोत्साहित करने के लिए धन्यवाद दिया।

क्या मिसेज नॉरिस ने बैबेट को धमकाया? क्या उन्होंने कहा कि वह लंबे नाखूनों वाली लड़की को नहीं पढ़ाएंगी? नहीं, उन्होंने ऐसा नहीं किया। उन्होंने बैबेट को बताया कि उसके नाखून सुंदर हैं और उन्हें काटना त्याग की बात होगी। उनका मतलब था, मैं तुम्हारे साथ सहानुभूति रखती हूं। मुझे पता है यह आसान नहीं होगा, पर तुम्हारे संगीत के विकास में इससे फायदा होगा।

सॉल हुरॉक अमेरिका के शायद नंबर वन संयोजक थे। लगभग आधी शताब्दी तक उन्होंने कलाकारों के साथ काम किया। विश्व-प्रसिद्ध कलाकार जैसे- चार्ली चैपलिन, इसाडोरा डंकन और पाव्लोवा। मिस्टर हुरॉक ने बताया कि मूडी सितारों के साथ काम करते समय पहली बात उन्होंने जो सीखी, वह थी उनके साथ सहानुभूति, उनकी हरकतों के लिए ज्यादा से ज्यादा सहानुभूति।

तीन साल तक वे फ्योदोर चलियापिन के संयोजक थे - जिसने अपने संगीत ज्ञान से सबको रोमांचित किया। पर इसके बाद भी चलियापिन एक बहुत बड़ी परेशानी था। वह बिगड़े बच्चे की तरह बर्ताव करता था। मिस्टर हुरॉक के शब्दों में कहें तो- वह हर मामले में एक मुसीबत था।

उदाहरण के तौर पर, चलियापिन मिस्टर हुरॉक को उस दिन दोपहर में फोन करता जिस दिन उसे गाना होता और कहता- सॉल, मुझे अजीब लग रहा है। मेरा गला कच्चे हैमबर्गर की तरह हो रहा है। मेरे लिए आज रात गाना नामुमकिन होगा। क्या मिस्टर हुरॉक उससे बहस करते थे? ओह, नहीं। उन्हें पता था कि एक एंटरप्रेन्योर अपने कलाकारों से ऐसे बर्ताव नहीं कर सकता, इसलिए वे चलियापिन के होटल जाते, वह भी पूरी सहानुभूति के साथ- कितना बुरा हुआ, वे सहानुभूति दिखाते- कितना बुरा हुआ! मेरे बेचारे दोस्त। तुम बिलकुल नहीं गा सकते। मैं अभी यह प्रोग्राम स्थगित कर दूंगा। इससे तुम्हें कुछ हजार डॉलर का नुकसान होगा, पर तुम्हारी प्रतिष्ठा की कीमत इससे कहीं ज्यादा है।

फिर चलियापिन आह भरता और कहता- अच्छा होगा अगर आप दिन में थोड़ी देर बाद आओ। पांच बजे आओ, शायद तब तक मैं अच्छा महसूस करने लगूंगा। पांच बजे मिस्टर हुरॉक फिर होटल पहुंच जाते, सहानुभूति से भरे हुए। वे फिर उस प्रोग्राम को

स्थगित करने की बात करते और फिर चलियापिन आहें भरकर कहता - अच्छा, आप थोड़ी देर बाद आओ। तब तक मैं शायद ठीक हो जाऊं।

साढ़े सात बजे वह गाने के लिए तैयार हो जाता, इस समझौते के साथ कि मिस्टर हुरॉक मेट्रोपॉलिटन के स्टेज पर जाएंगे और कहेंगे कि चलियापिन का गला काफी खराब था और उसकी आवाज अभी ठीक नहीं थी। मिस्टर हुरॉक झूठ बोलते और कहते कि वे ऐसा करेंगे, क्योंकि उन्हें पता था कि गाने वाले को स्टेज पर लाने का यही एक तरीका था।

मिस्टर आर्थर आई. गेट्स ने अपनी शानदार किताब 'एजुकेशनल साइकॉलोजी' में कहा है- पूरे विश्व में मनुष्य सहानुभूति खोजता है। बच्चा अपनी चोट दिखाना चाहता है और कभी खुद पर खरोंच लगा देता है, ताकि सहानुभूति पा सके। इसी लक्ष्य के साथ वयस्क भी अपनी चोट दिखाते हैं, अपनी दुर्घटनाओं, बीमारियों के बारे में बताते हैं। खासकर अपने सर्जिकल ऑपेरेशन की जानकारी देते हैं। वास्तविक या काल्पनिक दुर्घटनाओं के लिए खुद से हमदर्दी पूरी दुनिया में होने वाली चीज है।

इसलिए अगर आप दूसरों को अपनी सोच में ढालना चाहते हैं, तो इस चीज का अभ्यास कीजिए...

सिद्धांत-9

हर इंसान की इच्छाओं के प्रति संवेदनशील बनिये और उनके लिये सहानुभूति दर्शाइये

10

यह निवेदन सबको पसंद आता है

मेरा पालन-पोषण मिसूरी के जेस्स काउंटी में हुआ था और मैं कियर्न के जेम्स फार्म गया हुआ था, जहां जेसी जेम्स के बेटे रहते थे। उनकी पत्नी ने मुझे कहानियां सुनाईं कि कैसे जेस्स ट्रेन और बैंक लूटते थे और वे पैसे आस-पास के किसानों को दे देते थे, ताकि वे कर्ज चुका सकें।

जेसी जेम्स अपने आपको आदर्शवादी समझते थे, ठीक वैसे ही जैसे डच. शुल्ट्ज, 'टू गन', क्रोले, अल कपोन और पीढ़ियों के बाद कई गुनाहों के 'गॉडफादर' अपने आपको समझते थे। सच बात तो यह है कि आप जितने भी लोगों से मिलेंगे वे अपने बारे में अच्छा सोचते हैं और अपने आपको निःस्वार्थी और अच्छा समझते हैं।

जे. पियरपोंट मॉरगन ने अपने एक विश्लेषण में देखा कि कोई भी इंसान दो कारणों से कोई चीज करता है या तो वह अच्छा लगता है या फिर वास्तविक है।

वह इंसान खुद ही वह वास्तविक वजह खोज लेगा। आपको उस पर जोर डालने की जरूरत नहीं है, पर हम सभी दिल से आदर्शवादी होने के कारण, उन वजहों के बारे में सोचना चाहते हैं, जो अच्छे लगते हैं। इसलिए लोगों को बदलने के लिए उनकी अच्छी वजहों को अपील करना चाहिए।

क्या यह इतना आदर्शवादी है कि बिजनेस में काम नहीं कर सकता? देखते हैं। पेंसिल्वेनिया के ग्लेनोल्डन के फैरेल-मिशेल कंपनी के हेमिल्टन जे. फैरेल का मामला लेते हैं। मिस्टर फैरेल का एक गुस्सैल किराएदार था, जो छोड़ने की धमकी दे रहा था। उस किराएदार की लीज चार महीने और बची थी, तब भी उसने नोटिस दी थी कि वह जल्द ही छोड़ देगा।

"ये लोग मेरे घर में पूरे जाड़े में रहे थे, साल के सबसे महंगे हिस्से में, मिस्टर फैरेल ने क्लास में कहानी बताई - "और मुझे पता था कि पतझड़ के बाद उस अपार्टमेंट को किराए पर लगाना मुश्किल होगा। मुझे वह सारा किराया बर्बाद होता दिखा और मुझे बड़ा गुस्सा आया।"

"अब सामान्यतः मैं उस किराएदार के पास जाता और उसे लीज दुबारा पढ़ने के लिए कहता। मैं इस बात पर ध्यान दिलाता कि अगर वह जाता है तो उसे बचा हुआ किराया देना पड़ेगा और मैं वह किराया ले सकता हूँ।"

लेकिन झगड़ा करने और ड्रामा करने के बजाय मैंने दूसरे तरीके आजमाने का फैसला किया। इसलिए मैंने इस तरह शुरुआत की - 'मिस्टर डो, मैंने कहा- 'मैंने आपकी कहानी सुनी है और मुझे अभी भी नहीं लगता कि आप जाना चाहते हैं। किराए के कारोबार में सालों गुजारने के बाद मनुष्य के स्वभाव के बारे मैंने कुछ सीखा है और आपको देखते ही मुझे लगा था कि आप अपनी बात के पक्के हैं। सच तो यह है कि मैं इस पर शर्त लगाने के लिए भी तैयार हूं।'

अब, मेरी यह गुजारिश है कि अपने निर्णय को टेबल पर रखिए और कुछ दिन और सोचिए। अगर आप मेरे पास आज से महीने की पहली तारीख के बीच आते हैं, जब आपका किराया बचा हुआ है और मुझे बताते हैं कि आप छोड़ना चाहते हैं, तो मैं वचन देता हूं कि मैं आपका निर्णय स्वीकार कर लूंगा। आपको जाने दूंगा और मान लूंगा कि मेरी आपके बारे में सोच गलत थी, पर मुझे अभी भी लगता है कि आप अपनी बात के पक्के हैं और आप अपने कॉन्ट्रैक्ट को पूरा करेंगे, क्योंकि आखिरकार हम या तो इंसान हैं या बंदर। विकल्प हमारे बीच ही है।

फिर जब नया महीना आया, तो वे सज्जन आए और उन्होंने अपना पूरा किराया दिया। उन्होंने अपनी पत्नी से इस बारे में बात की, ऐसा उन्होंने कहा - और रुकने का फैसला किया। उनका निष्कर्ष था कि रुक जाना ही सम्मान की बात होगी।

जब स्वर्गीय लॉर्ड नॉर्थक्लिफ ने पाया कि एक अख़बार उनकी एक फोटो इस्तेमाल कर रहा था, जो उन्हें पसंद नहीं थी। उन्होंने एक पत्र लिखा, पर क्या उन्होंने कहा- कृपया मेरी वह फोटो प्रकाशित न करें, मुझे यह पसंद नहीं है? नहीं, उन्होंने उसकी नैतिक प्रेरणा को अपील किया। उन्होंने उसके उस सम्मान और प्रेम को अपील किया, जो हमें अपनी मांओं के लिए होता है।

उन्होंने लिखा, कृपया मेरी उस तस्वीर को दोबारा प्रकाशित न करें। मेरी मां को यह पसंद नहीं है। जब जॉन डी. रॉकफेलर जूनियर चाहते थे कि अख़बारों के फोटोग्राफर उनके बच्चों की तस्वीरें नहीं खींचें, तब उन्होंने भी नैतिक प्रेरणा को अपील किया। उन्होंने यह नहीं कहा, "मैं वे तस्वीरें प्रकाशित होने देना नहीं चाहता।" नहीं, उन्होंने उन फोटोग्राफरो की उस इच्छा को अपील किया, जो हम सबमें होती है और जो हमें बच्चों का नुकसान करने से रोकती है। उन्होंने कहा - भाइयों, आपको पता है, इस बारे में आपमें से कई लोगों के अपने बच्चे हैं और आप जानते हैं कि छोटे बच्चों के लिए इतनी पब्लिसिटी अच्छी नहीं होती।

जब साइरस एच. के. कर्टिस, मैन का एक गरीब लड़का, अपनी धूम मचाने वाला कॅरियर शुरु कर रहा था, जो उसे द सैटर्ड ईवनिंग पोस्ट और लेडीज होम जर्नल के मालिक के रूप में कई मिलियन डॉलर की संपत्ति देने वाला था, तब उसके पास अपने कंट्रीब्यूटर्स को देने के लिए वे पैसे नहीं थे, जो अन्य पत्रिकाओं के पास थे। वह सिर्फ पैसे से अच्छे लेखों को आमंत्रित नहीं कर सकता था। उदाहरण के तौर पर उसने लुईसा मे अल्कॉट, लिटल विमेन की अमर लेखिका को लिखने के लिए मनाया, तब वे प्रसिद्धि के शिखर पर थीं और उन्होंने यह काम सौ डॉलर का चेक भेजकर किया, पर यह चेक उनके लिए नहीं था। उनके पसंदीदा चैरिटी के लिए था।

कई संशयवादी लोग कहेंगे - 'ओह! इस तरह की चीजें नॉर्थक्लिफ या रॉकफेलर या एक भावुक लेखिका के लिए सही हैं, पर क्या आप यह तरीका उन कठोर लोगों के साथ आजमा सकते हैं जिनसे मुझे बिल लेना पड़ता है?

आप सही हो सकते हैं। कोई भी चीज हर मामले में काम नहीं कर सकती और कोई भी चीज सारे लोगों के साथ काम नहीं कर सकती। अगर आप अभी पाने वाले परिणामों से संतुष्ट हैं, तब बदलने की क्या जरूरत है? अगर आप संतुष्ट नहीं हैं, तब क्यों न प्रयोग करें? किसी भी हाल में आपको हमारे भूतपूर्व छात्र जेम्स एल. थॉमस के द्वारा बताई गई यह कहानी जरूर पसंद आएगी

एक ऑटोमोबाइल कंपनी के छः ग्राहकों ने सर्विस का बिल देने से मना कर दिया। किसी भी ग्राहक ने पूरे बिल को गलत नहीं कहा, उनका मानना था कि कोई एक चार्ज गलत था। हर मामले में, ग्राहक ने किए गए काम के लिए हस्ताक्षर किया था, इसलिए कंपनी जानती थी कि यह सही था और उसने ऐसा कहा भी। यह उनकी पहली गलती थी।

यहां वे कदम हैं, जो क्रेडिट विभाग के लोग बचे हुए बिल की पेमेंट लेने के लिए उठाते हैं। आपको लगता है, वे सफल होते हैं?

1. उन्होंने हर ग्राहक को कॉल किया और उसे मुंह पर बताया कि वे एक बचे हुए बिल को लेने आए हैं।

2. उन्होंने यह स्पष्ट बताया कि कंपनी पूरी तरह से सही है, इसलिए ग्राहक पूरी तरह गलत है।

3. उन्होंने यह बताया कि कंपनी ऑटोमोबाइल के बारे में उससे ज्यादा जानती है। तो बहस किस बात की थी?

4. परिणाम - वे बहस करने लगे।

क्या उनमें से किसी भी तरीके ने ग्राहक को मनाया और हिसाब बराबर किया? आप खुद ही इसका जवाब दे सकते हैं।

इस मामले में क्रेडिट मैनेजर एक लीगल टैलेंट के साथ झगड़ा करने ही वाला था, जब सौभाग्य से मामला जनरल मैनेजर के पास आया। मैनेजर ने सभी बकाया राशि वाले क्लाइंट की खोजबीन की और पाया कि वे सभी पहले समय पर बिल देते आए हैं। इसका मतलब यहां कुछ गड़बड़ थी। पेमेंट लेने के मामले में कुछ बड़ी गड़बड़ थी। इसलिए उन्होंने जेम्स एल. थॉमस को बुलाया और 'बिना पेमेंट वाले' अकाउंट को जमा करने के लिए कहा।

यहां, उन्हीं के शब्दों में, वे कदम हैं, जो मिस्टर थॉमस ने उठाए -

1. मैं हरेक ग्राहक के पास लंबे समय से पड़े बिल की पेमेंट लेने गया था। एक ऐसा बिल, जो हमारी जानकारी में बिल्कुल सही था। मैंने कहा कि मैं यह जानना चाहता हूं कि कंपनी ने क्या सही किया और कौन-सी गलती की।

2. मैं इस बारे में स्पष्ट था कि जब तक मैं कस्टमर की कहानी न सुन लूं, तब तक उनसे असहमति नहीं बनाऊंगा। मैंने बताया कि कंपनी ने ऐसा कोई दावा नहीं किया कि उससे गलती नहीं हो सकती।

3. मैंने कहा मैं सिर्फ उसकी कार में रुचि रखता हूं और यह कि वह अपनी कार के बारे में बाकियों से ज्यादा जानता है और उसे इस विषय पर अधिकार है।

4. मैंने उसे बात करने दी, मैंने उसकी बात पूरी दिलचस्पी और सहानुभूति से सुनी जिसकी उसे आशा थी। मैंने उसकी नैतिक भावनाओं को अपील किया।

5. अंत में, जब क्लाइंट एक समझदारी वाले मूड में होता, तब मैं सारी चीजें उसकी न्यायप्रियता के सामने रखता। मैं उसकी उदारता को अपील करता। पहली, मैंने कहा- "मैं यह बताना चाहता हूं कि इस मामले को ठीक से निबटाया नहीं गया है। आपको असुविधा हुई है और आपको हमारे प्रतिनिधियों ने परेशान और तंग किया है। यह कभी नहीं होना चाहिए था। मुझे खेद है और कंपनी के प्रतिनिधि होने के नाते, मैं माफी मांगता हूं। मैं आपके पक्ष की बातें बैठकर सुन रहा था और मैं आपकी न्यायप्रियता और धैर्य से प्रभावित हुआ। अब चूंकि आप न्यायप्रिय और धीरजवान हैं, मैं आपसे अपने लिए कुछ चाहता हूं। यह ऐसी चीज है जिसके बारे में आपसे बेहतर कोई कुछ नहीं कर सकता, यहां आपका बिल है, मैं जानता हूं कि आपसे इसे संभालने के लिए कहना बिल्कुल सुरक्षित है, क्योंकि आप वैसा ही करेंगे मानो आप मेरी कंपनी के प्रेसिडेंट हैं। मैं सब कुछ आप पर छोड़ रहा हूं। आप जैसा कहेंगे, वैसा होगा।"

क्या उसने बिल के पैसे दिए? उसने ऐसा किया और उसे इससे काफी आनंद भी आया। बिल की मात्रा 150 से 400 डॉलर के बीच थी, पर क्या ग्राहक ने इसे पूरा जमा किया? हां, एक ने किया, लेकिन एक ने बिल का एक भी पैसा देने से इंकार कर दिया लेकिन बाकी पांचों ने अपनी तरफ से ज्यादा-से-ज्यादा पैसे दिए। अब इस पूरे मामले का सबसे अच्छा हिस्सा आता है। हमने उन छह ग्राहकों को अगले दो सालों के अंदर नई कारें दीं।

अनुभव ने मुझे सिखाया है, मिस्टर थॉमस कहते हैं - "कि जब ग्राहक के बारे में कोई जानकारी न मिले तो ठोस आधार पर यह माना जा सकता है कि वह सच्चा, ईमानदार, सच बोलने वाला और बिल के पैसे देने के लिए इच्छुक है, अगर उसे यह समझाया जाए कि चार्ज सही हैं। इसे दूसरी तरह से और ज्यादा स्पष्ट तरीके से बोलें तो लोग ईमानदार हैं और अपनी जिम्मेदारियों को पूरा करना चाहते हैं। इस नियम के अपवाद काफी कम हैं और मुझे विश्वास है कि जो लोग जिम्मेदारी से कतराना चाहते हैं वे भी अच्छी प्रतिक्रिया देंगे, अगर आप उन्हें यह महसूस कराएं कि आप ईमानदार, सच्चे और न्यायप्रिय हैं।"

सिद्धांत-10

नैतिक भावना जगाकर लोगों से निवदेन करें

11

जो काम फिल्मों, टीवी पर होता है वो आपसे क्यों नहीं होता?

कई साल पहले फिलाडेल्फिया ईवनिंग बुलेटिन को एक खतरनाक व्हिस्परिंग कैम्पेन द्वारा बदनाम किया जा रहा था। एक घटिया अफवाह फैलाई जा रही थी। एडवरटाइजर को बताया जा रहा था कि अखबार अब पाठकों में लोकप्रिय नहीं रहे, क्योंकि इनमें समाचार कम और इश्तिहार ज्यादा होते हैं। तुरंत कदम लेना जरूरी था। इस गपबाजी को खत्म करना था।

लेकिन कैसे? यह इस तरह किया गया।

बुलेटिन ने अपने नियमित एडिशन से किसी एक औसत दिन की सारी पढ़ने वाली सामग्री ली, इसे क्लासिफाई किया और इसे एक किताब के रूप में प्रकाशित कर दिया। यह किताब 'वन डे' कहलाई। इसमें 307 पेज थे और यह एक हार्ड कवर वाली किताब थी लेकिन तब भी बुलेटिन ने एक दिन के सारे समाचार और फीचर सामग्री ली और इसे बेच दिया, कई डॉलरों में नहीं, बल्कि कुछ सेंटों में। इस किताब की छपाई ने इस बात को नाटकीय अंदाज में पेश किया कि बुलेटिन में प्रचुर मात्रा में दिलचस्प पाठन सामग्री आती है। इसने तथ्यों को आंकड़ों और बातों से ज्यादा जीवंत तरीके से, ज्यादा रुचिकर अंदाज में, ज्यादा प्रभावशाली तरीके से पेश किया।

यह नाटकीय तरीकों का जमाना है। सिर्फ सच बताने से काम नहीं चलता। सच को जीवंत, दिलचस्प और नाटकीय बनाना पड़ता है। आपको शोमैन के गुण दिखाने होंगे। यह काम फिल्में करती हैं, टेलीविजन करता है और आपको भी करना होगा, अगर आप ध्यान आकर्षित करना चाहते

विंडो डिस्प्ले के खिलाड़ी नाटकीयता की शक्ति जानते हैं। उदाहरण के तौर पर, चूहों के जहर के निर्माताओं ने अपने डीलरों के लिए एक विंडो डिस्प्ले किया, जिसमें दो जिंदा चूहे शामिल थे। जिस सप्ताह चूहे दिखाए गए, सेल्स सामान्य से पांच गुना ज्यादा हुई।

टेलीविजन कॉमर्शियल में प्रॉडक्ट को बेचने के लिए नाटकीय तरीकों के उदाहरण भरे रहते हैं। एक शाम अपने टीवी के सामने बैठ जाइए और ध्यान से देखिए कि एडवरटाइजर अपने प्रेजेंटेशन में क्या करते हैं। आप देखेंगे कि एक एंटासिड दवा कैसे एक टेस्ट ट्यूब में एसिड का रंग बदलती है, जबकि उसका प्रतियोगी ऐसा नहीं करता है, कैसे

साबुन या डिटर्जेंट का एक ब्रांड एक गंदे शर्ट को साफ कर डालता है, जबकि दूसरा ब्रांड इसे ग्रे छोड़ देता है? आप एक कार को मोड़ों पर सफाई से मुड़ती देखेंगे, जो सिर्फ बताए जाने से कहीं अच्छा है। खुश चेहरे कई प्रॉडक्ट से मिलने वाली संतुष्टि दिखाएंगे। यह सभी दर्शकों के भले के लिए बिकने वाली चीज के फायदों को नाटकीय बनाते हैं इस कारण लोग उन्हें खरीदते हैं।

आप बिजनेस या अपनी जिंदगी के किसी और हिस्से में अपने आइडिया को नाटकीय बना सकते हैं। यह आसान है। जिम ईमैन्स, जो वर्जीनिया में एन.सी.आर. कंपनी के लिए समान बेचते हैं, ने हमें बताया कि कैसे उन्होंने नाटकीय अंदाज दिखाकर सेल को सफल बनाया?

पिछले हफ्ते में पड़ोस के किराना स्टोर में गया और मैंने देखा कि चेकआउट काउंटर पर इस्तेमाल होने वाले कैश रजिस्टर बहुत पुराने फैशन के थे। मैं मालिक के पास गया और मैंने कहा- 'जब भी कोई ग्राहक आपकी लाइन से होकर गुजरता है तो आप पैसे फेंक रहे होते हैं। यह कहकर मैंने कुछ सिक्के फर्श पर फेंक दिए। वह तुरंत ध्यान देने लगा। मेरे शब्द उसके लिए दिलचस्प हो सकते थे, पर सिक्कों की आवाज ने उसे रोक दिया, फिर मैं उससे पुरानी सारी मशीनों को बदलने का ऑर्डर ले पाया।'

यह घर में भी काम करता है। जब पुराने जमाने में प्रेमी अपने प्रेम का इजहार करते थे, तब क्या वे सिर्फ प्रेम भरे शब्दों का इस्तेमाल करते थे? नहीं।

वे घुटनों पर आ जाते थे। इससे पता चलता था कि वे अपने शब्दों के बारे में गंभीर है। अब हम घुटनों पर नहीं आते, पर प्रेम का निवेदन करते समय रोमांटिक वातावरण जरूर बनाते हैं।

नाटकीय अंदाज बच्चों के साथ भी काम करता है। अलाबामा के बर्मिंघम के जे.बी. फैंट को इस बात से परेशानी हो रही थी कि कैसे अपने पांच साल के बच्चे और तीन साल की बच्ची से खिलौने उठवाएं, इसलिए उन्होंने एक 'ट्रेन' बनाई। जोई अपनी ट्राईसाइकल पर उसका इंजीनियर था (कैप्टन कैसी जोन्स)। जेनेट का डिब्बा उससे जुड़ा था और शाम में उसने काबूज (उसका डिब्बा) पर सारा 'कोयला' लाद लिया और तब कूद पड़ी, जब उसका भाई पूरे कमरे में गाड़ी चला रहा था। इस तरह सारा कमरा खाली हो गया बिना लेक्चर, बहस और धमकी के। इंडियाना की मिशावाका की मैरी कैथरीन वुल्फ को काम में कुछ दिक्कतें आ रही थी और उसने तय किया कि बॉस से बात करेगी। सोमवार सुबह को उसने एक एपॉइंटमेंट का निवेदन किया, पर उसे बताया गया कि वे बहुत व्यस्त हैं और उसे सेक्रेटरी से सप्ताह भर बाद में एपॉइंटमेंट लेना चाहिए। सेक्रेटरी ने कहा कि बॉस का शैड्यूल बहुत व्यस्त है, फिर भी वह कोशिश करेगी।

मिस वुल्फ ने बताया कि क्या हुआ -

मुझे पूरे सप्ताह कोई जवाब नहीं मिला। जब भी मैंने उससे पूछा, वह मुझे कारण बताती कि बॉस उससे क्यों नहीं मिल सकते थे। शुक्रवार की सुबह आई और मुझे कोई

जवाब नहीं मिला। मैं उनसे वाकई मिलना चाहती थी और अपनी समस्याएं बताना चाहती थी, इसलिए मैंने पूछा कि मैं उनसे कैसे मिल सकती हूं।

"अंत में मैंने जो किया, वह इस तरह था। मैंने उन्हें एक औपचारिक पत्र लिखा। मैंने यह इशारा किया कि मैं समझती हूं कि वे कितने व्यस्त हैं, पर यह जरूरी है कि मैं उनसे बात करूं। मैंने एक फॉर्म लेटर डाला, साथ में अपने पते का एक लिफाफा डाला और उनसे कहा कि वह इसे भर दें और अपने सेक्रेटरी से कहें कि मुझे लौटा दें।" फॉर्म लेटर कुछ इस तरह था...

मिस वुल्फ- मैं आपसे सुबह-शाम मिल पाऊंगा। मैं तुम्हें इतने मिनट दूंगा।

मैंने यह पत्र उनके इन-बास्केट में 11 बजे सुबह डाला। 2 बजे दोपहर मैंने मेलबॉक्स चेक किया। वहां मेरा अपना पते वाला लिफाफा था। उन्होंने मेरा फॉर्म लेटर खुद भरा था और इशारा किया था कि वे दोपहर के बाद दस मिनट के लिए मिल पाएंगे। मैं उनसे मिली, हमने घंटे-भर बात की और मेरी समस्या सुलझ गई।

"अगर मैंने इस तथ्य को नाटकीय न बनाया होता कि मैं उनसे मिलना चाहती हूं, मैं उनसे मिलने का इंतजार करती रह जाती।"

जेम्स बी. बॉयन्टन को एक लंबी मार्केट रिपोर्ट पेश करना था। उनकी फर्म ने कोल्ड क्रीम के एक बड़े ब्रांड पर एक बड़ी स्टडी बनाई थी। मार्केट में कंपीटीशन के बारे में डाटा की जरूरत थी, भावी ग्राहक एडवरटाइजिंग बिजनेस का एक सबसे बड़ा ताकतवर और रसूख वाला आदमी था।

उनका पहला तरीका शुरु होने से पहले ही असफल हो गया।

पहली बार जब मैं अंदर गया, मिस्टर बॉयन्टन ने बताया, 'मैंने पाया कि मुझे इंवेस्टिगेशन में इस्तेमाल होने वाले तरीकों पर एक बेकार-सी बहस में हटा दिया गया है। उसने बहस की। उसने बताया कि मैं गलत हूं, मैंने सिद्ध करने की कोशिश की कि मैं सही हूं।'

अंत में मैं अपना पॉइंट सिद्ध कर पाया, अपने संतोष के हिसाब से, पर मेरा समय खत्म हो चुका था, मेरा इंटरव्यू हो चुका था और मैं परिणाम नहीं ला पाया था। "दूसरी बार, मैंने आंकड़ों और डाटा की फिक्र नहीं की, मैं इस आदमी से मिलने गया और मैंने तथ्यों को नाटकीय बनाया। जैसे ही मैं ऑफिस पहुंचा, वह फोन पर व्यस्त था। जब उसने बात खत्म की, मैंने अपना सूटकेस खोला और उसकी डेस्क पर कोल्ड क्रीम के बत्तीस जार डाल दिए। यह सभी वे प्रॉडक्ट और ब्रांड थे, जिनको वह जानता था। हर जार पर मैंने एक टैग डाला था, जिसमें ट्रेड इंवेस्टिगेशन के रिजल्ट लिखे थे और हर टैग अपनी कहानी बहुत संक्षिप्त में बताता था, बहुत नाटकीय ढंग से।"

फिर कोई बहस नहीं हुई। यहां कुछ नया, कुछ अलग था। उसने पहला जार उठाया फिर दूसरा उठाया और टैग पर लिखी जानकारी पढ़ी। एक मित्रतापूर्ण बातचीत हुई, फिर उसने कुछ और सवाल पूछे। वह काफी दिलचस्पी ले रहा था। उसने शुरुआत में अपनी

बात पेश करने के लिए मुझे सिर्फ दस मिनट दिए थे, लेकिन दस मिनट बीत गए, फिर बीस मिनट बीते, फिर चालीस मिनट और घंटे भर बाद भी वह बात कर रहा था। मैं उन्हीं तथ्यों को पेश कर रहा था, जिन्हें मैंने पहले पेश किया था, पर इस बार मैं नाटकीयता और शो दिखा रहा था और कितना फर्क पड़ गया।

सिद्धांत-11

नाटकीय ढंग से कही गई बात ज्यादा अच्छे से सुनी जाती है

12

जब कुछ ना सूझे तो ये आजमाएं

चार्ल्स श्वाब का एक मिल मैनेजर था, जिसके लोग अपने कोटा का काम नहीं कर रहे थे।

ऐसा क्यों है, श्वाब ने उससे पूछा कि तुम्हारे जितना काबिल एक मैनेजर इस मिल से उतना काम नहीं निकाल पाता, जितना निकालना चाहिए? मुझे नहीं पता, मैनेजर ने जवाब दिया। मैंने लोगों को मनाया, उन पर दबाव डाला, कसमें खाईं और गाली दी, मैंने उन्हें नौकरी से निकालने की धमकी दी। पर कुछ भी काम नहीं करता। वे काम ही नहीं करते। यह बात दिन के अंत में हुई, जब नाइट शिफ्ट शुरू होने ही वाली थी। श्वाब ने मैनेजर से चाक का टुकड़ा लाने को कहा - फिर, सबसे नजदीक के आदमी की ओर मुड़कर कहा - अपनी शिफ्ट में तुमने कितने हीट बनाए?

"छः"

बिना अगला शब्द बोले, श्वाब ने फर्श पर एक बड़ा अक्षर लिखा और चले गए। जब नाइट शिफ्ट आई, उन्होंने "6" देखा और पूछा कि इसका क्या मतलब है।

"बड़े बॉस आए थे," दिन वाले लोगों ने कहा।

"उन्होंने पूछा कि हमने आज कितने हीट बनाए और हमने बताया छः। उन्होंने फर्श पर लिखा और चले गए।"

अगले दिन श्वाब मिल से फिर गुजरे। नाइट शिफ्ट ने "6" मिटा दिया था और बगल में "7" लिख दिया था।

जब दिन की शिफ्ट वाले अगली सुबह आए तो उन्होंने फर्श पर एक बड़ा "7" लिखा देखा। नाइट शिफ्ट वालों को लगा कि क्या वे दिन के शिफ्ट वालों से बेहतर नहीं हैं। अच्छा, वे नाइट शिफ्ट वालों को सबक सिखाएंगे। टीम पूरे जोश से लग गई और जब वह रात में गई तो उन्होंने फर्श पर बड़ा-सा "10" लिख छोड़ा था। चीजें आगे बढ़ रही थीं।

जल्द ही वह मिल जो दूसरों से पीछे थी, उसने बाकी मिलों से ज्यादा निर्माण शुरु कर दिया था।

सिद्धांत?

चार्ल्स श्वाब के शब्दों में सुनें - "काम कराने का तरीका है" श्वाब ने कहा कि "प्रतियोगिता को बढ़ावा दिया जाए। मैं पैसे कमाने वाले तरीके की नहीं, अच्छा काम करने की धुन के बारे में बात कर रहा हूँ।" अच्छा काम करने की धुन! चुनौती! आगे बढ़ने के लिए उकसाना। लोगों की भावनाओं को जगाने का सटीक तरीका।

बिना चुनौती के थियोडोर रुजवेल्ट कभी अमेरिका के प्रेसिडेंट नहीं बन पाते। क्यूबा से आते ही रफ राइडर को न्यूयॉर्क स्टेट का गवर्नर बनाया गया था। सवाल उठा कि वह स्टेट का लीगल रेसिडेंट नहीं था और रुजवेल्ट डरकर पीछे हटने वाले थे, तब न्यूयॉर्क के यू.एस. सीनेटर थॉमस कोलियर प्लाट्ट ने चुनौती दे डाली। थियोडोर रुजवेल्ट को चुनौती देते हुए वे शानदार आवाज में चिल्लाए - "क्या सान जुआन हिल का हीरो एक कायर है?"

रुजवेल्ट लड़ाई में बने रहे और फिर इतिहास बन गया। इस चुनौती ने न सिर्फ उनकी जिंदगी बदल दी, बल्कि इसने देश के भविष्य पर भी काफी प्रभाव डाला।

"सभी लोग डरते हैं, पर बहादुर लोग अपने डर को हटाते हैं और आगे बढ़ते हैं।" कई बार मौत तक लेकिन हर बार जीत तक प्राचीन ग्रीस में किंग के गार्ड का नारा था। उस डर को जीतने के अवसर से बड़ी चुनौती कहां से मिल सकती है?

जब अल स्मिथ न्यूयॉर्क के गवर्नर थे, वे इसके खिलाफ थे। सिंग सिंग, डेविल्स आइलैंड के पश्चिम का सबसे कुख्यात सुधारगृह बिना वार्डन के था। उसकी दीवारों में घोटालों और बुरी अफवाहों का जोर पकड़ रहा था। स्मिथ को सिंग सिंग पर राज करने के लिए एक मजबूत इंसान की जरूरत थी, पर कौन? उन्होंने न्यू हैंप्टन के लुइस आर. लॉज को बुलाया।

लुइस चकरा गए। वे सिंग सिंग के खतरों को जानते थे। यह एक राजनीतिक नियुक्ति थी, वे राजनीतिक जुनून पर निर्भर थी। वार्डन आते थे और जाते थे। एक तो सिर्फ तीन हफ्ते टिका था। उसे अपने कॅरियर की चिंता थी। क्या वह यह खतरा उठाने के लायक था?

तब स्मिथ, जिन्होंने उनकी हिचक को देखा, अपनी कुर्सी पर पीछे झुके और मुस्कराए। "नवयुवक," उन्होंने कहा - "मैं तुम्हें डरने के लिए दोषी नहीं ठहराता। यह मुश्किल काम है। मैं किसी बड़े आदमी को चुनकर वहां डाल दूंगा।"

स्मिथ एक चुनौती पेश कर रहे थे, है न? लुइस को एक ऐसे काम करने का आइडिया पसंद आया जिसके लिए किसी "बड़े" आदमी की जरूरत थी, इसलिए वे गए और वे रुके। वे रुके और अपने समय के सबसे प्रसिद्ध वार्डन बने। उनकी किताब '20,000 इयर्स इन सिंग सिंग' ने लाखों प्रतियां बेचीं। उनके ब्रॉडकास्ट और जेल के जीवन पर लिखी कहानियों ने दर्जनों फिल्मों को प्रेरणा दी। उनका अपराधियों को 'मानवीय' बनाना जेल पुनर्निर्माण में चमत्कार से कम नहीं था।

हार्वे एस. फायरस्टोन, फायरस्टोन टायर और रबर कंपनी के संस्थापक ने कहा- "कि सिर्फ पैसों से अच्छे लोगों को साथ लाया जा सकता मैं ऐसी सोच नहीं रखता। यह सिर्फ काम के आकर्षण से हो सकता है।"

फ्रेडरिक हर्जबर्ग, एक महान व्यवहार वैज्ञानिक भी स्वीकार करते हैं। उन्होंने फैक्ट्री कर्मचारी से लेकर सीनियर एक्जीक्यूटिव तक हजारों लोगों के काम के प्रति नजरिये पर अध्ययन किया। आपको क्या लगता है, उनके हिसाब से सबसे ज्यादा प्रेरणा देने वाली चीज क्या है- काम का सबसे ज्यादा उत्तेजक हिस्सा क्या है? पैसा? काम की अच्छी परिस्थितियां? फायदे? नहीं इनमें से कोई भी नहीं। काम को वह हिस्सा जो सबसे ज्यादा

प्रेरणा देता है, वह है खुद काम। अगर काम दिलचस्प और जोशीला हो तो काम करने वाला खुद इसे करने के लिए आगे आता है और अच्छा काम करने के लिए प्रेरित रहता है।

यही बात हर सफल आदमी पसंद करता है- वह गेम। अपने आपको अभिव्यक्त करने का मौका। अपनी योग्यता सिद्ध करने का मौका, जीतने का मौका। इसी कारण तरह-तरह की दौड़ें और प्रतियोगिताएं आयोजित होती हैं। अच्छा करने की इच्छा। महत्त्वपूर्ण महसूस करने की इच्छा।

सिद्धांत-12

हमेशा चुनौती दें

संक्षेप में

खंड 3

इस तरह लोगों से अपनी बात मनवाएं

सिद्धांत-1

बहस न करें। इसके नतीजे शून्य ही होते हैं

सिद्धांत-2

कभी औरों को गलत साबित न करें। दूसरे के नजरिये को लेकर सम्मान दिखायें

सिद्धांत-3

गलती को सरलता से स्वीकार करना चाहिये

सिद्धांत-4

शुरूआत हमेशा दोस्ताना तरीके से करनी चाहिये

सिद्धांत-5

भेद सुकरात का

सिद्धांत-6

सामने वाले को खुद के बारे में ज्यादा से ज्यादा कहने दो

सिद्धांत-7

आइडिये की खोज करने वाला सामने वाला है उसे यही एहसास कराइए

सिद्धांत-8

दूसरों के नजरिये को जरूर महत्व दें

सिद्धांत-9

हर इंसान की इच्छाओं के प्रति संवेदनशील बनिए
और उनके लिये सहानुभूति दर्शाइए

सिद्धांत-10

नैतिक भावना जगाकर लोगों से निवेदन करें

सिद्धांत-11

नाटकीय ढंग से कही गई बात ज्यादा अच्छे से सुनी जाती है

सिद्धांत-12

हमेशा चुनौती दें

खण्ड-चार

बिना ठेस पहुंचाये किसी को कैसे बदलें

1

गलती ढूंढने का यह है सही तरीका

मेरा एक दोस्त कैल्विन कूलीज के समय एक सप्ताहांत में व्हाइट हाउस में मेहमान था। प्रेसिडेंट के प्राइवेट ऑफिस में जाते समय उसने कूलीज को एक प्राइवेट सेक्रेटरी को कहते हुए सुना, "तुमने काफी सुंदर ड्रेस पहन रखी है और आज तुम काफी आकर्षक लग रही हो।"

यह शायद सबसे भावुक तारीफ होगी, जो शांत कैल्विन ने किसी सेक्रेटरी की कभी की होगी। यह इतना अचानक था, आशा के इतने परे था कि सेक्रेटरी असमंजस में लाल हो गई। तब कूलीज ने कहा, "अब इसी में मत अटकी रहो। मैंने यह सिर्फ तुम्हें अच्छा महसूस कराने के लिए कहा। आगे से मैं चाहता हूं कि तुम अपने उच्चारण के बारे में ज्यादा सावधान रहो।"

उनका तरीका शायद बहुत ज्यादा स्पष्ट था, पर इसके पीछे का मनोविज्ञान काफी अच्छा था। अपने बारे में थोड़ी प्रशंसा सुनने के बाद अपने बारे में कड़वा सुनना आसान हो जाता है।

एक हजाम दाढ़ी बनाने से पहले झाग लगाता है और ठीक यही काम मैकिन्ले ने 1896 में किया, जब वे प्रेसिडेंट के लिए चुनाव लड़ रहे थे। उस समय के रिपब्लिकन में सबसे ज्यादा प्रसिद्ध एक इंसान ने कैम्पेन के लिए एक भाषण लिखा था, जो उनके हिसाब से सिसरो, पैट्रिक हेनरी और डेनियल वेब्स्टर को मिलाकर लिखने से सिर्फ थोड़ा बेहतर था। बहुत खुशी के साथ उस इंसान ने वह अमर भाषण मैकिन्ले के सामने पढ़ा। इस भाषण में कुछ अच्छे बिंदु थे, पर यह काफी नहीं था। इससे आलोचना का तूफान उठ सकता था। मैकिन्ले उस इंसान की भावनाओं को चोट नहीं पहुंचाना चाहते थे। वे उस इंसान का जोश नहीं खत्म करना चाहते थे, लेकिन उन्हें 'न' भी कहना था।

देखिए कितनी कुशलता से उन्होंने ऐसा किया।

"मेरे दोस्त, यह एक श्रेष्ठ भाषण है, उत्तम भाषण है," मैकिन्ले ने कहा। "इससे अच्छा भाषण कोई नहीं लिख सकता था। कई अवसरों पर यह भाषण शायद सही सिद्ध होता, पर क्या यह इस अवसर के लिए सही है? आपके हिसाब से यह अच्छा और प्रभावी है, पर मैं इसका प्रभाव पार्टी के नजरिए से देखना चाहूंगा। अब आप घर जाइए और मेरे निर्देश के हिसाब से एक भाषण लिखिए और मुझे एक प्रति भेज दीजिए।"

उसने ऐसा ही किया। मैकिन्ले ने नीली पेंसिल से निशान लगाए और उसे दोबारा

भाषण लिखने में मदद की और वह कैम्पेन का एक प्रभावशाली वक्ता बन गया।

यहां दूसरा सबसे प्रसिद्ध पत्र है, जो अब्राहम लिंकन ने लिखा था। (उनका सबसे प्रसिद्ध भाषण मिसेज बिक्सबी को लिखा गया था, जिसमें उन्होंने उनके युद्ध में पांचों बेटों की शहादत पर लिखा था।) लिंकन ने शायद यह पत्र पांच मिनट में लिखा होगा, पर यह एक पब्लिक नीलामी में 1926 में दो हजार डॉलर में बिका और वह उस पैसे से ज्यादा था, जो लिंकन अपने पचास साल के काम में बचा पाए थे। यह पत्र 26 अप्रैल, 1863 में सिविल वार के सबसे बुरे दिनों में जनरल जोसेफ हुकर को लिखा गया था। अट्ठारह महीनों तक, लिंकन जनरल यूनियन आर्मी का एक के बाद दूसरी हार में नेतृत्व कर रहे थे। यह बेकार और बेवकूफी भरा इंसानी हत्या से ज्यादा कुछ नहीं था। पूरा देश स्तब्ध था। हजारों सैनिक आर्मी छोड़ चुके थे और सीनेट के रिपब्लिकन सदस्यों ने भी विद्रोह कर दिया था और वे लिंकन को व्हाइट हाउस से निकालना चाहते थे। "हम विनाश के कगार पर पहुंच चुके हैं, लिंकन ने कहा - "मुझे ऐसा लगता है कि ईश्वर भी हमारे खिलाफ हैं। मुझे आशा की एक किरण तक नहीं दिखती।" दुख और अराजकता के ऐसे भंवर में यह पत्र लिखा गया था।

मैं यह पत्र यहां छाप रहा हूं क्योंकि यह दिखाता है कि लिंकन ने कैसे एक उत्पाती जनरल को बदलने की कोशिश की थी, जिसके काम पर देश का भाग्य टिका हुआ था।

यह शायद सबसे तीखा पत्र था, जो लिंकन ने प्रेसिडेंट बनने के बाद लिखा था। तब भी आप देखेंगे कि उन्होंने जनरल हुकर की गलतियां बताने से पहले उसकी तारीफ की थी।

हां, वे बड़ी गलतियां थीं, पर लिंकन ने उन्हें वैसे नहीं कहा। लिंकन सुलझे हुए व्यक्ति थे, व्यवहारकुशल थे। लिंकन ने लिखा - "कुछ चीजें हैं, जिनके मामले में मैं तुमसे संतुष्ट नहीं हूं।" यह थी समझदारी और व्यवहारकुशलता!

यहां जनरल हुकर को लिखा गया पत्र है -

> मैंने तुम्हें पोटोमैक की आर्मी का मुखिया बनाया है। जाहिर बात है, मैंने ऐसा पर्याप्त कारणों से किया है, फिर भी तुम्हारे हित में मैं बताना चाहूंगा कि मैं तुमसे पूरी तरह संतुष्ट नहीं हूँ।
>
> मेरा विश्वास है कि तुम एक बहादुर और कुशल सैनिक हो, जो मैं पसंद करता हूँ। मेरा यह भी विश्वास है कि तुम अपने पेशे में राजनीति का मिलाप नहीं करते, जो एक अच्छी बात है। तुममें अपने आपमें विश्वास है, जो एक अच्छा गुण है, भले ही अनिवार्य न हो। तुम महत्त्वाकांक्षी हो, जो सीमित मात्रा में भला करता है, नुकसान नहीं, पर मुझे लगता है कि जनरल बर्नसाइड के आर्मी के कमांड के दौरान तुमने अपनी महत्त्वाकांक्षा को ज्यादा महत्त्व दे दिया और उन्हें रोकने की पुरजोर कोशिश की, जो देश और साथी ऑफिसर के साथ बेहद गलत व्यवहार है।
>
> मैंने भरोसेमंद लोगों से सुना है कि तुम हाल में कह रहे थे कि आर्मी और सरकार को

एक तानाशाह की जरूरत है। जाहिर है, इस कारण से नहीं, बल्कि इसके बावजूद मैंने तुम्हें कमांड दिया है।

केवल वही जनरल तानाशाह बन पाते हैं, जो सफल होते हैं। अगर तुम मुझे मिलिट्री सफलता देते हो, तो मैं तानाशाही का खतरा उठाने के लिए तैयार हूं।

सरकार तुम्हें अपनी पूरी क्षमता से सपोर्ट करेगी, जो अब तक अपने कमांडरों के लिए किए गए और किए जाने वाले काम से न ज्यादा है और न कम। मुझे डर है कि तुमने आर्मी में अपने कमांडर की आलोचना करके उनके विश्वास को चोट पहुंचाकर जो भावना डाली है, वह तुम्हारे खिलाफ जा सकती है। मैं इसे खत्म करने में तुम्हारी भरपूर मदद करूंगा। न तो तुम और न ही नेपोलियन, अगर वह जिंदा होता, ऐसी भावना से भारी आर्मी से कोई लाभ उठा पाता, इसलिए अपने बर्ताव से सावधान रहो। अपने बर्ताव से सावधान रहो, लेकिन अपनी ऊर्जा और अथक बहादुरी से जीत हासिल करो।

आप न तो कूलीज हैं, न मैकिन्ले हैं और न ही लिंकन। आप जानना चाहते हैं कि यह फिलॉस्फी आपके रोज के बिजनेस संपर्कों में काम देगी या नहीं। है न? तो देखते हैं। फिलाडेल्फिया के वार्क कंपनी के डब्ल्यू.पी.गॉ के मामले को -

वार्क कंपनी ने एक निश्चित तिथि तक फिलाडेल्फिया में एक बड़े ऑफिस को बनाने का कॉन्ट्रैक्ट लिया था। सब कुछ अच्छा चल रहा था। बिल्डिंग लगभग बन चुकी थी, तब अचानक बिल्डिंग के बाहर कांसे की शोभा वस्तु बनाने वाले सहायक कॉन्ट्रैक्टर ने कहा कि वह समय पर काम पूरा नहीं कर पाएगा। क्या! एक पूरी बिल्डिंग रुक गई! इतना नुकसान! इतनी परेशानी! सिर्फ एक आदमी के कारण!

लंबी दूरी की फोन कॉल! बहस! गहमागहमी की बातें! सब बेकार गईं। तब मिस्टर गॉ को न्यूयॉर्क भेजा गया, ताकि वे कांसे के शेर को उसके घर में काबू कर सकें।

"क्या आपको पता है कि आपके नाम का ब्रुकलिन में एक ही आदमी है?" मिस्टर गॉ ने सहायक कॉन्ट्रैक्टर के प्रेसिडेंट से मुलाकात होते ही तुरंत कहा। प्रेसिडेंट चकित हो गया। "नहीं, मुझे नहीं पता था।"

"अच्छा," मिस्टर गॉ ने कहा - "जब मैं सुबह ट्रेन से उतरा, मैंने टेलीफोन बुक में आपका पता खोजा और मैंने पाया कि ब्रुकलिन की फोनबुक में आपके नाम से मिलने वाले आप ही इकलौते व्यक्ति हैं।"

"मैं नहीं जानता था," सहायक कॉन्ट्रैक्टर ने कहा। उसने फोनबुक को दिलचस्पी से चेक किया। "हां, यह थोड़ा अनोखा नाम है, उसने गर्व से कहा - "मेरा परिवार हॉलैंड आया और दो सौ साल पहले न्यूयॉर्क में बस गया।" वह अपने परिवार और पूर्वजों के बारे में कई मिनटों तक बात करता रहा। जब वह चुप हुआ, तब मिस्टर गॉ ने उसके बड़े प्लांट की तारीफ की और अन्य प्लांटों से उसकी तुलना की - "यह अब तक की सबसे साफ और अच्छी कांसे की फैक्ट्री है, जो अब तक मैंने देखी है," गॉ ने कहा।

"मैंने इस बिजनेस को बनाने में पूरा जीवन लगा दिया है" सहायक कॉन्ट्रैक्टर ने

कहा - "और मुझे इस पर गर्व है। क्या आप मेरी फैक्ट्री देखना चाहेंगे?"

निरीक्षण के दौरान, मिस्टर गॉ ने फैब्रिकेशन के सिस्टम पर उसकी तारीफ की और बताया कि उसका सिस्टम उसके प्रतियोगियों से बेहतर क्यों है। गॉ ने कई अनोखी मशीनों की भी तारीफ की और सहायक कॉन्ट्रैक्टर ने बताया कि कई मशीनों का आविष्कार उसने खुद किया है। उसने गॉ को लंबे समय तक दिखाया कि वे मशीनें कैसे काम करती हैं और वे कितना अच्छा काम करती हैं। फिर वह मेहमान को लंच पर ले जाने का निवेदन करने लगा। अब तक ध्यान दीजिए, गॉ के आने के मूल उद्देश्य पर एक शब्द भी नहीं कहा गया था।

लंच के बाद, सहायक कॉन्ट्रैक्टर ने कहा- "अब काम की बात करते हैं। मुझे पता है कि आप यहां क्यों आए हैं। मैंने नहीं सोचा था कि हमारा मिलना इतना आनंदपूर्ण होगा। आप फिलाडेल्फिया जा सकते हैं और आपको मेरा वादा रहा कि आपका सामान बनकर आप तक पहुंच जाएगा, भले ही बाकी ऑर्डर वालों को इंतजार करना पड़े।"

मिस्टर गॉ को वह सब मिला, जो वे चाहते थे, वह भी बिना मांगे। सामान समय पर पहुंचा और बिल्डिंग उस दिन तैयार हुई जिस दिन कॉन्ट्रैक्ट में उसके तैयार होने की बात हुई थी।

क्या यह संभव हो पाता, अगर मिस्टर गॉ ने अन्य अवसरों पर इस्तेमाल होने वाला हथौड़ा-मार तरीका अपनाया होता?

फोर्ट मॉनमाउथ (न्यूजर्सी) में फेडरल क्रेडिट यूनियन के ब्रांच मैनेजर ने हमारी क्लास में बताया कि कैसे उन्होंने अपने एक कर्मचारी को ज्यादा सक्षम बनाने में मदद की।

"हमने एक लड़की को टेलर ट्रेनी के लिए नियुक्त किया। उसका ग्राहकों से कॉन्टैक्ट काफी अच्छा था। वह सारे लेन-देन को काफी अच्छी तरह से कर लेती थी, लेकिन समस्या दिन के अंत में उठती थी, जब बैलेंस करने का समय आता था।"

"हैड टेलर मेरे पास आया और उसने सलाह दी कि मुझे इस लड़की को निकाल देना चाहिए। उसके कारण सभी को रुकना पड़ता है, क्योंकि वह बैलेंस करने में बहुत धीमी है। मैंने उसे कई बार बताया, पर वह समझती नहीं है। उसे जाना होगा।"

"अगले दिन मैंने देखा कि वह काफी तेजी और सही ढंग से काम कर रही है चाहे बात रोज के लेन-देन की हो या ग्राहकों से व्यवहार की, वह सभी से काफी अच्छे से बात कर रही थी।"

"मुझे यह पता लगाने में समय नहीं लगा कि उसे बैलेंस करने में देर क्यों हो रही थी। ऑफिस बंद होने पर मैं उससे बात करने गई। वह नर्वस और परेशान थी। मैंने ग्राहकों से अच्छी तरह पेश आने के लिए उसकी तारीफ की और काम में उसकी रफ्तार और सटीकता पर उसकी प्रशंसा की। तब मैंने उससे कहा कि हमें केश ड्रावर में बैलेंस करने के

तरीके को फिर से देखना चाहिए। जब उसे लगा कि मेरा उसमें विश्वास है, उसने मेरे निर्देशों को माना और जल्द ही सही तरीके में दक्ष हो गई। उसके बाद से हमें उससे कोई शिकायत नहीं रही।”

प्रशंसा से शुरु करना वैसा ही है, जैसे डेंटिस्ट अपना काम नोवोकैन से करता है। मरीज को आह का सामना तो करना पड़ता है, पर नोवोकैन दर्द कम कर देता है। इसलिये एक लीडर को हमेशा यह प्रयोग करना चाहिये...

सिद्धांत-1

हमेशा किसी की तारीफ करके काम की बात शुरू करें

2

आलोचना कैसे करें कि लोग नाराज न हों

चार्ल्स श्वाब दोपहर में अपनी एक स्टील मिल से गुजर रहे थे, जब उन्होंने कई कर्मचारियों को सिगरेट पीते देखा। उनके सिर के ठीक ऊपर "धूम्रपान निषेध" का बोर्ड लगा था। क्या श्वाब ने उस बोर्ड की ओर इशारा करके कहा - "यह पढ़ नहीं सकते?" न, श्वाब ने ऐसा नहीं किया। वे उन लोगों के पास गए, हर एक को एक सिगार दिया और बोले- "लड़कों, मुझे अच्छा लगेगा अगर तुम यह बाहर जाकर पियो।" वे लोग जानते थे कि उन लोगों ने नियम तोड़ा है और उन लोगों ने उनकी इस बात की इज्जत की कि उन्होंने उन लोगों को इस बारे में कुछ नहीं कहा और उन्हें छोटा गिफ्ट दिया और उन्हें महत्त्वपूर्ण महसूस कराया। क्या आप ऐसे इंसान से खुद को प्रेम करने से रोक सकते हैं?

जॉन वानामेकर इसी तरीके का इस्तेमाल करते थे। वानामेकर फिलाडेल्फिया में अपने विशाल स्टोर में रोज घूमने जाते थे। एक बार उन्होंने एक ग्राहक को काउंटर पर इंतजार करते देखा। कोई उस पर ध्यान नहीं दे रहा था। सेल्स के लोग? ओह! वे दूर एक कोने में हंस रहे थे और एक-दूसरे से बात कर रहे थे। वानामेकर ने एक शब्द नहीं कहा। चुपचाप वे काउंटर के पीछे गए, खुद ही उस महिला की खातिर की और खरीदारी का सामान सेल्स के लोगों को पैक करने के लिए देते गए।

पब्लिक ऑफिसरों पर अक्सर अपने क्षेत्र के लोगों के करीब नहीं होने का आरोप लगता है। वे व्यस्त होते हैं और कई बार दोष उनके सेक्रेटरियों का होता है, जो अपने बॉस पर काफी सारे मिलने वाले लोगों का दबाव नहीं डालना चाहते। कार्ल लैंगफोर्ड, जो फ्लोरिडा, ऑरलैन्डो के मेयर थे, अक्सर अपने स्टाफ को बोला करते थे कि वे लोगों को उनसे मिलने दें। उनका दावा था कि उनकी "ओपन-डोर" पॉलिसी। फिर भी उनके सेक्रेटरी और एडमिनिस्ट्रेटर उनके समुदाय के नागरिकों को उनसे मिलने से रोक देते थे।

अंत में, मेयर को हल मिल गया। उन्होंने अपने ऑफिस से दरवाजा हटा दिया। उनके सहायकों को संदेश मिल गया और तब से मेयर का वास्तव में ओपेन एडमिनिस्ट्रेशन रहा, क्योंकि दरवाजे को संकेत के तौर पर हटा दिया गया था।

कई बार तीन अक्षरों का एक शब्द बदलने से लोगों को बिना अपमानित किए और कटुता पैदा किए बदलने के मामले में सफलता और असफलता निर्धारित हो जाती है।

कई लोग अपनी आलोचना को सच्ची प्रशंसा से शुरु करते हैं और बाद में 'लेकिन' शब्द लगाकर आलोचना जोड़ देते हैं। उदाहरण के तौर पर, बच्चे का पढ़ाई के प्रति नजरिया बदलने की कोशिश में, हम कह सकते हैं - "जॉनी, हमें तुम पर गर्व है, क्योंकि तुम्हारे ग्रेड अच्छे आए हैं, लेकिन अगर तुमने एलिजेब्रा पर ज्यादा मेहनत की होती तो परिणाम और अच्छे आते।"

इस मामले में, जॉनी 'लेकिन' शब्द सुनने तक प्रोत्साहित महसूस करता, लेकिन फिर वह प्रशंसा की सच्चाई पर सवाल खड़ा करता। उसके लिए प्रशंसा सिर्फ उसकी असफलता की आलोचना करने के लिए एक चालाकी भरी शुरुआत होती। विश्वसनीयता खत्म हो जाती और हम जॉनी का पढ़ाई के प्रति नजरिया बदलने के लक्ष्य में कामयाब नहीं हो पाते।

यह दिक्कत 'लेकिन' शब्द को 'और' से बदलकर दूर की जा सकती है। "जॉनी, हमें तुम पर बहुत गर्व है, क्योंकि तुमने अपने ग्रेड बेहतर किए हैं और अगले टर्म की पढ़ाई के लिए मेहनत कर रहे हो और तुम्हारे एलिजेब्रा के ग्रेड भी इससे अच्छे हो जाएंगे।"

अब जॉनी इस प्रशंसा को ग्रहण करेगा, क्योंकि उसके बाद उसकी असफलता का संकेत नहीं था। हमने उसके व्यवहार में बदलाव की ओर परोक्ष रूप से इशारा किया है और उम्मीद है कि वह हमारी अपेक्षाओं पर खरा उतरेगा।

अगर इंसान इतना संवेदनशील हो कि उसे कटु आलोचना बिल्कुल पसंद न हो, तो उसकी गलतियों पर परोक्ष रूप से इशारा करने से कमाल हो सकता है।

वूनसॉकेट, रोड आइलैंड की मार्ज जैकब ने हमें क्लास में बताया कि उन्होंने कैसे कुछ ढीले कंस्ट्रक्शन वर्करों को उनके घर में निर्माण करने के बाद सफाई करने के लिए मनाया।

S काम शुरु होने के कुछ दिनों बाद जब मिसेज जैकब ऑफिस से लौटीं तो उन्होंने देखा कि उनका अहाता लकड़ी के टुकड़ों से भरा पड़ा है। वे बिल्डरों से झगड़ा नहीं करना चाहती थीं, क्योंकि वे काम बहुत अच्छा कर रहे थे, इसलिए उन सबके जाने के बाद उन्होंने अपने बच्चों के साथ लकड़ी के कूड़े को एक कोने में डाल दिया। अगले दिन उन्होंने फोरमैन को बगल में बुलाया और कहा - "मुझे काफी अच्छा लगा जिस तरह आपने सामने के लॉन को छोड़ दिया था। यह अच्छा और साफ था और इससे पड़ोसियों को कोई परेशानी नहीं हुई।"

उस दिन के बाद से वर्करों ने सारा कूड़ा उठाकर एक तरफ डालना शुरु किया और फोरमैन हर दिन यह पूछने आता था कि लॉन काम के बाद ठीक ढंग से छोड़ा गया था या नहीं।

आर्मी रिजर्व के सदस्यों और रेगुलर आर्मी ट्रेनर्स के बीच झगड़े की मुख्य वजह होती

है हेयरकट। रिजर्व वाले अपने आपको सिविलियन समझते हैं (जो वे ज्यादा समय ऐसा होते भी हैं) और अपने बाल छोटे कराना पसंद नहीं करते।

542वें यू.एस.ए.आर. स्कूल के मास्टर सार्जेन्ट हार्ले कैसर को इस समस्या से सामना करना पड़ा, जब वे रिजर्व नॉन-कमीशंड ऑफिसरों के एक ग्रुप के साथ काम कर रहे थे। पुराने जमाने के रेगुलर आर्मी सार्जेन्ट होने के कारण उनसे चीखने और ग्रुप को धमकाने की आशा की जा सकती थी, लेकिन उन्होंने अपनी बात परोक्ष रूप से रखने की सोची।

"सज्जनों,' उन्होंने कहना शुरु किया, "आप लीडर हैं। आप सबसे ज्यादा प्रभावशाली तब होंगे, जब उदाहरण देकर नेतृत्व करेंगे। आपको पता है कि हेयरकट के बारे में आर्मी के नियम क्या कहते हैं। मैं आज अपने बाल कटाने जा रहा हूं, हालांकि ये आपके बालों से छोटे हैं। आप अपने आपको दर्पण में देखें और अगर आपको लगता है कि हेयरकट से आप एक अच्छा उदाहरण पेश करेंगे, तो हम हज्जाम के पास जाने के समय की व्यवस्था कर देंगे।"

परिणाम आशा के अनुरूप आया। कई कैंडिडेट ने खुद को दर्पण में देखा और दोपहर के बाद वे हज्जाम के पास गए और 'रेगुलेशन' हेयरकट कराया। सार्जेन्ट कैसर ने अगले सुबह टिप्पणी की कि वे स्क्वाड के कई सदस्यों में नेतृत्व क्षमता का विकास देख रहे थे।

8 मार्च, सन् 1887 को बोलने में कुशल हेनरी वार्ड बीचर का निधन हो गया। अगले रविवार, लाइमैन एबट को बीचर द्वारा छोड़ी गई जगह में बोलने के लिए आमंत्रित किया गया। अच्छा प्रदर्शन करने के लिए आतुर, उन्होंने लिखा, फिर से लिखा और अपने भाषण को ढंग से तैयार किया। तब उन्होंने इसे अपनी बीवी के सामने पढ़ा। यह बेकार था- जैसे कि अधिकतर भाषण होते हैं। वह ऐसा कह सकती थी, अगर उसे कम समझ होती- "लाइमैन, यह बेकार है। यह काम नहीं करेगा। तुम लोगों को सुला दोगे। यह इनसाइक्लोपीडिया की तरह लगता है। इतने साल उपदेश देने के बाद भी तुमने कुछ नहीं सीखा। भगवान के लिए, तुम इंसान की तरह बात क्यों नहीं करते? तुम स्वाभाविक क्यों नहीं लगते? ऐसे पढ़ोगे तो अपनी इज्जत लुटवा लोगे।"

वे यह कह सकती थीं और अगर कहा होता, तो पता है क्या होता! उन्हें भी पता था, इसलिए उन्होंने कहा कि यह नॉर्थ अमेरिकन रिव्यू के लिए अच्छा निबंध बन सकता है।

दूसरे शब्दों में, उन्होंने इसकी तारीफ की और नरमी से बता दिया कि यह भाषण के लिए सही नहीं है। लाइमैन एबट ने इस बात को समझा, सावधानी से तैयार किए भाषण को फाड़ दिया और वे भी बिना नोट्स के बोले। दूसरों की गलती को सुधारने का अच्छा तरीका है कि...

सिद्धांत-2

किसी की गलतियों को अप्रत्यक्ष रूप से इंगित करें

3

खुद की गलती पहले बतायें

मेरी भतीजी, जोसेफाइन कारनेगी, मेरी सेक्रेटरी बनने न्यूयॉर्क आई थी। वह उन्नीस साल की थी। वह तीन साल पहले हाईस्कूल पास हुई थी और उसका बिजनेस का अनुभव शून्य से थोड़ा ज्यादा था। वह आगे चलकर पश्चिम में सबसे सक्षम सेक्रेटरी बन गई, लेकिन शुरुआत में उसे बहुत कुछ सीखने की जरूरत थी।

एक दिन जब मैं उसकी आलोचना करने वाला था, मैंने खुद से कहा- "एक मिनट रुक जाओ डेल कारनेगी, एक मिनट रुक जाओ। तुम जोसेफाइन से उम्र में दोगुने हो। तुम्हारे पास दस हजार गुना ज्यादा बिजनेस का अनुभव है। तुम उससे कैसे आशा कर सकते हो कि उसमें तुम्हारे जैसा नजरिया, समझ और निर्णय लेने की क्षमता हो, भले ही कितने साधारण हों? और एक मिनट डेल कारनेगी, तुम उन्नीस साल की उम्र में क्या कर रहे थे? याद करो उन गलतियों को, जो तुमने की? याद करो जब तुमने यह किया... वह किया...।"

इस मामले पर ईमानदारी और निष्पक्षता से सोचने पर मैंने पाया कि जोसेफाइन का उन्नीस साल की उम्र में बैटिंग एवरेज मुझसे बेहतर था और यह, मुझे बताते अफसोस होता है, जोसेफाइन की प्रशंसा नहीं है।

इसलिए उसके बाद, जब मैं जोसेफाइन का ध्यान उसकी गलतियों पर खींचना चाहता था, मैं इस तरह से शुरुआत करता था - "जोसेफाइन, तुमने एक गलती की, पर ईश्वर जानता है, यह मेरी गलतियों से बड़ी नहीं है। तुम निर्णय लेने की क्षमता के साथ पैदा नहीं हुई। वह अनुभव से आती है और तुम इस उम्र में मुझसे बेहतर हो। मैंने खुद कई बेवकूफी भरी गलतियां की हैं और मुझे तुम्हें या किसी की आलोचना करने का अधिकार नहीं है, पर तुम्हें नहीं लगता कि तुम्हें यह काम कुछ इस तरह करना चाहिए था?"

अपनी गलतियों के बारे में सुनना उतना बुरा नहीं लगता, जब आलोचना करने वाला खुद अपनी गलतियां गिना रहा हो और बोल रहा हो कि वह भी गलतियां करता है।

मैनिटोबा के इंजीनियर ई.जी. डिलिस्टोन को अपनी नई सेक्रेटरी से दिक्कतें आ रही थीं। उनके द्वारा डिक्टेट की हुई चिट्ठियां हर पेज पर दो या तीन गलतियों के साथ आ रही थीं। मिस्टर डिलिस्टोन ने बताया कि उन्होंने इस स्थिति को कैसे संभाला -

"कई इंजीनियरों की तरह, मुझे अच्छी इंग्लिश और स्पेलिंग के लिए नहीं जाना जाता है। इसलिए सालों तक मैंने उन शब्दों की स्पेलिंग की एक नोट बुक रखी है जिनकी

स्पेलिंग में मुझे दिक्कत होती है। जब मुझे यह लगा कि सिर्फ गलतियों पर इशारा करने से मेरी सेक्रेटरी अच्छी प्रूफरीडिंग या डिक्शनरी का काम नहीं करेगी, तो मैंने दूसरा तरीका अपनाया।"

जब अगली चिट्ठी आई, जिसमें गलतियां थीं, तो मैं टाइपिस्ट के साथ बैठा और मैंने कहा- "यह शब्द कुछ सही नहीं लगता, यह उन शब्दों में से एक है, जिनमें मुझे हमेशा दिक्कत होती है। इसलिए मैंने स्पेलिंग की यह नोटबुक साथ रखनी शुरू की है। (मैंने बुक का सही पेज खोला) हां, यह यहां है। मैं अपनी स्पेलिंग के बारे में काफी सजग हूं, क्योंकि लोग हमारे पत्रों को पढ़कर हमारे बारे में निर्णय करते हैं और गलतियों से हम कम प्रोफेशनल लगते हैं।"

"मुझे नहीं पता कि उसने मेरे सिस्टम को अपनाया या नहीं, लेकिन उस बातचीत के बाद, उसकी गलतियां काफी कम हो गईं।"

सुसंस्कृत प्रिंस बर्नहार्ड वॉन बुलो ने सन् 1909 में इस चीज को करने की जरूरत समझी। वॉन बुलो उस समय जर्मनी के चांसलर थे और गद्दी पर उस समय विल्हेम 2 (जिद्दी, घमंडी) अंतिम जर्मन कैसर विराजमान थे, जो ऐसी आर्मी और नेवी बनाने का दावा कर रहे थे जिनका कोई सानी नहीं होगा।

तब एक आश्चर्यजनक चीज हुई। कैसर ने ऐसी अविश्वसनीय बातें कहीं जिन्होंने महादेश को हिला दिया और पूरी दुनिया में विस्फोट होने लगे। चीजों को और बिगाड़ने के लिए कैसर ने मूर्खतापूर्ण, अहंकार भरी, ऊटपटांग बातें जनता के बीच की जब वे इंग्लैंड में मेहमान थे और उन्होंने 'द टेलीग्राफ' को उन चीजों को प्रकाशित करने की शाही अनुमति दे दी। उदाहरण के तौर पर, उन्होंने कहा कि इंग्लिश के प्रति दोस्ताना संबंध रखने वाले वे एकमात्र जर्मन हैं। वे जापान के खिलाफ एक नेवी बना रहे हैं और यह कि सिर्फ उन्होंने इंग्लैंड को रूस और फ्रांस द्वारा धूल में मिटने से बचाया और यह कि उनकी कैम्पेन प्लान ने इंग्लैंड के लॉर्ड रॉबर्ट्स को साउथ अफ्रीका में बोअर्स को हराने के काबिल बनाया, इत्यादि।

पिछले सौ सालों में शांति के दौरान किसी भी यूरोप के राजा के मुंह से ऐसे शब्द नहीं निकले थे। पूरा महादेश गुस्से से उबल पड़ा। जर्मनी के नेता परेशान थे और इस झमेले के बीच में कैसर परेशान हो गए और उन्होंने प्रिंस वॉन बुलो, इंपीरियल चांसलर को कहा कि वे सारा दोष अपने सर ले लें। हां, वे वॉन बुलो से चाहते थे कि वे सारी जिम्मेदारी खुद ले लें कि उन्होंने राजा को ये बातें कहने की सलाह दी थी।

"लेकिन महाराज," वॉन बुलो ने प्रतिरोध किया, "जर्मनी या इंग्लैंड में कोई भी विश्वास नहीं करेगा कि मैं आपको ऐसी सलाह देने की हिमाकत कर सकता हूँ।"

ये शब्द निकलते ही वॉन बुलो को अहसास हुआ कि उन्होंने गलती कर दी। कैसर उबल पड़े।

"तुम मुझे गधा समझते हो" वे चिल्लाए। "जो वैसी गलतियां कर सकता है, जो तुमने खुद कभी नहीं की हो।" वॉन बुलो जानते थे कि उन्हें निंदा करने से पहले तारीफ करनी चाहिए थी, पर चूंकि अब देर हो चुकी थी, उन्होंने दूसरी सबसे अच्छी चीज की। कि उन्होंने आलोचना के बाद तारीफ की और इसने चमत्कार की तरह काम किया।

"मैं यह बिलकुल नहीं कहना चाह रहा था, उन्होंने आदर के साथ जवाब दिया- "महाराज मुझसे कई मामलों में आगे हैं- सिर्फ नेवी और मिलिटरी के ज्ञान में ही नहीं, बल्कि प्राकृतिक विज्ञान में भी। मैंने अक्सर बाइज्जत सुना है, जब महाराज ने बैरोमीटर, वायरलेस टेलीग्राफी या रोएंटजेन किरणों के बारे में बात की है। मैं प्राकृतिक विज्ञान की शाखाओं की अज्ञानता के बारे में शर्मिंदा हूं। मुझे कैमिस्ट्री या फिजिक्स की जानकारी नहीं है और मैं

साधारण प्राकृतिक घटनाओं का विश्लेषण करने में भी असक्षम हूँ" लेकिन, वॉन बुलो ने कहा- "बदले में मैं इतिहास की जानकारी रखता हूँ और राजनीति, खासकर व्यवहारकुशलता की थोड़ी समझ रखता हूँ।"

कैसर चमक उठे। वॉन बुलो ने उनकी तारीफ की थी। वॉन बुलो ने उन्हें बड़ा और खुद को छोटा बना लिया था। श्री कैसर उसके बाद उन्हें माफ कर सकते थे। "क्या मैंने तुम्हें अक्सर नहीं बताया" वे जोश से बोले- "हम दोनों एक दूसरे के बिना अधूरे हैं?"

उन्होंने वॉन बुलो के साथ एक बार नहीं, कई बार हाथ मिलाया और बाद में वे इतने जोश में आ गए कि उन्होंने मुक्के बांधकर कहा- "अगर कोई प्रिंस वॉन बुलो के खिलाफ कुछ भी बोलेगा, तो मैं उसके नाक पर मुक्का मार दूंगा।"

वॉन बुलो ने अपने आपको समय रहते बचा लिया, लेकिन बहुत व्यवहारकुशल होने के बावजूद, वे एक गलती कर चुके थे। उन्हें अपनी कमियों और विल्हेम की अच्छाइयों से शुरुआत करनी चाहिए थी। यह नहीं जताना चाहिए था कि कैसर एक ऐसा मूर्ख है जिसे एक अभिभावक की जरूरत है।

कुछ वाक्यों में अपने आपको छोटा करने और दूसरे इंसान की तारीफ करने से एक जिद्दी और अपमानित कैसर एक कट्टर दोस्त बन गया, तो सोचिए कि विनम्रता और तारीफ से आप रोज मिलने वाले लोगों के साथ क्या कर सकते हैं। सही तरह से इस्तेमाल करने से वे इंसानी संबंधों में चमत्कार कर बैठेंगे।

अपनी गलती स्वीकार करने से अगर उन्हें सुधारा न भी गया हो तो भी आप किसी को अपना व्यवहार बदलने के लिए मना सकते हैं। यह हाल में टिमोनियम, मैरीलैंड के क्लैरेंस जरहसेन द्वारा दिखाया गया, जब उन्हें पता चला कि उनका पंद्रह साल का बच्चा सिगरेट का आदी होने लगा है।

"साफ है कि मैं नहीं चाहता था कि डेविड सिगरेट पिए," मिस्टर जरहसेन ने हमें बताया- लेकिन उसकी मां और मैं साथ-साथ सिगरेट पीते थे और हम उसके सामने एक गलत उदाहरण हमेशा पेश कर रहे थे। मैंने डेविड को बताया कि कैसे मैंने उसकी उम्र में सिगरेट पीनी शुरु कर दी थी और कैसे निकोटीन ने मेरा नुकसान किया था और मेरे लिए

अब इसे रोकना असंभव था। मैंने उसे बताया कि मेरी खांसी मुझे कितना परेशान करती थी और क्यों मुझे सिगरेट सालों पहले छोड़ देनी चाहिए थी?

"मैंने सिगरेट छोड़ने के लिए उसे धमकी नहीं दी या उस पर दबाव नहीं डाला या खतरों के बारे में चेतावनी नहीं दी। मैंने सिर्फ इतना किया कि मैंने उसे बताया कि मुझे सिगरेट की लत कैसे लगी और इससे मुझ पर क्या असर पड़ा।"

"उसने इस बारे में कुछ देर सोचा और तय किया कि हाईस्कूल से ग्रेजुएट होने से पहले वह सिगरेट नहीं पिएगा। सालों बीतने के बाद भी डेविड ने सिगरेट पीनी शुरु नहीं की और उसकी अभी ऐसी कोई इच्छा भी नहीं है।"

"इस बातचीत का फल यह हुआ कि मैंने खुद भी सिगरेट छोड़ने का फैसला कर लिया और परिवार के सहयोग से मैं सफल हुआ।"

एक अच्छा लीडर यह सिद्धांत अपनाता है।

सिद्धांत-3

अपनी गलतियां पहले गिनायें फिर दूसरे की आलोचना करें

4

किसी को आदेश सुनना पसंद नहीं

मुझे एक बार मिस इडा टारबेल, अमेरिकी जीवनी लेखकों की डीन, के साथ भोजन करने का सौभाग्य मिला। जब मैंने उन्हें बताया कि मैं यह किताब लिख रहा हूँ, तब हम लोग इस बात पर चर्चा करने लगे कि लोगों के साथ कैसे बर्ताव किया जाए और उन्होंने मुझे बताया कि जब वे ओवेन डी. यंग की जीवनी लिख रही थीं, तब उन्होंने एक ऐसे आदमी का इंटरव्यू लिया, जो मिस्टर यंग के साथ तीन साल तक एक ही ऑफिस में बैठा था। उस आदमी ने बताया कि उसने आज तक कभी ओवेन डी. यंग को किसी को आदेश देते हुए नहीं सुना। वे हमेशा सलाह देते थे, आदेश नहीं देते थे। उदाहरण के तौर पर, ओवेन डी. यंग ने कभी नहीं कहा- "यह करो या वह करो" या "यह मत करो या वह मत करो।" वे कहते थे - "आप ऐसा सोच सकते हैं या क्या आपको लगता है कि यह काम करेगा?" अक्सर वे कहते, एक पत्र लिखवाने के बाद, "इस बारे में आप क्या सोचते हैं?" अपने एक सहयोगी की पत्र देखते समय वे कहते - "अगर हम इसे इस तरह लिखें तो बेहतर होगा।"

वे हमेशा लोगों को खुद बदलने का मौका देते। वे कभी अपने सहयोगियों को बदलने के लिए नहीं कहते। वे उन्हें खुद यह काम करने देते, खुद अपनी गलतियों से सीखने देते।

इस तरह का तरीका इंसान के लिए गलतियां सुधारना आसान कर देता है। इस तरह का तरीका इंसान का अभिमान बचाता है और उसे महत्त्वपूर्ण होने का एहसास देता है। यह विद्रोह के बदले सहयोग बढ़ाता है।

किसी कड़े आदेश द्वारा पैदा हुई कड़वाहट लंबे समय तक रहती है, भले ही वह आदेश किसी बुरी स्थिति को सुधारने के लिए दिया गया हो।

डैन सांतारैली व्यॉमिंग (पेंसिल्वेनिया के एक वोकेशनल स्कूल के शिक्षक) ने हमें क्लास में बताया कि कैसे एक छात्र ने स्कूल के बाहर रास्ते पर अपनी कार पार्क कर दी थी। एक दूसरा प्रशिक्षक क्लास में धमकते हुए घुसा और उसने बदतमीजी से पूछा - "किसकी कार ड्राइव वे को ब्लॉक कर रही है?" जब कार वाले छात्र ने जवाब दिया तो प्रशिक्षक चिल्लाया - "इस कार को हटाओ और अभी हटाओ या मैं इसके चारों ओर चेन लगवाकर इसे बाहर हटवा दूंगा।"

उस छात्र की गलती थी। वह कार वहां पार्क नहीं होनी चाहिए थी, लेकिन उस दिन के बाद से न सिर्फ उस छात्र ने उस प्रशिक्षक की बात पर गुस्सा बनाए रखा, बल्कि क्लास के सारे छात्रों ने भी उस प्रशिक्षक को तंग करने की हर तरह की कोशिश की।

वह इस मामले को कैसे सुलझा सकता था? अगर उसने दोस्ताना अंदाज में पूछा होता - "किसकी कार ड्राइव वे में है?" और तब यह सलाह दी होती कि इस कार को हटाने से बाकी कारें आ और जा सकती हैं तो उस छात्र ने खुशी से कार हटा दी होती और उसके सहपाठियों में गुस्से की भावना नहीं आती।

सवाल पूछने से आपका आदेश ज्यादा अच्छा लगता है, यह उन लोगों की क्रिएटिविटी को भी जगाता है जिन्हें आदेश दिया गया है। लोग किसी आदेश को मानने में ज्यादा उत्सुकता दिखाते हैं, अगर उस निर्णय में उनकी भागीदारी हो, जिससे आदेश निकला हो।

साउथ अफ्रीका के जोहान्सबर्ग के इयान मैक्डॉनल्ड, जो मशीन के पुर्जे बनाने वाले एक छोटे प्लांट के जनरल मैनेजर थे, को एक बहुत बड़ा ऑर्डर मिला और उन्हें पक्का पता था कि वे डिलीवरी की तारीख तक काम नहीं कर पाएंगे। शॉप में पहले से ही बहुत काम था और ऑर्डर पूरा करने के लिए कम समय में उनके लिए यह असंभव था कि ऑर्डर लिया जा सके।

लोगों को काम की रफ्तार बढ़ाने और ऑर्डर को पूरी करने के लिए उन पर दबाव डालने के बजाय उन्होंने सबको बुलाया, स्थिति को समझाया और बताया कि यह चीज कंपनी के लिए कितनी जरूरी है और पूछा कि क्या वे इस ऑर्डर को वक्त पर पूरा कर पाएंगे, फिर उन्होंने सवाल पूछने शुरु कर दिए -

"क्या हम इस ऑर्डर को पूरा करने के लिए कुछ कर सकते हैं क्या कोई हमें ऐसा अलग तरीका बता सकता है जिससे शॉप में काम किया जा सके और उस ऑर्डर को लिया जा सके?"

"क्या हम अपने काम के घंटे और निजी असाइनमेंट को इस तरह नियोजित कर सकते हैं जिससे सहायता मिले?"

कर्मचारी कई आइडिया लेकर आए और उन्होंने जोर डाला कि ऑर्डर लिया जाए। उन्होंने इसे 'हम कर सकते हैं' की भावना से लिया और ऑर्डर को लिया गया, काम लिया गया और सही समय पर डिलीवर किया गया।

एक प्रभावशाली लीडर हमेशा यह करेगा...

सिद्धांत-4

हमेशा आदेश न दें, सवाल पूछें

5

दूसरों को अपनी इज्जत बचाने दें

कई साल पहले जनरल इलेक्ट्रिक कंपनी को चाल्र्स स्टीनमेट्ज को विभाग के अध्यक्ष के पद से हटाने का संवेदनशील काम करना पड़ा। स्टीनमेट्ज, जो इलेक्ट्रिसिटी के मामले में अव्वल दर्जे के जीनियस थे, आकलन विभाग में असफल साबित हुए, तब भी कंपनी ने उस इंसान को अपमानित नहीं किया। उनके बिना काम नहीं चल सकता था और वे बहुत संवेदनशील थे। इसलिए उन्हें एक नया टाइटल दिया गया। कंपनी ने उन्हें जनरल इलेक्ट्रिक कंपनी का कंसल्टिंग इंजीनियर बना दिया, वे जो काम कर रहे थे, यह उसका नया टाइटल था, फिर किसी और को विभाग का अध्यक्ष बना दिया।

स्टीनमेट्ज खुश थे।

जी.ई. के ऑफिसर ऐसे थे। उन्होंने अपने सबसे ज्यादा भावुक स्टार को हटा दिया था और उन्होंने यह काम बिना हंगामा खड़ा किए किया था। उसे इज्जत बचाने का मौका दिया था।

किसी को इज्जत बचाने का मौका देकर! कितना जरूरी, कितना अधिक जरूरी है यह! और हममें से कितने लोग इस बारे में सोचते हैं। हम दूसरों की भावनाओं पर हमला करते हैं, अपना रास्ता निकालते हैं, गलतियां निकालते हैं, धमकी देते हैं, बच्चे या कर्मचारी की दूसरों के सामने आलोचना करते हैं, बिना यह सोचे हुए कि उस इंसान के स्वाभिमान को हम कितनी चोट पहुंचा रहे हैं। जबकि कुछ देर की सोच, एक-दो समझदारी के शब्द, दूसरे इंसान के नजरिए की सच्ची समझ, इस चोट को काफी हद तक दूर कर सकती है।

इस बात को याद रखें, जब हमें किसी कर्मचारी को हटाने या डांटने की कड़वी जरूरत पड़े। "लोगों को नौकरी से निकालने में खुशी नहीं होती। नौकरी से हटाए जाने में तो और भी खुशी नहीं होती।" (मैं मार्शल ए. ग्रेन्जर, एक प्रामाणित पब्लिक एकाउंटेंट, के लिखे पत्र से उद्धृत कर रहा हूं)। "हमारा बिजनेस मौसमी होता है, इसलिए इंकम टैक्स का काम खत्म होने पर हमें कई लोगों को निकालना होता है।"

"हमारे व्यवसाय में यह कहावत है कि कोई भी कुल्हाड़ी पकड़ना पसंद नहीं करता, इसलिए यह परंपरा चल पड़ी है कि इस काम को जल्द-से-जल्द खत्म किया जाए और इस तरह किया जाए", "मिस्टर स्मिथ, बैठ जाइए", "मौसम खत्म हो चुका है और हमारे पास आपके लिए काम नहीं है। जाहिर है, आप समझते हैं कि आपको सिर्फ व्यस्त दिनों के लिए ही नियुक्त किया गया था इत्यादि।"

"इन लोगों पर ऐसा प्रभाव पड़ता है, जैसे इन्हें निराश किया गया हो और इन्हें हताश किया गया हो। इनमें से अधिकतर जिंदगी भर के लिए अकाउंटिंग फील्ड में काम करते हैं और उनमें उस फर्म के लिए कोई लगाव नहीं होता, जो उन्हें इतनी आसानी से हटा देती है।"

"मैंने हाल में अपने मौसमी कर्मचारियों को थोड़ी व्यवहार कुशलता और संजीदगी से हटाया, इसलिए मैं हरेक को तभी बुलाता हूं, जब उसके जाड़े के मौसम में किए काम को ध्यान से देखता हूं और मैंने इस तरह से अपनी बातों की शुरुआत की - "मिस्टर स्मिथ, आपने एक अच्छा काम किया है (अगर उसने किया है)। जब हमने आपको नेवार्क भेजा, तब आपका काम मुश्किल था। आप कठिन जगह पर थे, लेकिन आपने अपना काम बहुत अच्छे से किया और हम यह बताना चाहते हैं कि फर्म को आप पर गर्व है। आपमें काबिलियत है, आप काफी आगे जाएंगे, जहां भी आप काम कर रहे हैं। यह फर्म आपमें विश्वास करती है और आपको पसंद करती है और हम चाहते हैं कि आप यह बात न भूलें।"

"प्रभाव? लोग नौकरी से निकाले जाने के बाद काफी अच्छा महसूस करते हुए जाते हैं। उन्हें नहीं लगता कि उन्हें हताश किया गया है। उन्हें लगता है कि हमारे पास उनके लिए काम है, हम उन्हें आगे रखेंगे और अगर हमें उनकी दुबारा जरूरत महसूस होती है तो वे दिल से काम करने आते हैं।"

हमारे कोर्स के एक सेशन में हमारे दो सदस्यों ने गलती निकालने के गलत प्रभाव और दूसरे इंसान को इज्जत बचाने का मौका देने के अच्छे प्रभावों के बीच बहस की।

पेंसिल्वेनिया, हैरिसबर्ग के फ्रेड क्लार्क ने हमें कंपनी में होने वाली एक घटना के बारे में बताया - "हमारी एक प्रॉडक्शन मीटिंग में एक वाइस प्रेसिडेंट प्रॉडक्शन की प्रक्रिया के बारे में हमारे प्रॉडक्शन सुपरवाइजर से काफी तीखे सवाल पूछ रहा था। उसके बात करने का ढंग आक्रामक था और उसका लक्ष्य सुपरवाइजर के काम में गलतियां दिखाना था। अपने सहकर्मियों के बीच अपमानित होने से बचने के लिए सुपरवाइजर अपना बचाव कर रहा था। इस कारण से वाइस प्रेसिडेंट ने अपना आपा खो दिया, उसने सुपरवाइजर को डांटा और उस पर झूठ बोलने का दोष लगाया।"

"इस घटना के पहले जो भी आपसी रिश्ते थे, वे कुछ पलों में खत्म हो गए। यह सुपरवाइजर, जो अच्छा काम करता था, उस समय से हमारी कंपनी के लिए नाकारा हो गया। कुछ महीने बाद उसने हमारी फर्म छोड़ दी, हमारे प्रतियोगी के लिए काम करने लगा और वह वहां अच्छा काम कर रहा है।"

क्लास की दूसरी सदस्य, आन्ना मैजोन ने बताया कि वैसी ही एक घटना उनके काम में हुई थी, लेकिन परिणाम कितने अलग आए थे! मिस मैजोन, फूड पैकर के लिए मार्केटिंग विशेषज्ञ को उनका पहला प्रॉडक्ट टेस्ट-मार्केट करना था। उन्होंने क्लास को बताया - "जब टेस्ट के रिजल्ट आए, मैं घबरा गई। मैंने प्लानिंग में एक बड़ी गलती कर दी थी और पूरे टेस्ट को दुबारा करना पड़ सकता था। स्थिति और भी खराब हो गई जब इस प्रोजेक्ट की रिपोर्ट को जिस मीटिंग में पेश करना था, उसके पहले मैं अपने बॉस को बता नहीं पाई।

जब मुझे रिपोर्ट देने के लिए बुलाया गया, मैं डर से कांप रही थी। अपने आपको धराशायी होने से बचाने के लिए मैं हर कोशिश कर रही थी और मैंने तय किया था कि मैं नहीं रोऊंगी और उन लोगों को यह टिप्पणी नहीं करने दूंगी कि औरतें भावुक होने के कारण मैनेजमेंट का काम नहीं कर सकतीं। मैंने अपनी रिपोर्ट संक्षेप में दी और बताया कि एक गलती के कारण मैं दूसरी मीटिंग से पहले फिर से स्टडी करूंगी। मैं बैठ गई, यह सोचकर कि अब बॉस का गुस्सा उबलेगा।

"लेकिन उन्होंने मुझे धन्यवाद दिया और कहा कि नए प्रोजेक्ट में अक्सर गलतियां हो जाती हैं और उनको विश्वास है कि सर्वे को फिर से करने पर वह सही होगी और कंपनी के लिए लाभकारी होगी। सारे लोगों के सामने उन्होंने मुझे विश्वास दिलाया कि वे मुझ पर विश्वास करते हैं और जानते हैं कि मैंने पूरी कोशिश की थी और मेरी असफलता की वजह मेरे अनुभव की कमी थी, न कि मेरी क्षमता की कमी। मैं मीटिंग से सर उठाकर निकली और यह निर्णय लिया कि अपने बॉस का सर कभी झुकने नहीं दूंगी।"

अगर हम सही हैं और दूसरा इंसान गलत है, हम दूसरे इंसान की इज्जत खराब करके उसके अहंकार को चोट पहुंचाते हैं। फ्रांस के प्रसिद्ध उड़ान विशेषज्ञ और लेखक एंतोनियो द सेंट एग्जुपरी ने लिखा है- "मुझे ऐसा कुछ भी कहने या करने का हक नहीं है जिससे कोई इंसान अपनी नजरों में गिर जाए। इससे फर्क नहीं पड़ता कि मैं उसके बारे में क्या सोचता हूं, फर्क इससे पड़ता है कि वह अपने बारे में क्या सोचता है। किसी इंसान की गरिमा को चोट पहुंचाना एक अपराध है।"

एक अच्छा लीडर हमेशा मानेगा।

सिद्धांत-5

सबको अपनी इज्जत बचाने का अवसर दें

6

सफलता के लिए औरों को कैसे प्रोत्साहित करें?

मेरा एक पुराना दोस्त पीट बारलो था। वह पूरी जिंदगी सर्कसों और वौडेविल शो करने के लिए घूमता रहा। मुझे पीट को नए कुत्तों को ट्रेनिंग देते देखना अच्छा लगता था। मैंने ध्यान दिया कि जब भी कोई कुत्ता थोड़ी-सी भी बेहतरी दिखाता तब पीट उसकी तारीफ करता और उसे खाने के लिए मांस का टुकड़ा देता और इसे काफी महत्त्व देता।

यह नया नहीं है। जानवरों के ट्रेनर इस तरीके का इस्तेमाल शताब्दियों से करते आ रहे हैं।

मैं सोचता हूं कि हम कुत्तों को बदलने में इस्तेमाल होने वाला कॉमनसेंस लोगों को बदलते समय क्यों नहीं करते? हम चाबुक की जगह मांस का टुकड़ा क्यों नहीं इस्तेमाल करते? हम आलोचना के बदले तारीफ क्यों नहीं इस्तेमाल करते? कोई थोड़ी भी बेहतरी दिखाए तो उसकी प्रशंसा करें। इससे उस इंसान को और भी बेहतर बनने की प्रेरणा मिलती है।

अपनी किताब 'आई हैवन्ट मच, बेबी - बट आई एम ऑल आई गॉट' में मनोवैज्ञानिक जेस लायर कहते हैं - "मानव स्वभाव के लिए प्रशंसा सूरज की रोशनी की तरह होती है। हम इसके बिना फल-फूल नहीं सकते और तब भी, हम दूसरों पर आलोचना के तीर चलाने से बिलकुल नहीं कतराते और दूसरों की तारीफ करने से हमेशा हिचकते हैं।"

मैं अपनी जिंदगी को देखता हूँ और पाता हूँ कि प्रशंसा के कुछ शब्दों ने कैसे पूरा भविष्य बदल दिया है। क्या आप अपनी जिंदगी के बारे में वही चीज नहीं कह सकते? इतिहास ऐसे शानदार उदाहरणों से भरा पड़ा है।

उदाहरण के तौर पर, कई साल पहले दस साल का एक लड़का नेपल्स की फैक्ट्री में काम कर रहा था। वह गायक बनना चाहता था, पर उसके पहले टीचर ने उसे हतोत्साहित किया। तुम नहीं गा सकते, उसने कहा - "तुम्हारे पास आवाज नहीं है। यह हकलाने वाली हवा जैसा है।"

लेकिन उसकी मां, एक गरीब किसान औरत ने उसे बाहों में समेटा और उसकी तारीफ की। मां ने उसे बताया कि उसे पता था कि वह गा सकता है और वह प्रगति देख सकती है और वह नंगे पांव चलती थी ताकि उसके संगीत की कक्षाओं के लिए पैसे बचा

सके। किसान औरत की तारीफ और प्रोत्साहन ने उस बच्चे की जिंदगी बदल दी। उसका नाम एनरिको करुसो था। वह अपने समय का सबसे बड़ा और प्रसिद्ध ओपेरा गायक बना।

उन्नीसवीं सदी की शुरुआत में लंदन का एक युवा लेखक बनना चाहता था, लेकिन हर चीज उसके खिलाफ दिखती थी। उसने चार साल से ज्यादा समय स्कूल में नहीं बिताया था। उसके पिता कर्ज न चुका पाने के कारण जेल चले गए थे और यह युवा अक्सर भूख से तड़पता था। अंत में, उसे चूहों से भरे एक वेयरहाउस में बोतलों पर लेबल चिपकाने का काम मिला और वह एक बेकार बालाखाने में दो और लड़कों के साथ रात में सोता था, जो लंदन की झुग्गियों से आए हुए थे। उसे अपने लिखने की क्षमता में इतना कम विश्वास था कि वह चुपचाप हो गया और उसने पाण्डुलिपि को देर रात में मेल किया, ताकि कोई उस पर हंस न सके। उसकी कई कहानियां ठुकराई गईं, तब वह महान दिन आया जब उसकी पहली कहानी स्वीकार की गई। उसे इसके लिए पैसे नहीं मिले, पर संपादक ने उसकी तारीफ की थी। एक संपादक ने उसे पहचान दी। वह इतना खुश हुआ कि वह सड़कों पर आंसू भारी आंखों के साथ इधर-उधर घूमता रहा।

एक कहानी के छपने से उसे जो तारीफ और पहचान मिली, उसने उसकी जिंदगी बदल दी। अगर यह प्रोत्साहन न मिला होता, तो वह जिंदगी भर चूहों से भरे कारखानों में जिंदगी बिता देता। उसका नाम चार्ल्स डिकेंस था।

लंदन का एक दूसरा लड़का सूखे मेवों के स्टोर में क्लर्क था। उसे पांच बजे उठना पड़ता था, स्टोर में झाड़ू लगाना पड़ता था और चैदह घंटे काम करना पड़ता था। यह गधा मजूरी थी और उसे इससे नफरत थी। दो साल बाद उसके लिए यह झेलना मुश्किल हो गया, इसलिए वह एक सुबह उठा और नाश्ते का इंतजार किए बिना पंद्रह मील चलकर अपनी मां से मिलने गया, जो वहां एक घर में काम कर रही थी। वह परेशान था। उसने अपनी मां से याचना की। उसने वादा किया कि वह खुद को मार डालेगा, अगर उसे उस दुकान में और रहना पड़ा, तब उसने अपने पुराने शिक्षक को एक लंबा पत्र लिखा, जिसमें उसने बताया कि उसका दिल टूट चुका था। अब वह और जीना नहीं चाहता था। उसके पुराने शिक्षक ने उसकी तारीफ की और उसे विश्वास दिलाया कि वह काफी बुद्धिमान है और वह बेहतर चीजों के लिए बना है और उसे टीचर की नौकरी ऑफर की।

इस तारीफ ने उसका भविष्य बदल दिया और उसने इंग्लिश साहित्य के इतिहास पर बड़ा प्रभाव छोड़ा, क्योंकि उस लड़के ने आगे चलकर कई बेस्ट-सेलिंग किताबें लिखीं और अपनी कलम से कई मिलियन डॉलर कमाए। आपने उसके बारे में सुना होगा। उसका नाम था - एच.जी. वेल्स।

बी.एफ. स्कैनर की शिक्षाओं का मूल सिद्धांत है आलोचना की जगह प्रशंसा का इस्तेमाल करना। इस महान सामयिक मनोवैज्ञानिक ने जानवरों और इंसानों के साथ प्रयोगों के आधार पर दिखाया कि जब आलोचना कम और तारीफ ज्यादा की जाती है तो लोगों द्वारा की गई अच्छी चीजें बढ़ेंगी और ध्यान के अभाव में बुरी चीजें घटेंगी। रॉकी माउंट, नॉर्थ कैरोलिना के जॉन रिंगेल्सपॉ इस तरीके का इस्तेमाल अपने बच्चों के साथ

व्यवहार करने में करते थे। कई अन्य परिवारों की तरह यहां मां और पिता का बच्चों से बात करने का तरीका चीखने-चिल्लाने तक सीमित था और अन्य कई मामलों की तरह हर सेशन के बाद बच्चे थोड़ा और बिगड़ते जाते थे और माता-पिता भी। इस समस्या का हल दूर-दूर तक नहीं दिखता था।

मिस्टर रिंगेल्सपॉ ने तय किया कि वह कोर्स में सीख रहे सिद्धांतों का इस्तेमाल इस स्थिति को सुलझाने में करेंगे। उन्होंने बताया - "हमने गलतियों पर चिल्लाने के बजाय प्रशंसा पर ध्यान देने की कोशिश की। यह बड़ा मुश्किल था, क्योंकि हमें सिर्फ नेगेटिव चीजें दिख रही थीं। प्रशंसा के लिए कुछ खोजना बहुत मुश्किल था। हमने कुछ खोजने की कोशिश की और एक-दो दिनों के अंदर ही उनकी कुछ बुरी चीजें गायब होने लगीं। तब उनके कुछ और दोष भी गायब होने लगे। वे हमारे द्वारा दी जाने वाली प्रशंसा से प्रभावित होने लगे। वे सही चीजें करने के लिए और भी कोशिश करने लगे। हम विश्वास नहीं कर पा रहे थे। जाहिर है, यह हमेशा ऐसा नहीं रहा, पर चीजों का नया स्तर काफी बेहतर था। हमें पुरानी आदत की तरह प्रतिक्रिया करने की जरूरत नहीं थी। बच्चे गलत चीजों से ज्यादा सही चीजें कर रहे थे। यह सब संभव हुआ, क्योंकि हमने बच्चों की हर गलत चीज पर बुराई करने से ज्यादा उनकी बेहतरी पर तारीफ करनी शुरू कर दी।

यह नौकरी में भी काम करता है। वुडलैंड हिल्स, कैलिफोर्निया के कीथ रोपर ने अपनी कंपनी में एक स्थिति में यह सिद्धांत आजमाया। उनकी प्रिंट शॉप पर कुछ सामान आया, जो उत्तम क्वालिटी का था। जिस प्रिंटर ने यह काम किया था, वह एक नया कर्मचारी था जिसे नए जॉब में थोड़ी दिक्कत आ रही थी। उसका सुपरवाइजर उसके नेगेटिव नजरिए को लेकर गुस्से में था और उसकी सेवा खत्म करने की सोच रहा था।

जब मिस्टर रोपर को इस बारे में पता चला तो वे खुद उस प्रिंट शॉप में गए और उस युवक से बात की। उन्होंने बताया कि वे उसके काम से कितने खुश हैं और कहा कि पिछले कुछ समय में वह इस शॉप से निकला सबसे अच्छा काम है। उन्होंने बताया कि यह काम क्यों अच्छा है और उस युवक का कंपनी के लिए योगदान कितना जरूरी है।

आपको लगता है, इससे उस युवक प्रिंटर का नजरिया कंपनी के बारे में बदला होगा? कुछ ही दिनों में चीजें पलट गईं। उसने अपने कई सहकर्मियों को इस बातचीत के बारे में बताया और कहा कि कैसे कंपनी में किसी ने उसके काम की तारीफ की है। उस दिन के बाद से वह एक वफादार और समर्पित कर्मचारी बन गया।

मिस्टर रोपर ने युवा प्रिंटर को सिर्फ अच्छा महसूस कराने के लिए "तुम अच्छे हो नहीं कहा। उन्होंने विशेष रूप से बताया कि उसका काम इतना अच्छा क्यों है। चूंकि उन्होंने सामान्य तारीफ करने के बजाय एक विशेष उपलब्धि पर ध्यान दिलाया, उनकी तारीफ का महत्त्व उस इंसान के लिए काफी बढ़ गया। हर इंसान को तारीफ पसंद है, लेकिन अगर वह तारीफ किसी विशेष चीज के लिए हो तो यह सच्ची लगती है, न कि सिर्फ उस इंसान को अच्छा महसूस कराने के लिए की गई हो।

याद रखें, हम सही तारीफ और पहचान चाहते हैं और इसे पाने के लिए कुछ भी

करेंगे, पर किसी को भी झूठ पसंद नहीं है। कोई चाटुकारी नहीं पसंद करता।

मुझे दुहराने दें - इस किताब में सिखाए गए सिद्धांत काम तभी करेंगे, जब वे दिल से निकले हों। मैं झूठी तरकीबें नहीं बता रहा हूं। मैं जीने के एक नए तरीके के बारे में बता रहा हूं। लोगों को बदलने के बारे में बात करते हैं। अगर आप और मैं अपने संपर्क में आए लोगों को उनके अंदर छिपे खजाने के बारे में प्रेरित करते हैं तो हम उन्हें काफी बदल सकते हैं। हम उन्हें रुपांतरित कर सकते हैं।

अतिशयोक्ति? तो विलियम जेम्स की सुंदर बातें सुनिए, जो अमेरिका के सबसे बड़े मनोवैज्ञानिकों और दार्शनिकों में से एक हैं

> जो हम हो सकते हैं, उसकी तुलना में सिर्फ आधे जागे हुए हैं। हम अपने मानसिक और शारीरिक संसाधनों का सिर्फ एक छोटा हिस्सा इस्तेमाल कर रहे हैं। साधारण शब्दों में कहें तो इंसान अपनी सीमाओं से काफी कम में रहता है। उसके पास ऐसी कई शक्तियां हैं जिनका वह अक्सर इस्तेमाल नहीं कर पाता।

हां, इन बातों को पढ़ने वाले आपके पास कई शक्तियां हैं जिनका आप अक्सर इस्तेमाल नहीं करते और वैसी एक शक्ति जिसका आप पूरा इस्तेमाल नहीं कर रहे हैं, वे है आपकी लोगों की तारीफ करके उनकी छुपी क्षमताओं को बाहर निकालने की जादुई शक्ति।

आलोचना के कारण क्षमताएं कम हो जाती हैं, वे प्रोत्साहन में फूलती-फलती हैं। एक प्रभावशाली लीडर बनने के लिए पालन करें...

सिद्धांत-6

सूक्ष्म से सूक्ष्म प्रगति की मुक्त कंठ से तारीफ करने की आदत डाल लें

7

बुरे को भी भला बना दें

आप क्या करेंगे, जब अच्छा काम करने वाला एक इंसान खराब काम करने लगे? आप उसे नौकरी से निकाल सकते हैं, पर इससे कुछ हल नहीं होता। आप उसे डांट सकते हैं, पर उससे कटुता पैदा होती है। लॉवेल इंडियाना के एक बड़े ट्रक डीलरशिप के सर्विस मैनेजर, हेनरी हैंक के पास एक मैकेनिक था, जिसका काम संतोषजनक नहीं रहा। उसे निकालने या डांटने के बजाए मिस्टर हैंक ने उसे ऑफिस बुलाया और उससे दिल खोलकर बात की।

"बिल" उन्होंने कहा - "तुम एक अच्छे मैकेनिक हो। तुम कई साल तक बेहतरीन काम करते आए हो। तुमने ग्राहकों की गाड़ियां ठीक। करके उन्हें खुश किया है। वास्तव में तुम्हारे काम के कारण कई बार तारीफ मिली है, लेकिन इधर हाल में तुम काम करने में ज्यादा वक्त लगा रहे हो और काम का स्तर भी पहले जैसा नहीं रहा। चूंकि तुम अब तक इतने बेहतरीन मैकेनिक रहे हो, मुझे लगा कि मैं बता दूं कि मैं तुम्हारी स्थिति से खुश नहीं हूं और हम दोनों मिलकर इस स्थिति का समाधान निकाल सकते हैं।"

बिल ने जवाब दिया कि "उसे पता नहीं था कि उसके काम में कमी आ रही है" और उसने अपने बॉस को विश्वास दिलाया कि उसे मिलने वाला काम उसकी क्षमताओं के अनुरूप था और वह भविष्य में ज्यादा सुधार लाने की कोशिश करेगा।

क्या उसने ऐसा किया? बिल्कुल! उसने ऐसा किया। वह फिर से तेज और सक्षम मैकेनिक बन गया। मिस्टर हैंक ने उसे जो प्रतिष्ठा दी, उसके लिए वह ऐसा कुछ क्यों करेगा, जो उसके अतीत के काम से कम हो।

"औसत इंसान", सैम्युअल वॉक्लैन, बाल्डविन लोकोमोटिव वक्र्स के तत्कालीन प्रेसिडेंट ने कहा- "इसका आसानी से नेतृत्व किया जा सकता है अगर आप उसका सम्मान पा सकें और उसे दिखा सकें कि आपके मन में उसकी क्षमता के लिए सम्मान है।"

थोड़े शब्दों में, अगर आप किसी इंसान को किसी चीज में बेहतर बनाना चाहते हैं, तो ऐसा बर्ताव करें मानो उसमें वे गुण पहले से ही हैं। शेक्सपियर ने कहा - "अगर आपमें कोई गुण नहीं है तो मान लें कि वह है।" और अच्छा होगा अगर आप मानने के बाद उन लोगों को सामने बताएं कि उनमें वह गुण है, जो आप विकास कराना चाहते हैं। उन्हें वह प्रतिष्ठा दें जिनके अनुरूप उन्हें रहना है और वे आपका भ्रम तोड़ने की बजाए आपको सही साबित करने के लिए बहुत मेहनत करेंगे।

अपनी किताब 'सॉवेनियर्स, माई लाइफ विथ मैटरलिंक' में जॉर्जेट लेब्लांक कहते हैं कि उन्होंने किस तरह बेल्जियन सिन्ड्रैला का रूपांतरण किया।

पड़ोस के होटल से एक नौकरानी मेरे लिए भोजन लेकर आई। उन्होंने लिखा- "उसका नाम 'मैरी द डिशवॉशर' था, क्योंकि उसने अपना कॅरियर एक स्कलरी असिस्टेंट के रूप में शुरु किया था। वह राक्षस जैसी दिखती थी, भेंगी आंखों वाली, मुड़े पैरों वाली, शरीर और आत्मा में कुछ खास नहीं था।"

"एक दिन, जब वह अपने लाल हाथों में मैकरॉनी की प्लेट पकड़े हुए थी, मैंने उससे मुंह पर कहा- मैरी, तुम्हें पता है, तुम्हारे अंदर कैसे खजाने छुपे हैं?"

"अपनी भावनाओं को दबाए रखने की आदत के कारण मैरी ने कुछ पलों का इंतजार किया, क्योंकि किसी बड़ी दुर्घटना के डर से वह कोई भी गलती नहीं करना चाहती थी। उसने टेबल पर डिश रखी, आह भारी और संजीदगी से बोली - "मैडम, मैं इस पर कभी विश्वास नहीं कर पाती। उसने शंका जाहिर नहीं की, कोई सवाल नहीं किया। वह चुपचाप किचन वापस गई और उसने दुहराया, जो मैंने कहा था और विश्वास में इतनी शक्ति होती है कि किसी ने भी उसका मजाक नहीं उड़ाया। उस दिन से उसे महत्त्व दिया जाने लगा, लेकिन सबसे महत्त्वपूर्ण बदलाव जो हुआ, वह मैरी में खुद हुआ था। यह विश्वास करने के अच्छे काम के लिए अच्छा नाम देने के कारण कि उसमें कई अनदेखी अच्छाइयां छुपी हैं, वह अपने चेहरे और शरीर का इतना ध्यान रखने लगी कि उसका उदास यौवन सुंदर होने लगा और उसने उसके साधारण नैन-नक्श को छुपा लिया।"

"दो महीने बाद, उसने शेफ के भतीजे के साथ शादी की घोषणा की", 'मैं एक स्त्री बनने जा रही हूं' उसने मुझसे कहा और मुझे धन्यवाद दिया। एक छोटी-सी बात ने उसका जीवन बदल दिया था।

जॉर्जेट लेब्लांक ने "मैरी द डिशवॉशर" की तारीफ कर उसे नया लक्ष्य दिया था। और इस प्रतिष्ठा ने उसे बदल दिया था। डेटोना बीच, फ्लोरिडा की एक फूड कंपनी के सेल्स प्रतिनिधि, बिल पार्कर अपनी कंपनी द्वारा लाए गए नए प्रॉडक्ट को लेकर बहुत खुश थे और इस बात से नाराज भी थे कि एक बड़े स्वतंत्र फूड मार्केट के मैनेजर ने इसे अपने स्टोर में लाने के अवसर को ठुकरा दिया था। बिल इस पर दिन-भर सोचते रहे और शाम में घर जाने से पहले वे स्टोर चले गए, ताकि फिर से एक कोशिश कर सकें।

जैक, उन्होंने कहा - "जब मैं सुबह यहां से गया तो मुझे लगा कि मैंने आपको अपने नए प्रॉडक्ट की पूरी तस्वीर नहीं दी थी और अगर आप मुझे मौका दें तो मैं कई छूटे हुए बिंदुओं को बताना चाहूंगा। मैं आपका काफी सम्मान करता हूँ। आप हमेशा सुनने के लिए तैयार रहते हैं और अगर तथ्यों में बदलाव हो तो अपना निर्णय बदल सकते हैं। क्या जैक दुबारा सुनने से इंकार कर सकते थे? उनकी जो प्रतिष्ठा थी, उसके हिसाब से तो नहीं।

एक सुबह डॉक्टर मार्टिन फिट्ज़हूआ, डब्लिन के डेंटिस्ट चकित हो गए, जब उनके एक मरीज ने बताया कि वे मुंह धोने के लिए जिस मेटल कप होल्डर का इस्तेमाल कर रही थीं, वह साफ नहीं था। सही है कि मरीज पेपर कप से पीते थे, होल्डर से नहीं, पर इस तरह

का गंदा सामान इस्तेमाल करना प्रोफेशनल काम नहीं था।

जब मरीज चला गया तो डॉक्टर फिट्जहूआ अपने प्राइवेट ऑफिस में गईं और ब्रिजिट को पत्र लिखा, जो सप्ताह में दो बार उनका ऑफिस साफ करने आती थी। उन्होंने लिखा -

प्रिय ब्रिजिट,

मैं तुमसे बहुत कम मिलती हूं, तो मैंने सोचा कि तुम्हारे बेहतरीन काम के लिए तुम्हें

धन्यवाद दे दूं। साथ ही मैंने सोचा कि बता दूं कि चूंकि हफ्ते में दो बार दो घंटे के लिए काम करना तुम्हारे लिए बहुत सीमित समय है, इसलिए अगर जरूरत हो तो उन 'कभी-कभार' किए जाने वाले कामों, जैसे कप होल्डर को पोलिश करना, के लिए आधा घंटा ही सही अलग से निकाल लो। मैं तुम्हें इसके लिए अलग से पैसे दूंगी।

अगले दिन जब मैं ऑफिस में घुसी, डॉक्टर फिट्जहूआ ने कहा- "मेरा डेस्क दर्पण की तरह चमक रहा था, साथ ही मेरी कुर्सी, जिससे मैं लगभग फिसल गई। जब मैं ट्रीटमेंट रूम में गई, तो मैंने चमकता हुआ साफ-सुथरा क्रोम-प्लेटेड कप होल्डर पाया। मैंने अपनी सफाई कर्मचारी को एक ऐसी प्रतिष्ठा दी थी जिसके अनुरूप वह रह सके और इस छोटे-से कदम के कारण वह अपने पुराने कामों से बेहतर कर गई। इसके लिए उसने कितना और समय लिया बिल्कुल भी नहीं।"

एक पुरानी कहावत है - "किसी कुत्ते को एक बुरा नाम दो और वह उसे फांसी पर चढ़ाने के बराबर है, लेकिन उसे एक अच्छा नाम दो, फिर देखो क्या होता है!"

जब मिसेज रूथ हॉपकिन्स, न्यूयॉर्क में चैथी क्लास की शिक्षक ने स्कूल के पहले दिन अपनी क्लास के बदमाश लड़के को देखा तो एक नया टर्म शुरु करने का उनका उत्साह खत्म हो गया। इस साल उनकी क्लास में टॉमी टी. होगा, जो स्कूल का सबसे कुख्यात लड़का था। उसके तीसरी क्लास के टीचर ने उसके बारे में हर किसी से शिकायत की थी, चाहे वह प्रिंसिपल हो या कोई और। वह सिर्फ बदमाश नहीं था, बल्कि क्लास में अनुशासन की दिक्कतें पैदा करता था, बच्चों के साथ झगड़ा करता था, लड़कियों को छेड़ता था, टीचर को तंग करता था और उम्र बढ़ने के साथ बदमाश होता जा रहा था। उसकी एक ही अच्छी बात थी कि वह जल्दी सीखता था और स्कूल के काम को जल्दी कर लेता था।

मिसेज हॉपकिंस ने "टॉमी प्रोबल्म" का सामना करने का फैसला कर लिया। जब उन्होंने नए छात्रों को संबोधित किया, तो उन्होंने हर छात्र के बारे में छोटी-मोटी टिप्पणियां कीं- "रोज, तुमने एक सुंदर ड्रेस पहन रखी है, "एलिशिया", मैंने सुना है तुम सुंदर चित्र बनाती हो। जब टॉमी का नंबर आया, तो उन्होंने उसकी आंखों में आंखें डालकर देखा और कहा - "टॉमी, मुझे लगता है तुम एक अच्छे लीडर हो। इस क्लास को स्कूल की बेस्ट क्लास बनाने में मुझे तुम्हारी मदद की जरूरत होगी।" उन्होंने टॉमी की हर बात की तारीफ करके और यह बताया कि वह कितना अच्छा लड़का है, इस बात पर काफी जोर दिया। ऐसी प्रतिष्ठा के अनुरूप रहने के लिए वह नौ साल का बच्चा उन्हें हताश नहीं कर सकता

था और उसने किया भी नहीं।

अगर आप दूसरों का नजरिया बदलने के काम वाले लीडरशिप के रोल में अच्छा करना चाहते हैं तो इस्तेमाल करें...

सिद्धांत-7

सामने वाले व्यक्ति को ऐसा लक्ष्य दें जिसे करने को वह भरसक प्रयास करे

8

ऐसा लगे कि गलतियां आसानी से सुधारी जा सकती हैं

मेरे एक बैचलर दोस्त की (जो चालीस साल का था) सगाई हो गई और उसकी मंगेतर ने उसे डांसिंग लेसन लेने के लिए कहा। "ईश्वर जानता है कि मुझे डांसिंग लेसन की जरूरत थी, उसने कहानी बताते समय स्वीकार किया", "क्योंकि मैंने ऐसे डांस किया जैसे मैंने बीस साल पहले पहली बार डांस किया था। पहली टीचर ने मुझे शायद सच्चाई बताई थी। उसने बताया कि मैं पूरी तरह गलत था मुझे सबकुछ भूलकर फिर से शुरु करना होगा, पर इस बात ने मेरा दिल तोड़ दिया। मुझमें आगे बढ़ने का उत्साह नहीं रहा, इसलिए मैंने उसे छोड़ दिया।"

"अगली टीचर ने शायद गलत कहा होगा, पर मुझे वह पसंद थी। उन्होंने बड़े आराम से कहा कि मेरा डांस थोड़ा पुराने फैशन का था, लेकिन मेरा आधार सही था और उन्होंने विश्वास दिलाया कि मुझे कुछ नए स्टेप्स सीखने में दिक्कत नहीं होगी। पहले टीचर ने मेरी गलतियां बताकर मुझे हतोत्साहित किया था। नई टीचर ने ठीक उल्टा किया। वे मेरी सही चीजों की तारीफ करती रहीं और मेरी गलतियां कम करती रहीं। तुम में रिद्म की स्वाभाविक समझ है, उन्होंने विश्वास दिलाया। तुम एक सहज डांसर हो।" अब मेरा कॉमन सेंस यह बताता है कि मैं हमेशा से ही एक चैथे दर्जे का डांसर रहा हूं, फिर भी दिल की गहराई में मुझे अभी भी लगता है कि वे सही रही हों। निश्चित रूप से मैं उनको यह कहने के लिए पैसे दे रहा था, पर इस बात को क्यों उठाया जाए?

"किसी भी आधार से मैं जानता हूं कि आज मैं एक बेहतर डांसर हूं, क्योंकि उन्होंने मुझे कहा कि मुझमें रिद्म की स्वाभाविक समझ है। इसने मुझे प्रोत्साहित किया। इसने मुझे आशा दी। इसने मुझे आगे बढ़ने की इच्छा दी।"

अपने बच्चे, अपनी पत्नी या पति या फिर अपने कर्मचारी को बताइए कि वह किसी चीज में नकारा है, उसमें कोई प्रतिभा नहीं है और वह सब कुछ गलत कर रहा है और आपने उसमें आगे बढ़ने की सारी इच्छा खत्म कर दी, लेकिन इसका उल्टा तरीका अपनाएं। उसे प्रोत्साहित कीजिए, ऐसा महसूस कराइए कि चीज आसानी से हो सकती है, दूसरे इंसान को जानने दीजिए कि आपको उसकी क्षमता में विश्वास है और उसमें एक

अविकसित प्रतिभा है और वह शाम ढलने तक अच्छा करने के लिए अभ्यास करेगा।

लॉवेल थॉमस, मानवीय रिश्तों की बेहतरीन जानकारी रखते हैं, ने इस तरीके का इस्तेमाल किया। वह आपको विश्वास देता था, आपको साहस और श्रद्धा देता था। उदाहरण के तौर पर, मैंने मिस्टर और मिसेज थॉमस के साथ एक सप्ताहांत बिताया, तो मुझे आग के पास ताश की एक पार्टी में न्योता दिया गया। ताश?

ओह नहीं! नहीं! नहीं! मैं नहीं। मुझे इसके बारे में कुछ नहीं पता था। यह खेल मेरे लिए हमेशा से एक रहस्य था। नहीं, असंभव!

"क्यों डेल, इसमें कोई ट्रिक नहीं है, लॉवेल ने जवाब दिया - ताश में स्मृति और निर्णय लेने के अलावा कुछ नहीं है। तुमने याद्दाश्त पर किताबें लिखी हैं। ताश तुम्हें आसान लगेगा। यह तुम्हारे लिए बाएं हाथ का खेल है।"

और कमाल हुआ, इससे पहले कि मैं सोच पाता कि क्या कर रहा हूं, मैं ताश की टेबल पर पहली बार बैठ चुका था। सिर्फ इसलिए कि मुझे बताया गया था कि मुझमें इसके लिए सहज प्रतिभा थी और मुझे गेम को आसान महसूस कराया गया।

ताश से मुझे एली कल्बर्टसन की याद आती है जिनकी ताश पर किताबें एक दर्जन भाषाओं में अनूदित हो चुकी हैं और उनकी एक मिलियन से ज्यादा प्रतियां बिक चुकी हैं। उन्होंने मुझे बताया था कि इसके बावजूद कभी भी इस खेल को अपना पेशा न बना पाते, अगर एक युवा महिला ने उन्हें नहीं बताया होता कि उनमें इसके लिए प्रतिभा है।

जब वे सन् 1922 में अमेरिका आए, तो उन्होंने फिलॉस्फी और सोशियोलॉजी पढ़ाने का काम खोजा, पर वे असफल रहे।

तब उन्होंने कोयला बेचने की कोशिश की, फिर भी असफल रहे। उसके बाद उन्होंने कॉफी बेचने की कोशिश की, पर वहां भी मार खा गए।

उन्होंने थोड़ा बहुत ताश खेला था, पर उनके दिमाग में यह बात कभी नहीं आई कि वे एक दिन इसे सिखाएंगे। वे बुरा ताश खेलने के अलावा बहुत जिद्दी भी थे। वे बहुत सवाल पूछते थे और बहुत ज्यादा पोस्टमार्टम करते थे। इस कारण कोई उनके साथ खेलना नहीं चाहता था।

तब वे एक सुंदर ताश की टीचर, जोसेफाइन डिल्लन से मिले प्यार में पड़ गए और उन्होंने शादी कर ली। उन्होंने देखा कि वे कितनी सावधानी से कार्ड का निरीक्षण करते थे और उन्हें समझाया कि उनके अंदर एक जीनियस छुपा है। इस प्रोत्साहन के बल पर कल्बर्टसन ने मुझे बताया कि उन्होंने ताश को अपना पेशा चुन लिया।

क्लेरेंस एम. जोन्स सिनसिनाटी, ओहियो में हमारे कोर्स के प्रशिक्षक, ने बताया कि प्रोत्साहन और गलती को आसानी से सुधारे जाने के एहसास से कैसे उनके बेटे की जिंदगी बदल गई।

"सन् 1970 में मेरा पंद्रह साल का बेटा डेविड मेरे साथ रहने सिन-सिनाटी आया। उसकी जिंदगी मुश्किल रही थी। सन् 1958 में उसका सिर एक कार दुर्घटना में फट गया था जिसका बड़ा-सा निशान उसके सिर पर था। सन् 1960 में मेरा और उसकी मां का तलाक हो गया और वह अपनी मां के साथ डल्लास, टेक्सास चला गया। पंद्रह साल की उम्र तक उसने अपना समय डल्लास स्कूल सिस्टम में धीमे सीखने वालों के लिए स्पेशल क्लास में बिताया। सिर पर निशान के कारण, स्कूल के प्रबंधकों ने सोचा कि उसके दिमाग में चोट पहुंची है और वह सामान्य बर्ताव नहीं कर सकता। वह अपनी उम्र के लोगों से दो साल पीछे था और सिर्फ सातवीं कक्षा में था, फिर भी वह पहाड़े नहीं जानता था, अपनी उंगलियों पर गिनता था और शायद ही पढ़ पाता था।"

"पर उसमें एक पॉजिटिव चीज थी। उसे रेडियो और टीवी सेट पर काम करना अच्छा लगता था। वह टीवी टेक्नीशियन बनना चाहता था। मैंने उसे प्रोत्साहित किया और उससे कहा कि उसे ट्रेनिंग में जाने के लिए गणित की जरूरत होगी। मैंने उसे इस विषय में दक्ष बनाने की ठान ली। हम फ्लैश कार्ड के चार सेट लेकर आए - गुना, भाग, जोड़ और घटाव। जब हमने कार्डों को देखा तो हमने सही उत्तर एक अलग जगह डाल दिया। जब डेविड से गलती होती थी, तो मैं सही उत्तर देता था और उस कार्ड को वापस डाल देता था, जब तक कोई भी कार्ड बचा न रह जाए। जब भी कोई जवाब सही बताता था, मैं काफी तारीफ करता था, खासकर अगर उसने पहले गलती की हो। हर रात हम कार्डों के साथ यह खेल खेलते, जब तक सारे कार्ड खत्म न हो जाते।"

हर रात हमने एक स्टॉप वॉच से इस अभ्यास का समय नापा। मैंने उससे वादा किया कि जब वह आठ मिनटों में सारे कार्ड के जवाब सही दे देगा, तो हम उसे हर रात खेलना बंद कर देंगे।

यह डेविड को एक नामुमकिन लक्ष्य लगता था। पहली रात को इसमें 52 मिनट लगे, दूसरी रात 48, फिर 45, 44, 41 और उसके बाद 40 मिनट से भी कम। हमने हर प्रगति पर खुशी मनाई। मैं अपनी पत्नी को बुलाता था, फिर हम दोनों उसको गले लगाकर डांस करते थे। महीने के अंत में वह आठ मिनट के भीतर सारे कार्ड सही जवाबों के साथ खेल रहा था। जब वह थोड़ी भी प्रगति दिखाता, तो हम उसे दुबारा करने के लिए कहते। उसे यह पता चल गया कि सीखना आसान और मजेदार है।

"एलजेब्रा में उसके ग्रेड बेहतर हो गए। जब आप गुना करना सीख जाते हैं तो एलजेब्रा आश्चर्यजनक रूप से आसान हो जाता है। उसने गणित में 'बी' ग्रेड लाकर खुद को भी चकित कर दिया। ऐसा पहले कभी नहीं हुआ था। बाकी सारे बदलाव अविश्वसनीय रफ्तार से आए। उसके पढ़ने की स्पीड बढ़ गई और उसने अपनी प्रतिभा का इस्तेमाल स्केचिंग में शुरु कर दिया। स्कूल के साल में बाद में इसके विज्ञान के टीचर ने उसे एक प्रदर्शनी बनाने का काम सौंपा। उसने लीवरों का प्रभाव दिखाने के लिए मॉडल की एक बहुत जटिल सीरीज बनाई। इसे बनाने के लिए स्केच और मॉडल बनाने के साथ ही अप्लाइड मैथ्स की भी जानकारी जरूरी थी। उसका मॉडल स्कूल के साइंस फेयर में पहला पुरस्कार ले गया, फिर वह शहर के कंपीटीशन में गया और पूरे सिनसिनाटी शहर में तीसरा

पुरस्कार ले गया।"

"यह ऐसे हुआ। यहां एक बच्चा था, जो दो ग्रेड्स में फेल हो गया था, जिसे बताया गया था कि उसका दिमाग क्षतिग्रस्त है और उसे उसके सहपाठियों ने 'फ्रैंकेंस्टीन' बताया था और कहा था कि उसका दिमाग सिर के फटे हिस्से से निकल गया होगा। तभी अचानक उसे पता चला कि वह सीख सकता है और जिंदगी में चीजें पा सकता है। परिणाम? आठवीं कक्षा के अंतिम सेमेस्टर से लेकर पूरे हाईस्कूल के दौरान वह कभी भी सम्मानीय रोल में अपना नाम बनाने से नहीं चूका। हाईस्कूल में उसे राष्ट्रीय सम्मानीय समाज में चुना गया। जब एक बार उसे पता चला कि सीखना आसान है, तब उसकी पूरी दुनिया बदल गई।"

अगर आप दूसरों की प्रगति करने में मदद करना चाहते हैं, तो याद रखें...

सिद्धांत-8

सभी को प्रोत्साहित करें। उन्हें बतायें की हर काम संभव है

9

लोगों से अपना काम कराने का अद्‌भुत तरीका

सन् 1915 में अमेरिका परेशान था। एक साल से भी ज्यादा समय से यूरोप के देश एक दूसरे को जैसी रफ्तार से काट रहे थे, वैसा पहले कभी मानव इतिहास में नहीं हुआ था। क्या अब शांति लाई जा सकती थी? कोई नहीं जानता था, लेकिन वुडरो विल्सन कोशिश करना चाहते थे। वे एक निजी प्रतिनिधि, एक शांति संदेशवाहक भेजने वाले थे, जो यूरोप के युद्धस्वामियों से बात करता।

ब्रायन का राज्य सचिव विलियम जेनिंग्स ब्रायन एक शांति संदेशवाहक था, जो जाना चाहता था। उसे एक महान सेवा और अपना नाम अमर बनाने का मौका दिखा, लेकिन विल्सन ने एक दूसरे इंसान, अपने प्रिय मित्र और सलाहकार कर्नल एडवर्ड एम. हाउस को नियुक्त किया और हाउस का यह मुश्किल भी दिया कि वह ब्रायन को बिना चोट पहुंचाए यह सूचना दे।

"ब्रायन को बुरा लगा जब उसे पता चला कि मुझे शांति संदेशवाहक के रूप में यूरोप भेजा जा रहा है" कर्नल हाउस अपनी डायरी में लिखते हैं - "उसने कहा कि उसने सोचा था कि वह खुद जाएगा...।"

"मैंने जवाब दिया कि प्रेसिडेंट ने सोचा कि किसी को आधिकारिक रूप से भेजना नासमझी होगी, क्योंकि वह बेमतलब का ध्यान आकर्षित करेगा और लोग सोचेंगे कि वह यहां क्यों आया है...।"

आपने इसका मतलब समझा? यहां ब्रायन को यह बताया गया कि वह इस काम से ज्यादा महत्त्वपूर्ण है और ब्रायन संतुष्ट हो गया।

कर्नल हाउस, जो संसार के मामलों में काफी अनुभवी और दक्ष थे, यहां मानवीय

संबंधों के एक महत्त्वपूर्ण नियम का पालन कर रहे थे - 'हमेशा दूसरे इंसान को वह काम कराने में खुश महसूस कराएं, जो आप उससे कराना चाह रहे हैं।'

वुडरो विल्सन ने इस नीति का पालन विलियम गिब्स मैकाडू को अपने कैबिनेट का सदस्य बनाते समय भी किया। यह सबसे बड़ा सम्मान था, जो वे किसी को दे सकते थे, तब भी विल्सन ने यह न्योता इस तरह से दिया कि मैकाडू दोगुना महत्त्वपूर्ण महसूस कर सकें। यहां मैकाडू की कहानी उन्हीं के शब्दों में है... -

"उन्होंने (विल्सन) कहा कि वे अपनी कैबिनेट बना रहे थे और वे काफी खुश होंगे, अगर मैं ट्रेजरी के सेक्रेटरी का पद ग्रहण करता हूं। चीजों को बताने का उनका तरीका अनोखा था। उन्होंने ऐसा माहौल बनाया कि यह महान सम्मान ग्रहण करके मैं उन पर अहसान करूंगा।"

दुर्भाग्य से, विल्सन हर बार ऐसी व्यवहारकुशलता नहीं दिखाते थे। अगर वे दिखाते तो इतिहास कुछ अलग होता। उदाहरण के तौर पर, विल्सन ने यूनाइटेड स्टेट्स को लीग ऑफ नेशंस में प्रवेश दिलाकर सीनेट और रिपब्लिकन पार्टी को नाखुश कर दिया। विल्सन ने मशहूर रिपब्लिकन लीडर जैसे - एलिहू रूट या चार्ल्स इवान्स ह्यूज या हेनरी कैबॉट लॉज के साथ शांति वार्तालाप करने से इंकार कर दिया।"

बदले में वे अपनी पार्टी के अनजाने लोगों को ले गए। उन्होंने रिपब्लिकन्स को दुतकारा, उन्हें यह विश्वास नहीं करने दिया कि लीग का आइडिया प्रेसिडेंट के साथ-साथ उन लोगों का भी था। उन लोगों को हाथ बंटाने से रोक दिया और मानवीय संबंधों को इतनी बुरी तरह से हाथ लगाने के कारण अपना कॅरियर खराब किया, अपनी जिंदगी छोटी कर ली, अमेरिकन लोगों को लीग से दूर हटाया और दुनिया का इतिहास बदल दिया।

सिर्फ राजनीतिज्ञ और कूटनीतिज्ञ ही लोगों को आपका-अपना काम करने के लिए 'अच्छा महसूस कराओ' नीति का इस्तेमाल नहीं करते। इंडियाना में फोर्ट वेन के डेल ओ. फेरियर ने बताया कि उन्होंने कैसे अपने छोटे बेटे को दिल से घर का काम कराने के लिए तैयार किया।

"जेफ का एक काम यह था कि नाशपाती के पेड़ के नीचे गिरे नाशपातियों को उठा ले, ताकि घास काटने वाले को उन्हें उठाने के लिए रुकना न पड़े। उसे यह काम पसंद नहीं था, इसलिए अक्सर यह काम होता नहीं था या इतने बेकार तरीके से होता था कि घास काटने वाले को नाशपाती उठाने के लिए रुकना पड़ता था। उससे इस बारे में आमने-सामने की बहस करने के बजाय, एक दिन मैंने उससे कहा -

"जेफ, मैं तुम्हारे साथ एक समझौता करूंगा। उठाए गए नाशपाती के हर बास्केट के बदले मैं तुम्हें एक डॉलर दूंगा, लेकिन काम खत्म होने बाद, अगर एक भी नाशपाती गिरी मिली, तो तुम्हारा एक डॉलर वापस ले लूंगा। कैसा लग रहा है? जैसी आप आशा कर रहे होंगे, उसने न सिर्फ सारे नाशपाती उठाए, बल्कि हमें यह भी ध्यान देना पड़ा कि कहीं बास्केट भरने के लिए वह नाशपाती पौधों से तोड़ न ले।"

मैं एक ऐसे इंसान को जानता हूं, जिसे दोस्तों से और अन्य लोगों से मिलने वाले

आमंत्रणों को अस्वीकार करना पड़ता था, पर वह यह काम इतनी कुशलता से करता था कि सामने वाले को अस्वीकृति से संतोष हो जाता था। वह ऐसा कैसे करता था? वह सिर्फ ये बातें नहीं करता था कि वह इस या उस काम में व्यस्त है। नहीं, आमंत्रण के लिए धन्यवाद देने के बाद और स्वीकार न कर पाने की क्षमता पर अफसोस करने के बाद, वह विकल्प में किसी वक्ता का नाम बता देता था। दूसरे शब्दों में, वह दूसरे इंसान को अस्वीकृति के बारे में बुरा महसूस नहीं होने देता था। वह उस इंसान की सोच तुरंत दूसरे

आदमी की ओर मोड़ देता था, जो यह आमंत्रण स्वीकार कर सकता था।

गुंटर श्मिट, जिन्होंने पश्चिमी जर्मनी में हमारा कोर्स लिया था, ने बताया कि उन्होंने फूड स्टोर के एक कर्मचारी को कैसे संभाला, जो शेल्फ पर रखे जाने वाले सामानों पर सही प्राइस टैग नहीं लगाती थी। इससे दिक्कत और ग्राहकों की शिकायत आती थी।

याद दिलाने, डांटने, झगड़ने से उस पर कोई प्रभाव नहीं पड़ा। अंत में मिस्टर श्मिट ने उसे ऑफिस में बुलाया और उसे बताया कि वे उसे पूरे स्टोर के सुपरवाइजर ऑफ प्राइस टैग पोस्टिंग के लिए चुन रहे हैं और यह उसकी जिम्मेवारी होगी कि वह सारे शेल्फ में सही टैग लगवाए। इस नई जिम्मेवारी और नए पोस्ट ने उसका नजरिया पूरी तरह बदल दिया और वह आगे चलकर अपना फर्ज ठीक से निभाने लगी।

बचपना भरा? शायद! पर यह बात नेपोलियन के बारे में भी कही जा सकती है जिसने लीजन ऑफ ऑनर बनाया और 15,000 क्रॉस सैनिकों में बंटवाए और अपने अट्ठारह जनरलों को 'मार्शल ऑफ फ्रांस' की उपाधि दी और अपनी सेना को 'ग्रांड आर्मी' कहा। नेपोलियन को युद्ध में शरीक योद्धाओं को खिलौने देने के लिए आलोचना का सामना करना पड़ा और नेपोलियन ने जवाब दिया - "इंसानों पर खिलौने ही शासन करते हैं।"

टाइटल और अधिकार देने का तरीका नेपोलियन के लिए कारगर रहा और आपके लिए भी रहेगा। उदाहरण के लिए, मेरी एक दोस्त, न्यूयॉर्क के स्कार्सडेल की मिसेज अर्नेस्ट गेंट को उन लड़कों से दिक्कत थी, जो उनके लॉन पर दौड़कर उसे बर्बाद कर डालते थे। उन्होंने आलोचना की। उन्होंने मनाया। कोई काम न आया, तब उन्होंने सबसे बदमाश बच्चे को टाइटल और ताकत का एहसास दिलाया। उन्होंने उसे अपना 'डिटेक्टिव' बना लिया और लॉन में घुसने वाले बच्चों को दूर रखने का काम दिया। इससे उनकी समस्या सुलझ गई। उनके 'डिटेक्टिव' ने पिछवाड़े में आग लगाई, एक लोहे की छड़ को गरम किया और धमकी दी कि जो भी बच्चा घुसेगा, उसे इसका सामना करना पड़ेगा।

किसी प्रभावशाली लीडर को यह सारे निर्देश ध्यान में रखने चाहिए, अगर वह लोगों का नजरिया और व्यवहार बदलना चाहता है -

1. सच्चे बनिए। ऐसी चीज का वादा मत कीजिए, जो आप पूरा न कर सकें। अपने फायदों को भूलकर सामने वाले के फायदों के बारे में सोचिए।

2. सही पता लगाएं कि आपको क्या चाहिए और उसे क्या चाहिए?

3. दूसरे की आंखों से देखिए। खुद से पूछिए कि दूसरा इंसान क्या चाहता है?

4. आपकी बात मानने से दूसरे इंसान को क्या लाभ होगा, यह सोचिए?

5. उन फायदों को उस इंसान की इच्छाओं से मिलाइए।

6. अपना निवेदन रखते समय उसे ऐसा रूप दीजिए, जिससे उस इंसान को लगे कि उसे इससे फायदा होगा। हम इस तरह का सीधा आदेश दे सकते हैं- "जॉन, कल ग्राहक आने वाले हैं और मैं चाहता हूं कि स्टॉकरूम साफ हो जाए। इसलिए इसे झाड़ू लगा दो,

स्टॉक को शेल्फ में अच्छी तरह से रख दो और काउंटर को पॉलिश कर दो। या हम इसी आइडिया को इस तरह भी बता सकते हैं जिससे जॉन को इस काम से होने वाला फायदा दिख जाए - "जॉन, हमारे पास एक काम है, जो अभी पूरा हो जाना चाहिए। अगर यह अभी हो जाएगा, तो हमें इसे बाद में नहीं करना होगा। मैं कल अपनी फैसिलिटी दिखाने कुछ ग्राहकों को ला रहा हूं। मैं उन्हें स्टॉकरूम दिखाना चाहूंगा, जो बुरी अवस्था में है। अगर तुम यहां झाड़ू लगा सको, स्टॉक को शेल्फ में अच्छी तरह रख दो और काउंटर को पॉलिश कर दो तो हम सक्षम दिखेंगे और कंपनी की अच्छी इमेज बनाने में तुम सहयोग कर पाओगे।"

क्या जॉन को वह करने में अच्छा लगेगा, जो आप चाहते हैं? शायद बहुत अच्छा न भी लगे, लेकिन लाभ बताने पर थोड़ा अच्छा तो लगेगा। मान लीजिए कि आप जानते हैं कि जॉन को इस बात पर गर्व है कि स्टॉकरूम कैसा दिखता है और वह कंपनी की इमेज बनाने में दिलचस्पी रखता है तो वह ज्यादा सहयोगी हो जाएगा। उसे यह भी बताना होगा कि इस काम को कभी-न-कभी करना ही है, इसलिए इसे अभी करने से वह इसे बाद में करने से बच जाएगा।

अगर आप उम्मीद करते हैं कि इन तरीकों को अपनाने से आपको हमेशा अच्छी प्रतिक्रियाएं मिलेंगी तो आप गलत हैं, लेकिन अधिकतर लोगों के अनुभव बताते हैं कि आप इन सिद्धांतों को अपनाकर लोगों का नजरिया ज्यादा आसानी से बदल सकते हैं और अगर आप अपनी सफलता 10 प्रतिशत भी बढ़ा सकें, तो एक लीडर के रूप में आप 10 प्रतिशत ज्यादा सफल होंगे, जो कि आपका फायदा है।

आप लोगों से जो कराना चाहते हैं, उसे वे ज्यादा पसंद से करेंगे, अगर आप इस्तेमाल करते हैं...

सिद्धांत-9

किसी से भी काम इस तरह करायें कि वह खुशी-खुशी ही काम करे

संक्षेप में

खंड 4

बिना ठेस पहुंचाये किसी को कैसे बदलें

सिद्धांत- 1

गलती ढूंढने का यह है सही तरीका

सिद्धांत-2

आलोचना कैसे करें कि लोग नाराज न हो

सिद्धांत-3

खुद की गलती पहले बतायें

सिद्धांत-4

किसी को आदेश सुनना पसंद नहीं

सिद्धांत-5

दूसरों को अपनी इज्जत बचाने दें

सिद्धांत-6

सफलता के लिये औरों को कैसे प्रभावित करें?

सिद्धांत-7

बुरे को भी भला बना दें

सिद्धांत-8

ऐसा लगे कि गलतियां आसानी से सुधारी जा सकती है

सिद्धांत-9

लोगों से अपना काम कराने का अद्‌भुत तरीका

बेहतर बनने का शॉर्टकट
लौएल थॉमस

डेल कारनेगी के बारे में यह लघु जीवनी 'हाऊ टू विन फ्रेंड्स एंड इन्फ्लुएंस पीपल' के पहले एडिशन के परिचय के रूप में लिखी गई थी। इसे इस एडिशन में दुबारा छापा गया है ताकि पाठकों को डेल कारनेगी की पृष्ठभूमि के बारे में और भी जानकारी मिल सके।

यह सन् 1935 के जनवरी की एक ठंडी रात थी, पर यह मौसम उन्हें रोक नहीं पाया। न्यूयॉर्क के होटल पेंसिल्वेनिया के ग्रांड बॉलरूम में दो हजार पांच सौ पुरुष और स्त्री जुटे हुए थे। साढ़े सात बजे तक हर सीट भर चुकी थी। आठ बजे भी आतुर लोग आये जा रहे थे। बड़ी-सी बालकनी भी भर चुकी थी। अभी खड़े होने की जगह भी मिलनी मुश्किल थी और सैकड़ों लोग, दिन-भर के बिजनेस के काम के बाद, लगभग डेढ़ घंटे से क्या देखने के लिए खड़े हुए थे?

फैशन शो? छः दिनों की बाइसाइकिल रेस या क्लर्क गेबल की एक झलक?

नहीं, यह लोग एक अखबार का विज्ञापन देखकर आए थे। दो शाम पहले, उन्होंने न्यूयॉर्क शहर में पूरे पेज का एक विज्ञापन देखा था जिसमें लिखा था -

प्रभावशाली ढंग से बोलना सीखें
लीडरशिप के लिए तैयारी करें।

पुरानी बातें? हाँ, पर विश्वास करें या न करें, यह धरती का सबसे ज्यादा प्रगतिशील शहर था, जिसमें बीस प्रतिशत जनता डिप्रेशन के दिनों में रिलीफ पर थी और जहां ढाई हजार लोग उस विज्ञापन को देखकर होटल में आए थे। जो लोग आए थे, वे ऊपरी आर्थिक वर्ग से थे - एक्जीक्यूटिव, एंपलॉयर और प्रोफेशनल।

ये पुरुष और स्त्री "प्रभावशाली ढंग से बोलना और बिजनेस में लोगों पर प्रभाव डालना" विषय पर एक काफी मॉडर्न और व्यावहारिक कोर्स के बारे में सुनकर आए थे- डेल कारनेगी इंस्टीट्यूट ऑफ इफेक्टिव स्पीकिंग एड ह्यूमन रिलेशंस द्वारा दिया जाने वाला कोर्स।

पर ये यहां आए क्यों थे - ये ढाई हजार बिजनेस करने वाले लोग? डिप्रेशन के कारण आई ज्ञान की भूख के कारण?

शायद नहीं, क्योंकि ये कोर्स पिछले चैबीस सालों से न्यूयॉर्क में हर मौसम में भीड़ से भरे घरों में चल रहा था। उस समय, पंद्रह हजार से भी ज्यादा बिजनेस और प्रोफेशनल लोग

डेल कारनेगी से ट्रेनिंग ले चुके थे। वेस्टिंगहाउस इलेक्ट्रिक कंपनी, मैकग्रो हिल पब्लिशिंग कंपनी, ब्रुकलिन यूनियन गैस कंपनी, ब्रुकलिन चैंबर ऑफ कॉमर्स, द अमेरिकन इंस्टीट्यूट ऑफ इलेक्ट्रिकल इंजीनियर्स और न्यूयॉर्क टेलिफोन कंपनी जैसे रुढ़िवादी संगठनों ने अपने सदस्यों और एक्जीक्यूटिव के लाभ के लिए यह कोर्स अपने ऑफिस में कराए थे।

ग्रेड स्कूल, हाईस्कूल और कॉलेज छोड़ने के दस या बीस साल बाद भी ये लोग इस ट्रेनिंग को लेने आए थे, इससे पता चलता है कि हमारी शैक्षिक पद्धति में क्या कमी है।

वयस्क वास्तव में क्या पढ़ना चाहते हैं? यह एक जरूरी सवाल है और इसका जवाब देने के लिए, द यूनिवर्सिटी ऑफ शिकागो, द अमेरिकन एसोसिएशन फॉर एडल्ट एजुकेशन और द यूनाइटेड वाई.एम.सी.ए. स्कूलों ने दो साल तक चलने वाला एक सर्वे कराया था।

इस सर्वे ने बताया कि वयस्कों की सबसे ज्यादा दिलचस्पी स्वास्थ्य में है। इसने यह भी बताया कि उनकी दूसरी रुचि मानवीय संबंधों में कुशलता विकसित करने में है। वे दूसरे लोगों के साथ सही बर्ताव करना और उन्हें प्रभावित करना चाहते हैं। वे पब्लिक स्पीकर नहीं बनाना चाहते हैं और न मनोविज्ञान के बारे में लंबी-चैड़ी बातें सुनना चाहते हैं। वे ऐसी सलाहें चाहते हैं जिनका वे तुरंत बिजनेस, सामाजिक संपर्कों और घरों में इस्तेमाल कर सकें।

"ठीक है," सर्वे करने वाले लोगों ने कहा- "बढ़िया। अगर वे यह चाहते हैं, तो हम उन्हें यही देंगे।"

एक एक पाठ्यपुस्तक की तलाश करते-करते उन्होंने पाया कि लोगों को मानवीय

संबंधों में आने वाली रोजमर्रा की समस्याओं को हल करने के लिए कोई भी नियमावली नहीं लिखी गई है।

यहां मछलियों से भरी एक केतली थी। सैकड़ों सालों से ग्रीक और लैटिन और उच्च गणित पर कई ग्रंथ लिखे गए हैं। यह वैसे विषय हैं जिनसे एक औसत वयस्क को कोई फर्क नहीं पड़ता, लेकिन एक ऐसा विषय जिसके बारे में जानने की उनमें प्यास है, जिन पर मार्गदर्शन और मदद के लिए उनमें उत्साह है। उस पर कुछ भी उपलब्ध नहीं है।

इससे पता चलता है कि अखबार के एक विज्ञापन की प्रतिक्रिया में होटल पेंसिल्वेनिया के ग्रैंड बॉलरूम में ढाई हजार जिज्ञासु लोगों की भीड़ क्यों लगी थी। यहां वह चीज मिल रही थी जिसे वे लंबे वक्त से खोज रहे थे।

हाईस्कूल और कॉलेज के दौरान उन्होंने किताबें छान मारी थीं, यह सोचकर कि सिर्फ ज्ञान से आर्थिक और व्यावसायिक पुरस्कार मिल जाते हैं, लेकिन बिजनेस और व्यवसाय की भगदड़ में कुछ साल बिताने के बाद उनका भ्रम टूट गया था। उन्होंने देखा कि बिजनेस में सबसे ज्यादा सफल लोगों में कई ऐसे लोग हैं, जो ज्ञान के अलावा अच्छा बोलने की कला, लोगों को अपनी सोच में ढालने की क्षमता और खुद को एवं अपने आइडिया को बेचने की काबिलियत रखते हैं।

उन्होंने जल्द ही खोज लिया कि बिजनेस का जहाज चलाने और कैप्टन की टोपी

पहनने के लिए लैटिन क्रियाओं और हारवर्ड की भेड़ की खाल की जानकारी से ज्यादा जरूरी है- व्यक्तित्व और बात करने की कला।

न्यूयॉर्क सन के विज्ञापन ने वादा किया कि यह मीटिग काफी मनोरंजक होगी और यह थी भी। इस कोर्स को लेने वाले अट्ठारह लोगों को लाउडस्पीकर के सामने लाया गया और उनमें से पंद्रह लोगों को अपनी कहानी सुनाने के लिए पचहत्तर सेकंड दिए गए। बात करने के लिए सिर्फ पचहत्तर सेकंड और उसके बाद 'बैंग' और चेयरमैन बोलते थे 'अलगे स्पीकर!'

यह मामला वैसे ही आगे बढ़ा जैसे भैंसों की भीड़ मैदान पर जोर-शोर से बढ़ रही हो। दर्शक लगभग डेढ़ घंटे तक यह प्रदर्शन देखते रहे।

ये स्पीकर या वक्ता जिंदगी के कई हिस्सों से आए थे - कई सेल्स प्रतिनिधि, एक चेन स्टोर एक्जीक्यूटिव, एक बैंकर, ट्रेड एसोसिएशन का प्रेसिडेंट, दो बैंकर, एक इंश्योरेंस एजेंट, एक एकाउंटेंट, एक डेंटिस्ट, एक आर्किटेक्ट, इंडियापोलिस से न्यूयॉर्क आने वाला एक ड्रगीस्ट और हवाना से आने वाला एक वकील, जो तीन मिनट का भाषण देने की तैयारी करके आया था।

पहले स्पीकर का नाम पैट्रिक जे ओहायर था। वह आयरलैंड में जन्मा था, वह स्कूल सिर्फ चार सालों के लिए गया था, फिर अमेरिका चला आया। उसने मैकेनिक का काम किया, फिर शौफर का।

लेकिन अब वह चालीस साल का था। उसका परिवार बढ़ रहा था, उसे पैसों की जरूरत थी, इसलिए उसने ट्रक बेचने की कोशिश की। हीनता की ग्रंथि से ग्रस्त होकर उसका दिल डूबा जा रहा था और उसे ऑफिस के सामने आगे-पीछे कई बार चलने के बाद दरवाजा खोलने की हिम्मत आती थी। एक सेल्समैन के रूप में वह इतना हतोत्साहित था कि वह वापस मशीन शॉप में अपने हाथों से काम करने की सोच रहा था, जब उसे इफेक्टिव स्पीकिंग में डेल कारनेगी कोर्स करने का एक निमंत्रण-पत्र आया।

वह नहीं गया। उसे डर था कि उसे कॉलेज के ग्रेजुएट लोगों का सामना करना पड़ेगा और वह अजीब-सा महसूस करेगा। उसकी बीवी उसे जाने पर जोर देती रही और उसने कहा- "इससे तुम्हारा भला हो सकता है। पैट, भगवान जानता है कि तुम्हें इसकी जरूरत है। वह उस जगह गया, जहां मीटिंग चल रही थी और साइडवॉक पर पांच मिनट खड़ा रहा, तब उसे कमरे में घुसने की हिम्मत आई।

जब पहली बार उसने बोलने की कोशिश की, तो वह डर से भरा हुआ था। जैसे-जैसे सप्ताह गुजरते गए, उसका श्रोताओं का डर चला गया और उसने देखा कि उसे बोलना पसंद है- जितनी बड़ी भीड़, उतना ज्यादा आनंद। उसे लोगों और सीनियरों का डर भी चला गया। वह अपने आइडिया प्रस्तुत करने लगा और जल्द ही उसका प्रमोशन सेल्स विभाग में हो गया। अब वह कंपनी का एक जरूरी और पसंद किया जाने वाला सदस्य बन चुका था। उस रात, होटल पेंसिल्वेनिया में, पैट्रिक ओश्हायर ढाई हजार लोगों के सामने खड़ा हुआ और उसने अपनी उपलब्धियों की धमाकेदार कहानी सुनाई। श्रोता हंसते-हंसते लोटपोट हो

गए। काफी कम प्रोफेशनल स्पीकर उसके प्रदर्शन की बराबरी कर सकते थे।"

....

अगला स्पीकर गॉडफ्रे मेयर, सफेद बालों वाला एक बाइकर था, जिसके ग्यारह बच्चे थे। पहली बार जब उसने क्लास में बोलने की कोशिश की तो उसे सांप सूंघ गया था। उसके दिमाग ने काम करना बंद कर दिया था। इस कहानी से पता चलता है कि लीडरशिप उस इंसान की ओर जाती है, जिसे बोलना आता है।

वह वॉल स्ट्रीट में काम कर रहा था और पच्चीस साल से वह न्यूजर्सी के क्लिफ्टन में रहता आ रहा था। उस दौरान उसने कभी कम्यूनिटी के कामों में हिस्सा नहीं लिया था और शायद पांच सौ लोगों को जानता था।

कारनेगी कोर्स में हिस्सा लेने के बाद उसके पास टैक्स बिल आया और उसे यह देखकर गुस्सा आया कि उस पर गलत चार्ज लगाए गए हैं। सामान्यतः वह घर बैठकर गुस्सा करता या इसका गुस्सा अपने पड़ोसियों के सामने निकालता। लेकिन इस बार उसने हैट पहना, टाउन मीटिंग में गया और पब्लिक में उसने अपनी ज्वाला शांत की।

उसकी बातें सुनकर, क्लिफ्टन के नागरिकों ने उसे टाउन काउंसिल के लिए लड़ने की सलाह दी। इसलिए हफ्तों तक वह एक से दूसरी मीटिंग में जाता रहा और म्यूनिसिपैलिटी के खर्च और बरबादी की आलोचना करता रहा।

उस क्षेत्र में छियानवे प्रत्याशी थे। जब वोटों की गिनती हुई, गॉडफ्रे का नाम सबसे आगे था। रातो-रात वह चालीस हजार लोगों के समाज में पब्लिक फिगर बन गया। अपनी बातों के जरिए, उसने पिछले छः सप्ताहों में जितने दोस्त बनाए वे पिछले पच्चीस साल में बनाए दोस्तों से अस्सी गुना ज्यादा थे।

काउंसिलमैन के रूप में जो सैलरी उसे मिली, उससे कारनेगी कोर्स में लगाए पैसे का दस गुना उसे वापस मिल गया।

तीसरा स्पीकर, भोजन निर्माताओं के एक बड़े नेशनल एसोसिएशन के मुखिया ने बताया कि वह बोर्ड ऑफ डायरेक्टर्स के सामने उठकर अपने आइडिया बोल नहीं पाता था।

तुरंत सोचने की क्षमता विकसित करने के बाद दो आश्चर्यजनक चीजें हुईं। उसे एसोसिएशन का तुरंत प्रेसिडेंट बना दिया गया और इस कारण, उसे यूनाइटेड स्टेट्स की सारी मीटिंगों को संबोधित करना पड़ता था। उसके भाषणों के अंश एसोसिएटेड प्रेस वायर में डाले जाते थे और देश-भर के अखबारों और ट्रेड पत्रिकाओं में प्रकाशित होते थे।

दो साल में, प्रभावशाली बोलने की कला सीखने के बाद, वह अपनी कंपनी और इसके प्रॉडक्ट के लिए जितनी फ्री पब्लिसिटी लेकर आया, उतना पहले लाने में उसे डायरेक्ट एडवरटाइजिंग पर चैथाई मिलियन डॉलर खर्च करना पड़ा था। स्पीकर ने स्वीकारा कि वह पहले मैनहट्न के बिजनेस एकजीक्यूटिव को फोन करने और लंच के लिए आमंत्रित करने से हिचकता था। अपने भाषणों के कारण उसे जो इज्जत मिली थी, उसके बाद उन्हीं लोगों ने उसे फोन किया, लंच पर बुलाया और उसका वक्त लेने के लिए माफी

मांगी।

बोलने की क्षमता श्रेष्ठ बनने का शॉर्टकट है। यह उस इंसान को लाइमलाइट में लाता है, उसे भीड़ से अलग खड़ा करता है और जो इंसान अच्छा बोल लेता है, उसे उसकी क्षमताओं से ज्यादा चीजों का श्रेय मिलता है।

वयस्क शिक्षा का अभियान पूरे देश में फैल रहा है और इसमें बड़ी ताकत थी डेल कारनेगी की, एक ऐसा इंसान जिसने वयस्कों द्वारा की गई बातों को सबसे ज्यादा सुना और लिखा है। रिप्ले के 'बिलीव इट और नॉट' के अनुसार उन्होंने डेढ़ लाख भाषणों की आलोचना की है। अगर यह संख्या आपको प्रभावित नहीं करती, तो समझिए कि इसका मतलब कोलंबस के अमेरिका खोजने के बाद हर दिन एक नए भाषण के बराबर है। या दूसरे शब्दों में कहें तो, उनके सामने बोले गए सारे लोगों को सिर्फ तीन-तीन मिनट बोलने के लिए दिए जाएं तो उन्हें दिन-रात सुनने में दस महीने लगेंगे।

डेल कारनेगी का अपना खुद का कॅरियर भी कंट्रास्ट से भरपूर था और यह इस बात का उदाहरण था कि एक मौलिक आइडिया और जुनून से भरा इंसान क्या नहीं पा सकता।

रेलवे से दस मील दूर एक मिसूरी फार्म में जन्मे उस इंसान ने बारह साल की उम्र तक एक स्ट्रीट कार तक नहीं देखी थी, लेकिन जब वह छियालीस साल का हो गया, तो धरती के कोने-कोने से वाकिफ था। हांगकांग से लेकर हैमरफेस्ट तक और एक समय वह उत्तरी ध्रुव के उतने ही पास पहुंच गया, जितना दक्षिणी ध्रुव से लिटिल अमेरिका में एडमिरल बायर्ड था।

मिसूरी का वह लड़का जिसने पांच सेंट प्रति घंटे की दर से स्ट्रॉबेरी तोड़ी और काटी थी, वह आत्म-अभिव्यक्ति की कला में बड़े-बड़े कॉर्पोरेशनों के एक्जीक्यूटिव के लिए ऊंचे पैसे पाने वाला ट्रेनर बन गया था।

मवेशियों पर चूंसे चलाने वाला, बछड़े हांकने वाला और पश्चिमी-दक्षिण डाकोटा में झाड़ियां उखाड़ने वाला यह काऊ बॉय आगे चलकर शाही परिवार के संरक्षण में लंदन में शो करने लगा। जो इंसान पब्लिक स्पीकिंग में शुरुआत में आधे दर्जन मामलों में असफल रहा, वह मेरा पर्सनल मैनेजर बन गया। मेरी अधिकतर सफलता डेल कारनेगी की ट्रेनिंग के कारण मिली है।

युवा कारनेगी को शिक्षा के लिए काफी संघर्ष करना पड़ा, क्योंकि उत्तर-पूर्वी मिसूरी में बुरी किस्मत हमेशा उसके पीछे पड़ी थी। साल-दर-साल, '102' नाम की नदी में बाढ़ आती थी और वह फसलों को बहा ले जाती थी। मौसम-दर-मौसम मोटे सुअर हैजे से बीमार पड़ते थे और मर जाते थे। मवेशियों और जानवरों का मार्केट गिर जाता था और बैंक अपना कर्ज वापस लेने के लिए धमकी देता था।

हतोत्साहित होकर उस परिवार ने सब कुछ बेच दिया और मिसूरी के वारेंसबर्ग में स्टेट टीचर कॉलेज के पास दूसरा खेत खरीदा। उस शहर में रोज एक डॉलर के हिसाब से वह बोर्ड और कमरा ले सकता था, पर डेल के पास उतने भी पैसे नहीं थे। इसलिए वह खेत में रहता था और रोज घोड़े पर तीन मील चढ़कर कॉलेज जाता था। घर पर वह गायें दुहता

था, लकड़ियां काटता था, सुअरों को खिलाता था और कोयले के लैंप की रोशनी में लैटिन क्रियाएं सीखता था, जब तक आंखें धुंधली नहीं हो जाती थीं और नींद नहीं आने लगती थी।

आधी रात में भी बिस्तर पर जाने पर वह सुबह तीन बजे का अलार्म लगाता था। उसके पिता ड्यूरोक-जर्सी सुअर पालते थे और ठंडी रातों में खतरा रहता था कि छोटे सुअर जमकर मर न जाएं, इसलिए वह उन्हें बोरे में डालकर कीचेन स्टोव के पास रख देता था। अपने स्वभाव के अनुसार सुअर सुबह तीन बजे गरम खाना मांगते थे, जब अलार्म बजता था, तब डेल कारनेगी कंबल से निकलकर उन नन्हें सुअरों को निकालकर उनकी मां के पास ले जाते थे, उनके लालन-पालन का इंतजार करते थे और वापस उन्हें कीचन स्टोव की गर्मी के पास ले आते थे।

स्टेट टीचर्स कॉलेज में छः सौ छात्र थे और डेल कारनेगी इन आधे दर्जन लोगों में से थे, जो शहर में रहने लायक अमीर नहीं थे। वे उस गरीबी से शर्मिंदा थे, जो उन्हें गांव में वापस जाने और हर रात गायें दुहने के लिए मजबूर करती थी। वे अपने कोट को लेकर शर्मिंदा थे, जो बहुत कसा हुआ था और अपनी पैंट को लेकर शर्मिंदा थे, जो काफी छोटी थी। हीनता की ग्रंथी का शिकार होने के कारण वे श्रेष्ठ होने का कोई शॉर्टकट खोज रहे थे। उन्होंने देखा कि कॉलेज में कुछ ऐसे ग्रुप थे, जो प्रभाव और प्रतिष्ठा के मालिक थे - फुटबॉल और बेसबॉल के खिलाड़ी और वे लोग जो वाद-विवाद और पब्लिक-स्पीकिंग की प्रतियोगिताएं जीतते थे।

यह जानने के बाद कि उनमें एथलेटिक्स के लिए कोई प्रतिभा नहीं है, उन्होंने बोलने की प्रतियोगिताओं में जीतने का फैसला किया। उन्होंने भाषण के लिए महीनों तैयारी की। वे घोड़े पर कॉलेज जाते और वापस आते समय अभ्यास करते थे। वे गायें दुहते समय अभ्यास करते थे और जब वे अनाजघर में पुआल डालते तो पूरे उत्साह और अपनी भाव-भंगिमाओं से डरे हुए कबूतरों को दिन के मामलों के बारे में समझाते थे।

इतनी मेहनत और तैयारी के बाद भी उन्हें सिर्फ हार-ही-हार मिली। वे उस समय अट्ठारह साल के थे - संवेदनशील और स्वाभिमानी। वे इतने हतोत्साहित और दुखी हो गए कि उन्होंने आत्महत्या के बारे में सोचा और तभी अचानक वे जीतने लगे, सिर्फ एक प्रतियोगिता नहीं, बल्कि कॉलेज की हर प्रतियोगिता।

दूसरे छात्रों ने उनसे प्रशिक्षण लेने की विनती की और वे भी जीत गए।

कॉलेज से ग्रेजुएट होने के बाद उन्होंने पश्चिमी नेब्रास्का और पूर्वी व्योमिंग के रांचरों को पत्राचार के कोर्स बेचने शुरु कर दिए। इतने असीमित उत्साह और ऊर्जा के बाद भी वे ग्रेड नहीं बना सके। वे इतने हतोत्साहित हो गए कि वे नेब्रासका के अलायंस के होटल रूम में गए और भरी दोपहरी में बिस्तर पर लेटकर रोने लगे। वे वापस कॉलेज जाना चाहते थे, वे जिंदगी की कठिन लड़ाई से लौटना चाहते थे, पर वे ऐसा कर नहीं सके, इसीलिए उन्होंने ओमाहा जाकर दूसरी नौकरी करने की सोची।

उनके पास रेलरोड टिकट खरीदने के पैसे नहीं थे, इसलिए उन्होंने मालगाड़ी से यात्रा की- किराए के बदले में वे जंगली घोड़ों से भरे दो डिब्बों को चारा और पानी देते रहे। दक्षिणी ओमाहा में आने पर उन्हें आर्मर एंड कंपनी के लिए बेकन, साबुन और चर्बी बेचने का काम मिला। वे अपने क्षेत्र की यात्रा मालगाड़ी, स्टेज कोच और घोड़े पर करते थे और वैसे होटलों में रातें बिताते थे, जहां के कमरे कपड़ों की चादर मात्र से विभाजित होते थे। उन्होंने सेल्समैन बनने पर किताबें पढ़ीं, जंगली घोड़ों पर सवारी की, इंडियन लोगों के साथ पोकर खेला और पैसे लेना सीखा।

उदाहरण के तौर पर, जब एक इनलैंड स्टोरकीपर बेकन और हैम के लिए नकद भुगतान नहीं कर पाता था, डेल कारनेगी उसके शेल्फ से दर्जन भर जूते ले लेते थे, उन जूतों को रेलरोड के लोगों को बेच देते थे और रसीद को आर्मर एंड कंपनी को दे देते थे।

वे अक्सर एक मालगाड़ी पर दिन-भर में सौ मील जाते थे। जब ट्रेन माल उतारने रुकती थी, वे टाउन में चले जाते थे, तीन-चार व्यापारियों से मिलते थे, अपना ऑर्डर लेते थे और जब सीटी बजती थी, वे सड़क पर दौड़ते थे और चलती ट्रेन में चढ़ जाते थे।

दो सालों के भीतर उन्होंने पच्चीसवें स्थान पर रहने वाले एक ऐसे क्षेत्र को लिया था जो ज्यादा परिणाम नहीं दे रहा था और दक्षिणी ओमाहा के बाहरे जाने वाले उनतीस रास्तों में उसे पहले स्थान पर पहुंचा दिया था।

आर्मर एंड कंपनी ने उनको प्रमोशन देने का ऑफर किया और कहा- "तुमने नामुमकिन को मुमकिन कर दिखाया है। पर उन्होंने प्रमोशन लेने से इंकार कर दिया और इस्तीफा दिया। न्यूयॉर्क चले गए, अमेरिकन अकादेमी ऑफ ड्रामेटिक आर्ट्स में पढ़ाई की, देश-भर की यात्रा की, साथ ही पोली ऑफ द सर्कस में हारले का रोल निभाते रहे।

वे कभी भी एक बूथ या बेरीमोर नहीं बन पाएंगे। उनमें इस बात की समझ थी, इसीलिए वे सेल्स के काम में वापस गए, पैकार्ड मोटर कार कंपनी के लिए ऑटोमोबाइल और ट्रक बेचने लगे। वे मशीनरी के बारे में कुछ नहीं जानते थे और इससे उन्हें कोई मतलब भी नहीं था। बहुत नाखुशी के साथ वे अपने आपको इस काम के लिए रोज घसीटते रहे।

उनमें पढ़ने के लिए और उन किताबों के लिए वक्त निकालने की इच्छा थी जिन्हें लिखने का स्वप्न वे बचपन में देखा करते थे, इसलिए उन्होंने इस्तीफा दे दिया। वे अपने दिन कहानियां और उपन्यास लिखने में और रातें एक नाइट स्कूल में पढ़ाने में गुजारने वाले थे।

क्या पढ़ाने में? जब उन्होंने मुड़कर देखा और अपने कॉलेज वर्क का मूल्यांकन किया, उन्होंने पाया कि पब्लिक स्पीकिंग में ट्रेनिंग ने उन्हें लोगों से मिलने और बर्ताव करने के लिए जितना विश्वास, साहस, हिम्मत और क्षमता दी थी, उतनी क्षमता उन्हें कॉलेज के सारे कोरों को मिलाकर भी नहीं मिली थी। इसलिए उन्होंने न्यूयॉर्क के वाई.एम.सी.ए. स्कूलों से बिजनेस के लोगों को पब्लिक स्पीकिंग में कोर्स कराने का अवसर मांगा।

क्या? बिजनेस के लोगों को अच्छा वक्ता बनाना? बकवास। वाई.एम.सी.ए. के लोग जानते थे। उन्होंने ऐसे कोर्सों पर कोशिश की थी और वे हमेशा असफल हुए थे। जब उन

लोगों ने उन्हें हर रात दो डॉलर की सैलरी देने से मना कर दिया, तब उन्होंने कमीशन के आधार पर सिखाने और लाभ में हिस्सा लेने की बात मानी - अगर कोई लाभ होता है, तो और उन तीन सालों में वे लोग उन्हें हर रात दो डॉलर के बजाय तीस डॉलर देते रहे।

कोर्स बढ़ता गया। दूसरे वाइज ने उनके बारे में सुना, फिर दूसरे शहरों ने। डेल कारनेगी जल्द ही न्यूयॉर्क, फिलाडेल्फिया, बाल्टीमोर और फिर लंदन और पेरिस में घूमने वाले एक गरिमामय सर्किट राइडर बन गए। सारी पाठ्य पुस्तकें इतनी बौद्धिक और अव्यावहारिक थीं कि बिजनेस के लोग उनके कोर्स के लिए आने लगे। इस कारण से उन्होंने अपनी किताब लिखी जिसका नाम था 'पब्लिक स्पीकिंग एंड इन्फ्लुएंसिंग मेन इन बिजनेस'। ये सारे वाई.एम.सी.ए., अमेरिकन बैंकर्स एसोसिएशन और नेशनल क्रेडिट मेंस एसोसिएशन की आधिकारिक किताब बन गई।

डेल कारनेगी का दावा था कि हर इंसान बात कर सकता है, अगर वह थोड़ा पागल हो जाए। उन्होंने कहा कि अगर आप सबसे अनाड़ी इंसान को जबड़े में मारकर गिरा डालें तो वह वापस पैरों पर खड़ा होकर उस जोश, तपिश और प्रभाव से बात करेगा जिससे अपने कॅरियर के शीर्ष पर बैठे प्रसिद्ध वक्ता विलियम जोनिंग्स भी मार खा जाएं। उन्होंने दावा किया कि हर इंसान पब्लिक में बोल सकता है, अगर उसमें आत्मविश्वास हो और उसमें एक उबलता आइडिया हो।

आत्मविश्वास विकसित करने का तरीका है, उन्होंने कहा - उस चीज को करो जिससे डर लगता है और ढेर सारे सफल अनुभवों को ले आओ। इसलिए उन्होंने क्लास के हर सदस्य को कोर्स के हर सेशन में बोलने के लिए कहा। श्रोताओं में सहानुभूति थी। वे सभी एक ही नाव में थे और नियमित अभ्यास के कारण उनमें साहस, विश्वास और जोश विकसित हो गया, जो उनके साथ आगे भी बोलते समय रहा।

डेल कारनेगी आपसे कहते कि उन्होंने इतने सालों तक अपनी आजीविका पब्लिक स्पीकिंग सिखाकर नहीं कमाई, वह तो संयोग था। उनका मुख्य काम लोगों को डर जीतने में और आत्मविश्वास विकसित करने में मदद करना था।

उन्होंने शुरुआत पब्लिक स्पीकिंग में एक कोर्स शुरु करने से की थी, पर जो छात्र वहां आए, वे बिजनेस करने वाले लोग थे। उनमें से कई लोगों ने पिछले तीस सालों में एक क्लासरूम को अंदर से नहीं देखा था। उनमें से अधिकतर लोग किश्तों में ट्यूशन की फीस दे रहे थे। उन्हें परिणाम की जरूरत थी, वह भी तुरंत। वैसे परिणाम जिनका इस्तेमाल वे अगले दिन बिजनेस इंटरव्यू और लोगों के सामने बोलने में कर सकें।

इसलिए उन्हें तीव्र और व्यावहारिक होना पड़ा। नतीजतन उन्होंने ट्रेनिंग का एक ऐसा सिस्टम विकसित किया, जो अनोखा था जिसमें पब्लिक स्पीकिंग, सेल्समैनशिप, मानवीय संबंध और व्यावहारिक मनोविज्ञान का सामंजस्य था।

वे कड़े नियमों के गुलाम नहीं थे, उन्होंने एक ऐसा कोर्स बनाया, जो वास्तविक है और मजेदार है। जब क्लासें खत्म हुईं, ग्रेजुएट लोगों ने अपने क्लब बनाए और सालों तक महीने में दो बार मिलते रहे। फिलाडेल्फिया में उन्नीस लोगों का एक ग्रुप जाड़े के मौसम

में महीने में दो बार सत्रह साल तक मिलता रहा। क्लास के सदस्य अक्सर पचास या सौ मील की यात्रा करके क्लास करने आते थे। एक छात्र शिकागो से न्यूयॉर्क हर हफ्ते यात्रा करके आता था।

हारवर्ड के प्रोफेसर विलियम जेम्स कहते थे कि एक औसत इंसान अपनी छुपी मानसिक क्षमता का सिर्फ 10 प्रतिशत इस्तेमाल कर पाता है। डेल कारनेगी ने बिजनेस करने वाले लोगों को उनकी छुपी क्षमताओं का विकास करने में मदद करके वयस्क शिक्षा में एक सबसे महत्त्वपूर्ण अभियान शुरु किया।

लौएल थॉमस,
1936

बैबिलॉन का
सबसे अमीर
आदमी

बैबिलोन का सबसे अमीर आदमी

आपके सामने आपका भविष्य; उस फ़ासले को कम करने वाली सड़क की तरह फैला हुआ है, जिस रास्ते पर वह महत्त्वाकांक्षाएं हैं, जिन्हें आप हासिल करना चाहते हैं... और वह इच्छाएं भी, जिन्हें आप पूरा करना चाहते हैं।

अपनी महत्त्वाकांक्षाओं और इच्छाओं को पूरा करने के लिए सफलता के साथ-साथ आपके पास पैसा भी होना चाहिए। यहाँ भीतर के पृष्ठों में बताए गए आर्थिक सिद्धांतों का उपयोग करें। इन सिद्धांतों से सीखें कि खाली पर्स की तंगी को कैसे समाप्त किया जाए। पैसों से भरा पर्स सुखी जीवन को संभव बनाता है। इसी पर आधारित यह सिद्धांत आपका जीवन की आर्थिक यात्रा में मार्गदर्शन करेंगे।

गुरुत्वाकर्षण के नियम की तरह यह सिद्धांत भी सार्वभौमिक और अपरिवर्तनीय हैं। क्या यह सिद्धांत आपके लिए भी उसी तरह लागू नहीं हो सकते, जैसा कई अन्य लोगों के लिए हुए हैं; एक पैसों से भरे पर्स की निश्चित कुंजी, बड़ा बैंक-बैलेंस और संतोषजनक वित्तीय प्रगति।

इस दुनिया में उन लोगों के लिए भरपूर मात्रा में धन उपलब्ध है, जो इसे अर्जित करने के सरल नियमों को जानते हैं।

1. अपने पर्स को मोटा बनाना शुरू करे।
2. अपने खर्चों पर नियंत्रण रखें।
3. अपने सोने में वृद्धि करें।
4. अपने ख़ज़ाने को नुकसान से बचाएं।
5. अपने घर को लाभदायक निवेश बनाएं।
6. भविष्य की आय को सुनिश्चित करें।
7. अपनी कमाई करने की क्षमता बढ़ाएँ।

बैबिलोन का सबसे अमीर आदमी

- धन से ही आपकी सांसारिक प्रतिष्ठा आंकी जाती है।
- धन की बदौलत दुनिया की हर चीज़ का आनन्द लिया जा सकता है।
- धन उन लोगों के पास आसानी से आता है, जो इसे प्राप्त करने के सरल नियम को जानते हैं।
- दौलत का वह नियम आज भी वैसा ही है, जो कभी अब से छह हजार साल पहले बेबीलोन के व्यक्तियों के समय था।

लेखक के बारे में

जॉर्ज क्लैसन लुइसीनिया, मिसूरी, में 7 नवंबर 1874 में पैदा हुए थे। उन्होंने यूनिवर्सिटी ऑफ नेबरास्का में पढ़ाई की और स्पेनिश अमेरीकन युद्ध में यूनाइटेड स्टेट्स आर्मी में सेवा दी। सन् 1926 में उन्होंने कमखर्ची और वित्तीय सफलता पर पंफ्लेट्स की प्रसिद्ध सीरीज निकाली, जिसमें प्राचीन बेबीलोन की कहानियों के जरिए चीजों को समझाया गया था। ये बैंक और बीमा कंपनियों द्वारा भारी मात्रा में बांटा गया और लाखों लोगों में लोकप्रिय हुआ और इनमें सबसे प्रसिद्ध था "बेबीलोन का सबसे अमीर आदमी"।

प्रस्तावना

एक राष्ट्र की समृद्धि, उसके प्रत्येक नागरिक की आर्थिक समृद्धि पर निर्भर करती है।

यह पुस्तक हमारी व्यक्तिगत सफलताओं से संबंधित है। सफलता का अर्थ है - हमारे अपने प्रयासों और क्षमताओं के परिणाम स्वरूप मिलने वाली उपलब्धियां। उचित तैयारी ही हमारी सफलता की कुंजी है। हमारे कार्य हमारे विचारों से अधिक बुद्धिमान नहीं हो सकते हैं। हमारी सोच हमारी समझ से ज्यादा होशियार नहीं हो सकती हैं।

खाली पर्स के इलाज़' की इस पुस्तक को आर्थिक ज्ञान के लिए एक मार्गदर्शक कहा गया है। वास्तव में, इसका उद्देश्य है : आर्थिक सफलता के लिए महत्वाकांक्षी लोगों को एक अंतर्दृष्टि प्रदान करना है, जो उन्हें धन प्राप्त करने, धन रखने और अपनी बचत से अधिक धन अर्जित करने में सहायता करेगा।

पुस्तक के भीतरी पृष्ठों में, हमें बैबिलोन ले जाया जाता है, ख़ास तौर पर पालने में, जिसमें वित्त के बुनियादी सिद्धांतों का पोषण किया गया था, जिसे अब दुनिया भर में मान्यता प्राप्त है, और जिसका दुनिया भर में उपयोग किया जाता है।

नए पाठकों से लेखक यह आशा करते हैं कि यह पुस्तक उनके बढ़ते बैंक खातों, अधिक आर्थिक सफलताओं और कठिन व्यक्तिगत आर्थिक समस्याओं के समाधान के लिए प्रेरणा देगी, जैसा कि दुनिया भर के पाठकों द्वारा माना भी गया है।

जिन व्यवसायिक अधिकारियों ने इन कहानियों को मित्रों, रिश्तेदारों, कर्मचारियों और सहयोगियों को बड़ी ही उदारता के साथ साझा किया है, लेखक उन सभी को इस अवसर पर अपनी कृतज्ञता व्यक्त करते हैं।

बैबिलोन प्राचीन दुनिया का सबसे धनी शहर इसलिए बन गया, क्योंकि इसके नागरिक अपने समय के सबसे अमीर लोग थे। क्योंकि उन्होंने पैसों के मूल्य को समझा और इसे पोषित किया। उन्होंने धन अर्जित करने, धन रखने और अपने धन से अधिक धन अर्जित करने के लिए ठोस वित्तीय सिद्धांतों का निरंतर अभ्यास किया। उन्होंने अपने लिए वह सब कुछ तैयार किया, जो हम सभी चाहते हैं... क्या वाकेइ नहीं चाहते - भविष्य के लिए एक उचित आय।

– जार्ज एस. क्लासन

बैबिलोन का ऐतिहासिक रेखाचित्र

इतिहास के पन्नों में बैबिलोन से ज्यादा आकर्षक शहर कोई दूसरा नहीं है। इसका नाम ही धन और वैभव को दर्शता है। यहाँ सोने और जवाहरात के अत्थाह ख़ज़ाने माज़ूद थे। स्वाभाविक रूप से यह ऐसे समृद्ध शहर को चित्रित करता है, जो उष्णकटिबंधीय विलासिता जैसे उपयुक्त स्थान में स्थित होगा, जो धातुओं कि खदानों, जंगलों और समृद्ध प्राकृतिक संसाधनों से घिरा हुआ होना चाहिए था, परंतु यह सच नहीं था। यह यूफ्रेट्स नदी के किनारे एक समतल, शुष्क घाटी में स्थित था। उसके पास कोई जंगल नहीं था, न कोई खदान थी - यहाँ तक कि इमारत के लिए पत्थर भी नहीं थे। यह प्राकृतिक समुद्र के किसी व्यापार मार्ग पर भी स्थित नहीं था। बारिश फसल उगाने के लिए पर्याप्त नहीं थी।

बैबिलोन एक उत्कृष्ट उदाहरण है, जो हमें सिखाता है कि उपलब्ध संसाधनों का प्रयोग करते हुए भी मानवीय क्षमता से महान लक्ष्य प्राप्त किए जा सकते हैं। इस बड़े शहर का समर्थन करने वाले सभी संसाधन मानव-विकसित थे। इसकी सभी संपत्तियां मानव निर्मित थीं।

बैबिलोन के पास केवल दो प्राकृतिक संसाधन थे - एक उपजाऊ मिट्टी और दूसरा नदी का पानी। इंजीनियरिंग की अबतक की बड़ी उपलब्धियों में से एक बैबिलोन के इंजीनियरों की इंजीनियरिंग थी। उन्होंने एक महान योजना बनाकर बांधों और विशाल सिंचाई नहरों के द्वारा नदी के पानी की दिशा बदल दी। ये नहरें शुष्क घाटी में दूर तक गई, और उपजाऊ मिट्टी को जीवन देने वाले पानी से सिंचित किया। इस तरह यह इतिहास के लिए ज्ञात पहले इंजीनियरिंग कारनामों में शुमार है। इस सिंचाई प्रणाली

प्रचुर मात्रा में फसलों का उत्पादन हुआ, जिसे दुनिया ने पहले कभी नहीं देखा था।

सौभाग्य से, अपने लंबे अस्तित्व के दौरान, बैबिलोन पर राजाओं की क्रमिक वंश का शासन था, जिनके लिए विजय और लूट आकस्मिक थी। फिर भी कई देश इसके साथ युद्धों में लगे हुए थे, इनमें से अधिकांश स्थानीय थे या अन्य देशों के महत्वाकांक्षी थे, जिन्होंने बैबिलोन के शानदार खजाने को पाने की लालसा की थी। बैबिलोन के उत्कृष्ट शासक इतिहास में अपनी बुद्धि, उद्यम और न्याय के कारण विख्यात हैं। बैबिलोन का कोई भी राजा इतना महत्वाकांक्षी नहीं था कि वह पूरी दुनिया को जीतने का ख़्वाब देखे।

एक शहर के रूप में, बैबिलोन अब मौजूद नहीं है। जब हज़ारों वर्षों तक शहर का निर्माण और रख-रखाव करने वाली मानव शक्ति को वापस ले लिया गया, तो यह जल्द ही एक वीरान खंडहर बन गया। इस शहर का स्थान एशिया में स्वेज नहर से लगभग छह सौ मील पूर्व, फारस की खाड़ी के उत्तर में स्थित है। अक्षांश भूमध्य रेखा से लगभग तीस डिग्री ऊपर, व्यावहारिक रूप से युमा, एरिज़ोना के समान है। इसकी जलवायु भी इसी अमेरिकी शहर के समान गर्म और शुष्क थी।

आज यूफ्रेट्स की यह घाटी, जो कभी एक समृद्ध आबादी वाला सिंचित कृषि जिला था, जहां कभी भरपूर फसल पैदा होती थी, आज फिर से बर्बाद और वीरान है। कम घास और रेगिस्तानी झाड़ियां हवा में उड़ने वाली रेत के खिलाफ़ अस्तित्व के लिए प्रयास करती हैं। उपजाऊ खेत, विशाल शहर और समृद्ध सामान के लंबे कारवां अब सब समाप्त हो चुके हैं। अरबों के खानाबदोश दल, छोटे पशु समूह को पालकर अपना जीवनयापन करने वाले, यहाँ के एकमात्र निवासी हैं। यह ईसाई युग की शुरुआत के बाद से ऐसा ही रहा है।

इस घाटी में मिट्टी की कुछ पहाड़ियाँ हैं। सदियों से, यात्रियों द्वारा उन्हें मिट्टी की पहाड़ियों के अलावा और कुछ नहीं माना जाता था। पुरातत्वविदों का ध्यान अंततः उनकी ओर आकर्षित हुआ, क्योंकि मिट्टी के बर्तनों के टूटे हुए टुकड़े और ईंटें कभी-कभार होने वाली बारिश के तूफ़ान से धुल गई थीं। यूरोपीय और अमेरिकी संग्रहालयों द्वारा वित्तपोषित अभियान से संबंधित दल, यहाँ खुदाई करने और जानकारी एकत्र करने के लिए भेजे गए थे कि यहाँ क्या मिल सकता है। खुदाई ने जल्द ही इन पहाड़ियों को प्राचीन शहर साबित कर दिया। इसे समृद्ध शहरों का मक़बरा भी कहा जा सकता है।

बैबिलोन इन्हीं में से एक था। इसके ऊपर बीस शताब्दियों तक, हवाओं ने रेगिस्तान की धूल को बिखेर दिया था। मूल रूप से ईंट से निर्मित सभी चमकदार दीवारें बिखर गई थीं और एक बार फिर से मिट्टी में मिल चुकी थीं। बैबिलोन का अमीर शहर आज इसी हाल में है। गंदगी का एक ढेर, उसे इतने लंबे समय तक छोड़ दिया गया कि कोई भी जीवित व्यक्ति इसका नाम भी नहीं जानता था, जब तक इसकी सड़कों, महान मंदिरों और महलों के खंडहरों पर से सदियों की धूल को हटाकर इसको खोजा नहीं गया।

कई वैज्ञानिक इस घाटी के बैबिलोन और अन्य शहरों की सभ्यता को सबसे प्राचीन मानते हैं, जिनका एक निश्चित उल्लेख मिलता है। सकारात्मक यह सभ्यता आठ हजार साल पुरानी हो सकती है। सकारात्मक तिथियां आठ हजार साल पहले तक पहुंचती हुई साबित हुई हैं।

इन तिथियों के निर्धारण के पीछे एक दिलचस्प तथ्य है। बैबिलोन के खंडहरों में सूर्य ग्रहण का वर्णन मिला था। आधुनिक खगोलविदों ने आसानी से उस समय की गणना की जब बैबिलोन में दिखाई देने वाला ऐसा ग्रहण हुआ और इस प्रकार उनके कैलेंडर और हमारे अपने कैलेंडर के बीच एक ज्ञात संबंध स्थापित किया।

इस प्रकार हमने सिद्ध किया है कि आठ हजार वर्ष पूर्व बेबीलोनिया में बसे हुए सुमेरवासी, चारदीवारी वाले शहरों में रह रहे थे। कोई केवल अनुमान लगा सकता है कितनी सदियों पहले ऐसे शहर मौजूद थे। रक्षा करने वाली दीवारों के भीतर रहने वाले ये लोग बर्बर नहीं थे। वे पढ़े-लिखे और प्रबुद्ध लोग थे। जहाँ तक लिखित इतिहास की बात है, वे पहले इंजीनियर, पहले खगोलविद, पहले गणितज्ञ, पहले वित्तपोषक और लिपि का प्रयोग करने वाले पहले लोग थे।

सिंचाई प्रणाली का उल्लेख पहले ही किया जा चुका था जिसने शुष्क घाटी को कृषि स्वर्ग में बदल दिया। इन नहरों के अवशेषों का अभी भी पता लगाया जा सकता है, हालांकि उनके ज्यादातर हिस्से रेत से भरे हुए हैं। उनमें से कुछ का आकार इतना बड़ा है कि अगर उनमें पानी न हो, तो एक दर्जन घोड़ें एक साथ दौड़ सकते हैं। आकार में वे कोलोराडो और यूटा में सबसे बड़ी नहरों के साथ अनुकूल रूप से तुलना करते हैं।

घाटी की भूमि को सींचने के अलावा, बैबिलोन के इंजीनियरों ने समान परिमाण कि एक और परियोजना को पूरा किया। एक विस्तृत जल निकासी प्रणाली के माध्यम से उन्होंने यूफ्रेट्स और टाइग्रिस नदियों के मुहाने पर दलदली भूमि के एक विशाल क्षेत्र को पुनः प्राप्त किया और इसे भी खेती के लिए उपयोग किया गया।

हेरोडोटस, यूनानी यात्री और इतिहासकार, ने बैबिलोन का दौरा उस समय किया, जब यह अपने प्रमुख काल में था और हमें केवल एक बाहरी व्यक्ति द्वारा ज्ञात विवरण दिया गया है। उनके लेखन में शहर और इसके लोगों के कुछ असामान्य रीति-रिवाजों का एक ग्राफिक विवरण मिलता है। उन्होंने मिट्टी की उल्लेखनीय उर्वरता और उनके द्वारा उत्पादित गेहूँ और जौ की भरपूर फसल का उल्लेख किया है।

बैबिलोन की महिमा फीकी पड़ गई है, परन्तु उसका ज्ञान हमारे लिए सुरक्षित रखा गया है। इसके लिए हम उनके अभिलेखों के ऋणी हैं। उस प्राचीन युग में कागज के उपयोग का आविष्कार नहीं हुआ था। इसके बजाय, उन्होंने नम मिट्टी की पट्टियों

पर अपने लेखन को श्रमसाध्य रूप से उकेरा। पूरा होने पर, उन्हें आग पर पकाया गया और इस तरह वह सख़्त टाइल बन गई। आकार में, वे लगभग 6 गुणा 8 और मोटाई में 1 इंच थी।

इन मिट्टी की पट्टियों का लिखने के लिए उसी तरह प्रयोग होता था, जैसे आजकल हम लेखन के आधुनिक रूपों का उपयोग करते हैं। उन पर किंवदंतियां, कविता, इतिहास, शाही फरमानों के प्रतिलेखन, भूमि के कानून, संपत्ति के शीर्षक, वचन पत्र और यहाँ तक कि पत्र भी उत्कीर्ण थे जो दूतों द्वारा दूर के शहरों में भेजे गए थे। इन मिट्टी की पट्टियों से हमें इन लोगों के अंतरंग, व्यक्तिगत मामलों की जानकारी मिलती है। उदाहरण के लिए, एक पट्टी पर एक दुकानदार के रिकॉर्ड से पता चलता है कि दी गई तारीख पर एक निश्चित नामित ग्राहक एक गाय को लाया और उसके बदले में उसने सात बोरी गेहूँ लिए, जिसमें से तीन बोरे वह उसी समय ले गया और अन्य चार बोरे वह बाद में लेकर जाएगा।

बर्बाद हुए शहरों में सुरक्षित रूप से दफन, पुरातत्वविदों ने उनमें से सैकड़ों हजारों इन पट्टियों के पूरे पुस्तकालयों को बरामद किया है।

बैबिलोन के उत्कृष्ट आश्चर्यों में से एक शहर के चारों ओर विशाल दीवारें थीं। पूर्वजों ने उन्हें "दुनिया के सात अजूबों" से संबंधित मिस्र के महान पिरामिड के साथ स्थान दिया। शहर के प्रारंभिक इतिहास के दौरान पहली दीवारें खड़ी करने का श्रेय रानी सेमिरामिस को दिया जाता है। आधुनिक उत्खननकर्ता मूल दीवारों का कोई निशान नहीं ढूंढ पाए हैं। न ही उनकी सही ऊंचाई के बारे में भी कोई जानकारी उपलब्ध है। प्रारंभिक लेखकों द्वारा किए गए उल्लेख से, यह अनुमान लगाया जाता है कि वे लगभग पचास से साठ फीट ऊंचे थे, बाहरी तरफ जली हुई ईंट के साथ और आगे पानी की एक गहरी खाई से संरक्षित थे।

बाद में बनी अधिक प्रसिद्ध दीवारों को लगभग 600 ई.पू. में सम्राट नाबोपोलेज़र द्वारा बनवाना शुरू किया गया था। इतने बड़े पैमाने पर उन्होंने पुनर्निर्माण की योजना बनाई थी, कि वह इसे अपने जीवनकाल में पूरा नहीं करवा पाए। यह कार्य उनके पुत्र नबू-शैडनेज़र पर छोड़ दिया गया था, जिसका नाम बाइबिल के इतिहास में जाना जाता है।

इन बाद की दीवारों की ऊंचाई और लंबाई अविश्वसनीय थी। विश्वसनीय सूत्रों के अनुसार वे लगभग एक सौ साठ फीट ऊंचे हैं, जो आधुनिक पंद्रह मंजिला कार्यालय भवन की ऊंचाई के बराबर है। इनकी कुल लंबाई नौ से ग्यारह मील के बीच अनुमानित है। शीर्ष इतना चौड़ा था कि उनके चारों ओर छह घोड़ों का रथ चलाया जा सकता

था। नींव और खाई के कुछ हिस्सों को छोड़कर इस जबरदस्त संरचना का अब बहुत कम ही हिस्सा बचा है। प्रकृति के कहर के अलावा अरबवासियों ने इसकी ईंटें निकाल ली, ताकि उनका उपयोग करके अन्य जगहों पर इमारतों का निर्माण कर सकें। इस तरह अब ये दीवारें पूरी तरह से नष्ट हो चुकी हैं।

बैबिलोन की दीवारों के खिलाफ, बारी-बारी से, विजय के युद्धों के उस युग के लगभग हर विजेता की विजयी सेनाओं ने चढ़ाई की। बहुत से राजाओं के समूह ने बैबिलोन की घेराबंदी की, लेकिन उन्हें हमेशा असफलता ही हाथ लगी। उस समय की आक्रमणकारी सेनाओं को हल्के में नहीं लेना चाहिए था। इतिहासकार दस हजार घुड़सवारों, पच्चीस हजार रथों और बारह सौ पैदल सैनिकों की रेजिमेंटों के बारे में बताते हैं, जिसकी हर रेजिमेंट में 1,000 सैनिक होते थे। अक्सर युद्ध के सामान और रास्ते में सेना के भोजन की व्यवस्था करने में दो-तीन साल की तैयारी की ज़रूरत पड़ती थी। बैबिलोन शहर को एक आधुनिक शहर की तरह व्यवस्थित किया गया था। वहाँ गलियां और दुकानें भी थीं।

रिहाइशी जिलों में फेरीवाले अपना सामान बेचा करते थे। पुजारी-पुरोहित भव्य मंदिरों में कार्य करते थे।

शहर के भीतर शाही महलों के लिए एक आंतरिक घेरा था। कहा जाता है कि इनकी दीवारें शहर की दीवारों से भी ऊंची थीं।

बैबिलोन के लोग कला में निपुण थे। इनमें मूर्तिकला, पेंटिंग, बुनाई, सोने का काम और धातु के हथियारों और कृषि उपकरणों का निर्माण शामिल था। उनके आभूषण-निर्माताओं द्वारा सबसे कलात्मक आभूषण बनाएँ गए थे। बैबिलोन के धनी नागरिकों की कब्रों से आभूषणों के कई नमूने बरामद किए गए हैं और अब वे दुनिया के प्रमुख संग्रहालयों की प्रदर्शनी में हैं।

बहुत पहले शुरुआती दौर में जब बाकी दुनिया अभी भी पत्थर की कुल्हाड़ियों के साथ पेड़ों को काट रही थी, या शिकार कर रही थी और चमकीले-नुकीले भाले और तीरों से लड़ रही थी, तब बैबिलोन के लोग धातु की कुल्हाड़ियों, भाले और तीरों का उपयोग कर रहे थे। बैबिलोन के लोग चतुर वित्तपोषक और व्यापारी थे। जहाँ तक हम जानते हैं, वे धन के मूल आविष्कारक थे और इसका आदान-प्रदान करते थे, इसके अलावा वे वचन पत्र और संपत्ति के लिखित शीर्षक के भी आविष्कारक थे।

इसके बाद भी दीवारों पर कब्जा नहीं किया गया। बैबिलोन के पतन की कहानी सबसे असामान्य है। उस काल के महान विजेताओं में से एक, साइरस ने शहर पर हमला करने का इरादा किया और इसकी अभेद्य दीवारों को लेने की आशा की।

बैबिलोन के राजा, नबोनिडस के सलाहकारों ने उसे सलाह दी कि वह शहर की घेराबंदी होने की प्रतीक्षा किए बिना, शहर से बाहर निकालकर साइरस से युद्ध करें। इस युद्ध में बैबिलोन की सेना हार गई और शहर छोड़कर भाग गई। इसके बाद, साइरस ने खुले फाटकों से बैबिलोन में प्रवेश किया और बिना किसी प्रतिरोध के शहर पर कब्ज़ा कर लिया।

इसके बाद शहर की शक्ति और प्रतिष्ठा धीरे-धीरे कम हो गई, कुछ सौ वर्षों के बाद, इसे अंत में छोड़ दिया गया, निर्जन, हवाओं और तूफानों के लिए, एक बार फिर उसे उस रेगिस्तानी धरती में मिल जाने दिया, जिससे यह मूलतः बना था। बैबिलोन मिट्टी में मिल चुका था, अब इसका पुनरुत्थान कभी नहीं हो सकता था, लेकिन सभ्यता इसकी बहुत आभारी है।

समय की थपेड़ों ने उसके मंदिरों की घमण्डी दीवारों के टुकड़ें-टुकड़ें कर दिए, परंतु बैबिलोन का ज्ञान अभी भी क़ायम है।

वह आदमी जिसे सोना चाहिए था

बैबिलोन में रथ बनाने वाला बंसिर पूरी तरह से निराश हो गया था। वह अपने घर से लगे चबूतरे पर बनी निचली दीवार पर उदास बैठा हुआ, अपने साधारण घर और खुली कार्यशाला को उदासी से देख रहा था, जिसमें एक अधूरा निर्माणाधीन रथ खड़ा था।

उसकी पत्नी बार-बार दरवाजे आकर बाहर देख रही थी। उसकी तीखी नज़रों ने बंसिर को याद दिलाया कि घर में भोजन के डिब्बे लगभग खाली हैं और उसे जल्द ही रथ का निर्माण पूरा कर लेना चाहिए। कुल्हाड़ी से काट-छांट करके, पॉलिश और पेंट करके पहिया के रिम पर चमड़े को चढ़ाकर, उसे ग्राहक को पहुँचाने के लिए तैयार करने का काम करना चाहिए, ताकि उसे अपने अमीर ग्राहक से पैसे मिल सके।

फिर भी, उसका सुगठित और मांसल शरीर दीवार पर अलसाये अंदाज में टिका हुआ था। उसका मंद गति दिमाग़ एक ऐसी समस्या में उलझा हुआ था, जिसका उसे कोई जवाब नहीं मिल रहा था।

यूफ्रेट्स नदी घाटी के इस क्षेत्र में सूरज बहुत तेज तपता था, जोकि इसकी विशेषता थी। इस उष्ण कटिबंधीय क्षेत्र में सूरज आज भी उतनी ही आग उगल रहा था। इस कारण बंसिर के माथे पर पसीने कि बूँदें उभर आईं, जो चेहरे और कन्धों से होते हुए उसकी बालों वाली छाती में के जंगल में गुम हो गईं।

उसके घर के दूसरी ओर राजा के महल की बाहरी सीढ़ीदार ऊंची दीवार थी। पास में नीले आकाश को छूती हुई बेल मंदिर की रंगीन मीनार थी। अपने चारों ओर ऐसी भव्यता की छाया के बिच उसका साधारण सा घर था, हालाँकि कई अन्य घर

भी थे, जिनकी हालत उसके घर से भी ज़्यादा खस्ता थी। बैबिलोन का दृश्य ऐसा ही था - भव्यता और गंदगी का मिश्रण, चकाचौंध भरी दौलत के साथ, भयंकर गरीबी आस-पास रहती थीं, यहाँ अमीर-गरीब दोनों ही लोग बिना किसी योजना या व्यवस्था के शहर की सुरक्षित दीवारों के भीतर एक साथ रहते थे।

बंजिर ने पीछे मुड़कर देखा, तो वहाँ अमीरों के रथ शोर कर रहे थे, ताकि पैदल चल रहे जूते पहने व्यापारियों के साथ-साथ नंगे पांव चल रहे भिखारियों को रास्ते से हटाया जाएँ। जब पानी लाने वाले गुलामों की लंबी क़तार सड़क पर दिखाई देती थी, तब अमीरों के रथ उन्हें रास्ता देने के लिए नालियों की ओर मुड़ जाते थे। वे इसलिए ऐसा करते थे, क्योंकि वे गुलाम 'राजा का काम' कर रहे थे। इन सबकी कमर पर पानी के भारी घड़े रखे थे, जिन्हें सुन्दर उद्यानों में डालने के लिए ले जाया जा रहा था।

बंसिर अपनी ही समस्या में इतना उलझा हुआ था कि उसका शहर के इस हुड़दंग पर ध्यान ही नहीं गया और ना ही उसने इसे सुनने की कोशिश की। उसका ध्यान तब भंग हुआ, जब उसे अपने परिचित एक वध्यंत्र के तार की अप्रत्याशित तान सुनाई दी। उसने मुड़कर देखा कि उसके पास उसका सबसे अच्छा दोस्त कोबी खड़ा है। कोबी अच्छा संगीतकार था और उस समय उसका संवेदनशील चेहरा मुस्कान बिखेर रहा था, जिसे बंसिर साफ देख सकता था।

कोबी ने बंसिर को झुककर प्रणाम करते हुए कहा, "भगवान तुम्हें बड़ी उदारता का आशीर्वाद दें, मेरे अच्छे दोस्त! मगर, मुझे ऐसा प्रतीत हो रहा है कि वे पहले से ही तुम पर इतने उदार हैं कि तुम्हें मेहनत करने की आवश्यकता नहीं है। तुम्हारा सौभाग्य देखकर मुझे ख़ुशी हो रही है। इससे अधिक मेरी इच्छा है कि तुम्हारे साथ-साथ मेरी भी क़िस्मत बदल जाए। तुमसे एक प्रार्थना है कि तुम अपने पैसों से भरे पर्स में से दो सिक्के मुझे उधार दे दो। आज रात रईसों की दावत के बाद मैं तुम्हारा उधार चुका दूंगा। तुम्हें मुझे याद भी नहीं दिलाना पड़ेगा, उससे पहले मैं तुम्हारा उधार चुका दूंगा।"

बंसिर ने उदासी के साथ जवाब दिया, "अगर मेरे पास दो सिक्के होते, तब भी मैं उन्हें किसी को उधार नहीं देता। यहाँ तक कि तुम्हें भी नहीं, मेरे सबसे अच्छे दोस्त; क्योंकि यही मेरा भाग्य है - मेरा पूरा भाग्य। कोई भी अपना पूरा भाग्य उधार नहीं देता है, अपने सबसे अच्छे दोस्त को भी नहीं।"

"क्या?" कोबी ने आश्चर्य के साथ कहा, "तुम्हारे पर्स में एक भी सिक्का नहीं है, फिर भी तुम इस दीवार पर एक मूर्ति तरह बैठे हो! उस अधूरे रथ को पूरा क्यों नहीं करते? तुम अपने आर्थिक सपनों कैसे पूरा करोगे? तुम ऐसे तो नहीं थे, मेरे दोस्त।

तुम्हारी अंतहीन ऊर्जा कहाँ है? क्या तुम किसी मुसीबत में हो? क्या भगवान ने तुम्हारे ऊपर कोई परेशानी डाल दी है?"

"यह परेशानी ज़रूर भगवान ने ही डाली होगी," बंसिर ने सहमति व्यक्त की। "यह एक सपने के साथ शुरू हुआ, एक बेहूदा सपना, जिसमें मैंने देखा कि मैं एक अमीर आदमी था। मेरी कमर बंध से सिक्कों से भरा एक सुंदर कपड़े का पर्स लटका हुआ था। इससे ताँबे के सिक्कों को मैं भिखारियों की ओर लापरवाही से फेंकता हुआ आगे बढ़ रहा था; और चाँदी के सिक्कों से मैं अपनी पत्नी के लिए नए कपड़ें, आभूषण और अपने लिए पसंद की चीज़ें खरीद रहा था। मेरे पास सोने के सिक्कें भी थे, जिनको देखकर मुझे भविष्य के लिए संतुष्टि थी, लेकिन चांदी के सिक्कों को मैं बेखौफ फिजूल खर्ची में उड़ा रहा था। फिर भी मेरे भीतर संतोष की एक भावना थी! तब तुम मुझे देखकर पहचान नहीं सकते थे कि मैं तुम्हारा वही मेहनती दोस्त हूँ। मेरी पत्नी को भी नहीं पहचान सकते थे, क्योंकि आज कि झुर्रियों से मुक्त उसका चेहरा तब ख़ुशी से चमक रहा था। उस समय वह हमारी नई-नई शादी के दिनों वाली मुस्कुराती हुई युवती दिख रही थी।"

कोबी ने टिप्पणी की, "वास्तव में यह एक सुखद सपना था। लेकिन इतनी सुखद भावनाओं को लिए हुए तुम इस दीवार पर एक उदास मूर्ति जैसे बनकर क्यों बैठे हो?"

क्योंकि जब मैं नींद से जागा, तो मुझे याद आया कि मेरा पर्स खाली है, तो मेरे अंदर विद्रोह की भावना जाग उठी। आओ, हम इस विद्रोह के बारे में बैठकर चर्चा करते हैं, क्योंकि जैसे समुद्री यात्री करते हैं, हम दोनों भी एक ही नाव में सवार हैं। बचपन में हम पुरोहितों के पास शिक्षा लेने के लिए गए। युवावस्था में हमने साथ-साथ सुखों को साझा किया। बड़े होने पर भी हम हमेशा करीबी दोस्त ही रहे। हम हमेशा संतुष्ट व्यक्तियों की तरह रहते हैं। हम घंटों मेहनत करके अपनी सारी कमाई को स्वतंत्र रूप से खर्च करने के बाद भी संतुष्ट रहते हैं। इतने वर्षों में बहुत मेहनत की और बहुत पैसा कमाया, फिर भी उस धन से मिलने वाली ख़ुशियों को जान नहीं पाए, इस ख़ुशी के लिए भी हमें सपने देखने पड़ते हैं। अब मेरे मन में ऐसे विचार आने लगे हैं, क्या हम गूंगे भेड़ से भी ज्यादा मूर्ख हैं? जबकि हम दुनिया के सबसे अमीर शहर बेबीलोन में रहते हैं। समुद्रपार यात्रियों का भी यही कहना है कि दौलत के मामले में दुनिया में कोई भी जगह हमारे शहर बेबिलोन के बराबर नहीं है।

हमारे आसपास बेशुमार दौलत बिखरी पड़ी है, लेकिन अफ़सोस कि इसमें से हमारे पास कुछ भी नहीं है। मेरे दोस्त, आधे जीवन कठिन परिश्रम में बिताने के बाद भी तुम्हारे पास सिर्फ एक खाली पर्स है और तुम मुझसे कहते हो, "क्या मैं दो सिक्कों के रूप में एक छोटी-सी राशि तुम्हें उधार दे सकता हूँ, जिसे तुम आज रात रईसों की दावत

के बाद मुझे चुका दोगे?" फिर मैं क्या जवाब दूं? क्या मैं यह कह सकता हूँ कि "ये रहा मेरा पर्स, और इसके अंदर जीतने भी सिक्के हैं, मैं इन्हें तुम्हारे साथ ख़ुशी-ख़ुशी बांटता हूँ?' नहीं, मैं मानता हूँ कि मेरा पर्स भी तुम्हारे पर्स जितना ही खाली है। आखिर ऐसी क्या बात है? हम उतना ही क्यों कमा पाते हैं, जिससे केवल हमारी ज़रूरते पूरी होती हैं, हम दौलत को क्यों नहीं जोड़ पते हैं?" कमा हम उतना ही क्यों कमाते हैं, जिससे की हम केवल जिन्दा रह सकें और हमारी मूलभूत ज़रूरतें खाना और कपड़े भर मिल जाएं।

बंसिर ने आगे कहा, "हमारे बेटों के बारे में सोचो, क्या वे भी अपने पिता के नक्शेक़दम पर नहीं चल रहे हैं? क्या उन्हें और उनके परिवारों, और उनके बेटों के परिवारों को इस सोने से भरे शहर में भी अपना सारा जीवन गरीबी के साथ जीने की आवश्यकता है? क्या उन्हें भी हमारी तरह बकरी का दूध और दलिया खाकर जीवन भर संतुष्ट रहना होगा?"

कोबी ने बड़ी हैरानी के साथ कहा, "बंसिर, हमारी दोस्ती के इतने सालों में तुमने पहले कभी इस तरह की बात नहीं की।"

"इतने सालों में मैंने पहले कभी भी इस तरह नहीं सोचा था। भोर से लेकर अंधेरा होने तक, मैंने केवल और केवल सबसे बेहतरीन रथ बनाने के लिए परिश्रम किया है। इस आशा के साथ कि कोमल ह्रदय से किसी दिन भगवान मेरे योग्य कर्मों को पहचानेंगे और मुझे भी सुख समृद्धि प्रदान करेंगे। पर ऐसा उन्होंने कभी भी नहीं किया। अंत में, मुझे एहसास हुआ कि वे कभी ऐसा करेंगे भी नहीं। इसलिए मेरा दिल दुखी है। मैं एक अमीर आदमी बनना चाहता हूँ। मैं चाहता हूँ कि मेरे पास भी जमीन और मवेशी हों, अच्छे कपड़े हों और मेरा पर्स हमेशा सिक्कों से भरा रहे।"

"इन चीज़ों को हासिल करने के लिए मैं अपनी पूरी ताकत के साथ तैयार हूँ। इन चींजों को पाने के लिए मैं अपने हाथों के सभी हुनर के साथ, आपनी बौद्धिक क्षमता और योग्यता के साथ काम करने को तैयार हूँ, लेकिन मैं चाहता हूँ कि मेरी मेहनत का मुझे उचित इनाम मिले।"

"एक फिर भी मैं तुमसे पूछना चाहता हूँ! हमारे साथ ऐसी क्या बात है? दुनिया में इतनी सारी अच्छी चीज़ें हैं, लेकिन हम उसमें अपना हिस्सा प्राप्त नहीं कर पाते। जिस तरह समृद्ध लोग उन्हें ख़रीदते हैं, आखिर हमारे पास उन्हीं की तरह प्रचुर मात्रा में पैसा क्यों नहीं है?"

कोबी ने जवाब दिया, क्या तुम्हें लगता है कि मुझे इस सवाल का जवाब पता होगा! "तुम्हारी तरह मैं भी असंतुष्ट हूँ। संगीत बजाकर मैं जितना भी कमाता हूँ, वह

जल्दी खत्म हो जाता है। अक्सर मुझे कमाई के लिए नवीन योजना बनानी पड़ती है, जिससे कि मेरा परिवार भूखा न रहे। इसके अलावा मुझे ऐसे वाद्य यंत्र खरीदने की इच्छा है, जिससे कि वास्तव में, मैं संगीत के उन धुनों को बहार निकल सकूं, जो मेरे दिमाग़ में उत्पन्न होती हैं। इन वाद्य यंत्रों के माध्यम से मैं संगीत को इतना बेहतर बना सकता हूँ, जितना कि राजा ने पहले कभी नहीं सुना होगा।"

"ऐसा वाद्य यंत्र तुम्हारे पास होना चाहिए। अगर वह तुम्हारे पास हों, तो पूरे बैबिलोन में कोई भी तुमसे अधिक मधुर संगीत नहीं बजा सकता; उससे तुम इतना मधुर गा सकते हो कि न केवल राजा, बल्कि देवता भी प्रसन्न हो जाते। परन्तु तुम इस वाद्य यंत्र को कैसे खरीद सकते हो? जबकि हम दोनों राजा के गुलामों के जितने ही कंगाल हैं। ये घंटी सुन रहे हो! वह देखो राजा के गुलाम आ गए।"

उसने आधे नग्न, पसीने से तर पानी ढोने वालों की लंबी कतार की ओर इशारा किया, जो नदी से पानी लाते हुए संकरी गली में चल रहे थे। पाँच गुलाम एक साथ आगे बढ़े रहे थे, प्रत्येक की कमर पर पानी की एक भारी मोकरी का बोझ लदा हुआ था।

"जो आदमी उनका नेतृत्व करते हुए सबसे आगे चल रहा है, उसका शरीर कितना सुगठित है।" कोबी ने घंटी पहनने वाले आदमी की ओर इशारा करते हुए कहा; जो कि बिना भार लिए सबसे आगे चल रहा था। "अपने ही देश में एक प्रमुख व्यक्ति, देखना आसान है।"

बंसिर ने सहमति व्यक्त करते हुए कहा, "इन गुलामों की कतार में कई हमारे जैसे हैं," इनमें लंबे और गोरे गुलाम उत्तरी देशों के हैं, हंसमुख और अश्वेत गुलाम दक्षिण के हैं, नज़दीकी देशों के गुलामों का रंग भूरा व कदकाठी नाटी है। सभी गुलाम नदी से एक साथ चल कर बगीचे तक आते-जाते हैं। ये लोग सालों से यही काम कर रहे हैं, उनके जीवन में कोई ख़ुशी नहीं है और न ही इन्हें आगे ख़ुशी मिलने जरा भी आशा है। यह भूसे के बिस्तर पर सोते हैं। घटिया अनाज का दलिया खाते हैं। इन बेचारे गरीब गुलामों पर दया करो, कोबी!

"मैं उन पर दया करता हूँ। मगर, तुम्हारी बातों से मैं समझ गया हूँ कि हम भी उनके जैसा ही जीवन बिता रहे हैं, हालांकि पहले मैं खुद को स्वतंत्र आदमी समझता था।"

"यह सच है कोबी, हालांकि यह एक अप्रिय विचार है। हम साल-दर-साल गुलामी का जीवन नहीं जीना चाहते हैं। काम करना, काम करना और काम करना! फिर भी, कहीं कोई प्रगति नहीं, कोई भी तरक्की नहीं"

कोबी ने पूछा, "क्या हम यह पता नहीं लगा सकते कि अमीर लोग आखिर अमीर कैसे बनते हैं? यदि यह रहस्य पता लग जाए तो हम भी उनके नक़्शे कदम पर चलकर अमीर बन सकते हैं।"

बंसिर ने विचार करने के बाद उत्तर दिया, "शायद कोई दौलत का यह रहस्य जनता हो, और वह हमें बताने को तैयार हो, तो हम भी इसे सीख सकते हैं।"

कोबी ने उसे सुझाव दिया, "आज ही मैंने अपने पुराने दोस्त अरकद को उसके सुनहरे रथ पर सवार देखा था। उसने मुझे देखकर अनदेखा नहीं किया, जैसा कि अन्य अमीर लोग करते हैं। इसके बजाय उसने मेरी ओर देखते हुए अपना हाथ हिलाया, ताकि वहाँ मौजूद सभी लोग यह देख लें कि वह अपने संगीतकार दोस्त कोबी पर दोस्ती की मुस्कान बिखेर रहा है।"

बंसिर ने कहा, "लोगों के हिसाब से वह पूरे बैबिलोन में सबसे अमीर आदमी है।"

कोबी ने उत्तर दिया, "इतना अमीर कि कई-कई बार राजा भी उससे राजकीय मुद्रा भंडार के भंडारण के मामले में सहायता लेता है।"

बंसिर बीच में बोल पड़ा, "इतना अमीर!," "मुझे डर है कि अगर मैं रात के अंधेरे में उससे मिलूं, तो कहीं मेरा हाथ उसके मोटे पर्स पर न चला जाए।"

"बकवास," कोबी झिड़कते हुए बोला, "एक आदमी का धन उसके पास रखे हुए पर्स में नहीं होता है। यदि पर्स को लगातार भरने कि कोई सुनहरी योजना न हो, तो कितना भी मोटा पर्स हो वह खली हो जायेगा।" अरकद की आय इतनी अधिक है, वह कितनी भी उदारता से क्यों न पैसा खर्च करे, उसका पर्स बार हमेशा भरा रहता है।

"लगातार आय कि ही तो सारी बात है," बंसिर झट बोला पड़ा। "मैं चाहता हूँ मेरे पर्स में भी लगातार आय बनी रहे, चाहे मैं दीवार पर बैठूं या दूर के देशों की यात्रा करूं। अरकद को ज़रूर पता होगा कि वह अपने लिए एक निश्चित और निरंतर आय कैसे बनाये रखता है। तुम्हें लगता है कि वह मेरे जैसे मंदबुद्धि इंसान को स्पष्टता के साथ इसके बारे में समझा पाएगा?"

कोबी ने जवाब दिया, "मुझे लगता है कि उसने अपने बेटे नोमासिर को अपना ज्ञान सिखाया था। इसके बाद नोमसिर, निनवे गया, और अपने पिता की सहायता के बिना ही उस नगर के अमीर व्यक्तियों में से एक बन गया?"

"कोबी, तुमने मुझे एक दुर्लभ विचार दिया है।" बंसिर की आँखों में चमक आ गई। "एक अच्छा दोस्त अपने दोस्त को समझदारी भरी सलाह हमेशा मुफ़्त में देता है,

और अरकद हमेशा से ही हमारा अच्छा दोस्त रहा है। इससे कोई फर्क नहीं पड़ता कि हमारे पर्स बाज़ के घोंसले की तरह खाली हैं। हमारी गरीबी हमें अमीर होने से नही रोक सकती। हम समृद्धि से भरे शहर के बीच में बिना सोने के गरीबी भरा जीवन जीते-जीते तंग आ चुके हैं। हम अब अमीर आदमी बनना चाहते हैं। आओ, हम अरकद के पास चलें और पूछें कि हम भी अपनी आय और दौलत को कैसे बढ़ा सकते हैं।"

तुम दिल से बोल रहे हो बंसिर। तुम्हारी बातों मेरे मन में एक नया विचार जन्मा है। तुमने मुझे एहसास कराया है कि आखिर क्यों हम कभी दौलतमंद नहीं बन पाए, बल्कि सच तो यह है कि हमने कभी भी धन इस रहस्य को खोजने कि कोशिश ही नहीं की। तुम्हारा लक्ष्य सिर्फ़ सब्र के साथ बैबिलोन में सबसे अच्छे रथों को बनाने का था, और जिसे तुमने अपने सर्वोत्तम प्रयासों के साथ किया। इसलिए तुम इस कम में सफल हुए। मेरा लक्ष्य एक कुशल संगीतकार बनने का था, जिसके लिए मैंने भरपूर प्रयास किए, और इसमें मैं सफल रहा।

"जिन लक्ष्यों के लिए हमने अपना सर्वश्रेष्ठ प्रयास किया, उन चीज़ों में हम सफल हुए।" भगवान ने हमें अपनी संतुष्टि और प्रयासों के अनुसार हमें दिया, क्योंकि हम इसमें संतुष्ट थे। हालांकि अब हमें उगते हुए सूरज का चमकीला प्रकाश दिख रहा है। यह हमें दौलतमंद होने का मार्ग दिखा रहा है, जिसे हम सीखें और समृद्ध हों। यदि हम इस दौलातमंद बनने कि कला को सीख लेते हैं तो हमारी वो सभी इच्छायें एक झटके में पूरी हो जाएँगी, जिसके बारे में अभी हम सोचते हैं।

बंसिर ने आग्रह किया, "चलो हम आज ही अरकद के पास चलते हैं," हाँ बिलकुल, "बल्कि हम अपने बचपन के उन दोस्तों को भी साथ ले चलते हैं, जिनकी स्तिथी भी हमारे जैसा ही है, ताकि वे भी उस ज्ञान का लाभ उठा सकें।"

"बंसिर, तुमने हमेशा ही अपने दोस्तों की ऐसी ही परवाह की है। इस कारण तुम्हारे बहुत सारे दोस्त हैं। जैसा तुम कहोगे वैसा ही करेंगे। हम आज ही चलते हैं और अपने बचपन के दोस्तों को भी साथ लेकर चलेंगे।"

बैबिलोन का सबसे अमीर आदमी

प्राचीन बैबिलोन में एक ज़माने में अरकद नाम का एक बहुत धनी व्यक्ति रहता था। अपनी अपार धन संपदा के लिए उसकी चर्चा दूर-दूर तक फैली हुई थी। वह अपनी उदारता के लिए भी प्रसिद्ध था। वह दान करने में भी आगे रहता था। वह अपने परिवार के प्रति उदार था। वे अपने खर्चे में भी उदार था। लेकिन फिर भी हर साल उसकी संपत्ति खर्च करने की तुलना में अधिक तेजी से बढ़ती जाती थी।

उसके बचपन के दिनों के कुछ दोस्त उसके पास आए और उन्होंने कहा; अरकाद, तुम हम में से ज्यादा भाग्यशाली हो। तुम पूरे बैबिलोन के सबसे अमीर आदमी बन गए हो, जबकि हम अभी तक अपने अस्तित्व के लिए संघर्ष कर रहे हैं। तुम बेहतरीन वस्त्र पहन सकते हैं और सबसे अच्छा भोजन का आनंद लें सकते हो, जबकि हमारा यह हाल कि हमें अपने परिवार को भरपेट खाना और तन ढकने लायक कपड़ें भी कई बार नसीब नहीं होती है।

"मगर, कभी हम समान थे। हम सब ने एक ही से अध्ययन किया। हम एक साथ ही खेले हैं। और न तो आप पढ़ाई में और न ही खेलों में हमसे आगे निकाल पाए थे। और उसके बाद के वर्षों में, आप हमसे अधिक सम्मानित नागरिक नहीं थे।"

"जहां तक हम जानते हैं, न ही आपने अधिक मेहनत या अधिक ईमानदारी से काम किया है। फिर एक चंचल क़िस्मत ने आपको ही जीवन की सभी अच्छी चीज़ों का आनंद दिया और हमें अनदेखा क्यों किया, जिसका समान रूप से हमें भी हकदार होना चाहिए था?"

इसके बाद अरकद ने उनसे कहा, "यदि आपने अपनी युवावस्था में एक शारीरिक अस्तित्व से अधिक कुछ प्राप्त नहीं किया, तो इसका कारण यह है कि आप या तो उन सिधान्तों को सीखने में विफल रहे हैं जो धन के निर्माण को नियंत्रित करते हैं या फिर आप उनका पालन नहीं करते।"

"क़िस्मत एक ऐसी शातिर देवी है, जो किसी का भी स्थायी रूप से भला नहीं करती है। इसके विपरीत, वह लगभग हर उस आदमी को बर्बाद कर देती है, जिस पर वह अनर्जित सोना बरसाती है। उसकी मेहरबानी के बाद वे बेवजह खर्च करने लगता है, जिससे जल्द वह अपना सारा धन नष्ट कर देता है और अत्यधिक भूख और इच्छाओं से घिरा रह जाता है जिन्हें वे संतुष्ट करने की क्षमता नहीं रखते हैं। मगर जिन लोगों का वह पक्ष लेती है, वे कंजूस हो जाते हैं और अपने पास जो कुछ है उसे खर्च करने से डरते हुए अपनी संपत्ति जमा करते हैं, यह जानते हुए कि उनके पास इसे बदलने की क्षमता नहीं है। वे आगे लुटेरों के डर से घिरे हुए हैं और खुद को खालीपन और अज्ञात दुख के चलते आपने जीवन को बर्बाद कर देते हैं।"

"शायद अन्य ऐसे भी लोग हैं, जो बिना कमाए सोना पाकर, उसमें और जोड़ते हुए ख़ुश और संतुष्ट नागरिक बने रहते हैं। लेकिन ऐसे बहुत कम लोग हैं, ऐसे लोगों के बारे में मैंने सिर्फ अफवाहों से सुना है। उन लोगों के बारे में सोचें जिन्हें अचानक धन विरासत में मिला है, और देखें कि क्या यह कितना सच है।"

उनके दोस्तों ने स्वीकार किया कि वे जानते थे कि जिन लोगों को विरासत में धन मिला था, ये सब उनके बारे में सच था और दोस्तों ने उनसे यह समझाने के लिए कहा कि वह कैसे इतनी समृद्धि के अधिकारी हो गए; इसलिए अरकद ने आगे बताना जारी रखा, "अपनी युवावस्था में मैंने अपने चारों ओर देखा वहाँ सभी अच्छी चीज़ें देखीं जो जीवन में ख़ुशी और संतोष लाने के लिए थीं। और मैंने महसूस किया कि धन ने इन सभी की शक्ति को बढ़ा दिया है।"

"धन एक शक्ति है। धन से बहुत कुछ संभव है।"

"धन से किसी भी घर को सजाने के लिए महंगे से महंगे सामान को खरीद सकते हो।"

"कोई भी दूर देश की यात्रा कर सकता है।"

"कोई भी दूर देशों के स्वादिष्ट पकवानों का स्वाद चख सकता है।"

"कोई भी सुनार और जौहरी से आभूषण खरीद सकता है।"

"कोई भी भगवान के भव्य मंदिरों का निर्माण करा सकता है।"

"कोई भी उन सभी चीज़ों और कई अन्य चीज़ों को कर सकता है, जिसमें इंद्रियों के लिए ख़ुशी और आत्मा के लिए संतुष्टि है।"

और जब मुझे यह सब पता चला, तो मैंने खुद से फैसला किया कि मैं जीवन की अच्छी चीज़ों में अपने हिस्से का दावा करूंगा। मैं उन लोगों में शामिल नहीं होना चाहता, जो दूर खड़े होकर ईर्ष्या से सुखी लोगों को आनंद लेते हुए देखते हैं। मैं सस्ते कपड़े पहनकर संतोष नहीं पा सकता, जिसमें लोग सम्मानजनक दिखने का नाटक करते हैं। मैं एक गरीब आदमी की ज़िंदगी जीकर संतुष्ट नहीं रहूँगा। इसके विपरीत, मैं खुद को अच्छी चीज़ों के इस जश्न में एक सम्मानित अतिथि बनाऊँगा

जैसा कि आप सब जानते हैं, मैं एक गरीब व्यापारी का बेटा हूँ, और मेरा परिवार भी काफ़ी बड़ा रहा है, तो विरासत में कुछ भी मिलने की उम्मीद नहीं थी, जैसा कि आपने स्पष्ट रूप से कहा है कि मुझमें श्रेष्ठ ज्ञान या कोई योग्यता भी नहीं थी, तब मैंने फैसला किया कि जो मेरी इच्छाएं हैं, अगर मुझे उन्हें प्राप्त करना है तो उसके के लिए समय और अध्ययन की आवश्यकता होगी।

जहां तक समय की बात है, यह सभी पुरुषों के पास भरपूर होता है। आप में से प्रत्येक के पास अमीर बनने के लिए पर्याप्त समय था, जिसे आप लोगों ने बर्बाद कर दिया। अब, आप स्वीकार करते हैं; आपके पास अपने अच्छे परिवारों के अलावा कुछ भी नहीं है, जिस पर आप सच में गर्व कर सकें।

और जहां तक अध्ययन की बात है, क्या हमारे बुद्धिमान शिक्षक ने हमें यह नहीं सिखाया कि ज्ञान दो प्रकार का होता है: एक तरह का ज्ञान वो है, जो हमने सीखा और जाना, और दूसरा वह जो प्रशिक्षण है, जिसने हमें सिखाया कि हम क्या नहीं जानते?

इसलिए मैंने यह पता लगाने का फैसला किया कि कोई कैसे धन जमा कर सकता है, और जब मुझे पता लग जाएगा कि कैसे धन जोड़ा जा सकता है फिर मैं भी उस पर अच्छी तरह से काम करूंगा। क्या यह बुद्धिमानी नहीं है कि हम धूप की चमक में रहते हुए आनंद लें, क्योंकि जब हम आत्मा की दुनिया के अंधेरे में प्रस्थान करेंगे, वहाँ हमें पर्याप्त रूप में दुखों का सामना करना होगा?

मुझे हाल में अभिलेखों के शिल्पियों के मुंशी के रूप में रोजगार मिला, और वहाँ दिन-रात मैं मिट्टी की पट्टियों पर कारीगिरों से अभिलेख लिखवाता रहा। सप्ताह-दर-सप्ताह और महीने-दर-महीने, मैंने मेहनत की, फिर भी अपनी कमाई के रूप में मेरे पास दिखाने के लिए कुछ नहीं था। भोजन, कपड़े और देवताओं की पूजा और अन्य चीज़ें जिन्हें मैं याद नहीं रख सका, मेरी सारी कमाई उन पर खर्च हो गई, लेकिन मेरे दृढ़ संकल्प ने मुझे नहीं छोड़ा। और एक दिन साहूकार अल्गमिश, नगर मालिक के घर

आए, उन्होंने नौवें कानून की एक प्रति देते हुए आदेश दिया, और मुझसे बोले, "मुझे यह दो दिन में चाहिए, और यदि नियत समय तक काम पूरा हो जाता है, तो मैं तुम्हें दोताँबे के सिक्के दूँगा।"

इस पर मैंने कड़ी मेहनत की, लेकिन कानून लंबा था, और जब अल्गमिश वापस लौटा तो काम अधूरा था।

वह गुस्से में था, और अगर मैं उसका गुलाम होता, तो वह मुझे पीटता। परंतु यह जानते हुए कि नगर का मालिक उसे मुझे चोट पहुँचाने की अनुमति नहीं देगा, मैं निडर था; इसलिए मैंने उससे कहा, 'अल्गमिश, आप बहुत अमीर आदमी हैं। मुझे बताएं कि किस तरह से मैं भी अमीर आदमी बन सकता हूँ, अगर आप यह मुझे बता सकते हैं तो मैं रात भर मिट्टी पर लिखूंगा, और जब सूर्य उदय होगा, तब आपका काम पूरा हो जाएगा।'

वह मुझे देखकर मुस्कुराए और उत्तर दिया, 'तुम बहुत दुष्ट हो, लेकिन हम इस सौदे के लिया तैयार हैं।'

उस पूरी रात मैंने मिट्टी की पट्टी पर नक्काशी की, हालाँकि मेरी पीठ में दर्द हुआ और जलते हुए दीये से निकलते धुंएँ की गंध से मेरे सिर में दर्द हो रहा था, मेरी आँखें मुश्किल से देख पा रही थीं। लेकिन जब वह सुबह लौटा, तो पट्टियाँ पूरी हो चुकी थीं।

अब मैंने कहा, 'मुझे बताओ जो आपने वादा किया था।'

"तुमने हमारे सौदे का अपना हिस्सा पूरा कर लिया है, मेरे बेटे," उन्होंने मुझसे विनम्रता से कहा, 'और मैं अपना हिस्सा पूरा करने के लिए तैयार हूँ। मैं तुम्हें वे बातें बताऊंगा जो तुम जानना चाहते हो, क्योंकि मैं बूढ़ा होता जा रहा हूँ, और एक पुरानी जीभ को हिलाना पसंद है। और जब युवा लोग सलाह के लिए बूढ़े लोगों के पास आते हैं, तो उन्हें वर्षों के अनुभव का ज्ञान प्राप्त होता है। लेकिन अक्सर युवा सोचते हैं कि ये ज्ञान बीते ज़माने का ज्ञान है जिसका अब कोई महत्व नहीं है, और इसलिए लाभ नहीं उठा पाते। लेकिन यह याद रखना, जो सूरज आज चमकता है, यह वही सूरज है जो तुम्हारे पिता के जन्म के समय भी चमकता था, और तब भी चमकता रहेगा जब तुम्हारे नाती-पोते इस दुनिया में नहीं रहेंगे।'

उन्होंने आगे कहा, "युवाओं के विचार, उज्ज्वल रोशनी हैं जो उल्काओं की तरह चमकती हैं जो आकाश को शानदार बनाती हैं, लेकिन उम्र का ज्ञान स्थिर सितारों की तरह है जो इतने अपरिवर्तित चमकते हैं कि नाविक उन पर निर्भर रह कर अपनी दिशा निर्धारित कर सकते हैं।"

मेरे वचनों को अच्छी तरह से चिन्हित करो, क्योंकि यदि तुम नहीं करोगे तो तुम उस सत्य को समझने से चूक जाओगे जो मैं तुम्हें बताऊंगा, और तुम समझोगे कि तुम्हारी रात की मेहनत बेकार चली गई।

फिर उन्होंने अपनी मोटी भौंहों के नीचे से चतुराई से मेरी ओर देखा और धीमे, लेकिन जोरदार स्वर में बोले, 'मुझे दौलत का रास्ता तब मिला जब मैंने फैसला किया कि मैं अपनी कमाई का एक हिस्सा अपने पास रखूंगा। और तुम भी ऐसा ही करो ।'

फिर उन्होंने मुझे एक ऐसी नज़र से देखा कि मैं खुद को छेदता हुआ महसूस कर सकता था लेकिन कुछ बोले नहीं।

"बस इतना ही?" मैंने पूछा।

"यह एक भेड़ चराने वाले के हृदय को साहूकार के हृदय में बदलने के लिए यह पर्याप्त था," उसने उत्तर दिया।

"लेकिन जो कुछ मैं कमाता हूँ वह मैं ही तो रखता हूँ, है ना?" मैंने पूछा।

"बिल्कुल नहीं," उन्होंने जवाब दिया। 'क्या तुम वस्त्र-निर्माता को भुगतान नहीं करते हो? क्या तुम चंदन बनाने वाले को भुगतान नहीं करते हो? क्या तुम अपने खाने की चीज़ों के लिए भुगतान नहीं करते हो? क्या तुम बिना ख़र्च किए बैबिलोन में रह सकते हो? पिछले महीने की तुम्हारी कमाई कहाँ है? पिछले साल की कहाँ है? मूर्ख! तुम सभी को भुगतान करते हो, लेकिन स्वयं को कुछ नहीं देते। बेवकूफ़, तुम दूसरों के लिए मेहनत करते हो, अपने लिए नहीं। इससे अच्छा है तुम गुलाम बन जाओ, तुम्हारी मेहनत के बदले तुम्हारा मालिक तुम्हें खाने और पहनने के लिए देता रहेगा, उसके लिए काम करो। अगर तुम अपनी कमाई का दसवां हिस्सा अपने लिए रखते हो, तो दस साल में तुम्हारे पास कितना पैसा जमा हो जाएगा?'

संख्याओं के बारे में मेरे ज्ञान ने मुझे नहीं छोड़ा, और मैंने उत्तर दिया, 'जितना मैं एक वर्ष में कमाता हूँ।'

"तुमने सही कहा लेकिन यह आधा सच है," उन्होंने जवाब दिया। 'तुम्हारे द्वारा सहेजा गया हर सोने का सिक्का तुम्हारे लिए काम करने वाला गुलाम है। वह सोने के सिक्के जितना भी तांबा कमाते है वह कमाई उसका बच्चा है, वह भी तुम्हारे लिए कमा सकता है। यदि तुम धनवान बनना चाहते हो, तो जो कुछ तुम बचाते हो उसका निवेश करना चाहिए, ताकि तुम्हारी बचत और उसके बच्चें धन कमाएं, और सभी तुम्हें धनवान बनाने में मदद करें।

उन्होंने आगे कहा, "तुम्हें लग रहा होगा कि मैं तुम्हें तुम्हारी लंबी रात की मेहनत

के बदले धोखा दे रहा हूँ, लेकिन मैं तुम्हें ये सब बताकर, एक हजार गुना भुगतान कर रहा हूँ, यदि तुम्हारे पास मेरे द्वारा बताए गए सत्य को समझने की बुद्धि है।"

तुम जो कमाते हैं उसका एक हिस्सा अपने पास रखो। यह तुम्हारी कमाई के दसवें हिस्से से कम नहीं होना चाहिए, चाहे तुम कितना भी कम कमाते हो। तुम इससे जितना बचा सकते हो, बचा लो। सबसे पहले खुद को भुगतान करो। वस्त्र-निर्माता और चन्दन-निर्माता से इतना अधिक न ख़रीदो जितना तुम बची हुई आय में से उनका भुगतान न कर पाओ।

धन, एक वृक्ष की तरह, एक छोटे से बीज से बढ़ता है। पहला ताँबे का सिक्का जो तुम बचाते हो वह वह बीज है जिससे तुम्हारा धन का वृक्ष उगेगा। जितनी जल्दी तुम उस बीज को बोओगे, वृक्ष उतनी ही जल्दी विकसित होगा। और जितना अधिक ईमानदारी से तुम उस वृक्ष को लगातार बचत के साथ पोषण और पानी देते रहोगे, उतनी ही जल्दी तुम उसकी छाया के नीचे संतोष का आनंद ले पाओगे।यह कहकर वह अपनी पट्टियाँ लेकर चले गए।

मैंने उनकी बताई हुई सलाह के बारे में बहुत सोचा, और वह मुझे तर्कपूर्ण लग रही थी। इसलिए मैंने फैसला किया कि मैं इसे आज़माउंगा। हर बार जब मुझे भुगतान किया जाता था तो मैं ताँबे के प्रत्येक दस सिक्कों में से एक को अलग रख देता था। और यह हो सकता है अजीब लगे, कि मेरे पास पहले की तुलना में धन की कमी नहीं थी। मैंने थोड़ा अंतर देखा जैसे मैं दसवें हिस्से के बिना रहने में कामयाब रहा। लेकिन जैसे-जैसे मेरा भंडार बढ़ने लगा और अक्सर मेरा मन ललचाने लगा था कि मैं इसे खर्च करके व्यापारियों द्वारा प्रदर्शित कुछ अच्छी चीज़ों को खरीद लूँ, जिन्हें ऊँटों और जहाजों द्वारा फिनिशियन्स के देश से लाया जाता था, परन्तु मैंने बुद्धिमानी से काम लिया और ऐसा नहीं किया।

अल्गमिश बारहवें महीने के बाद फिर लौटकर आए और उन्होंने मुझसे पूछा, 'बेटा, क्या तुमने पिछले एक साल में अर्जित की गई कमाई का कम से कम दसवां हिस्सा अपने लिए बचाया?'

मैंने गर्व से उत्तर दिया, 'हाँ, गुरु, मैंने ऐसा किया।' उन्होंने मुस्कुराते हुए कहा 'यह बहुत अच्छा है, और तुमने उन पैसों का क्या किया?'

"मैंने इसे ईंट बनाने वाले अजमूर को दिया है, जिसने मुझे बताया था कि वह दूर देशों की समुंद्री यात्रा पर जा रहा है औरटायर से वह मेरे लिए फिनिशियन्स के दुर्लभ गहने खरीदेगा। जब वह लौटेगा तो हम इन्हें ऊंचे दामों पर बेचेंगे और मुनाफ़े को आपस में विभाजित कर लेंगे।"

"हर मूर्ख अपनी ग़लतियों से सीखता है," वह डांटेंते हुए बोले, "लेकिन तुमने ईंट बनाने वाले के गहनों के ज्ञान पर भरोसा क्यों किया? क्या तुम रोटी बनाने वाले के पास भविष्य के बारे में पूछताछ करने जाओगे? मेरे हिसाब से नहीं, अगर तुम्हारे पास सोचने की थोड़ी सी भी बुद्धि होगी, तोतुम ज्योतिषी के पास ही जाओगे। तुम्हारी बचत चली गई, बच्चे, तुमने अपने धन-वृक्ष को जड़ से उखाड़ दिया है। लेकिन अब दूसरा वृक्ष लगाओ। पुनः प्रयास करो। और अगली बार अगर तुम्हें गहनों के बारे में सलाह लेनी होतो, जौहरी के पास जाना। यदि तुम भेड़ के बारे में सच्चाई जाननी हो तो, चरवाहे के पास जाना। सलाह एक ऐसी चीज़ है जो स्वतंत्र रूप से दी जाती है, लेकिन ध्यान रहे कि तुम केवल वही सलाह मानो जो मानने लायक हो। वह जो ऐसे मामलों में अनुभवहीन व्यक्ति से अपनी बचत के बारे में सलाह लेता है, वह ग़लत सलाह को मान कर अपनी सारी जमा-पूंजी गंवा देता है।" यह कहकर वह चले गए।

"और जैसा उन्होंने कहा था ठीक वैसा ही हुआ। क्योंकि बदमाश फिनिशियन्स ने अज़मुर को कांच के बेकार टुकड़े बेच दिए जो रत्नों की तरह दिखते थे। लेकिन जैसा कि अल्गमिशने मुझे समझाया था, मैंने फिर से प्रत्येक दसवें ताँबे के सिक्के को बचाया, क्योंकि अब मैंने यह आदत बना ली थी और अब ऐसा करना मुश्किल भी नहीं था।"

फिर एक साल बाद, अल्गमिश शास्त्रियों के कमरे में आए और मुझसे बोले, "हमारी आखिरी मुलाक़ात के बाद से तुमने कितनी प्रगति की है?"

मैंने उन्हें बताया, "मैंने अपने आप को ईमानदारी से भुगतान किया है अपनी आय का दसवां हिस्सा बचाकर और अपनी बचत मैंने ढाल बनाने वाले अग्रर को सौंप दी है, कांस्य खरीदने के लिए, और हर चौथे महीने वह मुझे ब्याज़ का भुगतान करता है।"

"यह अच्छा है। और तुम उस ब्याज़ का क्या करते हो?"

मैंने कहा, "मैं शहद, बढ़िया शराब और मसालेदार केक के साथ एक बड़ी दावत करता हूँ। इसके अलावा मैंने अपने लिए एक लाल रंग की जैकेट भी खरीदी है। और अब आने वाले दिनों मैं अपने लिए एक खच्चर भी लेने वाला हूँ।"

मेरी बातें सुनकर अल्गमिश हंस पड़े, "तुम अपनी बचत के बच्चों को मार रहे हो। फिर तुम उनसे कैसे उम्मीद करते हो कि वे तुम्हारे लिए काम करेंगे? और फिर उनके बच्चे कैसे होंगे, जो आगे तुम्हारे काम आएंगे? पहले अपने लिए सोने के गुलामों की एक सेना तैयार करलो और फिर तुम बिना पछतावे के कई बेहतरीन जश्नों का आनंद आराम से ले सकते हो।" इतना कहकर वह फिर चले गए।

उसके बाद ही मैंने उन्हें दो साल तक नहीं देखा, और उसके बाद जब वह फिर

लौटें, उनका चेहरा झुरियों से भरा हुआ था, और उनकी आंखें झुकी हुई थीं, क्योंकि वह बहुत बूढ़े हो चुके थे। और उसने मुझसे पूछा, "अरकद, तुमने जो धन प्राप्त करने का सपना देखा था, क्या उसे प्राप्त कर लिया?"

मैंने उत्तर दिया, कि अब तक उतना धन तो नहीं कमाया जितना मैं चाहता था, परन्तु कुछ मेरे पास कुछ धन इक्कठा हो गया हैं, और वह मेरे लिए ब्याज़ कमाता है, और उसके ब्याज़ से मैं और ब्याज़ कमाता हूँ।

"और क्या तुम अभी भी ईंट बनाने वालों से सलाह लेते हो?"

"ईंट बनाने के बारे में वे अच्छी सलाह देते हैं," मैंने जवाब दिया।

इसके बाद उन्होंने कहा, "अरकद तुमने मेरे सबक अच्छी तरह से लिए हैं। तुमने पहले अपनी आय से कम में अपना खर्चा कैसे चलाया जाए, यह सीखा। इसके बाद तुमने उन लोगों से सलाह लेनी सीखी जो अपने क्षेत्र का अनुभव और ज्ञान रखते थे। और, अंत में, तुमने सोना बनाना सीख लिया है, जो अब तुम्हारे काम आ रहा है।"

"तुमने अपने आप को सिखाया है कि धन कैसे अर्जित किया जाए, इसे कैसे रखा जाए और इसका उपयोग कैसे किया जाए। इसलिए, तुम अब एक जिम्मेदार पद संभालने के लिए सक्षम हो चुके हो। मैं बूढ़ा हो रहा हूँ। मेरे बेटे केवल खर्च करने के बारे में सोचते हैं और कमाई के बारे में नहीं सोचते। मेरी जायदाद बहुत फैली हुई है और मैं अब उसकी देखभाल नहीं कर सकता। यदि तुम निप्पर जाकर मेरी भूमि की देखभाल करोगे, तो मैं तुम्हें अपना साथी बनाऊंगा और तुम्हें मेरी संपत्ति से हिस्सा भी मिलेगा।"

इसलिए मैं निप्पर गया और वहाँ उनकी संपत्ति का कार्यभार संभाला, जो कि बहुत बड़ी थी। क्योंकि मैं महत्वाकांक्षा से भरा हुआ था और मैंने सफलतापूर्वक धन को संभालने के तीन कानूनों में महारत हासिल कर ली थी, इसलिए मैं उनकी संपत्तियों के मूल्य में और अधिक वृद्धि करने में सक्षम था।

अरकद ने बताया, "जब अल्गमिशने इस दुनिया से विदा ली, तब तक मैं समृद्ध हो चुका था, और मुझे उनकी संपत्ति में हिस्सा मिला जैसा कि उनकी वसीयत में लिखा था।" और जब उसने अपनी कहानी पूरी की, तो उसके एक मित्र ने कहा, "आप वास्तव में भाग्यशाली थे कि अल्गमिशने आपको उत्तराधिकारी बनाया।"

मैं भाग्यशाली सिर्फ इस बात में था कि पहली बार उनसे मिलने पर मैंने दौलतमंद बनने की इच्छा ज़ाहिर की थी। क्या चार साल तक मैंने अपनी कमाई का दसवां हिस्सा बचाकर यह साबित नहीं किया कि मुझमे अपने उद्देश्य को पाने की लगन है? क्या

आप एक मछुआरे को भाग्यशाली कहेंगे, जिसने वर्षों तक मछली की आदतों के बारे में अध्ययन किया, ताकि वह हवा बदलने के साथ उन पर जाल डाल सके? अवसर एक घमंडी देवता है जो उन लोगों के साथ समय बर्बाद नहीं करता जो खुद को उसका फ़ायदा उठाने के लिए तैयार नहीं रखते।

"आपके पास अपने पहले साल की बचत खोने के बाद भी मजबूत इच्छा शक्ति थी। उस मामले में आपअसाधारण हैं," दूसरेदोस्त ने कहा।

अरकद ने जवाब दिया। "इच्छा शक्ति! क्या बकवास है। क्या आपको लगता है कि इच्छा शक्ति एक आदमी को एक बोझ उठाने की ताकत देती है जिसे ऊंट नहीं उठा सकता है, या एक भार को खींचने की ताकत दे सकती है जिसे बैल नहीं हिला सकते? इच्छा शक्ति केवल एक कार्य करने का दृढ़ संकल्प है, जिसको आपने पूरा करने का फैसला लिया है। अगर मैं अपने लिए एक कार्य निर्धारित करता हूँ, चाहे वह कितना भी छोटा हो, मैं उसको कर लूंगा। नहीं तो, मुझमें महत्वपूर्ण काम करने के लिए आत्मविश्वास कैसे आएगा? अगर मैं खुद से कहूँ, 'सौ दिनों तक, जब मैं शहर जाने वाले पुल को पार करूंगा, तब मैं सड़क से एक कंकड़ उठाकर रोज़ नदी में डालूंगा," मैं यह करूँगा।

यदि सातवें दिन मैं यह भूलकर आगे बढ़ जाता हूँ, तो अपने आप से यह नहीं कहूँगा, कि कल मैं दो कंकड़ डालूंगा। इसके बजाय, मैं अपने कदम पीछे कर लूँगा और कंकड़ डाल दूंगा। और न ही बीसवें दिन मैं अपने आप से कहूँगा, 'अरकाद, यह बेकार है। रोज कंकड़ डालने से क्या फायदा? एक बार ही मुट्ठी भर फेंको और इस झंझट से मुक्ति पाओ। नहीं, मैं ऐसा नहीं कहूँगा और न ही करूंगा। जब मैं अपने लिए कोई कार्य निर्धारित करता हूँ, तो मैं उसे पूरा करता हूँ।

इसलिए, मैं सचेत रहता हूँ कि मैं कठिन और अव्यवहारिक कार्यों को शुरू न करूं, क्योंकि मुझे फुरसत के पल पसंद है।

और फिर एक अन्य मित्र ने बात की और कहा, "यदि आप जो कहे रहे हैं वह सच है, और जैसा आपने कहा है, वह तर्कपूर्ण लगता है, फिर इतना सरल होने के कारण, यदि सभी पुरुषों ने ऐसा किया, तो पर्याप्त धन का आदान-प्रदान नहीं हो पाएगा।"

अरकद ने उत्तर दिया। "धन वहाँ बढ़ता है जहाँ लोग मेहनत करते हैं, यदि कोई धनी व्यक्ति अपने लिए एक नया महल बनाता है, तो वह जिस सोने का भुगतान करता है क्या वह गायब हो जाता है? नहीं, ईंट बनाने वाले के पास इसका हिस्सा है और

मजदूर के पास इसका हिस्सा है, और कलाकार के पास इसका हिस्सा है। और जो कोई महल बनाने में परिश्रम करता है, उन सबको उनका हिस्सा मिलता है, फिर जब महल बनकर तैयार हो जाता है, तो क्या वह अपनी लागत जितना क़ीमती नहीं होता? और क्या वह ज़मीन जिस पर महल बना है, उसकी क़ीमत नहीं बढ़ती? और क्या उस महल के आसपास की ज़मीन की क़ीमत नहीं बढ़ेगी? धन जादुई तरीकों से बढ़ता है। कोई भी आदमी इसकी सीमा की भविष्यवाणी नहीं कर सकता। क्या फोनीशियनों ने समुद्र पर उनके व्यापार के जहाजों से आने वाली संपत्ति के साथ बंजर तटों पर महान शहर नहीं बनाए हैं?"

उसके एक अन्य दोस्त ने पूछा, "तो फिर आप हमें क्या करने की सलाह दोगे जिससे कि हम भी अमीर बन जाएँ? हमारे कई साल बर्बाद चुके हैं और हम अब युवा नहीं रहे और हमारे पास कोई बचत भी नहीं है।"

"मैं सलाह देता हूँ कि आप अल्गमिश के ज्ञान को अपनाए और अपने आप से कहें, 'मैं जो कुछ कमाता हूँ उसका एक हिस्सा मैं अपने लिए बचा कर रखूँगा।" इसे आप सुबह उठते ही आपने आप से दोहराएँ। दोपहर में दोहराएँ। रात में दोहराएँ। इसे हर दिन हर घंटे दोहराते रहें। इसे अपने आप से तब तक कहते रहो, जब तक कि ये शब्द आकाश में आग के अक्षरों की तरह साफ दिखाई न देने लगे।

"अपने आप को इस विचार से प्रभावित करें। अपने आप को विचार से भरें। फिर आय का जितना भी हिस्सा ठीक लगे, उसे बचाएं। इसे ऐसे निर्धारित करें कि वह आपकी कमाई के दसवें हिस्से से कम न हो। यदि आवश्यक हो तो अपने अन्य खर्चों को कम करें। लेकिन पहले उस दसवें हिस्से को अलग रख दें। जल्द ही आप उस ख़ज़ाने के मालिक बन जाएंगे, जिस पर सिर्फ आपका ही हक़ होगा, और इस एहसास से आपको संतुष्टि मिलेगी। जैसे-जैसे यह बढ़ता जाएगा, यह आपको उसको और अधिक बढ़ाने की प्रेरणा देगा। जीवन का एक नया आनंद आपको रोमांचित करेगा।

अधिक कमाने के लिए आप और अधिक कोशिश करेंगे। आपकी बढ़ी हुई कमाई से, क्या आपकी बचत की प्रतिशत नहीं बढ़ेगी?

फिर अपने ख़ज़ाने को अपने लिए काम करना सिखाओ। इसे अपना गुलाम बनाओ। इसके बच्चों और फिर उसके बच्चों के बच्चों को अपने लिए काम करना सिखाओ।

अपने भविष्य के लिए एक आय को सुरक्षित रखे। बुज़ुर्गों को देखें और यह न भूलें कि आने वाले दिनों में आप भी उनके बीच गिने जाएंगे। इसलिए बड़ी सावधानी से अपने ख़ज़ाने का निवेश करें ताकि यह बर्बाद न हो जाए। मुनाफे की व्यर्थ दरें धोखेबाज़ी का सायरन हैं जो अपनी आर्कषित योजनाओं से सबको लुभाते हैं लेकिन

यह असावधान लोगों को नुकसान और पछतावे के अलावा और कुछ नहीं देती।

बुद्धिमान पुरुषों से परामर्श करें। उन पुरुषों की सलाह लें, जिनका दैनिक कार्य पैसे को संभालना है। वह आपको ऐसी ग़लतियों से बचाने में मदद करेंगे, जैसा कि मैंने ईंट बनाने वाले अजमूर को अपनी कमाई सौंपते समय की थी। कम लेकिन सुरक्षित मुनाफ़ा जोखिम से कहीं अधिक बेहतर है।

यहाँ रहते हुए जीवन का आनंद लें। अधिक तनाव न लें या बहुत अधिक बचत करने का प्रयास न करें। यदि आप अपनी कमाई का दसवां हिस्सा आराम से बचा पा रहे हैं, तो उतना ही बचाकर संतुष्ट रहें। अपनी आय के अनुसार जीवन जिएं, ज़रूरत से ज़्यादा कंजूस न बनें, और न ही खर्चा करने से डरें। जीवन बहुत अच्छा है और जीवन में बहुत सी सार्थक चीज़ें हैं, जिनका आनंद लेना चाहिए।

उसके दोस्तों ने उसका आभार व्यक्त किया और चले गए। जाते समय कुछ चुप थे, क्योंकि उनके पास कोई कल्पना नहीं थी और वे अरकद की बातें समझ नहीं सकें थे। कुछ लोग व्यंग्यात्मक थे, क्योंकि वह सोच रहे थे कि इतने अमीर आदमी को पुराने दोस्तों में कुछ धन बांटना चाहिए जो उसके जितने भाग्यशाली नहीं थे। लेकिन कुछ की आंखों में एक नई रोशनी थी। उन्होंने महसूस किया कि अल्गमिश हर बार शास्त्रियों के कमरे में वापस आता था, क्योंकि वह देख रहा था कि एक आदमी अंधेरे से प्रकाश की ओर बढ़ रहा है। जब उस आदमी को ज्ञान का प्रकाश मिल गया, तो एक अवसर, एक पद उसकी प्रतीक्षा कर रहा था। कोई भी उस स्थान को तब तक नहीं भर सकता था जब तक कि वह अवसर के लिए तैयार न हो और अपने ज्ञान को विकसित न करले।

ये बाद वाले लोग, कई सालों तक अक्सर अरकद से मिलते रहें, जिसने ख़ुशी से उनका स्वागत किया। उसने उनके साथ परामर्श किया और उन्हें समझदारी भरी सलाह दी, जैसा अनुभवी लोग अक्सर ख़ुशी-ख़ुशी करते हैं। और उसने उनकी बचत को इस प्रकार निवेश करने में सहायता की, जिससे उन्हें सुरक्षित ब्याज़ मिल सके और उनका पैसा सुरशित रहे और वह उन निवेशों में न उलझे जो उनको लाभ न दे सके।

इन लोगों के जीवन में एक महत्वपूर्ण मोड़ उस दिन आया, जब उन्हें उस सच्चाई का एहसास हुआ, जो अल्गमिश से अरकद और अरकद से उन्हें जानने को मिली थी।

अपनी कमाई का दसवां हिस्सा अपने पास रखें।

खाली पर्स के सात इलाज

बैबिलोन की प्रतिष्ठा सदा बनी रहती है। सदियों के बाद भी, अपने शानदार ख़ज़ानों के कारण, यह सबसे अमीर शहरों में गिना जाता है। परंतु हमेशा से ऐसा नहीं था। बैबिलोन अपने नागरिकों की बुद्धिमानी के कारण दौलतमंद बना था।

वहाँ के नागरिकों ने, पहले अमीर बनना सीखा था।

राजासरगोन, जब अपने शत्रु को हराकर बैबिलोन लौटें, तब वह एक गंभीर स्थिति का सामना कर रहे थे। शाही कुलाधिपति ने राजा को बताया:

"आपकी महिमा ने सिंचाई के लिए नहरों और देवताओं के शक्तिशाली मंदिरों का निर्माण किया था, जिससे कई सालों तक हमारे लोग समृद्ध रहें, अब जब ये काम पूरा हो गया है, तो लोग खुद का भरण-पोषण करने में असमर्थ हैं। मजदूर बेरोजगार हैं। व्यापारियों के पास कुछ ही ग्राहक बचे हैं। किसान अपनी फ़सल बेचने में असमर्थ हैं। लोगों के पास भोजन खरीदने के लिए पर्याप्त सोना नहीं है।"

"लेकिन वह सारा सोना कहाँ गया जो हमने इन महान उन्नतियों के कार्यों पर खर्च किया था?" राजा ने पूछा।

कुलाधिपति ने जवाब दिया, "मुझे लगता है, कि वह सोना हमारे शहर के कुछ बहुत अमीर लोगों के कब्जे में है। यह हमारे अधिकांश लोगों की उंगलियों के माध्यम से उस ऐसे निकाल गया, जैसे बकरी का दूध छलनी से निकाल जाता है। अब सोने की धारा बहना बन्द हो गई है, और हमारे अधिकांश लोगों की कमाई खत्म हो चुकी है।"

राजा कुछ देर सोच में पड़ा रहा। फिर उसने पूछा, "इतने कम लोग कैसे सारा सोना हासिल कर सकते हैं?"

कुलाधिपति ने उत्तर दिया, "क्योंकि वे लोग सोने को हासिल करना जानते हैं। हम किसी भी कामयाब व्यक्ति की निंदा सिर्फ नहीं कर सकते, क्योंकि वह कामयाब होने का तरीका जानते हैं। न ही यह न्याय होगा, कि उनकी मेहनत से कमाया हुआ सोना, हम कम योग्य व्यक्तियों में बाँट दें।"

.राजा ने पूछा, "लेकिन क्यों! क्या सभी लोगों को नहीं सीखना चाहिए कि सोना कैसे जमा किया जा सकता है, जिससे वह भी अमीर और समृद्ध बन सकें?"

संभव है, महाराज। लेकिन उन्हें सिखाएगा कौन? पुजारी तो निश्चित रूप से नहीं, क्योंकि वे धन कमाना नहीं जानते।

"हमारे पूरे शहर में सबसे बेहतर तरह से कौन जानता है कि अमीर कैसे बना जाता है?" राजा ने पूछा।

"आपका प्रश्न ही उत्तर दे रहा है, महाराज। बैबिलोन में सबसे बड़ी संपत्ति किसने जमा की है?"

"बिल्कुल सही कहा, मेरे योग्य कुलाधिपति। वह अरकद है। वह बैबिलोन का सबसे अमीर आदमी है। उसे कल ही मेरे पास लेकर आओ।"

अगले दिन, जैसा कि राजा ने आदेश दिया था, अरकद उसके सामने पेश हुए, हालांकि अब वह बूढ़े हो चुके थे, परंतु अभी तेज़ और फुर्तीले नज़र आ रहे थे।

राजा बोला, "अरकद, क्या यह सच है कि तुम बैबिलोन के सबसे अमीर आदमी हो?"

"लोग ऐसा कहते है, महाराज, और कोई भी इस पर संदेह भी नहीं करता है।"

"तुम इतने अमीर कैसे बन गए?"

"उन अवसरों का लाभ उठाकर, जो हमारे महान शहर के सभी नागरिकों के लिए उपलब्ध हैं।"

"तुम्हारे पास शुरूआत में तो कुछ भी नहीं था?"

"केवल धन कमाने की एक तीव्र इच्छा थी। इसके अलावा, कुछ भी नहीं।"

राजा ने आगे कहा, "अरकद, हमारा शहर बहुत दयनीय स्थिति में है क्योंकि यहाँ कुछ ही लोग धन कमाना जानते हैं और इसलिए धन पर उनका एकाधिकार हो चुका है, जबकि हमारे ज़्यादातर नागरिकों को इसका ज्ञान नहीं है कि वे सोने की बचत करके

कैसे खुद धनवान बना सकते हैं।"

मेरी इच्छा है कि बैबिलोन दुनिया का सबसे धनी शहर बनें। इसलिए, इस शहर में कई धनी पुरुष होने चाहिए। इसलिए, हमें सभी लोगों को धन अर्जित करना सिखाना होगा। मुझे बताओ, अरकद, क्या धन प्राप्ति का कोई रहस्य है? क्या इसे सिखाया जा सकता है?

"महाराज, यह व्यावहारिक है, कि अगर कोई आदमी किसी चीज़ के बारे में कुछ जानता है, तो वह वही चीज़ दूसरों को भी सीखा सकता है।"

राजा की आँखें चमक उठीं। "अरकद, तुमने वह शब्द बोले, जो मैं सुनना चाहता था। क्या तुम इस महान कार्य में हमारा साथ देने को तैयार हो? क्या तुम अपना ज्ञान शिक्षकों को दे सकते हो, जिससे वह हर दूसरे व्यक्ति को तब तक पढ़ाएगाजब तक कि हमारे शहर के हर एक नागरिक को अमीर बनने का तरीका न पता चल जाए?"

अरकद ने झुककर कहा, "मैं आपका विनम्र सेवक हूँ, मैं आपकी आज्ञा का ज़रूर पालन करूंगा। मेरे पास जो भी ज्ञान है, मैं उसे ख़ुशी से अपने साथियों की भलाई और अपने राजा की महिमा के लिए बांटने को तैयार हूँ। अपने योग्य कुलाधिपति को मेरे लिए सौ पुरुषों की एक सूची की व्यवस्था करने के लिए कहें, और मैं उन्हें वे सात इलाज़ सिखाऊँगा जिनसे मेरा पर्स मोटा हो गया था, जो कभी पूरे बैबिलोन का सबसे खाली पर्स हुआ करता था।"

दो सप्ताह बाद, राजा के आदेश के अनुसार, चुने हुए सौ लोग ज्ञान के मंदिर के हॉल में इकट्ठे हुए, और एक अर्धवृत्त के आकार में बैठे गए। अरकद एक छोटे से ताबूत के पास बैठा था, जिस पर एक पवित्र दीपक जल रहा था, वहाँ से एक अजीब और मनभावन गंध आ रही थी।

जैसे ही अरकद खड़ा हुआ, एक छात्र अपने पड़ोसी को कोहनी मारते हुए बोला, "देखो बैबिलोन के सबसे धनी व्यक्ति। लेकिन वह भी हम बाकी लोगों की तरह ही एक इंसान है।"

अरकद ने शुरू किया, "हमारे महान राजा के एक कर्तव्य परायण विषय के लिए, मैं उनकी सेवा में आपके सामने खड़ा हूँ।"

पहले मैं एक गरीब युवक था जिसे सोना पाने की बहुत इच्छा थी, क्योंकि मुझे वह ज्ञान मिला जिसने मुझे इसे हासिल करने में सक्षम बनाया, वह चाहते हैं कि वही ज्ञान मैं आप लोगों को भी दूँ, जिससे आप लोग भी मेरी तरह अमीर बन सको।

"मैंने अपना जीवन बहुत दीनता के साथ शुरू किया था। मेरे पास कोई सुविधा नहीं थी, जैसा कि तुम और बैबिलोन के प्रत्येक नागरिक ने जिनका पूरा आनंद नहीं लिया।"

मेरे खज़ाने का पहला भण्डार एक पर्स था। मुझे इसकी बेकार के खालीपन से नफरत थी। मैं चाहता था कि यह गोल और भरा हुआ हो, सोने की आवाज से खनकता हुआ। इसलिए, मैंने दुबले-पतले पर्स के लिए हर तरह के इलाज़ की तलाश की। जिससे मुझे सात इलाज़ मिले।

आप लोग, जो मेरे सामने इकट्ठे हुए हैं, मैं आप लोगों के सामने एक खाली पर्स को भरने के लिए सात इलाजों की व्याख्या करूंगा, जो मैं उन सभी पुरुषों को बताता हूँ जो बहुत अधिक सोना हासिल करना चाहते हैं। सात दिनों तक हर दिन मैं आपको सात इलाजों में से एक-एक इलाज़ समझाऊंगा।

उस ज्ञान को ध्यान से सुनना, जो मैं आप लोगों को अब बताने जा रहा हूँ। उनके विषय में मेरे साथ बहस करना। आपस में चर्चा करना। इन शिक्षा को अच्छी तरह से सीखना, इसी शिक्षा को पाकर आप भी अपने पर्स में धन के बीज बो सकोगे। पहले आप में से प्रत्येक को बुद्धिमानी से इन इलाजों को अपनाकर खुद अमीर बनना होगा। उसके बाद ही इन शिक्षाओं को आप दूसरों को सिखाने के लिए सक्षम बनोगे।

मैं आप लोगों को सरल तरीके से सिखाऊंगा कि कैसे अपने पर्स को मोटा करना है। यह धन के मंदिर की ओर जाने वाला पहला कदम है, और कोई भी आदमी आगे की सीढ़ियों पर नहीं चढ़ सकते जो पहले कदम पर अपने पैर मजबूती से नहीं रखते।

"अब हम पहले इलाज़ पर विचार करेंगे।"

पहला इलाज

अपने पर्स को मोटा बनाना शुरू करें

दूसरी पंक्ति में बैठे एक विचारशील व्यक्ति को संबोधित करते हुए अरकद ने उससे पूछा। "मेरे अच्छे दोस्त, आप किस शिल्प में काम करते हैं?"

आदमी ने उत्तर दिया, "मैं एक मुंशी हूँ और मिट्टी की पट्टियों पर अभिलेख लिखता हूँ।"

"मैंने भी ऐसे काम से अपना पहला ताँबा कमाया था। इसलिए, आपके पास धन

कमाने का मेरे समान ही अवसर है।"

उसने एक फूले हुए चेहरे वाले व्यक्ति से बात की, जो बहुत पीछे था। "आप अपनी रोज़ी-रोटी कमाने के लिए क्या करते हैं?"

उस आदमी ने जवाब दिया, "मैं एक कसाई हूँ। मैं बकरियों को किसानों से खरीदता हूँ, और उन्हें काँट कर उनका मांस गृहिणियों को और खाल को जूतें बनाने वालों को बेचता हूँ।"

"क्योंकि कि आप भी मेरी तरह परिश्रम से कमाई करते हैं, इसलिए तुम्हारे पास भी सफलता पाने का उतनी ही सुविधा है, जितनी मेरे पास थी।"

इस प्रकार अरकद ने वहाँ मौजूद हर व्यक्ति से उनके जीविका कमाने के साधन के बारे में यह पता लगाने की कोशिश की। सबसे सवाल पूछने के बाद उसने कहा:

"अब, मेरे छात्रों, आप सब देख सकते हैं कि ऐसे कई व्यवसाय और श्रम हैं जिन से व्यक्ति धन कमा सकता है। कमाई का प्रत्येक तरीका सोने की एक धारा है, जिसमें से कार्यकर्ता अपनी मेहनत से अपने हिस्से की धारा को अपने पर्सकी ओर मोड़ सकता है। इसलिए आप में से हरेक के पर्स में उसकी क्षमता के अनुसार बड़े या छोटे सिक्कों की एक धारा प्रवाहित होती है। क्या ऐसा नहीं है?"

वहाँ मौजूद सब लोग उसकी कही गई बात से सहमत हुए।

अरकद ने आगे कहा, "यदि आप सभी धनवान बनना चाहते हैं, तो क्या उस धन के स्रोत का उपयोग करना शुरू करना बुद्धिमानी नहीं है जिसे आपने पहले ही स्थापित कर लिया है?"

इस पर वे सहमत हो गए।

फिर अरकद ने एक गरीब आदमी की ओर रुख किया, जिसने खुद को अंडों का व्यापारी बताया था। "यदि आपने अपनी टोकरियों में से किसी एक टोकरी को चुनकर उसमें हर सुबह दस अंडे रखें और हर शाम नौ अंडे निकाल लिए, तो अंत में क्या होगा?"

"वह थोड़े दिनों बाद पूरी भर जाएगी।"

"क्यों?"

"क्योंकि हर दिन मैं जितने अंडे उसमें से निकलता हूँ, उससे एक अधिक अंडा रखता हूँ।"

अरकद मुस्कुराते हुए कक्षा की ओर मुड़ा। "क्या यहाँ किसी आदमी के पास

खाली पर्स है?"

पहले तो वे ख़ुश दिख रहे थे। फिर वे हँसे। अंत में उन्होंने मजाक में अपने खाली पर्स लहराए।

ठीक है, उन्होंने आगे कहा, अब मैं आप लोगों को पहला इलाज़ बताऊंगा जो मैंने एक खाली पर्स को ठीक करने के लिए सीखा था।

आप लोगों को ठीक वैसा ही करना है जैसा मैंने अंडा व्यापारी को सुझाया था। अपने पर्स में रखे गए दस सिक्कों में से, उपयोग के लिए केवल नौ सिक्के ही निकालें। आपका पर्स उसके बाद धीरे-धीरे मोटा होना शुरू हो जाएगा और इसका बढ़ता वजन आपके हाथ में अच्छा लगेगा और आपकी आत्मा को संतुष्टि देगा।

मैंने जो कहा, उसकी सरलता के कारण उसको मज़ाक में मत लेना। सत्य हमेशा सरल होता है। मैंने आपसे कहा था कि मैं बताऊंगा कि मैंने अपनी संपत्ति कैसे बनाई। मैंने भी ऐसे ही शुरुआत की थी। मेरा पर्स भी पहले खाली रहता था और उसे मैं कोसा करता था, क्योंकि मेरी इच्छाओं को संतुष्ट करने के लिए उसके अंदर कुछ नहीं था। लेकिन जब मैंने अपने पर्स में दस सिक्के डालकर, नौ सिक्के निकालने शुरू किए, तो यह मोटा होने लगा। ऐसा ही आप लोगों के साथ भी होगा।

"अब मैं आप लोगों को एक अजीब सच बताऊंगा, जिसका कारण मैं भी नहीं जानता। जब मैंने अपनी कमाई के नब्बे प्रतिशत हिस्से से अधिक खर्च करना बंद कर दिया, तब भी मेरा खर्चा पहली की तरह आराम से चलता रहा। इसके अलावा, कुछ समय के बाद, मेरे पास सिक्के पहले की तुलना में अधिक आसानी से जमा हो रहें थे। निश्चय ही यह परमेश्वर की व्यवस्था है कि जो कोई भी अपनी सारी कमाई में से कुछ हिस्सा बचाकर रखता और खर्च नहीं करता है, उसे सोना अधिक आसानी से मिलता है।"

इसी तरह जिसका पर्स खाली होता है, सोना उससे परहेज करता है।

आप सबसे अधिक किसको पाने की इच्छा रखते हो? क्या यह आपकी हर दिन की इच्छाओं की संतुष्टि है - जैसे गहना, बेहतर वस्त्र, अधिक भोजन? ये सब चीज़ें जल्दी खत्म हो जाती है और भूला दी जाती हैं। या यह ज़्यादा महत्वपूर्ण सामान है - सोना, भूमि, मवेशी, व्यापार, आय में इजाफ़ा करने वाले निवेश? जो सिक्के आप अपने पर्स से पहले खर्च करते हैं, वे आपकी तात्कालिक ज़रूरतों को पूरा करते हैं। जो सिक्के आप उसमें छोड़ते हो, वे लंबे समय की ज़रूरतों को पूरा करते हैं।

मेरे छात्रों, यह पहला इलाज़ था जो *मैंने अपने खाली पर्स के लिए खोजा था:*

'मैं अपनेपर्स के दस सिक्कों में से केवल नौ सिक्के ही खर्च किया करता था।' इस पर आपस में वाद-विवाद करना। यदि कोई इसे असत्य सिद्ध कर दे, तो मुझे कल बता देना।

दूसरा इलाज

अपने खर्चों पर नियंत्रण रखें

दूसरे दिन अरकद ने अपने छात्रों को संबोधित करते हुए कहा, "आप में से कुछ छात्रों ने मुझसे यह पूछा है: एक आदमी अपनी कमाई का दसवां हिस्सा अपने पर्स में कैसे रख सकता है, जबकि उसके द्वारा कमाए गए सभी सिक्के उसके आवश्यक खर्चों के लिए पर्याप्त नहीं हैं?"

"कल आप से कितने लोगों के पास खाली पर्स थे?"

"हम सभी के," कक्षा ने उत्तर दिया।

जबकि, आप सभी लोगों की कमाई समान नहीं हैं। कुछ दूसरों की तुलना में बहुत अधिक कमाते हैं। कुछ के पास भरण-पोषण करने के लिए बहुत बड़े परिवार हैं। फिर भी, सभी पर्स समान रूप से खाली थे। अब मैं आप लोगों को मनुष्यों के बारे में एक असामान्य सच्चाई बताऊंगा। वह यह है; कि हम में से प्रत्येक अपने 'आवश्यक खर्च' को हमेशा अपनी आय के बराबर बढ़ाते रहते हैं, जब तक कि हम इन पर काबू पाने की कोशिश नहीं करते।

अपनी इच्छाओं के साथ आवश्यक खर्चों को भ्रमित न करें। आप में से प्रत्येक व्यक्ति की, खुद की और परिवार के लोगों की इच्छाएं, आपकी कमाई से कई अधिक हैं। इसलिए आपकी कमाई इन इच्छाओं को शांत करने में खर्च की जाती है। इसके बावजूद भी आपकी कई अधूरी इच्छाएं बरकरार रहती हैं।

सभी मनुष्य जितना वे संतुष्ट कर सकते हैं उससे अधिक इच्छाओं के बोझ तले दबे हैं। मेरे धन के कारण आप लोगों को लगता है कि मैं हर इच्छा को पूरा कर सकता हूँ? 'यह एक ग़लत सोच है। मेरे समय की सीमाएं हैं। मेरी ताकत की सीमाएं हैं। उस दूरी की सीमाएँ, जहां तक मैं यात्रा कर सकता हूँ। मैं जो खा सकता हूँ उसकी सीमाएं हैं। उस उत्साह की सीमाएं हैं जिसके साथ मैं आनंद ले सकता हूँ।

मैं आप लोगों से कहता हूँ कि जिस प्रकार किसान जहां कहीं भी जड़ों के लिए जगह छोड़ता है, वहाँ जंगली घास उगती है, वैसे ही जब भी इच्छाओं की संतुष्ट होने

की संभावना होती है तो इंसान के अंदर स्वतंत्र रूप से इच्छाएं जागृतहोने लगती हैं। हमारी इच्छाएं असीमित हैं, लेकिन जिन इच्छाओं को हम शांत कर सकते हैं, वे सीमित होती हैं।

सोच-समझकर अपनी जीवनशैली की आदतों का अध्ययन करें। यहाँ अक्सर कुछ खर्चे मिल सकते हैं जिन्हें सोच समझ कर कम या समाप्त किया जा सकता है। अपना यह सिद्धांत बना लें कि प्रत्येक सिक्के को खर्च करने पर, आपको सौ प्रतिशत संतुष्टि मिले।

"इसलिए, मिट्टी पर हर उस चीज़ को उकेरें जिसके लिए आप खर्च करना चाहते हैं। उनमें से केवल उनका ही चयन करें जो आवश्यक हैं और अन्य जो आपकी आय के नौ-दसवें हिस्से के खर्च के माध्यम से संभव हैं। बाकी को मिटा दें और उन्हें उन असीमित इच्छाओं को एक हिस्सा मानें, जो पूरी नहीं हो सकती और उनके लिए पछतावा न करें।"

"फिर अपने ज़रूरी खर्चों का बजट तैयार करें। उस दसवें हिस्से को मत छुओ, जो आपके पर्स को मोटा कर रहा है। वह मोटा पर्स आपकी प्रबल इच्छाओं की पूर्ति करेगा। अपने बजट पर काम करते रहें, समय-समय पर इसे नियंत्रित करते रहें। अपने मोटे पर्स की रक्षा करने के लिए, बजट को अपना पहला सहायक बनाए।"

इस पर एक छात्र लाल और सुनहेरे रंग के कपड़ें पहने खड़ा हुआ और बोला, "मैं एक स्वतंत्र व्यक्ति हूँ।"

मेरा मानना है कि जीवन की अच्छी चीज़ों का आनंद लेना मेरा अधिकार है। इसलिए मैं एक बजट की गुलामी के खिलाफ विद्रोह करता हूँ जो यह निर्धारित करता है कि मैं कितना और किन-किन चीज़ों पर खर्च कर सकता हूँ। मुझे लगता है कि यह मेरे जीवन में ख़ुशी को कम कर देगा और यह मुझे बोझ ढोने वाले एक गधे जैसा बना देगा।

अरकद ने उससे पूछा, "मेरे दोस्त, आपका बजट कौन निर्धारित करेगा?"

विरोध करने वाले ने जवाब दिया, "मैं इसे अपने लिए खुद बनाऊंगा।"

अगर एक बोझा ढोने वाला गधा बजट तैयार करेगा, तो क्या वह उसमें गहने और गलीचा और सोने की भारी सलाखों को शामिल करेगा? वह ऐसा नहीं करेगा। वह इन सब चीज़ों के बजाय खुद पर रेगिस्तान के लिए घास, अनाज और पानी का बोझ लादेगा।

बजट का उद्देश्य आपके पर्स को मोटा करने में मदद करना है। यह आपकी ज़रूरतों को पूरा करने में आपकी सहायता करेगा, और जहाँ तक संभव होगा, आपकी अन्य

इच्छाओं को भी पूरी करेगा। इसकी मदद से ही आप सामान्य इच्छाओं से अपनी सबसे प्रिय इच्छाओं का बचाव कर पाएंगे, जिससे वह बाद में पूरी हो पाएँगी। एक अंधेरी गुफा में एक उज्ज्वल प्रकाश की तरह आपका बजट आपके पर्स के छेदों को दिखाता है और उन्हें बंद करने में आपकी मदद करता है। आपको निश्चित और संतुष्टिदायक उद्देश्यों के लिए अपने खर्चों को नियंत्रित करने में सक्षम बनाता है।

"एक खाली पर्स के लिए यह दूसरा इलाज़ है। अपने खर्चों के लिए बजट तैयार करें, जिससे कि आपके पास अपनी आवश्यकताओं को पूरा करने के लिए सिक्के रहें, और आप अपनी नब्बे प्रतिशत आय में ही अपनी सार्थक इच्छाओं का आनंद ले सकें।"

तीसरा इलाज

अपने सोने में वृद्धि करें

"देखो, आपका दुबला-पतला पर्स मोटा होता जा रहा है। और ऐसा इसलिए संभव हुआ, क्योंकि आपने अपनी कमाई का दसवां हिस्सा उसमें छोड़ने के लिए खुद को अनुशासित किया है। आपने अपने बढ़ते ख़ज़ाने की रक्षा के लिए अपने खर्चों को नियंत्रित किया है। इसके बाद, हम अब इस बारे में सोचेंगे कि आप अपनी बचत से किस तरह मेहनत करवा कर कैसे अपने ख़ज़ाने में बढ़ोतरी कर सकते हैं। पर्स में रखा सोना एक कंजूस आत्मा को संतुष्टि ज़रूर देता है, लेकिन वह कुछ कमाता नहीं है। हम अपनी कमाई से जो सोना बचाकर रख सकते हैं, वह सिर्फ एक शुरुआत है।

इस बचत से जो कमाई होगी वह हमारे भाग्य का निर्माण करेगी। इसलिए तीसरे दिन अरकद ने अपनी कक्षा से कहा।

इसके लिए, हम अपना सोना या बचत को कैसे काम में ला सकते हैं? मेरा पहला निवेश दुर्भाग्यपूर्ण था, क्योंकि मैंने सब कुछ खो दिया। इसकी कहानी मैं बाद में बताऊंगा। मेरा पहला लाभ दायक निवेश एक ऋण था जिसे मैंने ढाल बनाने वाले अग्रर नाम के एक व्यक्ति को दिया था। हर साल, वह अपने व्यापार में इस्तेमाल करने के लिए समुद्र के पार से बहुत बड़ी मात्रा में कांस्य खरीदता था। व्यापारियों को भुगतान करने के लिए पर्याप्त पूंजी की कमी के कारण, वह उन लोगों से उधार लेता जिनके पास अतिरिक्त धन होता था। वह एक सम्माननीय व्यक्ति था। बाद में जब उसकी ढालें बिक जाती थीं, उन पैसों से वह अपना उधार ब्याज़ सहित चुका देता था।

हर बार जब भी मैंने उसे उधार दिया, मैंने उसे ब्याज़ के पैसे भी उसको वापस

उधार के रूप में दे दिए जो वह मुझे चुकता था। इसलिए न केवल मेरी पूंजी में वृद्धि हुई, बल्कि मेरी कमाई में भी वृद्धि हो जाती थी। सबसे अधिक संतुष्टि मुझे यह थी कि ये रकम ब्याज़ के साथ मेरे पर्स में वापस आ जाती थी।

"मेरे छात्रों, मैं आपको बता रहा हूँ, एक आदमी की संपत्ति उसके पर्स में रखे सिक्कों में नहीं होती है; संपत्ति वह आय है जो तुम खुद बनाते हो बचत को सही जगह निवेश करके, यह वह सोने की धारा है, जो लगातार उसके पर्स में बहती है और उसे हमेशा उभारती रहती है। यही हर इंसान चाहता है। आप में से हर एक यही चाहता है; कि एक आय लगातार उसके पर्स में आती रहे, फिर चाहे आप काम करें या कहीं दूर स्थान की यात्रा करें।"

मैंने ज्यादा आय अर्जित की है। इतनी ज़्यादा कि मुझे एक बहुत अमीर आदमी कहा जाता है। अग्रर को मेरे द्वारा दिया गया ऋण, लाभदायक निवेश में मेरा पहला प्रशिक्षण था। इस अनुभव से ज्ञान प्राप्त करते हुए, मैंने अपनी पूंजी में वृद्धि के रूप में अपने ऋण और निवेश बढ़ाया। पहले तो कुछ स्रोत से, उसके बाद कई स्रोतों से, मेरे पर्स में धन की एक सुनहरी धारा प्रवाहित होने लगी, जिसका मैं समझदारी से अपने मन मुताबिक इस्तेमाल कर सकता था।

देखो, मैंने अपनी मामूली कमाई से सोने के गुलामों का एक जत्था उत्पन्न किया था, प्रत्येक सिक्का मेरे लिए मेहनत करता और अधिक सोना कमाता था। जैसे उन्होंने मेरे लिए परिश्रम किया, वैसे ही उनके बच्चों ने भी और उनके बच्चों के बच्चों ने भी तब तक मेहनत की जब तक कि उनके संयुक्त प्रयासों से बड़ी आय नहीं हुई।

ज़्यादा कमाई करने पर सोना तेजी से बढ़ता है जैसा कि आप इस उदाहरण से समझेंगे:

एक किसान के घर जब उसका पहला बेटा पैदा हुआ, उसने एक साहूकार के पास, अपने बेटे के बीस साल का होने तक, चाँदी के दस सिक्कों को ब्याज़ पर रखने के लिए दे दिए। साहूकार हर चार साल में उसके मूल्य का एक चौथाई ब्याज़ देने पर सहमत हो गया। क्योंकि यह राशि उसने अपने बेटे के लिए अलग रखी थी, इसलिए किसान ने साहूकार से कहा कि वह ब्याज़ को भी मूलधन में जोड़ता रहे।

जब लड़का बीस साल का हो गया, तो किसान फिर से साहूकार के पास चांदी के बारे में पूछताछ करने के लिए गया। साहूकार ने समझाया कि, चूँकि यह राशि चक्रवृद्धि ब्याज़ से बढ़ रही थी, इसलिए उसने चांदी के जो दस सिक्के उसके पास रखे थे, अब बढ़कर साढ़े तीस सिक्के बन चुके हैं।

किसान यह जानकार बहुत ख़ुश हुआ, क्योंकि अभी बेटे को धन की ज़रूरत नहीं

थी, इसलिए उसने उन्हें साहूकार के पास ही छोड़ दिया। जब बेटा पचास साल का हो गया, तब तक उसके पिता दूसरी दुनिया में जा चुके थे, साहूकार ने बेटे को भुगतान करते हुए चाँदी के एक सौ सड़सठ सिक्के दिए।

इस प्रकार पचास सालों में यह निवेश लगभग सत्रह गुना बढ़ गया था।

"तो, यह एक खाली पर्स के लिए तीसरा इलाज़ है: प्रत्येक सिक्के को इस तरह से मेहनत पर लगाए कि वह आगे भी नए सिक्कों का उत्पादन करते रहें, और अपनी आय में बढ़ोतरी करते रहें, जिससे धन की एक धारा लगातार आपके पर्स में बहती रहेगी।"

चौथा इलाज

अपने ख़ज़ाने को नुकसान से बचाएं

चौथे दिन अरकद ने अपनी कक्षा को संबोधित करते हुए कहा, "दुर्भाग्य को एक चमकदार निशान पसंद आता है। एक आदमी के पर्स में सोना दृढ़ता से संरक्षित किया जाना चाहिए, अन्यथा वह उसे खो सकता है। इसलिए बुद्धिमानी इसी में है कि देवताओं द्वारा हमें बड़ी राशि सौंपने से पहले, हमें कम राशि को सुरक्षित रखना सीखना चाहिए, तभी देवताओं को हम पर विश्वास होगा।"

सोने का हर मालिक अवसरों के बहकावे में आ जाता है, जिससे यह प्रतीत होता है कि वह सबसे प्रशंसनीय परियोजनाओं में निवेश करके बड़ी रकम कमा सकता है। अक्सर दोस्त और रिश्तेदार इस तरह के निवेश में उत्सुकता से प्रवेश कर रहे होते हैं और उससेभी ऐसा करने का आग्रह करते हैं।

निवेश का पहला ठोस सिद्धांत अपने मूलधन की सुरक्षा करना है। जहां आपके मूलधन के खो जाने का डर हो, तो क्या वहाँ बड़ी कमाई में दिलचस्पी लेना बुद्धिमानी है? मैं इसे सही नहीं कहे सकता। जोखिम का दंड संभावित नुकसान ही होता है। अपने धन का कहीं भी निवेश करने से पहले, उसका अध्ययन करें, यह तसल्ली करलें कि आपका धन पुनः प्राप्त किया जा सकता है या नहीं। तेज़ी से धन पाने की इच्छा आपको गुमराह न करदे इस बात का हमेशा ख्याल रखें।

किसी भी व्यक्ति को उधार देने से पहले, आप उसकी उधार चुकाने की क्षमता के बारे पता ज़रूर करलें और ऐसा करने के लिए उसकी प्रतिष्ठा के बारे में आश्वस्त करें,

ताकि आप अनजाने में उसे अपनी मेहनत की कमाई उपहार में न देदें।

इससे पहले कि आप अपने धन को किसी भी क्षेत्र में निवेश करें, आप उस क्षेत्र में होने वाले खतरों से खुद को परिचित कराएं जो आपके धन को घेर सकते हैं।

उस समय मेरा अपना पहला निवेश मेरे लिए एक त्रासदी था। एक साल की सुरक्षित बचत मैंने एक ईंट बनाने वाले को सौंप दी, जिसका नाम अज़्मुर था, जो दूर समुद्र में यात्रा कर रहा था और टायर से मेरे लिए फिनिशियन्स के दुर्लभ गहने खरीदने के लिए सहमत हो गया था। बाद में हमारी योजना थी कि उन गहनों को हम उंचें दामों में बेचकर, उससे हुए मुनाफे को आपस में बाँट लेंगे।

फिनिशियन्स बदमाश थे, उन्होंने अज़्मुर को गहनों के नाम पर कांच के टुकड़े बेच दिए। मेरा खजाना खो चुका था। आज, मेरा प्रशिक्षण मुझे तुरंत यह समझा देगा कि एक ईंट बनाने वाले को गहने खरीदने के लिए पैसा सौंपना मूर्खता है।

इसलिए, मैं आप लोगों को अपने अनुभवों से यही सलाह देता हूँ: अति आत्मविश्वास में आकर अपने ख़ज़ाने को, ऐसी जगह निवेश न कर देना, जहां नुकसान का खतरा हो। बेहतर यही होगा कि ऐसे मामलों में आप, उन अनुभवी लोगों से विचार-विमर्श करें, जो लाभ कमाने के उद्देश्य से पैसे को संभालते हो। इस तरह की सलाह मांगने से मुफ़्त में मिल जाती है और क्या पता उनकी दी गई सलाह आपके निवेश करने वाली रकम के बराबर मूल्यवान हो। वास्तव में, इस सलाह का वास्तविक मूल्य आपके धन जितना ही साबित होगा, अगर वह आपको होने वाले नुकसान से बचाती है।

"तो, यह एक खाली पर्स के लिए चौथा इलाज़ है, और यह बहुत महत्वपूर्ण है, क्योंकि यह इलाज़ आपके पर्स को अच्छी तरह से भरने के बाद खाली होने से रोकता है। अपने ख़ज़ाने को नुकसान से बचाने के लिए केवल वहीं निवेश करें जहां आपका मूलधन सुरक्षित रहे, जहां आप उसे अपनी मर्ज़ी से पुनः प्राप्त कर सकें, और जहां से आप उचित ब्याज़ लेने में असफल न हों। बुद्धिमान पुरुषों से परामर्श लें। सोने के लाभदायक संचालन में अनुभवी लोगों की सलाह लें। उनके अनुभवों द्वारा असुरक्षित निवेशों से अपने ख़ज़ाने की रक्षा करें।"

पांचवां इलाज

अपने आवास को एक लाभदायक निवेश बनाएं

"यदि कोई व्यक्ति अपनी कमाई के नौवें हिस्से को अलग कर देता है, जिस से वह अपना खर्चा चलाता है और जीवन का आनंद लेता है, और यदि अपनी भलाई के लिए इन नौ भागों में से भी कुछ हिस्सा बचाकर, और उसको भी लाभदायक निवेश में बदल दें, तो उसके ख़ज़ाने में बहुत तेजी से वृद्धि होगी।" इसलिए अरकद उनकी कक्षा के पांचवें पाठ में बोलें।

बैबिलोन में हमारे बहुत से लोग अपने परिवारों को गंदे मकानों में पालते हैं। वे मकान मालिकों को उन कमरों के लिए किराए का भुगतान करते हैं जहां जगह की कमी के कारण उनकी पत्नियाँ मन लुभाने वाले पेड़-पौधें नहीं लगा सकती और उनके बच्चों के खेलने लिए भी कोई जगह नहीं है। वे बच्चे गंदी गलियों में खेल खेलते हैं।

"किसी भी आदमी का परिवार पूरी तरह से जीवन का आनंद तब तक नहीं ले सकता जब तक उसके पास एक ऐसा मैदान न हो जहां बच्चे स्वच्छ धरती पर खेल सकें और जहां पत्नी न केवल फूल उगाए, बल्कि अपने परिवार को खिलाने के लिए अच्छी समृद्ध फल-सब्जियाँ भी उगा सके।"

इंसान को अपने वृक्षों के अंजीर और अंगूरों को खाने से अलग तरह के आनंद का अनुभव होता है। अपने निवास स्थान का मालिक होने पर और उसकी देखभाल करने में उसको गर्व महसूस होता है, इससे उसका आत्मविश्वास बढ़ता है और वह अपने सभी सपनों को पूरा करने के लिए अधिक मेहनत और प्रयास करता है। इसलिए, मैं सलाह देता हूँ, प्रत्येक व्यक्ति के पास अपना घर होना चाहिए, जो उसे और उसके परिवार को आश्रय दे सकें।

और न ही अपना घर बनाना किसी नेक इरादे वाले व्यक्ति की क्षमता से परे है। क्या हमारे महान राजा ने बैबिलोन की दीवारों को इतना व्यापक रूप से नहीं बढ़ाया है कि अभी भी उनके भीतर बहुत ज़मीन खाली पड़ी है, और वह उचित मात्रा में खरीदी जा सकती है?

मेरे छात्रों, मैं आप लोगों को यह भी बता दूँ, कि साहूकार ख़ुशी-ख़ुशी उन पुरुषों की इच्छाओं पर विचार करते हैं जो अपने परिवारों के लिए घर और जमीन की तलाश करते हैं। आप ऐसे सराहनीय उद्देश्यों के लिए ईंट बनाने वाले और निर्माता को भुगतान करने के लिए आसानी से उधार ले सकते हैं, मगर आवश्यक राशि का एक उचित हिस्सा आपको भी अपनी कमाई में से लगाना होगा, जिससे साहूकार को ये विश्वास हो सके कि आप लिया हुआ कर्ज़ चुका सकते हैं।

फिर जब घर बनकर तैयार हो जाएगा, तो आप साहूकार को उसी नियमितता के साथ भुगतान कर सकते हैं जैसे आप मकान मालिक को किराए के घर का भुगतान

किया करते थे। क्योंकि प्रत्येक भुगतान साहूकार के प्रति आपकी उधारी को कम करेगा, और कुछ ही सालों में उससे लिए गए कर्ज़ से मुक्ति पा सकोगे।

उसके बाद बहुमूल्य सम्पत्ति पर मालिकाना हक़ पा कर, आप मन से प्रफुल्लित होगे, और आपको केवल उस पर राजा को ही कर अदा करना होगा।

"इस प्रकार उस व्यक्ति के लिए बहुत सारी आशीषें आती हैं जो अपने घर का मालिक है। और यह उसके जीवन यापन की लागत को बहुत कम कर देगा, अपनी कमाई का अधिक हिस्सा सुखों और अपनी इच्छाओं की संतुष्टि के लिए खर्च कर सकता है। एक खाली पर्स के लिए पांचवां इलाज़ है: अपना खुद का घर होना।"

छठा इलाज

भविष्य की आय को सुनिश्चित करें

अरकद छठे दिन अपनी कक्षा को संबोधित करते हुए बताते हैं, "प्रत्येक मनुष्य का जीवन उसके बचपन से लेकर वृद्धावस्था तक जाता है। यह जीवन का मार्ग है और कोई भी व्यक्ति इससे बच नहीं सकता जब तक कि भगवान उसे समय से पहले दुनिया से नहीं बुलाते। इसलिए मैं यह कहता हूँ कि हर व्यक्ति को अपने बुढ़ापे के दिनों के लिए एक सुरक्षित आय की तैयारी पहले ही कर लेनी चाहिए और साथ ही अपने परिवार के लिए धन की व्यवस्था रखनी चाहिए जिससे कि अगर वो कल को इस दुनिया में न भी रहें, तब भी उसके परिवार कोई आर्थिक परेशानी न हो। यह पाठ आप लोगों को यह निर्देश देगा कि किस तरह से आप अपने पर्स को पैसे से भरकर रख सकते हो।"

वह व्यक्ति, जो धन के नियमों को समझकर, एक बढ़ती हुई बचत प्राप्त करता है, उसे अपने भविष्य के बारे में सोचना चाहिए। उसे कुछ ऐसे निवेश या प्रावधान की योजना बनानी चाहिए जो कई वर्षों तक सुरक्षित रूप से टिके रहें और ज़रूरत के समय उपलब्ध हो सके, जिसकी उसने बुद्धिमानी से आशा की थी।

ऐसे कई तरीके हैं जिनके द्वारा एक आदमी अपने भविष्य को सुरक्षित रख सकता है। वह अपने ख़ज़ाने को किसी भी गुप्त स्थान पर ज़मीन में दफनाकर छुपा सकता है। मगर, चाहे वह कितनी ही कुशलता से ख़ज़ाने को छुपा लें, फिर भी यह चोरों की नज़र से नहीं बच सकता, चोर उसे लूट ही लेंगे। इस कारण से मैं इस योजना की सिफ़ारिश नहीं करता।

धन को सुरक्षित रखने के उद्देश्य के लिए वह घर या ज़मीन खरीद सकता है। अगर

वह इस फ़ैसले में बुद्धिमानी दिखाता है तो, और भविष्य में उनकी उपयोगिता और मूल्य में वृद्धि होती है, तो वे अपने मूल्य में स्थायी होते हैं और उनकी कमाई या उनकी बिक्री से वह अपने उद्देश्य को अच्छी तरह से पूरा कर लेगा।

एक आदमी साहूकार को नियमित रूप से छोटी-छोटी राशि जमा करके अपने धन को बढ़ा सकता है। साहूकार उस पर जो ब्याज़ देगा वह मूलधन में जोड़ता जाएगा और काफी हद तक धन में वृद्धि होती जाएगी। मैं अंसन नामक एक चप्पल निर्माता को जानता हूँ, जिसने कुछ समय पहले उसने मुझे बताया कि आठ साल से हर हफ्ते वह साहूकार के पास चांदी के दो सिक्के जमा करता आ रहा है। साहूकार ने हाल ही में उसे हिसाब दिया, जिसे सुनकर वह बहुत ख़ुश हुआ। उसके द्वारा जमा की गई छोटी-छोटी राशि, हर चार साल में पच्चीस प्रतिशत ब्याज़ की प्रथागत दर से बढ़कर, अबचांदी के एक हजार चालीस सिक्कों में बदल गई है।

मैंने ख़ुश होकर उसे आगे भी ऐसा करते रहने के लिए प्रोत्साहित किया, और उसे अपनी संख्या के ज्ञान द्वारा समझाया कि बारह साल तक, अगर वह हर हफ्ते चांदी के दो सिक्के नियमित रूप से जमा करता रहेगा, तो अंत में साहूकार उसे चांदी के चार हजार सिक्के देगा, जो उसके शेष जीवन के लिए एक योग्य राशि होगी।

निश्चित रूप से, जब नियमितता के साथ किया गया इतना छोटा भुगतान ऐसे लाभदायक परिणाम देता है, तो हर व्यक्ति को अपने बुढ़ापे और अपने परिवार की सुरक्षा के लिए अपने ख़ज़ाने को सुरक्षित रखना चाहिए, फिर चाहे उसका व्यवसाय और उसका निवेश कितना भी समृद्ध क्यों न हो।

मैं चाहता हूँ कि मैं इसके बारे में और अधिक बता सकूं। मेरा यह विश्वास है कि किसी दिन बुद्धिमान व्यक्ति मृत्यु के खिलाफ बीमा करने के लिए एक योजना तैयार करेगा जिसमें कई पुरुष नियमित रूप से एक छोटी राशि का भुगतान करेंगे, उससे कुल मिलाकर प्रत्येक मृत सदस्य के परिवार के लिए एक उचित राशि प्राप्त होगी। मैं इसे वांछनीय के रूप में देखता हूँ और जिसकी मैं अत्यधिक अनुशंसा कर सकता हूँ।

लेकिन आज यह संभव नहीं है, क्योंकि इसे संचालित करने के लिए किसी भी व्यक्ति या किसी साझेदारी को जीवन से परे पहुंचना होगा। यह राजा के सिंहासन के समान स्थिर होना चाहिए। मुझे ऐसा लगता है कि ऐसी योजना कई लोगों के लिए एक बड़ा वरदान साबित होगी, क्योंकि पहला छोटा भुगतान भी किसी परिवार को एक सुखद भाग्य उपलब्ध करा सकता है।

क्योंकि हम आज के में जी रहे हैं, न कि आने वाले समय में, हमें अभी दूसरे

साधनों और तरीकों का लाभ उठाकर अपने उद्देश्यों को पूरा करना चाहिए जो अभी हमारे समक्ष उपलब्ध हैं। इसलिए मैं सभी पुरुषों को सलाह देता हूँ, कि वे बुद्धिमानी और सुविचारित तरीकों से, अपने बुढ़ापे के लिए धन की व्यवस्था कर लें। एक आदमी जब कमाने में सक्षम नहीं रहे पाता या उसके मरने के बाद, वह खाली पर्स उसके परिवार के लिए बहुत से दुखों का कारण बन जाता है।

"तो, एक खाली पर्स का छठा इलाज यह है: अपनी बढ़ती उम्र की ज़रूरतों और अपने परिवार की सुरक्षा के लिए अग्रिम रूप से व्यवस्था करें।"

सातवां इलाज

अपनी कमाई करने की क्षमता बढ़ाएँ

अरकद ने सातवें दिन छात्रों को संबोधित करते हुए कहा, "मेरे छात्रों, आज मैं आप लोगों को एक खाली पर्स के सबसे महत्वपूर्ण इलाजों में से एक के बारे में बताने जा रहा हूँ। लेकिन मैं आज सोने के विषय में नहीं, बल्कि उनके बारे में चर्चा करूंगा, जो बहुत ही रंग-बिरंगे वस्त्र पहने हुए मेरे सामने बैठे हुए हैं। मैं आपसे उन विषयों के बारे में बात करूँगा, जो मनुष्य के मन और जीवन के भीतर हैं जो उनकी सफलता के पक्ष में या उसके विरुद्ध काम करते हैं।"

बहुत समय पहले मेरे पास एक युवक उधार लेने के लिए आया था। जब मैंने उससे उसकी आवश्यकता का कारण पूछा, तो उसने बताया कि उसकी कमाई उसके खर्चों का भुगतान करने के लिए अपर्याप्त थी। तब मैंने उसे समझाया, इस मामले में, साहूकार के लिए वह एक गरीब ग्राहक है, क्योंकि उसके पास उधार चुकाने के लिए कोई अतिरिक्त कमाई की क्षमता नहीं है, इसलिए कोई भी उसको उधार नहीं देगा।

मैंने उससे कहा, "आपको अधिक सिक्के अर्जित करने होंगे। अपनी कमाने की क्षमता बढ़ाने के लिए आप क्या करते हो?"

उसने उत्तर दिया। "वह सब जो मैं कर सकता हूँ। छह बार मैंने अपने मालिक से अपने वेतन में वृद्धि करने का अनुरोध किया, लेकिन सफलता नहीं मिली। इससे ज्यादा बार कोई आदमी इस तरह का अनुरोध नहीं कर सकता।"

हम उसकी सादगी पर मुस्कुरा सकते हैं, फिर भी उसके पास अपनी आय बढ़ाने के लिए आवश्यकताएँ थी। उसके भीतर अधिक कमाने की तीव्र इच्छा थी, जो उचित और एक प्रशंसनीय इच्छा थी।

उपलब्धि से पहले, उसकी इच्छा होनी चाहिए। आपकी इच्छाएं मजबूत और निश्चित होनी चाहिए। सामान्य इच्छाएं कमजोर लालसाएं हैं। एक आदमी में अमीर बनने की इच्छा है, तो वह कोई उद्देश्य नहीं है। अगर एक आदमी को सोने के पांच सिक्के पाने की इच्छा है, तब वह एक वास्तविक इच्छा है जिसे वह पूरा करने के लिए नए-नए तरीके खोजेगा। सोने के पांच सिक्के कमाने के लिए अपनी इच्छा शक्ति के साथ लक्ष्य तक पहुँचने की कोशिश करेगा, उसको पाने के बाद, वह दस सिक्के और फिर बीस सिक्के और बाद में एक हजार सिक्के प्राप्त करने के समान तरीके खोज लेगा और, ऐसे करते-करते, एक दिन वह अमीर बन जाएगा। अपनी एक निश्चित छोटी इच्छा को पूरी करना सीखकर, उसने खुद को एक बड़ी इच्छा को पूरी करने के लिए प्रशिक्षित किया है। यह वह प्रक्रिया है जिसके द्वारा धन जमा होता है: पहले छोटी रकम में, फिर बड़ी रकम में जैसे-जैसे एक आदमी सीखता जाता है, वह और अधिक सक्षम हो जाता है।

इच्छाएं सरल और निश्चित होनी चाहिए। वे अपने स्वयं के उद्देश्य को विफल कर देती हैं, यदि वे बहुत ज़्यादा हो, बहुतभ्रमित करने वाली हो, या किसी व्यक्ति के प्रशिक्षण से परे हो।

जैसे मनुष्य अपने पेशे में माहिर हो जाता है, वैसे ही उसकी कमाई करने की क्षमता भी बढ़ जाती है। उन दिनों, जब मैं एक गरीब मुंशी था जो प्रतिदिन कुछ ताँबे के लिए मिट्टी पर नक्काशी करता था, मैंने देखा कि अन्य श्रमिक मुझसे अधिक काम करते थे और उनकी आय भी मुझसे अधिक थी। इसलिए, मैंने यह तय किया कि मैं उन सबसे अधिक काम करूंगा। मुझे उनकी सफलता का कारण खोजने में देर नहीं लगी। मेरे काम में अधिक रुचि, मेरे कार्य पर अधिक एकाग्रता, मेरे प्रयास में अधिक दृढ़ता थी और थोड़े समय बाद, कुछलोग ही एक दिन में मुझसे अधिक नक्काशी कर पाते थे। उचित तत्परता के साथ मेरे बढ़े हुए कौशल को पुरस्कृत किया गया था, क्या मेरे लिए यह आवश्यक था कि मैं आय में वृद्धि कराने के लिए अपने मालिक के पास छह बार जाता।

जितना अधिक हमारे पास ज्ञान होगा, उतना ही अधिक हम कमा सकते हैं। वह व्यक्ति जो अपने शिल्प के बारे में अधिक सीखना चाहता है, उसे भरपूर पुरस्कृत किया जाएगा। यदि वह एक कारीगर है, तो वह अपने कार्यक्षेत्र में सबसे कुशल लोगों के तरीकों और उपकरणों को सीखने की कोशिश कर सकता है। यदि वह कानून या उपचार

के क्षेत्र में श्रम करता है, तो वह अपने पेशे के बारे में अन्य लोगों के साथ परामर्श और ज्ञान का आदान-प्रदान कर सकता है। यदि वह एक व्यापारी है, तो वह लगातार बेहतर सामान की तलाश कर सकता है जिसे कम क़ीमत पर खरीदा जा सकता है।

मनुष्य के मामलों में हमेशा परिवर्तन और सुधार होता रहता है, क्योंकि बुद्धिमान लोग हमेशा ही कुछ नए कौशल सीखते रहना चाहते हैं ताकि वे उनकी बेहतर सेवा कर सकें जिनके संरक्षण पर वे निर्भर हैं। इसलिए, मैं सभी पुरुषों से प्रगति की अग्रिम पंक्ति में रहने और स्थिर न रहने का आग्रह करता हूँ, अगर ऐसा नहीं करेंगे तो वे कहीं पीछे छूट सकते हैं। बहुत-सी चीज़ें मनुष्य के जीवन को लाभकारी अनुभवों से समृद्ध बनाने के लिए आती हैं। इस तरह की चीज़ें निम्नलिखित हैं, अगर एक आदमी को खुद का सम्मान करता है तो वह यह ज़रूर करेगा:

"उसे अपने सभी कर्ज़ों का भुगतान जल्द से जल्द करना चाहिए, और उसे ऐसे चीज़ें नहीं खरीदनी चाहिए जिसका भुगतान करने में वह असमर्थ हो।"

"उसे अपने परिवार की देखभाल करनी चाहिए ताकि वे उसके बारे में अच्छा सोचे और बोलें।"

"उसे अपनी एक वसीयत बनानी चाहिए, और यदि भगवान उसे अपने पास बुलाते हैं, तो उसकी संपत्ति का उचित और सम्मान जनक ढंग से विभाजन हो सके।"

"उसे दुर्भाग्य से घायल और पीड़ित लोगों पर दया करनी चाहिए और उनकी यथाशक्ति सहायता करनी चाहिए। उसे अपने प्रिय लोगों के लिए विचारशील कार्य करना चाहिए।"

इस प्रकार एक खाली पर्स का सातवां और अंतिम इलाज़ है, "कि आप अपनी शक्तियों का विकास करें, अध्ययन करें और समझदार बनें, अधिक कुशल बनें, अपने आत्मसम्मान के लिए कार्य करें।"

तो ये एक खाली पर्स के सात इलाज हैं, जो मैंने एक लंबे और सफल जीवन के अनुभवों से सीखे हैं, मैं उन सभी पुरुषों से इनका पालन करने का आग्रह करता हूँ जो धन की इच्छा रखते हैं। "मेरे छात्रों, बैबिलोन में उससे कहीं अधिक सोना है, जितना आप लोगों में सपने में भी नहीं सोचा होगा। यहाँ सबके लिए बेशुमार दौलत भरी पड़ी है।"

"जाओ और इन सत्यों पर अभ्यास करो, जिससे आप समृद्ध हो और धनवान बनो, जो आपका अधिकार भी है।"

सौभाग्य की देवी से मिलें

"यदि कोई व्यक्ति भाग्यशाली है, तो उसके सौभाग्य की संभावित सीमा का कोई पूर्वभास नहीं है। उसे यूफ्रेट्स नदी में भी फेंक दिया जाए, तो ऐसा न हो कि वह न सिर्फ तैरकर बाहर निकल आए, बल्कि हाथ में मोती भी ले कर निकले।"

—बेबीलोनियन कहावत

भाग्यशाली होने की इच्छा सार्वभौमिक है। चार हजार साल पहले प्राचीन बैबिलोन में पुरुषों के मन में भाग्यशाली बनने की इच्छा उतना ही मजबूत थी, जितनी यह इच्छा आजकल पुरुषों के मन में है। हम सभी यह आशा रखते है कि सौभाग्य की मनमौजी देवी हमारे पक्ष में हो।

क्या कोई तरीका है, जिससे हम उससे मिल सकते हैं और आकर्षित कर सकते हैं, न केवल उसकी अनुकूलदृष्टि को, बल्कि उसके उदार उपहार को भी पा सके? क्या सौभाग्य को आकर्षित करने का कोई तरीका है? प्राचीन बैबिलोन के लोग यही जानना चाहते थे। इस बारे में उन्होंने पता लगाने का फैसला किया। वे चतुर पुरुष और गहन विचारक थे। यह बताता है कि कैसे उनका शहर अपने समय का सबसे अमीर और सबसे शक्तिशाली शहर बना था।

उस सुदूर अतीत में, उनके पास कोई स्कूल या कॉलेज नहीं था। फिर भी उनके पास सीखने का एक केंद्र था और वह बहुत ही व्यावहारिक था। बैबिलोन की ऊंची इमारतों में एक राजा का महल, हैंगिंग गार्डन और देवताओं के मंदिरों के साथ उसको

भी महत्व दिया गया था। आपको इतिहास की किताबों में इसका बहुत कम उल्लेख मिलेगा, शायद इसका कोई उल्लेख न भी हो, फिर भी इस इमारत ने उस समय के माहौल पर एक शक्तिशाली प्रभाव डाला।

यह इमारत विद्या का मंदिर था जहां स्वैच्छिक शिक्षकों द्वारा अतीत के ज्ञान की व्याख्या की जाती थी और जहां खुले मंचों में लोकप्रिय रुचि के विषयों पर चर्चा की जाती थी। इसकी दीवारों के भीतर सभी लोग समान थे। सबसे गरीब गुलाम भी अपने तर्कपूर्ण विचारों से शाही घराने के राजकुमार की राय पर दण्ड से मुक्ति पा सकते थे।

विद्या के मंदिर में अक्सर आने वालों में, अरकद नाम का एक बुद्धिमान धनी व्यक्ति था, जिसे बैबिलोन का सबसे धनी व्यक्ति कहा जाता था। उनका अपना विशेष हॉल था जहां लगभग हर शाम पुरुषों का एक बड़ा समूह, जिसमें कुछ बूढ़े, कुछ बहुत छोटे, लेकिन ज्यादातर मध्यम आयु वर्ग के लोग दिलचस्प विषयों पर चर्चा और बहस करने के लिए एकत्रित होते थे। जैसे मानो यह जानने के लिए वह वहाँ आते हैं कि क्या वे भी अच्छे भाग्य को आकर्षित कर सकते हैं।

जब अरकद अपने अभ्यासी मंच पर टहल रहा था, तब सूरज रेगिस्तान की धूल की धुंध से चमकते हुए आग की एक बड़ी लाल गेंद की तरह डूब रहा था। कुछ लोग पहले से ही फर्श पर बिछे अपने छोटे-छोटे आसनों पर बैठकर, उसके आने का इंतज़ार कर रहें थे और कुछ अभीभी आते जा रहे थे।

"इस रात हम क्या चर्चा करेंगे?" अरकद ने पूछा।

थोड़ी झिझक के बाद, एक कपड़े बुनने वाले व्यक्ति ने रिवाज के अनुसार उठकर कहा, "मेरे पास एक विषय है जिस पर मैं चर्चा करना चाहता हूँ, लेकिन बताने में संकोच करता हूँ, ऐसा न हो कि यह विषय अरकद आपको और मेरे अच्छे दोस्तों को हास्यास्पद लगे।"

अरकद और अन्य लोगों ने उससे विषय बताने का आग्रह किया, तब उसने आगे कहा: "आज मैं भाग्यशाली रहा हूँ, क्योंकि मुझे रास्ते में सोने के सिक्कों से भरा हुआ पर्स एक मिला है। मेरी बड़ी इच्छा है कि मैं हमेशा भाग्यशाली बना रहूँ। मुझे लगता है, सभी पुरुष मेरे साथ इस इच्छा को साझा करते हैं, मेरा सुझाव है कि हम इस विषय पर बहस करें कि सौभाग्य को कैसे आकर्षित किया जाए ताकि हम उन तरीकों की खोज कर सकें जिससे हम सौभाग्य को लुभा सकें।"

"यहाँ सबसे दिलचस्प विषय की पेशकश की गई है," अरकद ने टिप्पणी की, "हमारी चर्चा के लिए एक सबसे योग्य विषय है। कुछ पुरुषों के लिए, सौभाग्य एक ऐसा मौका होता है, जो एक दुर्घटना की तरह, बिना किसी उद्देश्य या कारण के हो

सकता है। दूसरों का मानना है कि सभी अच्छे भाग्य की उत्प्रेरक हमारी सबसे उदार देवी, अश्तर है, जो उसे प्रसन्न करने वालों को उदार उपहारों के साथ पुरस्कृत करने के लिए हमेशा उत्सुक रहती है। बोलो, मेरे दोस्तों, आप क्या कहते हैं, क्या हम यह पता लगाने की कोशिश करें कि क्या कोई ऐसा साधन है जिससे हम सभी सौभाग्य को लुभा सकते है?"

"हाँ! हाँ! बहुत अच्छा रहेगा!" उत्सुक श्रोताओं के बढ़ते समूह ने जवाब दिया।

इसके बाद अरकद ने आगे कहा, "हमारे चर्चा शुरू करने से पहले, आप लोग मुझे बताएं कि क्या आपमें से किसी और व्यक्ति को भी कपड़ा बुनकर की तरह कोई ऐसा अनुभव मिला है, जब आपको बिना मेहनत के मूल्यवान ख़ज़ाने या गहने मिले हो।"

वहाँ एक विराम था जिसमें सभी किसी से जवाब की उम्मीद कर रहे थे, लेकिन किसी ने कोई जवाब नहीं दिया।

"क्या, कोई नहीं है?" अरकद ने कहा, तो वास्तव में इस तरह का सौभाग्य होना दुर्लभ है। अब कौन सुझाव देगा कि हम अपनी खोज को कहां से शुरू करें?

"वह मैं दूंगा," अच्छे कपड़े पहने हुए युवक ने कहा, "जब एक आदमी भाग्य की बात करता है तो क्या यह स्वाभाविक नहीं है कि उसके विचार जुए की मेजों की ओर मुड़े? क्या ऐसा नहीं है कि हमसे कई लोग देवी की कृपा की उम्मीद में उसकी ओर देखते हैं, जैसे कि वह हमें भरपूर जीत का आशीर्वाद देगी?"

जैसे ही वह अपनी सीट पर बैठने लगा, एक आवाज सुनाई दी, रुको मत! अपनी कहानी जारी रखो! हमें बताओं, क्या आपको जुए की टेबल पर देवी की कृपा मिली थी? क्या क्यूब्स की लाल साइड ऊपर की ओर आई थी जिससे आपने डीलर से सारे पैसे जीत कर अपने पर्स में भर लिए थे या क्या क्यूब्स की नीली साइड ऊपर आई जिससे डीलर ने तुम्हारी मेहनत की चाँदी के सिक्कों को अपने कब्ज़े में कर लिया था?

युवक हंसा, फिर उसने जवाब देते हुए कहा, "मुझे यह मानने से कोई गुरेज नहीं है कि सौभाग्य की देवी को यह पता भी नहीं था कि मैं उपस्थित भी था। लेकिन आप में से बाकी लोगों के साथ कैसा रहा? क्या आपने देवी को आपके पक्ष में क्यूब्स को पलटने के लिए ऐसी जगहों पर इंतजार करते हुए पाया है? हम यह सुनने के साथ-साथ सीखने के लिए भी उत्सुक हैं।"

अरकद अचानक बोल पड़ा, "यह अच्छी शुरुआत है, हम यहाँ प्रत्येक प्रश्न के सभी पक्षों पर विचार करने के लिए एकत्रित हुए हैं। जुए की टेबल को अनदेखा करके

अधिकांश पुरुषों की सामान्य प्रवृत्ति को नज़रअंदाज करना होगा, जो ज्यादा सोना जीतने की उम्मीद में चांदी की एक छोटी राशि को दांव पर लगाना पसंद करते हैं।"

दूसरे श्रोता ने कहा, मुझे कल की दौड़ की याद आ रही है, अगर देवी जुए की टेबल पर बार-बार आती हैं, तो निश्चित रूप से वह उन दौड़ों को नज़रअंदाज नहीं करती होगी जहां सोने का पानी चढ़ा हुए रथ और घोड़े कहीं अधिक उत्साह प्रदान करते हैं। हमें ईमानदारी से बताएं, अरकद क्या देवी ने आपके कानों में नीनवे के उन भूरे घोड़ों पर अपना दांव लगाने के लिए फुसफुसाया था? कल मैं आपके ठीक पीछे खड़ा था और मुझे अपने कानों पर विश्वास नहीं हुआ जब मैंने सुना कि आप भूरे घोड़ों पर अपना दांव लगा रहे थे। आप और हम सभी जानते है कि पूरे असीरिया में कोई भी टीम हमारे प्यारे घोड़ों को एक निष्पक्ष दौड़ में नहीं हरा सकती।

"क्या देवी ने आपके कान में भूरे घोड़ों पर शर्त लगाने के लिए बोला था, क्योंकि आखिरी मोड़ पर अंदर वाले काले घोड़ें को ठोकर लगी जिससे हमारे घोड़ों के रास्ते में बाधा आई और भूरे घोड़ों ने एक अनर्जित जीत हासिल करली?"

इस मज़ाक पर अरकद प्रसन्नतापूर्वक मुस्कुराया। हम यह कैसे सोच सकते हैं कि देवी किसी भी आदमी की घुड़दौड़ वाली शर्त में इतनी दिलचस्पी लेगी? मेरे लिए वह प्रेम और सम्मान की देवी है। जिसकी ख़ुशी ज़रूरतमंद लोगों की सहायता करने में और उन लोगों को पुरस्कृत करने में है। मैं उसे जुए की टेबल या किसी घुड़दौड़ में ढूंढने की कोशिश नहीं करता, जहाँ आदमी जीतने से अधिक सोना खो देते हैं, बल्कि अन्य जगहों पर उसकी तलाश करता हूँ, जहाँ पुरुषों के कार्य अधिक सार्थक और इनाम के योग्य होते हैं।

मिट्टी की जुताई में, ईमानदार व्यापार में, मनुष्य के सभी व्यवसायों में, उसके प्रयासों और उसके लेन-देन से लाभ कमाने का अवसर हैं। शायद उसे हर समय पुरस्कृत नहीं किया जाएगा, क्योंकि कभी-कभी उसका निर्णय दोषपूर्ण हो सकता है और कभी-कभी हवाएं और मौसम उसके प्रयासों को हरा सकते हैं। फिर भी, यदि वह निरंतर प्रयास जारी रखता है, तो वह आमतौर पर अपने लाभ को पाने की उम्मीद कर सकता है। ऐसा इसलिए है, क्योंकि लाभ की संभावना हमेशा उसके पक्ष में होती है।

लेकिन, जब एक आदमी जुआ खेलता है, तो स्थिति उलट जाती है, क्योंकि लाभ की संभावना हमेशा उसके खिलाफ होती है और हमेशा गेम कीपर के पक्ष में होती है। खेल को इस तरह से व्यवस्थित किया जाता है कि वह हमेशा कीपर का पक्ष लेता है। यह उसका व्यवसाय है जिसमें वह खिलाड़ियों द्वारा दांव पर लगाए गए सिक्कों से अपने लिए एक उदार लाभ बनाने की योजना बनाता है। कुछ खिलाड़ियों

को पता होता है कि गेम कीपर के मुनाफे कितने निश्चित हैं और उनके जीतने की संभावना कितनी अनिश्चित है।

उदाहरण के लिए, आइए हम क्यूब पर लगाए गए दांव पर विचार करते हैं। हर बार इसे फेंकने पर हम शर्त लगाते हैं कि कौन-सा पक्ष सबसे ऊपर होगा। यदि यह लाल पक्ष है तो गेम कीपर हमें हमारे दांव का चार गुना भुगतान करता है। लेकिन अगर पांच में से कोई भी अन्य पक्ष सबसे ऊपर आते हैं, हम अपनी शर्त हार जाते हैं। इस प्रकार आंकड़े बताते हैं कि प्रत्येक शर्त पर हमारे पास हारने के पांच मौके हैं, क्योंकि वे एक लाल के लिए चार गुना भुगतान करता है, हमारे पास जीतने के चार मौके हैं। एक रात के खेल में गेम कीपर उम्मीद कर सकता है अपने लाभ के लिए दांव पर लगाए गए सभी सिक्कों का पांचवां हिस्सा रखें। क्या कोई व्यक्ति कभी-कभी बाधाओं के मुकाबले अधिक जीतने की उम्मीद कर सकता है ताकि वह अपने सभी दांवों का पांचवां हिस्सा हार जाए?

"फिर भी कुछ पुरुष कभी-कभी बड़ी रकम जीत लेते हैं," एक श्रोता ने स्वेच्छा से कहा।

अरकद ने आगे कहा, "बिल्कुल, वे जीतते हैं, लेकिन मेरे मन में यह प्रश्न आता है किक्या उन भाग्यशाली लोगों के लिए इस तरह से कमाए गए धन का कोई स्थायी मूल्य रहता है। मेरे परिचितों में बैबिलोन के कई सफल पुरुष हैं, लेकिन उनमें से मैं किसी एक का भी नाम नहीं ले सकता जिसने अपनी सफलता की शुरूआत ऐसे स्रोत के साथ की हो।"

"आप लोग जो आज रात यहाँ एकत्र हुए हैं, हमारे कई महत्वपूर्ण नागरिकों को जानते हैं। मेरे लिए यह जानना बहुत दिलचस्प होगा कि हमारे कितने सफल नागरिक जुए की टेबल को अपनी सफलता के लिए श्रेय दे सकते हैं। आप में से प्रत्येक उन लोगों के बारे में बताओ जिन्हें आपने इस तरह से सफलता पाते हुए देखा है। क्या आप लोग ऐसे किसी सफल व्यक्ति को जानते हो?"

एक लंबी चुप्पी के बाद, एक मसखरा आदमी बोला, "क्या आपकी पूछताछ में गेम कीपर को भी शामिल कर सकते हैं?"

अरकद ने जवाब दिया, "यदि आप में से कोई किसी और के बारे में नहीं सोच सकता है, तो अपने बारे में बताओ? क्या हमारे साथ कोई सुसंगत विजेता है जो जुए में हमेशा जीतता हो, लेकिन अपनी आय के ऐसे स्रोत के बारे में बताने में संकोच कर रहा हो?"

उनकी चुनौती का जवाब पीछे से कराहने की कई आवाज़ों में आया और हँसी

के बीच फैल गया।

अरकद ने आगे कहा, "ऐसा लगता है कि हम ऐसी जगहों पर सौभाग्य की तलाश नहीं कर रहे हैं जहां देवी अक्सर आती हैं, इसलिए आइए हम अन्य क्षेत्रों का पता लगाएं। हम इसे खोए हुए पर्स को उठाकर नहीं पा सकते, न ही हम इसे जुआ खेल कर हासिल कर सकते हैं। जहां तक दौड़ का सवाल है, मुझे यह स्वीकारना होगा कि मैंने जितने सिक्के जीते हैं, उससे कहीं अधिक सिक्के वहाँ गंवाए हैं।"

"अब, मान लीजिए कि हम अपने व्यापारों और व्यवसायों पर विचार करते हैं। क्या यह स्वाभाविक नहीं है कि यदि हम एक लाभदायक लेन-देन करते हैं तो इसे सौभाग्य नहीं, बल्कि हमारे प्रयासों के लिए एक उचित पुरस्कार माना जाता है? मुझे लगता है कि हम देवी के उपहारों की अनदेखी कर रहे हैं। शायद वह वास्तव में हमारी सहायता करती है जब हम उसकी उदारता की सराहना नहीं करते हैं। आगे की चर्चा का सुझाव कौन दे सकता है?"

तब एक बुज़ुर्ग व्यापारी उठ खड़ा हुआ, और बोला, "सबसे आदरणीय अरकद आपकी और मेरे दोस्तों की अनुमति से, मैं एक सुझाव दे रहा हूँ। जैसा कि आपने कहा है, अगर हम अपने स्वयं के उद्योग और अपनी व्यावसायिक सफलता का श्रेय लेते हैं, तो उनसफलताओं पर विचार क्यों न करें जो हमें लगभग मिलते-मिलते रह गईं, वे घटनाएं जो हमारे लिए शायद सबसे अधिक लाभदायक सिद्ध होतीं। यदि वे सच में पूरे हो जाते, तो वे सौभाग्य के दुर्लभ उदाहरण बन जाते। क्योंकि वह पूरे नहीं हो पाएँ, इसलिए हम उन्हें अपना उचित पुरस्कार नहीं मान सकते। निश्चित रूप से यहाँ कई पुरुषों के पास इस तरह के अनुभव हैं।"

अरकद ने मंजूरी देते हुए कहा, "यहाँ एक बुद्धिमान दृष्टिकोण है, आप में से ऐसा कौन है जिसने भाग्य को अपनी मुट्ठी में से फिसलते हुए देखा है?"

कई हाथ उठे हुए थे, उनमें से एक उसी व्यापारी का भी था। अरकद ने उसे बोलने के लिए कहा।

"जैसा कि आपने इस दृष्टिकोण का सुझाव दिया था, हम पहले आपसे ही सुनना पसंद करेंगे।"

"मैं ख़ुशी-ख़ुशी एक कहानी सुनाऊँगा," व्यापारी ने कहा, "यह दर्शाता है कि अच्छी क़िस्मत एक आदमी के कितने करीब आ सकती है और कितनी लाहपरवाही के साथ वह उसको अपने हाथों से गवां देता है, जिससे उसे नुकसान होता है और वह बाद में सिर्फ पछतावा करता रह जाता है।"

कई साल पहले, जब मैं एक जवान युवक था, मेरी नई-नई शादी हुई थी और मैं

अच्छी-खासी कमाई करने लगा था, एक दिन पिताजी मेरे पास आए और उन्होंने दृढ़ता से आग्रह किया कि मैं एक निवेश में प्रवेश करूं। उनके एक अच्छे दोस्त के बेटे ने एक बंजर ज़मीन का टुकड़ा देखा था, जो हमारे शहर की बाहरी दीवारों से ज़्यादा दूर नहीं था। वह नहर से ऊंचाई पर स्थित था जहाँ पानी नहीं पहुँच सकता था।

मेरे पिताजी के दोस्त के बेटे ने उस जमीन को खरीदने की योजना बनाई, जिसमें वह तीन बड़े पानी के चक्के बनाएगा जो बैलों द्वारा संचालित किए जा सकेंगे और इस तरह जीवन देने वाले पानी को उपजाऊ मिट्टी तक पहुंचाएगा। इसे पूरा करने के बाद, उसने योजना बनाई कि वह उस ज़मीन को छोटे-छोटे इलाकों में विभाजित करके शहर के निवासियों को फल-सब्जियाँ उगाने के लिए बेच देगा।

"मेरे पिताजी के दोस्त के बेटे के पास इतना सोना नहीं था कि वह इस तरह के काम को पूरा कर सके। मेरी तरह, वह एक अच्छा पैसा कमाने वाला युवक था। उसके पिता, मेरे पिताजी जैसे, बड़े परिवार और छोटे साधनों के व्यक्ति थे। इसलिए, उसने इस उद्यम में प्रवेश करने के लिए कुछ लोगों के एक समूह को अपने साथ जोड़ने का फैसला किया। समूह में उसको बारह लोगों की ज़रूरत थी, जिनमें से हर एक कमाने वाला हो और अपनी कमाई का दसवां हिस्सा उद्यम में भुगतान करने के लिए सहमत होजब तक भूमि बिक्री के लिए तैयार नहीं हो जाती। उसके बाद सभी अपने निवेश के अनुपात में मुनाफे में से उचित हिस्सा आपस में बाँट लेंगे।"

मेरे पिताजी ने मुझसे कहा, "मेरे बेटे, अभी तुम जवान हो। यह मेरी इच्छा है कि तुम अपने लिए एक मूल्यवान संपत्ति का निर्माण करो, जिससे लोगतुम्हारा सम्मान करें। मैं चाहता हूँ कि तुम अपने पिता की बिना सोचे-समझी ग़लतियों के ज्ञान से लाभ उठाओ।"

मैंने अपने पिताजी को उत्तर देते हुए कहा, "मेरी भी यही इच्छा है।"

मैं तुम्हें यह सलाह देता हूँ। वही करो जो मुझे तुम्हारी उम्र में करना चाहिए था। अपनी कमाई का दसवां हिस्सा अनुकूल योजनाओं में निवेश के लिए रखो। अपनी कमाई के इस दसवें हिस्से को किसी भी लाभकारी योजना में निवेश करके, जो कुछ भी तुम कमाओगे, उससे तुम मेरी उम्र में आने से पहले अपने लिए एक मूल्यवान संपत्ति जमा कर लोगे।

पिताजी, आपकी सलाह बहुत प्रेरणादायक और बुद्धिमानी भरी है। मुझे अमीर बनने की बहुत इच्छा है। मगर, मेरी कमाई के साथ बहुत से खर्चे जुड़े हुए हैं। इसलिए, मैं आपकी सलाह के अनुसार चलने से हिचकिचा रहा हूँ। मैं जवान हूँ। और अभी मेरे पास काफी समय है।

"मैंने भी तुम्हारी उम्र में ऐसा ही सोचा था, लेकिन देखो, वर्ष बीतते गए, और मैं अभी तक शुरुआत भी नहीं कर सका।"

"पिताजी, हम एक अलग ज़माने में रहते हैं। मैं आपकी जैसी ग़लतियाँ करने से बचूंगा।"

"अवसर तुम्हारे सामने खड़ा है, मेरे बेटे। यह एक मौका दे रहा है जो धन की ओर ले जा सकता है। मैं तुमसे विनती करता हूँ, देर मत करो। कल मेरे दोस्त के बेटे के पास जाओ और इस निवेश में अपनी कमाई का दस प्रतिशत भुगतान करने के लिए उसके साथ सौदा करो। कल तुरंत जाओ। अवसर किसी व्यक्ति की प्रतीक्षा नहीं करता। आज यहीं है; जल्द ही यह चला गया है। इसलिए देर मत करो!"

"मेरे पिता की सलाह के बावजूद, मैंने उनकी बात नहीं मानी। उस समय पूर्व से व्यापारियों द्वारा सुंदर नए वस्त्र लाए गए थे, वह वस्त्र इतने सुंदर थे कि मेरी पत्नी और मुझे लगा हमें यह खरीद लेना चाहिए, और हमने वे खरीद भी लिए। क्या मुझे अपनी कमाई का दस प्रतिशत उस उद्यम में लगाने के लिए सहमत हो जाना चाहिए था, या हमें इन अन्य सुखों से खुद को वंचित करना चाहिए, जो हमें उस समय प्रिय थे। मैंने निर्णय लेने में देरी की, जब तक कि बहुत देर हो चुकी थी, बाद में मेरे पास अफसोस करने अलावा कुछ नहीं था। वह उद्यम उम्मीद से ज़्यादा लाभदायक साबित हुआ। मेरी कहानी आपको बता रही है कि मैंने कैसे एक सौभाग्यशाली अवसर को ऐसे ही गवां दिया।"

रेगिस्तान के एक स्वार्थी व्यक्ति ने टिप्पणी की, "इस कहानी से हमने जाना हैं कि जो व्यक्ति अवसर को स्वीकार करता है, सौभाग्य उसके पास आता है। संपत्ति के निर्माण के लिए हमेशा शुरुआत होनी चाहिए। वह शुरुआत सोने या चांदी के चंद सिक्के हो सकते हैं, जिसे एक आदमी अपनी कमाई से अपने पहले निवेश में बदल देता है। मैं खुद, कई मवेशियों का मालिक हूँ। मैंने मेवेशियों को पालने की शुरुआत तब की थी जब मैं एक मात्र लड़का था और चांदी के एक सिक्के से मैंने एक युवा बछड़ा खरीदा था। यह मेरे धन की शुरुआत होने के नाते, मेरे लिए बहुत महत्वपूर्ण था।"

"एक संपत्ति के निर्माण के लिए पहला कदम बहुत महत्वपूर्ण है। पहला कदम उठाने के साथ एक पुरुष श्रम से धन कमाने वाले पुरुष के बजाय निवेश से लाभ प्राप्त करने वाले पुरुष बन जाता है। कुछ लोग सौभाग्य से, यह कदम अपनी युवावस्था में ही उठा लेते हैंऔर इस तरह वित्तीय सफलता में उन लोगों से आगे निकल जाते हैं जो इस कदम को बाद में उठाते हैं या उन दुर्भाग्यपूर्ण पुरुष से, जैसे इस व्यापारी के पिता थे, जिन्होंने ऐसा कदम कभी नहीं उठाया।"

"अगर हमारे दोस्त, व्यापारी, ने अपने शुरुआती समय में, जब यह मौका आया था यह कदम उठाया होता, तो आज के दिन उन्हें इस दुनिया के बहुत सी चीज़ों के साथ आशीर्वाद मिला होता। अगर हमारे दोस्त, कपड़ा बुनकर ने भी सही समय पर यह कदम उठा लिया होता, तो आज सौभाग्य से उनके पास भी असीम धन होता।"

दूसरे देश का एक अजनबी उठकर बोला, "धन्यवाद, मैं भी कुछ कहना चाहता हूँ। मैं एक सीरियाई हूँ। मैं इतनी अच्छी तरह आपकी ज़ुबान नहीं बोल सकता। मैं इस व्यापारी दोस्त को एक नाम देना चाहता हूँ। शायद आपको यह विनम्र नहीं लगेगा। फिर भी मैं उसे उस नाम से बुलाना चाहता हूँ। लेकिन, अफसोस, मैं आपकी भाषा में वह शब्द नहीं जानता। अगर मैं इसे सीरिया में बोलूँ, तो आप नहीं समझेंगे। इसलिए, सज्जनों, मुझे बताओ कि आप उस आदमी को किस नाम से बुलाते हैं जो उन चीज़ों को करना बंद कर देता है जो उसके लिए बहुत अच्छे हैं।"

"आलसी," एक आवाज आई।

"वह आलसी है," सीरियाई चिल्लाया, उत्साह से अपने हाथ लहराते हुए, "जब अवसर उसके सामने होता तब वह उसे को स्वीकार नहीं करता है। वह इंतजार करता है। वह कहता है कि मेरे पास अभी बहुत काम है। वह उस काम को अलविदा कर, उससे कहता है कि मैं तुम्हें बाद के लिए छोड़ देता हूँ। अवसर, इतने आलसी आदमी का इंतजार नहीं करता। वह सोचता है कि अगर कोई आदमी भाग्यशाली बनना चाहता है तो वह उसके लिए तुरंत कदम उठाएगा। अगर कोई भी व्यक्ति अवसर को नज़रअंदाज़ करते हुए कोई कदम नहीं उठाता, वह हमारे दोस्त, इस व्यापारी की तरह बहुत बड़ा आलसी आदमी कहलाता है।"

व्यापारी उठा और विनम्रता से झुककर बोला, "मैं हमारे देश में आए इस अजनबी की प्रशंसा करता हूँ, जो सच बोलने में हिचकिचाए नहीं।"

"और अब हम अवसर की एक और कहानी सुनेंगे। क्या किसी और व्यक्ति के पास ऐसा कोई अनुभव है जिसे वो हमारे साथ बांटना चाहता हो?" अरकद ने वहाँ उपस्थित बाकी लोगों से पूछा।

एक अधेड़ उम्र के लाल वस्त्र वाले व्यक्ति ने जवाब दिया, "मेरे पास है, मैं जानवरों का खरीदार हूँ, आमतौर पर ऊंट और घोड़ों का। कभी-कभी मैं भेड़ और बकरियां भी खरीदता हूँ। मैं जो कहानी सुनाने जा रहा हूँ वह सच्चाई बताएगी कि एक रात कैसे मुझे अवसरमिला जब मुझे उसकी बिल्कुल भी उम्मीद नहीं थी। शायद इसी कारण से मैंने अपने हाथ में आए अवसर को खो दिया। इसके बारे में आप अपनी राय दें।"

ऊंटों की तलाश में, मैं दस दिनों की निराशाजनक यात्रा के बाद एक शाम शहर लौटा, तो रात होने के कारण शहर के फाटक बंद देखकर मुझे बहुत गुस्सा आया। मेरे नौकरों ने रात गुजारने के लिए अपना तम्बू लगाया, वहाँ हमारे पास रात बिताने के लिए बहुत कम खाना और पानी बिल्कुल भी नहीं था, उसी समय मुझसे एक बुज़ुर्ग किसान ने संपर्क किया, जो हमारी ही तरह फाटक बंद हो जाने के कारण शहर से बाहर रह गया था।

उन्होंने मुझसे कहा, "आदरणीय श्रीमान, आपको देखकर ऐसा लगता है कि आप मवेशियों के खरीदार हैं। यदि ऐसा है, तो मैं आपको अभी-अभी लाई गई भेड़ों के सबसे उत्कृष्ट झुंड को बेचना चाहूँगा। मेरी पत्नी बीमार है उसे बुखार है। मुझे जल्द ही वापस लौटना होगा। यदि आप मुझसे भेड़ें खरीद लें, तो मैं और मेरे नौकर अपने ऊँटों पर चढ़कर बिना देर किए वापस लौट सकते हैं।"

वहाँ इतना अंधेरा था कि मैं उसके झुंड को नहीं देख सकता था, लेकिन भेड़ों के मिमियाने से पता लग रहा था कि वह बड़ा झुंड था।

ऊँटों की तलाश में दस दिन बर्बाद करने के बाद, जब मुझे एक भी ऊंट नहीं मिला, इसलिए मुझे उसके साथ सौदेबाजी करने में ख़ुशी हुई। अपनी परेशानी के चलते, उन्होंने सबसे उचित मूल्य निर्धारित किया। मैंने सौदा स्वीकार किया, क्योंकि मैं यह अच्छी तरह से जानता था कि मेरे नौकर सुबह शहर के फाटकों के माध्यम से झुंड को ले जाकर उन्हें पर्याप्त लाभ पर बेच सकते हैं।

सौदा पक्का होने के बाद, मैंने अपने नौकरों को मशाल लाने के लिए कहा ताकि हम उस झुंड की गिनती कर सकें जिसमें किसान ने नौ सौ भेड़ों के होने की घोषणा की थी। इतनी प्यासी, बेचैन, भूखी भेड़ों को गिनने में हमें कितनी कठिनाई का सामना करना पड़ा उसके बारे में बता कर मैं आप लोगों को बोर नहीं करूंगा। रात के समय वह एक असंभव कार्य साबित हुआ। इसलिए, मैंने किसान को साफ-साफ कह दिया कि मैं उन्हें दिन के उजाले में गिनूंगा और फिर उसे भुगतान करूंगा।

उस बूढ़े किसान ने निवेदन करते हुए कहा, "कृपा करके आप आज रात मुझे क़ीमत की दो-तिहाई राशि का ही भुगतान कर दें, जिससे कि मैं अपने घर जा सकूँ। मैं अपने सबसे बुद्धिमान और शिक्षित नौकर को यहाँ छोड़ जाता हूँ, वह सुबह आपकी गिनती करने में सहायता कर देगा। वह भरोसेमंद है और बाद में आप उसे शेष राशि का भुगतान कर सकते हैं।"

"लेकिन मैं अपनी जिद् पर अड़ गया था और उस रात भुगतान करने से इनकार कर दिया। अगली सुबह, मेरे जागने से पहले, शहर के द्वार खुल गए और चार खरीदार

झुंड की तलाश में निकल पड़े। वे बहुत उत्सुक थे और उच्च क़ीमत चुकाने को तैयार थे, क्योंकि शहर पर घेराबंदी का खतरा मंडरा रहा था, और भोजन प्रचुर मात्रा में नहीं था। जिस क़ीमत पर मुझे उस किसान ने झुंड बेचने की पेशकश की थी, सुबह उसे उससे तीन गुना ज़्यादा क़ीमत मिली। इस प्रकार मैंने दुर्लभ अवसर को गवां दिया।"

अरकद ने टिप्पणी देते हुए कहा, "यह एक असामान्य कहानी है। यह हमें क्या शिक्षा देती है?"

एक काठी बनाने वाले बुज़ुर्ग ने कहा, "हमें इससे यह शिक्षा मिलती है कि जब हम आश्वस्त होते हैं कि हमारे सौदेबाजी में समझदारी है तो हमें तुरंत भुगतान कर देना चाहिए। अगर सौदा अच्छा है, तो आपको अपनी कमजोरियों से उतनी ही सुरक्षा की ज़रूरत है जितनी किसी अन्य व्यक्ति के खिलाफ। हम इंसान परिवर्तनशील हैं। हम अपने निर्णय को बहुत जल्दी-जल्दी बदलते है, और तब ज़्यादा होता है जब कोई ग़लत नहीं, बल्कि सही दिशा में निर्णय ले रहे होते हैं। हम ग़लत निर्णय लेते समय जिद्दी बन जाते हैं। सही निर्णय लेने में हम हिचकिचाते हैं और अवसर को गवां देते हैं। मेरा पहला निर्णय मेरा सबसे उचित निर्णय होता है। फिर भी मुझे हमेशा एक अच्छा सौदा करने के लिए खुद को तैयार करना मुश्किल लगता है। इसलिए, अपनी कमजोरियों से बचने के लिए, मैं तुरंत उस सौदे के लिए भुगतान कर देता हूँ। यह मुझे बाद में होने वाले पछतावे से बचाता है और मैं अपने सौभाग्य को अपने हाथों से फिसलने से बचा लेता हूँ।"

सीरियाई व्यक्ति ने एक बार फिर खड़े हो कर कहा, "धन्यवाद, मैं फिर से कुछ कहना चाहता हूँ, ये किस्से बहुत समान हैं। हर बार अवसर एक ही कारण से उड़ जाता है। हर बार अवसर देरी करने वाले व्यक्ति के पास अच्छी योजना लेकर आता है। हर बार वे संकोच करते हैं, यह नहीं कहते हैं कि अभी शुरुआत करने के लिए सबसे अच्छा समय है, मैं इसे जल्दी करता हूँ। इंसान इस तरह कैसे सफल हो सकता है?"

खरीदार ने जवाब देते हुए कहा, "मेरे दोस्त, आपकी बात में समझदारी है। सौभाग्य इन दोनों कहानियों में देरी से फ़ैसले लेने के कारण हाथ से निकल गया। परंतु, यह असामान्य नहीं है। देरी या आलस करने का स्वभाव सभी इन्सानों में है। हम सब अमीर बनने की इच्छा रखते हैं, फिर भी, कितनी बार अवसर आने पर, हम अपने आलस करने की आदत के कारण उसे समय पर स्वीकार नहीं करते और वो हमारे हाथों से निकाल जाता है। ऐसा करके हम अपने सबसे बड़े दुश्मन बन जाते हैं। अपनी जवानी के दिनों में मैं इस आलस शब्द को नहीं जानता था जो हमारे सीरिया के दोस्त को पसंद आया। मैंने पहले सोचा था कि यह मेरे अपने खराब निर्णय के कारण था जिससे मुझे कई लाभदायक निवेशों का नुकसान हुआ। बाद में, मैंने इसका श्रेय अपने जिद्दी स्वभाव को दिया। अंत में, मैंने इसे पहचान लिया कि यह क्या था - जहां कार्रवाई

की आवश्यकता थी, अनावश्यक देरी की आदत, कार्रवाई शीघ्र और निर्णायक होनी चाहिए। जब इसका असली चरित्र सामने आया तो मुझे इससे बहुत नफरत हो गई। मैंने बड़ी कोशिशों के बाद अपने इस सफलता के दुश्मन से पीछा छुड़ाया।"

"धन्यवाद! मैं व्यापारी दोस्त से सवाल पूछना चाहता हूँ।" सीरियाई ने कहा।

"आप अच्छे कपड़े पहनते हो, आप गरीब आदमी की तरह नहीं लगते। आप सफल आदमी की तरह बोलते हो। हमें बताओ, जब आपके कान में आलस कुछ फुसफुसाता है तो क्या आप अब भी उसकी बात सुनते हो?"

व्यापारी ने जवाब दिया, "हमारे दोस्त खरीदार की तरह, मुझे भी आलस को पहचानना और जीतना पड़ा। यह मेरे लिए एक दुश्मन साबित हुआ, जो हमेशा मेरी उपलब्धियों में विघ्न डालने के लिए तैयार रहता था। मैंने जो कहानी सुनाई, वह ऐसे ही कई उदाहरणों में से एक है जिससे मैं बता सकता हूँ कि किस तरह इसने मुझे सफलता दिलाने वाले कितने अवसरों को मुझसे दूर किया। अगर एक बार आप इसको जान लोगे तो इससे पीछा छुड़ाना इतना मुश्किल नहीं होगा। कोई भी व्यक्ति स्वेच्छा से चोर को उसके अनाज के डिब्बे लूटने की अनुमति नहीं देता है। न ही कोई व्यक्ति स्वेच्छा से किसी शत्रु को अपने ग्राहकों को भगा ले जाने और उसका लाभ लूटने की अनुमति देता है। जब मैंने एक बार यह जान लिया कि यह मेरे विरुद्ध शत्रु जैसे कार्य कर रहा हैं, तो दृढ़ निश्चय के साथ मैंने उसे जीत लिया। इसलिए प्रत्येक व्यक्ति को बैबिलोन के समृद्ध खजाने में हिस्सा लेने की उम्मीद करने से पहले, आलस्य की अपनी आदत पर विजय हासिल करनी चाहिए।"

"अरकद, आपकी क्या राय है? क्योंकि आप बैबिलोन के सबसे अमीर आदमी हैं, कई लोग आपको सबसे भाग्यशाली भी मानते हैं। क्या आप मेरी इस बात से सहमत हैं कि कोई भी व्यक्ति तब तक पूर्ण सफलता प्राप्त नहीं कर सकता जब तक कि वह अपने भीतर की शिथिलता की भावना को पूरी तरह से कुचल नहीं देता?"

अरकद ने सहमति जताते हुए कहा, "आपने बिल्कुल सही कहा। मेरे लंबे जीवन के दौरान मैंने पीढ़ी दर पीढ़ी को व्यापार, विज्ञान और शिक्षा के उन रास्तों पर आगे बढ़ते हुए देखा है, जो जीवन में सफलता की ओर ले जाते हैं। इन सभी पुरुषों के लिए अवसर आए। कुछ ने उनकी बातों को पकड़ लिया और अपनी गहरी इच्छाओं की पूर्ति के लिए तेजी से आगे बढ़े, लेकिन बहुत सारे लोग हिचकिचाए, लड़खड़ा गए और पिछड़ गए।"

अरकद ने कपड़ा बुनकर की ओर रुख किया। आपने सुझाव दिया कि हम सौभाग्य पर बहस करें। आइए सुनें कि अब आप इस विषय पर क्या सोचते हैं।

"मैं अब सौभाग्य को एक अलग रोशनी में देख रहा हूँ। मैंने इसे सबसे वांछनीय चीज़ के रूप में सोचा था जो किसी व्यक्ति के प्रयास के बिना उसके साथ हो सकता है। अब, मुझे एहसास है कि सौभाग्य बिना कुछ किए, किसी की ओर खुद आकर्षित नहीं होता। हमारी चर्चा से मैंने जाना है कि सौभाग्य को अपनी ओर आकर्षित करने के लिए अवसरों का लाभ उठाना आवश्यक है। इसलिए, भविष्य में, मैं ऐसे अवसरों का सर्वोत्तम उपयोग करने का प्रयास करूंगा जो मेरे पास आते हैं।"

अरकद ने उत्तर दिया, "आपने हमारी चर्चा में सामने आए सत्य को अच्छी तरह से समझ लिया है। सौभाग्यहम तभी पाते हैं, जब हम अपने पास आए अवसरों का लाभ उठाते हैं, लेकिन ऐसे अवसर हमें कभी-कभी ही मिल पाते हैं। हमारे व्यापारी दोस्त का आज बहुत अच्छा भाग्य होता अगर वह उस अवसर को सही समय पर स्वीकार कर लेते जो अच्छी देवी ने उन्हें दिया था। हमारे दोस्त खरीदार भी, वैसे ही, सौभाग्य का आनंद ले सकते थे, अगर उन्होंने भेड़-बकरियों की खरीद पूरी कर ली होती और उन्हें अच्छे लाभ पर बेच दिया होता।"

हमने इस चर्चा की शुरुआत एक ऐसा साधन खोजने के लिए की जिससे हम सौभाग्य को लुभा सके। मुझे लगता है कि हमें रास्ता मिल गया है। दोनों कहानियों ने यह स्पष्ट किया कि सौभाग्य कैसे अवसर का अनुसरण करता है। यहाँ एक सच्चाई है कि ऐसी कई समान कहानियां हैं, जहां हार और जीत, बदल नहीं सकती सच तो यह है: अवसर को स्वीकार करके सौभाग्य को मोहित किया जा सकता है।

जो लोग अपनी बेहतरी के लिए अवसरों का लाभ उठाने के लिए उत्सुक होते हैं, वे सौभाग्य देवी को आकर्षित करते हैं। वह उसे प्रसन्न करने वालों की सहायता करने के लिए हमेशा उत्सुक रहती हैं। कर्मठ पुरुष सौभाग्य की देवी को प्रिय होते हैं।

सौभाग्य की देवी, कर्म करने वाले पुरुष की पक्षधर हैं।

सोने के पांच नियम

"अगर आपके सामने सोने से भरा थैला और ज्ञान की बातों से गढ़ी हुई मिट्टी की पट्टी रख दी जाए; और आपको दोनों में से किसी एक चुनने को कहा जाए, तो आप किसको चुनोगे?"

रेगिस्तानी झाड़ियों की आग से टिमटिमाती रोशनी से, श्रोताओं के धूप से झुलसे चेहरे उत्तेजना से चमक उठे।

"सोना, सोना," सत्ताईस लोगों ने एक साथ कहा।

बूढ़ा कलाबाब जान-बूझकर मुस्कुराया।

"सुनो," उसने अपना हाथ ऊपर उठाते हुए फिर से कहा, "रात में वहाँ जंगली कुत्तों की आवाज़ को सुनो। वे भौंक रहें हैं और विलाप कर रहें हैं, क्योंकि वे भूख से विचलित हैं। अगर उन्हें खाना देते हैं, तो वे क्या करेंगे? लड़ेंगे और अकड़ेंगे। फिर और ज़्यादा लड़ेंगे और अकड़ेंगे, कल के बारे में बिना कोई विचार करते हुए जो कि निश्चित रूप से आएगा ही।"

"आदमियों के साथ भी ऐसा ही है। उन्हें सोने और ज्ञान में से एक विकल्प दो - वे क्या करेंगे?"

वे ज्ञान की उपेक्षा करेंगे और सोना बर्बाद करेंगे। और आने वाले में वे विलाप करेंगे, क्योंकि तब उनके पास सोना नहीं बचेगा।

"सोना उनके पास सुरक्षित है जो इसे सभालने के नियमों को जानते हैं और उनका पालन करते हैं।"

कलाबाब ने अपने सफेद वस्त्र को अपने दुबले पैरों के पास खींचा, क्योंकि रात में ठंडी हवा चल रही थी।

"क्योंकि तुम लोगों ने हमारी लंबी यात्रा में ईमानदारी से मेरी सेवा की है, मेरे ऊंटों की अच्छी देखभाल की है, रेगिस्तान की गर्म रेत में बिना किसी शिकायत के परिश्रम किया है, बहादुरी से लुटेरों से लड़ाई लड़ी है जो मेरे व्यापार को लूटने की कोशिश कर रहे थे, इसलिए मैं तुम्हें आज रात सोने के पांच नियमों की कहानी सुनाऊँगा, ऐसी कहानी जो तुम लोगों ने पहले कभी नहीं सुनी होगी।"

"जो बातें मैं बताने जा रहा हूँ उनको बहुत ध्यान से सुनना, क्योंकि यदि तुम उनका अर्थ समझ कर उन पर अमल करोगे, तो आने वाले दिनों में तुम्हारे पास बहुत सोना होगा।"

वह प्रभावशाली ढंग से रुका। ऊपर नीले रंग की छत्रछाया में, बेबीलोनिया के साफ आसमान में सितारे चमक रहे थे। समूह के पीछे संभावित रेगिस्तानी तूफानों से बचाव के लिए तंबू को कसकर बांधा हुआ था। तंबू के बगल में खाल से ढके माल की गांठें बड़े करीने से रखी हुई थीं। पास में रेत पर ऊंटों का झुंड बैठा हुआ था, कुछ ऊंट संतोष से जुगाली कर रहे थे, कुछ खर्राटे ले रहे थे।

सामान बांधने वाला मुखिया बोला, "कलाबाब, आपने हमें कई अच्छी कहानियां सुनाई हैं। हमने आपके ज्ञान के जरिए बहुत कुछ सीखा है, और जब आपके साथ हमारी सेवा समाप्त हो जाएगी, तो हम चाहते है कि आपका ज्ञान भविष्य में हमारा मार्गदर्शन करे।"

"मैंने अब तक तुम्हें अंजान और दूर देशों में किए हुए अपने कारनामों के विषय में बताया है, परंतु आज की रात मैं तुम्हें अरकद नाम के एक बुद्धिमान धनवान व्यक्ति के बारे में बताऊंगा।"

सामान बांधने वाले मुखिया ने स्वीकार करते हुए कहा, "हमने उसके बारे में बहुत कुछ सुना है, क्योंकि वह सबसे अमीर आदमी था जो कभी बैबिलोन में रहता था।"

वह सबसे धनी पुरूष इसलिए थे, क्योंकि वह सोने के नियमों के बारे में जानते थे। उनसे पहले किसी को भी इन नियमों के बारे इतनी अच्छी तरह नहीं पता था। मैं आज रात उनकी महानबुद्धिमत्ता के विषय में तुम्हें बताऊंगा। जैसा उनके पुत्र नोमासिरने मुझे बहुत साल पहले नीनवे में बताया था, जब मैं युवा था।

मैं और मेरे मालिक एक रात बहुत देर तक नोमासिरके महल में रुके थे। मैं अपने मालिक की बढ़िया कालीनों के बड़े बंडल लाने में मदद कर रहा था, हर एक को

नोमासिरद्वारा तब तक आजमाया जा रहा था जब तक कि उसकी पसंद का रंग न मिल जाए। अंत में वह बहुत प्रसन्न हुआ और उसने हमें उसके साथ बैठने को कहा और नथुने से एक दुर्लभ विंटेज गंध वाली शराब पिलाई, जिसके बाद मेरे पेट में गर्मी हो गई, क्योंकि मैं इस तरह के पेय के लिए अभ्यस्त नहीं था। फिर, उसने हमें अपने पिता अरकद के महान ज्ञान की यह कहानी सुनाई, जो मैं तुम्हें सुनाऊँगा।

जैसा कि तुम लोग जानते हो, बैबिलोन में यह प्रथा है, कि धनी पिता के पुत्र अपने माता-पिता की संपत्ति विरासत में पाने की उम्मीद में रहते हैं। अरकद ने इस प्रथा को स्वीकार नहीं किया। इसलिए, जब नोमासिर अपनी युवावस्था में पहुंचा, तो अरकद ने उससे कहा:

मेरे पुत्र, यह मेरी इच्छा है कि तुम मेरी सम्पत्ति को संभालो। हालाँकि, तुम्हें पहले यह साबित करना होगा कि तुम इसे समझदारी से संभालने में सक्षम हो। इसलिए, मैं चाहता हूँ कि तुम दुनिया में बाहर निकाल कर सोना कमाने की और लोगों के बीच अपने बूते पर सम्मान पाने की क़ाबिलियत साबित करो।

तुम्हें एक अच्छी शुरुआत करने के लिए, मैं तुम्हें दो चीज़ें दूंगा, जो मुझे नहीं मिली थी। मैंने एक गरीब युवा के रूप में अपना भाग्य बनाना शुरू किया था।

पहले, मैं तुम्हें सोने से भरा हुआ यह थैला दे रहा हूँ। यदि तुम इसका बुद्धिमानी से उपयोग करोगे, तो यह तुम्हारे भविष्य की सफलता का आधार होगा।

दूसरा, मैं तुम्हें यह मिट्टी की पट्टी दे रहा हूँ, जिस पर सोने के पांच नियम खुदे हुए हैं। यदि तुम इन पर लिखी हुई बातों का अनुसरण करोगे, तो वे तुम्हें संपन्नता और सुरक्षा प्रदान करेंगे।

आज के दिन से दस साल बाद तुम अपने पिता के घर लौटकर अपना हिसाब देना। यदि तुम योग्य सिद्ध हुए, तो मैं तुम्हें अपनी संपत्ति का वारिस बनाऊंगा। नहीं तो मैं उसे पुजारियों को दान में दूंगा, जिससे वे मेरी आत्मा की शांति के लिए भगवान के मंदिर के लिए भूमि का सौदा कर सके।

दस साल बीत गए, और जैसा कि तय हुआ था, नोमासिर अपने पिता के घर लौट आया, उसके पिता ने उसके सम्मान में एक महान दावत दी, जिसमें उसने कई दोस्तों और रिश्तेदारों को आमंत्रित किया। दावत खत्म होने के बाद, उसके माता-पिता एक सिंहासन पर बैठे थे और नोमासिर उनके सामने खड़ा हुआ, अपने पिता के वचन के अनुसार, उनको अपने अनुभवों के बारे में बता रहा था।

शाम का वक्त था। कमरा तेल के दीयों की बत्ती से निकलने वाले धुएँ से धुँधला

था, लेकिन वहाँ मंद रोशनी थी। सफेद बुने हुए जैकेट और अंग रखे में नौकर लंबे तने वाले ताड़ के पत्तों के साथ तालबद्ध रूप से हवा कर रहे थे। एक आलीशान गरिमा ने दृश्य को रंग दिया। नोमासिर की पत्नी और उसके दो जवान बेटे, दोस्तों और परिवार के अन्य सदस्यों के साथ पीछे आसनों पर बैठे थे, और उत्सुकता से बातें सुन रहे थे।

नोमासिर ने आदरपूर्वक शुरू किया, "पिताजी, मैं आपकी बुद्धिमानी के समक्ष नमन करता हूँ। दस साल पहले जब मैं जवानी की दहेलीज़ पर खड़ा था, तब आपने मुझे अपने भाग्य के अधीन रहने के बजाय बाहर जाकर पुरुषों के बीच अपनी एक पहचान बनाने के लिए कहा।"

आपने मुझे अपना सोना उदारता से दिया, अपना बहुमूल्य ज्ञान दिया। सोने का मुझे अफसोस है! मुझे को स्वीकार करना चाहिए कि मैं सोना संभाल नहीं पाया। वह, वास्तव में, मेरे अनुभवहीन हाथों से फिसल गया, जैसे एक बच्चे के हाथों में से एक जंगली खरगोश पहला अवसर पाते ही निकल कर भाग जाता है।

अरकद सहज भाव से मुस्कुराए। "जारी रखो, मेरे बेटे, तुम्हारी कहानी के विवरण से मेरी रूचि बढ़ रही है।"

मैंने नीनवे जाने का फैसला किया, क्योंकि वह एक बढ़ता हुआ शहर था, मुझे विश्वास था कि वहाँ ज़्यादा अवसर मिल सकते हैं। मैं एक कारवां में शामिल हुआ और उसके सदस्यों में से कई मेरे दोस्त बन गए। इनमें से दो सुप्रसिद्ध व्यक्ति थे, जिनके पास हवा की गति से दौड़ने वाला सबसे सुंदर सफेद घोड़ा था।

जब हम यात्रा कर रहे थे, तो उन्होंने मुझे आत्मविश्वास के साथ बताया कि नीनवे में एक धनी व्यक्ति था जिसके पास इतना तेज़ घोड़ा था कि उसे कभी हराया नहीं गया था। उसके मालिक का मानना था कि कोई भी घोड़ा उसे तेज़ गति से नहीं दौड़ सकता। इसलिए, वह अपनी बड़ी राशि का दांव अपने घोड़े पर लगाने जा रहे हैं। मेरे दोस्तों ने कहा, उसके घोड़े की तुलना में, बाकी के घोड़े तो लकड़ी का गधे थे जिन्हें आसानी से हराया जा सकता था।

उन्होंने मुझे पर एक उपकार करते हुए, मुझे उनके साथ इस दांव में शामिल होने की अनुमति दी। मैं इस योजना से काफी ख़ुश था।

"हमारे घोड़े को बुरी तरह से हराया गया था और मैंने अपना बहुत सारा सोना खो दिया था।" पिताजी हंस पड़े। "बाद में, मुझे पता चला कि वह उन लोगों की एक कपटपूर्ण योजना थी और वे लगातार पीड़ितों की तलाश में कारवां के साथ यात्रा करते थे। आप देखिए, नीनवे का आदमी उनका साथी था और उसने उनके साथ जीते गए दांव को साझा किया। इस चतुर छल ने मुझे खुद की तलाश करने का पहला सबक

सिखाया।"

उतना ही कड़वा, मैं जल्द ही एक और सबक सीखने वाला था। कारवां में एक और युवक था, जिसके साथ मैं काफी मिलनसार हो गया था। वह धनी माता-पिता का पुत्र था और मेरी तरह, एक उपयुक्त स्थान खोजने के लिए नीनवे की यात्रा कर रहा था। हमारे पहुँचने के कुछ ही समय बाद, उन्होंने मुझे बताया कि एक व्यापारी की मृत्यु हो गई है और उसकी दुकान को उसके भरे हुए माल के साथ एक मामूली क़ीमत पर खरीदा जा सकता है। यह कहते हुए कि हम समान के भागीदार होंगे, लेकिन पहले उसे अपना सोना लाने के लिए बैबिलोन लौटना होगा, उसने मेरे सोने के साथ दुकान खरीदने के लिए मुझ पर दबाव डाला, और मैं तैयार हो गया, यह मानते हुए कि उसके हिस्से के सोने का उपयोग बाद में हमारे उद्यम को आगे बढ़ाने के लिए किया जाएगा।

उसने बैबिलोन जाने में बहुत देर कर दी, और इस बीच यह साबित कर दिया कि वह एकमूर्ख खरीदार था। मैंने अंत में उसे भागीदारी से बाहर कर दिया, लेकिन इससे पहले ही व्यापार बिगड़ गया था, जहां हमारे पास केवल ना बिकने वाला ही सामान बचा था और अन्य सामान खरीदने के लिए सोना भी नहीं था। मैंने एक इस्राएली को बहुत सस्ते दामों में बाकी का सामान बेच दिया।

पिताजी, उसके बाद जल्द ही मेरे बुरे दिन शुरू हो गए थे। मांगने पर भी मुझे रोजगार नहीं मिल पा रहा था, क्योंकि मेरे पास व्यापार या प्रशिक्षण नहीं था जो मुझे कमाने में सक्षम बनाता। मैंने अपने घोड़े बेच दिए। मैंने अपना गुलाम बेच दिया। मैंने अपने अतिरिक्त वस्त्र बेच दिए ताकि मेरे पास भोजन और सोने के लिए एक जगह हो, लेकिन हर दिन भयंकर बदनसीबी मेरे करीब आना चाहती थी।

लेकिन उन पीड़ादायक दिनों में, पिताजी, जो आपने मुझ पर अपना भरोसा दिखाया था वो हमेशा मुझे याद रहा।

आपने मुझे सफल आदमी बनने के लिए भेजा था, और इसी को पूरा करने का मैं संकल्प ले चुका था। नोमासिर की माँ अपना मुँह छुपा कर धीरे से रोने लगी।

इस समय, मुझे आपकी द्वारा दी गई मिट्टी की पट्टी की याद आई, जिस पर आपने सोने के पांच नियम गुदवाए थे। उसके बाद, मैंने आपके ज्ञान के शब्दों को बड़े ध्यान से पढ़ा, और महसूस किया कि अगर मैंने यह ज्ञान पहले तलाश लिया होता, तो मेरा सोना बर्बाद होने से बच जाता।

मैंने हर नियम को दिल से सीखा और तय किया कि, जब एक बार फिर सौभाग्य की देवी मुझ पर कृपा करेगी, तो मैं उम्र के ज्ञान से अपना रास्ता चुनूँगा, न कि युवावस्था की अनुभवहीनता से।

जो आज रात यहाँ बैठे हैं, उन सबकी भलाई के लिए, मैं अपने पिताजी के उन ज्ञानवर्द्क नियमों को पढ़ूंगा, जो उस मिट्टी की पट्टी पर लिखे हुए थे जिसे उन्होंने मुझे दस साल पहले दी थी :

सोने के पांच नियम

I. सोना उस आदमी के पास ख़ुशी से आता और अधिक मात्रा से बढ़ता रहता है, जो आदमी संपत्ति बनाने के लिए अपनी कमाई का कम से कम दसवां हिस्सा भविष्य और उसके परिवार के लिए बचाकर चलता है।

II. सोना अपने उस बुद्धिमान मालिक के लिए परिश्रमपूर्वक और संतोषपूर्वकरूप से मेहनत करता है जो इसके लिए लाभदायक निवेश को ढूंढ पाता है, उसके बाद सोना मवेशियों के झुंडके समान बढ़ता जाता है।

III. सोना अपने उस मालिक को हमेशा सुरक्षित रखता है, जो बुद्धिमान पुरुषों की सलाह के तहतउसका निवेश सही योजनाओं में करता है।

IV. ऐसे कारोबार या योजनाओं में निवेश करने वाले व्यक्ति से सोना फिसल जाता है, जिनके उद्देश्यों से वह परिचित नहीं होता या जिसकी रख-रखाव करने में वह कुशल नहीं होता।

V. सोना उस आदमी के पास नहीं रुकता जो इसे असंभव कमाई के लिए निवेश करता या जोचालबाजों और षडयंत्रकारियों की आकर्षक सलाह का पालन करता है या जो अपनी अनुभवहीनता और ख्याली इच्छाओं पर भरोसा करके निवेश करता है।

"ये सोने के पाँच नियम हैं, जो मेरे पिताजी ने लिखे थे। मेरे लिए ये सोने से कहीं अधिक मूल्यवान हैं, जिसे कि मैं अपनी कहानी की निरंतरता से बताऊँगा।"

वह फिर अपने पिता की ओर मुड़ा और बोला, "मैंने आपको अपनी गरीबी और निराशा के दिनों के बारे में बताया है, जिसमें मेरी अनुभवहीनता मुझे ले गई थी।"

"हालांकि आपदाओं की कोई श्रृंखला ऐसी नहीं है, जो कभी समाप्त नहीं

होती। मेरे लिए यह तब समाप्त हुई जब मुझे शहर की नई बाहरी दीवार पर काम कर रहे गुलामों के एक दल के प्रबंधन के रूप में रोजगार मिला।"

सोने के पहले नियम के ज्ञान से लाभ उठाकर, मैंने अपनी पहली कमाई में से एक ताँबे को बचाया, और हर मौके पर इसे तब तक जोड़ा जब तक कि मैंने उससे एक चांदी का टुकड़ा नहीं लिया। यह एक धीमी प्रक्रिया थी।

मैं मानता हूँ, मैंने बहुत कंजूसी के साथ खर्च किया, क्योंकि, पिताजी दस साल पूरे होने से पहले मैंने यह ठान लिया था कि जितना सोना आपने मुझे दिया था उतना मुझे वापस कमाना है।

एक दिन गुलामों का मालिक, जिसके साथ मैं काफी मिलनसार हो गया था, उसने मुझसे कहा: "तुम एक मितव्ययी युवा हो जो अपनी कमाई को बेहूदगी से खर्च नहीं करता। क्या आपके द्वारा रखा गया सोना कमाई नहीं है?"

मैंने उत्तर देते हुए कहा, "हाँ, जो मेरे पिताजी ने मुझे सोना दिया था और जिसे मैंने अपनी लाहपरवाही से खो दिया है, उसके स्थान पर सोना जमा करना मेरी सबसे बड़ी इच्छा है।"

"यह एक योग्य महत्वाकांक्षा है, लेकिन क्या आप जानते हैं कि जो सोना आपने बचाया है वह आपके लिए काम कर सकता है और अधिक सोना कमा सकता है?"

"काश! लेकिन मेरा अनुभव कड़वा रहा है, क्योंकि मेरे पिताजी द्वारा दिया गया सोने को मैंने गवां दिया था, और मुझे बहुत भय है कि कहीं मैं अपने सोने को भी उसी तरह न गवां दूँ।"

उसने उत्तर दिया, "यदि तुम मुझ पर भरोसा करो, तो मैं तुम्हें सोने के लाभदायक व्यवहार की शिक्षा दूंगा। एक वर्ष के भीतर बाहरी दीवारें बनकर तैयार हो जाएगी, और राजा के शत्रुओं से नगर की रक्षा के लिए कांसे के उन बड़े फाटकों की ज़रूरत पड़ेगी जो हर एक प्रवेश द्वार पर बनाए जाएंगे। पूरे नीनवे में इन फाटकों को बनाने के लिए पर्याप्त धातु नहीं है और राजा ने इसे मुहैया कराने के बारे में नहीं सोचा है। मेरी योजना यह है: हम में से एक समूह अपना सोना जमा करके और ताँबे और टिन की खदानों में एक कारवां भेजें, जो दूर हैं, और वहाँ से नीनवे के फाटकों के लिए धातु लाएंगे। जब राजा कहेगा, 'महान फाटक बनाओ, ' तो हम ही धातु की आपूर्ति कर सकते हैं और वह हमें उसके बदले एक अच्छी क़ीमत चुकाएगा। यदि राजा हम से वो धातु न भी खरीदे, तब भी हमारे पास वह धातु रहेगी, जो उचित दाम पर बेची जा सकेगी।"

उनके प्रस्ताव में मैंने तीसरे कानून का पालन करने और बुद्धिमान पुरुषों के

मार्गदर्शन में अपनी बचत का निवेश करने का अवसर पहचाना। जिसको मान कर मैं निराश भी नहीं था। हमारी योजना सफल रही, और इस सौदे से मेरे सोने के छोटे से भंडार में काफी वृद्धि हुई।

उचित समय में, इसी समूह ने अन्य उदयमों में भी मुझे सदस्य के रूप में स्वीकार किया गया था। वे सोने के लाभदायक संचालन में बुद्धिमान पुरुष थे। वे किसी भी निवेश में प्रवेश करने से पहले, बड़ी सावधानी से योजना पर विचार-परामर्श करते थे। वे ऐसे किसी भी निवेश में नहीं बंधते थे जिसमें उनके मूलधन फसने की ज़रा सी भी संभावना हो। घुड़दौड़ जैसी मूर्खतापूर्ण बातें और जिस तरह की साझेदारी में मैंने अपनी अनुभवहीनता के साथ प्रवेश किया था, उस तरह के निवेशों के बारे में वे सोचते तक नहीं थे।

इन लोगों के साथ अपने संपर्क के माध्यम से, मैंने लाभदायक रिटर्न लाने के लिए सुरक्षित रूप से सोने का निवेश करना सीख लिया था। जैसे-जैसे साल बीतते गए, मेरा खजाना और तेजी से बढ़ता गया। मैंने जितना सोना पहले खोया था, अब उससे कहीं ज़्यादा कमा लिया था।

पिताजी, मेरे दुर्भाग्य, मेरी परीक्षाओं और मेरी सफलता के माध्यम से, मैंने सोने के पांच नियमों के ज्ञान को बार-बार परखा है, और उन्हें हर परीक्षा में सच साबित किया है। जिसे पांच नियमों का ज्ञान नहीं है, उसके लिए सोना बार-बार नहीं आता, बल्कि जो सोना उनके पास होता है वे भी जल्दी से चला जाता है। परन्तु जो पांचों नियमों का पालन करता है, उसके पास सोना आता है और उसके कर्तव्यपरायण गुलाम के रूप में काम करता है।

नोमासिर ने बोलना बंद कर दिया और कमरे में पीछे खड़े एक गुलाम को इशारा किया। गुलाम एक बार में तीन भारी चमड़े के बैग लेकर आया। इनमें से एक बैग को नोमासिर ने अपने पिता के सामने फर्श पर रखा, और फिर से अपने पिता को संबोधित करते हुए कहा:

आपने मुझे सोने का एक थैला दिया था, जो कि बैबिलोन का सोना था। देखो, मैं आपको उसके स्थान पर नीनवे के सोने का एक थैला लौटा रहा हूँ, जो वज़न में उसी के बराबर है, इस बात पर यहाँ सभी उपस्थित लोग सहमत होंगे।

आपने मुझे एक मिट्टी की पट्टी दी थी, जिस पर ज्ञान की बातें अंकित है। देखो, मैं उसके बदले सोने के दो बैग लौटा रहा हूँ। यह कहकर उस ने गुलाम के पास से दो और बैग लेकर उसी रीति से अपने पिता के सामने फर्श पर रख दिए।

पिताजी, मैंने ऐसा इसलिए किया, क्योंकि मैं आपकी बुद्धि को आपके सोने से भी अधिक मूल्यवान समझता हूँ। मगर, सोने की थैलियों से बुद्धिमत्ता को कौन नाप सकता है? बिना ज्ञान के, जिनके पास सोना होता है, वे भी जल्दी से उसको खो देते हैं, लेकिन ज्ञान के साथ, जिनके पास सोना नहीं भी होता, वे लोग भी उसके द्वारा सोना कमा सकते हैं, जैसा कि सोने के ये तीन बैग साबित करते हैं।

"पिताजी, इस बात से मुझे बहुत ही संतुष्टि मिल रही है, कि मैं आपके सामने खड़ा होकर यह बोल पा रहा हूँ कि आपके ज्ञान के वजह से ही मैं आज लोगों के बीच धनी और एक प्रतिष्ठित व्यक्ति बन पाया हूँ।"

पिता ने प्यार से नोमासिर के सिर पर अपना हाथ रखते हुए कहा, "तुमने अपनी शिक्षा अच्छी तरह से सीखी है, और मैं वास्तव में भाग्यशाली हूँ कि मेरे पास तुम्हारे जैसा बेटा है जिसे मैं अपना धन सौंप सकता हूँ।"

कलाबाब ने अपनी कहानी समाप्त की और अपने श्रोताओं की ओर गंभीर रूप से देखा।

उसके बाद उसने पूछा, "नोमासिर की इस कहानी, तुम्हें क्या शिक्षा मिलती है?"

तुम में से कौन है जो अपने पिता या अपने ससुर के पास जाकर अपनी कमाई के बुद्धिमत्तापूर्ण संचालन का हिसाब दे सकता है?

ये आदरणीय पुरुष क्या सोचेंगे, अगर तुम लोग यह बोलोगे तो: 'मैंने बहुत यात्रा की है, बहुत कुछ सीखा है, बहुत मेहनत की है और बहुत कुछ कमाया है, फिर भी, मेरे पास सोना बहुत कम है। कुछ मैंने बुद्धिमानी से खर्च किया, कुछ मैंने मूर्खता से खर्च किया और ज़्यादातर मैंने अपनी नासमझी से खो दिया।'

क्या तुम अभी भी इसे भाग्य की असंगति के रूप में देखते हो कि कुछ पुरुषों के पास बहुत सोना है और दूसरों के पास कुछ भी नहीं है? तो तुम सरासर ग़लत हो।

"जब व्यक्ति सोने के इन पांच नियमों को जान जाता है और उनका पालन करता है। उसके बाद वे बहुत अधिक मात्रा में सोना कमा सकता है।"

क्योंकि मैंने अपनी युवावस्था में इन पांच नियमों को सीखा और उनका पालन किया, इसलिए मैं एक धनी व्यापारी बन गया। मैंने अपना धन किसी जादू से जमा नहीं किया।

जो धन जल्दी आता है वह उसी तरह जल्दी से खत्म भी हो जाता है।

धन जो अपने मालिक को भोग और संतुष्टि देने के लिए रहता है वह धीरे-धीरे

आता है, क्योंकि यह ज्ञान और निरंतर प्रयोजन से पैदा हुई संतान है।

धन अर्जित करना विचारशील व्यक्ति पर एक छोटा-सा बोझ है। साल-दर-साल लगातार इस छोटे बोझ को उठाकर, वह अंतिम उद्देश्य को पूरा कर लेता है।

"सोने के पांच नियमों का पालन करके तुम एक बहुमूल्य पुरस्कार हासिल कर सकते हो।"

"इन पांच नियमों में से प्रत्येक नियम का अर्थ क़ीमती है, और ऐसा हो सकता कि मेरी कहानी की संक्षिप्तता में तुमने इनके अर्थों को नज़रअंदाज कर दिया हो , अब मैं उन्हें दोहराऊंगा। वह एक-एक नियम मुझे याद है क्योंकि मेरी युवावस्था में, मैं उनके मूल्य को पहचान चुका था और मैं तब तक संतुष्ट नहीं हुआ जब तक मैंने उनके एक-एक शब्द को जान नहीं लिया।

सोने का पहला नियम

सोना उस आदमी के पास ख़ुशी से आता और अधिक मात्रा से बढ़ता रहता है, जो आदमी संपत्ति बनाने के लिए अपनी कमाई का कम से कम दसवां हिस्सा भविष्य और उसके परिवार के लिए बचाकर चलता है।

कोई भी व्यक्ति जो अपनी कमाई का दसवां हिस्सा लगातार अपने लिए बचाकर और उसका बुद्धिमानी से निवेश करता है, तो निश्चित रूप से ऐसा करके वह एक मूल्यवान संपत्ति का निर्माण करेगा, जो भविष्य में उसके लिए एक आय प्रदान करेगी और यदि भगवान उसे दुनिया से अपने पास बुला भी लेते हैं, तब उस स्थिति में उसके परिवार की सुरक्षा की गारंटी देगी।

इस नियम के अनुसार, सोना हमेशा ऐसे आदमी के पास ख़ुशी से आता है। मैंने अपने खुद के जीवन में कई बार ऐसा होता देखा है। मैं जितना ज़्यादा सोना जमा करता हूँ, उतना ही आसानी से और ज़्यादा मात्रा में आता है। जो सोना मैं बचाता हूँ, वह और ज़्यादा कमाता है, वैसे ही तुम्हारा भी कमाएगा और इसकी कमाई को निवेश करके तुम और अधिक कमाओगे। इसी तरह पहले सोने का नियम काम करता है।

सोने का दूसरा नियम

सोना अपने उस बुद्धिमान मालिक के लिए परिश्रमपूर्वक और संतोषपूर्वकरूप से मेहनत करता है जो इसके लिए लाभदायक निवेश को ढूंढ पाता है, उसके बाद सोना मवेशियों के झुंडके समान बढ़ता जाता है।

"सोना, वास्तव में, एक इच्छुक कार्यकर्ता है। अवसर आने पर यह खुद को कई गुना बढ़ाने के लिए हमेशा उत्सुक रहता है। प्रत्येक व्यक्ति जिसके पास सोने का भंडार है, अवसर मिलते ही वह इसका उपयोग करके सबसे ज़्यादा लाभ उठा सकते हैं। जैसे-जैसे वर्ष बीतते हैं, आश्चर्यजनक ढंग से, यह अपने आप में कई गुना बढ़ जाता है।"

सोने का तीसरा नियम

सोना अपने उस मालिक को हमेशा सुरक्षित रखता है, जो बुद्धिमान पुरुषों की सलाह के तहत उसका निवेश सही योजनाओं में करता है।

"सोना, वास्तव में, सतर्क मालिक के साथ वफादार होता है, इसके विपरीत वह लापरवाह मालिक से दूर चला जाता है। जो व्यक्ति सोने को संभालने में बुद्धिमान पुरुषों की सलाह लेता है, वह जल्द ही सीख जाता है कि उसे अपने खजाने को खतरे में न डालकर, उसे संरक्षित करना चाहिए और लगातार उसमें हो रही वृद्धि को देखकर संतुष्टि का आनंद लेना चाहिए।"

सोने का चौथा नियम

ऐसे कारोबार या योजनाओं में निवेश करने वाले व्यक्ति से सोना फिसल जाता है, जिनके उद्देश्यों से वह परिचित नहीं होता या जिसकी रख-रखाव करने में वह कुशल नहीं होता।

जिस व्यक्ति के पास सोना है, परंतु वह उसे संभालने में कुशल नहीं है, उसके सामने कई बार ऐसे अवसर आते हैं, जो उसे लाभदायक प्रतीत होते हैं। बहुत बार ये नुकसान के खतरे से भरे होते हैं, और अगर बुद्धिमान लोगों द्वारा ठीक से विश्लेषण किया जाए, तो उनमें लाभ की बहुत कम संभावना दिखाई देती है। इसलिए, सोने का अनुभवहीन मालिक, जो अपने निर्णय पर भरोसा करता है और इसे ऐसे व्यवसाय या उद्देश्यों में निवेश करता है जिससे वह परिचित नहीं है, अक्सर अपने निर्णय को अपूर्ण पाता है, और अपनी अनुभवहीनता का अपने खजाने के साथ भुगतान करता है। बुद्धिमान वह है, जो अपने धन को सोने के मार्ग में कुशल लोगों की सलाह से निवेश करता है।

सोने का पाँचवाँ नियम

सोना उस आदमी के पास नहीं रुकता जो इसे असंभव कमाई के लिए निवेश करता या जोचालबाजों और षडयंत्रकारियों की आकर्षक सलाह का पालन करता है या जो अपनी अनुभवहीनता और ख्याली इच्छाओं पर भरोसा करके निवेश करता है।

"साहसिक कहानियों की तरह रोमांचित करने वाले काल्पनिक प्रस्ताव हमेशा सोने के नए मालिक के पास आते हैं। ऐसा दिखाई देता है कि किसी जादुई शक्तियों के साथ उसका खज़ाना बढ़ जाएगा और वह असंभव कमाई करने में सक्षम हो जाएगा। यहाँ, बुद्धिमान पुरुषों की बातों पर ध्यान दें क्योंकि वे वास्तव में अचानक संपत्ति को बढ़ाने वाली हर योजना के पीछे छिपे जोखिमों को जानते हैं।"

"नीनवे के धनी लोगों को मत भूलना, जो अपने मूलधन को खोने या इसे लाभहीन निवेश में बांधने का कोई जोखिम नहीं लेते थे।"

"यहाँ सोने के पांच नियमों की मेरी कहानी को समाप्त होती है। इन सब नियमों को बताते हुए, मैंने तुम्हें अपनी सफलता के रहस्य भी बता दिए हैं।"

"मगर, वे रहस्य नहीं हैं, बल्किसच्चाई है जिसे उस हर आदमी को पहले सीखना चाहिए और फिर उसका पालन करना चाहिए जो लोगों की भीड़ से बाहर निकलना चाहता है, जो जंगली कुत्तों के जैसे हर दिन अपने खाने के लिए चिंता करते हैं।"

"कल, हम बैबिलोन में प्रवेश करेंगे। देखो! बेल के मंदिर के ऊपर अनन्त जलती

हुई आग को देखो! हम पहले से ही सोने की नगरी को देख रहे हैं। कल, तुम में से प्रत्येक के पास सोना होगा, वह सोना जो तुमने वफादारी से की गई सेवाओं द्वारा कमाया है।"

"आज से दस साल बाद, तुम इस सोने के बारे में क्या बता सकते हो?"

"यदि तुम में से ऐसे पुरुष हैं, जो नोमासिर की तरह, अपने सोने के एक हिस्से का उपयोग अपने लिए संपत्ति बनाने के लिए करोगे और भविष्य में अरकद के ज्ञान से निर्देशित होगे, तो यह एक सुरक्षित दांव साबित होगा। अब से दस साल बाद तुम लोग भी, अरकद के पुत्र की तरह धनी और लोगों के बीच प्रतिष्ठित हो जाओगे।"

"हमारे द्वारा बुद्धिमानी से किए गए कार्य हमें जीवन भर ख़ुशी देते हैं और हमारी मदद करते हैं। निश्चित रूप से, हमारी नासमझी से किए गए कार्य हमें पीड़ा ही देते हैं। अफसोस, हम अवसरों को भुला नहीं पाते। उन अवसरों की यादें हमें सबसे ज़्यादा सताती है और हमारा पीछा करती हैं, जिनका हमें समय रहते लाभ उठा लेना चाहिए, लेकिन हम नहीं उठा पाए।"

बैबिलोन के ख़ज़ाने इतने सम्पन्न हैं, कि कोई भी मनुष्य उनके मूल्य को सोने के सिक्कों में नहीं गिन सकता। हर साल, वे अधिक भरते और अधिक मूल्यवान होते जाते हैं। हर देश के खजाने की तरह, वे एक इनाम हैं, एक समृद्ध इनाम जो उन संकल्पवान लोगों की प्रतीक्षा कर रहा, जो अपने उचित हिस्से को सुरक्षित करने का निर्णय लेते हैं।

"आपकी अभिलाषाओं के बल में एक जादुई शक्ति है। सोने के पांच नियमों के ज्ञान के साथ इस शक्ति का मार्गदर्शन करें और आप भी बैबिलोन के खजाने को साझा करेंगे।"

बैबिलोन का स्वर्ण ऋणदाता

सोने के पचास सिक्के! पुराने बैबिलोन के भाला बनाने वाले रॉडन ने पहले कभी अपने चमड़े के पर्स में इतना सोना नहीं रखा था। अपने सबसे उदार राजा के महल से वह ख़ुशी-ख़ुशी राजमार्ग से नीचे उतरा। प्रत्येक कदम के साथ, उसकी बेल्ट पर बंधे पर्स में रखे सिक्के खनक रहें थे – वह सबसे मधुर संगीत जो उसने कभी सुना था।

पचास सोने के सिक्के! और वे सब उसके! वह शायद ही अपने सौभाग्य पर यकीन कर पा रहा था। उन खनकते हुए सिक्कों में क्या शक्ति है! वे अपनी इच्छानुसार कुछ भी खरीद सकताथा, एक भव्य घर, भूमि, मवेशी, ऊंट, घोड़े, रथ, जो कुछ भी वह चाहता था।

उसे इनका किस तरह से उपयोग करना चाहिए? शाम को जब वह अपनी बहन के घर की ओर जाने वाली एक किनारे की गली में मुड़ा, तो वह कुछ भी नहीं सोच पा रहा था सिवाय इसके कि वह सोने के भारी चमकदार सिक्के किसी भी तरह हमेशा उसके पास ही रहें। कुछ दिनों बाद एक शाम को हैरान रॉडन, सोने के ऋणदाता, और गहनों और दुर्लभ कपड़ों के डीलर मैथन की दुकान में गया। रॉडन, दुकान में चारों ओर कलात्मक ढंग से सजी हुई रंगीन वस्तुओं को न देखते हुए, सीधा पीछे की ओर रहने वाले क्वार्टर में चला गया। वहाँ उसे सभ्य मैथन कालीन पर आराम करता हुआ दिखाई दिया, जहां उसका एक अश्वेत गुलाम उसके लिए खाना परोस रहा था।

रॉडन भोंदूपन से उसके सामने खड़ा हुआ था, उसकी सामने से खुली चमड़े की जैकेट में उसकी बालों से भरी छाती दिखाई दे रही थी। रॉडन उसको देखते हुए बोला,

"मुझे आपसे सलाह लेनी है, क्योंकि मुझे कुछ समझ नहीं आ रहा कि क्या करना चाहिए।"

मैथन एक दोस्ताना अभिवादन के साथ मुस्कुराया। "तुमने ऐसा कौन-सा मूर्खता भरा काम कर दिया, जिसे कि तुम्हें सोने के ऋणदाता के पास आना पड़ा? क्या तुम जुए खेलने की टेबल पर बदक़िस्मत रहे? या तुम्हें किसी सुंदर औरत ने फंसा दिया? मैं तुम्हें कई सालों से जानता हूँ, लेकिन इससे पहले तुम कभी अपनी मुसीबतों के लिए मुझसे सहायता मांगने नहीं आए।"

"नहीं, नहीं। ऐसा नहीं है। मुझे सोना नहीं चाहिए। इसके बजाय मैं आपसे समझदारी भरी सलाह लेना चाहता हूँ।"

"सुनो! सुनो! यह आदमी क्या कह रहा है। सोने के ऋणदाता के पास कोई भी सलाह लेने नहीं आता है। मेरे कानों ने कुछ ग़लत तो नहीं सुन लिया।"

"वे सही सुन रहे हैं।"

क्या ऐसा हो सकता है? भाला बनाने वाला रॉडन, बाकी सभी की तुलना में अधिक चतुर निकला, क्योंकि वह सोने के लिए नहीं, बल्कि सलाह के लिए मैथन के पास आया है। कई लोग मेरे पास अपने मूर्खता भरे खर्चों को पूरा करने के लिए मेरे पास सोना लेने के लिए आते हैं, लेकिन वे सलाह लेना नहीं चाहते। वैसे भी सोने के ऋणदाता से ज्यादा अच्छी सलाह कौन दे सकता है, जिसके पास बहुत से लोग मुसीबत के समय में आते हैं?

मैथन ने कहा, "रॉडन, तुम मेरे साथ खाना खाओगे, आज शाम तुम मेरे अतिथि हो।" उसने अपने अश्वेत गुलाम को आज्ञा देते हुए कहा, "एंडोल, मेरे दोस्त, भाला बनाने वाले रॉडन, के लिए एक कालीन बिछाओ, जो मुझसे सलाह लेने आया है। यह मेरे सम्मानित अतिथि हैं। इनके लिए बहुत सारा खाना लाओ और मेरा सबसे बड़ा प्याला लाओ और सबसे बढ़िया शराब चुन कर लाओ जिसको पीकर ये ख़ुश हो जाए।"

"अब, मुझे बताओ कि तुम्हें क्या परेशानी है।"

रॉडन ने बताया, "यह राजा का उपहार है।"

"राजा का उपहार? राजा ने तुम्हें एक उपहार दिया और वह तुम्हें परेशानी दे रहा है? किस तरह का उपहार है यह?"

"मैंने शाही पहरेदारों के भालों की नोक के लिए कुछ नए डिजाइन पेश किए थे, जिससे राजा ने प्रसन्न होकर, मुझे सोने के पचास सिक्के भेंट किए, और अब मैं बहुत

परेशान हूँ।"

"मैं हर घंटे प्रार्थना करता हूँ, उन लोगों से बचे रहने की जो इन सिक्कों को धोखे से मुझसे बांटना चाहते हैं।"

"यह स्वाभाविक है। अधिकतर लोग सोना पाना चाहते हैं, और चाहते हैं कि उनके पास वो आसानी से आ जाए। लेकिन क्या तुम उन्हें 'ना' नहीं कह सकते? क्या तुम्हारी इच्छाशक्ति, तुम्हारी मुट्ठी जितनी प्रबल नहीं हैं?"

"कई लोगों को मैं ना कह सकता हूँ, मगर कभी-कभी हां कहना आसान होता है। क्या कोई अपनी बहन के साथ बांटने से से इनकार कर सकता है, जिसके लिए वह गहराई से समर्पित है?"

"निश्चय ही, तुम्हारी अपनी बहन तुम्हें तुम्हारे पुरस्कार का आनंद लेने से वंचित नहीं करना चाहेगी।"

"परंतु वह यह सोना अपने पति अरामन के लिए चाहती है, जिसे वह एक अमीर व्यापारी बनता देखना चाहती है। उसे लगता है कि उसे कभी मौका नहीं मिला और वह मुझसे यह सोना उसको उधार देने के लिए कहती है, जिसको पा कर वह एक समृद्ध व्यापारी बन जाए और बाद में व्यापार में होने वाले लाभ से वह मेरा सारा कर्ज़ लौटा देगा।"

मैथन ने कहा, "मेरे दोस्त, यह एक योग्य विषय है जिस पर तुम चर्चा करने के लिए आए हो। सोना अपने मालिक के लिए बढ़ी हुई जिम्मेदारी भी अपने साथ लाता है और सोना पाने वाले की हैसियत भी उसके साथी पुरुषों के बीच बदल जाती है। अपने मालिक के लिए यह भय भी लाता है कि कहीं वह उसे खो न दे या कोई उसे उससे छल-कपट से छीन न ले। यह अच्छा काम करने की शक्ति और क्षमता लाता है। इसी तरह, यह बहुत से ऐसे अवसर लाता है, जिससे उसके अच्छे इरादे उसे मुश्किलों में डाल सकते हैं।"

"क्या कभी तुमने नीनवे के उस किसान के बारे में सुना है जो जानवरों की भाषा समझ सकता था? मेरे ख्याल से नहीं सुनी होगी, क्योंकि 'इस तरह की कहानी लोग कांस्य ढलाईकार की दुकान में सुनाना पसंद नहीं करते। मैं तुम्हें बताऊंगा, क्योंकि तुम्हें पता होना चाहिए कि उधार लेना और उधार देना एक के हाथ से दूसरे के हाथ में सोना जाने से कहीं अधिक है।"

वह किसान, जो समझ सकता था कि जानवर एक-दूसरे से क्या बात करते हैं, वह हर शाम खेत के प्रांगण में सिर्फ उनकी बातें सुनने के लिए रुकता था। एक शाम उसने

बैल को गधे से शिकायत करते हुए सुना कि उसकी ज़िंदगी बहुत कठोर है: 'मैं सुबह से रात तक हल खींचते हुए मेहनत करता हूँ। दिन में चाहे कितनी भी गर्मी क्यों न हो, या मेरे पैर कितने भी थके हुए हों, या मेरी गर्दन को चाप से कितनी भी जकड़ी हुई हो, फिर भी मुझे काम करना पड़ता है। लेकिन तुम्हारी ज़िन्दगी बड़ी आराम की है। तुम्हें रंग-बिरंगे कंबल से सजाया जाता है, और हमारे मालिक को उनकी मनचाही जगह पर ले जाने के अलावा, तुम कुछ भी काम नहीं करते है। जब वह कहीं नहीं जाते, तब तुम पूरा दिन आराम करते हो और दिनभर हरी घास खाते रहते हो।'

गधा एक अच्छा साथी था और बैल के साथ सहानुभूति रखता था।

गधे ने जवाब देते हुए कहा, "मेरे प्यारे दोस्त, तुम बहुत मेहनत करते हो और मैं तुम्हारा दुख दूर करने में तुम्हारी मदद करूंगा। मैं तुम्हें बताऊंगा कि तुम कैसे एक दिन के लिए आराम कर सकते हो। सुबह गुलाम जब तुम्हें हल पर ले जाने आए, तो तुम भूमि पर लेट जाना और इतना ज़ोर से करहना कि उसे लगे, तुम बीमार हो और काम नहीं कर सकते।

बैल ने गधे की सलाह मान ली और अगली सुबह गुलाम किसान के पास लौटकर आया और उसने किसान को बताया कि बैल बीमार है और हल नहीं खींच सकता।

किसान ने गुलाम से कहा, "फिर, गधे को लेकर आओ, आज वह हल जोतेगा।"

पूरे दिन गधा, जो केवल अपने दोस्त की मदद करना चाहता था, उसने खुद को बैल का काम करने के लिए मजबूर पाया। जब रात आई और उसे हल से छोड़ा गया तो उसका दिल कड़वा था और उसके पैर थके हुए थे और उसकी गर्दन में दर्द था।

किसान उनकी बातें सुनने के लिए बाड़े में खड़ा रहा।

बैल ने कहा, "तुम मेरे अच्छे दोस्त हो। तुम्हारी विवेकपूर्ण सलाह के कारण मैंने आज पूरा दिन आराम का आनंद लिया।"

"और मैं," गधे ने जवाब दिया, "और मैं मूर्ख, मैं कई अन्य साफ दिल के लोगों की तरह हूँ, जिसने अपने दोस्त की मदद करनी चाही, लेकिन बदले में मुझे ही उसके हिस्से का काम करना पड़ा। आज के बाद तुम अपना हल स्वयं चलाना, क्योंकि मैं ने मालिक के गुलाम को यह कहते सुना था कि यदि तुम फिर से बीमार हुए तो कसाई को

बुलावा भेज देंगे। और यह ही करना चाहिए, क्योंकि तुम आलसी हो।"

इसके बाद उन्होंने एक-दूसरे से कभी बात नहीं की - और उनकी दोस्ती खत्म हो गई। रॉडन, बताओ इस कहानी से क्या शिक्षा मिलती है?

"यह एक अच्छी कहानी है," रॉडन ने जवाब दिया, "लेकिन मुझे इसमें कोई शिक्षा नहीं दिखी।"

"मैंने सोचा ही था कि तुम्हें कोई शिक्षा नज़र नहीं आएगी। लेकिन शिक्षा है और बहुत सरल है। बस यही: यदि तुम अपने दोस्त की मदद करना चाहते हो, तो इस तरह से करो कि तुम्हारे दोस्त का बोझ तुम पर न आए।"

"मैंने ऐसा नहीं सोचा था। यह एक बहुत अच्छी शिक्षा है। मैं अपनी बहन के पति का बोझ नहीं उठाना चाहता। लेकिन मुझे बताओ। आप बहुतों को उधार देते हैं। क्या कर्जदार चुकाते नहीं हैं?"

मैथन एक अनुभवी आदमी की तरह मुस्कुराया।

"यदि उधारकर्ता उधार नहीं चुका सकता है, तो क्या ऋण अच्छी तरह से किया जा सकता है? क्या ऋणदाता को बुद्धिमानी और सावधानी से निर्णय नहीं लेना चाहिए कि क्या उसको यह तय नहीं करना चाहिए कि उसका दिया गया उधार उधारकर्ता के उद्देश्य को पूरा कर सकता है और वह उधार वापस कर सकता हैया नहीं; अगर वह उसका धन मूर्खता वाले कामों में लगाएगा तो क्या उसका धन डूब नहीं जाएगा और फिर वह उसका उधार कैसे चुका पाएगा? मैं तुम्हें अपने संदूक में राकेन कुछ टोकन दिखाऊंगा और तुम्हें उनसे जुड़ी कुछ कहानियां भी सुनाऊंगा।"

वह तब तक कमरे में से एक बड़ा संदूक ले आया, संदूक लाल रंग की सूअर के खाल से ढकी हुई थी और कांस्य के डिजाइनों से अलंकृत थी। उसने उसे फर्श पर रख दिया और दोनों हाथ ढक्कन पर रखकर, उसके सामने बैठ गया।

"प्रत्येक व्यक्ति से जिसे मैं उधार देता हूँ, उससे अपनी इस संदूक में रखने के लिए एक टोकन ले लेता हूँ, जब तक कि ऋण चुकाया नहीं जाता है, वह मेरे पास ही रहता है। जब वे ऋण चुका देता है, तो मैं उन्हें यह वापस कर देता हूँ, लेकिन अगर वेनहीं चुका पाता, तो यह हमेशा मुझे उस आदमी की याद दिलाता है जो मेरे विश्वास के प्रति वफादार नहीं निकला।"

"मेरी टोकन की संदूक मुझे बताती है कि सबसे सुरक्षित ऋण, वे हैं जिनकी संपत्ति उनकी उधार ली हुई राशि से अधिक मूल्य की है। उनके पास जमीन, या गहने, या ऊंट, या अन्य चीज़ें हैं जिन्हें ऋण चुकाने के लिए बेचा जा सकता है। मुझे टोकन

के रूप में दिए गए कुछ ऐसे गहने हैं, जिनका मूल्य मेरे दी गई ऋण राशि से अधिक है। अन्य वादे हैं कि यदि ऋण को सहमति के अनुसार चुकाया नहीं गया तो वे मुझे कुछ संपत्ति का कुछ हिस्सा भुगतान के रूप में देंगे। ऐसे ऋण देते समय मुझे विश्वास होता है कि मेरा सोना वापस कर दिया जाएगा उस पर लगे ब्याज के साथ, क्योंकि यह ऋण संपत्ति पर आधारित होते हैं।"

"एक अन्य वर्ग में वे लोग हैं जो कमाने की क्षमता रखते हैं। वे तुम्हारे जैसे हैं, जो श्रम करते हैं या सेवा करते हैं और वेतन या अपना मेहनताना पाते हैं। उनके पास आय के साधन है और यदि वे ईमानदार हैं और यदि उनके साथ कोई अनहोनी नहीं होती, तो मुझे पता है कि वे भी सोना चुका सकते हैं, उस ब्याज के साथ जिसका मैं हकदार हूँ। ऐसे ऋण मानव प्रयास पर आधारित होते हैं।"

"अन्य वे हैं जिनके पास न तो संपत्ति है और न ही कमाई की सुनिश्चित क्षमता। जीवन कठिन है और हमेशा कुछ लोग ऐसे होते हैं जो खुद को ज़िन्दगी के साथ समायोजित नहीं कर पाते। अफसोस है कि मैं उन्हें ऋण देता हूँ, भले ही वे एक रुपिया क्यों न हों, उसके लिए मेरी टोकन की संदूक आने वाले वर्षों में मेरी निंदा कर सकती है जब तक कि उधारकर्ता के अच्छे दोस्तों द्वारा गारंटी नहीं दी जाती है जो उसे सम्माननीय तौर से जानते हैं।"

मैथन ने संदूक के बकल को छोड़ते हुए ढक्कन खोला। रॉडन उत्सुकता से आगे झुक गया। संदूक में सबसे ऊपर एक लाल रंग के कपड़े में एक कांस्य का हार का रखा हुआ था। मैथन ने उस हार को उठाया और प्यार से सहलाया। "यह हमेशा मेरी संदूक में रहेगा क्योंकि इसका मालिक अब इस दुनिया में नहीं है। मैं इसे, उसके टोकन, और उसकी स्मृति के रूप में संभाल कर रखता हूँ; क्योंकि वह मेरा अच्छा दोस्त था। हमने तब तक बहुत सफलता के साथ व्यापार किया जब तक वह पूर्व के देश की एक महिला को ब्याह कर नहीं लाया था, जो सुन्दर थी, परंतु हमारी महिलाओं के समान नहीं थी। उसका सौंदर्य चकरा देने वाला था। उसने अपनी पत्नी की इच्छाओं को पूरा करने के लिए अपना सारा सोना खर्च कर दिया था।"

"वह संकट में मेरे पास आया जब उसका सोना ख़त्म हो चुका था। मैंने उसको सलाह दी। मैंने उससे कहा कि मैं एक बार फिर उसके व्यापार में महारत हासिल करने में उसकी मदद करूंगा। उसने ग्रेट बुल के चिन्ह की शपथ ली, और बोला कि वह शुरू से मेहनत करेगा। लेकिन ऐसा हो नहीं पाया। एक झगड़े में उसकी पत्नी ने उसके सीने में चाकू घोंप दिया, क्योंकि उसके पति ने ऐसा करने के लिए उसे उकसाया था।"

"और उसकी पत्नी?" रॉडन ने पूछा।

"हाँ, बिल्कुल, यह उसका है।" उसने लाल रंग का कपड़ा उठाया। "कड़वे पश्चाताप मैं वह यूफ्रेट्स नदी में कूद गई। इन दो ऋणों को कभी नहीं चुकाया जाएगा। रॉडन, यह संदूक तुम्हें बताती है कि जो आदमी भावनाओं के तूफ़ानों में उलझा रहता है, उसको ऋण देना स्वर्ण ऋणदाता के लिए सुरक्षित नहीं होता।"

"यहाँ! अब यह अलग है।" वह बैल की हड्डी से बनी हुई अंगूठी के पास पहुंचा। "यह एक किसान की है। मैं उसकी महिलाओं से क़ालीन खरीदता हूँ। उसके खेत में एक बार टिड्डियां ने हमला कर दिया और उनके पास खाने के लिए भोजन भी नहीं बचा। मैंने उसकी मदद की और जब नई फसल आई तो उसने मुझे मेरा सारा ऋण चुका दिया। बाद में वह फिर आया और उसने मुझे दूर देश में अजीब बकरियों के बारे में बताया। जैसा कि एक यात्री ने वर्णन किया था। उनके लंबे बाल इतने महीन और मुलायम थे कि वह उनसे बैबिलोन में किसी भी समय की तुलना में अधिक सुंदर कालीनों को बना सकता था। वह उन बकरियों के झुंड को खरीदना चाहता था लेकिन उसके पास पैसे नहीं थे। इसलिए मैंने उसे यात्रा करने और बकरियों को लाने के लिए सोना उधार दिया था। अब उसने झुंड खरीद लिया है और अगले साल मैं बैबिलोन के राजाओं को सबसे महंगे कालीनों के साथ आश्चर्यचकित करूंगा। जल्द ही मुझे उसकी अंगूठी वापस करनी होगी। वह तुरंत ऋण चुकाने पर जोर दे रहा है।"

"कुछ कर्जदार ऐसा करते हैं?" रॉडन ने प्रश्न किया।

"यदि वे उन उद्देश्यों के लिए उधार लेते हैं जिससे वह पैसा कमा सकते हैं, तो वह ऐसा करते हैं। लेकिन अगर वे अपने अविवेक के कारण उधार लेते हैं, तो मैं आपको सावधान करता हूँ कि तुम अपने सोने से हाथ धो बैठोगे, इसलिए हमेशा सावधान रहो।"

"मुझे इसके बारे में बताओ," रॉडन ने दुर्लभ डिजाइनों के गहनों के साथ एक भारी सोने का ब्रेसलेट उठाकर अनुरोध किया।

"मेरे अच्छे दोस्त को महिलाएं आकर्षित करती हैं," मैथन ने मजाक उड़ाते हुए कहा।

"मैं अभी भी तुमसे बहुत जवान हूँ," रॉडन ने जवाब दिया।

"मैं इसे स्वीकार करता हूँ, लेकिन इस बार आप रोमांस पर संदेह करते हैं जहां यह नहीं है। इसकी मालिकीन मोटी और झुर्रीदार है और इतना बोलती है और उसकी बातें इतनी बेकार की होती है कि वह मुझे पागल कर देती है। एक समय में उनके पास बहुत पैसा था और अच्छे ग्राहक थे, लेकिन उन पर बुरा समय की मार पड़ गई। उसका एक बेटा है, जिसे वह एक व्यापारी बनाना चाहती है। इसलिए वह मेरे पास सोना उधार लेने

के लिए आईताकि उसका बेटा एक कारवां के मालिक का साथी बन जाए, जो शहर में अपने ऊंटों के साथ यात्रा करता है जो उन्हें एक शहर से खरीदकर दूसरे शहर में बेच देता है।"

"यह आदमी एक धूर्त साबित हुआ, क्योंकि उसने गरीब लड़के को दूर शहर में बिना पैसे और दोस्तों के छोड़ दिया। वह उस लड़के को सोते हुए छोड़कर चला गया। शायद जब वह लड़का मर्दाना हो जाएगा, तब वह ऋण चुका दे; और तब तक मुझे कोई ब्याज नहीं मिलेगा- केवल बहुत से वादें मिलेंगे। लेकिन मैं मानता हूँ कि यह गहने ऋण की राशि से अधिक क़ीमती हैं।"

"क्या इस महिला ने ऋण की समझदारी के बारे में आपकी सलाह मांगी थी?"

"उसने अपने इस बेटे को बैबिलोन के एक धनी और शक्तिशाली व्यक्ति के रूप में चित्रित किया था। इसके विपरीत सुझाव देना उसे क्रोधित करना था। मुझे एक उचित फटकार पड़ी। मैं इस अनुभवहीन लड़के को धन देने का जोखिम जानता था, लेकिन जैसा कि उसने सुरक्षा में गहनों की पेशकश की थी, इसलिए मैं उसे मना नहीं कर सका।"

मैथन ने रस्सियों की गाँठ को दिखाते हुए आगे कहा, "यह ऊंट व्यापारी नेबातुर से संबंधित है। जब वह कोई बड़ा झुंड खरीदता है तो वह मेरे पास यह रस्सी लाता है और मैं उसकी ज़रूरत के अनुसार उसे उधार देता हूँ। वह एक बुद्धिमान व्यापारी है। मुझे उसके अच्छे निर्णय पर भरोसा है और मैं उसे स्वतंत्र रूप से उधार दे सकता हूँ। बैबिलोन के कई अन्य व्यापारियों पर भी मुझे उनके सम्मानजनक व्यवहार के कारण उन पर विश्वास है।"

"उनके 92 टोकन मेरी संदूक में बार-बार आते-जाते रहते हैं। अच्छे व्यापारी हमारे शहर के लिए एक संपत्ति हैं और उनके व्यापार को आगे बढ़ाने में मदद करने से मुझे तो लाभ होता ही है, साथ ही साथ बैबिलोन भी समृद्ध होता जाता है।"

मैथन ने फ़िरोज़ा में उकेरी गई एक भृंग को निकाला और उसे तिरस्कारपूर्वक फर्श पर फेंक दिया। "मिस्र का एक कीड़ा। जो लड़का इसका मालिक है, उसे मेरा सोना लौटाने की परवाह नहीं है। मुझे नहीं पता कि वह कभी मेरा सोना वापस देगा या नहीं। जब मैं उसे फटकारता हूँ तो वह जवाब देता है, 'दुर्भाग्य मेरा पीछा नहीं छोड़ रहा तो मैं आपका ऋण कैसे चुका सकता हूँ? आपके पास तो बहुत पैसा है।'

मैं क्या कर सकता हूँ? य टोकन उसके पिता का है – वह छोटे साधनों वाला एक योग्य व्यक्ति था, जिसने अपने बेटे के उद्यमों को समर्थन देने के लिए अपनी जमीन और

मवेशी गिरवी रख दिए। उसके बेटे को पहले तो सफलता मिली और बाद में अधिक धन प्राप्त करने के चक्कर में, वह बहुत उत्साही हो गया। उसका ज्ञान अपरिपक्व था। उसका व्यापार ध्वस्त हो गया।

"युवा महत्वाकांक्षी होते हैं। युवा धन और वांछित चीज़ों को पाने के लिए शॉर्ट कट का सहारा लेते हैं। जल्दी से धन प्राप्त करने के लिए युवा अक्सर अविवेकपूर्ण ढंग से उधार लेते हैं।"

युवा, जिनके पास कभी अनुभव नहीं था, यह महसूस नहीं कर सकते कि निराशाजनक ऋण एक गहरे गड्ढे की तरह है जिसमें कोई जल्दी से उतर सकता है और जहां कई दिनों तक व्यर्थ संघर्ष कर सकता है। यह दुःख और पश्चाताप का गड्ढा है जहाँ सूर्य की चमक धूमिल होती है और रात बेचैन नींद से दुखी हो जाती है।

फिर भी, मैं सोना उधार लेने को हतोत्साहित नहीं करता। मैं इसे प्रोत्साहित करता हूँ। मैं इसकी अनुशंसा करता हूँ यदि यह एक बुद्धिमान उद्देश्य के लिए लिया जा रहा हो तो। मैंने खुद उधार के सोने के साथ एक व्यापारी के रूप में अपनी पहली वास्तविक सफलता हासिल की थी।

"फिर भी, ऐसे मामले में ऋणदाता को क्या करना चाहिए? युवा निराशा में है और कुछ भी नहीं कमाता। वह निराश है। वह ऋण चुकाने के लिए कोई प्रयास नहीं करता। मेरा दिल उसके पिता की जमीन और मवेशियों को छीनने के खिलाफ है।"

रॉडन ने कहा, "आपने मुझे बहुत कुछ बताया जो मुझे सुनने में दिलचस्पी लगा, लेकिन, मुझे अपने सवाल का कोई जवाब नहीं मिला। क्या मुझे अपनी बहन के पति को सोने के पचास सिक्के उधार देने चाहिए? वे सिक्के मेरे लिए बहुत मायने रखते हैं।"

"तुम्हारी बहन एक अच्छी महिला है जिसका मैं बहुत सम्मान करता हूँ। अगर उनका पति मेरे पास आकर पचास सोने के सिक्के उधार मांगे, तो मुझे उससे पूछना पड़ेगा कि वह इसका उपयोग किस उद्देश्य से करेगा।"

"अगर उसने जवाब दिया कि वह मेरी तरह एक व्यापारी बनना चाहता है और गहनों और समृद्ध सामानों का व्यापार करना चाहता है। फिर मैं उससे पूछूंगा, 'तुम्हें इस व्यापार के तरीकों का क्या ज्ञान है? क्या तुम जानते हो सबसे कम क़ीमत पर इस सामान को कहां से खरीद सकते हो? क्या तुम जानते हो उचित मूल्य पर इसे कहाँ बेचा जा सकता है?" क्या वह इन सवालों का जवाब'हां' में दे सकता है?"

रॉडन ने स्वीकार करते हुए कहा, " नहीं, वह नहीं दे सकता, उसने भाले बनाने में मेरी बहुत मदद की है और कुछ अन्य दुकानों में भी मदद की है।"

"फिर, मैं उससे कहूँगा उसका उद्देश्य समझदारी भरा नहीं है। व्यापारियों को अपना व्यापार सीखना चाहिए। हालांकि, उसकी महत्वाकांक्षा योग्य है, लेकिन व्यावहारिक नहीं है, इसलिए मैं उसे सोना उधार नहीं दूंगा।"

"लेकिन, मान लो कि वह कहे : 'हां, मैंने व्यापारियों की बहुत मदद की है। मैं स्मिर्ना की यात्रा करना और गृहिणियों द्वारा बुने कालीनों को कम क़ीमत पर खरीदना जानता हूँ। मैं बैबिलोन के कई अमीर लोगों को भी जानता हूँ जिन्हें बड़े लाभ पर मैं ये कालीन बेच सकता हूँ।" तब मैं कहूँगा : 'तुम्हारा उद्देश्य लाभदायक है और तुम्हारी महत्वाकांक्षा सम्मानजनक है। मुझे तुम्हें सोने के पचास सिक्के उधार देने में ख़ुशी होगी यदि तुम मेरे पास सुरक्षा के रूप में कुछ गिरवी रख सकते हो, जिससे मुझे यह विश्वास हो जाए कि मेरा सोना वापस लौटा दिया जाएगा। लेकिन अगर वह कहे, मेरे पास इसके अलावा कोई सुरक्षा नहीं है कि मैं एक सम्मानित व्यक्ति हूँ और आपको ऋण के लिए अच्छी तरह से भुगतान करूंगा।' तब मैं उत्तर दूंगा, मैं सोने के प्रत्येक सिक्के को बहुत अच्छे से संजोकर रखता हूँ। यदि लुटेरे स्मिर्ना की यात्रा के दौरान तुमसे ये सिक्के लूट ले या लौटते समय कालीन तुमसे लूट ले, तो तुम्हारे पास मेरा ऋण चुकाने का कोई साधन नहीं होगा और मेरा सारा सोना डूब जाएगा।'

रॉडन तुमने देखा, सोना, पैसे देने वाले का माल है। उधार देना आसान है। अगर तुम बिना सोचे समझे उधार देते हो तो इसे वापस पाना मुश्किल होता है। बुद्धिमान ऋणदाता उपक्रम के जोखिम की नहीं, बल्कि वह सुरक्षित भुगतान की गारंटी चाहता है।

मैथन ने आगे कहा, "मुसीबतों में घिरे लोगों की सहायता करना अच्छा है, उन लोगों की सहायता करना अच्छा है जिन पर भाग्य की भारी मार पड़ी हो। उन लोगों की सहायता करना बहुत अच्छी बात जो नया व्यापार शुरू कर रहे हैं ताकि वे प्रगति कर सकें और मूल्यवान नागरिक बन सकें, लेकिन सहायता बुद्धिमानी से की जानी चाहिए, ऐसा न हो कि किसान के गधे की तरह, हमारी सहायता करने की इच्छा में, हमें खुद ही दूसरों का बोझ ढोना पड़ जाए।"

"फिर से मैं तुम्हारे प्रश्न से भटक गया, रॉडन, लेकिन मेरा जवाब सुनो: अपने पचास सोने के सिक्के अपने पास रखो। जिसे तुमने अपनी मेहनत से कमाया है और जो तुम्हें उपहार में मिला है वह तुम्हारा ही है और तुम्हारी मर्ज़ी के बगैर कोई भी व्यक्ति उस पर अपना हक़ नहीं जमा सकता। यदि तुम उस सोने को उधार देने की सोच रहे हो, जिससे की वह तुम्हारे लिए और अधिक सोना कमाए, तो बड़ी सावधानी से और बहुत स्थानों पर उधार दे। मुझे बेकार पड़ा सोना पसंद नहीं है और जोखिम लेना मुझे उससे भी ज़्यादा नापसंद है।"

"कितने सालों से तुम भाला बनानेका काम कर रहे हो?"

"पूरी तरह से तीन सालों से।"

"राजा के द्वारा दिए गए उपहार के अलावा और कितना सोना तुम्हारे पास बचा है?"

"सोने के तीन सिक्के।"

"हर साल जब तुमने मेहनत की, तब तुमने अपनी कमाई में से हर साल एक सोने का सिक्का बचाने के लिए, कितनी अच्छी वस्तुओं का खरीदने से इन्कार किया होगा?"

"आप सही कह रहे हैं।"

"तो इसी तरह अपने त्याग से पचास साल की मेहनत से सोने के पचास सिक्के बचा सकते हो?"

"यह तुम्हारे जीवन भर की मेहनत होगी।"

"क्या तुम्हें लगता है कि तुम्हारी बहन कांस्य के पिघलने वाले बर्तन पर पचास साल के मेहनत की बचत को खतरे में डालना चाहेगी वो भी इसलिए ताकि उसका पति एक व्यापारी बनने के लिए उस बचत का प्रयोग कर सके?"

"अगर मैं तुम्हारे शब्दों में बोलूँ, तो शायद नहीं।"

"फिर उसके पास जाओ और कहो: 'तीन साल मैंने उपवास के दिनों को छोड़कर हर दिन काम किया है, सुबह से रात तक, और मैंने खुद की बहुत सी इच्छाओं को दबाया है जिन्हें पूरा करना चाहता था। मेहनत और आत्म-त्याग के हर साल के बदले मुझे एक सोने का सिक्का मिला है। तुम मेरी प्यारी बहन हो और मैं चाहता हूँ कि तुम्हारा पति एक ऐसे व्यवसाय में संलग्न हो, जिसमें वह बहुत समृद्ध बने। अगर वह मुझे एक ऐसी योजना प्रस्तुत करेगा जो मेरे दोस्त, मैथन को लाभदायक और संभव लगती है, तो मैं ख़ुशी से उसे मेरी एक साल की बचत उधार दे दूंगा ताकि उसे यह साबित करने का अवसर मिले कि वह सफल हो सकता है। यदि उसके भीतर सफल होने की प्रबल इच्छा है तो वह इसे साबित कर सकता है। यदि वह विफल रहता है तो भी उस पर इतना उधार नहीं होगा जिसे वह चुका न पाए।

"मैं एक स्वर्ण ऋणदाता हूँ क्योंकि मैं अपने व्यापार में जितना सोना उपयोग कर सकता हूँ, मेरे पास उस से अधिक सोना है। मैं चाहता हूँ कि मेरा अधिशेष सोना दूसरों के लिए मेहनत करे और इससे अधिक सोना अर्जित हो। मैं अपना सोना खोने

का जोखिम नहीं लेना चाहता, क्योंकि मैंने इसे बहुत मेहनत से कमाया है और इसको सुरक्षित रखने के लिए अपनी इच्छाओं का त्याग किया है। इसलिए, मैं इसको उस जगह उधार नहीं दूंगा, जहां मुझे विश्वास नहीं है कि यह सुरक्षित है और मुझे वापस कर दिया जाएगा। न ही मैं इसे वहाँ उधार दूंगा, जहां मुझे यकीन न हो कि इसका ब्याज मुझे समय से दिया जाएगा।"

"रॉडन, मैंने तुम्हें अपनी टोकन वाली संदूक के कुछ रहस्य बताए हैं। उनसे तुम लोगों की कमजोरी और उधार लेने की उनकी उत्सुकता को समझ सकते हो, जिसे चुकाने के लिए उनके पास कोई निश्चित साधन नहीं है। तुमने ये देखा होगा अक्सर लोग सोचते है कि अगर उनके पास सोना आ जाए तो वह उससे बड़ी कमाई कर सकते हैं, लेकिन वे झूठी उम्मीदें होती हैं, क्योंकि उनके पास उन्हें पूरा करने की क्षमता या प्रशिक्षण नहीं होता।"

"रॉडन, अब तुम्हारे पास सोना है, जिससे तुम्हें अपने लिए और अधिक सोना कमाना चाहिए। तुम भी मेरे समान सोने उधार देने वाले बन सकते हो। यदि तुम अपने धन को सुरक्षित रखोगे, तो यह तुम्हारे लिए उदार कमाई उत्पन्न करेगा और तुम धनी हो जाओगे। तुम्हारी बाकी कि ज़िन्दगी के लिए, यह आनंद और लाभ का स्रोत बननेगा, और यदि तुम इसे गवां देते हो, तो यह निरंतर दुःख और अफसोस का स्रोत साबित होगा।"

"तुम अपने पर्स में रखे इस सोने से सबसे अधिक क्या करना चाहते हो?"

"इसे सुरक्षित करना चाहता हूँ।"

मैथन ने शाबाशी देते हुए कहा, "समझदारी वाली बात बोली, तुम्हारी पहली इच्छा इसे सुरक्षित रखने ने की है। क्या तुम्हें ऐसा लगता है, तुम्हारी बहन के पति को दिए जाने के बाद यह सोना संभावित नुकसान से वास्तव में सुरक्षित रहेगा?"

"मुझे डर है, क्योंकि उसमें सोने की रखवाली करने की समझ नहीं है।"

"तो किसी भी व्यक्ति पर अपनी मूर्खतापूर्ण भावनाओं से प्रभावित होकर उस पर भरोसा मत करो, और उसे अपना खज़ाना देने का जोखिम मत उठाओ। यदि तुम अपने परिवार या अपने दोस्तों की मदद करना चाहते हो, तो अपने ख़ज़ाने को नुकसान के जोखिम में डालने के अलावा अन्य तरीके खोजो। यह मत भूलो कि सोना उन लोगों के हाथों से अप्रत्याशित तरीके से फिसल जाता है जो इसकी रक्षा करने में अकुशल होते हैं। दूसरों को अपना सोना देकर खो देने से तो अच्छा है कि तुम अपने ख़ज़ाने को फिजूलखर्ची में बर्बाद करदो।"

"सुरक्षा के बाद आगे इस ख़ज़ाने के साथ तुम्हारी क्या करने की इच्छा है?"

"यही कि इससे और अधिक सोना कमाऊँ।"

"फिर से तुम समझदारी के साथ बोले। इसका निवेश ऐसी जगहों पर करना चाहिए जहां यह तुम्हें और अधिक धन कमा कर दे। बुद्धिमानी से उधार दिया गया सोना, तुम जैसे व्यक्ति के बूढ़े हो जाने से पहले, अपनी कमाई से दोगुना भी हो सकता है। यदि तुम अपने ख़ज़ाने को खोने का जोखिम उठाते हो तो तुम उसके साथ वह सब खोने का जोखिम उठाते हो जो वह कमा सकता है।"

"इसलिए, अव्यवहारिक पुरुषों की शानदार योजनाओं से प्रभावित न हों, जो सोचते हैं कि वे तुम्हारे सोने को असामान्य रूप से बढ़ाने के तरीके जानते हैं ऐसी योजनाएँ अक्सर सपने देखने वाले लोग बनाते हैं, जिन्हें व्यापार के सुरक्षित और भरोसेमंद कानूनों का ज्ञान नहीं होता। तुम जो भी रास्ता इसकी और अधिक कमाई के लिए चुन रहे हो, उसमें सतर्क रहो ताकि तुम्हारा खज़ाना सुरक्षित रहें और तुम उसका भरपूर आनंद उठा सको। इसे भारी रिटर्न के वादे के साथ ब्याज पर देना नुकसान को आमंत्रित करना है।"

"अपने आप को ऐसे पुरुषों और उद्यमों के साथ जोड़ने की कोशिश करो जो सफलता हासिल कर चुके है जिससे तुम्हारा खज़ाना उनके कुशल उपयोग के तहत पर्याप्त मात्रा में कमा सके और उनके ज्ञान व अनुभव से सुरक्षित रूप से संरक्षित रहे सके।"

"इस प्रकार, तुम उन दुर्भाग्य से बच सकते हो जोअधिकांश उन पुरुषों का पीछा करते हैं जिन्हें भगवान सोना सौंपने के लिए योग्य समझते हैं।"

जब रॉडन ने उसकी ज्ञानपूर्ण सलाह के लिए उसे धन्यवाद दिया, तो उसने यह कहते हुए अनसुना कर दिया, "राजा का उपहार तुम्हें बहुत ज्ञान देगा। यदि तुम सोने के पचास सिक्के अपने पास रखना चाहते हो, तो वास्तव में तुम्हें विवेकशील होना चाहिए।"

"कई प्रयोग तुम्हें लुभाएंगे। तुम्हें बहुतसी सलाहें दी जाएंगी। तुम्हें बड़ा मुनाफा कमाने के कई अवसर बताएं जाएंगे, जो तुम्हें गुमराह कर सकते हैं। मेरे टोकन वाली संदूक की कहानियों से आपको चेतावनी मिलनी चाहिए, इससे पहले कि तुम सोने का कोई भी सिक्का अपने ख़ज़ाने में से निकालकर किसी को दो, तो यह सुनिश्चित कर लेना कि तुम एक सुरक्षित तरीके से उसे वापस पा सकते हो। यदि तुम्हें भविष्य में भी मेरी सलाह की ज़रूरत पड़े तो बेझिझक आ जाना। सलाहें ख़ुशी से दी जाएगी।"

क्या आपने इसे पढ़ा है जो मैंने अपने टोकन वाली संदूक के ढक्कन के नीचे

लिखवाया हुआ है। यह उधारकर्ता और ऋणदाता पर समान रूप से लागू होता है:

एक बड़े अफसोस की तुलना में,
थोड़ी सी सावधानी बेहतर है।

बैबिलोन की दीवारें

बूढ़ा सैनिक बंजार, युद्ध के दूसरे दिन बैबिलोन की प्राचीन दीवारों के शीर्ष तक जाने वाले मार्ग पर पहरा दे रहा था। ऊपर, बहादुर रक्षक दीवारों की रक्षा करने के लिए संघर्ष कर रहे थे। उन पर सैकड़ों हजारों नागरिकों के साथ इस महान शहर का भविष्य भी निर्भर था।

दीवारों के पार से हमला करने वाली सेनाओं की गर्जना, कई आदमियों के चिल्लाने, हजारों घोड़ों के एक साथ दौड़ने, और कांसे के फाटकों को ज़ोर-ज़ोर से पीटने वाले मेढ़ों की आवाज सुनाई दे रही थी।

फाटक के पीछे की गली में सिपाही भाले पकड़े हुए खड़े थे, जो प्रवेश द्वार के टूट जाने की स्थिति में नगर की रक्षा करने के लिए तैयार थे। इस कार्य के लिए वे संख्या में बहुत कम थे। बैबिलोन की मुख्य सेनाएं अपने राजा के साथ पूर्व में एलामियों के खिलाफ महान अभियान पर थीं। उनकी अनुपस्थिति के दौरान शहर पर कोई हमले की आशंका नहीं थी, इसलिए बचाव के लिए सिर्फ छोटे दल ही थे।

अप्रत्याशित रूप से, उत्तर की ओर से, असीरियन की शक्तिशाली सेना ने धावा बोल दिया। और अब शहरकी रक्षा इन दीवारों को ही करनी थी, नहीं तो बैबिलोन बर्बाद हो जाता।

बंजार के चारों ओर नागरिकों ने भीड़ लगा राखी थी, उनके डर से भयभीत चेहरे, बेसब्री से लड़ाई की खबर की तलाश में थे। वे चुपचाप दुख के साथ घायल और मृतसैनिकों की कतार को मार्ग से अंदर या बाहर आते और ले जाते हुए देख रहे थे। यह हमले का महत्वपूर्ण क्षण था। तीन दिन तक शहर के चक्कर लगाने के बाद, शत्रु ने अचानक ही इस भाग और इस फाटक पर अपनी पूरी शक्ति झोंक दी थी।

हमलावर सीढ़ी और मंच बनाकर दीवार के ऊपर चढ़ाई करने की कोशिश कर रहे थे, और दीवार के ऊपर से सैनिक तीरों से, जलते हुए तेल से उन्हें ऊपर चढ़ने से रोक रहे थे और यदि कोई ऊपर पहुंच गया, तो वह भाले से उनका मुक़ाबला कर रहे थे। सैनिकों के खिलाफ, दुश्मन के हजारों तीरंदाजतीरों की घातक बौछार कर रहे थे।

बूढ़ा बंजार युद्ध की खबर देने के लिहाज़ से सबसे सुविधाजनक स्थान पर था। वह युद्ध स्थल के सबसे करीब था और वह उन्मादी हमलावरों क़ी हर ताजा खीज के बारे में सबसे पहले सुन सकता था।

एक बुजुर्ग व्यापारी भीड़ में से उसके पास आया, उसके हाथ कांप रहे थे। "मुझे बताओ मुझे बताओ!" उसने याचना की। "वे शहर के अंदर तो नहीं आएंगे। मेरे बेटे राजा के साथ युद्ध में गए हैं। मेरी बूढ़ी पत्नी की रक्षा करने वाला कोई नहीं है।वे सब मेरा सामान लूट लेंगे। मेरा खाना भी, वे कुछ नहीं छोड़ेंगे। हम बूढ़े हो गए हैं, इतने बूढ़े की हम अपनी रक्षा भी नहीं कर सकते —गुलाम बनने लायक भी नहीं हैं। हम भूखे मर जाएंगे। मुझे बताओ कि वे अंदर तो नहीं आएंगे।"

"शांत हो जाओ, भले व्यापारी," सैनिक ने जवाब दिया। "बैबिलोन की दीवारें बहुत मजबूत है। बाजार में वापस जाओ और अपनी पत्नी से कहो कि दीवारें तुम्हारी और तुम्हारी सारी संपत्ति की उतनी ही रक्षा करेंगी जितनी वे राजा के समृद्ध खजाने की रक्षा करती हैं। दीवारों के पास रहो, ऐसा न हो कि कोई उड़ता हुआ तीर तुम्हें आकर लग जाए!"

"गोद में एक बच्चे के साथ एक महिला ने बूढ़े आदमी की जगह ले ली क्योंकि वह पीछे हट गया था।" सैनिक, ऊपर से क्या खबर है? मुझे सच-सच बताओ जिससे कि मैं अपने गरीब पति को आश्वस्त कर सकूँ। वह अपने भयानक घावों के साथ बुखार से तप रहा है, फिर भी अपना कवच और भाला लेकर मेरी रक्षा करने के लिए जोर दे रहा है, मुझे बच्चा होने वाला है। वह कहता है अगर हमारे शत्रु अंदर आने में कामयाब होते है, तो उनकी तामसिक वासना बहुत भयानक होगी।

"अच्छा सोचो, तुम माँ हो, और फिर से माँ बनने वाली हो, बैबिलोन की दीवारें तुम्हारी और तुम्हारे बच्चों की रक्षा करेगी। वे ऊंची और मजबूत हैं। क्या तुमने हमारे बहादुर सैनिकों की आवाज़ें नहीं सुनी जो कि सीढ़ी से चढ़ने वाले शत्रुओं के सैनिकों पर खौलते हुए तेल के हौदों को खाली कर रहे हैं?"

"हाँ, मुझे यह सुनाई दे रहा है, और हमारे फाटकों पर हथौड़े की तरह सिर मारने वाले मेढ़ों की दहाड़ भी सुनाई दे रही है।"

"अपने पति के पास वापस जाओ। उसे बताओ कि फाटक मजबूत हैं और मेढ़ों

का सामना कर रहे हैं। इसके अलावा, अगर कुछ सैनिक दीवारों पर चढ़ भी रहे हैं, तो भाले लिए हमारे सैनिक उनका इंतजार कर रहे हैं। देखो, इमारतों के पीछे से संभलकर जाना।"

बंजार ने भारी सशस्त्र सुदृढीकरण के लिए मार्ग को खाली करने के लिए एक तरफ हो गया। जैसे, कांस्य की ढालें और भारी कदमों सेचलने के साथ, साईंकोन की टुकड़ी वहाँ से गुजरी, एक छोटी लड़की ने उसके कमरबंद को खींचा।

वह याचना करते हुए बोली, "कृपया मुझे बताओ, सैनिक, क्या हम सुरक्षित हैं?" मैंने भयानक शोर सुना है। मैंने पुरुषों को खून से लथपथ देखा है। मैं बहुत डर गई हूँ। हमारे परिवार का, मेरी मां, छोटे भाई और बच्चे का क्या होगा?

गंभीर बूढ़े प्रचारक ने अपनी आँखें झपकाईं और बच्ची को देखते ही अपनी ठुड्डी आगे बढ़ा दी।

उसने उसे आश्वासन देते हुए कहा, "डरो मत, छोटी बच्ची, बाबुल की दीवारें तुम्हारी और तुम्हारी माँ, छोटे भाई और बच्चे की रक्षा करेंगी। तुम जैसे लोगों की सुरक्षा करने के लिए ही रानी सेमिरामिस ने सौ साल पहले इन्हें बनवाया था। इन्हें आजतक कोई नहीं तोड़ पाया है। वापस अपने घर जाओ और अपनी माँ से कहना तुम्हारी माँ, छोटा भाई, और बच्चे की बैबिलोन की मज़बूत दीवारें उनकी रक्षा कर रही हैं, और उन्हें डरने की ज़रूरत नहीं है।"

हर दिन बूढ़ा बंजार अपनी जगह पर खड़ा रहकर, दालान से पंक्तियों में ऊपर जाते सैनिकों को देखता रहता था, सैनिक वहाँ तब तक डटकर लड़ते जब तक वह बुरी तरह से घायल नहीं हो जाते थे या मर नहीं जाते और उसके बाद उसी रास्ते से फिर उन्हें नीचे लाया जाता था। उसके चारों ओर, भयभीत नागरिकों की भीड़ लगातार यह जानने के लिए उत्सुक रहती थी कि दीवारें ये हमला सहन तो कर पा रही है, यह टूट तो नहीं जाएंगी।

वह बूढ़ा सैनिक सबको गरिमा के साथ एक ही जवाब देता कि "बैबिलोन की दीवारें तुम्हारी रक्षा करेगी।"

तीन सप्ताह और पांच दिनों तक इसी तरह क्रूरता के साथ लगातार हिंसा चलती रही। बंजार का चेहरा पीछे के मार्ग को देखकर कठोर और गंभीर हो गया, जो कई घायलों के खून से भीगा हुआ था, सैनिकों की आवाजाही की वजह से मार्ग कीचड़ में मथ दिया गया था। हर दिन हमले में मारे गए शत्रुओं की लाशों का ढेर दीवार के सामनेलग जाता था। हर रात उन्हें उनके साथियों द्वारा ले जाकर दफनाया जाता था। चौथे सप्ताह की पाँचवीं रात को कोलाहल कम हुआ। दिन के उजाले की पहली किरण

में, मैदानी इलाके रोशन हो गए, और वहाँ सेपीछे हटने वाली शत्रुओं की सेना द्वारा उठाए गए धूल के महान बादलों को साफ देखा जा सकता था।

रक्षक सैनिकों की ओर से एक जोरदार शोर हुआ। इसका अर्थ समझने में कोई ग़लती नहीं कर सकता था। दीवारों के पीछे इंतज़ार कर रहे सैनिकों ने भी इस शोर को दोहराया। सड़कें भी जीत का इंतज़ार कर रहे नागरिकों के शोर से गूँज उठी। यह एक तूफान के शोर की तरह पूरे शहर में फैल गया।

लोग घरों से बाहर दौड़ पड़े। धड़कती भीड़ से सड़कें जाम हो गईं। हफ़्तों के दबे हुए डर ने ख़ुशी का रूप ले लिया था। बेल के मंदिर की ऊंची मीनार के ऊपर से विजय की ज्वाला फूट पड़ी। विजय संदेश को दूर-दूर फैलाने के लिए ऊपर आकाश की ओर नीला धुआँ उड़ाया गया।

बैबिलोन की दीवारों ने एक बार फिर एक शक्तिशाली और घमंडी दुश्मन को खदेड़ दिया था, जो उसके समृद्ध ख़ज़ाने को हड़पकर और उसके नागरिकों को लूटकर अपना गुलाम बनाने के लिए दृढ़ था। बैबिलोन अपनी मज़बूत दीवारों के कारण ही सदियों तक सुरक्षित रहा। अन्यथा यह सुरक्षित नहीं रह पाता।

बैबिलोन की दीवारें मनुष्य की आवश्यकता और सुरक्षा की इच्छा का एक उत्कृष्ट उदाहरण थीं।

यह इच्छा मानव जाति में निहित है। यह आज भी उतना ही मजबूत है जितनी पहले थी, लेकिन हमने उसी उद्देश्य को पूरा करने के लिए अब व्यापक और बेहतर योजनाएँ विकसित कर ली हैं।

आज, बीमा, बचत खातों और भरोसेमंद निवेश की अभेद्य दीवारों के पीछे, हम खुद को अप्रत्याशित त्रासदियों से बचा सकते हैं जो किसी भी दरवाजे में प्रवेश कर सकती हैं और किसी को भी विपत्ति में डाल सकती हैं।

हम पर्याप्त सुरक्षा के बिना नहीं रह सकते।

बैबिलोन का ऊंट व्यापारी

व्यक्ति जितना अधिक भूखा होता है, उसका मन उतना ही तीव्रता से काम करता है - भोजन की गंध के प्रति भी वह उतना ही अधिक संवेदनशील हो जाता है।

अज़ूर के पुत्र तरकाद ने निश्चित रूप से ऐसा सोचा था। पूरे दो दिन तक उसने दो छोटे अंजीरों के सिवा कुछ भी नहीं खाया था जो उसने एक बगीचे में से चुराये थे। इससे पहले वह और ज़्यादा अंजीर तोड़ पाता, गुस्से में एक महिला बाहर निकल आई और सड़क पर उसको पकड़ने के लिए दौड़ने लगी। जब वह बाजार से गुजर रहा था तो उसकी कर्कश चीखें उसके कानों में अभी भी गूंज रही थीं। उन चीख़ों ने उसकी बेचैन उंगलियों को बाजार की महिलाओं की टोकरियों से लुभावने फल छीनने से रोकने में मदद की।

इससे पहले उसने कभी महसूस नहीं किया था कि बैबिलोन के बाजारों में खाने का इतना सामान है और उनकी ख़ुशबू इतनी अच्छी होती है। बाजार से निकलकर वह सराय में चला गया और रसोई घर के सामने घूमने लगा। इस आशा में कि शायद उसे यहाँ कोई परिचित व्यक्ति मिल जाए, जिससे वह एक ताँबे का सिक्का उधार ले सके, और वह सिक्का सराय के मालिक को देकर उसकी मुस्कान के साथ कुछ खाने के लिए भी खरीद सके। वह अच्छी तरह जानता था कि ताँबे के बिना वह कितना अवांछित होगा।

अपनी अमूर्तता में उसने अप्रत्याशित रूप से खुद को एक ऐसे व्यक्ति के साथ आमने-सामने पाया, जिससे वे बचना चाहता था। वह लंबा, दुबला-पतला दबासिर था,

जो एक ऊंट व्यापारी था। वह उन सभी दोस्तों और अन्य लोगों में से एक था, जिनसे उसने छोटी-छोटी रकम उधार ली थी, उनमें से दबासिर ने उसे सबसे ज्यादा असहज महसूस कराया था क्योंकि तरकाद तुरंत कर्ज़ चुकाने के अपने वादों को निभाने में असफल रहा था।

उसे देखते ही दबासिर का चेहरा खिल उठा। "अरे! 'तुम तो तरकाद है, वही जिसे मैं ढूंढ़ रहा था ताकि तुम मेरे ताँबे के दो सिक्के लौटा दो, जो मैंने तुम्हें कुछ दिन पहले उधार दिए थे; वह चाँदी का सिक्का भी जो मैंने उससे पहले तुम्हें दिया था। अच्छा हुआ हम मिल गए। आज मैं उन सिक्कों का अच्छा उपयोग कर सकता हूँ। क्या कहते हो, लड़के? क्या कहते हो?"

तरकाद हकलाने लगा और उसका चेहरा तमतमा गया। मुखर दबासिर के साथ, खाली पेट बहस करने की हिम्मत नहीं थी। वह कमजोर रूप से बुदबुदाया, "मुझे खेद है, बहुत खेद है, लेकिन आज मेरे पास न तो तांबा है और न ही चांदी जिसके साथ मैं आपका कर्ज़ चुका सकूँ।"

दबासिर ने उस पर दवाब डालते हुए कहा, "तो किसी से ले लो, निश्चित रूप से तुम कुछ ताँबे और चांदी के सिक्के किसी से ले सकते हो, जिससे तुम अपने पिता के एक पुराने मित्र का कर्ज़ चुका सकते हो, जिसने ज़रूरत पड़ने पर तुम्हारी सहायता की थी?"

"क्योंकि दुर्भाग्य मेरा पीछा कर रहा है, इसलिए मैं आपका कर्ज़ नहीं चुका सकता।"

"दुर्भाग्य! अपनी कमजोरी के लिए भगवान को दोष दे रहे हो। दुर्भाग्य हर उस आदमी का पीछा करता है जो कर्ज़ चुकाने से ज्यादा कर्ज़ लेने के बारे में सोचता है। मेरे साथ आओ, लड़के, मैं खाना खाने जा रहा हूँ। मुझे भूख लगी है और मैं तुम्हें वहाँ एक कहानी भी सुनाऊंगा।"

तरकाद दबासिर के क्रूर खुलेपन से चकरा गया, लेकिन यहाँ कम से कम रसोई घर के प्रतिष्ठित द्वार में प्रवेश करने का निमंत्रण मिला था, इसलिए वह ख़ुश भी था।

दबासिर उसे कमरे के एक दूर कोने में लेकर गया, जहाँ वे छोटे-छोटे कालीनों पर बैठे।

जब कौस्कर, सराय का मालिक मुस्कुराते हुए आया, तो दबासिर ने उन्हें अपनी सामान्य स्वतंत्रता के साथ संबोधित करते हुए कहा, "रेगिस्तान की मोटी छिपकली, मेरे लिए बकरे की एक टांग, भूरे रंग की, रस के साथ, और रोटी और सभी सब्जियां

लाओ क्योंकि मुझे बहुत भूख लगी है और बहुत खाना चाहता हूँ। मेरे दोस्त को मत भूलना। उसके लिए एक जग ठंडा पानी लाओ। इसे ठंडा करो, क्योंकि आज बहुत गर्मी है।"

तरकाद का चेहरा मुरझा गया। क्या यहाँ बैठकर वह सिर्फ पानी पिएगा, जबकि इस आदमी को एक पूरी बकरे की टांग खाते हुए देखेगा? वह कुछ नहीं बोला। वह सोच नहीं पा रहा था कि उसे क्या बोलना चाहिए।

हालाँकि, दबासिर को चुप्पी जैसी कोई चीज़ नहीं पता थी। उसने अन्य ग्राहकों की ओर मुस्कुरा कर देखते हुए अपना हाथ लहराया। वहाँ मौजूद सभी लोग उसे जानते थे। और उसने आगे कहा, "मैंने हाल ही में ऊर्फ से लौटे एक यात्री से सुना है, एक धनी व्यक्ति के बारे में जिसके पास पत्थर का एक इतना पतला टुकड़ा है जिसमें से कोई भी उसके आर-पार देख सकता है। उसने बारिश से बचने के लिए इसे अपने घर की खिड़की में लगा दिया है।"

उस यात्री ने बताया कि वह पीला रंग का है और जब उसे उस पत्थर से आर-पार देखने की अनुमति मिली तो उसको सारी बाहरी दुनिया अलग दिख रही थी और अपने वास्तविक रूप में नज़र नहीं आ रही थी। तुम इस बारे में क्या कहना चाहोगे, तरकाद? क्या किसी एक आदमी को पूरी दुनिया अपने वास्तविक रंगरूप से अलग नज़र आ सकती है?

"हो सकता है," युवक ने जवाब दिया, उसकी दिलचस्पी दबासिर के सामने रखे बकरी के मोटे पैर में ज्यादा थी।

"ठीक है, मुझे पता है कि यह सच है क्योंकि मैंने खुद दुनिया को इसके वास्तविक रंग से अलग रंग में देखा है। मैं जो कहानी सुनाने जा रहा हूँ, वह तुम्हें यह बताएगी कि कैसे मैं इसे एक बार फिर उसके सही रंग में देख पाया।"

"दबासिर एक कहानी सुनाने जा रहा है," वहाँ बैठे एक व्यक्ति ने अपने पड़ोसी के कानों में फुसफुसाते हुए कहा, और अपना कालीन उसके पास खींच लाया। अन्य लोग जो वहाँ भोजन कर रहें थे, वे भी अपना-अपना भोजन लेकर, उसके आसपास एक अर्धवृत्त बनाकर कहानी सुनने के लिए बैठ गए। तरकादके कानों में मांसल हड्डियों को चबाने की आवाज़ गूंज रही थी। वह अकेला था, जो वहाँ बिना भोजन के बैठा था। दबासिर ने न तो उससे अपने साथ भोजन खाने के लिए पूछा और न ही उसे रोटी का वो सख़्त टुकड़ा उठाने का संकेत दिया, जो उसकी थाली से नीचे गिर गया था।

दबासिर ने बकरे की टांग का मांसलदार हिस्सा काटते हुए थोड़ा रुककर आगे कहा, "मैं जो कहानी सुनाने जा रहा हूँ, यह कहानी मेरे शुरुआती जीवन से संबंधित है

और यह तुम्हें बताएगी कि मैं एक ऊंट व्यापारी कैसे बना। क्या किसी को पता है कि मैं पहले सीरिया मेंएक गुलाम था?"

सुनने वालों के बीच आश्चर्य की एक बड़बड़ाहट दौड़ गई, जिसे दबासिर ने संतोष के साथ सुन रहा था।

बकरे की टांग को फिर से चबाते हुए उसने आगे कहा, "जब मैं अपनी युवावस्था में था। मैंने अपने पिता का व्यापार, काठी बनाना सीखा। मैंने उनके साथ उनकी दुकान में काम किया और फिर मेरी शादी हो गई। युवा होने के नाते और ज्यादा कुशल नहीं होने के कारण, मैं अपनी मामूली कमाई से बड़ी मुश्किल से अपनी पत्नी का खर्चा उठा पाता था। मुझे अच्छी चीज़ों की लालसा थी जिन्हें मैं अपनी सीमित कमाई से खरीद नहीं कर सकता था। जल्द ही मैंने पाया कि दुकानदार मुझ पर बाद में भुगतान करने के लिए भरोसा करेंगे, भले ही उस समय मैं उन्हें भुगतान नहीं कर सकत था।"

"युवा और अनुभवहीन होने के कारण मुझे नहीं पता था कि जो अपनी कमाई से अधिक खर्च करता है वह अनावश्यक आत्म-भोग के बीज बो रहा होता है जिससे भविष्य में उसे परेशानी और अपमान के बवंडर का सामना सुनिश्चित रूप से करना ही पड़ता है। इसलिए मैंने अपनी इच्छाओं को पूरा करने के लिए कर्ज़ लेकर अपने लिए अच्छे कपड़े लिए और अपनी पत्नी तथा घर के लिए विलासिता की वस्तुएं खरीद ली। मैं जितना भुगतान कर सकता था मैंने किया और कुछ समय तक सब कुछ ठीक चलता रहा। लेकिन, कुछ समय बाद मुझे महसूस हुआ कि मैं अपनी कमाई का उपयोग अपने जीने का खर्चचलाने और कर्ज़ चुकाने के लिए एक साथ नहीं कर सकता।"

"लेनदारों ने मेरी फिजूलखर्ची का भुगतान करने के लिए मेरा पीछा करना शुरू कर दिया और मेरा जीवन दयनीय हो गया। मैंने अपने दोस्तों से कर्ज़ लिया, लेकिन उन्हें भी मैं उनका कर्ज़ नहीं लौटा सका। हालात बद से बदतर होते चले गए। मेरी पत्नी अपने पिता के घर लौट गई और मैंने बैबिलोन छोड़ने और दूसरे शहर की तलाश करने का फैसला किया जहां एक युवा व्यक्ति के पास पैसे कमाने के बेहतर मौके हो सकते हैं।"

"दो साल तक मैंने कारवां व्यापारियों के लिए काम करते हुए एक बेचैन और असफल जीवन जीया। इस के बाद मैं लुटेरों के एक समूह के साथ जुड़ गया, जो रेगिस्तान में अपना निशाना बनाने के लिए निहत्थे कारवां की तलाश में रहते थे। ऐसे कार्य मेरे पिता के पुत्र के योग्य नहीं थे, लेकिन मैं दुनिया को एक रंगीन पत्थर के माध्यम से देख रहा था और यह महसूस नहीं कर पाया था कि मैं किस कदर नीचे गिर गया हूँ।"

"हमें अपनी पहली ही यात्रा में सफलता मिल गई, जिसके जरिए हमने सोने, रेशम और बहुत सी मूल्यवान माल की एक समृद्ध खेप पर कब्जा कर लिया। इस लूट को हम गिनिर ले गए और वहाँ इन्हें खर्च कर दिया।"

"दूसरी बार हम इतने भाग्यशाली नहीं रहें। हमारे कब्जा करने के ठीक बाद, हम पर कुछ लोगों ने भालों से हमला किया, जिनके देशी प्रमुख को कारवां की सुरक्षा के लिए भुगतान किया गया था। हमारे दो नेता मारे गए थे, और बाकी जो लोग बच गए थे उन्हें दमिश्क ले जाया गया जहाँ हमारे कपड़े उतारे गए और हमें गुलामों के रूप में बेचा गया।"

"मुझे एक सीरियाई रेगिस्तान के प्रमुख द्वारा चांदी के दो सिक्कों के बदले खरीदा गया था। मेरे बाल कटवा दिए गए और पहनने के लिए एक लंगोट दी गई थी, मैं अन्य गुलामों से इतना अलग नहीं था। एक लापरवाह युवा होने के नाते, मुझे लगा कि यह भी केवल एक साहसिक कार्य साबित होगा, लेकिन जब मेरा मालिक मुझे अपनी चार पत्नियों के सामने ले गया और कहा कि वे मुझे अपना किन्नर बना सकती हैं तो मेरे रोंगटे खड़े हो गए।"

"तब, वास्तव में, मुझे अपनी दयनीय और निराशाजनक स्थिति का एहसास हुआ। मरुभूमि के ये लोग उग्र और युद्धप्रिय थे। हथियारों या भागने के साधनों के बिना, मैं उनकी इच्छा के अधीन था।"

"मैं वहाँ डरा-सहमा सा खड़ा था, क्योंकि वह चारों महिलाएं मुझे गौर से देख रही थी। मैं सोच रहा था कि क्या मैं उनसे दया की उम्मीद कर सकता हूँ। पहली पत्नी सीरा, बाकी तीनों पत्नियों की तुलना में बड़ी थी। मुझे देखते समय उसका चेहरा भावहीन था। मैं थोड़ी तसल्ली के साथ दूसरी ओर मुड़ गया। दूसरी पत्नी बहुत सुंदर लेकिन घमंडी थी जिसने मुझे उदासीनता से देखा जैसे कि मैं एक ज़मीन का कीड़ा हूँ। बाकी की दो छोटी पत्नियाँ ऐसे मुह दबाकर हंस रही थी जैसे कि यह सब एक रोमांचक मजाक हो।"

अब मुझे ऐसा लग रहा था जैसे कि मैं एक युग से सजा के इंतजार में खड़ा हूँ। हर महिला चाहती थी कि दूसरी महिला इसका निर्णय ले। अंत में सीरा ठंडी आवाज में बोली।

"किन्नर हमारे पास बहुत है, लेकिन ऊंटों की रेज़गार हमारे पास बहुत कम हैं और जो हैं भी तो वे बेकार हैं।"

"आज ही मैं अपनी माँ से मिलने जाना चाहती जाता हूँ जो बुखार से बीमार

है और यहाँ कोई ऐसा गुलाम नहीं है जिस पर मैं अपने ऊँट का नेतृत्व करने के लिए भरोसा करूँ। इस गुलाम से पूछो कि क्या वह ऊँट का नेतृत्व कर सकता है।"

फिर मेरे मालिक ने मुझसे पूछा, "तुम ऊंटों के बारे में क्या जानते हो?"

अपनी उत्सुकता को छिपाने का प्रयास करते हुए, मैंने उत्तर दिया, "मैं उन्हें बैठा सकता हूँ, उन पर माल लाद सकता हूँ, उन्हें बिना थके लंबी यात्राओं पर ले जा सकता हूँ। यदि आवश्यक हो, तो मैं उनके शृंगार के सामान की मरम्मत भी कर सकता हूँ।"

"गुलाम काफी अनुभवी लगता है, "मेरे मालिक ने गौर करते हुए कहा। "यदि तुम चाहो, तो सीरा, इस गुलाम को अपने ऊँट की देखभाल के लिए ले जा सकती हो।"

"इसलिए मुझे सीरा के हवाले कर दिया गया और उस दिन मैं उसे ऊंट पर बैठा कर उसकी बीमार माँ से मिलवाने, एक लंबी यात्रा पर निकाल गया। मैंने इस अवसर पर उसकी हिमायत के लिए उसे धन्यवाद दिया और यह भी बताया कि मैं जन्म से गुलाम नहीं था, बल्कि बैबिलोन के एक सम्माननीय काठी बनाने वाले स्वतंत्र व्यक्ति का बेटा हूँ। मैंने उसे अपनी बहुत सारी कहानी भी सुनाई। उसकी टिप्पणियाँ मुझे विचलित करने वाली थीं और उसके द्वारा कही गई बातों पर मैंने बाद में बहुत सोच-विचार किया।"

"तुम अपने आप को एक स्वतंत्र व्यक्ति कैसे कह सकते हो, जबकि तुम्हारी कमजोरी तुम्हें इस मुकाम तक ले आई है? यदि किसी मनुष्य में गुलाम की आत्मा है, तो क्या वह जन्म के समय चाहे कुछ भी हो अंत में वह गुलाम नहीं बन जाएगा, जैसे पानी अपना स्तर खुद ही तलाश लेता है? यदि किसी व्यक्ति के भीतर एक स्वतंत्र व्यक्ति की आत्मा है, तो क्या वह अपने दुर्भाग्य के बावजूद अपने ही शहर में सम्मानित व्यक्ति नहीं बन पाएगा?"

मैं एक साल से अधिक समय तक गुलाम था और गुलामों के साथ रहा, परन्तु मैं उनके साथ घुल-मिल नहीं पाया।

एक दिन सीरा ने मुझसे पूछा, "जब दूसरे गुलाम आपस में मिलते हैं, एक-दूसरे से हंसी मज़ाक करते हैं और एक-दूसरे के साथ का आनंद लेते हैं, तो तुम अकेले अपने तम्बू में क्यों बैठे रहते हो?"

जिस पर मैंने उसे जवाब देते हुए कहा, "आपने मुझसे जो कहा था, मैं उस पर विचार कर रहा हूँ। मैं अचंभित हूँ कि क्या मेरे पास गुलाम की आत्मा है। मैं उनसे जुड़ नहीं सकता, इसलिए मैं उनसे अलग बैठता हूँ।"

उसने मुझे गुप्त रूप से बताते हुए कहा, "मुझे भी, अलग बैठना पड़ता है, मैं बहुत

दहेज लाई थी और इसी वजह से मेरे पति ने मुझसे शादी की थी। फिर भी वह मुझे नहीं चाहते। हर महिला की इच्छा होती है कि उसे कोई चाहे। क्योंकि मैं बांझ हूँ और मेरे न तो बेटा है और न बेटी, इस कारण से मुझे अलग बैठना पड़ता है। यदि मैं एक पुरुष होती तो ऐसी गुलामों वाली ज़िन्दगी जीने के बजाय मर जाना पसंद करती, लेकिन हमारे गोत्र की परंपराएं पहले से ही महिलाओं को गुलाम बना देती हैं।"

मैंने अचानक उससे पूछा, "इस समय आप मेरे बारे में क्या सोचतीहैं? क्या मेरे पास एक स्वतंत्र व्यक्ति की आत्मा है या एक गुलाम की आत्मा है?"

सीरा ने मुझसे पूछा, "तुमने बैबिलोन में जो कर्ज़ लिए हैं, क्या तुम उसे चुकाना चाहते हो?"

"हाँ, मैं चुकाना चाहता हूँ, लेकिन मुझे कोई रास्ता नज़र नहीं आ रहा।"

"यदि तुम संतुष्ट होकर वर्षों को बीत जाने देते हो और कर्ज़ चुकाने का कोई प्रयास नहीं करते, तो तुम्हारे पास एक गुलाम की घृणित आत्मा है। अन्यथा कोई भी व्यक्ति ऐसा नहीं होता जो खुद का सम्मान न करता हो और जो व्यक्ति अपने कर्ज़ों को ईमानदारी से नहीं, चुकता वह खुद का सम्मान नहीं कर सकता।"

"लेकिन मैं क्या कर सकता हूँ, मैं तो सीरिया में एक गुलाम हूँ?"

"कमजोर व्यक्ति, तुम पूरी ज़िन्दगी सीरिया में गुलाम बने रहो।"

"मैं कमजोर नहीं हूँ, मैंने गर्मजोशी से इनकार किया।"

"फिर यह साबित करो।"

"कैसे?"

"क्या तुम्हारा महान राजा अपने शत्रुओं से हर प्रकार से और अपनी सारी शक्ति से नहीं लड़ता?"

"तुम्हारे कर्ज़ तुम्हारे शत्रु हैं। उन्होंने तुम्हें बैबिलोन से बाहर भागने पर मजबूर कर दिया। तुमने उन्हें अकेला छोड़ दिया और वे तुम्हारे लिए बहुत मजबूत हो गए। यदि तुम उनसे ईमानदार व्यक्ति के रूप में लड़ते, तो तुम उनसे जीत सकते थे और नगरवासियों के बीच सम्मानित हो सकते थे। परन्तु, तुम में उनसे लड़ने का हौसला नहीं था, और तुम्हारा सारा गरुर उतार गया और तुम अब सिरिया में एक गुलाम बन कर काम कर रहे हो।"

"मैंने उसके निर्दयी आरोपों के साथ, अपने लिए कई रक्षात्मक वाक्यांशों के बारे

में भी सोचा जिनसे मैं उसके सामने यह साबित कर सकता था कि मैं दिल से गुलाम नहीं था, लेकिन मुझे उनका इस्तेमाल करने का मौका नहीं मिला। तीन दिन बाद सीरा की नौकरानी मुझे अपनी मालकिन के पास ले गई।"

सीरा ने कहा, "मेरी माँ फिर से बहुत बीमार है, मेरे पति के पशु समूह में दो सबसे अच्छे ऊंटों को तैयार करो। लंबी यात्रा के लिए उन पर पानी की कुछ मोकरी और सैडल बैग बांध लो। नौकरानी तुम्हें रसोई घर से भोजन दे देगी।"

मैं ऊँटों को यह सोचता हुआ तैयार कर रहा था कि नौकरानी द्वारा दिए गए भोजन की मात्रा बहुत अधिक है, क्योंकि सीरा की माँ एक दिन से भी कम की यात्रा की दूरी पर रहती थी। नौकरानी पीछे वाले ऊंट पर सवार हुई और मैं अपनी मालकिन के ऊंट का नेतृत्व कर रहा था। जब हम उसकी माँ के घर पहुँचे तब तक काफी अंधेरा हो चुका था। सीरा ने नौकरानी को वहाँ से जाने को कहा और फिर मुझसे बोली :

"देबासिर, तुम नें एक स्वतंत्र व्यक्ति की आत्मा है या एक गुलाम की?"

"एक स्वतंत्र व्यक्ति की आत्मा, " मैंने जोर देकर कहा।

"अब तुम्हारे पास इसे साबित करने का मौका आ गया है। अभी तुम्हारा मालिक नशे में धुत्त है और उसके सिपाही भी स्तब्ध हैं। तुम इन ऊंटों को लेकर यहाँ से भाग जाओ। इस थैले में तुम्हारे मालिक की पोशाक है जो तुम्हें भेष बदलने में मदद करेगी। मैं उससे कहूँगी कि जब मैं अपनी बीमार माँ के पास गई, तब तुम ऊंटों को चुराकर भाग गए।"

मैंने उससे कहा, "आपके पास एक रानी की आत्मा हैं, मैं चाहता हूँ कि आप भी मेरे साथ चलें और मैं आपको ख़ुशी दे सकूँ।"

उसने जवाब देते हुए कहा, "ख़ुशी, उस भगोड़ी पत्नी की प्रतीक्षा नहीं करती जो इसे दूर देशों में अनजाने लोगों के बीच ढूंढती है। तुम अपने रास्ते पर आगे बढ़ो, और रेगिस्तान के देवता तुम्हारी रक्षा करें, क्योंकि तुम्हारी मंज़िल दूर है, और रास्ता अन्न व जल से रहित है।"

"मुझे और अधिक आग्रह की आवश्यकता नहीं थी, लेकिन उसे गर्मजोशी से धन्यवाद दिया और रात के अंधेरे में दूर चल दिया। मैं इस अनजाने देश को नहीं जानता था और मुझे केवल उस दिशा की एक धुंधली सी याद थी, जिसमें बैबिलोन स्थित था, फिर भी मैंने बहदुरी से रेगिस्तान की पहाड़ियों को पार किया। एक ऊंट पर मैं सवार हुआ और दूसरे का नेतृत्व किया। मैंने पूरी रात और अगले पूरे दिन यात्रा की। मैं उन

भयानक सज़ाओं से भी अवगत था, जो गुलामों को अपने मालिक की संपत्ति चुराकर भागने की कोशिश करने के जुर्म में दी जाती थी।"

"शाम तक, मैं रेगिस्तान जैसे निर्जन देश में पहुंच गया। नुकीली चट्टानों ने मेरे वफादार ऊंटों के पैरों को ज़ख़्मी कर दिया था। वे धीरे-धीरे और दर्द से कराहते हुए आगे बढ़ रहे थे। मुझे वहाँ न तो कोई इंसान दिख रहा था और न ही जानवर, और मैं अच्छी तरह समझ सकता था कि उन्होंने इस दुर्गम भूमि को क्यों छोड़ दिया होगा।"

"उसके बाद की यात्रा इतनी भयानक थी जिसके बारे में बताने के लिए कुछ लोग ही उसको पूरा करने के बाद जीवित बच सकते थे। दिन-ब-दिन हम साथ-साथ चलते रहे।"

"भोजन पानी सब खत्म हो चुका था। सूर्य की तपन निर्दयी थी। नौवें दिन की शाम को, मैं इस धारणा के साथ अपने ऊंट से नीचे फिसल गया कि मैं कभी भी दुबारा खड़ा नहीं हो पाऊँगा और मैं निश्चित रूप से इसी रेगिस्तान में खो कर मर जाऊंगा।"

"मैं जमीन पर ही लेट गया और सो गया, दिन के उजाले की पहली किरण तक मेरी आँख नहीं खुली।"

"मैं उठकर बैठा और अपने चारों ओर देखने लगा। सुबह की हवा में ठंडक थी। मेरे ऊंट वहीं पास में उदासीनता के साथ लेटे हुए थे। मेरे चारों ओर चट्टान, रेत और कंटीली चीज़ों से ढके हुए देश का एक विशाल कचरा था, पानी का कोई संकेत नहीं था, और न ही इंसान या ऊंट के लिए खाने के लिए भी कुछ नहीं था।"

"क्या ऐसा हो सकता है कि इस वीराने में मैंने अपने अंत का सामना करूँ? मेरा दिमाग़ पहले से कहीं ज्यादा स्पष्ट था। मेरा शरीर अब थोड़ा कम महत्वपूर्ण लग रहा था। मेरे होंठ सूख चुके थे और उनमें से खून बह रहा था, मेरी जीभ भी सूखकर सूज गई थी, मेरा पेट खाली था, लेकिन इन सबने पहले दिन की अपनी सर्वोच्च पीड़ाओं को खो दिया था।"

मैंने एक बार फिर अपने आप से सवाल किया, "क्या मैं एक गुलाम की आत्मा हूँ या एक स्वतंत्र व्यक्ति की? "तब स्पष्ट रूप से मैंने महसूस किया कि यदि मेरे पास गुलाम की आत्मा है, तो मुझे छोड़ देना चाहिए, और यहीं रेगिस्तान में लेट जाना चाहिए और मर जाना चाहिए, एक भगोड़े गुलाम के लिए यह एक उपयुक्त अंत होगा।

"लेकिन अगर मेरे पास एक स्वतंत्र व्यक्ति की आत्मा होती, तो क्या होता? निश्चित रूप से मैं बैबिलोन वापस जाने के लिए दिलों-जान से कोशिश करता, जिन लोगों ने मुझ पर भरोसा किया था उनका क़र्ज़ा चुकाता, मेरी पत्नी जो वास्तव में मुझसे

प्यार करती थी उसको उसके हिस्से की ख़ुशियाँ देता और मेरे माता-पिता को शांति और संतोष देता।"

सीरा ने कहा था, "तुम्हारे कर्ज़ ही तुम्हारे शत्रु हैं, जिन्होंने तुम्हें बैबिलोन से भगा दिया है।" हाँ ऐसा ही था।

मैंने एक आदमी की तरह अपनी जमीन पर खड़े होने से इनकार क्यों किया था? मैंने अपनी पत्नी को उसके पिता के पास वापस जाने की अनुमति क्यों दी?

"फिर मुझे एक अजीब अनुभव हुआ। सारी दुनिया एक अलग रंग की लग रही थी जैसे कि मैं इसे एक रंगीन पत्थर के माध्यम से देख रहा था जिसे अचानक हटा दिया गया था। आखिरकार मैंने जीवन में सच्चे मूल्यों को देखा।"

रेगिस्तान में मर जाऊँ! कभी नहीं!" एक नई दृष्टि के साथ, मैंने उन चीज़ों को देखा जो मुझे करनी चाहिए थी।

सबसे पहले मैं बैबिलोन जाऊंगा, और उन सब लोगों से मिलूंगा, जिनका मुझे कर्ज़ा चुकाना है। मैं उन्हें बताऊँगा कि सालों तक भटकने और दुर्भाग्य को सहने के बाद, मैं उनका कर्ज़ा चुकाने के लिए आया हूँ और भगवान की अनुमति मिलते ही मैं उनका सारा कर्ज़ जल्द ही चुका दूंगा। उसके बाद मुझे अपनी पत्नी के लिए एक घर बनाना चाहिए और एक ऐसा नागरिक बनना चाहिए जिस पर मेरे माता-पिता को गर्व कर सकें।

"मेरे कर्ज़ मेरे शत्रु थे, लेकिन जिन लोगों से मैंने कर्ज़ लिया था, वे मेरे दोस्त थे, और इसलिए उन्होंने मुझ पर भरोसा किया था।"

"मैं अपने कमजोर पैरों पर लड़खड़ाते हुए खड़ा हो गया। भूख क्या मायने रखती थी? प्यास क्या मायने रखती थी? वे तो बस बैबिलोन के रास्ते में आने वाली रुकावटें थी। मेरे भीतर एक स्वतंत्र व्यक्ति की आत्मा अपने शत्रुओं पर विजय पाने और अपने दोस्तों को पुरस्कृत करने के लिए वापस जा रही थी। मैं महान संकल्प के साथ रोमांचित था।"

"अब मेरी रूखी आवाज में एक नया जोश था, जिसे सुनकर मेरे ऊंटों की आँखों में भी चमक आ गई। बहुत प्रयास के बाद, उन्होंने अपने पैर ज़मीन पर जमा लिए थे। दयनीय दृढ़ता के साथ, वे उत्तर दिशा की ओर चलते रहे। जहां चलते हुए मेरी अंतरात्मा से आवाज़ आ रही थी कि हम बैबिलोन को खोज लेंगे।"

आगे चलते हुए, हमें पानी मिल गया। अब हम एक अधिक उपजाऊ देश में से

गुजर रहे थे जहाँ घास और फल थे। हमें बैबिलोन का रास्ता मिल गया क्योंकि एक स्वतंत्र व्यक्ति की आत्मा जीवन को ऐसी समस्याओं की एक श्रृंखला के रूप में देखती है जिन्हें हल किया जा सकता है और उन्हें हल कर भी लेती है, जबकि एक गुलाम की आत्मा विलाप करती रहती है, 'मैं तो गुलाम हूँ, मैं क्या कर सकता हूँ?'

"तुम्हारा क्या हाल है, तरकाद? क्या तुम्हारे खाली पेट ने भी तुम्हारे दिमाग़ को स्पष्ट किया? कौशल हमें उस सड़क पर चलने के लिए तैयार करता है, जो आत्म सम्मान की ओर ले जाती है? क्या तुम दुनिया को उसके असली रंग में देख सकते हो? क्या तुम अपने कर्ज़ों का ईमानदारी से भुगतान करने की इच्छा रखते हो, फिर चाहे वे कितने ही क्यों न हों, उनको चुका कर तुम एक बार फिर बैबिलोन में प्रतिष्ठित व्यक्ति बन सकते हों?"

युवक की आंखों में नमी आ गई। वह उत्सुकता से घुटनों के बल खड़ा हो गया। "आपने मुझे एक राह दिखाई है; पहले से ही मुझे लगता है कि मेरे अंदर एक स्वतंत्र व्यक्ति की आत्मा उमड़ती है।"

एक दिलचस्पी रखने वाले श्रोता ने सवाल पूछा, "लेकिन आपके लौटने पर आपका कैसा स्वागत हुआ?"

दबासिर ने उत्तर दिया, "जहाँ दृढ़ संकल्प होता है, वहाँ राह मिल ही जाती है। मेरे पास अब दृढ़ संकल्प था इसलिए मैं एक रास्ता खोजने के लिए निकल पड़ा। पहले मैंने हर उस व्यक्ति से मुलाकात की, जिनका मैं कर्जदार था और जब तक कि मैंने उनका कर्ज़ा चुकाने के लिए पैसा नहीं कमाया, तब तक उनसे रिआयत की भीख मांगी। उनमें से अधिकांश मुझसे ख़ुशी-ख़ुशी मिले। कई ने मेरी निंदा की लेकिन दूसरों ने मेरी मदद करने की पेशकश की; एक ने वास्तव में मुझे वह सहायता दी जिसकी मुझे आवश्यकता थी। यह सोना ऋणदाता मैथन था। यह जानकर कि मैं सीरिया में एक ऊंट निविदा था; उसने मुझे पुराने ऊंट व्यापारी ने बातुर के पास भेजा, जिसे अभी-अभी कमीशन किया गया था हमारे अच्छे राजा ने महान अभियान के लिए ऊंटों के कई झुंड खरीदे थे। उनके साथ, ऊंटों के अपने ज्ञान का मैंने अच्छा उपयोग किया। धीरे-धीरे मैं एक-एक ताँबे और चांदी के हर सिक्के को चुकाने में सक्षम हो गया। फिर अंत में मैं अपना सिर उठा कर जी सका और यह महसूस करा कि मैं पुरुषों के बीच एक सम्मानित व्यक्ति था।"

दबासिर ने फिर अपने भोजन की ओर रुख किया। उसने ज़ोर से आवाज़ देते हुए कहा, "आलसी कौस्कर, खाना ठंडा है। मेरे लिए ताजा भुना हुआ मांस लेकर आओ। मेरे पुराने दोस्त के बेटे तरकादके लिए भी एक बड़ा हिस्सा लाओ, जो भूखा है

और मेरे साथ भोजन करेगा।"

इस प्रकार पुराने बैबिलोन के ऊँट व्यापारी दबासिर की कहानी खत्म हुई। उन्होंने अपनी आत्मा को तब पाया जब उन्होंने एक महान सत्य का एहसास किया, एक ऐसा सत्य जो उनके समय से बहुत पहले से ही ज्ञानियों द्वारा जाना और इस्तेमाल किया गया था।

इसने सभी उम्र के पुरुषों को कठिनाइयों से बाहर निकाला है और सफलता की ओर अग्रसर किया और यह उन लोगों के लिए ऐसा करना जारी रखेगा जिनके पास इसकी जादुई शक्ति को समझने की बुद्धि है। यह उन सब भी व्यक्तियों के लिए है जो इन पंक्तियों को पढ़ता है।

जहां दृढ़ संकल्प होता है,
वहाँ राह मिल ही जाती है।

बैबिलोन के मिट्टी की पट्टियाँ

सेंट स्विटिंस कॉलेज

नॉटिंघम विश्वविद्यालय
न्यूआर्क-ऑन-ट्रेंट
नॉटिंघम

प्रोफेसर फ्रैंकलिन काल्डवेल,

केयर ऑफ ब्रिटिश साईटिफ़िक एक्सपीडिशज,

हिल्लाह, मेसोपोटामिया।

21 अक्टूबर, 1934

प्रिय प्रोफेसर,

बैबिलोन के खंडहरों में आपकी हाल की खुदाई से मिली मिट्टी की पाँच तख्तियाँ उसी नाव पर आपके पत्र के साथ पहुँच गई हैं। मैं अंत तक उनको पढ़कर मंत्रमुग्ध हो गया, और उनके शिलालेखों का अनुवाद करने में मैंने कई सुखद घंटे बिताए हैं। मुझे आपके पत्र का उत्तर तुरंत देना चाहिए था लेकिन मैंने जानबूझ कर देरी की क्योंकि अनुवाद का काम पूरा करने के बाद ही मैं आपको पत्र लिखना चाहता था।

पट्टियाँ बिना किसी नुकसान के सुरक्षित पहुंचाए गई हैं, आपके द्वारा की गई सावधानीपूर्वक उत्कृष्ट पैकिंग और संरक्षक के उपयोग के लिए आपको धन्यवाद देता हूँ।

इन पट्टियों पर लिखी गई कहानियों से आप भी उतने ही चकित हो जाओगे जितने हम प्रयोगशाला में हुए हैं। दूर और धुंधले अतीत से हम रोमांस

और रोमांच की बातों की उम्मीद करते हैं। "अरेबियन नाइट्स" जैसी चीज़ें, आप जानते हैं। परंतु इसके बजाय यह अपने कर्ज़ का भुगतान करने के लिए दबासिर नाम के एक व्यक्ति की समस्या का खुलासा करती हैं। इनको पढ़कर कोई भी यह महसूस कर सकता है कि इस दुनिया की स्थितिपांच हजार वर्षों में उतनी नहीं बदली हैं जितनी की हम सोचते हैं।

यह अजीब है, आप जानते हैं, लेकिन ये पुराने शिलालेख मुझे उत्साहितकरतेहैं। एक कॉलेज के प्रोफेसर होने के नाते, मुझे अधिकांश विषयों का कार्यसाधक ज्ञान रखने वाला एक विचारशील इंसान माना जाता है।

परंतु, बैबिलोन के धूल से ढके इन खंडहरों से यह आदमी एक ऐसा रास्ता पेश करता है जिसके बारे में मैंने कभी अपने कर्ज़े का भुगतान करने के लिए नहीं सुना था और जिसके साथ ही साथ अपने पर्स में सोना भी प्राप्त कर सकता था।

सुखद विचार, मैं कहता हूँ, और यह साबित करने के लिए दिलचस्प है कि क्या यह आज के समय में भी उतना ही काम करेगा जितना पुराने बैबिलोन में करता था। श्रीमती श्रुस्बरीऔर मैं अपने स्वयं के मामलों पर उनकी योजना को आज़माने की योजना बना रहे हैं जिससे हम अपनी आर्थिक स्थिति सुधार सकें।

आपके सफल अभियान के लिए आपको शुभकामनाएं। मैं आपकी सहायता करने के लिए एक और अवसर का बेसब्री से इंतजार कर रहा हूँ।

आपका

– अल्फ्रेड एच.श्रुस्बरी,
पुरातत्व विभाग।

पट्टी संख्या 1

आज पुर्णिमा की रात, मैंदबासिर, जो हाल ही में सीरिया में गुलामी की ज़िन्दगी बिताने के बाद अपने शहर लौटा हूँ, इस दृढ़ संकल्प के साथ कि मैं अपने सारे पुराने कर्ज़ों को चुकाकर, अपने पैतृक शहर बैबिलोन में एक

योग्य सम्मानित व्यक्ति बनूँगा। मेरी उच्च इच्छाओं को पूरा करने में मेरा मार्गदर्शन और मेरी सहायता करने के लिए यहाँ मिट्टी पर अपने मामलों का एक स्थायी रिकॉर्ड लिख रहा हूँ।

मेरे अच्छे दोस्त मैथन (स्वर्णऋणदाता) की बुद्धिमान सलाह के तहत, मैंने एक सटीक योजना का पालन करने का दृढ़ संकल्प कर लिया है, वह कहता है कि यह योजना किसी भी सम्माननीय व्यक्ति को कर्ज़ से छुटकारा दिलाकर, उन्हें संतुष्टि और उनका खोया हुआ आत्म सम्मान वापस दिला सकती है।

इस योजना में तीन उद्देश्य शामिल हैं जिनको मैं हासिल करना चाहता हूँ।

सबसे पहली योजना, मेरी भविष्य की समृद्धि को सुनिश्चित करती है।

इसलिए जो कुछ भी मैं कमाऊंगा उसका दसवां हिस्सा अपने लिए अलग रखूँगा। क्योंकि मैथन ने बुद्धिमानी के साथ कहा था:

"वह व्यक्ति जो अपने पर्स में सोने और चाँदी दोनों के सिक्के रखता है जिसे उसे खर्च करने की आवश्यकता नहीं है, वह अपने परिवार के लिए लाभदायक है और अपने राजा के प्रति वफादार है।"

"ज़िस व्यक्ति के पर्स में केवल कुछ ही ताँबे के सिक्के होते हैं, वह अपने परिवार के और अपने राजा के लिए साधारण होता है।"

"परन्तु जिस के पर्स में कुछ भी न हो, वह अपने परिवार के प्रति निर्दयी है, और अपके राजा के प्रति विश्वासघाती है, क्योंकि उसका खुद का मन कड़वा होता है।"

"इसलिए, जो व्यक्ति सफलता प्राप्त करना चाहता है उसके पर्स में हमेशा सिक्के बजते रहने चाहिए, जिससे उसके दिल में अपने परिवार के प्रति प्यार और अपने राजा के प्रति वफादारी बनी रहे।"

दूसरीयोजना यह सुनिश्चित करती है कि मैं अपनी प्यारी पत्नी का ख्याल रखूँगा और उसके लिए नए वस्त्र ख़रीदूँगा जो अपने पिता के घर से वफादारी के साथ मेरे पास लौट आई है। मैथन का कहना है कि एक वफादार पत्नी की अच्छी देखभाल करने से एक आदमी के दिल में आत्म-सम्मान की वृद्धि होती है और उसके उद्देश्यों को पूरा करने के लिए

उसे ताकत मिलती है और दृढ़ संकल्प अधिक मज़बूत हो जाता है।

इसलिए अपनी कमाई का सत्तर प्रतिशत हिस्सा घर, कपड़ों, भोजन और बाकी के अन्य खर्चों के लिए इस्तेमाल करूंगा, ताकि हमारे जीवन में मज़े और आनंद की कमी न हो। लेकिन वह आगे सावधान करते हुए कहते हैं कि हमें इन योग्य उद्देश्यों को पूरा करने के लिए अपनी कमाई का सत्तर प्रतिशत से ज़्यादा हिस्सा खर्च नहीं करना है। इसी में योजना की सफलता निहित है।

मुझे अपनी कमाई के इस सत्तर प्रतिशत को ही खर्च करके अपना गुजारा करना चाहिए और कभी भी इससे अधिकउपयोग नहीं करना चाहिए और न ही वह चीज़ें खरीदनी चाहिए जिसका भुगतान मैं इस हिस्से से न कर पाऊँ।

पट्टी संख्या 2

तीसरी योजना यह सुनिश्चित करती है कि मेरी कमाई में से मेरे कर्ज का भुगतान किया जाएगा। इसलिए हर पुर्णिमा को, मैंने महीने में जो कुछ भी कमाया है, उसका बीस प्रतिशत हिस्सा समान और निष्पक्ष रूप से उन लोगों में विभाजित किया जाएगा जिन्होंने मुझ पर भरोसा किया है और जिनका मैं कर्जदार हूँ। इस प्रकार समय से मेरा सारा कर्ज़ निश्चित रूप से चुका दिया जाएगा।

इसलिए, मैं यहाँ हर उस व्यक्ति का नाम लिख रहा हूँ जिसका मैं कर्जदार हूँ और साथ में उनसे कर्ज़ के रूप में ली गई राशि भी लिख रहा हूँ।

फहरू, कपड़ा बुनकर, 2 चांदी के सिक्के , 6 ताँबे के सिक्के।

सिंजर, बढ़ई, 1 चाँदी का सिक्का।

अहमर, मेरा दोस्त, 3 चांदी के सिक्के, 1 ताँबे का सिक्का।

ज़ंकार, मेरा दोस्त, 4 चाँदी के सिक्के, 7 ताँबे के सिक्के।

अस्कामिर, मेरा दोस्त, 1 चांदी का सिक्का, 3 ताँबे के सिक्के।

हरिनसिर, आभूषण बनाने वाला, 6 सिल्वर के सिक्के, 2 ताँबे के सिक्के।

डायरबेकर, मेरे पिता के मित्र, 4 चांदी के सिक्के, 1 ताँबे का सिक्का।

अल्काहद, मकान मालिक, 14 चांदी के सिक्के।

मैथन, स्वर्ण ऋणदाता, 9 चाँदी के सिक्के।

बिरेजिक, किसान, 1 चांदी का सिक्का, 7 ताँबे के सिक्के।

(यहाँ से पट्टियाँ विघटित थी। पढ़ी नहीं जा सकी।)

पट्टी संख्या 3

इन लेनदारों को मुझे कुल एक सौ उन्नीस चाँदी के सिक्के और एक सौ इकतालीस ताँबे के सिक्के चुकाने थे। क्योंकि मुझे इन रकमों का भुगतान करना था और इन्हें चुकाने का कोई रास्ता नहीं देख रहा था, इस कारण अपनी मूर्खता में मैंने अपनी पत्नी को उसके पिता के पास लौटने की अनुमति दी और मैं अपने पैतृक शहर को छोड़कर कहीं और आसान तरीके से धन कमाने की तलाश में निकाल गया। जहां मुझे संकटों का सामना पड़ा और खुद को गुलामी के पतन में बिका हुआ पाया।

अब जब मैथन ने मुझे बताया कि मैं अपनी कमाई की छोटी रकम में अपने कर्ज़ कैसे चुका सकता हूँ, तो मुझे महसूस हुआ कि अपने फिजूलखर्ची के परिणामों से दूर भागने का मेरा फैसला कितना मूर्खतापूर्ण था। इसलिए मैंने अपने लेनदारों से मिलकर उन्हें समझाया है कि मेरे पास कमाने की क्षमता के अलावा भुगतान करने के लिए अन्य कोई संसाधन नहीं है, और मैं अपनी कमाई का बीसवाँ हिस्सा अपनी कर्ज़दारी पर समान रूप से और ईमानदारी से लागू करने का इरादा रखता हूँ। मैं भुगतान करने के लिए अपनी कमाई में से इससे ज़्यादा हिस्से का इस्तमाल नहीं कर सकता।

इसलिए यदि वे सब्र रखते हैं, तो मैं समय के साथ का पूरा भुगतान चुका दूंगा।

अहमर, जिसे मैं अपना सबसे अच्छा दोस्त समझता था, उसने मुझे बुरी तरह गाली दी और मेरा अपमान किया।

किसान, बिरेजिक ने निवेदन किया कि मैं उसे पहले भुगतान कर दूं क्योंकि उसे मदद की सख़्त ज़रूरत है।

घर का मालिक अल्काहद वास्तव में मेरे इस प्रस्ताव से असहमत था और उसने मुझ पर दवाब बनाते हुए कहा कि मैं जल्द ही उसका पूरा कर्ज़ा लौटा दूं नहीं तो वह मेरे लिए मुश्किले खड़ी कर देगा।

बाकी सभी ने स्वेच्छा से मेरे प्रस्ताव को स्वीकार कर लिया। इसलिए मैं अपनी योजना के साथ आगे बढ़ने के लिए पहले से कहीं अधिक दृढ़ हूँ। इस यकीन के साथ कि कर्ज़ का भुगतान करना उनसे बचने की तुलना में ज़्यादा आसान है। भले ही मैं अपने कुछ लेनदारों की ज़रूरतों और मांगों को पूरा नहीं कर पाऊँगा, लेकिन मैं सभी के साथ निष्पक्ष व्यवहार करूंगा।

पट्टी संख्या 4

फिर से पूर्णिमा चाँद निकाल आया है। मैंने खुले दिमाग़ से कड़ी मेहनत की है। मेरी पत्नी ने मेरे लेनदारों को भुगतान करने के मेरे इरादे का समर्थन किया है। हमारे बुद्धिमान दृढ़ संकल्प के कारण, मैंने पिछले पुर्णिमा को, नेबातूर के लिए अच्छे खासे शरीर और मज़बूत पैरों वाले ऊंट खरीदे, जिसके बदले मैंने चांदी के उन्नीस सिक्के कमाए हैं।

अपनी कमाई को मैंने योजना के अनुसार विभाजित किया है। इसका दस प्रतिशत हिस्सा मैंने अपने के लिए अलग रखा है, सत्तर प्रतिशत हिस्सा मैंने अपनी पत्नी और अपने जीवन यापन के लिए रखा है और बीसवें हिस्सेको समान रूप से अपने लेनदारों के बीच बाँट दिया है।

मैंने अहमर को नहीं देखा, लेकिन वह रकम उसकी पत्नी को दे आया। बिरेजिक इतना ख़ुश था कि उसने मेरे हाथ चूम लिए। अकेला बूढ़ा अल्काहद ही चिड़चिड़ाहट से बोला कि मुझे जल्द से जल्द उसका पूरा कर्ज़ा चुका देना चाहिए। जिस पर मैंने जवाब दिया कि अगर मुझे अच्छी तरह से खाना-पीना मिलेगा और दिन-रात चिंता नहीं करूंगा, तो मुझे तेजी से भुगतान करने में मदद मिलेगी। अन्य सभी ने मुझे धन्यवाद दिया और मेरे प्रयासों की प्रशंसा की।

इस प्रकार, एक महीने के अंत में, मैंने कर्ज़े के लगभग चाँदी के चार सिक्के चुका दिए और मेरे पास चांदी के दो सिक्के बचे हैं, जिस पर किसी और का हक़ नहीं है। मुझे लंबे समय के बाद दिल से ख़ुशी मिली है।

फिर से पुर्णिमा आ गई है। इस बार मेरी कड़ी मेहनत के बावजूद मुझे

बहुत कम सफलता मिल पाई, इसलिए मैं कुछ ऊँट खरीद पाया हूँ। इन ऊँटो के बदले मैंने चाँदी के केवल ग्यारह सिक्के ही कमाए हैं। फिर भी मेरी पत्नी और मैं योजना पर कायम रहें। हमने कोई नया वस्त्र नहीं खरीदा और फल-सब्जियों के अलावा कुछ नही खाया।

फिर से मैंने उन ग्यारह सिक्कों में से दस प्रतिशत हिस्सा अपने लिए अलग रख दिया, जबकि सत्तर प्रतिशत से अपना गुजारा किया। मुझे आश्चर्य हुआ जब अहमर ने मेरे भुगतान की सराहना की, भले ही वह रकम कम थी।बिरेजिक ने भी ऐसा ही किया। अल्काहद गुस्से में आ गया, लेकिन जब मैंने उससे कहा कि अगर वह यह रकम नहीं लेना चाहता तो मुझे वापस कर सकता है, तब उसने अपना हिस्सा चुपचाप रख लिया। अन्य लोग, पहले की तरह, ख़ुश और संतुष्ट थे।

फिर से चंद्रमा पूर्ण चमक रहा है और इस बार मैं बहुत प्रसन्न हूँ। मैंने ऊँटों के एक अच्छे झुंड को देखा, और कई अच्छे ऊँट खरीद लिए, इसलिए मैंने इस बार बयालीस चाँदी के सिक्कों की कमाई की है। इस पुर्णिमा पर मैंने और मेरी पत्नी ने जूतियाँ और कपड़े ख़रीदे हैं, साथ ही हमने मांस और मुर्गी का अच्छा खाना खाया है।

हमने अपने लेनदारों को चांदी के आठ से अधिक सिक्कों का भुगतान किया है। अल्काहद ने भी इस बार विरोध नहीं किया।

योजना महान है क्योंकि यह हमें कर्ज़ से बाहर निकलने में मदद करती है और हमारे लिए धन की बचत कराती है।

जब से मैंने आखिरी बार इस मिट्टी पर लिखा था, तब से तीन पुर्णिमा निकल चुकी हैं। हर बार मैंने अपनी कमाई का दसवां हिस्सा खुद को दिया। हर बार मेरी अच्छी पत्नी और मैंनेसत्तरवें हिस्से से अपना जीवन यापन किया, हालांकि कई बार यह मुश्किल रहा, और हर बार मैंने अपने लेनदारों को कमाई का बीसवाँ हिस्सा कर्ज़े के भुगतान में दिया है।

अब मेरे पर्स में चांदी के इक्कीस सिक्के हैं, जो सिर्फ मेरे हैं। इस वजह से मैं अपना सिर उठा कर चलता हूँ और मुझे अपने दोस्तों के बीच चलने में गर्व महसूस होता है। मेरी पत्नी घर की अच्छी तरह देखभाल करती है और सज-धज कर रहती है। हम एक साथ रहकर ख़ुश हैं।

यह योजना अनमोल है। क्या इसने एक पूर्व ग़ुलाम को सम्माननीय व्यक्ति नहीं बनाया?

पट्टी संख्या 5

फिर से पुर्णिमा आ गई है और मुझे याद है कि मिट्टी पर लिखते हुए मुझे बहुत समय हो गया है। सच में बारह पुर्णिमा आई और गई। लेकिन इस दिन मैं अपने रिकॉर्ड की उपेक्षा नहीं करूंगा क्योंकि इस दिन मैंने अपना आखिरी कर्ज़ चुका दिया है।

यह वह दिन है जिस दिन मेरी अच्छी पत्नी और मैंने, हमारे दृढ़ संकल्प के पूरा होने की ख़ुशी में बड़ी दावत के साथ जश्न मनाया।

मेरे लेनदारों के साथ अंतिम मुलाक़ात के दौरान बहुत सी चीज़ें हुईं जो मुझे लंबे समय तक याद रहेंगी। अहमर ने अपने निर्दयी शब्दों के लिए मुझसे क्षमा मांगी और कहा कि वह चाहता है कि हम हमेशा पहले की तरह ही दोस्त बने रहें।

बूढ़ा अल्काहद इतना बुरा नहीं है, क्योंकि उसने कहा, "तुम कभी नरम मिट्टी के टुकड़े की तरह थे जिसको हाथ से दबाया और किसी भी आकार में ढाला जा सकता था, लेकिन अब तुम कांस्य के एक टुकड़े की तरह हो, एक किनारे को पकड़ने में सक्षम। यदि तुम्हें कभी भी चाँदी या सोने के सिक्कों की ज़रूरत पड़े, तो बिना हिचकिचाहट के मेरे पास आ जाना।"

सिर्फ वही अकेला नहीं था जो मुझे उच्च सम्मान दे रहा था। कई अन्य लोगों ने मुझसे सम्मानपूर्वक बातचीत की।

मेरी अच्छी पत्नी ने मुझे उसकी आँखों में एक अलग रोशनी के साथ देखा जो एक व्यक्ति के अंदर आत्मविश्वास भर दे।

आखिरकार, इसी योजना ने मुझे सफलता दिलाई है। इसने मुझे अपने सभी कर्ज़ों का भुगतान करने और अपने पर्स में सोने और चांदी दोनों को जमा करने में सक्षम बनाया है। मैं उस हर एक व्यक्ति को इस योजना के अनुसार चलने की सलाह दूंगा जो अपनी ज़िन्दगी में सफलता हासिल करना चाहते है। वास्तव में अगर यह एक पूर्व गुलाम को अपने कर्ज़ का भुगतान करने में सक्षम बनाता है और उसके पर्स को सोने से भर सकता है, तो क्या यह किसी भी व्यक्ति को स्वावलंबन बनने में मदद नहीं करेगा? और अभी भी मैंने स्वयं, इस योजना के अनुसार चलना बंद नहीं किया है, क्योंकि मुझे विश्वास है कि यदि मैं इसका आगे पालन करता हूँ तो यह मुझे पुरुषों के बीच समृद्ध बना देगा।

सेंट स्विटिंस कॉलेज

नॉटिंघम विश्वविद्यालय
न्यूआर्क-ऑन-ट्रेंट
नॉटिंघम

प्रोफेसर फ्रैंकलिन काल्डवेल,

केयर ऑफ ब्रिटिश साईटिफ़िक एक्सपीडिशज,

हिल्लाह, मेसोपोटामिया।

7 नवंबर, 1936

प्रिय प्रोफेसर:

यदि, बैबिलोन के उन खंडहरों में आगे की खुदाई में, आप वहाँ के पूर्व निवासी, दबासिर नामक, एक पुराने ऊंट व्यापारी के भूत से मिलो, तो मुझ पर कृपा करें। उसे बताएं कि उनके द्वारा मिट्टी की उन पट्टियों पर लिखी गई बातों के लिए इंग्लैंड के दो प्रोफेसर आजीवन उनके आभारी रहेंगे।

आपको शायद याद होगा, एक साल पहले मैंने लिखा था कि श्रीमती श्रूस्बरी और मेरा इरादा कर्ज़ से बाहर निकलने के लिए और साथ ही सोने की खनक हो पाने के लिए, उनकी योजना को आजमाने का था। आपने अनुमान लगा लिया होगा, भले ही हमने इसे अपने दोस्तों से दूर रखने की कोशिश की, कि हम अपनी माली हालत की वजह से हताश और बेहद तनाव में थे।

हम सालों से पुराने कर्जों की वजह से बहुत अपमानित हो रहे थे और हमें यह डर भी था कि कुछ व्यापारी लोग मुझे बदनाम न करदें, और मुझे कॉलेज से बाहर न निकाल दिया जाए। हमअपने आय में से जितना भुगतान कर सकते थे, वह हमें किया- लेकिन अपनी आय से अपना खर्चा चला पाना अब मुश्किल होता जा रहा था। इसके अलावा हमें अपनी सारी खरीदारी मजबूरन उन जगहों से करनी पड़ती थी, जहां हमें उधार पर सामान मिल सके, भले ही हमें उसके लिए बढ़े हुए दामों पर सामान खरीदना पड़ता था।

हम एक ऐसे दुष्चक्र में फंस चुके थे जहां चीज़ें बेहतर होने के बजाय बदतर होती जा रही थी। हमारे संघर्ष निराशाजनक होते जा रहे थे। हम कम किराए वाले घर में नहीं जा सकते थे क्योंकि हम पर मकान मालिक का कर्ज़ा था। ऐसा लगने लगा था कि हम अपनी स्थिति को सुधारने के लिए कुछ भी नहीं कर सकते हैं।

फिर, आपके परिचित, बैबिलोन के पुराने ऊंट व्यापारी के जरिए हमें वह योजना दिखाई दी, जिसको अपनाकर हम अपनी इच्छाओं को पूरा कर सकते थे। उनकी इस योजना ने हमें उसके अनुसार चलने के लिए उत्साहित किया। हमने अपने सभी कर्ज़ों की एक सूची बनाई और मैंने वह सूची अपने सभी कर्जदाताओं को दिखाई।

मैंने समझाया कि जिस तरह से चीज़ें चल रही थीं, उन परिस्थितियों में उनका कर्ज़ चुकाना मेरे लिए असंभव था। वे स्वयं आंकड़ों को देखते हुए आसानी से यह बात समझ सकते थे। फिर मैंने समझाया कि मेरे पास पूरा कर्ज़ा चुकाने का एकमात्र तरीका यह है कि मैं अपनी आय की बीस प्रतिशत राशि हर महीने उन सभी लेनदारों में बराबरी से विभाजित कर दूं, और ऐसे मैं लगभग दो साल में उनका पूरा कर्ज़ा चुका दूंगा। इस बीच, उनसे हम नकद देकर सामान खरीदेंगे, जिससे उन्हें नकद खरीद का लाभ भी मिलता रहेगा।

वे लोग वास्तव में काफी सभ्य व्यक्ति थे। हमारा सब्ज़ी वाला, बूढ़ा व्यक्ति बुद्धिमानथा, यह बात उसने इस तरह से बोली कि बाकी लोगों को इस बारे में समझाने में मुझे मदद मिल गई। उस बूढ़े सब्ज़ीवाले ने कहा, "यदि आप अब से सारा सामान नकदी में खरीदोगे और फिर उसके साथ अपने कर्ज़े का भी कुछ हिस्साभी चुकाटे रहोगे, तो यह बेहतर है, क्योंकि आपने तीन साल में एक भी पैसा नहीं चुकाया है।" अंत में मैंने उन सभी नामों से एक समझौता सुरक्षित कर लिया, कि जब तक मैं नियमित रूप से अपनी आय का बीस प्रतिशत राशि से उनका कर्ज़ चुकाता रहूँगा, तब तक वे हमें किसी भी तरह से परेशान नहीं करेंगे।

फिर हमने यह योजना बनानी शुरू की कि सत्तर प्रतिशत आय से कैसे

गुजारा करना है। हम उस अतिरिक्त दस प्रतिशत को अलग से बचा कर रखने के लिए दृढ़ थे। चांदी और संभवत: सोने के सिक्के बचाने का विचार सबसे आकर्षक था।

यह बदलाव लाने के लिए एक साहसिक कार्य करने जैसा था। अपनी आय की इस सत्तर प्रतिशत राशि में आराम से गुजारा करने के तरीके को जानकर हमें बहुत ख़ुशी मिली। हमने कम किराए का घर लेकर इस काम की शुरुआत की और उचित बचत हासिल करने में कामयाब रहे। इसके बाद हमने अपने मर्ज़ी के मुताबिक ब्रांडेड सामान खरीदना शुरू किया और आखिरी में हम आश्चर्यचकित थे कि कम क़ीमत पर बेहतर गुण का सामान खरीद सकते हैं।

यह एक पत्र के लिए बहुत लंबी कहानी है लेकिन किसी भी तरह उस योजना पर अमल करने में मुश्किल साबित नहीं हुई। हम कामयाब रहे और ख़ुशी-ख़ुशी हमने अपना कर्ज़ा भी चुका दिया। अपने आर्थिक मामलों को इस योजना की मदद से सुलझाना, हमारे लिए बहुत राहत की बात थी, और अब हम अपने पुराने कर्ज़ों के कारण भयभीत भी नहीं थे।

हालांकि मैं आपको उस अतिरिक्त दस प्रतिशत के बारे में बताने के लिए उपेक्षा नहीं करता जो हमने बचत के तौर पर खनकने के लिए अलग रखे थे। खैर, हमने इसे कुछ समय के लिए जमा कर के रखा। अब आप हंसा मत। आप देखिए, वह स्पोर्टी हिस्सा है। यह एक असली मजा है, पैसा जमा करना शुरू कर दे, जो आप खर्च नहीं करना चाहते हैं।

बचत को खर्च करने की तुलना में इसे जमा करके रखने में अधिक आनंद है।

जब हमने मन भरकर उस खनखनाहट का आनंद ले लिया, तो हमने इसके लिए एक अधिक लाभदायक उपयोग खोज लिया। हमने एक निवेश किया जिस पर हमें हर महीने उस दस प्रतिशत का मुनाफा मिलता है। यह हमारे बदलाव का सबसे संतोषजनक हिस्सा साबित हो रहा है। यह पहली चीज़ है जिसका भुगतान हम अपने चेक से सबसे पहले करते हैं।

हमारे निवेश में लगातार वृद्धि हो रही है, यह जानने के बादएक अलग तरह ही संतुष्टि का अनुभव होता है। जब तक हमारे शिक्षण के दिन समाप्त होंगे, तब तक हमारे बचत खाते में एक सुखद राशि जमा हो जाएगी, यह राशि इतनी ज़्यादा होगी कि यह हमारा जीवन भर ध्यान रखेगी।

यह सब मेरे उसी पुराने चेक से मुमकिन हुआ है। विश्वास करना मुश्किल है, फिर भी बिल्कुल सच है। हमारे सारे कर्ज़ धीरे-धीरे चुकाए जा रहे हैं और साथ ही साथ हमारा निवेश भी बढ़ रहा है। इसके अलावा, हम आर्थिक रूप से, पहले से बेहतर होते जा रहे हैं। कौन विश्वास करेगा कि वित्तीय योजना का पालन करने से परिणामों में इतना अंतर हो सकता है।

अगले वर्ष के अंत में, जब हमारे सभी पुराने कर्ज़ों का भुगतान कर दिया जाएगा, उसके बाद हमारे पास निवेश करने के लिए ज़्यादा राशि होगी। उसके अलावा हमारे पास इतनी राशि होगी कि हम कहीं यात्रा पर भी जा सकते हैं।

हम फिर कभी अपने जीवन व्यय को अपनी आय के सत्तर प्रतिशत से अधिक नहीं होने देने के लिए दृढ़ संकल्पित हैं। अब आप समझ सकते हैं कि हम उस पुराने व्यक्ति को अपना व्यक्तिगत धन्यवाद क्यों देना चाहते हैं जिसकी योजना ने हमें हमारे "पृथ्वी पर नर्क वाले जीवन" से बचाया है।

वह जानता था। वह यह सब झेल चुका था। वह चाहता था कि उसके कडवे अनुभवों से दूसरों कोलाभ मिले। यही कारण है कि उसने मिट्टी पर अपना संदेश लिखने में इतना कठिन समय बिताया। उनके पास अपनी तरह पीड़ित लोगों के लिए एक वास्तविक संदेश था। यह संदेश इतना महत्वपूर्ण है कि पांच हजार साल बाद भी बैबिलोन के खण्डहरों में से उठ खड़ा हुआ है, और यह आज भी उतना ही सच्चा और उतना ही महत्वपूर्ण हैजितना कि यह उस दिन था, जिस दिन इसे दफनाया गया था।

आपका,

–अल्फ्रेड एच. श्रुस्बरी,
पुरातत्व विभाग।

बैबिलोन का सबसे भाग्यशाली आदमी

बैबिलोन का व्यापारी राजकुमार शारु नादा, गर्व से घोड़े पर सवार होकर अपने कारवां का नेतृव कर रहा था। उसे अच्छे वस्त्र पसंद थे इसलिए महेंगी पोशाके पहनता था। उसे अच्छे जानवर पसंद थे; इसलिए वह अपने फुर्तीले अरबी घोड़े पर आसानी से सवारी करता था। उसे देखकर शायद ही किसीने उसके बुढ़ापे का अनुमान लगाया होगा। निश्चय ही लोगों को इस बात का संदेह नहीं होगा कि वह अंदर से परेशान था।

दमिश्क से वापसी की यात्रा लंबी है और रेगिस्तान में कई कठिनाइयाँ का सामना करना पड़ता हैं। उसने इन सब की परवाह नहीं की।

अरब कबीले उग्र हैं और हमेशा अमीर कारवां को लूटने की ताक में रहते हैं। इनसे उसे कोई डर नहीं था, क्योंकि उसके साथ कारवां की सुरक्षा के लिए घुड़सवार रक्षकों का एक बड़ा समूह था।

उसके साथ एक युवक था, जिसे वह दमिश्क से लेकर आ रहा था, उसी वजह से वह परेशान था। वह युवक उसके पुराने साथी अराद गुला का पोता हदन गुला था। अराद गुलाके उसके ऊपर बहुत एहसान थे, जिसे वह कभी चुका नहीं सकता था। वह अराद के पोते के लिए कुछ करना चाहता था, लेकिन जितना अधिक उसने इस पर विचार किया, उस युवक के कारण, यह काम उसेउतना ही मुश्किल लग रहा था।

युवक की अंगूठियों और झुमके को देखते हुए, शारु ने मन ही मन सोचा, "इस युवक को लगता है कि गहने पुरुषों के लिए हैं, मगर उसके पास अपने दादा का मजबूत चेहरा है। लेकिन उसके दादा ने ऐसे भड़कीले वस्त्र कभी नहीं पहने। फिर भी, मैं इसको

अपने साथ ले आया हूँ, मुझे उम्मीद है कि मैं इसकी कोई मदद कर सकता हूँ, जिससे अपने लिए यह किसी नए काम की शुरुआत करे, और उस दलदल में से निकल जाए जो उसके पिता ने विरासत में मिले धन से बनाया है।"

हदन गुला ने उसके विचारों को तोड़ दिया, "आप इतनी मेहनत क्यों करते हैं, हमेशा अपने कारवां के साथ लंबी यात्रा पर क्यों जाते हैं? आप जीवन का आनंद लेने के लिए कभी समय क्यों नहीं निकालते?"

शारु नादा मुस्कुराया। "जीवन का आनंद?" उसने दोहराया। "यदि तुम शारु नादा की जगह होते, तो तुम जीवन का आनंद लेने के लिए क्या करोगे?"

"अगर मेरे पास तुम्हारे बराबर धन होता, तो मैं एक राजकुमार की तरह रहता। कभी भी गर्म रेगिस्तान में मैं यात्रा नहीं करता। मेरे पर्स में पैसे जितनी तेजी से आते मैं उतनी ही तेज़ी से उन्हें खर्च करता। मैं सबसे महेंगे वस्त्र और सबसे दुर्लभ गहने पहनता। वह मेरी पसंद का जीवन होता, जीने लायक जीवन।" दोनों आदमी हँसने लगे।

"तुम्हारे दादाजी कोई आभूषण नहीं पहनते थे।" शारु नादा कुछ सोचने से पहले बोला, फिर मज़ाक में कहा, "क्या तुमने कभी कोई काम नहीं किया?"

"काम तो गुलाम करते हैं, " हदन गुला ने जवाब दिया।

शारु नादा ने अपने होंठ काटे लेकिन कोई जवाब नहीं दिया, शांति से यात्रा करते रहे जब तक कि पगडंडी उन्हें ढलान तक नहीं ले गई।

यहाँ शारु ने अपने घोड़े पर लगाम लगाई और दूर हरी घाटी की ओर इशारा करते हुए कहा, "देखो, वहाँ घाटी है। दूर तक देखो और तुम्हें वहाँ धुंधली-धुंधली बैबिलोन की दीवारें नज़र आएंगी। वह मीनार बेल का मंदिर है। यदि तुम्हारी आँखें तेज हैं तो तुम्हें उसकी शिखा पर अनन्त ज्योति का धुआँभी दिखेगा।"

हदन गुला ने टिप्पणी की, "तो वह बैबिलोन है? मैं हमेशा दुनिया का सबसे धनी शहर देखने की लालसा रखता था।"

"बैबिलोन, जहां मेरे दादाजी ने अपना भाग्य शुरू किया था। वह अभी भी जीवित होते, तो हमारी आर्थिक स्थिति इतनी दयनीय नहीं होती।"

"तुम यह क्यों चाहते हो कि उनकी आत्मा पृथ्वी पर अपने निर्धारित समय से अधिक रहती? तुम और तुम्हारे पिता भी तो उनके नक्शे कदम पर चलकर उनकी तरह काम कर सकते हो।"

"काश, हम में से कोई ऐसा कर सकता। पिताजी और मैं धन को आकर्षित करने

का रहस्य नहीं जानते।"

शारु नादा ने कोई उत्तर नहीं दिया लेकिन अपने घोड़े पर लगाम लगा दी और सोच-समझकर घाटी की ओर चल पड़े। उनके पीछे लाल धूल का एक बादल, कारवां का पीछा करता हुआ उड़ रहा था। कुछ समय बाद वे किंग्स हाईवे पर पहुँचे और सिंचित खेतों के रास्ते दक्षिण की ओर मुड़ गए।

एक खेत की जुताई कर रहे तीन बूढ़ों ने शारू नादा का ध्यान खींचा। वे उसे अनोखे ढंग से परिचित लग रहे थे।

बेहद अजीब बात है! चालीस वर्ष के बाद आप किसी खेत के पास से गुजर रहे हो और वही पुराने आदमी वहाँ खेत जोतते हुए मिलें। फिर भी, उसकी अंतरात्मा ने कहा कि वे वही थे। एक ने कमजोर पकड़ के साथ हल को थाम रखा था। अन्य लोग श्रमसाध्य रूप से बैलों के बगल में चल रहे थे, निष्प्रभावी रूप से उन्हें खींचने के लिए अपने बैरल की डंडों से पीटते रहे।

चालीस साल पहले उसने इन आदमियों से ईर्ष्या की थी! उसे उस समय कितनी ख़ुशी हुई होती अगर वह उनके साथ अपने जीवन की अदला-बदली करता! लेकिन अब क्या फर्क पड़ता है। उसने गर्व के साथ पीछे मुड़कर अपने पीछे चल रहे कारवां, अच्छे चुने हुए ऊँटों और गधों को देखा, जो दमिश्क के बहुमूल्य सामानों से लदे हुए थे। यह सब उसकी संपत्ति का एक हिस्सा था।

उसने हल चलाने वालों की ओर इशारा करते हुए कहा, "अभी भी वे वही खेत जोत रहे हैं जिसे वे चालीस साल पहले जोत रहे थे।"

"ऐसा दिख तो रहा है, लेकिन आपको क्यों लग रहा हैं कि वे वही लोग हैं?"

"मैंने उन्हें वहाँ पहले भी देखा है," शारु नाड़ा ने उत्तर दिया। उसके दिमाग़ में यादें तेजी से दौड़ रही थीं।

वह अतीत को दफनाकर वर्तमान में क्यों नहीं जी सका? फिर उसके मन में अराद गुला का मुस्कुराता हुआ चेहरा उभर आया। उसके और उसके साथ चल रहे निंदक युवक के बीच की बाधा तत्काल खत्म हो गई।

लेकिन वह इस घमंडी युवा की मदद कैसे कर सकता था, जिसके दिमाग़ में ख़र्चीले विचार थे और हाथ हाथ दुर्लभ गहनों से भरे पड़े थे?

वह काम करने के लिए इच्छुक श्रमिकों को भरपूर मात्रा में काम दे सकता था, लेकिन उन पुरुषों के लिए उसके पास कोई काम नहीं था जो काम करने को तुच्छता

भरी दृष्टि से देखते थे और खुद को श्रेष्ठ मानते थे। मगर वह अराद गुला के लिए दिल से कुछ करना चाहता था, न कि आधे-अधूरे प्रयास से। उसने और अराद गुला ने कभी भी आधे-अधूरे काम नहीं किए थे। वे उस तरह के आदमी नहीं थे।

पलक झपकते ही उसके दिमाग़ में एक योजना आई। उसमें आपत्तियां थीं। उसने अपने परिवार और अपनी प्रतिष्ठा के बारे में सोचा। यह क्रूर होगा; यह नुकसान भी पहुंचा सकता है। त्वरित निर्णय लेने वाले व्यक्ति होने के नाते, उन्होंने आपत्तियों को दरकिनार कर दिया और कार्य करने का निर्णय लिया।

शारु नादा ने उससे सवाल करते हुए पूछा, "क्या तुम यह जानना चाहोगे कि तुम्हारे योग्य दादा और मैं कैसे उस साझेदारी में शामिल हुए जो इतनी लाभदायक साबित हुई?"

युवक ने कहा, "क्यों नहीं केवल मुझे बताएं कि आपने सोने के शेकेल कैसे बनाए? मुझे बस इतना ही जानना है।"

शारु नाडा ने उसके सवाल को नज़रअंदाज कर दिया और आगे कहा, हम इन हल चलाने वाले लोगों से शुरू करते हैं। मैं लगभग तब तुम्हारी उम्र का था। जैसे ही पुरुषों की कतार में मैंने चलना शुरू किया, बूढ़े मेगिद्दो, किसान ने फिसलन वाले रास्ते का उपहास उड़ाया, जिसमें उन्होंने हल चलाया था। मगिद्दो मेरे बगल में जंजीर से जकड़ा हुआ था। उसने कहा, "आलसी लोगों को देखो, हल पकड़ने वाला गहरी जुताई के लिए कोई प्रयास नहीं कर रहा, न ही बैलों को चलाने वाले बैलों को सही मार्ग पर रख पा रहे हैं। इस तरह खराब जुताई के साथ वे लोग अच्छी फसल की उम्मीद कैसे कर सकते हैं?"

हदन गुला ने आश्चर्य से पूछा, "आपने क्या कहा कि मगिद्दो और आपको जंजीर से जकड़ा हुआ था?"

"हां, हमारे गले में कांस्य के पट्टे बंधे हुए थे और हम लोगों के बीच भारी लंबी जंजीर थी। उसके बगल में भेड़ चोर ज़ैबेदो था, मैं उससे हारून में मिला था। अंत में एक आदमी था, जिसे हम समुद्री डाकू कहते थे, क्योंकि उसने हमें अपना नाम नहीं बताया था। हमने उसे एक नाविक के रूप में आंका क्योंकि उसने नाविक की तरह अपनी छाती पर टैटू गुदवाए थे। हमें जंजीर से इस तरह बांधा हुआ था, जिससे कि चार लोग एक साथ चल सकें।"

हदन गुला ने अविश्वसनीय रूप से पूछा, "आपको गुलाम की तरह जंजीर में

जकड़ा गया था?"

"क्या तुम्हारे दादा ने तुम्हें नहीं बताया था कि मैं कभी गुलाम था?"

"वह अक्सर आपके बारे में बात किया करते थे, लेकिन कभी इसका संकेत नहीं दिया।"

शारू नादा ने उसे घूर कर देखते हुए कहा, "वह एक ऐसे व्यक्ति थे जिन्हें तुम अपने गहरे रहस्यभरोसा के साथ बता सकते थे। तुम भी एक ऐसे व्यक्ति हो जिस पर मैं भरोसा कर सकता हूँ, क्या मैं सही नहीं हूँ?"

"आप मुझ पर भरोसा कर सकते हो, मैं किसी को कुछ नहीं बताऊंगा लेकिन मैं हैरान हूँ। मुझे बताएं कि आप गुलाम कैसे बनें?"

शारु नादा ने अपने कंधे उचकाए, "कोई भी आदमी कभी भी गुलाम बन सकता है। यह आपदा मुझ पर जुए और शराब के कारण आई थी। मैं अपने भाई के अविवेक का शिकार हुआ था। एक विवाद में उसने अपने दोस्त को जान से मार डाला। मेरे पिताजी ने मुझे उस मृतक की विधवा के हवाले कर दिया, क्योंकि वह नहीं चाहते थे कि मेरे भाई पर कानून के तहत कोई मुकदमा चले। जब मेरे पिताजी मुझे मुक्त कराने के लिए चांदी का इंतजाम नहीं पाए, तो उसने मुझे गुलाम व्यापारी को बेच दिया।"

हदन गुला ने विरोध करते हुए कहा, "कितनी शर्म और अन्यायकी बात है! लेकिन मुझे बताएं, आपने आज़ादी कैसे हासिल की?"

हम उस मुद्दे पर आएंगे, लेकिन अभी नहीं। अभी हम अपनी कहानी जारी रखते हैं। जैसे ही हम वहाँ से गुजरे, हल जोतने वालों ने हमारा मजाक उड़ाया। एक ने अपनी फटी हुई टोपी को उतारा और झुककर कहा, "बैबिलोन में आपका स्वागत है, राजा के मेहमान। वह शहर की दीवारों पर तुम्हारा इंतज़ार कर रहे हैं, जहां भोज का आयोजन किया हुआ है और भोजन में मिट्टी की ईंटों और प्याज के सूप हैं।" इतना कहकर वे जोर-जोर से हंस पड़े।

"समुद्री डाकू यह सुनते ही आग बबूला हो गया और उन्हें गंदी-गंदी गालियां देने लगा।"

मैंने उससे पूछा, "उन लोगों का ऐसा कहने से का क्या मतलब है कि राजा दीवारों पर हमारी प्रतीक्षा कर रहे हैं?"

उसने कहा, "शहर की दीवारों तक वह तुमसे ईंटों को तब तक ढोवाते है जब तक कि कमर टूट ना जाए। हो सकता है कि वे टूटने से पहले तुम्हें पीट-पीट कर मार दें। वे मुझे नहीं मारेंगे। मैं उन्हें जान से मार दूंगा।"

तब मेगिद्दो ने कहा, "मैं नहीं मानता कि मालिक इच्छुक, मेहनती गुलामों को मौत के घाट उतार देते हैं। मालिक अच्छे गुलामों को पसंद करते हैं और उनके साथ अच्छा व्यवहार करते हैं।"

ज़ैबेदो ने टिप्पणी की, "कौन कड़ी मेहनत करना चाहता है?वे हल चलाने वाले बुद्धिमान लोग हैं। वे अपनी पीठ नहीं तोड़ रहे हैं। यह बस ऐसे ही काम चला रहे हैं।"

मेगिद्दो ने विरोध किया, "आप काम से बचकर जीवन में आगे नहीं बढ़ सकते, यदि आप दिन में एक हेक्टेयर ज़मीन जोतते हैं, तो यह काम है और हर मालिक इसे जानता है। लेकिन जब आप दिन में केवल आधी हेक्टेयर ज़मीन जोतते हैं, तो वहाँ आप काम से बच रहे हो। मैं नहीं कतराता। मुझे काम करना पसंद है और मुझे अच्छा काम करना पसंद है, क्योंकि मैंने यह समझा है कि काम ही आपका सबसे अच्छा दोस्त है। आज मेरे पास जो भी अच्छी चीज़ें हैं, जैसे मेरे खेत, मवेशी, फसल ये सब मैंने काम करके ही पाएँ हैं।"

ज़ैबेदो ने मज़ाक उड़ाते हुए कहा, "हाँ, और अब ये चीज़ें कहाँ हैं? मुझे लगता है कि व्यक्ति को चालाकी से काम करना चाहिए और बिना मेहनत किए आगे बढ़ना चाहिए। तुम देखना, अगर हमें दीवारों पर काम करने के लिए बेचा जाएगा, तो मैं पानी की थैली का या कोई आसान काम ले ले लूँगा, बाकी तुम, जो काम करना पसंद करते हो, ईंटों को ढोकर अपनी पीठ तोड़ रहे होंगे।" वह अपने मूर्खतापूर्ण ढंग से हंसने लगा।

"उस रात डर ने मुझे जकड़ लिया था। मैं सो नहीं सका। मैं गार्ड रस्सी के पास खिसक गया, और जब अन्य लोग सो गए, तो मैंने गोडोसो का ध्यान आकर्षित किया जो वहाँ पहरेदारी कर रहा था। वह उन दुष्ट अरबों में से एक था, जो, तुम्हारा पर्स लूटते समय यह सोचते थे कि उसे तुम्हारा गला भी काटना चाहिए।"

मैंने उससे फुसफुसाते हुए पूछा, "मुझे बताओ, गोडोसो, जब हम बैबिलोन पहुंचेंगे तो क्या हम दीवारों पर काम करने के लिए बेच दिया जाएंगे?"

"तुम यह क्यों जानना चाहते हो?" उसने सावधानी से पूछा।

मैंने याचना की, "क्या तुम यह नहीं समझ सकते?मै जवान हूँ। मैं जीना चाहता हूँ। मैं दीवारों पर काम करते-करते या पीट-पीट कर मारना नहीं चाहता। क्या मेरे लिए एक अच्छा मालिक पाने का कोई मौका है?"

"वह फिर से फुसफुसाया, 'मैं कुछ बताता हूँ। तुम अच्छे दोस्त, गोडोसो को परेशान मत करो। ज्यादातर हम सबसे पहले गुलाम बाजार में जाते हैं। अब सुनो। जब खरीदार आए, तो उसने कहो कि तुम अच्छे मेहनती मजदूर हो, अच्छे मालिक के लिए

कड़ी मेहनत करना पसंद करते हो। अपनी पूरी कोशिश, जिससे प्रभावित होकर वो तुम्हें खरीद ले। और यदि वह तुम्हें नहीं खरीदते, तो अगले दिन से तुम ईंट उठाओगे, जो सचमुच बहुत मेहनत का काम है।"

"उसके चले जाने के बाद, मैं गर्म रेत में लेटकर, सितारों को देख रहा था और काम के बारे में सोच रहा था।"

मेगिद्दो ने काम को अपना सबसे अच्छा दोस्त बताया था, अब मैं यह सोच रहा था कि क्या वह मेरा भी सबसे अच्छा दोस्त साबित होगा। निश्चित रूप से ऐसा होगा यदि वह मेरी इस संकट से बाहर निकलने में मदद करेगा।

"जब मगिद्दो जागा, तो मैंने उसे धीरे से यह ख़ुशखबरी सुनाई। जब हम बैबिलोन की ओर बढ़े रहे थे, तो यह हमारे लिए एक आशा की एक किरण थी। शाम को जब हम दीवारों के पास पहुँचे और हम वहाँ ऊंचे खड़े विकर्ण रास्ते परकाली चींटियों की तरह पुरुषों की लंबी पंक्तियों को ऊपर और नीचे चढ़ते-उतरते देख रहे थे। जैसे-जैसे हम करीब आते गए, हम काम कर रहे हजारों पुरुषों को देखकर चकित रह गए; कुछ खाई में खुदाई कर रहे थे, अन्य मिट्टी की ईंटों में मिट्टी मिला रहे थे। सबसे बड़ी संख्या में लोग ईंटों को बड़ी टोकरियों में डाल कर उन खड़ी पगडंडियों से राज मिस्त्रियों तक पहुंचा रहे थे।"*

"ठेकेदार सुस्त मजदूरों को गलियाँ दे रहे थे और पंक्ति में न चलने वाले मजदूरों की पीठ पर चाबुक मार रहे थे। गरीब, थके मजदूर को अपने डगमगाते कदमों से भारी टोकरियों के बोझ को लेकर चलते-चलते नीचे गिरते हुए देखा गया, जो फिर से उठने में असमर्थ थे। अगर चाबुक की मार से भी वे उठने में विफल रहते थे, तो उन्हें रास्तों के किनारे धकेल दिया जाता था और वहीं तड़पते हुए छोड़ दिया जाता था। जल्द ही उन्हें सड़क के किनारे अन्य नीच लोगों के पास पहुंचा दिया जाता, जहां अपवित्र कब्रें उनका इंतज़ार कर रही होती थी। जैसे ही मैंने भयानक दृश्य देखा, मेरी रूह कांप गई। तब मैं सोच रहा था कि अगर मैं गुलाम बाज़ार में बिकने में असफल रहा, तो मेरा भी यही हश्र होने वाला है।"

"गोडोसो सही था। हमें शहर के फाटकों के माध्यम से गुलामों की जेल में ले जाया गया और अगली सुबह बाजार में ले जाकर एक बाड़े में खड़ा कर दियागया। यहाँ बाकी लोग डरे हुए थे और केवल हमारे गार्ड की चाबुक ही उन्हें हिला पा रही थी, ताकि खरीदार उनकी जांच कर सकें।"

"गुलामों के व्यापारी ने राजा के सैनिकों को बुलाया, जिन्होंने समुद्री डाकू को जंजीरों से बांधा हुआ था और विरोध करने पर उसे बेरहमी से पीटा था। जैसे ही वे उसे

दूर ले गए, मुझे उसके लिए अफसोस हुआ।"

"मेगिद्दो ने महसूस किया कि हम जल्द ही एक-दूसरे से अलग हो जाएंगे। जब कोई खरीदार हमारे आस-पास नहीं था, तो उसने मुझसे यह बताने के लिए गंभीरता से बात की कि भविष्य में मेरे लिए काम कितना मूल्यवान साबित होगा: 'कुछ लोग काम से नफरत करते हैं। वे इसे अपना दुश्मन समझते हैं। बेहतर होगा कि हम एक दोस्त की तरह इसके साथ व्यवहार करे, इसे पसंद करो। यह कठिन होगा, इसकी परवाह मत करो। यदितुम अच्छा घर बनाने कि सोचते हो, तो कौन परवाह करता है कि बीम भारी हैं और पानी ढोने के लिए कुएं दूर है। मुझसे वादा करो, लड़के, अगर तुम्हें यहाँ कोई मालिक मिल जाता है, तो उसके लिए तुम अपनी जी-जान से मेहनत करोगे। अगर वह आपके सभी कार्यों की सराहना नहीं भी करता है, तो कोई बात नहीं। याद रखना अगर काम अच्छी तरह से किया गया होता है, तो वह काम करने वाले आदमी का हमेशा भला करता है, वह उसे एक बेहतर इंसान बनाता है।" वह रुक गया क्योंकि एक मोटा किसान बाड़े में आया और हमें गंभीर रूप से देखने लगा।

"मेगिद्दो ने उससे उसके खेत और फसलों के बारे में पूछा, जल्द ही उसे विश्वास दिलाया कि वह उसके लिए एक मूल्यवान गुलाम साबित होगा। गुलामों के व्यापारी के साथ हिंसक सौदेबाजी के बाद, किसान ने अपने वस्त्र के नीचे से एक मोटा पर्स निकाला, और जल्द ही मेगिद्दो अपने नए मालिक के पीछे-पीछे चल दिया।"

"सुबह के दौरान कुछ अन्य गुलाम बेचे गए थे। दोपहर में गोडोसो ने मुझे बताया कि डीलर चिड़ गया था और अब वह एक और रात नहीं रुकेगा, लेकिन जो कोई भी सूर्यास्त के समय तक बच जाएगा, वह उन्हें राजा के खरीदार के पास ले जाएगा। मैं मायूस हो गया था, लेकिन तभी एक मोटा, नेकदिल आदमी दीवार के पास गया और उसने पूछा कि क्या हमारे बीच कोई बेकर (केक बनाने वाला) है।

मैंने उसके पास जाकर कहा, "आप जैसा एक अच्छा बेकर दूसरे घटिया बेकर की तलाश क्यों कर रहा है? क्या मेरे जैसे इच्छुक व्यक्ति को अपने कुशल तरीके सिखाना आसान नहीं होगा? मुझे देखो, मैं युवा हूँ, मजबूत हूँ और काम करना पसंद करता हूँ। मुझे एक मौका दो, मैं आपके पर्स के लिए सोना-चांदी कमाने की पूरी कोशिश करूंगा।"

"वह मेरी इच्छा से प्रभावित हुआ और उस डीलर के साथ सौदेबाजी करना शुरू कर दिया, जिसने मेरी ओर उससे पहले कभी गौर नहीं किया था, लेकिन अब मेरी क्षमताओं, अच्छे स्वास्थ्य और अच्छे स्वभाव की गुण गा रहा था। मुझे ऐसा लगा जैसे एक कसाई को एक मोटा बैल बेचा जा रहा है। अंत में, जब सौदा पक्का हो गया, तब

मैं बहुत ख़ुश हुआ। मैंअपने नए मालिक के पीछे-पीछे चल दिया, यह सोचते हुए कि मैं बैबिलोन का सबसे भाग्यशाली व्यक्ति था।"

"मेरा नया घर मेरी पसंद का था। मेरे मालिकनानानैद, ने मुझे सिखाया कि आंगन में रखे पत्थर के कटोरे में जौ कैसे पीसना है, ओवन में आग कैसे जलानी है और फिर शहद के केक के लिए तिल के आटे को बारीकी से कैसे पीसना है। अनाज के भंडार घर के शेड में मेरा बिस्तर लगा हुआ था। एक बूढ़ी गुलाम हाउसकीपर, स्वस्ति ने मुझे अच्छी तरह से खाना खिलाया और जिस तरह से मैंने भारी कार्यों में उसकी मदद की, उससे वह बहुत ख़ुश हुई।"

"यहाँ वह मौका था, जिससे मैं अपने मालिक के लिए खुद को मूल्यवान बनाने के लिए तरस रहा था और मुझे उम्मीद थी कि मैं अपनी स्वतंत्रता अर्जित करने का एक तरीका ढूंढ लूँगा।"

मैंने नानानैद से कहा कि मुझे सिखाए कि कैसे आटे को गूँथा जाता है और रोटी को कैसे सेंकना जाता है। उसनेमुझे सब सिखाया, और वह मेरी सीखने की इच्छा से बहुत ख़ुश हुआ। बाद में, जब मैं यह सब अच्छी तरह से सीख गया, तो मैंने उनसे कहा कि वह मुझे सिखाए शहद केक कैसे बनाना है, और जल्द ही मैं बेकिंग का सारा काम करने लगा था। मेरे मालिक आलसीबनने पर ख़ुश थे, लेकिन स्वस्ति ने अस्वीकृति में अपना सिर हिलाया, 'कोई भी काम न करना इंसान लिए बुरी बात है, ' उसने घोषणा की।

"मुझे लगा कि मेरे लिए यह सोचने का समय आ गया है कि मैं अपनी स्वतंत्रता खरीदने के लिए सिक्के कैसे कमाना शुरू कर सकता हूँ, चूँकि दोपहर में बेकिंग का काम समाप्त हो जाता था, मैंने सोचा कि अगर मुझे दोपहर के लिए लाभदायक रोजगार मिल जाए और उससे होने वाली कमाई, मैं अपने मालिक के बाँट लूँ, तो नानानैद मंजूरी दे देंगे। तब मेरे मन में यह विचार आया, कि क्यों न अधिक से अधिक शहद के केक बनाकर नगर की सड़कों पर भूखे लोगों को बेचा जाए?"

मैंने नानानैद के सामने अपनी योजना इस तरह प्रस्तुत की: "यदि दोपहर को बेकिंग का काम समाप्त करने के बाद आपके लिए कुछ सिक्के कमा सकूँ, तो क्या आप उस कमाई का कुछ हिस्सा मेरे साथ साझा करना उचित समझेंगे, जिससे कि मेरे पास भी कुछ पैसे रहे, उन चीज़ों पर खर्च करने के लिए जो हर आदमी चाहता है और जिसकी हर आदमी को ज़रूरत होती है?"

"बहुत अच्छा, बहुत अच्छा, उन्होंने स्वीकार किया। जब मैंने उसे अपनी योजना के बारे में बताया कि मैं शहद के केक को नगर में बेचने की सोच रहा हूँ, तो वह बहुत ख़ुश हुए।"

उसने सुझाव देते हुए कहा, 'यहाँ हम ऐसा करेंगे, तुम उन्हें दो पैसे में बेच देना, फिर आधा पैसा आटा और शहद और लकड़ी के लिए भुगतान करने के लिए मेरा होगा। और बाकी बची आधी कमाई में से मैं आधा ले लूंगा और आधा तुम रखोगे।

"मैं उसकी उदार पेशकश से बहुत ख़ुश था कि मैं अपनी बिक्री का एक चौथाई अपने लिए रख सकता था।"

उस रात मैंने एक ट्रे बनाने के लिए देर तक काम किया जिस पर उन्हें प्रदर्शित किया जा सके। नानानैद ने मुझे अपने पहने हुए वस्त्रों में से वस्त्रदिए ताकि मैं अच्छा दिख सकूं, और स्वस्ति ने उन पुराने वस्त्रों को ठीक करने और साफ करने में मेरी मदद की।

"अगले दिन मैंने ज़्यादा शहद के केक बेक किए। जब मैं उन्हें सड़क पर बेचने के लिए लेकर गया तो वे भूरे और आकर्षक लग रहे थे, फिर मैंने जोर-जोर से अपने माल के बारे में बताने लगा। पहले तो किसी ने दिलचस्पी नहीं दिखाई, और मैं निराश हो गया। लेकिन मैंने हिम्मत नहीं हारी मैं वहाँ डटा रहा, और बाद में दोपहर में जैसे ही लोगों को भूख लगने लगी, केक बिकना शुरू हो गए और जल्द ही मेरी ट्रे खाली हो गई।"

"नानानैद मेरी सफलता से बहुत ख़ुश थे और उन्होंने ख़ुशी-ख़ुशी मुझे अपने हिस्सा दे दिया। मैं पैसे लेकर ख़ुश था। मेगिद्दो सही था, जब उसने कहा कि एक मालिक अपने गुलामों के अच्छे काम की सराहना करता है।"

उस रात मैं अपनी सफलता से इतना उत्साहित था कि मैं मुश्किल से सो सका और यह अनुमान लगाने की कोशिश कर रहा था कि मैं एक साल में कितना कमा सकता हूँ और मुझे अपनी आज़ादी खरीदने में कितने साल लग जाएंगे।

"जब मैं हर दिन केक की ट्रे के साथ बाहर जाने लगा, तो जल्द ही मुझे मेरे नियमित ग्राहक मिल गए। इनमें से एक आपके दादा, अराद गुला भी थे। वह एक कालीन व्यापारी थे और वह शहर के एक छोर से दूसरे छोर जा-जा कर, गृहिणियों को कालीन बेचा करते थे। उनके साथ कालीन से लदा एक गधा और एक काला गुलाम हुआ करता था जो उसकी देखभाल करता था। वह अपने और अपने गुलाम के लिए दो-दो केक खरीदा करते थे। जब वह केक खा रहे होते थे, तब हमेशा वहाँ रुककर मुझसे बातें करते थे।"

तुम्हारे दादाजी ने एक दिन मुझसे एक ऐसी बात कही, जो मुझे हमेशा याद रहेगी। 'मुझे तुम्हारे केक पसंद हैं, लड़के, लेकिन उससे भी ज़्यादा मुझे तुम्हारी व्यवहार-

कुशलता पसंद है जिसके साथ तुम उन्हें पेश करते हो। ऐसी भावना तुम्हें सफलता के पथ पर दूर तक ले जा सकती है।'

"लेकिन तुम कैसे समझ सकते हो, हदन गुला, कि एक गुलाम लड़के के लिए प्रोत्साहन के ऐसे शब्द क्या मायने रखते होंगे, जो एक बड़े शहर में अकेला पूरी ताकत से संघर्ष कर रहा था, ताकि वह अपने गुलामी वाले जीवन से बाहर निकलने का कोई रास्ता खोज सके?"

"गुजरते महीनों के साथ-साथ, मैंने अपने पर्स में पैसे जोड़ना जारी रखा। इससे मेरी बेल्ट में लगे पर्स का वजन बढ़ने लगा। जैसा कि मेगिद्दो ने कहा था, काम मेरा सबसे अच्छा दोस्त साबित हो रहा था। मैं ख़ुश था, लेकिन स्वस्ति चिंतित थी।"

उसने विरोध करते हुए कहा, "हमारे मालिक, मुझे शक है कि वह अपना अधिकतर समय जुए घर में बिताते हैं।"

"एक दिन सड़क पर, मैं अपने दोस्त मेगिद्दो से मिलकर बहुत ख़ुश हुआ। वह सब्जियों से लदे तीन गधों को बाजार में ले जा रहा था।"

उसने कहा, "मैं अपना काम बहुत अच्छे से कर रहा हूँ, मेरे मालिक मेरे अच्छे काम की सराहना करते हैं, उन्होंने अब मुझेप्रमुख बना दिया है। देखो, वह मुझ पर सामान बेचने के मामलों में भी भरोसा करते हैं, और वह मेरे परिवार के लिए भी बुलावा भेज रहे हैं। काम मुझे मेरी बड़ी परेशानी से उबरने में मदद कर रहा है। किसी दिन यह मुझे मेरी आजादी खरीदने में मदद करेगा और एक बार फिर से मैं अपने खेत का मालिक बन जाऊंगा।"

"समय बीतता गया और नानानैद मेरे बाज़ार से लौटने का बेचैनी से इंतज़ार करने लगा। जब मैं बाज़ार से वापस लौटता, वह मुझे उत्सुकता से इंतज़ार करता मिलता था, ताकि वह पैसे गिन कर हम दोनों में बाँट ले। वह मुझसे नए बाजारों की तलाश करने और अपनी बिक्री बढ़ाने का भी आग्रह करता था।"

---

*(प्राचीन बैबिलोन की प्रसिद्ध कृतियाँ, इसकी दीवारें, मंदिर, हंगिंग गार्डेन और बड़ी नहरें, गुलामों की मेहनत द्वारा निर्मित की गई थीं। मुख्य रूप से यह गुलाम युद्ध के कैदी होते थे, जो उनके साथ हुए अमानवीय व्यवहार की व्याख्या करता है। कामगारों की इस सेना में बैबिलोन और उसके प्रांत के कई नागरिक भी शामिल थे, जो अपराधों या वित्तीय परेशानियों के कारण गुलामी में बेचे गए थे। पुरुषों के लिए ऋण, कानूनी निर्णय या अन्य दायित्वों के भुगतान की गारंटी के लिए खुद को, अपनी पत्नियों या अपने बच्चों को एक बंधक के रूप में रखना एक आम प्रथा थी। चूक की स्थिति में, जो बंधक होते थे, उन्हें गुलामी में बेच दिया गया था।)

"अक्सर मैं दीवार बनाने वाले गुलामों के ठेकेदारों को भी केक बेचने के लिए शहर के फाटकों के बाहर जाता था। मुझे उस अप्रिय जगह पर वापस जाने से नफरत थी लेकिन ठेकेदार बड़े उदार खरीदार थे। एक दिन मैं जैबेदो को अपनी टोकरी में ईंट भरने के लिए कतार में इंतजार करते देखकर हैरान था। वह बेहद कमजोर हो गया था, उसकी कमर मुड़ गई थी, और उसकी पीठ ठेकेदारों के चाबुकों की मार से बने घावों से भरी हुई थी। मुझे उसको देखकर दया आ गई और मैंने उसे एक केक दिया, जिसे उसने अपने मुंह में एक भूखे जानवर की तरह कुचल दिया। उसकी आँखों में लालच को देखकर, मैं डर गया और इससे पहले कि वह मेरी ट्रे छीन पाता, मैं वहाँ से भाग गया।"

एक दिन अराद गुला ने मुझसे पूछा, "तुम इतनी मेहनत क्यों करते हो?"

लगभग वही प्रश्न जो तुमने आज मुझसे पूछा था, क्या तुम्हें याद है? मैंने उसे बताया कि मगिद्दो ने काम के बारे में क्या कहा था और काम कैसे मेरा सबसे अच्छा दोस्त साबित हो रहा था। मैंने उन्हें गर्व के साथ अपने पैसे का पर्स दिखाया और बताया कि किस तरह मैं अपनी आजादी खरीदने के लिए उन्हें बचा रहा था।

उन्होंने पूछा, "आज़ाद होने के बाद तुम क्या करोगे?"

फिरमैंने उत्तर दिया, "मैं एक व्यापारी बनने का इरादा रखता हूँ।"

"उस समय, उन्होंने मुझे एक गुप्त बात बताई। ऐसी बात जिसके बारे मैं कभी सोच भी नहीं सकता था। 'तुम नहीं जानते कि मैं भी गुलाम हूँ। मैं अपने मालिक के साथ साझेदारी में हूँ।"

हदन गुला अचानक बोला, "रुको, मैं अपने दादाजी को बदनाम करने वाली कोई भी झूठी बात नहीं सुनूंगा। वह कोई गुलाम नहीं थे।" गुस्से से उसकी आँखें चमक उठीं।

शारु नादा शांत रहे। "दुर्भाग्य से ऊपर उठने और दमिश्क के एक प्रमुख नागरिक बनने के लिए, मैं उनका सम्मान करता हूँ। क्या तुम, उनके पोते, उसी सांचे में ढले हो? क्या तुम मर्द हो, जो सच्चे तथ्यों का सामना कर पाए, या क्या तुम झूठे भ्रम में रहना पसंद करते हो?"

हदन गुला सीधा हो गया। गहरी भावना से दबी हुई आवाज में उसने उत्तर दिया, "मेरे दादा सभी के प्रिय थे। उन्होंने अनगिनत अच्छे कर्म किए थे। जब अकाल आया तो क्या उन्होंने मिस्र में अनाज खरीदने के लिए सोना नहीं दिया था और क्या उनका कारवां इसे बांटने के लिए दमिश्क नहीं लाया था, ताकि लोग भूखे न रहें? अब आप कहते हैं कि वह तो बैबिलोन में एक तिरस्कृत गुलाम थे।"

शारु नादा ने उत्तर दिया, "यदि वह बैबिलोन में एक गुलाम बनें रहते, तो उनका तिरस्कार हो सकता था, लेकिन जब अपने स्वयं के प्रयासों से, वह दमिश्क में एक महान व्यक्ति बन गए, तो देवताओं ने वास्तव में उनके दुर्भाग्य को क्षमा कर दिया और उन्हें सम्मानित किया।"

शारु नादा ने आगे कहा, "मुझे यह बताने के बाद कि वह एक गुलाम थे, उन्होंने बताया कि वह अपनी आज़ादी हासिल करने के लिए कितने बेचैन थे। अब जबकि उनके पास इसे खरीदने के लिए पर्याप्त धन था, लेकिन वह बहुत परेशान भी थे कि उन्हें क्या करना चाहिए। वह अब अच्छी बिक्री नहीं कर पा रहे थे और उन्हें अपने मालिक का सहारा छोड़ने में डर लग रहा था।"

मैंने उनके अनिर्णय का विरोध किया: "अब अपने मालिक से न चिपके रहें। एक बार फिर से एक आज़ाद व्यक्ति बनने की भावना प्राप्त करें। एक आज़ाद व्यक्ति की तरह कार्य करें और उनकी की तरह सफल बनें! तय करें कि आप क्या हासिल करना चाहते हैं और फिर काम आपको इसे प्राप्त करने में सहायता करेगा।" वह यह कहते हुए अपने रास्ते चले गए कि वह ख़ुश है कि मैंने उनकी कायरता के लिए उन्हें लज्जित किया।*

एक दिन मैं फिर से फाटकों के बाहर गया, और वहाँ लगी भीड़ को देखकर आश्चर्यचकित रह गया। जब मैंने एक आदमी से भीड़ का कारण पूछा, तो उसने उत्तर दिया : 'क्या तुमने नहीं सुना? एक भगोड़े गुलाम ने राजा के एक सैनिक की हत्या कर दी थी, उसे पकड़ लिया गया है और आज के दिन उसके अपराध के लिए कोड़े मारकर मार दिया जाएगा। राजा स्वयं यहाँ उपस्थित होंगे।'

"कोड़े मारने की चौकी के पास इतनी भीड़ थी, मुझे डर था कि मैं पास जाऊंगा, तो कहीं मेरे केक खराब न हो जाए। इसलिए, मैं अधूरी दीवार पर चढ़ गया, जहां से लोगों के सिर के ऊपर से वहाँ देख सकूँ। मैं भाग्यशाली था कि मुझे एक दृश्य मिला। नबूकदनेस्सर अपने सुनहरे रथ पर सवार था, मैंने कभी ऐसा भव्यता, ऐसे वस्त्र और सोने के गहने और मखमल के पर्दे नहीं देखे थे।"

"मैं कोड़ों की मार को नहीं देख सकता था, हालांकि मुझे गुलाम की चीखें साफ-साफ सुनाई दे रही थी। मैं हैरान था कि हमारे सुंदर राजा के रूप में एक महान व्यक्ति इस तरह की पीड़ा को कैसे देख सकता है, मगर जब मैंने उसे अपने रईस साथियों के साथ हंसी मजाक करते हुए देखा, तो मैं समझ गया वह क्रूर था और यह भी समझ गया कि दीवार बनाने वाले गुलामों से ऐसे अमानवीय काम क्यों कराए जाते हैं।"

"गुलाम के मरने के बाद, उसके शरीर को रस्सी से एक खंभे पर लटका दिया गया था ताकि सभी देख सकें। जैसे-जैसे भीड़ कम होने लगी, मैं उसके पास गया।

उसकी बालों वाली छाती पर, मैंनेदो सांपों के टैटू को देखा। यह समुद्री डाकू था, जिसे मैं जानता था।"

अगली बार जब मैं अराद गुला से मिला, तो वह एक बदले हुए आदमी थे। पूरे जोश से उन्होंने मेरा अभिवादन किया: "देखो, जिस गुलाम को तुम जानते थे, वह अब एक स्वतंत्र व्यक्ति बन गया है। तुम्हारी बातों में जादू था। पहले से मेरी बिक्री और मेरा मुनाफा अब बढ़ रहे हैं। मेरी पत्नी बहुत ख़ुश है। वह एक स्वतंत्र महिला थी, और मेरे मालिक की भतीजी थी। अब वह चाहती है कि हम एक अनजाने शहर में चले जाएँ, जहाँ कोई भी आदमी यह नहीं जानता हो कि मैं एक गुलाम था। इस प्रकार हमारे बच्चों को अपने पिता के दुर्भाग्य के लिए निंदा नहीं झेलनी पड़ेगी। काम मेरा अब सबसे अच्छा दोस्त बन गया है। इसने मुझे आत्मविश्वास दिया है और मेरे बेचने के कौशल को बढ़ाया है।"

"मैं इस बात से बहुत ख़ुश था कि उनके द्वारा दिए गए प्रोत्साहन के बदले, मैंने एक छोटा सा ही सही लेकिन कुछ योगदान तो दिया था।"

एक शाम स्वस्ति गहरे संकट में मेरे पास आई : "तुम्हारे मालिक मुसीबत में है। मुझे उनकी चिंता हो रही है।कुछ महीने पहले वह जुए की टेबल पर बहुत कुछ हार चुके हैं। वह किसान को उसके अनाज और शहद के लिए भुगतान नहीं कर रहे हैं। वह साहूकार का कर्ज़ भी नहीं चुका रहे हैं। वे सभी गुस्से में हैं और मालिक को धमका रहे हैं।"

मैंने बिना सोचे समझे उत्तर दिया, "हम उसकी मूर्खता की चिंता क्यों करें। हम उसके रखवाले नहीं हैं।"

"मूर्ख युवक, तुम नहीं समझ रहे हो। साहूकार से कर्ज़ लेने के बदले, उन्होंने तुम्हें गिरवी रख दिया था। कानून के तहत वह तुम पर दावा कर सकता है और तुम्हें बेच भी सकता है। मुझे नहीं पता कि मैं क्या करूँ। वह एक अच्छे मालिक हैं। क्यों? उन पर ऐसी मुसीबत क्यों आई?"

स्वस्ति की चिंता निराधार नहीं थी। जब मैं अगली सुबह बेकिंग कर रहा था, तो साहूकार एक आदमी के साथ वहाँ आया, जिसे उसने ससी नाम से पुकारा था। उस आदमी ने मुझे देखा और कहा कि मैं चलूँगा।

साहूकार ने मेरे मालिक के लौटने का भी इंतजार नहीं किया, बल्कि स्वस्ति से कहा कि वह उसे बता दे कि वह मुझे ले गया है। मेरे पास केवल पहने हुए कपड़े और मेरी बेल्ट में सुरक्षित रूप से लटका हुआ पैसों का पर्स था।मैं बेकिंग के काम को अधूरा छोड़कर उनके साथ चला गया।

“मेरी आशाएँ उसी तरह तहस-नहस हो गईं, जैसे कोई तूफान जंगल से पेड़ को उखाड़कर उमड़ते हुए समुद्र में फेंक देता है। एक बार फिर से जुए और शराब ने मेरे लिए मुसीबत खड़ी कर दी थी।”

“ससी एक रूखा, मंदबुद्धि आदमी था। जब वह मुझे शहर के पार ले आया, तो मैंने उसे बताया कि मैंने नानानैद के लिए अच्छा काम किया था औरमैं उसके लिए भी अच्छा काम करने की कोशिश करूंगा। उसके जवाब ने कोई प्रोत्साहन नहीं दिया:

"मुझे यह काम पसंद नहीं है। मेरे मालिक को यह पसंद नहीं है। राजा ने मेरे मालिक से कहा है कि वह बड़ी नहर का एक भाग बनाने के लिए मुझे भेज दे। मालिक ने मुझसे और गुलाम खरीदने, कड़ी मेहनत करने और जल्दी काम खत्म करने के लिए कहा है। हे भगवान, कोई आदमी इतने बड़े काम को जल्दी कैसे पूरा कर सकता है?”

“एक ऐसे रेगिस्तान की कल्पना करो जिसमें एक भी पेड़ न हो, बस छोटी-छोटी झाड़ियाँ हों और सूरज इतने तेज़ी से चमक रहा हो कि हमारे बैरल में पानी इतना गर्म हो गया कि हम शायद ही इसे पी सकें। फिर पुरुषों की पंक्तियों की कल्पना करो, जो दिन के उजाले से रात के अंधेरे तक गहरी खुदाई में जा रही हैं और मिट्टी की भारी टोकरियाँधूल भरी पगडंडियों से ऊपर ला रही हैं। खुले कुंडों में परोसे जाने वाले भोजन की कल्पना करो, जिसमें से हम एक साथ सूअरों की तरह खाते थे। हमारे पास न तो टेंट थे, न ही बिस्तर के लिए पुआल। यही वह स्थिति थी जिसमें मैंने खुद को पाया था। एक चिह्नित स्थान के नीचे मैंने अपना पर्सज़मीन में छुपा दिया, और सोच रहा था कि क्या मैं इसे फिर कभी निकाल पाऊँगा।”

“पहले तो मैंने उत्साह इच्छा से काम किया, लेकिन जैसे-जैसे महीने बीतते गए, मुझे लगा कि मेरी आत्मा टूट रही है। फिर गर्मी के बुखार ने मेरे थके हुए शरीर को जकड़ लिया। मेरी भूख कम हो गई और मैं मटन और सब्जियां भी नहीं खा सकता था। रात में मैं सो नहीं पाता था और दुखी होता रहता था।”

“मैं अपने दुखी मन में सोच रहा था कि क्या ज़ैबेदो की काम को टालने वाली योजना ही, अपनी पीठ को टूटने से बचाने के लिए सबसे अच्छी योजना तो नहीं थी। तब मुझे उसके साथ अपनी आखिरी मुलाक़ात की याद आई और मैं समझ गया कि उसकी योजना अच्छी नहीं थी।”

मुझे फिर समुद्री डाकू की याद आई और सोचा कि क्या लड़ना और मारना भी ठीक हो सकता है। लेकिन उसके खून से लथपथ शरीर की स्मृति ने मुझे याद दिलाया कि उसकी योजना भी बेकार थी।

तब मुझे अपनी और मगिद्दो की आखिरी मुलाक़ात याद आई। कड़ी मेहनत से उसके हाथों में छाले पड़े हुए थे, लेकिन उसका मन हल्का था और उसके चेहरे पर ख़ुशी थी। उसकी योजना ही सबसे अच्छी थी।

मैं भी मगिद्दो की तरह काम करने के लिए तैयार था; वह मुझसे ज्यादा मेहनत नहीं कर सकता था। फिर मेरे काम ने मुझे ख़ुशी और सफलता क्यों नहीं दी? क्या मेगिद्दो को ख़ुशी सच में उसके काम ने दी थी, या ख़ुशी और सफलता केवल देवताओं की इच्छा पर निर्भर करती है? क्या मुझे अपनी इच्छाओं को प्राप्त किए बिना, ख़ुशी और सफलता के बिना ही जीवन भर काम करना था? ये सभी प्रश्न मेरे दिमाग़ में घूम रहे थे और मेरे पास कोई जवाब नहीं था। वास्तव में, मैं बहुत उलझन में था। कई दिनों बाद जब मुझे ऐसा लग रहा था कि मैं अपने धीरज के अंतिम चरण में था और मेरे सवालों का अभी भी कोई जवाब नहीं मिल रहा था, तब ससी ने मुझे बुलाया। मेरे मालिक के पास से एक दूत आया था, मुझे अपने साथ मुझे बैबिलोन ले जाने के लिए। मैंने अपना क़ीमती पर्स खोदकर बाहर निकाला, और खुद को अपने वस्त्र के फटे हुए अवशेषों में लपेटकर, उस दूत के साथ चल दिया।

"जैसे ही हम यात्रा के लिए रवाना हुए, वही विचारों के तूफान मेरे दिमाग़ में दौड़ रहे थे। मैं अपने पैतृक शहर हारून के एक गीत के अजीब शब्दों को जी रहा था:

बवंडर की तरह एक आदमी को घेरना,

तूफान की तरह उसे उड़ाते हुए,

जिसकी राह का कोई पीछा नहीं कर सकता,

जिसका भाग्य कोई नहीं बता सकता।

क्या मेरे भाग्य में इस तरह से दंडित किया जाना लिखा था क्योंकि मुझे नहीं पता था कि यह सब क्यों हो रहा था? न जाने अब आगे कौन से नए दुख और निराशाएँ मेरा इंतजार कर रहे हैं?

जब हम अपने मालिक के घर के आंगन में पहुंचे, तो मेरे आश्चर्य की कल्पना करो कि मैंने वहाँ अराद गुला को मेरा इंतजार करते हुए देखा। उन्होंने मेरी नीचे उतरने में मदद की और मुझे एक बिछड़े हुए भाई की तरह अपने गले लगा लिया।

जैसे हम अपने मार्ग पर आगे चलने लगे, मैं उनके पीछे चलने लगा ठीक वैसे जैसे एक गुलाम अपने मालिक के पीछे-पीछे चलता है, लेकिन अराद गुला ने मुझे ऐसा करने की इजाज़त नहीं दी। उन्होंने मेरे कंधे पर हाथ रखकर कहा, 'मैंने तुम्हें हर जगह ढूंढा, फिर मैं आखिरी में स्वस्ति से मिला जिसने मुझे उस साहूकार के बारे में बताया,

जिसने मुझे तुम्हारे मालिक तक पहुंचाया। उसने एक महँगा सौदा किया और मुझे बहुत अधिक क़ीमत चुकानी पड़ी, लेकिन तुम इसके लायक हो।

तुम्हारा ज्ञान और तुम्हारी व्यवहार- कुशलतासे ही मुझे अपनी इस नई सफलता तक पहुँचने के लिए प्रेरणा मिली थी।

मैंने उन्हें बीच में टोकते हुए कहा, "मेरा नहीं, मेगिद्दो का ज्ञान।"

"मगिद्दो का और तुम्हारा ज्ञान। तुम दोनों का मैं धन्यवाद करता हूँ, हम दमिश्क जा रहे हैं और मैं तुम्हें व्यापार में अपना साझीदार बनाना चाहता हूँ। उन्होंने कहा, 'देखना, अब एक पल में तुम एक स्वतंत्र आदमी बन जाओगे!' यह कहते हुए उन्होंने अपने वस्त्र के नीचे से मिट्टी की पट्टी निकाली, जो मेरी गुलामी का सबूत था। उन्होंने उसे उठाकर पत्थर पर फेंक दिया और वो चकनाचूर हो गया। ख़ुशी से मैं उन टुकड़ों को जब तक देखता रहा, तब तक वह मिट्टी में नहीं मिल गए।"

"कृतज्ञता के आँसू मेरी आँखों में भर गए। मैं जान चुका था कि मैं बैबिलोन में सबसे भाग्यशाली आदमी हूँ।"

"तुमने देखा, मेरे सबसे बड़े संकट के समय में, काम मेरा सबसे अच्छा दोस्त साबित हुआ।काम करने की मेरी इच्छा ने ही मुझे दीवारों पर काम कर रहें गुलामों के गिरोह में शामिल होने से बचाया। काम ने तुम्हारे दादाजी को भी इतना प्रभावित किया कि उन्होंने मुझे अपने साझीदार के रूप में चुना।"

फिर हदन गुला ने सवाल किया, "क्या काम ही मेरे दादाजी की सफलता की गुप्त कुंजी थी?"

शारु नादा ने जवाब दिया, "जब मैं उन्हें पहली बार मिला था, तब उनके पास काम ही एकमात्र सफलता की कुंजी थी।आपके दादाजी को काम करने में मज़ा आया। देवताओं ने उनके प्रयासों की सराहना की और उन्हें उदारतापूर्वक पुरस्कृत किया।"

हदन गुला सोच-समझकर बोला, "अब मैं समझ गया हूँ, काम ने उनके कई

---

* प्राचीन बैबिलोन में गुलाम प्रथाएं, कानून द्वारा कड़ाई से नियंत्रित थी, हालांकि वे हमें अनुचित लग सकती हैं। उदाहरण के लिए, एक गुलाम किसी भी प्रकार की संपत्ति का मालिक हो सकता है, यहाँ तक कि अन्य गुलामों का भी मालिक बन सकता था, जिन पर उसके मालिक का कोई दावा नहीं था। गुलामों ने गैर-गुलामों के साथ स्वतंत्र रूप से विवाह किया था। स्वतंत्र माताओं के बच्चे स्वतंत्र थे। नगर के अधिकांश व्यापारी गुलाम थे। इनमें से कई अपने मालिक के साथ साझेदारी में थे और धनी भी थे।

दोस्तों को आकर्षित किया जिन्होंने उनके उद्योग और इससे मिली सफलता की प्रशंसा की। काम ने ही उन्हें दमिश्क में इतना सम्मान दिलाया। काम ने ही उन्हें वे सभी चीज़ें दीं जिन्हें मैं पाना चाहता हूँ। और मुझे लगता था कि काम केवल गुलामों के लिए उपयुक्त है।"

शारु नादा ने टिप्पणी करते हुए कहा, "जीवन लोगों के आनंद लेने के लिए कई सुखों से समृद्ध है।"

"प्रत्येक आनंद का अपना स्थान होता है। मुझे ख़ुशी है कि काम सिर्फ गुलामों के लिए आरक्षित नहीं है। अगर ऐसा होता तो मैं अपने सबसे बड़े आनंद से वंचित रह जाता। मुझे बहुत सी चीज़ें पसंद हैं, लेकिन काम की जगह और कोई नहीं ले सकता।"

शारु नादा और हदन गुला बैबिलोन की ऊंची दीवारों की छाया में से निकलते हुए, कांस्य के विशाल द्वारों से शहर के अंदर दाख़िल हुए। उनके अंदर पहुंचते ही द्वार पर पहरेदारों ने सावधान की मुद्रा में खड़े होकर, एक सम्मानित नागरिक को सम्मानपूर्वक सलामी दी। सिर ऊंचा रखे हुए शारू नादा ने शहर के द्वारों और सड़कों के माध्यम से अपने लंबे कारवां का नेतृत्व किया।

हदन गुला ने उसे बताया, "मैंने हमेशा अपने दादा की तरह एक आदमी बनने की आशा की है। इससे पहले मैं यह नहीं जानता था कि वह किस तरह के आदमी थे। यह आपने मुझे बताया है। अब जब मैं समझ गया हूँ, तो मेरी नज़रों में उनके प्रति सम्मान और अधिक बढ़ गया है और उनके जैसा बनने के लिए मैं और अधिक दृढ़ संकल्प महसूस कर रहा हूँ। मुझे डर है कि उनकी सफलता की कुंजी को मुझे देने का यह एहसान मैं कभी नहीं उतार पाऊँगा या नहीं। आज से ही, मैं उनकी कुंजी का उपयोग करूंगा। मैं विनम्रतापूर्वक उनकी की ही तरह शुरुआत करूंगा, जो मेरे असली अवस्था को दर्शाएगी, जो इन गहनों और बढ़िया वस्त्रों से कहीं बेहतर है।"

इतना कहकर हदन गुला ने अपने कानों से मणियों की बाली को और अंगुलियों से अंगूठियों को उतार दिया। फिर अपने घोड़े पर लगाम लगाते हुए, वह पीछे हट गया और कारवां के नेता के पीछे सम्मान के साथ चलने लगा।

अनुवादक के बारे में

भावना बबेरवाल;

नई दिल्ली से ताल्लुक़ रखती हैं। देश के प्रतिष्ठित कोचिंग इंस्टिट्यूशन में बतौर कंटेंट राइटर कार्यरत।

जिम्मेदार और संवेदनशील लेखन के साथ काम के प्रति प्रतिबद्धता उनका अमूल्य गुण है।

हिन्दी अनुवादक के तौर पर मौलिक पहचान बनाने के लिए प्रयत्नशील।

इतिहास, शोध व प्रेरणाप्रद कहानियों-पुस्तकों पर लेखन-पाठन में रुचि।

सोचे और अमीर बने

नेपोलियन हिल

अनुवाद : अंकिता जैन

नेपोलियन हिल (1883-1970) का जन्म वर्जीनिया के वाइज काउंटी में हुआ था। वह उनके छोटे से शहर के लिए समाचार-पत्रों में लेख लिखते थे। स्वतंत्र लेखक होने के साथ वह व्यवसायी भी थे। एक व्यवसायी के रूप में अलग-अलग क्षेत्रों में हाथ आजमाया। बाद में वह अमेरिकी लेखक के रूप में प्रसिद्ध हुए।

लेकिन उनके 'व्यक्तिगत सफलता' पर किए गए काम ने दुनिया भर में लाखों लोगों को प्रभावित किया है, इनमें नॉर्मन विंसेंट पील, बराक ओबामा से लेकर डोनाल्ड ट्रम्प तक शामिल हैं।

उनकी किताब 'सोचो और अमीर बने' वैश्विक बेस्टसेलिंग बुक है। हिल को सेल्फ़-हेल्फ़ पुस्तक लेखन का जनक माना जाता है। उन्होंने ही विचारों की शक्ति को मनुष्य की सबसे बढ़ी पूंजी करा दिया। इसे साबित करने के लिए उन्होंने कपोल काल्पना या कहानी का सहारा न लेते हुए, जिन्होंने जीवन में इसे हासिल किया, उनके अध्ययन को सामने रखा।

वह जोर देते हैं, "यदि आप महान काम नहीं कर सकते तो छोटे कामों को ही महान तरीको से करे।"

किताब में व्यक्त उनके ऐसे ही विचार लोगों का जीवन बदलने का काम कर रहे हैं।

लेखक को श्रद्धांजलि...

महान अमेरिकी नेताओं की ओर से

प्रिय हिल,

आखिरकार, अब जाकर आपकी पुस्तक "सफलता के सिद्धांत" पढ़ने का मौका मिला है। मैं पुस्तक में किए गए आपके कार्य की प्रशंसा करता हूँ। इस पुस्तक में आधार बनाए गए 17 सिद्धांतों का प्रयोग देश के सभी राजनीतिज्ञ करें तो उन्हें बहुत सहायता मिलेगी। इतना ही नहीं इसमें बहुत खूबसूरती से सभी सामग्री का प्रयोग किया गया है, जिससे हर व्यक्ति को समझना चाहिए। मैं यह बताते हुए बहुत खुशी महसूस कर रहा हूँ कि आप इस पुस्तक के केवल कुछ ही उपाय अपनाकर आगे बढ़ सकते हैं।

आपका
—विलियम हॉवर्ड टाफ्ट
अमेरिका के 27वें राष्ट्रपति और भूतपूर्व मुख्य न्यायाधीश

सफलता के 17 सिद्धांतों का प्रयोग करके हमने सफल स्टोर्स की पूरी एक श्रंखला खड़ी कर दी है। यदि मैं कहूँ कि वूलवर्थ बिल्डिंग इन सिद्धांतों की दृढ़ता का नमूना है, तो अतिशयोक्ति नहीं होगी।

—एफ. डब्ल्यू. वूलवर्थ, 5और 10सेंट के स्टोर्स का राजा

मैं आपकी पुस्तक "सफलता के सिद्धांत" को पढ़ कर प्रसन्नता का अनुभव कर रहा हूँ। अगर इस पुस्तक में दिए गए विचार मुझे 50 साल पहले मिल जाते, तो मैंने अपनी जिंदगी में अब तक जितनी भी सफलता हासिल की है, उससे आधे समय में ही उतना काम पूरा कर लेता। मुझे आशा है कि आपकी पुस्तक पढ़कर दुनिया आप को पुरस्कृत भी करेगी और आपका आभार भी व्यक्त करेगी।

—रॉबर्ट डॉलर
स्टीमशिप के अमीर व्यक्ति

क्या मैं आपको आपकी दृढ़ता और लगन के लिए बधाई नहीं दे सकता? कोई भी व्यक्ति अपनी जिंदगी का इतना समय दूसरों के लिए महान मूल्यों की खोज में लगा दे, यह बड़ी बात है। मैं आपके अध्याय "मास्टरमाइंड के सिद्धांत" की व्याख्या से बहुत प्रभावित हूँ। जिसमें आपने बहुत ही स्पष्ट शब्दों में वर्णन किया है।

—वुडरो विल्सन
अमेरिका के 28वें राष्ट्रपति

सफलता के सिद्धांत का रहस्य असफलता के विरोध में बीमा पॉलिसी के बराबर है।

—सैमुअल गोम्पर्स
एक महान अमेरिकी श्रमिक नेता

आपके "17 सफलता के सिद्धांतों" से मैं भलीभांति परिचित हूँ, क्योंकि उन्हें मैं पिछले तीस सालों से अपने बिजनेस में प्रयोग कर रहा हूँ।

—जॉन वनामकर
व्यापारी राजकुमार

मैं जानता हूँ, "सफलता के सिद्धांत" पुस्तक के साथ आप दुनिया को और बेहतर बना रहे हैं। मुझे इस बात की चिंता नहीं है कि आप इसके प्रशिक्षण के लिए कितना मूल्य तय निर्धारित करेंगे, क्योंकि इससे छात्रों में गुणों का विकास होगा, जिसे पैसों से बिल्कुल तोला नहीं जा सकता।

—जॉर्ज ईस्टमैन
विश्व के सर्वाधिक कैमरों का निर्माण करने वाले

आज तक मैंने जो भी सफलता हासिल की है। इसके लिए मैं आपका और आपके 17 मूलभूत सिद्धांतों का शुक्रगुजार हूँ। मैं खुश हूँ, मैंने आपका पहला छात्र बनने का सम्मान प्राप्त किया।

—डब्ल्यू. एम. ब्रिगली जूनियर
राष्ट्रीय स्तर पर जाने गए बिज़नेस चीफ

लेखक के मन की बात...

इस पुस्तक के प्रत्येक अध्याय में धन अर्जित करने के रहस्यों का उल्लेख किया गया है, जिसके माध्यम से पांच सौ से भी अधिक व्यक्ति अमीर हुए हैं, जिसका की मैंने गहनता से अध्ययन किया है।

एँड्रयू कारनेंगी ने आधी सदी पहले इस रहस्य की ओर मेरा ध्यान आकर्षित किया था। चतुर और बेहद प्यारे व्यक्ति स्कॉट्स मैन ने इस रहस्य को मेरे दिमाग में डाल दिया। दरअसल, जब मैं छोटा था तब यह प्रेरणा पुरुष कुर्सी पर बैठ अपनी चमकीली आँखों से मुझे देख रहा था। वे शायद बहुत ध्यान से शायद यह देख रहे थे कि उनके द्वारा कही गई बात को मैं कितना समझ पाया हूँ।

जब उन्होंने देखा कि मैंने इन विचारों को अच्छे से समझ लिया है, तो उन्होंने मुझसे पूछा कि क्या मैं इस रहस्य को अपने जीवन में बीस साल या उससे भी अधिक समय दे सकता हूँ? इस रहस्य को सभी स्त्री-पुरुष तक पहुँचाने के लिए, जो अपने जीवन में असफलताओं का सामना कर रहे हैं। मैंने कहा –हाँ! मैं ऐसा जरूर करूँगा और कारनेंगी के सहयोग से मैं अपना वादा निभा पाया।

हजारों लोगों ने अपने व्यावहारिक अनुभव के आधार पर इस पुस्तक में उसी रहस्य का जिक्र किया है और उसी चमत्कारिक फार्मूले को बताया है, जिसे कारनेंगी द्वारा बताया गया है कि कैसे यह रहस्य हमें एक बेहतर भविष्य दे सकता है। लोगों के पास "अमीर कैसे बने" यह सोचने का समय ही नहीं है। लेकिन उन्हें यह विश्वास था कि मैं प्रत्येक क्षेत्र के लोगों, चाहे वह महिला हो या पुरुष, के अनुभवों का अध्ययन कर और उस चमत्कारिक फार्मूले की विश्वसनीयता का गहन पड़ताल कर इसे मजबूती के साथ लोगों के सामने लाऊँगा।

इस पुस्तक में वह रहस्य दिया गया है कि जिसे हजारों लोगों ने जीवन के हर क्षेत्र में आजमा कर देखा है। यह कारनेगी का ही विचार था कि यह जादुई फॉर्मूला, जिसने उन्हें इतनी प्रचुर दौलत दी, उन लोगों तक पहुँचना चाहिए, जिनके पास यह पता लगाने का समय ही नहीं है कि लोग किस तरह दौलतमंद बनते हैं। उन्हें यह आशा था कि मैं हर क्षेत्र में कार्यरत पुरूषों और महिलाओं के अनुभवों

का अध्ययन करके और इस फॉर्मूले की विश्वसनीयता की जांच करके इसे लोगों के सामने लाऊँगा। उनका मानना था कि इस फॉर्मूले को सभी पब्लिक स्कूलों और कॉलेजों में पढ़ाया जाना चाहिए और वे यह भी सोचते थे कि यदि इसे सही तरह से सिखाया जाए तो यह शिक्षा के पूरे सिस्टम में क्रांति कर सकता है और स्कूलों में बिताए जाने वाले समय को आधे से कम कर सकता है।

उन्होंने जब चार्ल्स शवाब और उनकी ही तरह अन्य युवकों से बात की तो यह अनुभव किया और उन्हें पूर्ण विश्वास हो गया कि स्कूल और कॉलेजों में जो भी पढ़ाया जा रहा है और जो भी उनका पाठ्यक्रम है उसका व्यावहारिक जीवन में कोई लाभ नहीं है। न ही वह उससे धन अर्जित कर सकते हैं और न ही वह किसी कारोबार को आगे बढ़ा सकते हैं। उन्होंने अपने बिजनेस में सिर्फ नए लोगों को ही काम करने के लिए नियुक्त किया। भले ही उन लोगों में से आधे से ज्यादा लोग बहुत कम स्कूली शिक्षा प्राप्त किए हुए थे, लेकिन इस फार्मूले के जरिये उन्हें शिक्षित किया गया, जिससे उनमें दुर्लभ नेतृत्व करने की क्षमता का विकास हुआ। इतना ही नहीं इस फार्मूले के द्वारा और उनके निर्देशों से कोचिंग में पढ़ रहे सभी छात्रों का भविष्य बदल गया। अंत में वह इस नतीजे पर पहुँचे की स्कूली शिक्षा के ज्ञान से ज्यादा महत्व उसके ज्ञान के प्रयोग का है।

“आस्था” शीर्षक वाले अध्याय में आप विशालकाय कंपनी “यूनाइटेड स्टेट्स स्टील कॉरपोरेशन” के विषय में एक रोचक कहानी पढ़ेंगे। जिसका विचारएक युवक के मन में आया और उसने उसे बना दिया।

इसके माध्यम से कारनेंगी ने यह सिद्ध कर दिया कि यह चमत्कारिक फार्मूला उन सभी लोगों के लिए बना है, जो इसे प्रयोग करने के लिए तैयार हैं; इस फार्मूले के प्रयोग से चार्ल्स एम. शवाब ने अपने लिए धन और अवसर दोनों बढ़ाने के रास्तों को खोल दिया। मोटे तौर पर कहा जा सकता है कि इस फार्मूले का व्यवहारिक मूल्य साठ करोड़ डॉलर था।

यह तथ्य - लगभग हर उस व्यक्ति को इस तथ्य की जानकारी है, जो कारनेंगी को भली-भांति जानते हैं। यह पुस्तक आपको सही विचार देगी कि आप आखिर क्या करना चाहते हैं? शर्त सिर्फ इतनी है कि आप जानते हो वह क्या है, जो आप चाहते हैं।

बीस सालों के व्यवहारिक अध्ययन के आधार पर लाखों स्त्री-पुरुषों को यह फार्मूला बताया गया, कारनेंगी के इस फार्मूले से लोगों ने बहुत धन कमाया। कईयों

ने अपने संबंधों को सुधारा। कलरजीमैन (पादरी) ने इसका प्रयोग करके सालाना 75,000 डॉलर कमाना शुरू कर दिया।

सिन-सिनाटी के दर्जी ऑर्थर नैश जब लगभग दिवालिया होने के कगार पर थे, तब उन्होंने इस चमत्कारिक फार्मूले का प्रयोग किया और इसके प्रयोग से उनका बिजनेस फिर से स्थापित हो गया। इसी बिजनेस से उन्होंने अपने मालिकों को भी मालामाल बना दिया। हालांकि नैश अब जीवित नहीं हैं फिर भी उनका बिजनेस और सिद्धांत दोनों समृद्ध हैं। इसका प्रयोग इतना जबरदस्त था कि अखबारों और पत्रिकाओं ने इस फार्मूले के प्रचार विज्ञापन का मूल्य दस लाख डॉलर तय किया।

यह फार्मूला डलास, टेक्सास के स्टुअर्ट वायर को दिया गया, वह इसके प्रयोग के लिए तैयार थे। उन्होंने अपने प्रोफेशन को छोड़ दिया और कानून की पढ़ाई शुरू की। क्या वह इसमें सफल हुए यह कहानी भी इस पुस्तक में बताई गई है।

मैंने यह फार्मूला जेनिंग्स रेन्डोल्फ़ को बताया, जब वह स्नातक की उपाधि ले चुके थे। उन्होंने इस रहस्य का सफलतापूर्वक प्रयोग किया और इसके प्रयोग ने उन्हें शानदार अवसर दिलाए। जिस कारण वह अमेरिकी संसद के सदस्य बने और लगातार यह उनका तीसरा कार्यकाल है।

लासेले एक्सटेंशन यूनिवर्सिटी के एडवरटाइजिंग मैनेजर के रूप में काम करते हुए, जब यह यूनिवर्सिटी एक नाम से ज्यादा कुछ नहीं थी। मुझे यूनिवर्सिटी के अध्यक्ष जे.जी. चॉपलिन से मिलने का अवसर मिला। इन्होंने इस चमत्कारिक फार्मूले का प्रयोग करते हुए लासेले यूनिवर्सिटी को देश के महान एक्सटेंशन स्कूलों में से एक बना दिया।

जिस रहस्य की हम बात कर रहे हैं, उस रहस्य का इस पुस्तक में सौ बार से अधिक बार जिक्र हुआ है। यह प्रत्यक्ष रूप से नहीं कहा जा सकता कि यह कैसे सफलतापूर्वक काम करता है। अगर यह देखना है तो जो लोग इस फार्मूले को जानने के लिए तैयार हैं, उनके सामने इसे यूं ही कहा जाना चाहिए। जो इसकी तलाश में हैं, वह इसे समझ जाएँगे। मेरे सामने भी कारनेंगी ने यह रहस्य बस यूं ही सामान्य रूप से सामने रख दिया था, मुझे इसका कोई नाम नहीं बताया था।

यदि आप इस फार्मूले का प्रयोग करने के लिए तैयार हैं, तो आप इस पुस्तक के प्रत्येक अध्याय में कम से कम एक बार इस फार्मूले को पहचान लेंगे। काश मैं आपको यह बता सकता कि किस तरह आप यह जान सकते हैं कि आप इस रहस्य

को जानने के लिए तैयार हैं। लेकिन मेरे बताने के बाद आप उस खुशी से वंचित रह जाएँगे, जो खुशी आपको स्वयं खोजने से प्राप्त होगी। जब मैं इस पुस्तक को लिख रहा हूँ, तब मेरे अपने बेटे ने, जो की कॉलेज के अंतिम वर्ष में था, उसने दूसरे अध्याय की पांडुलिपि उठाई और उसे पढ़ा और उसके बाद उसने, उसमें अपने लिए इस रहस्य की खोज की।

उसने इस जानकारी का इतने प्रभावशाली ढंग से प्रयोग किया, जिस कारण एक सामान्य व्यक्ति जितना पैसा कमाता है, उससे अधिक उसने अपने शुरुआती दौर में कमाया। जब आप दूसरा अध्याय पढ़ेंगे, उसमें यह कहानी संक्षेप में वर्णित है। यह पुस्तक जब आप पढ़ेंगे तो आप जान जायेंगे कि आपको हताश करने वाली बहुत सी भावनाएँ खत्म हो गई हैं। यह पुस्तक आपकी सोच से ज़्यादा देने का वादा करती है।

अगर आप कभी हताश रहे हैं, अगर आपको कभी ऐसी मुश्किलों का सामना करना पड़ा है, जब आपका कलेजा बाहर निकल आया हो, अगर आप कोशिश करने के बाद असफल हुए हैं, अगर आप कभी बीमारी या शारीरिक समस्या से ग्रस्त रहे हैं तो मेरे पुत्र की कहानी में कारनेगी फॉर्मूले के प्रयोग से आपको निराशा के रेगिस्तान में वह झरना मिल जाएगा, जिसकी आपको तलाश है।

इस रहस्य का अनेकों बार विश्व युद्ध के दौरान राष्ट्रपति वुड्रो विल्सन द्वारा प्रयोग किया गया और इसे हर उस व्यक्ति को दिया गया, जो युद्ध में शामिल था और युद्ध में जाने से पहले दिए गए प्रशिक्षण में इसे बेहद सावधानी से शामिल किया गया। विल्सन ने मुझे बताया कि यह रहस्य युद्ध में धन जुटाने के लिए कैसे काम आया।

बीस से भी अधिक साल पहले आदरणीय मैनुएल एल (फिलीपीन्स द्वीप समूह के तत्कालीन आवासीय आयुक्त) अपने लोगों को स्वतंत्र कराने के लिए इस रहस्य से प्रेरित थे। उन्होंने फिलीपीन्स के लिए स्वतंत्रता प्राप्त की और स्वतंत्र राज्य के पहले राष्ट्रपति हुए।

इस रहस्य के बारे में एक अजीब बात यह है कि जो लोग एक बार इसे हासिल कर लेते हैं, उन्होंने सचमुच स्वयं को सफलता की ओर उड़ान भरते हुए पाया है और फिर उन्होंने कभी भी असफलता का मुंह नहीं देखा। अगर आपको इस बात पर संदेह हो तो उन लोगों के नामों को देखें, जिन्होंने स्वयं के लिए इस रहस्य का प्रयोग किया और इनके रिकॉर्ड स्वयं जांचे तभी आप आश्वस्त हो पाएँगे।

"कुछ नहीं होने से कुछ होना अच्छा..., जैसी कोई चीज नहीं होती।"

जिस चमत्कारिक रहस्य कि मैं बात कर रहा हूँ, उसे बिना मूल्य चुकाए प्राप्त नहीं किया जा सकता। हालांकि इसका मूल्य इसकी कीमत से बहुत कम है। जो लोग इस रहस्य को खोज ही नहीं रहे, वह इसे पा भी नहीं सकते। इसे किसी के द्वारा दिया नहीं जा सकता, ना ही इसे किसी से छीना जा सकता है, इतना ही नहीं इसे पैसों से भी नहीं खरीदा जा सकता, इसका कारण यह है कि यह दो हिस्सों में मिलता है, पहला हिस्सा उन लोगों के पास पहले से ही है, जो इसके लिए तैयार हैं।

यह रहस्य उन सभी लोगों के लिए समान रूप से कार्य करता है, जो इसके लिए तैयार हैं, आप कितने पढ़े लिखे हैं या आपने कितनी उच्च शिक्षा ली है; इस रहस्य को इस बात से कोई लेना-देना नहीं है। मेरे पैदा होने से बहुत समय पहले ही इस रहस्य का रास्ता थॉमस एडिसन को मिला और एडिसन ने इस रहस्य का प्रयोग बखूबी किया और वह दुनिया के सबसे प्रसिद्ध आविष्कारक बन गए, जबकि उन्होंने सिर्फ तीन महीने ही स्कूली शिक्षा प्राप्त की थी।

अब यह रहस्य एडिसन के एक बिजनेस सहयोगी के पास आया; उन्होंने इसका प्रयोग इतने प्रभावशाली ढंग से किया कि वे उस समय 12,000 डॉलर प्रतिवर्ष कमाते थे, परंतु उन्होंने इस रहस्य के आधार पर प्रचुर मात्रा में धन अर्जित किया। अभी वह युवावस्था में ही थे, परंतु उन्होंने सक्रिय बिजनेस से रिटायरमेंट ले लिया। आप उनकी कहानी पहले अध्याय में पढ़ेंगे, इससे आपको यह विश्वास हो जाएगा कि अमीर होना आपकी पहुँच में ही है और आप भी वह बन सकते हैं, जो आप बनना चाहते हैं। धन-दौलत, मान-सम्मान, सुख-संपत्ति उन सभी को मिल सकती है, जो इसे पाने के लिए तैयार होने के साथ दृढ़ संकल्पित भी हैं। मैं यह सब कैसे जानता हूँ? यह पुस्तक समाप्त करने से पहले इसका जवाब आपके पास होगा। यह आपको पहले अध्याय में भी मिल सकता है या अंतिम पृष्ठ पर भी।

जब मैं अपने बीस सालों के शोध कार्य में लगा हुआ था, जिसे कार्नेगी के कहने पर मैंने शुरू किया था। उस दौरान मैंने सैकड़ों प्रसिद्ध लोगों का विश्लेषण किया, जिनमें से कइयों ने कारनेंगी के रहस्य द्वारा कमाए गए धन के रहस्य को स्वीकारा भी। इन लोगों में से कुछ हैं -

हेनरी फोर्ड
थिओडोर रूजवेल्ट
विलियम व्रिगले जूनियर

जॉन डब्ल्यू. डेविस
जॉन वानामकेर
एल्बर्ट हब्बार्ड
जेम्स जे. हिल
विल्बर राइट
जॉर्ज एस. पार्कर
विलियम जेंनिंग्स ब्रायन
इ. एम. स्टेटलेर
डॉ. डेविड स्टार जॉर्डन
हेनरी एल. डोहर्टी
जे. ओजन आर्मर
सायरस एच. के. कर्टिस
आर्थर ब्रिस्बेन
जॉर्ज ईस्टमैन
वुडरो विल्सन
चार्ल्स एम. शवाब
विलियम हॉवर्ड टेफ्त
हर्रिस एफ. विलियम्स
लूथर बुरबक
डॉ. फ्रैंक गुंसालस
एडवर्ड डब्ल्यू. बोक
डेनियल विलार्ड
फ्रैंक ए. मनसे
किंग गिलेट
एल्बर्ट एच. गैरे
राल्फ ए. वेक्स
डॉ. एलेग्जेंडर ग्रैहम बेल
जज डेनियल टी. राइट
जॉन डी. रॉकफेलर

जॉन एच. पेटर्सन
थॉमस ए. एडिसन
जूलियस रोसेंवल्ड
फ्रैंक ए. वेंडरलीप
स्टुअर्ट ऑस्टिन वीयर
एफ.डब्ल्यू. वुडवर्थ
डॉ. फ्रैंक क्रेन
कोल. रोबर्ट ए. डॉलर
जॉर्ज एम. एलेग्जेंडर
एडवर्ड ए. फ़िलेन
जे. जी. चैपलिन
एडविन सी. बर्नर
आदरणीय जेंनिंग्स रेन्डोल्फ़
क्लारेंस ड्ररो
आर्थर नैश

यह नाम उन सैकड़ों प्रसिद्ध अमेरिकियों का एक छोटा सा अंश मात्र है, जिन्होंने कारर्नेगी के रहस्य को समझा और प्रयोग करते हुए अपने जीवन में आर्थिक संकट समाप्त कर नई ऊँचाइयाँ हासिल कीं। मैं ऐसे किसी भी व्यक्ति को नहीं जानता, जिसने कारर्नेगी के इस चमत्कारिक रहस्य के प्रयोग के बाद अपने क्षेत्र में उन्नति प्राप्त ना की हो और मैं ऐसे व्यक्ति को भी नहीं जानता, जो बिना इस रहस्य के प्रयोग किए धन-दौलत या प्रसिद्धि पाई हो। इन दोनों तथ्यों से मैं इस निष्कर्ष पर पहुँचा हूँ कि बिना आत्म संकल्प के यह रहस्य किसी भी अन्य चीज से ज्यादा महत्वपूर्ण है, जिसे आप प्राप्त करना चाहते हैं। जैसे- शिक्षा।

"वैसे -शिक्षा क्या है, इसका उत्तर इस पुस्तक में विस्तार से दिया गया है।"

जहाँ तक स्कूली शिक्षा की बात है इन लोगों में से कईयों की बहुत कम थी। जॉन वॉनामकर ने एक बार मुझे बताया था कि उनकी स्कूली शिक्षा बहुत कम थी और उन्होंने अपने जीवन में जो भी धन-दौलत या प्रसिद्धि प्राप्त की है वह इस रहस्य के द्वारा ही प्राप्त की है। यह ठीक वैसे ही काम करता है, जैसे एक आधुनिक स्वचालित मशीन से पानी निकलता जाता है, वैसे ही इस रहस्य के प्रयोग से भी

धन संचित किया जा सकता है। हेनरी फोर्ड ने अपनी स्कूली शिक्षा भी प्राप्त नहीं की थी। कॉलेज जाना तो बहुत दूर की बात है। मेरा लक्ष्य शिक्षा के महत्व को कम करना नहीं है, मैं सिर्फ इतना बताना चाहता हूँ कि यह सभी लोग जो अपनी शिक्षा पूरी ना करने के बावजूद भी इस रहस्य के प्रयोग मात्र से ही इन्होंने अपने जीवन को अपनी शर्तों पर जिया और उन ऊँचाइयों को छुआ, जहाँ तक पहुँचना आसान नहीं था।

कहीं-कहीं आप पढ़ेंगे कि जिस रहस्य का मैं जिक्र कर रहा हूँ, वह किसी पेज से निकल आपके सामने कूद पड़ेगा और बहादुरी से आपके सामने खड़ा हो जाएगा। अगर आप इसके लिए तैयार हों तो, जब यह आएगा तो आप इसे पहचान लेंगे।

लेकिन जब भी वह क्षण आए तो एक क्षण के लिए जरूर रुकियेगा और सोचिएगा, क्योंकि वह क्षण ही आपके जीवन का सबसे महत्वपूर्ण मोड़ साबित होगा।

अब हम प्रथम अध्याय और मेरे प्रिय दोस्त की कहानी पर चलते हैं। जिन्होंने यह बिना किसी संकोच स्वीकार किया कि जब यह रहस्य उनके सामने आया तो उन्होंने रुक कर सोचा। उनकी सफलताएँ इस बात का सबूत हैं। जब आप उनकी अन्य कहानियाँ पढ़ें तो याद रखें कि वह जीवन की समस्याओं को सुलझाते हैं। चाहे वह धन अर्जित करने की समस्या हो या दिल-दिमाग की शांति को बनाये रखने या कोई भी अन्य समस्या हो सकती है। जब आप इस पुस्तक को पढ़ें तो याद रखें यह पुस्तक तथ्यों पर आधारित है, कोई कल्पना नहीं है। इसका भी एक महान शाश्वत उद्देश्य है, सत्य को व्यक्त करना। इसके लिए जो लोग तैयार हैं, उन्हें यह बताया जाए कि क्या और कैसे करना है। साथ ही शुरुआत के लिए यह पुस्तक उन्हें प्रेरणा भी देती है।

इससे पहले कि आप पुस्तक पढ़ना शुरू करें, मैं आपको एक छोटा सा सुझाव देना चाहता हूँ, जो आपको कारनेगी के रहस्य को पहचानने में मदद करेगा। यह सुझाव है—आपकी सभी उपलब्धि, समस्त अर्जित धन की शुरुआत एक विचार से होती है। अगर आप रहस्य के लिए तैयार हैं तो इसका आधा हिस्या आपके पास पहले से मौजूद है। इसलिए जब दूसरा हिस्सा मिलेगा तो आप झट से पहचान जाएँगे।

—नेपोलियन हिल

1

परिचय

विचारों की शक्ति

वह आदमी जिसने थॉमस एडिसन के साथ
पार्टनरशिप करने का सोचा

यह सच है, "विचार वस्तुएँ हैं और वह तब बहुत ही शक्तिशाली वस्तु बन जाती हैं, जब उनके साथ उद्देश्य, लगन और पैसा कमाने की या किसी भौतिक वस्तु को प्राप्त करने की प्रबल इच्छा जुड़ी हो।

तीस सालों से भी पहले एडमविन सी. बार्नस यह जानना चाहते थे कि आखिर सिर्फ सोचने मात्र से ही कैसे अमीर बना जा सकता है, किंतु यह रहस्य उन्हें भी एक ही बार में समझ नहीं आया और इस तरह से यह शुरुआत महान एडिसन के साथ केवल पार्टनरशिप की इच्छा के रूप में शुरू हुई।

बार्नस की इच्छा में एक विशेषता थी कि वह 'निश्चित' थी। वह एडिसन के साथ काम करना चाहते थे, उनके लिए नहीं। वह कैसे भी करके अपनी इस इच्छा को साकार करना चाहते थे। इस पूरे विवरण को ध्यान से देखें - किस प्रकार बार्नस ने अपनी इच्छा को साकार किया। तभी आप धन अर्जन के उन तेरह सिद्धान्तों के रहस्य को समझ पाएँगे।

जब पहली बार उनके दिमाग में यह विचार आया। वे इस स्थिति में नहीं थे कि वे इस पर अमल कर सकें। उस समय उनके सामने दो बड़ी परेशानियाँ थीं। पहली वह एडिसन को जानते नहीं थे और दूसरी उनके पास 'ऑरेंज न्यू जर्सी' जाने तक के लिए रेल का किराया नहीं था। इतनी परेशानियाँ काफी होती हैं, किसी भी

व्यक्ति को हतोत्साहित होने के लिए, किंतु बार्नस की इच्छा साधारण इच्छा नहीं थी, उन्होंने हार नहीं मानी और दृढ़ निश्चय कर माल गाड़ी के एक डिब्बे में बैठ गए।

बार्नस एक दिन एडिसन की प्रयोगशाला पहुँच गए और उनसे बात करते हुए उसने यह घोषणा की कि मैं आपका बिजनेस पार्टनर बनने के लिए आया हूँ। दोनों के बीच बातचीत हुई और इस पहली बातचीत का जिक्र एडिसन ने बहुत सालों बाद किया था कि - "वह एक साधारण से निम्न श्रेणी के व्यक्ति की तरह दिखने वाला व्यक्ति मेरे सामने आकर खड़ा हो गया, लेकिन उसके चेहरे के भाव साधारण नहीं थे। उसको देख कर लगता था कि वह जो पाना चाहता है, उसने उसे हासिल करने का निश्चित इरादा कर रखा है।" मैंने लोगों के साथ वर्षों के अनुभव से सीखा था कि जब कोई भी व्यक्ति किसी चीज को पाने के लिए अपना सब कुछ दांव पर लगाने को तैयार हो तो उसकी जीत सुनिश्चित है। मैंने बार्नस को यह अवसर इसलिए दिया, क्योंकि - "उसमें काम करने की इच्छा और सफलता पाने की ललक साथ दिखाई दे देती थी।" बाद की घटनाओं ने मेरे इस फैसले को सही साबित कर दिया।

बार्नस के पहनावे से एडिसन प्रभावित नहीं हुए थे, क्योंकि उनका हूलिया ही खराब था, फर्क उनकी सोच से पड़ा।

इस बात का महत्व अगर आपको समझ आ गया हो तो फिर इस पुस्तक को आगे पढ़ने की कोई खास जरूरत नहीं है, क्योंकि उपरोक्त पंक्तियाँ ही निचोड़ हैं, सारी बात का; जो मैं आपसे कहना चाहता हूँ।

बार्नस को एडिसन के साथ पहली ही मीटिंग में पार्टनरशिप नहीं मिल गई थी, उन्हें सिर्फ एक मौका मिला था। एडिसन के साथ उनके ऑफिस में मामूली वेतन पर काम करने का अवसर मिला। लेकिन उनके दिल और दिमाग में यह निश्चय दृढ़ होता जा रहा था कि मुझे एडिसन का बिजनेस पार्टनर बनना है।

महीनों बीत गए और दिन प्रतिदिन वह निश्चय भी दृढ़ होता गया कि उन्हें केवल एडिसन का बिजनेस पार्टनर बनना है। भले ही कई दिन बीत गए और बार्नस को कुछ भी हासिल नहीं हुआ, लेकिन वहीं दूसरी तरफ उसका बार्नस के माइंड में अपने सपने की तस्वीर पूरी तरह साफ हो चुकी थी।

मनोवैज्ञानिक कहते हैं, जब कोई व्यक्ति किसी चीज के लिए सचमुच तैयार होता है तो वह चीज आ जाती है। बार्नस भी एडिसन के साथ पार्टनरशिप करने के लिए तैयार थे और उनमें भी यही बात थी। वह दृढ़ संकल्पित थे, जब तक मनचाही चीज नहीं मिलती शांत नहीं बैठूंगा।

उन्होंने स्वयं से ये नहीं कहा - "अरे इससे क्या फायदा होगा, इससे अच्छा तो मैं अपना उद्देश्य बदल लेता हूँ और सेल्समैन की नौकरी करता हूँ।" उन्होंने इसके बदले अपने आपसे यह कहा कि - "मैं यहाँ एडिसन का बिजनेस पार्टनर बनने आया हूँ और बनकर ही रहूँगा, भले ही इसमें मेरी सारी जिंदगी क्यों ना चली जाए"। वह अपने लक्ष्य के प्रति पूरी तरह दृढ़ संकल्प थे।

शायद युवा बार्नस को तब तक यह नहीं पता था कि उनकी इच्छा ही उनका लक्ष्य बन जाएगी और इस लक्ष्य को पूरा करने के लिए वह एक के बाद एक सारी बाधाओं को पार करते चले जाएँगे। वह अपने उद्देश्य के लिए दृढ़ संकल्पित थे, जिस कारण उन्हें वह अवसर भी मिला, जिसकी उन्हें तलाश थी।

जब अवसर आया तो बार्नस की उम्मीद से परे ऐसे रूप में आया, जिसकी उन्होंने कल्पना भी नहीं की थी। अवसर अक्सर लोगों के साथ ऐसी चालबाजी करता ही है। वह पिछले दरवाजे से चुप चाप घुस आता है और उसकी आदत है वह दुर्भाग्य और अस्थाई पराजय के रूप में ही आता है, इसलिए ज्यादातर लोग इस अवसर को पहचान नहीं पाते।

एडिसन ने एक नया आफिस यंत्र बनाया, जिसका नाम था "एडिसन डिक्टेटिंग मशीन" इस मशीन को लेकर किसी भी सेल्समैन ने रुचि नहीं दिखाई, क्योंकि उन्हें विश्वास नहीं था कि इसे आसानी से बेचा जा सकता है, किंतु बार्नस ने इसमें अपना अवसर पहचान लिया, जो उस अजीब सी दिखने वाली मशीन में छुपकर आया था। जिसमें किसी तीसरे को रुचि नहीं थी, सिवाय एडिसन और बार्नस को छोड़कर।

बार्नस जानते थे कि वह इस मशीन को बेच सकते हैं, उन्होंने एडिसन को सुझाव भी दिए। फिर क्या था, बार्नस ने इस मशीन को इतनी सफलता पूर्वक बेचा कि एडिसन ने देशभर में उस मशीन की मार्केटिंग करने का कॉन्ट्रैक्ट बार्नस को दे दिया और इस कांटेक्ट से बार्नस ने बहुत सारा धन अर्जित किया, परंतु इससे भी बढ़कर उन्होंने वह काम कर दिखाया, जिस पर यह पुस्तक केंद्रित है - सोचकर अमीर बनना।

बार्नस की इस मौलिक इच्छा का आर्थिक मूल्य क्या था, यह कह पाना मुश्किल है। शायद इसकी वजह से उन्होंने बीस या तीस लाख डॉलर कमाए होंगे, किंतु पैसा महत्व नहीं रखता, महत्व इस बात का है कि उन्होंने जिन सिद्धांतों के आधार पर अपने विचारों को भौतिक पुरस्कार में बदल दिया।

बार्नस के पास शुरुआत करने के लिए कुछ नहीं था, इतना ही नहीं, शिक्षा भी बहुत कम थी। वह न ही प्रभावशाली व्यक्तित्व वाले आदमी थे, लेकिन उनके पास विश्वास, साहस और लक्ष्य था। वह दृढ़ संकल्पित थे, महान एडिसन के साथ पार्टनरशिप करने के लिए और अपनी इस इच्छा को पूरा करने के लिए वह अंत तक लगे रहे।

सोने से तीन कदम दूर

असफल होने का एक आम कारण यह है कि लोग अस्थाई पराजय को देख मैदान छोड़ भाग खड़े होते हैं। यह गलती हर आदमी अपनी जिंदगी में कभी न कभी जरूर करता है।

आर. यू. डार्बी के एक अंकल गोल्डरश के दौर में सोने की खोज का जुनून सवार हो गया। जिस कारण वह अमीर बनने के उद्देश्य से सोने की खुदाई करने के लिए पश्चिम दिशा की ओर चले गए। उन्होंने यह कभी नहीं सोचा था कि आज तक जितना भी सोना धरती के नीचे से निकला है। उससे भी ज्यादा सोना लोगों के दिमाग में विचारों के रूप में छुपा हुआ है। उन्होंने खुदाई का काम शुरू किया, भले ही काम बहुत कठिन था, लेकिन उनका निश्चय दृढ़ था, सोने को पाने का निश्चय।

कई सप्ताहों की मेहनत के बाद उन्होंने चमकने वाले सोने की झलक दिखाई दी, लेकिन सोने की खुदाई के लिए मशीन की जरूरत थी। उन्होंने चुपचाप खदान का मुंह ढक दिया और विलियम्सबर्ग के अपने घर मैरीलैंड चले गए। वहाँ जाकर उन्होंने अपने रिश्तेदारों और मित्रों को अपनी खोज के बारे में बताया और फिर मशीन के लिए पैसों को इकट्ठा कर, अंकल और डार्बी खदान पर काम करने के लिए वापस चले गए।

कच्ची धातु के पहले ट्रक को स्मेल्टर तक पहुँचाया गया। वहाँ यह पता चला कि उनके हाथों जो खदान लगी है, वह कॉलोरेडो की सबसे उच्च कोटि की खदान है। कुछ ट्रकों से ही उनका सारा कर्ज उतर जाता और उसके बाद मुनाफे की बारी आती है।

डार्बी और अंकल की आशाएँ खुदाई के साथ आसमान छू रही थीं, लेकिन अचानक उन्हें सोने की झलक दिखनी बंद हो गई। वह खोदते रहे इस आशा में कि फिर इंद्रधनुषी सोने की झलक उन्हें मिलेगी, लेकिन ऐसा ना हुआ और अंत में उन्होंने खुदाई बंद कर दी। अपनी सारी मेहनत बेकार सोच उन्होंने मैदान छोड़कर

जाने का फैसला किया और मशीन को एक कबाड़ी वाले को बेच दिया और लौट गए। कुछ कबाड़ी वाले बेवकूफ नहीं होते और वह भी नहीं था। उसने माइनिंग इंजीनियर को बुलाकर खदान दिखाई, इंजीनियर ने सलाह दी कि इस प्रोजेक्ट की असफलता का कारण फॉल्टलाइन था, जिसे इसके मालिक नहीं जानते थे। जहाँ अंकल और डार्बी ने खुदाई बंद की थी वहाँ से महज़ तीन फुट की दूरी पर सोने की खदान थी और इंजीनियर का अनुमान सही साबित हुआ। कबाड़ी वाले को खदान से करोड़ों डॉलर कमाने को मिले, क्योंकि वह यह जानता था कि हार मानने से पहले एक बार विशेषज्ञ की सलाह ले लेनी चाहिए।

डार्बी ने जो पैसे अपने रिश्तेदारों और मित्रों से मशीन खरीदने के लिए, लिए थे। सभी को वापस किया हालांकि ऐसा करने में उन्हें कई साल लग गए। लंबे समय बाद डार्बी ने अपने नुकसान की भरपाई कर ली और इससे भी ज्यादा उन्होंने यह खोज लिया कि अपनी इच्छा को सोने में कैसे बदला जा सकता है। यह खोज उन्होंने तब की जब वह जीवन बीमा के व्यवसाय में आए।

अब जब कोई उन्हें बीमा करने के लिए मना करता है तो वह रुकते नहीं है। डर्बी अब उन चुनिंदा लोगों में से थे, जिन्होंने सालाना एक मिलियन डॉलर से भी अधिक का बीमा किया था। वह सोने की खदान के अपने अनुभव से यह सीख गए थे कि "छोड़ देने" से अच्छा है "लगे रहना।"

किसी भी व्यक्ति के जीवन में ऐसा मोड़ जरूर आता है, जब उसे अस्थाई पराजय का सामना करना पड़ता है, और जब पराजय हो जाती है तो सभी के लिए सबसे आसान और तार्किक रास्ता मैदान छोड़ देना होता है और ज्यादातर लोग ऐसा ही करते भी हैं।

देश के सबसे सफल पांच सौ से ज्यादा लोगों ने लेखक को बताया कि उन्हें अपनी सबसे बड़ी सफलता हार के बाद ही मिली, सिर्फ एक कदम आगे। असफलता बड़ी अजीब चीज है, वह तब आती है, जब हम अपनी सफलता के बेहद करीब होते हैं। यह सफलता के पास पहुँचे व्यक्ति को गिरा कर आनंद लेती है।

दृढ़ता का पचास सेंट का सबक

डार्बी को सोने की खुदाई के अनुभव से असफलता की यूनिवर्सिटी से डिग्री मिली। सोने की खदान वाले बिजनेस के अनुभव के बाद डार्बी को जल्द ही दोबारा अनुभव हुआ, जिसने यह साबित कर दिया कि 'ना' का मतलब हमेशा ना नहीं होता।

एक दिन डार्बी गेहूँ पीसने में अपने अंकल की मदद कर रहे थे। अंकल का खेत बहुत बड़ा था, जिसे अश्वेत लोग बटाई पर ले लेते और वहाँ रहते भी थे। जब डार्बी अंकल की मदद कर रहे थे, उस दिन धीरे से दरवाजा खुला और एक छोटी सी अश्वेत लड़की अंदर आकर दरवाजे के सहारे खड़ी हो गई।

अंकल ने बच्चे को देखा और बुरी तरह चिल्ला कर बोले - क्या चाहती हो तुम?

बच्चे ने विनम्रता पूर्वक उत्तर दिया - मेरी मां ने कहा है कि उन्हें पचास सेंट भेज दो।

अंकल ने कहा - मैं नहीं दूंगा, अब तुम घर भाग जाओ।

बच्ची ने कहा - यस सर, लेकिन वह अपनी जगह से जरा भी नहीं हिली।

फिर अंकल अपने काम में लग गए। वह अपने काम में इतने व्यस्त थे कि उन्हें पता ही नहीं चला कि वह अश्वेत लड़की वहीं खड़ी है। बहुत देर बाद जब अंकल का ध्यान उस पर दोबारा गया तो वह फिर चिल्लाए - मैंने तुमसे घर जाने के लिए कहा था - अब जाओ या तो मैं तुम्हारी पिटाई लगाता हूँ।

छोटी बच्ची ने कहा - यस सर, परंतु वह इंच मात्र भी अपनी जगह से नहीं हिली।

अंकल ने गेहूँ की बोरी को वहीं पटका और एक डंडी उठा बच्ची की और बड़े गुस्से के साथ आगे बढ़ने लगे। उनको देखकर लग रहा था कि आज बच्ची की खैर नहीं है। यह सब देख डार्बी की सांसे थम गई। उसे पूरा विश्वास था कि अब बच्ची नहीं बचेगी, क्योंकि वह जानते थे, अंकल का गुस्सा बहुत तेज होता है। जब अंकल बच्ची के पास पहुँचे तो बच्ची थोड़ा आगे बढ़ी और आँखों में आँखें डालकर बहुत तेज आवाज में बोली - “मेरी मां को 50 सेंट चाहिए और जरूर चाहिए।”

अंकल रुके, एक क्षण बच्ची को देखा और डंडा फर्श पर धीरे से रख अपनी जेब में हाथ डाल कर आधा डॉलर निकाल बच्ची को दे दिया। बच्ची ने अंकल से पैसे लिए और बिना पलक झपकाए उन्हें देखते हुए दरवाजे की ओर भाग गई।

उनके चले जाने के बाद अंकल पास रखे बॉक्स पर बैठ गए और लगभग दस मिनट तक खिड़की से बाहर देखते रहे। उन्हें विश्वास ही नहीं हुआ कि कैसे एक छोटी सी अश्वेत बच्ची अपनी लगन से उन्हें पराजित करके चली गई।

डार्बी भी विचार मग्न हो गए - कैसे एक अश्वेत बच्ची, श्वेत वयस्क आदमी को हरा कर चली गई। ऐसा अनुभव उन्हें पहली बार हुआ था वह सोचने लगे की

उसने यह कैसे किया? अंकल कैसे अपना गुस्सा भूल गए? और एक भेड़ की तरह विनम्र भाव से उसे पैसे दे दिए। उस बच्ची में ऐसा क्या था इस तरह से अनेकों प्रश्न डार्बी के मन में चलने लगे, किंतु सालों बाद भी उन्हें इस प्रश्न का उत्तर नहीं मिल पाया। कम से कम तब तक तो नहीं मिला, जब तक उन्होंने मुझे यह कहानी सुनाई थी।

हैरत की बात थी, इस असामान्य अनुभव की कहानी लेखक को उसी पुरानी मिल में सुनाई गई, ठीक वही जगह जहाँ अंकल को हार का मुंह देखना पड़ा था। मैंने कई वर्षों से इस शक्ति के अध्ययन को समझने में दिए थे। जिसने एक अज्ञानी अनपढ़ बच्ची को एक बुद्धिमानी व्यक्ति से जीतने में सक्षम बना दिया था।

हम पुरानी मील में खड़े थे और डार्बी ने उस बच्ची की विजय कहानी सुनाई और यह पूछते हुए समाप्त की - आप क्या कर सकते थे - कौन सी अद्भुत शक्ति थी उस अश्वेत बच्ची में, जिसका प्रयोग कर उसने मेरे अंकल पर विजय प्राप्त की।

इस प्रश्न का उत्तर पुस्तक में दिए गए सिद्धांतों में मिल जाएगा। उत्तर पूरी तरह से मिल जाएगा, इसमें वह सभी जानकारियाँ और निर्देश, स्पष्ट रूप से दिए गए हैं, जिसे कोई भी व्यक्ति उस बच्ची की तरह प्रयोग कर वह अद्भुत शक्ति प्राप्त कर सकता है, जो उसे सहयोग से मिली थी।

अपने दिमाग को सजग रखें और आप पाएँगे कि जिस तरह उस अद्भुत शक्ति ने उस बच्ची की मदद की थी। वह अद्भुत शक्ति आप अगले अध्याय में देख पाएँगे। कहीं ना कहीं इस पुस्तक में आपको ऐसे विचार मिल जाएँगे, जिससे आप भी उन शक्तियों को अपने लिए प्रयोग कर पाएँगे।

इस शक्ति का आभास आपको प्रथम में या फिर अंतिम अध्याय में हो सकता है, किंतु आप अपने दिमाग को सजग रखें। यह आपके सामने किसी भी रूप में आ सकता है। किसी योजना या लक्ष्य के रूप में या विफलता के कारण हुए अनुभवों के रूप में। हो सकता है आपको अतीत में की गई गलतियों से सीखने के प्रति जागरूक करें या फिर हो सकता है आप की हार से आपको सबक दिलाए और जितना भी आपने खोया था, उससे ज्यादा ही मिल जाए।

डार्बी को जब मैंने उस अश्वेत बच्ची का शक्ति प्रयोग बताया तो उन्होंने अपने तीस सालों के सेल्समैन के करियर का विश्लेषण करके यह स्वीकार किया कि उनकी सफलता का एक प्रमुख कारण उस बच्ची का दिया गया सबक था।

डार्बी ने मुझे बताया- जब भी कोई संभावित खरीदार मुझसे खरीदारी नहीं करता या मुझे टालता उस समय मुझे उस छोटी सी अश्वेत बच्ची का स्मरण हो आता है, जिसकी आँखों में हार ना मानने का दृढ़निश्चय साफ था और जैसे ही वह दृश्य मेरे सामने आता है। मैं स्वयं से कहता कि यह सेल मैं जरूर करूँगा और आपको यह जानकर हैरानी होगी कि मेरी ज्यादातर सेल तभी हुई हैं, जब शुरुआत में ही लोगों ने ना कहा है।

उन्होंने सोने की खदान में हुई गलती को पुनः याद किया। कैसे वह तीन फीट दूर ही रुक गए और मैदान छोड़ दिया, लेकिन साथ ही डार्बी ने यह भी स्वीकार किया कि वह गलती मेरे लिए वरदान साबित हुई, जिसने मुझे कठिन परिस्थितियों में भी टिके रहने का हौसला दिया और किसी भी क्षेत्र में सफलता के लिए यह सबक आवश्यक था।

डार्बी और अंकल की कहानी सैकड़ों जीवन बीमा बेचने वाले लोगों द्वारा पढ़ी जाएगी। उन सभी को लेखक बताना चाहते हैं कि इन अनुभवों को देखकर ही डार्बी ने सालाना दस लाख डॉलर से भी ज्यादा का जीवन बीमा किया।

ज्यादातर अनुभव हमें अपने रोजमर्रा के जीवन में ही हो जाते हैं, जो हमें सफलता और असफलता दोनों से ही प्राप्त होते हैं। डर्बी के अनुभव भी सामान्य थे, लेकिन इन्हीं अनुभवों से डर्बी का पूरा जीवन ही बदल गया। इन अनुभवों का विश्लेषण कर उन्होंने सबक लिया और बुलंदियों पर पहुँचे। लेकिन ऐसे लोगों का क्या जिनके पास अपनी असफलता का विश्लेषण करने का समय ही नहीं है और ना ही वह ज्ञान है कि असफलता का कारण खोज सफलता प्राप्त कर सकें। इस पुस्तक में इन्हीं प्रश्नों के उत्तर दिए गए हैं।

पुस्तक में 13 सिद्धांतों का वर्णन है, लेकिन याद रखें जिन प्रश्नों का जवाब आप लगातार खोज रहे हैं, उनके उत्तर आपके दिमाग में ही मिल सकते हैं। यह पुस्तक पढ़ते संमय आपके दिमाग में कोई विचार, योजना या लक्ष्य अचानक कौंध सकता है।

आपको सफलता हासिल करने के लिए एक दमदार विचार ही काफी है। पुस्तक में दिए गए सिद्धांतों के जरिए आप सफलता की ऊँचाइयों तक पहुँच सकते हैं। सबसे पहले उन सिद्धांतों की बात करने से पूर्व कुछ महत्वपूर्ण सुझाव जरूरी है-

"जब पैसा आना शुरू होता है तो वह इतनी तेजी से आता है कि आप आश्चर्यचकित हो जाते हैं कि उस समय यह पैसा कहाँ था, जब हमारे बुरे दिन थे।"

यह वाक्य हैरत में डालने वाला है। बहुत लोगों का मानना है कि पैसा उन्हीं को मिलता है, जो मेहनत करते हैं और लगातार करते रहते हैं।

आप जब अमीर बनने का सोचेंगे तो आप देखेंगे अमीरी महज एक अवस्था है। यह उद्देश्य की निश्चिता के साथ शुरू होती है और बिना किसी मेहनत के शुरू होती है आप और हम जैसे सभी लोगों को इस बात को जानने की जरूरत है कि किस तरह इस अवस्था को प्राप्त किया जा सकता है जिससे हम पैसे को आकर्षित कर सकें। मैंने 25,000से भी अधिक लोगों का अध्ययन किया और अपने जीवन के पच्चीस साल भी इसी रिसर्च में लगाए हैं कि आखिर "अमीर लोग किस तरह अमीर बनते हैं। बिना किसी रिसर्च के यह पुस्तक नहीं लिखी जा सकती थी।

यहाँ एक बहुत ही महत्वपूर्ण सच्चाई पर ध्यान दिया जाना चाहिए। 1929 में व्यापार मंदी ने पिछले सारे रिकॉर्ड तोड़ तोड़ दिए थे। कुछ समय बाद राष्ट्रपति रूजवेल्ट ने कार्यभार संभाला, फिर हालात उसी प्रकार ठीक होने लगे। जिस प्रकार किसी थिएटर में प्रकाश धीरे धीरे रोशनी में बदल जाता है, वैसे ही लोगों का भय विश्वास में बदल गया।

बहुत गौर से देखें। जैसे ही आप इस सिद्धांत को अपना लेंगे और इसके दिए गए सिद्धांतों पर अमल करेंगे। वैसे ही आपकी पैसों की समस्या समाप्त होने लगेगी। इतना ही नहीं जिस काम में हाथ डालेंगे, वह फायदेमंद साबित होगा और कोई भी काम असंभव बिल्कुल नहीं लगेगा।

मानव जाति की सबसे बड़ी कमजोरी यह है कि वह "असंभव" शब्द का प्रयोग औसत से भी अधिक करता है। वह उन सभी शब्दों और नियमों को जानता है। जिन्हें किया ही नहीं जा सकता, किंतु यह पुस्तक उन लोगों के लिए है जो ऐसे नियम तलाश रहे हैं, जिनसे लोग सफल बनते हैं और सफल बनने के लिए अपना सब कुछ दांव पर लगाने के लिए तैयार हैं।

मैंने कई साल पहले एक अच्छा शब्दकोश खरीदा और उसमें से 'असंभव' शब्द को हटा दिया। आपके लिए यह करना मूर्खता की बात हो सकती है किंतु सफलता उन्हीं को मिलती है जो उसके लिए जागरूक हैं और असफलता उन्हें मिलती हैं जो असफलता के प्रति जागरूक हों।

कुल मिलाकर ज्यादातर लोगों में बहुत बड़ी कमजोरी यह होती है कि वह स्वयं के विचारों और अनुभव के आधार पर ही व्यक्ति हो या वस्तु, सभी का विश्लेषण करते हैं और उनका निष्कर्ष क्या होता है कि हम केवल सोच कर ही

अमीर नहीं बन सकते क्योंकि वह दुख, असफलता, अभाव, कमियों और हार के दृष्टिकोण से ही हर व्यक्ति भावना और वस्तु को देखते हैं।

यह दुर्भाग्यशाली लोग मुझे एक चीनी व्यक्ति की याद दिलाते हैं, जो अमेरिकी तौर-तरीके सीखने अमेरिका आया था। उसने शिकागो विश्वविद्यालय से एडमिशन भी ले लिया। एक दिन राष्ट्रपति हार्पर परिसर में इस युवक से मिले और कुछ मिनट उसके साथ बातचीत करने के बाद उन्होंने उससे पूछा कि अमेरिकी लोगों में ऐसा क्या देखा आपने जिस से प्रभावित हो आप यहाँ आ गए?

चीनी युवा आश्चर्यचकित हो बोला- आप सबकी आँखें तिरछापन लिए हुए हैं, इस बात ने मुझे आपकी और आकर्षित किया। और हम लोग चीन के लोगों के बारे में क्या कहा कहते हैं?

हम उस चीज पर विश्वास नहीं करते जो हमें समझ नहीं आती। यह मूर्खतापूर्ण बात है कि हम अपनी सीमाओं को ही अंतिम मान लेते हैं। यह सही बात है कि हमें सामने वाले की आँखें तिरछी ही लगेगी, क्योंकि वह आप जैसी बिल्कुल नहीं है।

करोड़ों लोग हेनरी फोर्ड की उपलब्धियों को जानते हैं और जब वह कहीं भी जाते हैं तो उनकी प्रतिभा की तारीफ होती है। कुछ लोग उनके काम से ईष्या भी करते हैं। एक उदाहरण से उपरोक्त बात पूरी तरह साफ हो जाएगी -

सालों पहले जब हेनरी फोर्ड ने अपनी वी 8-मोटर बनाने का निर्णय लिया और उन्होंने एक ऐसा इंजन बनाने को कहा जिसमें एक ही ब्लॉक में सारे के सारे आठ सिलेंडर हों। अपने सभी इंजीनियरों को फोर्ड ने इसका डिजाइन बनाने के लिए कहा। डिजाइन कागज पर आ भी गया किंतु सभी इंजीनियरों का एक ही मत था कि उसे हकीकत में उतारना 'असंभव' है।

"फोर्ड ने कहा"- किसी भी तरह आप इससे बनाएँ।

"किंतु उन्होंने जवाब दिया, यह संभव नहीं है।"

"फोर्ड ने आज्ञा दी- काम शुरू करो और जब तक लगे रहना जब तक सफलता हासिल ना कर लो। चाहे इसमें कितना भी समय लगे।"

इंजीनियरों ने अपना काम शुरू कर दिया, अगर उन्होंने उन्हें फोर्ड की नौकरी करनी थी तो उनके पास कोई दूसरा विकल्प नहीं था। छह महीने बीत गए लेकिन कुछ हासिल नहीं हुआ। सभी इंजीनियरों ने आदेश का पालन करते हुए हर संभव काम किया किंतु लगने लगा था कि यह "असंभव" ही है।

साल के अंत में फोर्ड ने इंजीनियरों को दोबारा बुलाया लेकिन सभी एकमत थे कि यह काम पूरा करना असंभव है।

"फोर्ड ने कहा- लगे रहो मैं चाहता हूँ आप इसे पूरा करो और मुझे विश्वास है कि मैं इसे पाकर ही रहूँगा।

वह काम में लग गए और एक दिन जादू हुआ और वह रहस्य खोज लिया गया।

फोर्ड की लगन एक बार फिर जीत गई।

हो सकता है कि यह कहानी शब्दश: सही न हो, लेकिन यह घटना और इसकी मूल भावना एकदम सही है। अगर आप इस घटना से कोई निष्कर्ष निकालना चाहते हैं तो यह निकालें कि आप भी सिर्फ सोचकर अमीर बन सकते हो, इसके लिए बहुत मेहनत करने की जरूरत नहीं।

फोर्ड सफलता का प्रतीक है इसलिए नहीं कि वह सफल है बल्कि इसलिए क्योंकि वह सफल होने के सिद्धांत को जानते हैं और उसके प्रयोग को भी। उनमें से एक है—इच्छा। वह जानते थे कि उन्हें क्या चाहिए।

जब आप फोर्ड की कहानी पढ़ें तो उन पंक्तियों को दोबारा जरूर पढ़े, जिन पंक्तियों ने फोर्ड को अमीर बनाया और अगर आप फोर्ड के सिद्धांतों पर अपनी अंगुली रख सकते हैं, तो फिर आप किसी भी व्यवसाय में फोर्ड की बराबरी भी कर सकते हैं।

आप, अपने भाग्य विधाता और आत्मा के स्वामी भी हैं, क्योंकि...

हेनले ने जब इन पंक्तियों को लिखा कि - मैं अपने भाग्य का निर्माता और आत्मा का कप्तान हूँ, तो उन्हें हमें यह बताना चाहिए था कि हम अपने भाग्य के निर्माता करने वाले हैं और अपनी आत्मा के नियंत्रक भी है सिर्फ इसलिए, क्योंकि हमारे पास विचारों को नियंत्रित करने की शक्ति है।

हेनले को यह महान सत्य जोर देकर बताना चाहिए था कि यह शक्ति सही और गलत का भेद नहीं करती। यह गरीब और अमीर का भेद नहीं करती। अगर आपके विचार गरीबी वाले हैं तो यह शक्ति उन्हीं विचारों को वास्तविकता में परिवर्तित करने लगेगी और अगर आपके विचार अमीर बनने के हैं तो यह शक्ति आपको अमीर बनाने के काम पर लग जाएगी।

हेनले को यह साफ तौर पर बताना चाहिए था कि हमारे दिमाग में पैदा होने वाले प्रबल विचारों से ही हमारा मस्तिष्क आकर्षित होता है। आज तक इस रहस्य को कोई भी जान नहीं पाया कि कैसे यह "चुंबक" जैसे लोगों की शक्तियों और जीवन परिस्थितियों को आकर्षित कर लेता हैं जो हमारे प्रबल विचारों से संबंधित है।

उन्हें यह भी बताना चाहिए था कि धन अर्जित करने से पहले हमें अपने मन में धन कमाने की तीव्र इच्छा को प्रबल करना चाहिए ताकि यह विचार चुंबक का काम करें और हमें धन के बारे में जागरूक् बनाना चाहिए, जब तक कि धन की प्रबल इच्छा इसे हासिल करने की कोई निश्चित योजना न बनवा दें।

हेनले दार्शनिक नहीं थे, कवि थे और कवि होने के नाते उन्होंने इस महान सच्चाई को अपनी कविता के रूप में लिखा भी, लेकिन इसका विश्लेषण अपने पाठकों पर छोड़ दिया। धीरे-धीरे ही सही किंतु यह सत्य सामने आया और बहुत बाद में जाकर पूर्णरूपेण स्पष्ट हुआ। इस पुस्तक में भी वही रहस्य छुपा हुआ है जिससे आप भी अपनी आर्थिक स्थिति पर नियंत्रण प्राप्त कर सकते हैं।

अब हम इन सिद्धांत की परख करने के लिए तैयार है। सजग रहे और यह जान लें कि आप जो पढ़ रहे हैं, वह किसी इंसान की खोज नहीं है। ये सिद्धांत कई लोगों के लिए काम कर चुके हैं। आप भी अपने लाभ के लिए उनका इस्तेमाल कर सकते हैं।

"इसका प्रयोग आसान है मुश्किल नहीं।"

अगला अध्याय पढ़ने से पहले मैं यह बताना चाहता हूँ कि यह पुस्तक तथ्यपरक है। इसमें आपके आर्थिक जीवन को बदलने की शक्ति है

लगभग 15 साल पहले की बात है। मैंने सलेम कॉलेज, वेस्ट वर्जीनिया में एक उद्घाटन भाषण दिया था। मैंने अपने भाषण में अगले अध्याय में दिए गए सिद्धांत पर इतना जोर देकर बात की,कि उनमें से एक श्रोता, जो कि स्नातक का विद्यार्थी था, उसने अपनी फिलॉसफी के विषय का एक हिस्सा बना लिया। वहीं युवक अब संसद सदस्य है और फ्रेंकलिन डी रूजवेज्ट सरकार में एक महत्वपूर्ण पद पर पहुँचा।

इस पुस्तक के प्रकाशन से ठीक पहले उस छात्र ने मुझे एक पत्र लिखा और उस पत्र के द्वारा उन्होंने अगले अध्याय में बताए गए सिद्धांत के बारे में बड़े ही स्पष्ट रूप से अपने विचार रखे। इसी कारण मैंने उनके पत्र को अध्याय के एक हिस्से के रूप में लिया है।

प्यारे नेपोलियन,

कांग्रेस के एक सदस्य के रूप में सेवा करते हुए, मैं लोगों की समस्याओं को समझ पाया हूँ, मैंने एक सुझाव देना चाहता हूँ। जो हजारों लोगों के लिए उपयोगी होगा।

1922 में जब आपने सलेम कॉलेज के उद्घाटन समारोह में एक भाषण दिया था। उस समय में उसी कॉलेज में पढ़ता था। उस भाषण से आपने मेरे मन में एक ऐसा विचार रोप दिया, जिसकी वजह से ही आज मुझे इतने लोगों की सेवा करने का अवसर मिला।इतना ही नहीं भविष्य में भी जो सफलता मैं अर्जित करूँगा उसके लिए भी यही विचार जो आपने मुझमें रोपा था, के कारण ही होगा और निश्चित रूप से मैं सफलता हासिल करूँगा।

"मेरे पास एक सुझाव है कि जो आपने सलेम कॉलेज में भाषण दिया था उस सामग्री का एक पुस्तक के रूप में संकलन करें ताकि लोगों को आपके वर्षों के अनुभव से लाभ मिले।"

मुझे वह सारी बात याद है, मानो कल ही की बात हो। जब आप ने अपने भाषण में हेनरी फोर्ड के बारे में बताया था कि किस प्रकार उन्होंने उस रहस्य का प्रयोग करके बिना पैसों, बिना किसी मित्र के साथ के, यहाँ तक कि उच्च शिक्षा ना होते हुए भी वह किस तरह आसमान की बुलंदियों तक पहुँचे। मैंने आप का भाषण समाप्त होने से पूर्व ही अपना मन बना लिया था कि चाहे जो हो जाए मैं भी सफलता हासिल करूँगा।

कितने ही युवक इस साल और आने वाले कुछ सालों में अपनी पढ़ाई पूरी करेंगे। उन सभी को भी वैसे ही संदेश की जरूरत पड़ेगी, जैसी मुझे पड़ी थी। वह सभी एक दिशा खोजेंगे- कहाँ जाएँ, क्या करें, कहाँ से शुरुआत करें, ताकि सफल बन सके। आप एक जरिया हो सकते हैं जिसके सहारे यह सभी लोग अपनी समस्याओं का समाधान कर सकते हैं।

क्या कोई ऐसा रास्ता संभव है, जिसके सहारे इस महान काम को किया जा सकता है। यदि है तो मैं सुझाव देना चाहूँगा- जब आपकी पुस्तक लोग खरीदेंगें और पढ़ेंगे तो उन्हें आपके अनुभवों से लाभ मिलेगा। इसके लिए आप अपने प्रत्येक अध्याय में उन लोगों को शामिल करें जिन्हें आप व्यक्तिगत रूप से जानते हो और जिन्होंने इस रहस्य द्वारा बुलंदियाँ हासिल

की हो। आप उन्हें रास्ता बता सकते हो क्योंकि आपने इतने सारे लोगों की समस्याएँ सुलझाने में उनकी मदद की है।

आपकी इस सेवा का कोई मूल्य नहीं लगा सकता। जब आपकी पुस्तक से लोगों को अपने गुणों और अवगुणों का पता चलेगा इसका साफ मतलब यह होगा कि उन्हें सफल और असफल होने के कारणों का पता चलेगा।

आज अमेरिका में हजारों लोग निराशा के दलदल में फंसे हुए हैं, जो नहीं जानते कि विचारों को दौलत में किस तरह बदला जा सकता है, गरीबी के दलदल से बाहर निकलकर अमीरी के गलीचे तक कैसे पहुँचा जा सकता है। अगर उनकी कोई मदद कर सकता है, तो वह आप हैं। यदि आप पुस्तक का प्रकाशन करें तो मैं आपकी पुस्तक की पहली प्रति खरीदना चाहूँगा। जिस पर आपके ऑटोग्राफ हों।

मुझ पर विश्वास करें, शुभकामनाओं के साथ...

आपका

जेनिंग्स रैडॉल्फ़

2

इच्छा

सभी उपलब्धियों की शुरुआत

अमीर होने की ओर पहला कदम

30 सालों से भी पहले जब एडविन सी बार्नेस ऑरेंज न्यू जर्सी कि मालगाड़ी से नीचे उतरे थे तो एक नजर से देखने से वे भिखारी की तरह लग रहे थे, लेकिन उसके विचार किसी महाराजा से कम नहीं थे।

जब वह रेलवे स्टेशन से थामस ए एडिसन के ऑफिस जा रहे थे तो उनका दिमाग लगातार काम कर रहा था। उन्होंने कल्पना की किस तरह वह एडिसन के समक्ष अपनी जीवन की इकलौती प्रबल इच्छा रखेंगे। उस महान आविष्कारक का बिजनेस पार्टनर बनने की प्रबल इच्छा। वह प्रबल इच्छा, जो सभी चीजों से ऊपर थी और उसका निश्चित लक्ष्य बन चुकी थी। जब वह एडिशन के पास पहुँचे, तब उनकी इच्छा और भी प्रबल हो चुकी थी, क्योंकि वह बहुत लंबे समय से उस उन पर हावी थी।

कुछ सालों बाद बार्नेस फिर एडिसन के सामने उनके ऑफिस में खड़े थे, जहाँ उन्होंने पहली बार उनसे मुलाकात की थी। लेकिन इस बार उनकी इच्छा वास्तविकता में बदल चुकी थी और वह एडिसन के साथ बिजनेस कर रहे थे। उनके जीवन का एकमात्र लक्ष्य अब हकीकत बन चुका था।

आज जितने भी लोग बार्नेस को जानते हैं, उनकी सफलता से ईर्ष्या करते हैं। वह इस तथ्य की जांच नहीं करते कि किस प्रकार उन्होंने यह सफलता हासिल की है। एक निश्चित लक्ष्य ने ही बार्नेस को सफल बनाया। अपनी सारी ऊर्जा प्रयास इच्छा सभी कुछ अपने लक्ष्य पर लगा दिया था। वह सीधे आते ही एडिशन के

बिजनेस पार्टनर नहीं बन गए थे, पहले एडिशन के ऑफिस में काम किया और अवसर की तलाश के साथ लक्ष्य पर ध्यान केंद्रित रखा। 5 साल बीत गए बिना किसी आशा के किंतु मन में वह पहले दिन से ही एडिसन के बिजनेस पार्टनर बन गए थे

यह उदाहरण इच्छाशक्ति का एक अभूतपूर्ण उदाहरण है। बार्नेस ने अपने लक्ष्य को जीता, क्योंकि वह जो भी चाहते थे उसमें उनका लक्ष्य सर्वोपरि था। एडिसन का बिजनेस पार्टनर बनना। वह योजनाएँ बनाते रहे अपने उद्देश्य को पूरा करने के लिए इतना ही नहीं उन्होंने अपने पीछे के सभी पुराने सभी कुल जला दिए, जिसके सहारे वह किसी और प्रोफेशन में जा सकते थे और वह तब तक डटे रहे जब तक उनका जुनून हकीकत में नहीं बदल गया।

जब वह ऑरेंज गए तो उन्होंने अपने आपसे यह नहीं कहा कि मैं कोशिश करके देखूंगा कि एडिसन मुझे अपने यहाँ किसी तरह का काम दे दें। उन्होंने सिर्फ इतना कहा "मैं एडिसन से मिलूंगा और साफ-साफ कह दूंगा कि मैं उनका बिजनेस पार्टनर बनने आया हूँ" उन्होंने ऐसा बिल्कुल नहीं कहा कि मैं कुछ समय काम कर लूंगा, लेकिन प्रमोशन नहीं मिला तो उस नौकरी को छोड़ दूंगा और कहीं और अच्छी सी नौकरी ढूंढ लूंगा।

उन्होंने कहा - मैं अंत तक डटा रहूँगा, एडिशन जो भी काम कहेंगे करूँगा लेकिन उनका बिजनेस पार्टनर बन कर ही रहूँगा। उन्होंने अपने पिछले सभी रास्ते बंद कर दिए थे, जिनके सहारे वह वापस लौट सकते थे। उनके लिए यह लड़ो और मरो वाली स्थिति थी। बार्नेस की सफलता की कहानी बस इतनी सी है।

काफी समय पहले एक महान योद्धा के सामने बहुत बड़ी समस्या आई और उसने बड़ी कुशलता के साथ उसका निवारण भी किया और जीत सुनिश्चित भी की। युद्ध के मैदान में उसका एक निर्णय उन्हें जीत या हार दिला सकता था। उसने अपनी जीत सुनिश्चित करने के लिए निर्णय लिया, वह स्वयं और अपने सैनिकों को दुश्मन के देश ले गया नावों में भरकर और फिर उसने सभी नावों को जलाने का आदेश दे दिया और अपने सैनिकों से कहा कि इन जलती हुई नावों को देखो। अब हम दुश्मन से जीत कर ही यहाँ से जिंदा जा सकते हैं। हमारे पास कोई अन्य विकल्प नहीं है। या तो हम जीतेंगे या फिर हम मर जाएँगे। उसके इस निर्णय ने अपने से दोगुनी सेना को हरा दिया और जीत हासिल की।

हर वह व्यक्ति जो किसी काम में जीत हासिल करना चाहता है, उसे अपनी

सभी नावें जलाने के लिए तैयार रहना चाहिए और अपने पीछे हटने के सारे रास्ते बंद करने का इच्छुक रहना चाहिए। यही करके आप यह सुनिश्चित कर सकते हैं कि आपके मस्तिष्क में जीतने की वह धधकती हुई प्रबल इच्छा बनी रहेगी जो कि सफलता के लिए अनिवार्य है।

शिकागो में बहुत भीषण आग लगने के बाद व्यापारियों का एक समूह स्टेट स्ट्रीट पर खड़े होकर अपनी दुकानों से उठते हुए धुएँ को देख रहा था। उन्होंने एक सभा बुलाई और आगे क्या करेंगे इस बात पर विचार विमर्श होने लगा। उन्हें यह फैसला करना था कि आखिर अब वे सब आगे क्या करेंगे, क्या वे दुकानें फिर से बनाएँ या फिर दूसरे संभावनापूर्ण राज्य में अपने स्टोर बनाएँगे। अंत में सिर्फ एक व्यापारी को छोड़कर सभी इस निर्णय पर पहुँचे कि हमें शिकागो छोड़ देना चाहिए।

उस एक व्यापारी ने रूकने और दोबारा दुकान बनाने का फैसला किया। उसने अपनी जली हुई दुकानों की ओर इशारा करते हुए कहा मैं यहाँ विश्व की सबसे बड़ी दुकान बनाऊँगा, चाहे वह दुकान कितनी ही बार क्यों ना जल जाए, मुझे इस बात से कोई फर्क नहीं पड़ता।

यह वाक्य पचास साल पहले हुआ था, किंतु दुकान आज भी वही है। वह दुकान इस बात का प्रमाण है कि हमारी मानसिक अवस्था ही हमसे वो सब करा सकती है, जो हमें लगता है हमारे बस से बाहर की बात है। मार्शल फील्ड के लिए सबसे आसान रास्ता यह होता है कि वह फिर औरों की तरह शिकागो छोड़ देते और कहीं और से शुरुआत करते जहाँ ज्यादा अवसर होते। मार्शल फील्ड के लिए रास्ता मुश्किल था और भविष्य भी अंधकारमय था, किंतु उन्होंने अपना रास्ता नहीं बदला। जिस कारण उन्हें सफलता भी हासिल हुई।

मार्शल फील्ड और अन्य व्यापारियों के बीच के अंतर को ध्यान से देखें, क्योंकि यही वह अंतर है जिसने बार्नेस को एडिसन के पास काम कर रहे लोगों से अलग किया, क्योंकि यही वह अंतर है जो सफल और असफल लोगों के बीच होता है।

हर व्यक्ति जो धन का मतलब जानता है और धन कमाना चाहता है। उसके सिर्फ चाहने भर से धन नहीं आ सकता। वह आएगा जरूर, अगर धन हासिल करने की प्रबल इच्छा हो। ऐसी इच्छा जो दिलोदिमाग पर हावी हो जाए और स्थाई मानसिक अवस्था बन जाए। अगर धन हासिल करने की योजना बनाई जाए या निश्चित तरीके खोजे जाएँ और उन योजनाओं पर सख्ती और लगन से जुटे रहा

जाए और असफलता को पहचानने से इनकार कर दिया जाए।

अमीरी की प्रबल इच्छा को हकीकत में बदलने का एक तरीका है। इस तरीके में छह निश्चित और प्रैक्टिकल कदम हैं—

1. आप अपने मन में जितना भी पैसा आप चाहते हैं, उसका एक सही आँकड़ा रखें। यह कहना पर्याप्त नहीं होगा कि - "मैं बहुत पैसा चाहता हूँ" (एक निश्चित मात्रा को सोचने के पीछे मनोवैज्ञानिक कारण है जिसे आने वाले दिनों में बताया जाएगा)।
2. आप जिस धन को कमाने की प्रबल इच्छा रखते हैं, उसके लिए तय करें कि जब आपको वह धन मिल जाएगा, जिसकी आपको इच्छा है तो उसके बदले में आप क्या करेंगे। सच्चाई तो यह है कि किसी को मुफ्त में कोई चीज नहीं मिलती।
3. एक निश्चित दिन भी तय करें कि जब आपके द्वारा सूची गई धनराशि सही मायनों में आपके द्वारा प्राप्त कर ली जाएगी।
4. धन कमाने की अपनी इच्छा के लिए योजना बनाएँ कि किस तरह आप अपनी इस इच्छा को सच में बदलेंगे, फिर चाहे आप इस योजना को कार्य रूप देने के लिए तैयार हो या ना हो और अपना पहला कदम बढ़ाएँ।
5. आप कितना धन चाहते हैं यानी पहला कदम धन के बदले में आप क्या देंगे, यानी दूसरा कदम कितनी समय सीमा में धन प्राप्त कर लेंगे, तीसरा कदम और अंत में जिस योजना के तहत आप धन कमाएँगे चौथा कदम। यह सभी कदम आप साफ और संक्षिप्त शब्दों में लिखें।
6. अपने लिखे हुए ब्यौरे को कम से कम दिन में दो बार जोर से पढ़ें। एक बार रात को सोने से पहले दूसरी बार सुबह उठने के बाद। जब आप यह सब ब्यौरा पढ़ें तो महसूस करें और अपने आप पर विश्वास करें कि पहले से ही वह सारा धन आपके पास है।

सबसे ज्यादा महत्वपूर्ण बात यह है कि आप इन छह चरणों में दिए गए निर्देशों का पालन करें। आप शिकायत कर सकते हैं कि आपके लिए यह विश्वास करना असंभव है कि आपके पास पहले से ही धन मौजूद है, यहाँ आप की प्रबल इच्छा ही आपकी मदद करेगी और यही इच्छा जुनून बनकर धन कमाने में आपकी सहायता

भी करेगी।

हमारा लक्ष्य है अमीर होना और इसे हासिल करने के लिए दृढ़ संकल्पित होना और इसी संकल्प के साथ आप स्वयं को यह विश्वास दिला पाएँगे कि आपके पास पहले से ही वह धन मौजूद है, जो आप हासिल करना चाहते हैं

यह सिद्धांत कुछ लोगों को प्रैक्टिकल नहीं लगेंगे, क्योंकि यह मानव मस्तिष्क के कार्य करने के बारे में है, वह इन्हें पहचान ही नहीं पाएँगे ऐसे लोगों को यह पता होना चाहिए कि यह सारी जानकारी कार्नेगी द्वारा दी गई है। जिन्होंने स्वयं एक छोटी सी स्टील कंपनी से शुरुआत की थी, वह भी एक साधारण मजदूर के रुप में किंतु सिर्फ इन सिद्धांतों के आधार पर ही उन्होंने 10 करोड़ डॉलर से अधिक की दौलत कमाई।

आपके लिए यह जानना भी महत्वपूर्ण है कि थॉमस ए एडिसन ने यहाँ सुझाए गए छह कदमों का सावधानीपूर्वक विश्वलेषण किया था और उन पर अपनी मोहर लगाई थी। उनका तो यहाँ तक कहना था कि यह सिद्धांत न केवल धन कमाने के लिए अनिवार्य हैं, बल्कि किसी भी लक्ष्य को हासिल करने के लिए जरूरी हैं।

इन सिद्धांतों में किसी प्रकार के कठिन परिश्रम की कोई आवश्यकता नहीं है। यह आपसे किसी प्रकार का कोई बलिदान नहीं मांगते, ना ही आपसे मूर्ख बने रहकर अंधविश्वास करने को कहते हैं। इन सिद्धांतों के लिए आपका बहुत पढ़ा लिखा होना भी आवश्यक नहीं है। आवश्यकता सिर्फ इस बात की है कि आप इन चरणों को अपने जीवन में उतारने के लिए पर्याप्त कल्पनाशील हो ताकि आप यह समझ सके कि धन कमाना किस्मत की बात नहीं है।

संसार में जिन लोगों ने भी धन कमाया है, उन्होंने सबसे पहले सपने देखे हैं। धन कमाने की प्रबल इच्छा रखी है, साथ ही उन्हें पूरा करने के लिए योजनाओं का सहारा लिया

एक बात आप जान ले कि आप कभी भी धन अर्जित नहीं कर सकते, जब तक आप में प्रबल इच्छा नहीं है और जब तक आप यह विश्वास नहीं कर लेते कि आपके पास पहले से ही बहुत सारा धन है और यह सही बात है कि अगर आप अपनी कल्पना में धन नहीं देख सकते तो कभी भी आप अपने बैंक बैलेंस में भी धन नहीं देख पाएँगे।

धन कमाने की दौड़ में हम सब शामिल हैं और यह जानकर प्रोत्साहन मिलता

है कि आज की दुनिया बड़ी तेजी से बदल रही है। नए विचार, काम करने के लिए नए तरीके, नए नेता, नए आविष्कार, शिक्षा के नए तरीके, मार्केटिंग की नई तकनीकों, नई पुस्तकों, नए साहित्य, टेलीवीजन के नए फीचर्स, फिल्मों के लिए नए विचारों की काफी मांग है। नई और बेहतर चीजों की इस मांग के पीछे एक ऐसा गुण है, जो जीतने के लिए अनिवार्य है और वह है निश्चित लक्ष्य—यह जानना कि आप क्या चाहते हैं और अपने लक्ष्य को हासिल करने की प्रबल इच्छा।

इस बदलती हुई दुनिया में धन कमाने के लिए कल्पनाशीलता की बहुत जरूरत है और दुनिया के सच्चे लीडर्स हमेशा वही लोग रहे हैं, जिन्होंने अवसरों को पहचान कर प्रैक्टिकल प्रयोग किया है। उन्होंने ही सुख सुविधाओं को कारखानों, हवाई जहाजों और गगनचुंबी इमारतों में बदला है, जिससे हमारा जीवन सुख मय बन गया है।

अमीर बनने की योजना बनाते समय आप सपने देखने वालों को तुच्छ न समझें, न ही आप किसी दूसरे आदमी की बातों में आएँ जो आपको यह समझाना चाहताहोकिसपनेदेखनामूर्खताहै।

इस बदलती हुई दुनिया में सफलता हासिल करने के लिए आपको अतीत के सफल लोगों के सूत्रों पर चलना होगा, जिनके सपनों ने मानव जाति को बहुत बहुमूल्य चीजें दी। हमें यह नहीं भूलना चाहिए कि कोलंबस ने एक अज्ञात दुनिया का सपना देखा था और उस अज्ञात दुनिया के पीछे अपना जीवन तक दांव पर लगा दिया और तब तक हार नहीं मानी, जब तक वह जीत नहीं गए।

महान खगोल शास्त्री कॉपरनिकस ने भी दुनिया की आँखें खोल दी। जब उन्होंने यह बताया कि पृथ्वी अंतरिक्ष के केंद्र में नहीं है, वह ब्रह्मांड के केंद्र से बाहर है और उनकी इस सफलता के बाद किसी ने भी उनकी निंदा नहीं की और इस प्रकार एक बार फिर साबित हो गया कि दृढ़ इच्छा को सफलता से हासिल किया जा सकता है।

आप जिस चीज की इच्छा रखते हैं वह सही है और आप उस में विश्वास रखते हैं तो आगे बढ़ें और उस काम को कर डालें और अगर आपका समना असफलता से हो तो उस पर ध्यान ना दें, अपनी इच्छा या सपने को सामने रखें और बिना किसी बात की परवाह किए कि लोग क्या कहेंगे, बस सपने को जिएँ, क्योंकि वह लोग नहीं जानते कि –

"प्रत्येक असफलता अपने साथ सफलता लेकर चलती है"

थॉमस एडिसन ने एक ऐसे बल्ब का सपना देखा था, जो बिजली से जलता है। उन्होंने अपने सपने को मूर्त रूप देना शुरू कर दिया। वह दस हजार बार असफल हुए, परंतु अपने सपने को साकार करने में जुटे रहे, जब तक कि वह साकार नहीं हो गया। प्रैक्टिकल स्वप्नदर्शी मैदान छोड़कर नहीं भागते।

व्हेलन ने एक सिगार स्टोर खोलने का सपना देखा था। उस स्टोर की श्रंखला खोलने की योजना भी बनाई, इतना ही नहीं, बल्कि उस सपने को साकार करने के लिए जी जान लगा दी। आज यूनाइटेड सिगार स्टोर अमेरिका का जाना माना स्टोर है। इतना ही नहीं अमेरिका में अनेकों जगह उनके स्टोर भी हैं।

राइट बंधुओं ने भी एक ऐसी मशीन का सपना देखा, जो हवा में उड़ सके। आज हम दुनिया भर में प्रत्यक्ष प्रमाण देख सकते हैं कि उनका सपना वास्तव में कितना दमदार था।

मारकोनी ने भी अमूर्त शक्तियों को काम में लाने का सपना देखा था। उन्होंने भी व्यर्थ में कोई सपना नहीं देखा। उनके सपने का सबूत वायरलेस, रेडियो और टेलीविजन के रूप में आप सभी के सामने हैं। आपको यह जानकर हैरानी होगी कि जब मारकोनी ने अपने मित्रों से अपनी इस खोज की चर्चा की, कि वे बिना किसी तार की मदद से हवा में संदेश भेज सकते हैं। तो उनके दोस्तों ने उनका मजाक तो उड़ाया ही साथ ही उन्हें मनोवैज्ञानिक के पास चेकअप कराने के लिए ले गए। आज के स्वप्नदर्शी बेहतर स्थिति में हैं। आज की दुनिया नई खोजों की आदी हो गई है। दुनिया में आज ऐसे प्रचुर अवसर भरे पड़े हैं, जो अतीत के स्वप्नदर्शियों को नसीब नहीं थे।

कोई भी वृक्ष अपने बीज में होता है, पक्षी अपने अंडे में होता है और सपना अपनी आँखों में जीया जाता है।

कुछ करने और कुछ बनने की तीव्र इच्छा ही वह शुरुआती बिंदु है, जहाँ एक सपना देखने वाला अपनी पहली उड़ान भरता है। कभी भी सपने आलस्य, उदासीनता या महत्वकांक्षा के कारण पैदा नहीं होते हैं।

आज की दुनिया स्वप्न देखने वालों का अब मजाक नहीं उड़ाती। आप यह याद रखें कि जितने भी लोग अपने जीवन में असफल हुए हैं, उन्हें एक बार नहीं

अनेकों बार असफलता का मुंह देखना पड़ा है। सफल लोगों के लिए जीवन में वह अत्यंत महत्वपूर्ण मोड तभी आता है, जब वह किसी बड़ी समस्या से दो-चार हो रहे होते हैं और तभी उन्हें अपने व्यक्तित्व का एक और रूप दिखाई देता है। जॉन बनयन ने अंग्रेजी साहित्य की अमर पुस्तक द पिलग्रिम्स प्रोग्रेस तब लिखी, जब वे अपने धार्मिक विचारों के कारण जेल में थे।

ओ हेनरी ने अपने मस्तिष्क में सोई हुई अपनी प्रतिभा को तब जाना जब उन पर दुर्भाग्य का पहाड़ टूट पड़ा। उन्हें ओहियो में कैदखाने में डाल दिया। दुर्भाग्य के कारण ही उन्हे अपने दूसरे व्यक्तित्व से परिचित होने के लिए विवश होना पड़ा और अपनी कल्पनाशीलता का प्रयोग द्वारा उन्होंने पाया कि वे दुखी अपराधी और असम्मानित व्यक्ति के बजाय महान लेखक बन सकते हैं।

चार्ल्स डिकेंस शुरूआत में पॉलिश किए हुए बर्तनों पर लेबल चिपकाने का काम किया करते थे, किंतु पहले प्रेम की असफलता ने उन्हें अंदर तक झिंझोर दिया और उन्हें विश्व के महान लेखकों की सूची में ला खड़ा किया। उसी असफलता ने पहले डेविड कॉपरफील्ड लिखवाया और इसके बाद कई अन्य उपन्यास भी चार्ल्स ने लिखे। चार्ल्स की पुस्तकों ने पाठकों को और बेहतर तरीके से दुनिया को देखने का नजरिया दिया और साहित्य को समृद्ध भी बनाया।

हेलन केलर जन्म के कुछ समय बाद ही अंधी, गूंगी और बहरी हो गई थी। इतने बड़े दुर्भाग्य के बावजूद उन्होंने अपना नाम इतिहास के महान लोगों ने दर्ज कराया। उनका पूरा जीवन इस बात का साक्षात गवाह है कि कोई भी व्यक्तित तब तक नहीं हारता तब तक वह अपनी हार स्वीकार ना कर ले।

रॉबर्ट बर्न्स एक अनपढ़ ग्रामीण लड़का था। ऐसा लगता था कि वह गरीबी में जीने के लिए ही पैदा हुआ है। इतना ही नहीं वह एक शराबी के रूप में बड़ा हुआ, लेकिन उन्होने असफलता को पहचानने से ही इंकार कर दिया था जिस कारण आज दुनिया और भी बेहतर है, क्योंकि उन्होंने अपने विचारों को सुंदर कविता की पंक्तियों में पिरोया और जहाँ-जहाँ भी कांटें थे, वहाँ उन्होंने फूलों को उगा दिया।

बुकर टी वॉशिंगटन गुलामी में पैदा हुए किंतु अपने विचारों और सपनों के कारण ही अपनी पूरी नस्ल पर सदा के लिए अपनी छाप छोड़ दी

बीथोवेन बहरे थे, मिल्टन अंधे थे, किंतु उनका नाम जब तक रहेगा जब तक यह दुनिया है, सिर्फ इसलिए क्योंकि उन्होंने भी सपना देखा और उसे साकार करने में जी जान लगा दी।

अगले अध्याय पर जाने से पहले अपने मन में पुनः आशा की किरण, विश्वास, साहस और सहिष्णुता जागृत करें। यदि आपके पास यह सब स्थितियाँ हैं और दिए गए सिद्धांतों पर कार्य करने का ज्ञान भी आपके पास है, तो बस जब आप तैयार होंगे तो जो आपको चाहिए, वह सब आपके पास आ जाएगा।

किसी भी चीज को चाहने और पाने में जमीन आसमान का अंतर होता है और कोई भी व्यक्ति किसी भी चीज को पाने के लिए तब तक तैयार नहीं होता, जब तक उसे स्वयं पर विश्वास ना हो जाए कि वह जिस चीज़ की प्रबल इच्छा कर रहा है वह उस चीज को हासिल कर लेगा। यह मानसिक अवस्था कामना या आशा की नहीं, बल्कि विश्वास की मानसिक अवस्था होती है। विश्वास के लिए आपको अपने मस्तिष्क को खुला रखना होगा। बंद मस्तिष्क में न तो आस्था होती है, न ही साहस और विश्वास।

याद रखें अपने जीवन में लक्ष्य को सबसे ऊँचा रखने के लिए और अमीरी और समृद्धि का लक्ष्य बनाने के लिए, आप को गरीबी और दुख के लक्ष्य बनाने की तुलना में बहुत ज्यादा प्रयास नहीं करना है।

एक महान कवि ने शाश्वत सत्य को अपनी इन पंक्तियों में बहुत खूबसूरती के साथ उकेरा है -

"मैंने अपने जीवन से कुछ ही पैसे मांगे और
जीवन ने इससे ज्यादा मुझे दिया भी नही
हालांकि
शाम को जब मैंने अपने हाथ में पैसे देखे
और ज्यादा पैसों की विनती की तो
जीवन
ने मालिक की तरह न्याय किया, क्योंकि
यह उतना ही देता है, जितना आप मांगते हैं
लेकिन
एक बार आपके काम का मूल्य निर्धारित हो गया
तो उतने से ही गुज़रा करना पड़ता है
और
मैंने एक मजदूर की भांति कम में काम
किया मैं यह सब जानकर निराश हूँ

कि
मैंने जीवन से जो भी मांगा
उसने खुशी से वही मुझे दिया।"

इच्छा प्रकृति को हरा सकती है

इस अध्याय के अंत में मैं एक असाधारण व्यक्ति की कहानी सुनाना चाहूँगा। मैंने उसे पहली बार चौबीस साल पहले उसके पैदा होने के कुछ क्षणों बाद देखा था, जब वह संसार में आया तो उसके कान नहीं थे और जब डॉक्टर से मैंने पूछा तो उन्होंने बताया कि यह बच्चा जीवन भर बहरा और गूंगा ही रहेगा।

मैंने डॉक्टर की इस बात को चुनौती देते हुए अपने मन में कहा कि - मैं इस बच्चे का पिता हूँ और मुझे भी इस बात का पूरा अधिकार है कि मैं अपने बच्चे के बारे में कुछ कहूँ और मैंने मन में ठान ली कि मेरा बच्चा एक दिन जरूर बोलेगा भी और सुनेगा भी। मुझे विश्वास था कि कोई ना कोई तरीका अवश्य होगा, जिसे मैं खोज लूंगा।

उस समय मैं अमर इमर्शन के कहे शब्दों के बारे में सोच रहा था - "सभी हमें आस्था सिखाते हैं और हमें केवल आज्ञा मानने की जरूरत है" "हम में से प्रत्येक के लिए मार्गदर्शन है और यदि हम ध्यान से सुने तो वह सही शब्द हमें जरूर सुनाई देगा।"

सही शब्द है प्रबल इच्छा! यह इच्छा उस समय मेरे मन में किसी भी अन्य भावना से अधिक प्रबल थी कि मेरा पुत्र बहरा और गूंगा नहीं होना चाहिए। उस इच्छा से मैं जरा भी पीछे नहीं हटा, एक सैकंड के लिए भी नहीं।

अब मैं क्या कर सकता था। कैसे बिना कानों की सहायता के अपने बच्चे के मस्तिष्क में यह संदेश पहुँचा सकता था कि एक दिन वह जरूर सुनेगा और बोलेगा। इन सभी प्रश्नों के उत्तर में दिन रात खोजता था। जब तक बच्चा इतना बड़ा नहीं हो गया कि वह इस काम में मेरी मदद कर सके।

मैं लगातार काम करता रहा, सोचता रहा आखिरकार जैसे ही वह थोड़ा बड़ा हुआ और उसने अपने चारों ओर की चीजों पर ध्यान देना शुरू किया तो हमने देखा कि उसके सुनने की शक्ति कुछ मात्रा में उसके पास थी। जब आमतौर पर बच्चे बोलना शुरू कर देते हैं, उसने बोलने का प्रयास तक नहीं किया। यह हमारे लिए बहुत बुरा था, लेकिन हम इस बात से बहुत खुश थे कि उसे थोड़ा-थोड़ा सुनाई

अवश्य देता है और सच कहूँ तो मैं यही जानना चाहता था कि वह कुछ सुन सकता है या नहीं। मैं इतना ही तो जानना चाहता था। मुझे विश्वास था कि अगर वह जरा सा भी सुन सकता था, तो उसकी सुनने की क्षमता बढ़ाई जा सकती है। फिर कुछ ऐसा हुआ जिससे मुझे आशा बंधी। यह एक अनपेक्षित संयोग था।

हमने एक रिकॉर्ड प्लेयर खरीदा। जब मेरे बेटे ने पहली बार उसका संगीत सुना तो वह खुशी से झूम उठा और प्लेयर पर अपना कब्जा कर लिया। एक दिन तो वह प्लेयर के पास खड़ा होकर दो घंटे तक गाना सुनता रहा और उसने दांतों से उस प्लेयर की मशीन को पकड़ रखा था, उसकी इस आदत को हम समझ नहीं पाए और कई वर्षों बाद जब मुझे "बोन कंडक्शन" थियोरी का पता चला तब हम उसकी इस आदत का कारण जान पाए और कुछ समय बाद मुझे पता चला कि अगर मैं उसके कान की हड्डी पर अपने होंठ लगाकर बोलूं तो वह मेरी कहीं सारी बातें साफ-साफ सुन सकता था। इसके द्वारा मैंने अपनी तीव्र इच्छा को उसके मस्तिष्क में डालना शुरू कर दिया कि वह बहुत अच्छे से सुन और बोल सकता है। उस समय वह कुछ ही शब्दों को बोलने की कोशिश कर रहा था।

जल्दी ही मुझे पता चला कि बच्चों को सोते समय कहानियाँ सुनना बहुत अच्छा लगता है फिर मैंने ऐसी कहानी लिखी जिससे उसमें आत्मविश्वास जागे और वह कल्पना से भर जाए और सुनने बोलने की कोशिश करे। उसमे एक कहानी प्रमुख थी। और जब भी मैं उसे वह कहानी सुनाता था, तो उसमें कुछ ना कुछ नया जरूर जोड़ता था। वह बहुत ही नाटकीय ढंग से उसे सुनता था। उस कहानी का उद्देश्य सिर्फ इतना सा था कि उसे कभी भी अपने अंदर कोई भी शारीरिक दुर्बलता ना लगे। वह कभी भी उसे अपना दुर्भाग्य न समझे, बल्कि उसमें एक छुपा हुआ सौभाग्य समझे।

हालांकि फिलॉसफी सिखाती है कि हर दुर्भाग्य अपने साथ सौभाग्य का बीज लाता है लेकिन मुझे इस स्थिति में यह फिलॉस्फी भी बेकार लग रही थी।

लेकिन फिर भी मै पूरे विश्वास के साथ उसकी बेड टाइम कहानियों में इस उम्मीद के साथ फिलॉस्फी डालता रहा कि कभी तो वह समय आएगा, जब मेरा बेटा बोलने और सुनने की अपनी क्षमता प्राप्त कर लेगा।

आज जब मैं पीछे मुड़कर देखता हूँ और सारी बातों का विश्लेषण करता हूँ तो ज्ञात होता है कि मेरे बेटे को मेरे द्वारा कही गई सभी बातों पर पूरा विश्वास था और इस विश्वास का परिणाम के साथ बहुत गहरा रिश्ता है। मैंने जो भी कहा उसने

बिना किसी प्रश्न के उसे मान लिया था। मैंने उसके मन में यह विचार डाल दिया था कि वह अपने बड़े भाई से ज्यादा लाभप्रद स्थिति में वह है और यह स्थिति कई तरह से तुम्हें लाभ पहुँचेगी- उदाहरण के लिए स्कूल में टीचर्स जब यह देखेंगे कि तुम्हें सुनाई नहीं देता तो वह तुम पर औरों के मुकाबले ज्यादा ध्यान देंगे और तुम्हारे साथ बहुत अच्छे से पेश आएँगे और सचमुच उसके टीचर्स ने ऐसा ही किया भी। मैंने उसे एक और विचार दिया कि जब वह अखबार बेचने लायक बड़ा हो जाएगा तो अपने बड़े भाई से भी ज्यादा अखबार बेच पाएगा, क्योंकि जब लोग देखेंगे कि उसको सुनाई नहीं देता फिर भी कितना मेहनती और ईमानदार है तो उसे उसके काम के औरो से भी ज्यादा पैसे मिलेंगे साथ ही काम भी ज्यादा मिलेगा, इतना ही नहीं, वह भी पूरी सहानुभूति के साथ।

जब वह सात साल का था तो उसने पहली बार इस बात का सबूत दिया कि उसके मस्तिष्क में मेरे द्वारा बोये गए बीज अब फल रूप में हमारे सामने आ रहे थे। कई महीनों तक उसने अखबार बेचने की इच्छा हमारे सामने व्यक्ति की किंतु उसकी मां इस बात के लिए तैयार ना थी, क्योंकि उन्हें लगता था कि ना सुन-बोल पाने के कारण सड़क पर जाना उसके लिए खतरे से खाली नहीं है।

अंत में उसने यह सारा मामला अपने हाथों में ले लिया और एक दिन दोपहर को जब नौकरों के अलावा घर पर कोई नहीं था। वह रसोई की खिड़की से कूदकर बाहर निकल गया, उसने पड़ोस के जूते बेचने वाले से छह सेंट उधार लिए और उसे अखबार खरीदने पर लगा दिए वह अख़बार बेचता फिर खरीदता, फिर भेजता, फिर खरीदता ऐसा व शाम तक करता रहा। उधार वापस करने के बाद उसको ब्यालीस सेंट का लाभ हुआ था। जब हम देर रात घर लौटे तो हमने उसे अपने बिस्तर पर गहरी नींद में हाथ में पैसे पकड़े सोता पाया। उसकी मां ने उसकी मुट्ठी खोली सिक्के हटाए और बहुत रोई। बेटे की पहली कमाई पर रोना बड़ा अजीब था। मेरी प्रतिक्रिया उसके विपरीत थी, मैं हंसा क्योंकि मैं यह जान गया था कि उसे अब खुद पर विश्वास हो गया है कि अब वह सफल हो जाएगा, क्योंकि उसने आत्मविश्वास और सफलता का वह प्रमाण दे दिया था, जो जीवन भर उसका साथ देने वाला था।

बाद की घटनाओं ने यह साबित कर दिया कि वह जो चाहता था, उसे हासिल कर लेता था। मुझे मेरे ही बेटे ने यह दिखाया कि प्रयासों से ही आप अपने निश्चित लक्ष्य को प्राप्त कर सकते हैं—बस आप अपने लक्ष्य को प्राप्त करने के लिए

बाधाओं को अपनी स्वीकृति देखकर हार ना माने, तो कोई भी लक्ष्य आपके लिए कठिन नहीं है।

वह छोटा बहरा लड़का बिना शिक्षकों का लेक्चर सुने भी अपना कॉलेज पास कर गया, वह कभी भी वह बहरों के स्कूल नहीं गया ना ही हमने उसे संकेतिक भाषा सीखने की इजाजत दी। हम चाहते थे कि वह एक सामान्य बच्चे की तरह जीवन जिए और सामान्य बच्चों के साथ खेले। हम अंत तक अपने इस फैसले पर डटे रहे। हमारे इस फैसले के कारण स्कूल में लोगों और शिक्षकों से हमारी बहुत बहस हो जाती थी।

जब वह हाई स्कूल में था, तो हमने बिजली से चलने वाले हियरिंग यंत्र का प्रयोग करने की कोशिश की, लेकिन उससे उसे निराशा ही हाथ आई। कॉलेज में उसके आखिरी सप्ताह के दौरान कुछ ऐसा हुआ, जिसने उसके जीवन को एक नया मोड़ दे दिया। इसे संयोग ही कहा जा सकता है कि उसे एक और बिजली से चलने वाला हियरिंग यंत्र मिला, जिसे ट्रायल के तौर पर उसे भेजा गया था। ऐसे ही हेयरिंग यंत्र से उसे पहले भी निराशा हासिल हुई थी। इसलिए बड़े अनमने ढंग से उसने उसका प्रयोग किया। उसने उसे उठाया और बेहद लापरवाही से अपने सिर पर रखा और बैटरी ऑन की। इसके बाद तो जादू ही हो गया। एक ही क्षण में उसे सब कुछ सुनाई देने लगा, सामान्य लोगों की तरह सुनने की उसकी आजीवन की इच्छा अब वास्तविकता का रूप ले चुकी थी। वह पहली बार सामान्य लोगों की तरह सुन पा रहा था। अब किसी को भी चिल्लाने या किसी और तरह से अपनी बात समझाने की कोई जरूरत नहीं थी। ईश्वर भी अपने चमत्कारों का किस-किस तरह प्रदर्शन करता है आज पता चला।

अपनी बदली दुनिया के कारण वह बहुत खुश था और इस खुशी का इजहार करने के लिए उसने हियरिंग यंत्र की सहायता से अपनी मां से फोन पर बात की। अगले दिन उसने अपनी क्लास में भी पहली बार शिक्षकों को साफ-साफ सुना, उसने रेडियो सुना, अब दूसरों से बात करने के लिए उसे कोई दिक्कत नहीं होती थी। अब सही मायनों में उसकी दुनिया बदल चुकी थी। उसने प्रकृति की इस त्रुटि को स्वीकार करने से मना कर दिया था कि वह सुन नहीं सकता। इतना ही नहीं उसने सुनने की अपनी इच्छा को लगातार बनाए रखा जितने संसाधन उपलब्ध थे, उतने ही संसाधनों के माध्यम से कोशिश जारी रखी और अंत में जो चाहिए था उसे हासिल कर लिया।

अब उसकी प्रबल इच्छा अपना रंग दिखाने लगी थी, किंतु पूर्ण जीत अभी बाकी थी। उसे वह रास्ता खोजना अभी बाकी था, जिससे वह अपनी कमजोरी को ताकत में बदल सके। आवाज की अपनी इस नई दुनिया में उसने अपना पहला कदम रखा था, उसने उत्साह से भर कर अपने अनुभव का वर्णन करते हुए हियररिंग यंत्र के निर्माता को पत्र लिखा। उसके पत्र में उसकी छुपी हुई भावनाएँ थी जिस कारण उसे कंपनी ने न्यूयॉर्क आमंत्रित कर दिया, जब वह वहाँ पहुँचा तो उसे फैक्ट्री में ले जाया गया और चीफ इंजीनियर से बात करते समय उसने अपनी अपनी बदलती हुई दुनिया के बारे में बताया और आप उसे कुछ भी नाम दे सकते हैं उसे दिमाग में एक विचार कौंधा, जिसके आधार पर उसने अपनी कमजोरी को ताकत में बदल दिया और उस एक विचार के कारण उसके और हजारों लोगों के जीवन में उजाला फैल गया।

उस विचार का निचोड़ यह है कि उसने सोचा की उसके जैसे हजारों लोग है जो अपना जीवन यूं ही बिता रहे हैं बिना कोई आवाज सुने। क्यों ना इस उपकरण की सहायता से मैं उनकी कुछ मदद की जाए, अपनी इस बदलती हुई दुनिया की कहानी बता कर। तुरंत वह इस निष्कर्ष पर पहुँचा कि वह अपना शेष जीवन मेरी तरह के लोगों के लिए समर्पित कर दूंगा।

पूरे एक महीने तक उसने शोध किया, जिस दौरान उसने हियरिंग यंत्र कंपनी के निर्माता के पूरे मार्केटिंग सिस्टम का अध्ययन किया और नए-नए तरीके खोजे। जिससे वह अपनी बात अपने जैसे बहरे लोगों तक ज्यादा से ज्यादा पहुँचा सके, जब यह पूरा हो गया तो उसने अपने शोध पर आधारित दो साल की लिखित योजना बनाई और कंपनी के सामने प्रस्तुत की, उसे देखकर कंपनी ने उसे तुरंत ही नौकरी का प्रस्ताव दे दिया ताकि वह उसे पूरा कर सके।

जब उसने अपने काम की शुरुआत की थी तो उसे जरा भी अंदाजा नहीं था कि वह हजारों लोगों के जीवन में आशा की किरण बनकर आएगा और उसके प्रयासों से हजारों लोग अपना सामान्य जीवन जी सकेंगे। उसने कंपनी के साथ जुड़ने के कुछ ही समय बाद मुझे आमंत्रित किया। कंपनी द्वारा आयोजित गूंगे बहरों के सेमिनार में मैंने पूरे सेमिनार का अच्छे से दौरा किया। भले ही मैं उलझन में था कि जाऊँ या नहीं, लेकिन वहाँ जाकर मुझे बेहद खुशी हुई। वहाँ एक जगह मैंने देखा, जो प्रबल विचार ब्लेयर के दिमाग में उसकी मां और मैंने डाला था,उसका एक विस्तृत ढांचा वहाँ था। इसमें मुझे कोई संदेह नहीं है कि अगर वह विचार हम उसके दिमाग में नहीं डालते तो वह ताउम्र बहरा और गूंगा ही रहता।

सच तो यह है कि प्रबल इच्छा ही भौतिक स्वरूप में आने के लिए नए-नए तरीके खोजती है। मेरे बेटे ब्लेयर ने इस प्रबल इच्छा से ही अपना काम जारी रखा और आज वह सचमुच सुन सकता है।

जब वह एक छोटा सा बच्चा था हमने उसे यह विश्वास दिलाया कि उसकी कमी सही मायनों में उसके लिए बहुत बड़ा लाभ है जिसके द्वारा वह लाभ कमा सकता है। हमने उसके मन में एक "सफेद झूठ" डाल दिया था। सचमुच ऐसा ही हुआ भी। सच बात तो यह है कि सही हो या गलत प्रबल इच्छा ही उसे वास्तविकता का रूप दे ही देती है, मानव मन की शक्ति भी अजीब है, हम उसे समझ नहीं पाते और जो समझ जाता है, उसके लिए कुछ भी असंभव नहीं है। काम करने का वह तरीका जिसके द्वारा अद्वितीय परिणाम मिलते हैं, उसे बताना कठिन नहीं है। इससे तीन बातें सामने आती हैं—

1. मैंने अपने बेटे में सुनने की इच्छा जगाई और उसे आस्था के साथ मिला दिया।
2. मैंने हर तरह से लगातार उसे वर्षों तक बिना रुके अपनी इच्छा को प्रबल करने के तरीके सिखाए, जिसका उसे अंदाजा भी नहीं था
3. उसने मुझ पर पूरा विश्वास किया बिना किसी सवाल किए।

मैं इधर यह अध्याय समाप्त करने जा रहा था और उधर मैडम शूमैंन हैंग की मृत्यु की खबर समाचार पत्र में मैंने पढ़ी और साथ ही वह इतनी सफल गायिका कैसे बनी, उस पर एक आर्टिकल भी दिया गया था जिसे मैं पूरा का पूरा यह कोर्ट कर रहा हूँ, क्योंकि इस आर्टिकल में जो राज की बात है वह है प्रबल इच्छा-

जब उन्होंने अपना करियर शुरू किया था तब मैडम शुमैन हैंग- 'कियोना कोर्ट ऑपेरा' के डायरेक्टर से अपनी आवाज के सिलसिले में मिलने गई थी, लेकिन उन्होंने मना कर दिया था, लेकिन जब खराब से कपड़े पहनेउस लड़की पर उन्होंने नजर डाली तो बड़े ही रूखेपन से कहा, इस तरह के चेहरे और हुलिए के साथ तुम कभी भी ओपेरा नहीं कर सकती। तुम इस विषय में सोच भी कैसे सकती हो। देखो बच्चे! ओपेरा गाने का विचार छोड़ दो और एक सिलाई मशीन लो और काम में जुट जाओ। "तुम एक ऑपेरा गायक कभी नहीं बन सकती"

'कभी नहीं'... एक बहुत लंबा समय होता है वियेना कोर्ट ओपेरा के डायरेक्टर गायन की तकनीक के बारे में जानते थे, लेकिन इच्छाशक्ति के बारे में नहीं, जो एक

हद से आगे बढ़ जाने पर जुनून में बदल जाती है। अगर वह इस बारे में जानते तो बिना निंदा किये, उन्हें एक अवसर जरूर देते।

कुछ साल पहले मेरा बिजनेस पार्टनर बीमार हो गया और उन्हें ऑपरेशन के लिए हॉस्पिटल ले जाया गया। डॉक्टर ने बताया कि उनके जीवित रहने के चांस बहुत कम है, किंतु यह विचार डॉक्टर का था, मरीज का नहीं, उन्हें ऑपरेशन थिएटर में ले जाने से पूर्व वह मुझसे बोला - परेशान ना हो मैं कुछ ही दिनों में ठीक हो जाऊँगा और हॉस्पिटल से बाहर आ जाऊँगा। पास में खड़ी नर्स ने मुझे बड़े दया भाव से देखा, किंतु सब कुछ ठीक हो गया और वह हॉस्पिटल से बाहर भी आ गया। डॉक्टर ने कहा - इनको सिर्फ इनकी जिंदा रहने की इच्छा ने बचाया है। अगर वह जिंदा रहने की संभावना को नकार देता तो निश्चित रूप से वह आज जीवित नहीं होता।

सच कहूँ तो मैं आस्था के साथ प्रबल इच्छा की शक्ति मैं विश्वास करता हूँ, क्योंकि मैंने देखा है कि किस तरह इस शक्ति का प्रयोग करके लोग गरीब से अमीर हुए हैं। मैंने विपत्ति से ग्रस्त लोगों को छुपा हुआ खजाना मिलते हुए देखा है। इस शक्ति का प्रयोग करके ही मैंने अपने बेटे को एक सामान्य व्यक्ति की तरह सुनते और जीते देखा है, भले ही वह इस दुनिया में अपनी सुनने और बोलने की शक्ति के बिना आया था।

किस तरह एक व्यक्ति इच्छा की शक्ति का दोहन कर उसका प्रयोग कर सकता है, इस पुस्तक में और आगे आने वाले अध्यायों में इसका जवाब आपको मिल जाएगा। यह क्यों होता है यह तो हम नहीं जानते, परंतु मानसिक केमिस्ट्री के किसी अजीब और सशक्त् सिद्धांत के द्वारा प्रकृति प्रबल इच्छा के आवेग में ऐसा कुछ भर देती है जिसके कारण इंसान असफलता शब्द को पहचानने से इनकार कर देता है और इसी कारण वह कभी असफल नहीं होता है।

3

आस्था

इच्छा को पूरा करने में सहायक- विश्वास और स्पष्ट चित्रांकन

अमीर होने की और दूसरा कदम

आस्था दिमाग की प्रमुख स्थिति है। जब आस्था विचारों के कंपन के साथ मिलती है, तब अवचेतन मन इस कंपन को क्षण भर में ही पहचान लेता है और इसको आध्यात्मिक समतुल्य में बदल देता है और इसे अनंत प्रज्ञा को संप्रेषित कर देता है, जैसा कि प्रार्थना के साथ होता है।

सकारात्मक भावनाओं में सबसे सशक्त भाव हैं—आस्था, प्रेम और सेक्स। जब यह तीनों भावना मिल जाती हैं, तो इनमें विचारों के रंग भर जाते हैं और यही रंग हमारे अवचेतन मन तक पहुँचते हैं, जहाँ वह आध्यात्मिक समतुल्यता में बदल जाते हैं और इसी आध्यात्मिक समतुल्यता के कारण ही अनंत प्रज्ञा की प्रतिक्रिया देती है। प्यार और आस्था मानसिक अवस्थाएँ हैं और मनुष्य के आध्यात्मिक पक्ष से जुड़ी हैं। इसके अलावा सेक्स शरीर से संबंधित है। इन तीनों भावनाओं के मिलने पर लोगों के विचार शीलमन का सीधा प्रभाव उनके इनफिनिटी इंटेलिजेंस पर पड़ता है

आस्था कैसे विकसित की जाए

यहाँ कहा जा सकता है कि यह सिद्धांत आपकी समझ को और अधिक विकसित और इच्छा के भौतिक एवं आर्थिक समतुल्यता के रूपांतरण में यह सिद्धांत अत्यंत महत्वपूर्ण है। आस्था विकसित करने के लिए आप आत्मसुझाव के सिद्धांत का

प्रयोग कर सकते हैं, जैसे -आप बार-बार अपने अवचेतन मन को बताएँ, अपनी इच्छा को हर रोज दोहराएँ, तो इससे निश्चित रूप से आपको सहायता मिलेगी।

एक उदाहरण लेते हैं उस लक्ष्य को याद करें जिस को पूरा करने के लिए आप यह पुस्तक पढ़ रहे हैं, सही मायनों में वही आपका उद्देश्य है। इसका मतलब यह हुआ कि आप उसी लक्ष्य के द्वारा अपनी इच्छा के अमूर्त भाग को साकार कर के धन कमाना चाहते हैं। आत्मसुझाव और अवचेतन मन वाले अध्याय में कुछ दिशा निर्देश दिए गए हैं जिन्हें आत्म सुझाव वाले अध्याय में आपको संक्षिप्त रूप में बताया भी गया है कि इन दिशा निर्देशों से आप अपने अवचेतन मन को यह भरोसा दिला सकते हैं कि आप जिस लक्ष्य को प्राप्त करना चाहते हैं, वह आपको मिल जाएगा। अवचेतन मन इस पर यकीन करता है और फिर वही होता है, जो आप चाहते हैं यानी आप का यकीन आस्था में परिवर्तित हो जाता है। इसके बाद ही आपके मस्तिष्क में वह योजनाएँ आएँगी, जिसके द्वारा ही आप अपना लक्ष्य प्राप्त कर सकेंगे।

आस्था वह मानसिक अवस्था है जिसे आप आत्मसुझाव के सिद्धांत के प्रयोग द्वारा प्रेरित या निर्मित कर सकते हैं। अगर आप अपने अवचेतन मन जिसके द्वारा पहले आप अपनी इच्छा को विश्वास में बदलते हैं किंतु यह कार्य इतना भी सरल नही है जितना कहना, यह बेहद कठिन है ठीक उसी प्रकार जिस प्रकार एक अंधे व्यक्ति को लाल रंग का वर्णन करना जिसने कभी अपनी जिंदगी में रंग देखा ही नहीं उसे किस प्रकार पता चल सकेगा कि लाल रंग कैसा होता है न हीं आप उसकी किसी चीज के साथ तुलना करके ही समझा सकते हैं आस्था दिमाग की वह अवस्था है जिसे आप 13सिद्धांतों में पारंगत हो जाने के बाद ही इच्छा के साथ विकसित कर सकते हैं यह मस्तिष्क की ऐसी अवस्था है जो इन सिद्धांतों के लागू करने और प्रयोग करने के माध्यम से स्वतः विकसित होती है

यदि सही मायनों में आप आस्था को अपनी इच्छा के मुताबिक विकसित करना चाहते हैं तो इसका एकमात्र तरीका यही है कि आप अपने अवचेतन मन को बार-बार सकारात्मक दिशा निर्देश दें तो आस्था विकसित हो सकेती है।

निम्नलिखित विवरण के माध्यम से इस बात को आप भली प्रकार समझ सकेंगे कि कई लोग अपराधी किस तरह बनते हैं। एक प्रसिद्ध क्रिमिनोलॉजिस्ट के शब्दों में कहा गया है कि- "जब लोग पहली बार अपराध के संपर्क में आते हैं जिससे वह घृणा करते थे और यदि वह काफी समय तक उसी अपराध के संपर्क

में रहते हैं तो वह इसे करने के आदी बन जाते हैं और यदि वह लंबे समय तक अपराध के संपर्क में बने रहते हैं तो वे अंतिम रूप से इसे अपना ही लेते हैं और इससे प्रभावित होने से स्वयं को बचा नहीं पाते"

इस संबंध में आप पुनः इस पर विचार कीजिए जिन विचारों के पीछे प्रबल भावनाएँ होती हैं और जिनमें आस्था भी साथ होती है, वह सभी विचार तुरंत ही अपने भौतिक रूप में परिवर्तित होना शुरू कर देते हैं।

भावनाएँ या अनुभूति जो विचारों को जीवंतता प्रदान करते हैं, उन्हें सक्रिय बनाते हैं। आस्था प्रेम और सेक्स के भाव जब भी विचार के आगे के साथ मिलते हैं तो उनमें शक्तिशाली कोई और भाव नहीं होता। किसी भी तरह के सकारात्मक और नकारात्मक भाव से जुड़े विचार अवचेतन मन तक पहुँचते हैं और उससे प्रभावित भी करते हैं। अवचेतन मन उसी प्रकार नकारात्मक प्रकृति के एक विचार को भी साकार कर सकता है जिस तरह एक सकारात्मक विचार को, क्योंकि विचारों का आवेग चाहे वह सकारात्मक हो या नकारात्मक अवचेतन मन को नहीं पता होता, वह स्वस्थ आवेग पर काम करता है।

ऐसे करोड़ों लोग हैं जो यह मानते हैं वे गरीबी और असफलता में जीने के लिए इसलिए अभिशप्त हैं, क्योंकि कोई रहस्यमयी शक्ति उनके खिलाफ काम कर रही है। जिस पर उनका कोई नियत्रंण नहीं। इस नकारात्मक आस्था या विश्वास के कारण वे अपने दूर्भाग्य के निर्माता खुद होते हैं, क्योंकि उनका अवचेतन मस्तिष्क उनके इस नकारात्मक विश्वास को पकड़ लेता है और इसे भौतिक समतुल्य का रूप दे देता है।

यदि आप अपनी इच्छा को साकार करना चाहते हैं तो अपने अवचेतन मन तक अपनी बात पहुँचाएँ और आशावादी रहें। परंतु इसके लिए यह जरूरी है कि आपकी वह इच्छा प्रबल और आशावादी हो और अगर ऐसा होता है तो आप उसे इसके भौतिक या आर्थिक समतुल्य में बदल सकते हैं। आपकी आस्था या विश्वास ही वह तत्व है, जो आपके अवचेतन मस्तिष्क की क्रिया को निर्धारित करता है। आत्मसुझाव के द्वारा अपने अवचेतन मस्तिष्क् को धोखा देने से आपको कोई रोक नहीं रहा है, जिस तरह से मैंने अपने बेटे के अवचेतन मस्तिष्क को धोखा दिया था। उसी तरह आप भी यह कर सकते हैं।

आत्म सुझाव के माध्यम से इस धोखे को सच्चाई बनाने के लिए आपको सिर्फ इतना करना है कि आप ऐसा व्यवहार करें जैसे कि आपके पास वस्तु पहले

से ही है या वह इच्छा पूरी हो चुकी है। यह भाव आप अपने अवचेतन मन तक पहुँचा दें और आगे देखें क्या होता है।

आप अभ्यास के लिए उस शुरुआती बिंदु पर पहुँच सकते हैं जहाँ से आप अभ्यास के माध्यम से वह दिशानिर्देश अवचेतन मन तक पहुँचा सकें, जिसके द्वारा वह चीज जो आप वापस हासिल करना चाहते हैं, वह आपको मिल जाये। यदि यह बात सच है कि अपराध करते- करते व्यक्ति अपराधी बन जाता है तो यह बात भी उतनी ही सच है कि आस्था और आत्म सुझाव के साथ अवचेतन मन को स्वेच्छा के साथ विकसित किया जा सकता है। आप इस बात को समझें कि सकारात्मक भावनाओं को प्रभावशाली ढंग से प्रोत्साहित किया जा सकता हैं और नकारात्मक भावनाओं को हतोत्साहित कर समाप्त भी,तभी आप अपने लक्ष्य तक पहुँच सकते हैं-"आस्था मस्तिष्क की एक अवस्था है, जिससे आत्म सुझाव के सिद्धांतों द्वारा विकसित और पोषित किया जा सकता है।

जिस मस्तिष्क में सकारात्मक भावनाओं की प्रबलता होती है, वह उस मानसिक अवस्था का प्रिय निवास बन जाता है जिसे आस्था कहा जाता है। यह मस्तिष्क इच्छा के अनुरूप अवचेतन मस्तिष्क को निर्देश देता है, जिसे यह स्वीकार करता है और इस पर तत्काल काम काम करता है।

आस्था एक मानसिक अवस्था है, जिसे आत्मसुझाव द्वारा विकसित किया जा सकता है

युगों—युगों से धर्मावलंबी संघर्षरत मानवता को यह संदेश देते रहे कि उन्हें इस या उस धार्मिक सिद्धांत में आस्था रखनी चाहिए लेकिन वे यह बताने में असफल रहे कि आस्था को किस तरह पैदा किया जाए। उन्होंने यह नहीं बताया कि आस्था एक मानसिक अवस्था है जिसे आत्मसुझाव द्वारा विकसित किया जा सकता है।

ऐसी भाषा जिसे आम आदमी समझ सके, हम वह सिद्धांत बताएँगे, जिसके द्वारा आस्था वहाँ पर विकसित की जा सकती है, जहाँ पर इसका अस्तित्व नहीं है।

अपने आपमें आस्था रखें, परमपिता में आस्था रखें।

इससे पहले हम शुरू करें आपको एक बार फिर याद दिलाना जरूरी है।

आस्था ही वह अमृत है, जो विचार के आवेग को जीवन, शक्ति और क्रियाशीलता प्रदान करता है।

पिछला वाक्य दोबारा पढ़ने लायक है और तीसरी बार, और चौथी बार भी। यह जोर से पढ़ने लायक है।

आस्था धन कमाने का शुरूआती बिंदु है।

आस्था उन सभी चमत्कारों और सभी रहस्यों का आधार है, जिन्हें विज्ञान के नियमों के आधार पर स्पष्ट नहीं किया जा सकता।

आस्था असफलता का इकलौता इलाज है।

आस्था वह रासायनिक तत्व है, जिसे प्रार्थना के समय दोहराया जाता है तो इंसान अनंत प्रज्ञा के साथ सीधा संवाद करता है।

आस्था वह तत्व है, जो इंसान के सीमाबद्ध मस्तिष्क द्वारा निर्मित विचारों के आम कंपनों को आध्यात्मिक समतुल्य में रूपांतरित करता है।

आस्था इकलौता माध्यम है, जिसके द्वारा इंसान अनंत प्रज्ञा की वैश्विक शक्ति का दोहन और प्रयोग कर सकता है।

आत्मसुझाव का जादू

प्रमाण आसान है और आसानी से दिया जा सकता है। यह आत्मसुझाव के सिद्धांत में लिपटा हुआ है। आइए हम अपने ध्यान को आत्मसुझाव के विषय पर केन्द्रित कर लें और यह पता लगाएँ कि यह क्या है और यह क्या हासिल करने में समर्थ है।

यह तथ्य तो सभी जानते हैं कि आदमी अपने आपसे जो बात बार-बार दोहराता है वह आखिरकार उस बात पर विश्वास करने लगता है, चाहे वह बात सही हो या ग़लत। अगर कोई आदमी बार-बार किसी झूठ को दोहराता रहे तो अंततः वह उस झूठ को सच के रूप में स्वीकार कर लेगा। यही नहीं, वह विश्वास करने लगेगा कि यही सच है। इंसान वही बन जाता है जिस तरह के विचारों को वह अपने मस्तिष्क पर राज करने देता है। जिन विचारों को इंसान अपने मस्तिष्क में जगह देता है और जिन्हें वह सहानुभूति के साथ प्रोत्साहित करता है और जिन्हें वह अपनी भावना के साथ संबद्ध करता है वे प्रेरक शक्तियाँ बन जाते हैं, जो उसकी हर गतिविधि, हर कार्य और हर कर्म को नियंत्रित और निर्देशित करती हैं।

आइए, अब एक बहुत ही महत्वपूर्ण सच्चा वक्तव्य :

जब विचार भावनाओं के साथ संयोजित हो जाते हैं तो वे एक "चुंबकीय" शक्ति बन जाते हैं, जो अपने समान या अपने से जुड़े दूसरे विचारों को आमंत्रित करते हैं।

भावना के साथ जुड़ जाने पर इस तरह से “चुंबकीय” हो गए विचार की तुलना हम उस बीज से कर सकते हैं जिसे उपजाऊ ज़मीन में बोए जाने पर वह अंकुरित होता है, उगता है और कई गुना हो नाता है, जब तक कि यह छोटा सा एक बीज अपने ही जैसे लाखों अनगिनत बीज नहीं बन जाता।

मानवीय मस्तिष्क ऐसे कंपनों को लगातार आकर्षित करता है जो मस्तिष्क में रह रहे विचारों के अनुरूप हो। इंसान के मस्तिष्क में प्रबलता से मौजूद कोई भी विचार योजना या लक्ष्य अपने रिश्तेदारों को आमंत्रित और आकर्षित करता है और इन “रिश्तेदारों” से जुड़ने के बाद वह अधिक शक्तिशाली बन जाता है और उसकी शक्ति त तक बढ़ती रहती है, जब तक कि वह उस व्यक्ति का प्रबल मालिक नहीं बन जाता जिसके मस्तिष्क में वह निवास करता है।

अब हम शुरुआती बिंदु पर फिर से चलें और यह जानें कि किस तरह किसी विचार, योजना या लक्ष्य का मूल बीज मस्तिष्क में बोया जा सकता है। यह जानकारी आसानी से दी जा सकती है किसी भी विचार, योजना या लक्ष्य को बार-बार दोहराए जाने पर इसे मस्तिष्क में रखा जा सकता है। इसीलिए आपसे यह कहा गया है कि आप अपने प्रमुख लक्ष्य को लिख लें, इसे याद कर लें और इसे ज़ोर से हर दिन पढ़ें जब तक कि यह ध्वनि के कंपन आपके अवचेतन मस्तिष्क तक न पहुँच जाएँ।

दुर्भाग्यशाली माहौल के प्रभावों को हटाने का संकल्प करें और अपने जीवन को सही पटरी पर ले आएँ। अपनी मानसिक पूँजी (assets) और दायित्वों (liabilities) का हिसाब लगाएँ और आप पाएँगे कि आपकी बड़ी कमज़ोरी है आत्मविश्वास की कमी। आप आत्मसुझाव के सिद्धांत की मदद से इस कमी या अड़चन को दूर कर सकते हैं और अपने संकोच को साहस में बदल सकते हैं। इस सिद्धांत का प्रयोग कुछ सकारात्मक विचारों आसान प्रयोग द्वारा किया जा सकता है। आपको सिर्फ़ इतना करना है कि आप इन सकारात्मक विचारों को लिख लें, याद कर लें और बार-बार दोहराएँ जब तक कि ये आपके अवचेतन मस्तिष्क के सक्रिय उपकरण का हिस्सा न बन जाएँ।

आत्मविश्वास का फ़ॉर्मूला

1. मुझे यह ज्ञात है कि मुझमें जीवन के निश्चित उद्देश्य को प्राप्त करने की योग्यता है, इसलिए मैं अपने उद्देश्य की प्राप्ति के लिए निरंतर लगा

रहूँगा और मैं इसी क्षण स्वयं से वादा करता हूँ, जब तक अपना लक्ष्य हासिल नहीं कर लूंगा तब तक नहीं रुकूंगा।

2. मुझे एहसास है कि मेरे दिमाग में प्रबल विचार अंततः स्वयं को भौतिक रूप में परिवर्तित कर ही लेंगे, इसलिए मैं अपने विचारों को प्रत्येक दिन दोहराने के लिए तीस मिनट दूंगा और मैं जैसा व्यक्ति बनना चाहता हूँ उस बारे में ही सोचूँगा, जिससे मेरे दिमाग में उस व्यक्ति (जो मैं बनना चाहता हूँ) का स्पष्ट चित्र बन जाए।
3. मैं जानता हूँ आत्म सुझाव के सिद्धांतों के द्वारा मेरा जो भी उद्देश्य है जिससे मैं लगातार अपने दिमाग में बनाए रखूंगा। वह अंततः किसी भी तरह से भौतिक वास्तविकता में आ ही जाएगा और अंत में मुझे प्राप्त हो ही जाएगा। इसलिए प्रत्येक दिन में आत्मविश्वास जगाने के लिए दस मिनट का समय दूंगा।
4. मैं जीवन में जो भी हासिल करना चाहता हूँ, उस उद्देश्य को मैंने स्पष्ट रूप से लिख लिया है और जब तक उसे प्राप्त करने का आत्मविश्वास नहीं जगा लेता तब तक पूरी लगन से लगा रहूँगा।
5. मुझे इस बात का भी पूरी तरह से एहसास है कि कोई भी संपत्ति या स्थिति लंबे समय तक नहीं रह सकती, जब तक वह सत्य पर आधारित ना हो इसलिए मैं कभी भी ऐसी गतिविधि में शामिल नहीं होऊँगा, जो सत्य पर आधारित ना हो या इससे प्रभावित होने वालों वाले लोगों का भला न हो। मैं दूसरों को भी प्रेरित करूँगा कि वह सेवा भाव रखें, क्योंकि मैं भी यही भाव रखता हूँ। मैं सारी मानवता के लिए प्रेम का विकास करूँगा और स्वार्थ, घृणा, ईर्ष्या और कुटिलता को समाप्त करने की कोशिश करूँगा, क्योंकि मैं जानता हूँ कि दूसरों का बुरा सोचने या करके मैं कभी भी सफल नहीं हो पाऊँगा। मैं अपने काम और स्वयं पर विश्वास करूँगा और दूसरों को भी ऐसा करने के लिए प्रेरित करूँगा।

इस फार्मूले के पीछे प्रकृति का भी अपना एक नियम है, जिसे अभी तक कोई भी व्यक्ति व्याख्यायित नहीं कर पाया है। इस नियम को आप किसी भी नाम से पुकार सकते हैं, क्योंकि नाम से ज्यादा महत्वपूर्ण है इसका रचनात्मक प्रयोग वैसे- मनोवैज्ञानिकों ने इसे "आत्मसुझाव" नाम दिया है। यह नियम मानव जाति के लिए

काम करता है, जिसका प्रयोग करना आप पर है आप इसका प्रयोग नकारात्मक करते हैं या सकारात्मक, क्योंकि यह नियम तो आपके विचारों के आवेगों को ही भौतिक वास्तविकता में परिवर्तित करता है। यह कुछ नहीं करता जो भी करते हैं आप करते हैं।

हमारा अवचेतन मन वह रासायनिक प्रयोगशाला है जो विचारों के अवयवों को वास्तविकता में बदलने का काम करता है। यह सकारात्मक और नकारात्मक विचारों के आवेगो में कोई अंतर नहीं करता। अवचेतन मन में हमारे विचार सिर्फ आवेगों के माध्यम से ही उसी सामग्री से काम करते हैं, जो आप उन्हें देते हैं, यह डर से आवेशित विचारों को उतनी ही सरलता से हकीकत में परिवर्तित कर देता है। जितनी सरलता से यह साहस या आस्था के द्वारा प्रेरित विचारों को हकीकत में बदलेगा।

एक आदमी नकारात्मक सुझाव के द्वारा उतने ही प्रभावी ढंग से गलत कदम उठा सकता है, जितना किसी भी अन्य माध्यम से। मध्य पश्चिमी शहर में जोसेफ ग्रांट नामक व्यक्ति ने अपने मित्र, जो कि बैंक अधिकारी था। उसने निर्देशक की सहमति के बिना बैंक से बड़ी राशि लोन ली और उसे जुए में गवां दिया। एक दिन बैंक परीक्षक आए और सभी खातों की जांच की। फिर उन्होंने पाया की ग्रांट ने पैसों की एक किस्त भी नहीं दी है। उन्होंने पुलिस में कंप्लेंट की और कुछ ही दिनों में पुलिस ने ग्रांट को खोज लिया। वह स्थानीय होटल में छुपा हुआ था। जब उसे पकड़ा गया तो वह एक ही बात दोहरा रहा था - "हे भगवान यह मुझे मार डालेंगे, मै कैसे इतना अपमान सह पाऊँगा"और कुछ समय बाद उसकी मृत्यु हो गई थी। डॉक्टर ने इस सारे मामले को सीधा और स्पष्ट शब्दों में कहा यह एक मानसिक आत्महत्या का मामला है

जैसे बिजली का सही प्रयोग किया जाए तो इसके प्रयोग से मानव जाति को बहुत लाभ मिलेगा चाहे वह कोई भी क्षेत्र क्यों ना हो, किंतु इसका प्रयोग सही ढंग से नहीं किया जाए तो यह अनेकों का जीवन नष्ट कर सकती है। ठीक इसी प्रकार आत्मसुझाव का सही प्रयोग आपको सुख, शांति और समृद्धि की ओर ले जाएगा, किंतु यह सब सिर्फ इस बात पर निर्भर करता है कि आप इस सिद्धांत का प्रयोग किस हद तक समझ के साथ लागू करते हैं।

अगर आप अपने मस्तिष्क में डर, शंका और अविश्वास को भर देंगे तो यह आत्मविश्वास का सिद्धांत इसी भावना के आवेगों को नकारात्मकता में परिवर्तित करके आपको सिर्फ कष्ट ही देगा। इसके विपरीत अगर आप अपने मस्तिष्क में

आत्मविश्वास और साहस के आवेगों को पहुँचाएँगे तो यह आपका जीवन खुशियों से भर देगा।

उस हवा की तरह जो एक जहाज को पूर्व दिशा में ले जाती है और दूसरे को पश्चिम दिशा में, आत्मसुझाव का नियम आपको ऊपर उठा सकता है, या नीचे गिरा सकता है, जो इस बात पर निर्भर करता है कि आपने अपने विचार की पाल को किस तरह बांधा।

आत्मसुझाव के नियम के द्वारा कोई भी व्यक्ति उपलब्धि की कल्पनातीत ऊँचाईयों को छू सकता है और यह इस कविता में बहुत अच्छी तरह अभिव्यक्त होता है।

अगर आप यह मानते हैं कि आप हार जाएँगे
तो आप हार जाएँगे।
अगर आप सोचते हैं कि आप में हिम्मत नहीं है
तो वह आप में नहीं है।
अगर आप जीतना चाहते हैं, लेकिन आपको लगता है
आप नहीं जीत पाएँगे।
तो यह लगभग तय है कि आप नहीं जीत पाएँगे
यदि आप यह मानते हैं कि आप हार जाएँगे
तो आप हार जाएँगे।
यदि आप सोचते हैं कि आप में हिम्मत नहीं है
तो वह आप में नहीं है।
यदि आप जीतना चाहते हैं, लेकिन आपको लगता है
आप नहीं जीत पाएँगे।
तो यह मान के चलिए कि आप नहीं जीत पाएँगे
यदि आपको लगता है कि आप हार जाओगे
तो आप हार जाओगे,
क्योंकि इस संसार में यह देखा गया है कि
सफलता की शुरुआत इच्छा से होती है
और यह स्थिति मन से शुरू होती है

यदि आप मानते हैं
आप बेहतर हैं तो सचमुच आप हैं
ऊपर उठने के लिए ऊँचा सोचना होगा
पहले स्वयं पर विश्वास करना होगा
अगर आप जितना चाहते हैं जीवन की लड़ाई में तो
केवल मजबूत या तेज व्यक्ति ही नहीं जीता
बल्कि सही मायने में वही व्यक्ति जीता है
जो सोचता और मानता है कि वह कर सकता है...

उन शब्दों को दोबारा देखें हैं, जिन पर जोर दिया गया है और आप उन शब्दों के अर्थ समझ पाएँगे, जो कवि के दिमाग में थे।

आपके दिमाग में कहीं ना कहीं उपलब्धि पाने का बीज सोया पड़ा है। जिसे नींद से उठा दिया जाए और काम में लगा दिया जाए तो वह बीज ही आपको उन ऊँचाइयों तक ले जाएगा, जिन्हें पाने की आपने कभी कल्पना भी नहीं की थी। जिस प्रकार संगीतज्ञ संगीत की धुनों को एक वाइलन के तारों के माध्यम से छोटे-छोटे अंशों में निकालता है, ठीक वैसे ही आप भी अपने अंदर सोए हुए महान व्यक्ति को जगा सकते हैं और उसे काम में लगा कर आप अपने किसी भी उद्देश्य की पूर्ति कर सकते हैं। अब्राहिम लिंकन एक महान आदमी थे और उनकी लाख कोशिशों के बाद भी वे सफलता हासिल नहीं कर पाए, वह 40 साल की आयु भी पूरी कर चुके थे। लेकिन उनका जीवन और भाग्य गए दोनों सोए पड़े थे। एक समय आया जब उन्होंने अपने दिल और दिमाग के भीतर सोए हुए उस बीज को जगाया और विश्व को एक महान पुरुष की प्राप्ति हुई। एन रूटलेज के माध्यम से लिंकन के जीवन में छाया अंधकार का दूर हो गया, क्योंकि वह ही एकमात्र महिला थी, जिसमें लिंकन से प्रेम किया था।

यह सर्वविदित है कि प्रेम की भावना आस्था के साथ ही बहुत ही निकटता से जुड़ी है और यही कारण है कि प्रेम हमारे विचारों के आवेग को आध्यात्मिक समतुल्यता में बदलने की शक्ति रखता है। अपने रिसर्च के दौरान लेखक ने पाया कि जितने भी महान पुरुष हुए हैं, ज्यादातर लोगों के पीछे किसी महिला के प्रेम का प्रभाव था। मनुष्य के मन और मस्तिष्क में प्रेम की भावना चुंबकीय आकर्षण का एक अनुकूल क्षेत्र बनाती हैं, जिससे आप जो चाहते हैं वह पाने की अद्भुत शक्ति

मिलती है और अगर आप इस शक्ति का सबूत चाहते हैं तो उन सभी स्त्री और पुरुषों की उपलब्धियों का अध्ययन और विश्लेषण करें जिन्होंने अपने जीवन में अद्भुत सफलताएँ अर्जित की हैं। इस सूची में सबसे पहले आपकी नजर नाजारेन पर पड़ती है, क्योंकि ईसाई धर्म का आधार आस्था है और भले ही लोगों ने इस धर्म की शक्ति को तोड़ मरोड़ कर पेश किया हो किंतु ईसा मसीह की शिक्षा और उपलब्धियों का तात्पर्य 'चमत्कार' नहीं 'आस्था' है। एन रूटलेज के माध्यम से लिंकन के जीवन में छाया अंधकार का दूर हो गया, क्योंकि वह ही एकमात्र महिला थी, जिसने लिंकन से प्रेम किया था।

अगर आप इस शक्ति का सबूत चाहते हैं तो उन सभी स्त्री और पुरुषों की उपलब्धियों का अध्ययन और विश्लेषण करें जिन्होंने अपने जीवन में अद्भुत सफलताएँ अर्जित की हैं।

अब विश्वास और आस्था की शक्ति पर विचार करते हैं जिसे सारी मानव सभ्यता बहुत अच्छी तरह से जानती है। वह व्यक्ति है -'महात्मा गांधी' इनमें आस्था का सबसे बड़ा रूप देखने को मिलता है। जबकि उनके पास ना तो बहुत अधिक पैसे थे, न ही युद्ध का सामान और न ही सेना ही थी। जीवित व्यक्तियों में गांधी की जितनी शक्ति किसी अन्य व्यक्ति के पास नहीं थी। यह शक्ति उनके पास कैसे और कहाँ से आई -"गांधी जी ने आस्था के सिद्धांत के बारे में अपनी समझ और करोड़ लोगों के मन में इस आस्था को जोड़ अपनी इस शक्ति को बढ़ाया है"।

आस्था के बल पर ही गांधीजी ने अपनी शक्ति को बनाया और वह काम कर दिखाया, जिसकी कभी किसी ने कल्पना भी नहीं की थी। ऐसा कार्य कभी कोई सेना भी नहीं कर सकती, भले ही उनके पास आधुनिक से आधुनिक उपकरण ही क्यों ना हो। गांधी जी ने 200 मिलियन लोगों के मस्तिष्क को एक ही मस्तिष्क की तरह काम करने की अद्भुत उपलब्धि प्राप्त की थी।

आस्था के अलावा ऐसी कौन सी शक्ति है, जो ऐसा महान कार्य कर सकती है। यहाँ तक कि किसी बिजनेस को चलाने के लिए भी आस्था की आवश्यकता होती है। चलिए एक रोचक घटना का विश्लेषण करते हैं, जिससे हमें ज्ञात हो जाएगा कि जिन लोगों ने बड़ी उपलब्धियाँ हासिल की है उन्होंने हासिल करने से पहले 'देना सीखा'।

यहाँ जिस घटना का जिक्र किया जा रहा है वह 1900 की है। इस समय यूनाइटेड स्टेट स्टील कॉरपोरेशन बन रहा था, जैसे-जैसे आप कहानी बढ़ते जाएँगे

वैसे-वैसे इन तथ्यों को दिमाग में रखें और आप समझ जाएँगे कि कैसे केवल विचार ही संपत्ति में बदल सकते हैं। अगर आपके मन में शंका है कि कैसे विचार ही संपत्ति में बदल सकते हैं, तो यूनाइटेड स्टेट स्टील कॉरपोरेशन की कहानी आपकी शंका दूर कर देगी। इस कहानी में आप इस किताब में दिए गए सिद्धांतों का प्रयोग देखेंगें। विचारों की शक्ति का सुंदर वर्णन जॉन लॉवेल ने न्यूयॉर्क वर्ल्ड टेलीग्राम में बहुत नाटकीय ढंग से किया है, जिनकी अनुमति से इसे यहाँ पर प्रकाशित किया जा रहा है।

एक बिलियन डॉलर का जबर्दस्त् भाषण

12 दिसंबर, 1900 की शाम को देश के लगभग 80 अमीर लोग फिक्थ एवेन्यू के यूनिवर्सिटी क्लब के समारोह में शामिल हुए, सिर्फ एक युवक के सम्मान के लिए किंतु आधा दर्जन से भी अधिक मेहमानों को यह ज्ञात नहीं था कि वे अमेरिका की औद्योगिक इतिहास ही घटना का साक्षी होने जा रहे हैं।

जे एडवर्ड सिमन्स और चार्ल्स स्टीवर्ट स्मिथ जब हॉल में घूम रहे थे, तो चालर्स एम.शवाब ने उनका अतिथि सत्कार बहुत अच्छे ढंग से किया सिमन्स और स्मिथ ने 38 साल के श्वाब से पूर्वी बैंकिंग सोसायटी का परिचय करवाने के लिए इस डिनर का आयोजन किया था।

किंतु उन्हें इस बात की जरा यह आशा नहीं थी कि वे इस डिनर के समारोह में इतना बड़ा हंगामा कर देंगे। उन्होंने उन्हें इस बात के लिए पहले ही सचेत कर दिया था कि न्यूयॉर्क के लोग भाषण की कला को पसंद नहीं करेंगे और यदि वह स्टील मैन हरीमन और वर्ल्ड बीट को बोर नहीं करना चाहते तो बेहतर होगा कि वह अपनी बात को 15 या 20 मिनट में ही समाप्त कर दें और जाने दें।

यहाँ तक कि जॉन पियर पोट मार्गन उच्च पद की प्रतिष्ठा के कारण शवाब के दाहिने हाथ की सीट पर बैठे थे, वे केवल कुछ ही समय के लिए इस डिनर में बैठने वाले थे, जहाँ तक जनता और प्रेस के लोगों का सवाल था। यह डिनर और पूरा मामला इतना महत्वहीन था कि अगले दिन ना तो किसी की जुबान और ना ही किसी न्यूज़ पेपर में इसकी खबर थी।

जब दोनों मेजबान और विशिष्ट अतिथियों ने अच्छी तरह डिनर किया, बीच में बहुत कम चर्चा हुई और अगर हुई भी तो तनाव के माहौल में हुई।

कुछ ही बैंकरों और दलालों ने शवाब से बातचीत की थी। कोई भी आदमी शवाब को ठीक से नहीं जानता था, किंतु शाम खत्म होने से पूर्व उन सभी और

मनी मास्टर मार्गन के होश उड़ गए, जब बिलियन-डॉलर के यूनाइटेड स्टेट स्टील कॉरपोरेशन का बीज बोया गया।

इतिहास के अनुसार से यह बहुत दुर्भाग्यपूर्ण बात है कि उस डिनर पर शवाब की बातचीत का कोई भी रिकॉर्ड नहीं है उन्होंने शिकागो के बैंकरों की एक ऐसी ही बातचीत के दौरान उस डिनर के कुछ अंशों को दोहराया था, हो सकता है यह भाषण कुछ चुटकुलों से भरा हो और ग्रामर के लिहाज से इसमें अनेकों गलतियाँ भी हो, क्योंकि शवाब भाषा की शुद्धता पर ज्यादा ध्यान नहीं देते थे। उस भाषण के अलावा उसमें एक प्रबल शक्ति भी थी, जिसका उस रात शवाब ने उन पांच बिलियन डॉलर के लगभग की संपत्ति वाले श्रोताओं पर कभी न भूलने वाला प्रभाव डाला था, जब यह भाषण जो कि 90 मिनट का था, समाप्त हुआ तो सभी श्रोता विस्मय से भर गए थे। इसके तुरंत बाद मार्गन वक्ता को एक खिड़की के पास ले गए, जहाँ कोई ना था और वहाँ एकांत में बैठकर लगभग एक घंटा बात की। हालांकि सीट आराम देह नही थी, फिर भी उन्होंने लगातार बातें की।

उस समय शवाब के व्यक्तित्व का जादू अपनी पूरी चरम सीमा पर था और वह जादू अपनी पूरी शक्ति के साथ अपना काम कर रहा था, किंतु इससे भी महत्वपूर्ण और अधिक स्थाई वह पूर्ण और क्लियर प्रोग्राम था जो उन्होंने स्टील की उन्नति और प्रगति के लिए प्रस्तुत किया था। कई अन्य लोगों ने भी मार्गन की रुचि जगाने की अतः कोशिश की थी कि वह स्टील के लिए भी उसी तरह का एक ट्रस्ट बनाएँ, जिस तरह का उन्होंने बिस्किट, वायर, हूप, शक्कर, रबर, व्हिस्की, तेल या च्युइंगम के लिए बनाया था। जॉन डब्ल्यू गेटस नामक गैंबलर ने भी इसका आग्रह किया था, लेकिन मार्गन को उस पर विश्वास नहीं था। शिकागो के मेयर जोबन बिल मूर और जिम मूर, जो कि एक साथ मैच ट्रस्ट और क्रैकर कॉरपोरेशन बना चुके थे, ने भी यह आग्रह किया था, किंतु वह भी विफल रहे। देहात के वकील अल्बर्ट एच .गैरी भी यही चाहते थे, परंतु वे इतने प्रभावशाली नहीं थे कि उनकी बातों का प्रभाव उन पर पड़ता। जब तक शवाब की वाकपटुता जेपी मार्गन को उन ऊँचाइयों पर नहीं ले गई, जिससे वह अब तक के सबसे साहसिक आर्थिक कार्य के जबरदस्त परिणाम निकाल ले या किसी ठोस परिणाम की कल्पना ना कर लें हालांकि आसानी से पैसे कमाने वाले अनेकों लोगों की दृष्टि में यह विचार एक पागलपन के सिवाय कुछ नहीं था।

एक पीढ़ी पहले यह सब शुरू हुआ, जिसे आर्थिक चुंबकीयता के नाम से जाना जाता है और इस कारण ही स्टील के क्षेत्र में हजारों छोटी और कई मामलों

में बेकार कंपनियों को बड़े और प्रतियोगिता में धराशाही हो चुके कॉरपोरेशनो में बदल दिया गया था। यह सब पाइरेट जॉन डब्ल्यू गेटस के द्वारा खोजी गई तकनीकों के कारण ही संभव हो पाया। गेट्स छोटी-छोटी कंपनियों को मिलाकर पहले ही अमेरिकन स्टील एंड वायर कंपनी बना चुके थे और अब उन्होंने मार्गन के साथ मिलकर फेडरल स्टील कंपनी बनाई थी।

किंतु एँड्रयू कारनेंगी के विशाल खड़े ट्रस्ट के आगे बाकी सभी 53 ट्रस्टों के स्वामियों की कंपनियाँ बहुत ही छोटी थी। मार्गन यह जानते थे कि भले ही यह सब कितने ही एक हो जाएँ पर कारनेंगी के विशाल स्टील बिजनेस को जरा भी नुकसान नहीं पहुँचा सकते।

स्टॉकलैंड का वह बूढ़ा निवासी भी यह बात जानता था। स्किबो कैसल की शानदार ऊँचाइयों से उन्होंने पहले तो बहुत रोचकता के साथ देखा किंतु बाद में बहुत नाराजगी से कि मार्गन की छोटी कंपनियाँ उनके बिजनेस में किस तरह प्रतिद्वंदी बन प्रवेश कर रहे हैं, तब कारनेंगी ने सब से बदला लेना शुरू कर दिया और वह इस निर्णय पर पहुँचे कि अब से वह अपने प्रतिद्वंदी कंपनियों की नकल भी करेंगे। अब तक उन्होंने कोई दिलचस्पी नहीं दिखाई थी तार, पाईप, हुप्स या शीट के बिजनेस में।

वह कंपनियों को कच्चा माल बेचते थे, जिससे वह अपनी मर्जी से जो चाहते बना लेते थे और वह इतने में ही संतुष्ट थे, किंतु अब वह श्वाब के साथ मिलकर अपने इन प्रतिद्वंद्वियों को बर्बाद करने की योजना बना रहे थे।

चार्ल्स श्वाब के दिए गए भाषण में मार्गन की अपनी समस्या का समाधान मिल गया था। कार्नेगी के बिना बना कोई भी ट्रस्ट जिसके पास सबसे बड़ी स्टील की कंपनी थी, सही मायनों में ट्रस्ट कहा ही नहीं जा सकता था, ठीक उसी प्रकार इस प्रकार लस्सी को बनाया जा रहा है, किंतु उसमें दही ही नहीं है।

12 दिसंबर 1900 के रात्रि भोजन पर हुए भाषण में निश्चित रूप से यह संकेत दिया गया था, हालांकि कोई वादा नहीं किया गया था कि कारनेंगी के विशाल साम्राज्य को मार्गन के छोटे से ट्रस्ट के नीचे लाया जा सकता है।

शवाब ने स्टील कॉरपोरेशन के उज्जवल भविष्य के बारे में उस रात चर्चा की थी। इतना ही नहीं उसने एक ऐसा संगठन बनाने पर जोर दिया, जिसमें तक सक्षमता हो, विशेषज्ञता हो और जो कंपनियाँ अपना काम ठीक से नही कर पा रही है, उन्हें बंद कर दिया जाए और जो काम करने में सक्षम हैं, उन्हीं पर ध्यान

केंद्रित किया जाए। इतना ही नहीं उन्होंने इस बात पर भी जोर दिया कि खनिज के आवागमन पर जो खर्चा होता है, उसमें भी बचत की जानी चाहिए और साथ ही विदेशी बाजार में भी हमे सफल प्रवेश करना चाहिए।

इसके अलावा उन्होंने इन लोगों को बताया कि आखिर पारंपरिक पाईरेसी में गलतियाँ कहाँ हो रही हैं। उन्होंने इस बात की ओर भी संकेत किया कि उनका वर्तमान लक्ष्य है। बिजनेस में मोनोपोली बनाना जिससे वह कीमतें बढ़ा सके और इस पूरी की पूरी प्रक्रिया में वह स्वयं भी ज्यादा लाभ कमाना चाहते थे।

शवाब ने अत्यंत रोचक ढंग से सिस्टम की ख़ामियों को बताया और अपने श्रोताओं को यह भी बताया कि इस सिस्टम की नीतियों में बिल्कुल भी दूरदर्शिता नहीं है। इसका एकमात्र कारण यह है था कि अब एक ऐसे युग की शुरुआत होने जा रही है, जहाँ प्रत्येक वस्तु विस्तार चाहती है। इसी ने बाजार को प्रतिबंधित किया हुआ है। उन्होंने यह बताया कि अगर हम स्टील को लगातार लागत को कम करें तो हम एक ऐसे बाजार का निर्माण कर सकते हैं, जहाँ विस्तार के हमें अनेकों अवसर मिलेंगे। इतना ही नहीं स्टील के हम अनेकों उपयोग भी खोज सकते हैं और पूरे विश्व में व्यापार के बहुत बड़े भाग पर हम अपना नियंत्रण प्राप्त कर सकते हैं। वास्तव में श्वाब भी यह नहीं जानते थे कि वह स्वयं आधुनिक मॉस प्रोडक्शन के हिमायती हैं।

आखिरकार यूनिवर्सिटी क्लब का डिनर समाप्त हो गया और शवा,ब की सुनहरी भविष्यवाणियों के बारे में सोचते-सोचते मार्गन भी अपने घर की ओर रवाना हो गए। शवाब भी पिट्सबर्ग वापस लौट गए, क्योंकि वह वहाँ एँड्रीयू कारर्नेगी के स्टील का बिजनेस संभालते थे। गैरी और बाकी लोग भी लौट गए और अगले कदम का इंतजार करने लगे।

इसमें समय बहुत ज्यादा नहीं लगा। शवाब ने उन सबके सामने अपने तर्कों का जो अंबार लगाया था, उसे समझने में मार्गन को लगभग एक सप्ताह लगा। अंततः मार्गन जो स्वयं को पूर्ण रूप से समझा चुके थे, की इससे हमें किसी प्रकार की आर्थिक हानि नहीं होगी। फिर उन्होंने शवाब को बुलावा भेजा, किंतु उन्होंने पाया कि शवाब थोड़े संकोची स्वभाव के हैं, क्योंकि उन्होंने इस बात की ओर इशारा किया था कि कार्नेगी इस बात को पसंद नहीं करेंगे कि उनकी कंपनी का विश्वसनीय प्रेसिडेंट, वॉल स्ट्रीट के सम्राट के साथ मुलाकात कर रहा है, क्योंकि कारर्नेगी ने वॉल स्ट्रीट पर कभी ना चलने की कसम खाई थी। इसके बाद जॉन

डब्ल्यू गेटस नाम के एक व्यक्ति ने सुझाव दिया कि अगर श्वाब फिलाडेल्फिया में बेलेव्यू होटल में ठहर जाए तो मार्गन भी उसी समय उसी होटल में रहने चले जाएँगे, जहाँ वह दोनों आराम से मिल सकते हैं। किंतु दुर्भाग्यवश जिस समय शवाब वहाँ पहुँचे मार्गन बीमार थे। वह अपने न्यूयॉर्क वाले घर पर ही थे। मार्गन के आग्रह करने पर शवाब न्यूयॉर्क चले गए और वह दोनों लाइब्रेरी में मिले।

कुछ आर्थिक इतिहास कार कार का मानना है कि शुरुआत से लेकर अंत तक सब कुछ करने की द्वारा किया गया था। जैसे श्वाब का डिनर भाषण, श्वाब और अन्य लोगों के साथ संडे का सम्मेलन, मार्गन और श्वाब का लाइब्रेरी में मिलना तक किंतु इस बात में जरा भी सच्चाई नहीं है जब श्वाब को सौदा पूरा करने के लिए बुलाया गया तो उन्हें नहीं पता था कि एँड्रयू कार्नेगी, जिन्हें लिटिल बॉस भी कहते हैं, वह इसके लिए तैयार होंगे भी या नहीं, क्योंकि कार्नेगी उन लोगों से बहुत चिढ़ते थे, किंतु श्वाब फिर भी गए और अपने साथ अपनी ही लिखी हुई कॉपर प्लेट के आँकड़े भी ले गए,जिसमें यह लिखा हुआ था कि इस नए ट्रस्ट की हर स्टील कंपनी का आर्थिक मूल्य और उसकी संभावित आर्थिक कमाई की क्षमता क्या थी।

आँकड़ों का विश्लेषण करते -करते उन चारों लोगों को पूरी रात लग गई। साफ था कि इन चारों लोगों में प्रमुख मार्गन ही थे, जिनको धन की दैवियता पर पूरा या यूं कहें अटूट विश्वास था। वह अकेले नहीं है। इनके साथ इनका पार्टनर रॉबर्ट बेकन भी था, जो विद्वान और जेंटलमैन व्यक्ति था। जॉन डब्ल्यू गेटस भी इसमें शामिल थे। मार्गन उन्हें बहुत ज्यादा महत्व नहीं देते थे, क्योंकि वह उन्हें गैंबलर समझते थे। जिनका प्रयोग वह केवल एक औजार की भांति कर रहे थे। चौथे मार्गम स्वयं थे, जो उस समय जीवित लोगों में सबसे अधिक स्टील की कंपनीयों के विषय में जानते थे कि कैसे और कहाँ स्टील को बेचा या बनाया जा सकता है। पूरी चर्चा में पिट्सबर्ग के इस आदमी ने आँकड़े संबंधी किसी से भी कोई प्रश्न नहीं किया। यदि वह कह देते कि किसी भी कंपनी का मूल्य इतना है तो वह पत्थर पर लकीर था, ना उससे अधिक और ना उससे कम। सबसे ज्यादा जोर उन्होंने इस बात पर दिया कि इस ट्रस्ट में वही कंपनी रहे जिनका नाम उन्होंने लिखा था। उन सभी ने एक ऐसे कॉरपोरेशन को बनाया जिसका कोई भी डुप्लीकेशन नहीं होगा और उन सभी के लालच की पूर्ति भी नहीं होगी, जो मार्गन के कंधों पर अपनी कंपनी का बोझ डालना चाहते हैं।

इस प्रकार उसने कई बड़े व्यवसायों के डिजाइंस को भी नकार दिया, जिन पार वॉल स्ट्रीट के कई लोगों ने अपनी निगाहें गढा रखी थी। सुबह होने पर मार्गन उठे और सीधे होकर बैठ गए अब केवल एक ही प्रश्न बाकी था-

"उन्होंने पूछा क्या आपको लगता है कि आप एँड्रयू कार्नेगी को बेचने के लिए मना सकते हैं?"

श्वाब ने उत्तर दिया, "मैं कोशिश जरूर करूँगा"

मॉर्गन ने जवाब दिया - "अगर आप कारनेंगी को बेचने के लिए मना ले तो मैं इसे खरीद लूंगा"

यहाँ तक सब ठीक था। अब सवाल यह था कि क्या कारनेंगी बेचेंगे और अगर सचमुच वह बेचेंगे तो इसके बदले में वह कितने पैसे मांगेंगे ? (शवाब का अनुमान था लगभग 320,000,000 डॉलर मांगेंगे) और यह पैसे वह किस रूप में मांगेंगे? कॉमन या प्रिफर्ड स्टॉक के रूप में, बांड या कैश उनको यह भी पता था कि कोई भी उनको एक बिलियन डॉलर का 30% नकद में नहीं दे सकता।

वेस्टचेस्टर में जनवरी के समय सेंट एँड्रयूज़ लिंक्स में एक गोल्फ गेम हो रहा था और एँड्रयू ठंड से बचने के लिए गर्म स्वेटर पहने हुए थे और चार्ली लगातार बोल रहे थे, ताकि कारनेंगी का हौसला ना टूटे लेकिन बिजनेस के बारे में किसी ने भी कोई बात नहीं की जब तक वह कार्नेगी के कॉटेज जो सर्दी के लिहाज से उपयुक्त स्थान था पर नहीं पहुँच गए।

फिर श्वाब ने अपनी उसी वाकपटुता के साथ बातचीत शुरू की। जिस वाकपटुता से उसने यूनिवर्सिटी क्लब के 80 करोड़ोंपतियों को मंत्रमुग्ध किया था। श्वाब ने कारनेंगी को रिटायर होने पर उनके द्वारा देखे गए सुनहरे सपनों को पूरा करने का एक और सपना दिखाया। इतना ही नहीं अपनी इच्छाओं को पूरा करने के लिए करोड़ों अरबों रूपयों का भी जिक्र किया। कारनेंगी ने उत्तर में कागज का एक छोटा सा टुकड़ा टुकड़ा लिया और उस पर अपनी इच्छा के मुताबिक एक रकम लिख दी और श्वाब की ओर वह कागज का टुकड़ा बढ़ा दिया। कहा ठीक है, हम इतनी रकम में सौदा पक्का कर देंगे। यह आँकड़ा लगभग 400,000,000 डॉलर का था। अब अगर शवाब द्वारा अनुमानित आँकड़े की बात करें तो वह 320,000,000 डॉलर था। इस आधार पर मूलभूत आँकड़े यानी शवाब के द्वारा बताए गए आँकड़े में 80,000,000 जोड़ दिए गए थे। यह वृद्धि पिछले 2 साल में हुई मूल्य वृद्धि का नतीजा थी।

बाद में ट्रांसअटलांटिक लाइनर के डेक पर खड़े होकर कारनेंगी ने मार्गन से कहा - काश मैंने आपसे 100,000,000 डॉलर की मांग ज्यादा रखी होती।

"अगर आप उस समय मांगते तो वह आपको जरूर मिल जाते -यह बात मार्गन ने उन्हें बहुत खुश होकर कही थी।"

इस बात से चारों और सनसनी फैल गई थी। एक ब्रिटिश संवादाता ने तार दिया कि विदेशी स्टील जगत इस विशालकाय ट्रस्ट से बना हुआ था। येल के राष्ट्रपति हेडली ने यह घोषणा की, कि अगर देश में ट्रस्ट बनाने के संबंध में कोई नियम व कानून लागू नहीं किए गए तो आने वाले पच्चीस सालों में वॉशिंगटन पर एक ही साम्राज्य शासन करेगा।

किंतु एक काबिल स्टॉक विशेषज्ञ कीन ने जनता को बड़ी कुशलता के साथ सारा का सारा स्टॉक बेच दिया। कई लोगों का ऐसा अनुमान था कि 600,000,000 डॉलर का सारा नया स्टॉक पानी की तरह बेचा गया और जैसे सूखी जमीन पर गिरते ही पानी सूख जाता है। उसी प्रकार सारा स्टॉक भी खरीद लिया गया। अब कारनेंगी के पास करोड़ों डॉलर थे और मार्गन के पास 62,000,000 डॉलर थे। गेट्स से गैरी तक सभी के पास अपने लाखों डॉलर थे। अड़तीस साल के श्वाब को भी अपना हिस्सा मिल गया और वे इस नए कॉरपोरेशन के प्रेसिडेंट बन गए थे और 1930 तक इस पर अपना नियंत्रण रखने में कामयाब भी रहे।

अमीरी विचार से शुरू होती है

इस पुस्तक में आपने अभी जो नाटकीय कहानी पढ़कर समाप्त की है। यह बहुत बड़ा उदाहरण है इस आदर्श तरीके का जिसके द्वारा एक इच्छा ही अपने भौतिक रूप में बदल जाती है।

एक इंसान के दिमाग में उपजी एक विशाल कॉर्पोरेशन बनाने की इच्छा, जिसे संगठन बनाने के साथ, सभी को साथ मिलकर स्टील कंपनियाँ को एक कर आर्थिक स्थिरता देना था। यह सब योजना भी एक ही दिमाग की उपज थी। उसी की आस्था, कल्पना, लगन और मेहनत इन सभी की वजह से ही वह यूनाइटेड स्टेट्स स्टील का निर्माण कर पाए।

कानूनी रूप से सबके सामने आने के बाद कॉरपोरेशन ने जितनी भी स्टील कंपनियों को अपने कॉरपोरेशन में मिलाया, वह सब ज्यादा महत्वपूर्ण बात नहीं थी। महत्वपूर्ण यह था कि इनको एक छत के नीचे लाना। एक ही व्यक्ति द्वारा उन

सभी स्टील कंपनियों को नियंत्रित व संचालित करना था एक अनुमान के अनुसार इन्हें नई प्रॉपर्टीज का मूल्य बाद में लगभग 600 मिलियन डॉलर बढ़ गया था।

अन्य शब्दों में चार्ल्स एम. श्वाब के ही विचार और उनकी आस्था के द्वारा ही मार्गन और अन्य सभी के सामने अपने विचारों को रख पाए और उन्हें समझा पाए कि यह लाभ छोटा लाभ नहीं है 600,000,000 डॉलर का लाभ है यह एक विचार ही था और उस एक विचार के लिए यह रकम छोटी नहीं थी।

मैं जानता हूँ कई पाठक इस बात पर सवाल उठाएँगे कि क्या सिर्फ एक इच्छा को वास्तविकता में परिवर्तित किया जा सकता है। निसंदेह कुछ लोग कहेंगे कि "आप नहीं को हाँ मैं बदल सकते हैं?" इसका जवाब है- संयुक्त राज्य अमेरिका के स्टील कॉरपोरेशन की कहानी के अंदर।

यह विशालकाय संगठन और योजना एक व्यक्ति के दिमाग में ही बना था। उसने ही अपनी इच्छा, लगन और मेहनत से उसे साकार कर दिखाया। यूनाइटेड स्टेट स्टील कॉरपोरेशन समृद्ध हो गया और अमेरिका का सबसे अमीर और सशक्त कॉरपोरेशंस में से एक बन गया। जिसने हजारों लोगों को रोजगार दिया, इतना ही नहीं इसके बाद स्टील के नए-नए प्रयोग किए गए। जिसके कारण इसको विस्तार मिला। इस प्रकार यह साबित हो गया कि श्वाब का वह विचार सचमुच एक दमदार विचार था, जिसका लाभ 600,000,000 डॉलर था।

"अमीरी की शुरुआत एक विचार के रूप में होती है।"

धन की मात्रा उस व्यक्ति द्वारा ही निर्धारित की जाती है जिसके दिमाग में यह विचार आता है और साथ ही आस्था ही सभी सीमाओं को तोड़ती है। जब भी आप अपने जीवन में कुछ चाहें और कीमत निर्धारित करें तो याद रखें श्वाब पहले एक सामान्य व्यक्ति ही थे। स्वयं का मूल्याँकन करके ही अपनी कीमत का निर्धारण करें।

4

आत्मसुझाव

अवचेतन मन को प्रभावित करने के उपाय

अमीर होने की ओर तीसरा कदम

आत्मसुझाव वह शब्द है, जिसके अंतर्गत वह सारे सुझाव व स्वयं को दिए गए निर्देश आते हैं, जो हमारी इंद्रियों के द्वारा हमारे मस्तिष्क तक पहुँचते हैं। दूसरी ओर आत्म सुझाव को स्वयं को दिए गए सुझावों के तौर पर भी देखा गया है। यह संचार है जो अवचेतन मन और चेतन मस्तिष्क के मध्य संवाद का कार्य करता है। आप जिन अति प्रबल विचारों को चेतन मस्तिष्क में आने की अनुमति देते हैं, वही आत्मसुझाव के सिद्धांत के द्वारा स्वतः ही आपके अवचेतन मन तक पहुँच जाते हैं और इसे प्रभावित करने लगते हैं।

कोई भी विचार वह चाहे सकारात्मक हो या नकारात्मक आत्म सुझाव के सिद्धांत की सहायता के बिना अवचेतन मन तक पहुँच ही नहीं सकते हैं। इस प्रकृति ने मानव को इस प्रकार बनाया है कि वह अवचेतन मन तक पहुँच रहे सभी विचारों पर अपना पूरा नियंत्रण रख सकता है किंतु इस बात का यह अर्थ कतई नहीं है कि मानव हमेशा इस पर अपना नियंत्रण रख सकता है, क्योंकि यदि ऐसा संभव होता तो या कहें कि इस पर नियंत्रण पाना इतना ही सरल होता तो ज्यादातर लोग गरीबों का जीवन नहीं जी रहे होते।

याद कीजिए अवचेतन मन की तुलना उस खेत से की गई है, जहाँ उत्तम फसल के बीजों का प्रयोग नहीं किया गया तो वहाँ अनचाहे पौधे यानी खरपतवार रुक जाएँगे। आत्म नियंत्रण ही वह एजेंसी है, जिसके माध्यम से प्रत्येक व्यक्ति अपने अवचेतन मन के इस क्षेत्र को सकारात्मक और रचनात्मक प्रकृति के बीज

बोता है। यही नकारात्मक और विनाशकारी प्रकृति के विचारों को खरपतवार के रूप में अंदर आने की अनुमति दे सकता है।

इच्छा वाले अध्याय में जिन छह चरणों का जिक्र हमने किया था, उनमें छठे चरण में दिए गए निर्देशों के अनुसार आप अपने द्वारा लिखे गए वक्तव्य को हर दिन दो बार पढ़ें जिसमें आपने धन पाने की अपनी इच्छा व्यक्त की है। आप महसूस करें, कल्पना करें और सोचे कि वह सारा धन आपके पास है और आप इस वाक्य पर पूरी निष्ठा और आस्था के साथ विश्वास करें कि आप उस धन के स्वामी हैं। यानी यकीन जानिए वह इच्छित वस्तु आपके अवचेतन मन तक पहुँच जाती है और इस प्रक्रिया को बार-बार दोहराने से आपके अवचेतन मन को इन विचारों की आदत पड़ जाती है और यही बात आपको अपनी इच्छा पूरी करने में सहायता करती है।

आगे बढ़ने से पहले अध्याय दो में बताए गए थे छः चरणों की और पुनः लौटते हैं और उन्हें एक बार फिर पूरी सावधानी के साथ दोहराते हैं। आप उन चार निर्देशों को पढ़ें जो आपके 'मास्टरमाइंड समूह' के संगठन के बारे में है जिनका वर्णन सुव्यवस्थित योजना वाले अध्याय में है। आत्म सुझाव और इन निर्देशों की तुलना करें तो आप पाएँगे कि इन निर्देशों ने साफ तौर पर आत्म सुझाव के सिद्धांत को प्रयोग करना दिया गया है।

इस बात का ध्यान रखें कि जब भी आप अपनी इच्छा वाले लिखित वक्तव्य को पढ़ें, जोर से पढ़ें और साथ ही यह भी ध्यान रखें आप केवल शब्द ही नहीं पढ़ रहे हैं। इन शब्दों का कोई प्रभाव नहीं पड़ेगा, जब तक कि आपके शब्दों में प्रबल भावना या प्रबल इच्छा न हो। आपका अवचेतन मन उन्हीं विचारों को पहचानता है और उन्हीं के अनुसार काम करता है, जिसमें प्रबल भावना और प्रबल इच्छा होती है।

यह इतना महत्वपूर्ण तथ्य है कि इसे हर अध्याय में दोहराया जाना चाहिए क्योंकि इस समझ का अभाव ही वह प्रमुख कारण है जिसकी वजह से आत्मसुझाव के सिद्धांत का पालन करने वाले अधिकांश लोगों को इसके अपेक्षित परिणाम नहीं मिल पाते।

साधारण, भावरहित शब्द अवचेतन मस्तिष्क को प्रभावित नहीं करते। आपको तब तक अच्छे परिणाम नहीं मिलेंगे जब तक कि आप यह न सीख जाएँ कि आस्था और भावना के साथ किस तरह से शब्दों या विचारों को अवचेतन मस्तिष्क तक पहुँचाया जाए।

पहली बार जब आप ऐसा करने का प्रयास करेंगे तो हो सकता है कि अनेक प्रयास करने के बावजूद आप अपनी भावनाओं को नियंत्रित और निर्देशित करने में असफल हो जाएगे, तो बिल्कुल भी निराश ना हो, प्रयास ही आपको सफल बनाएगा। सच्चाई तो यह है कि बिना कीमत चुकाए, किसी को कुछ भी हासिल नहीं होता दूसरे शब्दों में कहें तो आप अपने अवचेतन मन को धोखा नहीं दे सकते हैं, आपको अपनी लगन और मेहनत से ही इसकी कीमत चुकानी पड़ेगी। और वह कीमत है यहाँ पर दिए गए सिद्धांतों को अनुसरण करने की लगन।

कम कीमत चुकाने पर आप अपनी इच्छित वस्तु (धन की इच्छा) प्राप्त नहीं कर सकते। केवल आप ही यह तय कर सकते हैं कि जो आप चाहते हैं उसके लिए कितनी कीमत चुकानी चाहिए।

आत्म सुझाव के सिद्धांतों का प्रयोग करके ही आप अपनी क्षमता का विकास कर सकते हैं और यह सब निर्भर करता है आपकी एकाग्रता और अपनी इच्छा पूरी करने की क्षमता पर। यह क्षमता जब तक एक धधकती हुई ज्वाला में परिवर्तित नहीं हो जाती, तब तक मनचाहा परिणाम हासिल नहीं होगा। जब आप दूसरे अध्याय में दिए गए थे चरणों से संबंधित निर्देशों का अनुसरण करना शुरू करें तो यह जरूर ध्यान रखें कि आप एकाग्रता के सिद्धांत का प्रयोग कर रहे हैं।

अब आपको यह सुझाव दिया जाता है कि आप किस प्रकार एकाग्रता के सिद्धांतो का सफल प्रयोग करें। दिए गए थे चरणों में से पहले चरण का प्रयोग करना शुरू करें जो कहता है-" आप अपने दिमाग में जो आप धनराशि प्राप्त करना चाहते हैं उसे निर्धारित करें और अपना पूरा ध्यान उस निश्चित धनराशि पर केंद्रित करें। अपनी आँखें बंद करें प्रत्येक दिन उसके बारे में सोचेंगे, जब तक वह भौतिक रूप से आपके सामने ना आ जाए और अध्याय में दिए गए निर्देशों का पालन करते हुए पूरी लगन के साथ उसके यानी अपनी इच्छित धन राशि के बारे में सोचें और इतना ही नहीं, यह भी सोचे कि आप उस के स्वामी बन चुके हैं, भले ही झूठ है।

एक और महत्वपूर्ण तथ्य है यह भी कि हमारा अवचेतन मन उन्हें निर्देशों का पालन करता है जो आप अपनी पूरी आस्था पूरे विश्वास के साथ उस तक जाने की अनुमति देते हैं और यह बात बिल्कुल सही है कि आपको कई बार उसे दिन में दोहराना पड़ता ताकि आपका अवचेतन मन उसे सच मानना शुरू कर दे।

यह सच बात है कि आप अपने अवचेतन मन को धोखा दे रहे हैं, किंतु

यह भी सच है कि आप उसे विश्वास दिला रहे हैं कि आपको अपनी बात पर पूरा विश्वास है कि जो आप चाहते हैं एक ना एक दिन जरूर मिलेगा। अब आपके अवचेतन मन का काम यहाँ से आगे शुरू होता है। अब यह आपके दिए गए निर्देश का पालन करके आगे का और आज तक हो जाएगा और व्यवहारिक तरीके सुझाएगा जिससे आप अपने इच्छित वस्तु (धनराशि) प्राप्त कर सके।

पिछले अनुच्छेद में सुझाए गए विचार को अपनी कल्पना तक जाने दे और देखेंगे आपकी कल्पना आपकी इच्छा को पूरा करने में कैसे मदद करेगी और व्यावहारिक तरीके सुलझाने में आपकी सहायता करेगी।

किसी भी निश्चित योजना को बनाने का इंतजार कभी भी ना करें। पहला कदम आपको ही बढ़ाना पड़ेगा, तभी आप अपनी इच्छा को पूरा कर सकेंगे और आप स्वयं को उस धन राशि का स्वामी मानने लगेंगे। आपका उचित रवैया ही आपको नई योजना बनाने में मदद करेगा, जिसकी आपको जरूरत है। इन सभी योजनाओं के लिए सतर्क रहें और जब भी वह दिखाई दे उन पर कार्य करना शुरू कर दें, क्योंकि वही सही समय है जिसका आप इंतजार कर रहे हैं। वह दिन आए, हो सकता हैं आपको छठी इंद्री के रूप में आपके सामने प्रकट हो या फिर एक प्रेरणा के रूप में आपके मन में कौंध जाए। यह वह टेलीग्राम है जो प्रेरणा द्वारा आप तक पहुँचा है, इसका आदर करें और इस पर काम शुरू कर दें।

इन छह चरणों में से चौथे चरण में आपको यह बताया गया है कि आप अपनी इच्छा को साकार करने के लिए एक निश्चित योजना बनाएँ और तुरंत ही उस पर कार्य करना शुरू कर दें। आपको इस निर्देश का अनुसरण पिछले अनुच्छेद में बताए गए सही तरीके से करना है। जब आप अपनी एक इच्छा को परिवर्तन के द्वारा धन कमाने की योजना को साकार रूप में बदलें तो कभी भी 'तर्क' पर विश्वास ना करें। हो सकता है आप जो तर्क कर रहे हैं, बिल्कुल सही हो किंतु यहाँ तर्क का साथ देंगे तो निराशा ही हाथ आएगी।

जब आप उस धनराशि की कल्पना कर रहे होते हैं, जिसकी आपने योजना बनाई थी, जिसके आप स्वामी बनना चाहते हैं तो आँखें बंद करके स्वयं को वह सारा धन व वस्तु प्राप्त करते हुए देखें और सबसे महत्वपूर्ण बात यह है कि आप उस स्थित के बदले में क्या देना चाहते हैं, इस बात की कल्पना करना बहुत ही जरूरी है।

अवचेतन मन को प्रेरित करने के छह कदम

आप यह पुस्तक पढ़ रहे हैं, यह इस बात की ओर संकेत करता है कि आप अपने जीवन में कुछ ढूंढ रहे हैं और यह कुछ ढूंढने में यह पुस्तक आपकी सहायता करेगी। दूसरे अध्याय में दिए गए छह चरणों के निर्देशों को इस अध्याय में दिए गए सिद्धांतों के साथ जोड़कर और विस्तार के साथ बताया जाएगा :

पहला चरण- किसी ऐसी शांत जगह पर बैठें, जहाँ आपको कोई परेशान ना करें (रात में बिस्तर पर जाना सबसे अच्छा है) अपनी आँख बंद करें और अपनी लिखी हुई धनराशि को जोर से बोले ताकि आप अपने शब्दों को सुन पाए। इसके उपरांत वह समय सीमा भी दोहराएँ, जितने समय में आप उस धनराशि को कमाना चाहते हैं। आप उस सेवा या वस्तु को भी दोहराएँ, जिसको आप उस धनराशि के बदले में देंगे इतना करने के बाद आप महसूस करेंगे कि आप अभी से ही उस धनराशि के स्वामी बन गए हैं।

उदाहरण के लिए - मान लेते हैं आज से 5 साल बाद यानी 1 जनवरी 20..... तक में 50,000डॉलर का मालिक हो जाऊँगा, जो विविध प्रकार से मेरे पास समय-समय पर विभिन्न प्रकार से मेरे पास आएँगे और इसके बदले में मैं........(यहाँ उस सेवा या वस्तु का नाम लिखे जो आप धनराशि के बदले में देंगे) साथ ही एक सेल्समैन के रूप में मैं अपनी पूरी क्षमता से सेवा दूंगा। अधिकतम गुणवत्ता के साथ।

“मुझे विश्वास है कि वह धनराशि मैं प्राप्त कर लूंगा, क्योंकि मेरा विश्वास बहुत मजबूत है”अब मैं उस धनराशि को अपनी आँखों के सामने देख सकता हूँ। यहाँ तक कि अब उसे छूकर महसूस भी कर सकता हूँ। वह मेरा इंतजार कर रही है कि वह कैसे मेरे पास आए। जैसे- जैसे मैं अपनी सेवाएँ देते जाऊँगा, उसके आने का रास्ता साफ होता जाएगा। अब सिर्फ मुझे उस योजना का इंतजार है, जिसके माध्यम से वह धन मेरे पास आ जाएगा और जैसे ही वह योजना मुझे मिलेगी, मैं उस पर काम करना शुरू कर दूंगा।

दूसरा चरण- वह धनराशि जो आप पाना चाहते हैं, जब तक उसे नहीं पा लेते तब तक उसे पाने के इस प्रोग्राम को सुबह और रात कल्पना के माध्यम से उसे दोहराते रहेंगे।

तीसरा चरण- अपने लिखे हुए इस वक्तव्य को ऐसे स्थान पर रखें, जहाँ से आप इसे रोज देख सके और सुबह उठने के बाद तथा रात को सोने से पहले इसे जरूर पढ़ सके। ऐसा आप जब तक करें जब तक यह आपको याद ना हो जाए इतना ही नहीं, बल्कि जब तक यह आपके अवचेतन मन में ना बैठ जाए।

इसके उपरांत जब आप इन निर्देशों का पालन करें तो याद रखें कि आप आत्मसुझाव के सिद्धांतों का पालन कर रहे हैं इसका एकमात्र लक्ष्य है आपके अवचेतन मन को आदेश देना। आपका अवचेतन मन उन्हीं निर्देशों का पालन करेगा, जो पूरी आस्था और प्रबल भावना के साथ उस तक आप पहुचायेंगे,साथ ही आस्था में दिए गए निर्देशों का पालन भी करें।

यह सभी निर्देश पहली बार में तो आपको व्यवहारिक नहीं लगेंगे, ऐसा लगना स्वाभाविक है किंतु इस बात से परेशान ना हो और दिए गए निर्देशों का पालन पूरी निष्ठा के साथ करें आप देखेंगे यही शब्द और कार्य उस वक्त को आपके सामने जल्दी ही लाकर खड़ा कर देंगे, जिस वक्त का आपको इंतजार है। यह शब्द ही आपके सामने एक नया रास्ता खोलेंगे, जिस पर चलकर आप अपनी इच्छा पूरी कर सकेंगे।

मानसिक शक्ति का रहस्य

नए विचारों के संबंध में का अविश्वास होना सामान्य है, परंतु यदि इन निर्देशों का पालन किया जाए तो, आपका संदेश जल्दी ही विश्वास में बदल जाएगा और विश्वास आस्था में बदलते ही आप उस बिंदु पर पहुँच जाएँगे, जहाँ पहुँचकर आप सही मायने में कह पाएँगे कि- “मैं अपने भाग्य का निर्माता हूँ।”

कई दार्शनिकों ने कहा है कि मनुष्य इस धरती पर अपने भाग्य का स्वयं निर्माण करता है लेकिन ज्यादातर दार्शनिक यह बताना भूल गए कि वह कैसे अपने भाग्य के स्वयं निर्माता बन सकते हैं।

इस अध्याय में यह बात अच्छी प्रकार से स्पष्ट रूप से बताई गई है कि मनुष्य किस प्रकार अपने आर्थिक भाग्य का निर्माण कर सकता है, क्योंकि उसके पास अपने अवचेतन मन को प्रभावित करने की पूरी शक्ति है, जिसका प्रयोग करके वह,वह सब कर सकता है, जो वह चाहता है।

यदि आप अपनी इच्छा को धन में परिवर्तित करके सफलता हासिल करना चाहते हैं तो इस अध्याय में दिए गए आत्मसुझाव के सिद्धांतों का पूरी निष्ठा के साथ पालन करें और सचेत रहें, देखें कि किस तरह आत्मसुझाव आपकी भौतिक सफलता में अपना योगदान देता है और आप इसकी सहायता से अपने जीवन में कितना धन कमा सकते हैं। इन निर्देशों का इस रूप में पालन करें जैसे -आप कोई छोटे बच्चे हो और आपको जो बताया गया है आपको केवल वही करना है इसके सिवा आप कुछ नहीं जानते ना ही कुछ आता है।

पूरी पुस्तक पढ़ कर समाप्त करने के उपरांत पुनः आप इस अध्याय को पढ़ें और भावनाओं व कार्यों की दृष्टि से इस निर्देश का पालन करें।

हर रात इस अध्याय को जोर से पढ़ें। जब तक पढ़ें जब तक आप को यह विश्वास ना हो जाए कि आत्मसुझाव के सिद्धांतों में जो भी दावा किया गया है वह आपके लिए जरूर कुछ ना कुछ करेगा। आप जब भी पढ़ें उन पंक्तियों को रेखांकित जरूर करें, जिन्होंने आप को प्रभावित किया है।

इस निर्देश का पालन करें और यकीन मानिए यह सफलता के लिए आपको नए रास्ते दिखाता जाएगा।

5

विशेषज्ञीय ज्ञान

व्यक्तिगत अनुभव या अवलोकन

अमीर होने की ओर चौथा कदम

ज्ञान दो तरह का होता है। एक है सामान्य ज्ञान, दूसरा है विशिष्ट ज्ञा ज्ञान। सामान्य ज्ञान चाहे कितनी भी मात्रा या विविधता में हो, धन के संग्रह में यह अधिक उपयोगी नहीं होता। इंसान की सभ्यता में सामान्य ज्ञान के जितने रूप हो सकते हैं, बड़े विश्वविद्यालयों में यह सभी रूप पाए जाते हैं। ज़्यादातर प्रोफ़ेसरों के पास बहुत कम पैसा होता है। ज्ञान देना उनकी विशेषज्ञता है, परंतु वे इस ज्ञान के संगठन (organization) या उपयोग के विशेषज्ञ नहीं होते।

ज्ञान से पैसा नहीं आता, जब तक कि धन के संग्रह का लक्ष्य न बनाया जाए और इस लक्ष्य को प्राप्त करने के लिए कार्य की व्यावहारिक योजना बनाकर इस ज्ञान को संगठित न किया जाए और बुद्धिमानीपूर्वक इसका प्रयोग न किया जाए। इस तथ्य की समझ का अभाव ही वह सबसे बड़ा कारण है, जिसकी वजह से लाखों-करोड़ों लोग इस ग़लत धारणा में विश्वास रखते हैं कि "ज्ञान ही शक्ति है।" ऐसी कोई बात नहीं है! ज्ञान केवल संभावित शक्ति है। यह शक्ति तभी बनता है। जबकि इसे कार्य की निश्चित योजनाओं में संगठित किया जाए और किसी निश्चित लक्ष्य की प्राप्ति के लिए इसका उपयोग किया जाए।

शिक्षा के सभी तंत्रों में "मिसिंग लिंक" या छूटी हुई कड़ी यही है कि शैक्षणिक संस्थाएँ अपने विद्यार्थियों को यह सिखाने में असफल रहती है कि ज्ञान के हासिल हो जाने के बाद वे अपने ज्ञान को संगठित कैसे करें और उसका उपयोग किस तरह करें।

कई लोग यह मानने की गलती करते हैं कि चूंकि हेनरी फो बहुत कम समय के लिए स्कूल गए थे, इसलिए उनके पास शिक्षा कम थी। जो लोग यह ग़लती करते हैं वे दरअसल शिक्षा का सही अर्थ नहीं समझ पाए हैं। "एज्युकेशन" शब्द लेटिन शब्द "एज्युको से है जिसका अर्थ है बाहर लाना या अंदर से विकसित करना।

यह जरूरी नहीं है कि वही व्यक्ति शिक्षित हो, जिसके पास सामान्य या विशिष्ट ज्ञान की प्रचुरता हो। शिक्षित आदमी वह होता है, जिसने अपने मस्तिष्क को इस तरह से विकसित कर लिया है कि वह जो चाहता है उसे हासिल कर सकता है और इस प्रक्रिया में वह दूसरों के अधिकारों का हनन नहीं करता।

"अज्ञानी" आदमी जो दौलतमंद बना प्रथम विश्वयुद्ध के दौरान शिकागो के एक अख़बार ने कुछ संपादकीय छापे जिसमें अन्य बातों के अलावा इस बात का ज़िक्र भी था कि हैनरी फ़ोर्ड एक "अज्ञानी शांतिवादी" हैं। फ़ोर्ड ने इस वक्तव्य पर आपत्ति की और उस अख़बार के ख़िलाफ़ एक मुकदमा दायर कर दिया। जब मुकदमा कोर्ट में चला तो अख़बार के वकीलों ने अपनी बात को सही साबित करने के लिए फ़ोर्ड को गवाही के लिए बुलवाया ताकि जूरी के सामने यह साबित किया जा सके कि फ़ोर्ड अज्ञानी थे वकीलों ने फ़ोर्ड से बहुत से सवाल किए जिनसे यह साबित हो सके कि हालांकि उनके पास कार बनने का विशिष्ट ज्ञान था, परंतु बाकी सभी मामलों में वे निपट अज्ञानी थे।

फोर्ड से इस तरह के सवाल पूछे गए :

"बेनेडाइट अर्नोल्ड कौन थे?"

और "1776 के विद्रोह से निबटने के लिए ब्रिटेन ने कितने सैनिकों को अमेरिका भेजा ?"

इस अंतिम प्रश्न का उत्तर फोर्ड ने दिया- उस समय ब्रिटेन में कितने सैनिक युद्ध में भेजे थे। यह संख्या तो मुझे ठीक से याद नहीं है, लेकिन इतना जरूर सुना था मैंने कि वहाँ गए सैनिकों में से वापस बहुत कम सैनिक आए थे।

अंत में फोर्ड प्रश्नों का उत्तर देते थक गए थे वह झुके और विरोधी वकील की ओर इशारा करते हुए कहा-

आपने जो इतने बेवकूफी भरे प्रश्न मुझसे किए हैं। यदि मैं उन प्रश्नों का उत्तर देना चाहूँ तो दे सकता हूँ। मेरी टेबल पर अनेक बटन लगे हैं जिन्हें दबाकर मैं अपनी सहायता के लिए किसी को भी बुला सकता हूँ जो इन प्रश्नों का आपको सही- सही उत्तर दे सकते हैं। जब मेरे पास विशेषज्ञों की पूरी टीम है तो अब आप

यह बताएँ की इतने सारे लोग मेरे पास है, जो इन प्रश्नों का ही नहीं अन्य बहुत से प्रश्नों का उत्तर मुझे दे सकते हैं तो इन प्रश्नों का उत्तर जो कि बहुत सामान्य सी बात है से मुझे उनसे अपना दिमाग क्यों भरना चाहिए?

निश्चित रूप से फोर्ड के इस उत्तर में दम था।

फोर्ड के इस उत्तर से विरोधी पक्ष के छक्के छूट गए और उस समय कोर्ट में बैठे प्रत्येक व्यक्ति को यह ज्ञात हो गया कि ऐसा उत्तर देना किसी अज्ञानी व्यक्ति का काम नहीं हो सकता बल्कि एक शिक्षित व्यक्ति ही ऐसा उत्तर दे सकता है।

हर वह व्यक्ति शिक्षित है जिसे यह पता है कि उसे अपने ज्ञान का कब और कैसे प्रयोग करना है। हेनरी फोर्ड के पास विशेषज्ञों की पूरी टीम थी, जिस के सहयोग से वह सारा विशेष ज्ञान उनसे प्राप्त कर लेते थे जिसकी उन्हें अमेरिका का सबसे अमीर आदमी बनने के लिए जरूरत थी। जरूरी नहीं है कि वह सारा ज्ञान केवल आपके पास ही हो जिसके माध्यम से धन कमाया जा सकता है। वह ज्ञान आपके आसपास के लोगों के पास भी हो सकता है बस आपको उस ज्ञान का प्रयोग कैसे करना है यहाँ आना चाहिए इससे पहले कि आपको इस बात पर विश्वास हो कि आपकी इच्छा को धन कमाने के लिए प्रयोग कर सकते हैं। सबसे पहले आपको उस सेवा, वस्तु या उस व्यवसाय का विशेष ज्ञान होना चाहिए जिसके माध्यम से आप पैसे कमा सकते हो, जरूरी नही है की आपके पास वह ज्ञान हो और इसकी भी पूरी संभावना है कि आप उस ज्ञान को हासिल भी नहीं करना चाहते हैं। तो ऐसे में क्या करेंगे आप आप भी अपनी टीम के माध्यम से उस ज्ञान को अपने पास रख सकते हैं और समय आने पर उसका प्रयोग भी कर सकते हैं। इस तरह आपकी कमजोरी आपकी ताकत बन जाएगी। जो व्यक्ति धन का संग्रह करता है जरूरी नहीं है उसके पास वह सारा ज्ञान हो। कारर्नेगी ने कहा था - वह स्टील के बिजनेस की तकनीकी बारीकियों के बारे में नहीं जानते और ना ही उन्हें जानने की उन्हें कोई इच्छा ही है। उनके पास वह टीम है, जो इन सभी बातों के लिए जिस विशेष ज्ञान की उन्हें जरूरत है वह ज्ञान उस टीम के पास है।

उपरोक्त पैराग्राफ से हर उस व्यक्ति को आशा और प्रोत्साहन अवश्य मिलना चाहिए जो धन को कमाना चाहता है, किंतु उसके पास विशिष्ट ज्ञान नहीं है जिससे वह अमीर हो सके। अनेकों बार ऐसा देखा गया है कि लोग यह कहते हैं कि वह शिक्षित नहीं है, इसलिए वह पैसा नहीं कमा पाए और इसलिए वह हीन भावना का शिकार हो जाते हैं। वह व्यक्ति जो टीम का मार्गदर्शन करता है, जिसके ज्ञान

के माध्यम से पैसा कैसे कमाया जा सकता हैं। किसे बुद्धिमान कहेंगे आप? साफ है, सामान्य ज्ञान वाले व्यक्ति को ही आप शिक्षित या बुद्धिमान कहेंगे, क्योंकि उसने अपने ज्ञान का सही समय और स्थान पर प्रयोग किया है।

हेनरी फोर्ड आठवीं कक्षा तक ही स्कूल गए थे, किंतु उन्होंने अपनी आर्थिक स्थिति मजबूत कर ली। वह भी सामान्य ज्ञान ही रखते थे।

थॉमस एडिसन अपने जीवन काल में सिर्फ 3 महीने ही स्कूल गए थे। वह भी आर्थिक और शैक्षिक दोनों ही दृष्टि से समृद्ध थे।

बहुत सारे लोगों के पास विशेष ज्ञान है और आप उन्हें बहुत कम सैलरी पर अपने पास रख सकते हैं। इस बात पर आपको जरा भी संदेह हो तो किसी भी विश्वविद्यालय में काम कर रहे प्रोफेसरों के वेतन का रिकॉर्ड उठाकर देख लीजिए।

"आप ज्ञान कैसे खरीदेंगे यह जानना बहुत जरूरी है"

सबसे पहले आपको यह तय करना होगा कि किस प्रकार के विशेष ज्ञान की आपको आवश्यकता है। उसके उपरांत आपको यह भी पता होना चाहिए कि आप का क्या उद्देश्य है जिसके लिए आपको उस विशेष ज्ञान की आवश्यकता है, जिसे आप ढूंढ रहे हैं। इस प्रश्न का उत्तर मिल जाने के बाद आपका अगला कदम होगा कि आप वह सारी जानकारी प्राप्त करें साथ ही उस विशेष ज्ञान के विश्वसनीय स्रोतों की खोज शुरू करें, जिसकी आपको जरूरत है-

1. आपका अपना अनुभव व शिक्षा
2. अन्य लोगों के सहयोग (टीम) से प्राप्त अनुभव व शिक्षा
3. कॉलेज व यूनिवर्सिटीज़
4. सार्वजनिक लाइब्रेरी (मानव ने आज तक जितना भी ज्ञान हासिल किया है। वह सब हमें पुस्तकों और पत्रिकाओं के माध्यम से हासिल हो सकता है।)
5. विशेष प्रशिक्षण कोर्स (नाईट स्कूल और डिस्टेंस लर्निंग के द्वारा)

जब ज्ञान प्राप्त कर लिया जाए तो इसे निश्चित लक्ष्य के माध्यम से योजना बनाकर इसका प्रयोग किया जाना चाहिए। ज्ञान का कोई मूल्य नहीं होता। यह तभी सार्थक है, जब इसका प्रयोग अपने लक्ष्य को प्राप्त करने के लिए किया जाए।

अगर आप और ज्यादा पढ़ना चाहते हैं तो पहले अपना लक्ष्य पता कर ले। फिर यह देखे की क्या अपने लक्ष्य को प्राप्त करने के लिए और अधिक ज्ञान की आवश्यकता है भी या नहीं। ज्यादातर देखा गया है कि प्रत्येक क्षेत्र में सफल लोग अपने लक्ष्य को प्राप्त करने के लिए ज्ञानार्जन करते ही रहते हैं और यह सिलसिला कभी समाप्त ही नहीं होता। आम तौर पर कई लोग यह समझते हैं कि स्कूल समाप्त होने के बाद सीखने का दौर भी खत्म हो जाता है, किंतु व्यवहारिक ज्ञान की शुरुआत ही स्कूल खत्म होने के बाद ही होती है।

इस बदलती हुई दुनिया के साथ चलना जरूरी है। यह युग विशेषज्ञता का योग है और इस पर बात पर कोलंबिया यूनिवर्सिटी के प्लेसमेंट डायरेक्टर रॉबर्ट पी. मूर ने प्रकाश भी डाला है।

"आज विशेषज्ञों की अधिक मांग है"

रोजगार देने वाली कंपनियाँ ऐसे उम्मीदवारों को चाहती है, जो किसी क्षेत्र के विशेषज्ञ हैं जैसे -एकाउंटिंग, स्टेटिक्स, इंजीनियरिंग इत्यादि क्षेत्रों में प्रशिक्षित हो। साथ ही ऐसे लोगों लोग जो पत्रकार, आर्किटेक्ट, केमिस्ट आदि के विशेषज्ञ है या सीनियर और सक्रिय क्लास लीडर भी इसी श्रेणी में आते हैं।

एक ऐसा व्यक्ति, जो स्कूल और कॉलेज के समय में सक्रिय रहा हो और जो सभी के साथ बातचीत करने में अपना तालमेल बैठा लेता हो इतना ही नहीं किसके पास अच्छी शिक्षा भी हो, ऐसा व्यक्ति ज्यादा बेहतर होता है। बजाय उस व्यक्ति के जो केवल पढ़ाई को ही जीवन का लक्ष्य समझता हो और उसी में लगा रहता हो। बहुमुखी प्रतिभा वाले व्यक्ति को अनेकों नौकरियों का ऑफर मिलते हैं, कई लोग तो ऐसे हैं, जिन्हें छह नौकरियों तक के ऑफर भी मिले है।

इस तरह देखा गया है कि बहुमुखी प्रतिभा के छात्र ज्यादा रोजगार के अवसर प्राप्त कर पाते हैं। मिस्टर मूर का भी यही कहना है कि ज्यादातर कंपनियाँ आप की शैक्षिक योग्यता नहीं देखती। वह आपके अंदर अन्य गतिविधियाँ, आपका व्यक्तित्व देखती है।

एक औद्योगिक कंपनी ने मिस्टर मोर को एक पत्र लिखा, जिसका विषय था- "कॉलेज के संभावित सीनियर्स" इस पत्र में उनसे संबंधित चर्चा की गई थी।

"हम मुख्य रूप से ऐसे लोगों को ढूंढ रहे हैं, जो मैनेजमेंट के काम में सराहनीय प्रगति कर सकें। इस कारण केवल शैक्षिक योग्यता ना देखते हुए हम उस व्यक्ति के चरित्र, व्यक्तित्व, बुद्धि इत्यादि गुणों को ज्यादा महत्व दे रहे हैं।"

"एप्रेंटसशिपका ऑफर"

गर्मी की छुट्टी के दौरान ऑफिस के स्टाफ और औद्योगिक संगठनों ने छात्रों को प्रशिक्षुणता ग्रहण करने की वकालत करते हुए मिस्टर मूर ने इस बात पर जोर दिया कि कॉलेज के प्रथम दो या तीन वर्षों के बाद प्रत्येक छात्र को एक निश्चित भविष्य के लिए कोई कोर्स चुनने के लिए कहा जाना चाहिए। यदि वह ऐसा नहीं करता और बिना किसी विशिष्टता का शैक्षणिक पाठ्यक्रम चुन लेता है और यूं ही घूम रहा है तो उसे इसे छोड़ देना चाहिए।

कॉलेज और विश्वविद्यालयों को इस बात को समझ लेना चाहिए कि आगे आने वाले भविष्य की यह मांग है कि सभी छात्रों को प्रोफेशन और व्यवसाय में विशेषज्ञता हासिल करना ही चाहिए। मिस्टर मुर ने आग्रह करते हुए कहा कि शैक्षिक संस्थाएँ व्यवसाय मार्गदर्शन के लिए छात्रों की प्रत्यक्ष रूप से जिम्मेदारी स्वीकार करे।

विशेषज्ञता हासिल करने के लिए कई तरीके हैं। उनमें से एक है - 'नाइट स्कूल' जो बड़े शहरों में ज्यादा देखने को मिलता है। अमेरिका की डाक जहाँ तक जा सकती है, वहाँ तक यह कोर्स भी लोगों तक पहुँचाए जा सकते हैं। पत्राचार के माध्यम से घर बैठे भी आप किसी भी विषय में महारत हासिल कर सकते हैं। अगर आप अपना स्कूल सावधानीपूर्वक चुनते हैं तो आपको इन कोर्स का लाभ अवश्य मिलेगा। आज जब चाहे, जैसे चाहे अन्य कामों के साथ भी आप घर बैठे किसी भी विषय में विशेष ज्ञान हासिल कर सकते हैं। कोई भी चीज बिना प्रयास और कीमत के प्राप्त की जाए तो उसको महत्व नहीं दिया जाता। यही कारण है जो हम सरकारी स्कूलों में मिलने वाले बेहतरीन अवसरों का लाभ नहीं उठा पाते। अध्ययन के कार्यक्रम से हम कुछ समय के लिए ही अनुशासित हो पाते हैं। पत्राचार स्कूल बिजनेस संस्थाएँ हैं उनकी फीस इतनी कम होती है कि उन्हें फीस देने पर जोर देना ही पड़ता है। चाहे विद्यार्थी पढ़ें या न पढ़ें, वह अपनी पेमेंट (फ़ीस) ले ही लेते हैं। इसका मतलब यह है कि विद्यार्थी अपना पाठ्यक्रम पूरा करे, जिसे वह छोड़ भी सकता था। सच्चाई तो यह है कि यह पत्राचार स्कूल के कलेक्शन डिपार्टमेंट हमें

निर्णय लेने की शीघ्रता करने और जिस काम को शुरू किया है उसे समाप्त करने के प्रति हमें जागरूक भी बनाते हैं, जो कि बहुत अच्छा है।

मैंने अपने 25 वर्षों के अनुभव से बहुत कुछ सीखा है। एक दिन जब विज्ञापन में एक होम स्टडी कोर्स के बारे में मैंने पढ़ा तो उसमें मैंने भी अपना नाम लिखवा लिया। कुछ समय के बाद मेरा मन पढ़ाई में नहीं लगा और मैंने पढ़ाई छोड़ दी लेकिन स्कूल वाले मुझे लगातार स्कूल फीस भरने के लिए बिल भेजते रहे। वह फीस की पेमेंट करने पर जोर देते थे चाहे मैं पढ़ाई करू या नहीं। तंग आकर मैंने सोचा जब फीस भरनी ही है तो क्यों ना अच्छे से पढ़ लिया जाए और अपने पैसे यूं ही खराब ना जाने दिए जाएँ। कुछ समय बाद मैंने यह महसूस किया कि कलेक्शन सिस्टम की वजह से मैंने जीवन में बहुमूल्य प्रशिक्षण पाया जो मुझे आगे चलकर बहुत काम आया।

इस देश में दुनिया की सबसे बड़ी कहीं जाने वाली पब्लिक स्कूल प्रणाली है जहाँ भवन निर्माण में एक बड़ी रकम लगाई जाती है। दूर-दराज में रहने वाले बच्चों के लिए परिवहन की व्यवस्था की गई है ताकि वह अच्छे स्कूलों में पढ़ सके किंतु इस मूल्यवान प्रणाली की एक कमजोरी है। वह 'फ्री' है। लोगों में एक अजीब सी चीज पाई गई है कि जिस चीज के हम पैसे नहीं देते वह कम मूल्यवान समझते हैं। अमेरिका के फ्री स्कूल और लाइब्रेरी लोगों को प्रभावित नहीं करती, क्योंकि वह फ्री हैं। यही कारण है कि अनेकों लोग स्कूल छोड़ने के बाद जब जॉब के लिए जाते हैं और किसी तरह उन्हें काम मिल भी जाता है तो उन्हें अतिरिक्त प्रशिक्षण प्राप्त करने की जरूरत होती है। यह एक बहुत बड़ा कारण है कि कंपनियाँ उन कर्मचारियों का अधिक ध्यान रखती हैं, जो पत्राचार या होम स्टडी से कोर्स करते हैं। बड़ी-बड़ी कंपनियाँ अपने अनुभव से यह सीखी है कि जो व्यक्ति अपने खाली समय में भी घर पर रहकर पढ़ाई कर सकता है। उसमें कोई ना कोई बात अवश्य होगी उसके पास वह गुण अवश्य होंगे, जिससे वह लीडरशिप कर सके।

सामान्य तौर पर लोगों में एक कमजोरी देखी गई है, जिसका कोई इलाज नहीं है। यह शाश्वत कमजोरी है— "महत्वाकांक्षा की कमी का होना" जो लोग अच्छी सैलरी पा रहे हैं, वह उसी से खुश हैं। यदि वह अपने खाली समय का सही प्रयोग करें और होम स्टडी के द्वारा विशेष ज्ञान हासिल करें तो वह जिस पोस्ट पर है उस पोस्ट पर ज्यादा समय के लिए नहीं रहेंगे। उनका काम ही उन्हें आगे ले जाएगा और अनेक बाधाओं को वह आसानी से पार कर सकेंगे। इतना ही नहीं वह उन लोगों को पसंद आएँगे, जो उन्हें नए अवसर खोजने में मदद कर सकते हैं।

घर पर रहकर पढ़ाई करने का तरीका उन लोगों के लिए बहुत अच्छा है, जो नौकरी पेशा है और जो नौकरी के कारण दोबारा स्कूल नहीं जा सकते लेकिन उन्हें अतिरिक्त विशेष ज्ञान प्राप्त करने की जरूरत है और इच्छा भी। कई बार ऐसी स्थितियाँ बन जाती है, जिसके कारण हजारों लोगों को नए और अतिरिक्त आय के स्त्रोत ढूंढने पड़ते हैं। उनकी इस समस्या का एक समाधान यह भी है कि वह अतिरिक्त विशेषज्ञ ज्ञान हासिल करके अपने लिए आय के नए स्त्रोत की खोज कर सकते हैं।

स्टअर्ट ऑस्टिन वियर ने एक कंस्ट्रक्शन इंजीनियर के रूप में स्वयं को तैयार किया और जब तक वह आगे बढ़ते रहे तब तक कि मंदी के कारण उनका कामना सिमट नही गया। इस कारण वह इतना धन अर्जित नहीं कर पा रहे थे, जितने की उन्हें आवश्यकता थी। उन्होंने अपने गुणों की एक सूची बनाई, जिसको बनाने के बाद उन्होंने देखा कि वे वकालत के पेशे में जा सकते हैं और उन्होंने अपना व्यवस्था ही बदल लिया। वह दोबारा स्कूल गए और विशेष कोर्स की पढ़ाई की जिसके माध्यम से उन्होंने एक प्रतिष्ठित वकील के रूप में स्वयं को स्थापित किया। जल्द ही उन्हें अच्छे आमदनी भी होने लगी।

बहुत लोग बहाने बनाते हैं कि वह अपनी स्कूली शिक्षा पास नहीं कर पाए क्योंकि मेरी एक फैमिली है अब या अब मेरी पढ़ाई की उम्र कहाँ है इत्यादि ऐसे लोगों से मैं यह कहना चाहता हूँ कि जब मिस्टर वियर ने यह कोर्स किया था, उस समय वह 40 वर्ष की उम्र पार कर चुके थे और उनकी शादी भी हो चुकी थी। इसके बावजूद उन्होंने अपना कोर्स भी ध्यान से चुना था। इस कारण जितना समय आमतौर पर लोगों को वह कोर्स पूरा करने में लगता है। उसके आधे में ही उन्होंने उस कोर्स को पूरा कर लिया। ज्ञान को कैसे खरीदा जाए, यह जानना भी महत्वपूर्ण है।

वह व्यक्ति जो अध्ययन केवल इसलिए बंद कर देते हैं कि अब स्कूल जाने की उनकी उम्र नहीं है। वह हमेशा निराशा में ही रहते हैं, क्योंकि वह वो काम नहीं कर पाते जो चाहते हैं और जिस भी प्रोफेशन में होते हैं, वह उसके साथ भी न्याय नहीं कर पाते। इस स्थिति से बचने के लिए ज्ञान की निरंतर खोज करते रहना चाहिए। वह सफलता का आपके लिए द्वार खुलेगी।

एक आसान विचार जो बहुत कीमती साबित हुआ

अब एक और विशिष्ट उदाहरण पर विचार करते हैं। अवसाद के दिनों में ग्रॉसरी स्टोर के एक सेल्समैन ने स्वयं को बेरोजगार पाया, लेकिन उसे बुक कीपिंग का

कुछ अनुभव पहले से था। इस कारण उसने अकाउंटिंग का विशेष कोर्स कर लिया, साथ ही उसने बुक्कीपिंग और ऑफिस उपकरणों के आधुनिक तरीके भी सीखें और स्वयं का बिजनेस शुरू करने की दिशा में अपना पहला कदम रखा और उसने अपने काम की शुरुआत उसी ग्रॉसरी स्टोर से की जिसके लिए वह पहले से काम करता रहा था। मैंने 100से भी अधिक छोटे व्यापारियों से कॉन्ट्रैक्ट किया और वह बहुत कम मासिक शुल्क पर उनका हिसाब-किताब रखने को कहा, उसका विचार इतना व्यवहारिक था कि जल्द ही उसने एक छोटे विवरण ट्रक में एक पोर्टेबल कार्यालय स्थापित करने की आवश्यकता जरूरी समझा। जिसमें उसने आधुनिक बुक्कीपिंग मशीन को रखा। अब उसके पास चलित बुक्कीपिंग कार्यालय वाली गाड़ियों का एक समूह है। छोटे व्यापारियों को सेवा प्रदान करने के लिए अब उसके पास अपना स्टाफ था, जिसके साथ अब वह बहुत कम कीमत पर बहुत अच्छी सेवा दे सकता था।

अब आप देख सकते हैं कि विशिष्ट ज्ञान और कल्पना यह दो वह तत्व है, जिसने यह अनूठा और सफल बिजनेस स्थापित करने में एक महत्वपूर्ण भूमिका निभाई। पिछले साल इस बिजनेस के मालिक ने जितना इन्कम टैक्स चुकाया, वह उस आमदनी से दस गुना था जो उसे तब होती थी, जब वह ग्रासरी की दुकान में सैल्समैन हुआ करता था।

इस सफल बिजनेस की शुरुआत पहले एक विचार ही थी। बेरोजगार सेल्समैन को यह विचार देने के उपरांत अब एक और विचार देना चाहता हूँ, जिसके तहत और भी अधिक आय की संभावना है। इस विचार से हजारों लोग लाभान्वित होंगे।

यह विचार उस सेल्समैन द्वारा दिया गया था, जिसने सेलिंग छोड़ दी और होलसेल स्तर पर बुक्कीपिंग का बिजनेस करने लगा था। जब यह विचार उसे दिया गया तो उसे तत्काल लगा कि यह मेरी बेरोजगारी को दूर कर सकता है। उसने तुरंत कहा- "मुझे यह विचार पसंद आया है, लेकिन मुझे नहीं पता कि मैं इस से पैसे कैसे कमा सकता हूँ।" दूसरे शब्दों में उसने अपनी समस्या बताते हुए कहा कि बुक्कीपिंग का ज्ञान मैं हासिल कर भी लूं तो उसकी मार्केटिंग कैसे करूँगा?, कैसे बेचूँगा?

अब एक और समस्या उसके सामने थी, जिसे हल किया जाना जरूरी था। एक युवा महिला टाइपिस्ट की सहायता से उसने बुक्कीपिंग के नए सिस्टम के फायदों का वर्णन करते हुए सभी पृष्ठों को बहुत ही सुंदर ढंग से टाइप करवाया और एक साधारण स्क्रैपबुक में लगा दिया। जिसमें नए बिजनेस की कहानी को बहुत प्रभावी

ढंग से कहा गया था। बहुत ही कम समय में इसके मालिक के पास इतना ज्यादा काम आ गया, जिसे संभालने में उसे जी जान लगानी पड़ी।

इस तरह के कामों की देश भर में बहुत मांग होती है, जिन्हें मार्केटिंग के विशेषज्ञों की जरूरत होती है। इस तरह किए गए कामों से जितनी आमदनी होती है, वह एक बिजनेसमैन को अपने बिजनेस से भी नहीं हो सकती, क्योंकि बिजनेसमैन के पास अपना एक ही काम है, किंतु ऐसे लोगों के पास अनेक बिजनेस मैनस के काम होते हैं।

यहाँ जो विचार दिया गया है, वह आवश्यकता के कारण जन्मा है, जिसे आपातकालीन स्थिति में उठाया गया कदम कहा जा सकता है, लेकिन इससे केवल एक ही व्यक्ति का लाभ नहीं हुआ, इससे अनेकों लोगों ने लाभ उठाया है। उनमें से एक महिला वह थी, जिसके दिमाग में यह विचार आया कि उसकी कल्पना शक्ति बहुत पैनी है, उसने जल्द ही समझ लिया कि इस विचार के द्वारा में एक नए पेशे को शुरू कर सकती हूँ, जिसके माध्यम से उन लाखों लोगों की मदद हो सकती है, जिन्हें मार्केटिंग कैसे की जाए इस बात का जरा भी ज्ञान नहीं है।

जब इस महिला ने अपना काम शुरू किया और मार्केटिंग करने की योजना बनाई तो उसे अद्भुत सफलता प्राप्त हुई। इस सफलता ने उसे ऊर्जावान बना दिया। इसके ठीक बाद उस महिला ने अपने बेटे की समस्या का समाधान खोज निकाला। उस समय उसका बेटा अपना कॉलेज पूरा कर चुका था, लेकिन अपनी सेवा को दूसरों तक पहुँचाने के लिए उसके पास कोई भी योजना नहीं थी। इस महिला ने उसकी समस्या का समाधान कर दिया और ऐसा मार्केटिंग प्लान बनाया, जिसको आज तक मैंने नहीं देखा।

एक पुस्तिका रूप में महिला ने प्लान टाइप करके अपने बेटे को दिया, जिसमें कुल 50 पृष्ठ थे। इसमें अपने बेटे द्वारा किए गए सारे कामों को उसने बहुत ही सुनियोजित ढंग से टाइप किया था। उस पुस्तिका में उस महिला ने अपने बेटे की योग्यता, स्कूलिंग, व्यक्तित्व, अनुभव, विषय, रुचि इत्यादि सभी जानकारियों को दिया था, साथ ही इसमें यह भी बताया गया था कि उसके बेटे को किस तरह का काम पसंद है और कौन सा पद वह चाहता है। उस पद को प्राप्त करने के बाद वह किस तरह काम करेगा। इस बात का ब्यौरा भी उस में दिया गया था।

इस पुस्तिका की तैयारी में कई सप्ताह की मेहनत लगी जिस दौरान महिला ने अपने पुत्र को हर दिन सार्वजनिक लाइब्रेरी में भेजा, जहाँ से वह अपनी सेवाओं को

सर्वश्रेष्ठ ढंग से बेचने के लिए डाटा लेकर आता था। इतना ही नहीं, उसने संबंधित पद जो उसका बेटा चाहता था, उसके बारे में भी सारी जानकारी हासिल करने को कहा। इसके बाद उस महिला ने जो पुस्तिका बनाई उसमें अनेकों सुझाव ऐसे दिए गए थे जिससे कोई भी बिजनेस और भी आगे बढ़ सकता था।

आप में से कई लोगों की इच्छा हो सकती है कि वह पूछे- "एक नौकरी हासिल करने के लिए इतनी परेशानियाँ लेने की क्या जरूरत है? जवाब सीधा है, लेकिन आपको नाटकीय भी लग सकता है, क्योंकि यह ऐसे विषय में से संबंधित है, जो सबके जीवन में एक ना एक बार जरूर आता है। जब आपके सामने आय का एक ही स्रोत हो।

इसका जवाब है -"जब किसी काम को मन से किया जाए तो वह परेशान नहीं करता, ना ही हम उस काम से कभी परेशान होते हैं।" उस महिला ने अपने बेटे के हितों को केंद्र में रखकर सारा प्लान बनाया था, जिसके आधार पर उसके बेटे को पहले ही साक्षात्कार में नौकरी मिल गई। साथ ही जो पद और जितनी सैलरी वह चाहता था, वह दोनों उसे मिल गये थे।

यह जरूरी नहीं है कि हमेशा छोटे छोटे काम या निचले स्तर से काम की शुरुआत की जाए। उसने जूनियर एग्जीक्यूटिव के पद पर एग्जीक्यूटिव स्तर की सैलरी ली और अपने करियर की शुरुआत की।

आपको नीचे से शुरूआत करने की जरूरत नहीं

सबसे महत्वपूर्ण बात यह है कि यदि वह नवयुवक अपने करियर की शुरुआत निचले स्तर से करता और लगातार मेहनत करके प्रमोशन पाता रहता तो भी उसे कम से कम 10 साल लग जाते हैं अपने इच्छित पद तक पहुँचते-पहुँचते, किंतु सुनियोजित योजना के तहत काम करने के कारणों से वह अपने पहले साक्षात्कार में ही नौकरी प्राप्त कर लेता है। यह विचार सुनने और कल्पना करने में अच्छा लगता है कि लगातार प्रमोशन पाना होगा, किंतु वास्तविकता कुछ और ही कहती है। वह नीचे से शुरुआत करते हैं और फिर अपना सिर इतना ऊपर उठा ही नहीं पाते कि किसी अवसर की नजर उन पर पड़े और वह अंततः नीचे ही रह जाते हैं।

हमें यह भी याद रखना चाहिए कि नीचे से देखने पर जो हमें बहुत आकर्षक दिखाई दिखता है, वह वैसा होता नहीं है। उसका महत्वाकांक्षा से कोई लेना देना नहीं होता। यह उसे लगभग मार ही देती है। हम उसे 'दैनिक आदत में फंसना'

कहते हैं, जिसका अर्थ यह है कि हमें इसकी आदत पड़ जाती है और अपनी किस्मत समझ कर हम कभी भी निचले पायदान से ऊपर की ओर बढ़ ही नहीं पाते ना ही हम आगे बढ़ने की कोशिश ही करते हैं, क्योंकि यह समय के साथ बहुत प्रबल हो जाती है।

इस कारण हमें जब भी शुरुआत करनी चाहिए एक या दो पायदान ऊपर से ही शुरुआत करनी चाहिए। इसका सबसे बड़ा फायदा यह होता है कि हमे आगे बढ़ने और अवसरों को पहचानने की सूझबूझ हासिल हो जाती है, क्योंकि हम लगातार अपने चारों और लोगों को देखते हैं कि कैसे लोग आगे बढ़ रहे हैं।

असंतोष से अपने लिए काम करवाएँ

डेन हाल्पिन का उदाहरण एक शानदार उदाहरण है। 1930 में वह अपने कॉलेज के दिनों के नेशनल चैंपियनशिप नॉट्रे डैम फुटबॉल टीम के मैनेजर थे। उस समय इसका निर्देशन स्वर्गीय न्यूट रोक्ने कर रहे थे - न्यूट ने हाल्पिन को बहुत अच्छे से प्रशिक्षित किया था। केवल फुटबॉल खेलने के लिए ही नहीं अपने जीवन में हार ना मानने के लिए भी।

लेकिन जो भी हो हाल्पिन ने मंदी के समय, जब नौकरियाँ मिलना अत्यंत कठिन था,अपना कॉलेज पास किया और लाख कोशिशों के बाद भी वह बैंकिंग इन्वेस्टमेंट और मोशन पिक्चर्स जैसी जगह पर हाथ पैर मारने के बाद भी वह वहाँ टिक नहीं पाए। बाद में उन्होंने उस संभावित भविष्य के साथ अपना पहला कदम कमीशन बेसिस पर बिजली हियरिंग एडस बेचने से शुरू किया। यह उसके लिए ऐसा था, जैसे किसी ने उसके लिए किस्मत के दरवाजे खोल दिए हो।

लगभग 2 वर्षों तक वह उस नौकरी में रहे, जो उन्हें पसंद नहीं थी। वह उस नौकरी से कभी ऊपर उठ ही नहीं पाते, यदि वह अपने असंतोष के बारे में कोई भी कदम नहीं उठाते। सबसे पहले उसने अपनी कंपनी में सहायक सेल्स मैनेजर की नौकरी का लक्ष्य रखा और देखते ही देखते उसे वह नौकरी मिल भी गई। उसके बाद उनके इस एक कदम ने उन्हें और लोगों से कहीं ऊपर पहुँचा दिया था, जिससे वह और अवसर दोनों एक दूसरे को देख सके।

हियरिंग एड बेचने के मामले में हाल्पिन पुराने सभी रिकॉर्ड तोड़ चुके थे। इतना अच्छा प्रदर्शन देखकर विरोधी कंपनी के अध्यक्ष ए.एम. एँड्रयूज़ ने भी यह जानना चाहा कि इतनी सेल करने वाला डेन हाल्पिन नामक व्यक्ति कौन है और

उसने जिज्ञासा वश उसे मिलने के लिए बुलाया और जब वह इंटरव्यू समाप्त हुआ तो हाल्पिन नए सेल्स मैनेजर बन चुके थे।

हाल्पिन आखिर काम कैसे करते हैं, यह देखने के लिए मिस्टर एँड्रीयूज़ 3 महीने की छुट्टी पर फ्लोरिडा चले गए। हाल्पिन को बिना किसी निर्देश को दिए, लेकिन फिर भी वह डूबा नहीं। न्यूट रोक्रे की भावना- "सारी दुनिया सफल लोगों से प्यार करती है और असफल लोगों के पास समय ही नहीं होता" ने उन्हें काम करने के लिए हमेशा प्रेरित किया। उसके काम से प्रभावित होकर कंपनी ने उन्हें उपाध्यक्ष बना दिया। यह वह पद था, जिसको पाने के लिए लोगों को अपना खून पसीना एक करना पड़ता है तब भी यह पद कम से कम उनके जीवन में 10साल को ले लेता है। तब जाकर कहीं आप उस पद को पा सकते हैं। लेकिन हाल्पिन को यह पद 6 महीने के अल्प समय में ही मिल गया था।

यह कहना कठिन है कि प्रशंसा का असली हकदार कौन है। एँड्रीयूज़ या हाल्पिन, क्योंकि दोनों को वह मिला, जो वह चाहते थे। हम उन परिस्थितियों के कारण उच्च पदों पर पहुँचते हैं या निम्न पदों पर रह जाते हैं, जिन्हें हम चाहे तो नियंत्रण कर सकते हैं।

मैं यहाँ एक और बात पर जोर देने की कोशिश कर रहा हूँ कि दोनों बातें काफी हद तक हमारी आदतों का परिणाम होती है। मुझे इस बात पर संदेह नहीं है कि डेन हाल्पिन जो अमेरिका के महान फुटबाल कोच के साथ जुड़े रहे और उन्हीं के साथ जुड़े रहने से ही हाल्पिन में भी सर्वश्रेष्ट बनने की वही इच्छा प्रबल हुई जो कोच में थी। सच में किसी आदर्श व्यक्ति का अनुसरण किया जाए तो यह विचार आपको बहुत आगे ले जाएगा। शर्त बस इतनी है कि आप विजेता का ही अनुसरण करें।

बिजनेस सहयोगी असफलता और सफलता दोनों ही स्थितियों में बहुत महत्वपूर्ण होते हैं। मेरा यह विश्वास तब सही साबित हुआ, जब मेरा बेटा ब्लेयर हाल्पिन के साथ एक पद पर बातचीत कर रहा था।

अपने साथ हाल्पिन ने ब्लेयर को विरोधी कंपनी से आधी कीमत पर काम करने का प्रस्ताव रखा। मैंने भावनात्मक दबाव डालते हुए अपने बेटे से हाल्पिन के साथ कार्य करने को मना लिया, क्योंकि मुझे इस बात पर पूरा भरोसा था कि ऐसे व्यक्ति के साथ संबंध बनाना अच्छा रहेगा, जिसने कभी भी विपरीत परिस्थितियों में भी हार नहीं मानी हो। इसे हम पैसों से नहीं तोल सकते।

किसी भी व्यक्ति के लिए निचले स्तर से अपने काम की शुरुआत करना बहुत लाभहीन, भयावह और निराशा भरी जगह होती है। इसलिए मैंने इसके बारे में इतने विस्तार से बताया कि अगर सही योजना बनाई जाए तो आप भी सीधे किसी अच्छे पद से शुरुआत कर सकते हैं। वह महिला जिसने अपने बेटे के लिए "पर्सनल सर्विस सेल्स प्लान" बनाया था। अब उस महिला को पूरे देश से लोगों का आग्रह आ रहा था कि वह उनके लिए भी वैसा ही प्लान बना दें ताकि वह भी उनके सहयोग से अपनी सेवाओं को धन में बदल सके, लेकिन इसका मतलब यह नहीं है कि वह महिला जो योजना बनाती थी। वह सिर्फ अपने ग्राहकों को देखकर बनाती थी बल्कि वह कंपनी का भी ध्यान रखती थी और फिर दोनों की जरूरतों को ध्यान में रखकर प्लान बनाती थी। वह यह भी जानती थी कि वह प्लान बनाने के लिए जितनी धनराशि लेती है। वह उस व्यक्ति की जॉब लगने के बाद उसकी सैलरी का मात्र 1% ही होगी, लेकिन उन्हें अपने काम से प्यार भी है और संतोष भी।

यदि आपके पास कल्पना है और अपनी व्यक्तिगत सेवाओं के बदले में आप अधिक लाभ कमाना चाहते हैं और बस कोई विकल्प ढूंढ रहे हैं तो यह विचार आपके लिए बहुत अच्छा रहेगा। केवल इस एक विचार के साथ आप इतना धन कमा सकते हैं, जितना अपने विषय में पढ़कर भी कोई व्यक्ति हासिल नहीं कर सकता भले ही वह डॉक्टर, इंजीनियर या फिर प्रोफेसर ही क्यों ना हो।

'प्रभावशाली विचार की कोई निश्चित कीमत हो ही नहीं सकती'

जितने भी विचार हमारे सामने आते हैं, उनका संबंध कहीं ना कहीं विशेष ज्ञान से होता है। दुर्भाग्य की बात तो यह है कि जिनके पास प्रचुर मात्रा में ज्ञान होता है, उनके पास धन उतनी मात्रा में नहीं होता। क्योंकि वह विचारों को धन कमाने के लिए प्रयोग नहीं कर पाते किंतु उस व्यक्ति के पास अवसरों की भरमार रहती है, जो व्यक्तिगत सेवाओं को बेचने में लोगों की मदद की क्षमता रखता हो, क्योंकि उसके पास वह क्षमता है, जिससे कल्पना के साथ विचारों को जोड़कर एक सुनियोजित योजना बना अपने लक्ष्य रूपी धन या पद की प्राप्ति की जा सकती है।

यदि आपके पास कल्पना है तो यह अध्याय आपको उस विचार तक ले जा सकता है जिससे आप अपने लक्ष्य को प्राप्त कर सकते हैं। आपको यह याद रखना होगा कि विचार ही सबसे प्रमुख है। विशेष ज्ञान तो आपको हर चौराहे पर मिल जाएगा।

6

कल्पना

दिमाग की वर्कशॉप

अमीर होने की ओर पांचवां कदम

कल्पना सचमुच एक वर्कशॉप ही होती है, जिसमें मानव के द्वारा बनाई गई सभी योजनाओं को आकार मिलता है। यहाँ उन सभी आवेगों और रूपों को कल्पना की शक्ति के माध्यम से कार्य रूप दिया जाता है।

कहा भी गया है और यह सत्य भी है कि मानव जिसकी कल्पना करें, वह वही बन सकता है।

आज तक सभ्यता के विकास के जितने भी चरण बीते हैं। उनमें से जो युग अभी चल रहा है, वह अपनी कल्पना को उड़ान भरने के लिए सबसे उपयुक्त है, क्योंकि इससे पहले इस विषय पर कभी किसी ने ध्यान नहीं दिया था, जबकि ऐसा नहीं है कि इसका प्रयोग पहले कभी हुआ ही नहीं था। बस इतना है कि इसका प्रयोग कैसे करते हैं यह ज्ञान नहीं था।

आज मानव अपनी कल्पना शक्ति की सहायता के माध्यम से अपने पूरे इतिहास के दौरान सबसे तेज गति से प्रकृति की शक्तियों की खोज और उनका इस्तेमाल कर रहा है। उसने हवा पर भी काफी हद तक विजय प्राप्त कर ली है जिससे उसने पक्षियों को भी पीछे छोड़ दिया है और दुनिया के किसी भी हिस्से में पलक झपकते ही पहुँच सकने की अपनी क्षमता का भी विकास कर लिया है। इतना ही नहीं कल्पना के आधार पर लाखों मील दूर सूर्य का भी विश्लेषण किया है कि वह किन तत्वों से बना है। गतिशीलता पर काम करते हुए मानव ने यह भी दिखा दिया है कि वह अब 300 से अधिक मील प्रति घंटे की रफ्तार से यात्रा कर

सकता है।

अब वह समय दूर नहीं, जब मानव न्यूयॉर्क में ब्रेकफास्ट और लंच सैन फ्रांसिस्को में करेगा। मानव की एकमात्र सीमा उसकी कल्पना के प्रयोग और विकास के प्रयोग में निहित है। आज जब हम इतना विकास कर चुके हैं, लेकिन कल्पना के क्षेत्र में अभी तक हम उस ऊँचाई तक नहीं पहुँचे हैं, जहाँ हमें होना चाहिए था। अभी तक हम इतना ही खोज कर सके हैं कि कल्पना शीलता भी कोई चीज होती है और इसका प्रयोग के संदर्भ में तो कहा जा सकता है कि हम अभी अपने प्रथम चरण में ही है। कल्पना दो रूपों में अपना काम करती है।

इनमें से एक है, संश्लिष्ट कल्पना और दूसरी है, रचनात्मक कल्पना

संश्लिष्ट कल्पना के द्वारा आप अपनी पुरानी अवधारणाओं विचारों या योजनाओं को नए कंबीनेशन में बदलकर व्यवस्थित कर सकते हैं। इसका कार्य केवल अनुभव शिक्षा और अवलोकन के साथ होता है। इसके साथ कोई आविष्कार नहीं किया जाता, बल्कि यह अपवाद है कि जब इसे कल्पना के माध्यम से कोई अपनी समस्या को सुलझाना नहीं पाता है तो वह रचनात्मक कल्पना के माध्यम से सुलझाने की कोशिश करता है।

रचनात्मक कल्पना के माध्यम से मानव के मस्तिष्क (जिसकी एक सीमा है) का संपर्क अनंत ज्ञान (जिसकी कोई सीमा नहीं है) से होता है। इसी कल्पना के माध्यम से 'प्रेरणा' और 'अंतर्ज्ञान' की प्राप्ति होती है और इसी के कारण मानव मस्तिष्क दूसरे मानव के अवचेतन मस्तिष्क के साथ बात कर सकता है।

रचनात्मक कल्पना स्वतः तथा कार्य करती है, जिसका वर्णन आगे आने वाले पेजों में किया गया है। यह कल्पना जब चेतन मस्तिष्क बहुत तेजी से काम में लगा होता है। तब यह अपना कार्य करती है। उदाहरण के लिए जब चेतन मस्तिष्क को एक प्रबल इच्छा की भावना के द्वारा प्रेरित किया जाता है तो यह कल्पना अपना कार्य करती है। इसका प्रयोग करने से पहले इस बात का जरूर ध्यान रखें कि रचनात्मक कल्पना से जितना विकास किया जा सकता है। यह उसी अनुपात में सतर्क भी रहती है।

जैसे ही आप इन सिद्धांतों का प्रयोग करना आरंभ करें करते हैं, वैसे ही अपने मस्तिष्क में इस बात को भी प्रबल इच्छा के साथ रखें कि हमें अपनी इच्छा को धन में बदलना है। यह कहानी तभी पूरी होगी, जब आप सफलता प्राप्त कर लेंगे और

सभी सिद्धांतों का प्रयोग भी ठीक प्रकार से करने लगेंगे। बिजनेस उद्योग फाइनेंस के महान लीडर और महान कलाकार संगीतकार कवि और लेखक महान इसलिए बने क्योंकि उन्होंने अपने अंदर रचनात्मक कल्पना का विकास किया।

जिस प्रकार शरीर की मांसपेशियाँ और अंग उपयोग के माध्यम से विकसित होते हैं, उसी प्रकार संश्लिष्ट और रचनात्मक कल्पनाएँ भी प्रयोग करने की वजह से ही विकसित और सशक्त बनती हैं।

विचार इच्छा के कारण ही यह आवेग है, यह विचार अस्पष्ट और अल्पकालिक होते हैं। यह अमूर्त व व्यावहारिक है। इसी कारण इसका जब तक कोई मूल्य नहीं है, तब तक कि इसे इसके भौतिक समतुल्य में परिवर्तित ना किया जाए संश्लिष्ट कल्पना का प्रयोग ज्यादातर किया जाता है, अपनी धन की इच्छा को भौतिक रूप में बदलने के लिए, इसलिए आपको यह याद रखना चाहिए कि ऐसी स्थिति में आपके समक्ष आ सकती है जिसमें आपको रचनात्मक कल्पना का प्रयोग करना पड़े और अपनी इच्छा को पूरा करने के लिए।

अपकी कल्पनाशीलता प्रयोग के अभाव के कारण थोड़ी कमजोर हो सकती है, किंतु इसे प्रयोग के माध्यम से फिर से सशक्त बनाया जा सकता है, यह कभी मर नहीं सकती इतना जरूर हो सकता है कि इसका प्रयोग ना करने के कारण यह निष्क्रिय हो गई हो। अपना ध्यान संश्लिष्ट कल्पना पर केंद्रित करें, क्योंकि यह वह शक्ति है जिसके द्वारा आप अपनी इच्छा को धन में बदलने के लिए प्रयोग करेंगे।

इच्छा के अमूर्त संवेग को धन के मूर्त यथार्थ में रूपांतरण के लिए आपको योजना बनानी होगी। यह योजना या योजनाएँ कल्पना की सहायता से बनाई जानी चाहिए और मुख्य रूप से संश्लिष्ट कल्पनाशक्ति के माध्यम से ऐसा किया जाना चाहिए।

पूरी पुस्तक को पढ़ जाएँ और फिर इस अध्याय पर आएँ और तत्काल अपनी कल्पना को योजना बनाने के काम पर लगा दें, जिसके द्वारा आपकी इच्छा धन में रूपांतरित हो सके। योजनाओं के बनाने के लिए विस्तृत निर्देश लगभग हर अध्याय में दिए गए हैं। इनमें से जो क्षण निर्देश आपकी आवश्यकताओं के हिसाब से सर्वश्रेष्ठ लगे उनका पालन उसी करें और अगर आपने पहले से ही ऐसा न किया हो तो आप अपने प्लान को लिख लें। जिस क्षण आप इसे पूरा कर लेते हैं, आप निश्चित रूप से अमूर्त इच्छा को मूर्त रूप दे देते हैं। पिछले वाक्य को एक बार और पढ़े इसे जोर से पढ़ें, धीमी गति से और जब आप ऐसा करें तो याद रखें कि जिस

क्षण आप अपनी इच्छा के वक्तव्य या इसकी प्राप्ति की योजना को लिख लेते हैं उसी वक्त आप दरअसल पहला क़दम उठा लेते हैं, जिसकी मदद से आप अंततः अपने विचार को इसके भौतिक समतुल्य में बदल पाएँगे।

वह धरती जहाँ आप रहते हैं, आप और हर भौतिक वस्तु विकासवादी परिवर्तन का परिणाम है जिसके द्वारा पदार्थ के सूक्ष्म कण क्रमबद्ध रूप में सुव्यवस्थित और नियोजित किए गए हैं। यही नहीं - और यह वक्तव्य अत्यंत महत्वपूर्ण है - यह धरती, आपके शरीर की कई बिलियन कोशिकाओं में से प्रत्येक, और पदार्थ का हर अणु ऊर्जा के अमूर्त रूप में प्रारंभ हुआ था।

इच्छा एक विचार संवेग है। विचार संवेग ऊर्जा का रूप हैं। जब आप धन कमाने के विचार संवेग या इच्छा से प्रारंभ करते हैं तो आप अपनी सेवा में उन्हीं शक्तियों का प्रयोग करते हैं, जिनके द्वारा प्रकृति ने इस धरती की रचना की है और इस ब्रह्मांड के हर पदार्थ और आकार की रचना की थी, जिसमें वह शरीर और मस्तिष्क भी शामिल है, जिसमें विचार संवेग कार्य करते हैं।

आप उन नियमों की मदद से अमीर बन सकते हैं, जो अपरिवर्तनीय हैं। परंतु पहले आपको इन नियमों से परिचित होना चाहिए और उनका प्रयोग करना सीखना चाहिए। लेखक की यह आशा है कि अगर इन सिद्धांतों को बार-बार दोहराया जाए और इनका हर संभव कोण से वर्णन किया जाए तो शायद आपके सामने वह रहस्य प्रकट हो जाए, जिसके द्वारा ढेर सारी दौलत इकट्ठी की जाती है। यह अजीब और विरोधाभासी लगता है कि यह "रहस्य" दरअसल रहस्य नहीं है। प्रकृति इसी धरती पर इसका विज्ञापन करती है जिसमें हम रहते हैं। हमारी धरती, सितारे, ग्रह, हमारे ऊपर और चारों तरफ़ मौजूद तत्व, घास का हर तिनका और हमारी आँखों को दिखाई देने वाला हर जीवित प्राणी इस रहस्य को उजागर करते हैं।

आगे आने वाले सिद्धांत कल्पना की समझ का रास्ता खोल देंगे। जब आप पहली बार इस फ़िलॉसफ़ी को पढ़ें तो आप जितना समझ सकें उसे ग्रहण कर लें। इसके बाद इसे दुबारा पढ़े और तब आप पाएँगे कि ऐसा कुछ हुआ है जिस वजह से यह अधिक स्पष्ट हो गई है और तब आपको संपूर्ण स्थिति की अधिक व्यापक समझ प्राप्त होगी। सबसे बड़ी बात यह कि आप इन सिद्धांतों के अध्ययन में न तो रुकें, न ही झिझकें जब तक कि आप इस पुस्तक को कम से कम तीन बार पूरा न पढ़ लें क्योंकि इसके बाद आप इस पुस्तक को पढ़ना कभी बंद नहीं करेंगे।

कल्पना का व्यावहारिक प्रयोग कैसे करें?

विचार से ही शुरुआत होती है, जो हमारा एक कदम और अमीर होने की ओर बढ़ता है। यह विचार ही हैं, जो कल्पना के माध्यम से आते हैं और विकसित भी होते हैं। अब हम ऐसे विचारों का परीक्षण करेंगे जिनके द्वारा धन अर्जन किया जा सकता है और मंम दावे के साथ कह सकता हूँ कि आपको वह निश्चित रास्ता और जानकारी अवश्य प्राप्त होगी, जिसके माध्यम से आप कल्पना का प्रयोग करके अमीर बन सकते हैं।

विस्मय करने वाली केतली

50 साल पहले बूड़ा देहाती शहर आया। अपना घोड़ा बांध कर और चुपचाप बिना किसी चोर के पीछले दरवाजे से एक दवा की दुकान में घुस गया और नशीली दवाइयों को बेचने वाले युवा क्लर्क से बात करने लगा।

काउंटर के पीछे लगभग एक घंटे से भी अधिक समय तक वह बूढ़ा डॉक्टर और क्लर्क धीमें-धीमे स्वर में बातें कर रहे थे।

फिर डॉक्टर बाहर घोड़ा गाड़ी तक गया और वापस लौटा तो उसके हाथ में एक बड़ी सी पुरानी केतली थी। साथ ही बड़ी लकड़ी की छड़ (केतली की सामग्री को हिलाने के लिए प्रयोग होने वाली) भी थी। उसने उस सामान को दुकान के पीछे रख दिया था।

क्लर्क ने केतली का निरीक्षण किया और जेब में हाथ डालकर बिल का एक रोल बाहर निकाल कर उसे डॉक्टर को दे दिया। उस रोल में क्लर्क की पूरी बचत 500 डॉलर थे। डॉक्टर ने कागज की छोटी सी पर्ची क्लर्क को सौंप दी। जिस पर गोपनीय सूत्र लिखा था। उस कागज की छोटी सी पर्ची पर ज़ो शब्द लिखे थे। वह किसी राजा के खजाने के समान कीमती थे, किंतु डॉक्टर के लिए वह इतने कीमती नहीं थी। इन जादुई शब्दों की जरूरत उस केतली की सामग्री को उबालना शुरू करने के लिए बेहद जरूरी थी, किंतु ना यह बात डॉक्टर जानता था और ना ही वह क्लर्क की उस केतली से कितना धन बरसने वाला है।

500 डॉलर में उस केतली को बेच कर वह डॉक्टर बहुत खुश था और वही क्लर्क अपने जीवन भर की कमाई अपनी बचत को दांव पर लगाकर बहुत बड़ा जोखिम ले रहा था। उसने कभी सपने में भी नहीं सोचा था कि उसका निवेश केतली से सोना बहाना शुरू करवाएगा। और जो अलादीन के चमत्कारी चिराग

से भी आगे निकल जाएगा। क्लर्क ने जो खरीदा था। वह एक विचार था। एक पुरानी केतली और लकड़ी की वह छड़ के साथ पर्ची पर लिखे कुछ शब्द यह सब किसी रहस्य से कम ना थे। इस केतली का चमत्कार तब सामने आया जब क्लर्क ने जादुई शब्दों के साथ एक तत्व मिलाया, जिसके विषय में स्वयं डॉक्टर को भी कुछ नहीं पता था।

जरा सोच कर देखें वह कौन सा तत्व होगा और वह कौन से शब्द होंगे, जिसके कारण उसने असली में सोना उगलना शुरू कर दिया था। यह वास्तविक कहानी है, जो आपको विस्मय में डाल देगी और यह सब शुरू हुआ विचार के साथ।

आइए इस विचार के माध्यम से उत्पादित सोने के विशाल ढेर पर नजर डालते हैं, जिससे बहुत धन कमाया गया और आज भी दुनिया भर के लोगों द्वारा इससे बहुत सा धन कमाया जा रहा है। जो केतली की सामग्री को करोड़ों लोगों तक पहुँचा रहे हैं।

पुरानी केतली आज दुनिया में चीनी के सबसे बड़े उपभोक्ताओं में से एक है। इसी कारण आज गन्ना उगाना, फिर उससे चीनी बनाना और अंत में उसे बेचना। इस काम में हजारों लोग चाहे वह स्त्री हो या पुरुष लगे हुए हैं।

पुरानी केतली प्रत्येक वर्ष करोड़ों लोगों को (जो इसके बिजनेस में है) रोजगार देती है। पुरानी केतली देश भर के क्लर्क, स्टेनोग्राफर्स, कॉपीराइटर्स और एडवरटाइजिंग विशेषज्ञ की पूरी फौज को रोजगार देती है। अनेकों कलाकारों को इसी से धन कमाने में सहायता की है। अपनी कला के आधार पर कलाकारों ने आकर्षक विज्ञापनों द्वारा यह कर दिखाया है।

पुरानी केतली ने एक छोटे से दक्षिणी शहर को दक्षिण की बिजनेस कैपिटल राजधानी बना दिया है, जहाँ यह प्रत्यक्ष या अप्रत्यक्ष रूप से शहर के प्रत्येक बिजनेस और प्रत्येक व्यक्ति को लाभान्वित करती है।

यही विचार है, जिसके कारण आज दुनिया का प्रत्येक सभ्य देश इसका लाभ उठा रहा है और जो भी इसे होता है, वह लाभ का भागीदार हो जाता है। इसी केतली के बरसते सोने के कारण दक्षिण का प्रसिद्ध कॉलेज भी बना है। जहाँ लाखों की संख्या में लोग सफलता प्राप्त करने के लिए आवश्यक प्रशिक्षण प्राप्त करते हैं।

पुरानी केतली ने बहुत अद्भुत काम किए हैं। यदि यह बता सकती तो यह हर एक भाषा में रोमांस की रोचक कहानियाँ सुनाती। फिर चाहे प्रेम का रोमांस हो या बिजनेस का, प्रोफेशनल स्त्री-पुरुषों की कहानियाँ इसके द्वारा सुनाई जाती।

लेखक कम से कम एक ऐसे रोमांस के बारे में जानता है, क्योंकि वह उनका एक हिस्सा रह चुका है। यह सब उस जगह से शुरू हुआ जहाँ क्लर्क ने डॉक्टर से वह पुरानी केतली खरीदी थी। यही वह जगह है जहाँ लेखक पहली बार अपनी पत्नी से मिला था और वह वही थी, जिसने उन्हें उस चमत्कारी केतली के बारे में बताया था। उस समय भी वह केतली में उबलने वाला सामान ही पी रहे थे, जिस समय लेखक ने उससे पूछा था कि- "आप मुझसे शादी करेंगी।"अब तो आप जान ही गए होंगे। वह चमत्कारिक केतली की सामग्री एक विश्व प्रसिद्ध भी जाने वाला पेय पदार्थ है।

आप कोई भी हो, कहीं के भी रहने वाले हो, किसी भी काम को करने वाले हो जब भी आप भविष्य में "कोका कोला" शब्द सुने तो इस बात को याद रखें कि इससे जो दौलत का विशाल साम्राज्य और प्रभाव आया है। वह एक विचार से ही आया है और जो तत्व आसा कैडलर ने मिलाया था वह- 'कल्पना' था।

एक पल के लिए रुकें और इस बात पर विचार करें।

यह भी याद रखें कि इस पुस्तक में बताए गए 13 कदम जो आप को अमीर बना सकते हैं। जिसके सहारे कोका कोला का प्रभाव हर शहर, कस्बे, गांव यहाँ तक कि दुनिया के चौराहे तक फैल गया। आपके दिमाग में भी उपजे इसी तरह के विचार जो कोका कोला की तरह दमदार हों, वह महत्वपूर्ण है। जो इस दुनिया की प्यास बुझा सकने के रिकॉर्ड की बराबरी कर सकता है।

यह सही बात है कि विचार और उनको संचालित करने का दायरा स्वयं दुनिया है।

यदि मेरे पास दस लाख डॉलर होते तो मैं क्या करता?

'जहाँ चाह वहाँ राह' यह कहावत आने वाली कहानी पर लागू होती है। यह कहानी मुझे धर्मोंपदेशक और शिक्षाविद स्वर्गीय फ्रैंक डब्ल्यू गुन्सॉल्स ने बताई थी। इन्होंने ही शिकागो के स्टॉकयार्ड से अपना पहला धर्म उपदेश दिया और इसी से अपने करियर की शुरुआत की थी।

जब डॉक्टर गुन्सॉल्स कॉलेज में पढ़ रहे थे। उस समय उन्हें शिक्षा प्रणाली में कई दोष नजर आए। उन्हें पूरा विश्वास था कि यदि वह कॉलेज के प्रमुख होते तो वह उन दोषों को ठीक कर सकते थे। उनकी इच्छा थी कि वह एक ऐसे शिक्षा संस्थान के प्रमुख बने, जिसमें युवाओं को केवल थियोरी ना पढ़ाई जाए, उन्हें प्रैक्टिकल द्वारा भी समझाया जाए।

उन्होंने एक नया कॉलेज बनाने का निश्चय किया। जिसमें वह अपने विचारों के साथ शिक्षा के पुराने तरीकों को पीछे छोड़ देंगे और अपना सपना पूरा करेंगे।

उन्होंने अपनी इस योजना को शुरू करने के लिए दस लाख डॉलर की जरूरत थी। इतनी बड़ी राशि कहाँ से आएगी। यह सवाल उनके सामने बहुत बड़ा था। बहुत समय बीत गया, किंतु निराशा के सिवा कुछ हाथ ना आया। वह हर रोज रात को इसी विचार के साथ सोते हैं और सुबह भी इसी विचार के साथ उठते थे। इतना ही नहीं वह जहाँ भी गए इस विचार को अपने साथ ले गए। यह विचार उनके दिमाग में जब तक चलता रहा, जब तक वह जुनून ना बन गया। वह जानते थे कि राशि बहुत बड़ी है, लेकिन साथ ही वह यह भी जानते थे कि सीमाएँ हम स्वयं बनाते हैं।

दार्शनिक और धर्म उपदेशक होने के नाते डॉक्टर गुन्सॉल्स यह बात जानते थे और लगभग जीवन में सफल होने वाला सभी लोग जानते हैं कि सबसे पहले हमें अपना लक्ष्य ही निर्धारित करना होता है। यह वह बिंदु है जहाँ से शुरुआत होती है, इसके बाद ही वह अपने लक्ष्य को भौतिक समतुल्य में बदलने की अपनी इच्छा को जुनून में बदलते हैं।

वे इस सच्चाई से अच्छी तरह वाकिफ थे, लेकिन यहाँ सवाल था कि उनके पास दस लाख डॉलर कहाँ से आएँगे। ज्यादातर लोग इस जगह आकर हार मान लेते हैं और कहते हैं- "मेरे विचार तो दमदार हैं, लेकिन इसको पूरा करने के लिए मैं पैसे नहीं जुटा पा रहा हूँ" किंतु गुन्सॉल्स ने ऐसा नहीं कहा। उन्होंने जो भी किया और कहा वह सभी के लिए महत्वपूर्ण है। आगे की कहानी वह स्वयं ही कहेंगे- मैं केवल उनका आपसे परिचय करवा रहा हूँ-

शनिवार की दोपहर मैं अपने कमरे में बैठा हुआ अपनी योजनाओं को पूरा करने के लिए भविष्य की योजना बना रहा था कि कैसे पैसे जुटाए जाएँ इस बारे में सोच रहा था। लगभग दो साल बीत गए थे और मैंने सोचने के अलावा कुछ भी नहीं किया।

"आखिरकार अब काम करने का समय आ गया था।"

उसी क्षण मैंने अपना मन बना लिया कि मैं कैसे भी करके एक सप्ताह के भीतर दस लाख डॉलर जमा कर लूंगा पर कैसे? यह मैं नहीं जानता था। सबसे महत्वपूर्ण बात यह थी कि मैंने एक निश्चित समय सीमा के भीतर यह धन कमाने

की अपनी इच्छा को बहुत प्रबल कर लिया। आप यकीन मानिए कि उसी क्षण मुझे एक अजीब सी राहत महसूस हुई। जैसे कोई मुझसे कह रहा हो यह निर्णय तुम्हें बहुत पहले ही ले लेना चाहिए था, क्योंकि वह राशि तो बहुत समय से तुम्हारा इंतजार कर रही है और सारी घटनाएँ बहुत जल्दी ही शुरू होने लगी।

मैंने समाचार पत्रों के ऑफिस फोन किया और घोषणा की, कि मैं अगली सुबह एक व्याख्यान दूंगा, जिसका शीर्षक होगा- "यदि मेरे पास दस लाख डॉलर होते तो मैं क्या करता?"

उसी क्षण में व्याख्यान तैयार करने में लग गया। सच कहूँ तो यह व्याख्यान जो मैं अगली सुबह देने वाला था मुश्किल नहीं था, क्योंकि मैं उसकी तैयारी पिछले दो साल से कर रहा था।

आधी रात होने से पहले ही मैंने अपना व्याख्यान लिख लिया और उसके बाद में अपने बिस्तर पर सोने के लिए चला गया। सब अच्छा होगा इस विश्वास के साथ मैं सो गया, क्योंकि मुझे साफ दिख रहा था कि मेरे पास दस लाख डॉलर थे और मैं उनका मालिक बन चुका था।

सुबह में जल्दी उठ गया, बाथरूम गया और अपना व्याख्यान पढ़ा। फिर अपने घुटनों पर बैठ गया और स्वयं से मैंने पूछा कि क्या मेरा प्रवचन किसी व्यक्ति का ध्यान अपनी ओर आकर्षित कर सकेगा, जो मुझे जितनी राशि चाहिए उतनी दे सके।

जब मैं ऐसा कर रहा था, उस क्षण मुझे वह अनुभूति पुनः हुई, जो यह कह रही थी कि वह धनराशि आने वाली है और मैं विश्वास से भर गया और रोमांचित हो उठा। मैं इतना खुश था कि जल्दी में अपना व्याख्यान ले जाना ही भूल गया और मुझे इस बात का जरा भी पता ना चला। जब मैं श्रोताओं के समक्ष पहुँचा उस समय मुझे याद आया कि मैं अपना व्याख्यान तो लाना ही भूल गया और अब उसे लाने का समय भी नहीं था।

यह भूल मेरे लिए वरदान साबित हुई। मेरे अवचेतन मन ने प्रवचन के लिए जो भी जरूरी था, वह सभी सामग्री मुझे उपलब्ध करा दी। प्रवचन के लिए जब मैं अपनी सीट से खड़ा हुआ तो मैंने अपनी आँखें बंद कर ली और अपने सपनों के लिए मैंने अपने दिल और आत्मा से बोला। मैंने वहाँ आय श्रोताओं से बात की यहाँ तक कि मुझे विश्वास है कि मैंने भगवान से भी बात की थी। मैंने अपने वक्तव्य में बताया कि अगर मेरे हाथों में दस लाख डॉलर कि राशि रख दी जाए तो मैं किस तरह से काम करूँगा। मैंने वह सारी योजना विस्तार के साथ सभी के सामने रख दी,

जो अभी तक सिर्फ मेरे दिल और दिमाग में थी। मैंने जो भी जानकारी दी अपने सपने को पूरा करने के लिए एक शैक्षिक संस्थान बनाने के लिए वह सारी योजना मैंने सभी के सामने रख दी।

जब मैंने अपना भाषण समाप्त किया और जाकर अपनी सीट पर बैठ गया तो पीछे से तीसरी लाइन से एक आदमी अपनी सीट से उठकर धीरे-धीरे अपना रास्ता बनाता हुआ मंच तक आ पहुँचा। मैं अभी कुछ सोच ही रहा था कि वह क्या करेगा और उसने मेरी और अपना हाथ बढ़ा कर कहा- "मुझे आप का प्रवचन पसंद आया है। उस व्यक्ति ने कहा मुझे आप और आपकी बात दोनों पर विश्वास है बस आपके पास दस लाख डॉलर होने चाहिए, इसे पूरा करने के लिए। आप कल सुबह मेरे ऑफिस में आ जाइए। आपको दस लाख डॉलर मिल जाएँगे मेरा नाम फिलीप डी आर्मर है।"

युवा गुन्सॉल्स सुबह होते ही मिस्टर आर्मर के ऑफिस जा पहुँचे और वादे के अनुसार उन्हें दस लाख डॉलर भी मिल गए। गुन्सॉल्स ने उस राशि से आर्मर इंस्टिट्यूट ऑफ टेक्नोलॉजी की नींव रखी। जिसे आज 'इलिनॉइस इंस्टीट्यूट ऑफ टेक्नोलॉजी' के नाम से जाना जाता है।

यह धनराशि, उस धनराशि से कई गुना अधिक थी, जिसे एक प्रचारक अपने पूरे जीवन में देखता है। यह राशि सबसे पहले उनके पास एक विचार के रूप में आई थी। जिसे गुन्सॉल्स ने अपने दिमाग में लगभग दो सालों से पाल रखा था।

इस महत्वपूर्ण तथ्य की ओर ध्यान से देखें-"उन्होंने जब यह धनराशि पाने का अपने मन में दृढ़ निश्चय किया और इसे हासिल करने के लिए फैसला किया। उसके 36 घंटे के भीतर ही उन्हें वह धनराशि मिल गई।"

दस लाख डॉलर के विषय में युवा गुन्सॉल्स का अस्पष्ट चिंतन और दुर्बलता का होना कोई नई बात नहीं थी, क्योंकि ऐसा अनेकों लोगों के साथ हुआ होगा, लेकिन शनिवार की रात उनके लिए शानदार साबित हुई, क्योंकि उसी रात उन्होंने निर्णय लिया कि वह एक सप्ताह के भीतर वह सारी धनराशि जुटा लेंगे और यह सब कैसे मुमकिन हुआ? यह एक प्रश्न बड़ा हो सकता है, किंतु इसका उत्तर छोटा सा है - निश्चितता। इसी के कारण ही उन्होंने अपने सपने को पूरा किया।

ईश्वर भी उनके साथ नजर आते हैं, जो यह जानते हैं कि वह क्या चाहते और उसे कैसे पा सकते हैं। सबसे महत्वपूर्ण बात यह है कि जिस सिद्धांत पर चलकर डॉ गुन्सॉल्स ने दस लाख डॉलर हासिल किए। वह आज भी जीवित है और कमाल की

बात यह है कि यह सिद्धांत सभी के लिए काम करता है। आप भी चाहे तो इससे अपने सपने पूरा कर सकते हैं, जैसा - डॉक्टर गुन्सॉल्स में किए थे। यह सिद्धांत उस समय भी सफलतापूर्वक प्रयोग किया जाता था और आज भी। यह पुस्तक इन सिद्धांतों के बारे में बताती है और साथ ही इनका प्रयोग किस प्रकार किया जाए यह भी बताती है।

इस बात पर विचार करें कि आसा कैंडलर और डॉक्टर फ्रैंक गुन्सॉल्स एक बात समान थी। दोनों को इस बात का पता था कि निश्चित लक्ष्य और निश्चित योजना के तहत विचारों को कैसे पैसों में बदला जा सकता है।

यदि आप उन लोगों में से हैं, जो यह सोचते हैं कि केवल कड़ी मेहनत और ईमानदारी से ही अमीर बना जा सकता है तो यह बात आप बिल्कुल भूल जाइए, क्योंकि यह बेमायने है। सच तो यह है कि जब भी अमीरी आती है, वह अनिश्चितता की मांग की प्रतिक्रिया मात्र होती है। इसका भाग्य से कोई लेना देना नहीं होता।

ज्यादातर मास्टर सेल्समैन यह जानते हैं कि जहाँ सामान नहीं बेचा जा सकता। वहाँ विचार बेचे जाते हैं। साधारण सेल्समैन यह नहीं जानते। इसी कारण वह साधारण ही रह जाते हैं।

पुस्तकों के एक प्रकाशक ने एक खोज की, जो ज्यादातर प्रकाशकों के लिए महत्वपूर्ण साबित हुई। उन्होंने अपने अनुभवों से सीखा कि ऐसे बहुत से लोग होते हैं, जो पुस्तक का केवल शीर्षक पढ़ कर ही पुस्तक खरीद लेते हैं। उन्हें पुस्तक के अंदर की सामग्री से कोई लेना देना नहीं होता। एक दिन प्रकाशक ने एक पुस्तक का शीर्षक बदल दिया, क्योंकि वह पाठकों द्वारा खरीदी ही नहीं जा रही थी। शीर्षक के बदलते ही उस पुस्तक की बिक्री दस लाख प्रतियों तक पहुँच गई। यहाँ ध्यान देने योग्य बात यह है कि पुस्तक के अंदर की सामग्री जरा भी बदली नहीं गई थी। प्रकाशक ने पुस्तक का कवर फ़ाड़ कर फ़ेंक दिया था, जिस पर पुराना शीर्षक था और उसके स्थान पर दूसरा शीर्षक लगा दिया, जो "बॉक्स ऑफिस" के हिसाब का था।

यह सब पढ़ने में बहुत अच्छा लगता है, किंतु सबसे पहले यह भी केवल एक विचार ही था, सिर्फ कल्पना थी।

विचारों की कोई निर्धारित कीमत नहीं होती है। विचारों का निर्माण करने वाला ही उसकी कीमत का निर्धारण भी कर सकता है। अगर वह स्मार्ट है तो उसे उसकी कीमत मिल ही जाएगी, चाहे कुछ भी हो।

व्यावहारिक रूप से हर आदमी की कहानी की शुरुआत जब होती है। जब विचारों का निर्माता और विचारों का विक्रेता दोनों साथ मिलते हैं और मिलकर काम करते हैं। कारनेंगी ने अपने आसपास के ऐसे लोगों का कोई इकट्ठा कर रखा था। जो वह सब काम कर सकते थे, जो स्वयं कारनेंगी नहीं कर सकते थे। वह लोग विचारों का निर्माण करते और उन विचारों को हकीकत में बदल कर, खुद और दूसरों को अमीर बना सकते थे। ऐसे अनेक लोग हैं, जो मौके या 'ब्रेक' की तलाश में रहते हैं। भाग्य से किसी को एक अवसर मिल भी सकता है, लेकिन सबसे अच्छी योजना तो यह है कि भाग्य के भरोसे ना रह जाए। मुझे जीवन का सबसे बड़ा अवसर मिला जो मेरे लिए एक अनुकूल अवसर भी था, लेकिन पच्चीस सालों के प्रयासों के बाद ही वह अवसर मिला, जिसे मैं पूंजी में बदल पाया।

मुझे सहायता देने वाला ब्रेक कारनेगी से मिला था, परंतु लगन, निश्चित लक्ष्य, लक्ष्य को हासिल करने की इच्छा और पच्चीस वर्ष की लगन का क्या कोई अर्थ नहीं है? यह कोई सामान्य इच्छा नहीं थी, जो इतनी निराशा, लोगों द्वारा निरुत्साहित किए जाने, अस्थाई पराजय आलोचना और "समय की बर्बादी" के बावजूद बनी रही। यह एक धधकती हुई इच्छा थी! एक दीवानगी थी।

जब मेरे दिमाग़ में यह विचार कारनेगी ने बोया तो इसे ज़िंदा बने रहने के लिए मनाया गया, इसकी देखभाल की गई और इसे आकर्षित किया गया। धीरे-धीरे यह विचार अपनी ही शक्ति से इतना शक्तिशाली हो गया कि इसने बाद में मुझे मनाया, मेरी देखभाल की और मुझे प्रेरित किया। पहले आप विचारों को जीवन और एक्शन और मार्गदर्शन देते हैं, फिर वे स्वयं शक्तिशाली बन जाते हैं और अपने रास्ते के तमान अवरोधों को हटा देते हैं।

विचार अमूर्त शक्तियाँ हैं, परंतु उनमें भौतिक मस्तिष्कों से अधिक शक्ति होती है, जिनसे वे उत्पन्न होते हैं। उनमें ज़िंदा बने रहने की शक्ति है, और यह शक्ति तब भी बनी रहती है, जबकि उन्हें जन्म देने वाला मस्तिष्क धूल में मिल चुका होता है।

7

सुनियोजित योजना

इच्छा को कार्य रूप में साकार करना

अमीरी की ओर छठवां कदम

आपने सीखा कि इंसान जो कुछ बनाता है, जिसका भी सृजन करता है या उसे प्राप्त करता है। वह सब इच्छा के द्वारा ही शुरू होता है। इच्छा की यात्रा के दौरान हम उन चीजों को साकार रूप देते हैं, जो कल्पना की वर्कशॉप में हमारे द्वारा तैयार होती है, जिसकी हम योजना बनाते हैं, जिस अंत में व्यवस्थित भी करते हैं।

अध्याय दो में आपको धन अर्जन करने के छह निश्चित व्यवहारिक चरण बताए गए हैं। जिसके आधार पर आप अपनी धन कमाने की इच्छा को आर्थिक समतुल्य में बदल सकते हैं। इन चरणों में से एक चरण है- निश्चित और व्यावहारिक योजनाओं का गठन करना, जिसके आधार पर आप धन कमाने की अपनी इच्छा को पूरा कर सकते हैं।

अब आपको यह बताया जाएगा कि किन निर्देशों का पालन करके आप योजनाएँ बना सकते हैं-

1. धन अर्जन की अपनी योजना को सफल बनाने के लिए जिन लोगों की आवश्यकता हो, उन सभी को अपने साथ जोड़ें, समूह बनाएँ और "मास्टर माइंड टीम" बनाकर इन सिद्धांतों का प्रयोग करें (इस निर्देश को अनदेखा ना करें इसका पालन करें)
2. अपनी 'मास्टर माइंड टीम' बनाने से पहले योजना बनाएँ कि आप अपनी टीम को उसके सहयोग के बदले क्या देंगे, क्योंकि कोई भी

व्यक्ति अनिश्चितकाल तक बिना लाभ के काम नहीं कर सकता, हाँ यह हो सकता है कि वह आपसे धन की अपेक्षा न रखे, अन्य किसी चीज की अपेक्षा रखें, क्योंकि कोई भी समझदार व्यक्ति बिना लाभ के आपका सहयोगी नहीं बनेगा।

3. सप्ताह में कम से कम दो बार और जितना अधिक संभव हो, अपने मास्टर माइंड समूह के सदस्यों से मिलें जब तक कि आप मिलकर धन कमाने के लिए आवश्यक योजनाएँ पूरी तरह से न बना लें।
4. टीम और आपका तालमेल अच्छा होना चाहिए। इस निर्देश का पालन ना करना ठीक वैसा ही है, जैसे कोई व्यक्ति प्रबल इच्छा के साथ धन कमाना चाहता है किंतु करता कुछ भी नहीं है। तालमेल के बिना यह सिद्धांत सफल हो ही नहीं सकता।

इन तथ्यों को अपने दिमाग में रखें-

क. आप अपने लिए एक अत्यंत महत्वपूर्ण कार्य में सलंग्न हैं। सफलता सुनिश्चित करने के लिए आपके पास त्रुटिहीन योजनाएँ होनी चाहिए।

ख. आपको अपनी टीम के सदस्यों के अनुभव, शिक्षा, कल्पना और प्राकृतिक योग्यताओं का भी लाभ अवश्य लेना चाहिए। ज्यादातर अमीर व्यक्तियों ने इस तरीके को ही अपनाया है और धन अर्जन किया है।

अन्य लोगों की सहायता के बिना प्रत्येक व्यक्ति में सारी योजनाएँ बनाने की काबिलियत नहीं हो सकती। इसलिए उनके अनुभव, शिक्षा और प्राकृतिक योग्यता के साथ मिलकर धन अर्जन का मार्ग खोजें। धन कमाने के लिए आप जिस योजना को भी बनाएँ, वह आपकी टीम द्वारा भी मान्य होनी चाहिए।

यदि आपके द्वारा बनाई गई योजना का कोई सफलता पूर्वक परिणाम ना निकले तो उसके स्थान पर नई योजना बना लें या उसमें परिवर्तन करें। दूसरे योजना भी काम ना आए तो एक और नई योजना बनाई और ऐसा जब तक करते रहे, जब तक आपको सही योजना न मिल जाए। यही वह टर्निंग प्वाइंट होता है, जीवन में जब लोग अपनी योजनाएँ बनाते समय अपनी दृढ़ता और विश्वास खो देते हैं और असफल हो जाते हैं।

कोई भी व्यक्ति चाहे वह कितना भी बुद्धिमान क्यों ना हो। तब तक सफल नहीं हो सकता जब तक उसकी योजनाएँ व्यवहारिक और प्रयोग करने लायक ना हो। इस बात को हमेशा याद रखें कि अस्थाई पराजय स्थाई असफलता हो ही नहीं सकती। दूसरे शब्दों में कहें तो आपकी योजना में कोई कमी थी जिस कारण ऐसा हुआ नहीं। योजना बनाएँ हिम्मत ना हारे।

थॉमस एडिसन ने भी हार नहीं मानी थी। जब तक वह बिजली के बल्ब के निर्माण में लगे रहे। क्या वह असफल नहीं हुए होंगे। दस हज़ार बार असफल हुए थे, लेकिन सफलता का ताज दस हजार बार की असफलता के बाद ही मिला था। आप भी हार नहीं मान सकते।

अस्थाई पराजय का मतलब एक ही है। आपकी योजना ने किसी ज्ञान की कमी का होना। जिसे टीम के द्वारा पूरा किया जा सकता है। आज लाखों-करोड़ों लोग धन के अभाव में अपना जीवन व्यतीत कर रहे हैं क्यों? केवल योजना की कमी होने या सही प्रयास ना करने के कारण। आप की योजना में दम होना चाहिए।

हेनरी फोर्ड ने भी संपत्ति कमाई है। वह बेहतर दिमाग के कारण नहीं, बेहतर योजना के कारण। फ़ोर्ड इंस्टिट्यूट से स्टडी करने के बावजूद कुछ लोग योजना के अभाव में आज भी गरीब ही है और कुछ लोग आगे निकल गए।

'कोई भी व्यक्ति जब तक नहीं हारता' जब तक वह मन से ना हार जाए'

जेम्स जे हिल को भी अल्पकालिक पराजय का सामना करना पड़ा था। जब वह पूर्व से पश्चिम तक रेल रोड बनाने के लिए धन अर्जन (फंड) कर रहे थे, लेकिन हार ना मानते हुए उन्होंने अपनी पराजय को विजय में परिवर्तित कर दिया था।

हेनरी फोर्ड को भी अस्थाई पराजय मिली थी। जब वह अपने ऑटोमोबाइल के बिजनेस के शुरुआती दौर में थे, जब वह ऊँचाईयों को छू रहे थे, एक बार फिर उनका सामना हार के साथ हुआ, लेकिन उन्होंने नई योजनाओं द्वारा अपनी हार को जीत में बदल दिया और फिर से नई ऊँचाईयों को छुआ।

हमारा ध्यान ऐसे लोगों की ओर ही जाता है, जिन्होंने बहुत सारा धन कमाया है, लेकिन हम उनकी अस्थाई असफलता को अनदेखा कर देते हैं, जिन्हें पार कर कर ही वह वहाँ तक पहुँचे हैं, जहाँ उन्हें सफलता मिली है।

इस फिलॉसफी के बिना कोई भी व्यक्ति धन अर्जन नहीं कर सकता। अपनी पराजय को इस बात का संकेत मानना चाहिए कि आपकी योजनाओं में खासी कमी है। पुनः योजना बनाएँ और अपनी नाव तैयार कर, पाल डाल दें और आगे

बढ़ें जब तक विजय ना मिल जाए। यदि लक्ष्य प्राप्त करने से पहले ही आप हार मान लेते हैं तो सच मानिए आप "आलसी और कामचोर" है और ऐसे लोगों को सफलता कभी भी हासिल नहीं होती।

"आलसी और कामचोर लोग विजेता नहीं बनते, विजेता वही है, जिसने लक्ष्य को नहीं छोड़ा"

इन शब्दों को उठाएँ और कागज पर बड़े- बड़े अक्षरों में लिख दें और ऐसे स्थान पर रखें, जहाँ आप इन्हें रात को सोते समय और सुबह उठकर सबसे पहले देख सके।

आप जब भी अपने मास्टर माइंड टीम को के सदस्यों का चुनाव करें तो इस बात का विशेष ध्यान रखें कि उन लोगों का ही टीम के लिए चुनाव करें जो हार को गंभीरता से नहीं लेते। कुछ लोग लोगों का ऐसा मानना है कि पैसों से ही पैसों को कमाया जा सकता है जो कि बिल्कुल भी सत्य नहीं है।

इच्छा की प्रबलता से ही आप पैसे कमा सकते हैं। यही इच्छा दिए गए निर्देशों का अनुसरण करके धन अर्जित करती है। धन अपने आप में कुछ नहीं है, यह एक निर्जीव वस्तु है। यह अपने आप कुछ नही कर सकती ना चल, बोल और न ही सोच सकती है लेकिन यह सुन सकती है। जब भी आप इसे इच्छा की प्रबलता के साथ बुलाएँगे तो यह दौड़ कर चला आएगा।

सेवाओं की बिक्री की योजना

इस पुस्तक का शेष भाग व्यक्तिगत सेवाओं की बिक्री की योजनाओं पर केंद्रित है। किसी भी सफलता को प्राप्त करने के लिए योजना का बनाना आवश्यक है जिसके लिए यहाँ आपको निर्देश दिए गए हैं। इसके माध्यम से ही आप व्यक्तिगत सेवाओं को बेचकर धन कमा सकते हैं।

यह जानना जरूरी है कि जितने भी लोगों ने धन कमाया है, उन्होंने इसे कमाने की शुरुआत व्यक्तिगत सेवाओं को बेचकर ही की थी। दूसरे शब्दों में कहें तो इसकी शुरुआत विचारों को बेचकर की गई थी, जिसके पास ना पैसा हो और ना कोई जायदाद। वह अमीर बनने की सोच या विचारों के माध्यम से ही बन सकता है।

सामान्य तौर पर दुनिया में दो प्रकार के लोग होते हैं, जिसमें से कुछ को लीडर और कुछ को इनके अनुयायियों के रूप में देखा जाता है। सबसे अच्छा यह

होगा कि आप जब भी धन कमाने का विचार अपने मन में लाएँ तो यह निर्णय अवश्य कर लें कि आप अपने क्षेत्र में लीडर बनना चाहते हैं या सिर्फ अनुयायी बनकर ही रहना चाहते हैं, क्योंकि इसके बाद आपको जो भी मिलेगा, उसमें भारी अंतर होगा। सच्चाई तो यह है कि कोई भी अनुयायी लीडर के द्वारा कमाए गए धन की कभी भी बराबरी नहीं कर सकता।

अगर आप अनुयायी हैं तो उसमें भी कुछ गलत नहीं है या किसी प्रकार के अपमान की कोई बात नहीं है। वहीं दूसरी और यह किसी प्रशंसा की भी बात नहीं है। लगभग सभी लीडर्स ने अपने करियर की शुरुआत में एक अनुयायी के रूप में ही काम किया है। उनकी सफलता के पीछे एक ही कारण था कि वह बुद्धिमान अनुयायी थे। अगर आप भी किसी लीडर का सही मायनों में अनुसरण करते हैं तो आप यह मान लीजिए कि आप कभी भी लीडर नहीं बन पाएँगे और अपवाद तो हर जगह होते हैं। बुद्धिमान अनुयायी को एक नहीं अनेक लाभ मिलते हैं। सबसे पहला और सबसे महत्वपूर्ण लाभ तो यह है कि वह अपने लीडर से ज्ञान हासिल करता है, क्योंकि स्वयं के अनुभवों से सीखने के लिए जीवन बहुत छोटा है।

लीडरशिप की विशेषताएँ -

1. **साहस** - स्वयं के ज्ञान और अपने व्यवसाय के ज्ञान के आधार पर ही साहस प्राप्त होता है। यह सत्य बात है कि कोई भी अनुयायी अपने लीडर में साहस की कमी नहीं देख सकता।
2. **आत्म नियंत्रण** - वह व्यक्ति जो स्वयं को नियंत्रण में नहीं रख सकता, वह दूसरों को कैसे नियंत्रित कर सकता है। आत्म नियंत्रण एक शक्तिशाली उदाहरण बन सकता है जिससे बुद्धिमान अनुयायी जल्द सीख लेता है।
3. **न्याय की समझ** - न्याय के अभाव में कोई भी लीडर बहुत अधिक समय तक नहीं टिक सकता और ना ही अपने अनुयायियों से सम्मान ही प्राप्त कर सकता है।
4. **निर्णय लेने की क्षमता** - वह लीडर कभी भी दूसरों का सफलतापूर्वक नेतृत्व नहीं कर सकता जो अपने निर्णय स्वयं नहीं ले सकता, क्योंकि उसमें विश्वास की कमी होती है।
5. **योजना की निश्चितता** - लीडर सबसे पहले किसी भी काम को शुरू

करने से उसकी पूरी योजना बनाता है। केवल अंदाजे से काम नहीं करता इसीलिए उसकी योजना ज्यादातर सफल रहती है।

6. **अधिक देने की आदत** - एक लीडर को हमेशा अपने अनुयायियों की इच्छा से अधिक धन या सेवा देने के लिए तत्पर रहना चाहिए।
7. **आकर्षक व्यक्तित्व** - लापरवाह और फूहड़ व्यक्ति कभी भी सफल लीडर नहीं बन सकता। अनुयायी ऐसे लीडर का सम्मान नहीं करेंगे जिसका व्यक्तित्व हर एक स्तर पर आकर्षक या प्रभावशाली ना हो।
8. **सहानुभूति और समझ** - सफल लीडर वही है, जो अपने अनुयायियों का ध्यान रखें और अनकी समस्याओं को समझे, इतना ही नहीं उन्हें यथासंभव सुलझाने का प्रयास भी करें।
9. **विवरण में महारत (कुशलता)** - लीडर को स्थितियों के विवरण में भी महारत हासिल होनी चाहिए।
10. **पूरी जिम्मेदारी लेना** - वह सफल लीडर है, जो अपने अनुयायियों की गलतियों की पूरी जिम्मेदारी लेने के लिए हमेशा तत्पर रहता हो यदि वह इस जिम्मेदारी का निर्वाहन ठीक प्रकार से नहीं करता है तो हमेशा लीडर नहीं बना रहेगा।
11. **सहयोग** - लीडरशिप के लिए सभी अनुयायियों के सहयोग की आवश्यकता होती है और इस बात को एक सफल लीडर जानता है लीडरशिप के लिए शक्ति की आवश्यकता होती है और शक्ति के लिए सहयोग की।

लीडरशिप के दो प्रकार हैं, पहला और अब तक का सबसे प्रभावी प्रकार रहा है— अनुयायियों की सहमति और सहानुभूति के साथ लीडरशिप करना और दूसरा है बल के द्वारा बिना किसी सहानुभूति और सहमति के।

इतिहास गवाह है कि बल से हासिल की गई लीडरशिप ज्यादा समय तक नहीं टिक पाती। राजाओं और तानाशाहो के पतन का सबसे महत्वपूर्ण कारण यही था कि वह बल से लीडरशिप करना चाहते थे और ऐसा करना ज्यादा समय तक नहीं चल सकता, क्योंकि लोग एक न एक दिन विरोध करते ही हैं और अंत में सब समाप्त हो जाता है। दुनिया ने नेताओं और समर्थकों के बीच के संबंधों को अभी-अभी समझना शुरू किया है।

नेपोलियन, जर्मनी के फेसर विल्हेम, रूस के जार, स्पेन के राजा इत्यादि ने शक्ति से ही नेतृत्व किया है, लेकिन अब उनका समय समाप्त हो गया है। आज का समय बिना अनुयायियों की सहमति के लीडरशिप करना और वह भी लंबे समय तक नामुमकिन है।

लोग शक्ति के आधार पर कुछ समय के लिए तो थोपी गई लीडरशिप के अनुसार काम कर सकते हैं, लेकिन यह सब उनकी मर्जी से नहीं होता है ना ही लंबे समय तक चल सकता है।

लीडरशिप के नए ब्रांड इस अध्याय में बताए गए अन्य 11 तत्वों के साथ शामिल है। जो लोग इन तत्वों को आधार मानते हैं, उन्हें जीवन के किसी भी क्षेत्र में लीडरशिप करने के अनेकों अवसर मिलते हैं।

लीडरशिप में असफलता के दस कारण—

अब हम असफल लीडर्स की प्रमुख गलतियों पर आते हैं, जो वह सामान्य तौर पर करते हैं। साथ ही यह जानने की भी कोशिश करते हैं कि वह आखिर क्यों असफल होते हैं, क्योंकि यह भी जानना उतना ही महत्वपूर्ण है कि आप क्या करें जितना यह जानना कि क्या ना करें।

1. विवरण व्यवस्थित करने में अक्षम- एक कुशल लीडर डिटेल्स को व्यवस्थित करने में सक्षम होता है। यदि वह यह कहता है कि समय ना होने के कारण वह किसी आपातकालीन स्थिति का सामना नहीं कर पाया तो वह इस बात का प्रमाण दे रहा है कि वह लीडरशिप के लिए सक्षम नहीं है। वही लीडर सफल है, जो प्रत्येक स्थिति में प्रत्येक विवरण को व्यवस्थित करने में सक्षम हो या फिर उसे अपने सक्षम सहयोगी को इसका भार सौंप देना चाहिए।
2. विनम्र सेवा देने की अनिच्छा- सही मायने में वह लीडर महान होता है जो समय आने पर जो काम दिया काम दूसरों से करने की इच्छा रखता हो, वह स्वयं खुशी से उसे पूरा करें। "जो महान व्यक्ति होगा वह सब का सेवक पहले होगा" यही वह सच्चाई है, जिसका सभी लीडर से सम्मान करते हैं।
3. ज्ञान के भुगतान की बजाय इसके प्रयोग का भुगतान- दुनिया आपको कितना ज्ञान है, इसके लिए भुगतान नहीं करती, बल्कि इसलिए

भुगतान करती है कि आपने उस ज्ञान का किस प्रकार प्रयोग किया या उस ज्ञान से अन्य को कितना और किस प्रकार प्रेरित किया।

4. अनुयायियों से प्रतियोगिता का भय - जिस लीडर को यह डर है कि कोई उसका पद छीन ना ले। वह इस बात को पक्का करता है कि एक ना एक दिन ऐसा अवश्य होगा। वही लीडर सफल और योग्य है, जो अपने अनुयायियों को तैयार करता है ताकि समय आने पर उन्हें चीज़ें सौंप सके। इसी वजह से वह एक समय पर अपने अनुयायियों के रूप में अनेक स्थानों पर हो सकता है और एक साथ कई चीजों का ध्यान रख सकता है। यह सच्चाई है कि जितना धन वह स्वयं के प्रयासों से कमाता हैं उससे अधिक वह दूसरों के सहयोग और योग्यता से, उनका नेतृत्व करके कमा सकता हैं। अपने ज्ञान के आधार पर सच्चा लीडर अपने अनुयायियों का अधिक प्रभावशाली ढंग से मार्गदर्शन कर सकता है और उन्हें बेहतर सेवा देने या काम करने के लिए प्रेरित कर सकता है। जो उसकी सहायता के बिना वे लोग नहीं कर पाते।

5. कल्पना का अभाव - कल्पनाशीलता के बिना एक लीडर कभी भी आपातकालीन स्थिति का सामना नहीं कर सकता ना ही वह ऐसी योजनाएँ बना सकता है, जिससे वे अपने अनुयायियों का सही मार्गदर्शन कर सके।

6. स्वार्थ - वह लीडर्स कभी भी सफलता हासिल नहीं कर पाते जो अपने अनुयायियों के काम का सारा श्रेय स्वयं ले लेते हैं। सच्चा लीडर कभी भी दूसरे के काम का स्वयं श्रेय नहीं लेता, बल्कि स्वयं के काम का श्रेय भी दूसरों या अपने समर्थकों को ही देता है, क्योंकि उसे इस बात का पता होता है कि कई लोग प्रशंसा या प्रतिष्ठा के लिए ही अधिक श्रम करते हैं, धन कमाने के लिए नहीं।

7. असंयम - असंयमी लीडर्स का सम्मान अनुयायी ही नहीं कोई भी व्यक्ति नहीं करता, क्योंकि असंयम व्यक्ति की गरिमा और सहनशीलता दोनों को हानि पहुँचाता है।

8. निष्ठा की कमी- सही मायनों में इसे सूची में सबसे पहले होना चाहिए था, क्योंकि निष्ठा की कमी के कारण कोई भी लीडर सफल नहीं हो सकता। वह लीडर जो अपने अनुयायियों, समर्थकों, छोटो, बड़ों और

अपने कार्यों के प्रति वफादार नहीं होता, वह बहुत अधिक समय तक लीडर नहीं बना रह सकता। इसके अभाव में कोई भी लीडर बहुत नीचे गिर सकता है और अपमान का भागी बनना पड़ सकता है। निष्ठा का अभाव जीवन के प्रत्येक क्षेत्र में असफलता का कारण बनता है।

9. लीडरशिप की शक्ति पर जोर- अच्छा लीडर तो वही माना गया है जो अपने अनुयायियों का दिल डर से नहीं, प्रोत्साहन से जीते। सच्चा लीडर अपने व्यवहार, सहानुभूति, समझ, नीति, कार्यकुशलता और न्याय प्रियता के साथ सहयोग की भावना रखता है। उसे किसी विज्ञापन की जरूरत नहीं होती उसे स्वतः ही सभी पसंद करने लगते हैं।
10. पद पोजिशन पर जोर - बिना किसी पद के योग्य लीडर अपने अनुयायियों और समर्थकों का सम्मान प्राप्त कर ही लेता है। जो व्यक्ति पद की इच्छा रखता है या पद को महत्व देता है उसके पास किसी चीज को महत्व देने के लिए कुछ भी नहीं होता। वास्तविक लीडर के ऑफिस के दरवाजे उन सभी लोगों के लिए हमेशा खुले रहते हैं, जो अंदर आना चाहते हैं। उनके काम औपचारिकता से मुक्त होते हैं।

यह है हर लीडरशिप में असफलता के सबसे सामान्य कारण। अगर आपने इनमें से कोई भी गलती की तो आपकी असफलता निश्चित है। यदि आप लीडर बनना चाहते हैं तो इन गलतियों को ना करें इसलिए पुनः इस सूची को ध्यान से पढ़ें।

कुछ उपजाऊ क्षेत्र, जिनमें नई लीडरशिप की जरूरत होगी

इस अध्याय को समाप्त करने से पहले आपका ध्यान उन कुछ उपजाऊ क्षेत्रों की ओर आकर्षित किया जाएगा, जिसके कारण लीडरशिप का पतन हो रहा है, जिसमें नए लीडर्स को अनेकों अवसर मिल सकते हैं -

1. आज के दौर में राजनीति के क्षेत्र में नए लीडर्स की काफी मांग है और यह मांग किसी आपातकालीन स्थिति जैसी ही है, क्योंकि नेता जो देश का नेतृत्व कर रहे हैं, वह जनता की ओर ध्यान नहीं दे रहे हैं। जिस कारण इस क्षेत्र में अनेकों अवसर मिल सकते हैं।
2. बैंकिंग के क्षेत्र में भी सुधार की आवश्यकता है। इस क्षेत्र में लगभग

पूरी तरह से जनता का विश्वास खो दिया है। इस क्षेत्र में बैंकरों ने सुधार को अधिक महसूस किया, इसलिए अवसर अनेक हैं।

3. उद्योग धंधों के क्षेत्र में भी नए लीडर्स की बहुत जरूरत है। उनसे अपेक्षा की जाती है कि वह अपने कर्तव्य को समझें और अपनी कंपनी या ट्रस्ट को इस तरह से संचालित करें, जिससे किसी अन्य व्यक्ति या संस्था को किसी प्रकार की कोई परेशानी ना हो।
4. भविष्य के धार्मिक लीडर्स से यह अपेक्षा की जा रही है कि वह वर्तमान की समस्याओं को सुलझाते हुए अपने अनुयायियों और समर्थकों की आवश्यकताओं पर पूरा ध्यान दें और इस बात की चिंता ना करें कि अतीत में क्या हुआ था या भविष्य में क्या होगा।
5. आने वाले भविष्य में नए तरह के लीडर्स की आवश्यकता होगी, जो वकालत, डॉक्टरी और शिक्षा के क्षेत्र में अलग तरह से सकारात्मक काम कर सके। सबसे ज्यादा शिक्षा के क्षेत्र में इनकी जरूरत है ताकि वह लोगों को शिक्षित कर सके या नए तरीके खोज सकें, जिससे स्कूल व कॉलेज में जिस प्रकार का ज्ञान दिया जाता है। उसे वह व्यावहारिक रूप में भी प्रयोग कर सकें। वह ज्ञान केवल किताबी ज्ञान ना हो या केवल सिद्धांतों पर ही आधारित ना हो।
6. पत्रकारिता का क्षेत्र भी नए लीडर्स की मांग करेगा ताकि भविष्य के समाचार पत्रों को बिना किसी दबाव के सफलतापूर्वक संचालित किया जा सके।

यह कुछ क्षेत्र हैं, जिनमें नए लीडर्स और उनकी लीडरशिप के लिए अनेकों अवसर उपलब्ध हैं। दुनिया का स्वरूप बहुत तेजी से बदल रहा है। इसका मतलब यह है कि लोगों को भी इसी के अनुसार अपनी आदतों को बदलना होगा। यहाँ जितने भी साधनों का जिक्र किया गया है वह अन्य किसी भी साधन की तुलना में मानव प्रगति को अधिक निर्धारित करेंगे।

किसी भी पद के लिए कब और कैसे आवेदन करें—

यहाँ पर जो बताया जा रहा है, वह कई वर्षों के अनुभव का परिणाम है। इसी के कारण अनेकों लोगों ने प्रभावी ढंग से अपनी सेवाओं को बेचा है।

जिन साधनों के माध्यम से सेवाएँ बेची गई—

अनुभव यह साबित करता है कि निम्नलिखित तरीकों के द्वारा अनेकों लोगों ने व्यक्तिगत सेवाओं का इन सरल तरीकों के माध्यम से क्रेता और विक्रेता दोनों को साथ लेने का काम किया है-

1. **रोजगार ब्यूरो** - ब्यूरो का चुनाव सावधानी से करना चाहिए और यह भी निश्चित कर लेना चाहिए कि जिस ब्यूरो का आप चुनाव कर रहे हैं। उस ब्यूरो ने संतोषजनक काम किया हो और लोगों की नौकरियाँ लगाई हो, क्योंकि ऐसे ब्यूरो तुलनात्मक रूप से कम ही देखे गए हैं।

2. **समाचार पत्रों, बिजनेस जर्नल, मैगजीन और रेडियो पर विज्ञापन**- समाचार पत्रों, बिजनेस जर्नल, मैग्जीन्स और रेडियो पर विज्ञापन- आमतौर पर देखा गया है कि वर्गीकृत विज्ञापन उन मामलों में संतोषजनक परिणाम देते हैं, जहाँ क्लर्क या साधारण वेतन वाले पदों के लिए आवेदन किया जाता है। जो एग्जीक्यूटिव पद की चाह रखते हैं। उन लोगों के लिए एडवरटाइजिंग की जरूरत होती है। यह विज्ञापन समाचार पत्रों में ऐसे स्थानों पर छापना चाहिए जहाँ नियोक्ता का ध्यान आसानी से चला जाए। विज्ञापन किसी विशेषज्ञ के द्वारा ही बनाया गया होना चाहिए ताकि उस विज्ञापन में सभी गुणों का समावेश हो। उस पद और नियोक्ता जिन गुणों को ढूंढ रहा है, वह सब उस विज्ञापन में उसे मिल जाना चाहिए। ताकि हमें हमारे विज्ञापन का जवाब सकारात्मक ही मिले और वह पद जिसकी हमें चाह है, हमें मिल जाए।

3. **व्यक्तिगत एप्लीकेशन पत्र (बायोडाटा)**- यह पत्र सीधे उन व्यक्तियों या कंपनियों को भेजे जाते हैं, जिन्हें सेवाओं की आवश्यकता होती है। ऐसे पत्र साफ और टाइप किए हुए तथा अंत में उन अपने हस्ताक्षर भी किए हुए होने चाहिए। योग्यता और अनुभव यह भी आवेदन पत्र में होना चाहिए। इसके लिए किसी विशेषज्ञ की सहायता लें। आवेदन पत्र में और क्या जानकारी देनी है, इस संबंध में दिए गए निर्देशों को देखें।

4. **व्यक्तिगत परिचितों के माध्यम से आवेदन**- जहाँ तक संभव हो, आवेदक को अपना आवेदन किसी परिचय के द्वारा नियोक्ता के पास भेजना चाहिए। अपनी पहुँच बनाने का यह तरीका बहुत अच्छा है, जो

लोग एग्जीक्यूटिव कनेक्शन चाहते हैं और अपनी तारीफ स्वयं नहीं करना चाहते, उनके लिए ये तरीका बहुत अच्छा रहता है।

5. **व्यक्तिगत रूप से आवेदन देना**- कई मामले ऐसे भी होते हैं जिनमें आवेदक स्वयं जाकर व्यक्तिगत रूप से नियोक्ता को अपनी सेवाएँ देता है। ऐसी स्थिति में पद के लिए जो भी आवश्यक योग्यता हो, उसका लिखित विवरण भी दिया जाना चाहिए, क्योंकि कई बार नियोक्ता आवेदक के विषय में अपने सहयोगियों से वार्तालाप भी करता है।

लिखित "संक्षिप्त" में दी जाने वाली इंफॉर्मेशन

इस जानकारी को संक्षिप्त में सावधानीपूर्वक तैयार किया जाना चाहिए। जिस प्रकार एक वकील कोर्ट में चल रहे अपने मुकदमे का संक्षिप्त ब्यौरा तैयार करता है। ठीक वैसे ही आप जब भी किसी भी पद के लिए करें किसी विशेषज्ञ की सहायता लें, फिर अपना आवेदन करें ताकि कहीं कोई कमी ना रह जाए। सफल बिजनेसमैन ऐसे लोगों को ही नौकरी देते हैं, जिन्हें अपने सामान को बेचने की कला और खरीदार की मनोवैज्ञानिक स्थिति का ज्ञान होता है और जिसके पास स्वयं की व्यक्तिगत सेवाएँ हो, उसे भी इसी तरह काम करना चाहिए। दी गई जानकारी संक्षिप्त में होनी चाहिए -

1. **शिक्षा**- आप अपनी शिक्षा के विषय में संक्षेप में और स्पष्ट रूप में लिखें। साथ ही किस कॉलेज या इंस्टिट्यूट से आप ने किन विषयों में अपनी पढ़ाई पूरी की है, इसका भी ब्यौरा लिखें और उन विषयों के बारे में भी लिखें जो आपके पास थे। ताकि आप अपनी बात बेहतर ढंग से नियोक्ता को समझा सकें।
2. **अनुभव**- जिस पद के लिए आवेदक के द्वारा आवेदन किया जा रहा है, यदि उस पद के लिए आपको पूर्व कोई भी अनुभव है तो उसे अवश्य लिखें साथ ही पूर्व के नियोक्ताओं के नाम व पते भी लिखे ऐसा करने से आपके आवेदन पत्र और आप को प्राथमिकता अवश्य दी जाएगी। अपने विशेष अनुभव को भी मुख्य रूप से नियोक्ता के साथ साझा करें। जिस से पद पर आप की दावेदारी पक्की हो सके।
3. **संदर्भ**- ज्यादातर बिजनेस कंपनियाँ आवेदन कर रहे लोगों के पिछले

रिकॉर्ड को अधिक वरीयता देती हैं, क्योंकि वह उनके बारे में सब कुछ जानना चाहते हैं ताकि वह इस निर्णय पर पहुँच सके कि आप उस पद के लिए योग्य है भी या नहीं। अपने आवेदन के साथ आप इन पत्रों की फोटो स्टेट भी लगा दे -

क. पूर्व नियोक्ता।

ख. वे शिक्षक जिन से आपने शिक्षा ली है।

ग. वे प्रसिद्ध लोग जिनकी बातों पर आप भरोसा करते हो।

4. **अपना फोटो**- हाल ही का अपना फोटोग्राफ आवेदन के साथ अवश्य लगाएँ।

5. **निश्चित पद के लिए आवेदन**- किसी निश्चित पद के लिए ही आवेदन करें अन्यथा आपके आवेदन पत्र को प्राथमिकता नहीं दी जाएगी, क्योंकि किसी भी 'पद' के लिए आवेदन करने से आपकी विशेषज्ञ योग्यता पर प्रश्नचिन्ह लगता है।

6. **विशेष पद के लिए अपनी योग्यता बताएँ**- इस बात का पूरा वर्णन करें कि आप ही उस पद के लिए सही क्यों हैं। आखिर आपको क्यों विश्वास है कि आप उस पद के योग्य हैं। यह सबसे महत्वपूर्ण बात होगी आपके आवेदन की, क्योंकि यही इस बात का फैसला करेगी कि आप को ही क्यों वह नौकरी दी जाए।

7. **परिवीक्षा पर काम करने को कहें**- यदि आप उस पद को पाने के लिए दृढ़ संकल्पित है, जिसके लिए आप ने आवेदन किया है तो यह सुझाव आपको बहुत क्रांतिकारी लगेगा, क्योंकि देखा गया है कि इससे आपको अपनी काबिलियत दिखाने का कम से कम एक मौका तो अवश्य ही मिलता है। इस से नियोक्ता को पता चलता है कि आपको अपनी योग्यता पर पूरा भरोसा है। इससे वह जल्द ही आश्वस्त हो जाता है। आपका प्रस्ताव जिन तथ्यों पर आधारित है उसे स्पष्ट करें-

क. पद के लिए अपनी योग्यता पर भरोसा।

ख. परिवीक्षा का अवसर मिलने के बाद नियोक्ता आपकी योग्यता देख कर अवश्य ही पद पर नियुक्ति देगा।

ग. वांछित पद के लिए आपका दृढ़ निश्चय।

8. **संभावित नियोक्ता के बिजनेस की पूरी जानकारी-** जब भी आप किसी भी पद के लिए आवेदन करें। सबसे पहले उस बिजनेस या कंपनी की पूरी जानकारी ले लें। जिसके आधार पर आप अपनी योग्यता का संक्षिप्त ब्यौरा अपने आवेदन में कर रहे हैं, यह तरीका बहुत प्रभावशाली है, क्योंकि यह इस बात की ओर इशारा करता है कि आप इस पद के लिए वास्तविक रुचि रखते हैं।

इस बात को भी हमेशा याद रखें कि अधिक कानून जानने वाला ही वकील नहीं होता बल्कि वकील तो वह होता है, जिसने केस की अच्छी तैयारी की है और उसे जीता भी है, केवल तैयारी मात्र से ही आप आधी जंग जीत लेते हैं।

इस बात की चिंता ना करें कि आपका आवेदन पत्र बहुत अधिक लंबा हो जाएगा, क्योंकि जितना आप किसी नौकरी को हासिल करने में अपनी रुचि रखते हैं, उतना ही नियोक्ता भी अच्छे कर्मचारी को खोजने में अपनी रुचि रखता है, क्योंकि नियोक्ता की सफलता भी तो इसी में निहित है कि वह एक सुयोग्य व्यक्ति का चयन कर सके उस पद के लिए।

एक बात का और ध्यान रखें कि आपका आवेदन साफ सुथरा हो, क्योंकि यह आवेदन ही आपके किसी काम के प्रति जागरूकता का को दर्शाएगा। मैंने अपने क्लाइंट को ऐसे विस्तृत आवेदन पत्र बना कर दिए थे जिसके आधार पर बिना ही इंटरव्यू के उन्हें नौकरी मिल गई थी। अंत में जब आपका आवेदन पत्र तैयार हो जाए तो इसे टाइप अवश्य करा लें।

रॉबर्ट के स्मिथ की योजना का विवरण-
'द ब्लैक कंपनी इंक' के प्रेसिडेंट के प्राइवेट सेक्रेटरी -
पद के लिए आवेदन पत्र

जब आप अपना आवेदन पत्र भेजे बस कंपनी का नाम बदल दें। यह तरीका ध्यान आकर्षित करने का बहुत अच्छा तरीका है। अपने आवेदन पत्र को किसी अच्छे से कागज पर टाइप करवा लें और फिर उसके ऊपर कोई हार्ड कवर चढ़ा लें। उसके बाद अपना फोटो भी चिपका दें। अंत में जब आपकी कल्पनाशीलता आपको सुझाव दें तो पत्र को और भी बेहतर बना ले।

सफल सेल्समैन इस बात का ध्यान रखते हैं कि उन्होंने क्या पहना है, क्योंकि वह इस बात को बहुत अच्छी तरह से जानते हैं कि 'फर्स्ट इंप्रेशन इज ए लास्ट

इंप्रेशन' आपका आवेदन पत्र ही आपका सेल्समैन है। इसलिए इसे अच्छे कपड़े पहना है, ताकि आपका संभावित नियोक्ता कहे कि आज से पहले मैंने कभी ऐसा आवेदन पत्र नहीं देखा है। यदि आपके लिए पद महत्वपूर्ण है तो आप की तैयारी भी उतनी ही महत्वपूर्ण होनी चाहिए। इसका लाभ आपको अवश्य ही मिलेगा। हो सकता है आपको अधिक सैलरी पर नियुक्त किया जाए।

यदि आप किसी एडवरटाइजिंग एजेंसी या एँप्लॉयमेंट एजेंसी के माध्यम से नौकरी की तलाश कर रहे हैं तो अपने एजेंट को आवेदन-पत्र का इस्तेमाल ज्यादा करने को कहें, जिससे आपको जल्द ही नौकरी मिल जाए।

मनचाहा पद कैसे पाएँ?

प्रत्येक व्यक्ति वही काम करना चाहता है जिसके लिए वह बना है। चित्रकार रंगों से काम करना चाहता है, क्योंकि उसे वह पसंद भी होता है। कलाकार भी हाथों से ही काम करना पसंद करता है और लेखक को भी अपने लेखन से प्यार होता है। जिसके पास स्पष्ट गुण नहीं होते, वह बिजनेस या उद्योग के कुछ निश्चित ही क्षेत्रों को वरीयता देते हैं। अमेरिका की सबसे अच्छी बात यह है कि यहाँ बिजनेस, प्रोडक्शन, मार्केटिंग और प्रोफेशन्स की एक पूरी की पूरी श्रंखला है।

1. सबसे पहले आपको यह तय करना चाहिए कि आप कौन सी नौकरी करना चाहते हैं। क्या वह है भी या नहीं अर्थात उसका कोई अस्तित्व है या नहीं।
2. इसके बाद आपको यह निश्चय करना है कि आप किस कंपनी या व्यक्ति के साथ काम करना चाहते हैं।
3. इतना करने के बाद आपको संभावित कंपनी या व्यक्ति की नीतियों, स्टाफ और उन्नति की संभावना का अध्ययन करना चाहिए।
4. फिर आप स्वयं का विश्लेषण करें और देखें कि आप क्या बेहतर कर सकते हैं। योजनाएँ बनाएँ की क्या-क्या या किन तरीकों से आप सेवाएँ, लाभ और विकास कर सकते हैं। जिनके विषय में आपको अपने ऊपर पूरा भरोसा हो कि यह चीजें या काम आप औरों से बेहतर कर सकते हैं।
5. "नौकरी" के विषय में सोचना छोड़ दें, भूल जाएँ कि आप कोई नौकरी

करना चाहते हैं और इस बात पर अपना ध्यान केंद्रित करें कि आप क्या बेहतर दे सकते हैं।

6. जब आप की योजना बन जाए तो किसी विशेषज्ञ से इसे कागज पर साफ तरीके से पूरा लिखवा ले या टाइप करवा लें।
7. अंत में इस कागज को नियुक्तता या उस आदमी को दें जो सही पद पर बैठा हो।

यहाँ आपका काम खत्म होता है और उनका शुरू, क्योंकि प्रत्येक कंपनी को ऐसे लोगों की हमेशा तलाश रहती है जो कुछ महत्वपूर्ण काम कर सकते हैं। चाहे वह काम विचारों से संबंधित हो या किसी सेवा से। वह काम कोई भी हो सकता है। कंपनी चाहे छोटी हो या बड़ी कंपनियाँ ऐसे लोगों का स्वागत करती हैं, जिनके पास कोई निश्चित योजना या विचार हो ताकि आगे चलकर इससे लाभ कमाया जा सके।

जो भी व्यक्ति अपनी उन्नति की सीढ़ी पर चढ़ने की शुरुआत कुछ सीढ़ी ऊपर से करता है। वह ऐसा अपनी सावधानीपूर्वक बनाई गई योजना के तहत ही कर पाता है। (साफ है बॉस के बेटे को छोड़कर क्योंकि उसे स्वत: ही चीजें उपहार के रूप में मिल जाती है)

सेवाओं की मार्केटिंग का नया तरीका नौकरी मतलब पार्टनरशिप

वे लोग जो भविष्य में बेहतर तरीके से लाभ कमाना चाहते हैं। उन्हें यह बात समझ लेनी चाहिए कि नियोक्ता और कर्मचारी के रिश्तों में अब परिवर्तन आ गया है। अब वह पहले जैसे बिल्कुल नहीं है अब नियोक्ताओं और कर्मचारियों के बीच पार्टनरशिप का संबंध होगा जिसके अंदर होंगे-

1. नियोक्ता
2. कर्मचारी
3. जनता जिस की सेवा वे करेंगे।

व्यक्तिगत सेवाओं की मार्केटिंग का यह तरीका अनेकों कारणों से नया कहा जा सकता है। जिसमें से पहला कारण है कि आने वाले समय में नियोक्ता और कर्मचारी दोनों सहकर्मी माने जाएँगे, जिनका काम होगा जनता को बेहतर सेवा

उपलब्ध कराना। पहले के समय में नियोक्ता और कर्मचारी आपस में सांठगांठ कर लेते थे। जिसके कारण उन्हें लाभ होता था लेकिन वह यह भूल जाते थे कि जब अंतिम विश्लेषण किया जाएगा, तब तीसरे पक्ष यानी जनता की सेवा को वह ताक पर रख रहे थे।

समय बहुत तेजी से बदल रहा है। यही वह बिंदु है, जिस पर मैं आपका ध्यान आकर्षित करना चाहता हूँ। यह परिवर्तन केवल एक ही क्षेत्र में नहीं हुआ है, बल्कि जीवन के कई क्षेत्रों में ऐसा देखा जा रहा है। आज शिष्टाचार और सेवा बिजनेस के लिए बहुत महत्वपूर्ण है और यह दोनों उन लोगों पर अधिक लागू होते हैं जो व्यक्तिगत सेवाओं की मार्केटिंग कर रहे हैं। इसका सीधा संबंध ना तो कर्मचारी से है ना नियोक्ता से, इसका सीधा संबंध जनता से है। क्योंकि अंतिम रूप से जनता ने ही दोनों को नियुक्त किया है और यही दोनों जनता की सेवा के लिए ही नियुक्त हुए हैं। यदि वह सेवा का अपना कार्य जो जनता द्वारा उन्हें दिया गया है, ठीक प्रकार से नहीं करेंगे तो उन्हें फिर वह मौका कभी नहीं मिलेगा।

वह समय सभी को याद होगा जब कोई व्यक्ति टिकट घर जाकर रेलगाड़ी के आने का समय पूछता तो उसे समय बताने के बजाय बुलिटिंग बोर्ड के पास भेज दिया जाता था की खुद समय देख लो, इतना ही नहीं हम सब वह समय भी याद कर सकते हैं जब गैस का मीटर पढ़ने वाला व्यक्ति जोर से दरवाजे पर दस्तक देता था और ऐसा लगता था कि पूरा दरवाजा ही टूट जाएगा। फिर जब दरवाजा खोलो तो वह बिना कुछ कहे सीधे घर में घुसे चले जाते थे जैसे- "कह रहे हो इतनी देर क्यों की दरवाजा खोलने में, मैं कब से बाहर खड़ा था" लेकिन अब सब बदल गया है अब मीटर देखने वाला व्यक्ति आपको एक सज्जन के रूप में दिखेगा, जो मानो कह रहा हो - "आपकी सेवा करके मुझे बहुत खुशी मिलेगी- सर" इससे पहले गैस कंपनियों को यह पता ही नहीं था कि उनका बिज़नेस भौहे ताने मीटर रीडर्स की वजह से ही प्रभावित हो रहा है। फिर ऑयल बर्नर्स के विनम्र और सज्जन सेल्समैन आए और इन्होंने लैंड ऑफिस का बिजनेस शुरू किया।

मंदी काल के दौरान मैंने पेंसिलवेनिया के एन्थ्रेसाइट कोयला क्षेत्र में कई महीने बिताए थे और वहाँ रहकर उन परिस्थितियों का बारीकी से अध्ययन किया। जिसके कारण कोयला उद्योग लगभग समाप्ति ही हो गया था, वहाँ कॉइल कोयले के ऑपरेटर और कर्मचारियों में एक दूसरे के साथ ही की सौदेबाजी हुई और इसी सौदेबाजी के कारण कोयले की कीमतों में बहुत इजाफा हो गया था और ऐसा तब तक होता रहा जब तक उन्हें यह समझ नहीं आ गया कि सौदेबाजी के कारण

मार्केट में तेल से जलने वाले सामान ने अपना वर्चस्व स्थापित कर लिया है और कच्चे तेल की मांग बढ़ गई है। उनके उत्पाद पैसे में खेल रहे हैं।

यह सभी उदाहरण उन लोगों का ध्यान आकर्षित करने के लिए दिए गए हैं, जिनके पास बेचने के लिए व्यक्तिगत सेवाएँ हैं। उन्हें इस बात पर ध्यान देना चाहिए कि वह जहाँ है जैसी भी स्थिति में है। वह सिर्फ अपने व्यवहार के कारण ही हैं। यही कारण और प्रभाव का सिद्धांत है, जो बिजनेस, वित्त और आवागमन को नियंत्रित और संचालित करता है। यही सिद्धांत हम सब को नियंत्रित करता है, इसी पर ही हमारी आर्थिक स्थिति भी निर्भर करती है।

आपकी QQS रेटिंग क्या कहती है।

सेवाओं की मार्केटिंग में सफलताओं के कारणों को प्रभावी ढंग से, स्थाई और स्पष्ट तौर पर आपको यहा बता दिया गया है। जब तक इन कारणों का ध्यान पूर्वक अध्ययन और विश्लेषण नहीं किया जाएगा, तब तक कोई भी हो चाहे पुरुष या महिलाएँ अपनी सेवाओं की मार्केटिंग नहीं कर पाएँगे, क्योंकि प्रत्येक व्यक्ति अपनी सेवाओं का स्वयं सेल्समैन होता है। जो सेवा दी जा रही है उसकी मात्रा, गुणवत्ता और भावना अनेकों बार सैलरी और रोजगार की समय अवधि पर निर्भर करता है। प्रभावशाली मार्केटिंग के लिए लोगों को जिसका मतलब है सुखद परिस्थितियों में संतोषजनक कीमत पर एक स्थाई मार्केट। (आपको भी QQS फार्मूले का प्रयोग करना चाहिए और इसी के साथ अपनी सेवाओं की मार्केटिंग करनी चाहिए, क्योंकि वह क्वालिटी +क्वांटिटी +स्पिरिट =आइडियल सेल्समैनशिप) इस सूत्र को बतौर सेल्समैन आपको याद रखना चाहिए, क्योंकि यह सेवा देने की आदर्श कला है। इसकी आदत डालें और इसका प्रयोग करें।

आइए देखें कि यह सूत्र आपको सही सही समझ आ गया है और साथ ही इसका विश्लेषण भी करते हैं-

1. क्वालिटी या गुणवत्ता- अपनी स्थिति को ध्यान में रखते हुए अधिक से अधिक दक्षता के साथ लक्ष्य की प्राप्ति का जज्बा और सबसे कुशल तरीके से सेवा का प्रदर्शन करना चाहिए।
2. क्वांटिटी या मात्रा- आपका उद्देश्य हमेशा होना चाहिए कि क्वांटिटी को बढ़ाया जाए। जिसके लिए आपको अपनी पूरी दक्षता के साथ काम करना होगा। इतना ही नहीं, आपको अपने काम के लिए अनुभव और

अभ्यास दोनों में दक्षता हासिल करनी चाहिए। यहाँ पुनः आदत शब्द का प्रयोग किया जा रहा है।

3. स्पिरिट या भावना - सेवा की भावना से ही आप अपने कर्मचारियों व ग्राहकों का विश्वास और सहयोग दोनों प्राप्त कर सकते हैं।

केवल क्वालिटी और क्वांटिटी से ही आपको एक आइडियल मार्केट नहीं मिलेगा, उसमें आपकी भावना का बहुत बड़ा रोल होगा, क्योंकि इसी के माध्यम से आपके व्यवहार का पता चलता है और जो इस पूरे सर्कल में सबसे महत्वपूर्ण तत्व माना जाता है। इसी पर आपकी सैलरी और रोजगार अवधि निर्भर करेगी।

एँड्रयू कारर्नेगी ने भी इस बिंदू पर बहुत जोर दिया था। उनका कहना भी यही है कि क्वालिटी, क्वांटिटी और स्पिरिट इन तीनों में सबसे महत्वपूर्ण स्पिरिट या भावना है। इसी के कारण हमें व्यक्तिगत मार्केटिंग में सफलता प्राप्त हो सकती हैं। कारर्नेगी कहते हैं मैंने अपने कार्यकाल के दौरान ऐसे किसी भी व्यक्ति को नौकरी नहीं दी, जिसकी सहयोग की भावना ना हो। जिसका व्यवहार अच्छा ना हो। चाहे वह कितना ही क्वालिटी का काम करें या कितनी ही क्वांटिटी में काम करें। मेरे लिए स्पिरिट ही सर्वोपरि रही है। बहुत से लोग आए और चले गए, लेकिन जिनमें स्पिरिट थी वह साथ रहे और आगे बढ़े।

एक आकर्षक व्यक्तित्व को इसलिए महत्व दिया गया है, क्योंकि इसी के कारण आप किसी व्यक्ति को उचित भावना के साथ सेवा दे पाते हैं। यदि किसी व्यक्ति के पास ऐसा गुण है कि वह प्रसन्नता और अच्छी भावना के साथ सेवा देता है तो यदि उसकी गुणवत्ता और मात्रा में कमी भी हो तो उसकी भरपाई हो जाती है लेकिन भावना के अभाव में आप ऐसा नहीं कर सकते।

आपकी सेवाओं का पूंजी- मूल्य

वह व्यक्ति जिसकी आय का स्रोत केवल व्यक्तिगत सेवाओं की बिक्री है, वह व्यक्ति उस व्यापारी के समान ही है जो वस्तुएँ बेचता है और इसके साथ ही व्यवहार के सारे नियम उस व्यक्ति पर भी लागू होंगे, जो नियम वस्तुएँ बेचने वाले व्यापारी पर लागू होते हैं।

इस बात पर इतना जोर इसलिए दिया जा रहा है, क्योंकि जितने भी लोग व्यक्तिगत सेवाएँ बेचकर अपना निर्वाह कर रहे हैं। उनमें से अधिकांश लोग यही

मानते हैं कि उन पर वस्तुएँ बेचने वाले व्यापारी की तरह व्यवहार के नियम लागू नहीं होते।

सेवाओं को बेचने के लिए अब नए तरीके हैं, जो व्यवहारिक भी है। अब नियोक्ता और कर्मचारी दोनों की भागीदारी से ही वस्तुएँ बेची जाती है।

आपके दिमाग का वास्तविक पूंजी- मूल्य क्या है। यह आप उस आय के माध्यम से निर्धारित कर सकते हैं, जो आप अपनी सेवाओं को बेचकर कमाते हैं। इसका सही अनुमान लगाने के लिए आपको अपनी वार्षिक आय को 16 और 2/3 से गुणा करके निकालना होगा। इससे यह अनुमान लग जाएगा कि आप की वार्षिक आय आपकी पूंजी मूल्य का 6% है। इस प्रकार धन पर 6%प्रतिवर्ष ब्याज मिलता है।

धन का मूल्य दिमाग से अधिक नहीं है। देखा गया है कि दिमाग धन से अधिक मूल्यवान होता है। यदि ठीक ढंग से इसकी मार्केटिंग की जाए तो यह धन का अधिक प्रभावी रूप दर्शाता है जिसकी किसी भी वस्तु को बेचने में जरूरत होती है। दिमाग ही वह पूंजी है, जिसे कम नहीं किया जा सकता, ना ही चुराया जा सकता है और ना ही खर्च ही किया जा सकता है। जब तक एक कुशल दिमाग के साथ व्यापार के संचालन के लिए आवश्यक पैसे को ना मिलाया जाए, यह बेकार है, जैसे धूल।

असफलता के 30 प्रमुख कारण— इनमें से कितनों ने आप को पीछे खींचा है?

जीवन की सबसे बड़ी त्रासदी यह है कि बहुत से लोग ईमानदारी से प्रयास करने के बावजूद सफल नहीं हो पाते। विडंबना यह है कि उन लोगों की संख्या ज्यादा है जो असफल हुए हैं। कम लोग ही सफलता तक पहुँचे हैं। मुझे अनेकों लोगों का विश्लेषण करने का सौभाग्य प्राप्त हुआ है, जिन का विश्लेषण करते हुए मैंने पाया कि 98% लोगों को सफलता नहीं मिली।

मैंने यह पुस्तक दुनिया की सही और गलत बातों को बताने के लिए नहीं लिखी है, क्योंकि इसके लिए तो 100 गुना बड़े आकार की पुस्तक की आवश्यकता होगी। यह पुस्तक जीवन में सफलता कैसे हासिल करें, इसलिए लिखी गई है। मैंने विश्लेषण किया और पाया कि असफलता के पीछे 30 प्रमुख कारण है और इसी विश्लेषण से 13 प्रमुख सिद्धांतों का भी पता लगा है। जिनके माध्यम से लोग धन

अर्जन कर सकते हैं और इस अध्याय में उन कारणों का वर्णन किया गया है, जब भी आप 30 कारणों को पड़े तो इस बात का विश्लेषण अवश्य करें कि आखिरकार कहीं इनमें से ही कोई कारण आपके और आपकी सफलता के बीच तो नहीं आ रहा है।

1. *प्रतिकूल आनुवांशिक पृष्ठभूमि* - कुछ लोग ऐसे होते हैं, जो मस्तिष्क में किसी कमी के साथ ही इस दुनिया में आए हैं। यहाँ जिस फिलॉसफी कि हम बात कर रहे हैं। उसमें केवल इसी कमी को दूर नहीं किया जा सकता। मास्टरमाइंड की सहायता से इसमें सुधार किया जा सकता है केवल यही एक कारण है, जिससे कोई भी व्यक्ति स्वतः नहीं सुधार सकता।
2. *जीवन में सही ढंग से परिभाषित लक्ष्य की कमी* - ऐसे व्यक्ति से सफलता की कोई उम्मीद नहीं की जा सकती, जिसका कोई लक्ष्य नहीं है। जिस पर वह अपना निशाना लगा सके। मैंने जिन का भी विश्लेषण किया उनमें से प्रत्येक 100 लोगों में से 98 लोगों का कोई भी लक्ष्य नहीं था और मैं पक्के तौर पर कह सकता हूँ कि इसी कारण वह सफल नहीं हुए।
3. *सामान्य लक्ष्य से ऊपर उठने की इच्छा का अभाव* - जो व्यक्ति उदासीन है चीजों के प्रति। ऐसे व्यक्ति से किसी भी लक्ष्य को प्राप्त करने की उम्मीद करना बेवकूफी है, क्योंकि वह आगे ही नहीं बढ़ना चाहता।
4. *अपर्याप्त शिक्षा* - यह वह कमी है, जिसे आसानी से दूर किया जा सकता है। सामान्यतः देखा गया है कि सबसे ज्यादा शिक्षित लोग वही हुए हैं, जिन्होंने स्वयं में शिक्षा ग्रहण की है। शिक्षित होने के लिए कॉलेज की डिग्री की जरूरत नहीं होती। वही शिक्षित कहलाता है जिसने जीवन से उसे जो चाहिए वह पाना सीख लिया है। शिक्षा ज्ञान पर आधारित नहीं होती, बल्कि उसके प्रयोग पर आधारित होती है। लोगों को पैसे ज्ञान के प्रयोग करने के लिए मिलते हैं ना कि ज्ञान अर्जन करने के लिए।
5. *आत्म अनुशासन का अभाव* - अनुशासन, आत्म नियंत्रण से ही आता है। इसका सीधा सा अर्थ है कि आपको अपने सभी नकारात्मक गुणों

पर नियंत्रण रखना चाहिए। स्थितियाँ स्वतः नियंत्रित हो जाएँगी, लेकिन यह कार्य आसान नहीं होता। यदि आप स्वयं से नहीं जीत पाए तो स्वयं से हारने में कोई देरी नहीं है। आप शीशे के सामने खड़े होकर देखें एक ही समय में आप अपने सबसे अच्छे दोस्त और दुश्मन नजर आएँगे।

6. *खराब स्वास्थ्य* - कोई भी व्यक्ति बुरे स्वास्थ्य के साथ सफलता का आनंद नहीं उठा सकता। ख़राब स्वास्थ्य के कई कारणों पर हम काबू पा सकते हैं इनमें से प्रमुख हैं-

   क. स्वास्थ्य के लिए जो खाद्य पदार्थ हानिकारक है, उन्हें ज्यादा खाना।

   ख. विचारों की गलत आदतें - नकारात्मक बातों की अभिव्यक्ति।

   ग. सेक्स की अधिकता या अधिक भोग

   घ. व्यायाम का आभाव

   ड़. गलत तरह से सांस लेने के कारण शरीर में स्वच्छ हवा की आपूर्ति का ना होना।

7. *बचपन में गलत माहौल का प्रभाव* - 'बोया पेड़ बबूल का तो आम कहाँ से पाव' ठीक वैसे ही आपराधिक प्रवृत्ति के ज्यादातर लोग किसी गलत माहौल या संगति के कारण ही ऐसे बन जाते हैं।

8. *टालमटोल* - यह कारण सबसे आम कारणों में से एक है। टालमटोल करने वाला बूढ़ा व्यक्ति प्रत्येक इंसान मैं आपको नजर आ जाएगा। वह इस बात की प्रतीक्षा करता है कि कब सफलता के अवसरों को खराब कर दें। ज्यादातर लोग इसलिए असफल होते हैं, क्योंकि वह सही वक्त का इंतजार करते हैं और वह सही वक्त कभी आता ही नहीं है। इसलिए इंतजार करना बेकार की बात है, आप जहाँ है वहीं से शुरू करें। आज जो भी सामान आपके पास है उसी से काम में जुड़ जाएँ और विश्वास करें काम में लगने के बाद काम को करने का तरीका भी आ जाएगा।

9. *लग्न की कमी* - हममें से अधिकांश लोग काम को बड़े जोश खरोश से शुरू करते हैं लेकिन उस काम को समाप्त नहीं कर पाते जैसे ही उन्हें अपनी हार दिखाई देती है। वह हथियार डाल देते हैं, क्योंकि उनमें लग्न की कमी होती है और जो व्यक्ति लगन से लगा रहता है उसके सामने

असफलता अपना दम तोड़ देती है और अपना सिर फिर कभी नहीं उठाती, क्योंकि वह लगन का सामना करने की हिम्मत ही नहीं जुटा पाती।

10. *नकारात्मक व्यक्तित्व* - उस व्यक्ति से सफलता की कोई उम्मीद नहीं की जा सकती जो अपने नकारात्मक व्यवहार के कारण सब को अपने से दूर कर देता है। सफलता के लिए शक्ति दूसरों के सहयोग से प्राप्त होती है और नकारात्मक व्यक्ति का कोई सहयोग नहीं करता।
11. *यौन इच्छा पर नियंत्रण की कमी* - सेक्स की ऊर्जा सभी ऊर्जाओं में सबसे शक्तिशाली ऊर्जा है। जो लोगों को कार्य करने के लिए प्रेरित करती है। इसको रूपांतरण के माध्यम से नियंत्रित करना चाहिए।
12. *कुछ नहीं के बदले कुछ पाने की अनियंत्रित इच्छा* - जुए की प्रवृत्ति लाखों-करोड़ों लोगों को असफलता के गड्ढे में धकेल देती है। इसका प्रमाण 1919 के वॉल स्ट्रीट क्रैश के अध्ययन से पता चलता है जहाँ करोड़ों- लाखों लोगों ने पैसा लगाकर जुआ खेला और अमीर बनने की नाकाम कोशिश की।
13. *निर्णय लेने की शक्ति का अभाव* - सफल लोग तत्काल निर्णय लेते हैं और यदि उन्हें अपना निर्णय बदलना होता भी है तो वह बहुत समय लेते हैं या देर से बदलते हैं, लेकिन जो असफल लोग होते हैं, वह निर्णय नहीं ले पाते और यदि लेते भी हैं तो एक निर्णय पर ठहरते नहीं हैं। ज्यादातर देखा गया है वह निर्णय जल्दी-जल्दी बदलते रहते हैं। निर्णय न लेना और टालमटोल करना यह दोनों जुड़वा भाई है, जहाँ एक होता है, वहीं आपको दूसरा भी मिल जाएगा। इसलिए दोनों को समाप्त कर देना चाहिए वरना यह दोनों आपकी असफलता का कारण बनते हैं।
14. *बुनियादी डरों में से एक डर या उससे भी अधिक* - अंतिम अध्याय में इन डरों के बारे में बात की गई है। अपनी सेवाओं की मार्केटिंग करने से पहले आपको अपने इन डरों पर विजय पानी ही होगी, अन्यथा यह डर आपकी सफलता के आड़े आएँगे।
15. *गलत जीवन साथी का चयन* - यह भी असफलता का सबसे महत्वपूर्ण कारणों में से एक है। विवाह का रिश्ता सबसे अलग और महत्वपूर्ण

रिश्तो की सूची में सबसे ऊपर आता है, जब तक यह रिश्ता सुखद नहीं होगा और आप दोनों में तालमेल नहीं होगा तो सफलता आपके पास कभी नहीं आएगी और असफलता आपको दुख और कष्ट देती रहेगी।

16. *अति सावधानी* - जो व्यक्ति जीवन में जोखिम मोड़ नहीं लेता, वह सफल हो ही नहीं सकता, क्योंकि वह जिस चीज से बचता है वही चीज उसका पीछा नहीं छोड़ती। अधिक सावधानी उतनी ही बुरी है, जितनी कम सावधानी। कहा भी गया है की अति हर चीज की बुरी है यह हमेशा याद रखें जोखिम हर चीज़ में होता है।

17. *बिजनेस में सहयोगियों का गलत चयन* - बिजनेस या नौकरी करते समय जब आप व्यक्तिगत सेवाओं की मार्केटिंग करेंगे, उस समय सहयोगियो का चुनाव सावधानी से करना होगा क्योंकि आपको ऐसे लोगों का साथ चाहिए जो आपको प्रेरणा दे और बुद्धिमान होने के साथ वह स्वयं भी सफल हों। ऐसे ही लोगों का चुनाव करें और उनका अनुसरण भी करें।

18. *अविश्वास और पूर्वाग्रह* - लोगों की सफलता का कारण उनका "खुला दिमाग"होता है। वह अंधविश्वास में नहीं रहते, क्योंकि अंधविश्वास डर को जन्म देता है और डरा अज्ञान का प्रतीक है इसीलिए अपना दिमाग खुला रखें।

19 *ग़लत व्यवसाय का चुनाव* - यदि आप सफल होना चाहते हैं तो ऐसे बिजनेस का चुनाव करें, जिसमें आप अपनी पूरी ऊर्जा लगा सकें ओर जिसे आप सच में पसंद करते हो।

20. *एकाग्रता के प्रयास में कमी* - ऐसे कई लोग होते हैं, जो बहुत से कामों को जानते हैं लेकिन किसी भी काम में निपुण नहीं होते ना ही वह किसी एक काम को करने का प्रयास ही करते हैं। एकाग्रता की कमी के कारण वह किसी एक चीज या काम पर ठहरते ही नहीं है। यही उनकी असफलता का सबसे बड़ा कारण बनता है।

21. *अंधाधुंध खर्च करने की लत (आदत)* - खर्चीला व्यक्ति कभी भी सफलता प्राप्त नहीं कर सकता क्योंकि वह हमेशा इसी डर के साथ जीता है कि कहीं मैं गरीब ना हो जाऊँ। बचत की आदत डालें और अपनी आपका आय का कुछ प्रतिशत भाग अलग करें आप देखेंगे कि

जब भी आप सेवाओं की मार्केटिंग करेंगे तो वही बचत आपको बहुत साहस देगी।

22. *उत्साह का अभाव* - उत्साह के बिना कोई भी व्यक्ति अपना विश्वास नहीं जगा सकता। उत्साह संक्रामक होता है और जिस भी व्यक्ति के पास यह होता है, उसका प्रत्येक क्षेत्र में लोग स्वागत करते हैं।
23. *असहिष्णुता* - कुंद (बंद) दिमाग वाला व्यक्ति शायद ही आगे बढ़ सकता है यहाँ असहिष्णुता का तात्पर्य यह है कि किसी भी व्यक्ति ने ज्ञान अर्जुन समाप्त कर दिया है इसके सबसे विनाशकारी रूप में से कुछ है धर्म जाति और राजनीतिक विचारों में मतभेद।
24. *असंयम* - असंयम की स्थिति में आमतौर पर अतिरिक्त भोजन शराब और सेक्स से संबंधित गतिविधियाँ होती हैं, जो किसी भी सफलता का शत्रु है।
25. *अन्य लोगों के साथ सहयोग में असमर्थता* - दुनिया में ऐसे लोगों की कमी नहीं है, जो इस कारण अपना पद दिया जीवन का सुनहरा अवसर खो देते हैं। सूची में वर्णित 30 कारणों से भी लोग उतना सफल नहीं होते, जितना सिर्फ इस एक कारण से वह कभी भी सफल नहीं हो पाते।
26. *स्वयं के प्रयासों के बिना हासिल की गई पॉवर* - ऐसी आदमियों के हाथ में शक्ति जिसे उसने खुद धीरे—धीरे हासिल न किया हो, सफलता के लिए घातक है। फटाफट अमीरी गरीबी से भी अधिक ख़तरनाक है।
27. *जानबूझकर बेईमानी करना* - कई बार परिस्थितियों के कारण इंसान ना चाहते हुए भी बेईमानी कर जाता है, लेकिन ऐसे व्यक्ति से आप किसी प्रकार की कोई उम्मीद नहीं कर सकते, क्योंकि ईमानदारी का कोई भी विकल्प नहीं होता और आज नहीं तो कल उस इंसान को इस बेईमानी की कीमत चुकानी पड़ती है। इसका परिणाम यह भी हो सकता है कि उसकी प्रतिष्ठा मिट्टी में मिल जाए या वह अपनी स्वतंत्रता तक गवां बैठे।
28. *अहंकार और घमंड* - आप कह सकते हैं कि यह दो गुण जो सही मायनों में अवगुण हैं, रेड लाइट का काम करती है और दूसरे लोगों को बताती है कि हम से दूर रहो ऐसे व्यक्ति के पास सफलता भटकती तक नहीं है।

29. *सोचने के बजाय केवल अनुमान लगाना* - ऐसे बहुत से लोग हैं, जो सही सोचने के लिए आवश्यक तथ्यों को जुटाने का प्रयास तक नहीं करते। वह केवल अनुमान के आधार पर ही निर्णय ले लेते हैं। इसका सबसे बड़ा कारण है उनका आलस या किसी भी चीज के लिए उनका उदासीन होना, ऐसी स्थिति में किसी को भी सफलता मिल ही नहीं सकती।

30. *धन की कमी* - धन की कमी का कारण उतना महत्वपूर्ण नहीं है, लेकिन जो लोग पहली बार बिजनेस की फील्ड में आए हैं और जिनके पास पर्याप्त पैसा नहीं है। वे बिजनेस के फेल हो जाने से डरते हैं, क्योंकि उन्हें पता है कि वह दोबारा बिजनेस शुरू करने के लिए आवश्यक पैसा नहीं जुटा पाएँगे।

इसके बाद भी यदि कोई कारण शेष रह गया हो जिससे आप जूझ रहे हैं और जो इस सूची में शामिल नहीं है तो यहाँ लिख लें। असफलता के इन 30 कारणों में आप जीवन की त्रासदी को देख सकते हैं और यह कारण हर उस व्यक्ति पर लागू होता है जो अपने जीवन में असफल हुआ है। यदि आप किसी को इन कारणों के द्वारा प्रेरित कर सके जो आपको जानता हो, आपके साथ इन 30 कारणों का विश्लेषण करे, यदि इसका विश्लेषण आप स्वयं भी करना चाहते हैं तो कर सकते हैं लेकिन इसमें एक परेशानी आपको आएगी वह यह कि ज्यादातर लोग स्वयं को इस तरह नहीं उस तरह नहीं देख पाते, जिस तरह अन्य लोगों देखते हैं इसलिए बेहतर होगा कि किसी दूसरे की सहायता लें।

यह बहुत पुरानी सलाह है कि सबसे पहले स्वयं को जानें। यदि किसी सामान को मार्केट में बेचना है तो सबसे पहले उस सामान की पूरी जानकारी आपके पास होनी चाहिए। तभी आप उसे बेच पाएँगे। इसी तरह आपको पहले अपनी कमियों की पूरी जानकारी होनी चाहिए, ताकि उन कमियों को आप खत्म कर आगे बढ़ सकें।

स्वयं की मूर्खता का प्रदर्शन एक युवक ने किया। उसने बहुत बड़े बिजनेसमैन के पास नौकरी के लिए आवेदन किया और इंटरव्यू में उस युवक ने बहुत अच्छा किया, लेकिन जब उससे सैलरी के विषय में पूछा गया तो उसने उत्तर दिया, मैंने अभी तक कोई निश्चित धनराशि के बारे में नहीं सोचा। इसी निश्चित लक्ष्य के अभाव के कारण उस बिजनेसमैन ने कहा कि हम आपको जितना हम

सोचते हैं, उतनी सैलरी देंगे लेकिन इससे पहले हम आपका एक सप्ताह के लिए काम देखेंगे।

इस बात पर युवक ने उत्तर दिया, मैं ऐसा नहीं करूँगा, क्योंकि इससे ज्यादा सैलरी तो मुझे अभी मिल ही रही है। इससे पहले आप अपने वर्तमान पद के वेतन में बढ़ोतरी के बारे में सौदेबाजी करें या कहीं और नौकरी की तलाश करें, यह सुनिश्चित कर लें कि आपको अभी जितना मिल रहा है, आपका मूल्य उससे अधिक है।

पैसा चाहना एक चीज़ है - हर आदमी ज़्यादा पैसा चाहता है, परंतु यह पूरी तरह से भिन्न बात है कि आपका मूल्य अधिक हो! कई लोग अपनी इच्छाओं को अपनी उचित तनख़्वाह मानने की गलती कर बैठते हैं। आपकी आर्थिक आवश्यकताओं या इच्छाओं का आपके मूल्य से कोई लेना-देना नहीं है। आपका मूल्य पूरी तरह इस बात से निर्धारित होता है कि आप उपयोगी सेवा प्रदान करने के कितने योग्य हैं या आपमें दूसरों को इस तरह की सेवा प्रदान करने के लिए प्रेरित करने की कितनी क्षमता है।

स्वयं की सूची तैयार करें इन 28 प्रश्नों का उत्तर आपको देना चाहिए

व्यक्तिगत सेवाओं की प्रभावशाली मार्केटिंग में वार्षिक आत्म विश्लेषण उतना ही आवश्यक है, जितना कि किसी सामान की वार्षिक सूची बनाना। इससे भी अहम बात यह है कि वार्षिक विश्लेषण में आपके गुणों में बढ़ोतरी और अवगुणों में कमी का होना भी आवश्यक है, क्योंकि जीवन में इंसान या तो आगे बढ़ता है या पीछे रह जाता है और अगर इन दोनों ही पारिस्थितियों पर वह नहीं है, तो वह जहाँ था, वहीं खड़ा मिलता है। यह साफ है कि किसी भी व्यक्ति का उद्देश्य आगे बढ़ना ही होता है। आप का वार्षिक विश्लेषण ही बताएगा कि आप कहाँ पर खड़े हैं। कितनी उन्नति हुई है। व्यक्तिगत सेवाओं की मार्केटिंग में आपका आगे बढ़ना जरूरी है भले ही आप मंद गति से आगे बढ़ें, लेकिन बढ़ें जरूर।

आप का वार्षिक आत्म विश्लेषण प्रत्येक वर्ष के अंत में किया जाना चाहिए। ताकि नए साल में क्या सुधार करना है या क्या सुधार किया जाना चाहिए, वह किया जा सके। अंत में यह सूची में लें और स्वयं से निम्नलिखित प्रश्नों का उत्तर मांगें। साथ ही जांच करें या फिर किसी ऐसे व्यक्ति से जांच कराएँ, जो आपको किसी भी प्रश्न के उत्तर में धोखा ना दे।

व्यक्तिगत सूची के लिए आत्म विश्लेषण प्रश्नावली

1. क्या मैंने अपना लक्ष्य प्राप्त कर लिया है? जो मैंने साल के शुरुआत में बनाया था। (आपको प्रत्येक वर्ष अपना एक लक्ष्य जरूर बनाना चाहिए, जो आपके जीवन में सर्वप्रमुख लक्ष्य का एक हिस्सा हो।)
2. क्या मैंने अच्छी सर्विस दी है, जिसे मैं दे सकता था या मैंने उस सर्विस को देने के लिए किसी तरह का कोई इंप्रूवमेंट (सुधार) किया है।
3. क्या मैंने उसको सर्विस की संभव मात्रा (क्वांटिटी) दी, जो मैं दे सकता था।
4. क्या मैं जो व्यवहार अपने सहयोगियों से करता हूँ, वह सही है।
5. क्या मेरी कार्यकुशलता में टालमटोल के कारण कमी आई है।
6. किन तरीकों से मैंने अपने व्यक्तित्व में सुधार किया है?
7. क्या मैंने अपनी योजनाओ को पूरी लगन के साथ जब तक सफलता ना मिल जाए पूरा किया है।
8. क्या मैंने सही समय पर सही निर्णय लिया है?
9. क्या किसी भी डर के कारण मेरे किसी भी काम को करने की क्षमता में कमी आई है।
10. क्या मैं कभी ज्यादा या कम सावधान रहा हूँ?
11. मैं जहाँ भी काम करता हूँ क्या वहाँ अपने साथियों के साथ मेरे संबंध अच्छे हैं या बुरे? अगर बुरे हैं तो वह किस कारण बुरे हैं। क्या उन कारणों का जिम्मेदार मैं हूँ?
12. क्या एकाग्रता की कमी के कारण मैं अपनी ऊर्जा व्यर्थ खर्च कर रहा हूँ?
13. क्या मैं एक खुले दिमाग का इंसान हूँ?
14. क्या मेरे द्वारा सेवा की मार्केटिंग में किसी प्रकार का कोई सुधार किया गया है?
15. क्या मैं अपनी आदतों में से किसी में असंयमी रहा हूँ?
16. क्या मैंने अहंकार का कोई परिचय खुले तौर पर या गोपनीय तरह से दिया है?

17. क्या मेरे सहयोगी मेरा सम्मान मेरे व्यवहार के कारण करते हैं या केवल डर के कारण?
18. क्या मैं अपने निर्णय केवल अंदाजे से लेता हूँ या उन निर्णयों के पीछे मेरा गहन विश्लेषण होता है?
19. क्या मैंने अपने समय की बचत की है। क्या मैं अपनी आमदनी से ज्यादा खर्च करता हूँ या नहीं। किस प्रकार की बचत मेरे द्वारा की जाती है।
20. मैंने कितना समय लाभहीन प्रयासों में बेकार किया जो मैं कहीं और सही दिशा में लगाता तो लाभ कमा सकता था।
21. क्या मैंने अपने समय और धन का सही बजट बनाया है ताकि अपने आने वाले वर्षों में, मैं और अधिक लाभ कमा सकूं।
22. क्या किसी काम को करने के बाद मेरी अंतरात्मा दुखी हुई है?
23. क्या कोई ऐसा तरीका है जिससे मैं बेहतर सेवा देकर अधिक धन कमा सकता हूँ?
24. क्या किसी का मैं दोषी हूँ या मैंने किसी के साथ अन्याय किया है?
25. अगर मैं स्वयं की सेवाओं का ग्राहक होता तो क्या मैं अपनी स्वयं की सेवाएँ खरीदता?
26. क्या मैं जिस व्यवसाय में हूँ उससे संतुष्ट हूँ अगर नहीं तो आखिर क्यों नहीं?
27. क्या मेरी सेवाओं को खरीदने वाले मेरे द्वारा दी गई सेवाओं से खुश हैं। अगर वे खुश नहीं है तो मैं किस प्रकार उन्हें संतुष्ट कर सकता हूँ।
28. आखिरकार सफलता के जो सिद्धांत हैं, उन पर मेरी क्या रेटिंग है। इस रेटिंग को अपनी पूरी ईमानदारी के साथ तैयार करें और किसी ऐसे व्यक्ति से इनकी जांच कराएँ, जो आपका सही मार्गदर्शन करें।

इस अध्याय को पढ़ने के बाद आप अपनी सेवाओं की मार्केटिंग के लिए योजनाएँ बनाएँ और इन योजनाओं को बनाने के लिए सभी आवश्यक सामग्री आपको इस सूची में मिल जाएगी। पूरे अध्याय में आपको लीडरशिप के तत्व, अवसर, विवरण और असफलता के कारण सभी कुछ मिल जाएगा। बस आपको आत्म विश्लेषण द्वारा ईमानदारी से अपनी सभी कमियों और खूबियों को लिखना है, साथ ही उन पर काम करना है।

यहाँ पर दी गई सभी जानकारियों को अच्छी तरह समझें और पूरी तरह आत्मसात करें। फिर अपनी सेवाओं की मार्केटिंग करें आप देखेंगे कि यह सारी जानकारी आपके लिए सहायक सिद्ध होगी। इन सारी जानकारियों से आपको अनेक प्रकार से लाभ मिलेगे और आप दूसरों का सटीकता के साथ विश्लेषण कर पाएँगे। इतना ही नहीं आप उनके बारे में में बेहतर निर्णय ले पाएँगे। व्यक्तिगत सेवाओं की मार्केटिंग में यह गुण आपको बहुत काम आएगा। यह सारी जानकारी पर्सनल डायरेक्टर, एँप्लॉयमेंट मैनेजर और दूसरे एग्जीक्यूटिवस के भी काम आएगी जो संगठनों के लिए कर्मचारियों का चुनाव करते हैं। यदि आपको किसी भी बात पर जरा भी शक हो तो बस आप 28 आत्म विश्लेषण के प्रश्नों का उत्तर दें और इसका दृढ़ता से परीक्षण करें।

अमीर बनने के अवसरों को कोई व्यक्ति कहाँ और कैसे दृढ़ करता है?

अब हम उन सिद्धांतों को अच्छी तरह जान गए हैं, जिन से अमीर बना जा सकता है। अब इन प्रश्न का उठना स्वाभाविक है कि दिए गए सिद्धांतों का प्रयोग हम किन अवसरों पर करें और वह अवसर हमें मिलेंगे कहाँ? अपनी सूची को निकाल लें, जिसमें आपने अपने गुणों के बारे में सावधानीपूर्वक लिखा है और देखें आप चाहे किसी भी देश के हो, यह सिद्धांत आपको कितना अमीर बना सकता है।

शुरुआत के लिए याद रखें कि हम सब एक ऐसे देश में रहते हैं, जहाँ कानून का पालन करने वाले प्रत्येक नागरिक को विचार और कर्म की स्वतंत्रता दूसरे देशों के मुकाबले अधिक है। हममें से अधिकांश लोगों ने कभी इस स्वतंत्रता की सूची नहीं बनाई होगी और ना ही हमने अपने असीमित स्वतंत्रता की दूसरे देशों की सीमित स्वतंत्रता से तुलना ही की है।

हमें हमारे देश में विचारों की, शिक्षा के विकल्प चुनने की, धर्म, राजनीति, व्यवसाय, रोजगार, विवाह आदि सभी की स्वतंत्रता है। यहाँ तक की सभी प्रजातियों के लिए समान अवसरों की स्वतंत्रता है। किसी भी राज्य में जाकर स्वतंत्रता से घूमने की आजादी है। अपने पसंद के भोजन की स्वतंत्रता है। जीवन में किसी भी पद के लिए लक्ष्य बनाकर उसे प्राप्त कर सकते हैं—चाहे वह पद अमेरिका के राष्ट्रपति का ही क्यों ना हो?

स्वतंत्रता के बहुत से रूप है लेकिन यहाँ सबसे महत्वपूर्ण की सूची दी गई है। यह स्वतंत्रता बहुत वृहद दृश्य दिखाती है, जिसमें हमें चारों और अवसरों की

भरमार दिखाई देती है। हमें स्वतंत्रता का लाभ सबसे अधिक तब दिखाई देता है, जब हम देखते हैं कि अमेरिका एक मात्र ऐसा देश है, जो अपने हर नागरिक को चाहे वह, वहाँ का मूल निवासी हो या बाद में वहाँ का मूल निवासी बना हो सभी को विविध स्वतंत्रतायें देता है।

आइए अब हम उन चीजों को देखते हैं, जिनकी वजह से हमें यह स्वतंत्रता मिली है। उदाहरण के लिए एक औसत अमेरिकी परिवार को देखते हैं (मतलब जिसकी आय औसत है) और उनको दिए जाने वाले अवसरों को गिनते हैं—

1. भोजन - विचारों और कार्यों की स्वतंत्रता के बाद अब जीवन की तीन मूलभूत आवश्यकताओं भोजन, वस्त्र और आवास पर आते हैं। हमारी असीमित स्वतंत्रता के कारण आज एक औसत अमेरिकी परिवार दुनिया में पाए जाने वाले उत्तम से उत्तम भोजन को उचित कीमत पर ऑर्डर कर सकता है और यह सब उसकी पहुँच में है, यहाँ औसत ब्रेकफास्ट की सूची दी गई है

भोजन के प्रकार	**ब्रेक फास्ट की कॉस्ट**
अंगूर का रस (फ्लोरिडा)	(.02)
गेहूँ से बने व्यंजन (कन्सास फॉर्म से)	(.02)
चाय (चीन से)	(.02)
केले (दक्षिण अमेरिका से)	(.025)
टोस्टिड ब्रेड (कन्सास फार्म से)	(.01)
देसी अंडे (यूटा से)	(.07)
चीनी (क्यूबा और यूटा से)	(.005)
मक्खन और क्रीम (न्यू इंग्लैंड से)	(.03)
कुल योग	(.20)

देश में किसी भी प्रकार का खाना जुटाना कोई मुश्किल बात नहीं है, जब आपको एक डॉलर के भी छोटे से हिस्से से ही दो लोगों के लिए इच्छा अनुसार ब्रेकफास्ट मिलता है। जो अमेरिका में अनेकों देशों से आया है। यह किसी चमत्कार से कम नहीं है। यह सारा ब्रेकफास्ट अमेरिका के मजदूर वर्ग तक की पहुँच में है।

उचित कीमत पर वह भी पसंद का ब्रेकफास्ट कर सकता है। इतना ही नहीं इस ब्रेकफास्ट की कीमत में सभी करों का समावेश है। चाहे वह कर राज्य ने लगाए हों या संघ ने।

2. आवास - यही परिवार एक आरामदायक अपार्टमेंट में रहता है, जो भाप से गर्म होता है। बिजली की पर्याप्त व्यवस्था है और गैस के प्रयोग से अपने सभी कामों को समय पर करता है।

ब्रेकफास्ट के लिए जो टोस्ट खाया जाता है। वह इलेक्ट्रिक टोस्टर में सेंका गया है। जिसकी कीमत भी औसत है। पूरे अपार्टमेंट की सफाई वैक्यूम क्लीनर से होती है। यह भी बिजली द्वारा ही संचालित होता है। नहाने के लिए गर्म पानी है, खाने को ठंडा रखने के लिए फ्रिज है, पत्नी द्वारा बाल बनाने, कपड़े धोने और प्रेस करने के लिए भी सभी आवश्यक यंत्र है, जो बिजली से चलते हैं। इतना ही नहीं दुनिया भर से फ्री में रेडियो और टेलीविजन द्वारा चौबीसों घंटे मनोरंजन मिलता है, यह भी सब बिजली से ही चलता है। इस अपार्टमेंट में कई प्रकार की अन्य सुविधाएँ भी हैं जो इस बात का सबूत है कि अमेरिका में लोग किन स्वतंत्रताओं का उपभोग कर रहे हैं।

3. वस्त्र - अमेरिका में कहीं भी औसत कपड़ों की आवश्यकता वाले स्त्री और पुरुष प्रतिवर्ष 200.00 डॉलर या इससे भी कम लागत पर वस्त्र पहन सकते हैं।

जीवन की केवल तीन मूलभूत आवश्यकताएँ- भोजन, वस्त्र और आवास का यहाँ जिक्र किया गया है। औसत अमेरिकी नागरिक को अपने काम में आठ घंटे से ज्यादा काम करने की भी जरूरत नहीं है, क्योंकि अमेरिका द्वारा उन्हें यह विशेषाधिकार भी प्राप्त है। कम लागत पर वह कहीं भी अपनी इच्छा से जा, आ सकते हैं।

दुनिया के किसी भी देश में संपत्ति के अधिकारों में इतनी सुरक्षा नहीं है, जितनी एक अमेरिकी नागरिक के पास है। वह अपनी बचत को बैंक में इस गारंटी के साथ रखता है कि उसे उचित ब्याज मिले और किसी कारणवश बैंक दिवालिया हो भी जाए तो भी उसे पूरी की पूरी राशि बिना कुछ काटे दी जाए। इसके अलावा वह ट्रेन, कार, बस, जहाज और हवाई जहाज किसी भी साधन से यात्रा कर सकता है अपनी क्षमता के अनुसार। उसे किसी की रोक-टोक नहीं है।

वह चमत्कार जो वरदान में परिवर्तित हो गया

राजनेता जब भी वोट मांगते हैं, उस समय हम अक्सर उन्हें अमेरिका की स्वतंत्रता के विषय में बातें करते सुनते हैं, लेकिन आपने कभी ऐसा नहीं देखा होगा, जब वह स्वतंत्रता के स्रोतों और इसकी प्रकृति के विश्लेषण करने के लिए समय निकालते हो। सही बात तो यह है कि इसमें मेरा कोई स्वार्थ या पूर्वाग्रह नहीं है ना ही इसमें मेरा कोई उद्देश्य ही नहीं है। इस कारण में खुलकर मैं अपने विचार को रख सकता हूँ। रहस्यमयी अभूतपूर्व और गलत समझी गई चीज क्या हो सकती है, जिसके कारण अमेरिका के प्रत्येक नागरिक को अन्य देशों की तुलना में सफलता के अवसर और अमीर बनने के अवसर दोनों ही वरदान स्वरुप अधिक मिले हैं। आदर्श व्यक्ति के स्रोत और प्रकृति का विश्लेषण करने का मुझे पूरा अधिकार है, क्योंकि 50सालों से मैं ऐसे लोगों को जानता हूँ, जिन्होंने इस अदृश्य शक्ति का प्रयोग किया और आज भी इसका प्रयोग कर रहे हैं।

मानव सभ्यता के इस रहस्यमयी हितकारी का नाम और कोई नहीं पूंजी है।

पूंजी में केवल पैसे ही नहीं आते, बल्कि वे लोग आते हैं जो बुद्धिमान हैं और जो यह जानते हैं कि किसी योजना को बनाने से वह स्वयं को लाभान्वित कर सकते हैं। यह समूह वैज्ञानिकों, शिक्षकों, रसायनशस्त्रियों, आविष्कारकों, प्रचारकों, परिवहन विशेषज्ञों, व्यापार विशेषज्ञों, अकाउंटेंट, वकील, डॉक्टर और वे सभी स्त्री-पुरुष आते हैं जो किसी भी क्षेत्र में विशेष ज्ञान रखते हैं। यह वही लोग हैं जो अपने क्षेत्र में कुछ नया करते हैं और दूसरों के लिए अपने पद चिन्ह छोड़ जाते हैं। इतना ही नहीं अपने प्रयासों के द्वारा, दूसरों को चमत्कृत करते हैं।यह वही लोग हैं जो कॉलेज, स्कूलों और अस्पतालों की सहायता करते हैं। यही लोग सड़कों का निर्माण करते हैं, समाचार पत्रों को प्रकाशित करवाते हैं, और सरकार के अनेकों खर्च का वहन करते हैं। ऐसी बहुत सी बातें हैं, जो मानव की प्रगति के लिए अति आवश्यक है जो इन्हीं के द्वारा पूरी कि जाती है।

संक्षेप में कहें तो यही पूंजीपति हमारी सभ्यता का मस्तिष्क हैं, क्योंकि वह शिक्षा, ज्ञान और मानव की प्रगति सभी से मिलकर पूरे तंत्र को बनाते हैं।

मस्तिष्क के बिना कोई भी धनसंपदा खतरनाक साबित हो सकती है, लेकिन इसके सही प्रयोग से मानव सभ्यता के लिए यह वरदान ही साबित होती है।

अगर हम संगठित पूंजी की बात करें तो आप कल्पना भी नहीं कर सकते कि इसके बिना हम अपना ब्रेकफास्ट तक बड़ी मेहनत से जुटाएँगे।

जरा सोच कर देखें यदि आपको चाय पीने की इच्छा है तो आपको चीन या भारत की यात्रा करनी पड़ेगी, तो कैसा होगा आपको एक लंबी दूरी तय करके आना और जाना पड़े। औसत आय के व्यक्ति के लिए यह सब सोचना भी कठिन है। आप अच्छे तैराक भी हो, तब भी ऐसा करने में आप असमर्थ ही रहेंगे, क्योंकि साहस होने के बावजूद आप किस मुद्रा का प्रयोग करेंगे।

चीनी की आपूर्ति के लिए आपको एक और लंबी यात्रा करनी पड़ेगी या तैर कर जाना होगा, क्यूबा या यूटा तक। हो सकता है इसके बावजूद भी आपको चीनी ना मिले, क्योंकि इसके उत्पादन के लिए प्रयास और धन दोनों की आवश्यकता होगी। आपको अपने ब्रेकफास्ट की टेबल तक ले जाने के लिए चीनी को रिफाइन करके ट्रांसपोर्ट करने और डिलीवर करने के लिए कितनी मेहनत करनी पड़ेगी इसका तो केवल अंदाजा ही लगाया जा सकता है।

न्यूयॉर्क शहर में आप अंडे तो कहीं से भी ले लेंगे, लेकिन यदि आपको अंगूर का रस लेना है तो फिर एक बार आपको फ्लोरिडा की लंबी यात्रा पर निकलना पड़ेगा।

ड्राई सीरियल खाद्य पदार्थ को तो आप अपनी सूची से हटा ही दीजिए, क्योंकि इसके उत्पादन के लिए तो पूरी प्रोसेस होती है। जिसमें श्रम के साथ बड़ी-बड़ी मशीनों से काम किया जाता है और इन सभी के लिए पूंजी जुटाना संभव ही नहीं।

आराम करने के बाद एक बार फिर आपको दक्षिण अमेरिका की एक छोटी सी यात्रा करनी पड़ेगी। जहाँ आपको केले मिल जाएँगे और वापस आते समय वहीं से घूमते- घूमते खेत से मक्खन, दूध, क्रीम इत्यादि ले सकते हैं। तब कहीं जाकर आप अपने ब्रेकफास्ट की सभी चीजों को पूरा कर पाएँगे और इन सभी चीजों का आनंद उठा सकेगे हैं।

आपको यह सब मजाक लग रहा होगा, लेकिन अपने ब्रेकफास्ट में इन सभी चीजों को एकत्रित करना पूंजीवादी तंत्र के बिना असंभव है, वरना यही तरीका है जिससे यात्रा के माध्यम से आप अपने ब्रेकफास्ट का आनंद उठा सकते हैं।

एक औसत से ब्रेकफास्ट के लिए आपने कितनी यात्रा की है या किन साधनों का प्रयोग किया है। उन सभी का खर्चा यदि जोड़ा जाए तो इतनी बड़ी धनराशि हमारे सामने आएगी, जिसे देखकर हमारे होश उड़ जाएँगे, क्योंकि इस राशि की हम कल्पना भी नहीं कर सकते। आप यह जानकर हैरान हो जाएँगे कि अभी

इस खर्चे में हमने जहाजों, रेलों, रेलवे कर्मचारियों और सेना के अन्य खर्च तो जोड़े ही नहीं है, लेकिन परिवहन पूंजीवादी अमेरिका में आधुनिक सभ्यता की आवश्यकताओं का यह एक हिस्सा ही है। किसी भी सामान को लाने से पहले उसके उत्पादन के लिए सभी उपकरणों की आवश्यकता होगी। फिर पैकिंग, मार्केटिंग, और वितरण के आप और हम अंदाजा भी नहीं लगा सकते कि कितने और लाखों-करोड़ों डॉलर लगेंगे।

भाप से चलने वाले जहाज और रेल मार्ग यूं ही कहीं से प्रकट नहीं हो गए हैं। यह सब मानव सभ्यता की मांग के कारण उन लोगों के श्रम कौशल और मिल-जुल कर काम करने की शक्ति के द्वारा आज हमारे सामने हैं और इन को बनाने में जिस कल्पना, आस्था, लग्न, उत्साह की ऊर्जा थी वह कहाँ से आई है। वह उन लोगों के कारण ही है जिन्हें हम पूंजीपतियों के नाम से जानते हैं। यह पूंजीपति लाभ कमाने, धन संचय करने, कुछ बनाने, कुछ हासिल करने की इच्छा से और कुछ उपयोगी सेवाओं को देने की इच्छा से प्रेरित होते हैं। इतना ही नहीं यह सब ऐसी महत्वपूर्ण सेवाएँ हैं, जिनके बिना मानव सभ्यता का विकास हो ही नहीं सकता, इसलिए वह बहुत अधिक अमीर बन गए हैं।

सच कहूँ तो बस में रिकॉर्ड को साफ और सरल करके बता रहा हूँ। यदि यह समझने के योग्य हो जाए तो मैं बताना चाहता हूँ यह पूंजीवादी वही लोग हैं, जिनके विषय में अधिकतर लोगों को मंचीय वक्ता के तौर पर बोलते हुए सुना होगा। यह वही आदमी है, जिन्हें क्रांतिकारी, अतिवादी, धूर्त, बेईमान, राजनेता, श्रमिक नेता, स्वार्थी अमानवीय या वॉल स्ट्रीट के रूप में देखते हैं।

मैं यहाँ मनुष्य के किसी समूह या अर्थशास्त्र की किसी विशेष प्रणाली के साथ या खिलाफ नहीं हूँ।

इस पुस्तक का एकमात्र उद्देश्य है- मैं एक ऐसे लक्ष्य के लिए समर्पित हूँ जिसके द्वारा वह सारा ज्ञान लोगों तक पहुँचाया जा सके। जिससे लोग अमीर बनते हैं। यह फिलॉसफी उनके सामने रख सकूं, जिससे वह जिधर जाए, धन कमा सके। मैंने यहाँ पूंजीवादी व्यवस्था के आर्थिक लाभों का विश्लेषण करने और दो महत्वपूर्ण बातों को बताने के लिए इनके बारे में बताया है -

1. जो भी लोग अमीर बनना चाहते हैं। वह इस सिस्टम को समझ लें और स्वयं को इसके अनुरूप ढाल लें, क्योंकि अमीरी के ज्यादातर रास्ते इन्हीं के द्वारा संचालित और नियंत्रित होते हैं।

2. इसके अलावा आप को राजनेताओं और वक्ताओं का दूसरा पक्ष भी देखना चाहिए, जहाँ बेहद अंधकार है। यही राजनेता और वक्ता सब कुछ जान कर भी मुद्दों को अलग तरह से सबके सामने पेश करते हैं और संगठित पूंजी के विषय में इस तरह से बात करते हैं, जैसे यह कोई शापित चीज हो।

यह एक पूंजीवादी देश है और इसी के उपयोग से यह आज विकसित हुआ है। हम आज जिस स्वतंत्रता और अवसरों की बात करते हैं वह सब इसी संगठित पूंजी के द्वारा हमें प्राप्त हुए है।

देश भर में आज भी लाखों लोग इसी कोशिश में लगे हुए हैं कि वह बिना कुछ दिए, सब कुछ पा ले। उनमें से कुछ तो श्रम संघों के साथ जुड़े हैं, जहाँ कम काम पर अधिक पैसे की मांग की जाती है लेकिन यह बात आप जान ले कि बिना सेवा दिए, आप बिना किसी प्रयास के अमीर बन ही नहीं सकते और ना ही आप सफल ही बन सकते हैं। अर्थशास्त्र का ऐसा कोई भी कानून नहीं है ना ही आज तक ऐसा सिद्धांत ही बना है, जिसके आधार पर बिना काम किए या प्रयास किए अमीर बना जा सके।

किसी भी व्यक्ति को सही तरीके से अमीर बनने के लिए जिस चीज की भी जरूरत होती है या जिस अवसर का इंतजार होता है। वह सब अमेरिका के द्वारा उन्हें दिया गया है और इतना ही नहीं इस बात की भी स्वतंत्रता अमेरिका देता है कि वह किसी भी क्षेत्र में प्रयास करके अवसरों की खोज कर सकता है। जब कोई व्यक्ति शिकार खेलने जाता है तो सबसे पहले वह ऐसी जगह का चुनाव करता है जहाँ अधिक संख्या में शिकार उपलब्ध हो ठीक वैसे ही जब कोई व्यक्ति अमीर होना चाहता है तो वह इस नियम के तहत अपना लक्ष्य बनाता और प्राप्त करता है।

यदि आप भी अमीर होना चाहते हैं तो इस देश की असीम संभावनाओं को अनदेखा ना करें, क्योंकि यहाँ के लोग इतने अमीर हैं कि यहाँ की महिलाएँ तक अपने मेकअप के सामान पर प्रतिवर्ष 200 मिलियन डॉलर तक खर्च कर देती हैं।

अगर आपको सही मायने में अमीर होना चाहते हैं या धन की तलाश में है तो बड़ी ही सावधानी से उस देश के विषय में सोचिए, जो प्रत्येक वर्ष सैकड़ों मिलियन डॉलर सिर्फ सिगरेट पर खर्च कर देता है। जहाँ के लोग केवल सिनेमा देखने के लिए 15 मिलियन डॉलर साल का खर्च करते हैं।

ऐसे देश से दूर जाने के विषय में अपना निर्णय जल्दबाजी में ना लें जहाँ के नागरिक अपनी इच्छा से प्रत्येक वर्ष करोड़ों डॉलर फुटबॉल, बेसबॉल और फाइटस

पर खर्च करते हैं। ऐसे देश से दूर नहीं जाएँ, क्योंकि यहाँ धन संचय करने और अमीर बनने के लिए अवसरों की भरमार है।

उपरोक्त बातें और कुछ गैर जरूरी चीजों का जिक्र सिर्फ इस कारण से यह किया गया है क्योंकि इनके कारण ही यहाँ व्यापार और अवसरों की भरमार है। इन सभी के उत्पादन, मार्केटिंग, परिवहन इत्यादि की वजह से ही तो अनेकों लोगों को यहाँ रोजगार के अवसर प्राप्त हुए हैं। यही लोग अपनी सेवाएँ देकर प्रति माह करोड़ों डॉलर कमा रहे हैं और उन्हें अपनी जरूरत के अनुसार खर्च भी कर रहे हैं।

विशेष तौर पर याद रखे की व्यापार और व्यक्तिगत सेवाओं के इस विनिमय के पीछे अमीर होने और धन संचय करने के अनेकों अवसर उपलब्ध हैं। यहाँ अमेरिका की स्वतंत्रता आपकी सहायता करती है, क्योंकि यहाँ हर वह स्वतंत्रता सभी को प्राप्त है, जो किसी भी बिजनेस को करने के लिए चाहिए। उनके पास उस बिजनेस को करने के लिए जरूरी प्रशिक्षण, अनुभव और योग्यता है इसलिए यहाँ अवसरों की कमी नहीं है।

यहाँ जो लोग ज्यादा भाग्यशाली या मेहनती नहीं है। वह कम से कम अपना जीवन यापन अच्छे से चला सकता है।

"अब स्थिति आपके सामने साफ है"

अवसर ने आपके सामने विजय के द्वार खोल दिए हैं। आगे आइए कदम बनाइए और जिसे आप चाहते हैं उस मार्ग का चयन कीजिए और अपने मनपसंद मार्ग पर चलिए। योजना बनाकर उस पर अमल करें और वह भी पूरी दृढ़ता के साथ। आगे का काम 'पूंजीवादी ' अमेरिका का है। यह प्रत्येक व्यक्ति को उसकी सेवा की उपयोगिता के बदले उसी अनुपात में उसका मूल्य चुकाएगा और अमीर बनने के सभी रास्ते खोल देगा। बस पहला कदम आपको उठाना है।

सिस्टम किसी का अधिकार नहीं छीनता, लेकिन वह बिना कुछ किए कुछ भी नहीं देता, क्योंकि अर्थशास्त्र का नियम भी यही कहता है कि - कोई भी सिस्टम कभी नहीं बदलता। यदि कुछ चाहिए तो उसके लिए पहले आपको कुछ देना ही होगा।

पच्चीस सालों के अनुभव पर आधारित है यह तथ्य। पच्चीस सालों का समय कम नहीं होता। मैंने अमेरिका के सफल और असफल लोगों का सावधानीपूर्वक विश्लेषण किया गया है ताकि सही निष्कर्ष निकाला जा सके।

8

निर्णय

विलंब करने की आदत पर नियंत्रण पाना

अमीर होने की ओर सातवाँ कदम

असफलता के 30 सबसे प्रमुख कारणों में से सबसे पहला कारण निर्णय लेने का अभाव है। 25,000 असफल लोगों के विश्लेषण ने इस तथ्य का खुलासा किया है। यह तथ्य इस बात का प्रतीक है कि निर्णय ना लेना या टालमटोल करना व्यक्ति को बहुत नीचे ले जाते हैं।

इस कारण यह हमारे शत्रु हैं। इस पर प्रत्येक व्यक्ति को जीत हासिल करनी ही चाहिए।

जब भी यह पुस्तक पढ़ कर आप समाप्त करेंगे और इसमें बताए गए सिद्धांतों को कार्य रूप देने के लिए शुरुआत करेंगे। उस समय आपके पास स्वयं को जांचने और सही या निश्चित निर्णय पर पहुँचने का अवसर होगा।

सैकड़ों लोगों की सफलता के अध्ययन और विश्लेषण से यह ज्ञात हुआ है कि जिन लोगों ने भी धन दौलत कमाई है और जो कम से कम 10 लाख डॉलर की सीमा को तोड़कर आगे निकल गए हैं। उनमें खास बात यह थी कि वह अपने प्रत्येक निर्णय तत्काल लेते थे और अगर निर्णय किसी कारणवश बदलना भी होता था तो उसे तुरंत नहीं बदलते थे और यदि बदलते भी थे तो अच्छा खासा समय लेते थे। उनकी यही आदत सबसे महत्वपूर्ण थी। जितने भी लोग दौलत कमाने में असफल रहे हैं। वे बिना किसी अपवाद के निर्णय लेने में भी असफल रहे हैं। यानी या तो वह निर्णय ले ही नहीं पाते थे और यदि निर्णय ले भी लेते तो जल्द ही बदल देते थे।

हेनरी फोर्ड के गुणों में सर्वश्रेष्ठ गुण था- किसी भी बात पर तत्काल निर्णय लेना और निर्णय लेने के बाद उसे ना बदलना या फिर बदलना भी तो बहुत समय लेकर बदलना। इसी कारण उनकी छवि जिद्दी लोगों जैसी बन गई थी और इसी जिद्दीपन के कारण फोर्ड अपना मॉडल - 'T' (जो कि दुनिया की सबसे खराब दिखने वाली कार) को बनाने का काम जारी रखा। कई लोग जो उनके बेहद करीबी थे, उन्होंने इस काम को रोकने के लिए कहा, लेकिन केवल अपने इस गुण (जिद्दीपन) के कारण फोर्ड ने अपना काम जारी रखा।

मिस्टर फोर्ड ने कार में बदलाव करने के काम में भले ही देर की हो, लेकिन इस जिद के कारण अर्थात दृढ़ संकल्प के कारण ही वह दुनिया के सबसे अमीर व्यक्ति बने। इस बात में कोई संदेह नहीं है कि फोर्ड भले ही देर से निर्णय बदलते थे, लेकिन जल्दी-जल्दी निर्णय बदलने से तो यह बेहतर ही था।

ज्यादातर लोग इतना धन नहीं कमा पाते जिससे उनकी जरूरतें पूरी हो सके। सामान्यता यह लोग दूसरों की "राय" से आसानी से प्रभावित हो जाते हैं और स्वयं के विषय में सोचने का काम, गपशप करने वाले पड़ोसियों को दे देते हैं। राय की कीमत इस धरती पर सबसे कम है या यूं कहें कि है ही नहीं। सभी के पास दूसरों को राय देने के लिए अनेकों राय है और यह राय उन लोगों पर थोप दी जाती है जो इन्हें आराम से स्वीकार कर लेते हैं। यदि आप उन के द्वारा थोपी गई राय से प्रभावित हैं तो यह जान लीजिए कि आप कभी भी सफल नहीं हो सकते और अपनी इच्छा को पैसों में बदलने की तो भूल ही जाइये।

"यदि आप दूसरों के विचारों से प्रभावित हैं तो यह सच है कि आपकी अपनी कोई भी इच्छा नहीं होगी।"

जब भी आप पुस्तक में बताए गये सिद्धांतों को कार्य रूप में बदलने की शुरुआत करें, तो सबसे पहले स्वयं के निर्णय पर पहुँचे और उनका पालन करके स्वयं के परामर्शदाता बने। सबसे पहले अपने 'मास्टर माइंड टीम' के सदस्यों के अलावा किसी अन्य पर विश्वास ना करें और अपने मास्टर माइंड टीम के चयन के बारे में सतर्क रहें ताकि आप केवल उन लोगों का ही चयन करें, जो आपके उद्देश्य के साथ पूरी सहानुभूति और सामंजस्य रखें।

ज्यादातर देखा गया है करीबी दोस्त या रिश्तेदार अक्सर जाने-अनजाने में अपनी राय देकर या हंसी उड़ा कर आपके उद्देश्य को पूरा होने के बीच बाधा बनते हैं। ऐसे हजारों स्त्री और पुरुष है, जिनका पूरा जीवन हीन भावना में बिता जाता है,

क्योंकि किसी अज्ञानी व्यक्ति ने अपनी राय देकर उनका पूरा का पूरा आत्मविश्वास समाप्त कर दिया।

आपका अपना मस्तिष्क और मन है इसका प्रयोग करें। अपने निर्णय स्वयं लें। यदि अपने निर्णय लेने में आपको किसी प्रकार की कोई जानकारी की आवश्यकता भी है, तो जो कि हो सकता है कई मामलों में आपको जरूरत भी हो, तो अपने उद्देश्य को बिना किसी को बताए चुपचाप जरूरत की जानकारी को दूसरों से हासिल करें।

जिन लोगों के पास सिर्फ नाम का ज्ञान होता है। ऐसे लोग हर समय अपना प्रभाव जमाना चाहते हैं जैसे कि उनके पास ज्ञान का भंडार हो, ज्यादातर देखा गया है ऐसे लोग बहुत बोलते हैं लेकिन सुनते कम है। यदि आप तत्काल निर्णय पर पहुँचना चाहते हैं तो हमेशा अपने आँखें और कान खुले रखें और मुंह बंद रखें। जो लोग ज्यादा बातें करते हैं वह काम बहुत कम करते हैं यदि आप कम सुनते और ज्यादा बोलते हैं तो आप ऐसे कई अवसरों को हाथ से गंवा देंगे जो आपके लिए उपयोगी हो सकते थे, लेकिन ज्यादा बोलने के कारण आप अपनी योजनाओं और उद्देश्यो को उन लोगों के सामने प्रकट कर देंगे, जिनके सामने आपको अपने उद्देश्य को प्रकट नहीं करना था, क्योंकि ऐसे लोग इसी ताक में रहते हैं कि आप को हराकर स्वयं आनंद उठाएँ। इसका साफ कारण यह है कि वह आपसे द्वेष रखते हैं।

इस बात को हमेशा याद रखें कि जब भी आप किसी से बात करें तो अपने ज्ञान को प्रकट ना होने दें, क्योंकि वास्तविक ज्ञान बोलने में नहीं चुप रहने मैं होता है।

इस तथ्य को हमेशा अपने दिमाग में रखें कि हर व्यक्ति पैसा कमाने के अवसरों की तलाश में रहता है चाहे वह आपसे जुड़ा हो या नहीं। यदि आप अपनी योजनाओं को सार्वजनिक करते हैं तो आप को यह जानकर हैरानी होगी कि किसी अन्य व्यक्ति ने आपसे पहले, आपकी ही बताई योजना को कार्य रूप देकर धन अर्जित कर लिया है, जिस योजना के बारे में आपने अज्ञान वश पहले ही सार्वजनिक कर दिया था।

आप का सबसे पहला निर्णय यह होना चाहिए कि आप अपना मुंह बंद और आँख और कान खुले रखें।

नीचे दिए गए सूत्र वाक्य को बड़े- बड़े अक्षरों में लिखे और ऐसी जगह रखें जहाँ इसे आप हर दिन देख सकें, क्योंकि यह एक सलाह है, जिसका पालन आपको करना चाहिए, क्योंकि यह आपके लिए उपयोगी सिद्ध होगी।

"दुनिया को बता दें कि आपका क्या इरादा है, लेकिन इससे पहले करके दिखाएँ।"

इसे इस प्रकार कह सकते हैं - यहाँ शब्द नहीं, बल्कि कर्म को ज्यादा महत्व दिया गया है।

एक ऐसा निर्णय जिस पर निर्भर थी- स्वतंत्रता या मृत्यु

निर्णय लेने का महत्व साहस पर निर्भर होता है। ऐसे निर्णय जो मानव सभ्यता के लिए आधार बने वह बहुत जोखिम भरे थे, जिनमें अक्सर मौत की संभावना थी।

लिंकन का प्रसिद्ध निर्णय जिसने अमेरिका के अश्वेत लोगों को आजादी दिलाई वह पूरे साहस के साथ लिया गया निर्णय था। लिंकन यह जानते थे कि इस निर्णय के बाद हजारों दोस्त और राजनैतिक समर्थक उनके विरोध में खड़े नजर आएँगे। इतना ही नहीं उन्हें यह भी पता था कि इस निर्णय का मतलब है युद्ध के क्षेत्र में हजारों लोगों की मौत होगी, लेकिन लिंकन ने पूरे साहस के साथ निर्णय लिया।

सुकरात ने भी व्यक्तिगत विश्वास से किसी प्रकार का कोई समझौता नहीं किया और जहर का प्याला पीने का निर्णय लिया। यह भी साहस भरा फैसला था। सुकरात में समय का रुख बदल दिया और एक हज़ार साल आगे की सोची। उन के लिए जो लोग अभी पैदा भी नहीं हुए थे, उन लोगों को विचारों की अभिव्यक्ति की स्वतंत्रता दी।

जनरल रॉबर्ट ई. ली. जब संघ से अलग हो रहे थे, उस समय वह दोराहे पर खड़े थे। उस समय भी उन्होंने साहस भरा निर्णय लिया और दक्षिण के पक्ष में जाना स्वीकार किया। वह जानते थे इससे हजारों जानें जाएँगी, इतना ही नहीं उनकी जान पर भी खतरा होगा। फिर भी उन्होंने साहस भरा कदम उठाया।

लेकिन जहाँ तक अमेरिकी नागरिकों का सवाल है। फिलाडेल्फिया में अब तक का सबसे बड़ा निर्णय 4 जुलाई 1776 को लिया गया। यह निर्णय भी साहस भरा था, क्योंकि 56 लोगों ने जब एक दस्तावेज पर अपने नाम के हस्ताक्षर किए, तब वह जानते थे कि या तो यह दस्तावेज अमेरिका की स्वतंत्रता लाएगा या फिर हम सभी 56लोगों को फांसी तक पहुँचाएगा।

आप सभी ने जरूर उस प्रसिद्ध दस्तावेज के बारे में सुना होगा, लेकिन आप उस दस्तावेज से, व्यक्तिगत उपलब्धियों का महान सबक नहीं सीख पाए होंगे।

हम सभी को उस महत्वपूर्ण फैसले की तारीख तो याद होगी, लेकिन हमें से शायद ही किसी को उस फैसले के निर्णय में कितने साहस की आवश्यकता थी यह ज्ञात होगा, क्योंकि हमें अपना इतिहास याद है हमें सिखाया गया है कि उस समय कौन-कौन था और किस तारीख पर यह घटना घटित हुई, उन लोगों के नाम भी याद है होंगे। हमें- वैली फौज और यॉर्कटाउन याद है, हमें जॉर्ज वाशिंगटन और लॉर्ड कार्नवालिस याद है, लेकिन हमें उन नामों, तिथियों और स्थानों के पीछे जो अमूर्त शक्तियाँ थी, उनके विषय में कम ही पता होगा। जिस शक्ति ने हमारी स्वतंत्रता को पक्का किया, यॉर्कटाउन में वाशिंगटन की सेनाओं के पहुँचने से पहले ही।

हम इस क्रांति को इतिहास में पढ़ते हैं और गलत तरह से कल्पना भी करते हैं, क्योंकि इतिहास के लेखकों ने उस महान शक्ति और उन तथ्यों का सही प्रकार से वर्णन ही नहीं किया। जिसके आधार पर हमें सही जानकारी मिल सके। इतिहास के लेखक का कहना है कि जॉर्ज वॉशिंगटन ने ही हमें स्वतंत्रता दिलाई जबकि सच्चाई तो यह है कि वह केवल सहायक थे। लॉर्ड कार्नवालिस के आत्मसमर्पण करने से पहले ही उनकी जीत निश्चित हो गई थी। यहाँ हमारा मकसद जॉर्ज वॉशिंगटन की छवि को धूमिल करना नहीं है, बल्कि हमारा उद्देश्य जीत के सही कारण और उस महान शक्ति का सम्मान करना है, जिसके कारण स्वतंत्रता प्राप्त हुई। यह किसी ट्रेजडी से कम नहीं है कि इतिहास के लेखक उस प्रबल शक्ति के बारे में लिख ही नहीं पाए, जिसके कारण दुनिया के सामने स्वतंत्रता के नए मायने लिखे गए। मैं तो इसे ट्रेजडी ही कहूँगा। यह वही प्रबल शक्ति है, जिसका प्रयोग करके व्यक्ति अपने जीवन की कठिनाइयों को दूर करता है और जीवन जो कीमत मांगता है, उसे ही चुकाने के लिए मजबूर कर देता है।

संक्षेप में उन घटनाओं की ओर दृष्टि डालते हैं जिनके कारण प्रबल शक्ति का जन्म हुआ। कहानी बोस्टन में 5 मार्च 1770 को एक घटना के साथ शुरू होती है। ब्रिटिश सैनिक अपनी उपस्थिति दर्ज कराते हुए गश्त लगा रहे थे और खुले तौर पर नागरिकों को धमकी दे रहे थे। औपनिवेशिक लोग अपने बीच में मार्च कर रहे हथियारबंद सैनिकों से चिढ़ रहे थे और इसी क्षण के कारण आक्रोश में आकर नागरिकों ने सैनिकों पर पत्थर बरसाने और नारे लगाने शुरू कर दिए और ऐसा जब तक चलता रहा, जब तक सैनिकों के कमांडिंग ऑफिसर ने आदेश नहीं दे दिया की - “संगीने तानो ...हमला बोलो।”

आखिरकार युद्ध शुरू हो गया। इस युद्ध में अनेकों मारे गए और ना जाने कितने ही घायल हो गए। इस घटना के कारण जनता में रोष और असंतोष फैल गया। प्रांतीय विधान सभा (जिसमें प्रमुख औपनिवेशिक लोग शामिल थे) ने कार्यवाही करने के उद्देश्य से सभा बुलाई। उस सभा में दो सदस्य जॉन हैनकॉक और सैमुअल ऐडम्स भी थे, जिन्होंने अपने पूरे साहस के साथ घोषणा की, कि बोस्टन से सभी ब्रिटिश सैनिकों को निकालने के लिए कोई ठोस कदम उठाना होगा और इसी कारण उनके नाम इतिहास में अमर हो गए।

याद रखें दो लोगों के दिमाग में जो निर्णय लिया गया, उसे ही संयुक्त राज्य अमेरिका की स्वतंत्रता की शुरुआत कहा जा सकता है, जिसका आज सभी अमेरिकी उपभोग कर रहे हैं। सच कहे तो यह निर्णय कठिन था, क्योंकि इस निर्णय के लिए बहुत साहस और आस्था की जरूरत थी। सभा के समाप्त होने से पहले ही सैमुअल एडम्स को नियुक्त किया गया था, ताकि वह प्रांत के गवर्नर हचिंसन से मिले और ब्रिटिश टुकड़ियों की वापसी की मांग करें। एडम्स का अनुग्रह स्वीकार कर लिया गया और सैनिक टुकड़ीयाँ बोस्टन से हटा दी गई, लेकिन यहाँ बात खत्म नहीं हुई। इस कारण ऐसी परिस्थितियाँ पैदा हुई, जिसने पूरी मानव सभ्यता का इतिहास बदल कर रख दिया। यह बात बहुत अजीब बात है कि हमें ज्यादातर वह परिस्थितियाँ बहुत मामूली सी लगती है, जिनके कारण अमेरिकी क्रांति और विश्व युद्ध जैसी घटनाएँ घटित हुई। यह बात बहुत दिलचस्प है कि इतिहास में जो भी महत्वपूर्ण परिवर्तन हुए उनको करने का निर्णय ज्यादातर एक व्यक्ति या एक छोटे से समूह द्वारा लिया गया। हममें से कुछ लोग देश के इतिहास को बखूबी जानते हैं और वह यह भी जानते हैं कि हमारे देश के असली पिता कौन है - जॉन हैनकॉक, सैमुअल एडम्स और रिचर्ड हेनरी (वर्जीनिया प्रांत से)।

ली इस कहानी में एक महत्वपूर्ण तत्व इसलिए बने, क्योंकि उन्होंने और सैमुअल एडम्स ने अपने प्रांतों के लिए स्वतंत्र रूप से पत्राचार किया और उस पत्राचार के माध्यम से वह लोगों के कल्याण के विषय में अपनी आशाएँ और डरो को खुलकर बताते थे। इस कारण एडम्स को एक विचार सुझा, कि वह तेरह कॉलोनियों के बीच पत्राचार के माध्यम से अपनी बातों को सबके सामने रख सके ताकि विचारों का आदान प्रदान हो सके, इन सभी के माध्यम से उनकी समस्याओं के समाधान के विषय में अपेक्षित प्रयास संभव हो सके, बोस्टन में सैनिकों के साथ जो संघर्ष हुआ था, उसे अब दो साल बीत चुके थे। एडम्स ने इस विचार को "ब्रिटिश अमेरिका की कॉलोनियों की भलाई के लिए और मित्रता के सहयोग के

उद्देश्य से" सभा के सामने रखा की कालोनियों के बीच एक पत्राचार समिति की स्थापना की जाए।

इस घटना को अच्छी तरह से याद कर लें, क्योंकि इस घटना के द्वारा ही उस संगठन की शुरुआत हुई, जिसके कारण आप और मैं आज स्वतंत्र है, मास्टर माइंड को पहले से ही बना लिया गया था, जिसमें एडम्स, ली और हैनकॉक शामिल थे।

आज संघ में जो शक्ति है,वह पहले नहीं थी। कॉलोनियों के नागरिक बोस्टन जैसे दंगों से ब्रिटिश सैनिकों के खिलाफ असंगठित आँदोलन कर रहे थे, लेकिन उससे कोई लाभ नहीं हुआ, जब तक उनकी व्यक्तिगत शिकायतों को एक मास्टर माइंड के तहत नहीं लाया गया और जब तक एडम्स हैनकॉक और ली ने मिलकर एक समूह नहीं बना लिया। इसका फायदा यह हुआ कि सभी ने अपने दिल, दिमाग,आत्मा और शरीर को एकत्रित कर, एक निश्चित लक्ष्य में लगाया ताकि ब्रिटेन के साथ उनका हमेशा के लिए विवाद समाप्त हो सके।

इस दौरान ब्रिटिश भी चुपचाप नहीं बैठे। वह भी अपनी योजनाएँ लगातार बना रहे और मास्टर माइंड को बनाने की तैयारी कर रहे थे। क्राउन ने हचिंसन के स्थान पर गेज को गवर्नर के रूप में नियुक्त किया। उसने सबसे पहला काम यह किया कि विपक्ष को जिसमें सैमुअल एडम्स थे, उन्हें बुलाने के लिए कर्नल फेंटन को भेजा गया ताकि एडम्स को डरा कर रोका जा सके।

कर्नल फेंटन (जो गेस द्वारा भेजा गया था) और एडम्स के बीच किस भावना से, क्या बातचीत हुई होगी। उसे हम अच्छी तरह समझ सकते हैं।

कर्नल फैंटन : "मिस्टर एडम्स मुझे राज्यपाल गेज के द्वारा आपको आश्वस्त करने के लिए नियुक्त किया गया है। राज्यपाल गेज आपको संतुष्ट करने के लिए बहुत सारे लाभ दे सकते हैं। (यहाँ फेंटन के द्वारा एडम्स को रिश्वत देने का प्रयास किया गया) लेकिन इस शर्त पर कि आप उनके द्वारा लिए गए जितने भी फैसले हैं,किसी भी प्रकार से उनका विरोध नहीं करेंगे। आपके लिए राज्यपाल गवर्नर की यह सलाह है कि आप क्राउन को आने वाले समय में कभी भी नाराज नहीं करेंगे। आपके काम ऐसे हैं, जिनके कारण आपको हेनरी अष्टम के कानूनों के माध्यम से आसानी से सजा दी जा सकती है और लोगों पर देशद्रोह का केस इंग्लैंड के द्वारा चलाया जा सकता है। इस सारे मामले पर कार्यवाही किसी भी प्रांत का गवर्नर ही कर सकता है,लेकिन आप अपनी राजनैतिक दिशा को बदल लें तो इससे आपको

व्यक्तिगत लाभ तो मिलेगा ही साथ ही आप क्षमा मांग कर सम्राट के साथ अपना झगड़ा भी खत्म कर सकते हैं।"

सैमुअल एडम्स के पास दो निर्णयों का विकल्प था या तो वह अपना विरोध बंद कर सकते थे, रिश्वत लेकर या अपना विरोध जारी रख का, फांसी पर लटकने का जोखिम ले सकते थे।

साफ था अब वह समय आ चुका है, जब एडम्स को तत्काल निर्णय लेना है और एक ऐसा निर्णय जिसके लेने के बाद जान भी जा सकती है। ऐसे बहुत से लोग हुए हैं जिनके लिए इस समय निर्णय लेना आसान नहीं होता। एडम्स ने फैंटन से कहा कि आप सबसे पहले वादा करें कि मैं जो भी जवाब दूंगा उसे जस का तस गवर्नर को पढ़कर सुनाएँगे।

एडम्स का जवाब- "अब आप गवर्नर गेज को मेरा जवाब बता सकते हैं - मैंने पहले ही सम्राटों के भी सम्राट से सलाह कर ली है कि कोई भी व्यक्तिगत लाभ देकर मुझे (रिश्वत) अपने देश के लिए सही काम करने से नहीं रोक सकता। इतना ही नहीं उन्हें को यह भी बताना कि सैमुअल एडम्स ने उन्हें सलाह दी है कि अब और किसी उत्तेजित नागरिको की भावनाओं का अपमान ना करें।"

एडम्स के चरित्र के विषय में आपको बात करना अनावश्यक लग सकता है लेकिन यह महत्वपूर्ण है (बेईमान राजनेताओं के कारण ही एडम्स जैसे महान पुरुषों की मौत हो जाती है।)

जब गवर्नर गेज ने एडम्स का तीखा जवाब सुना, तो वह गुस्से से लाल हो गए और तुरंत घोषणा पत्र जारी किया-"मैं क्राउन के नाम पर उन सभी लोगों के सामने क्षमाधान का प्रस्ताव रखता हूँ, जो अपने विरोध को छोड़ शांतिपूर्ण ढंग से अपने कामों पर लौट जाएँगे, लेकिन सैमुअल एडम्स को और जॉन हैनकॉक को क्षमाधान से वंचित रखा जाता है, क्योंकि उन्होंने देशद्रोह किया है। उनकी माफी मांगने की अब कोई गुंजाइश नहीं है।

अब एडम्स और हैनकॉक बुरी तरह फंस चुके थे। क्रुद्ध गवर्नर ने दोनों लोगों को एक और निर्णय लेने के लिए मजबूर कर दिया था। जो बेहद खतरनाक था। एडम्स और हैनकॉक ने आनन-फानन में अपने समर्थकों की एक गुप्त मीटिंग बुलाई (यहाँ मास्टर माइंड टीम ने सारी कमान अपने हाथ में ले ली) और एडम्स ने दरवाजा बंद कर चाबी अपनी जेब में रख ली और बताया कि जितने भी उपनिवेश है, उन सभी की एक कांग्रेस बनाई जाए ताकि सभी निर्णयो में समरूपता आ सके

और तब तक कोई भी इस कमरे से बाहर न जाए,जब तक हम ऐसी किसी कांग्रेस को नहीं बना लेते।

उत्साह पूर्ण माहौल था। कुछ लोगों ने इस तरह के उग्र क्रांतिकारी कदम के संभावित परिणामों के निष्कर्ष निकाले,तो कुछ ने क्राउन को चुनौती देने पर अपनी चिंता व्यक्त की। उस कमरे में दो लोग ऐसे भी थे, जिन्हें डर क्या होता है, इसका कुछ भी पता नहीं था और वह लोग विद्रोह में असफल हुए तो क्या परिणाम होंगे इसके प्रति अपनी आँखें बंद किए हुए थे और वह दो लोग थे- हैनकॉक और एडम्स। इन दो लोगों के कारण सभी लोग इस बात पर सहमत हो गए कि एक कांग्रेस बनाई जाए, जिस की पहली मीटिंग फिलाडेल्फिया मैं 5 सितंबर 1774 को आयोजित की जाए। इस तिथि को याद रखें, क्योंकि पहली महाद्वीपीय कांग्रेस की बैठक पत्राचार के माध्यम से यही इसी तारीख को हुई थी। यह 4 जुलाई 1776 से भी अधिक महत्वपूर्ण तिथि है।

यदि महाद्वीपीय कांग्रेस को आयोजित करने का निर्णय नहीं होता, तो स्वतंत्रता की घोषणा पत्र पर कोई हस्ताक्षर भी नहीं हुए होते।

कांग्रेस की पहली बैठक के साथ ही देश के दूसरे हिस्से में एक और नेता "ब्रिटिश अमेरिका के अधिकारों पर दृष्टि" को प्रकाशित करने वाला था। वह व्यक्ति वर्जीनिया प्रांत के थॉमस जेफरसन थे। इनके संबंध लॉर्ड डनमोर (जोकि वर्जीनिया में क्रॉउन के प्रतिनिधि) से संबंध उतने ही खराब थे, जितने हैनकॉक और एडम्स के गवर्नर गेज से।

जेफरसन को सूचित किया गया कि उनके द्वारा प्रकाशित विशेषधिकारों की संक्षेपिका के कारण ही उन्हें क्राउन के विरुद्ध, विरोध करने की वजह से केस चलाया जाएगा। इस धमकी के कारण जेफरसन के साथी पैट्रिक हेनरी ने पूरे साहस के साथ अपने दिल की बात कही। आपने एक ही वाक्य के साथ उन्होंने अपनी बात भी समाप्त कर दी, जिसे हमेशा याद रखा जाएगा "यदि यह देशद्रोह है तो हम इसे और भी बेहतर बनाएँगे।"

इस प्रकार के लोग जो बिना किसी अन्य शक्ति, बिना अधिकार, बिना सैन्य शक्ति और पैसों के थे, वह उपनिवेशो के विषय में गहरे विचार रखते थे। इन्हीं के कारण पहली महाद्वीपीय कांग्रेस आरंभ हुई, भले ही वह थोड़े-थोड़े अंतराल के साथ वह जारी रही। 9 जून 1776 को रिचर्ड हेनरी ने अध्यक्ष को संबोधित करते हुए विधानसभा में यह प्रस्ताव रखा-

"महोदय, मैं यह प्रस्ताव रखता हूँ यह संयुक्त उपनिवेश अब, आजाद राज्य होने चाहिए। जो ब्रिटिश क्रॉउन के लिए सभी कर्तव्य से मुक्त हो और उनके और ग्रेट ब्रिटेन के बीच सभी राजनैतिक संबंध पूरी तरह से खत्म कर दिए जाए।

ली के उस चौकाने वाले प्रस्ताव की जोशो खरोश के साथ चर्चा की गई और यह चर्चा इतनी लंबी चली कि उनका धैर्य जवाब देने लगा और अंत में जब इस चर्चा को बहुत दिन बीत गए तो ली, सभा में आए और स्पष्ट और दृढ़ आवाज में घोषणा की- "अध्यक्ष महोदय इस मुद्दे पर लगभग 10 दिनों से चर्चा चल रही है। अब यही एकमात्र रास्ता है, जिस पर हम चल सकते हैं। सर, अब और विलंब क्यों? और विचार-विमर्श क्यों? हम इस व्यर्थ की चर्चा में समय क्यों खराब कर रहे हैं? अब उस दिन को आने दे, जिस दिन अमेरिका गणराज्य का जन्म होगा। अब उसे उठ कर खड़े होने दें। यह राज्य विनाश और जीत के लिए नहीं, बल्कि शांति और कानून के लिए, इसकी दोबारा से स्थापना होगी।" सारे यूरोप की आँखें हम पर लगी है। वह हमसे आजादी की मांग कर रहे हैं, जो आजादी हमेशा न्याय कर सके और नागरिकों के हित के लिए हमेशा आगे रहे।

इससे पहले कि उनके प्रस्ताव पर वोटिंग होती, ली को वर्जिनियाँ वापस जाना पड़ा गंभीर पारिवारिक बीमारी के कारण। जाने से पहले ली ने अपने मित्र थॉमस जेफरसन के हाथों में अपने अभियान की कमान सौंप दी और वचन लिया। जब तक हमारे पक्ष में कोई कार्यवाही ना हो तब तक डटे रहे। कुछ समय बाद कांग्रेस के प्रेसिडेंट हैनकॉक ने जेफरसन को स्वाधीनता का घोषणा-पत्र तैयार करने वाली समिति का अध्यक्ष नियुक्त कर दिया।

***

कांग्रेस द्वारा स्वीकृत दस्तावेज को समिति ने लंबे समय तक तैयार किया और उसमें अपनी पूरी जान फूंक दी। यह वह दस्तावेज था जिस पर जो भी व्यक्ति हस्ताक्षर करता, इसका सीधा सा अर्थ यह था कि वह अपनी मौत के वारंट पर हस्ताक्षर करता। अगर उपनिवेश, ग्रेट ब्रिटेन के खिलाफ हुए इस युद्ध में हार गए तो मौत निश्चित थी और यह युद्ध तो होना ही है।

दस्तावेज तैयार किया गया और 28 जून को कांग्रेस के समक्ष उसका संपूर्ण मसौदा पढ़ा गया। कई दिनों तक इस पर चर्चा की गई। संशोधन किया गया और अंत में इसे तैयार कर लिया गया। 4 जुलाई को थॉमस जेफरसन ने सभा के सामने खड़े होकर निडरता के साथ कागज पर लिखा सबसे महत्वपूर्ण फैसला पड़ा।

"जब मानवीय घटनाओं के क्रम में, एक राष्ट्र दूसरे राष्ट्र के साथ अपने राजनीतिक संबंध को समाप्त कर ले और अपनी स्वतंत्रता के कारण मिली शक्तियों का प्रयोग करते हुए, जिस स्वतंत्रता को प्रकृति और ईश्वर ने उसे दिया है, इसीलिए मानव जाति और उसके सम्मान के लिए यह आवश्यक है कि उन कारणों की घोषणा की जाए, जिनकी वजह से वह आँदोलन करने के लिए मजबूर हुए।"

जेफरसन ने जब घोषणा-पत्र पढ़कर समाप्त कर दिया,फिर उस दस्तावेज पर वोटिंग शुरू हुई और अंत में उसे स्वीकार कर लिया गया। छप्पन लोगों ने उस दस्तावेज पर अपने हस्ताक्षर किए और प्रत्येक ने अपना नाम लिख कर अपनी जिंदगी दांव पर लगा दी। उस एक संघर्ष के कारण एक नए राष्ट्र की छवि हमारे सामने उभरती है, जिसने मानव जाति के लिए स्वयं निर्णय लेने के विशेष अधिकारों को उपहार स्वरूप दिया।

आस्था की भावना के साथ किए गए फैसले के कारण ही, जनता स्वतंत्रतापूर्वक अपनी समस्याओं को सुलझा सकी। हमें इस बात को कभी भी भूलना नहीं चाहिए।

आइए अब उन महत्वपूर्ण घटनाओं का विश्लेषण करते हैं, जिनके कारण हमें स्वतंत्रता मिली। आज जो राष्ट्र दुनिया के सामने हैं और जो दूसरे राष्ट्रों के बीच सम्मान का पात्र बना हुआ है। इसके पीछे छप्पन लोगों के मास्टर माइंड ने काम किया और उन्हीं के निर्णय ने वाशिंगटन की सेनाओं की सफलता को पूर्ण रूप से निश्चित कर दिया, क्योंकि उस निर्णय की भावना हर उस सैनिक के दिल में थी, जो उनके साथ स्वतंत्रता की लड़ाई लड़ रहा था। जब आपके साथ ऐसी आध्यात्मिक शक्ति हो तो असफल होने का कोई सवाल ही नहीं उठता।

याद रखें (व्यक्तिगत लाभ की दृष्टि से) कि जिस शक्ति ने इस राष्ट्र को स्वतंत्रता दिलाई है और जिस शक्ति का प्रयोग हर वह व्यक्ति कर सकता है, जो स्वयं के निर्णय खुद लेना चाहता है।

यह शक्ति इस पुस्तक में वर्णित सिद्धांतों से ही बनी है। इस स्वतंत्रता की पूरी कहानी में आप भी उन सिद्धांतों की खोज कर सकते हैं। यह मुश्किल काम नहीं है। कम से कम आप इन छह सिद्धांतों को तो खोज ही सकते हैं- इच्छा, निर्णय, आस्था, लगन, मास्टर माइंड और सुव्यवस्थित योजना।

इस पूरी फ्लॉसफी में आपको यह सुझाव मिलेगा, जिसके कारण आप प्रबल इच्छा के द्वारा अपने विचारों के साथ, अपनी इच्छा को भौतिक समतुल्य में बदल

सकते हैं। आगे बढ़ने से पहले इस बात को ध्यान दें कि कोई भी व्यक्ति इस स्वतंत्रता की कहानी में और यूनाइटेड स्टेट्स स्टील कॉरपोरेशन के संगठन की कहानी में उस प्रक्रिया को खोज सकता है, जिसके कारण आप अपने प्रबल विचारों को अद्भुत रूप से परिवर्तित कर सकते हैं।

जब भी आप इस प्रक्रिया में रहस्य की खोज करें उसमें चमत्कार को ना तलाशें, क्योंकि चमत्कार किसी को दिखाई नहीं देता। आपको प्रकृति के द्वारा बनाए गए शाश्वत नियम ही मिलेंगे और यह नियम उन्हीं को मिलेंगे, जो इसका प्रयोग करने के लिए तैयार है। अपनी पूरी आस्था और साहस के साथ इन नियमों का प्रयोग आजादी पाने के लिए या धन अर्जित करने के लिए किया जा सकता है,जो लोग तत्काल निर्णय लेते हैं और सुनिश्चित योजना से अपने फैसले पर पहुँचते हैं। वे यह भली-भांति जानते हैं कि उन्हें अपने जीवन से क्या चाहिए और ज्यादातर देखा गया है कि उन्हें अपनी मनचाही चीज मिल ही जाती है। प्रत्येक क्षेत्र के लीडर्स में यह गुण होता ही है- तत्काल और सुनिश्चित निर्णय लेने का गुण। यही सबसे महत्वपूर्ण कारण है कि वह लीडर्स है। दुनिया के हर कोने में लीडर्स के लिए उनका स्थान है और यह सब केवल इसलिए है कि वह जानते हैं कि वह कहाँ जा रहे हैं।

निर्णय ना ले पाना एक आदत है और सामान्यतः यह आदत युवावस्था में देखी गई है। जैसे-जैसे युवा बिना किसी उद्देश्य के आगे बढ़ता जाता है, स्कूल से हाईस्कूल और फिर कॉलेज तक यह आदत अपनी जड़े जमा लेते हैं। आमतौर पर देखा गया है कि शिक्षा प्रणालियाँ भी युवाओं की इस आदत को बदल नहीं पाती और ना ही सही आदतों के लिए उन्हें प्रोत्साहित करती हैं।

सबसे अच्छा तो यह होगा कि जब तक युवा को कॉलेज में एडमिशन नहीं दिया जाए तब तक वह अपने उद्देश्य को ना पहचान ले और उन्हें सार्वजनिक ना कर दे। इसके लिए उन्हें संतोषजनक परीक्षा प्राप्त पास करनी पड़ेगी, जिस परीक्षा के आधार पर उन्हें एडमिशन दिया जाएगा ऐसा करने से वह अपने उद्देश्य तक पहुँच सकेंगे।

सामान्यता युवा कॉलेज से निकलने के बाद सबसे पहले नौकरी की खोज करता है और उसे जो भी पहली नौकरी मिलती है। उसे वह कर लेता है। ऐसा इसलिए क्योंकि उस निर्णय न लेने की आदत पड़ गई है। आज 100 में से 98 लोग इसी आदत के कारण अपना काम कर रहे हैं। वह जिस पद पर कार्यरत है। वह सिर्फ इसलिए, क्योंकि उन्होंने कभी किसी निश्चित पद के लिए ना सोचा और

ना ही प्रयास ही किया। उस ज्ञान का उन सभी में सर्वथा अभाव भी है जिस ज्ञान से वह जीवन में कुछ प्राप्त कर सकें और सही निर्णय ले सके।

निश्चित निर्णय लेने के लिए केवल साहस की आवश्यकता होती है, लेकिन अनेकों बार तो अत्यधिक साहस की आवश्यकता होती है। जब छप्पन लोगों ने आजादी के घोषणा पत्र पर हस्ताक्षर किए तो उन्होंने अपने जीवन तक के बारे में नहीं सोचा। जब भी कोई भी व्यक्ति किसी पद की कामना करता है और उसे प्राप्त करने के लिए निश्चित लक्ष्य और निर्णय लेता है, तो उस क्षण वह अपने जीवन से मुंह मांगी कीमत वसूल लेता है। वह इन निर्णयों को लेने में अपने जीवन तो दांव पर नहीं लगाता, लेकिन अपने आर्थिक स्वतंत्रता को जरूर दांव पर लगाता है। आर्थिक स्वतंत्रता, अमीरी, मनचाहा बिजनेस और प्रोफेशनल पद उस व्यक्ति को नहीं मिलते जो किसी चीजों की योजनाएँ और मांग को अनदेखा करता है। वह व्यक्ति निश्चित रूप से धन अर्जित कर सकता है, जिस तरह सैमुअल एडम्स ने उपनिवेशओं की आजादी की प्रबल इच्छा रखी थी।

सुव्यवस्थित योजना वाले अध्याय में आपको व्यक्तिगत सेवाओं की मार्केटिंग करने के सारे निर्देश दिए गए हैं। आपको अपनी पसंद के काम और नियोक्ता का चयन करने के विषय में भी संपूर्ण जानकारी दी गई है, लेकिन निर्देशों का आप जब तक कोई भी लाभ नहीं उठा सकते जब तक आप उन निर्देशों का प्रयोग सुव्यवस्थित योजना बनाने में नहीं करते।

9

दृढ़ता

आस्था के लिए निरंतर प्रयास और लगन जरूरी

अमीर होने की ओर आठवां कदम

इच्छा को इसके आर्थिक समतुल्य में रूपांतरित करने की प्रक्रिया में दृढ़ता एक महत्वपूर्ण तत्व है। दृढ़ता का आधार इच्छाशक्ति है।

प्रबल इच्छा शक्ति और इच्छा जब एक साथ होती है तो इनका सामना कोई नहीं कर सकता, जितने भी लोग अमीर बने हैं, उन्हें सामान्यता निष्ठुर और भाव रहित देखा गया है। ज्यादातर उन्हें गलत ही समझा जाता है। उनके पास केवल इच्छाशक्ति ही होती है, जिसे वह अपनी दृढ़ता के साथ मिला देते हैं और इस प्रकार वह अपने उद्देश्यों को पूरा करते हुए, अपनी जीत को सुनिश्चित करते हैं।

हेनरी फोर्ड को भी सामान्यता निष्ठुर और भाव शून्य के रूप में ही जाना जाता था, लेकिन वह सब उनकी योजनाओं में दृढ़ता के कारण ही थी और यह दृढ़ता उन्हें अपनी आदतों के कारण ही मिली थी।

अधिकांश लोग अपने सपनों और लक्ष्यों को छोड़ने के लिए बिल्कुल तैयार होते हैं और जैसे ही पहली मुसीबत सामने आती है, वह सब कुछ छोड़ देते हैं, लेकिन कई लोग ऐसे भी होते हैं जो अनेकों समस्याओं के बावजूद वह तब तक नहीं रुकते, जब तक मनचाहा लक्ष्य या वस्तु हासिल ना कर ले।

जिस प्रकार स्टील के लिए कार्बन की जरूरत होती है, उसी प्रकार मनुष्य के चरित्र निर्माण में "दृढ़ता" का महत्वपूर्ण योगदान है।

धन अर्जित करने के लिए इन सिद्धांत के 13 चरणों पर काम करना जरूरी है। जो लोग धन दौलत कमाना चाहते हैं, उन्हें इन सिद्धांतों को समझना तो चाहिए, साथ ही इसमें "दृढ़ता" को पूरी लगन के साथ लागू करना चाहिए।

यदि आप इस पुस्तक का अनुसरण इसलिए कर रहे हैं कि आप इसके दिए गए ज्ञान को अपने जीवन में लागू करेंगे तो सबसे पहले आपकी परीक्षा दृढ़ता के रूप में अध्याय दो में दिए गए छह चरणों का अनुसरण करने से शुरू होगी। तब तक आप उन 100% लोगों में से 2% लोग ना हो जाए, जिनका पहले से ही अपना निश्चित लक्ष्य होता है। इतना ही नहीं वह उस लक्ष्य के लिए निरंतर प्रयास भी कर रहे होते हैं और निश्चित योजना भी उनके पास होती है, तब तक आपका काम सिर्फ इतना है कि आप दिए गए निर्देशों को पढ़ते रहें और दैनिक कामों को करते रहेंगे और दिए गए निर्देशों का पालन करे।

दृढ़ता की कमी असफलता के प्रमुख कारणों में से एक है, इसलिए लेखक इस बिंदु पर आपकी जांच ले रहा है। हजारों लोगों के अनुभव ने यह सिद्ध किया है कि दृढ़ता का अभाव एक ऐसी कमी है जो कि ज्यादातर लोगों में पाई जाती है। यह आप पर निर्भर करता है कि आप दृढ़ता की कमी को किस तरह भर सकते हैं और यह सब आप की तीव्र इच्छा पर निर्भर करेगा।

अभी उपलब्धियों का प्रारंभिक बिंदु प्रबल इच्छा है। इसे लगातार अपने दिमाग में बनाए रखें। कमजोर इच्छा कमजोर परिणाम लाती हैं, जैसे जलती हुई लकड़ी के एक छोटे से टुकड़े से हमें थोड़ी सी ही गर्मी मिलती है। यदि आपको लगता है आप में दृढ़ता की कमी है, तो उस कमी को ज्यादा आग लगाकर इस पूरा किया जा सकता है।

अंत तक पुस्तक को पढ़ें, इसके उपरांत पुनः अध्याय 2 पर जाइए और दिए गए 6 चरणों पर काम करना शुरू करें, जिस उत्साह के साथ आप दिए गए निर्देशों का पालन करेंगे। उससे यह बात तो पूर्णरुपेण स्पष्ट हो जाएगी कि आपकी धन कमाने की इच्छा कितनी प्रबल या कमजोर है। यदि आपको लगता है कि आप उदासीन है तो यह मान लीजिए कि आप में धन कमाने की चेतना का अभाव है और यह चेतना धन अर्जित करने के लिए जरूरी है, क्योंकि अमीरी तभी आएगी जब आप धन कमाने की अपनी चेतना का विकास कर लेंगे।

संपत्ति उन लोगों की ओर ही आकर्षित होती है, जिनका दिमाग उन्हें आकर्षित करता है। क्या आप उसे आकर्षित करने के लिए तैयार हैं। जैसे नदी

सागर की ओर आकर्षित होकर बढ़ती जाती है, ठीक वैसे ही संपत्ति को आकर्षित करना होगा। इस पुस्तक में वह सभी उपाय उपलब्ध है, जो किसी भी सामान्य व्यक्ति के दिमाग में कम्पनों को जगा सकता है, जिससे वह धन-दौलत को आकर्षित कर सकें।

यदि आपको लगे कि आप की दृढ़ता कमजोर है तो आप अपना सारा ध्यान "मास्टर माइंड की पावर" वाले अध्याय में दिए गए निर्देशों पर केंद्रित करें। मास्टर माइंड टीम के सदस्यों को अपने चारों ओर रखें और इस टीम के माध्यम से आप अपनी दृढ़ता को विकसित करें। आत्मसुझाव और अवचेतन मन वाले अध्याय में दृढ़ता का विकास कैसे करें इसके लिए निर्देश दिए गए हैं और इन अध्ययों में लिखित निर्देशों का अनुसरण करें। तब तक पालन करें जब तक प्रकृति आपके अवचेतन मन में बनी तस्वीर के अनुसार आपके द्वारा इच्छा की गई वस्तु को आपको ना सौंप दें। इसके बाद दृढ़ता की कमी के कारण आपके सामने कभी कोई रुकावट नहीं आएगी।

चाहे आप जाग रहे हो या सो रहे हो आप का अवचेतन मन बिना रुके काम कर रहा होता है। यदि आप नियमों को अपनी सुविधाओं के अनुसार तोड़-मोड़ के या कभी-कभी प्रयास करेंगे तो उसका आपको कोई लाभ नहीं मिलेगा। जब तक आप को मनचाहा परिणाम ना मिल जाए। तब तक नियमों और निर्देशों का पालन करें और इन्हें अपनी आदत में ढाल लें। धन की चेतना का विकास करने का कोई दूसरा रास्ता नहीं है।

गरीबी उस व्यक्ति की ओर आकर्षित होती है, जिसका दिमाग उसे आकर्षित करता है। दौलत उन्हीं लोगों की ओर आकर्षित होती है, जिनका दिमाग दौलत को आकर्षित करता है या उसे ऐसा करने के लिए तैयार करता है। गरीबों की चेतना उस व्यक्ति पर हावी हो जाती है, जो धन की चेतना के लिए जागरुक नहीं है। गरीबी की चेतना के लिए आपको कोई प्रयास करने की जरूरत नहीं होती, क्योंकि वह स्वयं आ जाती है इसके लिए किसी नियम या प्रयास की जरूरत नहीं होती। लेकिन धन की चेतना को आदेशों द्वारा बनाया जाता है और इसे बनाने के लिए लगातार प्रयास जरूरी है।

पिछले अनुच्छेद में कही गई बातों के महत्व को ध्यान से समझें और धन-दौलत कमाने में दृढ़ता के महत्व को नजरअंदाज ना करें। दृढ़ता के बिना आप शुरुआत करने से पहले ही हार मान लेंगे, लेकिन दृढ़ता के साथ जीत सुनिश्चित है।

यदि आपने कभी भी किसी बुरे सपने का अनुभव किया है तो आपको दृढ़ता के महत्व का अवश्य पता होगा। आप बिस्तर पर लेटे हैं,आधे जगे, आधे सोए और आप किसी भी हरकत को करने में असमर्थ है, आपको अचानक लगता है कि आपको अपने हाथों-पैरों में हरकत शुरू करनी चाहिए और अपने शरीर पर नियंत्रण पाना चाहिए और आप पूरी दृढ़ता के साथ अपने हाथ की उंगलियों को हिलाते हैं और अपनी उंगलियों को ऐसा करता हुआ देख आप अपना काम जारी रखते हैं, इसके बाद आप फिर अपना हाथ उठाते हैं और ऐसा ही आप अपने दूसरे हाथ के साथ करते हैं। फिर जब आप दोनों हाथों पर पूरा नियंत्रण पा लेते हैं तो फिर आप एक-एक करके अपने पैरों पर भी नियंत्रण पा लेते हैं। प्रबल इच्छा और प्रयासों द्वारा आप अपने पूरे शरीर पर अपना नियंत्रण पुनः प्राप्त कर लेते हैं और अपने बुरे सपने से बाहर निकल आते हैं इस पूरी प्रक्रिया में प्रत्येक चरण का महत्व है।

❋ ❋ ❋

सबसे पहले अपनी इच्छा पर आप पूरा नियंत्रण प्राप्त करें। शुरुआत में धीरे-धीरे और बाद में पूरे आवेग के साथ आपको अपनी इच्छाशक्ति पर अपना पूरा नियंत्रण प्राप्त करना होगा। भले ही आप की गति कैसे भी हो, लेकिन दृढ़ता के साथ आपको सफलता जरूर मिलेगी।

"दृढ़ता के साथ ही आपके पास सफलता आएगी"

यदि आप अपने मास्टर माइंड की टीम का चुनाव सावधानीपूर्वक करते हैं तो आपको अपनी टीम में एक ना एक व्यक्ति ऐसा जरूर मिल जाएगा, जो दृढ़ता के विकास में आपकी मदद कर सके। ऐसे कई लोग होते हैं, जो इसलिए अमीर बने क्योंकि वह अपनी दृढ़ता की आदत का विकास कर पाए और परिस्थितियों ने उन्हें अपनी इस आदत के कारण ही अमीर होने का मौका दिया।

आप यह जान ले कि दृढ़ता का कोई दूसरा विकल्प है ही नहीं। इसे किसी और गुण से नहीं बदला जा सकता। जिन्होंने दृढ़ता की आदत डाली है, उन्होंने एक तरह से असफलता के खिलाफ बीमा करा लिया है। यह याद रखें कि भले ही शुरुआत में यह आपको परेशान करेगा, लेकिन जब आप दृढ़ता के साथ चलना शुरू करेंगे, तो भले ही धीरे-धीरे ही सही यह आपको अपनी मंजिल तक जरुर

पहुँचाएगा। वह कितनी ही बार गिरे बीमा कराने के कारण असफलता के निवारण का रास्ता खोज ही लेंगे और अंत में अपने शिखर तक पहुँच जाएँगे।

आपको कभी-कभी ऐसा लगेगा कोई छिपा हुआ मार्गदर्शक है, जो हमारी दृढ़ता की लगातार परीक्षा ले रहा है, लेकिन इस परीक्षा को जो लोग पास कर के आगे बढ़ जाते है और अपनी कोशिशें जारी रखते हैं। वह एक ना एक दिन शीर्ष पर पहुँच ही जाते हैं और तब दुनिया कहती है, - "वाह ! शाबाश हमें मालूम था कि तुम यह काम कर लोगे।" दृढ़ता का छुपा हुआ मार्गदर्शक आपको कभी भी बिना परीक्षा दिए आगे नहीं जाने देगा और ना ही आपको अपनी सफलता का आनंद ही उठाने देगा। जो लोग इस परीक्षा को देते ही नहीं है, वह पास भी नहीं हो सकते।

जो लोग "इसे सहन कर लेते हैं" उन्हें उनकी दृढ़ता के लिए इनाम भी दिया जाता है और इनाम स्वरूप उन्हें अपना लक्ष्य प्राप्त होता है, जिसके लिए उन्होंने मेहनत की थी। वह भौतिक सुख संपत्ति के अलावा भी बहुत कुछ प्राप्त करते है जिसमें सबसे महत्वपूर्ण वह ज्ञान है, जिससे वह यह समझ जाते है कि- "प्रत्येक असफलता अपने साथ बराबरी के लाभ का बीज लाती है।"

इस नियम के कुछ अपवाद हैं। कुछ लोग ऐसे भी होते हैं, जो अपनी दृढ़ता के अनुभव से लग्न का महत्व जान लेते हैं। यह वही लोग हैं, जिन्होंने हार को कभी स्वीकारा नहीं, केवल क्षणिक अनुभव माना। यह ऐसे लोग हैं, जिनकी दृढ़ता और इच्छा साथ साथ चलती है और यह दोनों मिलकर पराजय को विजय में परिवर्तित कर देती हैं। हम जहाँ खड़े हैं वहाँ से साफ दिखाई देता है कई लोग हार कर बैठ जाते हैं और कभी नहीं उठते, लेकिन दूसरी और ऐसे लोग भी हमें दिखाई देते हैं, जो हार को अंत नहीं शुरुआत मानते हैं और पुनः उठ खड़े होते हैं और अपने प्रयास जारी रखते हैं। ऐसे लोगों ने जिंदगी को रिवर्स गियर में कभी नहीं स्वीकार, लेकिन ऐसा नहीं है कि हम जिस शक्ति को देख या महसूस नहीं कर पाते वह शक्ति है ही नहीं। वह शक्ति है, जरूर है और वह तब सामने आती है। जब कोई व्यक्ति अपनी हार या निराशा के प्रति संघर्ष करता है। यदि हम इस शक्ति को नाम दें तो इसे दृढ़ता कहना ठीक होगा। एक बात साफ है, जिसे हम सब जानते हैं कि यदि किसी व्यक्ति के पास दृढ़ता नहीं है तो वह किसी भी क्षेत्र में सफलता प्राप्त नहीं कर सकता।

जब मैं यह लाइनें लिख रहा हूँ और अपने काम का निरीक्षण कर रहा हूँ तो मुझे अपने सामने दूर एक रहस्यमयी ब्लॉक ब्रॉडवे नजर आता है, जो "मृत उम्मीदों

का कब्रिस्तान और अवसरों का आँगन है"। पूरी दुनिया से लोग ब्रॉडवे आते हैं। प्रसिद्धि, शक्ति, प्रेम, सफलता और दौलत पाने, लेकिन एक लंबे इंतज़ार और लंबी कतार के बाद कोई सबसे हटकर नज़र आता है, जिसे पूरी दुनिया देखकर कहती है। ब्रॉडवे में नये सितारे का उदय हुआ है, लेकिन यह सच्चाई है कि ब्रॉडवे को आसानी से नहीं जीता जा सकता, क्योंकि यह गुणों को पहचानता है, प्रतिभा की कद्र करता है, पैसे के रूप में भुगतान करता है और यह सब तब होता है जब व्यक्ति मैदान छोड़कर नहीं भागता।

तब कहीं हम जान पाते हैं, किसी ने ब्रॉडवे पर कैसे विजय प्राप्त कर इस रहस्य की खोज कर ली है। यह रहस्य और दृढ़ता साथ-साथ चलते हैं। रहस्य शब्द दृढ़ता से जुड़ा है।

इस रहस्य को फैनी हर्स्ट के संघर्षों के माध्यम से बताया गया है, जिनकी दृढ़ता ने ग्रेट व्हाइट वे (मार्ग) पर विजय प्राप्त कर ली थी। हर्स्ट अपने लेखन के द्वारा पैसा कमाने के उद्देश्य से 1950 में न्यूयॉर्क आई थी, हालांकि इस उद्देश्य को पूरा करने में उन्हें समय बहुत लगा लेकिन ऐसा हुआ जरूर। चार साल तक मिस हर्स्ट ने "न्यूयॉर्क के फुटपाथो" पर स्वयं के अनुभवों से बहुत कुछ सीखा। हर्स्ट दिन में मेहनत करती और रात में सफलता की आशाओं के सपने बुनती थी। जब हर्स्ट की आशाएँ कमजोर पड़ने लगी तो उन्होंने ब्रॉडवे को अलविदा नहीं कहा, बल्कि उन्होंने बोला- ब्रॉडवे तुम औरों को हरा सकते हो, लेकिन मुझे नहीं बिल्कुल नहीं। मैं तुम्हें हार मानने के लिए मजबूर कर दूंगा।

एक प्रकाशक ने (द सैटरडे इवनिंग पोस्ट) उन्हें "ब्रोक द आईस"और एक अन्य कहानी प्रकाशित होने से पहले छत्तीस रिजेक्शन स्लिप भेजी थी। एक औसत लेखक भी अपने पहले रिजेक्शन क्लिप आते ही मैदान छोड़ देते हैं, किंतु यह महिला फुटपाथ पर चार सालों तक अपनी जूतियाँ घिसती रही, लेकिन हार नहीं मानी और अपनी जीत सुनिश्चित कर ही रही।

फिर क्या था उन्हें अपनी मेहनत का फल भी प्राप्त हुआ और अमीरी आना शुरू हो गई। अदृश्य मार्गदर्शक ने फैनी हर्स्ट की परीक्षा ले ली थी और वह उसमें पास भी हो चुकी थी। अब भ्रम टूट चुका है। उसके पास प्रकार प्रकाशकों की लंबी लाइन लगी हुई है। पैसा इतना तेजी से आना शुरू हुआ कि अब हर्स्ट के पास उसको गिनने तक का समय नहीं था। फिर फिल्म मेकर्स को उनका पता चला और उन्होंने उन्हें घेर लिया। फिर क्या था पैसों की बारिश नहीं बाढ़ सी आ गई। उनके

नवीनतम उपन्यास “द ग्रेट लाफ्टर” के लिए फिल्म मेकर ने 100,000,00 डॉलर दिए। अभी तक का पुस्तक प्रकाशन से पहले ही दिया जाने वाली वह सबसे बड़ी राशि थी और पुस्तक की बिक्री होने पर यह रॉयल्टी और भी बढ़ जाएगी।

संक्षेप में दृढ़ता क्या कर सकती है, इसकी जानकारी आपको मिल गई होगी। लेकिन फैनी हर्स्ट इसका अपवाद नहीं है। पूरी दुनिया में जहाँ भी लोगों ने दौलत और शोहरत हासिल की है। सबसे पहले उन्होंने दृढ़ता को अपने अधिकार क्षेत्र में लिया। ब्रॉडवे किसी गरीब इंसान को एक कप कॉफी और सैंडविच तो जरूर दे देगा, लेकिन जो लोग धन- दौलत कमाना चाहते हैं उनसे यह दृढ़ता की मांग करता है।

कैट स्मिथ जब इसे पढ़ेंगी तब वह “आमीन”कह कर इससे सहमत होंगीं। सालों तक वह यूं ही गाती रही बिना किसी भुगतान के, लेकिन जब भी उनके सामने जो भी माइक्रोफोन आ जाता, वह उसको सामने खड़े हो कर गाने लगती थी। ब्रॉडवे ने उनसे कहा - “अगर आप में इतना साहस है कि आप इसे ले जा सकती हैं, तो आइए और इसे ले जाइए।” उन्होंने अपनी दृढ़ता नहीं छोड़ी और उनकी दृढ़ता के सामने ब्रॉडवे हार गया और वह शुभ दिन भी आ गया जिसका इंतजार उन्हें था। स्मिथ ने ब्रॉडवे को अपनी कीमत बता दी, जो बहुत ज्यादा थी।

यह कीमत बहुत बड़ी थी कई लोग उतनी राशि पूरे साल में कमाते हैं लेकिन स्मिथ ने एक सप्ताह से भी कम समय में उसे कमाया था।

वास्तव में यह भुगतान उनकी दृढ़ता के लिए था। यह बात तो बड़ी रोचक है और एक महत्वपूर्ण सूचना भी इसके साथ जुड़ी है। अनेकों गायक स्मिथ की तरह ब्रॉडवे आए, लेकिन वह उस स्तर तक नहीं पहुँच पाए, जिस स्तर पर स्मिथ थी। वह गायक अपनी कोशिशों के अभाव के कारण ब्रॉडवे को हरा नहीं पाए। दृढ़ता कुछ नहीं केवल आपके मस्तिष्क की एक अवस्था है, जिसे प्राप्त करना संभव है।

मस्तिष्क की अन्य अवस्थाओं की तरह दृढ़ता भी निश्चित कारणों पर ही आधारित है जो निम्नलिखित है-

क. *उद्देश्यों की अनिश्चितता* - आप क्या चाहते हैं यह जानना सबसे जरूरी है। आप की दृढ़ता के विकास में यह पहला चरण है। एक दृढ़ उद्देश्य आपको आगे ले जाएगा।

ख. *लक्ष्य* - तीव्र इच्छा के साथ अपने लक्ष्य के लिए दृढ़ता बनाए रखना और आगे बढ़ना अपेक्षाकृत आसान होता है।

ग. *आत्मनिर्भरता* - यदि आपको विश्वास है कि आपके द्वारा बनाई गई योजना को आप सफलतापूर्वक पूरा कर लेंगे। आप में यह योग्यता है, तो इस बात से आपको बहुत प्रोत्साहन मिलेगा। यह जानकर कि आप दृढ़ता के साथ उस योजना को पूरा कर सकते हैं। (आत्मसुझाव वाले अध्याय के माध्यम से आत्मनिर्भरता का विकास किया जा सकता है)।

घ. *निश्चित योजना* - सुव्यवस्थित योजनाएँ चाहे वह कमजोर और अव्यवहारिक ही क्यों ना हो आपकी दृढ़ता को प्रोत्साहन ही देंगी।

ड़ *सटीक ज्ञान* - किसी भी योजना को अनुमान के आधार पर खारिज करना गलत है। यदि आप सही जानकारी हासिल नहीं करेंगे तो अपनी दृढ़ता को स्वयं नष्ट कर लेंगे।

छ. *इच्छा शक्ति* - दृढ़ता का विकास करना चाहते है तो अपने लक्ष्य को प्राप्त करने के लिए बनाई गई योजनाओं पर अपना ध्यान केंद्रित करें और इसे अपनी आदत में ढ़ाल लें। यह आपकी मदद करेगा।

ज. *आदत* - दृढ़ता आदतों का प्रत्यक्ष परिणाम है। दिमाग रोजमर्रा के अनुभवों के द्वारा ही बनता बिगड़ता है और वैसा ही बन जाता है जैसा आप इसे बनाना चाहते हैं। डर सभी दुश्मनों में सबसे बड़ा दुश्मन है। यही आप पर हावी,ना हो इसलिए समय-समय पर आपको इसकी रोकथाम के लिए साहसिक कार्य करने चाहिए। युद्ध में सक्रिय रहने वाला व्यक्ति यह बात जानता है।

दृढ़ता के विषय में आगे बढ़ने से पहले अपने गुणों को सूचीबद्ध कर ले और साथ ही यह भी निश्चित कर लें कि किसी आवश्यक गुण की कि आप में कमी तो नहीं है और पूरे साहस के साथ अपना निरीक्षण करें। दिए गए प्रत्येक बिंदु को अच्छे से देखें और विश्लेषण करें कि दिए गए आठ तत्वों में से वह कौन सा तत्व है। जो आप में नहीं है, इस तरह आप एक ऐसी महत्वपूर्ण चीज की खोज कर पाएँगे जिसके कारण आप स्वयं पर और मजबूती से पकड़ बना सकते हैं।

दृढ़ता की कमी के लक्षण

यहाँ आपको वास्तविक दुश्मन मिलेंगे जो आपके और आपकी उपलब्धियों के बीच सबसे बड़ा रोड़ा होंगे। यहाँ केवल दृढ़ता की कमी के लक्षण ही नहीं दिखेंगे, बल्कि अवचेतन मन में जो कमजोरी गहराई में जाकर बैठ गई है। उसे भी आप

देख पाएँगे। यदि आप वास्तव में यह जानना चाहते हैं कि आप कौन हैं?और क्या करने के लिए सक्षम है? तो दी गई सूची का ध्यान से अध्ययन और विश्लेषण करें और अपनी कमजोरियों का सामना करें।

जो लोग दौलत कमाना चाहते हैं उन्हें अपनी कमजोरियों पर विजय प्राप्त करनी चाहिए-

1. आप वास्तव में क्या चाहते हैं अर्थात आपका लक्ष्य क्या है? यह स्पष्ट रूप से परिभाषित ना कर पाना।
2. देर करना या टालमटोल करना। (चाहे कारण हो या ना हो समानतः इसके पीछे बहाने देखे गए हैं।)
3. विशेषज्ञ ज्ञान ना प्राप्त करने की इच्छा।
4. अनिर्णय, सीधे तौर पर परिस्थितियों का सामना करने की बजाय सभी अवसरों पर दूसरों को सारे दायित्व छोड़ देने की आदत। (इसमें भी बहाने बनाना ही सबसे प्रमुख कारण है।)
5. अपनी समस्याओं का समाधान ढूंढने की और योजनाएँ बनाने की बजाय, बहाने ही बनाते रहना।
6. आत्मसंतुष्टि, यह वह बीमारी है, जिसका कोई इलाज नहीं है, जिन लोगों को यह बीमारी होती है उनसे कोई उम्मीद करना ही व्यर्थ की बात है।
7. उदासीनता, सामान्यतः विपरीत परिस्थितियों का सामना करने की बजाय जो अवसर जिंदगी में आते हैं उन्हें भी छोड़ देना।
8. अपनी गलतियों के परिणामों को दूसरों पर थोप देना और प्रतिकूल परिस्थितियों से हमेशा बचना।
9. इच्छा की कमजोरी, लक्ष्यों का गलत चयन करने के कारण कर्म ना करना।
10. पराजय सामने देखते ही सब कुछ छोड़ देने की आदत। यह बुनियादी डरों में से या इससे भी अधिक पर आधारित है।
11. सुव्यवस्थित योजनाओं की कमी, क्योंकि उन्हें कभी लिखा नहीं गया इसलिए उनमें सुधार भी नहीं किया गया।

12. अवसरों का लाभ ना उठाने की आदत और अपने विचारों के साथ सामंजस्य न बिठा पाने की आदत।
13. ख्याली पुलाव बनाना, योजना बनाने और दृढ़ संकल्प करने की बजाय।
14. गरीबी के साथ समझौता कर लेने पर अमीरी के लिए प्रयास नहीं करना। आगे बढ़ने, कर्म करने और जीवन में कुछ प्राप्त करने की इच्छा का सर्वथा अभाव का होना।
15. धन-दौलत कमाने के लिए शॉर्टकट की खोज करना। बिना कुछ भी दिए, सिर्फ लेने के विषय में सोचना या कोशिश करना। सामान्यतः जुआरी ही ऐसा काम करता है क्योंकि वह एक के बदले चार कमाने की इच्छा रखता है और इस कारण अपने पास का धन भी खो बैठता है।
16. आलोचना,ऐसे बहुत से लोग हैं जो सिर्फ लोगों के भय के कारण ही अपनी योजनाएँ नहीं बना पाते, क्योंकि उन्हें लगातार इस बात का भय रहता है कि आखिर लोग क्या कहेंगे? क्या सोचेंगे? यह सबसे बड़ा शत्रु है हमारा क्योंकि यही हमारे अवचेतन मन में छुप कर बैठा रहता है। (आने वाले अध्यायों में आप मूलभूत डरों के विषय में पढ़ेंगे।)

आइए हम आलोचना के डर के कुछ लक्षणों की जांच करें। अधिकांश लोग केवल इसलिए डरते हैं, क्योंकि उन्हें लगता है उनके रिश्तेदार, मित्र और समाज क्या कहेगा? और यह डर इसलिए बना रहता है क्योंकि आपने उन लोगों को आप को डराने की अनुमति दे दी है। ऐसे लोग अपना जीवन भी अपने ढंग से जी नहीं पाते।

ऐसे लोग संख्या में बहुत ज्यादा हैं,जो जीवन साथी चुनने और उससे शादी करने में गलती करते हैं। इस कारण वह कभी भी सुखी जीवन नहीं बिता पाते। वह अपनी गलती को केवल इसलिए नहीं सुधार पाते, क्योंकि लोगों की आलोचना का भय उन पर हमेशा हावी रहता है। (जिन लोगों का सामना इस प्रकार के डरों से होता है उन्हें यह बात भली-भांति पता होती है कि इस डर के कारण उन्होंने अपने जीवन में क्या खोया है।)

लाखों लोग ऐसे भी हैं जो अपनी स्कूल छोड़ने के बाद, देर से ही सही शिक्षा प्राप्त करने के विचारों को अनदेखा करते हैं। सिर्फ इसलिए क्योंकि उन्हें आलोचना का डर हमेशा घेरे रखता है। ऐसे बहुत से लोग है जो चाहे जवान हो

या बूढ़े, जिम्मेदारी उठाने के नाम पर दूसरों को अपना जीवन बर्बाद करने की अनुमति दे देते हैं। सिर्फ आलोचना के डर से। (जिम्मेदारी का अर्थ यह नहीं होता कि कोई भी व्यक्ति अपनी इच्छाओं का गला घोट दें और जीवन दूसरों के अनुसार जिए)

लोग अपने बिजनेस में जोखिम लेना ही नहीं चाहते, क्योंकि आलोचना का डर उन्हें सताता रहता है। सिर्फ इसलिए क्योंकि वह असफल हुए तो उन्हें आलोचना का सामना करना पड़ेगा। ज्यादातर यह देखा भी गया है कि असफलता का डर, सफलता की इच्छा पर हावी रहता है।

बहुत से लोग स्वयं के लिए ऊँचे लक्ष्य नहीं चुनते, ना ही अपने करियर का ही चयन कर पाते, केवल दोस्तों, रिश्तेदारों की आलोचना के भय के कारण। ऐसे लोग कहते हैं ज्यादा ऊँचा लक्ष्य रखा तो सब कहेंगे तुम पागल हो गए हो।

जब एँड्रयू कार्नेगी ने सुझाव दिया कि मैं अपने जीवन के 20 साल व्यक्तिगत उपलब्धियों की फिलॉसफी के विकास को समझने और समझाने में दे सकता हूँ, तो उस समय मेरी भी सबसे पहली प्रतिक्रिया यही थी कि यह कैसा टॉपिक है। लोग क्या कहेंगे। इस सुझाव के कारण मेरे समक्ष एक और लक्ष्य आया जो वास्तव में ऊँचा था, लेकिन मेरा दिमाग फिर से सौ तरह के बहाने बनाने लगा। वह भी केवल आलोचना के डर के कारण लेकिन मेरे भीतर किसी ने मुझसे कहा- "तुम इसे नहीं कर पाओगे, यह काम बहुत बड़ा है इतना समय तुम्हारे पास कहाँ है?, बाकी लोग तुम्हारे विषय में क्या सोचेंगे? और तुम अपना जीवनयापन कैसे कर पाओगे? अभी तक इस टॉपिक पर किसी ने भी नहीं लिखा है, तुम कैसे अपने आप पर विश्वास कर सकते हो? आखिर तुम कौन हो जो इतना ऊँचा लक्ष्य बना रहे हो? तुम्हें हमेशा याद रखना चाहिए कि तुम एक गरीब परिवार से आए हो? क्या तुम कुछ भी जानते हो फिलॉसफी के टॉपिक के विषय में? लोग सोचेंगे तुम पागल हो। (सच तो यह है ऐसा लोगों ने सोचा भी), आज से पहले कभी किसी ने ऐसा काम क्यों नहीं किया?"

इसी तरह के और इससे मिलते-जुलते अनेक सवाल मेरे मन-मस्तिष्क में घूमने लगे थे। मुझे ऐसा प्रतीत हो रहा था कि अचानक सभी लोग मुझ पर ध्यान देने लगे थे। जैसे सब बस यही चाह रहे हो कि मैं कार्नेगी के दिए इस सुझाव को पूरा करने के विषय में अपना इरादा बदल दूं।

इससे पहले कि मेरी महत्वाकांक्षा मुझ पर हावी हो, मेरे पास एक अवसर था कि मैं उन्हें समाप्त कर दूं, जब मैंने अपना काम शुरू किया और इसके तहत हजारों लोग लाखों लोगों का विश्लेषण किया तो मुझे ज्ञात हुआ कि आधे से ज्यादा

विचार मृत ही पैदा होते हैं, लेकिन तत्काल निश्चित योजना बना कर हम उन्हें हम जीवित कर देते हैं। यदि अपने विचारों को सही से पालना - पोसना है तो इनके जन्म लेते ही उन पर कार्यवाही करनी चाहिए। बीतता प्रत्येक मिनट आपके विचार को जीवित रहने का अवसर देता है। आलोचना का डर ही अधिकांश विचारों के मृत होने के कारण है। इसी कारण हम योजना बनाने और उस पर अमल करने की अवस्था तक नहीं पहुँच पाते।

कई लोगों को इस बात का विश्वास होता है कि भौतिक सफलता केवल अनुकूल अवसरों और परिस्थितियों के कारण ही मिलती है। इस विश्वास के पीछे थोड़ी सच्चाई अवश्य है, लेकिन पूरी नहीं जो लोग भाग्य के भरोसे रहते हैं उन्हें सफलता नहीं मिलती, क्योंकि वह उस समय एक और तत्व को अनदेखा कर रहे होते हैं। यदि आप सफलता पाना चाहते हैं तो वह तत्व आप में जरूर होना चाहिए क्योंकि यह तत्व वह 'ज्ञान' है जिसकी सहायता से आप अपनी इच्छा को अवसर में बदल पाएँगे।

मंदी के समय में डब्ल्यू. सी. फील्ड्स नाम के एक कॉमेडियन ने अपना सारा पैसा गंवा दिया और स्वयं को बिना आय और काम के पाया। उसकी कमाई का साधन अब नहीं रहा। उनकी उम्र भी 60पार कर चुकी थी, जिस उम्र में आमतौर पर लोग स्वयं को वृद्ध मानने लगते हैं। वह अपनी वापसी के लिए इतना उत्साहित था कि बिना किसी पेमेंट के बिल्कुल नए क्षेत्र में उसने काम करने का सोचा। इतनी समस्याओं के अलावा भी एक नई समस्या उनके सामने थी। एक दिन वह गिर गए, जिस कारण उनकी गर्दन में भी गहरी चोट आई। यह ऐसा समय था जब कई लोग सब कुछ छोड़ कर बैठ जाते हैं, लेकिन फील्डस मैं हार नहीं मानी और अपनी पूरी दृढ़ता के साथ वह आगे बढ़े। वह इस बात को अच्छी तरह जानता थे कि अगर वह मैदान छोड़कर भाग गया तो उसे अवसर नहीं मिलेंगे इसीलिए वह लगा रहा। उन्हें जल्द ही अवसर भी मिलने लगे, यह सब संभव हुआ। उसकी मेहनत के कारण किस्मत के कारण तो बिल्कुल नहीं।

मैरी ड्रेज़्लर जब 60साल की थी तब उनका भी सारा पैसा खत्म हो चुका था और इसी कारण उन्होंने भी अपने आप को बहुत लाचार पाया, लेकिन वह भी अवसरों के पीछे गई और उन्हें भी वह मिले।

अधिकांश स्त्री-पुरुष जब अपनी महत्वाकांक्षाओं को पूरा करने की जिद को छोड़ चुके होते हैं, तब उनकी दृढ़ता ही जीवन की संध्या में भी उनको अद्भुत सफलता दिखाती है।

एड्डी कैटर ने 1929 में शेयर मार्केट में अपनी सारी दौलत खो दी, लेकिन उसका दृढ़ विश्वास और साहस उसके साथ था। इसी के सहारे कैटर ने स्वयं को पुनः10,000डॉलर प्रति माह की आय तक पहुँचा लिया। सच्चाई तो यह है कि यदि किसी व्यक्ति के पास दृढ़ता है तो वह स्वयं को सफल बना सकता है, अन्य गुणों के बिना भी। किसी भी व्यक्ति को स्वयं के अवसरों पर ही विश्वास करना चाहिए और यह अवसर दृढ़ता के साथ ही आते हैं। इसलिए दृढ़ता के प्रयोगों की आवश्यकता रहती है। इसका प्रारंभिक बिंदु केवल निश्चित लक्ष्य है।

आप जिन पहले 100लोगों से मिले उनकी स्वयं जांच करें और उनसे पूछे कि वह अपने जीवन से क्या चाहते है, उनका क्या लक्ष्य है। यकीन जानिए 100में से 98लोग आपको अपना लक्ष्य बता ही नहीं पाएँगे। यदि इनका जवाब देने के लिए आप उन पर दबाव डालेंगे, तो उनमें से कुछ लोग कहेंगे-सुरक्षा, कुछ लोग कहेंगे धन, कुछ कहेंगे सामाजिक प्रतिष्ठा मान- सम्मान,कुछ आराम देह जीवन कहेंगे,तो कुछ नाचने, गाने और लिखने की क्षमता को अपने लक्षय बतायेगे, लेकिन उन लोगों में से भी अपने लक्ष्य को कोई परिभाषित नहीं कर पाएँगे। ना ही वह संकेत कर पाएँगे कि किस विषय में आखिरकार उनका लक्ष्य क्या है। अमीरी ख्याली पुलाव बनाने से नहीं आती वह आती है- दृढ़ता के माध्यम से और निश्चित योजनाओं के साथ।

दृढ़ता किस प्रकार विकसित करें

चार ऐसे कदम है जो आपको दृढ़ता की ओर ले जाएँगे। इनके लिए जरूरी नहीं है कि आपके पास तीव्र बुद्धि, स्कूली शिक्षा, बहुत सा समय हो या बहुत प्रयास करने पड़े। आवश्यक कदम हैं -

1. एक निश्चित लक्ष्य जिसके पीछे इसकी प्राप्ति की तीव्र इच्छा हो
2. एक निश्चित योजना जिस पर आप निरंतर काम करते रहें।
3. एक मस्तिष्क जो सभी नकारात्मक विचारों चाहे वह मित्रों, रिश्तेदारों या परिचितों के सुझाव जिस रास्ते द्वारा आप तक आये हो उस रास्ते को बंद कर दे। क्योंकि यह विचार आप को हतोत्साहित करेंगे।
4. एक या अधिक व्यक्तियों के साथ मित्रता पूर्ण संबंध, जो आपकी योजना और लक्ष्य को लेकर आपको हमेशा प्रोत्साहित करते रहें।

यह चार कदम जीवन के प्रत्येक क्षेत्र में सफलता के लिए जरूरी है। दी गई फिलॉसफी के 13 सिद्धांतों का प्रमुख उद्देश्य है कि आप उपर्युक्त वर्णित चारों कदमों को अपने जीवन में आदत की तरह ढ़ाल लें। इन्हीं कदमों के माध्यम से आप अपने आर्थिक भाग्य को नियंत्रित कर सकते हैं। यही वह कदम है जो आपको विचारों की स्वतंत्रता देंगे और यही कदम आपको अमीर भी बनाएँगे। इन्हीं के माध्यम से आपको वह मार्ग दिखाई देगा जिस पर चलकर आप शक्ति, प्रसिद्धि और प्रतिष्ठा प्राप्त कर पाएँगे। यही वह चार कदम है जो आपको अनुकूल "अवसरों" को देने का वादा करते हैं। यही वह कदम है जो आपके सपनों को भौतिक यथार्थ में परिवर्तित करते हैं।

जिस व्यक्ति ने इन चार कदमों को उठाना सीख लिया है उन सभी को एक शानदार इनाम मिलेगा। यही वह इनाम है जो जीवन में, जीवन से, कोई भी व्यक्ति कीमत स्वयं मांगे और ऐसी किसी भी मांगी गई कीमत के लाभ को पाने का अधिकारी हो।

मेरे पास उन तथ्यों को जानने का कोई भी तरीका नहीं है, जिससे यह पता चल सके कि किस प्रकार श्रीमती वालिस सिंपसन का महान प्रेम उस व्यक्ति को प्राप्त हुआ। यह एक आकस्मिक घटना नहीं है ना ही यह अनुकूल अवसरों का नतीजा है,लेकिन मैं अनुमान लगा सकता हूँ। उन्होंने (वालिस सिंपसन) केवल प्यार किया, यही उनकी तीव्र इच्छा थी। इस धरती पर सबसे महत्वपूर्ण बात क्या है इस बारे में विजेता कहते हैं- इंसान के बनाए गए नियम, कानून, आलोचना, निंदा और किसी भी प्रकार से किया गया विवाह जिसमें प्यार का अभाव हो व्यर्थ है।

सिंपसन जानती थी। वह क्या चाहती है। प्रिंस ऑफ वेल्स से मुलाकात होने से पहले वह अपने प्यार और शादी को सफल बनाने में नाकाम रही थी, लेकिन उन्होंने आस नहीं छोड़ी, असफलता के बाद भी उन्होंने कभी हार नहीं मानी और प्रयास जारी रखा।

"आप दूसरों से ज्यादा अच्छे से खुद को जानते हैं आप जानते हैं कि आप खुद से क्या चाहते हैं।"

भले ही आप की गति मंद हो लेकिन आगे बढ़ते रहें। सिंपसन ने विपरीत परिस्थितियों में भी विजय प्राप्त की। इस बात से कोई फर्क नहीं पड़ता कि आप कौन है या सिंपसन और प्रिंस के विषय में आप क्या सोचते हैं। प्रिंस ने अपने प्यार के लिए क्रॉउन तक को ठुकरा दिया था। यही वह परीक्षा थी, जिसमें वह

सफल हुए। दृढ़ता का यह अद्भुत उदाहरण है, जिससे पूरा विश्व बहुत कुछ सीख सकता है।

जब आप सिंपसन के विषय में सोचते हैं तो उस वक्त आप ऐसी महिला के विषय में सोचते हैं,जो जानती थी कि उसे क्या करना है। इस उद्देश्य के लिए उसने दुनिया के सबसे ज्यादा शक्तिशाली साम्राज्य को हिला डाला।

कई महिलाएँ ऐसी भी हैं जो हमेशा इस बात की शिकायत करती रहती हैं कि उन्हें पुरुषों के समान बराबरी के अवसर नहीं मिले। ऐसी महिलाओं को सिंपसन का शुक्रगुजार होना चाहिए और ऐसी महिला के जीवन का ध्यान पूर्वक अध्ययन करना चाहिए, जिसने एक ऐसी उम्र में जब महिलाएँ आमतौर पर स्वयं को बूढ़ा मानने लगती हैं। उन्होंने एक अविवाहित पुरुष से प्यार पाया।

अब प्रिंस एडवर्ड का क्या? आज दुनिया से और एडवर्ड और सिंपसन के जीवन से हम क्या सीख सकते हैं? क्या प्रिंस ने अपनी पसंद की महिला से शादी के लिए बड़ी कीमत चुकाई।

सच्चाई तो यह है कि इस विषय में प्रिंस के अलावा कोई भी व्यक्ति उत्तर नहीं दे सकता, और हम केवल अनुमान ही लगा सकते हैं क्योंकि प्रिंस भी दुनिया में और लोगों की तरह ही पैदा हुए थे।

प्रिंस एक ऐसे परिवार में पैदा हुए जहाँ उन्हें अमीरी विरासत में मिली। जब वह बड़े हुए तो उनसे शादी के लिए कहा गया और इस कारण उनके लिए दूर-दूर से रिश्ते आए, क्योंकि वह अपने माता पिता की पहली संतान थे और सारी विरासत के मालिक भी। वह 40साल के हो गए थे,फिर भी जिंदगी अपनी शर्तों पर नहीं जी पाए, क्योंकि प्रिंस होने के कारण उनके कंधों पर स्वतः ही बहुत सारी जिम्मेदारियाँ आ गई थी। उनके पास स्वयं के लिए कुछ क्षण भी नहीं थे, जिन्हें वह अपना कह पाते।

भले यह किंग एडवर्ड के पास भौतिक सुखों का खजाना था, लेकिन सब कुछ होने के बावजूद जीवन में खालीपन था, जिसे केवल प्यार के द्वारा भरा जा सकता था।

एडवर्ड की सबसे बड़ी इच्छा प्यार पाने की थी। सिंपसन से मुलाकात होने से पहले ही इस प्यार पाने की इच्छा ने ना जाने कितनी बार एडवर्ड के दिल के तारों को छेड़ा होगा, ना जाने कितनी बार उनके दिल के दरवाजे पर दस्तक दी होगी और कुछ कहने की कोशिश की होगी लेकिन जब वह वालिस सिंपसन से वह मिले

होंगे तो उन्होंने उसी आवाज को दोबारा सुना होगा और उसे पहचान कर अपना सर्वस्व न्यौछावर कर दिया। दुनिया भर में इस की आलोचना की गई, लेकिन दोनों ने आलोचनाओं का मिलकर सामना किया, क्योंकि अब दोनों को अपना प्यार मिल गया था। जिस कारण उन्हें वह साहस मिला, जो जरूरत पड़ने पर सब कुछ त्याग सकता है।

किंग एडवर्ड का प्यार के लिए दुनिया का सबसे शक्तिशाली साम्राज्य को त्यागने का निर्णय लेना आसान नहीं था। इसके लिए साहस के साथ दृढ़ता की जरूरत भी थी और इस निर्णय के लिए एक कीमत भी थी। लेकिन किसी ने सच ही कहा है कि यह बात महत्वपूर्ण नहीं है कि किसने कहा, लेकिन क्या कहा वह महत्वपूर्ण है- "पहला पत्थर वो मारे जिसने खुद कोई पाप ना किया हो।"

बुरा विचार रखने वालों के लिए एक सुझाव है। विंडसर के ड्यूक चाहते तो किसी को बिना बताए चुपचाप शादी कर लेते और दुनिया भर में किसी को पता नहीं चलता, लेकिन उनका प्यार साफ था। वह वालिस सिंपसन को दिल की गहराइयों से प्यार करते थे, जिसके लिए वह अपना सिंहासन भी त्याग रहे थे। इस बात से यह साफ हो जाता है कि जब आप कुछ चाहते हैं तो उस चीज के लिए मनचाही कीमत भी चुकाते हैं।

अगर यूरोप के इतिहास में किंग एडवर्ड जैसे ईमानदार शासक हुए होते तो आज दुनिया जैसी है नफरत,लालच, युद्धों के खतरे और चारों तरफ वासना वैसी नहीं होती। आज हमारे पास इतिहास कहने के लिए बेहतर कहानी होती।

स्टूअर्ट ऑस्टिन वियर के शब्दों में हम अपने जाम उठाते हैं और पूर्व राजा एडमिन और वालिस सिंपसन के लिए शुभकामनाएँ देते हैं - "वह व्यक्ति धन्य है जिसे इस बात का पता चल जाता है कि जो हमारे मौन विचार हैं वही हमें सुख देने वाले हैं।"

धन्य है वह व्यक्ति जो दुख के गहरे सागर में भी प्यार की चमकती रोशनी देख सकता है और उसी रोशनी को देखते हुए गा सकता है और गाते हुए कह सकता है- "चाहे जितने भी झूठ बोले जाते हो इस दुनिया में लेकिन उनसे कहीं सच्चे तुम्हारे विचार है जो मेरे पास है।"

इन शब्दों के माध्यम से हम किंग एडवर्ड और वालिस सिंपसन का शुक्रिया अदा करते हैं कि उन्होंने बुरी परिस्थितियों को पार करके जीवन का सबसे बड़ा

खजाना हासिल किया। श्रीमती सिंपसन ने इसे पढ़ा और पढ़कर इसके विश्लेषण को मंजूरी दे दी।

अधिकांश लोग इन दोनों के दृढ़ निश्चय के कारण, जीवन में बहुत कुछ सीख सकते हैं और इनके उदाहरण से लाभ उठा सकते हैं, क्योंकि इन्होंने जीवन से जो मांगा वह इन्हें मिला।

वह कौन सी रहस्यमय शक्ति है, जिसकी वजह से इंसान अपनी समस्याओं पर विजय प्राप्त करने की क्षमता रखता है। क्या दृढ़ता का गुण इंसान के दिमाग में आध्यात्मिक, मानसिक या रासायनिक गतिविधि को उत्पन्न करता है, जो अलौकिक शक्तियों का उसके साथ संपर्क स्थापित करती है या क्या वह असीम ज्ञान उस व्यक्ति के पक्ष में हो जाता है, जो सारी दुनिया के उसके सामने खड़े होने के बावजूद भी अपना युद्ध उनके विरोध में जारी रखता है।

यह और इस तरह के कई अन्य प्रश्न मेरे दिमाग में तब आए, जब मैंने हेनरी फोर्ड जैसे लोगों का विश्लेषण किया जिन्होंने अपनी शुरुआत शून्य से की और विशाल साम्राज्य की स्थापना की। जब की शुरुआत करने के लिए उनके पास केवल दृढ़ता ही थी। थॉमस एडिसन का उदाहरण ही ले लेते हैं जिन्होंने अपनी स्कूली शिक्षा केवल तीन माह तक ही की थी लेकिन फिर भी वह विश्व के महान चुनिंदा आविष्कारक को में से एक बने। इन्होंने अपनी दृढ़ता को टॉकिंग मशीन,मूविंग पिक्चर्स मशीन और बिजली के बल्ब और ना जाने ऐसे पचासियों महत्वपूर्ण और उपयोगी आविष्कारों को जन्म दिया।

मैंने कई सालों तक उनके करियर पर लगातार नज़र रखी। जिस कारण मुझे एडिसन और फोर्ड जैसे महान लोगों का विश्लेषण करने का सुखद मौका मिला और इस अवधारणा पर मैं कह सकता हूँ कि मैंने दोनों ही लोगों में दृढ़ता के अलावा कोई और अन्य गुण नहीं देखा, जिसके आधार पर मैं कह सकूं कि उनकी महान उपलब्धियाँ किसी और गुणों के कारण उन्हें मिली।

जब भी अतीत के धर्मगुरुओं, दार्शनिकों, चमत्कार करने वाले लोगों और धार्मिक नेताओं का जब भी में निष्पक्ष अध्ययन करता हूँ तो यह सब अंत में एक ही निष्कर्ष पर पहुँचते हैं कि दृढ़ता, प्रयास और लक्ष्य की अनिश्चितता ही उनकी सफलता का प्रमुख आधार बनी।

उदाहरण के लिए आप मोहम्मद की अद्भुत और रोचक कहानी को भी देख सकते हैं। उनके जीवन का विश्लेषण कर आधुनिक युग में उद्योग और फाइनेंस के

क्षेत्र में सफल लोगों से उनकी तुलना और निरीक्षण करके देखें कि किस तरह उन सभी में एक ही गुण समान था और वह था दृढ़ता का गुण।

यदि आप दृढ़ता को शक्ति देने वाली अद्भुत शक्ति का अध्ययन करने में दिलचस्पी रखते हैं। तो मोहम्मद की जीवनी पढ़ें,विशेष रूप से असद बे द्वारा लिखी। जीवनी हेराल्ड ट्रिब्यून में थॉमस स्यूग्रु ने संक्षिप्त समीक्षा लिखी है और इसलिए इस समीक्षा में आपको उस दुर्लभ सफलता का पूर्वाभास मिल जाएगा, जो उन लोगों के लिए संभाल कर रखी हुई है, जो उस व्यक्ति की पूरी कहानी पढ़ेंगे जो दृढ़ता की शक्ति का एक अद्भुत उदाहरण हैं।

अंतिम महान पैगम्बर थॉमस स्यूग्रु द्वारा समीक्षित

मोहम्मद एक पैगंबर थे, लेकिन कभी उन्होंने अपने जीवन में कोई चमत्कार नहीं दिखाया। इसका मतलब यह नहीं कि वह रहस्यवादी थे। उन्होने कभी कोई औपचारिक शिक्षा नहीं ली। चालीस साल की उम्र तक उन्होंने अपना कोई मिशन शुरू नहीं किया था। जब उन्होंने घोषणा की, कि वह एक सच्चे धर्म का संदेश लाए हैं, तो उनका उपहास उड़ाया गया और उन्हें पागल घोषित कर दिया गया। बच्चे उन्हें तंग करते और महिलाएँ उन पर कूड़ा फेंकती थी।

उन्हें अपनी जन्मभूमि मक्का से भगा दिया गया था और उनके अनुयायियों से उनकी भौतिक वस्तुएँ छीन ली गई और उन्हें भी उनके पीछे जंगल में भेज दिया गया। वह दस सालों से उपदेश दे रहे थे लेकिन गरीबी और उपहास के सिवा उनके पास कुछ भी नहीं था, लेकिन अगले दस साल और बीते- बीते वह पूरे अरब के डिक्टेटर, मक्का के शासक और एक नए विश्व धर्म के प्रमुख बन चुके थे। जो डानुबे और पायरनीज़ तक फैल गया। मोहम्मद की शक्ति तीन गुना थी- शब्दों की शक्ति,प्रार्थना का प्रभाव और ईश्वर का इंसान के साथ संबंध।

"उनके करियर के विषय में ठीक से समझ नहीं आता। मोहम्मद का जन्म मक्का के प्रतिष्ठित लेकिन गरीब परिवार में हुआ था। दुनिया के बीचों-बीच बना था- मक्का और जादुई पत्थर काबा का घर था। व्यापारिक मार्गों का केंद्र होने के कारण व्यवसाय का बड़ा शहर भी था। इसी कारण वह अस्वच्छ था, इसलिए लोग अपने बच्चों को रेगिस्तान में बेडूइंग के द्वारा पालने के लिए रेगिस्तान भेज दिया करते थे। मोहम्मद की परवरिश भी इसी प्रकार हुई और उन्हें अनेक माताओं का सानिध्य और दूध मिला, जिसने उन्हें शक्ति और समर्थ दोनों दिया। शुरुआत में

वह भी भेड़ों की देखरेख करने का काम किया करते थे, लेकिन देखते ही देखते वह एक अमीर विधवा के कारवां के प्रमुख बन गए। सबसे पहले उन्होंने पूरी दुनिया की यात्रा की और इन यात्राओं में उन्हें अनेक प्रकार के लोग मिले। इस दौरान उन लोगों की मान्यताएँ भी मोहम्मद को देखने को मिली और उन्होंने यात्रा में कई लोगों से बात की। ईसाई धर्म को सांप्रदायिक युद्ध के कारण पतन की ओर जाते देखा। जब वह केवल 28 साल के थे तो खालिदा नाम की विधवा को उनसे प्रेम हो गया और उन्होंने मोहम्मद से शादी कर ली लेकिन उनके पिता इस विवाह के खिलाफ थे। खालिदा ने उन्हें शराब पिला कर, उनसे विवाह की मंजूरी ले ली और इसके बाद उन्होंने बारह वर्षों तक सुख-समृद्धि और सम्मान का जीवन जिया, साथ ही स्वयं को चतुर व्यापारी के रूप में स्थापित किया। फिर मोहम्मद रेगिस्तान में जाने लगे और एक दिन वह कुरान की पहली आयत के साथ घर लौटे। उन्होंने खादीजा को बताया कि वह आयात तो उन्हें आर्कएँजेल ग्रैबील ने उन्हें दर्शन दे कर दी है और कहाँ है अब से तुम ईश्वर के संदेशवाहक का कार्य करोंगे।

कुरान की आयतें और ईश्वर द्वारा बताए गए शब्द, यह सब किसी चमत्कार से कम ना था, मोहम्मद के पास शब्दों की शक्ति भी नहीं थी। उन्होंने उन आयतों को वफादार लोगों को पढ़कर सुनाया, वह सब भी हैरान थे यह सब देखकर, क्योंकि यह आयतें उन सभी लोगों की आयतों से बेहतर थी, जिन्हें व्यवसायिक कवियों द्वारा उस समय रचा जा रहा था। यह अरब के लोगों के लिए चमत्कार जैसा था। लोगों ने प्रशंसा स्वरूप मोहम्मद को शब्दों का उपहार दिया, क्योंकि उस समय कवि ही सबसे शक्तिशाली हुआ करता थे। कुरान की आयत के अनुसार कहा गया कि सभी लोग समान है इसलिए दुनिया को एक लोकतांत्रिक देश- इस्लाम होना चाहिए। यह सब बातें राजनैतिक सोच रखने वालों को पसंद नहीं आई और उन्होंने मोहम्मद को वहाँ से निकाल दिया। इस निष्कासन के पीछे एक और महत्वपूर्ण कारण यह था कि मोहम्मद काबा में बनी 360 मूर्तियों को नष्ट करना चाहते थे। इन मूर्तियों को मक्का,व्यापार करने के उद्देश्य से रेगिस्तान की जनजातियाँ अपने साथ लाई थी। इस कारण पूंजीपति और व्यापारी वर्ग उन पर टूट पड़ा इसके बाद मोहम्मद रेगिस्तान फिर लौट गए और वहीं से दुनिया भर में संप्रभुता स्थापित करने का अपना कार्य जारी रखा।

"इस्लाम का उदय अब शुरु हो चुका था। रेगिस्तान से एक लौ निकली जिसे कोई बुझा नहीं पाया और एक ऐसी अनुयायियों की सेना तैयार हुई, जो इस्लाम और मोहम्मद के कहे अनुसार कार्य करती थी, जिन्हें मृत्यु का भी भय

नहीं था। मोहम्मद ने यहूदियों और ईसाइयों को अपने साथ शामिल होने के लिए आमंत्रित किया, क्योंकि वह किसी नए धर्म की स्थापना नहीं कर रहे थे। मोहम्मद तो,एक ईश्वर में विश्वास रखने वालों को अपने साथ जोड़ रहे थे। अगर यहूदियों और ईसाइयों ने उनके बुलाने का निमंत्रण स्वीकार कर लिया होता, तो आज इस्लाम दुनिया का सबसे बड़ा धर्म होता, लेकिन उन्होंने उनका आमंत्रण स्वीकार नहीं किया।

इतना ही नहीं ईसाइयों और यहूदियों दोनों ने मोहम्मद की मानवीय युद्ध की भावना को ही स्वीकार करने से इंकार कर दिया। जब पैगंबर कि सेनाएँ येरूसलम में दाखिल हुई तो केवल उनके विश्वास के कारण वहाँ एक भी व्यक्ति की हत्या नहीं हुई।

लेकिन जब जेहादियों ने वहाँ (येरुसलम) में प्रवेश किया तो सदियों बाद तो वहाँ किसी भी मुस्लिम पुरुष, महिला और बच्चों को बक्शा नहीं गया। फिर भी ईसाइयों ने एक मुस्लिम विचार तो स्वीकार कर ही लिया- शिक्षा की जगह विश्वविद्यालय में होती है।

10

मास्टर माइंड की पॉवर

प्रेरक शक्ति

अमीरी की ओर नवाँ कदम

पैसा कमाने में सफलता के लिए शक्ति अनिवार्य है। बिना कार्यरूप दिए, सारी योजनाएँ निष्क्रिय और बेकार है। यह अध्याय उस उपाय को बताएगा जिसके माध्यम से कोई भी व्यक्ति शक्ति हासिल कर, उसका उपयोग भी कर सकता है।

शक्ति की परिभाषा "संगठित और बुद्धिमानी से निर्देशित ज्ञान" के रूप में किए गए प्रयासों द्वारा की जाती है। शक्ति शब्द के प्रयोग का अर्थ है, किसी व्यक्ति की इच्छा को इसके आर्थिक समतुल्य में रूपांतरित करने के लिए जो संगठित प्रयास किए जाते हैं। जब दो या इससे अधिक लोग निश्चित उद्देश्य के लिए मिलकर संयोजित प्रयास करते हैं तो वह सद्भावना की भावनाओं के साथ अपना काम करते हैं।

अंततः पैसा कमाने के लिए शक्ति की ही जरूरत होती है, लेकिन काम यहाँ समाप्त नहीं होता। पैसे को बनाए रखने के लिए भी हमें शक्ति की ही जरूरत होती है।

1. अनंत ज्ञान- ज्ञान के इस स्रोत से और रचनात्मक कल्पना की सहायता के माध्यम से दूसरे किसी अध्ययन में बताई गई प्रक्रिया के द्वारा संपर्क किया जा सकता है।
2. संचित अनुभव- व्यक्ति का संचित अनुभव या उसका वह भाग जिससे सुव्यवस्थित या रिकॉर्ड किया गया हो।

3. प्रयोग और अनुसंधान- विज्ञान और जीवन दोनों ही क्षेत्रों में इंसान प्रत्येक दिन नए-नए तथ्यों को एकत्रित, वर्गीकृत और व्यवस्थित कर रहा है। यहाँ भी रचनात्मक कल्पना के माध्यम से ही आगे बढ़ना चाहिए क्योंकि जब 'संचित अनुभव' के द्वारा भी ज्ञान नहीं उपलब्ध होता तो हमें इसी का सहारा लेना चाहिए। यहाँ भी अक्सर रचनात्मक कल्पना का प्रयोग किया जाना चाहिए।

ज्ञान इसमें से किसी भी माध्यम द्वारा प्राप्त किया जा सकता है। इसके बाद इन्हें अपनी निश्चित योजनाएँ बनाने के बाद उन योजनाओं को कार्य रूप में बदलना चाहिए। अंत में उसे शक्ति का रूप दे। ज्ञान के तीन स्रोतों की जांच करने से हमें यह पता चलता है कि यदि कोई व्यक्ति अकेला ही ज्ञान अर्जन करता है, फिर उसे योजना में बदलता है और अंत में उसे अपने कार्य रूप में परिवर्तित करता है। यह तीनों प्रक्रिया यदि वह स्वयं करता है तो निश्चित तौर पर उसे परेशानियों का सामना करना ही पड़ेगा और यदि उसकी योजनाएँ व्यापक और विस्तृत है तो उसे दूसरों को अपने सहयोग के लिए प्रेरित करना चाहिए। तभी वह अपनी शक्ति का प्रयोग करके उसमें आवश्यक तत्व भर सकेगा।

मास्टर माइंड टीम के माध्यम से शक्ति को हासिल करना

मास्टर माइंड टीम को इस प्रकार परिभाषित किया जा सकता है- "एक निश्चित लक्ष्य की प्राप्ति हेतु दो या दो से अधिक लोगों द्वारा ज्ञान अर्जित करने के लिए किए गए प्रयास।"

कोई भी व्यक्ति बिना मास्टर माइंड टीम की सहायता के महान शक्ति हासिल नहीं कर सकता। पिछले अध्याय में इच्छा को इसके आर्थिक समतुल्य में बदलने के लिए योजनाओं के निर्माण हेतु निर्देश दिए गए हैं। यदि आप अपने मास्टर माइंड टीम के चयन में सावधानी रखें और दिए गए निर्देशों का अनुसरण करें, तो यह मानकर चलें कि आपकी आधी समस्याएँ समाप्त हो चुकी है, लेकिन एक सच्चाई यह भी है कि आपको यह पहले समझ नहीं आएगा।

मास्टर माइंड टीम के माध्यम से जो अवसर आपके सामने उपलब्ध हैं, उन्हें शक्ति की उन अमूर्त संभावनाओं के माध्यम से और भी बेहतर ढंग से समझ लें। यहाँ हम मास्टर माइंड टीम के दो लक्षणों को और भी स्पष्ट करेंगे, जिनमें से एक है आर्थिक प्रकृति और दूसरा है मानसिक प्रकृति। आर्थिक लाभ किसी भी व्यक्ति

द्वारा प्राप्त किया जा सकता है, जो स्वयं को मास्टर माइंड टीम के द्वारा दी गई सलाह और परामर्श के द्वारा स्वयं को हमेशा उनके आस- पास रखता है और जो उसकी सहायता पूर्ण सदभाव की भावना से करते हैं और आप अपनी टीम के कारण अमीर बन सकते हैं। यह तक कि आपका पूरा का पूरा आर्थिक जीवन भी बदल सकता है।

मास्टर माइंड सिद्धांत की मानसिक प्रकृति को समझना काफी कठिन है, क्योंकि इसमें मानसिक शक्तियों को बताया गया है जिनसे ज्यादातर लोग पूरी तरह से परिचित नहीं हैं। आप इस महत्वपूर्ण वक्तव्य से एक जरूरी सुझाव को समझ सकते हैं- "कोई भी दो व्यक्ति जब तक साथ नहीं हो सकते जब तक इनके द्वारा तीसरी अदृश्य और अमूर्त शक्ति का निर्माण ना हो,इस शक्ति को ही हम तीसरा मस्तिष्क कहते हैं।"

इस सत्य को हमेशा याद रखें कि इस पूरे ब्रह्मांड में केवल दो ही तत्वों को इंसान अभी तक समझ पाया है - ऊर्जा और पदार्थ। यह बात सब जानते हैं कि पदार्थ को पहले अणु, फिर परमाणु और अंत में इलेक्ट्रॉन में विभाजित किया जा सकता है और हम इस की इकाइयों को अलग-अलग करके विश्लेषण कर सकते हैं।

इसी तरह ऊर्जा की भी इकाइयाँ हैं।मानव का मस्तिष्क भी ऊर्जा का ही एक स्वरूप है। इसका एक भाग मानसिक प्रकृति का है। जब दो लोगों के मस्तिष्क सद्भावना की भावना के साथ काम करते हैं तो दोनों लोगों के मस्तिष्क एक जैसी अभिव्यक्ति आकर्षण पैदा करते हैं, जिसके माध्यम से मास्टर माइंड की मानसिक प्रकृति का निर्माण होता है।

मास्टर माइंड सिद्धांत या इसकी आर्थिक विशेषता की ओर मेरा ध्यान पचास साल पहले एँड्रयू कारनेंगी ने इस ओर आकर्षित किया था। इस सिद्धांत की खोज मेरे जीवन के कामों के लिए और उन कामों का चुनाव करने के लिए भी जिम्मेदार थी।

कारनेंगी की मास्टर माइंड टीम में लगभग पचास लोग शामिल थे। स्टील के निर्माण और बिक्री के अपने उद्देश्यों की पूर्ति करने के लिए वह हमेशा अपनी टीम को साथ रखते थे। कारनेंगी ने हमेशा अपनी टीम को ही इस शक्ति के निर्माण करने और दौलत कमाने के लिए पूरा श्रेय दिया।

किसी भी ऐसे व्यक्ति के जीवन का विश्लेषण करें जिसने बहुत अधिक धन कमाया हो, साथ ही उन लोगों का भी अध्ययन करें, जिन्होंने कम धन कमाया

हो। तो आपको यह ज्ञात हो जाएगा कि उन्होंने मास्टरमाइंड टीम का प्रयोग जाने अनजाने में जरूर किया है।

"महान शक्ति की प्राप्ति किसी अन्य सिद्धांत के माध्यम से नहीं की जा सकती"

"ऊर्जा" प्रकृति के मूलभूत अंगों में से एक है यह ब्रह्मांड की प्रत्येक वस्तु का निर्माण करती है चाहे वह इंसान, पशु-पक्षी या पेड़- पौधे ही क्यों ना हो। ऊर्जा ही जीवन के प्रत्येक रूप का निर्माण करती है और यह वह प्रक्रिया है जिसे प्रकृति ही पूरा करती है और समझाती है। यह ऊर्जा को किसी भी पदार्थ में बदल सकती है।

प्रकृति के मूल भूत अंग इंसान के विचारो में ऊर्जा के रूप में उपलब्ध है, जिस कारण इंसान के मस्तिष्क की तुलना इलेक्ट्रॉनिक बैटरी से की जाती है। यह बैटरी दूसरों से उर्जा को अवशोषित कर पूरे ब्रह्मांड में फैला देती है।

यह सर्वविदित है कि एक बिजली की बैटरी से हम कम ऊर्जा प्राप्त करते हैं, जबकि बैटरी के समूह से हम अधिक ऊर्जा प्राप्त कर सकते हैं। यह सच्चाई है कि एक बैटरी भी संख्या में काम होने के कारण काम अनुपात में ही ऊर्जा देगी।

हमारा मस्तिष्क भी इसी तरह से काम करता है, यही कारण है कि कई मस्तिष्क, दूसरे मस्तिष्क की तुलना में अधिक कुशल होते हैं। इससे हमें एक और तथ्य ज्ञात होता है कि सामंजस्य की भावना के द्वारा जुड़े हुए मस्तिष्कों का समूह एक मस्तिष्क की तुलना में अधिक ऊर्जा और विचार देगा। इसे इस तरह भी समझा जा सकता है कि मास्टर माइंड टीम के माध्यम से आप उस शक्ति का प्रयोग कर सकते हैं जिस शक्ति का आप स्वयं भी संचार नहीं कर सकते। अब एक और तथ्य पर नजर डालते हैं जिसके कारण आप मास्टर माइंड के सिद्धांतों को और इन सिद्धांतों के कारण मानसिक अवस्था को अच्छे से समझ पाएँगे। जब प्रत्येक मस्तिष्क अलग-अलग होकर भी एक साथ काम करता है तो जो भी उस संगठन से विचार या ऊर्जा का निर्माण होता है, वह समूह के प्रत्येक सदस्य को प्राप्त हो जाती है।

यह तथ्य भी सभी लोग जानते हैं कि हेनरी फोर्ड ने अपने बिजनेस की शुरुआत गरीबी, अशिक्षा और अज्ञान की समस्याओं के बीच शुरू की थी, लेकिन फोर्ड ने 10साल के भीतर भी अपनी इन तीनों समस्याओं का समाधान कर लिया और 25सालों के भीतर उन्होंने स्वयं को अमेरिका के सबसे अमीर लोगों में शुमार

कर लिया था। इन सभी तथ्यों के साथ आप यह ज्ञान भी जोड़ ले कि फोर्ड ने सबसे ज्यादा प्रगति अपने जीवन काल में तब हासिल की, जब वे थॉमस अल्वा एडिसन के दोस्त बन गए। तभी आप समझ सकेंगे कि एक मस्तिष्क का दूसरे मस्तिष्क पर क्या प्रभाव हासिल कर आ सकता है। आप एक कदम और आगे आए और इस तथ्य पर विचार करें कि जब मिस्टर फोर्ड की सबसे महत्वपूर्ण उपलब्धियाँ उस समय आरंभ होती है। जब उनका परिचय हार्वे फायर स्टोन, जॉन बरोज और लूथर बरबैंक (प्रत्येक व्यक्ति महान मस्तिष्क की क्षमता रखता था) से हुआ और आपको इस बात पर पूर्ण विश्वास हो जाएगा की शक्ति, मस्तिष्क को के अनुकूल गठबंधन से ही उत्पन्न और प्राप्त होती है।

इस बात में कोई भी संदेह नहीं है कि चारों लोग व्यापार और बिजनेस के विषय में सबसे अच्छी जानकारी रखने वाले लोगों में से एक थे। इस बात को साबित करने के लिए यहाँ उनकी संपत्ति की चर्चा की आवश्यकता नहीं है। फोर्ड के घनिष्ठ मित्रों का विश्लेषण करें, जिनमें से कुछ का पहले से ही उल्लेख किया गया है। इसके बाद आप निम्नलिखित वक्तव्य को समझने के लिए पूरी तरह तैयार हो जाएँगे -

> *"इंसान उन लोगों के स्वभाव आदतों और विचारों से शक्ति प्राप्त करता है जिसके साथ वह सहानुभूति और सद्भावना की भावना रखता है।"*

हेनरी फोर्ड उन महान मस्तिष्को के साथ अपने सामंजस्य स्थापित कर पाए, जिनके साथ मिलकर उन्होंने अपनी गरीबी, अशिक्षा और अज्ञानता को भी पीछे छोड़ दिया। इन ही महान मस्तिष्को की सकारात्मक तरंगों को फोर्ड ने स्वयं में अवशोषित कर लिया। एडिसन, बरबैंक, बरोज़ और फायर स्टोन के साथ मिलकर फोर्ड ने अपनी स्वयं की मस्तिष्क शक्ति में इन चारों लोगों के अनुभव, ज्ञान वृद्धि और मानसिक शक्तियाँ भी जोड़ ली। इसके अलावा फ़ोर्ड ने पुस्तक में वर्णित प्रक्रिया के माध्यम से मास्टर माइंड के सिद्धांतों का प्रयोग किया।

यह सिद्धांत अब आपके लिए उपलब्ध है। हम पहले ही महात्मा गांधी के विषय पर लिख चुके हैं। कई लोग पहले से ही महात्मा गांधी के बारे में जानते है और उनको सनकी के रूप में भी देखते हैं, जो कहीं भी केवल धोती में चले जाते थे। बिना किसी औपचारिक कपड़ों को पहने और ब्रिटिश सरकार की नाक में दम कर देते थे।

सच्चाई तो यह है कि गांधी सनकी नहीं थे वह सबसे शक्तिशाली व्यक्ति थे (यह अनुमान उनके अनुयायियों की संख्या के आधार पर लगाया जा सकता है) उनकी शक्ति निष्क्रिय, लेकिन वास्तविक थी।

हम उन तरीकों का अध्ययन करते हैं जिनके द्वारा उन्होंने अपनी विशाल शक्ति प्राप्त की। उस शक्ति को हम कुछ ही शब्दों से समझ सकते हैं। उन्होंने उस विशाल शक्ति के माध्यम से 20 करोड़ लोगों की भावना और तन-मन को एक निश्चित लक्ष्य के लिए एकत्र और प्रेरित किया।

संक्षेप में गांधी जी ने एक चमत्कार कर दिया सच कहें तो यह एक चमत्कार ही है क्योंकि बीस करोड़ लोगों को किसी बात के लिए विवश नहीं सामंजस्य की भावना के लिए प्रेरित करना। यदि आपको इस बात पर संदेह है कि यह चमत्कार नहीं है तो आप 2 लोगों को सामंजस्य की भावना के साथ सहयोग करने के लिए प्रेरित करने का प्रयास करें।

प्रत्येक बिजनेसमैन जानता है कि कर्मचारियों से सामंजस्य और सद्भावना से काम करना कितना मुश्किल होता है।

किन स्रोतों द्वारा शक्ति हासिल की जा सकती है। इस सूची में अनंत ज्ञान सबसे पहले स्थान पर आता है। जब दो या दो से अधिक लोग सद्भावना की भावना के साथ सामंजस्य स्थापित कर, एक निश्चित लक्ष्य की प्राप्ति हेतु काम करते हैं तो वह अनंत ज्ञान के माध्यम से स्वयं को ऐसी स्थिति में ले आते हैं। जहाँ वह स्टोर हाउस से सीधे शक्ति प्राप्त कर पाए। यह शक्ति के सभी स्रोतों में सबसे बड़ी है यह वह स्रोत है, जिसकी ओर हर प्रतिभावान व्यक्ति और प्रत्येक महान लीडर स्वतः ही मुड़ जाता है। (चाहे वह यह तथ्य जानता हो या नहीं।)

अन्य दो प्रमुख स्रोत हैं, जिनके माध्यम से शक्ति को हासिल करने के लिए ज्ञान प्राप्त किया जा सकता है। यह उतने ही विश्वसनीय है, जितनी की पांच इंद्रियाँ, लेकिन इंद्रियाँ हमेशा विश्वसनीय नहीं होती और अनंत ज्ञान गलती नहीं करता।

बाद के अध्याय में उन विधियों की विस्तार से चर्चा की गई है, जिनके माध्यम से अनंत ज्ञान से सबसे सरलता से संपर्क किया जा सकता है। इस पुस्तक में वर्णित किसी भी मूलभूत सिद्धांत की जांच इस तरह से नहीं की जानी चाहिए जैसे यह धर्म पर कोई कोर्स है। यह प्रत्यक्ष या परोक्ष रूप से किसी भी व्यक्ति की धार्मिक आदतों में हस्तक्षेप करने का इरादा रखता है। इस पुस्तक का एकमात्र

उद्देश्य यह है कि यह अपने पाठकों को सही मार्ग दिखा सके ताकि वह धन कमाने की अपनी इच्छा को आर्थिक समतुल्य में परिवर्तित कर सके।

जब भी आप इसे पढ़ें तो पूरे ध्यान से पढ़ें। बहुत जल्द आपके सामने पूरा विषय प्रकट हो जाएगा। तभी आप इसे सही ढंग से देख पाएँगे। अभी आप केवल अलग-अलग अध्याय का अध्ययन कर रहे हैं।

धन पुराने जमाने की युवती की तरह शर्मिला और संकोची होता है। इसे उन्हीं तरीकों के माध्यम से पाया जा सकता है, जिन तरीकों के माध्यम से एक दृढ़ संकल्प वाला प्रेमी अपनी पसंद की लड़की को पाने के किये अपनाता है। यह संयोग ही है कि पैसे और लड़की दोनों को आकर्षित करने वाली शक्ति लगभग एक ही है। पैसों की तलाश में इस शक्ति का सफलतापूर्वक प्रयोग जब होता है, जब इसे अपनी पूरी आस्था और इच्छा के साथ मिलाया जाता है और योजना बनाकर दृढ़ता के साथ लागू किया जाता है।

पैसा जब अधिक मात्रा में आता है, तो वह "दौलत" कहलाता है और यह उस व्यक्ति की ओर आकर्षित होता है, जो धन अर्जित करना चाहता है। ठीक वैसे ही जैसे पानी की धारा पहाड़ से नीचे गिरती है और आगे बढ़ती चली जाती है। एक महान अदृश्य शक्ति मौजूद है, जिसकी तुलना हम नदी से कर सकते हैं। सिवाय इसके कि इसका एक हिस्सा एक दिशा में बहता है और दूसरा हिस्सा दूसरी दिशा में। पहले हिस्से की धारा के साथ जो लोग ऊपर की ओर बहते जाते हैं,उन्हें दौलत मिल जाती है, लेकिन विपरीत दिशा में जब लोग बहते हैं और नीचे की ओर बढ़ते जाते हैं तो उनका सामना गरीबी से होता है। विपरीत धारा में बहने वाले लोग स्वयं को पहली धारा जहाँ दौलत की धारा है, वहाँ नहीं ले जा पाते। यह विचार उन लोगों के लिए बहुत महत्वपूर्ण है जो दौलत पाने के लिए इस पुस्तक को पढ़ रहे हैं।

यदि आप नदी की उस धारा की ओर बहते जा रहे हैं, जहाँ गरीबी है। तो यह पुस्तक एक ऐसी पतवार का काम करेगी, जिसके माध्यम से आप स्वयं को दूसरी धारा की ओर ले जा सकते हैं, लेकिन यह आपकी सहायता दृढ़ता और प्रयोग के माध्यम से ही कर सकता है। केवल पढ़ने से आपको कोई लाभ नहीं होगा। निर्णय लेना जरूरी है।

कुछ लोग ऐसे ही ऐसे भी होते हैं, जो कभी सकारात्मक पक्ष पानी की धारा के एक हिस्से में और कभी नकारात्मक पक्ष यानी धारा के विपरीत हिस्से में बारी-बारी लुढ़कते रहते हैं। 29 वॉल स्ट्रीट क्रैश, लाखों लोगों को धारा एक

हिस्से से दूसरे हिस्से में ले गया। इसका मतलब यह था कि वह सकारात्मक पक्ष से नकारात्मक पक्ष में लोगों को बाहर ले गया। लाखों लोग पुनः सकारात्मक धारा के प्रवाह में बहने के लिए कोशिश कर रहे थे। यह किताब विशेष रूप से उन लोगों के लिए लिखी गई है।

गरीबी और अमीरी अक्सर स्थान बदल देते हैं और इस क्रश ने यह सच दुनिया को सिखाया था। यह बात सच है कि दुनिया ज्यादा दिनों तक इस क्रैश को याद नहीं रखेगी। गरीब ज्यादातर स्वेच्छा से अमीरी की जगह ले लेती है लेकिन जब अमीरी, गरीबी की जगह लेती है तो यह परिवर्तन आमतौर पर अच्छी कल्पना और सावधानीपूर्वक अपनी योजनाओं को कार्य रूप में परिवर्तित करके ही की जाती है। गरीबी को किसी योजना या सहायता की आवश्यकता नहीं होती, वह स्वतः ही आ जाती है, क्योंकि यह साहसी और क्रूर है। इनके विपरीत अमीरी शर्मिली और संकोची होती है, इसीलिए इसे आकर्षित करना पड़ता है।

11

सेक्स परिवर्तन का रहस्य

अमीर होने की और दसवां कदम

सरल भाषा में "रूपांतरण" शब्द का अर्थ है किसी एक तत्व या और ऊर्जा के एक प्रकार को दूसरे रूप में बदलना या परिवर्तित करना। सेक्स की भावना एक मानसिक अवस्था लाती है।

अज्ञानता के कारण इस विषय पर समान नेता लोग दिमाग की अवस्था को शारीरिक रूप से जुड़ी हुई मानते हैं और गलत धारणाओं के चलते ज्यादातर लोग इसके अधीन होते हैं।

सेक्स की भावना अपने साथ तीन रचनात्मक संभावनाओं को अपने भीतर रखती है-

1. मानव जाति का स्थायीकरण
2. स्वास्थ्य का ख्याल रखना।
3. रूपांतरण के माध्यम से औसत दर्जे के व्यक्ति से, प्रतिभावान व्यक्ति में परिवर्तन।

सेक्स रूपांतरण सरल है और इसे आसानी से समझाया जा सकता है। इसका अर्थ है- शारीरिक अभिव्यक्ति के अवसरों का मस्तिष्क के द्वारा दूसरी प्रकृति के विचारों तक पहुँचना।

सेक्स की इच्छा सबसे शक्तिशाली मानवीय इच्छाओं में से एक है। जब इंसान इस इच्छा से प्रेरित होता है, तो वह ज्यादा कल्पनाशील, साहसी, इच्छाशक्ति, लगन और रचनात्मक क्षमता का विकास कर पाता है, जो किसी और समय में

उसके पास उतनी माला में नहीं होती। सेक्स करने की इच्छा इतनी प्रबल और उत्तेजक होती है कि इंसान इसकी तृप्ति के लिए अपना जीवन और प्रतिष्ठा तक दांव पर लगा देता है। यदि इस शक्ति का प्रयोग दूसरी दिशा में किया जाए तो यही शक्ति प्रेरक शक्ति बनकर रचनाशीलता, कल्पना, साहस आदि की उत्सुकता को बनाए रखती है।

इसे शक्तिशाली रचनात्मक शक्तियों के रूप में साहित्य,कला या धन कमाने के किसी अन्य क्षेत्र में प्रयोग किया जा सकता है।

सेक्स की ऊर्जा का परिवर्तन निश्चित तौर पर इच्छा शक्ति के प्रयोग के माध्यम से और इसके निरंतर अभ्यास द्वारा किया जा सकता है, क्योंकि इसके बाद जो इनाम मिलता है। वह बहुत कीमती होता है। सेक्स करने की इच्छा जन्मजात और स्वाभाविक है। इस इच्छा को खत्म नहीं किया जा सकता और ना ही खत्म किया जाना चाहिए। बल्कि इस इच्छा की अभिव्यक्ति के रूपों के माध्यम से दूसरी दिशा में मोड़ देना चाहिए। जिस दिशा में जाने से व्यक्ति का शरीर, मन और आत्मा समृद्ध हो सके। यदि इस इच्छा को सही दिशा नहीं दी गई तो यह अन्य विशुद्ध तरीको से अपनी अभिव्यक्ति की मांग करेगी।

किसी भी नदी पर हम बांध बनाकर उसके पानी को कुछ समय के लिए तो नियंत्रित जरूर कर सकते हैं, लेकिन अंत में नदी का पानी बाहर आने का अपना मार्ग खोज ही लेगा। ठीक यही स्थिति सेक्स की भावना के साथ भी है। यह सच्चाई है कि सेक्स की भावनाओं को कुछ समय के लिए तो जरूर नियंत्रित किया जा सकता है, लेकिन कुछ समय बाद यह स्वयं की अभिव्यक्ति का मार्ग खुद ही खोज लेगी। यदि इस भावना को रचनात्मक प्रयासो के कामों की दिशा में मोड़ा नहीं जाए, तो यह स्वयं को अभिव्यक्त करने का कोई ना कोई दूसरा मार्ग स्वंय ही खोज लेगी।

वह व्यक्ति सच में भाग्यशाली है, जिसने रचनात्मक प्रयासों के माध्यम से सेक्स की इच्छा को सही दिशा में अभिव्यक्त करने का मार्ग खोज लिया और अपनी इस खोज के द्वारा स्वयं का स्तर ऊपर उठा लिया-

वैज्ञानिक शोध ने इस महत्वपूर्ण तथ्य को उजागर किया है-

1. महानतम उपलब्धियाँ प्राप्त व्यक्तियों में अधिक विकसित सेक्स की इच्छा पाई गई है और इन लोगों ने अपनी सेक्स की इच्छा को परिवर्तित करने की कला सीख ली है।

2. जिन लोगों ने अपने क्षेत्रों में चाहे वह क्षेत्र साहित्य, कला, उद्योग, वास्तुकला के किसी भी क्षेत्र के हो में अद्भुत प्रसिद्धि पाई है। उनके पीछे किसी महिला का हाथ था या उन्हें किसी महिला से प्रेरणा मिली थी।

जिस शोध के द्वारा यह खोज की गई है, उस शोध को करने के लिए 2000 सालों तक की जीवनियों और इतिहास के पन्नों को आधार बनाया गया है। इस काम के लिए उन स्त्री-पुरुषों के जीवन को भी आधार बनाया गया, जिन्होंने अपने जीवन में महान उपलब्धियाँ प्राप्त की। इसी शोध के दौरान पता चला कि उन लोगों में उच्च सेक्स भावना की प्रकृति विद्यमान थी।

सेक्स की भावना एक "प्रबल शक्ति" है, जिसके खिलाफ एक "गति हीन शरीर" जैसा कोई भी विरोध काम नहीं आ सकता। जब इस भावना से प्रेरित लोग किसी काम को करते हैं, तो उनमें एक अलग "सुपर पावर" आ जाती है। यदि आप इस वक्तव्य को समझ गए हैं तो आप इस वक्तव्य के महत्व को समझ जाएँगे कि सेक्स की भावना का परिवर्तन किया जाए तो यह आपको जीनियस लोगों की श्रेणी में ला खड़ा करेगी।

सेक्स की भावना में रचनात्मक योग्यता का होती है। यदि किसी व्यक्ति या जानवर की सेक्स ग्रंथियाँ हटा दी जाएँ तो अपने उसके एक्शन के प्रमुख स्रोत को ही हटा दिया है। इस बात के प्रमाण के लिए आप जांच करें किसी भी जानवर को बधिया कर दिया जाने पर क्या होता है। जब किसी बैल को बधिया किया जाता है तो वह गाय की तरह फालतू (विनम्र) हो जाता है। सेक्स परिवर्तन इंसान का हो या जानवर का उसके भीतर के संघर्ष की इच्छा को खत्म कर दिया जाता है। ठीक ऐसा ही महिलाओं के साथ भी होता है।

मस्तिष्क की 10 उत्तेजनाएँ

मानव का मस्तिष्क उत्तेजनाओं पर प्रतिक्रिया करता है, जिसके माध्यम से यह कम्पनों की तीव्रता की दर तक पहुँच जाता है। इसे उत्साह, रचनात्मक कल्पना, तीव्र इच्छा आदि रूपों के माध्यम से हम जानते हैं। यह स्थितियों में तनाव के कारण भी हो सकता है। यह वह उत्तेजनाएँ हैं, जिन पर मस्तिष्क स्वतंत्र रूप से अपनी प्रतिक्रिया देता है-

1. सेक्स अभिव्यक्ति की इच्छा
2. प्रेम अभिव्यक्त करने की इच्छा
3. प्रसिद्धि, शक्ति, आर्थिक लाभ या धन कमाने की प्रबल इच्छा
4. संगीत की इच्छा
5. समान लिंग वाले या विपरीत लिंग वाले लोगों के बीच दोस्ती
6. दो या दो से अधिक लोग, जो आध्यात्मिक या सांसारिक प्रगति के लिए, सद्भाव की भावना के कारण एक होकर मास्टर माइंड गठबंधन बनाते हैं।
7. एक जैसी पीड़ा जो दो लोगों द्वारा अनुभव की गई हो
8. आत्मसुझाव
9. भय
10. नशीले द्रव्य या शराब

सेक्स क्रिया भी व्यक्ति की इच्छाओ की उत्तेजनाओं की सूची में प्रथम स्थान पर आती हैं, जो मस्तिष्क में कंपनों को तीव्र और शारीरिक क्रिया के पहियों को शुरू कर देती है। इन उत्तेजनाओ में आठ प्राकृतिक और रचनात्मक होती हैं और दो विनाशकारी। मस्तिष्क की उत्तेजनाओं को आप सही ढंग से समझ सकें इसलिए यहाँ आपको प्रमुख स्रोतों की सूची भी गई है। जिसके आधार पर आप तुलना कर सकते हैं। इस अध्याय में आप देख सकते हैं कि सेक्स की भावना, मस्तिष्क में उपजी सभी उत्तेजनाओ में से सबसे शक्तिशाली और तीव्र है।

आइए देखें सेक्स की भावना का परिवर्तन व्यक्तित्व को एक जीनियस कैसे बना सकता है। यह वक्तव्य प्रमाणिक है या नहीं इसकी तुलना करना जरूरी है, "किसी अल्प बुद्धि वाले व्यक्ति ने कहा है कि शक्तिशाली व्यक्ति एक ऐसा आदमी होता है जिसके लंबे बाल, असामान्य खाना खाने वाला, अकेले रहने वाला और लोगों के द्वारा जिसका मजाक बनाया जाता हो ऐसा होता है।" जबकि जिनियस की बेहतर परिभाषा है- "वह व्यक्ति जिसने यह खोज लिया है कि विचारों की गहनता को कैसे उस बिंदु तक पहुँचाया जा सकता है, जहाँ वे स्वतंल होकर संवाद कर सके, ज्ञान के स्रोतों के साथ जो अन्य लोगों के लिए सामान्यतः उपलब्ध नहीं है।"

वह व्यक्ति जिनकी प्रवृत्ति ज्यादा चिंता करने की होती है। वह जीनियस की इस परिभाषा के विषय में कुछ प्रश्न जरूर पूछना चाहेंगे और इन प्रश्नों में सबसे

पहला प्रश्न होगा "कोई व्यक्ति ज्ञान के स्रोतों से कैसे से संवाद कर सकता है, जो सामान्य विचारों के माध्यम से उपलब्ध नहीं है?"

अगला प्रश्न होगा कि "क्या ज्ञान के स्रोत जो ज्ञात हैं, वह सिर्फ जीनियस को ही उपलब्ध है और यदि हाँ, तो वह ज्ञात स्त्रोत क्या है और उन तक कैसे पहुँचा जा सकता है?"

इस पुस्तक में दिए गए कुछ और महत्वपूर्ण वक्तव्य हैं, जिनकी प्रमाणिकता की हम जांच करेंगे और देखेंगे कि वह कितने सही हैं इसके आधार पर आपको उपर्युक्त प्रश्नों के उत्तर भी मिल जाएँगे।

"जीनियस" छठी इंद्री के माध्यम से विकसित होती है

छठी इंद्री की वास्तविकता बहुत अच्छी तरह से स्थापित की गई है। यह छठी इंद्री रचनात्मक कल्पनाशीलता है। रचनात्मक कल्पनाशीलता की शक्ति का प्रयोग जीवन में अधिकांश लोग नहीं कर पाते और यदि कुछ लोग इसका प्रयोग कर भी लेते हैं, तो यह केवल संयोगवश ही होता है। यदि तुलना की जाए तो ऐसे लोगों की संख्या बहुत कम है जो अपने उद्देश्य को पूरा करने के लिए सोच समझ कर अपनी रचनात्मक कल्पनाशीलता का प्रयोग करते हैं, लेकिन जो लोग इसका प्रयोग सोच समझकर अपने उद्देश्यों को पूरा करने के लिए करते है सही मायनों में वही लोग जीनियस है।

रचनात्मक कल्पनाशीलता इंसान के सीमित मस्तिष्क को अनंत ज्ञान से जोड़ती है जितने भी धार्मिक क्षेत्रों में रहस्यों का उद्घाटन हुआ है और जितने भी अविष्कारों की खोज हुई है या जितने भी आधारभूत सिद्धांतों की खोज की गई है, उनके पीछे कल्पनाशीलता ही है।

जब विचार या अवधारणायें किसी भी व्यक्ति के मन में अचानक से आती हैं तो इसे लोकप्रिय भाषा में "अंतर्ज्ञान" कहा जाता है तो वे निम्नलिखित स्रोतों में से एक या एक से अधिक से आती है -

1. अनंत ज्ञान
2. अवचेतन मन जिसके द्वारा पांचों इंद्रियों के माध्यम से मस्तिष्क तक पहुँचे सारे चित्र और विचारों के संवेग संग्रहित है।
3. किसी दूसरे व्यक्ति के मस्तिष्क से निकला कोई विचार, यह सचेतन विचारों के द्वारा प्राप्त विचार या अवधारणा के चित्र।

4. किसी अन्य व्यक्ति के अवचेतन मन के स्टोर हाउस से निकले विचार या अवधारणाएँ।

इसके अलावा अन्य ज्ञात स्रोत नहीं है, जिसके माध्यम से प्रेरक विचार या अंतर्ज्ञान प्राप्त किया जा सके।

हमारी रचनात्मक कल्पना ही सबसे उच्च कोटि का काम करती है, जब हमारा दिमाग तीव्र कंपनी की दर पर कार्य करता है (दिमाग ऐसा उत्तेजनाओं के कुछ रूपों के कारण ऐसा करता है) इसका अर्थ है, जब हमारा दिमाग साधारण और असाधारण सोच की तुलना में अधिक कंपनों की दर से कार्य करता है तो वह सबसे अच्छा प्रदर्शन कर रहा होता है।

जब दिमाग के एक्शन को दस मस्तिष्क उत्तेजकों में से एक या एक से अधिक को तीव्रता के द्वारा प्रेरित किया जाता है। इस कारण वह व्यक्ति साधारण सोच के क्षितिज से ऊपर उठ जाता है। इससे व्यक्ति को विचारों की दूरी, दायरा और गुणवत्ता प्राप्त हो जाती है, जिसे वह कभी भी निचले स्तर पर प्राप्त नहीं कर सकता था ठीक उसी प्रकार जिस प्रकार जब कोई बिजनेस या प्रोफेशन के कारण रोजमर्रा की समस्याओं के समाधान में संलग्न रहता है।

जब आप दिमाग की उत्तेजना के किसी स्वरूप के माध्यम से सोच-विचार को एक ऐसे ऊँचे स्तर तक ले जाते हैं, जहाँ सामान्यतः कोई अन्य व्यक्ति नहीं पहुँच पाया, तो वह स्थिति ठीक वैसी ही होती है जैसी जब आप किसी हवाई जहाज में बैठ कर ऊपर से सभी चीजों को नीचे देखते हैं और उस समय आपको क्षितिज दिखाई देता है, जो कभी आपको धरती पर रहते हुए नहीं दिखाई दिया था। इसी प्रकार विचार भी जब उच्च स्तर तक पहुँच जाते हैं, तो वह भी किसी उत्तेजना के बंधन को महसूस नहीं करते ना ही वह किसी बंधन के लिए स्वयं को बाध्य समझते है, लेकिन जब वह तीन मूलभूत आवश्यकताओं- भोजन, वस्त्र और आवास के विषय में सोचता है और उन्हें प्राप्त करने के लिए जद्दोजहद करता है। तब उसे सही मायनों में बंधन महसूस होता है। इंसान विचारों के ऐसे संसार में है, जहाँ साधारण रोजमर्रा के विचार प्रभावी तरह से हटा दिए गए हैं, जिस प्रकार हवाई जहाज में जब हम ऊपर उड़ते हैं तो पहाड़, घटिया और भौतिक दृष्टि से जो चीजें हमें दिखाई देती है, वह सब सीमाएँ हट जाती हैं।

विचारों के इस धरातल पर दिमाग की रचनात्मक कल्पना को अपना कार्य करने की आजादी मिल जाती है और छठी इंद्री को भी अपना काम करने के लिए

साफ मार्ग दिखाए देता है। इस समय व्यक्ति उन विचारों को ग्रहण करने में सक्षम होता है, जो अन्य परिस्थितियों में उस तक नहीं पहुँचते। छठी इंद्री वह शक्ति है, जो "जीनियस" और "सामान्य व्यक्ति" के बीच के अंतर को रेखांकित करती है।

जितना रचनात्मक शक्ति का प्रयोग अधिक किया जाएगा। वह उतनी ही अधिक सशक्त होती जाएगी। यह शक्ति व्यक्ति के अवचेतन मन के बाहर हो रहे कम्पनों के लिए और अधिक सतर्क और ग्रहण शील हो जाती है। इसे प्रयोग के माध्यम से विकसित किया जा सकता है।

"अंतरात्मा की आवाज" छठी इंद्री की शक्ति द्वारा संचालित होती है।

महान कलाकार, लेखक, संगीतकार और कवि इसीलिए महान बने क्योंकि उन्होंने अपनी "शांत और छोटी सी आवाज" पर विश्वास करने की आदत डाली। यही वह आवाज है जो रचनात्मक कल्पनाशीलता के द्वारा हमारे अंतःकरण से बोलती है और जिन लोगों में यह कल्पना शक्ति "तीव्र" है वह इस तथ्य को भली-भांति जानते हैं कि उनके सर्वश्रेष्ठ विचारक तथाकथित "अंतर्ज्ञान" के माध्यम से आते हैं।

कोई भी महान व्यक्ति जब तक महान नहीं बन सकता, जब तक वह अपनी आँखों को बंद करके अपनी रचनात्मक कल्पनाशीलता पर पूर्ण रुप से विश्वास नहीं करता। जब महान लोगों से पूछा गया कि वह अपने भाषण के, ठीक अंत से पहले अपनी आँखें बंद क्यों कर लेते हैं, तो लगभग सभी का उत्तर यह था, "मैं ऐसा इसलिए करता हूँ, क्योंकि जब मैं इन विचारों के माध्यम से ही बोलता हूँ, जो मेरे अंतर्मन से मेरे पास आते हैं।"

अमेरिका में जो लोग सबसे ज्यादा सफल है और जिन्होंने अपने जीवन काल में सबसे ज्यादा शोहरत कमाई है। उन सभी फाइनेंसरों में एक आदत समान थी। वह सब जब भी कोई निर्णय लेते उससे ठीक पहले, वे दो या तीन मिनट तक आँखें बंद कर के रखते थे। उनसे भी जब यह पूछा गया कि वह ऐसा क्यों करते हैं, तो उन्होंने भी वही कहा- "मैं आँखें बंद करने के साथ ही बेहतर समझ का स्रोत समझने के लिए स्वयं को सक्षम कर पाता हूँ।"

मैरी लैंड के चेवी चेज़ के स्वर्गीय डॉक्टर एल्मर आर गेट्स ने 200 से भी अधिक उपयोगी पेटेंट कराये। जिनमें से कई मूलभूत रचनात्मक शक्ति के विकसित और उपयोग करने की प्रक्रिया के आधार पर कराये थे, गेट्स का तरीका अनोखा और रोचक है। जो व्यक्ति जीनियस बनना चाहते हैं, उनके लिए यह बात

महत्वपूर्ण है, इस श्रेणी में डॉक्टर गेट निश्चित रूप से आते हैं। डॉक्टर गेट वास्तव में जीनियस थे। भले ही वह दुनिया के और वैज्ञानिकों की तरह मशहूर नहीं हुए।

उनकी प्रयोगशाला में एक ऐसा कमरा था, जिसे वे "व्यक्तिगत संवाद कक्ष" कहते थे। यह ध्वनि रोधी कमरा था और इसकी व्यवस्था इस तरह से की गई थी कि कमरे में पूरा अंधेरा किया जा सके। यहाँ एक छोटी सी मेज थी, जिस पर लिखने के लिए नोटपैड रखा रहता था। मैच के सामने दीवार पर एक बिजली का पुश बटन था, जिसे जरूरत के हिसाब से प्रयोग में लाया जाता था। जब भी गेट अपनी रचनात्मक कल्पना के माध्यम से उपलब्ध शक्तियों की सहायता लेना चाहते तो वह उस कमरे में चले जाते और मेज पर बैठकर बिजली के बल्ब को बंद कर देते थे। इसके बाद वह अपने आविष्कार के सभी पक्षों पर ध्यान केंद्रित करते, जिस पर वह काम कर रहे होते थे और जब तक वह उस कमरे में बैठे रहते। जब तक अज्ञात विचार उनके दिमाग में कौंध नहीं जाते और इस प्रकार अज्ञात पक्ष भी उनके सामने प्रकट हो जाते थे।

एक समय ऐसा भी आया था। जब विचार इतनी तेजी से आ रहे थे कि उन्हें लिखते- लिखते तीन घंटे बीत गए और जब विचारों का आना बंद हुआ। तब उन्होंने अपने नोटपैड को देखा, तो पाया कि उसमें जिन सिद्धांतों के विषय में विस्तार से लिखा गया है, उनकी तुलना वैज्ञानिक दुनिया में उपलब्ध दस्तावेजों से नहीं की जा सकती। इसके अलावा नोट्स में उनकी समस्याओं का समाधान बहुत समझदारी से और सिल-सिलेवार तरह से लिखा हुआ था। इस तरह डॉक्टर गेट्स ने लगभग 200 से भी अधिक पेटेंट अपने नाम कराएँ। जिन्हें दिमाग ने शुरू अवश्य किया था लेकिन पूरा इसी विधि द्वारा किया गया। इस बात के सबूत संयुक्त राज्य अमेरिका के पेटेंट कार्यालय में मौजूद है।

डॉक्टर गेट्स ने अपनी आजीविका, कॉरपोरेशन के लोगों और कॉरपोरेशन, सभी के लिए इन्हीं "विचारों के लिए बैठकर" धन अर्जित किया था। अमेरिका के सबसे बड़े कॉरपोरेशन उन्हें "उनके विचारों के लिए बैठने" के लिए मोटी रकम देते थे।

तर्क के आधार पर जिस शक्ति को हासिल किया जाता है। वह अधिकांशतः दोष युक्त होती है, क्योंकि वह काफी हद तक व्यक्ति के एकत्र किए गए अनुभव के आधार पर निर्देशित होती है और अनुभवों के आधार पर जितना भी ज्ञान अर्जित किया जाता है। वह पूर्णता सत्य नहीं हो सकता, लेकिन रचनात्मक कल्पना

शक्ति के माध्यम से जो भी ज्ञान या विचार हमें प्राप्त होते हैं। वह अधिक प्रमाणिक होते हैं, क्योंकि वह वैसे स्रोतों के माध्यम से मस्तिष्क में आते हैं, जो मस्तिष्क की तार्किक शक्ति से कई गुना अधिक विश्वसनीय होते हैं।

जीनियस और औसत आविष्कारकों के बीच में सबसे बड़ा अंतर यह है कि "जीनियस" रचनात्मक कल्पना शक्ति के माध्यम से अपने काम को अंजाम देते हैं और जब की औसत अविष्कारक इस शक्ति के विषय में कुछ भी नहीं जानते। वैज्ञानिक और आविष्कारक संश्लिष्ट और रचनात्मक कल्पना दोनों शक्तियों का प्रयोग करते हैं।

उदाहरण के लिए कोई भी वैज्ञानिक जब अपनी खोज को आरंभ करता है, तो सबसे पहले वह अपनी संश्लिष्ट शक्ति के माध्यम से अपने सभी अनुभवों को एकत्रित व संगठित करता है और यदि वह पाता है कि उसका ज्ञान उसके अविष्कार के लिए पर्याप्त नहीं है, तो वह अपनी रचनात्मक कल्पना का प्रयोग करके उस ज्ञान को अर्जित करता है, जिसके माध्यम से वे अपना आविष्कार पूरा कर सके, लेकिन यह तरीका जरूरी नहीं कि सभी पर लागू हो, क्योंकि हर व्यक्ति अलग है और उनकी तकनीक भी, लेकिन यह निचोड़ है उनकी तकनीक का-

1. वह अपने मस्तिष्क को प्रेरित करता है, ताकि वह औसत मस्तिष्कों की तुलना में एक कदम आगे बढ़े और दस मस्तिष्कों उत्तेजक को में से (जैसे एडिसन और डॉक्टर गेट्स) एक या अधिक या स्वयं की पसंद के किसी एक उत्तेजक का प्रयोग करें।
2. वह अपने आविष्कार के ज्ञात तत्वों (समस्त भाग) पर अपना ध्यान केंद्रित करता है जिससे उसके मस्तिष्क मैं अज्ञात तत्व (अधूरे भाग) का सही चित्र बन जाए और फिर वह इस चित्र को अपने मस्तिष्क में तब तक रखता है जब तक अवचेतन मन उस चित्र को ग्रहण नहीं कर लेता। इसके बाद वह अपने मस्तिष्क के विचारों को पूरी तरह साफ कर देता है और अपने उत्तर की प्रतीक्षा करता है और वह ऐसा तब तक करता है, जब तक वह उसके दिमाग में ना कौंध बजाएँ।

कभी-कभी परिणाम निश्चित और तत्काल दोनों ही एक साथ होते हैं। कई बार "छठी इंद्री" या "रचनात्मक कल्पना शक्ति" के विकास की अवस्था के आधार पर परिणाम नकारात्मक होते हैं। एडिसन ने अपनी रचनात्मक कल्पना शक्ति

के द्वारा परिणाम निकालने से पूर्व 10,000 से भी अधिक बार संश्लेषित शक्ति के माध्यम से कोशिश की थी, लेकिन रचनात्मक कल्पना के आधार पर ही वह बल्ब का निर्माण कर पाए। ऐसा ही टॉकिंग मशीन बनाते समय उनके साथ हुआ था।

रचनात्मक कल्पना शक्ति के बहुत सारे विश्वसनीय प्रमाण हमारे समक्ष मौजूद हैं और यह प्रमाण उन लोगों के विश्लेषण से प्रस्तुत हुए हैं, जिन्होंने बिना किसी उच्च शिक्षा को प्राप्त किए, अपने क्षेत्र में अद्भुत काम किया।

लिंकन एक महान लीडर थे, जिन्होंने अपनी रचनात्मक कल्पना शक्ति के आधार पर यह खोज निकाल कि कैसे एक महान लीडर बना जा सकता हैं। उन्होंने इस शक्ति को एन रूटेज ट से मिलने के बाद पहचानना था। जीनियस लोगों के स्रोतों के अध्ययन के संबंध में यह सर्वाधिक महत्वपूर्ण वक्तव्य है।

इतिहास के पन्ने उन महान लीडर्स के रिकॉर्ड से भरे पड़े हैं, जिनकी उपलब्धियों के पीछे किसी महिला का प्रभाव था। जिन्होंने अपने मन की रचनात्मक शक्ति को सेक्स की इच्छा की उत्तेजना के माध्यम से जागृत कर दिया। नेपोलियन बोनापार्ट भी इसमें से ही एक थे। जब उन्हें भी अपनी पत्नी जोसेफाइन से प्रेरणा मिली तो वह अलग ही शख्सियत बन गए थे। जिन्हें कोई पराजित नहीं कर पाया, लेकिन जब उनकी तर्क शक्ति ने उन्हें प्रेरित किया, तो जोसेफाइन को स्वयं से दूर कर दिया और स्वयं अपने पतन का कारण बने फिर उनकी पराजय और सेंट हेलेना उनसे बहुत दूर नहीं थे।

अमेरिका के ऐसे अनेकों प्रसिद्ध लोग हैं, जिनकी जीवनी इस बात का प्रमाण है कि उनकी पत्नियाँ ही उनकी प्रसिद्धि के लिए प्रेरक बनी और उन्हें महान ऊँचाइयों तक पहुँचाया, लेकिन यह भी सच्चाई है कि जब धन और सत्ता मिलने के कारण उनका दिमाग सातवें आसमान पर चढ़ गया और उन्होंने पहली पत्नी के स्थान पर दूसरी पत्नी ले आए तो उनके पतन का दौर भी शुरू हो गया।

नेपोलियन ही वह पहला व्यक्ति नहीं था। जिसने इस रहस्य की खोज की कि सही स्रोत से आने वाले सेक्स का प्रभाव किसी और तरीके से आने वाले स्रोत से अधिक शक्तिशाली होता है, जो मात्र तर्क के आधार पर रचा जाए।

मानव मन उत्तेजना का उत्तर देता है।

इन उत्तेजना में सबसे शक्तिशाली उत्तेजना है, सेक्स की इच्छा। इसका प्रयोग किया जाए रूपांतरण के द्वारा तो यह आपके जीवन को अधिक ऊँचा उठाने

में सक्षम हो जाएगी। इसके माध्यम से चिंता और छोटी-छोटी समस्याएँ तो स्वतः ही दूर हो जाएगी, जो आपके दिमाग में बाधा बने हुए थी।

यह बहुत ही बड़ा दुर्भाग्य है कि केवल जीनियस लोगों ने ही अभी तक इसकी खोज की है। अधिकांश लोगों ने सेक्स की इच्छा को औसत स्तर तक ही रखा है और बिना किसी खोज के उन्हें यूं ही स्वीकार कर लिया है।

कुछ जीनियस लोगों के नाम यहाँ दिए गए हैं, जिन्होंने अपनी सेक्स की इच्छा को रूपांतरित करके स्वयं को ऊँचा उठा लिया, क्योंकि जीनियस निसंदेह उस शक्ति के आधार पर बनते हैं, जो सेक्स की ऊर्जा को रूपांतरित कर पाते हैं-

1. *जॉर्ज वॉशिंगटन*
2. *एल्बर्ट हुबार्ड*
3. *नेपोलियन बोना पार्ट*
4. *अल्बर्ट एच. गैरी*
5. *विलियम शेक्सपियर*
6. *ऑस्कर वाइल्ड*
7. *अब्राहम लिंकन*
8. *वुडरो विल्सन*
9. *राल्फ वाल्डो इमरसन*
10. *जॉन एच. पेटरसन*
11. *रॉबर्ट बानर्स*
12. *एँड्रयू जैक्सन*
13. *थॉमस जेफरसन*
14. *एनरिको कारूसो*

आप भी इस सूची में कुछ नाम जोड़ सकते हैं। अपने जीवनियों के ज्ञान के आधार पर लेकिन आप एक भी इंसान ऐसा नहीं खोज पाएँगे, जिसने महान सफलता हासिल की हो, बिना विकसित सेक्स की इच्छा से प्रेरित हुए।

यदि आप उन लोगों की जीवनी के ऊपर भरोसा नहीं कर पा रहे, जो अब जीवित नहीं हैं। तो आप स्वयं उन लोगों की सूची तैयार करें, जो जीवित है और जिन्होंने अद्भुत सफलताएँ प्राप्त की हैं विकसित सेक्स की इच्छा के बिना।

इस वक्तव्य से आप इस निष्कर्ष पर नहीं पहुँच सकते कि प्रत्येक व्यक्ति जो विकसित सेक्स इच्छा की प्रकृति का है, वह जीनियस होता है, लेकिन वह व्यक्ति जरूर जीनियस हो सकता है, जो आपनी रचनात्मक कल्पना शक्ति के माध्यम से अपने दिमाग को उत्तेजित और प्रेरित कर सकता है और आगे बढ़ता है। वह उत्तेजना ही है जो आपको आगे बढ़ने के लिए प्रेरित करती हैं। उनसे सबसे प्रमुख है सेक्स की ऊर्जा। मात्र इस ऊर्जा का होना ही आपको जीनियस बनाने के लिए पर्याप्त नहीं होता। सेक्स की ऊर्जा को शारीरिक संपर्क की इच्छा में परिवर्तन करके, इस इच्छा और एक्शन के किसी भी अन्य रुप में रूपांतरित करना होता है,तब इंसान जीनियस बनने की स्थिति को प्राप्त कर पाता है।

जीनियस बनने इच्छा तो बहुत दूर की बात है। अधिकांश लोग अपनी सेक्स की इच्छा के कारण स्वयं को बहुत नीचे गिरा लेते हैं और इस महान शक्ति का दुरुपयोग करके स्वयं को जानवरों की स्थिति तक ले जाते हैं।

क्यों अधिकांश लोग 40 की उम्र से पहले कम सफल हो पाते हैं

मैंने 25,000 से अधिक लोगों के विश्लेषण के आधार पर यह खोज निकाला कि इंसान किस उम्र में ज्यादा सफलता प्राप्त की है और मैंने पाया कि 40 साल से कम उम्र वाले लोग कम सफल हुए हैं जबकि वह 50 की उम्र तक आते-आते या उससे पार करके ही सफलता के अपने रास्ते पर तेजी से बढ़ पाए हैं। यह बात बहुत चौंकाने वाली थी, इसलिए मैंने इसके पीछे के कारणों पर ज्यादा सावधानी से अध्ययन करने का विचार बनाया।

इस तथ्य के अध्ययन से पता चला कि अधिकांश लोग 40 से 50 की उम्र से पहले सफल इसलिए नहीं हो पाते, क्योंकि वह अपनी सेक्स की भावना को, शारीरिक अभिव्यक्ति में बदलने के लिए हमेशा संलग्न रहते हैं और उनका ध्यान इस बात पर जाता ही नहीं कि सेक्स की इच्छा के आगे भी बहुत सारी संभावनाएँ उनका इंतजार कर रही हैं, जो इन सभी चीजों से भी बढ़कर है, लेकिन जो लोग इस रहस्य को खोज लेते हैं और उनमें से ज्यादातर वह लोग होते है, जो 40-50 वर्ष से पहले के अपने बहुमूल्य समय को गवा चुके होते हैं, जब उनकी ऊर्जा अपने चरम पर थी और जिस उपलब्धि की हम बात कर रहे हैं वह सामान्य इसके बाद ही आती है।

कई लोग ऐसे भी हैं जो 40 सालों तक और उसके बाद भी अपनी उर्जा का लगातार अपव्य करते रहे हैं, जिन्हें और भी बेहतर तरीकों से प्रयोग में लाया जा

सकता था। वह अपनी श्रेष्ठ भावनाएँ और शक्तिशाली भावों को चारों ओर बस यूं ही हवा में बिखरने देते हैं।

सेक्स की इच्छा की अभिव्यक्ति मानव की सबसे प्रभावी और शक्तिशाली भावनाओ में से सबसे ऊपर आती है। इसलिए जब इसका दोहन करके इसे सेक्स की शारीरिक अभिव्यक्ति के अलावा अन्य किसी दिशा में लगाया जाता है, तो यह शक्ति किसी भी व्यक्ति को जीनियस बना सकती है।

अमेरिका के बहुत बड़े बिजनेस मैन फ्रैंकले ने यह स्वीकार किया कि उसकी अधिकतर योजनाओं के लिए उसकी आकर्षक सेक्रेटरी ही जिम्मेदार थी। साथ ही उन्होंने यह भी स्वीकार किया कि उनकी उपस्थिति में वह ज्यादा रचनात्मक कल्पना शक्ति के साथ ऊपर उठ गए वह किसी अन्य व्यक्ति के साथ इतना प्रोत्साहन महसूस नहीं करते थे।

एक अन्य अमेरिकी बिजनेसमैन ने भी यह स्वीकारा कि उनकी सफलता का श्रेय भी आकर्षक युवा महिला को ही जाता है, जिसने 12 वर्षों से भी अधिक समय तक उनकी प्रेरणा के स्रोत के रूप में काम किया। प्रत्येक व्यक्ति इस बात को जानता है कि यह संदर्भ किसी उद्देश्य से दिए गए हैं, लेकिन वह इन संदर्भों के पीछे उपलब्धि प्राप्त करने के स्रोतों के विषय में नहीं जानता।

इतिहास में ऐसे लोगों की बिल्कुल भी कमी नहीं है, जिन्होंने कृत्रिम मादक पदार्थों जैसे- शराब और नशीले पदार्थों के प्रयोग के माध्यम से परिणामों को हासिल किया है। एडगर एलेन पो ने "Raven" को शराब के नशे में लिखा और ऐसे स्वप्न को देखते हुए, उन्होंने वह किताब लिखी, जिन्हें देखने की हिम्मत किसी ने इससे पहले नहीं की थी।"

जेम्स विहटकॉम्ब राइले मैंने भी अपना सबसे ज्यादा श्रेष्ठ लेखन शराब के नशे में ही लिखा था, शायद इसलिए उन्होंने देखा कि - "वास्तविकता और स्वप्न का व्यवस्थित मिलन है, नदी के ऊपर मिल और धारा के ऊपर कोहरे की धुंध।" रॉबर्ट बार्नस ने भी नशे की हालत में ही श्रेष्ठ लेखन किया।

लेकिन याद रहे ऐसे कई लोग हैं, जिन्होंने अंत में स्वयं को नष्ट कर दिया। प्रकृति ने स्वयं के लिए ऐसा प्रेरक तत्व बनाया है, जिसके माध्यम से इंसान आपने दिमाग को सुरक्षित रूप से प्रेरित कर सकता है, ताकि वह शुद्ध और दुर्लभ विचारों को हासिल कर सके। कोई नहीं जानता कहाँ से यह विचार आते हैं और आज तक प्रकृति के प्रेरकों का कोई संतोषजनक विकल्प नहीं खोज जा सका है।

मनोवैज्ञानिक यह बात अच्छी तरह से जानते हैं कि सेक्स की इच्छा और आध्यात्मिक प्रेरणा में बहुत करीबी रिश्ता होता है- एक ऐसा तत्व जो उन लोगों के असामान्य व्यवहार को स्पष्ट करता है, जो "धार्मिक उन्माद" में शामिल होते हैं जो प्राचीन रीति में आमतौर पर देखे गए हैं।

मानवीय भावना ही दुनिया पर राज करती है और सभ्यता का भविष्य भी इसी के द्वारा स्थापित होता है। लोग कभी भी अपने कार्यक्रम के माध्यम से इतना प्रभावित नहीं होते, जितना कि वह भावनाओं से प्रभावित होते हैं। दिमाग में रचनात्मक कल्पना शक्ति पूर्ण रूप से भावना द्वारा संचालित होती है, ना की तार्किक ज्ञान के माध्यम से। सभी मानवीय भावनाओं में सबसे शक्तिशाली सेक्स की भावना है। कुछ अन्य मस्तिष्क प्रेरक उत्तेजनाए भी हैं, जिनमें से कुछ को यहाँ सूचीबद्ध किया गया है, लेकिन उनमें से कोई भी या सभी मिलकर भी सेक्स की प्रेरणा शक्ति की बराबरी नहीं कर सकती।

मस्तिष्क का उत्तेजक प्रभाव वह है, जो स्थाई और अस्थाई दोनों रूप से विचारों के स्पंदन को बढ़ा सकता है। जिन 10 प्रमुख उत्तेजनाओं का यहाँ वर्णन किया गया है, उनका सामान्यतः इंसान सबसे अधिक सहारा लेता है।

इन स्रोतों के माध्यम से कोई भी व्यक्ति अनंत ज्ञान या इच्छा से संपर्क कर सकता है और स्वयं या अन्य किसी व्यक्ति के अवचेतन मन के स्टोर हाउस में प्रवेश कर सकता है। यह वह प्रक्रिया है, जिसे जीनियस लोग अपनाते हैं।

30,000 से भी अधिक सेल्समैनो को प्रशिक्षित और निर्देशित करने वाले एक टीचर ने चौंकाने वाली खोज की। उन्होंने बताया कि अत्यधिक सेक्स की भावना से उत्तेजित लोग ही सबसे अच्छे सेल्समैन साबित होते हैं। इसके पीछे कारण यह है कि व्यक्तित्व के जिस तत्व को "व्यक्तिगत चुंबकीयता" कहा जाता है। वह सेक्स ऊर्जा के सिवाय कुछ नहीं है। अत्यधिक उत्तेजित लोगों के पास हमेशा चुंबकत्व की प्रचुर मात्रा होती है। इसे समझ और विकसित ऊर्जा के माध्यम से इस बल को लोगों के संबंधों में लाभ पहुँचाने के लिए प्रयोग किया जाता है, यह ऊर्जा ही निम्न माध्यमों के द्वारा ही दूसरों तक भेजी जाती है-

1. ***हाथ मिलाना*** - हाथ का स्पर्श तुरंत चुंबकत्व की उपस्थिति और अनुपस्थिति दोनों के विषय में बता देता है।
2. ***आवाज का स्वर*** - चुंबकत्व या सेक्स की ऊर्जा वह तत्व है, जिससे आवाज रंगीन, संगीतमय या आकर्षक बनती है।

3. ***शरीर की मुद्रा या हावभाव*** - अत्यधिक उत्तेजक लोग शालीनता और सहजता के साथ बहुत तेजी से चलते हैं।
4. ***विचारों का स्पंदन*** - अत्यधिक उत्तेजित लोग अपने विचारों के साथ-साथ सेक्स की भावना को मिला देते हैं। वह अपनी इच्छा के कारण ऐसा करते हैं। इसी कारण से वह अपने आसपास के लोगों को प्रभावित कर पाते हैं।
5. ***शरीर की सजावट*** - जिन लोगों में अत्यधिक सेक्स की भावना होती है। वह अपनी व्यक्तिगत छवि के बारे में अलर्ट रहते हैं, इसलिए समान्यतः वह स्टाइलिश कपड़ों का चयन करते हैं, जिससे उनका व्यक्तित्व शरीर और रंग अत्यधिक आकर्षक दिख सके।

जो लोग सेल्समैन को काम करने के लिए जॉब पर रखते हैं। वह सबसे पहले उनमें चुंबकत्व का गुण ही देखते हैं, जो सेल्समैन की जॉब के लिए पहली आवश्यकता है। जिन लोगों में सैक्स की ऊर्जा कम होती है। वह कभी भी उत्साहित नहीं बन पाते और ना ही उत्साह के साथ दूसरों को प्रेरित कर और उत्साहित कर पाते है। उत्साही सेल्समैन की सबसे महत्वपूर्ण शर्त यही है। इससे कोई फर्क नहीं पड़ता कि वह क्या बेच रहा है।

जिस भी व्यक्ति में चाहे वह वकील, सार्वजनिक वक्ता या सेल्समैन ही क्यों ना हो। यदि उसकी ऊर्जा में कमी है, तो वह कभी भी दूसरों को प्रभावित नहीं कर सकता और जहाँ तक लोगों को प्रभावित करने की बात है यहाँ इस तथ्य को साथ जोड़ दें, कि अधिकांश लोगों को केवल उनकी भावनाओं के माध्यम से ही प्रभावित किया जा सकता है और आप समझ जाएँगे कि सेल्समैन की योग्यता के हिस्से के रूप में सेक्स की ऊर्जा का क्या महत्व है। मास्टर सेल्समैन सबसे अच्छी सेल्स इसलिए कर पाते हैं, क्योंकि वह अपनी सेक्स की ऊर्जा का रूपांतरण जाने अनजाने में ही कर लेते हैं। इस वक्तव्य में सेक्स रूपांतरण के वास्तविक अर्थ के रूप में प्रैक्टिकल सुझाव दिया गया है।

जो सेल्समैन यह जानते है कि कैसे अपने दिमाग को सेक्स के विषय से हटाकर, इसे सेल्स के प्रयास में लगाया जाए और इस कार्य को उतने ही उत्साह और संकल्प से किया जाए, जितना कि वह अपने मूल उद्देश्य को पूरा करने में लगता हो तो आप यह जान ले कि उसने सेक्स रूपांतरण के रहस्य को जान लिया है। चाहे वह इस बात को जानते हो या नहीं। ऐसे सेल्समैनों की संख्या बहुत ज्यादा

है, जो अपनी सेक्स ऊर्जा को रूपांतरित कर लेते हैं बिना यह जाने कि उसे कैसे रूपांतरित किया जा सकता है। उन्हें यह ज्ञात ही नहीं होता कि वह क्या कर रहे हैं और कैसे कर रहे हैं।

सेक्स की ऊर्जा के रूपांतरण में अधिक इच्छाशक्ति की आवश्यकता होती है और ज्यादातर लोग इतनी इच्छा शक्ति को जुटा ही नहीं पाते, ना ही उन्हें इस बात की परवाह होती है। जिन लोगों को इसके रूपांतरण के लिए पर्याप्त इच्छाशक्ति जुटाना बहुत कठिन लगता है। वह इसको प्राप्त करने के लिए धीरे-धीरे प्रयास करते हैं। भले ही इस में इच्छाशक्ति की आवश्यकता होती है, लेकिन इसके बाद जो इनाम आपको मिलता है वह आपके प्रयासों से कई गुना अधिक होता है।

सेक्स का पूरा विषय एक ऐसा विषय है, जिस के बारे में ज्यादातर अक्षम्य में रूप से अनभिज्ञ है। सेक्स की इच्छा को पूरी तरह से गलत समझा गया है, सेक्स की उत्तेजना को एक लंबे समय तक अज्ञानी लोगों द्वारा गलत समझा गया, बदनाम किया गया और यहाँ तक कि इसका मजाक भी उड़ाया गया। सेक्स शब्द का प्रयोग समाज में शायद ही किया जाता है। जिन लोगों ने चाहे वह स्त्री हो या पुरुष अत्यधिक सेक्स इच्छा की प्रवृत्ति वरदान में मिली है - हाँ वरदान- सामान्यता ऐसे लोगों को इस रूप में देखा जाता है कि इन पर नजर रखनी चाहिए। ऐसे लोगों को उनकी प्रकृति के कारण समाज के लिए खतरा माना गया हैं।

आज के युग में भी करोड़ों लोग इस हीन भावना के शिकार हैं, क्योंकि उन्हें लगता है कि सेक्स भावना एक अभिशाप है। सेक्स ऊर्जा के गुणों के विषय में यह नहीं सोचना चाहिए कि हम यहाँ उन्मुक्त सेक्स को सही ठहरा रहे हैं। यह भावना तभी आपके लिए एक सा सद्गुण है, जब इसका प्रयोग बुद्धिमानी और सावधानी से किया जाए। ज्यादातर लोग इस गुण का सही ढंग से उपयोग नहीं किया जाता और इसी कारण यह शरीर और मन को समृद्ध करने की बजाय उन्हें पथभ्रष्ट कर देती है।

लेखक को यह बात तब और महत्वपूर्ण लगी। जब उसने पाया कि व्यवहारिक रूप से प्रत्येक महान लीडर के पीछे किसी न किसी महिला की प्रेरणा थी। कई उदाहरण ऐसे भी थे जिनमें महिलाएँ अक्सर एक साधारण, संकोची और स्वयं को कुछ ना समझने वाली पत्नी थी। जिसके विषय में कभी कुछ नहीं सुना गया और कभी सुना भी गया तो बहुत कम। कुछ उदाहरण ऐसे भी थे, जिन्होंने अपनी प्रेरणा का स्रोत पहली महिला के बजाय दूसरी महिला में पाया गया था।

सेक्स की आदतों में असंयम उतना ही हानिकारक है, जितना अपने खाने-पीने की आदतों पर नियंत्रण ना करना। एक युग यह है, जिसमें हम रह रहे हैं और एक युग वह था, जिसमें विश्व युद्ध की शुरुआत हुई थी। वह भी सेक्स में असंयम का परिणाम था। जिस कारण देश में महान लीडर्स की कमी हो गई। कोई भी व्यक्ति जो सेक्स के पीछे पागल है या नशे में धुत है। वह कभी भी रचनात्मक कल्पना की शक्ति से स्वयं को लाभान्वित नहीं कर सकता। इंसान धरती पर अकेला ऐसा आदमी है, जो सेक्स की अपनी इच्छा के कारण प्रकृति का भी विरोध करता है, जबकि प्रत्येक जानवर प्रकृति के नियमों का पालन करते हुए अपनी सेक्स की इच्छा को मौसम के मुताबिक पूरा करते है। इसके विपरीत इंसान को इस बात से कोई फर्क नहीं पड़ता।

प्रत्येक बुद्धिमान व्यक्ति यह जानता है कि मादक और नशीले पदार्थों के माध्यम से उत्तेजना की अधिकता हो जाती है,जो असंयम का ही एक रूप है। जिस कारण हमारे दिमाग और शरीर दोनों को नुकसान पहुँचता है, लेकिन लोग यह नहीं जानता कि सेक्स की अभिव्यक्ति की अधिकता आदत बन जाती है। जो हमारी रचनात्मक कल्पनाशीलता के लिए उतनी ही हानिकारक और विनाशकारी है जितने की मादक और नशीला पदार्थ।

सेक्स की अभिव्यक्ति के लिए पागल इंसान, नशे के लिए पागल इंसान से अलग नहीं होता, क्योंकि दोनों ने ही अपनी तर्क और इच्छाशक्ति पर अपना नियंत्रण खो दिया होता है, जिस कारण यह आपको स्थाई और अस्थाई पागलपन तक भी ले जा सकता है। "हाइपोकॉन्ड्रिया" (काल्पनिक बीमारी) के ऐसे कई मामले हैं जो सेक्स के वास्तविक कार्यों की अज्ञानता के कारण ही विकसित हुई आदतों का परिणाम है।

दूसरी ओर आसानी से देखा जा लगता है कि सेक्स के रूपांतरण के विषय में अज्ञानता,अज्ञानी व्यक्ति पर एक ओर तो हानि पहुँचाती है और दूसरी ओर उसे लाभों से भी वंचित कर देती है।

सेक्स के विषय में व्यापक रूप से जो अज्ञान फैला हुआ है, वह इस कारण है कि यह विषय अंधकारमयी चुप्पी और रहस्य से घिरा हुआ है। रहस्य और चुप्पी की साजिश का युवा लोगों पर ठीक वैसा ही प्रभाव पड़ता है, जैसा कि निषेध मनोविज्ञान का। इसका परिणाम यह होता है कि युवा लोगों की जिज्ञासा और इच्छा दोनों अधिक बढ़ती जाती है। निषिद्ध विषय पर अधिक ज्ञान अर्जित करने

की कानून बनाने वालों और डॉक्टरों के लिए यह शर्म की बात है कि जिस विषय पर जानकारी सरलता से उपलब्ध होनी चाहिए थी, वह उपलब्ध नहीं है केवल अज्ञानता के कारण। जबकि इन लोगों को ही युवाओं को इस विषय पर आगे शिक्षित करना है।

ऐसा बहुत कम देखा गया है कि रचनात्मक प्रयासों में 40 साल की आयु से पहले किसी व्यक्ति ने किसी उच्च क्षेत्र में प्रवेश किया हो। सामान्यतः औसत व्यक्ति की रचनात्मक क्षेत्र में महानता हासिल करने की आयु 40 से 60 वर्षों के बीच की होती है। यह वक्तव्य उन हजारों पुरुषों और महिलाओं के विश्लेषण पर आधारित है। जिन का विश्लेषण ध्यान पूर्वक किया गया है। यह वक्तव्य उन लोगों के लिए प्रोत्साहित करने वाला होना चाहिए, जो 40 वर्ष की आयु से पहले सफल नहीं हुए और उन लोगों के लिए भी यह उतना ही उत्साह वर्धक वक्तव्य है, जो "बुढ़ापे" को सामने खड़ा देख डरे हुए हैं। 40 और 50 के मध्य का समय सबसे उपयोगी होता है इंसान को इस आयु की दहलीज में प्रवेश आशा और उत्साह के साथ करना चाहिए। ना की डरते और कांपते हुए।

यदि आप प्रमाण चाहते हैं कि ज्यादातर लोग 40 वर्ष की आयु से पहले सफल क्यों नहीं हो पाते। तो अमेरिका के सबसे सफल लोगों के रिकॉर्ड को उठाकर आप देख सकते हैं, आपके सामने इसका प्रमाण होगा। हेनरी फोर्ड ने 40 साल की आयु पार करने तक सफलता प्राप्त नहीं की थी। एँड्रयू कारनेंगी ने 40 की उम्र को भी पार कर लिया था। तब कहीं जाकर उन्हें अपने प्रयासों का फल प्राप्त हुआ था। जेम्स जेहील अभी भी 40 साल की उम्र तक टेलीग्राफ चला रहे थे। उनकी अद्भुत उपलब्धियाँ भी उस उम्र के बाद ही शुरू हुई थी। अमेरिकी उद्योगपतियों और फाइनेंसरों की जीवनीयाँ इस प्रमाण से भरी पड़ी है कि 40 से 60 के बीच की अवधि ही इंसान की आयु की सबसे लाभदायक होती है।

30 से 40 की उम्र के बीच ही इंसान सेक्स रूपांतरण की कला को सीखना शुरू करता है। (यदि वह कभी इसे जीवन में सीख पाता है तो) यह सीखने की खोज आमतौर पर आकस्मिक ही होती है और जो इसे खोज लेता है वह भी संयोगवश ही ऐसा कर पाता है। वह देखता है कि उसकी उपलब्धियाँ 35 से 40 की उम्र के बीच बढ़ गई है, लेकिन वह इसके कारण से अनजान होता है। प्रकृति 30 से 40 के बीच की आयु के बीच में व्यक्ति में प्यार और सेक्स की भावनाओं में सामंजस्य स्थापित करना शुरू कर देती है, ताकि वह इन महान शक्तियों की सहायता प्राप्त करके और उन्हें एकत्रित कर, कर्म के लिए प्रेरणा के रूप में उपयोग में ला सके।

सेक्स अकेले ही एक्शन करने के लिए एक शक्तिशाली प्रेरणा है, लेकिन इसकी शक्तियाँ चक्रवात की तरह होती है, क्योंकि यह अक्सर बेकाबू ही रहती है। जब प्रेम का की भावना सेक्स की भावना के साथ स्वयं को मिलाना शुरू कर देती है, तो परिणाम होता है उद्देश्य की शांति, संतुलन, निर्णय की सटीकता और ठहराव। 40 वर्ष की उम्र को पार करने वाला ऐसा कौन सा व्यक्ति दुर्भाग्यशाली होगा, जो इन वक्तव्य का विश्लेषण करने में समर्थ नहीं होगा और जो स्वयं के अनुभव के आधार पर इसका समर्थन नहीं करेगा।

एक औरत को खुश करने के लिए उसकी इच्छा से प्रेरित होकर, जो पूर्ण रूप से सेक्स की भावना पर आधारित होती है। इंसान महान उपलब्धियाँ हासिल करने में समर्थ होता है, लेकिन उसके कार्य विकृत, असंगठित और विनाशकारी हो सकते हैं। जब व्यक्ति केवल सेक्स की इच्छा से किसी महिला को खुश करने के लिए उसे प्रेरित करता है। ऐसा व्यक्ति चोरी कर सकता है, धोखा दे सकता है, यहाँ तक कि इसकी भी पूरी संभावना है, कि वह हत्या तक कर सकता है, लेकिन जब सेक्स के भाव में प्रेम का भाव मिल जाता है, तो यही व्यक्ति अपने कार्यों को अधिक विवेक, संतुलन और तर्कपूर्ण ढंग से मार्गदर्शन करेगा।

अपराध वैज्ञानिकों ने भी यह खोज की है कि बड़े से बड़ा अपराधी भी किसी महिला के प्रेम के प्रभाव से सुधर सकता है। किसी अपराधी का केवल सेक्स की भावना के माध्यम से सुधार किया गया हो, इसका कोई रिकॉर्ड नहीं है, लेकिन यह तथ्य भली-भांति ज्ञात है पर इसके कारण ज्ञात नहीं है। यह सुधार अंतः करण से आता है तर्क के आधार पर नहीं।

यहाँ सुधार का अर्थ है "भीतर से परिवर्तन"। इसका अर्थ केवल दिमागी रूप से परिवर्तन नहीं है कोई भी व्यक्ति परिणाम की वजह से बचने के लिए अपने व्यक्तिगत आचरण में कुछ परिवर्तन तो जरूर कर सकता है, लेकिन सुधार केवल अंतःकरण से ही आता है।

प्यार, रोमांस और सेक्स ऐसी भावनाएँ हैं, जो इंसान को महान उपलब्धि की ऊँचाइयों तक ले जाने में सक्षम है। प्रेम की भावना एक सुरक्षा बल्ब के रूप में कार्य करती है, जो संतुलन, संयम और रचनात्मक प्रयासों को सुनिश्चित करती है। यदि यह तीनों भावनाएँ एक हो जाएँ तो किसी भी इंसान को जीनियस बनाकर ऊँचाईयों तक ले जा सकती हैं।

भावनाएँ मस्तिष्क की मात्ना अवस्थाएँ हैं। इंसान को प्रकृति ने मस्तिष्क की एक केमिस्ट्री प्रदान की है, जो ठीक उसी प्रकार काम करती है। जिस प्रकार किसी पदार्थ के केमिस्ट्री के सिद्धांत काम करते हैं यह एक सर्वविदित तथ्य है कि पदार्थ की केमिस्ट्री की सहायता से केमिस्ट्री का ज्ञाता कुछ तत्वों के मिश्रण से एक घातक जहर बनाए सकता है। जिसमें से कोई भी तत्व सही मात्ना में स्वयं हानिकारक नहीं होता। इसी प्रकार भावनाएँ भी मिलकर जहर बन सकती है। सेक्स और ईर्ष्या की भावनाएँ जब मिश्रित होती है तो किसी भी व्यक्ति को जानवर में बदल सकती हैं।

इंसान के मस्तिष्क में उपस्थित कोई भी एक या एक से अधिक विनाशकारी भावनाएँ मस्तिष्क की केमिस्ट्री के माध्यम से एक ऐसा जहर बना सकती है, जो किसी भी व्यक्ति की न्याय और निष्पक्षता की भावना को समाप्त कर सकते हैं। कई मामले ऐसे भी देखे गए हैं, जिनमें इंसान की ये भावनाएँ व्यक्ति की तर्क शक्ति को भी नष्ट कर देती है।

जीनियस बनने के लिए जिस सड़क पर चला जाता है, वह टेक्स्ट प्यार और रोमांस के विकास नियंत्नण और प्रयोग से बनती है। इन भावनाओं के माध्यम से मस्तिष्क में प्रबल विचारों के रूप में प्रोत्साहित करें। साथी बाकी सभी विनाशकारी भावों की उपस्थिति को हतोत्साहित करें। मस्तिष्क आदतों का गुलाम होता है। यह मस्तिष्क को दिए जाने वाले विचारों के अनुसार अपना कार्य करता है। इच्छाशक्ति के माध्यम से कोई भी व्यक्ति किसी भी भाव की उपस्थिति को हतोत्साहित करके किसी अन्य भाव को प्रोत्साहित कर सकता है। इच्छा की शक्ति के माध्यम से मन पर नियंत्नण मुश्किल नहीं होता, लेकिन नियंत्नण केवल आदत से ही आ सकता है। इस नियंत्नण का रहस्य रूपांतरण की प्रक्रिया को समझने में निहित है। जब कोई भी नकारात्मक भाव किसी के मस्तिष्क में आते हैं, तो यह उसे विचारों की प्रक्रिया के माध्यम से परिवर्तित करके सकारात्मक या रचनात्मक भावों में बदला जा सकता है।

जीनियस बनने के लिए एक मात्न रास्ता है अपनी इच्छा से आत्मा प्रयास करना। कोई भी व्यक्ति केवल सेक्स की प्रेरक शक्ति के द्वारा आर्थिक या व्यवसायिक उपलब्धि की महानतम ऊँचाइयों को प्राप्त कर सकता है, लेकिन इतिहास ऐसे अनेक प्रमाणों से भरा पड़ा है। जहाँ लोग अपने चरित्न के ऐसे गुण भी साथ लेकर चलते हैं, जिस कारण वह अपनी दौलत को नहीं रोक पाते या उसका ठीक से प्रयोग नहीं कर पाते। यह विश्लेषण, विचार और चिंतन के योग्य विषय है,

क्योंकि यह वह सच्चाई है, जिसका ज्ञान महिलाओं और पुरुषों दोनों लोगों के लिए सहायक सिद्ध होगा। चाहे कितना भी धन हो लोगों के पास, लेकिन अज्ञानता के कारण हजारों लोग दुख भोग रहे हैं।

प्रेम और सेक्स की भावनाएँ हर तरफ अपने निशान छोड़ देती है और यह निशान इतने स्पष्ट होते हैं, कि इन्हें जो चाहे वह देख और पढ़ सकता है, जो व्यक्ति केवल सेक्स की भावना पर आधारित जुनून से प्रेरित होते हैं। वह अपने हाव-भाव से अन्य लोगों को अपनी कहानी अपनी जुबान से बता देते हैं। प्रेम की भावना जब सेक्स की भावना के साथ मिलती है, तो आपके चेहरे की चमक को बढ़ा देती है और यह बात आप स्वयं महसूस कर सकते हैं। इसके लिए आपको किसी भी अन्य व्यक्ति से पूछने की जरूरत नहीं पड़ेगी।

प्रेम की भावना इंसान की कलात्मक और भावनात्मक दोनों पक्षों को विकसित और ज़ाहिर करती हैं। यह भावना इंसान की अंतरात्मा पर अपना प्रभाव छोड़ती हैं। भले ही वह प्रेम की ज्वाला समय और परिस्थितियों के कारण शांत ही क्यों न गई हो।

प्रेम की यादें कभी खत्म नहीं होती। यह भावनाएँ बहुत लंबे समय तक हमें प्रभावित और मार्गदर्शन करती हैं। चाहे हमारा प्रेरणा स्त्रोत हमसे दूर ही क्यों ना चला जाए। इसमें कुछ भी नया नहीं है। प्रत्येक व्यक्ति जिसने सच्चा प्रेम किया है। इस बात को अच्छे से जानता है, कि प्रेम मानवीय हृदय पर कभी न मिटने वाले निशान छोड़ देता है। प्रेम का प्रभाव स्थाई है और इसकी प्रकृति आध्यात्मिक, जो व्यक्ति प्रेम से भी महान ऊँचाइयाँ हासिल ना कर सके। वह व्यक्ति दुर्भाग्यशाली है। भले ही वह जीवित है लेकिन मृत के समान है।

कई बार प्रेम की यादें भी व्यक्ति के रचनात्मक प्रयासों को उच्च स्तर तक ले जाने के लिए पर्याप्त होती है। प्रेम की शक्ति उस ज्वाला की तरह होती है, जिसमें व्यक्ति स्वयं जलता है और अपने पीछे अमिट निशान छोड़ जाता है।

कभी-कभी यादों के सहारे बीते समय में जाएँ और बीते समय के साथ धुंधले हुए प्रेम की सुंदर यादों में स्नान करें। यह स्नान आपको वर्तमान की चिंताओं और क्रोध को कम करने में सहायक सिद्ध होगा। यह प्रेम की यादें आपको जीवन की अप्रिय वास्तविकताओं से बचाएगी- कौन जानता है? ये यादों की यात्रा आपको ना जाने क्या दे जाए। जो आपके पूरे जीवन की आर्थिक और आध्यात्मिक दोनों ही स्थितियों को बदल दे।

यदि आपको ऐसा लगता है कि आपका प्रेम खो जाने के कारण आप दुर्भाग्य का सामना कर रहे हैं, तो इस विचार को अपने से दूर कर दें, क्योंकि जिसने भी सच्चा प्रेम किया है। वह कभी भी पूर्ण रूप से उसे नहीं खो सकता। प्रेम की प्रकृति थोड़ी सनकी और तुनकमिजाजी है। यह अल्पकालिक और क्षणभंगुर है, इसलिए यह अपनी मर्जी से आती है और बिना कुछ कहे अपनी मर्जी से चली जाती हैं, लेकिन जब तक आपके पास यह रहे। उसे पूर्ण रूप से स्वीकार करें और जब यह जाएँ तो इसके विषय में चिंता करके अपना समय बर्बाद ना करें, क्योंकि चिंता इसे कभी भी वापस नहीं ला सकती।

इन विचारों को अपने दिमाग से निकाल दें, कि प्रेम जीवन में केवल एक ही बार आता है। यह आपके जीवन में अनंत बार आ सकता है, लेकिन एक व्यक्ति के लिए दो प्रेम एक ही अनुभव नहीं दे सकते। हाँ ऐसा हो सकता है और ज्यादातर ऐसा देखा भी गया है, कि किसी एक प्रेम का अनुभव, बाकी प्रेम के अनुभवों से ज्यादा गहरी छाप छोड़ता है। हालांकि सभी प्रेम के अनुभव लाभदायक ही होते हैं लेकिन उन लोगों के लिए नहीं, जो प्रेम के चले जाने के बाद नफरत और क्रोध से भर जाते हैं।

प्रेम में कोई निराशा नहीं होनी चाहिए और ऐसा कभी होगा भी नहीं, यदि आप प्रेम और सेक्स की भावनाओं के बीच आप अंतर को समझ ले। इनमे सबसे प्रमुख अंतर यह है कि सेक्स जैविक है और प्रेम आध्यात्मिक है। ऐसा कोई अनुभव नहीं है जो मानवीय हृदय को आध्यात्मिक शक्ति से स्पर्श करता है इसलिए यह हानिकारक हो ही नहीं सकता। बस शर्त इतनी सी है वह अज्ञान या ईर्ष्या से ग्रस्त ना हो।

निसंदेह प्रेम जीवन का सबसे महानतम अनुभव है। यह व्यक्ति को अनंत ज्ञान के संपर्क में लाता है और जब इसे रोमांस और सेक्स की भावनाओं के साथ मिलाया जाता है, तो यह रचनात्मक प्रयासों की सीढ़ी के जरिए बहुत ऊपर ले जाती है। प्रेम, सेक्स और रोमांस की भावनाएँ उपलब्धि के निर्माण में जीनियर्स के शाश्वत त्रिकोण के भाग हैं। प्रकृति किसी अन्य शक्ति के माध्यम से जीनियस नहीं बनती।

प्रेम भाव के कई पक्ष और रंग होते हैं, लेकिन प्रेम जैसा हम माता-पिता या अपने बच्चों के लिए महसूस करते हैं, उससे बिल्कुल अलग प्रेयसी के लिए महसूस किया जाता है। एक अन्य प्रेम का स्वरूप दोस्ती का भी है, जो अन्य रूपों से बिल्कुल भिन्न है।

इसके उपरांत अमूर्त चीजों के प्रति प्रेम की भावनाएँ आती हैं, लेकिन इन सभी प्रेम के रूपों में सबसे अलग और सबसे धड़कता रूप है वह है जब प्रेम और सेक्स की भावनाओं को मिलाया जाता है। वह विवाह जिसमें प्रेम का आकर्षण नहीं है और सेक्स का संतुलन भी नहीं है। ऐसे विवाह कभी भी सुखदायी नहीं हो सकते और ना ही यह लंबे समय तक टिके ही रह सकते हैं। केवल प्रेम विवाह या सेक्स की इच्छा से किया गया विवाह, दोनों ही जीवन में खुशियाँ नहीं ला सकता, लेकिन जब इन दोनों सुंदर भावों को आपस में मिलाया जाएगा, तो वह मन की एक ऐसी अद्भुत अवस्था का निर्माण कर सकता है, जो धरती पर सबसे अच्छी महसूस की जाने वाली आध्यात्मिक अवस्था के करीब तक पहुँच सकता है।

जब रोमांस की भावना को प्रेम और सेक्स की भावना के साथ जोड़ा जाता है, तो इंसान के सीमित मस्तिष्क और अनंत ज्ञान दोनों के बीच की बाधाएँ सदा ही दूर हो जाती हैं।

तब कहीं जाकर एक जीनियस का जन्म होता है। सामान्यतः सेक्स की भावना से जुड़े लोगों की तुलना में यह कितनी अलग कहानी है। यहाँ भावना की अवस्था व्याख्या की गई है जिस अवस्था के कारण यह विषय ऊपर उठ गया है। जैसे कुम्हार अपनी भावनाओं के माध्यम से मिट्टी को आकार-प्रकार देता है और सुंदर और प्रेरणादायक चीजें बनाता है। वैसे ही यदि यह विषय समझ आ जाए तो यह व्याख्या ही बहुत से विवाहों में संतुलन ला देगी। अक्सर यह असमंजस लगातार कमी निकालने, शिकायतें करने इत्यादि के रूपो में व्यक्त होता है। जो सामान्यता देखा गया है। सेक्स के विषय पर अज्ञानता के कारण होता है, जहाँ प्रेम, रोमांस और सेक्स की भावनाओं और कार्यों की सही समझ होती है। वहाँ वैवाहिक जीवन में कोई समस्या नहीं होती। ऐसे रिश्ते में पति भाग्यशाली है, जिसकी पत्नी प्रेम, सेक्स और रोमांस की भावनाओं के बीच के संबंधों को भलीभांति समझती है इसे प्रेम की पवित्र त्रिकोण से प्रेरित श्रम का कोई प्रकार बोझ नहीं लगता, क्योंकि हर प्रयास चाहे वह छोटा ही क्यों ना हो वह प्रेम को व्यक्त करने वाला बन जाता है।

एक बहुत पुरानी कहावत है कि “पत्नी उसे ‘बना’ भी सकती है और ‘मिटा’ भी सकती है”, लेकिन इसका कारण कभी समझा नहीं गया। बनाना और मिटाना इस बात का परिणाम है कि पत्नी प्रेम, सेक्स और रोमांस की भावनाओं को कितना समझती है।

पुरुष पर अन्य महिलाओं का प्रभाव उतना अधिक नहीं पड़ता, जितना कि उसकी पत्नी का पड़ता है। ऐसी परिस्थितियों को छोड़ दिया जाए, जिनमें किसी पुरुष का विवाह किसी अनुपयुक्त महिला से करा दिया गया हो। यदि एक महिला अपने पति को इस बात की अनुमति देती है कि वह उसमें रुचि लेना बंद कर दे और दूसरी महिलाओं में अधिक रूचि लेने लगे तो, ज्यादातर ऐसा सेक्स, प्रेम और रोमांस के विषय में अज्ञानता और उदासीनता के कारण होता है।

पहले से ही यह वक्तव्य इस बात को मानकर चलता है कि किसी व्यक्ति और उसकी पत्नी के बीच अगर उपर्युक्त स्थितियाँ हैं, तो कभी उनके बीच सच्चे प्रेम का अस्तित्व कभी था ही नहीं।

यह तथ्य उस व्यक्ति पर भी लागू होता है, जो अपनी पत्नी की स्वयं में रुचि को समाप्त होने की इज़ाजत देता है।

विवाहित लोग अक्सर बहुत सी छोटी-छोटी बातों पर झड़ने लगते हैं। यदि इनका विश्लेषण ठीक प्रकार से किया जाए, तो इस समस्या का असली कारण प्रेम, सेक्स और रोमांस के विषयों में अज्ञानता या उदासीनता ही मिलेगा। किसी पुरुष का सबसे बड़ा प्रेरित बल महिला को खुश करने की उसकी इच्छा से मिलता है। सभ्यता का जब उदय नहीं हुआ था तो उससे भी पहले प्रागैतिहासिक काल के दौरान वह "शिकारी" था। उस समय वह केवल महिला की नजरों में महान दिखने की अपनी इच्छा के कारण ही ऐसा किया करता था। आज भी पुरुष की प्रकृति इस संदर्भ में नहीं बदली है। आज का पुरुष "शिकारी" नहीं है और न ही वह घर पर जंगली जानवर की खाल लाता लेकिन वह अच्छे कपड़े,गाड़ी और धन की पूर्ति से महिला को खुश करने की अपनी इच्छा को उसके समक्ष प्रस्तुत करता है। आज भी पुरुषों में महिला को खुश करने की यही इच्छा है, जो सभ्यता के उदय होने से पहले हुआ करती थी। बदला है तो केवल महिला को प्रसन्न करने का तरीका। ऐसे पुरुष शक्ति और शोहरत के साथ बहुत सा धन कमाते हैं। वह केवल इसी भावना से प्रेरित होकर ऐसा करते हैं। यदि पुरुषों के जीवन से महिलाओं को हटा दिया जाए, तो ज्यादातर पुरुषों के लिए यह सारी धनसंपदा व्यर्थ हो जाएगी। "महिला को खुश करने की उनकी इच्छा के कारण ही महिलाओं को व शक्ति मिली है, जिससे वह किसी पुरुष को बना और मिटा सकने में सक्षम है।"

वह महिला जो पुरुष की प्रकृति को समझती है और समझदारी से उसे पूरा करती है। उस महिला को अन्य महिलाओं से प्रतिस्पर्धा का भय नहीं होता। दूसरे

लोगों के साथ पुरुष अपनी अदम्य इच्छाशक्ति के साथ "दिग्गज" के रूप में उभरा करते हैं, लेकिन यह भी सच्चाई है कि अपनी पसंद की महिला से वह पूरी तरह नियंत्रित हो सकते हैं।

अधिकांश पुरुष इस बात को कभी स्वीकार नहीं करेंगे कि वह अपनी पसंद की महिलाओं द्वारा सरलता से प्रभावित हो जाते हैं, क्योंकि यही पुरुषों की प्रकृति होती है कि वह चाहते हैं कि मानव जाति में उन्हें सबसे शक्तिशाली ही समझा जाए। समझदार महिलाएँ, पुरुषों के इस गुण को भली-भांति समझ कर उसे बड़ी ही बुद्धिमानी के साथ अनदेखा कर देती है।

कुछ पुरुष यह बात जानते हैं कि वह अपनी पसंद की महिलाओं- अपनी पत्नी, प्रेमिका, माँ या बहनों के द्वारा प्रभावित होते हैं, लेकिन वह बुद्धिमानी से इस प्रभाव के विरुद्ध विरोध करने से बचते हैं, क्योंकि वे इस बात को अच्छी तरह जानते हैं कि वह किसी सही महिला के प्रभाव के बिना वह कभी सुखी या पूर्ण नहीं हो सकते। जो लोग इस महत्वपूर्ण सत्य को नहीं जानते वह स्वयं को इस शक्ति से वंचित कर लेते है। जो एक शक्ति पुरुषों को सफलता दिलाने में सहायता करती है वह अन्य शक्तियाँ मिलकर भी नहीं कर सकती।

12

अवचेतन मन

लिंक जोड़ना

अमीर होने की ओर ग्यारहवां कदम

अवचेतन मन चेतना के द्वारा एक ऐसे क्षेत्र का निर्माण करता है, जिसमें अवचेतन मस्तिष्क तक पांचों इंद्रियों में से किसी भी एक इंद्री द्वारा पहुँचने वाले विचार हर आवेग द्वारा वर्गीकृत और दर्ज कर लिए जाते हैं। जिसमें से किसी भी विचार को पुनः निकाला जा सकता है, जैसे- पत्रों को फाइलिंग केबिनेट में से आसानी निकाला जा सकती है।

यह इंद्रियों की छवियों या विचारों को उनकी प्रकृति पर ध्यान दिए बिना प्राप्त और दर्ज करता है। आप अपनी इच्छा से अवचेतन मन में किसी भी योजना, विचार या उद्देश्य को रोपित कर सकते हैं। जिसे आप इसके भौतिक या आर्थिक समतुल्य में रूपांतरित करने की इच्छा रखते हैं। आपका अवचेतन मन सबसे पहले प्रबल इच्छा पर कार्य करता है, जिसमें किसी भावना का समावेश हो जैसे - आस्था।

इच्छा वाले अध्याय में दिए गए छह चरणों पर काम करने से पहले बताये गए निर्देशों पर विचार करें। फिर अपनी योजनाएँ बनाने और उन पर काम करने वाले अध्याय में, जो निर्देश दिए गए हैं

उस संबंध में ध्यान दें। तब कहीं जाकर आप विचारों के महत्व को समझ पाएँगे।

"अवचेतन मन दिन-रात कार्य में लगा रहता है"

इंसान उस प्रक्रिया को अज्ञानता वश नहीं जानता, जिसके माध्यम से अवचेतन मन, अनंत ज्ञान की शक्ति से शक्तियाँ अपनी ओर आकर्षित करता है। इसकी सहायता से ही यह अपनी इच्छा को भौतिक समतुल्य में परिवर्तित कर देता है। यह हमेशा किसी व्यक्ति की इच्छा को सबसे व्यावहारिक तरीके के संबंध से इसके भौतिक समतुल्य में रूपांतरित कर देता है, जिसके द्वारा इच्छित उद्देश्य पूरा हो सके।

अपने अवचेतन मन को आप कभी भी पूर्ण रूप से नियंत्रित नहीं कर सकते, लेकिन इतना जरूर है, कि आप अपनी इच्छा के अनुसार इसे कोई भी योजना, इच्छा या उद्देश्य सौंप सकते हैं। जिसे आप भौतिक रूप में बदलते देखना चाहते हैं। अब अवचेतन मन का उपयोग करने के लिए आत्मसुझाव वाले अध्याय में दिए गए निर्देशों को पुनः पढ़े।

विकास के समर्थन में कई सारे प्रमाण है, कि अवचेतन मन इंसान के सीमित मस्तिष्क और अनंत ज्ञान के बीच जोड़ने वाली डोर है। इंसान अनंत ज्ञान की शक्तियों को उसके द्वारा इच्छा अनुसार आकर्षित कर सकता है। केवल इसी में रहस्यमयी प्रक्रिया शामिल है, जिसके द्वारा मानसिक आवेगो को इसके आध्यात्मिक समतुल्य में बदला जा सकता है। यह अकेला माध्यम है जिसके द्वारा प्रार्थना उस स्रोतों में परिवर्तित हो जाती है, जो प्रार्थना का उत्तर देने में समर्थ हो।

अवचेतन मन से जुड़ी हुई रचनात्मक प्रयास करने की संभावनाएँ अद्भुत और अति सूक्ष्म होती है और इसी विषय के साथ हमें प्रेरित करती हैं।

इस सत्य को जब आप स्वीकार कर लेंगे कि अवचेतन मन का अस्तित्व है, तो आप इच्छा वाले अध्याय में दिए गए निर्देशों के महत्व को भी समझ जाएँगे। जिस कारण यह आपकी इच्छाओं को इसके भौतिक व आर्थिक समतुल्य में बदल देती है। इतना ही नहीं आप यह भी समझने लगेंगे कि आपको बार-बार क्यों चेतावनी दी गई थी कि आप अपनी इच्छा को बार-बार लिख ले। इस तथ्य के उपरांत ही आप निर्देशों का पालन करने के लिए दृढ़ता क्यों जरूरी है यह समझ पाएँगे।

तेरह सिद्धांत वे प्रेरणाएँ हैं, जिनसे आप अपने अवचेतन मस्तिष्क तक पहुँचने और उसे प्रभावित करने की योग्यता हासिल कर सकते हैं। यदि आप अपने प्रथम प्रयास में ऐसा न कर पाए तो बिल्कुल भी निराश ना हो, केवल इतना याद

रखें कि आपका अवचेतन मन आपकी आदतों का गुलाम है और आपकी इच्छा के द्वारा ही नियंत्रित किया जा सकता है। इसके लिए आपको केवल इतना करना है कि आस्था में दिए गए निर्देशों का पालन करते हुए आगे बढ़े, क्योंकि आपको अभी तक आस्था में विश्वास के साथ निपुण होने का समय ही नहीं मिला। धैर्य रखें और लगन के साथ लगे रहे।

आस्था और आत्म सुझाव वाले अध्याय में अनेक वक्तव्य दिए गए हैं, जो आपके अवचेतन मन के लाभ के लिए यहाँ दोबारा बताए गए हैं। याद रखे आपका अवचेतन मन अपनी इच्छा से कार्य करता है। चाहे आप उसे प्रभावित करने के प्रयास करें या ना करें। यह स्वतः ही आपको सुझाव देता है। आपका अवचेतन मन सभी डरों और गरीबी यहाँ तक कि उन सभी नकारात्मक विचारों को आपके अवचेतन मन के लिए प्रेरणा का कार्य करता है। यह ऐसा तब तक करता रहता है, जब तक आप इन आवेगो पर अपना नियंत्रण स्थापित ना कर ले और अवचेतन मन को आप अच्छा भोजन दे ताकि इसे अच्छा पोषण प्राप्त हो सके।

हमारे अवचेतन मन कभी मौन नहीं रहता। यदि आप अपनी इच्छाओं को अवचेतन मन तक नहीं पहुँचा सकते, तो यह उन सभी विचारों को ग्रहण करना और उन पर कार्य करना शुरू कर देगा, जो केवल आपने अपने ढिलाई के कारण उन तक पहुँचने दिए। यह बात आपको पहले भी बताई जा चुकी है, कि भले ही विचार सकारात्मक हो या नकारात्मक वह उन चार स्रोतों के माध्यम से लगातार अवचेतन मन तक पहुँचते रहते हैं, जो सेक्स रूपांतरण वाले अध्याय में बताए गए हैं।

अभी के लिए इतना ही काफी है, कि आप यह याद रखें, कि आप हर प्रकार के विचारों के आवेशों के बीच जी रहे हैं। जिनका आपको ज्ञान भी नहीं कि किस तरह से आवेग आपके अवचेतन मन तक पहुँच रहे हैं। इन विचारों में कुछ नकारात्मक विचार है और कुछ सकारात्मक। अब आप नकारात्मक आवेगो के प्रवाह को रोकने की कोशिश करने में लगे हैं ताकि आप इच्छा के सकारात्मक आवेगों की सहायता से अपने अवचेतन मन को प्रभावित कर सके।

जब आप इस लक्ष्य को प्राप्त कर लेते हैं तो आप उस कुंजी के अधिकारी हो जाते हैं। जो आपके अवचेतन मन के दरवाजे आपके लिए खोल देती है। इतना ही नहीं तभी आप पूर्ण नियंत्रण के साथ उस दरवाज़े नियंत्रित कर पाएँगे। ताकि कोई भी अनचाहे विचार आपके अवचेतन मन में प्रवेश करके प्रभावित ना कर पाए।

जो कुछ भी इंसान बनता है वह सब विचारों के आवेग के रूप में शुरू होता है कोई भी व्यक्ति ऐसी किसी भी चीज का निर्माण नहीं कर सकता, जिसे उसने अपने विचारों में कल्पना के आधार पर नहीं बनाया हो। हमारी कल्पनाशीलता की सहायता के माध्यम से विचारों के आवेगो को योजनाओं के रूप में एकत्रित होते हैं। जब हमारी कल्पना हमारे नियंत्रण में होती है तो ऐसे उद्देश्य या योजनाएँ के निर्माण में होते हैं जिससे आप अपने चुने हुए व्यवसाय या कार्य में सफलता पा सकते हैं।

अपनी इच्छा से अवचेतन मन में आए वह सभी विचार जिनका उद्देश्य भौतिक समतुल्य में रूपांतरित करना है। उन सभी विचारों को कल्पना के रास्ते से गुजरना ही पड़ेगा। साथ ही उसमें विश्वास के साथ आस्था को मिलाना पड़ेगा। केवल कल्पना के माध्यम से ही किसी भी योजना या उद्देश्य को आस्था या विश्वास के मिश्रण के साथ ही कल्पना शीलता के द्वारा अवचेतन मन तक पहुँचाया जा सकता है।

इस वक्तव्य से आप समझ ही गए होंगे कि अवचेतन मन का अपनी इच्छा से किए गए प्रयोग सभी सिद्धांतों के संयोजन और उसके प्रयोग के लिए आवश्यक है।

एला व्हीलर विलकॉक्स ने अवचेतन मन की शक्तियों को अपनी समझ के अनुसार कविता की पंक्तियों में पिरोया है -

एक विचार क्या करेगा आप इस बारे में कुछ नहीं कह सकते,
यह विचार आपके लिए प्यार का संदेश लाएगा या नफरत का,
क्योंकि विचार वह वस्तुएँ हैं, जिसके पंख होते हैं,
इसकी तीव्रता पक्षियों से भी तेज होती है,

पक्षी यूनिवर्स के नियमों का पालन करते हैं,
प्रत्येक वस्तु प्रतिफल है स्वयं के विचारों का,
जो कुछ आपके अवचेतन मन से उत्सर्जित हो रहा है,
विचार उसे ही हमें तीव्रता के साथ लौट आते हैं।

श्रीमती विलकॉक्स को इस सच्चाई का पता था, कि हमारे अवचेतन मन के विचार ही बाहर निकल कर आते हैं, जिसका एक पैटर्न है। यह स्वयं को आकर्षित करते हैं। इसी कारण हमारा अवचेतन मन इच्छित चीजों को भौतिक समतुल्य में बदल देता है। विचारों के ऊर्जा के माध्यम से प्रत्येक वस्तु को भौतिक वस्तु में परिवर्तित किया जा सकता है।

मस्तिष्क के तर्क वाले भाग के मुकाबले हमारा चेतन मन उन आवेगों पर अधिक प्रभावपूर्ण ढंग से कार्य करता है और उन्हें ग्रहण करता है, जिन आवेगो में किसी "भावना" को मिलाया जाता है। सच्चाई तो यह है कि इस सिद्धांत का समर्थन करने के लिए हमारे पास काफी प्रमाण है। जिससे यह सिद्ध हो सकता है कि केवल भावपूर्ण विचार ही अवचेतन मन पर सक्रिय रूप से प्रभाव डालते हैं। यह बात सभी जानते हैं की भावना के द्वारा ज्यादातर लोग नियंत्रित होते हैं। भावनाओं के महत्व के कारण हमें उन भावों की जानकारी होनी चाहिए। जिनसे हम जल्द और तेजी से प्रभावित हो जाते हैं। सात प्रमुख सकारात्मक भाव हैं और साथ ही सात नकारात्मक भाव है। नकारात्मक भाव स्वेच्छा से स्वतः ही हमारे विचारों में प्रवेश कर लेते हैं और सकारात्मक भावों को आत्मसुझाव के सिद्धांतों के माध्यम से उन विचारों को अपने अवचेतन मन तक पहुँचाना पड़ता है। (आत्मसुझाव वाले अध्याय में संबंधित निर्देश दिए गए हैं।)

यह भाव या भावनाएँ, ब्रेड में खमीर की तरह होती है क्योंकि इनमें एक्शन का तत्व होता है, जो हमारे विचारों को गति देता है। इस तरह कोई भी व्यक्ति यह समझ सकता है कि जिन विचारों में भाव मिले होते हैं वह विचार ही अधिक शक्तिशाली होते हैं। बजाय उन विचारों के जो केवल "ठंडे तर्क" से उत्पन्न होते हैं।

आप अपनी धन कमाने की इच्छा को पूरा करने के उद्देश्य से अपने अवचेतन मन के "आँतरिक श्रोताओं" को प्रभावित और नियंत्रित करने के लिए तैयार कर रहे हैं। इसलिए यह बहुत आवश्यक है कि आप उन तरीकों को भी समझें जिसके द्वारा आप इन आँतरिक श्रोताओं तक पहुँचने के तरीकों को भली-भांति समझ जाएँ। आपको ऐसी भाषा बोली चाहिए, जिससे यह आपकी बात समझ सके। अन्यथा यह आपकी बातों पर ध्यान नहीं देगा और इसे केवल भाव और भावनाओं की ही भाषा समझ में आती है। इसलिए यहाँ सात प्रमुख सकारात्मक भावनाओं और सात प्रमुख नकारात्मक भावनाओं का वर्णन किया गया है। ताकि आप अपने अवचेतन मन को निर्देशित करते समय सकारात्मक भावनाओं को आकर्षित और नकारात्मक भावनाओं से बच सकें।

सात प्रमुख सकारात्मक भाव

1. इच्छा का भाव
2. आस्था का भाव

3. प्रेम का भाव
4. सेक्स का भाव
5. उत्साह का भाव
6. रोमांस का भाव
7. आशा का भाव

अन्य सकारात्मक भाव भी है, लेकिन यहाँ सात सबसे शक्तिशाली भाव दिए गए है। इन्हीं भावों को सामान्यतः रचनात्मक प्रयासों में प्रयोग किया जाता है। (इन पर केवल प्रयोग के माध्यम से महारत हासिल की जा सकती है।) इन सात भावो पर महारत हासिल करें। अन्य सकारात्मक भाव जब भी आप को उनकी जरूरत होगी, आपके अनुसार काम करेंगे। इस संबंध में याद रखें कि आप ऐसी पुस्तक का अध्ययन कर रहे हैं। जिसका मकसद आपके मस्तिष्क में सकारात्मक भावनाएँ भरकर "धन कमाने की चेतना" का विकास करने में मदद करना है। कोई भी व्यक्ति अपने मस्तिष्क में नकारात्मक भावनाओं को भर के "धन की चेतना" को जागृत नहीं कर सकता।

सात प्रमुख नकारात्मक भाव, जिनसे बचना है

1. डर का भाव
2. ईर्ष्या का भाव
3. घृणा का भाव
4. प्रतिशोध का भाव
5. लालच का भाव
6. अंधविश्वास का भाव
7. क्रोध का भाव

सकारात्मक और नकारात्मक भावनाएँ एक ही समय में एक साथ दिमाग पर हावी नहीं हो सकती या तो पहली भावना हावी होगी या दूसरी। यह आपकी जिम्मेदारी है कि आप सकारात्मक भावनाओं को ही अपने मस्तिष्क में प्रभाव डालने दें यहाँ आपकी सहायता आदत के नियम करेंगे। सकारात्मक भावनाओं को लागू करने और इसको प्रयोग करने की आदत बनाए। अंत में यही आदतें आपके पूरे

मस्तिष्क पर हावी हो जाएँगी और नकारात्मक भावनाओं को मस्तिष्क में प्रवेश नहीं करने देंगी।

केवल इन निर्देशों का पालन करने से और लगातार करने से ही आप अपने अवचेतन मन को पूर्ण रूप से नियंत्रित कर पाएँगे। यदि आपके अवचेतन मन में एक ही नकारात्मक भाव उपस्थित है तो वह आपके अवचेतन मन से रचनात्मक सहायता के सभी अवसरों को समाप्त करने के लिए काफी है।

यदि आप अवलोकन करने वाले व्यक्ति हैं, तो आपने जरूर देखा होगा कि ज्यादातर लोग केवल तभी प्रार्थना करते हैं। जब बाकी सब चीजें असफल हो गई हो। वरना वह अर्थहीन शब्दों के किसी अनुष्ठान के जरिए प्रार्थना करते हैं, क्योंकि यह एक तथ्य है कि अधिकांश लोग प्रार्थना का सहारा अंत में लेते हैं जब बाकी सभी जगह से उन्हें निराशा हासिल हुई हो और उस समय वह भय और संशय से भरे हुए अपने मस्तिष्क से प्रार्थना करते हैं। सच्चाई तो यह है कि इन भावों के अनुसार अवचेतन मन कार्य कर रहा होता है और अनंत ज्ञान तक उन भावनाओं को पहुँचा देता है। इस प्रकार यही वह भावनाएँ हैं, जो अनंत ज्ञान को प्राप्त होती है तभी वह अपना कार्य करता है।

यदि आप किसी भी चीज को पाना चाहते हैं और उसके लिए प्रार्थना करते हैं लेकिन इस डर और शंका के साथ कि वह वस्तु आप प्राप्त कर पाएँगे या नहीं या अनंत ज्ञान आपकी प्रार्थना पर कार्य करेगा या नहीं। तो यह मानकर चलें कि आपकी प्रार्थना व्यर्थ ही जाएगी।

कभी-कभी प्रार्थना का परिणाम उस अहसास में निहित होता है जिसको प्राप्त करने के लिए कभी आपने प्रार्थना की होगी। तो आप पुनः उस स्मृति में जाइये और उस स्थिति को याद करें, जिस स्थिति में आप ने प्रार्थना की थी। आपको निश्चित रूप से पता चल जाएगा कि यहाँ वर्णित सिद्धांत केवल सिद्धांत नहीं है। उससे भी बढ़कर है।

एक समय ऐसा जरूर आएगा जब पूरे विश्व में स्कूल और शिक्षण संस्थान "प्रार्थना के विज्ञान" को एक विषय के रूप में जरूर पढ़ाएँगे। शायद तब कहीं जाकर प्रार्थना विज्ञान के विषय में परिवर्तत हो पाए। जब वह समय आएगा तो कोई भी व्यक्ति सार्वभौमिक मस्तिष्क की ओर डर और शंका के भावों के साथ आगे नहीं बढ़ेगा (जैसे ही मानव जाति इसके लिए तैयार होगी और मांग करेगी तो यह तब आएगा।) केवल उचित कारण या केवल डर के भाव से ऐसा नहीं होगा।

तब अज्ञान, अंधविश्वास और झूठे शिक्षण समाप्त हो जाएँगे और लोग अनंत ज्ञान की असली स्थिति को प्राप्त हो चुके होंगे। इस स्थिति को कुछ लोग पहले से ही एक आशीर्वाद के रूप में प्राप्त कर चुके हैं।

यदि आप भी इस बात पर विश्वास करते हैं कि भविष्यवाणी पूरा होने के लिए बहुत समय लगता है, तो आप मानव जाति की प्रगति पर नजर डालें। सौ सालों से भी पहले इंसान बिजली को ईश्वर के प्रकोप का संकेत मानता था और इससे डरता था, लेकिन विश्वास की शक्ति को नमन है, क्योंकि इसी विश्वास ने बिजली के प्रयोग से अनेकों उद्योग धंधों को शुरू करवाया। इसी प्रकार सौ साल से भी ज्यादा पहले इंसान को लगता था कि ग्रहों के बीच का खाली स्थान कुछ भी नहीं बल्कि मृत शून्य का विस्तार मात्र है, लेकिन आस्था की शक्ति का पुनः धन्यवाद है कि ग्रहों के बीच का खाली स्थान केवल अमृत शून्य का विस्तार नहीं है बल्कि उस शून्य मे जीवित बहुत कुछ है। इसमें केवल विचारों का कंपन ही नहीं है बल्कि ज्ञान का कंपन भी है। इसके साथ ही इंसान अब यह भी जानता है कि जीवन, धड़कन और कम्पनों की ऊर्जा जो पदार्थ के प्रत्येक परमाणु में व्याप्त है। जिसमें प्रत्येक खाली स्थान को भर रखा है। वह हर मानव मस्तिष्क के साथ दूसरे मानव मस्तिष्क को जोड़ती है।

इंसान के पास इस पर विश्वास करने का आखिर क्या कारण है? कि यही मानव ऊर्जा प्रत्येक इंसान को अनंत ज्ञान से नहीं जोड़ती। इंसान के सीमित मस्तिष्क और अनंत ज्ञान के बीच कोई दरवाजा नहीं होता। संवाद करने के लिए धैर्य, विश्वास दृढ़ता, समझ और सच्ची इच्छा के अलावा कुछ नहीं चाहिए। इंसान केवल स्वप्रयासों के माध्यम से ही इसे अपना बना सकता है। किसी कीमत को अदा करके नही। अनंत ज्ञान सीधे तौर पर कुछ नहीं करता। इस ज्ञान से आप बात मत कीजिए या कीजिए तो प्रत्यक्ष तौर पर कीजिए।

आप प्रार्थना की अनेकों पुस्तकों को खरीद कर पढ़ सकते हैं, लेकिन उनसे आपको कोई लाभ नहीं मिलेगा। प्रलय आने तक भी आप उन पुस्तकों को पढ़ते रहें तो भी कुछ प्राप्त नहीं होगा। आप जिन विचारों को अनंत ज्ञान तक पहुँचाना चाहते हैं उन्हें अवचेतन मन के रास्ते से ही होकर गुजरना होगा।

अनंत ज्ञान से संपर्क आप ठीक वैसे कर सकते हैं, जैसे रेडियो के द्वारा ध्वनि के माध्यम से संपर्क बनाया जाता है। यदि आप रेडियो के सिद्धांतों को समझते हैं तो आप जानते होंगे कि कोई भी ध्वनि कंपन की दर में परिवर्तित नहीं की जा सकती।

जब तक यह संप्रेषित नहीं हो और जब तक ऐसा नहीं किया जाएगा तब तक इंसान इससे सुन नहीं सकता। रेडियो स्टेशन मानवीय आवाज की ध्वनियों को लेकर इसे कई लाख गुना अधिक कंपनियों में बदल देता है। केवल इसी तरह से ध्वनि को आकाश के माध्यम से संप्रेषित किया जा सकता है। इस रूपांतरण के बाद ही रेडियो रिसीवर तक ध्वनि पहुँचाई जाती है। (जो वास्तविक रुप से ध्वनि के कंपन के रूप में थी) और रिसीविंग सेट इस ऊर्जा पर कार्य करके इसे इसकी वास्तविक कंपन की दर में बदल देता है ताकि यह आवाज के रूप में सुनाई आ सके।

अवचेतन मस्तिष्क वह मध्यस्थ है, जो किसी की प्रार्थना को ऐसा रूप देता है जिसे अनंत प्रज्ञा पहचान सके अवचेतन मस्तिष्क संदेश भेजता है और जवाब लाता है। यह जवाब एक निश्चित योजना या विचार के रूप में होता है, जिससे प्रार्थना में मांगी गई चीज़ का मिलना संभव हो सके इस सिद्धांत को समझ लें और आप जान जाएँगे कि प्रार्थना की पुस्तक के सिर्फ़ शब्द पढ़ना ही क्यों काफ़ी नहीं है, क्योंकि सिर्फ शब्द इंसान के मस्तिष्क और अनंत प्रज्ञा के बीच संचार का माध्यम नहीं बन सकते।

13

मस्तिष्क

विचारों का प्रसारण और प्राप्ति स्टेशन

अमीर होने की ओर बारहवां कदम

चालीस साल से भी अधिक पहले लेखक स्वर्गीय डॉ अलैक्ज़ेंडर ग्राहम बेल और डॉ एल्मर आर गेट्स के साथ काम कर रहा था। उस समय लेखक ने यह विचार किया कि हर मानवीय मस्तिष्क विचार के कंपन का ब्रॉडकास्टिंग और रिसीविंग स्टेशन दोनों होता है।

इसे जब प्रेरित किया जाता है या यह कंपन की उच्च दर होने पर कार्य कर रहा होता है। तो मस्तिष्क उन विचारों के कंपनों के प्रति ज्यादा ग्रहणशील हो जाता है जो आकाश के द्वारा बाहर के स्रोतों से इस तक पहुँचते हैं। "कंपनों की उच्च दर" सकारात्मक या नकारात्मक भावनाओं के माध्यम से घटती है। भावनाओं के माध्यम से आप विचारों के कंपनों को उच्च स्तर तक बढ़ा सकते हैं।

उच्च स्तर के कंपन ही एकमात्र ऐसे कंपन है, जो आकाश के माध्यम से एक मस्तिष्क से दूसरे मस्तिष्क तक चुने और ले जाए जाते हैं। विचार एक ऐसी ऊर्जा है जो बहुत उच्च दर पर यात्रा करती है। वह विचारों की किसी प्रमुख भावना के माध्यम से उच्च दर पर ले जाया जाता है और किसी अन्य साधारण विचार की अपेक्षा बेहद उच्च स्तर पर कंपन करता है। तब यह विचार मानवीय मस्तिष्क के प्रसारण स्टेशन के माध्यम से एक मानवीय मस्तिष्क से दूसरे मानवीय मस्तिष्क तक पहुँच जाते हैं।

जहाँ तक प्रबलता और प्रेरक शक्ति का संबंध है। सेक्स की भावना सभी मानवीय भावनाओं की सूची में सबसे ऊपर आती है। वह मस्तिष्क जो सेक्स की

भावना से प्रेरित हो, वह मस्तिष्क अधिक तीव्रता से कंपन करता है, जबकि जिसमें सेक्स की भावना सुप्त अवस्था में होती है वहाँ यह कार्य नहीं करता।

सेक्स रूपांतरण के कारण विचारों के कंपन की दर में इतनी वृद्धि हो जाती है। जिस कारण रचनात्मक कल्पना विचारों के प्रति अधिक संवेदनशील या ग्राह्य बना जाती है और यह आकाश के माध्यम से होता है। दूसरी तरफ जब मस्तिष्क तीव्र दर से कंपन कर रहा होता है तो यह आकाश के द्वारा अन्य मस्तिष्कों इन कंपनो के माध्यम से दूसरे मस्तिष्क को द्वारा प्रसारित किए गए विचारों और सुझावों को आकर्षित करता है। इससे पहले कि इन विचारों पर ध्यान केंद्रित किया जाए और अवचेतन मन के द्वारा उन पर काम किया जाए। यह स्वयं के विचारों को भी भावनाएँ देते है, जो बेहद जरूरी है।

इस तरह आप देख सकते हैं कि किस तरह प्रसारण सिद्धांत वह तत्व है, जिसके द्वारा आप अपने विचारों के साथ आस्था और भावनाओं को मिला देते हैं और फिर उन्हें अपने अवचेतन मन के भीतर भेज देते हैं।

अवचेतन मन मस्तिष्क का "प्रसारण स्टेशन" है, जिसके माध्यम से विचारों के कंपन प्रसारित होते हैं। रचनात्मक कल्पना "रिसीविंग सेट" है जिसके द्वारा आकाश से विचारों के कम्पनों का संवेदनशीलता के साथ ग्रहण किया जाता है।

अवचेतन मन के महत्वपूर्ण तत्व और रचनात्मक कल्पना के अतिरिक्त, जो आपके मानसिक प्रसारण स्टेशन भेजे और प्राप्त किए जाते हैं उन सभी को देखते हैं। अब आत्मसुझाव के सिद्धांतों पर विचार करते हैं यह एक माध्यम है, जिसके द्वारा हम "प्रसारण स्टेशन" को अपने काम के लिए प्रयोग कर सकते हैं।

आत्मसुझाव के अध्याय में वर्णित निर्देशों के माध्यम से आप उन उपायो को जरूर जानते होंगे। जिसके द्वारा आप अपनी इच्छा को इसके आर्थिक समतुल्य में बदल सकते हैं।

आपके मानसिक प्रसारण के स्टेशन की प्रक्रिया अपेक्षाकृत सरल है। जब भी आप अपने "प्रसारण स्टेशन" मतलब अवचेतन मन, रचनात्मक कल्पना और आत्म सुझाव को प्रयोग करने के लिए तैयार हो तो आपको केवल तीन सिद्धांतों को ही ध्यान में रखना है। इन तीन सिद्धांतों को जब आप कार्य रूप में परिवर्तित करेंगे। तो आप उस प्रेरणा को ध्यान में रखें, जिसके जरिए आप ऐसा करना चाहते हैं। उस प्रक्रिया का वर्णन पहले ही किया जा चुका है इसकी शुरुआत इच्छा से ही होती है।

"महानतम शक्तियाँ अमूर्त ही होती है"

युगों-युगों से इंसान अपनी शारीरिक इंद्रियों पर बहुत अधिक निर्भर रहा है और उसने अपने ज्ञान को शारीरिक या भौतिक वस्तुओं तक सीमित कर लिया है, जिन्हें वह देख सकता है, छू सकता है, तौल सकता है और माप सकता है।

लेकिन अब हम ऐसे महान और अद्भुत युग में प्रवेश कर रहे हैं जहाँ यह युग हमें चारों ओर की दुनिया की अमूर्त शक्तियों के बारे में अवगत कराएगा। हो सकता है कि हम इस युग से गुजरते हुए सीखे की "अन्य आत्म" (other self), शारीरिक आत्म की तुलना में अधिक बलवान है। जिसे हम प्रत्येक दिन दर्पण में देखते हैं।

कभी-कभी इंसान अमूर्त वस्तुओं के विषय को बहुत हल्के में ले लेते हैं क्योंकि वह उस विषय में कुछ जानते-समझते ही नहीं है, जिन्हें पांच इंद्रियों के माध्यम से नहीं पहचान पाते, लेकिन हमें यह ज्ञात होना चाहिए कि हम अदृश्य और अमूर्त शक्तियों के द्वारा ही नियंत्रित होते हैं।

पूरी मानव-जाति में इतनी शक्ति नहीं कि वह महासागरों की लहरों में लिपटी हुई, अमूर्त शक्तियों का सामना कर सके या उसे अपने अनुसार नियंत्रित कर सके। सच्चाई तो यह है कि इंसान में गुरुत्वाकर्षण की महान अमूर्त शक्ति को समझने की भी क्षमता नहीं है। ब्रह्मांड में पृथ्वी किसी कारण लटक रही है और उसमें इंसान किस कारण गिरने से बचा हुआ है हम यह तक समझ नहीं पाए है। इंसान पूरी तरह से उस अमूर्त शक्ति के सामने बेबस खड़ा नज़र आता है, जो भयानक तूफान के माध्यम से आती है और अपनी शक्ति की उपस्थिति का एहसास करा जाती है। बिजली क्या है? कहाँ से आती है? और आखिर इसका उद्देश्य क्या है? यह सब प्रमाण हैं अदृश्य और अमूर्त शक्तियों के विषय में इंसान की अज्ञानता का, जिसका कोई अंत नहीं है। पृथ्वी की मिट्टी में लिपटी हुई अमूर्त शक्ति और ज्ञान को इंसान नहीं समझता। वह शक्ति जो इंसान को खाने के लिए भोजन देती है। हर कपड़ा जिसे वह पहनता है या हर वह पैसा जो उसकी जेब में रखा है वह अमूर्त शक्ति ही उसे देती है।

मस्तिष्क की नाटकीय कहानी

अंतिम परंतु महत्वपूर्ण बात, इंसान अपनी डींग हाँकने वाली और शिक्षा के बावजूद विचार की अमूर्त शक्ति (जो अमृत में महानतम है) के बारे में बहुत कम या

बिलकुल नहीं समझ पाता है। वह शारीरिक मस्तिष्क और इसकी जटिल मशीनरी के वृहद नेटवर्क बारे में बहुत कम जानता है, जिसके द्वारा विचार की शक्ति को इसके भौतिक समतुल्य में बदला जाता है, परंतु अब वह एक ऐसे युग प्रवेश कर रहा है जिसमें इस विषय पर उसे ज्ञान मिल सकेगा। वैज्ञानिकों का ध्यान अब उस आश्चर्यजनक वस्तु के अध्ययन की ओर गया है, जिसे मस्तिष्क कहा जाता है। हालांकि अभी वे अपने अध्ययनों की आरंभिक अवस्था में हैं, परंतु उन्होंने यह जान लिया है कि मानवीय मस्तिष्क का केंद्रीय स्विचबोर्ड, उन लाइनों की संख्या जो मस्तिष्क की कोशिकाओं को एक-दूसरे से जोड़ती हैं वे संख्या में उतनी हैं, जितनी एक के अंक के बाद पंद्रह मिलियन शून्य जोड़ने के बाद आती है।

शिकागो विश्वविद्यालय के डॉक्टर जुडसन हेरिक के अनुसार - "आँकड़ा इतना विशाल है कि सैकड़ों मिलियन प्रकाश वर्ष से भी इसकी तुलना नहीं की जा सकती। यह निर्धारित किया गया है कि मानवीय सेरीब्रल कॉर्टेक्स में 10,000,000,000 से 14,000,000,000 सबकी तंत्रिका कोशिकाएँ है और यह कोशिकाएँ एक निश्चित पैटर्न में व्यवस्थित है और यह व्यवस्थाएँ यूं ही नहीं है। यह एक व्यवस्थित क्रम में होती हैं। हाल ही में इलेक्ट्रो फिजियोलॉजी ने व्यक्तित्व प्रक्रिया के माध्यम से माइक्रोइलेक्ट्रॉड के जरिए अति सूक्ष्म रूप से कोशिकाओं या फाइबर से एक्शन करंट निकाला जाता है और उन्हें रेडियो ट्यूब के माध्यम से भेजा जाता है, इसमें 1 वोल्ट के 10 लाखवें हिस्से के संभावित अंतर रिकॉर्ड किए जाते हैं।"

यह सब असंभव सा प्रतीत होता है कि ऐसी जटिल मशीनरी केवल भौतिक शरीर के विकास और रख-रखाव के एकमात्र उद्देश्य के लिए अपना अस्तित्व रखती है। क्या यह संभव नहीं कि जो सिस्टम सभी कोशिकाओं को एक दूसरे के साथ संचार का माध्यम प्रदान करती है, वही सिस्टम अन्य अमूर्त शक्तियों के साथ भी संचार का माध्यम बन सकती है?

इस पुस्तक के पूरा होने के बाद लेकिन इसकी पांडुलिपि प्रकाशक तक पहुँचने से पहले न्यूयॉर्क टाइम्स में एक संपादकीय प्रकाशित हुआ था, जिसमें लिखा था कि एक विश्वविद्यालय में मानसिक क्षेत्र के एक विशेषज्ञ शोधकर्ता मिलकर एक शोध कार्य में लगे हुए हैं। जिसके माध्यम से यह निष्कर्ष निकाला गया है कि इस अध्याय और इसके बाद के अध्यायों में जो भी विचार बताए गए हैं, वह और शोध के निष्कर्ष लगभग समान हैं। संपादकीय में डॉक्टर राइन और ड्यूक विश्वविद्यालय में उनके सहयोगियों के कामों का संक्षेप में विश्लेषण किया गया है।

"टेलीपैथी क्या होती है"

एक महीने पहले हमने इस पृष्ठ पर ड्यूक यूनिवर्सिटी के प्रोफेसर राइन और उनके सहयोगियों द्वारा प्राप्त कुछ उल्लेखनीय परिणामों में से कुछ का उल्लेख किया था। जिन्होंने "टेलीपैथी या क्लेयरवॉयेस" के अस्तित्व को बताने के लिए एक लाख से भी अधिक परीक्षण किए थे। यह सभी परिणाम हार्पर्स मैगजीन में पहले 2 लेखों में संक्षिप्त रूप से दिए गए हैं। दूसरे में जो अभी प्रकाशित हुआ है उसे लेखक ई.एच. राइट अवधारणा के इन "अतिसंवेदी" तरीकों की प्रकृति से संबंधित निकले निष्कर्ष को इस अध्याय में देने का प्रयास करते हैं।

"टेलीपैथी और क्लेयरवॉयेस" राइन के प्रयोगों के परिणाम ही हैं, जो आज कुछ वैज्ञानिकों को इस की उपस्थिति अत्यधिक संभव लगती है कई संवेदनशील लोगों से यह पूछा गया कि वह किसी विशेष पैकेट में रखे गए कुछ पत्तों के नाम बिना उन्हें देखकर बताएँ तो उन लोगों में से एक दर्जन से भी ज्यादा स्त्री पुरुषों ने उन पत्तों को बिल्कुल सही पहचाना। "सच्चाई तो यह है कि इस बात की कोई भी संभावना नहीं थी कि उन्होंने भाग्य और सहयोग से ही वह बताया हो।"

परंतु उन्होंने ऐसा किया कैसे! यह शक्तियाँ, अगर हम मान लें कि ऐसी शक्तियों का अस्तित्व होता है, इंद्रियगत प्रतीत नहीं होती। उसने के लिए कोई ज्ञात मानवीय अंग नहीं है। चाहे उस कमरे के भीरत की बात हो या सैंकड़ों मील दूर की बात हो, प्रयोगों के परिणाम उतने ही अद्भुत रहे। मिस्टर राइट का विचार है कि यह तथ्य इस बात को स्वीकार नहीं करते कि टेलीपैथी या क्लेयरबॉयेंस रेडिएशन के किसी भौतिक सिद्धांत के द्वारा स्पष्ट किए जा सकते हैं। रेडिएँट ऊर्जा के सभी ज्ञात स्वरूप दूरी बढ़ने के साथ-साथ कम होते जाते हैं। टेलीपैथी ओर क्लेयरवॉयेंस के साथ ऐसा नहीं है, परंतु वे शारीरिक कारणों से उसी तरह प्रभावित होती हैं जिस तरह हमारी अन्य मानसिक शक्तियाँ होती हैं। लोकप्रिय मान्यता के ख़िलाफ़, यह शक्तियाँ तब बलवान नहीं होतीं, जब व्यक्ति सोया हुआ होता है या अर्धनिद्रा की अवस्था में होता है, बल्कि यह शक्तियाँ तब अपने चरम पर होती हैं, जब व्यक्ति पूरी तरह जाग्रत अवस्था में होता है। राइन ने यह भी खोजा कि मादक द्रव्य हमेशा प्रयोगकर्ता के स्कोर को कम कर देते हैं, जबकि प्रेरक पदार्थ इसे हमेशा बढ़ा देते हैं। सबसे विश्वसनीय प्रदर्शनकर्ता भी स्पष्ट रूप से तब तक अच्छा स्कोर नहीं बना सकता जब तक कि वह सर्वश्रेष्ठ प्रयास न करे।

पूरे विश्वास के साथ राइट ने यह निष्कर्ष निकाला कि टेलीपैथी और क्लेयर वॉयेस वास्तव में समान हैं। यही कारण है कि कोई भी व्यक्ति टेबल पर उल्टे रखे ताश के पत्तों को बिना देखे बता सकता है कि कहाँ कौन सा पत्ता रखा है इतना ही नहीं वह दूसरे व्यक्ति के मस्तिष्क में मौजूद विचारों को भी पड़ सकता है। इस विश्वास के पीछे कई कारण हैं उदाहरण के लिए हम देख सकते हैं दोनों (टेलीपैथी और क्लेयर वॉयेस) एक ही व्यक्ति में मौजूद हो सकते हैं अभी तक देखा गया है कि यह दोनों प्रतिभाएँ लगभग समान मात्रा में मौजूद होती हैं। दोनों को पर्दे, दीवारें या दूरी से कोई फर्क नहीं पड़ता। राइन अपने इस निष्कर्ष से एक कदम आगे बढ़कर एक और अनुमान लगाते हैं कि संदेही अनुभव भविष्यदर्शी स्वप्न के किसी विनाश का पूर्वानुमान इत्यादि भी इसी प्रतिभा का एक अंश हो सकता है। राइन के द्वारा एकत्रित किए गए प्रमाण प्रभावशाली हैं, लेकिन पाठक इन परिणामों को मानने के लिए बाध्य नहीं है, जब तक वह स्वयं के अनुभवों से परिणाम ना निकाले।

इस स्थिति के विषय में डॉक्टर राइन की खोज को देखते हुए जिसके तहत मस्तिष्क किन स्थितियों में अनुभूति के अति संवेदी रूप पर प्रतिक्रिया करता है, जब मैं उनके दिए नए विचार और निष्कर्ष में यह बात जोड़ना चाहता हूँ, जिसे मैं और मेरे सहयोगियों ने खोज निकाला है और हम इस बात पर पूर्ण विश्वास करते हैं कि मस्तिष्क को कुछ आदर्श स्थितियों के माध्यम से प्रेरित किया जा सकता है ताकि अगले अध्याय में वर्णित छठी इंद्री से व्यावहारिक तरीके से कार्य करवाया जा सके।

जिन स्थितियों का मैं ज़िक्र कर रहा हूँ ये मुझमें और मेरे स्टाफ के दो सदस्यों के बीच का गठबंधन हे प्रयोग व अभ्यास के द्वारा हमने खोजा कि हमारे मस्तिष्क को किस तरह प्रेरित किया जाए (अगले अध्याय में बताए गए "अदृश्य परामर्शदाता" के सिद्धांत का प्रयोग करके) ताकि हम अपने तीन मस्तिष्कों को एक कर दें और उन बहुत सी व्यक्तिगत समस्याओं का कोई सुझाव खोजें जो मेरे क्लाइंट मेरे पास लेकर आते हैं। यह तरीका बहुत आसान है। हम एक कॉन्फ्रेंस टेबल पर बैठते हैं, समस्या की प्रकृति को स्पष्ट रूप से बताते हैं और इस पर विचार करना शुरू कर देते हैं। हर एक के मन में जो विचार आता है वह उसे बता देता है। मस्तिष्क-प्रेरणा के इस तरीके के साथ अद्भुत बात यह है कि यह हर प्रतिभागी को ज्ञान के अनजान स्त्रोतों के संपर्क में ले आता है, जो निश्चित रूप से उसके अपने अनुभव के बाहर के होते हैं।

अगर आप मास्टर माइंड वाले अध्याय में बताए गए सिद्धांत को समझ चुके हैं तो आप निश्चित रूप से राउंडटेबल तकनीक को मास्टर माइंड के प्रैक्टिकल प्रयोग के रूप में पहचान जाएँगे।

तीन लोगों के बीच निश्चित विषयों पर सद्भावनापूर्ण विचार-विमर्श के द्वारा मस्तिष्क को प्रेरित करने का यह तरीक़ा मास्टर माइंड के आसान और सबसे प्रैक्टिकल प्रयोग को प्रदर्शित करता है।

इसी तरह के प्लान को अपनाकर और इसका अनुसरण करके इस फ़िलॉसफ़ी का कोई भी विद्यार्थी प्रसिद्ध कारनेगी फ़ॉर्मूले को सीख सकता है, जिसका संक्षिप्त वर्णन प्रस्तावना में किया गया है। अगर आपको अभी इस वक्त इसका कोई अर्थ समझ में नहीं आ रहा है तो इस पृष्ठ पर निशान लगा लें और इसे बाद में तब पढ़ें जब आप आख़िरी अध्याय को ख़त्म कर लें।

14

छठी इंद्री

बुद्धिमानी के मंदिर का प्रवेश द्वार

अमीर होने की ओर तेरहवां कदम

तेरहवॉ सिद्धांत छठी इंद्री है, जिसके माध्यम से अनंत ज्ञान व्यक्ति के प्रयास या इच्छा के बिना ही उससे ही संपर्क स्थापित कर लेता है। यह अपनी इच्छा से ही संपर्क स्थापित करता है। यह सिद्धांत फिलॉसफी का शिखर बिंदु है यह सिद्धांत तभी आत्मसात किया जा सकता है, जब आप शेष 12 सिद्धांतों को पूर्ण रूप से समझ लिया गया हो। छठी इंद्री हमारे अवचेतन मन का वह हिस्सा होती है, जिसे रचनात्मक कल्पनाशीलता कहा गया है। इसे रिसीविंग सेट के रूप में बताया गया है, इसी के माध्यम से कोई भी विचार या योजना हमारे मस्तिष्क में कौंध जाते हैं और इसी को हम दूसरे रूप से प्रेरणा स्त्रोत या आभास कह देते हैं।

छठी इंद्री हर उस वर्णन को सिरे से नकार देती है जो उस व्यक्ति के सामने वर्णित नहीं किया जा सकता जिसने इस फिलॉसफी के शीर्ष 12 सिद्धांतों को आत्मसात नहीं किया हो। इसका सीधा सा कारण यह है कि उस व्यक्ति के पास छठी इंद्री को समझने के लिए पर्याप्त ज्ञान और अनुभव दोनों की कमी होगी। छठी इंद्री को समझने के लिए अभ्यास जरूरी है, जो अंतःकरण के विकास के द्वारा हो सकता है। कह सकते हैं, छठी इंद्री व्यक्ति के अनंत बुद्धि और अनंत ज्ञान के मध्य संपर्क सेतु है, यही कारण है कि यह मानसिक और आध्यात्मिक दोनों स्थितियों का योग है। यह वह बिंदु है जहाँ इंसान का मस्तिष्क सार्वभौमिक मस्तिष्क के साथ संपर्क बनाता है।

जब आप इस पुस्तक में वर्णित सिद्धांतों में पूर्ण रूप से निपुणता प्राप्त कर लेंगे तो जब आप उस व्यक्तित्व को सत्य के रूप में स्वीकार करने के लिए भी तैयार हो जाएँगे, जो किसी अन्य परिस्थिति में आपको अविश्वसनीय लग सकता था यह है वह वक्तव्य-

छठी इंद्री की सहायता के माध्यम से आप आने वाले खतरों से सतर्क हो जाते हैं ताकि आप उन खतरों से समय रहते बच सके। समय रहते ही आपको अनेक अवसरों की भी सूचना स्वतः ही प्राप्त हो जाती है ताकि उनका भी आप समय रहते लाभ उठा सके।

छठी इंद्री के विकास के साथ ही आपकी सेवा में तत्पर रहने वाला एक “सेवक” भी आपके पास आता है जो आपकी सहायता और बुद्धिमानी के मंदिर के प्रवेश को खोलने के लिए हमेशा तैयार रहता है।

आप माने या ना माने, लेकिन यह वक्तव्य सत्य हैं। आप पुस्तक में वर्णित निर्देशों का पालन करने करके ही इस सत्य की खोज कर सकते हैं।

लेखक का चमत्कारों में विश्वास नहीं है, ना ही वह चमत्कारों की वकालत करता है। इसका कारण सिर्फ इतना है कि लेखक को प्रकृति का पर्याप्त ज्ञान है। वह भली-भांति समझ चुका है कि प्रकृति कभी भी अपने मार्ग और निर्धारित नियमों से विचलित नहीं होती। इतना ही नहीं प्रकृति के नियम कभी-कभी इतने जटिल होते हैं कि वह हमें चमत्कार लगते हैं। छठी इंद्री चमत्कार की तरह पास आती है जैसा मैंने कभी कुछ भी अनुभव किया है और इसे, प्रकृति इस प्रकार से हमारे समक्ष प्रकट इसलिए करती है, क्योंकि वह हमें समझने में आसानी से ना आए, जिस सिद्धांत द्वारा यह चल रही है।

लेखक इतना जरूर जानता है कि एक शक्ति या एक कारण यह एक ज्ञान है जो पदार्थ के प्रत्येक अणु में व्याप्त है और वह इंसान को दिखाई देने वाली प्रत्येक इकाई में है। लेखक यह मानता है कि अनंत शक्ति ही बीज को पेड़ बना सकती है। गुरुत्वाकर्षण के नियम के कारण ही पानी पहाड़ से नीचे की ओर बहता है। दिन के बाद रात होती है। गर्मी के बाद सर्दी आती है। प्रत्येक चीज अपना उचित स्थान जानती है और यह भी कि एक दूसरे से उनका संबंध भी उचित है यह शक्ति इस फिलॉसफी के सिद्धांत के माध्यम से इच्छाओं को भौतिक रूप में रूपांतरित करने में मदद करने के लिए प्रेरित की जा सकती है। लेखक यह बात जानता है क्योंकि उसने इसका प्रयोग स्वयं के अनुभव से प्राप्त किया है।

क्रमशः पिछले अध्यायों के सिद्धान्तों के अध्ययन के बाद आप इस अंतिम सिद्धांत की ओर लाया गया है यदि आपने पिछले सभी सिद्धांतों को अच्छे से सीख लिया है तो आप अब उन अद्भुत दावों पर बिना किसी संदेह के विश्वास करके स्वीकार करने के लिए तैयार हैं, जो अब यहाँ दिए जाएँगे यदि आपने पिछले अध्याय में दिए गए सिद्धांतों को नहीं सीखा है तो सबसे पहले आपको उन सिद्धांतों को घोट कर पी लेना चाहिए तभी आप यह तय कर पाएँगे कि इस अध्याय में किए गए दावे कितने सच्चाई के करीब हैं और कितने काल्पनिक है।

जब मैं "hero- worship" की उम्र से गुजर रहा था तो मैंने अपने आपको उन लोगों की नकल करते पाया जिन लोगों ने मुझे प्रभावित किया था। इतना ही नहीं मैंने पाया कि आस्था के तत्व के साथ मैंने उन hero's की सफलतापूर्वक नकल करने की क्षमता मिली।

मैंने कभी भी "hero- worship" की आदत से स्वयं को मुक्त नहीं किया, हालांकि मेरी उम्र अब ऐसे काम करने की नहीं रही, क्योंकि एक उम्र के बाद ऐसी चीजें स्वतः ही समाप्त हो जाती है, लेकिन अनुभव ने मुझे सिखाया की सही मायने में महान होना सर्वश्रेष्ठ है, परंतु दूसरी सर्वश्रेष्ठ बात यह है कि जहाँ तक हो सके भावना और कार्यों के द्वारा महान लोगों का ही अनुसरण करें।

प्रकाशन के लिए एक भी पंक्ति लिखने से बहुत पहले या जनता के बीच भाषण देने का प्रयास करने से पहले मैंने उन नौ लोगों का अनुसरण करने और खुद के चरित्र को दोबारा आकार देने की आदत डाली, जिनके जीवन और जिनके काम से मैं सबसे अधिक प्रभावित हुआ। ये 9 लोग इमर्सन, पेन,एडिसन, डार्विन, लिंकन, बरबैंक, नेपोलियन, फोर्ड और कारनेगी थे। कई सालों तक प्रत्येक रात को मैं यह 9 महान लोगों के समूह के साथ कल्पना में परामर्श लेता था, जिन्हें आज मैं 'अदृश्य सलाहकार' कहता हूँ।

प्रक्रिया यह थी कि मैं प्रत्येक रात को सोने से पहले आँखें बंद करके अपनी कल्पना में उन 9 महान लोगों को एक परामर्श टेबल पर अपने साथ बैठा देखता था और इस कल्पना के माध्यम से मुझे वह मौका मिलता था, जिसकी वजह से मैं उनके साथ बैठ पाता और उस कैबिनेट की सबसे प्रमुख बात यह थी कि मैं उसमें सबसे प्रमुख और प्रभावशाली व्यक्ति होता था, क्योंकि मैं उस समूह का अध्यक्ष था।

मेरी इन रातों को की गई बैठकों की कल्पना करने के पीछे मेरा एक

महत्वपूर्ण उद्देश्य था वह यह कि मैं स्वयं के चरित्र का पुनः निर्माण कर सकूं ताकि मेरे काल्पनिक सलाहकारों के चरित्रों के गुण मैं आने अंदर विकसित कर पाऊँ और अपने जीवन से मैंने जल्दी ही यह बात जान ली कि यदि मुझे अज्ञान और अंधविश्वास के माहौल से निकलना है तो मुझे यह सब बाधाएँ तोड़नी होंगी और यह सब केवल उपर्युक्त तरीके के माध्यम से ही हो सकता था, ताकि मेरा स्वैच्छिक पुनर्जन्म हो पाए।

आत्म सुझाव के माध्यम से चरित्र निर्माण

मनोविज्ञान का छात्र होने के नाते जाहिर सी बात है कि मैं जानता था कि सभी व्यक्ति अपने प्रबल विचारों और इच्छाओं की वजह से ही वैसे बनते हैं, जैसे वह होते हैं। मैं यह अच्छे से जानता था कि हमारे भीतर गहराई में बैठी हुई प्रत्येक इच्छा हम पर प्रभाव डालती है और उसकी बाहरी अभिव्यक्ति के कारण ही हमारी इच्छा भौतिक रूप में रूपांतरित हो सकती है। मैं यह भी जानता था कि आत्मसुझाव के द्वारा चरित्र निर्माण किया जा सकता है। सच्चाई तो यह है कि यही एकमात्र सिद्धांत है, जिसके माध्यम से चरित्र निर्माण हो सकता है।

मस्तिष्क के संचालन के इन सिद्धांतों के ज्ञान के साथ अब मैं अपने चरित्र निर्माण के लिए सभी आवश्यक चीज़ों के साथ तैयार था। इन काल्पनिक बैठकों में मैंने अपने कैबिनेट के सदस्यों से वह ज्ञान मांगा, जो मैं उनसे चाहता था। मैं प्रत्येक सदस्य को सुनाई देने वाले शब्दों में निम्न लिखित के अनुसार संबोधित किया करता था -

> "मिस्टर इमर्सन", मैं आपसे प्रकृति की अद्भुत समझ प्राप्त करना चाहता हूँ, जिस कारण आपको प्रतिष्ठा मिली। आप से मेरा निवेदन है कि आप मेरे अवचेतन मस्तिष्क में सारे गुण गहराई तक बैठा दें, जो आप में थे, जिसके कारण आप प्रकृति के नियमों को बेहतर तरीके से समझ पाए और स्वयं को उसके अनुरूप ढाला पाए।
>
> "मिस्टर बरबैंक", मैं आपसे अनुरोध करता हूँ कि आप वह ज्ञान दीजिए जो आपको प्रकृति के नियमों से तालमेल बिठाने में समर्थ बनाता है जिसके माध्यम से आपने कैक्टस के कांटों को दूर हटाने के लिए और इसे एक खाने योग्य पदार्थ बनाने के लिए स्वयं को प्रेरित किया। मैं उस ज्ञान तक पहुँचना चाहता हूँ, जिसने आपको रेगिस्तान में भी फूल खिलने मैं समर्थ

बनाया।

"नेपोलियन मेरी इच्छा आपसे वह अद्भुत योग्यता प्राप्त करने की है जिसके कारण आप दूसरे लोगों को प्रेरित और महान कार्य करवाने के लिए उन्हें जागृत करते थे। इसके साथ ही मैं आपसे वह आस्था का भाव भी प्राप्त करना चाहता हूँ, जिसकी वजह से आप हार को जीत में बदल सके। अचानक आने वाली बाधाओं का डटकर सामना करने में सक्षम बने। भाग्य के निर्माणकर्ता, अवसरों के ज्ञानी, नियति के मित्र मैं तुम्हें प्रणाम करता हूँ।"

"मिस्टर पेन, मैं आपसे विचारों की स्वतंत्रता प्राप्त करना चाहता हूँ, साथ ही वह साहस और स्पष्टता भी प्राप्त करने की इच्छा रखता हूँ, जिसके द्वारा आप अपने विश्वास को अभिव्यक्त कर पाए और आपकी पहचान बनी।"

"मिस्टर डार्विन, मैं आपसे अद्भुत धैर्य और पूर्वाग्रह या पक्षपात के बिना कारण और परिणामों का विश्लेषण करने की योग्यता प्राप्त करना चाहता हूँ, जिसे आपने प्राकृतिक विज्ञान के क्षेत्र में साबित की है।"

"मिस्टर लिंकन, मैं आपसे चरित्र के निर्माण में न्याय की गहरी समझ, धैर्य की भावना, हास्य का बोध, मानवीय गुणों की समझ, सहिष्णुता आदि जिनसे आपकी पहचान थी वह सब प्राप्त करना चाहता हूँ।"

"मिस्टर कारनेगी, मैं आपका पहले से ही बहुत आभारी हूँ, क्योंकि आपने 'लाइफ वर्क' के कार्य के लिए मुझे चुना, जिसने मुझे खुशियों और मन की शांति से भर दिया मैं आपसे संगठित प्रयासों के सिद्धांतों की वह समझ हासिल करना चाहता हूँ, जिसका प्रयोग आपने बेहद प्रभावी ढंग से विशाल औद्योगिक साम्राज्य स्थापित करने के लिए किया था।"

"मिस्टर फोर्ड, आप लोगों की सहायता के लिए हमेशा आगे रहते हैं। आपने मुझे भी मेरे काम के लिए अधिकांश आवश्यक सामग्री उपलब्ध करावाई है। मैं आपकी दृढ़ता, लग्न का संकल्प, संतुलन, आत्मविश्वास और विश्वास की भावना प्राप्त करना चाहता हूँ। जिस कारण आप गरीबी पर विजय प्राप्त कर पाए, साथ ही मानवीय प्रयासों को भी संगठित करना, एक सूत्र में पिरोना और सरल बनाना चाहता हूँ ताकि मैं भी दूसरों की सहायता कर सकूं जिससे वह भी आपके बताए मार्ग पर आगे बढ़ सके।"

"मिस्टर एडिसन, मैंने आपको अपने सबसे करीब दाहिनी ओर

बिठाया है क्योंकि आप ही ने व्यक्तिगत तौर पर मेरे शोध के दौरान सफलता और असफलता के कारणों को समझाया है। मैं आप से आस्था की अद्भुत भावना प्राप्त करना चाहता हूँ ताकि मैं भी आपकी तरह ही निरंतर परिश्रम की भावना के साथ हार से जीत को छीन लूँ।

अपने काल्पनिक कैबिनेट के सदस्यों को इस तरह संबोधित करने का मेरा तरीका, उस चरित्र के गुण के हिसाब से परिवर्तित होता रहता था, जिस खास चरित्र के गुण की मुझे जरूरत होती थी। मैं उसे हासिल करने के लिए चरित्र के उस गुण पर अपना ज्यादा ध्यान केंद्रित करता था। मैंने बहुत मेहनत और लगन से उनके जीवन के रिकॉर्ड का अध्ययन किया। कई महीनों के रात-रात भर के परिश्रम के बाद मैं अपनी इस खोज से हैरान था कि वह काल्पनिक पात्र स्पष्ट तौर पर अब वास्तविक बन गए थे।

इन 9 लोगों में से प्रत्येक व्यक्ति ने अपनी व्यक्तिगत विशेषताओं का विकास किया, जिसने मुझे चकित कर दिया। उदाहरण के लिए लिंकन ने हमेशा देर से आने के बाद औपचारिक परेड की तरह घूमते रहने की आदत विकसित की थी। जब वह आते तो अपने हाथ अपनी कमर के पीछे बांधे हुए रखते थे और धीरे-धीरे टहलते रहते। एक बार जब वह मेरे पास से गुजर रहे थे तो क्षण भर के लिए रुक गए और अपने हाथों को मेरे कंधों पर रख दिया। वह अपने चेहरे को हमेशा गंभीर बनाए रखते थे, मैंने उन्हें कभी मुस्कुराते हुए नहीं देखा। एक अलग राज्य की सोच ने उन्हें जिन्द लाश बना दिया था

लेकिन यह बात अन्य लोगों के बारे में सत्य नहीं थी, पर बारबैंक और पैन ज्यादातर हास्य विनोद और वाकपटुता से लिप्त रहते थे। यह बात कभी-कभी कैबिनेट के सदस्यों को आघात पहुँचा देती थी। एक रात पैन ने मुझे सुझाव दिया कि मैं "तर्क प्रधान युग" पर एक भाषण तैयार करूं और उसे चर्च के मंच से संबोधित करूं हालांकि मैंने पहले इस तरह के कामों में भाग लिया था लेकिन टेबल के चारों ओर बैठे लोग इस सुझाव पर बहुत हँसे, पर नेपोलियन नहीं हँसे, वह गुस्से से भर कर बहुत तेज आवाज में चिल्लाए। सभी लोग उनकी ओर आश्चर्य से देखने लगे, उन्होंने कहा चर्च केवल राज्य का मोहरा है इसे कभी सुधारा नहीं जा सकता, लेकिन सामूहिक गतिविधियों के रूप में इसका प्रयोग किया जा सकता है।

एक ऐसा भी अवसर आया जब बारबैंक को आने में थोड़ी देर हो गई, लेकिन जब वह आए तो बहुत उत्साहित थे, उन्होंने सभी को बताया कि उन्हें देर क्यों हो

गई थी। वह एक प्रयोग कर रहे थे, इस प्रयोग के माध्यम से वह सेब किसी भी पेड़ पर उगा सकते थे। ऐसा उनका कहना था, लेकिन पैन ने उनकी हंसी उड़ाई और कहा वह एक सेब ही था जिसने स्त्री और पुरुष के बीच लड़ाई करवाई थी। डार्विन जोर-जोर से हंसने लगे और हंसते-हंसते जवाब दिया कि जंगल में सेब एकत्रित करने जाते समय पेन को छोटे सांपों के बारे में भी जागरूक रहना चाहिए, क्योंकि उनकी आदत होती है कि जब वह बड़े हो जाते हैं तो वे बड़े सांप बन जाते हैं। इमर्सन ने कहा,सांप नहीं तो सेब नहीं और तब नेपोलियन ने कहा सेब नहीं तो राज्य नहीं।

लिंकन ने स्वयं मैं यह आदत विकसित की हुई थी कि वह टेबल से सबसे अंत में उठते थे। एक दिन वह टेबल पर झुके हुए थे। उनकी कोहनियाँ मुड़ी हुई थी। वह उस स्थिति में बहुत देर तक खड़े रहे। मैंने भी उन्हें परेशान नहीं किया। अंत में उन्होंने धीरे-धीरे अपना सिर उठाया और दरवाजे की ओर चले गए, लेकिन वह लौटते और अपने हाथ मेरे कंधे पर रख दिया फिर मुझसे कहा मेरे बच्चे यदि अपने जीवन में उद्देश्य को पूरा करने के लिए आप दृढ़ता के साथ लगे रहते हैं तो इसके लिए आपको बहुत साहस की आवश्यकता होगी, लेकिन याद रखना जब समस्याएँ आप से आगे निकल जाती हैं तो आप सामान्य लोगों की तरह ज्ञान रखते हैं, लेकिन यदि स्थितियाँ विपरीत हो तो आपका विकास निश्चित है।

एक शाम एडिसन दूसरे लोगों से पहले ही आ गए थे और वह पास आकर मेरे बाई और बैठ गए जहाँ इमर्सन आकर बैठते थे। उन्होंने कहा जीवन में रहस्य की खोज करना आपकी किस्मत में है, जब समय आएगा आप महसूस करेंगे कि जीवन में ऊर्जा का अम्बार है। यह बैठकें आप जिन्हें आयोजित कर रहे हैं, आपके लिए बहुत उपयोगी सिद्ध होगी और आपके कैबिनेट के सदस्यों ने अपने जीवन काल के दौरान जो सेवाएँ दी हैं उनमें से बहुत सी यूनिट आपके जीवन में काम आएँगी और यह यूनिट अनंत है, अमर है आपके विचार और इच्छाएँ चुंबक के रूप में अपना कार्य करती हैं, जो वहाँ से बाहर जीवन के अथह महासागर से उन इकाइयों को आकर्षित करती हैं , जो आपके अनुकूल है, जो आपकी इच्छाओं कि प्रकृति के साथ मेल खाती है।

कैबिनेट के अन्य सदस्यों ने कमरे में प्रवेश करना शुरू कर दिया एडिसन उठे और चारों ओर घूमते हुए अपनी जगह पर जा बैठे। जब यह घटना मेरे साथ घटित हुई तब एडिसन जीवित थे। इस घटना में मेरे मन पर गहरी छाप छोड़ी और मैं, एडिसन से मिलने चला गया मैंने उन्हें अपने इस अनुभव के विषय में सब बताया।

वह मुस्कुराया और कहने लगे आपका सपना कल्पना से परे वास्तविकता के करीब था, जितना आप इसके वास्तविक होने के विषय में सोचते हैं" इसके बाद अपने वक्तव्य में उन्होंने कुछ भी नहीं कहा।

यह बैठकेंइतनी यथार्थ परक बन गई थी कि मैं इनके परिणामों को लेकर भयभीत होने लगा था। इस कारण मैंने कई महीनों तक उन बैठकों को स्थगित कर दिया। यह अनुभव इतने अजीब थे कि मैं डर गया था कि यदि मैंने इन्हें जारी रखा तो मुझे यह तथ्य दिखाई देना ही बंद हो जाएगा कि यह बैठके काल्पनिक है।

यह काल्पनिक बैठकें बंद होने के करीब 6 महीने बाद एक रात जब मैं कुछ सोच रहा था तब मैंने लिंकन को अपने सिरहाने खड़ा हुआ देखा- वह कह रहे थे जल्दी ही दुनिया को आपकी सेवाओं की जरूरत पड़ेगी। दुनिया अराजकता की स्थिति से गुजरने जा रही है, जिस कारण बहुत से लोग अपना भरोसा खो देंगे। अपने काम को आगे बढ़ाओ और अपनी फिलॉसफी को पूरा करो,यही आपके जीवन का मिशन है। यदि आप किसी भी कारण से इसको महत्व नहीं देते हैं, तो आप उस अवस्था में स्वयं को पाओगे, जिस अवस्था को पूरा करके आप बहुत आगे आ चुके हो।"

अगली सुबह जब में उठा तो मैं यह बताने में असमर्थ था कि मैंने जो सपना देखा है वह काल्पनिक था या वास्तविक, लेकिन यह जो भी था इसके बाद मैंने ऐसा कभी अनुभव नहीं किया। यदि यह सपना था तो भी यह इतना स्पष्ट था, जिस कारण अगली रात मैंने अपनी बैठकें फिर से शुरू कर दी थी।

दोबारा शुरू हुई बैठकों की पहली रात थी और मेरे कैबिनेट के सभी सदस्य पुनः एक साथ उसी कमरे, उसी टेबल और अपने अपने नियत स्थानों पर खड़े थे। तभी लिंकन ने गिलास उठाया और कहा मित्रों अपने दोस्त की वापसी पर एक जाम पी लेते हैं।"

इसके बाद मैंने अपनी कैबिनेट में नए सदस्यों को भी जोड़ना शुरु कर दिया था। इनकी संख्या 50 तक पहुँच गई थी इनमें थे, - क्राइस्ट (मसीह), सेंट पॉल गैलीलियो, कॉपरनिकस, अरस्तु, प्लेटो, सुकरात, होमर, कांट, ड्रमंड स्कोपेनहावर, न्यूटन, अल्बर्ड हुबार्ड,ब्रान, इंगरसौल, विल्सन, वॉल्टेयर, ब्रूनो, सिप्नोजा और विलियम जेम्स इत्यादि थे।

यह पहली बार है कि मैंने इसका जिक्र करने का साहस किया है। इससे पहले कभी भी मैंने इस विषय पर अपनी चुप्पी नहीं तोड़ी थी, क्योंकि मेरा स्वयं

का दृष्टिकोण यह था कि इस संबंध में यदि मैंने अपने अनुभव का जिक्र किसी से किया तो मुझे गलत समझा जा सकता है, लेकिन अपने अनुभवों को प्रिंट हुए पृष्ठ पर देखकर मैं बहुत उत्साहित हो रहा हूँ, क्योंकि लोग क्या कहेंगे इस विषय में बीते कुछ सालों की अपेक्षा मैं बहुत कम चिंतित हूँ। लोग क्या कहेंगे क्या सोचेंगे इस बात की चिंता ना करना भी परिपक्वता का ही प्रतीक है। मैं जोर देकर यह बात कहना चाहता हूँ कि मुझे गलत ना समझा जाए, लेकिन मैं अब भी अपनी बैठकों को काल्पनिक मानता हूँ, भले ही मेरी बैठक के सदस्य काल्पनिक है, लेकिन उनकी वजह से मैं स्वयं को रोमांचित और उत्साह से भरा हुआ महसूस करता हूँ, क्योंकि यह बैठकें ही मुझे इस रास्ते पर ले कर आई है, जिस रास्ते पर वास्तविक महानता को जगा, मैं रचनात्मक प्रयासों को प्रोत्साहित कर पाया, जिस कारण ईमानदारी के विचारों को अभिव्यक्ति मिली।

मस्तिष्क की कोशिका संरचनाओं के बीच कहीं ना कहीं एक ऐसी संरचना भी है जो उस विचारों को कम्पित करती है, जिसे अंतर्ज्ञान कहते हैं। आज तक विज्ञान यह नहीं खोज पाया की छठी इंद्री की वास्तविक संरचना कहाँ पर स्थित है, लेकिन यह तथ्य महत्वपूर्ण नहीं है वास्तविकता यह है कि इंसान शारीरिक इंद्रियों के अलावा भी अन्य स्रोतों के माध्यम से सही ज्ञान अर्जित कर सकता है इस तथ्य का ज्ञान आमतौर पर तब प्राप्त होता है, जब मस्तिष्क असाधारण प्रेरणा के प्रभाव में कार्य करता है। यदि कोई आपातकालीन स्थिति हमारी भावनाओं को जागृत करती हो और दिल की धड़कनों को बढ़ा देती हो उस स्थिति में छठी इंद्री सक्रिय हो जाती है। यदि कोई व्यक्ति कार चलाते समय किसी दुर्घटना से बाल-बाल बचा हो तो वह इस बात को जानता है कि किस तरह छठी इंद्री ने उसकी क्षण भर में दुर्घटना से बचाने में उसकी मदद की है।

यहाँ यह तथ्य इसलिए बताए गए हैं ताकि एक और महत्वपूर्ण तथ्य आपको बता सकूं। अदृश्य परामर्शदाताओं के साथ मेरी बैठकों के दौरान मैं मस्तिष्क तक पहुँच रहे उन विचारों और ज्ञान को अधिक समझने योग्य पाता हूँ, जो मुझ तक छठी इंद्री के द्वारा पहुँच रहे हैं। सच्चाई कहूँ तो यह सभी ज्ञान, तथ्य और विचार जो मुझ तक पहुँचते हैं उनका पूरा श्रेय मैं अपने अदृश्य परामर्शदाताओं को ही देना चाहता हूँ।

ऐसे अनेकों अवसरों पर जब मैंने किसी आपातकालीन स्थिति का सामना किया, उनमें से कुछ तो बहुत ही गंभीर थे, जिससे मेरा जीवन ही खतरे में था, लेकिन किसी चमत्कारिक शक्ति ने हीं मुझे इन खतरों से निकलने के लिए मार्ग

दिखाया।

काल्पनिक लोगों के साथ बैठकों का आयोजन करने के पीछे मेरा वास्तविक उद्देश्य सिर्फ इतना था कि मैं अपने अवचेतन मन को आत्मसुझाव के सिद्धांतों के द्वारा प्रभावित कर सकूं हाल के कुछ वर्षों में मेरा प्रयोग बिल्कुल अलग ही मार्ग पर चल पड़ा है। मैं अब हर उस कठिन समस्या को अपने परामर्शदाताओं के पास ले जाता हूँ, जो मेरे क्लाइंट मेरे पास जाते हैं। परिणाम ज्यादातर आश्चर्यजनक रहे हैं, लेकिन मैं पूर्ण रुप से परामर्शदाताओं पर निर्भर नहीं करता।

हेनरी फोर्ड निसंदेह छठी इंद्री को समझते थे और उसका प्रयोग करते थे, उनके वृहद व्यापार और आर्थिक गतिविधियों के लिए यह आवश्यक है कि वह इस सिद्धांत को समझें और प्रयोग करें। स्वर्गीय थॉमस एडिसन ने भी अपने आविष्कारों के लिए छठी इंद्री को समझा और इसका प्रयोग किया। ऐसा उन्होंने अपने कई आविष्कारों में किया, जिसमें टॉकिंग मशीन प्रमुख है।

ऐसे ही नेपोलियन, बिस्मार्क, जॉन ऑफ आर्क, क्राइस्ट, बुद्ध, कन्फ्यूशियस और मोहम्मद जैसे महान लीडर्स ने अपनी छठी इंद्री को समझ कर उसका लगभग लगातार प्रयोग किया। उनकी महानता में एक बड़ा हिस्सा इस सिद्धांत के ज्ञान का है।

छठी इंद्री ऐसी कोई चीज नहीं है, जिसे कोई भी अपनी इच्छा से पहन या उतार सकता है। इसके प्रयोग की क्षमता पुस्तक में दिए गए सिद्धांतों के माध्यम से धीरे-धीरे आती है। ऐसा बहुत कम ही देखा गया है कि 40 साल की उम्र से पहले छठी इंद्री का ज्ञान किसी को विरासत में मिला हो। छठी इंद्री का संबंध स्वयं की परीक्षा लेने, ध्यान के वर्षों और गहन चिंतन से परिपक्वता इत्यादि से हैं।

इस बात से कोई फर्क नहीं पड़ता कि आप कौन हैं या इस किताब को पढ़ने का आपका क्या उद्देश्य है। आप इस पुस्तक में वर्णित सिद्धांतों के माध्यम से इसका लाभ उठा सकते हैं। विशेष रूप से यह बात तब सच है, जब आपका उद्देश्य धन का संग्रह या भौतिक वस्तुओं का संग्रह करना हो।

छठी इंद्री वाले अध्याय को यहाँ इसलिए शामिल किया गया है, क्योंकि इस पुस्तक को इस तरह डिजाइन किया गया है कि इसकी सारी फिलॉसफी का उद्देश्य आपके सामने स्पष्ट हो सके। इसके माध्यम से कोई भी व्यक्ति बिना गलती किए स्वयं का मार्गदर्शन कर सकता है, जिससे वह अपने जीवन से चाहता है। सभी

उपलब्धियों का शुरुआती बिंदु इच्छा है और अंतिम बिंदु उस किस्म का ज्ञान है जो स्वयं की समझ, दूसरों की समझ, प्रकृति नियमों की समझ और खुशी की समझ की ओर ले जाता है।

इस तरह की समझ पूरी तरह सिर्फ तभी आती है, जब आप छठी इंद्री के सिद्धांत से अच्छी तरह परिचित हो और इसका उपयोग करते हो। इस सिद्धांत को इस फिलॉसफी के एक हिस्से के रूप में इसीलिए शामिल करना पड़ा, क्योंकि कुछ लोग अपने जीवन में धन से ज्यादा और कुछ भी चाहते हैं।

इस अध्याय को पढ़ने के उपरांत आप यह गौर करेंगे कि आप मानसिक प्रेरणा के एक उच्च स्तर तक उठ गए हैं। अद्भुत, आज से ठीक 1 महीने बाद आप इसे एक बार फिर पढ़े और तब आप पाएँगे कि आपका मस्तिष्क प्रेरणा के एक कदम आगे बढ़ गया है। बस इस अनुभव को समय-समय पर दोहराते रहे और एक बात, आप इस बात को कभी महत्व ना दें कि आपने दोबारा पढ़ते समय कितना कम या ज्यादा सीखा। अंत में आप एक ऐसी शक्ति के अधिकारी हो जाएँगे जो कभी निराश नहीं होती, डर को परास्त कर सकने में सक्षम हैं, विलंब को छोड़ देंने में सहायक है और अपनी कल्पनाशीलता का अधिक स्वतंत्र रूप से प्रयोग करने में आपको समर्थवान बनातीं हैं। फिर आप उस अनजान और अज्ञात किसी चीज को स्पर्श कर पाएँगे, जो हर महान विचारक, लीडर, कलाकार, संगीतकार, लेखक और राजनेता के पास थी। तब आप अपनी इच्छाओं को उनके भौतिक या आर्थिक समतुल्य में परिवर्तित करने की स्थिति में आ जाएँगे। अब आप सफलतापूर्वक अपनी समस्या को पहले के मुकाबले ज्यादा आसानी से आते पराजित कर पाएँगे।

विश्वास के विपरीत डर

पिछले अध्याय में बताया गया है कि आँसू, सुझाव, इच्छा और अवचेतन मन के द्वारा आस्था को किस प्रकार विकसित किया जा सकता है। अगले अध्याय में डर पर विजय प्राप्त करने के लिए दिशा निर्देश दिए गए हैं।

यहाँ छह डरों का पूर्ण विवरण दिया गया है, जो सभी प्रकार की निराशा, कायरता टालमटोल, उदासीनता, अनिर्णय, आत्मनिर्भरता, शुरुआत करना, आत्म नियंत्रण और उत्साह की कमी के कारण है।

जब आप इन छह डरों का अध्ययन करें तो इन डरो में से स्वयं के डरो को

खोजें, क्योंकि यह केवल आपके अवचेतन मन में ही होते हैं। इनकी उपस्थिति का पता लगाना सरल नहीं होगा और जब इन डरों का आप विश्लेषण करें तो याद रखें कि वह केवल काल्पनिक डर है, क्योंकि वह केवल किसी के मस्तिष्क में ही होते हैं।

इंसान के मस्तिष्क को अधिकांशतः हानि इन्हीं अनियंत्रित काल्पनिक डरों की वजह से होती है, इसलिए यह उतने ही खतरनाक है, जितने वह शारीरिक रूप में होते तो हो सकते थे।

1919 में गरीब होने के डर ने लाखों लोगों के मस्तिष्क को कुंद कर दिया था, क्योंकि वह डर इतना वास्तविक था, कि देश में आज तक जितनी भी व्यवसायिक मंदियाँ आई है, उनमें से यह सबसे बड़ी थी इसका डर आज भी लोगों को डराता है।

15

डर के छह भूतों को चतुराई से कैसे हराएँ

जब आप यह अंतिम अध्याय पढ़ कर समाप्त करें तो स्वयं की जांच करें और यह पता लगाएँ कि इन "भूतों" में से कितने आपके सामने बाधा बन कर खड़े हुए हैं।

इस फिलॉसफी का आप सफलतापूर्वक प्रयोग करें, सबसे पहले आपका मस्तिष्क इसे समझने और ग्रहण करने के लिए तैयार होना चाहिए। इसकी तैयारी बहुत कठिन नहीं है और इसकी शुरुआत उन तीन दुश्मनों के अध्ययन, विश्लेषण और समझ के साथ आरंभ होती है, जिन्हें आपको दूर हटाना है। अनिर्णय, शंका और डर।

जब यह तीनों दुश्मन या इनमें से कोई भी एक आपके मस्तिष्क में रहता है उस समय आप की छठी इंद्री काम नहीं करती। यह तीनों एक साथ जुड़े हैं, जहाँ एक होता है वहाँ अन्य दो आस-पास ही मिल जाते हैं। अनिर्णय का आरंभिक बिंदु भय है, जब यह अध्याय आप पढ़ें इस बात का अवश्य ध्यान रखें।

अनिर्णय संदेह का रूप धारण करता है फिर दोनों मिलकर डर में परिवर्तित हो जाते हैं। ज्यादातर देखा गया है कि यह प्रक्रिया बहुत धीमी गति से होती है, यही कारण है कि यह तीनों दुश्मन बहुत खतरनाक होते हैं। इन दुश्मनों की उपस्थिति का हमें पता भी नहीं चलता और यह अंकुरित होने के बाद, धीरे-धीरे बढ़ते चले जाते हैं।

इस अध्याय का बाकी का बचा हुआ भाग, हमारे समक्ष उस लक्ष्य का वर्णन करता है, जिसे प्राप्त किया जाना चाहिए। इससे पहले कि इस संपूर्ण फिलॉसफी को प्रायोगिग रूप से आजमाया जाए, यह उस स्थिति का भी विश्लेषण करता है, जिसने हाल ही में बहुत सारे लोगों को गरीबी की रेखा के अंदर ला खड़ा किया है। इतना ही नहीं यह उस सच्चाई को भी हमारे समक्ष प्रकट करता है, जिसे उन सभी लोगों को समझ लेना चाहिए जो अमीर बनना चाहते हैं। इसे चाहे धन के संदर्भ में देखा जाए या मानसिक अवस्था के संदर्भ में, जो धन से कहीं अधिक मूल्य रखती है।

इस अध्याय का उद्देश्य है 6 आधारभूत डरों के कारणों और उपचारों पर ध्यान केंद्रित करना। किसी भी दुश्मन पर विजय प्राप्त करने से पहले हमें उसका नाम, रहने की जगह, आदतें आदि पता होनी चाहिए। जब आप यह अध्याय पढ़ें तो सावधानी से विश्लेषण करें और साथ ही इस बात को भी निर्धारित करें कि इन सामान्य डरों में से वह कौन सा डर है, जो आपके साथ जुड़ा हुआ है।

इन आसानी से ना दिखाई देने वाले दुश्मनों की आदतों से कभी धोखा ना खाएँ। कई बार यह अवचेतन मन में छिपे रहते हैं। जहाँ उनकी जगह पता न लगाई जा सके और उन्हें समाप्त करना तो और भी कठिन होता है।

छह आधार भूत डर

छह आधारभूत डर हैं, जिनके किसी सामंजस्य के कारण हर व्यक्ति कभी न कभी कष्ट उठाता है। ऐसे बहुत कम भाग्यशाली लोग हैं, जिन्हें यह डर परेशान नहीं करते। आमतौर पर उनके सबसे प्रचलित क्रम इस प्रकार है-

1. गरीबी का डर
2. आलोचना का डर - अधिकांश लोगों की चिंताओं की जड़
3. खराब स्वास्थ्य का डर
4. प्रेम में वियोग का डर
5. बुढ़ापे का डर
6. मृत्यु का डर

अन्य सभी डर कम महत्व रखते हैं, उन सभी को इन महत्वपूर्ण डरों में शामिल किया जा सकता है।

इन डरों के कारण पूरी दुनिया एक ऐसे चक्र में फंस जाती है, जो अभिशाप प्रतीत होता है। लगभग 6 सालों तक जब मंदी का समय था सभी लोग गरीबी के डर से डरे हुए थे, विश्व युद्ध के दौरान इसे मृत्यु के भय के रूप में देखा गया और युद्ध के बाद इसे बीमारी के डर के रूप में देखा गया, जो महामारी के रूप में पूरी दुनिया में फैला हुआ था।

डर मानसिक अवस्था से अधिक कुछ भी नहीं है और हम किसी भी मानसिक अवस्था को नियंत्रित व निर्देशित कर सकते हैं, ज्यादातर लोग इस बात को जानते हैं कि डॉक्टरों को सामान्य लोगों की तुलना में बीमार होने की कम संभावना होती है इसका कारण यह है कि उन्हें रोगों का डर नहीं सताता। डॉक्टर बिना किसी भी भय और संकोच के शारीरिक रूप से संक्रमित हुए बिना प्रतिदिन अनेकों लोगों के संपर्क में आते हैं, जो अनेकों रोगों से संक्रमित होते हैं, लेकिन बीमारी का भय उन्हें नहीं सताता।

इंसान ऐसा कुछ भी नहीं बना सकता है, जिसके बारे में उसने पहले एक विचार के आवेग के रूप में ना सोचा हो। इस वक्तव्य से एक अधिक महत्वपूर्ण वक्तव्य और निकलता है कि इंसान के विचार संवेग तत्काल अपने आपको अपने भौतिक समतुल्य में परिवर्तित करना आरंभ कर देते हैं, चाहे फिर वह विचार स्वैच्छिक हो या अनैच्छिक।

वे विचार संवेग जो सिर्फ संयोगवश ग्रहण किए जाते हैं, वे विचार जो अन्य मस्तिष्कों से निकलते हैं। किसी के आर्थिक, व्यवसायिक, प्रोफेशनल या सामाजिक भाग्य का निर्धारण कर सकते हैं, ठीक वैसे ही जैसे, कोई व्यक्ति सोच समझकर कल्पना के माध्यम से उन का प्रारूप तैयार करता है।

हम यहाँ पर उस व्यक्ति के लिए अत्यंत महत्वपूर्ण तथ्य की आधारशिला रख रहे हैं जो यह नहीं जानते कि क्यों कुछ लोग भाग्यशाली दिखाई देते हैं, जबकि उनके बराबर या उनसे अधिक क्षमता, योग्यता, प्रशिक्षण, अनुभव और मानसिक क्षमता के लोग ऐसे दिखाई देते हैं, जैसे दुर्भाग्य उनके भाग्य में लिखा हो। इस तथ्य को इस वक्तव्य से समझा जा सकता है कि प्रत्येक इंसान मैं अपने मस्तिष्क को पूरी तरह नियंत्रित करने की क्षमता होती है और साफ तौर पर इसे नियंत्रण के माध्यम से प्रत्येक इंसान अपने मस्तिष्क के अनैच्छिक विचार संवेगों के लिए खुला रख सकता है, जो दूसरे मस्तिष्को से आ रहे हैं या फिर वह अपने मस्तिष्क के दरवाजे उनके लिए बंद कर सकता है और केवल अपने चुने हुए विचार संवेगों को ही अंदर

प्रवेश करने की अनुमति दे सकता है। प्रकृति ने इंसान की सहायता के लिए सिर्फ एक ही चीज पर पूरा नियंत्रण दिया है और वह है विचार।

यह तथ्य है जब इस तथ्य के साथ मिल जाता है कि इंसान जो कुछ भी बनता है उसकी शुरुआत एक विचार के रूप में होती है तो हम उस सिद्धांत के निकट पहुँच जाते हैं जिसके माध्यम से डर पर विजय प्राप्त की जा सकती है।

यदि यह बात सत्य है कि सभी विचार अपने भौतिक समतुल्य में परिवर्तित होने की प्रवृत्ति रखते हैं तो यह बात भी उतनी ही सत्य है कि डर और गरीबी के विचार संवेग,आर्थिक लाभ के संदर्भ में रूपांतरित नहीं किए जा सकते।

गरीबी का डर

गरीबी और अमीरी में किसी प्रकार का कोई समझौता नहीं हो सकता। गरीबी और अमीरी के रास्ते विपरीत दिशाओं की ओर जाते हैं यदि आप हमें चाहते हैं तो आपको गरीबी की ओर ले जाने वाले सभी रास्तों को साफ तौर पर इंकार करना चाहिए ('अमीरी' शब्द का यहाँ विस्तृत अर्थ में प्रयोग किया गया है, जिसमें आर्थिक, आध्यात्मिक, मानसिक और भौतिक अमीरी शामिल है।) अमीरी की और ले जाने वाले रास्ते का आरंभ इच्छा से होता है। अध्याय एक में इच्छा के समुचित उपयोग के लिए पूर्ण निर्देश दिए गए हैं। डर पर इस अध्याय में आपके पास इच्छा का व्यवहारिक उपयोग करने के लिए अपने मस्तिष्क को को कैसे तैयार करें इसके निर्देश दिए गए हैं।

यही वह जगह है जहाँ आपको स्वयं को एक चुनौती देनी है जो यह निर्धारित करेगी कि यह फिलॉसफी आपने कितनी ग्रहण की है। यही वह बिंदु है, जिस पर आप भविष्यवक्ता बन सकते हैं और बिल्कुल सही भविष्यवाणी कर सकते हैं कि भविष्य के गर्भ में आपके लिए क्या छुपा है। यदि इस अध्याय को पढ़ने के बाद आप स्वयं गरीबी को अपनाना चाहते हैं तो शौक से अपना सकते हैं, क्योंकि यह एक ऐसा निर्णय है जिससे आप बिल्कुल भी बच नहीं सकते।

यदि आप अमीरी चुनते हैं तो उसका स्वरूप निर्धारित कीजिए और साथ ही उस मात्रा को भी निर्धारित कीजिए, जिससे आप संतुष्ट हो जाएँ। आप अमीरी की ओर जाने वाले रास्ते को भली-भांति जानते हैं। आपको एक रोड मैप दिया गया है जिसका अनुसरण आपने किया तो आप सही रास्ते पर चल कर नियत स्थान पर पहुँच जाएँगे और यदि आप शुरुआत करने को ही नजरअंदाज कर देते हैं या

फिर नियत स्थान पर पहुँचने से पहले ही रुक जाते हैं तो दोषी सिर्फ आप होंगे और कोई नहीं। यह जिम्मेदारी आपकी ही है। यदि आप असफल होते हैं और जीवन से अमीरी की मांग करने से इंकार कर देते हैं तो कोई भी बहाना आपको जिम्मेदारी स्वीकार करने से बचा नहीं पाएगा, क्योंकि संयोग से स्वीकृति को एक ही चीज की आवश्यकता होती है और वह है 'मानसिक अवस्था' जिसे आप पूर्ण रूप से नियंत्रित कर सकते हैं। इसे आप खरीद नहीं सकते केवल बना सकते हैं। गरीबी का डर केवल एक मानसिक अवस्था है और कुछ नहीं, परंतु यह किसी भी क्षेत्र में व्यक्ति की उपलब्धि की संभावनाओं को नष्ट करने के लिए काफी है।

यह डर तर्क की शक्ति को निष्क्रिय कर देता है, कल्पना की शक्ति को समाप्त कर देता है, आत्मविश्वास को मार डालता है, उत्साह को खोखला कर देता है, पहल करने के विचार को हतोत्साहित करता है, उद्देश्य को अनिश्चितता की ओर ले जाता है, टालमटोल को प्रोत्साहित करता है, उत्साह को मिटा देता है, आत्म नियंत्रण को असंभव बना देता है और व्यक्ति के व्यक्तित्व से आकर्षण को निकाल बाहर फेंकता है, याददाश को धुंधला कर देता है, और असफलता को हर रूप में आमंत्रित करता है, यह प्रयास की एकाग्रता भंग कर देता है और दृढ़ता को पराजित कर देता है। इच्छा शक्ति को शून्य में परिवर्तित कर देता है, प्रेम को मार देता है और हृदय की सबसे अच्छी भावनाओं की भी हत्या कर देता है। नींद ना आना और परेशान कर देता है, ऐसा इस स्पष्ट सच्चाई के बावजूद होता है कि हम बहुतायात की एक ऐसी दुनिया में रहते हैं जहाँ वह सब कुछ है, जिसकी हम इच्छा करते हैं और हमारी और हमारी इच्छाओं के बीच एक निश्चित उद्देश्य की कमी को छोड़कर और कोई बाधा नहीं खड़ी है।

इसमें किसी प्रकार का कोई संदेह नहीं है कि गरीबी का डर छह आधारभूत डरों में से सबसे ज्यादा विनाशकारी है। इसे सूची में सबसे ऊपर रखा गया है, क्योंकि इस पर महारत हासिल करना सबसे ज्यादा कठिन है। इस डर की उत्पत्ति के विषय में बताना आसान नहीं है और बताने से भी ज्यादा कठिन इसे स्वीकार करना है। गरीबी का डर आर्थिक रूप से अपने साथियों का शोषण करना चाहता है। इंसान से नीचे के लगभग सभी प्राणी इंद्रियों से संचालित होते हैं, लेकिन उनकी सोचने समझने की क्षमता सीमित होती है। इसी कारण वह अपने साथियों को नुकसान पहुँचाते हैं। इंसान में सोचने-समझने की क्षमता होती है इसलिए वह श्रेष्ठ है भले ही वह शारीरिक रूप से अपने साथियों को नहीं खाता, लेकिन आर्थिक रूप से उन्हें खाने में अधिक संतुष्टि का अनुभव करता है। इंसान इतना लालची है कि

उसे अपने साथियों से सुरक्षित रखने के लिए हर तरह के काल्पनिक नियम बनाए गए हैं।

वर्तमान युग इंसान के पैसों के प्रति पागलपन के लिए जाना जाता है। इंसान को बहुत कम आँका जाता है यदि उसके पास अपना बैंक बैलेंस नहीं है तो लेकिन उसके पास पैसा है तो इस बात से कोई फर्क नहीं पड़ता कि उसने यह पैसा कहाँ से और कैसे एकत्रित किया है। वह एक राजा है और हर तरफ उसकी जय जयकार होती है। इतना ही नहीं वह जब कहीं से गुजरता है तो सारी दुनिया उसे झुक कर सम्मान देती है।

इंसान को गरीबी जितना दुखी और परेशान कर सकती है, उतना उसे कोई और चीज नहीं कर सकती। गरीबी का अनुभव जिस व्यक्ति ने किया है, केवल वही इस बात का मर्म जान सकता है।

इसमें कोई आश्चर्य की बात नहीं है कि इंसान गरीबी से डरता है और विरासत में मिले अनुभवों से इंसान निश्चित रूप से सीख चुका है कि जहाँ तक पैसे और भौतिक संपदा का संबंध है। कुछ लोगों पर विश्वास नहीं किया जा सकता। यह तथ्य दुख पहुँचाने वाला है, लेकिन यह सत्य है।

अधिकांश विवाह भी किसी एक या दोनों की मंजूरी द्वारा प्राप्त संपत्ति से प्रेरित होते हैं। इसमें कोई आश्चर्य की बात नहीं है। इसी कारण तलाक की अदालतें हमेशा व्यस्त रहती हैं।

आज इंसान पैसा हासिल करने के लिए इतना उत्सुक है कि वह इसे किसी भी तरह से प्राप्त करना चाहता है। चाहे कानूनी तरीके से और नहीं हो सके तो अन्य किसी तरीके से।

आत्म विश्लेषण उन कमजोरियों को उजागर करता है, जिन्हें इंसान स्वीकार करना पसंद नहीं करता। जांच का यह स्वरूप उन सभी लोगों के लिए आवश्यक है जो जीवन से, औसत दर्जे और गरीबी से अधिक की मांग करते हैं। जब आप प्रत्येक बिंदु को देखते हुए क्रमशः अपनी जांच करें, यह अवश्य याद रखें कि आप ही कोर्ट है,आप ही जज हैं, आप ही वादी हैं और आप ही प्रतिवादी भी हैं। सबसे महत्वपूर्ण बात यह केस भी आप पर ही चलाया जा रहा है। तथ्यों का ईमानदारी से सामना करें। अपने आप से प्रश्न पूछे फिर उत्तर की जांच करें और जब जांच खत्म हो जाए। तो आप अपने बारे में ज्यादा जान पाएँगे यदि आपको ऐसा नहीं लगता कि आप इस आत्म विश्लेषण में निष्पक्ष जज बन सकते हैं, तो आप किसी

ऐसे इंसान को जज बनाए जो आपको अच्छी तरह से जानता हो। जो आपके साथ न्याय करें क्योंकि आप सच्चाई की तलाश कर रहे हैं। इसे हासिल करें चाहे इसके लिए आपको कोई भी कीमत क्यों ना चुकानी पड़े। भले ही कुछ समय के लिए आप इससे शर्मिंदा ही क्यों ना हो।

यदि लोगों से पूछा जाए कि वह सबसे ज्यादा किससे डरते हैं तो अधिकांश लोगों का जवाब होगा - "मैं किसी भी चीज से नहीं डरता" लेकिन या जवाब सरासर झूठ है, क्योंकि बहुत कम लोगों को यह पता होता है कि वह किसी न किसी डर के कारण शारीरिक और आध्यात्मिक दोनों रूपों से बंधे हुए हैं। किसी ना किसी डर के रूप के कारण आपको अनेक बाधाओं का सामना करना पड़ रहा हैं और इसी कारण आप जीवन में असफल हो रहे हैं। डर की भावना इतनी सूक्ष्म और गहरी होती है कि व्यक्ति इसकी उपस्थिति को पहचाने बिना अपना पूरा जीवन ऐसे ही ढोते-ढोते काट देता है। केवल एक साहसी विश्लेषण से ही इस शाश्वत शत्रु की उपस्थिति का पता लगाया जा सकता है। जब आप इस तरह विश्लेषण शुरू करें तो अपने चरित्र में गहराई से खोज करें। यहाँ उन लक्षणों की एक सूची दी गई है जिन्हें आपको देखना चाहिए-

गरीबी के डर के लक्षण

उदासीनता - ज्यादातर महत्वकांक्षा की कमी के माध्यम से व्यक्त की जाती है। गरीबी सहन करने की इच्छा बिना किसी विरोध के जो भी जीवन दे रहा है उसे स्वीकार करने की आदत। मानसिक, शारीरिक और आत्म नियंत्रण की कमी।

अनिर्णय - दूसरों को स्वयं के लिए फैसले करने की अनुमति देना और स्वयं किनारे पर खड़े होकर तमाशा देखने की आदत।

संदेह - आमतौर पर असफलताओं को छुपाने के लिए, स्पष्टीकरण देने के लिए, माफी मांगने के लिए बनाए गए बहाने और टालमटोल के बर्ताव द्वारा व्यक्त किया जाता है। कभी-कभी सफल लोगों के प्रति ईर्ष्या के भावों द्वारा या उनकी आलोचना के द्वारा भी यह व्यक्त किया जाता है।

चिंता - अनेकों बार दूसरों की गलती निकालने में अभिव्यक्ति होती है। अपनी आमदनी से ज्यादा खर्च करने की प्रवृत्ति, व्यक्तिगत छवि में लापरवाही, नाक भौं सिकोड़ना, शराब पीने और कई बार नशीले पदार्थों के उपयोग में असंयम,

घबराहट, शिष्टता, आत्मचेतना और आत्मनिर्भरता की कमी।

अत्यधिक सावधानी - सफल होने के साधन पर ध्यान केंद्रित करने की बजाय संभावित और सफलता के बारे में सोचना और बातें करना असफलता की ओर जाने वाले सभी रास्तों को जानने के बावजूद असफलता से बचने की किसी योजना की खोज ना करना योजनाओं को कार्य रूप देने के लिए सही समय की प्रतीक्षा करना और तब तक ऐसा करना जब तक वह आदत ना बन जाए। असफल रहे लोगों को याद करना और सफल लोगों को कभी भी याद ना करना। निराशा से अपच, कब्ज, सुस्ती, बदबूदार सांस और चिड़चिड़ा स्वभाव पैदा होता है।

टालमटोल - वह काम जो पिछले साल ही कर दिया जाना चाहिए था कल पर डालने की आदत। काम करने में जितना समय लगना चाहिए उतना समय बहाने बहाने में लगाना। यह लक्षण अति सावधानी, संदेह और चिंता से जुड़ा हुआ है। जब भी इसे टाला जा सकता है। जिम्मेदारी स्वीकार करने से साफ तौर पर इंकार करना कठिन लड़ाई लड़ने की बजाय उस लड़ाई से समझौता करने की इच्छा। अमीरी दौलत धन संतुष्टि और सुख की मांग करने की बजाय जीवन से कुछ पैसों की मांग करना। यह योजना बनाना की असफल होने के बाद क्या करना है बजाय इसके कि सभी पुल जला दिया जाए और पीछे की ओर वापसी जाने को असंभव बना दिया जाए। आत्मविश्वास, निश्चित लक्ष्य, आत्मनियंत्रण, पहल करने की शक्ति, उत्साह, महत्वाकांक्षा, बचत और दृढ़तर्क शक्ति की कमजोरी या पूर्ण अभाव अमीरी की मांग करने की बजाय गरीबी की उम्मीद करना। अमीरी की मांग और उसे प्राप्त करने वाले लोगों का अनुसरण करने की बजाए गरीबी को स्वीकार करने वाले लोगों के साथ संबंध बनाना और उनका अनुसरण करना।

पैसा बोलता है

कई लोग पूछेंगे आपने पैसे के बारे में पुस्तक क्यों लिखी है? अमीरी 'डॉलर' में ही क्यों मापी जाती है? कुछ विश्वास करेंगे और ऐसा सही है कि अमीरी कई अन्य रूपों में जो पैसे से भी अधिक महत्वपूर्ण है। हाँ ऐसे ही दौलत भी है, जिन्हें डॉलर के संदर्भ में मापा नहीं जा सकता लेकिन करोड़ों लोग हैं जो कहेंगे मुझे जितना पैसा चाहिए, वह सारा मुझे दे दो और बाकी जो कुछ भी मैं चाहता हूँ उसे मैं स्वयं ढूंढ लूंगा।

दौलत कैसे प्राप्त की जाए इस विषय पर मैंने यह पुस्तक लिखी है। इस पुस्तक को लिखने का मुख्य कारण यह तथ्य है कि हाल ही में दुनिया एक ऐसे अनुभव से गुजरी है, जिसने करोड़ों पुरुषों और महिलाओं को गरीबी के डर से अपंग बना दिया है। इस तरह का डर किसी भी इंसान के साथ क्या कर सकता है यह बहुत अच्छी तरह से न्यूयॉर्क के वर्ल्ड-टेलीग्राम में अर्थात वेस्टब्रुक पेगलर के द्वारा वर्णित किया गया है।

दौलत केवल धातु का गोल रूप है या कागज का टुकड़ा है। दिल और आत्मा के कई ऐसे खजाने हैं जिन्हें दौलत भी खरीद नहीं सकती, लेकिन अधिकांश कड़के लोग इस बात को ध्यान में नहीं रख पाते और उन्हें इस बात से अपना उत्साह बनाए रखने में किसी प्रकार की कोई मदद नहीं मिलती। जब कोई आदमी गरीब हो जाता है और सड़क पर आ जाता है और किसी भी प्रकार की नौकरी को प्राप्त करने में सफल नहीं होता, उस समय उसकी अंतरात्मा में कुछ अजीब सा हो जाता है। जो उसके झुके हुए कंधों में साफ नजर आता है,जो उसकी हेट, उसकी चाल और उसकी नज़र में दिखाई देता है। वह नौकरी पेशा लोगों के बीच हीनता की भावना का शिकार हो जाता है। भले ही वह जानता है कि वह चरित्र, बुद्धि या योग्यता में निश्चित रूप से उसकी बराबरी नहीं कर सकते।

दूसरी और यह लोग यहाँ तक कि उसके मित्र भी श्रेष्ठता की भावना महसूस करते हुए अनजाने में ही सही लेकिन उसके साथ अच्छा व्यवहार नहीं करते। वह एक बार उधार ले सकता है, लेकिन उतना नहीं जितने में वह पहले अपना गुजारा आसानी से कर रहा था। इसके अलावा वह लंबे समय तक उधार नहीं ले सकता लेकिन उधार मांगना और वह भी सिर्फ जीवन जीने के लिए यह भी एक निराशाजनक अनुभव होता है और ऐसे पैसे में उनकी आत्मा को दुबारा उत्साह से भरने की शक्ति भी नहीं होती। बेशक यह सारी बातें उन लोगों पर लागू नहीं होती जो बेकार निठल्ले और बेशर्म होते हैं। यह सारी बातें तो सामान्य महत्वाकांक्षाओं और आत्मसम्मान वाले लोगों पर ही लागू होती है।

महिलाएँ अपनी निराशा छिपाती है

इस प्रकार की स्थिति में महिलाओं का व्यवहार भिन्न होता है। हम किसी भी तरह से दीन हीन महिलाओं के बारे में नहीं सोचते हैं। वह कभी भी रोटी के लिए लाइनों में खड़ी नहीं दिखाई देती, ना कभी वह भीख मांगती दिखाई देंगी। इतना ही नहीं

वह कभी भी भीड़ में उन लक्षणों द्वारा नहीं पहचानी जा सकती जिन लक्षणों से हम किसी पुरुष को स्पष्ट रूप से पहचान सकते हैं। यह स्पष्ट है यहाँ पर उन आवारा महिलाओं की बात नहीं की जा रही जो पुरुषों के समान ही होती हैं। मैं उन महिलाओं के विषय में बात कर रहा हूँ, जो सामान्यतः युवा, सभ्य और बुद्धिमान है, हो सकता है कि ऐसी कई महिलाएँ होती हो, परंतु उनकी निराशा स्पष्ट नहीं होती, हो सकता है वह आत्महत्या कर लेती होंगी।

जब एक व्यक्ति दीन हीन होता है तो उसके पास खाली बैठकर सोचने विचारने के लिए बहुत सा समय होता है। वह बहुत लंबी यात्रा करके किसी नौकरी की तलाश में किसी अंजान आदमी से मिलने जा सकता है और वहाँ जाने के बाद उसे यह पता चल सकता है कि वह नौकरी तो अब किसी और को मिल गई है या फिर उसे यह भी पता चल सकता है कि उस नौकरी के लिए किसी प्रकार की तनख्वाह नहीं मिलती बस बेकार के सामानों को बेचने का कमीशन मिलता है, जिन्हें कोई भी नहीं खरीदेगा शर्त बस इतनी है कि किसी को आपकी हालत पर तरस ना आ जाए, जिस वजह से वह आपका सामान खरीद ले। इस स्थिति को स्वीकार करके वह वापस सड़क पर आ जाता है, जहाँ जाने के लिए उसके पास कोई जगह नहीं होती, इसलिए वह चलता ही रहता है और चलते- चलते दुकानों की खिड़कियों से विलासिता की वस्तुओं को सजा हुआ देखता है, जो उसके लिए नहीं है। इसके बाद में वह खुद को हीन समझता है और उन लोगों के लिए रास्ता छोड़ देता है जो खरीदने की इच्छा से सामान देखने के लिए रुकते हैं। वह रेलवे स्टेशन पर भटकता है और अपने पैरों को आराम देने के लिए पुस्तकालय में जा बैठता है लेकिन इससे उसकी नौकरी की तलाश खत्म नहीं होती और वह फिर से अपने इसी काम में जुट जाता है। उसे शायद यह नहीं पता की उसकी दिशाहीनता उसकी राह में बहुत बड़ी बाधा है, भले ही उसकी रेखाएँ ना बताएँ। वह अच्छे कपड़े पहने हो सकता है जो उसके बीते हुए दिनों की निशानी हो सकते हैं, लेकिन अच्छे कपड़े किसी के झुके हुए कंधों को छिपा नहीं सकते।

"पैसों" से फर्क पड़ता है

वह अपने काम में लगे अन्य लोगों, बुककीपर्स, क्लर्कों, केमिस्टों या वैगन हैंडस को अपने काम में व्यस्त देखता है और अपनी आत्मा की गहराई से उनसे ईर्ष्या करता है, क्योंकि उनके पास अपनी स्वतंत्रता है। उनका आत्मसम्मान, उनकी मर्दानगी है और वह स्वयं को यह विश्वास तक नहीं दिला सकता कि वह भी एक

अच्छा इंसान है, हालांकि वह इस पर विवाद करता है और हर घंटे स्वयं के पक्ष में ही फैसला लेता है।

"यह पैसा ही है जो उसमें यह फर्क लाता है। थोड़े से पैसे के साथ तो वह एक बार फिर से अपनी सामान्य स्थिति में लौट सकता है।"

कुछ नियोक्ता ऐसे भी होते हैं, जो दीन हीन व्यक्तियों का नाजायज फायदा उठाते हैं और कुछ एजेंसियाँ दीन हीन व्यक्तियों के लिए 12 से 15 डॉलर प्रति सप्ताह की मामूली धनराशि देती है। 18 डॉलर प्रति सप्ताह वाली नौकरी भी लाभदायक है लेकिन कोई एजेंसी 25 डॉलर प्रति सप्ताह का प्रस्ताव किसी दिन हीन व्यक्ति को नहीं देती। मेरे पास एक लोकल अखबार से कटा हुआ नौकरी के लिए विज्ञापन का अंश है, जिसके अनुसार एक सैंडविच की दुकान में 11:00 बजे से 2:00 बजे तक के लिए टेलीफोन से बुकिंग करने के लिए एक ईमानदार आदमी की जरूरत है। सैलरी 8 डॉलर प्रतिमाह है 8 डॉलर प्रति सप्ताह नहीं बल्कि 8डॉलर प्रति माह। साफ है इस तरह की क्रूर नौकरी के लिए मांग की कल्पना केवल दीन हीन लोगों के लिए ही कि जा सकता है।

आलोचना का डर

इंसान आलोचना के डर से कैसे परिचित हुआ निश्चित रूप से कोई नहीं बता सकता, लेकिन एक बात तय है कि इंसान में यह डर बहुत ही विकसित रूप में होता है। कुछ लोगों का मानना है कि आलोचना का आधारभूत डर इंसान की प्रकृति में है जो ना सिर्फ अपने साथी इंसान की वस्तुओं को छीनना चाहता है, बल्कि उसके चरित्र की आलोचना करके अपने कार्य को उचित भी ठहराना चाहता है। कुछ अन्य लोग यह भी मानते हैं कि आलोचना का डर उस युग से पाया जाता है, जब महिलाओं ने पहली बार कपड़े पहनने की 'शैलियों' के साथ स्वयं की चिंता करनी शुरू की थी।

यह एक सर्वविदित तथ्य है कि एक चोर उस आदमी की आलोचना करेगा जिसका सामान वह चुरा रहा है। राजनेता पद चाहते हैं, परंतु वे इसके लिए अपनी योग्यताएँ या गुणों का प्रदर्शन नहीं करते, बल्कि अपने विरोधियों पर आक्षेप लगाते हैं।

आलोचना का डर कई रूपों में होता है, जिसमें से अधिकांश छोटे और तुच्छ हैं उदाहरण के लिए गंजे पुरुष किसी अन्य कारण के लिए नहीं, बल्कि अपनी आलोचना के भय से गंजे होते हैं। सिर पर टोपी पहनने के कारण अक्सर पुरुष

गंजे हो जाते हैं, क्योंकि बालों की जड़ों में रक्त का संचार नहीं होता, लेकिन वह फिर भी टोपी पहनते हैं, इसलिए नहीं कि उन्हें टोपी की जरूरत है, बल्कि इसलिए क्योंकि यह चलन में है।

कपड़ों के बुद्धिमान निर्माता आलोचना के इस आधारभूत डर का लाभ उठाने में पीछे नहीं रहते, जिससे पूरी मानव जाति शापित है। हर मौसम में कपड़ों के स्टाइल बदल जाते है। यह स्टाइल कौन तय करता है? निश्चित रूप से कपड़े खरीदने वाला तो ऐसा नहीं करता ऐसा तो निर्माता ही करता है, तो फिर वह स्टाइल को इतनी जल्दी-जल्दी क्यों बदलता हैं। जवाब देना आसान है। वह स्टाइल इसलिए बदलता है ताकि वह अधिक कपड़े बेच सकें।

इसी कारण से ऑटोमोबाइल के निर्माता भी हर मौसम में मॉडलों के स्टाइल में परिवर्तन करते हैं। (कुछ दुर्लभ और तर्कसंगत अपवादों के साथ) कोई भी आदमी ऐसी कार को चलाना पसंद नहीं करता जो लेटेस्ट स्टाइल की ना हो। हालांकि पुराने मॉडल की कार वास्तव में बेहतर कार हो सकती है। हम उसी तरीके का वर्णन करते आ रहे हैं, जिसमें लोग जीवन की छोटी और तुच्छ बातों से संबंधित आलोचना के डर के प्रभाव के आधार पर व्यवहार करते हैं।

अब हम मानव व्यवहार की जांच करते हैं, जब यह डर मानव संबंधों की और अधिक महत्वपूर्ण घटनाओं के सिलसिले में लोगों को प्रभावित करता है। उदाहरण के तौर पर किसी भी ऐसे व्यक्ति को ले, जो मानसिक परिपक्वता की उम्र में पहुँच गया हो (उदाहरण के लिए 35 से 40 वर्ष की उम्र के औसत व्यक्ति) और अगर आप उसके मस्तिष्क के गोपनीय विचारों को पढ़ सके तो आप आएँगे कि उसे उन अधिकांश कहानियों में विश्वास है, जो उसे दंत कथाओं में अंधविश्वास के आधार पर सिखाई गई थी।

हालांकि आप ऐसा व्यक्ति अक्सर नहीं पाएँगे, जिसके पास साफ तौर पर इस विषय पर अपने विश्वास को कहने का साहस करें। यदि बहुत जोर दिया जाए तो ज्यादातर लोग यह स्वीकार करने की वजह झूठ ही बोलेंगे कि वह ऐसी अंधविश्वास वाली कहानियों पर विश्वास नहीं करते जो तर्क प्रधान ना हो।

आज के प्रबुद्धता के दौर में भी औसत इंसान कहानियों में अपने विश्वास को अस्वीकार करने में संकोच करता है? जवाब है "क्योंकि वह आलोचना से आज भी डरते हैं।" पुरुषों और महिलाओं को भूतों में अविश्वास होने के कारण उन्हें जिंदा जला दिया गया था। इसमें कोई आश्चर्य की बात नहीं है। हमें यह चेतना

विरासत में मिली है, जिसके कारण हम आज तक आलोचना से डरते हैं। अतीत में एक ऐसा समय भी था जब आलोचना का दंड होता था कुछ देशों में आज भी ऐसा है।

आलोचना का डर व्यक्ति से उसकी शुरुआत करने की इच्छा शक्ति को ही खत्म कर देता है। उसकी कल्पना शक्ति को नष्ट कर देता है। उसके व्यक्तित्व को सीमित करता है और उसकी आत्मनिर्भरता छीन लेता है। इतना ही नही सैकड़ों अन्य तरीकों से उसे नुकसान पहुँचाता है। माता पिता अनजाने में ही अक्सर अपने बच्चों की आलोचना करके उनको स्थाई तौर पर नुकसान पहुँचाते हैं। जब मैं छोटा था तो मेरे दोस्त की मां उसे एक स्विच से हर रोज सजा दिया करती थी और कहती थी। तुम 20 साल की उम्र से भी पहले जेल चले जाओगे और उसे 17 साल की उम्र में ही बाल सुधार में भेज दिया गया था।

आलोचना सेवा का एक रूप है जो हर किसी के पास बहुतायत में पाया जाता है। हर किसी के पास इसका बहुत शौक होता है, जिससे निशुल्क को सौंप दिया जाता है चाहे कोई इसकी मांग करें या ना करें ज्यादातर देखा गया है कि नजदीकी रिश्तेदार अक्सर इसके सबसे ज्यादा दुखी होते हैं, इसे अपराध माना जाना चाहिए (वास्तव में यह सबसे बुरी प्रकृति के अपराधों में से एक है) कि कोई माता या पिता व्यर्थ की आलोचना के द्वारा अपने बच्चों के मस्तिष्क में हीन भावना भर दे। मानव प्रकृति को समझने वाले नियोक्ता लोगों में सर्वश्रेष्ठ कार्य आलोचना से नहीं बल्कि रचनात्मक सुझाव से करवाते हैं। इस तकनीक के प्रयोग के माध्यम से माता-पिता भी अपने बच्चों के साथ ऐसे ही परिणाम हासिल कर सकते हैं। मानव हृदय में आलोचना, असंतोष और भय को जन्म दे सकती है, लेकिन प्रेम या स्नेह का बीजारोपण नहीं कर पाती।

आलोचना के डर के लक्षण

यह डर गरीबी के डर जितना शाश्वत है और उसके प्रभाव भी व्यक्तिगत उपलब्धि के लिए लगभग उतने ही खतरनाक है। इसका मुख्य कारण यह है कि यह डर पहल करने की शक्ति को ही खत्म कर देता है साथ ही कल्पनाशीलता के प्रयोग को हतोत्साहित करता है। इस डर के प्रमुख लक्षण है-

स्वयं के लिए चिंतित रहना - आमतौर पर यह बातचीत में घबराहट, बातचीत में संकोच, अजनबियों से मिलने पर हाथ पैरों में अजीब तरह की गतिविधियाँ,

नजरें चुराना इत्यादि से प्रकट होता है।

संतुलन का अभाव - आवाज के नियंत्रण में कमी, दूसरों के सामने घबराहट अनुभव करना, शरीर की गलत मुद्राएँ बनाना और खराब याददाश्त इसके सूचक हैं।

व्यक्तित्व - निर्णय की दृढ़ता का भाव व्यक्तिगत आकर्षण और अपने विचारों को विश्वासपूर्ण ढंग से अभिव्यक्त करने की योग्यता का अभाव, चीजों का सामना करने की बजाय उनसे बचना, दूसरों के विचारों की सावधानीपूर्वक जांच करने की बजाय उनसे आसानी से सहमत हो जाने की आदत।

हीन भावना - हीनता की भावना को छुपाने के लिए ऐसे शब्दों और कार्यों के द्वारा स्वयं को सही व्यक्त करने की आदत। दूसरों को प्रभावित करने के लिए "जटिल शब्दों" का इस्तेमाल करना। अक्सर उन शब्दों का सही मतलब जाने बिना। कपड़ों, भाषा और शिष्टाचार में दूसरों की नकल करने की आदत। काल्पनिक उपलब्धियों की डींगें हाँकना। कभी-कभी यह श्रेष्ठता की भावना का एहसास दिलाता है।

अपव्यय - दूसरों के साथ बराबरी करने की आदत, अपनी आय से ज्यादा खर्च।

शुरुआत करने की शक्ति का अभाव - आत्म उन्नति के अवसरों को गले लगाने में असफलता, अपनी राय व्यक्त करने का डर, अपने विचारों में अविश्वास, वरिष्ठ अधिकारियों द्वारा पूछे गए सवालों के गोलमोल जवाब देना और अपने ही विचारों में विश्वास की कमी। शिष्टता और भाषा में संकोच, शब्दों और कार्यों दोनों में धोखा।

महत्वाकांक्षा की कमी - मानसिक और शारीरिक आलस्य से स्वयं को पीछे रखने की आदत, निर्णय लेने में देरी, जल्दी ही किसी से भी प्रभावित हो जाना, दूसरों की पीठ पीछे उनकी आलोचना करना और उनके सामने उनकी बड़ाई करना, बिना किसी विरोध के हार को स्वीकार कर लेना, दूसरों के विरोध करने पर अपने प्रयत्नों को छोड़ देना, बिना किसी कारण के अन्य लोगों पर संदेह करना, शिष्टता और भाषा में समझ की कमी, अपनी गलतियों को स्वीकार ना करना।

खराब स्वास्थ्य का डर

इस डर की शारीरिक और सामाजिक अनुवांशिकी बहुत गहराई तक है। यह बुढ़ापे और मृत्यु के डर से करीबी रूप से जुड़ा होता है, क्योंकि यह व्यक्ति को एक ऐसी भयानक दुनिया के पास ले जाता है, जिसे इंसान नहीं जानता, लेकिन जिसके

विषय में डरा देने वाली कहानियाँ सुनी है। यह राय भी औसत है कि 'स्वास्थ्य बेचने' के कारोबार में लगे कुछ अनैतिक लोगों ने बीमारियों के डर को जीवित रखा हुआ है।

प्रमुख रूप से इंसान खराब स्वास्थ्य से इसलिए भी डरता है, क्योंकि उसके मस्तिष्क में इसकी भयानक तस्वीरें मौजूद हैं। वह सोचता है कि उसकी मृत्यु के बाद क्या होगा। इसलिए भी वह मृत्यु से डरता है, क्योंकि इसके बाद उसे आर्थिक नुकसान भी झेलना होगा।

एक प्रसिद्ध डॉक्टर का अनुमान है कि डॉक्टर के पास आने वाले 75% लोग हाइपोकोड्रिया के शिकार होते हैं यानी उनकी बीमारी सिर्फ कल्पना में होती है। यह बात सिद्ध भी की जा चुकी है कि किसी भी बीमारी का डर चाहे उस डर का कारण हो या ना हो, अक्सर उस बीमारी के सारे लक्षण उत्पन्न कर देता है।

इंसान का मन बहुत शक्तिशाली है या तो वह है किसी को बनाता है या बिगाड़ देता है। बीमारी का डर दिखा-दिखा कर पेटेंट दवाइयों के वितरकों ने बहुत अधिक दौलत कमाई है। आवश्यकता से अधिक विश्वास करना मानवता का यह रूप कुछ दशक पहले प्रचलित हुआ था। कॉलियर्स मैग्ज़ीन ने एक कटु अभियान चलाया, जो पेटेंट मेडिसिन बिज़नेस में सबसे खराब दोषियों के विरुद्ध था।

विश्व युद्ध के दौरान, महामारी का दौर भी शुरू हो गया था। न्यूयॉर्क शहर के मेयर ने क्षति की जांच कराने के लिए अनेक कदम उठाए। कुछ लोग ऐसे भी थे जो डर के कारण स्वयं को क्षति पहुँचा रहे थे। मेयर ने सबसे पहले अखबार के लोगों को बुलाया और उनसे कहा कि आप महामारी के विषय में किसी भी प्रकार की खबर को प्रकाशित नहीं करेंगे, क्योंकि जब तक आप मेरा सहयोग नहीं देंगे, तब तक हम इस स्थिति को नियंत्रित नहीं कर सकेंगे। समाचार पत्रों ने भी मेयर का पूरा साथ दिया और महामारी के बारे में किसी भी प्रकार की खबर को प्रकाशित नहीं किया। देखते ही देखते हैं एक महीने के अंदर महामारी पर सफलतापूर्वक नियंत्रण पा लिया गया।

कुछ साल पहले ऐसे प्रयोगों की श्रंखला के माध्यम से यह साबित कर दिया गया था कि केवल सुझाव के माध्यम से ही लोगों को बीमार किया जा सकता है। इस प्रयोग को हमने अपने तीन परिचितों को बीमारों से मिलने के लिए भेजा जिनमें से प्रत्येक ने इस सवाल के साथ शुरुआत कि "आप को क्या बीमारी है",

"आप बहुत बीमार दिख रहे हो"। ज्यादातर सवाल पूछने वाले पहले व्यक्ति को 'बीमार' ने जवाब दिया, "अरे, कुछ नहीं मैं ठीक हूँ।" दूसरे प्रश्न करने वाले को भी ज्यादातर यह जवाब दिया गया, "मैं इतना बीमार नहीं हूँ, लेकिन मुझे ठीक महसूस नहीं हो रहा हैं।" तीसरे प्रश्न पूछने वाले से आमतौर पर यह कर साफ कर दिया कि, "वह सचमुच बीमारी का अनुभव कर रहा है।"

आपको अगर इस बात में संदेह है तो इसे किसी परिचित पर आजमाएँ लेकिन इस प्रयोग को बहुत दूर तक ना ले जाए। एक निश्चित धार्मिक संप्रदाय ने जिस के सदस्य अपने शत्रुओं से प्रसिद्ध प्रतिशोध लेने के लिए एक "हेकिसंग विधि" का प्रयोग करते हैं वे इसे पीड़ित पर "जादू करना" कहते हैं।

इस बात के प्रबल प्रमाण है की कभी-कभी बीमारी नकारात्मक विचार संवेग के रूप में शुरू होती है। इस प्रकार के संवेग एक मस्तिष्क से दूसरे को सुझाव द्वारा भेजे जाते हैं या एक व्यक्ति द्वारा अपने ही मस्तिष्क में बना सकता है।

एक आदमी ने जिसमें सबसे अधिक बुद्धि थी, जितनी की इस घटना के द्वारा पता चलती है उसने एक बार कहा था "जब भी मुझसे कोई पूछता है मुझे कैसा लग रहा है। मेरी हमेशा इच्छा होती है कि इसका जवाब मैं उसे मार कर दूँ।"

डॉक्टर अपने मरीजों को उनके स्वास्थ्य लाभ के लिए नए स्थानों पर भेज देते है, क्योंकि "मानसिक रवैये" में बदलाव भी जरूरी है, बुरे स्वास्थ्य के डर का बीज प्रत्येक मनुष्य के मस्तिष्क में कहीं ना कहीं रहता ही है। चिंता, डर, निराशा, उदासी और बिजनेस के मामलों में नाकामयाबी इस बीज को अंकुरित कर पेड़ बना देती है। हाल ही में मंदी ने डॉक्टरों को भी परेशान कर रखा है, क्योंकि नकारात्मक सोच का हर रूप खराब स्वास्थ्य का कारण बन सकता है।

बिजनेस और प्रेम में निराश हुए खराब स्वास्थ्य के डर के कारणों की सूची में सबसे ज्यादा ऊपर है। एक युवक ने प्रेम में निराशा का सामना किया जिसके कारण वह अस्पताल भेज दिया गया। महीनों तक वह जिंदगी और मौत के बीच झूलता रहा। साइकोथैरेपी के एक विशेषज्ञ को बुलाया गया और उस विशेषज्ञ ने आते ही नर्सों को बदल दिया और उसकी देखभाल के लिए एक बहुत ही आकर्षक युवती को रख दिया, जो उसके साथ पहले ही दिन से प्रेम करने लगी। तीन सप्ताहों में ही मरीज को अस्पताल से छुट्टी दे दी गई। अस्पताल से जाते वक्त वह मरीज बीमार था परंतु अब उसे एक बिल्कुल ही अलग बीमारी हो गई थी, वह एक बार फिर से

प्रेम में था। यह इलाज भले ही एक धोखा था, परंतु मरीज और नर्स की बाद में शादी हो गई, यह सच्चाई थी।

खराब स्वास्थ्य के डर के लक्षण

यह लगभग सार्वभौमिक डर के लक्षण है-

1. ***आत्मसुझाव*** - आत्मसुझाव के नकारात्मक प्रयोग की आदत जिसके कारण व्यक्ति हर तरह की बीमारी के लक्षणों की खोज करता रहता है और उसे इस बात की आशा होती है कि उसे वह बीमारी होगी। काल्पनिक बीमारी का "आनंद लेना" और इसके बारे में हर तरह की बात करना जैसे वह वास्तविक हो। दूसरों के द्वारा स्वास्थ्यवर्धक वस्तु के रूप में बताई गई बातों को 'सनक' और 'वाद' के रूप में आज़माकर देखना। अन्य लोगों से ऑपरेशन, दुर्घटना और बीमारी के अन्य रूपों के बारे में बातें करते रहने की आदत। प्रोफेशनल मार्गदर्शन के बिना डाइटिंग करना, शारीरिक व्यायाम के साथ प्रयोग करके देखना। घरेलू उपचार, पेटेंट दवाइयों और 'नीम हकीमों' के उपचार आजमाने की कोशिश करना।

   मस्तिष्क का सारा ध्यान बीमारी पर केंद्रित करके बीमारी की बातें करते रहना और जब तक कोई तंत्रिका विकार ना हो जाए, तब तक बीमारी की उपस्थिति की उम्मीद करने की आदत। बोतलों के अंदर आने वाली कोई भी दवाई इस हालत का इलाज नहीं कर सकती। यह नकारात्मक सोच द्वारा लाई जाती है और इसे कुछ भी नहीं, बल्कि एक सकारात्मक सोच का इलाज ही प्रभावित कर सकता है।

2. ***हाइपोकांड्रिया*** - हाइपोकांड्रिया (काल्पनिक रोग के लिए एक चिकित्सक शब्द है) के लिए कहा जाता है कि यह समय पर किसी वास्तविक बीमारी के डर से भी अधिक नुकसान पहुँचा सकता है। अधिकांश 'स्नायु तंत्र' के मामले में तथाकथित काल्पनिक बीमारी से आते हैं।

3. ***व्यायाम*** - खराब स्वास्थ्य के डर के कारण अक्सर समुचित शारीरिक व्यायाम के साथ हस्तक्षेप करता है और नतीजा यह होता है की व्यक्ति बाहरी जीवन से बचने का एक कारण बनाते हुए अधिक वजन के

परिणाम के रूप में सामने आता है।

4. ***संवेदनशीलता*** - खराब स्वास्थ्य का प्रकृति द्वारा दी गई शरीर की प्रतिरोधक शक्ति को तोड़ देता है और ऐसी स्थिति बना देता है, जिससे किसी बीमारी के संपर्क में आते ही उस व्यक्ति को वह बीमारी लग जाए। खराब स्वास्थ्य का डर ज्यादातर गरीबी के डर से जुड़ा होता है खास तौर पर हाइपोकांड्रिएक के मामले में जो लगातार डॉक्टर के बिल, अस्पताल के बिल आदि का भुगतान करने की संभावना के बारे में चिंता करता रहता है। इस तरह का व्यक्ति बीमारी की तैयारी, मौत के बारे में बातें, कब्रिस्तान और दफन करने के खर्च आदि के लिए पैसे की बचत करने के विषय में बहुत ज्यादा सोचता है।

5. ***स्वयं को दुलारना*** - सहानुभूति की चाह में काल्पनिक बीमारी का सहारा लेने की आदत (लोग अक्सर इस चाल को काम से बचने के लिए ही भी अपनाते हैं) साधारण आलस्य महत्वकांक्षा की कमी को छिपाने के लिए एक बीमारी के रूप में बहाना करने की आदत।

6. ***असंयम*** - सिर दर्द, नसों के दर्द आदि जैसे दर्द खत्म करने के लिए कारण ढूंढने की बजाय शराब या नशीले पदार्थों के उपयोग की आदत। बीमारी के बारे में पढ़ने और इस से पीड़ित हो जाने की संभावना पर चिंता करने की आदत। पेटेंट दवा के विज्ञापन पढ़ने की आदत।

प्रेम में वियोग का डर

इस डर में निहित मूल स्रोत स्पष्ट रूप से पुरुष की बहुविवाह ही आदत से विकसित हुआ है। जब वह अपने साथी की सहचरी को चुराता था और उसके साथ जितनी स्वतंत्रता ले सकता था ले, लेता था।

ईर्ष्या और इसी तरह के न्यूरोसिस प्रेम के वियोग के इसी आँतरिक डर का परिणाम है। यह डर सभी छह आधारभूत दरों में सबसे दर्दनाक है। यह शायद किसी भी अन्य आधारभूत डर की तुलना में शरीर और मस्तिष्क को सबसे अधिक परेशान पहुँचाता है।

प्रेम के खो जाने का डर शायद पाषाण युग से ही आरंभ हो गया था, जब पुरुष पशु बल पर महिलाओं को चुरा लेता था। पुरुष आजकल भी ऐसा ही करता

है परंतु उसकी तकनीक बदल गई है अब वह बल की बजाय अनुनय-विनय, सुंदर कपड़े, अच्छी कारों और इसी तरह का लुभावना चारा डालते हैं, जो शारीरिक शक्ति से अधिक प्रभावशाली साबित होता है। इंसान की आदतें अब भी वैसी ही है जैसी सभ्यता के आरंभ में थी, लेकिन जब वह उन्हें अलग तरह से व्यक्त करता था।

महिलाओं में यह डर पुरुषों से अधिक होता है, इस बात का पता विश्लेषण के आधार पर लगाया गया है। इस तथ्य को आसानी से स्पष्ट किया जा सकता है, क्योंकि महिलाओं ने अनुभव से सीखा है कि पुरुष प्रकृति से बहुविवाही होता है और प्रतिद्वंद्वियों के हाथों में उन पर भरोसा नहीं किया जा सकता।

प्रेम में वियोग के डर के लक्षण

इस डर के प्रमुख लक्षण हैं -

1. ***ईर्ष्या*** - दोस्तों और प्रेमी जनों के प्रति शंका की आदत, जबकि इसके पीछे पर्याप्त तर्कसंगत प्रमाण न हो (ईर्ष्या पागलपन का एक रूप है, जो कभी-कभी थोड़े से कारण के बिना भी शक हो जाता है।) बिना किसी आधार के पत्नी या पति पर बेवफाई का आरोप लगाने की आदत हर किसी पर सामान्यतः संदेह करना और किसी में भी पूर्ण विश्वास नहीं करना।
2. ***गलती निकालना*** - जरा सा मौका मिलते ही या बिना किसी भी कारण के दोस्तों, रिश्तेदारों, बिजनेस सहयोगियों और प्रेमीजनों की गलती खोजते रहने की आदत।
3. ***जुआ खेलना*** - प्रेम खरीदा जा सकता है, के विश्वास के साथ परिजनों को धन मुहैया कराने के लिए जुए, चोरी, धोखाधड़ी और अन्य खतरनाक जोखिम लेने की आदत। एक अनुकूल दिखावे के उद्देश्य से परिजनों को उपहार देने के लिए अपने साधनों से अधिक खर्च करने और ऋण लेने की आदत। अनिद्रा, घबराहट, दृढ़ता की कमी इच्छाशक्ति की कमजोरी, आत्म नियंत्रण की कमी, आत्मनिर्भरता की कमी, खराब स्वभाव।

बुढ़ापे का डर

मुख्य रूप से यह डर दो स्रोतों से पैदा होता है पहला, यह विचार कि बुढ़ापा अपने साथ गरीबी लाती है। दूसरा और सबसे आम स्रोत अतीत की उन झूठी और क्रूर शिक्षाओं से आता है, जिसमें नर्क की आग का डर दिखाकर चालाकी से आदमी को गुलाम बनाने का षड्यंत्र रचा गया।

बुढ़ापे के आधारभूत डर में इंसान के पास अपने इस डर के दो बहुत मजबूत तर्क होते हैं। एक अपने साथियों में उसके अविश्वास से पैदा होता है, जो उसकी सांसारिक चीजों को छीन लेने और दूसरा उसके मस्तिष्क में परलोक की भयानक तस्वीरों से उत्पन्न होता है, जिसे उसके मस्तिष्क में सामाजिक अनुवांशिकता के माध्यम से उसके अपने मस्तिष्क पर पूरा अधिकार होने से पहले ही रोक दिया जाता था।

खराब स्वास्थ्य की संभावना जो बढ़ती उम्र के साथ लोगों में अधिक आम देखी गई है, भी इस डर का सामान्य रूप है। कामुकता भी बुढ़ापे के डर के पीछे का एक कारण है, क्योंकि कोई भी आदमी या पसंद नहीं करता कि उसका सेक्स आकर्षण कम हो जाए।

बुढ़ापे के डर का सबसे आम कारण गरीबी की संभावना से जुड़ा होता है। वृद्धावस्था एक अच्छा शब्द नहीं है। यह हर उस इंसान के दिमाग में डर भर देता है, जिसकी किसी वृद्ध आश्रम में अपना बुढ़ापा काटने की संभावना का सामना कर रहा हो।

बुढ़ापे के डर में एक और योगदान देने वाला कारण स्वतंत्रता और स्वतंत्रता की हानि की संभावना है, क्योंकि बुढ़ापे के द्वारा शारीरिक और आर्थिक दोनों में स्वतंत्रता की कमी आने की संभावना होती है।

बुढ़ापे के डर के लक्षण

इस डर के सबसे आम लक्षण हैं-

1. चालीस की उम्र के आसपास जब मानसिक परिपक्वता की उम्र होती है, यह झूठा विश्वास करते हुए कि उम्र के कारण वह फिसल रहा है। धीमा होने और एक हीन भावना विकसित करने की प्रवृत्ति। (सच तो यह है कि इंसान के सबसे उपयोगी वर्ष मानसिक भी और आध्यात्मिक भी

40 से 60 के बीच के वर्ष होते हैं।)

2. ज्ञान और समझ की उम्र यानी चालीस की उम्र तक पहुँचने के लिए कृतज्ञ होने की बजाय याचना के स्वर में अपनी अधिक उम्र के बारे में बोलने की आदत।

3. पहल करने की शक्तिकल्पना शक्ति और स्वावलंब का गला घोटने की आदत, क्योंकि आपको यह गलतफहमी हो जाती है कि आप किन गुणों का प्रयोग करने के लिए आप जवान नहीं रहे। 40 साल के पुरुष या महिला द्वारा इस तरह के कपड़े पहनने की कोशिश करना जिनका लक्ष्य अधिक युवा दिखना हो और युवावस्था के हाव-भाव या अदाएँ दिखाना, जिनका दोस्तों और अजनबियों द्वारा मखौल उड़ाया जाता है।

मृत्यु का डर

कुछ लोग आधारभूत छह डरों में इसे सबसे क्रूर मानते हैं। इसका कारण कि अधिकांश मामलों में मृत्यु के विचार के साथ जुड़े डर को भयानक कष्टों के लिए धार्मिक कट्टरता पर सीधे आरोपित किया जा सकता है। तथाकथित 'मूर्तिपूजक' लोग मौत से कम डरते हैं, जबकि अधिक 'सभ्य' अपेक्षाकृत मृत्यु से ज्यादा डरते हैं। इंसान करोड़ों सालों से एक ही अनुत्तरित यह प्रश्न पूछता आ रहा है कि "कहाँ से" और "कहाँ पर"।

मैं कहाँ से आया हूँ और मैं कहाँ जा रहा हूँ। अतीत के अंधकारमयी युगों के दौरान अधिक चालाक और धूर्त लोग इन सवालों के जवाब देने से पीछे नहीं हटे और उन्होंने इसकी कीमत भी वसूली। अब गवाह ही मृत्यु के भय की उत्पत्ति का प्रमुख स्रोत है।

सांप्रदायिकता के नेता चिल्लाते हैं मेरे टेंट में आ जाओ, मेरे धर्म सिद्धांत को स्वीकार करो और मैं तुम्हें एक टिकट दूंगा, जो तुम्हारे मरने के बाद तुम्हें सीधे स्वर्ग में प्रवेश करा देगा। वही नेता कहता है यदि तुम मेरे टेंट से बाहर रहते हो तो शैतान तुम्हें ले जाएगा और अंत काल तक तुम्हें नर्क की आग में ही जलना पड़ेगा।

अंतकाल बहुत लंबा समय होता है और आग में जलना एक भयानक बात। आग में जलने के अनंत दंडों के विषय ना केवल मृत्यु के डर का कारण बनते हैं, बल्कि इंसान के तर्क की शक्ति को खत्म कर देने का भी कारण बनते हैं। यह

जीवन में रुचि को खत्म कर देता है और खुशी असंभव बना देता है।

अपने शोध के दौरान मैंने एक किताब की समीक्षा की जिसका शीर्षक था "देवताओं की सूची" जिसमें इंसानों द्वारा पूजे जाने वाले 30,000 देवताओं की सूची को सूचीबद्ध किया गया था, जिसके बारे में सोचो 30,000 देवताओं की सूची में मछली से लेकर एक इंसान तक सब ने उनका प्रतिनिधित्व किया था। यह बहुत आश्चर्य की बात है कि इंसान मौत के दृष्टिकोण से भयभीत हो गए हैं।

हालांकि यह जरूरी नहीं है कि धार्मिक लीडर्स अपने अनुयायियों को स्वर्ग तक सुरक्षित पहुँचा दें या वह उसके अनुयाई नहीं बने हैं तो उन्हें नर्क की आग में जलवाए परंतु नर्क की संभावना ही इतनी भयानक लगती है कि इंसान के दिमाग में बुरी से बुरी कल्पनाएँ आने लगती हैं और वे इतने यथार्थ पूर्ण तरीके से आती हैं कि इससे तर्कशक्ति ही खत्म हो जाती है और वह मृत्यु के भय को बैठा देती है।

सच्चाई तो यह है कि कोई भी इंसान नहीं जानता और ना ही कभी जान पाएगा कि स्वर्ग या नर्क किस तरह के होते हैं और ना ही किसी को यह ही पता चल पाएगा कि दोनों जगह वास्तव में मौजूद भी है या नहीं। सकारात्मक ज्ञान की यही कमी, झूठे लोगों के लिए इंसान के मन के द्वार खोल देती है, जो अपनी पवित्र धोखाधड़ी और प्रपंचों के हथकंडा के विभिन्न तरीकों के अपने स्टॉक से किसी के मस्तिष्क पर नियंत्रण कर सकते हैं।

मृत्यु का डर अब इतना आम नहीं रहा, जितना उस युग के दौरान था जब बड़े कॉलेज और यूनिवर्सिटी नहीं हुआ करते थे। वैज्ञानिकों ने दुनिया को सच्चाई दिखाई है और यह सच्चाई तेजी से लोगों को मौत के इस भयानक डर से मुक्त करा रही है। वह युवक और युवतियाँ जो कॉलेज और यूनिवर्सिटी में पढ़ रहे हैं नरक की आग से प्रभावित नहीं होते।

जीव विज्ञान, खगोलशास्त्र, भू-गर्भशास्त्र और अन्य संबंधित विज्ञानों की सहायता से अंधकारमय डर अब निकल गए हैं, जिसने इंसानों के मस्तिष्क को जकड़ रखा था और उनकी तर्कशक्ति को न की खत्म कर, दूर कर दिया गया है। पागलखाने मृत्यु के भय से पागल हुए लोगों से तब भरे पड़े थे।

यह डर बेकार है, क्योंकि मृत्यु एक न एक दिन आनी ही है। इसके बारे में फिर क्या सोचना, क्योंकि इससे फर्क नहीं पड़ता। यह सब पर लागू होती है और इसे स्वीकार करना चाहिए। स्वीकार करने के बाद इसे अपने दिमाग से निकाल

देना चाहिए।

पूरी दुनिया केवल दो चीजों ऊर्जा और पदार्थ से बनी है। प्राथमिक भौतिकी में हम सीखते हैं कि पदार्थ या ऊर्जा (इंसान को ज्ञात केवल दो वास्तविकताएँ है) ना तो बनाए जा सकते हैं और ना ही इन्हें खत्म किया जा सकता है। पदार्थ और ऊर्जा दोनों का ही रूप बदला जा सकता है, परंतु दोनों को ही खत्म नहीं किया जा सकता।

यदि जीवन कुछ है तो यह ऊर्जा है। यदि ऊर्जा और पदार्थ को समाप्त नहीं किया जा सकता तो यह बात भी तय है कि जीवन को भी समाप्त नहीं किया जा सकता। ऊर्जा के अन्य रूपों की तरह ही जीवन भी रूप परिवर्तन की विभिन्न प्रक्रियाओं द्वारा गुज़रा जा सकता है, परंतु इसे समाप्त नहीं किया जा सकता। मौत मात्र रूप परिवर्तन है।

यदि मौत का सिर्फ रूप परिवर्तन नहीं होता तो मौत के बाद कुछ नहीं होता केवल एक लंबी अनंत और शांत निद्रा के और निंद्रा से कैसा डर इस तरह आप हमेशा के लिए मौत के डर को अपने मस्तिष्क से निकाल सकते हैं।

मृत्यु के डर के लक्षण

इस डर के सामान्य लक्षण इस प्रकार है-

आमतौर पर देखा गया है कि जीवन में ज्यादा से ज्यादा करने की बजाय मरने के विषय में सोचने की आदत। इसका कारण उद्देश्य की कमी होती है या फिर सही बिजनेस का ना होना यह डर बूढ़े लोगों में अधिक प्रचलित होता है परंतु कई बार अधिकतर युवा लोग भी इसका शिकार हो जाते हैं। मौत के डर का सबसे बड़ा उपाय है उपलब्धि की प्रबल इच्छा, जिसका उद्देश्य दूसरों को उपयोगी सेवा देना हो एक व्यस्क व्यक्ति के पास शायद ही कभी मरने के बारे में सोचने के लिए समय होता होगा। वह जीवन को इतना रोचक पाता है कि मौत के बारे में चिंता कर ही नहीं सकता। कभी कभी मौत का डर गरीबी के डर के साथ निकट ही जुड़ा होता है। जहाँ किसी एक की मौत उसके प्रियजनों को गरीबी से त्रस्त छोड़ देना, अन्य मामलों में मृत्यु के भय, बीमारियों और भौतिक शरीर की प्रतिरोधक क्षमता के खत्म हो जाने के कारण होते हैं। मौत के डर के सबसे प्रमुख कारण है ख़राब स्वास्थ्य, गरीबी, उचित व्यवसाय की कमी, प्यार में निराशा, पागलपन, धार्मिक कट्टरता।

बूढ़े व्यक्ति की चिंता

चिंता डर पर आधारित एक मानसिक अवस्था है। यह धीमे-धीमे काम करती है, परंतु यह लगातार काम करती है। यह घातक है और सूक्ष्म है। कदम दर कदम यह अंदर घुसती चली जाती है। जब तक कि यह इंसान की तर्कशक्ति को पूरी तरह खोखला न कर दे, आत्मविश्वास और पहल करने की उसकी शक्ति को नष्ट न कर दे। चिंता एक तरह का डर है जो अनिर्णय का परिणाम है, इसलिए यह एक मानसिक अवस्था है, जिसे नियंत्रित किया जा सकता है।

असंतुलित मस्तिष्क असहाय होता है। अनिर्णय से मस्तिष्क असंतुलित होता है। अधिकांश लोगों में तत्काल निर्णय लेने की इच्छाशक्ति का अभाव होता है और निर्णय लेने के बाद उन पर डटे रहने का होसला नहीं होता।

जब हम किसी निर्णय पर पहुँच जाते हैं, जब हम यह तय कर लेते हैं कि हम क्या करने जा रहे हैं तो हम स्थितियों के बारे में चिंता नहीं करते। मैंने एक बार एक ऐसे आदमी का इंटरव्यू लिया जिसे दो घंटे बाद फांसी लगने वाली थी। यह अपराधी उन आठ लोगों में सबसे शांत दिख रहा था, जो मृत्युकक्ष में उसके साथ थे। उसकी शांति ने मुझे प्रेरित किया कि मैं उससे पूछें कि उसे मौत के मुँह में जाते हुए कैसा महसूस हो रहा है। चेहरे पर विश्वास भरी मुस्कराहट लिए हुए उसने कहा, "बहुत बढ़िया। ज़रा सोचो, मेरे भाई, मेरी मुश्किलें जल्दी ही ख़त्म हो जाएँगी। मुझे आज तक ज़िंदगी में कष्ट के सिवा कुछ भी नहीं मिला। भोजन और कपड़े जुटाना तक मेरे लिए बहुत बड़ी समस्या रही हैं। जल्दी ही मुझे इन चीज़ों की ज़रूरत नहीं होगी। जब से मुझे यह पक्का पता चला है कि मैं मरने वाला हूँ, तब से मुझे अच्छा लग रहा है। मैंने तभी अपना मन बना लिया था कि मैं अपने भाग्य को हँसते-हँसते स्वीकार करूँगा।"

जब उसने यह बोला तो उसने अपने डिनर को मिनटों में खा लिया जो तीन लोगों के लिए पर्याप्त होता और वह हर निवाले का इस तरह आनंद ले रहा था जैसे उसके साथ कोई बुरी घटना होने वाली ही नहीं थी। उसके निर्णय ने इस आदमी को अपनी क़िस्मत को सहने की शक्ति दी। निर्णय अनपेक्षित परिस्थितियों को स्वीकार करने की आपकी आदत को रोक भी सकता है।

अनिर्णय के माध्यम से छह मूलभूत डर, चिंता के रूप में परिवर्तित हो जाते हैं। एक अनिवार्य घटना के रूप में मौत को स्वीकार करने के एक निर्णय पर पहुँचकर हमेशा के लिए मौत के डर से अपने आप को मुक्त करें। आप, चिंता के

बिना जितना भी धन जमा कर सकते हो उसे पाने के निर्णय पर पहुँचने के द्वारा गरीबी के डर को पछाड़ दें। अन्य लोगों को क्या लगता है या वह क्या कहते हैं, क्या करते हैं, के विषय में चिंता करने की बजाय एक निर्णय पर पहुँचने के बाद आलोचना के इस डर को खत्म कर दें। बुढ़ापे के डर को एक बाधा के रूप में नहीं बल्कि एक ऐसे महान वरदान के रूप में स्वीकार करने के एक निर्णय पर पहुँचकर उसे नष्ट कर दें, जो अपने साथ ज्ञान, आत्म नियंत्रण और वह समझ जो युवाओं को नहीं होती। इस तरह अब बुढ़ापे के डर को समाप्त कर लेंगे। लक्षण को भूलने के निर्णय पर पहुँचकर आप बुरे स्वास्थ्य के डर को जीत सकते हैं। प्रेम के वियोग के डर को आप इस निर्णय पर पहुँचकर जीत सकते हैं कि यदि आवश्यक हो तो आप बिना प्रेम के भी गुजारा कर सकते हैं।

सभी रूपों में चिंता करने की आदत को समाप्त कर एक व्यापक निर्णय ले कि जीवन मैं ऐसा कुछ भी नहीं है, जिसका मूल्य इतना ज्यादा हो कि हम चिंता करके उसकी कीमत चुकाएँ। इस निर्णय के साथ संतुलन मन की शांति और विचार की शक्ति आएगी, जो हमेशा खुशियाँ ही लाएगी।

एक व्यक्ति जिसका मन डर से भरा रहता है ना केवल बुद्धिमत्ता पूर्ण कार्य करने के अपने अवसरों को नष्ट करता है, बल्कि वह इन विनाशकारी कंपनी को उन सभी को हस्तांतरित भी करता है, जिनके मस्तिष्क उसके संपर्क में रहते हैं और इस तरह उनके भी अवसरों को खत्म कर देता है।

एक कुत्ता या घोड़ा भी यह बात जानता है कि कब उसके मालिक में साहस की कमी होती है। इसके अलावा कुत्ता या घोड़ा अपने स्वामी द्वारा फेंके गए डर के कंपनियों को ग्रहण कर लेता है और उन्हीं के अनुसार व्यवहार करता है हम जानवरों के साम्राज्य में बुद्धि की रेखा से नीचे डर के कंपन को महसूस करने की इसी क्षमता को पाते हैं। एक मधुमक्खी अज्ञात कारणों से तुरंत एक व्यक्ति के मस्तिष्क में डर का अनुभव कर देती है और एक मधुमक्खी ऐसे व्यक्ति को अधिक सरलता से डंक मारेगी, जिसका मस्तिष्क डर के कम्पनों को छोड़ रहा है। बजाय उस व्यक्ति पर हमला करने के जिसका मस्तिष्क किसी डर को दर्ज नहीं करता।

डर के कंपन एक मस्तिष्क से दूसरे मस्तिष्क तक उतनी ही तेजी और निश्चित रूप से पहुँच जाते हैं, जितनी तेजी से इंसान की आवाज ब्रॉडकास्टिंग स्टेशन से रेडियो तक पहुँचती है।

यह वास्तविकता है कि विचार स्वेच्छा से एक मस्तिष्क से दूसरे मस्तिष्क तक

जाते हैं चाहे यह तथ्य विचारों को जारी करने वाला व्यक्ति या उन विचारों को प्राप्त करने वाला व्यक्ति जानता हो या नहीं।

जो व्यक्ति शब्दों द्वारा नकारात्मक या विध्वंसात्मक विचारों को व्यक्त करता है। वह उन शब्दों के परिणामों को निश्चित रूप से अनुभव करेगा। विनाशकारी विचार संवेगों को शब्दों में या सिर्फ विचारों से व्यक्त करने से ही एक से अधिक तरीकों से यह "किक-बैक" या प्रतिक्रिया दिखेगी। सबसे पहले बात और शायद याद करने वाली सबसे महत्वपूर्ण बात यह है कि वह व्यक्ति जो विनाशकारी प्रकृति के विचारों को व्यक्त करता है रचनात्मक कल्पनाशीलता की योग्यता को नष्ट कर लेता है और इस वजह से वह न जाने कितना कुछ नष्ट कर लेता है। दूसरी बात यह है कि मस्तिष्क में किसी भी विध्वंसात्मक भाव की उपस्थिति एक नकारात्मक व्यक्तित्व विकसित कर देती है, जिससे लोग अपने आपे से बाहर हो जाते हैं और जो अक्सर उन्हें विरोधियों मां बदल देते हैं। नकारात्मक विचार वाले व्यक्ति को जो तीसरा नुकसान होता है, वह इस महत्वपूर्ण तथ्य में निहित है, यह विचार संवेग न सिर्फ दूसरों को नुकसान पहुँचाते हैं, बल्कि वे उस व्यक्ति के अवचेतन मस्तिष्क में प्रविष्ट हो जाते हैं, जो उन्हें प्रसारित कर रहा है और वह उसके चरित्र का हिस्सा भी बन जाते हैं। इंसान विचारों को मात्र जारी करने से कभी उन्हें प्राप्त नहीं कर सकता था। जब एक विचार जारी किया जाता है तो यह हर दिशा में फैल जाता है लेकिन यह इसे जारी करने वाले व्यक्ति के अवचेतन मन में स्थाई रूप से स्वयं को भी स्थापित कर लेता है।

आपका उद्देश्य जीवन में सफलता हासिल करना है सफल होने के लिए आपको मन की शांति जीवन की भौतिक आवश्यकताओं को प्राप्त करने और सबसे बढ़कर खुशी हासिल करने की आवश्यकता है सफलताओं के यह सारे प्रमाण विचार संवेगों के रूप में शुरू होते हैं।

आप अपने मस्तिष्क को नियंत्रित कर सकते हैं। आप जो भी विचार संवेग सुनते हैं उन्हें मस्तिष्क में डालने की आपके पास शक्ति होती है। इस विशेषाधिकार के साथ इसे रचनात्मक तरह से प्रयोग करने की जिम्मेदारी भी आपकी है। आप अपने सांसारिक भाग्य के उतने ही निश्चित रूप से स्वामी हैं, जितने आपके पास अपने स्वंय के विचारों को नियंत्रण करने की शक्ति है। अपने जीवन को वैसा बनाते हुए जैसा आप चाहते हैं कि आप अपने स्वयं के वातावरण को प्रभावित, निर्देशित और अंततः नियंत्रित कर सकते हैं या अपने उस विशेषाधिकार का प्रयोग

करने की उपेक्षा कर सकते हैं, जो आपका है और जीवन को ऐसे ही छोड़ सकते हैं। इस प्रकार आप अपने आप को परिस्थितियों के विराट समुंद्र पर लहरों के भरोसे छोड़ सकते हैं, जहाँ आप इधर से उधर थपेड़े खाएँगे, जिस तरह समुद्र की लहरों पर कोई लकड़ी का टुकड़ा खाता है।

शैतान की वर्कशॉप सातवीं आधारभूत बुराई

छह आधारभूत डरों के अतिरिक्त एक और बुराई है, जिससे लोग पीड़ित हैं। यह एक समृद्ध भूमि है, जिसमें असफलता के बीज प्रचुरता में उगते हैं। यह इतनी सूक्ष्म है कि इसकी उपस्थिति अक्सर पता नहीं चलती। इसको ठीक से एक डर के रूप में पर एक वर्गीकृत नहीं किया जा सकता। यह और सभी छह डरों में से सबसे अधिक गहराई में छुपा बैठा होता है और अक्सर अत्यधिक घातक भी होता है। किसी बेहतर नाम के अभाव में इस बुराई को नकारात्मक प्रभावों के प्रति अति संवेदनशीलता कहना सही होगा।

जो लोग अत्याधिक दौलत कमाते हैं, वह शायद इस बुराई से अपने आप को बचा कर रखते हैं। गरीबी से पीड़ित लोग ऐसा कभी नहीं करते किसी भी क्षेत्र में सफल होने वाले लोगों को इस बुराई से बचने के लिए अपने मस्तिष्क को तैयार कर लेना चाहिए। अगर आप इस फिलॉसफी को अमीरी हासिल करने के उद्देश्य से पढ़ रहे हैं तो आपको अपनी जांच अत्यधिक सावधानी से करनी होगी और यह निर्धारित करना होगा कि कहीं आप इन नकारात्मक प्रभावों के प्रति संवेदनशील तो नहीं है। अगर आप इस आत्म विश्लेषण की उपेक्षा करते हैं तो आप अपनी इच्छाओं को प्राप्त करने के अपने अधिकार को खो बैठेंगे।

सावधानीपूर्वक विश्लेषण करें। आत्म विश्लेषण के लिए तैयार किए गए प्रश्नों को पढ़ने के बाद अपने जवाबों में अपने आप को पूरी तरह से जिम्मेदार ठहराया। इस काम को उतनी ही सावधानी से करें, जिस प्रकार आप अपने किसी दुश्मन की खोज कर रहे हो जिसके बारे में आप जानते हैं कि वह कहीं न ही न कहीं छुपा बैठा है और आप अपने दोस्तों के साथ वही व्यवहार करें, जो आप अपने किसी दुश्मन के साथ करेंगे।

आप हाईवे के लुटेरों से अपने आप को आसानी से बचा सकते हैं, किंतु कानून आपके लाभ के लिए संगठित सहयोग प्रदान करता है, परंतु इस "सातवी आधारभूत बुराई" को जीतना अत्यंत कठिन होता है, क्योंकि यह तब तक आक्रमण

करती ही रहती है, जब तक आपको इसकी उपस्थिति का एहसास नहीं होता। चाहे आप सो रहे हो या जाग रहे हों। यही नहीं इस का हथियार अमूर्त है, क्योंकि यह सिर्फ एक मानसिक अवस्था है। यह बुराई बहुत खतरनाक भी है, क्योंकि माननीय अनुभव के जितने रूप होते हैं यह उतने ही विभिन्न रूपों में आक्रमण करती है। कई बार यह आपके रिश्तेदारों की सही सलाह के द्वारा मस्तिष्क में प्रवेश करती है। कई बार यह है अंदर से आती है और मानसिक दृष्टिकोण के द्वारा प्रवेश करती है। यह हमेशा जहरीली होती है यह भी सच्चाई है कि यह जल्दी नहीं मारती।

नकारात्मक प्रभावों से स्वयं को कैसे सुरक्षित रखें?

नकारात्मक प्रभाव आप खुद भी बना सकते हैं और यह आपके आसपास के नकारात्मक लोगों की देन भी हो सकते हैं। अपने आप को बचाने और पहचानने के लिए आपके पास एक इच्छाशक्ति है, इसका प्रयोग जब तक निरंतर करते रहें, जब तक यह आपके मस्तिष्क में प्रतिरोधक क्षमता की एक दीवार ना बना दें।

इस तथ्य को पहचाने लें कि आप ही नहीं, बल्कि हर इंसान प्रकृति से आलसी और उदासीन होता है और इसी कारण वह अपनी कमजोरी से मिलते-जुलते सारे सुझावों को ग्रहण कर लेता है।

इस सत्य को पहचान लें कि आप स्वभाव से सभी छह आधारभूत डरों के प्रति अति संवेदनशील है और इस तरह की आदतें डालें ताकि आप इन सारे डरों के विरुद्ध सफल हो सके।

यह भी जान लें कि नकारात्मक प्रभाव अक्सर आपके अवचेतन मन के माध्यम से आप पर काम करते हैं, इसलिए उनका पता लगाना बहुत कठिन होता है, इसलिए अपने मस्तिष्क को ऐसे लोगों के विरुद्ध बंद रखें, जो किसी भी तरीके से आपको उदास और हतोत्साहित करते हैं।

अपने दवाइयों के बॉक्स को खाली कर दें, सारी दवाइयाँ बाहर फेंक दें और जुकाम, दर्द, पीड़ा और काल्पनिक बीमारी को बढ़ावा देना बंद कर दे। जानबूझकर ऐसे लोगों के साथ की तलाश करें, जो आपको अपने बारे में सोचने और कार्य करने के लिए प्रेरित करें। मुसीबतों के बारे में ना सोचें, क्योंकि उनमें यह प्रवृत्ति होती है कि वह निराश नहीं करती वह सीधे चली आती हैं।

"किसी भी संदेह के बिना, सभी मनुष्यों को सबसे ज्यादा हानि अपने मस्तिष्क को दूसरे लोगों के नकारात्मक प्रभाव के लिए खुला छोड़ने की आदत से होती है।"

यह हानि बहुत विनाशकारी होते हैं, क्योंकि अधिकांश लोगों को तो यह एहसास भी नहीं होता कि वह इस हानि को उठा रहे हैं और कई लोग जो इस बात को जानते हैं, वे इस बुराई को ठीक करने से या तो साफ तौर पर मना कर देते हैं या फिर इसकी उपेक्षा करते हैं, जब तक कि यह उनकी नियमित आदतों का एक हिस्सा नहीं बन जाती, जिसे नियंत्रित नहीं किया जा सकता।

जो लोग स्वयं के असली स्वरूप को देखना चाहते हैं, उन लोगों की मदद करने के लिए प्रश्नों की निम्नलिखित सूची तैयार की गई है। प्रश्नों को पढ़ें और अपने जवाब जोर से दें ताकि आप अपनी आवाज सुन सके। इससे आपके लिए स्वयं को सच्चाई बताना आसान होगा।

आत्मविश्लेषण के लिए परीक्षण प्रश्न

1. क्या आप अक्सर बुरे अनुभव की शिकायत करते हैं, यदि ऐसा है तो क्या कारण है, क्या आप थोड़ी सी उत्तेजना पर अन्य लोगों की गलती निकालने लगते हैं।
2. क्या आप अपने काम में अक्सर गलती करते हैं और यदि हाँ तो आखिर क्यों? क्या आप शिकायत करते रहते हैं।
3. क्या आप जानबूझकर किसी के साथ से बचते हैं। यदि हाँ तो क्यों? क्या आप अक्सर पेट की खराबी से पीड़ित रहते हैं, इसका क्या कारण है।
4. आपको क्या अक्सर अपना जीवन व्यर्थ और भविष्य निराशाजनक लगता है क्या आप अपने बिजनेस को पसंद करते हैं नहीं तो इसके पीछे क्या कारण है।
5. क्या आप अक्सर आत्मा-दया का अनुभव करते हैं और अगर ऐसा है तो क्यों?
6. क्या आप उन लोगों के प्रति ईर्ष्या रखते हैं, जो आप से आगे निकल गए हैं।
7. आप सफलता या असफलता के विषय में सोचते हुए किसी भी चीज के बारे में सोचते हुए अधिक समय बर्बाद करते हैं और क्या आप उम्र बढ़ने के साथ-साथ अपना आत्मविश्वास होते जा रहे हैं या और अधिक पा रहे हैं।

8. क्या आप अपनी गलतियों से कुछ सीखते हैं।
9. क्या आप अपने किसी रिश्तेदार या परिचित को स्वयं को चिंता में डालने की अनुमति दे रहे हैं अगर ऐसा है तो आखिर क्यों?
10. क्या आप अनेकों बार "बादलों में" होते हैं और शेष समय निराशा की गहराइयों में होते हैं?
11. आप पर सबसे अधिक प्रेरणादायक प्रभाव किसका है। इसका कारण क्या है।
12. क्या आप उन नकारात्मक या हतोत्साहित करने वाले प्रभावों को सहन कर रहे हैं, जिससे आप बच सकते हैं? क्या आप अपने व्यक्तिगत पहनावे के प्रति लापरवाह है यदि हाँ तो ऐसा क्यों?
13. क्या आपने अति व्यस्तता में अपनी "परेशानियों को डूबाना" सीखा है ताकि आपको उनसे कोई परेशानी ना हो?
14. यदि आपने दूसरों को अपने बारे में सोचने की अनुमति दी है? क्या आप स्वयं को "रीढ़हीन कमजोर व्यक्ति" कहेंगे ?
15. क्या आप अपने आँतरिक स्नान को नजरअंदाज कर देते हैं जब तक कि ऑटो इंटॉक्सिकेशन आपको बुरे स्वभाव का और चिड़चिड़ा नहीं बना देता ?
16. ऐसी कितनी रोकी जा सकने वाली परेशानियाँ है, जो आप नजरअंदाज करते हैं और उन्हें क्यों कहते हैं।
17. क्या आप अपनी 'नब्ज को शांत' करने के लिए शराब, नशीले पदार्थ या सिगरेट का सहारा लेते हैं, यदि हाँ तो आप इन सब के बजाय अपनी इच्छाशक्ति की कोशिश क्यों नहीं करते।
18. क्या आपको कोई तंग करता है यदि हाँ तो किस वजह से?
19. क्या आपका एक निश्चित प्रमुख उद्देश्य है और यदि है तो वह क्या है और उसे पाने के लिए आपकी क्या योजना है।
20. क्या आप छह आधारभूत डरों में से किसी एक से पीड़ित है यदि हाँ तो वह डर कौन सा है?
21. क्या आपके पास कोई तरीका है, जिसके द्वारा आप दूसरों के

नकारात्मक प्रभावों से स्वयं को बचा सकते हैं।

22. क्या आप अपने मस्तिष्क को सकारात्मक बनाने के लिए जानबूझकर आत्मसुझाव का उपयोग कर रहे हैं आप किसे सबसे अधिक महत्व देते हैं अपनी भौतिक संपत्ति को या अपने स्वयं के विचारों को नियंत्रित करने की अपनी शक्ति को ?
23. क्या आप स्वयं के फैसलों के विरुद्ध दूसरों के द्वारा दिए गए सुझावों से आसानी से प्रभावित हो जाते हैं?
24. क्या आज आपके ज्ञान के भंडार में या मस्तिष्क की अवस्था में कुछ महत्वपूर्ण जोड़ा है? क्या आप उन परिस्थितियों का सामना उचित रूप से करते हैं जो आपको दुखी करती हैं या आप उन दुखों की जिम्मेदारी उठाने से डरते हैं?
25. आप अपनी सभी गलतियों और असफलताओं का विश्लेषण करके उन गलतियों से लाभ उठाने की कोशिश करते हैं या फिर इस तरह का नजरिया अपनाते हैं कि यह आपका काम नहीं है।
26. क्या आप अपनी सबसे अधिक हानिकारक कमजोरियों के नाम बता सकते हैं आप उन्हें दूर करने के लिए क्या कर रहे हैं?
27. क्या आप अन्य लोगों को इस बात के लिए प्रोत्साहित करते हैं कि वह आपके पास सहानुभूति के लिए वह अपनी चिंताएँ लेकर आए?
28. क्या आप अपने रोजाना के अनुभवों से सबक या प्रभाव चुनते हैं जो आपकी व्यक्तिगत प्रगति में आपकी मदद कर सके।
29. क्या आप की उपस्थिति से दूसरे लोगों पर हमेशा नकारात्मक प्रभाव पड़ता है?
30. दूसरे लोगों की किन आदतों से आप को सबसे ज्यादा चिढ़ होती है?
31. क्या आप अपनी स्वयं की राय बनाते हैं या अन्य लोगों द्वारा स्वयं को प्रभावित होने की अनुमति दे देते हैं?
32. क्या आपने यह सीखा है कि किस तरह ऐसी मानसिक अवस्था बनाई जा सकती है जो सभी निराश करने वाले प्रभावों के विरुद्ध ढाल का काम कर सके?

33. क्या आपका पेशा आपको विश्वास और आशा के साथ प्रेरित करता है?
34. क्या आप डर के सभी रूपों से अपने मस्तिष्क को मुक्त रखने के लिए स्वयं को सक्षम करने की पर्याप्त आध्यात्मिक शक्तियाँ खोजने के प्रति जागरूक हैं?
35. क्या आपका धर्म आपको अपने मस्तिष्क को सकारात्मक बनाए रखने में मदद करता है?
36. क्या आप अन्य लोगों की चिंताओं को साझा करना अपना कर्तव्य समझते हैं यदि हाँ तो क्यों?
37. यदि आप विश्वास करते हैं कि एक जैसे पक्षी एक साथ ही उड़ते हैं तो उन मित्रों के अध्ययन से क्या यह सीखा है कि आप किस तरह के दोस्तों को आकर्षित करते हैं ?
38. जिन लोगों के साथ आप सबसे करीबी संपर्क में रहते हैं उनमें और आपके दुख में क्या आपको कोई संबंध दिखाई देता है?
39. क्या यह संभव है कि जिसे आप अपना दोस्त समझ रहे हैं असलियत में वह व्यक्ति आपका सबसे बड़ा दुश्मन है, क्योंकि वह आपके मस्तिष्क पर नकारात्मक प्रभाव डाल रहा है?
40. किन नियमों के द्वारा आप यह तय करेंगे कि आपके लिए कौन उपयोगी है और कौन हानिकारक है? क्या आपके अंतरंग सहायक मानसिक रूप से आप से बेहतर या कमतर हैं?
41. आप अपने 24 घंटों में से इन चीजों को कितना समय देते हैं-
    - आपका पेशा ?
    - नींद ?
    - खेल और आराम?
    - उपयोगी ज्ञान प्राप्त करना?
    - साफ तौर पर समय की बर्बादी
42. आपके परिचितों मैं से कौन आपको-
    - सबसे अधिक कौन प्रोत्साहित करता है?

- आप को सबसे अधिक सावधान कौन करता है?
- आप को सबसे अधिक हतोत्साहित कौन करता है?

43. आप की सबसे बड़ी चिंता कौन सी है और आखिर आप उसे क्यों सहन कर रहे हैं?
44. जब दूसरे आपको मुफ्त की बिना मांगे सलाह देते हैं तो क्या आप बिना सवाल किए या उनके उद्देश्य का विश्लेषण किए बिना उस दी हुई सलाह को स्वीकार कर लेते हैं?
45. बाकी सबसे ऊपर आपकी सबसे अधिक चाहने वाली इच्छा कौन सी है? क्या आप इसे प्राप्त करने का इरादा रखते हैं क्या आप अपनी बाकी सभी इच्छाओं को इस एक बड़ी इच्छा के सामने छोटा समझते हैं?
46. अपनी इस इच्छा को प्राप्त करने के लिए दिन में आप कितना समय लगाते हैं? क्या आप अक्सर अपने मस्तिष्क को परिवर्तित करते रहते हैं यदि हाँ तो क्यों?
47. क्या आप सरलता से अन्य लोगों के व्यवसाय, ख़िताबो, कॉलेज की डिग्री या धन से प्रभावित हो जाते हैं?
48. क्या आप इन बातों से आसानी से प्रभावित हो जाते हैं कि दूसरे लोग आपके बारे में क्या सोचेंगे या क्या कहेंगे?
49. क्या आप लोगों से उनके सामाजिक या आर्थिक स्टेटस के आधार पर व्यवहार करते हैं आप जीवित व्यक्तियों में से किस व्यक्ति को दुनिया का सबसे महान व्यक्ति मानते हैं? और किस संदर्भ में आप उस व्यक्ति को स्वयं से बेहतर समझते हैं?
50. इन प्रश्नों का अध्ययन करने और जवाब देने के लिए आपने कितना समय लगाया है? (इसके विश्लेषण और पूरी सूची का उत्तर देने के लिए कम से कम एक दिन आवश्यक है।)

यदि आपने यह सभी प्रश्नों का उत्तर पूरी ईमानदारी के साथ दिया है तो आप अपने विषय में अन्य लोगों से ज्यादा जान गए होंगे। प्रश्नों का सावधानीपूर्वक अध्ययन करें। हर सप्ताह एक बार, कई महीनों तक इन प्रश्नों पर बार-बार लौटते रहे और आप आश्चर्य चकित रह जाएँगे कि आपने इन प्रश्नों का ईमानदारी से जवाब देने के

इस आसान तरीके से कितना अतिरिक्त महत्वपूर्ण ज्ञान प्राप्त कर लिया है। यदि आपको किन्हीं प्रश्नों के उत्तरों के विषय में कोई शंका है तो उन लोगों की सलाह लें जो आपको अच्छी तरह से जानते हैं, खासतौर पर उन लोगों की जिनके पास आपकी चापलूसी करने का कोई कारण ना हो और अपने आप को उनकी निगाह से जरूर देखें, आपका यह अनुभव आपको आश्चर्यचकित कर देगा।

आपका केवल एक बात पर पूर्ण नियंत्रण है और वह है आपके विचार यह इंसान के द्वारा जाने गए सभी तथ्यों में सबसे अधिक महत्वपूर्ण और प्रेरक तथ्य है यह इंसान की दैवी अधिकार वह एक मात्र साधन है जिसके द्वारा आप अपने भाग्य को नियंत्रित कर सकते हैं। यदि आप अपने मस्तिष्क को नियंत्रित करने में असफल रहते हैं तो आप यकीन मानिए कि आप किसी और चीज पर काबू नहीं पा सकते।

यदि आपको अपनी संपत्ति के साथ लापरवाह होना ही है तो ऐसा भौतिक वस्तुओं के संबंध में होने दें। आपका मस्तिष्क आपकी आध्यात्मिक संपदा है, इसकी उतनी ही सावधानी से रक्षा और उपयोग करें। जिसकी यह दैवी संपदा हकदार है। आपको यह इच्छा शक्ति इसी उद्देश्य के लिए दी गई है।

सबसे दुर्भाग्य की बात तो यह है कि ऐसे लोगों के खिलाफ कोई कानूनी सुरक्षा नहीं है जो जाने अनजाने में नकारात्मक सुझाव द्वारा दूसरों के दिमाग में जहर भरते हैं। इस तरह के विनाश के लिए भारी कानूनी सजा का प्रावधान होना चाहिए, क्योंकि इससे उन भौतिक वस्तुओं को हासिल करने की संभावना नष्ट हो जाती है। नकारात्मक मस्तिष्क वाले लोगों ने थॉमस एडिसन को समझाने की कोशिश की थी कि वह एक ऐसी मशीन नहीं बना सकते, जो मानव आवाज को रिकॉर्ड और उसका निर्माण करेगी। उन्होंने कहा क्योंकि, “आज तक किसी ने ऐसी कोई मशीन नहीं बनाई है।”

एडिसन ने उन सब की बातों पर विश्वास नहीं किया। वह जानते थे कि मस्तिष्क वह सब कुछ कर सकता है जिसकी वह कल्पना और जिस पर वह विश्वास करते है। ज्ञान के बल पर ही एडिसन आम लोगों के समूह से ऊपर उठ गए थे।

नकारात्मक मानसिकता के लोगों ने डब्ल्यू वूलवर्थ को कहा कि वह 5 और 10 सेंट की सेल पर स्टोर चलाने की कोशिश में दिवालिया हो जाएँगे। वूलवर्थ ने उन पर विश्वास नहीं किया, क्योंकि वे जानते थे कि वे कुछ भी कर सकते हैं जो

तर्क की सीमा में हो अगर उनकी योजनाओं में आस्था का दम है तो। दूसरे लोगों के नकारात्मक सुझावों को अपने दिमाग से दूर रखने के अधिकार का प्रयोग करते हुए उन्होंने दस करोड़ डॉलर से अधिक की दौलत कमाई थी।

शंकालु प्रवृत्ति के लोग कटुता से नाक भौं सिकोड़ रहे थे। जब हेनरी फोर्ड ने अपनी पहली अलग तरह से बनी हुई कार को डेट्राइट की सड़कों पर आजमाया। कुछ ने कहा कि यह चीज कभी प्रैक्टिकल नहीं बन पाएगी तो कुछ ने कहा कि इस तरह की चीज के लिए कोई भी पैसे नहीं देगा। फोर्ड ने कहा - "मैं धरती को भरोसेमंद मोटर कारों से भर दूंगा" और उन्होंने ऐसा ही किया, जो लोग ज्यादा दौलत कामना चाहते हैं उन्हें यह याद रखना चाहिए कि हेनरी फोर्ड और अधिकांश काम करने वालों में एक मात्र अंतर यह था कि फोर्ड के पास एक ऐसा मस्तिष्क था जिसे वह नियंत्रित कर सके। सभी के पास मस्तिष्क होता है, परंतु उसे नियंत्रित करने का कभी वह प्रयास नहीं करते।

यहाँ हेनरी फोर्ड का बार-बार उल्लेख किया गया है, क्योंकि वह इस बात का अद्भुत उदाहरण है, कि एक ऐसा व्यक्ति जो अपने मस्तिष्क पर नियंत्रण करके कुछ भी कर सकता है। उनके रिकॉर्ड में इस बेकार से बहाने कि "मुझे मौका नहीं मिला" की आधारशिला को हिला डाला। फोर्ड को भी मौका नहीं मिला था, लेकिन उन्होंने एक मौका पैदा किया और उसका दृढ़ता से तब तक समर्थन किया, जब तक इस मौके ने उन्हें दौलतमंद नहीं बना दिया।

मस्तिष्क पर नियंत्रण आत्म-अनुशासन और आदत का परिणाम है या तो आप अपने मस्तिष्क पर नियंत्रण प्राप्त कर लेते हैं या फिर आप पर आपका मस्तिष्क नियंत्रण कर लेता है। कोई भी आधा अधूरा समझौता नहीं होता। मस्तिष्क को नियंत्रित करने के सभी तरीकों में सबसे व्यावहारिक तरीका है, किसी निश्चित योजना के द्वारा स्वयं को व्यस्त रखने की आदत। आप किसी भी व्यक्ति के रिकॉर्ड का अध्ययन करें जिसने उल्लेखनीय सफलता हासिल की हो और आप देखेंगे कि उसने सबसे पहले अपने मस्तिष्क पर नियंत्रण किया है और वह उस नियंत्रण को अपने लक्ष्यों को हासिल करने के लिए निर्देशित करता है। इस नियंत्रण के बिना सफलता संभव हो ही नहीं सकती।

"अगर" नाम के बूढ़े व्यक्ति द्वारा बनाए जाने वाले पचपन सबसे प्रसिद्ध बहाने जो लोग सफल नहीं होते उनमें आमतौर पर एक खास विशेषता होती है, उन्हें असफलता के सभी कारणों का पता होता है और वे अपनी उपलब्धि के

अभाव को स्पष्ट करने के लिए ठोस बहाने बनाते हैं।

इनमें से कुछ बहाने चतुराई से भरे होते हैं और इनमें से कुछ तथ्यों द्वारा तर्कपूर्ण भी महसूस होते हैं, लेकिन बहानों का प्रयोग आप धन की तरह नहीं कर सकते। दुनिया केवल एक चीज़ जानना चाहती है कि क्या आपने सफलता हासिल की है या नहीं?

एक चरित्र विश्लेषक ने सबसे अधिक प्रयोग किए जाने वाले बहानों की सूची तैयार की। जब आप यह सूची पढ़े ध्यान से अपने आप को देखें और निर्धारित करें कि आप इनमें से कौन से बहाने बनाते हैं। याद रखें कि इस पुस्तक में सिखाई गई फिलॉसफी के द्वारा आप इन बहानों को समाप्त कर सकते हैं।

- *अगर मेरे पास पत्नी और परिवार नहीं होता तो...*
- *अगर मेरे पास पर्याप्त शक्ति होती तो...*
- *अगर मेरे पास पैसा होता तो...*
- *अगर मेरे पास अच्छी शिक्षा होती तो...*
- *अगर मुझे एक नौकरी मिल जाती तो...*
- *अगर मेरा स्वास्थ्य अच्छा होता तो...*
- *अगर मेरे पास समय होता तो...*
- *अगर समय अच्छा होता तो...*
- *अगर अन्य लोग मुझे समझ पाते तो...*
- *अगर मेरे चारों ओर की परिस्थितियाँ भिन्न होती तो...*
- *अगर मैं अपनी जिंदगी को दोबारा जी सकता तो...*
- *अगर मुझे इस बात का डर नहीं होता कि वह क्या कहेंगे तो...*
- *अगर मुझे अवसर दिया गया होता तो...*
- *अगर मुझे दूसरे लोगों ने हानि नहीं पहुँचाई होती तो...*
- *अगर मुझे रोका नहीं गया होता तो...*
- *अगर मैं युवा होता तो...*
- *अगर मैं वह कर पाता, जो मैं चाहता था तो...*
- *अगर मैं अमीर पैदा होता तो...*

- अगर मैं सही लोगों से मिल पाता तो...
- अगर मुझ में वह प्रतिभा होती जो दूसरे कुछ लोगों के पास है तो...
- अगर मुझमें बहादुरी होती तो...
- अगर मैंने अतीत के सुनहरे अवसरों को हाथ से नहीं जाने दिया होता तो...
- अगर लोगों ने मेरी संवेदनाओं को भड़का या नहीं होता तो...
- अगर मुझे घर संभालना और बच्चों की देखभाल नहीं करना होता तो...
- अगर मैं कुछ पैसे और बचा सकता तो...
- अगर बॉस ने मेरी सराहना करी होती तो...
- अगर मेरे पास कोई मेरी सहायता करने के लिए होता तो...
- अगर मेरे परिवार ने मुझे समझा होता तो...
- अगर मैं किसी बड़े शहर में होता तो...
- अगर मैं केवल शुरुआत कर पाता तो...
- अगर मैं सिर्फ हर तरह से स्वतंत्र होता तो...
- अगर मेरे पास कुछ लोगों जैसा व्यक्तित्व होता तो...
- अगर मैं इतना मोटा ना होता तो...
- अगर मेरी प्रतिभाएँ लोगों को पता चल जाती तो...
- अगर मुझे सिर्फ एक ब्रेक मिल जाता तो...
- अगर मैं अपने कर्ज़े से बाहर निकल पाता तो...
- अगर मैं असफल नहीं हुआ होता तो...
- अगर मैं यह जानता कि कैसे शुरुआत करनी चाहिए तो...
- अगर हर आदमी ने मेरा विरोध नहीं किया होता तो...
- अगर मेरे पास इतनी सारी चिंताएँ नहीं होती तो...
- अगर मेरी शादी किसी सही व्यक्ति से हो जाती तो...
- अगर लोग इतने मौन ना होते तो...
- यदि मेरा परिवार इतने फिजूल खर्च नहीं करता तो...
- अगर मुझे स्वयं पर भरोसा होता तो...

- *अगर किस्मत मेरे विरुद्ध नहीं होती तो...*
- *अगर मैं गलत घड़ी में नहीं पैदा होता तो...*
- *अगर यह सच नहीं होता कि "जो होना है वह होकर ही रहेगा" तो...*
- *अगर मुझे इतनी कड़ी मेहनत ना करनी होती तो...*
- *अगर मैंने अपना पैसा नहीं गंवाया होता तो...*
- *अगर मैं किसी दूसरे इलाके में रह रहा होता तो...*
- *अगर मेरा कोई अतीत नहीं होता तो...*
- *अगर मेरे पास स्वयं का बिजनेस होता तो...*
- *अगर अन्य लोग मेरी बात सिर्फ सुन लेते तो...*

अगर *** यह सबसे बड़ा बहाना है, अगर मेरे पास यह पास साहस होता कि मैं अपने आपको अपने सच्चे रूप में देख पाता, अगर मैंने यह जान लिया होता कि मुझमें क्या गड़बड़ है और मैंने उसे सुधारने की कोशिश की होती तब मेरे पास अपनी गलतियों से लाभ उठाने के कई अवसर होते और दूसरों के अनुभव से कुछ सीखने का भी अवसर होता, क्योंकि मैं जानता हूँ कि मुझ में कुछ ना कुछ गड़बड़ है वरना मैं वहाँ नहीं होता जहाँ मैं आज हूँ।

असफलता के स्पष्टीकरण की व्याख्या करने के लिए बहाने बनाना एक राष्ट्रीय शौक बन चुका है। यह आदत उतनी ही पुरानी है, जितनी कि मानव जाति, लेकिन यह आदत सफलता के लिए बहुत घातक है। लोग अपने प्रिय बहनों को इतना पकड़ कर क्यों रखते हैं? इसका जवाब स्पष्ट है। वह अपने बहानों की रक्षा इसलिए करते हैं, क्योंकि वह उन्हें स्वयं बनाते हैं। किसी आदमी का बहाना उसकी अपनी कल्पना का शिशु होता है और अपने शिशु की रक्षा करना मानव जाति का स्वभाव है।

बहानों का निर्माण करना एक ऐसी आदत है, जिसकी जड़ें बहुत गहराई तक फैली होती हैं और आदतों को छोड़ना मुश्किल होता है, खासकर जब वे हमारे कार्यों को उचित सिद्ध करती हों। प्लेटो के मस्तिष्क में यही बात थी, जिसके कारण उन्होंने कहा था स्वयं को जीतना सर्वप्रथम और सबसे सर्वश्रेष्ठ विजय है और स्वयं के द्वारा जीता जाना सभी चीज़ों में सबसे शर्मनाक और बुरी चीज़ है।

एक और दार्शनिकों के मस्तिष्क में ऐसा ही विचार आया था, जब उसने कहा, "यह मेरे लिए एक महान आश्चर्य था, जब मैंने पाया कि मैं दूसरों में

भी जितनी कुरूपता देखता था, उसमें से अधिकांश मेरे अपने स्वभाव का ही प्रतिबिंब थी।"

"यह हमेशा मेरे लिए एक रहस्य रहा है" एल्बर्ट हबर्ड ने कहा था, "लोग अपनी कमजोरियों को छुपाने के लिए बहाने बनाकर जानबूझकर स्वयं को बेवकूफ बनाने में इतना समय क्यों व्यर्थ करते हैं। यदि उसी समय का सही उपयोग किया जाए तो यही समय उस कमजोरी को सुधारने के लिए पर्याप्त होगा और तब आपको बहाने बनाने की कोई भी जरूरत नहीं होगी।"

विदा लेते हुए, मैं आपको याद दिला दूँ कि जीवन भी शतरंज का एक खेल है और यही खेल आपका विरोधी खिलाड़ी है। अगर आप समय पर आगे बढ़ने में संकोच करते हैं या तत्काल आगे बढ़ने में किसी प्रकार की कोई भी लापरवाही दिखाते हैं, तो समय के माध्यम से आप की मोहरों को शतरंज बोर्ड से हटा दिया जाएगा। आप ऐसे विरोधी के विरुद्ध खेल रहे हैं, जो अनिर्णय को बर्दाश्त नहीं करेगा।"

अपनी मनचाही चीज़ हासिल ना करने का पहले आपके पास तार्किक बहाना हो सकता था, लेकिन अब वह बहाना नहीं चलेगा, क्योंकि अब आपके पास वह मास्टर चाबी है, जो जीवन की दौलत के ख़ज़ाने का दरवाजा आपके लिए खोलती है।

यह मास्टर चाबी अमूर्त है, लेकिन यह बहुत शक्तिशाली है। दौलत के एक निश्चित रूप को प्राप्त करने के लिए आपके अपने मस्तिष्क में एक तीव्र इच्छा उत्पन्न करने का अधिकार आपके पास है। शादी के वीडियो के लिए किसी सजा का प्रावधान नहीं है, लेकिन यदि आप इसका प्रयोग नहीं करते तो आपको इसकी भारी कीमत चुकानी होगी और वह कीमत है, आपकी असफलता। यदि आप इस चाबी का प्रयोग करते हैं तो आपको प्रचुर पुरस्कार मिलेगा। यह वह संतुष्टि है, जो उन सभी को मिलती है, जिन्होंने स्वयं को जीत लिया है और जो जीवन को वह देने के लिए मजबूर कर देते हैं, जो वे चाहते हैं।

पुरस्कार इतना बड़ा है कि आपको प्रयास करना चाहिए। क्या आप शुरूआत करेंगे और क्या आपको इस बात पर भरोसा है। अगर हम जुड़ें हुए हैं।

अमर इमर्सन ने कहा था कि तो हम मिलेंगे।

अंत में मैं उनके विचार को उधार लेकर यही कहना चाहूँगा, अगर हम जुड़ें हुए हैं तो हम इस पुस्तक के माध्यम से मिल गए है।

LIST OF TITLES WITH ISBN NO.

ISBN	TITLE
9788194914129	1984
9789390575220	1984 & Animal Farm (2In1)
9789390575572	1984 & Animal Farm (2In1): The International Best-Selling Classics
9789390575848	35 Sonnets
9789390575329	A Clergyman's Daughter
9789390575923	A Study In Scarlet
9789390896097	A Tale Of Two Cities
9789390896837	Abide in Christ
9789390896202	Abraham Lincoln
9789390896912	Absolute Surrender
9789390896608	African American Classic Collection
9789390575305	Aldous Huxley: The Collected Works
9789390896141	An Autobiography of M. K. Gandhi
9789390575886	Animal Farm
9789390575619	Animal Farm & The Great Gatsby (2In1)
9789390575626	Animal Farm & We
9789390896158	Anna Karenina
9789390575534	Antic Hay
9789390896165	Antony & Cleopatra
9789390896172	As I Lay Dying
9789390896226	As You like it
9789390575671	At Your Command
9789390575350	Awakened Imagination
9789390575114	Be What You Wish
9789390896233	Believe In yourself
9789390896998	Best of Charles Darwin: The Origin of Species & Autobiography
9789390896684	Best Of Horror : Dracula And Frankenstein
9789390575503	Best Of Mark Twain (The Adventures of Tom Sawyer AND The Adventures of Huckleberry Finn)
9789390896769	Black History Collection
9789390575756	Brave New World, Animal Farm & 1984 (3in1)

9789390896240	Brother Karamzov
9789390575053	Bulleh Shah Poetry
9789390575725	Burmese Days
9789390896257	Bushido
9789390896066	Can't Hurt Me
9788194914112	Chanakya Neeti: With The Complete Sutras
9789390896042	Crime and Punishment
9789390575527	Crome Yellow
9789390575046	Down and Out in Paris and London
9789390896844	Dracula
9789390575442	Emersons Essays: The Complete First & Second Series (Self-Reliance & Other Essays)
9789390575749	Emma
9789390575817	Essential Tozer Collection - The Pursuit of God & The Purpose of Man
9789390896578	Fascism What It Is and How to Fight It
9789390575688	Feeling is the Secret
9789390575190	Five Lessons
9789390575954	Frankenstein
9789390575237	Franz Kafka: Collected Works
9789390575282	Franz Kafka: Short Stories
9789390575060	George Orwell Collected Works
9789390575077	George Orwell Essays
9789390575213	George Orwell Poems
9788194914150	Greatest Poetry Ever Written Vol 1
9788194914143	Greatest Poetry Ever Written Vol 1
9789390896301	Gulliver's Travel
9789390575961	Gunaho Ka Devta
9789390575893	H. P. Lovecraft Selected Stories Vol 1
9789390575978	H. P. Lovecraft Selected Stories Vol 2
9789390896059	Hamlet
9789390575022	His Last Bow: Some Reminiscences of Sherlock Holmes
9789390896134	History of Western Philosophy
9789390575121	Homage To Catalonia

9789390896219	How to develop self-confidence and Improve public Speaking
9789390896295	How to enjoy your life and your Job
9789390575633	How to own your own mind
9789390896318	How to read Human Nature
9789390896325	How to sell your way through the life
9789390896370	How to use the laws of mind
9789390896387	How to use the power of prayer
9789390896028	How to win friends & Influence People
9788194824176	How To Win Friends and Influence People
9789390896103	Humility The Beauty of Holiness
9789390896653	Imperialism the Highest Stage of Capitalism
9789390575084	In Our Time
9789390575169	In Our Time & Three Stories and Ten poems
9789390575145	James Allen: The Collected Works
9789390896189	Jesus Himself
9789390575480	Jo's Boys
9789390896394	Julius Caesar
9789390575404	Keep the Aspidistra Flying
9789390896400	Kidnapped
9789390896424	King Lear
9789390575824	Lady Susan
9789390896455	Law of Success
9789390896264	Lincoln The Unknown
9789390575565	Little Men
9789390575640	Little Women
9788194914174	Lost Horizon
9789390896462	Macbeth
9789390896929	Man Eaters of Kumaon
9789390896523	Man The Dwelling Place of God
9789390896349	Man The Dwelling Place of God
9789390575909	Mansfield Park
9788194914136	Manto Ki 25 Sarvshreshth Kahaniya
9789390896509	Marxism, Anarchism, Communism
9789390575664	Mathematical Principles of Natural Philosophy

9788194914198	Meditations
9789390575800	Mein Kampf
9789390575794	Memory How To Develop, Train, And Use It
9789390896486	Mind Power
9789390896585	Money
9789390575039	Mortal Coils
9789390575770	My Life and Work
9789390896035	Narrative of the Life of Frederick Douglass
9789390575152	Neville Goddard: The Collected Works
9789390575985	Northanger Abbey
9789390896530	Notes From Underground
9789390896547	Oliver Twist
9789390575459	On War
9789390575541	One, None and a Hundred Thousand
9789390896554	Othelo
9789390575435	Out Of This World
9789390575015	Persuasion
9789390575510	Prayer The Art Of Believing
9789390575091	Pride and Prejudice
9789390896561	Psychic Perception
9789390575381	Rabindranath Tagore - 5 Best Short Stories Vol 2
9789390575367	Rabindranath Tagore - Short Stories (Masters Collections Including The Childs Return)
9789390575374	Rabindranath Tagore 5 Best Short Stories Vol 1 (Including The Childs Return
9789390896622	Romeo & Juliet
9789390896127	Sanatana Dharma
9789390575596	Seedtime & Harvest
9789390896639	Selected Stories of Guy De Maupassant
9789390575206	Self-Reliance & Other Essays
9789390575176	Sense and Sensibility
9789390575299	Shyamchi Aai
9789390896738	Socialism Utopian and Scientific
9789390896646	Success Through a Positive Mental Attitude
9789390575428	The Adventures of Huckleberry Finn

9789390575183	The Adventures of Sherlock Holmes
9789390575343	The Adventures of Tom Sawyer
9789390896691	The Alchemy Of Happiness
9789390575862	The Art Of Public Speaking
9789390896288	The Autobiography Of Charles Darwin
9788194914181	The Best of Franz Kafka: The Metamorphosis & The Trial
9789390575008	The Call Of Cthulhu and Other Weird Tales
9789390575107	The Case-Book of Sherlock Holmes
9789390896110	The Castle Of Otranto
9789390896745	The Communist Manifesto
9789390575589	The Complete Fiction of H. P. Lovecraft
9789390575497	The Complete Works of Florence Scovel Shinn
9789390896820	The Conquest of Breard
9789390896813	The Diary of a Young Girl
9789390896332	The Diary of a Young Girl The Definitive Edition of the Worlds Most Famous Diary
9789390575701	The Great Gatsby, Animal Farm & 1984 (3In1)
9789390575312	The Greatest Works Of George Orwell (5 Books) Including 1984 & Non-Fiction
9789390575992	The Hound of Baskervilles
9789390896707	The Idiot
9789390896714	The Invisible Man
9789390575657	The Knowledge of the holy
9789390575558	The Law & the Promise
9789390896721	The Law Of Attraction
9789390896776	The Leader in you
9789390896363	The Life of Christ
9789390896196	The Man-Eating Leopard of Rudraprayag
9789390896783	The Master Key to Riches
9789390575268	The Memoirs Of Sherlock Holmes
9789390896479	The Midsummer Night's Dream
9789390575466	The Mill On The Floss
9789390896790	The Miracles of your mind
9789390896660	The Mutual Aid A Factor in Evolution
9789390896448	The Origin of Species

9789390896905	The Peter Kropotkin Anthology The Conquest of Bread & Mutual Aid A Factor of Evolution
9789390896806	The Picture of Dorian Gray
9789390896271	The Picture of Dorian Gray
9789390575275	The Power Of Awareness
9789390896356	The Power of Concentration
9788194824169	The Power of Positive Thinking
9789390575411	The Power of the Spoken Word
9788194914105	The Power Of Your Subconscious Mind
9789390896899	The Power of Your Subconscious Mind
9789390896417	The Principles of Communism
9789390575787	The Psychology Of Mans Possible Evolution
9789390896615	The Psychology of Salesmanship
9789390575732	The Pursuit of God
9789390575398	The Pursuit of Happiness
9789390896851	The Quick and Easy Way to effective Speaking
9789390575947	The Return Of Sherlock Holmes
9789390575138	The Road To Wigan Pier
9789390896981	The Root of the Righteous
9789390575855	The Science Of Being Well
9788194914167	The Science Of Getting Rich, The Science Of Being Great & The Science Of Being Well (3In1)
9789390896011	The Screwtape Letters
9789390896073	The Screwtape Letters
9789390575336	The Secret Door to Success
9789390575695	The Secret Of Imagining
9789390896868	The Secret Of Success
9789390896431	The Seven Last Words
9789390575930	The Sign of the Four
9789390896004	The Sonnets
9789390896516	The Souls of Black Folk
9789390896875	The Sound and The Fury
9789390575244	The State and Revolution
9789390896882	The Story of My Life
9789390896936	The Story Of Oriental Philosophy

9789390896752	The Strange Case of Dr. Jekyll and Mr. Hyde
9789390896943	The Tempest
9789390575916	The Valley Of Fear
9789390575879	The Wind in the willows
9789390896080	The Wind in the willows
9789390575763	Their eyes were watching gofd
9789390575831	Three Stories
9789390896950	Twelfth Night
9789390896592	Twelve Years a Slave
9789390896677	Up from Slavery
9789390896974	Value Price and Profit
9789390896967	Wake Up and Live
9789390896493	With Christ in the School of Prayer
9789390575602	Your Faith is Your Fortune
9789390575473	Your Infinite Power To Be Rich
9789390575251	Your Word is Your Wand
9789390575718	Youth
9789391316099	A Christmas Carol
9789391316105	A Doll's House
9789391316501	A Passage to India
9789391316709	A Portrait of the Artist as a Young Man
9789391316112	A Tale of Two Cities
9789391316747	A Tear and a Smile
9789391316167	Agnes Gray
9789391316174	Alice's Adventures in Wonderland
9789391316136	Anandamath
9789391316181	Anne Of Green Gables
9789391316754	Anthem
9789391316198	Around The World in 80 Days
9789391316013	As A Man Thinketh
9789391316242	Autobiography of a Yogi
9789391316266	Beyond Good and Evil
9789391316761	Bleak House
9789391316778	Chitra, a Play in One Act
9789391316310	David Copperfield

9789391316075	Demian
9789391316785	Dubliners
9789391316051	Favourite Tales from the Arabian Nights
9789391316235	Gitanjali
9789391316068	Gravity
9789391316150	Great Speeches of Abraham Lincoln
9789391316662	Guerilla Warfare
9789391316839	Kim
9789391316822	Mother
9789391316211	My Childhood
9789391316846	Nationalism
9789391316327	Oliver Twist
9789391316853	Pygmalion
9789391316334	Relativity: The Special and the General Theory
9789391316389	Scientific Healing Affirmation
9789391316341	Sons and Lovers
9789391316587	Tales from India
9789391316372	Tess of The D'Urbervilles
9789391316396	The Awakening and Selected Stories
9789391316402	The Bhagvad Gita
9789391316303	The Book of Enoch
9789391316228	The Canterville Ghost
9789391316907	The Dynamic Laws of Prosperity
9789391316006	The Great Gatsby
9789391316860	The Hungry Stones and Other Stories
9789391316433	The Idiot
9789391316440	The Importance of Being Earnest
9789391316297	The Light of Asia
9789391316914	The Madman His Parables and Poems
9789391316457	The Odyssey
9789391316921	The Picture of Dorian Gray
9789391316464	The Prince
9789391316938	The Prophet
9789391316945	The Republic
9789391316518	The Scarlet Letter

9789391316143	The Seven Laws of Teaching
9789391316525	The Story of My Experiments with Truth
9789391316532	The Tales of the Mother Goose
9789391316549	The Thirty Nine Steps
9789391316594	The Time Machine
9789391316600	The Turn of the Screw
9789391316983	The Upanishads
9789391316617	The Yellow Wallpaper
9789391316426	The Yoga Sutras of Patanjali
9789391316990	Ulysses
9789391316624	Utopia
9789391316679	Vanity Fair
9789391316020	What Is To Be Done
9789391316686	Within A Budding Grove
9789391316693	Women in Love

www.ingramcontent.com/pod-product-compliance
Lightning Source LLC
LaVergne TN
LVHW100036181026
850499LV00002B/27
9788119090181